安徽省文化艺术基金会资助项目

# 庐州古韵

## 历代吟咏合肥诗词选注

上册

萧寒◎选注

安徽师范大学出版社
ANHUI NORMAL UNIVERSITY PRESS
·芜湖·

**图书在版编目(CIP)数据**

庐州古韵:历代吟咏合肥诗词选注 上册 / 萧寒选注 .—芜湖:安徽师范大学出版社,2023.12
ISBN 978-7-5676-6452-4

Ⅰ.①庐… Ⅱ.①萧… Ⅲ.①诗词—注释—中国—唐代-民国 Ⅳ.①I22

中国国家版本馆CIP数据核字(2023)第243999号

LUZHOU GUYUN LIDAI YINYONG HEFEI SHICI XUANZHU

**庐州古韵:历代吟咏合肥诗词选注(上册)**

萧寒◎选注

责任编辑:胡志恒 责任校对:李克非 平韵冉
装帧设计:王晴晴 姚 远 责任印制:桑国磊
出版发行:安徽师范大学出版社
芜湖市北京中路2号安徽师范大学赭山校区 邮政编码:241000
网 址:http://www.ahnupress.com/
发 行 部:0553-3883578 5910327 5910310(传真)
印 刷:苏州市古得堡数码印刷有限公司
版 次:2023年12月第1版
印 次:2023年12月第1次印刷
规 格:787 mm × 1092 mm 1/16
印 张:82.25
字 数:1885千字
书 号:ISBN 978-7-5676-6452-4
定 价:258.00元(全二册)

# 诗言志，诗亦志

——萧寒《庐州古韵：历代吟咏合肥诗词选注》序

□章玉政

诗歌是人类文化史上的一大创造。未有文字之前，人与人之间的信息沟通、情感传递、意见表达更多依靠口头传播。最早的诗歌，无非就是先民们劳作时、宴饮聚谈时随口吟唱的“号子”，渐渐有了韵，渐渐有了诗。可以说，诗歌是人类文明的重要见证者，亦是文学创作的起点，古今中外，概莫能外。

华夏文明，绵延不绝；诗歌之河，浩浩汤汤。千百年来，中华大地上，有人的地方，就有诗，“诗言志，歌永言，声依永，律和声”。到了唐宋之后，还出现了长短句，“诗之余也”，也就是词。人们不仅用诗歌来阐发幽思，也用诗歌来传递情愫，还会用诗歌来记录历史。一定意义上说，诗歌承载着人情冷暖，承载着壮丽山河，也承载着岁月变迁。

诗言志，诗亦志。有古籍记载，国人很早就有“采诗”之习。西汉刘歆《与扬雄书》载：“三代、周、秦，轩车使者、遒人使者以岁八月巡路，求代语、僮谣、歌戏。”班固《汉书·艺文志》载：“故古有采诗之官，王者所以观风俗，知得失，自考正也。”由此观之，在中华文化的基因谱系里，诗歌不仅仅是个体的成长志、心灵史，更是地方乃至国家的民生志、治理史。换而言之，读一人之诗，可知一人之性情；读一地之诗，可见一地之风情。

萧寒兄素好文史，尤工于庐州地方史迹考证，几近于痴。熟悉他的朋友都知道，他常自谦为“区域文化独立研究人”。这一貌似特立独行的身份标签背后，其实正意味着没有稳定的单位作为倚靠，更没有固定的收入来源。但萧寒兄似乎并不以为意，经常会为了探索地方文史遗迹而自费驱车前往考察，但凡遇到心仪可价格不菲的稀见史料，定当以将之收入囊中为一大快事。

萧寒兄所痴迷的这片土地，合肥，古称合淝、庐州，又号庐阳、金斗，素有“江南唇齿、淮右襟喉”之誉。合肥之盛，《史记》中即有记载，“合肥受南北潮，皮革、鲍、木输会也”，足见其地理位置之重要。古往今来，不乏文人雅士在此地题咏颂唱、流连忘返，留下许多曼妙的诗篇，唐有萧颖士、罗隐，宋有苏轼、黄庭坚、姜夔，等等，不一而足。用萧寒兄的话来说，这些古老的吟咏“如珍珠般串构成绵亘千年的合肥文化历史链条，不间断地铭镌着时代进程中的人事记忆、社会形态和文化印痕，清晰地描绘出了合肥文化的源流脉络”。但由于可想而知的原因，长期以来，诸多经典诗章鲜人问津，失之搜检，零落于历史的尘烟之中。数年前，萧寒兄心生誓愿，欲以一己之力，搜罗古籍中与合肥有关的诗词作品，汇编成集，系统再现合肥乃至环巢湖地区的历史风韵、文化盛景。幸赖于他经年爬梳，呕心沥血，终于捧出这部厚重的《庐州古韵：历代吟咏合肥诗词选注》。



打开《庐州古韵：历代吟咏合肥诗词选注》，或许会被这部书的体量所震撼：是书收录唐代至民国时期540位诗人歌咏合肥的经典诗词作品，共2100首（阕）。管见所及，这应当是同类图书中搜罗最全、覆盖最广的版本。

当然，之所以说其厚重，不止于体量，更在于《庐州古韵：历代吟咏合肥诗词选注》的分量，细述有三：

其一，萧寒兄以其卓越的文史搜检能力，翻阅了大量史志资料，如明万历《合肥县志》、清康熙《合肥县志》、雍正《合肥县志》、乾隆《庐州卫志》、嘉庆《庐州府志》、嘉庆《合肥县志》、光绪《庐州府志》以及巢湖、庐江、舒城等地的历代志书，甚至还将《巢湖志》《冶父山志》《香花墩志》《忠庙志》等部分湖山志揽入视野，由此检出不少此前鲜为人知的诗词作品，诗志互参，诗史互证，颇具补苴罅漏之功。这是一般的文学史研究者所无法企及的。



其二，萧寒兄藉自身文史所长，千方百计觅得不少稀见的诗人作品和诗集，如明末合肥许如兰《香雪庵诗集》，清初合肥知县熊文举《雪堂诗》，清代肥东籍诗人史台懋《浮槎山馆诗集》，吴毓芬《也是园诗钞》，蒯光典《金粟斋遗集》，张丙《延青堂诗存》，民国肥东人李国杰《蝼楼吟草》，李经达《滋树室诗集》，李经钰《友古堂诗集》，李家孚、杨开森《合肥名胜杂咏》，庐江人金仲远、金逸尘《金氏二妙集》、去台合肥人袁试武《沧粟吟》，等等，真可谓"寻坠绪之茫茫，独旁搜而远绍"。

其三，萧寒兄还不惜下笨功夫，颇具见识地对所选诗词进行了详尽的考证、注解，确保每一首诗词皆有出处，每一个典故皆有诠释，巨细靡遗，不厌其烦，从而高度还原诗词作者及其诗作背后的历史现场与创作心境，赋予这些诗词作品新的形态、新的生命。或有人嫌其琐碎，但于萧寒兄而言，"板凳宁坐十年冷，文章不写一句空"是其治学态度，严谨，板正，而不失赤子之心。

书名既曰"选注"，如何选诗、选哪些诗，便展现出选注者的眼光与功力。《庐州古韵：历代吟咏合肥诗词选注》所选的诗词，自然都与合肥有关，凡是合肥人写的、写合肥的，皆收纳其中，因而我们所看到的，包罗万象，举一千从，既有吟风弄月、师友酬唱之作，亦有触景生情、心忧家国之思。颇有意味的是，在这些吟诵合肥的经典诗词作品中，除了浮槎山、四顶山、巢湖等自然风光之外，藏舟浦、包孝肃祠、中庙等人文景观则成为常被写及的意象，足见某些价值层面的认同，亘古未变，一脉相承。

不过，历史总是复杂的、多面的。《庐州古韵：历代吟咏合肥诗词选注》的独到之处还在于，其所选的不少人的诗作，过去并未受到特别的重视，如清初合肥知县熊文举，崇祯时本以直臣闻名，但在清军入关之后，却归顺新朝，沦为传统政治伦理所不屑的贰臣，而这显然并不能抹杀他任合肥知县时护御城池的忠于职守，"乙亥腊之十七日，流寇数万围金斗，环攻八日，士民兵勇力挫其锋，至廿四日始遁"。凡此种种，在他的《护城偶题》《纪事诗》《重过合肥》等诗作中皆有体现，如"度识孤臣肠断处，戎衣荒堞五更朝""停车莫问人憔悴，父老扶车载道忙"之句。抛开历史的成见，重新去品味其人其诗，或许会看见更为丰富、更为真实的人生面相。

时间的长河，川流不息，曾经的意气风发、金戈铁马、气吞山河，转瞬就消散殆尽，无影无踪。幸而，有诗，有词，为这些过往留下了永恒的定格、历史的辙痕。从这个意义上说，萧寒兄耗费心力编就的这部《庐州古韵：历代吟咏合肥诗词选注》，不单是为文学史觅得数量可观的璀璨遗珠，更是为古老的合肥打捞出许多尘封的历史。

很多时候，历史，往往就在岁月的不经意处，临风而歌，活色生香。

**癸卯冬日于淝上躬耕斋**

章玉政，安徽枞阳人，历史学博士。安徽大学新闻传播学院教授、高级记者，硕士生导师。中国作家协会会员、中华诗词学会会员。安徽省散文随笔学会会长、安徽省太白楼诗词学会副会长、安徽省作家协会报告文学专委会委员、安徽省黄山文化书院秘书长。出版有《狂人刘文典》《光荣与梦想：中国公学往事》《不一样的新闻课》等10部著作。

# 《庐州古韵：历代吟咏合肥诗词选注》序

欲知方域之内，考镜遗佚所以有史；网罗古今兴衰，殚洽见闻所以有志。而一城一地，必溯其朔；一人一物，必究其原。陈其得失，取资裨益，所谓前事不忘，后事之师，固足以为后学法矣。

盖史之于国，志之于域，然诗书文学风物人情则见方域人文之蔚兴也。合肥，郡府之所在，聚汇淝水而顾名。吴楚相接、襟山带湖，历经百代，文风兴起，名人辈出。汉魏六朝有文翁、鲍照，唐宋有罗珦、包拯，元迨明清更有余阙、蔡悉、李文忠公世家，各领风骚不胜枚举。然历久弥新，古风渐去，词章散落，文辞缪紊，卷迹无寻。吾友萧寒，每视其况，甚为忧虑。尝谓余曰："诗章文学乃人文精髓，散之可惜，当以己之长，趁年富之便，拾庐阳诗词遗稿，修《庐州古韵：历代吟咏合肥诗词选注》，禬之后进，义无所让世。"

嗟夫。始于戊戌，今岁已癸卯，六载已降，卷籍成稿。舟车万里，殚精竭力，其中辛苦，自不言喻。然访资查缺，一一载记，巨细靡遗，且每事必详所出，不以己意为增损。书成示余，且嘱为序。余受而读之，为卷凡三百，视其体例、门目，亦皆各抒胸臆，例体可循，不相沿袭。乃每卷先标作者名氏于前，后注释解于后，辑以成卷十分详尽。实则重辑之功也。

萧寒先生，居近赤阑桥，兴雅好古，善作诗文，纸墨诗卷，盈屋而居。时儒衣敝冠，独行市中，断烂古书外，不市他物。尤对古庐州之域风物民情，三教九流古今考释，堪为精绝，知交十余载，盖闻行人采风之功，无过于萧寒者。萧寒寄兴高远，时时发而为诗，世谓"诗必穷而后工"，岂不信然哉，自顾其才无复施用于世，乃益肆情于诗文，以自娱逸于秀岭烟云之间，浩然与古之达者同归。

当下患时文之弊，丽辞华藻，雕琢不实，号为复近体之古而作时文之实，以此相夸。唯独萧寒不以为然，其始终自守，不牵世俗趋舍，正视义理，严于考据，修于词章，理胜于情，情融于文。可谓特立之士也。萧寒少于余，而之于诗古文学，余远不及也。今其举一己之力，苦其心志，问学自修，宏此远谟，拾辑诗文于卷帙，实后世学人之幸也。是为序。

**岁次癸卯冬月龙舒周瑜城人张嗣唯 拜撰**

# 凡 例

一、本书所选诗词以古体诗词为主，从唐至1949年新中国成立前的古体诗词，选用来源以馆藏文献、档案和正规出版物为主。

二、本书所选诗词地域范围仅限于今安徽省合肥市（今合肥市、肥东县、肥西县、长丰县、巢湖市、庐江县）管理辖区，与古代庐州（府）辖区范围无涉。

三、本书只收选诗（含律、绝、古风）、词，偶收残句，不收文、赋、联。

四、诗人编排，根据其生年为序。部分生卒年份不清的，根据其近属生卒年份减少20年（20年为一代人）推算，或者以取得进士、举人功名时间推算，减少30年（明清进士平均年龄约30岁）推算。无法推算的，则列大体同时代人之后。



五、本书诗词正文、注释、诗人小传及按语均按照《标点符号用法》使用标点。

六、底本中的繁体字、异体字、俗体字部分据《简化字总表》《第一批异体字整理表》《现代汉语通用字表》简化为相应的简化字。

七、底本中的通假字一般不改。

八、底本中字迹模糊难以辨认或者原字缺失的，一律用“□”来代替，不再另作注释。

九、在校对过程中出现“瓢泊”“荔支”“澹泊”等遵从原貌，一般不作修改。对于涉及张献忠、太平天国、捻子等农民义军出现的“贼”“匪”“发（匪）逆”“贼酋”等污蔑字样，一律遵从原貌，不作修改。

十、本书所选诗词主要根据《汉语大辞典》进行注释。

# 目　录

## 元

唐

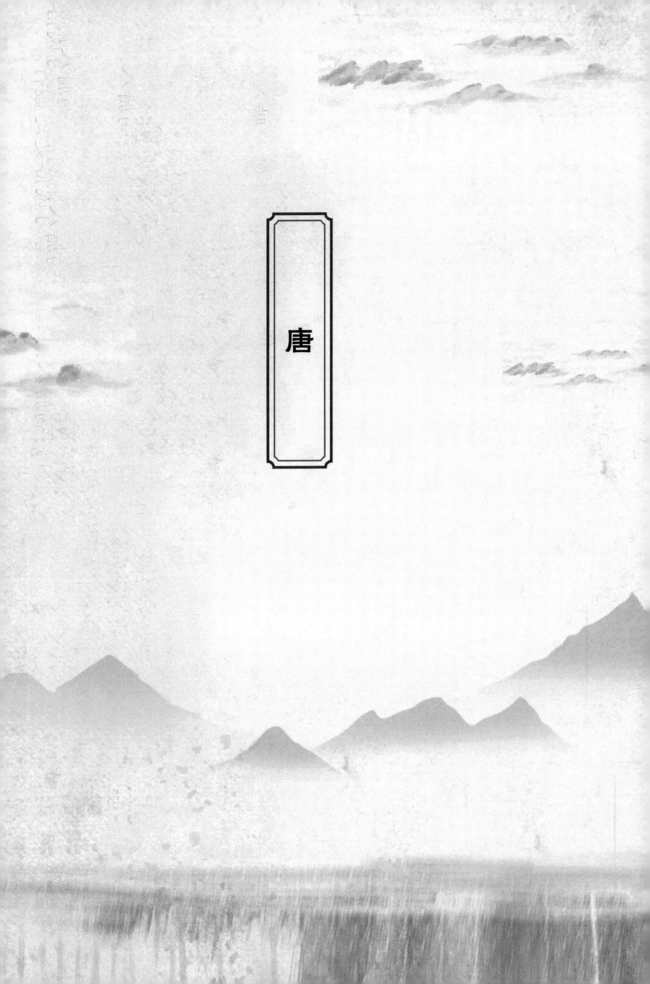

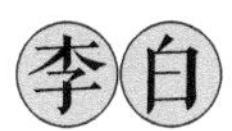

# 李白

李白(701—762),字太白,号青莲居士。祖籍陇西成纪(今甘肃秦安)。出生地有蜀中、西域、长安诸说,迄无定论。少时居绵州昌隆县青莲乡(今属四川江油),读书吟诗,遍观百家,好神仙,任侠仗义,曾手刃数人。二十五岁辞亲远游,出三峡,游洞庭、衡山、襄汉、庐山、金陵、扬州。开元十五年与故相许圉师孙女结婚,留居安陆十年。其间曾西入长安,北游太原。三十五岁后,迁居山东任城,与孔巢父等隐于徂徕山,号"竹溪六逸"。天宝元年应诏入京,供奉翰林。三载,因权贵谗毁,"赐金放还"。至洛阳,与杜甫相识,同游梁宋、齐鲁。曾受道箓于齐州紫极宫。后复漫游江淮、吴越、河北、梁宋等地。安史乱起,入永王璘幕府。璘兵败,被捕下浔阳狱,长流夜郎。中途遇赦东还,漂泊于武昌、岳阳、豫章、金陵、宣城等地。上元二年(761),李光弼出镇临淮,白以六十一岁高龄前往从军,道病还,依族叔当涂令李阳冰,寻病卒。

李白长于歌诗,嗜酒,人称"谪仙"。与杜甫齐名,并称"李杜",在古代诗歌史上享有崇高地位。李阳冰编其诗文为《草堂集》二十卷,又李白友人魏万编其诗为《李翰林集》二卷,均佚。北宋宋敏求辑、曾巩编次其诗文为《李太白文集》三十卷,今存。《全唐诗》编诗二十五卷。



## 寄上吴王三首[①]

淮王爱八公，携手绿云中。[②]小子忝枝叶，亦攀丹桂丛。谬以词赋重，而将枚马同。[③]何日背淮水，东之观土风。[④]

坐啸庐江静，闲闻进玉觞。[⑤]去时无一物，东壁挂胡床。

英明庐江守，声誉广平籍。[⑥]洒扫黄金台，招邀青云客。[⑦]客曾与天通，出入清禁中。[⑧]襄王怜宋玉，愿入兰台宫。[⑨]

注释:

①《寄上吴王三首》诗见 唐 李白《李太白集》卷十二,宋刻本。

吴王:指李祗,唐太宗第三子吴王李恪孙,信安郡王李祎弟。嗣吴王,出为东平太守。安禄山反,河南、陈留、荥阳、灵昌相继陷,祗募兵拒贼,玄宗壮之。累迁陈留太守,持节河南道节度采访使。历太仆、宗正卿。代宗大历时,祗既宗室老,以太子宾客为集贤院待制。是时,勋望大臣无职事者皆得待诏于院,给飧钱署舍以厚其礼,自左仆射裴冕等十三人为之。子巘,以荫补五品官。祗薨,兄岵得罪,乃以巘嗣王。

②淮王:指西汉淮南王刘安。▶唐 刘禹锡《同乐天和微之深春好》之九:"云是淮王宅,风为烈子车。"

八公:西汉淮南王刘安门客,有苏非、李尚、左吴、田由(一说陈由)、雷被、毛被(一说毛周)、伍被、晋昌八人,称"八公"。他们应刘安之招,和诸儒相与论说,著《淮南子》。魏、晋以来,《神仙传》《录异记》等道家著作以刘安好方技,遂附会八公为神仙。▶唐 王维《赠焦道士》:"海上游三岛,淮南预八公。"

绿云:绿色的云彩,多形容缭绕仙人之瑞云。▶南朝 宋 鲍照《代陈思王京洛篇》:"扬芬紫烟上,垂綵绿云中。"

③枚马:汉代著名辞赋家枚乘、司马相如的并称。后多借指才华出众的人。▶宋 司马光《和孙器之清风楼》:"贤侯宴枚马,歌鼓事繁华。晚吹来千里,清商落万家。"

④土风:当地的风俗。▶晋 袁宏《后汉纪·明帝纪上》:"夫民之性也,各有所禀。生其山川,习其土风。"

⑤坐啸:闲坐吟啸。后因以"坐啸"指为官清闲或不理政事。▶南朝 齐 谢朓《在郡卧病呈沈尚书》:"坐啸徒可积,为邦岁已期。"

玉觞:1.玉杯,亦泛指酒杯。▶汉 傅毅《舞赋》:"陈茵席而设坐兮,溢金罍而列玉觞。"2.借指酒。▶唐 杜甫《白水县高斋三十韵》:"玉觞淡无味,羯奴岂强敌?"

⑥广平:1.宽阔平坦。▶《释名·释地》:"广平曰原。"2.善遍平等。▶宋 赵令畤《侯鲭录》卷三:"方等者,即周遍义。3.枰,棋盘。▶《方言》第五:"所以投簙谓之枰,或谓之广平。"4.指晋人周处,曾任广平太守。"周处为广平太守,三十年滞讼一朝断决。"▶《文选·谢朓〈新亭渚别范零陵〉诗》:"广平听方籍,茂陵将见求。"

⑦黄金台:古台名。又称金台、燕台、招贤台。相传战国燕昭王筑,置千金于台上,延请天下贤士,故名。▶南朝 宋 鲍照《代放歌行》:"岂伊白璧赐,将起黄金台。"

⑧"客曾与天通,出入清禁中。"句:此句是李白交代自己曾与玄宗、杨贵妃有所交集的显赫社交史。

⑨兰台:此处指战国时楚国台名,故址传说在今湖北省钟祥县东。▶《文选·宋玉〈风赋〉序》:"楚襄王游于兰台之宫,宋玉、景差侍。"

## 送王孝廉觐省庐江①

彭蠡将天合,姑苏在日边。②宁亲候海色,欲动孝廉船。③窈窕晴江转,参差远岫连。④相思无昼夜,东泣似长川。⑤

注释:

①《送王孝廉觐省庐江》诗见 唐 李白《李太白集》卷十五,宋刻本。

孝廉:孝,指孝悌者;廉,清廉之士。分别为统治阶级选拔人才的科目,始于汉代,在东汉尤为求仕者必由之途,往往合为一科。亦指被推选的士人。明、清时对举人的称呼。

▶《汉书·武帝纪》:“元光元年冬十一月,初令郡国举孝廉各一人。”

②彭蠡:巢湖在汉代时的古称。后因班固之误,后人将彭蠡误认为是鄱阳湖。

③宁亲:省亲。

海色:1.海面呈现的景色。常受天空颜色、海底底质等的影响。▶唐 祖咏《江南旅怀》诗:“海色晴看雨,江声夜听潮。”2.将晓时的天色。▶唐 李白《古风》之十八:“鸡鸣海色动,谒帝罗公侯。”

④远岫:远处的峰峦。▶南朝 齐 谢朓《郡内高斋闲坐答吕法曹》:“窗中列远岫,庭际俯乔林。”

⑤长川:长长的河流。▶三国 魏 曹植《洛神赋》:“浮长川而忘反,思绵绵而增慕。”

## 同吴王送杜秀芝赴举入京①

秀才何翩翩，王许回也贤。②暂别庐江守，将游京兆天。秋山宜落日，秀水出寒烟。欲折一枝桂，还来雁沼前。③

注释:

①《同吴王送杜秀芝赴举入京》诗见 唐 李白《李太白集》卷十五,宋刻本。

②王许:晋人王裒与许孜的并称,二人皆以孝行称于世。▶《晋书·孝友传赞》:“孝哉王许,永慕烝烝。”

③雁沼:即雁池。

## 庐江主人妇①

孔雀东飞何处栖，庐江小吏仲卿妻。②为客裁缝君自见，城乌独宿夜空啼。③

注释:

①《庐江主人妇》诗见 唐 李白《李太白集》卷二十,宋刻本。

②孔雀东飞:即指《古诗为焦仲卿妻作》。其序曰:“汉末建安中,庐江府小吏焦仲卿妻刘氏,为仲卿母所遣。自誓不嫁,其家逼之,乃没水而死。仲卿闻之,亦自缢于庭树。时人伤之,为诗云尔。”

③裁缝[féng]:裁剪、缝缀衣物。▶《周礼·天官·缝人》“女工八十人”汉 郑玄 注:“女工,女奴晓裁缝者。”

## 杭州送裴大泽赴庐州长史[①]

西江天柱远，东越海门深。[②]去割慈亲恋，行忧报国心。好风吹落日，流水引长吟。五月披裘者，应知不取金。[③]

注释：

①《杭州送裴大泽赴庐州长史》诗见 唐 李白《李太白集》卷十四，宋刻本。原诗标题下有注："吴中"。

长史：古代官职名。长史多为幕僚性质的官员，亦称为别驾。最早设于秦代，当时丞相和将军幕府皆设有长史官，将军下的长史亦可领军作战，称作将兵长史。除此之外，边地的郡亦设长史，为太守的佐官。魏晋南北朝时，州郡官员底下多设长史。唐代州刺史下亦设立长史官，名为刺史佐官，却无实职。但大都督府的长史则地位较高，甚至会充任节度使。明清时期的长史设于亲王、公主等府中，执管府中之政令。

②西江：唐人多称长江中下游为西江。▶唐 李白《夜泊牛渚怀古》："牛渚西江夜，青天无片云。"

③披裘：汉严光（字子陵）少时与刘秀同游学，有高名。及刘秀称帝，隐居不出。刘秀思其贤，令以物色访之。后齐国有人报告："有一男子，披羊裘钓泽中。"刘秀估计他就是严光，三次派人才把他请到京师。见《后汉书·逸民传·严光》。后因以"披裘"指归隐。▶宋 欧阳修《蔡州再乞致仕第二表》："俾其解组官庭，还车故里，披裘散发，逍遥垂尽之年；凿井耕田，歌咏太平之乐。"



## 望夫山[①]

颙望临碧空，怨情感离别。[②]江草不知愁，岩花但争发。云山万重隔，音信千里绝。春去复秋来，相思几时歇。

注释：

①《望夫山》诗见 清 陆龙腾《（康熙）巢县志》卷十九，清康熙十二年（1673）刊本。

望夫山：据《（康熙）巢县志》："望湖山一名望夫山，一名贞女山。山顶有砖石台基，并竹丝凹针孔，山东有烟霞墩，即七宝山，旗竿夹石高丈许，墩下即烟霞亭基址。古井磉石见存。亭下有娘娘庙。明嘉靖三十七年（1558），乡人掘石修城，得断碑，有宋乾道年号，镇遏使、知巢县所作也，余字模糊不可辨。"

②颙望：凝望，抬头呆望。

萧颖士(717—768)，字茂挺，唐颍州汝阴(今安徽阜阳)人。高才博学，工书法，长于古籀文体，时人论其“殷、颜、柳、陆，李、萧、邵、赵，以能全其交也。”工古文辞，语言朴实；诗多清凄之言。家富藏书，玄宗时，家居洛阳，已有书数千卷。安禄山谋反后，他把藏书转移到石洞坚壁，独身走山南。身没后，门人共谥“文元先生”。

萧颖士其文多已散佚，有《萧梁史话》《游梁新集》及文集十余卷，明人辑有《萧茂挺文集》一卷，《全唐诗》收其诗二十首，收其文二卷。

## □□□赵载同游焦湖夜归作[1]

□□将泽国，溯腾迎淮甸。[2]东江输大江，别流从此县。仙尉俯胜境，轻桡恣游衍。[3]自公暇有余，微尚得所愿。[4]拈引间翰墨，风流尽欢宴。[5]稍移井邑闲，始悦登眺便。[6]遥岫逢应接，连塘乍回转。划然气象分，万顷行可见。[7]波中峰一点，云际帆千片。浩叹无端涯，孰知蕴虚变。[8]往游信不厌，毕景方未还。[9]兰□烟霭里，延缘蒲稗间。[10]势随风潮远，心与□□闲。回见出浦月，雄光射东关。悠然蓬壶事，□□□衰颜。[11]安得傲吏隐，弥年寓兹山。[12]

注释：

①《□□□赵载同游焦湖夜归作》诗见 彭定求 纂《全唐诗》卷八百八十二，清文渊阁四库全书本。本诗标题有缺。

②淮甸：淮河流域。▶南朝 宋 鲍照《浔阳还都道中》：“登舻眺淮甸，掩泣望荆流。”

③仙尉：汉朝人梅福的美称。梅福字子真，为郡文学，补南昌尉。后归里，一旦弃妻子去，传以为仙，故称。见《汉书·梅福传》。

轻桡：小桨。借指小船。▶《文选·谢惠连〈泛湖归出楼中玩月〉诗》：“日落泛澄瀛，星罗游轻桡。”

游衍：恣意游逛。▶《诗·大雅·板》：“昊天曰旦，及尔游衍。”

④微尚：微小的志趣、意愿。常用作谦辞。▶南朝 宋 谢灵运《初去郡》：“伊余秉微尚，拙讷谢浮名。”

⑤欢宴：愉快地宴饮。▶汉 张衡《南都赋》：“接欢宴于日夜，终恺乐之令仪。”

⑥登眺：登高远望。▶唐 李白《寻高凤石门山中元丹丘》：“峰峦秀中天，登眺不可尽。”

⑦划然：1.象声形容词。▶唐 谷神子《博异志·阴隐客》：“至一大门……门有数人俯伏而候。门人示金印、读玉简，划然开门。”2.忽然；突然。▶唐 韩愈《听颖师弹琴》：“划然变轩昂，勇士赴敌场。”3.界限分明貌。▶清 王夫之《尚书引义·说命中》：“宋诸先儒欲拆陆、

杨‘知行合一’、‘知不先，行不后’之说，而曰‘知先行后’，立一划然之次序。”

4. 犹豁然。开朗貌。▶明 王思任《徐霞客传》：“与之论山经、辨水脉，搜讨形胜，则划然心开。”

⑧端涯：亦作“端崖”。边际。《庄子·天下》：“荒唐之言，无端崖之辞。”

⑨毕景：日影已尽。指入暮。▶晋 王嘉《拾遗记·前汉下》：“昭帝乃命以文梓为船……随风轻漾，毕景忘归，乃至通夜。”

⑩延缘：缓慢移行。▶《庄子·渔父》：“客乃刺船而去，延缘苇间。”

⑪蓬壶：即蓬莱。古代传说中的海中仙山。▶晋 王嘉《拾遗记·高辛》：“三壶则海中三山也。一曰方壶，则方丈也；二曰蓬壶，则蓬莱也；三曰瀛壶，则瀛洲也。形如壶器。”

⑫弥年：经年；终年。▶《后汉书·李固传》：“永和中，荆州盗贼起，弥年不定，乃以固为荆州刺史。”

## 罗珦

罗珦（736—809），唐越州会稽（今浙江绍兴）人。代宗宝应元年（762）赴京师上书言事，授太常寺太祝。德宗建中三年（782）后历佐江西、荆南、山南幕。贞元八年（792）召为奉天尹，迁庐、寿二州刺史。“禁淫祀、兴教化”，再迁京兆尹，有惠政。后年老请辞，改任太子宾客，封襄阳县男。宪宗元和四年（809）十一月卒，谥“夷”。



### 行县至浮查山寺①

三十年前此布衣，鹿鸣西上虎符归。②行时宾从过前寺，到处松杉长旧围。②野老竞遮官道拜，沙鸥遥避隼旟飞。③春风一宿琉璃地，自有泉声惬素机。④

注释：

①《行县至浮查山寺》诗见 清 彭定求 纂《全唐诗》卷三百十三，清文渊阁四库全书本。本诗题又作《福泉寺僧房题壁》。

福泉寺：寺在浮槎山，在今肥东县石塘镇境内。

②鹿鸣：《诗经·小雅》篇名，后指科举中第。▶《诗经·小雅·鹿鸣》：“呦呦鹿鸣，食野之苹。”

虎符：古代帝王授予臣下兵权和调发军队的信物，为虎形。初时以玉为之，后改用铜。背有铭文，剖为两半，右半留中央，左半给予地方官吏或统兵的将帅。调发军队时，朝廷使臣须持符验对，符合，始能发兵。此制盛行于战国、秦、汉，直至隋代。到了唐代始改用鱼符。

③隼旟［sǔn yú］：画着鸟隼的旌旗，多借指地方长官。▶唐 白居易《得甲为郡守部下

渔色御史将责之辞云未授官已前纳采》:"宜听隼旗之诉,难科渔色之辜。"

④惬素:快心。▶唐 韦应物《晚出府舍与独孤兵曹令狐士曹南寻朱雀街归里第》:"分曹幸同简,联骑方惬素。"

## 卢群

卢群(742—800),字载初,唐范阳(今河北省涿州市)人。少好读书,初学于太安山。淮南节度使陈少游闻其名,大历八年(773)辟为从事。建中四年(783)以监察御史领江西行营粮料使。兴元元年(784)为江西节度使、嗣曹王皋奏为判官,随府移镇江陵、襄阳。贞元六年(790),入拜侍御史,累转左司、职方、兵部三员外郎中。十三年(797)奉使淮西,谕节度使吴少诚归顺,以奉使称旨,迁义成军节度行军司马。贞元十六年(800)四月拜义成军节度、郑滑观察等使,十月卒,赠工部尚书。《旧唐书》卷一百四十一、《新唐书》卷一百四十七有传。

### 淮西席上醉歌[①]

祥瑞不在凤凰麒麟,太平须得边将忠臣。卫霍真诚奉主,貔虎十万一身。[②]江河潜注息浪,蛮貊款塞无尘。[③]但得百寮师长肝胆,不用三军罗绮金银。[④]

注释:

①《淮西席上醉歌》诗见 南宋 计有功撰《唐诗纪事》卷第三十九,四部丛刊景明嘉靖本。

②卫霍:西汉名将卫青和霍去病皆以武功著称,后世并称"卫霍"。▶三国 魏 曹植《与吴季重书》:"谓萧曹不足俦,卫霍不足侔也。"

③潜注:暗流。

蛮貊:亦作"蛮貉"。古代称南方和北方落后部族,亦泛指四方落后部族。▶《书·武成》:"华夏蛮貊,罔不率俾。"

④百寮:亦作"百僚"。百官。▶《书·皋陶谟》:"百僚师师,百工惟时。"孔 传:"僚、工,皆官也。"

罗绮:罗和绮。多借指丝绸衣裳。▶汉 张衡《西京赋》:"始徐进而羸形,似不任乎罗绮。"

# 刘商

刘商，生卒年不详。字子夏，唐彭城（今江苏徐州）人，久居长安（今陕西西安）。登进士第，唐代宗大历初任合肥令。德宗贞元中历汴州观察推官、检校虞部郎中。去官为道士，隐常州义兴山中，一云隐湖州武康山中，炼药求仙。约贞元末、元和初卒。事迹散见武元衡《刘商郎中集序》、《元和姓纂》卷五、《新唐书·艺文志四》、《历代名画记》卷一〇、《唐诗纪事》卷三二。

刘商性好山水，妙极丹青，初师吴郡张璪，后自成一家。工诗，长于歌行，其《胡笳十八拍》最著名。武元衡称其诗"皆思入窅冥，势含飞动，滋液琼瑰之朗润，浚发绮绣之浓华，触境成文，随文变象，是谓折繁音于孤韵，贯清济于洪流者也。"（《集序》）《全唐诗》存诗二卷又一首，《全唐诗续拾》补诗一句。

## 送刘寰北归①

南巢登望县城孤，半是青山半是湖。②知尔素多山水兴，此回归去更来无。



注释：

①《送刘寰北归》诗见 清 彭定求 纂《全唐诗》卷三百四，清文渊阁四库全书本。

②登望：登高远望。▶《汉书·陈汤传》："汤为人沈勇有大虑，多策谋，喜奇功，每过城邑山川，常登望。"

## 合肥至日愁中寄郑明府①

失计为卑吏，三年滞楚乡。②不能随世俗，应是昧行藏。③白璧空无玷，黄沙只自伤。④暮天乡思乱，晓镜鬓毛苍。⑤灰管移新律，穷阴变一阳。⑥岁时人共换，幽愤日先长。⑦拙宦惭知己，无媒悔自强。⑧迍邅羞薄命，恩惠费余光。⑨众口诚难称，长川却易防。⑩鱼竿今尚在，行此掉沧浪。

注释：

①《合肥至日愁中寄郑明府》诗见 清 彭定求 纂《全唐诗》卷三百三，清文渊阁四库全书本。

至日：指冬至、夏至。▶《易·复》："先王以至日闭关，商旅不行。"孔颖达 疏："以二至之日闭塞其关也，商旅不行于道路也。"

明府：汉朝亦有以"明府"称县令，唐以后多用以专称县令。

②失计：谋划错误。▶《韩非子·六反》："赴险殉诚，死节之民，而世少之，曰'失计之民也'。"

③行藏：意为出处或行止。语本《论语·述而》："用之则行，舍之则藏。"▶晋 潘岳《西征赋》："孔随时以行藏，蘧与国而舒卷。"

④黄沙：沙土。▶宋 苏轼《送孔郎中赴陕郊》诗："惊风击面黄沙走，西出崤函脱尘垢。"⑤晓镜：明镜。▶唐 李白《秋日炼药院镊白发》诗："秋颜入晓镜，壮发凋危冠。"

⑥灰管：亦作"灰琯"。1.古代候验节气变化的器具。以葭莩之灰置于律管，故名。▶《晋书·律历志上》："又叶时日于晷度，效地气于灰管，故阴阳和则景至，律气应则灰飞。"2.指时序；节候。▶北周 庾信《周大将军陇东郡公侯莫陈君夫人窦氏墓志铭》："风霜所及，灰琯遂侵。"

新律：新的律管；新与节候相应的律管。▶唐 白居易《酬卢秘书二十韵》："旧恩收坠履，新律动寒灰。"

穷阴：指冬尽年终之时。▶《文选·鲍照〈舞鹤赋〉》："于是穷阴杀节，急景凋年。"李善注："《礼记》曰：'季冬之月，日穷于次。'《神农本草经》曰：'秋冬为阴。'"

⑦幽愤：郁结的怨愤。▶汉 崔寔《政论》："斯贾生之所以排于绛灌，屈子之所以摅其幽愤者也。"

⑧拙宦：谓不善为官，仕途不顺。多用以自谦。▶唐 宋之问《酬李丹徒见赠之作》诗："以予惭拙宦，期子遇良媒。"

无媒：没有引荐的人，比喻进身无路。▶唐 杜牧《送隐者一绝》："无媒径路草萧萧，自古云林远市朝。"

自强：自己努力图强。▶《楚辞·九章·怀沙》："惩连改忿兮，抑心而自强。"

⑨迍邅：处境不利；困顿。▶晋 左思《咏史》之七："英雄有迍邅，由来自古昔。"

## 送庐州贾使君拜命[①]

考绩朝称贵，时清武用文。[②]二天移外府，三命佐元勋。[③]佩玉兼高位，摐金阅上军。[④]威容冠是铁，图画阁名芸。[⑤]人咏甘棠茂，童谣竹马群。[⑥]悬旌风肃肃，卧辙泪纷纷。[⑦]特达恩难报，升沉路易分。[⑧]侯嬴不得从，心逐信陵君。[⑨]

注释：

①《送庐州贾使君拜命》诗见 清 彭定求 纂《全唐诗》卷三百三，清文渊阁四库全书本。

使君：对州郡长官的尊称。▶《三国志·蜀志·刘璋传》："张松还，疵毁曹公，劝璋自绝，因说璋曰：'刘豫州，使君之肺腑，可与交通。'"

拜命：受命，多指拜官任职。▶《南史·欧阳頠传》："寻授郢州，欲令出岭，萧勃留之，不获拜命。"

②考绩：指按一定标准考核官吏的成绩。此处指考绩的记录。▶宋 王溥《唐会要·考

上》:“武德二年二月,上亲阅群臣考绩,以李纲、孙伏伽为上第。”

③二天:恩人,对庇护者的感恩之辞。▶《后汉书·苏章传》:“顺帝时,迁冀州刺史。故人为清河太守,章行部案其奸臧。乃请太守,为设酒肴,陈平生之好甚欢。太守喜曰:‘人皆有一天,我独有二天。’章曰:‘今夕苏孺文与故人饮者,私恩也;明日冀州刺史案事者,公法也。’遂举正其罪。州境知章无私,望风威肃。”

外府:京都以外的州郡。▶南朝 齐 王融《三月三日曲水诗序》:“兴廉举孝,岁时于外府。署行议年,日夕于中甸。”

三命:称任州府官的辟命。▶《后汉书·李陈庞陈等传论》:“任棠姜岐,世着其清,结瓮牖而辞三命。”

元勋:有极大功绩的人。▶《三国志·魏志·高柔传》:“逮至汉初,萧曹之俦并以元勋代作心膂。”

④珮玉:佩带玉饰。▶《礼记·玉藻》:“古之君子必佩玉。”

摐金:摐[chuāng]。敲击、撞击金属乐器。▶南朝 梁 沈约《为安陆王谢荆州章》:“摐金入济,识谢戎麾。”

上军:古代军队编制的称谓。古军制分上军、中军、下军,以中军为最尊,上军次之,下军又次之。▶《国语·晋语一》:“十六年,公作二军,公将上军,太子申生将下军以伐霍 。”

⑤威容:庄重的仪容。▶明 唐顺之《谢赐银币表》:“贮以满籯,既生壮士之颜色;服以耀武,式增绣使之威容。”



⑥甘棠:木名,棠梨,一名杜梨。《史记·燕召公世家》:“周武王之灭纣,封召公于北燕…… 召公巡行乡邑,有棠树,决狱政事其下,自侯伯至庶人各得其所,无失职者。召公卒,而民人思召公之政,怀棠树不敢伐,哥咏之,作《甘棠》之诗。”后遂以“甘棠”称颂循吏的美政和遗爱。

⑦悬旌:挂在空中随风飘荡的旌旗。▶《战国策·楚策一》:“寡人卧不安席,食不甘味,心摇摇如悬旌,而无所终薄。”

卧辙:典出《后汉书·侯霸传》。东汉侯霸为淮阳太守,征入都,百姓号哭遮使车,卧于辙中,乞留霸一年。后常用为挽留去职官吏的典故。 南朝 梁 任昉《〈王文宪集〉序》:“三年,解丹阳尹,领太子少傅,余悉如故。挂服捐驹,前良取则;卧辙弃子,后予胥怨。”

⑧特达:特殊知遇。

⑨“侯嬴不得从,心逐信陵君。”句:信陵君为战国魏安厘王异母弟,名无忌。礼贤下士,有食客三千人,为战国四公子之一。大梁夷门监者侯嬴老而贤,信陵君乃‘从车骑,虚左,’自迎侯生至家,奉为座上客。魏安厘王二十年,秦围赵都邯郸。信陵君用侯嬴计,使如姬窃得兵符,击杀将军晋鄙,夺得兵权,救赵却秦。而侯嬴因年老不能追随信陵君,遂自刎而死。后信陵君留赵十年,归魏,率五国之兵大破秦军直至函谷关。终因谗毁,为魏王所忌,乃谢病不朝。事见《史记·魏公子列传》。

# 罗让

罗让(767—837),字景宣,原籍会稽(今浙江绍兴),生于庐州(今安徽合肥)。罗珦之子。少以文学知名,举进士、宏辞、贤良方正,皆高第。历官尚书郎,散骑常侍,江西观察使。卒年七十一,赠礼部尚书。工行书,贞元五年(789)卢群所撰《唐襄州新学记》为其所书。

## 闰月定四时[1]

月闰随寒暑，畴人定职司。[2]余分将考日，积算自成时。[3]律候行宜表，阴阳运不欺。[4]气薰灰琯验，数扐卦辞推。[5]六律文明序，三年理暗移。[6]当知岁功立，唯是奉无私。[7]

注释:

①《闰月定四时》诗见 清 曹寅 等编《全唐诗》卷三百三,清文渊阁四库全书本。

②畴人:古称专门研究天文、历法、数学的人。

③余分:指地球环绕太阳运行一周的实际时间与纪年时间相比所余的零头数。▶《汉书·律历志下》:“后九十五岁,商十二月甲申朔旦冬至,亡余分,是为孟统。”

④律候:谓律管候气。

⑤扐[lè]:古代数蓍草占卜,将零数夹在手指中间称“扐”。

⑥六律:古代乐音标准名。相传黄帝时伶伦截竹为管,以管之长短分别声音的高低清浊,乐器的音调皆以此为准。乐律有十二,阴阳各六,阳为律,阴为吕。六律即黄钟、大蔟、姑洗、蕤宾、夷则、无射。▶《书·益稷》:“予欲闻六律、五声、八音,在治忽,以出纳五言,汝听。”

⑦岁功:一年的时序。▶《汉书·律历志上》:“权者,铢、两、斤、钧、石也……四万六千八十铢者,万一千五百二十物历四时之象也。而岁功成就,五权谨矣。”

## 梢云[1]

殊质资灵贶，凌空发瑞云。[2]梢梢含树彩，郁郁动霞文。[3]不比因风起，全非触石分。[4]叶光闲泛滟，枝杪静氛氲。[5]隐见心无宰，裴回庆自君。[6]翻飞如可托，长愿在横汾。[7]

注释:

①《梢云》诗见 清 彭定求 纂《全唐诗》卷三百三,清文渊阁四库全书本。

②灵贶：神灵赐福。▶《文选·范晔〈后汉书·光武纪赞〉》："世祖诞命，灵贶自甄。"

③霞文：绚烂的云彩。▶南朝 梁简文帝《明月山铭》："緅色斜临，霞文横竖。"

④触石：谓山中云气与峰峦相碰击，吐出云来。典出《公羊传·僖公三十一年》："触石而出，肤寸而合，不崇朝而遍雨乎天下者，唯泰山尔。"▶《文选·左思〈蜀都赋〉》："冈峦纠纷，触石吐云。"

⑤泛滟：浮光闪耀貌。▶《艺文类聚》卷一引 南朝 宋 谢灵运《怨晓月赋》："浮云褰兮收泛滟，明舒照兮殊皎洁。"

枝杪：树木枝条的梢头。▶唐 段成式《酉阳杂俎续集·支植上》："塔侧生一大树，萦绕至塔顶，枝干交横，上平，容十余人坐，枝杪四向下垂，如百子帐。"

氛氲：云雾朦胧貌。▶南朝 宋鲍照《冬日》："烟霾有氛氲，精光无明异。"

⑥隐见：或隐或现。▶南朝 梁简文帝《咏栀子花》："日斜光隐见，风还影合离。"

无宰：没有主宰。

裴回：亦作"裵回"。彷徨。徘徊不进的样子。

⑦横汾：据《汉武故事》，汉武帝尝巡幸河东郡，在汾水楼船上与群臣宴饮，自作《秋风辞》，中有"泛楼舡兮济汾河，横中流兮扬素波"句。后因以"横汾"为典，用以称颂皇帝或其作品。▶唐 张说《奉和圣制暇日与兄弟同游兴庆宫作应制》："汉武横汾日，周王宴镐年。"



## 杜牧

杜牧(803—853)，字牧之，京兆万年(今陕西西安)人。杜佑之孙。唐文宗太和二年(828)，初为弘文馆校书郎。曾入江西、宣歙观察使沈传师幕与淮南节度使牛僧孺幕，历监察御史，黄、池、睦诸州刺史，入为司勋员外郎。武宗会昌中，历迁考功郎中、知制诰、中书舍人。时刘从谏守泽潞，何进滔据魏博，颇骄蹇不循法度。牧作《罪言》，论朝廷用兵之策。后泽潞平，略如其言。又曾注《孙子兵法》。善属文，工诗，世称小杜，以别于杜甫。后得病，自为墓志，悉取所为文章焚之。有《樊川文集》。

### 书怀寄庐州①

谢山南畔州，风物最宜秋。②太守悬金印，佳人敞画楼。③凝缸暗醉夕，残月上汀州。可惜当年鬓，朱门不得游。④

注释：

①《书怀寄庐州》诗见 唐 杜牧《樊川集》樊川外集，四部丛刊景明翻宋本。

②风物：风光景物。▶晋 陶潜《游斜川》诗序："天气澄和，风物闲美。"

③画楼：雕饰华丽的楼房。▶唐 李峤《晚秋喜雨》："聚霭笼仙阁，连霏绕画楼。"

④朱门：红漆大门，指贵族豪富之家。▶晋 葛洪《抱朴子·嘉遯》："背朝华于朱门，保恬寂乎蓬户。"

## 卢储

卢储，生卒年不详，唐江淮间人氏(一作合肥人)。宪宗元和十五年(820)庚子科状元及第。《全唐诗》存其诗二首。

### 催妆①

昔年将去玉京游，第一仙人许状头。②今日幸为秦晋会，早教鸾凤下妆楼。③

注释：

①《催妆》诗见 清 彭定求 纂《全唐诗》卷第三百六十九，清文渊阁四库全书本。原标题下有注："李翱典郡江淮。储以进士投卷，翱置几案间。其女见之，谓小青衣曰：'此人必为状头。'翱闻选以为婿，明年果第一人及第。"

②状头：即状元。

③秦晋会：春秋时秦、晋两国世为婚姻，后因以指两姓联姻。▶唐 杜甫《送大理封主簿五郎亲事不合遂停》："颇谓秦晋匹，从来王谢郎。"

### 官舍迎内子有庭花开①

芍药斩新栽，当庭数朵开。②东风与拘束，留待细君来。③

注释：

①《官舍迎内子有庭花开》诗见 清 彭定求 纂《全唐诗》卷第三百六十九，清文渊阁四库全书本。原标题下有注："一作题芍药，一作迎内子题庭花。"

②斩新：崭新，全新。▶唐 杜甫《三绝句》之一："楸树馨香倚钓矶，斩新花蕊未应飞。"

③细君：古称诸侯之妻。后为妻的通称。▶《汉书·东方朔传》："归遗细君，又何仁也！"颜师古 注："细君，朔妻之名。一说：细，小也。

## 朱庆余

朱庆余，生卒年不详，名可久，以字行，排行大，唐越州(今浙江省绍兴市)人。敬宗宝历二年(826)登进士第,官秘书省校书郎。曾客游边塞,仕途颇不得意。与张籍、贾岛、姚合、顾非熊、僧无可等交游。其诗辞意清新,描写细致,风格与张籍相近,尤擅五律。《宫词》《近试上张水部》等最为传诵。生平事迹散见《唐诗纪事》《唐才子传》。有《朱庆余诗》一卷,《全唐诗》存诗二卷。

## 将之上京别淮南书记李侍御①

心地偶相见，语多为别难。②诗成公府晚，路入翠微寒。③逢石自应坐，有花谁共看。身为当去雁，云尽到长安。

注释:

①《将之上京别淮南书记李侍御》诗见 唐 朱庆余《朱庆余诗集》,四部丛刊续编景宋本。

淮南:此处指淮南道。唐贞观元年(627),分天下为十道,淮南为其中之一。领扬、楚、滁、和、濠、庐、寿、光、蕲、申、黄、安、舒、沔,共计14州、57县。相当于现在的江苏省中部、安徽省中部、湖北省东北部和河南省东南角,即淮河以南,长江以北,湖北应山、汉阳以东的江淮地区,治所在扬州(今江苏省扬州市)。▶ 宋 张孝祥《水调歌头》词:"长忆淮南岸,耕钓混樵渔。"



书记:从事公文、书信工作的人员。▶《文选·任昉〈齐竟陵文宣王行状〉》:"谋出股肱,任切书记。"▶《醒世恒言·黄秀才徼灵玉马坠》:"但凡幕府军民事冗,要人商议,况一应章奏及书札,亦须要个代笔,必得才智兼全之士,方称其职,厚其礼币,奉为上宾,所以谓之幕宾,又谓之书记。"

侍御:唐代称殿中侍御史、监察御史为侍御,后世因沿袭此称。▶《因话录》:"御史台三院,一曰台院,其僚曰侍御史,众呼为端公;二曰殿院,其僚曰殿中侍御史,众呼为侍御;三曰察院,其僚曰监察御史,众呼亦曰侍御。

②为别:犹分别,相别。▶唐 李白《送友人》:"此地一为别,孤蓬万里征。"

③翠微:指青翠掩映的山腰幽深处。泛指青山。▶唐 高适《赴彭州山行之作》:"峭壁连崆峒,攒峰叠翠微。"



## 将之上京留别淮南书记李侍御①

半似无名位，门当静处开。人心皆向德，物色不供才。②酒兴春边过，军谋意外来。③取名荣相府，却虑诏书催。④

注释:

①《将之上京留别淮南书记李侍御》诗见 唐 朱庆余《朱庆余诗集》,四部丛刊续编景

宋本。

留别：多指以诗文作纪念赠给分别的人。▶唐 杜牧《赠张祜》："数篇留别我，羞杀李将军。"

②物色：访求，寻找；挑选。▶汉 刘向《列仙传·关令尹喜》："老子西游，喜先见其气，知有真人当过，物色而遮之，果得老子。"

③酒兴：饮酒的兴致。亦指酒后精神兴奋。▶唐 白居易《咏怀》："白发满头归得也，诗情酒兴渐阑珊。"

④取名：求取名声。▶唐 韩愈《上考功崔虞部书》："夫今之人，务利而遗道，其学其问，以之取名致官而已。"

## 送崔约下第归淮南觐省[①]

远忆拜亲留不住，出门行计与谁同。[②]程涂半是依船上，请谒多愁值雨中。[③]堰水静连堤树绿，村桥时映野花红。回期须及来春事，莫便江边逐钓翁。

注释：

①《送崔约下第归淮南觐省》诗见 唐 朱庆余《朱庆余诗集》，四部丛刊续编景宋本。

下第：此处指科举考试不中者曰下第，又称落第。▶唐 韦应物《送槐广落第归扬州》诗："下第常称屈，少年心独轻。"

觐省：探望双亲。▶唐 贾岛《送李余及第归蜀》："知音伸久屈，觐省去光辉。"

②远忆：思念远方的人。▶《南史·王份传》："（王奂）诛后，其子肃奔魏……武帝谓曰：'比有北信不？'改容对曰：'肃既近忘坟柏，宁远忆有臣。'帝亦以此亮焉。"

③请谒：请求；干求。▶《左传·隐公十一年》："无宁兹许公复奉其社稷，唯我郑国之有请谒焉，和旧昏媾，其能降以相从也。"

## 早发庐江涂中遇雪寄李侍御[①]

芦苇声多雁满陂，湿云连野见山稀。[②]遥知将吏相逢处，半是春城贺雪归。[③]

注释：

①《早发庐江涂中遇雪寄李侍御》诸诗见 唐 朱庆余《朱庆余诗集》，四部丛刊续编景宋本。

②湿云：湿度大的云。▶唐 李颀《宋少府东溪泛舟》："晚叶低众色，湿云带繁暑。"

③遥知：指在远处知晓情况。▶唐 王维《九月九日忆山东兄弟》："遥知兄弟登高处，遍插茱萸少一人。"

李涉，生卒年不详，自号清溪子，唐洛阳（今河南省洛阳市）人，初与弟李渤同隐庐山。宪宗时为太子通事舍人，寻以结近幸，为谏议大夫孔戣劾奏，谪峡州司仓参军。文宗大和中为太学博士，复流康州。有《李涉诗》一卷。《全唐诗》编诗一卷。

### 送王六觐巢县叔父二首①

巢岸南分战鸟山，水云程尽到东关。②弦歌自是君家事，莫怪今来一邑闲。

长忆山阴旧会时，王家兄弟尽相随。③老来放逐潇湘路，泪滴秋风引献之。

注释：

①《送王六觐巢县叔父二首》诗见 宋 洪迈《万首唐人绝句诗》卷第二十一，明嘉靖刻本。②鸟山：传说中的山名。▶《山海经·西山经》："北二百里，曰鸟山，其上多桑，其下多楮，其阴多铁，其阳多玉。"

③山阴会：又作"山阴兴"。指访友、会友的兴致。▶唐 卢纶《上巳日花楼宴》："徒记山阴兴，祓禊乃为荣。"



## 胡曾

胡曾（约839—?），号秋田。唐邵州邵阳（今湖南省邵阳市）人。懿宗咸通中举进士不第。路岩为西川节度使，辟曾为掌书记。高骈镇蜀，又辟之。时南诏遗书不逊，曾答书，南诏屈伏，由是笺奏皆出曾手。僖宗乾符中，高骈移镇荆南，曾辟为荆南从事。又尝为延唐令。性喜游历，足迹遍四方。每览古今兴废陈迹，慷慨怀古，作《咏史诗》一百五十余首，传诵甚广。有《安定集》十卷，已佚。《全唐诗》编诗一卷。

### 题周瑜将军庙①

共说生前国步难，山川龙战血漫漫。交锋魏帝旌旆退，委质吴王社稷安。②庭际雨余春草长，庙前风起晚光残。③功勋碑碣今何在？不得当时一字看。

注释：

①《题周瑜将军庙》诗见 清 彭定求 纂《全唐诗》卷六百四十七，清康熙四十四年(1705)至四十六年(1707)扬州诗局刻本。

《渊鉴类函》卷三百三十五注："舒有周瑜庙。"遗址位于今庐江县城西南二十里处的大城坂村头。

②委质：亦作"委挚""委贽"。放下礼物。古代卑幼往见尊长，不敢行宾主授受之礼，把礼物放在地上，然后退出。引申为臣服、归附。▶晋 陆云《盛德颂》："越裳委贽，肃慎来王。"

③晚光：夕阳的光辉。▶唐 董思恭《咏虹》："梁前朝影出，桥上晚光舒。"

## 储嗣宗

储嗣宗，生卒年不详，唐润州延陵(今江苏省丹阳市南)人，郡望兖州(今属山东)。储光羲曾孙。宣宗大中十三年(859)进士，授校书郎。与顾非熊、顾陶、司马扎友善。有《储嗣宗集》一卷。《全唐诗》编诗一卷。

### 春怀寄秣陵知友[①]

庐江城外柳堪攀，万里行人尚未还。借问景阳台下客，谢家谁更卧东山。[②]

注释：

①《春怀寄秣陵知友》诗见 元 陈世隆《宋诗拾遗》卷三，清钞本。

②景阳台：指景阳楼。南朝齐武帝以宫深不闻端门鼓漏声，置钟于景阳楼上。宫人闻钟声，早起装饰，后人称之为"景阳钟"。见《南史》卷十一《后妃传上·武穆裴皇后传》："宫内深隐，不闻端门鼓漏声，置钟于景阳楼上，应五鼓及三鼓。宫人闻钟声，早起庄饰。"

## 张彦修

张彦修，生卒年不详。唐蒲州猗氏人(今山西临猗)，生平事迹不详。《新唐书》卷七二下《宰相世系表》二下载河东张氏有彦修，为唐宪宗朝宰相张弘靖之孙，河南少尹张嗣庆之子。

## 游四顶山①

翠峦齐耸压平湖，晚绿朝红画不如。寄诗商山贤四皓，好来各占一峰居。②

注释：

①《游四顶山》诗见 宋 王象之《舆地纪胜》卷第四十五，清影宋钞本。

②商山四皓：指秦朝末年四位信奉黄老之学的隐士：东园公唐秉、夏黄公崔广、绮里季吴实、甪里先生周术。他们隐居于商山，曾经向汉高祖刘邦讽谏不可废黜太子刘盈（即后来的汉惠帝）。后人用“商山四皓”来泛指有名望的隐士。

卢鉟，生卒年、籍贯皆不详。唐宣宗大中、懿宗咸通间，尝任户部员外郎，历左司员外郎、庐州刺史。官终散骑常侍。事迹散见《太平广记》卷二七三、《南部新书》卷辛、《郎官石柱题名考》卷二及卷一二。《全唐诗》存诗一首。



## 勖曹生①

桑扈交飞百舌忙，祖亭闻乐倍思乡。②尊前有恨惭卑宦，席上无憀爱艳妆。③莫为狂花迷眼界，须求真理定心王。④游蜂采掇何时已，只恐多言议短长。

注释：

①《勖曹生》诗见《全唐诗》卷七百七十，清文渊阁四库全书本。

勖：勉励。

编者按，《南部新书》卷辛载：“卢常侍鉟牧庐江日，相座嘱一曹生，令署郡职，不免奉之。曹悦营妓名丹霞，卢阻而不许。会饯朝客于短亭，曹献诗云：‘拜玉亭闲送客忙，此时孤恨感离乡。寻思往岁绝缨事，肯向朱门泣夜长。’卢演为长句，和而勖之。曰：‘桑扈交飞百舌忙，祖亭闻乐倍思乡。樽前有恨惭卑宦，席上无聊爱靓妆。莫为狂花迷眼界，须求真理定心王。游蜂采掇何时已，却恐多言议短长。’令丹霞改令罚曹，霞乃号为怨胡天，以曹状貌甚胡。满座欢笑，卢乃目丹霞为怨胡天。”

②桑扈：此处为鸟名。即青雀。又名窃脂。▶《诗·小雅·小宛》：“交交桑扈，率场啄粟。”▶ 朱熹 集传：“桑扈，窃脂也，俗呼青嘴，肉食不食粟。”

③无憀：空闲而烦闷的心情，闲而郁闷。▶唐 李商隐《杂曲歌辞·杨柳枝》：“暂凭樽酒送无憀，莫损愁眉与细腰。”

④心王:佛教语。指法相宗所立五位法中的心法。包括眼识、耳识、鼻识、舌识、身识、意识、末那识和阿赖耶识。与心所有法相对。见《百法明门论》。亦泛指心。心为三界万法之主,故称。▶《涅槃经·寿命品》:"头为殿堂,心王居中。"

## 罗隐

罗隐(833—909),本名横,字昭谏,自号江东生,唐末五代新城(今属浙江省杭州市富阳区)人。大中、咸通中屡举进士不第,遂改名隐。与宗人罗邺、罗虬齐名,时号"三罗"。咸通末,为湖南观察使于瑰掌书记,官衡阳主簿。又为淮南李蔚从事。广明中,避乱归乡里。僖宗光启三年(887),为钱塘令,迁著作郎、节度掌书记,转司勋郎中,充节度判官。后梁开平二年(908),授给事中。次年(909),迁盐铁发运使。卒。

罗隐著述甚丰,但散佚严重,今存诗歌约五百首,有诗集《甲乙集》传世,散文名著《谗书》五卷六十篇(残缺二篇),哲学名著《两同书》二卷,小说《广陵妖乱志》《中元传》等,另有书启碑记等杂著约四十篇。

### 游四顶山[①]

胜景天然别，精神入画图。[②]一山分四顶，三面瞰平湖。过夏僧无热，凌冬草不枯。[③]游人来至此，愿舍发和须。

注释:

①《游四顶山》诗见 清 彭定求 纂《全唐诗》卷六百六十五,清文渊阁四库全书本。

四顶山:又名四鼎山、朝霞山。在安徽合肥市肥东县南五十里。传为汉末魏伯阳铸鼎炼丹处。四顶朝霞为古庐阳八景之一。

②精神:此处指风采神韵。▶宋 周美成《烛影摇红》:"风流天付与精神,全在娇波眼。"

③过夏:度过夏天;避暑。▶唐 杜牧《大梦上人自庐峰回》:"开门满院空秋色,新向庐峰过夏归。"

### 姥山[①]

临塘古庙一神仙，绣幌花容色俨然。[②]为逐朝云来此地，因随暮雨不归天。眉分初月湖中鉴，香散余风竹上烟。[③]借问邑人沉水事，已经秦汉几千年。[④]

注释:

①《姥山》诗见 清 彭定求 纂《全唐诗》卷六百六十五,清文渊阁四库全书本。《姥山》诗

标题又作《登巢湖圣姥庙》(见清 陆龙腾《(康熙)巢县志》卷十九,清康熙十二年(1673)刊本)。

巢湖:一称焦湖。在安徽中部巢湖、肥东、肥西、庐江等县市间,湖呈鸟巢状,故名,面积769平方千米。

圣姥庙:又称仙姥庙、神姥庙。《方舆胜览》卷四十六云:"姥山在巢湖中,湖陷,姥化此山。"

②花容:比喻女子美丽的容貌,亦借指女子面容。▶元 方回《虚谷闲抄》:"见少女如张等辈十许人,皆花容绰约,钗钿照辉。"

俨然:严肃庄重的样子。▶《论语·尧曰》:"君子正其衣冠,尊其瞻视,俨然人望而畏之。"

③余风:过去传留下来的风教、风习。▶《书·毕命》:"商俗靡靡,利口惟贤,余风未殄,公其念哉。"

④邑人:同乡的人。▶《易·比》:"邑人不诫,上使中也。"

## 郑綮

郑綮(? —899),字蕴武,排行五,唐荥阳(今河南荥阳)人。登进士第,任监察御史。僖宗乾符二年(875),官户部员外郎,后出为庐州刺史。入为兵部郎中,迁给事中、右(一作左)散骑常侍。敢言朝政之阙,每赋诗讥刺。昭宗赏之,擢为礼部侍郎、平章事,然以不孚众望,不久自求引退。光化二年(899)卒。生平见新、旧《唐书》本传、《资治通鉴》卷二五九、《唐诗纪事》卷六五。

綮苦心为诗,尝言"诗思在灞桥风雪中驴背上"。好歇后句,时人呼为"郑五歇后体"。又每以诗谣托讽刺时,且多诙谐之句,如离庐州任所赋"唯有两行公廨泪,一时洒向渡头风"句,为人所传。《全唐诗》存诗四首、断句一联。另著有笔记小说《开天传信记》一卷。

### 题卢州郡斋[①]

九衢尘里一书生,多达逢时拥旆旌。[②]醉里眼开金使字,紫旗风动耀天明。

注释:

①《题卢州郡斋》诗见 清 彭定求 纂《全唐诗》卷五百九十七,清文渊阁四库全书本。

卢州:即庐州,治所为今安徽省合肥市。南朝梁设合州,治于合肥。隋开皇三年(581),改合州为庐州。大业三年(607)四月,改庐州为庐江郡。唐武德三年(620),改庐江郡为庐州,属贞观元年(627)划设的淮南道。天宝元年(742),复名庐江郡,仍治合肥,仍属淮南道。至德元年(756)十二月,置淮南节度使于扬州(今扬州市),庐江郡仍属之。至德二年十二月,复名庐州,仍属淮南节镇。唐代庐州治合肥,下领合肥县、舒城县、慎县、庐江县、巢县。

郡斋:郡守起居之处。▶唐 白居易《秋日怀杓直》:"今日郡斋中,秋光谁共度?"

②九衢:纵横交叉的大道;繁华的街市。▶《楚辞·天问》:"靡蓱九衢,枲华安居。"王逸 注:"九交道曰衢。"

逢时:谓遇上好时运。▶唐 权德舆《奉和张仆射朝天行》:"逢时自是山出云,献可还同石投水。"

旆旌:泛指旗帜。▶《诗·小雅·车攻》:"萧萧马鸣,悠悠旆旌。"

## 别郡后寄席中三兰[1]

淮淝两水不相通,隔岸临流望向东。[2]千颗泪珠无寄处,一时弹与渡前风。[3]

注释:

①《别郡后寄席中三兰》诗见 清 彭定求 纂《全唐诗》卷五百九十七,清文渊阁四库全书本。原诗标题下有注:"三妓并以兰为名"。

②相通:彼此沟通;连通。▶《史记·孟子荀卿列传》:"于是有裨海环之,人民禽兽莫能相通者。"

③无寄:没有着落;无所寄托。▶晋 王谧《答桓太尉书》:"佛教之根要,今若谓三世为虚诞,罪福为畏惧,则释迦之所明,殆将无寄矣!"

## 别庐州郡人[1]

唯有两行公廨泪,一时洒向渡头风。[2]

注释:

①《别庐州郡人》诗见 清 曹寅 等编《全唐诗》卷八百七十,清文渊阁四库全书本。原诗标题下有题注:"綮累官左司郎中,家贫求郡,为庐州刺史。黄巢掠淮南,移檄请无犯州境,巢笑为敛兵。满日,有赢钱千缗,寄州库,后他盗至,终不犯郑使君钱。及杨行密为刺史,送还之,綮将去,有别郡人诗云云。"原诗现仅剩一联。

②公廨:官署。▶北魏 郦道元《水经注·淇水》:"汉光武建武二年,西河鲜于冀为清河太守,作公廨未就而亡。"

渡头:渡口,过河的地方。▶南朝 梁简文帝《乌栖曲》之一:"采莲渡头拟黄河,郎今欲渡畏风波。"

薛沆(？—899)，唐僖宗时人。约于僖宗乾符末至中和初为庐州刺史。事迹据《诗话总龟》前集卷一〇引《南部新书》。《全唐诗》存诗二句。

### 题藏舟浦花①

也知别有风光主，花蕾枝枝似去年。②

注释：

①见 清 彭定求 纂《全唐诗》卷七百九十五，清文渊阁四库全书本。原诗后有注："题藏舟浦花，见《南部新书》。"

藏舟浦：位于合肥城东郊，南淝河从此流过，河边港汊密布、芦苇丛生，曹军大将张辽率兵与孙权军队大战时，曾将战船隐藏于此。唐时，水位低落，这里成为绿波潆洄、草芳竹青的岛屿。"藏舟草色"曾为古庐阳八景之一。▶《(嘉庆)合肥县志》引《江南通志》："在金斗门外。三国魏将张辽袭吴，藏战舰于此。"又引《寰宇记》："唐贞观十年，刺史杜公作斗门与肥水相接。浦内有岛屿、花、竹，颇为佳境。"又引《舆地纪胜》："刘贡父《游后浦新咏》有'从刘园至澄心寺'。即此浦也。"在今城内浅坝。

②风光：此处指风景；景色。▶唐 张渭《湖上对酒行》："风光若此人不醉，参差辜负东园花。"

## 杜荀鹤

杜荀鹤(846—904或907)，字彦之，号九华山人。唐池州石埭(今安徽石台)人。初贫寒，读书九华山，与顾云、殷文圭等为友。累举进士不第，后归隐山中十五年。唐昭宗大顺二年(891)，登进士第，时危世乱，复还旧山。宣州节度使田頵辟为从事。昭宗天复三年(903)，出使大梁(今河南开封)。值田頵兵败，遂留大梁。天祐元年(904)，朱温奏为翰林学士、主客员外郎、知制诰。遇疾，旬日而卒。一说，哀帝天祐四年(907)，朱温代唐后，五日而卒。

工近体诗，于晚唐自成一体。其诗语言通俗、风格清新，后人称"杜荀鹤体"。初及第时，自编歌诗为《唐成集》三卷。今存《杜荀鹤文集》三卷，《全唐诗》编诗三卷。

## 过巢湖[1]

世人贪利复贪荣，来向湖边始至诚。[2]男子登舟与登陆，把心何不一般行。[3]

注释：

①《过巢湖》诗见 唐 杜荀鹤《杜荀鹤文集》卷第一，宋刻本。

②贪利：贪求利益。▶《管子·重令》："取与贪利之人，将以此收货聚财。"

贪荣：贪图名声。▶《周书·柳带韦传》："夫顾亲戚，惧诛夷，贪荣慕利，此生人常也。"

至诚：极其真挚诚恳的心意。▶《汉书·刘向传》："其言多痛切，发于至诚。"

③何不：犹言为什么不。表示反问。▶《诗·唐风·山有枢》："子有酒食，何不日鼓瑟？且以喜乐，且以永日。"

## 送人归淝上[1]

巢湖春涨喻溪深，才过东关见故林。[2]莫道南来总无利，水亭山寺二年吟。

注释：

①《送人归淝上》诗见 唐 杜荀鹤《杜荀鹤文集》卷第三，宋刻本。

②东关：地名。古称濡须口，位于今安徽省马鞍山市含山县县城西南38公里。东汉建安十七年（212），孙权为拒曹操在此修关寨，卡住濡须河口，当时又名濡须城，又因其寨似"偃月"，又称偃月城或偃月坞，俗称东关。

故林：从前栖息的树林。▶南朝 宋 谢灵运《晚出西射堂》："羁雌恋旧侣，迷鸟怀故林。"

## 春日巢湖书事[1]

暖掠红香燕燕飞，五云仙佩晓相携。[2]花开鹦鹉韦郎曲，竹亚虬龙白帝溪。[3]富贵万场照絮酒，是非千载逐芳泥。[4]不知多少开元事，露泣春丛白日低。[5]

注释：

①《春日巢湖书事》诗见 清 左辅 纂修《（嘉庆）合肥县志》卷三十一，黄山书社2006年版，第519页。本诗又作《春日期巢湖旧事》，《唐诗鼓吹》（金 元好问《唐诗鼓吹》卷九，清顺治十六年陆贻典钱朝鼒等刻本）、《全唐诗》（清 彭定求 纂《全唐诗》卷七百六十四，清文渊阁四库全书本）、《全五代诗》（清 李调元《全五代诗》全五代诗卷一百，清函海本）皆将其归于唐末五代时人谭用之名下。

②五云：五色瑞云。多作吉祥的征兆。▶《南齐书·乐志》："圣祖降，五云集。"

③韦郎曲：《云溪友议》载：韦皋游江夏，与姜使君馆侍女玉箫相恋，离别时，相约七年后相见，留玉指环为信物。八年，韦未至，玉箫绝食而殒。后韦得一歌姬，酷似玉箫。

④絮酒：谓祭奠用酒。▶唐 杨炯《为薛令祭刘少监文》："苍烟漫兮紫苔深，陈絮酒兮涕沾襟。"

⑤春丛：春日丛生的花木。▶南朝 梁刘孝标《广绝交论》："叙温郁则寒谷成暄，论严苦则春丛零叶。"

## 孙元晏

孙元晏，生卒年不详，唐江宁（今江苏南京）人。生平事迹无可考。曹寅所编《全唐诗》注："不知何许人，曾著咏史诗七十五首，今编为一卷。"

### 谢玄[①]

百万兵来逼合肥，谢玄为将统雄师。[②]旌旗首尾千余里，浑不消他一局棋。[③]



注释：

①《谢玄》诗见 清 彭定求 纂《全唐诗》卷七百六十七，清文渊阁四库全书本。

谢玄（343—388），字幼度。东晋陈郡阳夏（今河南太康）人。东晋军事家，豫州刺史谢奕之子、太傅谢安之侄。有经国才略，善于治军。早年为大司马桓温部将。孝武帝太元二年（377），为抵御前秦袭扰，谢安荐谢玄为建武将军、兖州刺史，领广陵相，监江北诸军事。他招募北来民众中的骁勇之士，组建训练一支精锐部队，号为"北府兵"。太元四年（379），率兵击败前秦军的进攻，进号冠军将军，加领徐州刺史。淝水之战中，谢玄任前锋都督，先遣部将刘牢之率部夜袭洛涧，首战告捷。继而抓住战机，用计使前秦军后撤致乱，乘势猛攻，取得以少胜多的巨大战果。太元九年（384），率兵为前锋，乘胜开拓中原，先后收复了今河南、山东、陕西南部等地区。后因病改任左将军、会稽内史。太元十三年（388）去世，年四十六。赠车骑将军、开府仪同三司，谥"献武"。

②雄师：雄劲善战的军队。▶《宣和遗事》前集："李密袒臂一呼，聚雄师百万，占了中原。"

③旌旗：亦作"旌旂""旍旂""旍旗"。旗帜的总称。借指军士、士兵。▶唐 王昌龄《青楼曲》之一："白马金鞍从武皇，旌旗十万宿长杨。"

不消：不需要；不用。▶宋 苏轼《赠包安静先生》诗之三："便须起来和热吃，不消洗面裹头巾。"

李羽，生卒年不详，据《全唐诗》卷七五七云："庐州人，登南唐进士，诗一首。"

### 献江淮郡守卢公[①]

塞诏东来淝水滨，时情惟望秉陶钧。[②]将军一阵为功业，忍见沙场百战人。[③]

注释：

①《献江淮郡守卢公》诗见 清 彭定求 纂《全唐诗》卷七百五十七，清文渊阁四库全书本。

②时情：实时舆论。▶明 沈德符《野获编补遗·列朝·承天大志》："时情咸谓书成必有异擢争求入局。"

陶钧：亦作"陶均"。制作陶器所用的转轮。比喻治国的大道。▶《史记·鲁仲连邹阳列传》："是以圣王制世御俗，独化于陶钧之上。"

③一阵：亦作"一陈"，指一次列阵或一次对敌。▶《吴子·料敌》："夫齐性刚，其国富，君臣骄奢而简于细民，其政宽而禄不均，一陈两心，前重后轻，故重而不坚。"

功业：功勋事业。▶《易·系辞下》："爻象动乎内，吉凶见乎外，功业见乎变，圣人之情见乎辞。"

百战：多次作战。▶《吴子·料敌》："三军匈匈，欲前不能，欲去不敢，以半击倍，百战不怠。"

## 杨溥

杨溥(900—938)，祖籍庐州(今安徽省合肥市)。南吴太祖杨行密四子。烈祖杨渥、高祖杨隆演之弟，南吴末代国主。南吴顺义七年(后唐天成七年，927)称帝，改元乾贞。在位时，军政大权皆在徐温及其养子徐知诰(李昪)父子手中。天祚三年(937)，禅位于徐知诰(李昪)，南吴灭亡。李昪尊其号为高尚思玄弘古让皇。升元二年(938)卒，谥"睿皇帝"。

### 无题[①]

江南江北旧家乡，三十年来梦一场。吴苑宫闱今冷落，广陵台殿已荒凉。烟凝远岫愁千点，雨打孤舟泪数行。[②]兄弟四人三百口，不堪回首细思量。

注释：

①本诗标题又作《渡中江望石城泣下》，为南唐后主李煜所作。

②远岫：远处的峰峦。▶南朝 齐 谢朓《郡内高斋闲坐答吕法曹》："窗中列远岫，庭际俯乔林。

## 伍乔

伍乔，五代南唐庐江（今属安徽省合肥市）人。少嗜学，入庐山国学，苦节自励。南唐中主时，应进士举，状元及第。署宣州幕府，迁考功员外郎，卒。工诗，与史虚白善。有集一卷。《全唐诗》存诗一卷。

### 冬日道中①

去去天涯无定期，瘦童羸马共依依。暮烟江口客来绝，寒叶岭前人到稀。带雪野风吹旅思。入云山火照行衣。钓台吟阁沧洲在，应为初心未得归。②

注释：



①《冬日道中》诗见 清 吴宾彦修 王方岐纂《（康熙）庐江县志》卷十六，清康熙三十七年（1698）刻本。

②钓台：钓鱼台。此处指东汉严光（字子陵）垂钓处。故址在浙江桐庐城西十五公里的富春山上。见《后汉书·逸民传·严光》。今钓台处有石亭，临江有严先生祠。

沧洲：滨水的地方。古时常用以称隐士的居处。▶三国 魏 阮籍《为郑冲劝晋王笺》："然后临沧洲而谢支伯，登箕山以揖许由。"

### 题西林寺水阁①

竹翠苔花绕槛浓，此亭幽致讵曾逢。水分林下清泠派，山峙云间峭峻峰。怪石夜光寒射烛，老杉秋韵冷和钟。不知来往留题客，谁约重寻莲社踪。②

注释：

①《题西林寺水阁》诗见 清 吴宾彦修 王方岐纂《（康熙）庐江县志》卷十六，清康熙三十七年（1698）刻本。

②莲社：佛教净土宗最初的结社。晋代庐山东林寺高僧慧远，与僧俗十八贤结社念佛，因寺池有白莲，故称。▶唐 戴叔伦《赴抚州对酬崔法曹夜雨滴空阶》诗之二："高会枣树宅，清言莲社僧。"

## 宿潜山[①]

一入仙山万虑宽，夜深宁厌倚虚栏。[②]鹤和云影宿高木，人带月光登古坛。[③]芝术露浓溪坞白，薜萝风起殿廊寒。[④]更陪羽客论真理，不觉初钟叩晓残。

注释：

①《宿潜山》诗见 清 吴宾彦修 王方岐纂《（康熙）庐江县志》卷十六，清康熙三十七年（1698）刻本。

②万虑：思绪万端。▶唐 韩愈《感春》诗之四："数杯浇肠虽暂醉，皎皎万虑醒还新。"

③鹤和：典出《易·中孚》："鸣鹤在阴，其子和之。"后以"鹤和"谓唱和，应答。▶宋 程垓《蓦山溪》："醉后百篇诗，尽从他龙吟鹤和。"

④芝术：药草名。灵芝和白术。

## 龙潭张道者[①]

碧洞幽岩独息心，时人何地得相寻。[②]养生不说凭诸药，适意惟闻在一琴。石径扫稀山藓合，竹轩开晚野云深。他年功就期飞去，应笑吾徒多苦吟。[③]

注释：

①《龙潭张道者》诗见 清 吴宾彦修 王方岐纂《（康熙）庐江县志》卷十六，清康熙三十七年（1698）刻本。

②息心：排除俗念。▶唐 岑参《终南双峰草堂》："敛迹归山田，息心谢时辈。"

③吾徒：犹我辈。▶汉 班固《答宾戏》："孔终篇于西狩，声盈塞于天渊，真吾徒之师表也。"

## 寄落星史虚白处士[①]

白云峰下古溪头，曾与提壶烂漫游。[②]登阁共看彭蠡浪，围炉同忆杜陵秋。棋元不厌通宵算，句妙多容隔岁酬。别后相思时一望，暮山空碧水空流。

注释：

①《寄落星史虚白处士》诗见 清 吴宾彦修 王方岐纂《（康熙）庐江县志》卷十六，清康熙三十七年（1698）刻本。

②烂漫：亦作"烂熳""烂缦"。形容光彩四射。引申为尽情地；不受拘束地。▶宋 司马光《二月中旬过景灵宫门呈君倚》："周章连日忙，烂漫数宵睡。"

# 宋

# 徐铉

徐铉(916—991),字鼎臣。五代宋初广陵(今江苏省扬州市)人。初仕杨吴,担任校书郎。南唐代吴,历任知制诰、中书舍人、翰林学士、吏部尚书。入宋历任太子率更令、散骑常侍,世称"徐骑省"。淳化初,因事贬为静难军(治在今陕西省彬县)行军司马,病逝于任上,年七十六岁。工书法,喜好李斯小篆,与弟徐锴合称"江东二徐"。联合句中正、葛湍等共同校订《说文解字》,参与编纂《文苑英华》,著有《骑省集》(即《徐公文集》)三十卷,另有《质疑论》《学津讨原》《津逮秘书》等。徐铉好谈神怪,有门客蒯亮乃江东布衣,九十余岁,好大言夸诞,所言皆载入《稽神录》。

## 光穆皇后挽歌三首①

仙驭期难改,坤仪道自光。②閟宫新表德,沙麓旧膺祥。③素帟尧门掩,凝笳毕陌长。④东风惨陵树,无复见亲桑。⑤

永乐留虚位,长陵启夕扉。⑥返虞严吉仗,复土掩空衣。⑦功业投三母,光灵极四妃。⑧唯应彤史在,不与露花晞。

隐隐閶门路,烟云晓更愁。空瞻金辂出,非是濯龙游。⑨德感人伦正,风行内职修。⑩还随偶物化,同此思轩丘。

注释:

①《光穆皇后挽歌三首》诗见 宋 徐铉《骑省集》卷四,清文渊阁四库全书本。

光穆皇后(? —965):钟氏。五代时合肥(今安徽省合肥市)人。南唐元宗李璟皇后,后主李煜生母。李煜即位,尊为皇太后。乾德三年(965)十月,病逝。祔葬李璟的顺陵,谥光穆皇后。顺陵现为全国重点文物保护单位。

②仙驭:婉辞,古谓人死为驾鹤仙游,因称"仙驭"。▶唐 韩愈《大行皇太后挽歌词》之三:"云随仙驭远,风助圣情哀。"

坤仪:犹母仪。多以称颂帝后,言为天下母亲之表率。▶宋 王安石《慰太后表》:"方正坤仪之位,上同干施之仁。"

③沙麓:亦作"沙鹿"。古山名。一说古地名。故址在今河北省大名县东。▶《春秋·僖公十四年》:"秋,八月辛卯,沙鹿崩。"杜预 注:"沙鹿,山名。平阳元城县东有土山。"

又据《后汉书·元后传》载,春秋晋国有史官以为沙麓崩陷乃"阴为阳雄,土火相乘"之象,断言六百四十五年后宜有圣女兴。因以"沙鹿"作为颂扬皇太后、皇后之词。

④凝笳：徐缓幽咽的笳声。▶《文选·谢朓〈鼓吹曲〉》："凝笳翼高盖，叠鼓送华辀。"

⑤陵树：植于陵园的树木。▶《后汉书·虞延传》："延进止从容，占拜可观，其陵树株蘗，皆谙其数，俎豆牺牲，颇晓其礼。"

亲桑：指皇后亲自参加蚕事的典礼。语本《礼记·月令》："(季春之月)亲东乡躬桑。"。▶《淮南子·时则训》："后妃斋戒，东乡亲桑。"

⑥长陵：高大的土山。▶《楚辞·九叹》："登长陵而四望兮，览芷圃之蠡蠡。"王逸 注："言已登高大之陵，周而四望。"

⑦返虞：又作反虞。虞，祭名。古代送葬返回时举行虞祭，称反虞。▶《孔子家语·曲礼》："于是封之，崇四尺。孔子先反虞，门人后。雨甚至，墓崩，修之而归。"

复土：谓掘穴下棺，以所出土覆于棺上为坟，建陵墓。▶《史记·秦始皇本纪》："先帝为咸阳朝廷小，故营阿房宫，为室堂未就，会上崩，罢其作者，复土骊山。"

⑧三母：指周代三位贤母。▶汉 刘向《列女传·周室三母》："三母者，太姜、太任、太姒。"

光灵：德化；恩泽。▶《东观汉记·东平宪王苍传》："今鲁国孔氏尚有仲尼车与冠履，明德盛者，光灵远也。"

四妃：1.四位妃子。指黄帝四妃。▶《史记·五帝本纪》"嫘祖为黄帝正妃"唐 司马贞 索隐："黄帝立四妃，象后妃四星。▶ 皇甫谧 云：'元妃西陵氏女，曰累祖，生昌意；次妃方雷氏女，曰女节，生青阳；次妃彤鱼氏女，生夷鼓，一名苍林；次妃嫫母，班在三人之下。'"▶ 宋 高承《事物纪原·帝王后妃》载"四妃"之次为嫘祖、嫫姆、彤鱼氏、方雷氏。2.四位妃子。指帝喾四妃。▶《大戴礼记·帝系》："帝喾卜其四妃之子，而皆有天下。上妃，有邰氏之女也 曰姜嫄氏。产后稷；次妃，娀氏之女也，曰简狄氏，产契；次妃，曰陈丰氏，产帝尧；次妃，曰娵訾氏，产帝挚。"

⑨濯龙：汉代宫苑名。在洛阳西南角。借指皇室。▶《后汉书·皇后纪上·明德马皇后》："帝幸濯龙中，并召诸才人。"

⑩内职：指嫔妃等在宫中所尽的职守。▶《礼记·昏义》："天子听外治，后听内职。"

## 和相国向公诸贤入社[1]

湖寺安禅处，杉萝一径阴。[2]公卿莲社远，风雪草堂深。[3]圆月真空性，孤云淡泊心。[4]翻经穿妙理，拥纳动清吟。竹冷侵灯焰，溪闲度磬音。[5]刘雷有高迹，终古振东林。[6]

注释：

①《和相国向公诸贤入社》诗见《相国向公诸贤入社诗》，韩国藏《杭州西湖昭庆寺结莲社集》残本。

相国向公：即向敏中。向敏中(949—1020)，字常之。北宋初开封府(今河南省开封市)人。太平兴国五年(980),进士及第,历任工部郎中、给事中等职。真宗咸平四年(1001)拜相。后因购宅争妻事被贬为户部侍郎,出知永兴军。多次出守地方,并两任东京留守,以勤于政事、老成持重而闻名。晚年多病,屡次请辞不得,官至左仆射、昭文馆大学士。天禧四年(1020)病故,年七十二。赠太尉、中书令,谥"文简",后加赠燕王。有文集十五卷,今已佚。

②安禅:佛教语。指静坐入定,俗称打坐。▶南朝 梁 张缵《南征赋》:"寻太傅之故宅,今筑室以安禅。"

杉萝:杉树和女萝。女萝即松萝,常大批悬垂高山针叶林枝干间。▶唐 朱庆余《和刘补阙秋园寓兴之什》之三:"逍遥人事外,杖履入杉萝。"

③莲社:佛教净土宗最初的结社。晋代庐山东林寺高僧慧远,与僧俗十八贤结社念佛,因寺池有白莲,故称。▶唐 戴叔伦《赴抚州对酬崔法曹夜雨滴空阶》诗之二:"高会枣树宅,清言莲社僧。"

④真空:佛教语。一般谓超出一切色相意识界限的境界。▶南朝 陈 徐陵《长干寺众食碑》:"自非道登正觉,安住于大般涅槃;行在真空,深入于无为般若。"

⑤灯焰:灯烛的火焰。▶唐 白居易《宿东林寺》:"经窗灯焰短,僧炉火气深。"

⑥刘雷:指与东林寺高僧慧远结社的,名儒刘程之、张野、周续之、张铨、宗炳、雷次宗等人。典出《东林莲社十八高贤传·慧远法师》:"既而谨律息心之士,绝尘清信之宾,不期而至者,慧永、慧持、道生、昙顺、僧叡、昙恒、道昺、昙诜、道敬、佛驮邪舍、佛驮跋陀罗,名儒刘程之、张野、周续之、张铨、宗炳、雷次宗等,结社念佛,世号十八贤。"▶五代 齐己《题东林十八贤真堂》:"白藕花前旧影堂,刘雷风骨画龙章。共轻天子诸侯贵,同爱吾师一法长。"

## 王禹偁

王禹偁(954—1001),字符之,北宋济州巨野(今山东巨野)人。太平兴国八年(983)进士。端拱初为右拾遗、直史馆,上《御戎十策》。迁知制诰,判大理寺。至道元年为翰林学士、知审官院兼通进银台封驳司,凡诏命不当者多所论奏。真宗即位,上疏言加强边防、减冗兵冗吏、严格选举、沙汰僧尼、谨防小人得势等五事。预修《太祖实录》,以直书史事,降知黄州,后迁蕲州卒。在官以刚直敢言称。工诗文,提倡诗学杜甫、白居易,文学韩愈、柳宗元。有《小畜集》《五代史阙文》。存词一首,见《花庵词选》。

### 和庐州通判李学士见寄①

北门西掖久妨贤,出入丹墀近八年。②且把一麾淮水上,敢思三接浴堂前。③将何政术称循吏，岂有文章号谪仙。[4]除却清贫入诗咏，山城坐客冷无毡。[5]

金銮失职下蓬瀛，也向淮边领郡城。[6]堆案簿书为俗吏，满楼山色负吟情。[7]庐江地近音尘断，何逊诗来格调清。[8]未得樽前一开口，可怜心绪独摇旌。[9]

注释：

①《和庐州通判李学士见寄》诗见 宋 王禹偁《小畜集》王黄州小畜集卷第十，四部丛刊景宋本配吕无党钞本。

②西掖：中书或中书省的别称。▶汉 应劭《汉官仪》卷上："左右曹受尚书事，前世文士，以中书在右，因谓中书为右曹。称西掖。"

③一麾：一面旌麾。旧时作为出为外任的代称。 唐 杜牧《即事》："莫笑一麾东下计，满江秋浪碧参差。"

浴堂：澡堂，洗澡的地方。寺院和皇宫中有浴堂。宫中浴堂又称浴殿，唐代皇帝常在这里召见文人学士。后来市井也有浴堂。▶唐 王建《宫词》之二九："浴堂门外抄名入，公主家人谢面脂。"

④谪仙：谪居世间的仙人。常用以称誉才学优异的人。▶《南齐书·高逸传·杜京产》："永明中会稽钟山有人姓蔡，不知名。山中养鼠数十头，呼来即来，遣去便去。言语狂易。时谓之'谪仙'。"



⑤原诗本句后有作者自注："杜工部《戏赠郑广文》诗云登科四十年，坐客寒无毡。"

⑥蓬瀛：指海上仙山蓬莱和瀛洲。相传为仙人所居之处，亦泛指仙境。▶晋 葛洪《抱朴子·对俗》："或委华驷而辔蛟龙，或弃神州而宅蓬瀛。"

⑦"满楼山色"原作"满楼山邑"，据清光绪会稽孙星华增刻本（孙本）、清乾隆平阳赵熟典刻本（赵本）、上海涵芬楼影印江南图书馆藏经锄堂钞本（经锄堂本）改。

⑧音尘：音信，消息。▶汉 蔡琰《胡笳十八拍》之十："故乡隔兮音尘绝，哭无声兮气将咽。"

⑨心绪：心思，心情。▶宋 欧阳修《与孙威敏公书》："昨日范公宅得书，以埋铭见托。哀苦中无心绪作文字，然范公之德之才，岂易称述！"

## 马亮

马亮（957—1031），字叔明。北宋庐州合肥（今安徽省合肥市）人。太平兴国五年（980）进士。初为大理评事，知芜湖县。后知濮、福、饶三州，颇有治行。真宗时为西川转运副使，历知潭、升、广、虔、洪、杭、庐、江陵、江宁等州府。仁宗时累迁工部尚书，知亳州、江宁府，以太子少保致仕。有智略，敏于政事，然无廉称。卒谥"忠肃"。子仲甫，官至天章阁待制、河北都转运使。

## 滴翠轩[1]

高阁登临暑气空，绿槐蝉噪咽清风。[2]我今到此须怀感，多少行人道路中。[3]

注释：

①《滴翠轩》诗见 元 陈世隆《宋诗拾遗》卷三，清钞本。

②蝉噪：蝉声喧闹、聒噪。▶南朝 梁 王籍《入若耶溪》："蝉噪林逾静，鸟鸣山更幽。"

③怀感：心怀感激。▶《后汉书·刘平传》："政有恩惠，百姓怀感，人或增赀就赋，或减年从役。"

# 林逋

林逋(967—1028)，字君复。北宋杭州钱塘(今浙江省杭州市)人。少孤力学，恬淡好古。早年放游江淮间，后隐居杭州孤山二十年。种梅养鹤，终身不娶，时称"梅妻鹤子"。善行书，喜为诗，多奇句。卒，仁宗赐谥和靖先生。有《和靖诗集》。

## 无为军[1]

掩映军城隔水乡，人烟景物共苍苍。[2]酒家楼阁摇风旆，茶客舟船簇雨樯。残笛远砧闻野墅，老苔寒桧看僧房。[3]狎鸥更有江湖兴，珍重江头白一行。[4]

注释：

①《无为军》诗见 宋 林逋《林和靖诗集》卷二，四部丛刊景明钞本。

②军城：唐代设兵戍守的城镇，此处指无为军城。▶唐 白居易《浔阳宴别》："鞍马军城外，笙歌祖帐间。"

③野墅：村舍；田庐。▶唐 元稹《生春》诗之七："何处生春早？春生野墅中。"

④狎鸥：《列子·黄帝》："海上之人有好沤鸟者，每旦之海上，从沤鸟游，沤鸟之至者百住而不止。其父曰：'吾闻沤鸟皆从汝游，汝取来，吾玩之。'明日之海上，沤鸟舞而不下也。"沤，同"鸥"。后以"狎鸥"指隐逸。▶南朝 梁 任昉《别萧咨议》："傥有关外驿，聊访狎鸥渚。"

## 送陈纵之无为军[1]

淮天时节少春寒，几蒂梅花雪欲残。水次军城囊剑入，雨馀村坞镫驴看。[2]名缘未出知谁异，道为深穷却自难。第一京师早西入，庙廊题字可无韩。

注释：

①《送陈纵之无为军》诗见 宋 林逋《林和靖诗集》卷三，四部丛刊景明钞本。

②水次：水边。▶《汉书·赵充国传》："臣前部士入山，伐林木大小六万余枚，皆在水次。"

## 舒城僧舍呈赠李仲宣文学①

竹深淮寺雪萧骚，一壁寒灯伴寂寥。瘦尽骨毛终裹裹，蚀来锋刃转豪曹。②宦情冷落诗中见，谈态轩昂酒后高。莫为无辜惜才术，圣明求治正焦劳。③

注释：

①《舒城僧舍呈赠李仲宣文学》诗见 宋 林逋《林和靖诗集》卷三，四部丛刊景明钞本。

②裹裹：亦作"袅袅"。纤长柔美貌。▶南朝 梁 王台卿《陌上桑》诗之四："郁郁陌上桑，袅袅机头丝。"

豪曹：古剑名。借指利剑。▶晋 葛洪《抱朴子·博喻》："青萍、豪曹，剡锋之精绝也。"

③才术：才学。▶《后汉书·班固传》："固自以二世才术，位不过郎，感东方朔、杨雄自论，以不遭苏、张、范、蔡之时，作《宾戏》以自通焉。"



焦劳：焦虑烦劳。▶汉 焦赣《易林·恒之大壮》："病在心腹，日以焦劳。"

## 寄上金陵马右丞三首①

专席顷尝居宪府，拥旄寻亦别明庭。②金陵土著多蒙赖，分野三回见福星。

惠爱如春威似霜，神明佳政蔼余杭。③集贤庭畔依依柳，无限行人比颂棠。④

尽道次公当入相，江湖那肯久迟徊。⑤西湖春物空凝意，犹望方舟尝胜来。⑥

注释：

①《寄上金陵马右丞三首》诗见 宋 林逋《林和靖诗集》卷四，四部丛刊景明钞本。

马右丞：指马亮，时马亮以尚书工部侍郎知金陵。

②专席：独坐一席。▶《汉官仪》："御史大夫、尚书令、司隶校尉皆专席，号'三独坐'。"

宪府：御史台。▶唐 杜甫《哭长孙侍御》："礼闱曾擢桂，宪府屡乘骢。"

明庭：圣明的朝廷。▶唐 杜牧《雪中书怀》诗："明庭开广敞，才俊受羁维。"

③惠爱：犹仁爱。▶《韩非子·奸劫弑臣》："哀怜百姓不忍诛罚者，此世之所谓惠爱也。"

佳政：优良的政绩。▶三国 魏 曹植《与吴季重书》："又闻足下在彼，自有佳政。"

④集贤：集贤殿书院的省称。▶唐 韩愈《顺宗实录四》："城字亢宗……好学，贫不能得书，乃求入集贤为书写吏，窃官书读之。"

⑤次公："盖宽饶，字次公。为官廉正不阿，刺举无所回避。平恩侯许伯治第新成，权贵均往贺，宽饶不行，请而后往，自尊无所屈。许伯亲为酌酒，宽饶曰："无多酌我，我乃酒狂。"丞相魏侯笑道："次公醒而狂，何必酒也？"见《汉书·盖宽饶传》。后因以"次公"称刚直高节之士或廉明有声的官吏。▶宋 苏轼《赠孙莘老七绝》："时复中之徐邈圣，毋多酌我次公狂。"

⑥凝意：意念专注。▶南朝 梁 江淹《从建平王游纪南城》诗："丹砂信难学，黄金不可成；迁化每如兹，安用贵空名。流宕惨中怀，凝意方自惊。"

方舟：两船相并。▶《庄子·山木》："方舟而济于河，有虚船来触舟，虽有惼心之人，不怒。"

## 杨亿

杨亿（974—1021），字大年。北宋建州浦城（今属福建）人。幼颖异，年十一，太宗召试诗赋，授秘书省正字。淳化中，献《二京赋》，赐进士及第。真宗即位，超拜左正言，预修《太宗实录》；又与王钦若同总修《册府元龟》，其功居多。两为翰林学士，官终工部侍郎，兼史馆修撰。性刚介耿直，重交游，与王旦、刘筠、谢绛等友善。娴熟典章制度，喜奖掖后进。为文才思敏捷，精密有规裁。诗学李商隐，词藻华丽，号"西昆体"。卒谥"文"。编《西昆酬唱集》，有《杨文公谈苑》《武夷新集》等。

### 王廷评臻知庐州舒城县[①]

颍水生贤自古奇，西游声价满京师。[②]梁园献赋天将雪，潘县临民鬓未丝。[③]南浦销魂分袂处，北堂献寿捧觞时。[④]到官卧治成高趣，终日清谈吏不欺。[⑤]

注释：

①《王廷评臻知庐州舒城县》见 宋 杨亿《武夷新集》卷三诗，明刻本。原诗标题下有作者自注："臻，汝阴人。"

②生贤：生养贤良之人。▶宋 王安石《贺生皇子表》之七："燕禖飨德，方储锡羡之祥；黑梦生贤，克协会昌之运。"

③献赋：作赋献给皇帝，用以颂扬或讽谏。▶《西京杂记》卷三："相如将献赋，未知所为。梦一黄花翁，谓之曰：'可为《大人赋》。'"

潘县：指河阳县。潘岳曾为河阳令，故称。▶明 何景明《方朔图》："种树非潘县，迷花似楚村。”

④北堂：代称母亲。▶唐 李白《赠历阳褚司马》：“北堂千万寿，侍奉有光辉。”

⑤高趣：高雅的志趣。▶《宋书·隐逸传·陶潜》：“少有高趣，尝着《五柳先生传》以自况。”

## 胡宿

胡宿（995—1067），字武平，常州晋陵（今江苏常州）人。天圣二年（1024）进士。历官扬子尉、通判宣州、知湖州、两浙转运使、修起居注、知制诰、翰林学士、枢密副使。治平三年（1066）以尚书吏部侍郎、观文殿学士知杭州。四年，病逝，年七十三。谥“文恭”。《宋史》卷三一八有传。有《胡文恭集》七十卷，久佚。清初，从《永乐大典》辑出胡宿诗文一千五百余首，编为《文恭集》五十卷，又搜辑散见于他书者为《补遗》一卷。收入《四库全书》和《武英殿聚珍版丛书》时，删去其中青词乐语十卷，并将《补遗》编入，定为四十卷。

### 寄合肥知己[①]



离管回香辔，行舟动翠篙。[②]夕魂惟是黯，春目旋成蒿。梦与杨花荡，书凭燕子高。[③]望中人不见，湖上首重搔。[④]

注释：

①《寄合肥知己》诗见 宋 胡宿《文恭集》卷二，清武英殿聚珍版丛书本。

知己：彼此相知而情谊深切的人。▶三国 魏 曹植《赠徐干》：“弹冠俟知己，知己谁不然。”

②离管：指别离时所弹奏的管乐器。▶明 高启《赋得蝉送别》：“离管尊前发，凄凉调正同。”

行舟：航行中的船。▶三国 魏 曹丕《善哉行》：“汤汤川流，中有行舟。”

③扬花：指柳絮。▶北周 庾信《春赋》：“新年鸟声千种啭，二月杨花满路飞。”

④望中：视野之中。▶唐 权德舆《酬冯监拜昭陵途中遇雨》：“甘谷行初尽，轩台去渐遥。望中犹可辨，耘鸟下山椒。”

### 晨起马上口占[①]

马过津桥外，城临金斗傍。[②]早霜浓著瓦，落月半衔墙。暗水澄寒底，初霞漏晓光。[③]疏钟林下寺，烟景正苍凉。[④]

注释：

①《晨起马上口占》诗见 宋 胡宿《文恭集》卷二，清武英殿聚珍版丛书本。

②“马过津桥外，城临金斗傍。”句后有注：“金斗，肥城之名。”疑脱“合”字。

③暗水：伏流，潜藏不显露的水流。▶唐 李百药《送别》：“夜花飘露气，暗水急还流。”

④烟景：云烟缭绕的景色。▶唐 韦应物《游灵岩寺》：“吴岫分烟景，楚甸散林丘。”

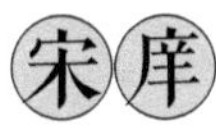

宋庠(996—1066)，字公序，原名郊，入仕后改名庠。北宋开封雍丘(今河南省杞县)人，后徙安州安陆(今湖北省安陆市)。天圣二年(1024)进士，累迁翰林学士。宝元二年(1039)，除参知政事。与宰相吕夷简论事不合，出知扬州、郓州。复入参政，改枢密使。皇祐元年(1049)拜相。三年(1052)，为包拯奏劾不戢子弟，无所建明，出知河南府。旋加使相，充枢密使，封莒国公。英宗即位，改封郑国公，请老致仕。与弟宋祁俱以文学名，时称“二宋”。读书至老不倦，善正讹谬。卒谥“元宪”。有《国语补音》《宋元宪集》等。



## 送巢县梅主簿①

吴邑神仙系，梁台英俊游。②官从鸾棘试，材俟蚁封求。③堂桂叨联籍，陔兰庆奉羞。④行行离恨苦，淮月一弦秋。

注释：

①《送巢县梅主簿》诗见 宋 宋庠《元宪集》卷六，清武英殿聚珍版丛书本。

②梁台：南朝梁朝的禁城。▶唐 李商隐《读任彦升碑》：“梁台初建应惆怅，不得萧公作骑兵。”

③蚁封：亦作“螘封”。即蚁垤。犹言蚁穴自封。▶《晋书·邵续传》：“国家应符拨乱，八表宅心，遗晋怖威，远窜扬越。而续蚁封海阿，跋扈王命，以夷狄不足为君邪？何无上之甚也！”

④陔兰：典出《文选·束晰〈补亡诗〉》：“循彼南陔，言采其兰。”李善 注：“采兰以自芬香也。循陔以采香草者，将以供养其父母。”后因以“陔兰”敬称他人的子孙。意谓能孝养长辈。

## 淮南早春风雨连日俗以为宜[①]

淮海岁方新，层阴便浃辰。[②]山山能作雨，物物解呈春。野鸟千声异，江芜一色匀。农区田溜满，偏慰守藩臣。[③]

注释：

①《淮南早春风雨连日俗以为宜》诗见 宋 宋庠《元宪集》卷七，清武英殿聚珍版丛书本。

②层阴：指密布的浓云。▶唐 李商隐《写意》："日向花间留返照，云从城上结层阴。"

③藩臣：拱卫王室之臣。▶《史记·南越列传》："（南越王尉佗）乃顿首谢，愿长为藩臣，奉贡职。"

## 送巢邑孙簿兼过江南家墅[①]

楚客才多不奈秋，长安赴集苦淹留。[②]半纶绶采缁尘化，十幅帆阴素潦收。[③]离恨枉能宽带眼，归期犹喜咏刀头。[④]督租勾簿真沈俊，终冀梁台一召邹。[⑤]



注释：

①《送巢邑孙簿兼过江南家墅》诗见 宋 宋庠《元宪集》卷十一，清武英殿聚珍版丛书本。

家墅：别墅。

②赴集：指官吏前往任所。▶宋 梅尧臣《送白秀才福州省亲》："固非远仕进，服期难赴集。"

③缁尘：黑色灰尘。常喻世俗污垢。▶南朝 齐 谢朓《酬王晋安》："谁能久京洛，缁尘染素衣。"

④带眼：腰带上的孔眼，放宽或收紧腰带时用。▶宋 王安石《寄余温卿》："平日离愁宽带眼，讫春归思满琴心。"

刀头："还"的隐语，即还归。刀头有环，环、还音同。▶宋 范成大《余与陆务观自圣政所分袂留此为赠》诗："一语相开仍自解，除书闻已趣刀头。"

⑤督租勾簿：催收税务、勾销整理账册的低阶官职。

沈俊：亦作"沉俊"。埋没俊才。▶宋 范仲淹《举张问孙复状》："（张问）文学履行，有名于时……近上封事，贻霑国恩，职不称才，众知沉俊。"

召邹：即召邹生。典出"梁园赋雪"。谓延请文士、宾客。▶唐 白居易《雪朝乘兴欲诣李司徒留守》："梁园应有兴，无不召邹生。"

宋祁(998—1061),字子京。与兄宋庠齐名,时呼"小宋、大宋"。北宋安州安陆(今湖北省安陆市)人,徙开封雍丘。天圣二年(1024)进士,累迁太常博士,同知礼仪院,按试新乐,预修《广业记》。历知制诰、翰林学士。任史馆修撰,与欧阳修同修《新唐书》。出知许、亳、成德、定、益等州军,除三司使。《新唐书》成,进工部尚书,拜翰林学士承旨。卒谥"景文"。有《宋景文集》《益部方物略记》《笔记》等。

## 智成上人奉陪中山公赴淝上①

宗工方出守，大士此相亲。②不有今平叔，难酬彼上人。③毡毹连榻具，笋脯对盂珍。④别后临川偈，同翻几叶新。⑤

注释:

①《智成上人奉陪中山公赴淝上》诗见 宋 宋祁《景文集》卷十二,清武英殿聚珍版丛书本。

中山公:指刘筠。刘筠(971—1031)字子仪,北宋河北大名(今河北大名)人。宋真宗咸平元年(998)进士。初授馆陶县县尉,后为翰林学士承旨、权判都省。又以龙图阁直学士再知庐州。殁后谥"文恭"。文与杨亿齐名,当时号称"杨刘"。因刘筠为汉中山靖王刘胜后裔,时人多称其为刘中山。又,刘筠为宋祁座师,故宋祁尊称其为中山公。

淝上:南淝河(古称淝水,施水)源出合肥西北(具体位置为今肥西县高刘镇岗北村何老家西北侧的红石桥。),经城外汇入巢湖,合肥临其上,故名淝上。

②宗工:犹宗匠,宗师。指文章学术上有重大成就,为众所推崇的人。▶宋 洪迈《容斋三笔·作文字要点检》:"作文字不问工拙小大,要之不可不着意点检。若一失事体,虽遣词超卓,亦云未然。前辈宗工,亦有所不免。"

出守:由京官出为太守。▶南朝 宋 颜延之《五君咏·阮始平》:"屡荐不入官,一麾乃出守。"

大士:对高僧的敬称。▶宋 苏轼《金山长老宝觉师真赞》:"望之俨然,即之也温,是惟宝觉大士之像。"

③原诗"不有今平叔,难酬彼上人。"句后有作者自注:"昔文殊赞云:'彼上人者,难为酬对。'"

不有:无有,没有。▶《论语·雍也》:"不有祝鮀之佞,而有宋朝之美,难乎免于今之世矣!"

上人:《释氏要览·称谓》引古师云:"内有德智,外有胜行,在人之上,名上人。"自南朝宋以后,多用作对和尚的尊称。

④毡氍:即毡毯。毛毡制成的毯子。▶唐 白居易《青毡帐二十韵》:“软煖围毡毯,鎗枞束管弦。”

笋脯:把笋煮熟晾晒、加以调料的食物。▶元 虞集《奉别阿鲁灰东泉学士游瓯越》:“笋脯尝红稻,莼羹斫白鱼。”

⑤临川:面对川流。▶三国 魏 曹植《朔风》:“临川慕思,何为泛舟。”

## 闻中山公淝上家园新成秘奉阁辄抒拙诗寄献[①]

为乐东平得再麾,别营层阁驻经帏。[②]溢囊秘简青皆汗,署榜宸毫白正飞。[③]樽喜客来衔酒数,画疑仙去启厨稀。[④]门前即枕春溪路,几曲歌成使舫归。[⑤]

注释:

①《闻中山公淝上家园新成秘奉阁辄抒拙诗寄献》诗见 宋 宋祁《景文集》卷十三,清 武英殿聚珍版丛书本。

新成密奉阁:指刘筠性爱庐州,后知庐州,遂在城中建造楼阁以收藏朝廷前后所赏赐之书,宋仁宗挥笔赐字“真宗圣文秘奉之阁”。

②为乐:作乐,取乐。▶《后汉书·灵帝纪》:“帝着商估服,饮宴为乐。”

东平:地名。今山东省泰安市东平县。

再麾:一对旌旗。唐制,节度使专制军事,给双旌双节,旌以专赏,节以专杀。见《新唐书·百官志四下》。

经帏:即经筵,指汉唐以来帝王为讲论经史而特设的御前讲席。宋代始称经筵,置讲官以翰林学士或其他官员充任或兼任。宋代以每年二月至端午节、八月至冬至节为讲期,逢单日入侍,轮流讲读。元、明、清三代沿袭此制,而明代尤为重视。除皇帝外,太子出阁后,亦有讲筵之设。清制,经筵讲官,为大臣兼衔,于仲秋仲春之日进讲。▶明 李东阳《送董礼部尚矩还南京》诗:“谁言省署寅清地,不及经帏侍从劳?”

③秘简:奥秘的典册。▶隋 宇文恺《奏明堂议表》:“采崧山之秘简,披汶水之灵图。”

署榜:开列姓名,张榜示人。▶《新唐书·李逢吉传》:“(逢吉)拜门下侍郎、同中书门下平章事。诏礼部尚书王播署榜。”

④衔酒:饮酒。▶南朝 梁 吴均《酬郭临丞》:“愿君但衔酒,深知有素诚。”

仙去:此处指成仙而去。▶晋 干宝《搜神记》:“至蚕时,有神女夜至,助客养蚕……缫讫,女与客俱仙去,莫知所如。”

⑤春溪路:春天溪谷边的小路。▶唐 张九龄《赴使泷峡》:“溪路日幽深,寒空入两嵚。”

## 中山公镇淝上[①]

长鬣生氂满帐前，甘棠载憩示优贤。[②]簜函握节中军府，奎字成钩宝阁天。[③]丹匕去寻鸿苑录，佛花来供净名禅。[④]朝家入有三公拜，未信东山得久眠。[⑤]

注释：

①《中山公镇淝上》诗见 宋 宋祁《景文集拾遗》卷三，清光绪孙新华刻本。

②长鬣[liè]：指多须或多须的人。▶《左传·昭公十七年》："吴伐楚……使长鬣者三人，潜伏于舟侧……。'"

优贤：礼遇、优待贤士。▶汉 贾谊《新书·道术》："优贤不逮谓之宽，反宽为阨。"

③宝阁：原对佛寺殿阁的美称。此处是赞誉刘筠所筑楼阁华丽。▶唐 章孝标《题东林寺寄江州李员外》："日映砌阴移宝阁，风吹天乐动金铃。"

④净名：毗摩罗诘佛（维摩诘）的别称，亦指毗摩罗诘佛像。

⑤朝家：国家；朝廷。▶《后汉书·应劭传》："鲜卑隔在漠北……苟欲中国珍货，非为畏威怀德。计获事足，旋踵为害。是以朝家外而不内，盖为此也。"

东山：东晋谢安早年曾辞官隐居会稽之东山，经朝廷屡次征聘，方才复出。后因以"东山"为典，指隐居或游憩之地。此处代指谢安，泛指名高望重的人。▶唐 李白《登金陵冶城西北谢安墩》："想象东山姿，缅怀右军言。"



## 送胡宿同年主合淝簿[①]

归路青袍杂彩裳，何言县枳滞鸾翔。[②]恨无旨酒邀枚叟，愁听斑骓送陆郎。[③]四剖楚萍资夕膳，一弦淮月望春艎。[④]铃斋坐镇儒林丈，密启行闻达上方。[⑤]

注释：

①《送胡宿同年主合淝簿》诗见 宋 宋祁《景文集》卷十七，清武英殿聚珍版丛书本。

胡宿：（995—1067），字武平，北宋常州晋陵（今江苏常州）人。天圣二年（1024）进士。历官扬子尉、通判宣州、知湖州、两浙转运使、修起居注、知制诰、翰林学士、枢密副使。以居安思危、宽厚待人、正直立朝著称，谥"文恭"。

同年：古代科举考试同科中试者之互称。唐代同榜进士称"同年"，明清乡试、会试同榜登科者皆称"同年"。

主合淝簿：任合淝主簿。主簿：古代官名。是各级主官属下掌管文书的佐吏。魏、晋以前主簿官职广泛存在于各级官署中；隋、唐以后，成为部分官署与地方政府的事务官，重要性减少。隋、唐三省六部不设主簿，惟御史台、诸寺等署有之。唐诸州以录事参军取代主簿。南宋中叶后，御史台也不设主簿。元诸寺、监、院有关人员，或称主簿，或改称典簿，县主簿简称为簿。明、清太仆、鸿胪二寺及钦天监称主簿，太常、光禄二寺及国子监称典簿，县署则仍称主簿。均系低级之事务官。

②青袍：唐贞观三年，规定八品、九品官服青色，显庆元年，规定深青为八品之服，浅青为九品之服。后泛指品位低级的官吏。▶元 柳贯《太子受册礼成赴西内朝贺退归书事》诗："青袍最困微班忝，亲向前星挹斗杓。"

鸾翔：比喻飞黄腾达。▶晋 葛洪《抱朴子·广譬》："应侯韬奇于溺箦，不妨其鸾翔而凤起也。"

③旨酒：美酒。▶《诗·小雅·鹿鸣》："我有旨酒，以燕乐嘉宾之心。"

愁听：听而生愁，怕听。▶唐 王昌龄《送魏二》："忆君遥在潇湘月，愁听清猿梦里长。"

斑骓：毛色青白相杂的骏马。▶唐 李商隐《春游》："桥峻斑骓疾，川长白鸟高。"

陆郎：指南朝陈后主宠臣陆瑜。▶《乐府诗集·清商曲辞四·明下童曲》："陈孔骄赭白，陆郎乘斑骓。徘徊射堂头，望门不欲归。"

④楚萍：即楚江萍。楚王所得的江中萍实。传说春秋时楚昭王渡江，江中有一物大如斗，圆而赤，直触王舟，众人莫能识。昭王派人问于孔子。孔子说是萍实，为吉祥之物，剖而食之，可作霸主。见《孔子家语·致思》。

⑤铃斋：古代州郡长官办事的地方。▶唐 韩翃《赠郓州马使君》："他日铃斋内，知君亦赋诗。"

坐镇：指官长亲自在某处镇守。



密启：秘密启奏、启禀。▶《晋书·贾充传》："先是羊祜密启留充，及是，帝以语充。"

## 送同年孙锡勾簿巢县①

干牍公车与愿违，却怀黄绶去江湄。②中都食酪忧莼老，要路编苫笑锦迟。③酒帜亭长离帟罢，浪花风稳暝帆移。④惊秋感别俱成恨，瘦尽森森琼树枝。⑤

注释：

①《送同年孙锡勾簿巢》诗见宋 宋祁《景文集》卷十七，清武英殿聚珍版丛书本。

②黄绶：古代官员系官印的黄色丝带。借指官吏或官位。▶唐 陈子昂《同宋参军之问梦赵六赠卢陈二子之作》："奈何苍生望，卒为黄绶欺。"

江湄：江岸。▶汉 刘向《列仙传·江妃赞》："灵妃艳逸，时见江湄。"

③中都：京都。▶《史记·平准书》："漕转山东粟，以给中都官。"

要路：要[yào]路，指重要、主要的道路。▶《北史·李崇传》："崇乃村置一楼，楼悬一鼓，盗发之处，双槌乱击，四面诸村，闻鼓皆守要路。"

④酒帜：即酒帘、酒旗。

帟[yì]：指幄中座上的帐子。

⑤惊秋：指秋令突如其来，使人反应不及。▶唐 韦应物《府舍月游》："横河俱半落，泛

露忽惊秋。”

琼树：树木的美称。喻品格高洁的人，语本《晋书·王戎传》：“王衍神姿高彻，如瑶林琼树。”

包拯(999—1062)，字希仁。北宋庐州合肥(今属安徽合肥)人。天圣五年(1027)进士，累迁监察御史，建议练兵选将、充实边备。奉使契丹还，历任三司户部判官，京东、陕西、河北路转运使。入朝担任三司户部副使，请求朝廷准许解盐通商买卖。改知谏院，多次论劾权幸大臣。授龙图阁直学士、河北都转运使，移知瀛、扬诸州，再召入朝，历权知开封府、权御史中丞、三司使等职。嘉祐六年(1061)，任枢密副使。后卒于位，谥“孝肃”。包拯做官以断狱英明刚直而著称于世。知庐州时，执法不避亲党。目前流传下来的包拯诗作仅此一首，可谓吉光片羽，却成为包拯一生为官做人的光辉写照。

### 书端州郡斋壁①

清心为治本，直道是身谋。②秀干终成栋，精钢不作钩。③仓充鼠雀喜，草尽兔狐愁。史册有遗训，毋贻来者羞。④

注释：

①《书端州郡斋壁》诗见 清 厉鹗《宋诗纪事》卷十一，清文渊阁四库全书本。

②清心：指居心清正。

身谋：为自身谋虑。▶《新唐书·许季同传》：“且忠臣事君，不以私害公，设有才，虽亲旧当白用。避嫌不用，乃臣下身谋，非天子用人意。”

③秀干：优质的树木，指干才。

④遗训：前人留下或死者生前所说的有教育意义的话。▶《国语·周语上》：“赋事行刑，必问于遗训，而咨于故实。”韦昭 注：“遗训，先王之教也。”

## 梅尧臣

梅尧臣(1002—1060)，字圣俞。北宋宛陵(今安徽省宣城市)人，世称宛陵先生。皇祐三年(1051)赐同进士出身。官至尚书都官员外郎。为诗提倡“平淡”，在北宋诗文革新运动中与欧阳修、苏舜钦齐名，并称“梅欧”“苏梅”。刘克庄在《后村诗话》中称为宋诗“开山祖师”。曾注《孙子兵法》。有《宛陵先生集》六十卷。有词见《能改斋漫录》。

## 送徐秘校庐州监酒①

淮南秋物盛，稻熟蟹正肥。②况身为酒官，醇酎饮不非。③傥观众人醉，徒自使世讥。④与君伯氏好，试以此言归。⑤

注释：

①《送徐秘校庐州监酒》诗见 宋 梅尧臣《宛陵集》卷第三十八，四部丛刊景明万历梅氏祠堂本。

秘校：古代官职名。原指秘书省校书郎，后沿用指新擢第者。▶清 梁章钜《称谓录·进士》：“《却扫编》进士登科人，初官多授试秘书省校书郎，故至今新擢第人犹称秘校。”

监酒：监督造酒的官吏。▶宋 范正敏《遯斋闲览·人事》：“四十年前，抚州监酒范寺成妻色美而妒，范甚宠而惮之。”

②秋物：秋季的物产或农作物。▶《诗·大雅·民》：“载谋载惟。”唐 孔颖达 疏：“秋物之成，赖郊祀之福。”

③醇酎：味厚的美酒。▶汉 邹阳《酒赋》：“凝醳醇酎，千日一醒。”

④众人：大家。指一定范围内所有的人。▶《楚辞·渔父》：“举世皆浊我独清，众人皆醉我独醒。”

⑤伯氏：长兄。▶《诗·小雅·何人斯》：“伯氏吹壎，仲氏吹篪。”

## 文彦博

文彦博(1006—1097)，字宽夫。北宋汾州介休(今山西省介休市)人。天圣五年(1027)进士。累迁殿中侍御史。庆历七年(1047)，任枢密副使、参知政事。以镇压贝州王则起义，拜同中书门下平章事。皇祐三年(1051)被劾罢相，出知许、青、永兴等州军。至和二年(1055)复相。嘉祐三年(1058)，出判河南等地，封潞国公。神宗朝，反对王安石变法，极论市易损国体，惹民怨，出判大名、河南府。元丰六年(1083)以太师致仕。元祐初，因司马光荐，为平章军国重事。五年(1090)，复致仕。历仕四朝，任将相五十年。卒谥“忠烈”。有《潞公集》。

## 寄友人包兼济拯①

缔交何止号如龙，发箧畴年绛帐同。②方领聚游多雅致，幅巾嘉论有清风。③名高阙里二三子，学继台城百六公。[④]别后愈知琨气大，可能持久在江东。[⑤]

注释：

①《寄友人包兼济拯》诗见 宋 文彦博《文潞公集》四十卷，卷三，明嘉靖五年(1526)刻本。

包兼济拯：即包拯。包拯早年字兼济，后改希仁。文彦博、包拯二家为世交，文父文洎与包父包令仪同在馆阁，交谊匪浅。文彦博与包拯又同天圣五年(1027)进士，往来密切。文包又为姻亲，包拯去世后，包拯次子文绶娶文彦博之女为妻。

②缔交：结交。▶南朝 梁 沈约《丽人赋》："有客弱冠未仕，缔交戚里。"

畴年：往年。▶南朝 梁 江淹《伤友人赋》："余既好于斯友，乃神交于一顾，邈畴年之缱绻，窈生平之游遇。"

绛帐：《后汉书·马融传》："融才高博洽，为世通儒，教养诸生，常有千数……居宇器服，多存侈饰。常坐高堂，施绛纱帐，前授生徒，后列女乐，弟子以次相传，鲜有入其室者。"后因以"绛帐"为师门、讲席之敬称。▶唐 李商隐《过故崔兖海宅与崔明秀才话旧》："绛帐恩如昨，乌衣事莫寻。"

③方领：方形衣领。因以指儒者或儒者之服。▶唐 王勃《益州夫子庙碑》："将使圆冠方领，再行邹鲁之风。"

幅巾：古代男子以全幅细绢裹头的头巾。后裁出脚即称幞头。▶《东观汉记·鲍永传》："更始殁，永与冯钦共罢兵，幅巾而居。"

④原诗"名高阙里二三子，学继台城百六公。"句后有作者自注："每策事，则生之条疏常多。"

百六公：南北朝时梁朝张绾之诨号。▶《南史·张绾传》："绾字孝卿，少与兄缵齐名。湘东王绎尝策之百事，绾对阙其六，号为'百六公'。"

⑤原诗"别后愈知琨气大，可能持久在江东。"句后有作者自注："先惠诗有枕戈待旦之句。"

琨：此处指西晋时期杰出的政治家、文学家、音乐家、军事家刘琨。刘琨(270—318)，字越石。晋中山魏昌(今河北省无极县)人。西汉中山靖王刘胜之后、光禄大夫刘蕃之子。工于诗赋，少有文名，为金谷"二十四友"重要成员。八王之乱起，效力于诸王，累迁并州刺史，封广武侯。永嘉之乱，坚守晋阳九载，抵御汉赵和后赵入侵。晋愍帝即位，拜司空、大将军、都督并冀幽诸军事。并州为石勒所陷后，投奔幽州刺史段匹磾，约为兄弟，惨遭杀害。太兴三年(320)，平反昭雪，追赠侍中、太尉，谥号为"愍"。刘琨善于文学，精通音律，有《刘琨集》。

## 杨察

杨察(1011—1056),字隐甫。北宋庐州合肥(今安徽省合肥市)人。杨寘兄。景祐元年(1034)进士。历江南东路转运使,遇事明决,论事无所避。擢右谏议大夫、权御史中丞,以言忤时相陈执中,罢知信州。复入为礼部侍郎兼三学士,充三司使。勤于吏职,敏于为文。卒谥“宣懿”。

### 别信州席上作①

十二天辰数，今宵席客盈。位如星占野，人若月分卿。极醉巫峰侧，联吟嶰管清。②他年为舜牧，协力济苍生。

注释:

①《别信州席上作》诗见 清 厉鹗《宋诗纪事》(100卷),卷第十三,清四库全书文渊阁本。原诗后有注:《东轩笔录》:“杨侍郎谪信州。及召还,有士子十二人送于境上。察即席赋诗,皆用十二事而引谕精切,士子无能属和者。

②联吟:犹联句,两人或多人共作一诗。▶明 凌濛初《初刻拍案惊奇》卷十五:“花栏竹架,常闻韵客联吟。”

嶰管:指嶰谷之竹所制的管乐器。亦用作一般箫笛等管乐器的美称。典出《汉书》卷二十一上《律历志》。▶宋 柳永《迎新春》词:“ 嶰管变青律,帝里阳和新布。”



## 韩维

韩维(1017—1098),字持国,北宋颍昌(今河南省许昌市)人。韩亿子,与韩绛、韩缜等为兄弟。以父荫为官,父死后闭门不仕。后以荐入官。英宗朝,迁同修起居注,进知制诰。神宗即位,除龙图阁直学士,直言敢谏。历知汝州、开封府、许州。熙宁七年(1074),召为翰林学士承旨,力言新法之弊。以兄入相,出知河阳。哲宗元祐初,参与详定更革役法,然以为王安石《三经新义》可与先儒之说并行。拜门下侍郎,为忌者所谗,分司南京。久之,以太子少傅致仕。绍圣中,坐元祐党,安置均州。有《南阳集》。

## 同戴处士游湖[①]

京尘倦游久，爱此西城曲。[②]泉温草尚青，春近波先渌。幽人幸相对，高论良自足。[③]蚩蚩北州民，安得同我欲。[④]

注释：

①《同戴处士游湖》诗见 宋 韩维《南阳集》卷五古诗，清文渊阁四库全书补配清文津阁四库全书本。

②京尘：亦作“京洛尘”“京雒尘”。典出 晋 陆机《为顾彦先赠妇》诗之一：“京洛多风尘，素衣化为缁。”后以“京洛尘”比喻功名利禄等尘俗之事。▶唐 司空图《下方》：“三十年来往，中间京洛尘。”

倦游：厌倦游宦生涯。▶《史记·司马相如列传》：“长卿故倦游。”

③幽人：幽隐之人；隐士。▶《易·履》：“履道坦坦，幽人贞吉。”

自足：自觉满意，不侈求。▶晋 王羲之《三月三日兰亭诗序》：“当其欣于所遇，暂得于己，快然自足。”

④蚩蚩：敦厚貌。一说，无知貌。▶《诗·卫风·氓》：“氓之蚩蚩，抱布贸丝。”

北州：指北方幽并等州郡。泛指北方地区。▶唐 白居易《花前叹》：“南州桃李北州梅，且喜年年作花主。”

## 送戴处士还庐州[①]

早识浮生妄，欣陪达士游。[②]观心非本有，于法尚何求。[③]煮茗林间寺，题诗湖上舟。还嗟别后夜，风雪拥貂裘。[④]

注释：

①《送戴处士还庐州》诗见 宋 韩维《南阳集》卷七律诗，清文渊阁四库全书补配清文津阁四库全书本。

②达士：见识高超、不同于流俗的人。▶《吕氏春秋·知分》：“达士者，达乎死生之分。”

③观心：观察心性。佛教以心为万法的主体，无一事在心外，故观心即能究明一切事(现象)理(本体)。▶《十不二门指要钞》上：“盖一切教行，皆以观心为要。”

④貂裘：貂皮制成的衣裘。▶《淮南子·说山训》：“貂裘而杂，不若狐裘而粹。”

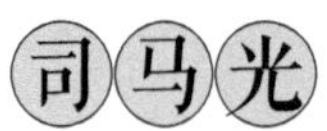

# 司马光

司马光(1019—1086),字君实,号迂夫,晚号迂叟,北宋陕州夏县(今属山西省夏县)涑水乡人,世称涑水先生。宝元元年(1038)进士,累官知谏院、翰林学士、权御史中丞,复为翰林兼侍读学士。神宗时,极力反对王安石变法,离朝十五年,在洛阳主持编纂《资治通鉴》。历仕仁宗、英宗、神宗、哲宗四朝,官至尚书左仆射兼门下侍郎。卒赠太师、温国公,谥"文正"。有《温国文正司马公文集》《稽古录》《涑水记闻》《潜虚》等。

## 送崔尉尧封之官巢县①

弱岁家淮南,常爱风土美。②悠然送君行,思逐高秋起。③巢湖映微寒,照眼正清泚。④低昂蘙荷芡,明灭萦葭苇。⑤银花鲙肥鱼,玉粒炊香米。⑥居人自丰乐,不与佗乡比。⑦况得良吏来,倍复蒙嘉祉。⑧君为太学生,气格已英伟。⑨登科如拾遗,举步欻千里。⑩毋嫌位尚微,观政此为始。尊公久场屋,上国困泥滓。⑪岂不重相离,念子勉为理。⑫当令佳誉新,烨烨满人耳。⑬高堂虽在远,闻之足为喜。何必羞三牲,然后称甘旨。⑭



注释:

①《送崔尉尧封之官巢县》诗见 宋 陈思《两宋名贤小集》卷四十二,清文渊阁四库全书本。

②弱岁:男子弱冠之年,女子及笄之年。亦泛指幼年,青少年。▶《晋书·姚泓载记论》:"景国弱岁英奇,见方孙策。"

③高秋:天高气爽的秋天。 南朝 梁 沈约《休沐寄怀》:"临池清溽暑,开幌望高秋。"

④照眼:犹耀眼。形容物体明亮或光度强。▶唐 杜甫《酬郭十五受判官》:"才微岁老尚虚名,卧病江湖春复生。药裹关心诗总废,花枝照眼句还成。"

清泚:清澈。▶南朝 齐 谢朓《始出尚书省》:"邑里向疏芜,寒流自清泚。"

⑤明灭:谓忽明忽暗,忽隐忽现。▶唐 王维《山中与裴迪秀才书》:"夜登华子冈,辋水沦涟,与月上下,寒山远火,明灭林外。"

⑥玉粒:指米、粟。▶南朝 梁简文帝《〈昭明太子集〉序》:"发私藏之铜凫,散垣下之玉粒……受惠之家、飡恩之士咸谓栎阳之金自空而坠,南阳之粟自野而生。"

⑦佗乡:他乡,家乡以外的地方。▶《文选·古辞〈饮马长城窟行〉》:"梦见在我傍,忽觉在佗乡。"

⑧嘉祉:犹福祉。▶《国语·周语下》:"皇天嘉之,祚以天下,赐姓曰姒,氏曰有夏,谓其

能以嘉祉殷富生物也。”

⑨气格：指人的气度和品格。▶宋 范仲淹《兵部侍郎致仕胡公墓志铭》：“公少而倜傥，负气格。”

⑩拾遗：比喻轻而易举。▶《汉书·梅福传》：“合天下之知，并天下之威，是以举秦如鸿毛，取楚若拾遗，此高明所以亡敌于天下也。”

⑪场屋：科举考试的地方，又称科场。引申指科举考试。▶宋 王禹偁《赠别鲍秀才序》：“或门阀沦坠者，继其绝以第之；或场屋衰晚者，哀其穷以与之。”

⑫为理：指当地方官吏。▶元 郑光祖《三战吕布》第一折：“今在此河北为理，保一方宁静无虞。”

⑬烨烨：灼热貌；显赫貌。▶汉 王粲《初征赋》：“薰风温温以增热，体烨烨其若焚。”

⑭三牲：指养亲的食物。▶南朝 梁 任昉《上萧太傅固辞夺礼启》：“饥寒无甘旨之资，限役废晨昏之半。”

## 刘敞

刘敞（1019—1068），字原父，或作原甫。北宋临江军新喻（今江西省新余市）人。庆历六年（1046）进士，历吏部南曹、知制诰。奉使契丹，熟知其山川地理，契丹人称服。出知扬州，徙郓州兼京东西路安抚使，旋召为纠察在京刑狱及修玉牒，谏阻仁宗受群臣所上尊号。以言事与台谏相忤，出知永兴军，岁余因病召还。复求外，官终判南京御史台。学问博洽，长于《春秋》学，不拘传注，开宋人评议汉儒先声。有《春秋权衡》《七经小传》《公是集》等，又与弟刘攽、子刘奉世合著《汉书标注》。

### 得贡甫巢县书云阻风①

别离常作恶，衰老异他时。②望望风波苦，悠悠见女悲。③江空人迹绝，天迥鸟飞迟。若复无双鲤，何由慰我思。

注释：

①《送崔尉尧封之官巢县》诗见 宋　刘敞《公是集》卷二十二，清文渊阁四库全书补配清文津阁四库全书本。

贡甫：指刘攽。本诗作者刘敞与弟刘攽合称为“北宋二刘”。

②他时：昔日；往时。▶《史记·秦始皇本纪》：“他时秦地不过千里，赖陛下神灵明圣，平定海内。”

③望望：瞻望貌；依恋貌。▶《礼记·问丧》：“其往送也，望望然，汲汲然，如有追而弗及也。”

李育(1020—1069),字仲蒙,北宋缑氏(今属河南省偃师市)人。皇祐元年(1049)进士登第。据苏轼《李仲蒙哀词》载:“河南李君仲蒙,以司封郎直史馆为记室岐王府,熙宁二年七月丙戌,终于京师。家贫,丧不时举。其僚相与赙之,既敛而归。十月丙申,葬于缑氏柏岯山西。……始举进士甲科,为亳、润、邠三郡职官,后为应天府录曹。勤力趋事,长吏有不喜者,欲以事困之而不能。既为博士,议礼,据正不屈。晚入岐府,以经术辅导,笃实不阿,其言多验于后。君讳育,其先河内人。自高祖徙于缑氏。没时年五十。”能诗,性高洁,字画清丽。

## 飞骑桥①

孙权得借坐骑飞桥而过,幸免于难。此桥后名曰“飞骑桥”。其遗址在今逍遥津东南。

魏人野战如鹰扬,吴人水战如龙骧。②气吞魏土惟吴王,建旗敢列新城旁。霸王身当万夫敌,麾下仓皇无羽翼。途穷事变接短兵,生死之间不容发。马奔津桥桥半撤,汹汹有声如地裂。蛟怒横飞秋水空,鹗惊径度秋云缺。③奋飞金羁汗沾臆,济主艰难天借力。④艰难始是报恩时,平日主君须爱惜。板撤惊看数丈余,渥洼飞跃似凌虚。⑤驰驱聊慰身无恙,清泚凭留水满渠。自是马蹄能矫健,从今鼎足得安居。⑥因知舟负黄龙日,未必鬼神呵护疏。⑦



注释:

①《飞骑桥》诗见宋叶梦得《避暑录话》卷下,明津逮秘书本。按:《避暑录话》中李育《飞骑诗》只共八句,至“艰难始是报恩时,平日主君须爱惜。”句而止。元朝陈世隆辑《宋诗拾遗》所录亦与叶梦得本相同,详见陈世隆《宋诗拾遗》卷十八,清钞本。

②鹰扬:气势威武雄壮。▶《诗·大雅·大明》:“维师尚父,时维鹰扬。”

龙骧:亦作“龙襄”。昂举腾跃貌。▶《汉书·叙传下》:“云起龙襄,化为侯王,割有齐楚,跨制淮梁。”

③径度:径直渡过。▶《楚辞·远游》:“阳杲杲其未光兮,凌天地以径度。”

④沾臆:谓泪水浸湿胸前。▶南朝梁沈约《梦见美人》诗:“那知神伤者,潺湲泪沾臆。”

⑤渥洼:水名。在今甘肃省安西县境,传说产神马之处。指代神马。▶唐韩琮《公子行》:“别殿承恩泽,飞龙赐渥洼。”

⑥矫健:强健有力。▶清蒲松龄《聊斋志异·青娥》:“叟便曳坐路隅,敲石取火,以纸

裹药末，熏生两足讫。试使行，不惟痛止，兼益矫健。”

⑦呵护：指（神灵）庇护，保佑。▶宋 侯寘《水调歌头·题法华台》词：“山鬼善呵护，千载照层峦。”

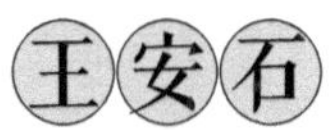

## 王安石

王安石（1021—1086），字介甫，晚号半山。北宋抚州临川（今属江西省抚州市）人。庆历二年（1042）进士。历任扬州签判、鄞县知县、舒州通判等职，政绩显著。熙宁二年（1069），任参知政事，次年拜相，主持变法。因守旧派反对，熙宁七年（1074）罢相。一年后，宋神宗再次起用，旋又罢相，退居江宁。元祐元年（1086），保守派得势，新法皆废，郁然病逝于钟山，追赠太傅。绍圣元年（1094），谥“文”，故世称王文公。其事见《名臣碑传琬琰集》下集卷一四《王荆公安石传》。《宋史》卷三二七有传。

王安石散文简洁峻切，短小精悍，论点鲜明，逻辑严密，有很强的说服力，充分发挥了古文的实际功用，名列“唐宋八大家”；其诗“学杜得其瘦硬”，擅长于说理与修辞，晚年诗风含蓄深沉、深婉不迫，以丰神远韵的风格在北宋诗坛自成一家，世称“王荆公体”；其词写物咏怀吊古，意境空阔苍茫，形象淡远纯朴，营造出一个士大夫文人特有的情致世界。有《王临川集》《临川集拾遗》等存世。

### 慎县修路者①

畚筑今三岁，康庄始一修。②何言野人意，能助令君忧。③勠力非无补，论心岂有求。十年空志食，因汝起予羞。④

注释：

①《慎县修路者》诗见 宋 王安石《临川集》临川先生文集卷第十六，四部丛刊景明嘉靖本。

②畚筑：盛土和捣土的工具。▶《左传·宣公十一年》：“令尹蔿艾猎城沂，使封人虑事，以授司徒。量功命日，分财用，平板榦，称畚筑……事三旬而成，不愆于素。”

康庄：意为四通八达的大道。▶唐 白居易《和松树》：“漠漠尘中槐，两两夹康庄。”

③野人：上古谓居国城之郊野的人，与“国人”相对。泛指村野之人；农夫。▶三国 魏 嵇康《与山巨源绝交书》：“野人有快炙背而美芹子者，欲献之至尊，虽有区区之意，亦已疏矣。”

④起予：为启发自己之意。典出《论语·八佾》：“子曰：‘起予者，商也，始可与言《诗》已矣。’”▶唐 韩愈《量移袁州张韶州端公以诗相贺因酬之》：“将经贵郡烦留客，先惠高文谢起予。”

## 题范增[1]

中原秦鹿待新羁，力战纷纷此一时。[2]有道吊民天即助，不知何用牧羊儿。[3]巢人七十谩多奇，为汉驱民了不知。谁合军中称亚父，直须推让外黄儿。[4]

注释：

①《题范增》诗见 宋 王安石《临川集》临川先生文集卷第三十二，四部丛刊景明嘉靖本。

②新羁：谓马新加络头。▶汉 李陵《答苏武书》："策疲乏之兵，当新羁之马。"

③牧羊儿：指楚义帝熊心（？—前206）。芈姓，熊氏，名心。楚怀王熊槐之孙，楚顷襄王熊横堂侄。秦末诸侯王之一。熊心本是楚国贵族，楚灭后，隐匿民间为人牧羊。项梁起事，采纳范增的建议，立熊心为楚怀王，以从民望。熊心后为项羽架空，随遇弑。

④直须：竟至于；还要。▶明 罗贯中《三国演义》第五四回："孔明变色曰：'子敬好不通理，直须待人开口！'"

推让：逊让；推辞。▶《庄子·刻意》："语仁义忠信，恭俭推让，为修而已矣。"



# 强至

强至（1022—1076），字几圣。北宋钱塘（今浙江省杭州市）人。庆历六年（1046）进士，除泗州司理参军，历浦江、东阳、元城令。治平四年（1067），韩琦判永兴军，辟为主管机宜文字，辗转在韩幕府六年。熙宁五年（1072），召判户部勾院，迁群牧判官。九年（1076），迁祠部郎中、三司户部判官。卒，年五十五。其子浚明集其所遗诗文为《祠部集》四十卷，曾巩为之序，已佚。清四库馆臣据《永乐大典》辑为《祠部集》三十五卷，又《韩忠献遗事》一卷。《咸淳临安志》卷六六、清强汝询《求益斋文集》卷八《祠部公家传》有传。



## 送石亢之节推赴庐州幕府[1]

执政昔曾祖，滞才今令孙。[2]三迁才大幕，万石已高门。[3]阮瑀妙草檄，毛公深谁言。[4]相从宾主乐，淮月共清樽。[5]

注释：

①《送石亢之节推赴庐州幕府》诗见 宋 强至《祠部集》卷五，清武英殿聚珍版丛书本。

节推：古代官职名。"节度推官"的略称。为节度使属官，掌勘问刑狱。▶宋 苏洵《与杨节推书》:“节推足下:往者见託以先丈之埋铭,示之以程生之行状。”

幕府:本指将帅在外的营帐,后亦泛指军政大吏的府署。▶《史记·李将军列传》:“大将军使长史急责广之幕府对簿。”

②执政:掌管国家政事。▶《左传·襄公十年》:“有灾,其执政之三士乎?”

滞才:遗留未选的人才。▶南朝 宋 刘义庆《世说新语·赏誉》:“裴楷清通,王戎简要,后二十年,此二贤当为吏部尚书,冀尔时天下无滞才。”

③三迁:三次升迁。▶宋 俞文豹《吹剑外录》:“赵忠肃号得全,宗伊川之学,由司谏三迁至大用。”

大幕:指幕府。▶唐 李频《送凤翔范书记》:“大幕来相辟,高人去自由。”

万石:汉代三公别称万石。后泛指官职高的人。

④原句后有作者自注:“度支毛伯镇典合肥。”

阮瑀:三国魏陈留人,字元瑜。少受学于蔡邕。为建安七子之一。后事曹操,为司空军谋祭酒,管记室,军国书檄,多出瑀之手。后世诗文中常用以泛指执掌文书、擅长书檄的文章作手。见《三国志·魏书·王粲传》。▶唐 方干《山中言事八韵寄李支使》:“阮瑀如能问寒馁,风光当日入沧洲。”

草檄:草拟檄文,亦泛指撰写官方文书。▶《陈书·蔡景历传》:“部分既毕,召令草檄,景历援笔立成。”

毛公:指汉人毛义。▶唐 孟浩然《书怀贻京邑同好》:“慈亲向羸老,喜惧在深衷……执鞭慕夫子,捧檄怀毛公 。”

⑤相从:相交往,相合并。▶宋 苏轼《岐亭》诗序:“凡余在黄四年,三往见季常,而季常七来见余,盖相从百余日也。”

清樽:亦作“清尊”,酒器,亦借指清酒。▶《古诗类苑》卷四五引《古歌》:“清樽发朱颜,四坐乐且康。”

## 刘攽

刘攽(1023—1089),字贡父,号公非。北宋临江新喻(今江西省新余县)人。与兄敞同举庆历六年(1046)进士,历仕州县二十年始为国子监直讲。熙宁中判尚书考功、同知太常礼院。因考试开封举人时与同院官争执,为御史所劾,又因反对青苗法,贬泰州通判。迁知曹州,为京东转运使,知兖、亳二州。吴居厚代京东转运使,奉行新法,追咎攽在职废弛,贬监衡州盐仓。哲宗即位,起居襄州,入为秘书少监,以疾求知蔡州。在蔡数月,召拜中书舍人。元祐四年(1089)卒,年六十七。

刘攽博览群书,精邃经学、史学,助司马光修《资治通鉴》,专治汉史部分。有《彭城集》《公非集》《中山诗话》等。

# 之官庐州初至仪真寄原甫[①]

家居非不欢，禄仕亦岂急。[②]愧身无所劳，而兹养生给。方刚幸未艾，黾勉冀有立。[③]谫智无远图，挈瓶庶云及。[④]圣教非一方，吾愚宁妄执。[⑤]所惭鹪蝘微，不过枝与粒。[⑥]悠悠我之思，去去异乡邑。大江浩东流，客悲莽交集。[⑦]登船眺洲渚，暝色际日入。[⑧]鬒变谁昔然，怅焉寄兹什。[⑨]

注释：

①《之官庐州初至仪真寄原甫》诗见 宋 刘攽《彭城集》卷四 五言古诗，清武英殿聚珍版丛书本。

之官：上任，前往任所。▶汉 荀悦《汉纪·成帝纪》："秋七月，有星孛于东井，时谷永为北地太守，方之官。"

②非不：非常；极其。▶《敦煌变文集·唐太宗入冥记变文》："□□将书来苦嘱，非不殷勤。"蒋礼鸿 通释："'非不殷勤'，就是非常殷勤，极其殷勤。"

③方刚：谓人在壮年时体力、精神正当旺盛。▶《诗·小雅·北山》："嘉我未老，鲜我方将，旅力方刚，经营四方。"

黾勉：勉强。▶晋 葛洪《〈抱朴子〉自叙》："乃表请洪为参军，虽非所乐，然利避地于南，故黾勉就焉。"

④谫智：浅薄的、低下的智能。▶宋 刘攽《之官庐州初至仪真寄原甫》："谫智无远图，挈缾庶云及。"

挈缾：亦作"挈瓶"。汲水用的小瓶。比喻才智浅小。▶《左传·昭公七年》："虽有挈缾之知，守不假器，礼也。"

⑤圣教：旧指圣人的教导。▶汉 王充《论衡·率性》："孔门弟子七十之徒，皆任卿相之用，被服圣教，文才雕琢，知能十倍，教训之功而渐渍之力也。"

妄执：佛教语。虚妄的执念。▶唐 王维《能禅师碑》："皆以实归，多离妄执。"

⑥鹪[jiāo]：1. 指鹪鹩。鸟名，体长约十厘米，背赤褐色，腹灰褐色，尾短，捕食小虫。亦称"桃虫""巧妇"。2. 指鹪莺。鸟名，体长十余厘米，鸣声似猫叫，食虫，对农作物有益。

蝘[yǎn]：1. 蝘蜓，古书上指壁虎，又或指爬行类的石龙子（蜥蜴）。2. 蝉的一种。

⑦交集：指不同的事物、感情聚集或交织在一起。▶汉 刘向《九叹·忧苦》："涕流交集兮，泣下涟涟。"

⑧洲渚：水中小块陆地。▶晋 左思《吴都赋》："岛屿绵邈，洲渚冯隆。"

暝色：暮色；夜色。▶南朝 宋 谢灵运《石壁精舍还湖中作》诗："林壑敛暝色，云霞收夕霏。"

日入：太阳落下去。▶《谷梁传·庄公七年》："日入至于星出，谓之昔。"

⑨鬒[zhěn]：须发黑密。

谁昔：畴昔；从前。谁，发语词。▶《诗·陈风·墓门》："知而不已，谁昔然矣。"孔颖达疏引郭璞曰："谁，发语辞。"

## 陪马守蜀山祷雨[1]

丘祷亦以久，斋居先篮从。[2]鸣驺趁残夜，触石会前峰。[3]箫鼓终椒奠，风霆起蛰龙。[4]化工轻瞬息，幽贶振春容。[5]洒濯埃尘绝，虚凉灏气逢。[6]小人思学稼，即事喜年丰。[7]

注释：

①《陪马守蜀山祷雨》诗见宋刘攽《彭城集》卷十七七言长律五言绝句，清武英殿聚珍版丛书本。

②丘祷：《论语·述而》："子疾病，子路请祷……子曰：'丘之祷久矣。'"后以"丘祷"指祈求消灾祛病。▶唐张九龄《洪州西山祈雨是日辄应因赋诗言事》："兹山蕴灵异，走望良有归。

斋居：此处指斋戒别居。

③鸣驺：古代随从显贵出行并传呼喝道的骑卒，有时借指显贵。▶南朝齐孔稚珪《北山移文》："及其鸣驺入谷，鹤书起陇，形驰魄散，志变神动。"

触石：1.《公羊传·僖公三十一年》："触石而出，肤寸而合，不崇朝而遍雨乎天下者，唯泰山尔。"后以"触石"谓山中云气与峰峦相碰击，吐出云来。▶《文选·左思〈蜀都赋〉》："冈峦纠纷，触石吐云。" 2.指险峰。▶晋陆云《喜霁赋》："靖屏翳之洪隧兮，戢太山之触石。"

④椒奠：洒椒酒于地以祭。▶南朝梁简文帝《祠伍员庙》："行潦承椒奠，按歌杂凤笙。"

风霆：狂风和暴雷。▶《礼记·孔子闲居》："地载神气，神气风霆，风霆流形，庶物露生，无非教也。"

⑤幽贶：谓神灵暗中的赐予。▶《后汉书·方术传赞》："幽贶罕征，明数难校。"

春容：声音悠扬洪亮。▶唐张说《山夜闻钟》："前声既春容，后声复晃荡。"

⑥洒濯：洗涤。▶《左传·襄公二十一年》："在上位者洒濯其心，一以待人。"

灏气：弥漫在天地间之气。▶唐柳宗元《始得西山宴游记》："悠悠乎与灏气俱而莫得其涯，洋洋乎与造物者游而不知其所穷。"

⑦小人：此处指平民百姓。▶《书·无逸》："生则逸，不知稼穑之艰难，不闻小人之劳，惟耽乐之从。

学稼：学种庄稼，学习务农。▶《论语·子路》："樊迟请学稼，子曰：'吾不如老农。'"

即事：任事；作事。▶《史记·封禅书》："洽矣而日有不暇给，是以即事用希。"

# 题合肥县效裕堂诗并序①

江侯既成县堂，以诗及序遗予，而请名焉。予曰："夫十人之聚，其曲直不可胜听也；数口之家，生生之具盖益广且备矣。况以大县百里，占籍数万，民之所以望于上吏。之所以，求于下，不太多事哉？又况风俗之好讼，赋役之无常乎？及至乎事修而身佚，此固能吏之成效也。《周书》曰：'乃其裕民。'《孟子》曰：'绰绰有余裕。'吾故名江侯之堂曰：'效裕'。言侯之才，既能以裕民，又身获其余裕，而效于此堂也。"肥之人皆以为知言，予因复为七言以报江侯。

九月霜降公堂成，江侯寄诗求所名。②定名揣称事不易，以予朴直言必诚。③百词号呶词组决，十役漫汗一教行。④令乎于此有余裕，堂以效实非无形。⑤庭罗芳草寒转碧，池有鱼鸟闲不惊。左经右律给啸咏，雨轩风槛含秋声。今我不乐岁云暮，蟋蟀在堂鸿雁鸣。主人爱客岂有极，助尔美酒长河倾。⑥

注释：

①《题合肥县效裕堂诗并序》诗见 宋 刘攽《彭城集》卷八 七言古诗，清武英殿聚珍版丛书本。

②公堂：本处指官署的厅堂。▶唐 贾岛《酬姚合校书》："公堂朝共到，私第夜相留。"

③定名：确定名称。▶《管子·九守》："脩名而督实，按实而定名。"

揣称：谓图形体物，曲尽其妙。▶唐 贾餗《五色露赋》："在汉武时，方朔陈词。涉吉云之异境，得五露之灵滋……若以彼方此，曾不得侔色而揣称。"

④号呶：喧嚣叫嚷。语出《诗·小雅·宾之初筵》："宾既醉止，载号载呶。"

漫汗：散乱貌。▶唐 柳宗元《天对》："胡纷华漫汗，而潜谓不死？"

⑤效实：犹效忠。▶《三国志·魏志·荀彧传》："故天下忠正效实之士咸愿为用，此德胜也。"

无形：不露形迹；未露形迹。▶《孙子·虚实》："故形兵之极，至于无形。"

⑥长河：长的河流。▶南朝 梁 江淹《别赋》："怨复怨兮远山曲，去复去兮长河湄。"



# 巢湖①

天与水相通，舟行去不穷。何人能缩地，有术可分风。②宿露含深墨，朝曦浴嫩红。③四山千里远，晴晦已难同。

注释：

①《巢湖》诗见 宋 刘攽《彭城集》卷九 五言律诗，清武英殿聚珍版丛书本。

②分风：谓神仙把风分为两个方向。▶晋 葛洪《神仙传·栾巴》："庐山庙有神……人往乞福，能使江湖之中分风举帆，船行相逢。"

③宿露：夜里的露水。▶唐太宗《咏雨》："新流添旧涧，宿露足朝烟。"

朝曦：早晨的阳光。▶唐 韩愈《东都遇春》："朝曦入牖来，鸟唤昏不醒。"

## 巢湖阻风二首[①]

重云迷日月，异县失西东。[②]苦畏连天水，何须竟夕风。[③]微明分白鸟，摇落望青枫。[④]久客嗟留滞，吾生事事同。[⑤]

四月风犹北，湖边气似秋。天时如反置，吾道信淹留。[⑥]望远还吹帽，憎寒更拥裘。[⑦]无由开白日，晦暝使人愁。[⑧]

注释：

①《巢湖阻风二首》诗见 宋 刘攽《彭城集》卷九 五言律诗，清武英殿聚珍版丛书本。

阻风：被风所阻。▶唐 韩偓《阻风》："肥鳜香粳小艛艓，断肠滋味阻风时。"

②异县：异地，外地。▶汉 陈琳《饮马长城窟行》："他乡各异县，展转不相见。"

③竟夕：终夜，通宵。▶《后汉书·第五伦传》："吾子有疾，虽不省视而竟夕不眠。若是者，岂可谓无私乎？"

④摇落：凋残，零落。▶《楚辞·九辩》："悲哉秋之为气也！萧瑟兮草木摇落而变衰。"

⑤久客：久居于外。▶汉 焦赣《易林·屯之巽》："久客无依，思归我乡。"

⑥淹留：羁留，逗留。▶《楚辞·离骚》："时缤纷其变易兮，又何可以淹留？"

⑦吹帽：《晋书·孟嘉传》："九月九日，（桓）温燕龙山，僚佐毕集，时佐吏并着戎服，有风至，吹嘉帽堕落，嘉不之觉。"后以"吹帽"为重九登高雅集的典故。▶唐 杜甫《九日蓝田崔氏庄》："羞将短发还吹帽，笑倩旁人为正冠。"

⑧无由：没有门径；没有办法。▶《仪礼·士相见礼》："某也愿见，无由达。"

晦暝：同"晦冥"。指昏暗；阴沉。▶《汉书·五行志》："震者雷也，晦暝，雷击其庙，明当绝去僭差之类也。"

## 将赴官庐州寄张四隐直二首[①]

一为弹冠仕，遂废东皋田。[②]不至二千石，行登四十年。[③]羁游无定许，鬓发欲苍然。万里南江路，春风棹客船。[④]

江路西南永，风波岁月淹。[⑤]赖君同此役，久客复谁嫌。榜叟夸忠信，津童识孝廉。[⑥]云山仍在眼，诗兴力能兼。[⑦]

注释：

①《将赴官庐州寄张四隐直二首》诗见 宋 刘攽《彭城集》卷十 五言律诗，清武英殿聚珍

版丛书本。本诗标题下有注:"案:'攽监衡州盐仓,不应赴官庐州,诗题疑有脱误。'"

②弹冠仕:指出仕做官。▶北齐 颜之推《古意》:"十五好诗书,二十弹冠仕。"

东皋:水边向阳高地。也泛指田园、原野。▶三国 魏 阮籍《辞蒋太尉辟命奏记》:"方将耕于东皋之阳,输黍稷之税,以避当涂者之路。"

③二千石:汉制,郡守俸禄为两千石,即月俸百二十斛,因有此称,两千石分为中二千石、真二千石和比二千石。后世因以为郡守或太守的代称。

④风棹:风中行驶的船。▶南朝 梁 慧皎《高僧传·神异下·杯度》:"(杯度)至孟津河,浮木杯于水,凭之度河,无假风棹,轻疾如飞。"

⑤江路:江河航道或航程。▶南朝 齐 谢朓《之宣城郡出新林浦向板桥》:"江路西南永,归流东北骛。"

⑦云山:云和山。▶南朝 梁 吴均《同柳吴兴乌亭集送柳舍人》:"云山离晻暧,花雾共依霏。"

## 从刘园至澄心寺[①]

春泥稍已熟,鹳鸣天气新。[②]野竹自有径,空林不值人。[③]悔将车马来,鸥鸟未可亲。

注释:



①《从刘园至澄心寺》诗见 宋 刘攽《彭城集》卷四五言古诗,清武英殿聚珍版丛书本。

②鹳鸣:谓天将雨。▶唐 白居易《得景为宰秋雩刺史责其非时辞云旱甚苦不雩恐为灾判》:"虽蓐收之戒序,雩亦何伤?冀有闻于鹳鸣,庶无虑于狼顾。"

③不值:没有遇到,没有逢着。▶宋 叶绍翁《游园不值》:"应怜屐齿映苍苔,小扣柴门九不开。春色满园关不住,一枝红杏出墙来。"

## 马珫

马珫,字粹老。北宋庐州合肥(今安徽省合肥市)人。名臣马亮孙辈。治平元年(1064),官江阴主簿;熙宁间由王安石荐,任校书郎、河西县令编修中书条例,迁著作郎;熙宁八年(1075),官太子中允、检正孔目房公事;元丰初为户部员外郎,七年(1084),知明州军州事,八年(1085)为都官郎中。与黄庭坚、彭汝砺、舒亶、邵光、苏辙多唱和,与黄庭坚尤善。



## 定山虎跑泉和韵[①]

逶迤浅岭抱峰根,泉迹何处向此分。圆窦环环明可鉴,乱渠瑟瑟细犹闻。铜瓶夜汲翻寒月，石铫朝烹带晓云。贤守已为真赏地，山经虽阙有斯文。[②]

注释：

①《定山虎跑泉和韵》诗见 叶舟《〈全宋诗〉补正》，《古籍整理研究学刊》第3期，2007年。

定山虎跑泉，位于江苏省无锡市江阴市定山南麓，泉水莹白甘腴，入口清冽醇正，如同乳汁，又称"玉乳泉"。据唐代释道宣《续高僧传》和《清一统志·常州府一》记载，唐贞观间（627—649），主持南通狼山的高僧法响禅师于江阴定山建飞锡庵，凿石挖井得泉，名虎跑泉。《江阴县志》载："（法响禅师）结飞锡庵于定山麓，有虎驯伏，跑地得泉。"

②山经：《山海经》的简称。▶《汉书·张骞李广利传赞》："故言九州山川，《尚书》近之矣。至《禹本纪》《山经》所有，放哉！"

## 刘季孙

刘季孙（1033—1092），字景文。北宋祥符（今河南省开封市）人。名将刘平之子。嘉祐间，以左班殿直监饶州酒务，摄州学事，题诗为王安石称赏，遂知名。元祐中以左藏库副使为两浙兵马都监，兼东南第三将。苏轼荐其才，除知隰州，仕至文思副使。七年（1092），卒，年六十。博通史传，性好异书古文石刻，仕宦所得禄赐尽于藏书之费。事见《东坡全集》卷六三《乞赙赠刘季孙状》《东都事略》卷一一〇《刘平传》。

### 次韵马中玉提刑见寄[①]

知公不奈二毛何，寻访天台所得多。[②]宿处仙人千载宅，悟时禅友一声歌。道心夷旷忘名势，句法清新为琢磨。[③]每到西湖怀使节，春风红紫照清波。

注释：

①《次韵马中玉提刑见寄》诗见 宋 李庚《天台续集》别编卷二，清四库全书文渊阁本补配清四库全书文津阁本。

②二毛：指三十余岁，典出西晋潘岳《秋兴赋序》："余春秋三十有二，始见二毛"。▶北周 庾信《哀江南赋序》："信年始二毛，即逢丧乱。"倪璠 注："以滕王逌序'己亥，年六十七岁'逆数之，逢乱之岁，子山时年三十有六。"

③夷旷：闲适放达。▶《北史·阳休之传》："（休之）谈笑晏然，议者服其夷旷。"

# 郭祥正

郭祥正(1035—1113),字功父,一作功甫,自号谢公山人、醉引居士、净空居士、漳南浪士等。北宋当涂(今安徽省当涂县)人。皇祐五年(1053)进士,历官秘书阁校理、太子中舍、汀州通判、朝请大夫等,虽仕于朝,不营一金,所到之处,多有政声。有《青山集》三十卷。其诗格俊逸似李白,被梅尧臣誉之为"真太白后身"。

郭祥正于熙宁十年(1077)自桐城令徙为签书保信军(治今安徽省合肥市)节度判官,因感政治前途渺茫,次年即辞官还乡归隐。郭祥正虽然在合肥时间只有一年左右的时间,但依然留下了大量有关合肥人物、景观的诗歌创作,这些作品至今流传,为后世学人研究北宋时期合肥地方人文文化提供了史料佐证。

## 魏王台[①]

金城东，百尺高台临远空。[②]长江浩荡剑门险，欲平吴蜀难为功。谁倾黄金建佛庙，击鼓撞钟夜还晓。[③]香厨供办老僧闲。玉栏花谢游人少。[④]我来独立想英雄。战舰连云气概中。犹有斯台存旧址，可怜铜雀起悲风。[⑤]



注释:

①《魏王台》诗见 宋 郭祥正《青山集》卷第六,清文渊阁四库全书本。

魏王台:指教弩台。教弩台也称为点将台、曹公教弩台,位于安徽省合肥市淮河路东段北侧。据称,三国时期,曹操筑此高台教练强弩兵将,因而得名。教弩台面积达3800平方米,有屋上井、听松阁等景点。1981年,定为省重点文物保护单位。

②金城:此处指合肥,唐尉迟恭于合肥筑城,号金斗城。

③佛庙:寺庙,此处指明教寺。明教寺原名明教院、铁佛寺,又称明教台、曹操点将台,是江淮著名胜迹,古庐阳八景之一。始建于南朝梁武帝年间,迄今已有1700余年历史。1983年,该寺被定为汉族地区佛教全国重点寺院,安徽省重点文物保护单位。

④供办:供应措办。▶唐 元稹《崔公墓志铭》:"拜户部侍郎,判度支。不累月,会上新接位,顿掌内外,修奉景陵。一日下诏移五镇,幽州、镇州赐钱皆亿万…… 自七月至十二月,一出于有司,则其供办之能可知也。"

⑤铜雀:指铜雀台。▶ 南朝 陈 张正见《铜雀台》:"凄凉铜雀晚,摇落墓田通。"

## 藏舟浦[①]

金城北，荒荒野水连云白。岛屿相望一径通，绕堤杨柳迷春色。天下三分血战秋，张辽凿浦暗藏舟。吴蜀虽亡晋已起，山川自结寒烟愁。永平只作寻春处，关门锁断春归路。[2]画船载酒歌白纻，不忍醒时送春去。[3]

注释：

①《藏舟浦》诗见 宋 郭祥正《青山集》卷第六，清文渊阁四库全书本。

②承平：治平相承；太平。▶明 王琼《双溪笔记》："畿内、山东地方，因承平日久，物产繁盛。"

③白纻：乐府吴舞曲名。▶南朝宋 鲍照《白纻歌》之五："古称《渌水》今《白纻》，催弦急管为君舞。"

## 代先书寄庐帅朱龙图行中[1]

杨花塞路春无声，鸣鸠唤妇留春晴。扬鞭朝发后洎县，卷帘暮宿金斗城。城中主人汉贾谊，妙年射策都群英。[2]峨冠独立御史府，冰霜凛凛清朝廷。尧乘白云渡银海，十年望阙心常倾。[3]只今淮西课异等，沉沉玉帐闲府兵。神机照物辨毫发，提刀四顾新发硎。[4]行闻召节返西掖，至尊开阁思谈经。岂容燕寝自颐养，画戟森卫清香凝。[5]陈公虽解豫章榻，白头重愧非徐生。[6]飘零渔舵荷蓑笠，揣摩旧学荒柴荆。愿公一吐太和气，朽株岩下逢春荣。[7]

注释：

①《代先书寄庐帅朱龙图行中》诗见 宋 郭祥正《青山集》卷第七，清文渊阁四库全书本。

龙图：宋代龙图阁学士的省称。▶宋 文莹《玉壶清话》卷一："吕出殿门，深疑之，整巾拂面，索镜自照，问周曰：'足下果见溱如何？'周曰：'龙图无自疑，容彩安静。'"

②妙年：指少壮之年。▶《三国志·魏志·陈思王植传》："终军以妙年使越。"

射策：汉时考试取士方法之一。泛指应试。▶唐 皮日休《三羞》诗序："丙戌岁，日休射策不上，东退于肥陵。"

③望阙：仰望宫阙。喻怀念天子。▶唐 白居易《与崇文诏》："虽殿邦之寄重，诚欲藉才；而望阙之恋深，固难夺志。"

④神机：谓灵巧机变的谋略。▶前蜀 韦庄《闻官军继至未睹凯旋》："已有孔明传将略，更闻王导得神机。"

发硎：亦作"发鉶"。谓刀新从磨刀石上磨出来。借指锋利。▶唐 白居易《哀二良文序》："其历要官，参剧务，如刀剑发鉶，割而无滞。"

⑤燕寝：泛指闲居之处。▶北齐 颜之推《颜氏家训·勉学》："夫圣人之书，所以设教，但明练经文，粗通注义，常使言行有得，亦足为人，何必'仲尼居'即须两纸疏义，燕寝讲堂，亦复何在？"王利器集解："燕寝，闲居之处。"

⑥陈公虽解豫章榻：典出《后汉书》"……时陈蕃为(豫章)太守，以礼请署功曹，(徐)稚不免之，既谒而退。蕃在郡不接宾客，唯稚来特设一榻，去则宣之。"

⑦朽株：腐朽的树桩。亦喻指老朽无用的人。▶汉 司马相如《上书谏猎》："舆不及还辕，人不暇施功，虽有乌获逢蒙之伎，力不得用，枯木朽株，尽为难矣。"

## 合肥李天贶朝请招钟离公序中散吴渊卿长官洎予同饮家园怀疏阁①

一阁横空连野水，久客归来洗双耳。二疏虽解散黄金，家园未必临清沘。②坐见纷纷烟雨入，千里潇湘画图湿。鱼鸟相忘蒲荇深，两岸桃花为春泣。钟离辞荣已三品，吴令早休今八十。③我亦弃官姑熟闲，邂逅相过手重执。阁前旋解青板船，呼童移櫂选清渊。四人白发笑且饮，岸人疑是商山仙。亦如贺监在东吴，醉下山阴弄镜湖。④月色莲香迷近远，且要李白骑鲸鱼。古人今人乐如此，出处无瑕傲生死。君不见功成不退，重着蓝衫脱金紫。⑤

注释：

①《合肥李天贶朝请招钟离公序中散吴渊卿长官洎予同饮家园怀疏阁》诗见 宋 郭祥正《青山集》卷第七，清文渊阁四库全书本。

②二疏：指汉宣帝时名臣疏广与兄子受。广为太傅，受为少傅，同时以年老乞致仕，时人贤之。归日，送者车数百辆，设祖道，供张东都门外。▶晋 张协《咏史》："蔼蔼东都门，群公祖二疏。"

③辞荣：逃避富贵荣华的生活。谓辞官退隐。▶晋 陶潜《感士不遇赋》："望轩唐而永叹，甘贫贱以辞荣。"

④贺监：唐贺知章尝官秘书监，晚年自号秘书外监，故称。▶唐 刘禹锡《洛中寺北楼见贺监草书题诗》："高楼贺监昔曾登，壁上笔踪龙虎腾。"

⑤蓝衫：旧时八品、九品小官所穿的服装。▶金 王若虚《病中》："蓝衫几弃物，绛帐亦虚名。"

金紫：金鱼袋及紫衣。唐宋的官服和佩饰。因亦用以指代贵官。▶明 陆粲《庚巳编·见报司》："到一大官府，有金紫数辈出迎。"

## 郡城眺望①

蜀山回出千螺秀，淝水长萦一带回。②犹有金陵藏后浦，不唯铜雀起高台。③

注释：

①《郡城眺望》诗见 清 左辅 纂修《(嘉庆)合肥县志》卷第三十一，清嘉庆八年(1803)

修、民国九年(1920)重印本。

郡城:指合肥。

②蜀山:大蜀山,在今安徽合肥市西。▶《尔雅》释山:蜀者,独也。此山独起,无冈阜连属,故名。

淝水:源出合肥西北,北流二十里分为两支,一支入巢湖,一支入淮河。

③浦:滨水处。

铜雀:即铜雀台,汉建安十五年(210)曹操所建三台之一。

## 澄惠寺[①]

冠带淮南第一州,扬鞭得从使君游。[②]木鱼声继东台晓,水荇香传后浦秋。

注释:

①《澄惠寺》诗见 清 左辅 纂修《(嘉庆)合肥县志》卷第三十一,清嘉庆八年(1803)修、民国九年(1920)重印本。

②淮南:泛指淮河以南、长江以北的地区。今特指安徽省中部。▶宋 张孝祥《水调歌头》词:"长忆淮南岸,耕钓混樵渔。"

## 合肥何公桧部使者杨公潜古命予赋之[①]

合肥有老桧,得名自何公。何公何代人?名迹了莫穷。高枝偃羽盖,低枝卧苍龙。[②]盘根彻厚地,疏影落寒空。荏苒九天碧,仍为烟雾蒙。[③]相传魏武帝,解甲休铁骢。尝坐此桧下,吞吴未成功。至今晦暝夕,往往扬英风。我公心好古,清标耸千峰。[④]鉴赏挥臣笔,丹青孰为工。璨璨发明玉,琤琤叩丝桐。[⑤]谈笑走兵役,垣墙密泥封。拂拭枯折干,一助春气融。愿回拔山力,移植明光宫。

注释:

①《合肥何公桧部使者杨公潜古命予赋之》诗见 宋 郭祥正《青山集》卷第十四,清文渊阁四库全书本。

②羽盖:古时以鸟羽为饰的车盖。代指车辆。▶宋 郭彖《睽车志》卷一:"芝阶云路逍遥处,羽盖飞鲵不用鞭。"

③荏苒:柔弱。▶晋 傅咸《羽扇赋》:"体荏苒以轻弱,侔缟素于齐鲁。"

④清标:清美俊逸。▶元 武汉臣《生金阁》第三折:"草刷儿向墙头挑,醉八仙壁上描,盖造的潇洒清标。"

⑤璨璨:明亮貌。▶唐 白居易《黑龙饮渭赋》:"气默默以黯黯,光璨璨而烂烂。"

琤琤:象声词。▶《梁书·张缅传》:"风瑟瑟以鸣松,水琤琤而响谷。"

## 浪士歌并序[1]

郭子弃官合肥，归隐姑熟。一吟一酌，婆娑[2]溪上，自号曰醉吟先生。居五年，或者谓其未老，可任以事，荐于上。上即召之，复序于朝。俾监闽汀郡，寻摄守漳南。上复召之。行至半道，闽使者状其罪，以闻。遂下吏，留于漳。几三年，郭子，一吟一酌，逍遥乎一室之中，未尝有忧色。又自号曰漳南浪士。客或疑而问焉。郭子曰："士有可以忧，有不足以忧者。仰愧于天，俯愧于人，内愧于心，此可以忧矣。反是夫，何忧之有？"作浪士歌，以释客问。

江上浪如屋，海中浪如山。浪士乘浪舟，兀兀在浪间。浪头几时息，士心殊自闲。死生生死尔，浪歌聊破颜。[3]

注释：

①《浪士歌并序》诗见 宋 郭祥正《青山集》卷第十四，清文渊阁四库全书本。

②婆娑：逍遥；闲散自得。▶《文选·班彪〈北征赋〉》："登障隧而遥望兮，聊须臾以婆娑。"

③破颜：露出笑容；笑。▶唐 宋之问《发端州初入西江》："破颜看鹊喜，拭泪听猿啼。"



## 昨游寄徐子美学正[1]

念昔未弱冠，与君昆弟游。[2]各怀经纶业，壮气凌阳秋。[3]知音行袁宰，鉴赏称琳璆。君家天地崩，泣血城南陬。释服就乡举，名姓必见收。[4]数为礼部黜，考命宁怨尤。子山仅五十，感疾遽不瘳。[5]子美如孤鸿，哀鸣大江头。其声最酸楚，闻者皆涕流。有才多困蒙，此理不可永。[6]我初佐星子，老守如素仇。[7]避之拂衣去，寓迹昭亭幽。篇章自此富，写咏穷欢忧。慈母待禄养，复尉溢浦州。随辟宰环峰，碌碌三岁周。才归遭酷罚，五体戕戈矛。旦夕期殒灭，余生安敢偷。粗能襄事毕，寒饿妻儿羞。复入湖外幕，万里浮扁舟。几葬江鱼腹，迍邅百端愁。[8]到官未三月，开疆预参谋。招降五万户，给田使锄耰。[9]论功辄第一，谤语闵冕旒。得邑敢自诉，断木当沉沟。儿女相继死，泣多昏两眸。脱去殊未能，游鳞已吞钩。春风吹瘦颊，黄尘蒙弊裘。[10]才趋合肥府，又鞠历阳囚。荒庭忘岁月，忽见花枝柔。清明动乡思，一水嗟滞留。却忆藏云会，凋盘荐珍羞。高吟凌李杜，猛饮咍阮刘。[11]野寺想始昨，遊人今白头。倏忽三十年，老大功名休。日毂不暂止，吾生信如沤。[12]有酒尚可醉，余事昏悠悠。

注释：

①《昨游寄徐子美学正》诗见 宋 郭祥正《青山集》卷第十四，清文渊阁四库全书本。

②昆弟：兄弟。常以喻亲密友爱。▶宋 苏轼《求婚启》："结缡早岁，已联昆弟之姻亲；垂白南方，尚念子孙之嫁娶。"

③经纶：指治理国家的抱负和才能。▶宋 秦观《滕达道挽词》："经纶未了埋黄土，精爽还应属斗牛。"

阳秋：指孔子所著《春秋》。晋时因避晋简文帝郑后阿春讳，改春为"阳"。后为史书的通称。▶唐 司空图《华帅许国公德政碑》："虽乏润色之功，夙慕《阳秋》之旨。

④释服：除去丧服。谓除丧。▶《史记·孝文帝本纪》："其令天下吏民，令到出临三日，皆释服。"

⑤不瘳：疾病不愈。▶《诗·郑风·风雨》："风雨潇潇，鸡鸣胶胶，既见君子，胡云不瘳。"

⑥困蒙：犹窘迫。▶晋 曹摅《感旧》："今我唯困蒙，群士所背驰。"

⑦星子：此处指江西星子县（已撤销，设庐山市，由九江市代管），郭祥正曾任星子县主簿。

素仇：宿仇；旧仇。▶清 黄六鸿《福惠全书·刑名·词讼》："或出素仇，或出一时忿激，自知罪莫可逃。"

⑧迍邅：难行貌。▶汉 蔡邕《述行赋》："途迍邅其蹇连，潦汙滞而为灾。"

⑨耡耰：犹耕种。▶唐 韩愈《赴江陵途中寄三学士》："果然又羁絷，不得归耡耰。"

⑩黄尘：黄色的尘土。▶《后汉书·马融传》："风行云转，匈磕隐訇，黄尘勃滃，闇若雾昏。"

⑪阮刘：阮肇与刘晨的并称。▶清 孔尚仁《桃花扇·题画》："重来浑似阮刘仙，借东风引入洞中天。"参见"阮郎"。

⑫日毂：太阳。▶宋 范成大《丙戌闰七月九日与王必大登姑苏台避暑》："炎官扶日毂，辉赫不停运。"

## 暮春之月谒庐守陈元舆待制作①

百年悯秋霜，念念流运歇。②一昨辞周行，于今鬓垂雪。③幽独谁为扶，寸心徒自折。翻然驾柴车，宾闳重欵谒。与公论襟期，及此阳春月。④英英栏中花，滋露正妍发。浊浊瓮中醪，浮醅想芬洌。朝廷用直道，郡邑罕所阙。嬿婉我之友，皎若环与玦。⑤良辰不同乐，衰暮空惜别。⑥

注释：

①《暮春之月谒庐守陈元舆待制作》诗见 宋 郭祥正《青山集》卷第十八，清文渊阁四库全书本。

②秋霜：喻白发。▶唐 李白《秋浦歌》之十五："不知明镜里，何处得秋霜。"

念念：教语。谓极短的时间，犹言刹那。▶《百喻经·病人食雉肉喻》：“一切诸法念念生灭，何有一识常恒不变。”

③一昨：前些日子。▶《淳化阁帖·晋王羲之帖》：“多日不知君闻，得一昨书，知君安善为慰。”

④襟期：襟怀、志趣。▶北齐 高澄《与侯景书》：“缱绻襟期，绸缪素分。”

⑤嬿婉：美好貌。▶南朝 梁 沈约《丽人赋》：“亭亭似月，嬿婉如春。凝情待价，思尚衣巾。”

⑥衰暮：亦作“衰莫”。迟暮。比喻晚年。▶南朝 宋 鲍照《拟古》之四：“幼壮重寸阴，衰暮反轻年。”

## 和朱行中龙图游澄惠寺①

一水碧漪漪，更逢烟雨微。草昏千步障，松挂六铢衣。冷翠光争滴，残红湿不飞。自怜诗句拙，空伴史君归。

注释：

①《和朱行中龙图游澄惠寺》诗见 宋 郭祥正《青山集》卷第二十三，清文渊阁四库全书本。



## 元舆待制招饮衣锦亭①

宿雨消残暑，嘶蝉引素秋。吟悲宋玉赋，醉倚仲宣楼。②衣锦平时乐，藏舟战国愁。蜀山斜照尽，归兴尚迟留。

注释：

①《元舆待制招饮衣锦亭》诗见 宋 郭祥正《青山集》卷第二十三，清文渊阁四库全书本。

②宋玉：战国时楚人，辞赋家。或称是屈原弟子，曾为楚顷襄王大夫。其流传作品，以《九辩》最为可信。《九辩》首句为“悲哉秋之为气也”，故后人常以宋玉为悲秋悯志的代表人物。又传说其人才高貌美，遂亦为美男子的代称。

仲宣楼：即当阳县城楼，在今湖北省。汉王粲（字仲宣）于此楼作《登楼赋》，故称。后遂用为典故，借指诗人登临抒怀之处。

## 元舆待制藏舟浦宴集①

圣世销兵久，楼船不复藏。清澜浮桂楫，红袖荐瑶觞。②荇菜风牵碧，荷花雨进香。孔融真爱士，宁厌祢生狂。[3]

注释：

①《元舆待制藏舟浦宴集》诗见 宋 郭祥正《青山集》卷第二十三，清文渊阁四库全书本。

②瑶觞：玉杯。多借指美酒。▶唐 王勃《宴山亭序》："银烛擒花，瑶觞抒兴。"

③祢生：指祢衡。▶唐 许浑《途经李翰林墓》："祢生狂善赋，陶令醉能诗。"

## 合肥逢清琏上人[1]

闽国衣冠后，羌庐法性师。江河倾辩说，冰雪净容仪。塔影龙蛇护，松声猿鹤悲。门人忽相过，话旧涕空垂。

注释：

①《合肥逢清琏上人》诗见 宋 郭祥正《青山集》卷第二十三，清文渊阁四库全书本。原诗标题后有注："即圆通慎浑师弟子。"

## 陪朱行中龙图饮澄惠院二首[1]

寒烟淡日满沧洲，台榭相通一径幽。[2]志欲吞吴嗟隔水，力能成魏密藏舟。纸窗趁晓开黄卷，蒲叶涵春付白鸥。[3]千载废兴何可问，一樽浊酒更迟留。

岛屿回环水绕堤，碧芦青荇密相依。凌风战舰知何处，落日游人尚未归。细细佛香时入坐，双双沙鸟静忘机。[4]史君自是蓬莱客，倚遍栏干恋翠微。

注释：

①《陪朱行中龙图饮澄惠院二首》诗见 宋 郭祥正《青山集》卷第二十六，清文渊阁四库全书本。

②沧洲：滨水的地方。古时常用以称隐士的居处。▶三国 魏 阮籍《为郑冲劝晋王笺》："然后临沧洲而谢支伯，登箕山以揖许由。"

③黄卷：指道书或佛经。因佛道两家写书用黄纸。▶唐 皎然《兵后早春登故鄣南楼望昆山寺白鹤观亦清道人并沈道士》："耳目何所娱，白云与黄卷。"

④忘机：消除机巧之心。常用以指甘于淡泊，与世无争。▶唐 王勃《江曲孤凫赋》："尔乃忘机绝虑，怀声弄影。"

## 代先书奉迎庐帅元舆待制[①]

倦提椽笔厌承明，帝与兵符帅十城。[②]箫鼓裂云迎五马，山川收雨引双旌。[③]藏舟浦暖鱼频跃，教弩台空雁不惊。入境观风先可喜，秋田高下熟香粳。[④]

注释：

①《代先书奉迎庐帅元舆待制》诗见 宋 郭祥正《青山集》卷第二十七，清文渊阁四库全书本。

②椽笔：《晋书·王珣传》："珣梦人以大笔如椽与之，既觉，语人云：'此当有大手笔事。'俄而帝崩，哀册谥议，皆珣所草。"后因以"椽笔"指大手笔，称誉他人文笔出众。

承明：古代天子左右路寝称承明，因承接明堂之后，故称。▶汉 刘向《说苑·修文》："守文之君之寝曰左右之路寝，谓之承明何？曰：承乎明堂之后者也。"

③五马：汉时太守乘坐的车用五匹马驾辕，因借指太守的车驾。亦为太守的代称。▶唐 钱起《送张中丞赴桂州》："云衢降五马，林木引双旌。"

双旌：唐代节度领刺史者出行时的仪仗。泛指高官之仪仗。借指高官。▶清 纪昀《阅微草堂笔记·滦阳消夏录一》："倘或无知猖獗，突犯双旌，虽手握兵符，征调不及，一时亦无如之何。"



④观风：谓观察民情，了解施政得失。语出《礼记·王制》："命大师陈诗以观民风。"

## 香社院[①]

重阴消散日车明，社鼓村歌乐太平。行过柘塘萧寺宿，隔墙犹听卖花声。[②]

注释：

①《香社院》诗见 宋 郭祥正《青山集》卷第三十，清文渊阁四库全书本。

②萧寺：唐李肇《唐国史补》卷中："梁武帝造寺，令萧子云飞白大书'萧'字，至今一'萧'字存焉。"后因称佛寺为萧寺。



## 次韵行中龙图游后浦六首[①]

题注：按：其四《舆地纪胜》题作合肥城怀古，其五作藏舟浦，其六作澄惠寺。

密竹疏松斗老苍，惊飞白鸟不成双。[②]楼船飘忽随朝电，佛炬青荧彻夜窗。[③]携酒且来寻岛屿，投竿那用忆湖江。[④]君看雨过铺晴练，得句须令小谢降。[⑤]

每欲收吴势未任，绕城凿浦迹堪寻。不知战罢楼船散，空见春归荇菜深。一坐清风吹往事，四筵白酒洗烦襟。[6]公提椽笔诗无敌，未必张辽善醉吟。

细柳高松绿映苍，深沉台榭晚生凉。沙边宿鹭昏昏白，草际流萤点点光。投网舟移牵碧荇，采莲人去湿红裳。欲追逸调嗟何及，雨入杯盘归兴忙。[7]

巨镇还须济世才，要宾览古笑谈开。蜀山迥出千螺秀，肥水长萦一带回。犹有金城藏后浦，不唯铜雀起高台。异时争战归何处，秋雁年年去复来。

锦棹飞飞画舫迎，焚香夹道看双旌。佳宾谈笑民同乐，善政循良鸟不惊。[8]花岛可怜春自舞，柳洲遥觉月微明。史君一饮诗千句，掷地浑如金玉声。

冠带淮西第一州，扬鞭得从史君游。木鱼声断东台晓，水荇香传后浦秋。双脊自磨铜雀瓦，密云时泛建溪瓯。才清思健知无敌，且与衰残作荫庥。[9]

注释：

①《次韵行中龙图游后浦六首》诗见 宋 郭祥正《青山集》卷第二十六，清文渊阁四库全书本。

②老苍：形容树木葱郁。▶宋 范成大《望海亭赋》："平畴蔚以稚绿，乔木森其老苍。"

③青荧：青光闪映貌。▶《文选·扬雄〈羽猎赋〉》："玉石嶜崟，眩耀青荧。"

④投竿：投钓竿于水。谓垂钓。▶《庄子·外物》："任公子为大钩巨缁，五十犗以为饵，蹲乎会稽，投竿东海，旦旦而钓，期年不得鱼。"

⑤小谢：他人之弟的美称。▶清 宋琬《寓侯记原秬园》诗之六："知君怜小谢，池草任荒芜。"

⑥四筵：四席，四座。借指四周座位上的人。▶南朝 宋 谢瞻《九日从宋公戏马台集送孔令》诗："四筵霑芳醴，中堂起丝桐。"

烦襟：烦闷的心怀。▶唐 王勃《游梵宇三觉寺》："遽忻陪妙躅，延赏涤烦襟。"

⑦逸调：失传的曲调、乐调。▶南朝 梁 陶弘景《华阳颂·才英》："子弦有逸调，空谈无与言。"

归兴：归思；回乡的兴致。▶唐 杜甫《官定后戏赠》："故山归兴尽，回首向风飙。"

⑧循良：谓官吏奉公守法。▶《北史·孙搴等传论》："房谟忠勤之操，始终若一。恭懿循良之风，可谓世有人矣。"

⑨荫庥：荫庇。▶唐 于邵《为薛岌谢赐宅状》："锡以荫庥之地，永为子孙之业。"

## 许氏乐隐亭[1]

曲水浮基竹绕檐，月华初度晚凉添。羽觞滟滟荷敷绿，象箸森森笋迸尖。[2]白眼傲时饶阮籍，素琴调曲慕陶潜。城居乐隐能如此，中散风流友弟兼。[3]

注释：

①《许氏乐隐亭》诗见 宋 郭祥正《青山集》卷第二十七，清文渊阁四库全书本。

②滟滟：水盈溢貌。▶唐 李群玉《长沙陪裴大夫夜宴》："泠泠玉漏初三滴，滟滟金觞已半酡。"

③中散：中散大夫的省称。三国魏嵇康曾任中散大夫，世以"中散"称之。

友弟：见"友悌"。兄弟相友爱。▶晋 潘岳《夏侯常侍诔》："子之友悌，和如瑟琴。"

## 慎宰练德符招饮僧舍二首[1]

杂花开遍县城东，不惜提壶细雨中。应是花枝羞老客，故含春恨泣残红。

一庭寒柏寺荒凉，亦有花枝出短墙。善政得闲能唤客，春风相伴到壶觞。[2]



注释：

①《慎宰练德符招饮僧舍二首》诗见 宋 郭祥正《青山集》卷第三十，清文渊阁四库全书本。

慎宰：指慎县县令。慎县，北宋慎县，即今安徽省肥东县，治今肥东县梁园镇。

②得闲：有隙可乘；得到机会。▶《管子·幼官》："障塞不审，不过八日，而外贼得闲。"

## 题冶父山实际禅院[1]

虎兮弗食子，谁谓虎性恶。一见慈孝人，帖身不敢缚。旧庐当绝巅，今寺据幽壑。人虎皆已非，断碑苍藓剥。



注释：

①《题冶父山实际禅院》诗见 宋 郭祥正《青山集》卷第十一，清文渊阁四库全书本。

实际禅院：又名实际禅寺。位于安徽省庐江县东北冶父山东部南麓，为唐代高僧孝慈伏虎禅师创建，始建于唐昭宗光化元年(898)。宋代赐额曰"实际禅寺"。元泰定年间(1324—1328)僧聪再予修建。明代永乐、正统年间，僧兴智、大宁重修。成化、弘治年间，僧方珍、明善续修。清顺治四年(1647)，僧星朗增建石廊、山门及禅堂。咸丰年间，寺遭兵甃。光绪四年(1878),僧如亭、能持、文华募化,并得邑绅吴长庆助资,修建斋堂一间,寮房十余间。实际禅寺共三进,大殿面宽18.46米,通进深12.55米。天王殿,山门在1988-1989年由群众集资修缮。现为省级重点寺观、县级重点文物保护单位。

实际禅院与冶父山上的伏虎寺皆为孝慈伏虎禅师创建。相传古代,有一个相貌奇丑、双目失明的孩子,被父母遗弃,巧遇一只老虎路过,衔入洞中喂养大,并刨出泉水,治好了孩子的眼睛。孩子长大后当了和尚,老虎和他形影不离。后来到了冶父山,建庙安身,传经修道。此事被唐昭宗皇帝李晔知晓,就敕封他为"孝慈伏虎禅师","伏虎寺"也因此得名。山上山下,也由此衍生了虎刨泉、系虎墩、伏虎禅师塔、报恩寺等多处古迹名胜。

## 苏轼

苏轼(1037—1101),字子瞻,又字和仲,号铁冠道人、东坡居士,世称苏东坡、苏仙,北宋眉山(今四川眉山)人。嘉祐二年(1057),进士及第。神宗时曾在凤翔、杭州、密州、徐州、湖州等地任职。元丰三年(1080),因"乌台诗案"被贬为黄州团练副使。哲宗即位后,曾任翰林学士、侍读学士、礼部尚书等职,并出知杭州、颍州、扬州、定州等地,晚年因新党执政累贬惠州、儋州。徽宗时获赦北还,途中病逝常州。南宋时,谥"文忠"。《宋史》卷三三八有传。

苏轼是北宋中期的文坛领袖,在诗、词、散文、书、画等方面取得了很高的成就。其文纵横恣肆;其诗题材广阔,清新豪健,善用夸张比喻,独具风格,与黄庭坚并称"苏黄";其词开豪放一派,与辛弃疾同是豪放派代表,并称"苏辛";其散文著述宏富,豪放自如,与父苏洵、弟苏辙并称"三苏",与欧阳修并称"欧苏",同列于"唐宋八大家"。亦善书,为"宋四家"之一;工于画,尤擅墨竹、怪石、枯木等。有《东坡七集》《东坡易传》《东坡乐府》等传世。

### 次韵孙莘老见赠时莘老移庐州因以别之①

炉锤一手赋形殊,造化无心敢望渠。②我本疏顽固当尔,子犹沦落况其余。③龚黄侧畔难言政,罗赵前头且眩书。④惟有阳关一杯酒,殷勤重唱赠离居。⑤

注释:

①《次韵孙莘老见赠,时莘老移庐州因以别之》诗见 宋 苏轼《补注东坡编年诗》卷九古今体诗六十一首,清文渊阁四库全书本。苏觉移知庐州在熙宁六年(1073)三月,此诗题作《次韵孙莘老见赠》,时莘老移庐州,因以别之,见《苏轼诗集》卷九。

孙莘老:孙觉(1028—1090),字莘老。北宋高邮人。历任七州(湖州、庐州、苏州、福州、亳州、扬州、徐州、南京),所到多有政绩,秦少游说他:"转守七州多异政,奉常处处有房祠。”着有《经社要义》《春秋学纂》《春秋尊王》《尚书书解》及《孙莘老先生文集》五十卷;《奏议》六十卷等。传见《宋史》卷三百四十四。

②炉锤:亦作“炉鎚”“鑪槌”。犹锤炼。▶宋 杨万里《晚寒题水仙花并湖山》诗之三:“炼句炉槌岂可无,句成未必尽缘渠。”

赋形:谓赋予人或物以某种形体。▶南朝 梁 刘勰《文心雕龙·丽辞》:“造化赋形,支体必双。”

渠:此处作人称代词用。指他。

③沦落:指流落;漂泊。▶唐 白居易《琵琶行》:“同是天涯沦落人,相逢何必曾相识。”

其余:下剩的,其他。▶《论语·雍也》:“回也其心三月不违仁,其余则日月至焉而已矣。”

④龚黄:汉代循吏龚遂与黄霸的并称。亦泛指循吏。▶《宋书·良吏传论》:“汉世户口殷盛,刑务简阔,郡县治民,无所横扰…… 龚黄之化,易以有成。”

罗赵:晋代罗晖和赵袭的并称,二人均为当时书法名家。▶南朝 宋 羊欣《采古来能书人名》:“罗晖、赵袭不详何许人,与伯英(张伯英)同时见称西州,而矜许自与,众颇惑之;伯英与朱宽书自叙云:上比崔杜不足,下方罗赵有余。”

“龚黄侧畔难言政,罗赵前头且眩书。”句:指孙觉见称政事与书,而其书至不工。

⑤殷勤:情意深厚。▶《孝经援神契》:“母之于子也,鞠养殷勤,推燥居湿,绝少分甘。”

离居:指离开居处,流离失所。语出《书·盘庚下》:“今我民用荡析离居,罔有定极。”

## 孔武仲

孔武仲(1041—1097),字常父(甫),北宋临江新喻(今江西新余)人。嘉祐八年(1063)进士。元祐初,历秘书省正字、集贤校理、国子司业。四年(1089),为著作郎,论科举之弊,诋王安石《三经新义》,请复诗赋取士,又欲罢大义而益以诸经策。拜中书舍人,直学士院。八年,擢给事中,迁礼部侍郎,以宝文阁待制知洪州。坐元祐党夺职,居池州卒。与兄孔文仲、弟孔平仲以文声起江西,时号三孔。有《诗书论语说》《金华讲义》《芍药谱》《内外制》《杂文》《宗伯集》(编入《清江三孔集》)。

### 次韵马中玉春日偶成[①]

京都久客忆归频,准拟江南看早春。[②]多病余生万事已,起惊芳意一番新。[③]东湖水满鱼应乐,南浦波明柳自匀。[④]玉脸芙蕖容易得,要须叮嘱养花人。[⑤]

注释:

①《次韵马中玉春日偶成》诗见 宋 孔文仲、孔武仲、孔平仲《清江三孔集》,清四库全书

文渊阁本。

②准拟:准备;打算。▶唐 韩愈《北湖》:"应留醒心处,准拟醉时来。"

③芳意:春意。▶唐 徐彦伯《同韦舍人元旦早朝》:"相问韶光歇,弥怜芳意浓。"

④原诗"南浦波明柳自匀"句,又作"南浦波明柳自颦",见豫章本。

⑤要须:必须;需要。▶《三国志·魏志·蒋济传》:"天下未宁,要须良臣以镇边境。"

彭汝砺(1042—1095),北宋鄱阳人(今江西鄱阳)。治平二年(1065)举进士第一,历任幕职官。所著《诗义》为王安石见重,补国子直讲。为监察御史里行,陈时政十事。论不当以宦者主兵。历江西转运判官、京西提点刑狱。哲宗元祐为中书舍人。反对以"车盖亭诗案"穷治蔡确,落职知徐州。哲宗亲政,权吏部尚书。后知江州。有《鄱阳集》等。

## 在合肥幕中有作①

幕府瞻雄盛,朋游望俊髦。②双松斗冰雪,一鹗出蓬蒿。③春雨吟花蒂,秋霜荐蟹螯。山川留翰墨,天地入风骚。感慨惊多变,微生病一号。酒卮余寂淡,讨笔惠英豪。忧思生心腑,尘埃上鬓毛。④簿书今日困,道路此身旁。⑤小雨开濡滞,清飙散郁陶。⑥小亭山可见,从此欲登高。



注释:

①《在合肥幕中有作》诗见宋 彭汝砺《鄱阳集》卷九律诗,清文渊阁四库全书本。

幕中:官署中赞襄之闲僚。

②俊髦:才智杰出之士。▶唐 殷尧藩《帝京》诗之一:"列郡征才起俊髦,万机独使圣躬劳。"

③蓬蒿:蓬草和蒿草。亦泛指草丛;草莽。▶《礼记·月令》:"(孟春之月)藜莠蓬蒿并兴。"

④鬓毛:鬓发。▶唐 贺知章《回乡偶书》:"少小离家老大回,乡音无改鬓毛衰。"

⑤簿书:官署文书。▶《汉书·贾谊传》:"而大臣特以簿书不报,期会之间,以为大故。"

⑥濡滞:停留;迟延;迟滞。▶《孟子·公孙丑下》:"三宿而后出昼,是何濡滞也!"

郁陶:忧思积聚。▶《书·五子之歌》:"郁陶乎予心,颜厚有忸怩。"

## 合肥府学中赓诸公韵和正寺翔甫总翠亭[①]

危亭缥缈压城端，总拾澄虚入画栏。[②]地势西连金斗峻，山容东际湫湖寒。行瞻日月光华近，坐觉乾坤器度宽。闻说南州画工在，可能收作一屏看。[③]

注释：

①《合肥府学中赓诸公韵和正寺翔甫总翠亭》诗见宋 彭汝砺《鄱阳集》卷六律诗，清文渊阁四库全书本。

诸公：泛称各位人士。▶唐 杜甫《醉时歌》："诸公衮衮登台省，广文先生官独冷。"

②危亭：耸立于高处的亭子。▶唐 白居易《春日题干元寺上方最高峰亭》："危亭绝顶四无邻，见尽三千世界春。"

③南州：泛指南方地区。▶《楚辞·远游》："嘉南州之炎德兮，丽桂树之冬荣。"

## 欲寄[①]

欲寄予声无使还，平安始见一书间。偶从淝水经淮水，应对龟山忆蜀山。浮世乃知俱物役，利途曾复见人闲。[②]每言庾信愁难解，果道安仁鬓已斑。



注释：

①《欲寄》诗见宋 彭汝砺《鄱阳集》卷六律诗，清文渊阁四库全书本。

②物役：语本《荀子·正名》："故向万物之美而盛忧，兼万物之利而盛害……夫是之谓以己为物役矣。"杨倞 注："己为物之役使。"后谓为外界事物所役使为"物役"。

利途：取利之途径。▶《管子·国蓄》："塞民之养，隘其利途。"

## 某在合肥尝梦同子直在横川旧游递中有诗往还子直见招因用前韵来寄[①]

春风把酒共溪边，南北纷纷遂五年。绿绶终朝寄尘俗，青云昨夜梦神仙。[②]诗多老格知难继，易外新闻念未传。[③]髣髴异时佳句在，吾游不敢负横川。[④]

注释：

①《某在合肥尝梦同子直在横川旧游递中有诗往还子直见招因用前韵来寄》诗见宋 彭汝砺《鄱阳集》卷七律诗，清文渊阁四库全书本。

②绿绶：一种黑黄而近绿色的丝带。古代三公以上用绿綟色绶带。▶《后汉书·舆服志下》："诸国贵人、相国皆绿绶。"

③老格：指诗文书画的苍老风格。▶唐 僧鸾《赠李粲秀才》："前辈歌诗惟翰林，神仙老格何高深，鞭驰造化绕笔转，灿烂不为酸苦吟。"

④横川：数字三的隐语。"三"字，横则为川。▶清 褚人获《坚瓠九集·市语》："不若吾乡市语有文理也：一为旦底，二为断工，三为横川，四为侧目。"

## 寄明甫约出饯城西既以病告遂已[①]

结束行装赴早秋，爱怜交论重迟留。[②]樽空北海虚前约，病告东阳益别愁。征旆几时归偃月，客心一夜梦藏舟。[③]尘埃日日无穷尽，能免幽人笑我不。[④]

注释：

①《寄明甫约出饯城西既以病告遂已》诗见宋 彭汝砺《鄱阳集》卷七律诗，清文渊阁四库全书本。

②迟留：停留；逗留。汉 王充《论衡·状留》："贤儒迟留，皆有状故。"

③征旆：古代官吏远行所持的旗帜。▶唐 陈子昂《征东至淇门答宋十一参军之问》："西林改微月，征旆空自持。"

偃月：横卧形的半弦月。▶《太平御览》卷四引 汉 京房《易飞候》："正月有偃月，必有嘉主。"

藏舟：《庄子·大宗师》："夫藏舟于壑，藏山于泽，谓之固矣，然而夜半有力者负之而走，昧者不知也。"王先谦集解："舟可负，山可移。宣云：'造化默运，而藏者犹谓在其故处。'"后用以比喻事物不断变化，不可固守。

④尘埃：犹尘俗。▶《淮南子·俶真训》："芒然仿佯于尘埃之外，而消摇于无事之业。"

## 和张侍读游蜀山[①]

日光拂拂已破卯，野色依依犹带秋。风卷旌旗出城曲，云迎步履过林幽。欲扳悬崖访猿鹤，更逐去鸟穷渊丘。脱洒尘埃坐清旷，静窥万物都蜉蝣。[②]

注释：

①《和张侍读游蜀山》诗见宋 彭汝砺《鄱阳集》卷七律诗，清文渊阁四库全书本。

②蜉蝣：虫名。比喻微小的生命。▶明 许自昌《水浒记·聚义》："云天谊，讵可量，匡救蜉蝣离虎狼，复垂怜闺内荆钗，使夫妻团圆无恙。"

## 岩夫庭佐欲归出长安以诗邀游后圃[①]

马蹄容易去吾东，行李纷纷计已忽。[②]还使寸肠随夜月，不知一泪落春风。[③]双飞露草看原鹌，独宿云溪念塞鸿。更约藏舟今日饮，百壶清笑慰飘蓬。[④]

注释：

①《岩夫庭佐欲归出长安以诗邀游后圃》诗见宋 彭汝砺《鄱阳集》卷四律诗，清文渊阁四库全书本。

②行李：行旅。亦指行旅的人。▶唐 杜甫《赠苏四徯》："别离已五年，尚在行李中。"

纷纷：众多貌。▶晋 陶潜《劝农》诗之三："纷纷士女，趋时竞逐。"

③寸肠：心事。▶宋 柳永《轮台子》："但黯黯魂消，寸肠凭谁表？"

④飘蓬：飘飞的蓬草。比喻飘泊无定。▶南朝 梁 刘孝绰《答何记室》："游子倦飘蓬，瞻途杳未穷。"

## 次韵周户曹水轩[①]

新辟颓墙得小轩，未成诗思已相关。一窗嫩绿分肥水，十里澄辉接蜀山。[②]近岸雨收风满径，暮天云静月当颜。参军莫作尘埃叹，剩有幽虚伴若闲。

注释：

①《次韵周户曹水轩》诗见 宋 彭汝砺《鄱阳集》卷七律诗，清文渊阁四库全书本。



②澄辉：清光。▶南朝 宋 谢庄《月赋》："升清质之悠悠，降澄辉之蔼蔼。"

## 和谒孝肃祠堂[①]

声容不见见灵祠，眷惜徘徊重叹咨。[②]樵牧万家歌旧泽，簪绅百拜望英姿。[③]
深图遂失商霖远，清论空随海月垂。[④]欲拾绪言嗟未得，风流喜读大夫碑。[⑤]

注释：

①《和谒孝肃祠堂》诗见 宋 彭汝砺《鄱阳集》卷八律诗，清文渊阁四库全书本。

②叹咨：叹息咨嗟。▶宋 苏洵《颜书》："此字出公手，一见减叹咨。"

③樵牧：樵夫与牧童。也泛指乡野之人。▶唐 李白《古风》之五八："荒淫竟沦没，樵牧徒悲哀。"

簪绅：犹簪带。▶唐 颜师古《奉和正日临朝》："肃肃皆鹓鹭，济济盛簪绅。"

④商霖：《书·说命上》载，商王武丁任用傅说为相时，命之曰："若岁大旱，用汝作霖雨。▶孔传："霖，三日雨。霖以救旱。"谓依为济世之佐。后以"商霖"为称誉大臣之词。

⑤绪言：已发而未尽的言论。▶《庄子·渔父》："曩者先生有绪言而去。"

## 欲雨[1]

车马冒蒸暑，道途伤久晴。云生蜀山静，风度远秋清。白蚁纷纷斗，鸤鸠在在鸣。[2]微阴知雨意，失意问农畊。

注释：

①《欲雨》诗见 宋 彭汝砺《鄱阳集》卷八律诗，清文渊阁四库全书本。

②在在：处处；到处。▶唐 武元衡《春斋夜雨忆郭通微》："桃源在在阻风尘，世事悠悠又遇春。"

## 秋日吟二首呈诸友时在合肥作[1]

绿发犹年少，衰颜苦病多。[2]阴寒伤物色，渴雨蠹天和。[3]杯酒开寥落，灵蓍问坎坷。[4]凋疏头鬓乱，倚侧齿音讹。苒苒时难得，纷纷日易蹉。荆蒿太狼藉，圭角未渐磨。[5]废弃今如此，云为竟若何。嗟伤仁者远，幸望故人过。腊意生幽径，春心独绿波。几时樽俎共，烂醉听清歌。[6]

露下风高头鬓凋，愆阳不雨肺肝焦。[7]短窗竟日添憔悴，座榻无人问寂寥。点缀诗篇空夜夜，封题药裹自朝朝。[8]重云苒苒蓬瀛隔，步武相忘万里遥。[9]

注释：

①《秋日吟二首呈诸友时在合肥作》诗见 宋 彭汝砺《鄱阳集》卷九律诗，清文渊阁四库全书本。

②绿发：乌黑而有光泽的头发。▶唐 李白《游泰山》："偶然值青童，绿发双云鬟。"

③渴雨：无雨。▶宋 戴复古《晚春》："池塘渴雨蛙声少，庭院无人燕语长。"

天和：谓自然和顺之理；天地之和气。▶《庄子·知北游》："若正汝形，一汝视，天和将至。"

④灵蓍：占卜用的蓍草。▶《鬼谷子·本经阴符》："损兑法灵蓍。"

⑤圭角：圭的棱角，泛指棱角，比喻锋芒。▶宋 范成大《枕上六言》："独眠被出圭角，晏起帐承隙光。"

⑥樽俎：古代盛酒食的器皿。樽以盛酒，俎以盛肉。此处指宴席。▶汉 刘向《新序·杂事一》："仲尼闻之曰：'夫不出于樽俎之间，而知千里之外，其晏子之谓也，可谓折冲矣。'"

⑦愆阳：阳气过盛。本谓冬天温和，有悖节令。后亦指天旱或酷热。杜预 注："愆，过也。谓冬温。"▶明 刘基《次韵石末公闵雨》："岂意愆阳为沴气，忽过炎夏到秋风。"

⑧朝朝:天天;每天。▶《列子·仲尼》:"子列子亦微焉,朝朝相与辩。"

⑨苒苒:柔弱貌;柔和貌。▶汉 王粲《迷迭赋》:"布萋萋之茂叶兮,挺苒苒之柔茎。"

蓬瀛:蓬莱和瀛洲。神山名,相传为仙人所居之处。亦泛指仙境。

步武:很短的距离。▶《国语·周语下》:"夫目之察度也,不过步武尺寸之间。"韦昭注:"六尺为步,贾君以半步为武。"

## 城上怀古[①]

水涨藏舟浦，云浮偃月城。寒芜随地远，漫水与天平。[②]险阻生奸伪，乾坤八圣明。杖藜登绝径，谈笑不忘情。[③]

注释:

①《城上怀古》诗见 宋 彭汝砺《鄱阳集》卷十律诗,清文渊阁四库全书本。

②寒芜:指寒秋的杂草。▶唐 皇甫曾《送郑秀才贡举》:"晚色寒芜远,秋声候雁多。"

③杖藜:谓拄着手杖行走。藜,野生植物,茎坚韧,可为杖。▶《庄子·让王》:"原宪华冠縰履,杖藜而应门。"



## 马上见蜀山[①]

明日催今日，长亭间短亭。久流淮水远，喜见蜀山青。天地飞飞雁，江湖泛泛萍。欲知后夜乐，樽酒上亲庭。[②]

注释:

①《马上见蜀山》诗见 宋 彭汝砺《鄱阳集》卷十律诗,清文渊阁四库全书本。

②樽酒:杯酒。代指酒食。▶唐 罗隐《谗书·后雪赋》:"梁王咏叹斯久,撤去樽酒。相如竦然,再拜稽首。"

## 藏舟浦[①]

花明肥上藏舟浦，水照淮边梦蝶台。千里悠悠各春色，可嗟无计共尊罍。[②]

注释:

①《藏舟浦》诗见 宋 彭汝砺《鄱阳集》卷十二绝句,清文渊阁四库全书本。

②尊罍:泛指酒器。▶宋 周邦彦《红罗袄·秋悲》:"念取东垆,尊罍虽近;采花南浦,蜂蝶须知。"

## 龙泉[1]

秋风入野凉，吹散菊花芳。万里无人处，千枝只自香。风流忆彭泽，时节念重阳。[2]物意虽寥寂，能忘酒一觞。[3]

注释：

①《龙泉》诗见 宋 彭汝砺《鄱阳集》卷十律诗，清文渊阁四库全书本。

②彭泽：泽名。即今鄱阳湖。在江西省北部。又名彭湖、彭蠡。▶《韩诗外传》卷三："左洞庭之波，右彭泽之水。"

③物意：景物的情态。▶宋 欧阳修《奉答圣俞岁日书事》："年光向老速，物意逐时新。"

## 和君时约谊甫先生游龙泉失期[1]

昨夜天文静，重云宿少微。客游还不值，人事故多违。[2]照月双泉落，凌风一雁飞。山川虽往复，难值梦魂归。

注释：

①《和君时约谊甫先生游龙泉失期》诗见 宋 彭汝砺《鄱阳集》卷十律诗，清文渊阁四库全书本。

②客游：在外寄居或游历。▶宋 戴复古《庐陵城外》："客游乡土别，景物只同然。"

## 春阴呈兄长[1]

春阴只欲睡，世事固相寻。[2]簿领粗官意，尘埃故国心。[3]风吹花点点，雨压柳阴阴。几日城头步，乾坤共醉吟。

春容猛狼藉，暑意已侵寻。[4]寂寞悲时事，凄凉上客心。莺飞啼野色，蝶戏落花阴。喜有城隅望，乘风听苦吟。

花开初熟醉，月上夜微吟。志节伤时序，诗书爱寸阴。[5]未忘他日意，无用此时心。更约藏舟步，余芳尚可寻。

注释：

①《春阴呈兄长》诗见 宋 彭汝砺《鄱阳集》卷九律诗，清文渊阁四库全书本。

②相寻：此处指相继；接连不断。▶南朝梁 江淹《效古》诗之一："谁谓人道广，忧慨自相寻。"

③粗官：指武官。▶唐 薛能《谢刘相寄天柱茶》："粗官寄与真抛却，赖有诗情合得尝。"

④侵寻：渐进，渐次发展。▶《史记·孝武本纪》："是岁，天子始巡郡县，侵寻于泰山矣。"

⑤志节：志向和节操。▶《汉书·叙传上》："（班伯）家本北边，志节慷慨，数求使匈奴。"

## 七门堰并序[①]

予为合肥职官始，按事龙舒出邑之西北门，观所谓乌阳、典牍、七门三堰。问耆老求疏治之始，漠然无能知者，盖其所从来远矣。[②]晚得刘攽贡父所为庙碑，乃知始于羹颉侯刘仲而刘馥实继之。因自叹曰：古人之所为乃能如此！刘仲遭际幸会以得爵位传，所言惟力于耕产耳。馥诚奇士，然亦无他称道，而其规画已足，以休福元元于无穷后世。[③]议论太高而亡其实，视民事藐然矣。[④]万一有为则利常不胜其□，而民卒穷困以死，而不救也。嗟夫！

古人材大心亦公，忧乐每与天下同。谋功虑事不草草，欲与天地为无穷。我来舒城道三堰，行看利入东南遍。渔樵处处乐太平，稻粱岁岁收余羡。[⑤]江淮旱涝相缀聊，舒城独自为丰年。人知今日乐其土，不知古人为尔天。二刘未必真奇伟，谋虑及民乃如此。俗儒文多实已亡，洋洋大论言羲皇。[⑥]心欲为功害辄胜，医庸未足平膏肓。纷纷予亦何为者，爱古伤今空涕洒。题诗倚立寄西风，不知材力非骚雅。[⑦]



注释：

①《七门堰并序》诗见 宋 彭汝砺《鄱阳集》卷一古诗，清文渊阁四库全书本。

②耆老：此处指老年人。▶《礼记·王制》："养耆老以致孝，恤孤独以逮不足。"

际幸：遭逢宠幸。▶宋 周密《齐东野语·菊花新曲破》："〔菊夫人〕善歌舞，妙音律，为仙韶院之冠，宫中号为菊部头。然颇以不获际幸为恨，即称疾告归。"

③规画：1.筹划，谋划。▶《三国志·蜀志·杨仪传》："亮数出军，仪常规画分部，筹度粮谷。"2.计划，安排。▶《资治通鉴·后周世宗显德五年》："欲凿楚州西北鹳水以通其道，遣使行视，还言地形不便，计功甚多。上自往视之，授以规画。"

休福：吉庆；福瑞。▶《后汉书·皇后纪上·光烈阴皇后》："异常之事，非国休福，不得上寿称庆。"

元元：此处可指百姓；庶民。▶《后汉书·光武帝纪上》："上当天地之心，下为元元所归。"亦可形容善良。▶《汉书·文帝纪》："以全天下元元之民。"

④藐然：1.幼小貌。▶汉 蔡邕《贞节先生范史云碑》："君受天正性，志高行洁，在乎幼弱，固已藐然有烈节矣。"2.轻视貌。▶晋 葛洪《抱朴子·畅玄》："藐然不喜流俗之誉，怛尔不惧雷同之毁。"3.深远貌。藐，通"邈"。▶《汉书·严助传》："今王深惟重虑，明太平以弼朕失，称三代至盛，际天接地，人迹所及，威尽宾服，藐然甚惭，嘉王之意，靡有所终，使中大夫助谕朕意，告王越事。"4.犹茫然。藐，通"邈"。▶明 宋濂《题冰壶子传后》："〔周世英〕有长者行，凡遇过客匮乏者，必倾赀济之。客去，藐然不记其姓氏。"

⑤余羡：盈余。▶宋 张世南《游宦纪闻》卷三："薪米不至匮乏，且有余羡。"

⑥羲皇：即伏羲氏。▶《文选·扬雄〈剧秦美新〉》："厥有云者，上罔显于羲皇。"

⑦材力：此处指才能，能力。▶《汉书·东方朔传》："武帝初即位，征天下举方正贤良文学材力之士，待以不次之位。"

骚雅：1.《离骚》与《诗经》中《大雅》《小雅》的并称。借指由《诗经》和《离骚》所奠定的古诗优秀风格和传统。▶唐 杜甫《陈拾遗故宅》："有才继骚雅，哲匠不比肩。"2.指诗文之才。▶南唐 李中《离亭前思有寄》："若无骚雅分，何计达相思。"3.风流儒雅。▶清 陈确《朴庵叔晚过小话两和来韵》："骚雅不惭唐进士，迂狂全类宋诸生。"

怆然：悲伤貌。▶三国 魏 曹操《让县自明本志令》："孤每读此二人书，未尝不怆然流涕也。"

## 送梁晦之诗并序[①]

治平、熙宁中，某以职官事张侍读、傅学士、宋大监于合肥，与程公权嗣隆、汪汝道汾、俞诚之希旦、钱穆甫、梁晦之、俞君玉域、刁德华璆为僚，倪天隐先生治学，其游甚乐也。而六七年间，学士有母之忧，宋致政，张、程、倪三公亡，汝道、德华贬官。惟诚之、穆甫出使京浙，君玉领麾在万里之外，晦之得忠州不赴，屈临陕府米仓某方，起外艰调官走京师，其形容苍然，已非昔时人矣。见晦之，相与道旧语，及存没忧患之际，怆然久之，因相语曰："人生乘物而游于天地之间，死生荣辱，出处得丧，皆非我物也。在我者，知为善而已。道不行于天下，亦必行于妻子；名不得于上，亦必知于下；富贵不在其身，亦必在其子孙。此又不得行，亦皆命也。人如彼何哉？亦强为善而已矣。"晦之行趣官，因序所言为别，并以诗继之。

行李参差久不齐，飘蓬邂逅暂相依。[②]趋驰静笑营生拙，老大今知旧态非。[③]车马一朝君北去，江湖何日我南归。人间物物浑虚幻，莫为分襟泪辄挥。[④]

注释：

①《送梁晦之诗并序》诗见 宋 彭汝砺《鄱阳集》卷七律诗，清文渊阁四库全书本。

②飘蓬：飘飞的蓬草。比喻飘泊无定。▶南朝 梁 刘孝绰《答何记室》："游子倦飘蓬，瞻途杳未穷。"

趋驰：1. 奔忙；奔走。▶唐 元稹《韩克从太子通事舍人制》："敕前河中府参军韩克从：闻尔之齿长矣，而犹趋驰冉冉，其何以堪？" 2. 指交往。▶ 唐 李白《感时留别从兄徐王延年从弟延陵》："佐郡浙江西，病闲绝趋驰。" 3. 供驱使。▶ 唐 皮日休《三宿神景宫》："明发作此事，岂复甘趋驰。" 4. 奔走效劳的机会。指任职。▶ 南朝宋 鲍照《谢随恩被原疏》："小得趋驰，星驾登路。"

③营生：此处指谋生。▶晋 葛洪《抱朴子·崇教》："贫贱者汲汲于营生，富贵者沉沦于逸乐。"

④分襟：犹离别，分袂。▶唐 王勃《春夜桑泉别王少府序》："他乡握手，自伤关塞之春；异县分襟，竟切凄怆之路。"

## 上合肥太守侍读傅公①

肥水当时守，商岩几代孙。②精明应玄象，清白接灵源。③山岳分凝重，球琳让粹温。④一书开主惑，群力破奸魂。万事非吾计，孤忠自所存。遗声双禁闼，宠锡两朱轓。⑤道路生新乐，江湖洗旧民。泽馀沾草木，孚至及鱼豚。不肖尘华幕，无材愧素餐。⑥误悬徐孺榻，喜上李膺门。簿领才伤拙，尘埃貌苦村。⑦初终承至训，老稚饮殊恩。⑧遂恐征书至，还归近侍尊。蛟龙不潜隐，雕鹗自飞翻。会亦惩衰弊，应须正本原。纪纲维尽力，狐鼠可忘言。⑨鼎鼐开先烈，盐梅及后昆。⑩祇知心缱绻，不觉语真繁。⑪



注释：

①《上合肥太守侍读傅公》诗见 宋 彭汝砺《鄱阳集》卷九律诗，清文渊阁四库全书本。

②商岩：傅说初版筑于傅岩之野，后被商王武丁举以为相。见《书·说命上》。后以"商岩"比喻在野贤士。▶唐 顾云《谢徐学士启》："周渭商岩，皆辞钓筑。"

③玄象：天象。谓日月星辰在天所成之象。▶《后汉书·郅恽传》："恽乃仰占玄象。"

灵源：指隐者所居、远离尘世之地。▶唐 吕岩《浪淘沙》："我有屋三椽，住在灵源。无遮四壁任萧然。万象森罗为斗栱，瓦盖青天。"

④球琳：美玉名，亦泛指美玉。比喻贤才。▶唐 李白《送杨少府赴选》："夫子有盛才，主司得球琳。"

粹温：纯真温良。▶南朝 宋 颜延之《陶征士诔》："廉深简絜，贞夷粹温。"

⑤遗声：谓留下好名声。▶三国 魏 曹植《任城王诔》："王虽薨徂，功着丹青。人谁不没，贵有遗声。"

禁闼：宫廷门户。亦指宫廷、朝廷。▶《史记·汲郑列传》："臣常有狗马病，力不能任郡事，臣愿为中郎，出入禁闼，补过拾遗，臣之愿也。"

宠锡：帝皇的恩赐。▶唐 白行简《李娃传》："天子异之，宠锡加等。"

朱轓：车乘两旁之红色障泥。▶《汉书·景帝纪》："令长吏二千石车朱两轓，千石至六百石朱左轓。"

⑥素餐：无功受禄，不劳而食。▶《诗·魏风·伐檀》："彼君子兮，不素餐兮。"

⑦簿领：谓官府记事的簿册或文书。▶《后汉书·南匈奴传》："当决轻重，口白单于，无文书簿领焉。"

⑧老稚：老幼。老人和小孩。▶《孟子·滕文公上》："使老稚转乎沟壑，恶在其为民父母也？"

⑨狐鼠：城狐社鼠。喻小人，坏人。▶《文选·沈约〈奏弹王源〉》："虽埋轮之志，无屈权右，而狐鼠微物，亦蠹大猷。"

⑩鼎鼐：鼎和鼐。古代两种烹饪器具。喻指宰相等执政大臣。▶唐 苏颋《唐紫微侍郎赠黄门监李乂神道碑》："鼎鼐递袭，簪缨相望。"

盐梅：盐和梅子。盐味咸，梅味酸，均为调味所需。亦喻指国家所需的贤才。▶《书·说命下》："若作和羹，尔惟盐梅。"后昆：后代；后嗣。▶ 明 无名氏《玉环记·延赏庆寿》："止因无子，他日招婿，以续后昆。"

⑪缱绻：缠绵。形容感情深厚。引申为结交。▶清 金人瑞《桃源行》："父老十数引儿童，笑迎生客相缱绻。"

## 李彦明

李彦明，北宋庐州合肥（今安徽省合肥市）人。李庭玉子，李彦伦弟。官宁远知县，与黄庭坚交游。李氏昆仲在天柱山有摩崖石刻存世。

### 灵岩寄迹①

桥拄仙游策，谷闻禅定钟。举头天柱逼，眩目障霞红。辨印紫泥湿，读碑苍藓封。②海遥梁莫架，天近听宜聪。笑跨双鸾去，才非独秀钟。题诗僧抱石，童子怪匆匆。

注释：

①《灵岩寄迹》诗见朱谏撰《（万历）雁山志》四卷，卷四排律，明万历二十九年（1601）刻本。原诗后有注："俱峰障岩洞名。"

②紫泥：古人以泥封书信，泥上盖印。皇帝诏书则用紫泥。▶《后汉书·光武帝纪上》"奉高皇帝玺绶"李贤注引汉蔡邕《独断》："皇帝六玺，皆玉螭虎纽……皆以武都紫泥封之。"

## 许彦国

许彦国，字表民（一作表臣），北宋庐州合肥（今安徽省合肥市）人，一说青州（今山东省青州市）人。徽宗宣和（一说哲宗时）时举进士高第，官不显，与吕颐浩之父有交。有诗三卷，已佚。《宋史·艺文志》又载有《许氏诗》一卷，乃许彦国母作，今亦不存。

### 虞美人草行①

鸿门玉斗纷如雪，十万降兵夜流血。咸阳宫殿三月红，霸业已随烟烬来。刚强必死仁义王，阴陵失道非天亡。②英雄本学万人敌，何用屑屑悲红妆。③三军散尽旌旗倒，玉帐佳人坐中老。④香魂夜逐剑光飞，青血化为原上草。⑤芳心寂寞寄寒枝，旧曲闻来似敛眉。⑥哀怨徘徊愁不语，恰如初听楚歌时。滔滔逝水流古今，汉楚兴亡两丘土。当年遗事久成空，慷慨尊前为谁舞。⑦

注释：

①《虞美人草行》诗见 宋 阮阅《诗话总龟》百家诗话总龟后集卷之四十七，四部丛刊景明嘉靖本。



②阴陵：春秋时楚邑。楚汉争霸时，项羽兵败后在此迷失道路。汉时置县，故城在今安徽省定远县西北。▶《史记·项羽本纪》："项王至阴陵，迷失道。"

③万人敌：敌万人，极言勇武。▶《史记·项羽本纪》："籍曰：'剑，一人敌，不足学，学万人敌。'"

④坐中：座席之中。▶《史记·樊郦滕灌列传》："项羽既飨军士，中酒，亚父谋欲杀沛公，令项庄拔剑舞坐中，欲击沛公，项伯常屏蔽之。"

⑤青血：碧血。▶宋 梅尧臣《过开封古城》："汉兵堕铜镞，青血为土花。"

⑥敛眉：皱眉。▶《宋书·后废帝纪》："尝以铁椎椎人阴破，左右人见之有敛眉者，昱大怒，令此人袒胛正立，以矛刺胛洞过。"

⑦尊前：在酒樽之前。指酒筵上。▶唐 马戴《赠友人边游回》："尊前语尽北风起，秋色萧条胡雁来。"



## 黄庭坚

黄庭坚（1045—1105），字鲁直，号山谷道人、涪翁。北宋洪州分宁（今江西省九江市修水县）人。治平四年（1067）进士。调叶县尉。熙宁初，教授北京国子监，才能为文彦博所重。知太和县，以平易为治。哲宗立，累进秘书丞兼国史编修官。绍圣初，出知宣州、鄂州。章惇、蔡卞劾其所修《神宗实录》多诬，贬涪州别驾，黔州等安置。徽宗即位，起知太平州，复谪宜州。工诗词文章，受知于苏轼，与张耒、晁补之、秦观并称苏门四学士。其诗立意曲深喜用典，以其格调独特与苏轼齐名，并称“苏黄”，为江西诗派开山祖师。论诗推崇杜甫，讲究修辞造句，强调“无一字无来处”。其书法擅长行、草书，楷法亦自成一家，与苏轼、米芾、蔡襄并称为宋代四大书家。有《山谷集》《豫章黄先生文集》等。

## 次韵马荆州[1]

六年绝域梦刀头，判得南还万事休。[2]谁谓石渠刘校尉，来依绛帐马荆州。[3]霜髭雪鬓共看镜，茱糁菊英同送秋。[4]他日江梅腊前破，还从天际望归舟。

注释：

①《次韵马荆州》诗见 宋 黄庭坚《豫章黄先生文集》卷第十，四部丛刊景宋乾道刊本。原诗标题下有注：“马城，字中玉。”

②刀头：此处为“还”的隐语。还归。刀头有环，环、还音同。▶宋 范成大《余与陆务观自圣政所分袂留此为赠》：“一语相开仍自解，除书闻已趣刀头。

③绛帐：《后汉书·马融传》：“融才高博洽，为世通儒，教养诸生，常有千数……居宇器服，多存侈饰。常坐高堂，施绛纱帐，前授生徒，后列女乐，弟子以次相传，鲜有入其室者。”后因以“绛帐”为师门、讲席之敬称。▶唐 李商隐《过故崔兖海宅与崔明秀才话旧》：“绛帐恩如昨，乌衣事莫寻。”

④霜髭：1. 白须。▶唐 方干《早春》：“不信风光疾于箭，年来年去变霜髭。”2. 指胡须变白。▶唐 贾岛《送南卓归京》：“残春别镜陂，罢郡未霜髭。”

茱糁：茱萸的果实。茱，茱萸。糁，散粒状之物，可引申为果实。

## 次韵答马中玉三首[1]

雨入纱窗风簸船，菊花过后早梅前。[2]锦江春色熏人醉，也到壶中小隐天。[3]

卷沙成浪北风颠，衔尾千艘不敢前。迎岸水居皆有酒，行人得意买江天。[4]

仁气已蒸全楚尽，同云欲合暮江前。[5]争春梅柳无三月，对雪樽罍属二天。[6]

注释：

①《次韵答马中玉三首》诗见 宋 黄庭坚《豫章黄先生文集》卷第十，四部丛刊景宋乾道

刊本。

马中玉：马瑊(？—1102)，其名诸书或作域、瑊、城、成，字中玉，或作忠玉，北宋庐州合肥(今安徽合肥)人。马亮之孙，马仲甫子。宋神宗熙宁中权熙河路转运判官，提举永兴、秦凤等路常平公事，权发遣江南西路、荆湖路转运判官。元丰二年(1079)，坐事勒停。哲宗元祐中历陕西转运副使，知湖州，权发遣两浙路提刑。绍圣中为江南西路转运副使。元符二年(1099)为荆湖北路转运副使，徙知陕州。徽宗崇宁元年(1102)，追三官勒停，海州安置，不逾年殁于贬所。马瑊与苏轼、黄庭坚皆有唱和，然其作多散佚，《全宋词》仅载其词一首《玉楼春》。

②"雨入纱窗风簸船，菊花过后早梅前。"一作"雨入纱窗风簸船，黄花过后早梅前。"

③"锦江春色熏人醉，也到壶中小隐天。"一作"锦江春色熏人醉，也到壶公小隐天。"

④江天：江和天。多指江河上的广阔空际。▶南朝 梁 范云《之零陵郡次新亭》："江天自如合，烟树还相似。"

⑤仁气：1.仁厚之气。▶《礼记·乡饮酒义》："天地温厚之气，始于东北，而盛于东南，此天地之盛德气也，此天地之仁气也。"2.仁爱的风尚。▶宋 黄庭坚《送刘士彦赴福建转运判官》诗："南驱将仁气，百城共一陶。"

同云：《诗·小雅·信南山》："上天同云，雨雪雰雰。"朱熹 集传："同云，云一色也。将雪之候如此。"因以为降雪之典。

⑥樽罍：樽与罍皆盛酒器。罍似坛。亦指饮酒。▶唐 杜甫《赠特进汝阳王二十韵》："樽罍临极浦，凫雁宿张灯。"



二天：此处指正直贤明的官守。▶晋 陆机《晋平西将军孝侯周处碑》："陕北留棠，遂有二天之咏；荆南渡虎，犹标十部之书。"

## 刘弇

刘弇(1048—1102)，字伟明，号云龙。北宋吉州安福(今江西省吉安市安福县)人。元丰二年(1079)进士。授海门簿。迁知峨眉县。继中博学弘词科，改太学博士。元符中进《南郊大礼赋》，除秘书省正字。徽宗时改著作佐郎、实录院检讨官。徽宗时，改著作佐郎、实录检讨官。崇宁元年(1102)卒，年五十五。《宋史》有传。著有《龙云先生文集》三十二卷。



### 过合肥会黄天倪[①]

白狼峰顶共留连，一纪于兹剩四年。[②]事过已如炊黍梦，鬓催难着买春钱。[③]飘零惭说相思驾，洒落仍传到手篇。[④]梨栗果盘鱼蟹饤，恍疑身世上通川。[⑤]

注释：

①《过合肥会黄天倪》诗见 宋 刘弇《龙云集》龙云先生文集 卷八，民国豫章丛书本。

②一纪：岁星（木星）绕地球一周约需十二年，故古称十二年为一纪。▶《国语·晋语四》："文公在狄十二年，狐偃曰：'蓄力一纪，可以远矣。'"

③买春钱：科举考试时代亲友给落选者提供的酒食费。▶《云仙杂记·买春钱》引《承平旧纂·逢原记》："进士不第者，亲知供酒肉费，号买春钱。"

④惭说，原校注："一说作暂"。

洒落：此处指潇洒，飘逸，豁达。▶南朝 梁 江淹《齐司徒右长史檀超墓铭》："高志洒落，逸气寂寥。"

⑤身世：指人的经历、遭遇。此处指地位，声名。▶ 宋 范成大《净光轩》："身世只今高几许？北峰浑共倚阑干。"

通川：流通的河川。▶《文选·司马相如〈上林赋〉》："醴泉涌于清室，通川过于中庭。"李善 注："通流为川而过中庭。"

马珹（？—1102），其名诸书或作域、瑊、城、成，字中玉，或作忠玉．北宋庐州合肥（今安徽合肥）人。马亮之孙，马仲甫子。熙宁中权熙河路转运判官，提举永兴、秦凤等路常平公事，权发遣江南西路、荆湖路转运判官。元丰二年（1079），坐事勒停。哲宗元祐中历陕西转运副使，知湖州，权发遣两浙路提刑。绍圣中为江南西路转运副使。元符二年（1099）为荆湖北路转运副使，徙知陕州。崇宁元年（1102），追三官勒停，海州安置，不逾年殁于贬所。与苏轼、黄庭坚皆有唱和，然其作多散佚，《全宋词》仅载其词一首《玉楼春》。

## 登华顶峰[1]

游山须览胜，八百里天台。若不登华顶，浑如不到来。

注释：

①《登华顶峰》诗见 宋 李庚《天台续集》卷中，清文渊阁四库全书本。原书署马域，陆心源《宋诗纪事补遗》卷二八引作马珹。

华顶峰：为天台山主峰，位于今浙江省台州市天台县东北二十八里，海拔1110米。《方舆纪要》卷八十九浙江总叙：华顶峰"绝顶东望沧海，少晴多晦，夏犹积雪，自下望之若莲花之萼，亭亭独秀，因名"。

## 玉楼春[①]

来时吴会犹残暑。去日武林春已暮。欲知遗爱感人深，洒泪多于江上雨。欢情未举眉先聚。别酒多斟君莫诉。从今宁忍看西湖，抬眼尽成肠断处。

注释：

①《玉楼春》诗见 宋 王明清《玉照新志》六卷，明沈士龙等刻本。玉楼春，词牌名，又名“归朝欢令”“呈纤手”“春晓曲”“惜春容”“归朝欢令”等。以顾敻词《玉楼春·拂水双飞来去燕》为正体，双调五十六字，前后段各四句三仄韵。另有双调五十六字，前段四句三仄韵，后段四句两仄韵等变体。代表作有欧阳修《玉楼春·尊前拟把归期说》等。马瑊此词有苏轼唱和《木兰花令·次马中玉韵》：知君仙骨无寒暑。千载相逢犹旦暮。故将别语恼佳人，要看梨花枝上雨。落花已逐回风去。花本无心莺自诉。明朝归路下塘西，不见莺啼花落处。

# 朱服



朱服（1048—?），字行中，北宋湖州乌程（今浙江湖州）人。熙宁六年（1073）进士，为淮南节度推官，充国子监修撰、经义所检讨。元丰三年（1080），擢监察御史里行，俄知谏院。章惇遣人道欲荐引之意，以期市恩，服举劾之。哲宗绍圣初，累官礼部侍郎。以居丧违礼，谪知莱州。徽宗即位，再知庐州，徙广州，黜知袁州。徽宗即位，再知庐州，徙广州，黜知袁州。坐与苏轼游，贬海州团练副使，蕲州安置，改兴国军以卒。《宋史》卷三四七有传。有集十三卷（《宋史·艺文志》），已佚。今录诗十三首。

## 过庐州[①]

昔年吴魏交兵地，今日承平会府开。[②]沃壤欲包淮甸尽，坚城犹抱蜀山回。[③]柳塘春水藏舟浦，兰若秋风教弩台。[④]独有无情原上草，青青还入烧痕来。[⑤]

注释：

①《过庐州》诗见 影印《诗渊》册，页四三五〇。书目文献出版社1993年版。

②会府：犹都会。▶宋 文天祥《建康》：“金陵古会府，南渡旧陪京。”

③沃壤：肥美的土地。▶ 汉 祢衡《鹦鹉赋》：“羡西都之沃壤，识苦乐之异宜。”

④兰若：寺院。梵语“ 阿兰若 ”的省称。意为寂净无苦恼烦乱之处。▶唐 杜甫《谒真谛寺禅师》：“兰若山高处，烟霞嶂几重。”

⑤烧痕：野火的痕迹。▶宋 苏轼《正月二十日往岐亭》："稍闻决决流冰谷，尽放青青没烧痕。"

## 合肥书怀[①]

历尽风波老境侵，一麾重寄蜀山阴。[②]时清不复崇诗禁，更向淮西续旧吟。

注释：

①《合肥书怀》诗见 宋 王象之《舆地纪胜》卷第四十五《淮南西路·庐州府》，清影宋钞本。

②老境：老年时期的景况。▶宋 辛弃疾《水调歌头·元日投宿博山寺》词："老境竟何似？只与少年同。"

## 庐州三首[①]

晴湖列远岫，万叠来骏奔。[②]横入小蜀冈，金友依玉昆。[③]

将军荡寇力能任，陈迹依然得重寻。[④]血绕楼船龙战息，水摇城堞雉飞深。[⑤]

肥川胜赏冠他州，浦口扬舲得俊游。[⑥]梅雨正迷江国路，萍风未破洞庭秋。[⑦]

注释：

①《庐州三首》诗见 宋 王象之《舆地纪胜》卷第四十五《淮南西路·庐州府》，清影宋钞本。

②骏奔：急速奔走。▶《后汉书·章帝纪》："骏奔郊畤，咸来助祭。"

③小蜀冈：指小蜀山，系大别山余脉，为死火山。位于安徽省合肥市蜀山区小蜀山村。据《嘉庆·合肥县志》："大蜀山在城西二十里，山形屹然孤峙……远见二百余里，为一城之镇……小蜀山，当大蜀山西二十里，为大蜀支山。"

金友：益友，良友。▶唐 李端《酬丘拱外甥览余旧文见寄》："礼将金友等，情向玉人偏。"

④将军荡寇：指张辽，曾任荡寇将军。本诗主要描写汉末建安二十年(215)，张辽大战逍遥津，以八百破十万，威震东吴的史实。

陈迹：原意为旧迹，遗迹。此处指古逍遥津战场遗迹。

⑤城堞：原意指城上的矮墙，后泛指城墙。▶唐 白居易《大水》："浔阳郊郭间，大水岁一至。闾阎半漂荡，城堞多倾坠。"

⑥俊游：指快意的游赏，表达一种愉悦的心情。▶宋 秦观《望海潮·洛阳怀古》词："金谷俊游，铜驼巷陌，新晴细履平沙。"

⑦江国：河流多的地区。多指江南。▶唐 李白《献从叔当涂宰阳冰》："秀句满江国，高才掞天庭。"

## 巢湖[1]

平湖压郡境，血食等灵媪。[2]岂无升斗水，活此车中蓑。[3]

注释：

①《巢湖》诗见 宋 王象之《舆地纪胜》卷第四十五《淮南西路·庐州府》，清影宋钞本。

②灵媪：1.指汉刘邦所斩蛇白帝子的母亲。▶南朝 宋 郑鲜之《行经张子房庙》诗："长风晦崑溟，潜龙动泗滨。紫烟翼丹虬，灵媪悲素鳞。"2.媪神，地神。▶王闿运《愁霖赋》："于是元界改仪，灵媪渟渊。"3.此处指巢湖神姥，焦姥。

③斗水：少量之水，亦喻指少量的资助。语出《庄子·外物》："（鲋鱼）对曰：'我，东海之波臣也。君岂有斗升之水而活我哉？'"▶唐 孟郊《赠主人》："斗水泻大海，不如泻枯池。"

## 残句[1]

鸡鸣分水绕肥城。[2]
琉璃十顷浸旻苍，此境淮南自少双。[3]
眷恋肥城讵忍还，每贪公退枕书眠。[4]

注释：

①残句见 宋 王象之《舆地纪胜》卷第四十五《淮南西路·庐州府》，清影宋钞本。

②鸡鸣分水：古人认为淝水源出鸡鸣山，源同而异出，一入淮河，为东淝水；一入巢湖，为南淝水，又称施水。

③本句为《游澄惠寺》诗残句。

旻苍：苍天，上苍。▶明 吾邱瑞《运甓记·剪逆闻丧》："不能勾身生两翅飞乡邑，只落得泪晕双眸泣旻苍。"

④公退：公务完毕，离开官厅。▶唐 许浑《姑熟官舍寄汝洛友人》："务开唯印吏，公退只棋僧。"

枕书：枕着书。谓与书为伴，勤奋好学。▶宋 苏轼《孔毅甫以诗戒饮酒问买田且乞墨竹次其韵》："枕书熟睡呼不起，好学怜君工杂拟。"

# 张祁

张祁(1048—?),字晋彦,号总得翁。张邵弟,张孝祥父。北宋和州乌江(今安徽省马鞍山和县东北)人。以兄使金恩补官。负气尚义,工诗文。赵鼎、张浚皆器遇之,与胡寅交最善。绍兴二十四年(1154),子张孝祥举进士第一,秦桧子埙第三,桧怒,讽言者诬祁有反谋,系诏狱,桧死获释。累迁直秘阁,为淮南转运判官,谍知金人谋,屡以闻于朝,峙粟阅兵,为备甚密。言者以张皇生事论罢之。明年敌果大至。后卜居芜湖,筑堂名"归去来"。晚嗜禅学。有文集。

## 庐州诗[①]

平湖阻城南，长淮带城西。[②]壮哉金斗势，吴人筑合肥。[③]顾地，苻秦又颠挤。[④]六飞驻吴会，重兵镇边陲。[⑤]绍兴丁巳岁，书生绾戎机。郦琼劫众叛，度河从伪齐。[⑥]苍黄驱迫际，白刃加扶持。在职诸君子，临难节不亏。[⑦]尚书徇国事，既以身死之。骂贼语悲壮，搪喉声喔咿。呜呼赵使君，忠血溅路歧。[⑧]乔张实大将，横尸枕阶基。至今遗部曲，言之皆涕洟。[⑨]法当为请谥，史策垂清规。法当为立庙，血食安淮圻。[⑩]奈何后之人，邈然弗吾思。居官潭潭府，神不芘茅茨。[⑪]冤气与精魄，皇皇何所依。所以州州内，鬼物多怪奇。月明廷庑下，彷佛若有窥。謦欬闻动息，衣冠俪容仪。[⑫]士民日凋瘵，岳牧婴祸罹。[⑬]一纪八除帅，五丧三哭妻。[⑭]张侯及内子，遍体生疮痍。爬搔疼彻骨，脱衣痛粘皮。狂氓据听事，夫人凭指挥。玉勒要乌马，云鬟追小姬。同殂顷刻许，异事今古稀。[⑮]磊落陈阁学，文章李紫微。筑城志不遂，起废止于斯。杜侯在官日，夜寝鬼来笞。拔剑起驱逐，反顾出户帏。曰杜二汝福，即有鼓盆悲。[⑯]德章罢郡去，厌厌若行尸。还家席未暖，凶问忽四驰。[⑰]安道移嘉禾，病骨何尫羸。[⑱]于时秋暑炽，絮帽裹颔颐。[⑲]余龄亦何有，干在神已睽。[⑳]师说达吏治，通材长拊绥。[㉑]东来期月政，简静民甚宜。传闻盖棺日，邑里皆号啼。[㉒]近者吴徽阁，鱼轩发灵輀。[㉓]营卒仆公宇，厩驷裹敝帷。行路闻若骇，举家惊欲痴。[㉔]昔有邺中守，迥讳姓尉迟。后周死国难，英忠未立祠。及唐开元日，刺史多艰危。居官屡谪死，未至先歔欷。仁矣张嘉祐，下车知端倪。庙貌严祀典，满考迁京畿。[㉕]兄弟列三戟，金吾有光辉。[㉖]吴竞继为政，神则加冕衣。自此守无患，史书信可推。伯有执郑政，汰侈荒于嬉。[㉗]出奔复为乱，羊肆死猖披。[㉘]强魂作淫厉，杀人如取携。其后立良止，祭祀在宗枝。罪戮彼自取，祸福尚能移。族大所冯厚，子产岂吾欺。[㉙]寒温五种疟，踸踔一足夔。[㉚]或能为病祟，祈祷烹伏雌。[㉛]况我义烈士，品秩非贱卑。凛凛有生气，为神复何疑。勺水不酹地，敢望壶与蹄。[㉜]片瓦不覆顶，敢望题与榱。邦君寄民社，此责将任谁。[㉝]既往不足咎，来者犹可追。傥依包孝肃，或依皇地衹。经营数椳屋，丰俭随公私。[34]丹青罗像设，香火奉岁时。尚书名位重，正寝或可施。吕姬徇夫葬，义妇严中闺。[35]清贤列两庑，后先分等衰。当时同难士，物色不可遗。张陈李鲍韩，势必相追随。德章病而去，去取更临时。尊罍陈俨雅，剑佩光陆离。[36]匠事落成日，醮祭蠲州治。[37]青词奏上帝，册祝告神知。[38]若曰物异趣，人鬼安同栖。兹焉卜新宅，再拜迎将归。悲笳响萧瑟，风驭行差池。[39]穹旻亦异色，道路皆惨凄。[40]巍峨文武庙，千载无倾攲。使君享安稳，高堂乐融怡。岂弟布惠政，吉祥介繁禧。[41]遂纡紫泥诏，入侍白玉墀。[42]斯民获后福，年谷得禳祈。坎坎夜伐鼓，欣欣朝荐牺。人神所依赖，时平物不疵。中兴天子圣，群公方倚毗。[43]明德格幽显，和风被华夷。[44]典章粲文治，昭然日月垂。臣工靡不报，秩祀当缉熙。[45]四聪无壅塞，百揆钦畴咨。[46]咨尔淮西吏，不请奚俟为。露章画中旨，施行敢稽迟。[47]太常定庙额，金榜华标题。[48]特书旌死节，大字刻丰碑。[49]碑阴有坚石，镌我庐州诗。

注释：

①《庐州诗》见 宋 洪迈《夷坚志》夷坚丙志卷四，清十万卷楼丛书本。

②长淮：原指淮河，此处指淝水，今南淝河。古人认为淝水源自合肥西部鸡鸣山。

③金斗：合肥的别称，唐尉迟恭于合肥筑新城，因城在天文斗部分野，故名。清《嘉庆·合肥县志》："今南半城，名'金斗城'……盖汉城既坏，改筑土城于今所。



④颠挤：此处指困顿挫折。▶宋 欧阳修《湖州长史苏君墓志铭》："善百誉而不进兮，一毁终世以颠挤。"

⑤六飞：亦作"六騑""六蜚"。古代皇帝的车驾六马，疾行如飞，故名。喻帝位或皇权。《魏书·前废帝纪》："否泰沿时，殷忧启圣，故六飞在御，三石兴符。"

⑥"绍兴丁巳岁，书生绾戎机。郦琼劫众叛，度河从伪齐。"句：指宋高宗绍兴七年(1137)八月八日，原隶属刘光世所部的统制官郦琼、王世忠、靳赛等发动叛乱，杀死监军官吕祉等人，带领全军四万余人，并裹胁庐州百姓十余万投降金人傀儡伪齐刘豫，史称"淮西兵变"。

⑦"苍黄驱迫际，白刃加扶持。在职诸君子，临难节不亏。"句：指坚决反对兵变投敌而遇害的监军官吕祉等人。

⑧原诗"鸣呼赵使君，忠血溅路歧。"句后有作者自注："赵康国知庐州。"

⑨原诗"乔张实大将，横尸枕阶基。至今遗部曲，言之皆涕洟。"句后有作者自注："统制官乔仲福、张璟以不从乱，被害于州治。"

⑩淮圻：指淮河附近一带。▶唐 蔡允恭《奉和出颍至淮应令》："久倦川涂曲，忽此望淮 圻。"

⑪潭潭：此处指深广的样子。▶《韩诗外传》卷一："吾北鄙之人也，将南之楚。逢天之暑，思心潭潭。"

茅茨：原指茅草盖的屋顶。亦指茅屋。后引申为平民里巷。▶晋 袁宏《后汉纪·桓帝纪下》:"不慕荣宦,身安茅茨。"

⑫謦欬:亦作"謦咳"。咳嗽。亦借指谈笑,谈吐。▶《庄子·徐无鬼》:"夫逃空虚者,藜藋柱乎鼪鼬之迳,踉位其空,闻人足音跫然而喜矣,又况乎昆弟亲戚之謦欬其侧者乎?"成玄英 疏:"况乎兄弟亲眷謦欬言笑者乎?"

⑬凋瘵:此处指衰败;困乏。▶唐 王勃《广州宝庄严寺舍利塔碑》:"昔者万人疾疫,神农鞭草而救之;四维凋瘵,夏禹刊木以除之。"

⑭原诗"一纪八除帅,五丧三哭妻。"句后有作者自注:"张节度宗颜夫妇俱丧。陈阁学规、李舍人谊、韩大夫沃、鲍左司琚皆死。杜观察琳、吴徽猷埛皆丧妻。"

⑮原诗"狂氓据听事,夫人凭指挥。玉勒要乌马,云鬟追小姬。同殂顷刻许,异事今古稀。"句后有作者自注:"张节度宗颜夫妇俱丧。陈阁学规、李舍人谊、韩大夫沃、鲍左司琚皆死。杜观察琳、吴徽猷埛皆丧妻。"

⑯原诗"杜侯在官日,夜寝鬼来笞。拔剑起驱逐,反顾出户帏。曰杜二汝福,即有鼓盆悲。"句后有作者自注:"杜琳夜为乔、张笞击,拔剑击之,乃顾曰:'杜二,汝有福。'"

⑰原诗"德章罢郡去,厌厌若行尸。还家席未暖,凶问忽四驰。"句后有作者自注:"鲍字德章。"

⑱病骨:指身体多病瘦损、羸弱。▶唐 李贺《示弟》诗:"病骨犹能在,人间底事无。"

尪羸:瘦弱。亦指瘦弱之人。▶晋 葛洪《抱朴子·遐览》:"他弟子皆亲仆使之役,采薪耕田。唯余尪羸,不堪他劳。"

⑲颔颐:动动腮巴。谓点头以示默认、承诺。▶唐 白行简《李娃传》:"生愤懑绝倒,口不能言,颔颐而已。"

⑳原诗"安道移嘉禾,病骨何尪羸。于时秋暑炽,絮帽裹颔颐。馀龄亦何有,干在神已睽"句后有作者自注:"王安道帅庐,病亟,请于朝,移嘉禾死。"

㉑拊绥:安抚。

㉒原诗"师说达吏治,通材长拊绥。东来期月政,简静民甚宜。传闻盖棺日,邑里皆号啼。"句后有作者自注:"韩沃字师说。"

㉓鱼轩:古代贵族妇女所乘的车,用鱼皮为饰。代称夫人。▶宋 苏轼《与李之仪书》之三:"叔静云端叔一生坎轲,晚节益牢落,正赖鱼轩贤德,能委曲相顺,适以忘百忧。"

㉔原诗"近者吴徽阁,鱼轩发灵輀。营卒仆公宇,厩驷裹敝帷。行路闻若骇,举家惊欲痴。"句后有作者自注:"吴埛之妻丧车临启,有茶酒卒与一马同毙。"

㉕庙貌:《诗·周颂·清庙序》郑玄 笺:"庙之言貌也,死者精神不可得而见,但以生时之居,立宫室像貌为之耳。"因称庙宇及神像为庙貌。▶三国 蜀 诸葛亮《黄陵庙记》:"庙貌废去,使人太息。"

满考:谓已达到考查官吏政绩的一定期限。

㉖三戟:唐制,三品以上官员得门前立戟。唐人有李岘与兄李峘、李峄同居长兴里第,门列三戟。后遂以"三戟"指贵官之家。▶宋 陆游《放慵》诗:"进媿门三戟,归无亩一钟。"

㉗伯有:春秋时郑国大夫良霄的字。他主持国政时,和贵族驷带发生争执,被杀于羊

肆。传说他死后变为厉鬼作祟,郑人互相惊扰,以为"伯有至矣!"事见《左传·襄公三十年》、《左传·昭公七年》。后用以代称受屈或含冤而死的人。▶北周 庾信《功臣不死王事请门袭封表》:"幸使伯有之魂,不能为厉;若敖之鬼,其无馁而。"

㉘羊肆:售羊的店铺。▶《左传·襄公三十年》:"伯有死于羊肆。"

㉙子产:春秋时郑国大夫公孙侨的字,一字子美。治郑多年,有政绩。卒后,郑人悲之如亡亲戚。▶《论语·公冶长》:"子谓子产,有君子之道四焉,其行己也恭,其事上也敬,其养民也惠,其使民也义。"

㉚一足夔:也作夔一足。1.据《韩非子·外储说左下》《吕氏春秋·察传》所载,春秋时,鲁哀公问孔子曰:"乐正夔一足,信乎?'孔子曰:'昔者舜(一作尧)欲以乐传教于天下,乃令重黎举夔于草莽之中而进之,舜以为乐正(音乐官)。若夔者,一而足矣,故曰夔一,足;非一足也。"按照孔子的解释,即:像夔这样精通音乐的人作乐官,一个人,就已足够了。所谓足,是充足的意思,并非指脚。后用一足夔形容业务专精。2.《文心雕龙·丽辞》言:"夔踔踔而行"。把夔说成是某种一只脚的动物,意为不拘常规。

㉛伏雌:指母鸡。

㉜酹地:谓以酒洒地而表示祭奠。▶《汉书·外戚传·孝元傅昭仪》:"为人有材略,善事人,下至宫人左右,饮酒酹地,皆祝延之。"

㉝邦君:指刺史等地方官。▶唐 韩愈《题合江亭寄刺史邹君》:"维昔经营初,邦君实王佐。"



民社:指人民和社稷。▶宋 苏轼《贺时宰启》:"民社非轻,犹承宣而惴惴.天渊靡外,亦戾跃以欣欣。"

㉞原诗"经营数椽屋,丰俭随公私。"后有作者自注:"城中有后土废祠,孝肃公故第,皆爽垲,可附为宇。"

㉟原诗"吕姬徇夫葬,义妇严中闺。"后有作者自注:"有得吕尚书括发之帛归吴中者,夫人吴氏持之自尽以殉葬。"

㊱俨雅:恭敬庄重。▶《文选·王延寿〈鲁灵光殿赋〉》:"胡人遥集于上楹,俨雅跽而相对。"

剑佩:亦作"剑珮"。宝剑和垂佩。▶南朝 宋 鲍照《代蒿里行》:"虚容遗剑佩,实貌戢衣巾。"

㊲醮祭:设坛祈祷;祭奠。▶《汉书·郊祀志下》:"或言益州有金马、碧鸡之神,可醮祭而致。"

㊳青词:亦作"青辞"。道士上奏天庭或征召神将的符箓。用朱笔书写在青藤纸上,故称。又称绿素。▶唐 李肇《翰林志》:"凡太清宫道观荐告词文用青藤纸,朱字,谓之青词。"

㊴悲笳:悲凉的笳声。笳,古代军中号角,其声悲壮。▶三国 魏 曹《与朝歌令吴质书》:"清风夜起,悲笳微吟。"

风驭:指古代神话传说中由风驾驭的神车。▶唐 吕岩《雨中花》词:"风驭云軿不散,碧桃紫柰常新。”

㊵穹旻：犹穹苍。▶南朝 陈 徐陵《陈文帝哀策》：“亿兆何衅，穹旻遽倾。”

㊶惠政：仁政，德政。▶《后汉书·庞参传》：“参在职，果能抑强助弱，以惠政得名。”

㊷紫泥诏：古人以泥封书信，泥上盖印。皇帝诏书则用紫泥。后即以指诏书。▶东汉 卫宏《旧汉仪》：“皇帝六玺，皆白玉螭虎剑文曰：皇帝行玺、皇帝之玺、皇帝信玺、天子行玺、天子之玺、天子信玺。凡六玺……皆以武都紫泥封，青布囊，白素里。”

㊸倚毗：倚重亲近。▶宋 王禹偁《为兵部张相公谢官表》：“当陛下宵衣旰食之时，责微臣富国安人之术，将何智略，以副倚毗。”

㊹幽显：犹阴阳。亦指阴间与阳间。▶《北史·李彪传》：“天下断狱起自初秋，尽于孟冬。不于三统之春，行斩绞之刑。如此则道协幽显，仁垂后昆矣。”

㊺秩祀：依礼分等级举行之祭。▶《孔丛子·论书》：“孔子曰：‘高山五岳定其差，秩祀所视焉。’”

缉熙：光明，又引申为光辉 。《周颂·敬之》：“日就月将，学有缉熙于光明。”郑玄 笺：“缉熙，光明也。”

㊻四聪：能远闻四方的听觉。▶《书·舜典》：“明四目，达四聪。”

百揆：指各种政务。▶《后汉书·张衡传》：“百揆允当，庶绩咸熙。”

畴咨：亦作“畴谘”。访问、访求。▶《书·尧典》：“帝曰：‘畴咨若时登庸。’”孔 传：“畴，谁；庸，用也。谁能咸熙庶绩，顺是事者，将登用之。”

㊼露章：泛指上奏章。后世指奏章。▶清 刘献廷《广阳杂记》卷一：“今人称督抚纠参之本曰露章。”

稽迟：迟延；滞留。▶《南史·张融传》：“随例同行，常稽迟不进。”

㊽太常：古代官职名。秦置奉常，汉景帝时更名太常，掌宗庙礼仪，兼掌选试博士。历代因之，则为专掌祭祀礼乐之官。北魏称太常卿，北齐称太常寺卿，北周称大宗伯，隋至清皆称太常寺卿。

㊾特书：特别书写；突出记述。▶宋 无名氏《张协状元》戏文第四出：“青布帘大写着‘员梦如神’，纸招子特书个‘听声揣骨’。”

## 黄康弼

黄康弼，神宗元丰初官将仕郎、试秘书省校书郎，为越州会稽县主簿。尝编次《续会稽掇英集》五卷，今存。

### 尚书司封郎中新知庐州沈绅[①]

天街雨歇槐飞花，镇东新府胺青緺。[②]晓排阊阖辞玉皇，肃斋先过文德衙。[③]赤墀再拜升东涂，赭袍前对明朱霞。[4]公行早为上所器，恩言褒宠何光华。[5]翰林紫微文章公，欢然惜去宴头加。[6]东堂西府争落笔，诗艳万丈灵星槎。[7]行周四方心尚壮，劲气晚节开胡沙。[8]东南便乡久思归，翠岩白水得地嘉。[9]秋风鲈鱼正鲜肥，旗鼓满城看过家。[10]吾乡禹功有余烈，旧俗质厚民不哗。[11]比年天时苦荒札，太资公已勤栉爬。[12]行当下车镇清和，仁贤相继自足夸。[13]蓬莱到日望三山，海波浸眼穷天涯。[14]酒浓诗豪真乐都，莫为画船留若耶。[15]公才甚高宜大用，归来禁鼓听新檛。[16]千兵督府占楼居，刻锁君门一夕虚。[17]为厌承明新递直，却探禹穴旧藏书。[18]家头鼓角闻初近，坐上湖山画不如。[19]一道政清貔虎肃，四星密拱紫微车。[20]

注释：

①《尚书司封郎中新知庐州沈绅》诗见 宋 黄康弼《续会稽掇英集》卷三，清钞本。

司封郎中：古代官职名。唐代吏部官职，掌封命、朝会、赐予之级，从五品上。

新知：新任某州、某府长官（知州、知府）。

②青緺：青绶，佩系官印的青紫色丝带。▶《史记·滑稽列传》："及其拜为二千石，佩青緺出宫门。"

③阊阖：此处指宫殿。▶南朝 梁 费昶《华观省中夜闻城外捣衣》："阊阖下重关，丹墀吐明月。"



④赤墀：皇宫中的台阶，因以赤色丹漆涂饰，故称。借指朝廷。▶唐 岑参《奉和杜相公初夏发京城作》："按节辞黄阁，登坛恋赤墀。"

赭袍：即赭黄袍。▶唐 李濬《松窗杂录》："中宗尝召宰相苏瑰、李乔子进见。二丞相子皆童年，上近抚于赭袍前，赐与甚厚。"

朱霞：红霞。▶三国 魏 何晏《景福殿赋》："远而望之，若摛朱霞而耀天文；迫而察之，若仰崇山而戴垂云。"

⑤褒宠：褒赏荣宠。▶晋 范宁《〈春秋谷梁传〉序》："一字之褒宠，踰华衮之赠；片言之贬辱，胜市朝之挞。"

⑥欢然：喜悦的样子。▶汉 王褒《圣主得贤臣颂》："故圣主必待贤臣而弘功业，俊士亦俟明主以显其德，上下俱欲，欢然交欣。"

⑦星槎：往来于天河的木筏。晋人张华《博物志》卷三记载说，古时天河与海相通，汉代曾有人从海渚乘槎到天河，遇见牛郎织女。▶唐 宋之问《宴安乐公主宅》："宾至星槎落，仙来月宇空。"

⑧胡沙：西方和北方的沙漠或风沙。喻入侵中原的胡兵的势焰。▶唐 李白《永王东巡歌》之二："但用东山谢安石，为君谈笑静胡沙。"

⑨得地：得到土地。▶《左传·成公二年》："子得其国宝，我亦得地，而纾于难，其荣多矣。"

⑩秋风鲈鱼正鲜肥：指莼鲈之思。典出《世说新语·识鉴》："张季鹰辟齐王东曹掾，在洛，见秋风起，因思吴中菰菜羹、鲈鱼脍，曰：'人生贵得适意尔，何能羁宦数千里以要名

爵！'遂命驾便归。俄而齐王败，时人皆谓为见机。"后被传为佳话。"莼鲈之思"也就成了思念故乡的代名词。

⑪禹功：指夏禹治水的功绩。▶《左传·昭公元年》："美哉禹功，明德远矣。微禹，吾其鱼乎！"

⑫比年：近年。▶《三国志·魏志·钟会传》："比年以来，曾无宁岁。"

⑬清和：清静和平，形容升平气象。▶汉 贾谊《新书·数宁》："大数既得，则天下顺治；海内之气清和咸理，则万生遂茂。"

⑭海波：大海的波浪。▶唐 方干《题睦州乌龙山禅居》："人世驱驰方丈内，海波摇动一杯中。"

⑮乐都：康乐之都。▶汉 张衡《南都赋》："于显乐都，既丽且康，陪京之南，居汉之阳。"

若耶：溪名。出若耶山，北流入运河。溪旁旧有浣纱石古迹，相传西施浣纱于此，故一名浣纱溪。此处代指江湖。▶《史记·东越列传》："越侯为戈船、下濑将军，出若邪、白沙。"

⑯禁鼓：设置在宫城谯楼上报时的鼓。▶明 施耐庵《水浒传》第五六回："早听得谯楼禁鼓，却转初更。"

檛[zhuā]：击打，敲打。▶《后汉书·段熲传》："津吏檛破从者头。"

⑰千兵：武官"千户"的别称。

君门：宫门，亦指京城。▶三国 魏 曹植《当墙欲高行》："愿欲披心自说陈，君门以九重，道远河无津。"

⑱承明：1. 古代天子左右路寝称承明，因承接明堂之后，故称。▶汉 刘向《说苑·修文》："守文之君之寝曰左右之路寝，谓之承明何？曰：承乎明堂之后者也。"2. 即承明庐。

▶《汉书·翼奉传》："未央宫又无高门、武台、麒麟、凤皇、白虎、玉堂、金华之殿，独有前殿、曲台、渐台、宣室、承明耳。"

递直：谓轮流值日。▶宋 曾肇《回冯如晦学士启》："骑尉郎潜，乏怀鉛之递直；黄门久次，微负弩之荣归。"

禹穴：指会稽宛委山。相传大禹于此得黄帝之书而复藏之。

⑲家头：方言。量词。用于人。一个人叫一家头。

⑳貔虎：貔和虎。泛指猛兽。比喻桀骜不驯的武夫。▶宋 苏辙《乞定差管军臣僚札子》："自祖宗以来，以管军八人总领中外师旅，内以弹压貔虎，外以威服夷夏。"

四星：此处指即苍龙、白虎、朱鸟、玄武四星宿。▶汉 王充《论衡·物势》："东方木也，其星苍龙也；西方金也，其星白虎也；南方火也，其星朱鸟也；北方水也，其星玄武也。天有四星之精，降生四兽之体。"

# 郭茂倩

郭茂倩，字德粲（《宋诗纪事补遗》卷二四），北宋郓州须城（今山东东平）人（《宋史》卷二九七《郭劝传》）。元丰七年（1084）时为河南府法曹参军（《苏魏公集》卷五九《郭君墓志铭》）。通音律，善汉隶。所著《乐府诗集》，总括历代乐府，解题征引浩博，援据精审，宋以来考乐府者无能出其范围。

## 北军歌[①]

《南史》曰："梁临川静惠王宏为扬州刺史。天监中，武帝诏都督诸军侵魏。宏以帝之介弟，所领皆器甲精新，军容甚盛。北人以为百数十年所未之有。军次洛口，前军克梁城，诸将欲乘胜深入。宏闻魏援近，畏懦不敢进，召诸将欲议旋师。吕僧珍曰：'知难而退，不亦善乎。'停军不进。魏人知其不武，遗以巾帼。北军乃歌之，歌云韦武，谓韦叡也。"

不畏萧娘与吕姥，但畏合肥有韦虎。[②]



注释：

①《北军歌》见 宋 郭茂倩《乐府诗集》乐府诗集卷第八十六，四部丛刊景汲古阁本。

②萧娘：即姓萧的女子，后以"萧娘"为女子的泛称。此魏人讥笑萧宏怯懦如女子。▶ 唐 杨巨源《崔娘诗》："风流才子多春思，肠断萧娘一纸书。"

吕姥：指吕僧珍（453—511），字元瑜，东平范人也。世居广陵。起自寒贱。始童儿时，从师学，有相工历观诸生，指僧珍谓博士曰："此有奇声，封侯相也。"年二十余，依宋丹阳尹刘秉，秉诛后，事太祖文皇为门下书佐。身长七尺五寸，容貌甚伟。在同类中少所亵狎，曹辈皆敬之。

韦虎：指韦睿（442—520），字怀文。京兆杜陵（今陕西西安东南）人。南北朝时期南梁名将，西汉丞相韦贤之后。韦睿出身三辅大姓，早年任上庸太守。南齐末年，韦睿随萧衍起兵，"多建策，皆见用"。南梁建立后，拜廷尉，封都梁子。梁天监四年（505），督军北伐，攻小岘城。进军合肥，引肥水灌城，大破魏军，斩俘一万余人。五年（506），与曹景宗率军于钟离之战中大破北魏，因功晋爵永昌侯，任右卫将军。官至侍中、车骑将军。普通元年（520），卒，年七十九。追赠车骑将军、开府仪同三司，谥"严"。韦睿仁民爱物，"士卒营幕未立，终不肯舍。井灶未成，亦不先食"，一生廉洁，家无余财。北魏人对其颇为畏惧，称其为"韦虎"。

阮阅，字闳休，一字美成，号散翁，又号松菊道人。北宋舒城(今安徽省舒城县)人，元丰八年(1085)进士。自户部郎谪知巢县，继知郴州、无为军，政尚恺悌，尤喜吟咏，时号阮绝句。有《郴江百咏》《诗话总龟》《松菊集》。

## 东关二首①

筇杖蓬鞋上短蓬，半篙春水饱帆风。②两关三寺山无数，藏在蒙蒙烟雨中。

细雨斜风入乱山，湿云堆里见东关。③一筇来访林间寺，杜宇数声春又残。

注释：

①《东关二首》诗见 清 陆龙腾《(康熙)巢县志》卷十九，清康熙十二年(1673)刊本。

②短蓬：此处指小帆船。

③东关：为魏、晋、南北朝时的军事要冲，故址在今安徽省含山县西南濡须山上。据《(康熙)巢县志》载："在县东南三十里割股山，与濡须山两山相峙如门阙。相传夏禹所凿。东西二关皆石，巢湖之水由之以出。其濡须接界和州，实守扼之所，吴魏相持于此，吴因筑坞石上，有'濡须坞'三字。"▶ 南朝 梁 任昉《奏弹曹景宗》："东关无一战之劳，涂中罕千金之费。"

## 金庭洞五首①

潇潇叶下晓风寒，日上金庭恰一竿。②行遍杏花泉畔路，紫云深处见星坛。③

一溪流水过双池，池外三峰云四垂。行到唐人题字处，紫薇岩下立多时。

紫翠山围小洞天，洞中石下有寒泉。④他年谁补图经阙，合在康王谷水前。⑤

湖上西风折苇芦，水桥断岸柳萧疏。谁人肯出丹青手，写作金庭烟水图。

紫薇溪水绕山鸣，云外霜钟一两声。⑥双屐短筇林下过，路人疑是谢宣城。⑦

注释：

①《金庭洞五首》诗见 清 陆龙腾《(康熙)巢县志》卷十九，清康熙十二年(1673)刊本。

金庭洞:《(康熙)巢县志》载:"在金庭山上。宋时藏御书《玉皇经》《金龙玉简》于其中,今不存。洞口仅容人身,昔邑人姜姓者,囊烛一筒,欲穷其底。进三里许,豁然明朗,流水潺湲,巨木阴翳。又行十数里,烛几灭,惧而返。前此,巢民凡焚烧斋醮牒文灰烬,无远近皆送于洞内。"

②金庭:指金庭山,别名紫微山,山坳有金庭洞。金庭山为道教七十二福地之一。《(康熙)巢县志》载:"金庭山。在新安乡,去县东北十里,岠嶂山之分脉处,其山高耸。道书为十八福地。山坳有金庭洞,外有曲水。《广舆记》云即杏花泉。互见古迹,并列十景。""金庭曲水"为古巢十景之一。

③星坛:道士施法之坛。▶唐 牟融《寄羽士》:"乐道无时忘鹤伴,谈玄何日到星坛。"

④洞天:道教称神仙的居处,意谓洞中别有天地。后常泛指风景胜地。▶唐 陈子昂《送中岳二三真人序》:"杨仙翁玄默洞天,贾上士幽栖牝谷。"

⑤谷水:指谷间的流水。▶汉 班彪《北征赋》:"风猋发以漂遥兮,谷水灌以扬波。"

⑥霜钟:指钟或钟声。语本《山海经·中山经》:"(丰山)有九钟焉,是知霜鸣。"

⑦谢宣城:指南北朝时齐人谢朓,其曾任宣城太守,故称。▶唐 杜甫《陪裴使君登岳阳楼》:"礼加徐孺子,诗接谢宣城。"

## 西乡宝林院①



绕屋依依竹万竿,门前塘水一方寒。不知谁把青螺髻,移向碧琉璃上安。②

注释:

①《西乡宝林院》诗见 清 陆龙腾《(康熙)巢县志》卷十九,清康熙十二年(1673)刊本。原诗标题后有注:"今为竹城寺。"

②青螺髻:形如青螺的发髻。喻山峰。▶唐 皮日休《太湖诗·缥缈峰》:"似将青螺髻,撒在明月中。"

碧琉璃:碧绿色的琉璃。亦喻指碧绿色的光莹透明之物。▶唐 李涉《题水月台》:"水似晴天天似水,两重星点碧琉璃。"



## 过芙蓉山①

湖上东风已破冰,涧泉敲石作春声。一枝瘐竹山前过,到处梅花相伴行。②

注释:

①《过芙蓉山》诗见 清 陆龙腾《(康熙)巢县志》卷十九,清康熙十二年(1673)刊本。

②瘐竹:枯病的竹子。

## 石牌驿[1]

山下湖边小客亭，一堤衰柳暮蝉声。门前十里金城路，留取明宵踏月行。[2]

注释：

①《石牌驿》诗见 清 陆龙腾《(康熙)巢县志》卷十九，清康熙十二年(1673年)刊本。原诗标题后有注："今无驿，止名石牌店，近金城寺。"

②踏月：踏着月色。▶元 萨都剌《偶成》诗之二："明日醉骑五花马，吹箫踏月过扬州。"

## 王乔仙洞[1]

双凫飞去旧崖开，松老云闲鹤不回。[2]惟有桃花与流水，自随春色出山来。浪说凫飞去不来，焦湖流水接天台。[3]千年空洞烟霞老，雨拂飞花映翠苔。晓出城东宿雾收，篮舆来作紫薇游。凫羸鹤老松乔去，空见玉坛风露秋。[4]几叠青山一径赊，隔桥云树隐仙家。登攀为爱湖山好，缓步闲吟到日斜。



注释：

①《王乔仙洞》诗见 清 陆龙腾《(康熙)巢县志》卷十九，清康熙十二年(1673)刊本。

②双凫：指做地方官。典出《后汉书·方术传上·王乔》："王乔者，河东人也。显宗世，为叶令。乔有神术，每月朔望，常自县诣台朝。帝怪其来数，而不见车骑，密令太史伺望之。言其临至，辄有双凫从东南飞来。于是候凫至，举罗张之，但得一只舄焉。乃诏尚方诊视，则四年中所赐尚书官属履也。"▶唐 徐凝《送李补阙归朝》："驷马归咸秦，双凫出海门。"

③浪说：妄说；乱说。▶宋 司马光《示道人》："君不见太上老君头似雪，世人浪说驻童颜。"

④松乔：神话传说中仙人赤松子与王子乔的并称，后泛指隐士或仙人。▶汉 扬雄《太玄赋》："纳偶禄于江淮兮，揖松乔于华岳。"

玉坛：道坛的美称。亦借指仙境。▶隋 王度《古镜记》："度弟勣，游嵩山少室，涉石梁，坐玉坛。"

## 锦堂春·留合肥林倅[1]

江入重关，山围翠巘，湖边自古巢阳。[2]正梅残林坞，冰泮池塘。[3]　闻道当年父老，记梅福、曾隐南昌。[4]有长堤万柳，映□参差，尽是甘棠。共夸金斗。

注释:

①《锦堂春·留合肥林倅》词见 唐圭璋 编《全宋词》,中华书局1999年版。本词有缺。

②翠巘:青翠的山峰。▶宋 苏轼《祭常山回小猎》诗:"回望白云生翠巘,归来红叶满征衣。"

③林坞:林中低洼的地方。▶清 黄景仁《游白沙庵僧舍》:"归来林坞夕,高处尚斜阳。"

④梅福:汉九江郡寿春人,字子真 。官南昌尉。及王莽 当政,乃弃家隐居。后世关于其成仙的传说甚多,南各地以至 闽粤,多有其所谓修炼成仙的遗迹。▶南朝 宋 谢灵运《会吟行》:" 范蠡 出江湖,梅福 入城市。"

## 廖刚

廖刚(1071—1143),字中用,号高峰居士。南剑州顺昌(今属福建)人,少从陈瓘、杨时学。崇宁五年(1106)进士。宣和初为监察御史,时蔡京当国,刚秉直敢言,出知兴化军。钦宗即位,为右正言。高宗绍兴元年,召为吏部员外郎,历起居舍人、给事中、刑部侍郎,御史中丞,论奏不避利弊。金人叛盟,以乞起旧相之有德望者忤秦桧,终以徽猷阁直学士提举亳州明道宫致仕。绍兴十三年(1143),病逝,年七十三。有《高峰文集》十二卷传世。事见张栻《工部尚书廖公墓志铭》(《南轩集》卷三公),《宋史》卷三七四有传。



### 送敏叔祠部赴庐州①

平生才业笑时髦,唾手功名晚未遭。②白发早怜西日远,红旗还值北风高。③定知国士逢青眼,会遣乡儇卖宝刀。④独有失依门下客,梦随仙舸泛江涛。⑤

注释:

①《送敏叔祠部赴庐州》诗见 宋 廖刚《高峰文集》卷十,清文渊阁四库全书本。

祠部:古代官职名。三国魏尚书有祠部曹,掌礼制,历代因之。北周始改为礼部。隋、唐别置祠部曹,属于礼部,掌祠祀、天文、漏刻、国忌、庙讳、卜祝、医药等,及僧尼簿籍。宋、元迭有变革,明改为祠祭司。▶唐 韩愈《上郑尚书相公启》:"分司郎官职事,惟祠部为烦且重。"

②时髦:当代的俊杰。▶《后汉书·顺帝纪赞》:"孝顺初立,时髦允集。"

③还值:正值,遇到,逢着。

④儇[xuān]:轻浮、聪明而狡猾。▶《荀子·非相》:"乡曲之儇子,莫不美丽姚冶。"

⑤仙舸:游船的美称。▶唐 畅当《宿潭上》诗之一:"夜潭有仙舸,与月当水中。嘉宾

爱明月，游子惊秋风。”



## 释道潜

释道潜，本名昙潜，号参寥子，赐号妙总大师。俗姓王，钱塘（今浙江杭州）人（《续骫骳说》）。一说姓何，于潜（今浙江临安西南）人（《咸淳临安志》卷七〇）。幼即出家为僧，能文章，尤喜为诗。与苏轼、秦观友善，常有倡和。哲宗绍圣年间，苏轼贬海南，道潜亦因诗获罪，责令还俗。徽宗建中靖国元年（1101），曾肇为之辩解，复为僧。崇宁末归老江湖。其徒法颖编有《参寥子诗集》十二卷，行于世。

### 寄福州太守孙莘老龙图①

公生自淮海，弱不游群儿。②良哉白玉质，炯炯无磷缁。③澡身以道德，余弃为文词。④端能处庠序，邈有孔孟姿。⑤一朝擅高名，卓然动京师。⑥馀辉耀天末，烨烨如斗箕。⑦校雠芸阁中，精义无参差。⑧同时鹓鹭行，半已翔凤池。⑨两登谏官室，抗疏犯天威。⑩扬舲去江海，旷岁成流离。⑪朱轮拥苕霅，五马从合肥。⑫编氓仰遗爱，堕泪存丰碑。⑬归来构风树，憔悴不展眉。⑭藉苫一室中，四壁无重帷。⑮南邻有古刹，而我方栖迟。杖藜时过公，泣血闻嗟咨。⑯从容劝我坐，一饭常共为。蒸蒸沸古鼎，蔌蔌投园葵。⑰客来慵应门，客去知为谁。礼丧事云既，始领吴门麾。瓶盂走梁苑，恨不相追随。⑱秋风亟东下，旌旆俄已睽。⑲浮川与遵陆，多病亦云疲。⑳七闽富名山，空翠相逶迤。㉑在昔慕仁智，于今慰遨嬉。㉒棠阴想初坐，吏案纷交驰。㉓庖刀一为解，往往无孑遗。㉔麦秋荐丹实，梅雨裁纤絺。㉕黄金燕佳客，柔指鸣哀丝。㉖万事不芥蒂，羡公能自怡。㉗

注释：

①《寄福州太守孙莘老龙图》诗见 宋 释道潜《参寥子集》参寥子诗集卷第六，四部丛刊三编景宋本。

②群儿：一群小儿。多作轻蔑之辞。▶《汉书·霍光传》：“武帝遗诏封金日磾为秺侯，上官桀为安阳侯，霍光为博陆侯……时卫尉王莽子男忽侍中，扬语曰：‘帝（病崩），忽常在左右，安得遗诏封三子事！群儿自相贵耳。’”

③磷缁：亦作“磷淄”。语出《论语·阳货》：“不曰坚乎？磨而不磷；不曰白乎？涅而不缁。”磷，谓因磨而薄；缁，谓因染而黑。后因以比喻受外界条件的影响而起变化。▶唐 杜甫《暮冬送苏四郎徯兵曹适桂州》：“岁阳初盛动，王化久磷缁。”

④澡身：洗身使洁净，引申为修持操行。▶三国 魏 嵇康《幽愤》：“澡身沧浪，岂云能补。”

文辞:亦作“文词”。文章。▶《史记·伯夷列传》:“余以所闻由光义至高,其文辞不可概见,何哉?”

⑤庠序:安详肃穆。庠,通“详”。安详。▶《后汉书·左雄传》:“九卿位亚三事,班在大臣,行有佩玉之节,动有庠序之仪。”

⑥卓然:卓越貌。▶汉 刘向《说苑·建本》:“尘埃之外,卓然独立,超然绝世,此上圣之所游神也。”

⑦天末:天的尽头,指极远的地方。▶汉 张衡《东京赋》:“眇天末以远期,规万世而大摹。”

烨烨:1.明亮;灿烂;鲜明。▶唐 卢纶《割飞二刀子歌》:“刀乎刀乎何烨烨,魑魅须藏怪须慑。”2.灼热貌;显赫貌。▶汉 王粲《初征赋》:“薰风温温以增热,体烨烨其若焚。”

斗箕:二十八宿中的斗星与箕星。▶宋 苏轼《出都来陈所乘船上有题小诗八首聊为和之》之六:“喧豗瞬息间,还挂斗与箕。”

⑧校雠:一人独校为校,二人对校为雠。谓考订书籍,纠正讹误。▶汉 刘向《〈管子〉序》:“所校雠中《管子》书三百八十九篇。”

芸阁:即芸香阁,秘书省的别称。因秘书省司典图籍,故亦以指省中藏书、校书处。▶唐 卢照邻《双槿树赋》:“蓬莱山上,即对神仙;芸香阁前,仍观秘宝。”

精义:精深微妙的义理。▶晋 曹摅《思友人》诗:“精义测神奥,清机发妙理。”

⑨鹭行:指朝官的班次。



⑩抗疏:谓向皇帝上书直言。▶《汉书·扬雄传下》:“独可抗疏,时道是非。”

⑪扬舲:犹扬帆。▶南朝 梁 刘孝威《蜀道难》:“戏马登珠界,扬舲濯锦流。”

⑫朱轮:借指禄至二千石之官。▶《汉书·李寻传》:“将军一门九侯,二十朱轮,汉兴以来,臣子贵盛,未尝至此。”

苕霅:苕溪、霅溪二水的并称。在今浙江省湖州市境内,是唐代张志和隐居之地。▶《新唐书·隐逸传·张志和》:“愿为浮家泛宅,往来苕霅间。”

五马:汉时太守乘坐的车用五匹马驾辕,因借指太守的车驾。后为太守的代称。

⑬编氓:编入户籍的平民。▶唐 武元衡《行路难》:“休说编氓朴无耻,至竟终须合天理。”

堕泪存丰碑:指堕泪碑。西晋羊祜都督荆州诸军事长达十年,有大功德于民。羊祜去世后,州人为之罢市巷泣,其部属为其建碑立庙,每年祭祀,见碑者莫不流泪。▶南朝 陈 徐陵《司空章昭远墓志》:“长安传坐,恩礼盛于西京;襄阳堕泪,悲恸喧于南北。”

⑭风树:《韩诗外传》卷九:“皋鱼曰:‘……树欲静而风不止,子欲养而亲不待也。’”后因以“风树”为父母死亡,不得奉养之典。▶《晋书·孝友传序》:“聚薪流恸,衔索兴嗟,晒风树以隤心,频寒泉而沫泣,追远之情也。”

⑮苫:1.音[shān],用茅草编成的帘子。2.音[shàn],用席、布等遮盖。

⑯杖藜:拄着手杖行走。▶《庄子·让王》:“原宪华冠縰履,杖藜而应门。”

嗟咨:慨叹。▶《新唐书·裴矩传》:“蛮夷嗟咨,谓中国为‘仙晨帝所’。”

⑰蔌蔌：此处为象声词。轻微之声。▶《南史·王晏传》："见屋桷子悉是大蛇，就视之，犹木也。晏恶之，乃以纸裹桷子，犹纸内摇动，蔌蔌有声。"

⑱梁苑：西汉梁孝王所建的东苑。故址在今河南省开封市东南。园林规模宏大，方三百余里，宫室相连属，供游赏驰猎。梁孝王在其中广纳宾客，当时名士司马相如、枚乘、邹阳等均为座上客。也称梁园、兔园。事见《史记·梁孝王世家》。▶南朝 齐 王融《奉辞镇西应教》诗："霤庭参辩奭，梁苑豫才邹。"

⑲东下：东行。我国地势西北方高，东南方低，故习惯称东行为东下，与西上相对。▶《史记·淮阴侯列传》："常山王背项王，奉项婴头而窜，逃归于汉王。汉王借兵而东下，杀成安君泜水之南。"

⑳遵陆：沿着陆路；走陆路。▶《诗·豳风·九罭》："鸿飞遵陆，公归不复。"

㉑七闽：指古代居住在今福建省和浙江省南部的闽人，因分为七族，故称。▶《周礼·夏官·职方氏》："辨其邦国、都、鄙、四夷、八蛮、七闽、九貉、五戎、六狄之人民。"在明代之前，多为闽或七闽代称今福建省。

空翠：1.指绿色的草木。▶南朝 宋 谢灵运《过白岸亭》："空翠难强名，渔钓易为曲。"2.绿叶。▶唐 孟浩然《题大禹寺义公禅房》："夕阳连雨足，空翠落庭阴。"3.指青色的潮湿的雾气。▶唐 王维《山中》："山路元无雨，空翠湿人衣。"4.指碧空，苍天。▶唐 白居易《大水》："苍茫生海色，渺漫连空翠。"5.指清澈的泉水。▶清 魏源《四明山中峡诗》之二："山深云液积，尽化流泉清。家家吸空翠，妇孺皆聪明。"

㉒在昔：从前；往昔。▶《书·洪范》："我闻在昔，鲧堙洪水，汩陈其五行。"

仁智：仁爱而多智。▶《韩非子·问田》："故不惮乱主闇上之患祸，而必思以齐民萌之资利者，仁智之行也。"

遨嬉：游玩；戏耍。▶《后汉书·逸民传·梁鸿》："聊消摇兮遨嬉，缵仲尼兮周流。"

㉓棠阴：棠树树荫。喻惠政或良吏的惠行。▶南朝 梁简文帝《罢丹阳郡往与吏民别》诗："柳栽今尚在，棠阴君讵怜。"

交驰：交相奔走，往来不断。▶三国 魏 吴质《答魏太子笺》："军书辐至，羽檄交驰。"

㉔孑遗：遗留；残存。▶《诗·大雅·云汉》："周余黎民，靡有孑遗。"毛 传："孑然遗失也。"

㉕丹实：红色的果实。▶南朝 梁 吴均《步虚词》："绛树结丹实，紫霞流碧津。"纤絺：细葛布；细葛布衣。▶晋 潘岳《秋兴赋》："于是乃屏轻箑，释纤絺。"

㉖柔指：纤柔的手指。▶唐 韩愈《龊龊》："妖姬坐左右，柔指发哀弹。"

㉗芥蒂：此处指介意。▶宋 罗大经《鹤林玉露》："今子赴官，但当充广德性，力行好事，前梦不足芥蒂。"

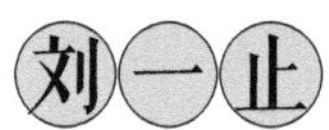


刘一止(1078—1160),宋湖州归安(今属浙江省湖州市)人,字行简,号苕溪。宣和三年(1121)进士。为越州教授,荐除敕令所删定官。高宗绍兴中,累迁监察御史、起居郎、浙东提刑,擢中书舍人兼侍讲,进给事中。数上书论澄清吏治、杜绝幸门,封驳不避权贵。忤秦桧等宰臣意,又极言执政植党之私,罢去。桧死,召还,因病以敷文阁直学士致仕。博学多才,为文敏捷,诗意高远。有《非有斋类稿》,后改名《苕溪集》。

## 送邹德章教授之官合淝二首[①]

晚色溪亭路，风帆去莫遮。交情寄桑落，离恨渺天涯。[②]志行今谁及，声名莫谩夸。[③]淮人问规范，说似道乡家。[④]

古寺疏钟里，因依孰并游。[⑤]歌行如短李，邂逅得髯邹。[⑥]皎月林塘夜，青霜雉兔秋。[⑦]从今两相忆，一酌醑侬不。



注释:

①《送邹德章教授之官合淝二首》诗见 宋 刘一止《苕溪集》卷六,清文渊阁四库全书本。

②桑落:即桑落酒。▶唐 钱起《九日宴浙江西亭》:"木奴向熟悬金实,桑落新开泻玉缸。"

③谩夸:空自夸赞。谩,通"漫"。▶唐 戴叔伦《塞上曲》之一:"汉祖谩夸娄敬策,却将公主嫁单于。"

④道乡:修道之地;仙境。▶唐 杜荀鹤《送友人宰浔阳》:"有时猿鸟来公署,到处烟霞是道乡。"

⑤因依:倚傍;依托。▶ 三国 魏 阮籍《咏怀》:"回风吹四壁,寒鸟相因依。"

⑥短李:指唐代诗人李绅 。▶《新唐书·李绅传》:"(绅)为人短小精悍,于诗最有名,时号短李。"

⑦林塘:树林池塘。▶南朝 梁 刘孝绰《侍宴饯庾于陵应诏》诗:"是日青春献,林塘多秀色。"



## 周紫芝

周紫芝(1082—1155),字少隐,号竹坡居士,南宋宣城(今安徽省宣城市)人。绍兴十二年(1142)进士。十五年(1145),为礼、兵部架阁文字。十七年(1147),为右迪功郎敕令所删定官,历任枢密院编修官、右司员外郎。二十一年(1151),出知兴国军(治今湖北阳新),后退隐庐山。与李之仪、吕好问、吕本中、葛立方以及秦桧等交游,曾向秦桧父子献谀诗。著有《太仓稊米集》《竹坡诗话》《竹坡词》。



## 送潘择之尉南巢①

潘郎胸中有文艺,白发青衫初试吏。②少年欲射汉庭策,晚乃去作南巢尉。③寒厅结屋八九椽,导骑挽弓三数辈。④但愿君如梅子真,人物风流亦何媿。

注释:

①《送潘择之尉南巢》诗见 宋 周紫芝《太仓稊米集》卷十四,清文渊阁四库全书补配清文津阁四库全书本。原诗标题后有作者自注:"潘若虎,字择之。恩榜入仕。"

②试吏:出任官吏。▶《汉书·高帝纪上》:"及壮,试吏,为泗上亭长,廷中吏无所不狎侮。"

③汉庭:指汉朝。▶汉 张衡《思玄赋》:"王肆侈于汉庭兮,卒衔恤而绝绪。"

南巢:古地名。在今安徽巢湖市西南。因位于古代华夏族活动地区的南方,故名。▶《书·仲虺之诰》:"成汤放桀于南巢,惟有惭德。"



④导骑:前导的骑士。▶《后汉书·独行传·范式》:"式行部到新野,而县选嵩为导骑迎式。"李贤 注:"导引之骑。"

## 择之得鹿割鲜见饷以诗为谢①

潘郎尉居巢,月止万钱俸。遥怜寒孟郊,午食勤夜诵。空庖无鸡豚,敢设亚父供。②如何得伊尼,割鲜勤远送。③老夫极惊喜,儿曹亦嘲讽。④悯我太常斋,此意君良重。饥肠罄一饱,状若蹲鸱冻。茅檐坐局促,山禽听晓哢。安得随少年,短衣飞挽鞚。烧野得惊麇,即之那忍纵。吰吰寒声微,麇麇一矢中。⑤聊复从左盂,猎我江南梦。⑥

注释:

①《择之得鹿割鲜见饷以诗为谢》诗见 宋 周紫芝《太仓稊米集》卷十四,清文渊阁四库全书补配清文津阁四库全书本。

②原诗"空庖无鸡豚,敢设亚父供。"句后有作者自注:"南巢有亚父井。官吏至者,必先祭,乃敢从事。事见东汉。"

③伊尼:梵文的鹿名。▶《事物异名录·兽畜·鹿》引《翻译名义集》:"佛书谓鹿为

伊尼。”

④儿曹：犹儿辈。▶《史记·外戚世家褚少孙论》：“是非儿曹愚人所知也。”

⑤麌麌：群聚貌。▶《诗·小雅·吉日》：“兽之所同，麀鹿麌麌。”

⑥原诗“聊复从左盂，猎我江南梦。”句后有作者自注：“《春秋左氏传》曰：‘江南之梦’。杜预 注：楚之云梦，跨江南北。”

左盂：古代田猎阵名。▶《左传·文公十年》：“宋公为右盂，郑伯为左盂。”杜预 注：“盂，田猎阵名。”

王之道(1093—1169)，字彦猷，两宋时庐州濡须人(今属安徽省芜湖市无为市)。善文，明白晓畅，诗亦真朴有致。为人慷慨有气节。宣和六年(1124)，与兄之义、弟之深同登进士第，因对策极言联金伐辽之非，抑置下列。靖康初调和州历阳县丞，摄乌江令，以奉亲罢。金兵南侵，率乡人退保胡避山。镇抚使赵霖命摄无为军，朝命为镇抚司参谋官。绍兴间通判滁州，因上疏反对和议忤秦桧，责监南雄州溪堂镇盐税，会赦不果行，居相山近二十年。秦桧死后，起知信阳军，历提举湖北常平茶盐、湖南转运判官，以朝奉大夫致仕。乾道五年(1169)卒，年七十七。有《相山集》三十卷。



## 春日无为道中①

旱甚山光暗，风颠日色微。②桑芽虻翅小，荻笋彘肩肥。③野寺看题壁，村垆问典衣。④春容良不恶，杨柳正依依。⑤

注释：

①《春日无为道中》见 宋 王之道《相山集》卷七，清文渊阁四库全书补配清文津阁四库全书本。

无为：即无为县，今属安徽省芜湖市。时为无为军。无为得名于“无为而治”意。北宋太平兴国三年(978)，析庐州之地置无为军，治巢县城口镇(今无为县无城镇)，领巢县、庐江二县，属淮南道。熙宁三年(1070)，析巢、庐江二县地置无为县。五年(1072)，无为军改属淮南西路。南宋时续设无为军，仍治巢县城口镇，领巢、无为、庐江三县。

②山光：山的景色。 南朝 梁 沈约《泛永康江》诗：“山光浮水至，春色犯寒来。”

风颠：指风力较大，风速较高。▶宋 无名氏《失调名》：春光悭涩，风颠雨恶，未放晴天气。

③荻笋：荻的幼苗，像笋，故名。又称荻芽。▶唐 卢象《竹里馆》：“柳林春半合，荻笋乱无丛。”

彘肩：即猪肘子。▶《史记·樊郦滕灌列传》："赐之卮酒彘肩。(樊)哙既饮酒，拔剑切肉食，尽之。"

④村垆：乡村酒店。▶宋 戴昺《十日取野菊从酒》："野径菊仍好，村垆酒亦嘉。"

典衣：指饮酒。▶清 曹寅《读朱赤霞寄后陶诗漫和》："衔罢典衣违例禁，病余丸药避章纠。"

⑤春容：春光，春景。▶五代 齐己《南归舟中》诗："春容含众岫，雨气泛平芜。"

不恶：不坏；不错。▶南朝 宋 刘义庆《世说新语·贤媛》："王凝之谢夫人既往王氏，大薄凝之；既还谢家，意大不说。太傅慰释之曰：'王郎，逸少之子，人身亦不恶，汝何以恨乃尔？'"

## 赠淮西运干徐伯远①

伯远得印于予里人杨德润，其文曰："东海开国。"杨自其先侍讲与南昌潘延之游，印盖延之，所遗而故常侍徐公旧物也。从潘入杨，凡六十年，至是复归徐氏，亦异事也。为作诗以纪之云。

嗟予偃伏淮南村，十年不践公侯门。②谁令金印入魂梦，平章六字承君恩。③左手人头右手印，此理未可轻易论。丈夫盖棺事始定，擒戎会使来称藩。④争如徐子擅骚雅，笔力豪纵今文园。⑤杨君收印六十载，细观制作同新翻。⑥为言常侍故家物，其先得自南昌潘。⑦珠还合浦有时节，余庆未艾钟仍昆。⑧子今得之类摘鹊，此贶重可轻玙璠。⑨便当准拟佩三印，并与文安遗子孙。⑩

注释：

①《赠淮西运干徐伯远》诗见 宋 王之道《相山集》卷四，清文渊阁四库全书补配清文津阁四库全书本。

运干：古官职名，运使的辅佐之员。▶宋 叶适《陈叔向墓志铭》："荐审察，授淮南运干。"

②偃伏：躺卧；伏卧。▶《汉书·杜周传》："穰侯，昭王之舅也，权重于秦，威震邻敌，有旦莫偃伏之爱。"

③平章：古代官职名。唐代以尚书、中书、门下三省长官为宰相，因官高权重，不常设置，选任其他官员加同中书门下平章事之名，简称"同平章事"，同参国事。至唐睿宗时又有平章军国重事之称。宋因之，专由年高望重的大臣担任，位在宰相之上。金、元时有平章政事，位次于丞相。元代之行中书省置平章政事，则为地方高级长官。简称平章。明初仍沿袭，不久废。

④盖棺：指身故，亡故。▶宋 苏轼《提举玉局观谢表》："臣敢不益坚素守，深念往愆……盖棺未已，犹怀结草之心。"

称藩：亦作“称蕃”，自称藩属。向大国或宗主国承认自己的附庸地位。▶《汉书·宣帝纪赞》：“推亡固存，信威北夷，单于慕义，稽首称藩。”

⑤争如：此处指怎么比得上。▶前蜀 韦庄《夏口行》：“双双得伴争如雁？一一归巢却羡鸦。”

文园：汉司马相如。司马相如曾任文园令。后借指文人。▶唐 杜牧《为人题》：“文园终病渴，休咏《白头吟》。”

⑥新翻：新改，新制。▶唐 刘禹锡《杨柳枝》：“请君莫奏前朝曲，听唱新翻《杨柳枝》。”

⑦为言：与之说话；与之交谈。▶《史记·孟子荀卿列传》：“岂寡人不足为言邪？何故哉？”

常侍：古代官职名。为皇帝的侍从近臣。秦、汉有中常侍，魏、晋以来有散骑常侍，隋、唐 内侍省有内常侍，均简称常侍。▶《史记·司马相如列传》：“以赀为郎，事孝景帝，为武骑常侍，非其好也。”

故家：此处指世家大族，世代仕宦之家。▶《孟子·公孙丑上》：“纣之去武丁，未久也。其故家遗俗，流风善政，犹有存者。”

⑧珠还合浦：《后汉书·循吏传·孟尝》载：合浦郡海出珠宝。原宰守并多贪秽，采求无度，珠遂徙于邻境交阯郡 界。及孟尝赴任，革易前弊，未逾岁，去珠复还。后遂用“珠还合浦”比喻失而复得或去而复还。▶宋 吴曾《能改斋漫录·辨误一》：“《古今诗话》：‘羊方谔上广守诗：“鳄徙恶溪韩吏部，珠还合浦孟尝君。”’殊不知珠还合浦，乃后汉孟尝，不可以孟尝君迁就也。”



未艾：未尽；未止。▶《诗·小雅·庭燎》：“夜如何其，夜未艾。”

⑨玙璠：美玉。▶《左传·定公五年》：“季平子行东野，还未至，丙申，卒于房，阳虎将以玙璠敛。”杜预 注：“玙璠，美玉，君所佩。”

⑩便当：方便；容易。▶《老残游记》第一回：“幸喜本日括的是北风，所以向东向西都是旁风，使帆很便当的。”

准拟：料想；打算；希望。▶唐 白居易《不准拟》诗之二：“不准拟身年六十，游春犹自有心情。”

## 归自合肥于四顶山绝湖呈孙仁叔抑之[①]

达岸三时顷，瞻山四顶赊。乔林知马尾，乱石见獐牙。[②]水脚浮青靛，湖唇滉白沙。[③]渔人收䋖网，归去日西斜。

注释：

①《归自合肥于四顶山绝湖呈孙仁叔抑之》诗见 宋 王之道《相山集》卷七，清文渊阁四库全书补配清文津阁四库全书本。

②乔林：树木高大的丛林。▶三国 魏 曹植《赠白马王彪》诗之四：“归鸟赴乔林，翩翩

厉羽翼。”

③水脚:水底。▶前蜀 花蕊夫人《宫词》之一〇三:“丹霞亭浸池心冷,曲沼门含水脚清。”

青靛:喻绿水。元 邓文原《赵千春山曲坞图》:“衡门草绿深于染,回塘潋滟流青靛。”

湖脣:湖边。脣,同“唇”。▶张素《题亚子分湖归隐图》:“我家在湖脣,绕屋千垂杨。”

白沙:白色的沙砾。▶《荀子·劝学》:“蓬生麻中,不扶而直;白沙在涅,与之俱黑。”

## 哭韩积中二首①

命矣穷张籍,归哉病长卿。②焦湖家自远,畏日我同行。③想象分携处,依稀謦欬声。④仙踪向西路,回首泪纵横。⑤

多能倾相府,高义著房州。⑥脱略通侯贵,追随逐客游。⑦敢论当世比,曾向古人求。怊怅今楼护,黄泉已再秋。⑧

注释:

①《哭韩积中二首》诗见 宋 王之道《相山集》卷八,清文渊阁四库全书补配清文津阁四库全书本。

②长卿:此处指汉辞赋家司马相如。司马相如,字长卿。未遇时家徒四壁,后为武帝所赏识,以辞赋名世。诗文中常用以为典。▶晋 葛洪《抱朴子·论仙》:“吾徒匹夫,加之罄困,家有长卿壁立之贫,腹怀翳桑绝粮之馁。”

③畏日:《左传·文公七年》:“赵衰,冬日之日也;赵盾,夏日之日也。”杜预 注:“冬日可爱,夏日可畏。”后因称夏天的太阳为“畏日”,意为炎热可畏。

④謦欬:亦作“謦咳”。咳嗽。亦借指谈笑,谈吐。▶《庄子·徐无鬼》:“夫逃空虚者,藜藋柱乎鼪鼬之迳,踉位其空,闻人足音跫然而喜矣,又况乎昆弟亲戚之謦欬其侧者乎?”成玄英 疏:“况乎兄弟亲眷謦欬言笑者乎?”

⑤仙踪:古人比升迁入朝为登仙,因借称应召赴京者的行踪。▶唐 刘禹锡《元和甲午岁诏书尽征江湘逐客余自武陵赴京宿于都亭有怀续来诸君子》:“雷雨江山起卧龙,武陵樵客蹑仙踪。十年楚水枫林下,今夜初闻长乐钟。”

⑥多能:具有多方面的才能。▶《论语·子罕》:“大宰问于子贡曰:‘夫子圣者与?何其多能也?’子贡曰:‘固天纵之将圣,又多能也。’”

高义:行为高尚合于正义。▶《战国策·齐策二》:“夫救赵,高义也;却秦兵,显名也。”

⑦脱略:此处指轻慢不拘。▶《文选·江淹〈恨赋〉》:“脱略公卿,跌宕文史。”

通侯:爵位名。▶《战国策·楚策一》:“楚尝与秦构难,战于汉中。楚人不胜,通侯、执珪死者七十余人,遂亡汉中。”鲍彪 注:“彻侯,汉讳武帝作‘通’,此亦刘向所易也。”

⑧怊怅:惆怅。▶《楚辞·九辩》:“心摇悦而日幸兮,然怊怅而无冀。”

楼护:承托楼板的梁或檩。

## 题合肥驿[①]

予癸亥春三月，尝至此。时兵火初过，颓垣断堑，远望若荒阡破岭，所余人亦无几。傍徨不忍举目。后八年复来，绕城秋草离离，其青四合，而市井旧通阛代阓处，亦渐可观，为之感叹。因用壁间季延仲韵。以识岁月，绍兴二年秋七月丁酉。

重来岁月恍如飞，但怪芜城壁四围。[②]千里漫推新政善，几人能遂故园归。云蒸残暑催登谷，风作新凉戒授衣。[③]小驿滞留朋旧绝，何妨白昼掩朱扉。[④]

注释：

①《题合肥驿》诗见王之道《相山集》卷九，清文渊阁四库全书补配清文津阁四库全书本。作于南宋高宗绍兴二年(1132)秋七月丁酉日。

②芜城：此处指城池荒芜。

③云蒸：此处指热气腾腾貌。▶南朝 梁 简文帝《和赠逸民应诏》："千回龙动，云蒸冰焕。"

登谷：收割成熟的谷物。▶《礼记·月令》："(孟秋之月)农乃登谷，天子尝新，先荐寝庙。"郑玄 注："黍稷之属于是始孰。"



新凉：指初秋凉爽的天气。▶唐 韩愈《符读书城南》诗："时秋积雨霁，新凉入郊墟。"

授衣：谓制备寒衣。古代以九月为授衣之时。▶《诗·豳风·七月》："七月流火，九月授衣。"

④朋旧：朋友故旧。▶南朝 宋 鲍照《学陶彭泽体诗》："但使尊酒满，朋旧数相过。"

## 题许公塞驿[①]

遐想清游意欲飞，巢湖西畔碧山围。[②]高城别后骚人到，小驿春回燕子归。[③]壁上新诗留醉墨，庭前飞絮点征衣。[④]穷愁勿用频惆怅，来岁而今在北扉。[⑤]

注释：

①《题许公塞驿》诗见宋王之道《相山集》卷九，清文渊阁四库全书补配清文津阁四库全书本。

②碧山：青山。▶南朝 梁 江淹《悼室人》诗之十："掩映金渊侧，游豫碧山隅。"

③骚人：诗人，文人。▶南朝 梁 萧统《〈文选〉序》："骚人之文，自兹而作。"

④醉墨：谓醉中所作的诗画。▶唐 陆龟蒙《奉和袭美醉中偶作见寄次韵》："怜君醉墨风流甚，几度题诗小谢斋。"

飞絮：飘飞的柳絮。▶北周 庾信《杨柳歌》："独忆飞絮鹅毛下，非复青丝马尾垂。"

⑤穷愁：穷困愁苦。▶《史记·平原君虞卿列传论》："然虞卿非穷愁，亦不能著书以自见于后世云。"

北扉：原指北向的门。▶宋 沈括《梦溪笔谈·故事一》："唐制……又学士院北扉者，为其在浴堂之南，便于应召。"因以"北扉"为学士院的代称。借指学士。▶明 沈德符《野获编·外国·朝鲜国诗文》："我之衔命者，才或反逊之，前辈一二北扉，遭其姗侮非一，大为皇华之辱。"

## 避寇姥山[1]

山前湖水抱烟村，湖外山光隐若存。[2]泛宅浮家聊自托，荫松藉草欲谁论。[3]物情鱼沫真堪笑，世事槐安不在言。[4]回首故园煨烬里，归欤犹胜傍人门。[5]

注释：

①《避寇姥山》诗见 宋 王之道《相山集》卷十，清文渊阁四库全书补配清文津阁四库全书本。

②烟村：烟雾缭绕的村落。▶唐 白居易《东南行一百韵》："水市通阛阓，烟村混舳舻。"

山光：山的景色。▶ 南朝 梁 沈约《泛永康江》诗："山光浮水至，春色犯寒来。"

③泛宅浮家：亦作"汎宅浮家"。以船为家。▶宋 胡仔《满江红》词："泛宅浮家，何处好，苕溪清境。"

④物情：物理人情，世情。▶三国 魏 嵇康《释私论》："情不系于所欲，故能审贵贱而通物情。"

槐安：槐安国或槐安梦的省称。▶宋 范成大《次韵宗伟阅香乐》："尽遣余钱付桑落，莫随短梦到槐安。"

⑤煨烬：灰烬，燃烧后的残余物。▶晋 左思《魏都赋》："翼翼京室，耽耽帝宇。巢焚原燎，变为煨烬。"

人门：他人门下。▶宋 苏轼《赠仲勉子文》："闲看书册应多味，老傍人门想更慵。"

## 题无为秀溪亭[1]

画桥雕槛接招提，新有幽人榜秀溪。[2]千顷净明天上下，两奁光映水东西。飞楼涌殿参差见，古木修篁咫尺迷。[3]此景此时君信否，绿杨阴里啭黄鹂。

注释：

①《题无为秀溪亭》诗见 宋 王之道《相山集》卷九，清文渊阁四库全书补配清文津阁四库全书本。本诗标题又作《绣溪》，见 清 吴宾彦修 王方岐纂《（康熙）庐江县志》卷十六，清

康熙三十七年(1698)刻本。

②招提:梵语音译为"拓斗提奢",省作"拓提",后误为"招提"。其义为"四方"。四方之僧称招提僧,四方僧之住处称为招提僧坊。北魏太武帝造伽蓝,创招提之名,后遂为寺院的别称。▶南朝 宋 谢灵运《答范光禄书》:"即时经始招提,在所住山南。"

秀溪:即绣溪,本名锦绣溪,名取山川妩媚之意,因在城南,别名南池。锦绣溪相传因地震而陷,年代已无法考证,清《嘉庆·无为州志》:"溪涸,居民掘坑取水至丈余,则木多直立,犹当年屋柱也。"今为无为县绣溪公园。

③飞楼:高楼。▶汉 焦赣《易林·坤之归妹》:"飞楼属道,趾多搅垣,居之不安,覆压为患。"

咫尺:周制八寸为咫,十寸为尺。谓接近或刚满一尺。形容距离非常近。▶《左传·僖公九年》:"天威不违颜咫尺。"

## 和张序臣合肥驿中诗①

橐皋何处合肥东,知有诗翁杖履中。②鲁会一时归寂寞,吴吟千载发清雄。③湖山照碧朦胧日,鞍马欺寒料峭风。④春入花梢人易感,莫教房闼叹飞蓬。⑤

注释:



①《和张序臣合肥驿中诗》诗见 宋 王之道《相山集》卷十,清文渊阁四库全书补配清文津阁四库全书本。

②橐皋:地名。即今柘皋。橐皋,西周初期群舒一支在此建立宗国,春秋时先属楚后属吴。周敬王三十年(前490),鲁哀公会吴于橐皋,故史称"会吴城"。西汉置橐皋县,属九江郡。唐置橐皋镇,属巢县。南宋时改称柘皋,清末曾为安徽三大重镇之一。今属安徽省合肥市巢湖市柘皋镇。▶《春秋·哀公十二年》:"公会吴于橐皋。"杜预 注:"橐皋,在淮南逡遒县东南。"

诗翁:指负有诗名而年事较高者,后亦为对诗人的尊称。▶唐 韩愈《雪后寄崔二十六丞公》:"诗翁憔悴斸荒棘,清玉刻佩联玦环。"

杖履:谓拄杖漫步。▶唐 朱庆余《和刘补阙秋园寓兴》之三:"逍遥人事外,杖履入杉萝。"

③吴吟:谓吟唱吴歌。▶《战国策·秦策二》:"臣不知其思与不思。诚思,则将吴吟,今轸将为王吴吟。"

清雄:清峻雄浑。▶宋 苏轼《与米元章书》:"独念吾元章迈往凌云之气,清雄绝世之文。"

④料峭:形容微寒;亦形容风力寒冷、尖利。▶唐 陆龟蒙《京口》:"东风料峭客帆远,落叶夕阳天际明。"

⑤花梢:花木的枝梢。▶五代 王仁裕《开元天宝遗事·花上金铃》:"至春时,于后园中

纫红丝为绳，密缀金铃，系于花梢之上。每有乌鹊翔集，则令园吏掣铃索以惊之。”

房闼：寝室；闺房。▶宋 张师正《括异志·陈少卿》：“果有群妖昼夜隐见于房闼间。”



## 酬张进彦见寄[①]

进彦直阁以仆昔年尝有恶语书合肥驿中壁间，诹度之余，特辱宠和二章见寄。“至虎敢辞山路险，斩鲸终见海波澄”之句，不唯笔力雄健难到，亦可以想见其心也。[②]

皇华应记去年曾，六辔驰驱问固陵。[③]道路向来荒枳棘，堤封从昔错沟塍。[④]烟销列嶂秋光远，木落长淮霁色澄。[⑤]自笑壮心穷未已，欲言言大怕人憎。[⑥]

注释：

①《酬张进彦见寄》诗见 宋 王之道《相山集》卷十二，清文渊阁四库全书补配清文津阁四库全书本。

②直阁：官名。北齐时属左、右卫。隋承其制，亦设。宋时称供职龙图阁、秘阁等机构者为“直某某阁”，简称直阁，位次于修撰。▶宋 吴曾《能改斋漫录·事始·直阁名官》：“真宗大中祥符末，元尝讲易泰卦，赐五品服，除直龙图阁。直阁名官，盖始于此。”

恶语：指拙劣的诗文。▶宋 苏轼《刘贡父见余歌词数首以诗见戏聊次其韵》：“门前恶语谁传去，醉后狂歌自不知。”



诹度：商议斟酌。▶宋 曾巩《授中书舍人谢启》：“窃以赞为明命，资讨论润色之工；服在从官，备诹度询谋之用。”

不唯：不仅；不但。▶唐 韩愈《韩滂墓志铭》：“群辈来见，皆曰：‘滂之大进，不唯于文词，为人亦然。’”

想见：推想而知。▶《史记·孔子世家论》：“余读孔氏书，想见其为人。”

③皇华：《诗·小雅》中的篇名。▶《序》谓：“《皇皇者华》，君遣使臣也。送之以礼乐，言远而有光华也。”后因以“皇华”为赞颂奉命出使或出使者的典故。

六辔：辔，缰绳。古一车四马，马各二辔，其两边骖马之内辔系于轼前，谓之軜，御者只执六辔。▶《诗·秦风·小戎》：“四牡孔阜，六辔在手。”

驰驱：策马疾驰。▶《孟子·滕文公下》：“吾为之范我驰驱，终日不获一，为之诡遇，一朝而获十。”

④枳棘：枳木与棘木，因其多刺而被称为恶木。常用以比喻恶人或小人。▶《韩非子·外储说左下》：“夫树橘柚者，食之则甘，嗅之则香；树枳棘者，成而刺人，故君子慎所树。”

堤封：堤岸；崖岸。亦以喻人的风操。▶隋 佚名《宋永贵墓志铭》：“堤封峻而不测，墙宇高而不窥。”

沟塍：沟渠和田埂。▶《文选·班固〈西都赋〉》：“沟塍刻镂，原隰龙鳞。”

⑤列嶂：相连的山峰。▶唐 李益《再赴渭北使府留别》："列嶂高峰举，当峰太白低。"

木落：树叶凋落。▶ 晋 左思《蜀都赋》："木落南翔，冰泮北徂。"

长淮：淮河。▶唐 王维《送方城韦明府》："高鸟长淮水，平芜故郢城。"

霁色：晴朗的天色。▶唐 元稹《饮致用神曲酒三十韵》："雪映烟光薄，霜涵霁色泠。"

⑥壮心：豪壮的志愿，壮志。▶汉 焦赣《易林·井之大过》："钟鼓夜鸣，将军壮心；赵国雄勇，斗死荥阳 。"

未已：不止；未毕。▶《诗·秦风·蒹葭》："蒹葭采采，白露未已。"

## 和孔纯老按属邑六首[①]

野云和雨渡金湖，山色微风恍有无。[②]不惯扁舟浮浩渺，且驱羸马上崎岖。[③]

云涛雪浪渺无边，一簇溪桥客聚船。[④]舆卫欲休红日下，几家茅舍起炊烟。[⑤]

行并焦湖试问涂，何如震泽占姑苏。[⑥]提壶聒聒劝谁饮，我不知君渠自呼。[⑦]

客里宵寒梦易醒，起看残月照窗明。招提正在山多处，过雨流泉碎玉鸣。[⑧]



石窦泠泠注竹溪，溪光浮动软琉璃。[⑨]幽人爱玩不忍去，觅句坐惊红日西。[⑩]

榛莽无边没尽头，当年禾稼压田畴。[⑪]流亡复业知何日，九叙宜先戒用休。[⑫]

注释：

①《和孔纯老按属邑六首》诗见 宋 王之道《相山集》卷十四，清文渊阁四库全书补配清文津阁四库全书本。

②和雨：细雨，与骤雨相对。▶《后汉书·西南夷传·莋都》："冬多霜雪，夏多和雨。"

③不惯：不习惯。

浩渺：水面旷远。▶唐 许浑《郑秀才东归凭达家书》："愁泛楚江吟浩渺，忆归吴岫梦嵯峨。"

崎岖：形容地势或道路高低不平。▶ 汉 张衡《南都赋》："上平衍而旷荡，下蒙笼而崎岖。"

④云涛：1. 翻滚如波涛的云。▶ 唐 孟浩然《宿天台桐柏观》诗："日夕望三山，云涛空浩浩。" 2. 翻飞着白浪的波涛。▶《艺文类聚》卷九引 晋 曹毗《观涛赋》："瞻沧津之腾起，观云涛之来征。"

雪浪：白色浪花。▶唐 元稹《遭风二十韵》："俄惊四面云屏合，坐见千峰雪浪堆。"

舆卫：车舆与卫士。泛指兵卫。▶宋 黄庭坚《贾天锡宝薰乞诗予以兵卫森画戟燕寝凝清香十字作诗报之》:"俗氛无因来,烟霏作舆卫。"

⑤烟村:指烟雾缭绕的村落。▶唐 白居易《东南行一百韵》:"水市通阛阓,烟村混轴轳。"

⑥震泽:湖名,即今太湖。▶《书·禹贡》:"三江既入,震泽底定。"

⑦聒聒:多言喧扰貌。引申有愚而拒善自用之意。▶《书·盘庚上》:"今汝聒聒,起信险肤,予弗知乃所讼。"

自呼:自呼已名。▶唐 宋之问《谒禹庙》:"猿啸有时答,禽言常自呼。"

⑧流泉:流动的泉水。▶《诗·大雅·公刘》:"相其阴阳,观其流泉。"

⑨石窦:石穴。▶北魏 郦道元《水经注·漓水》:"验其山有石窦,下深数丈,洞穴深远,莫究其极。"

⑩觅句:指诗人构思、寻觅诗句。▶唐 杜甫《又示宗武》:"觅句新知律,摊书解满床。"

⑪榛莽:杂乱丛生的草木。泛指荒原。▶清 俞樾《春在堂随笔》卷二:"兵燹以来,名胜之地,化为榛莽。"

⑫流亡:指逃亡流落在外的人。▶《后汉书·虞诩传》:"诩乃占相地埶,筑营壁百八十所,招还流亡,假赈贫人,郡遂以安。"

复业:恢复常业,此处指恢复河山大业。▶《晋书·桓温传》:"温进至霸上,健以五千人深沟自固,居人皆安堵复业,持牛酒迎温。"

九叙:谓九功各顺其理,皆有次序。泛指德政。▶《书·大禹谟》:"九功惟叙,九叙惟歌。"





## 和徐伯远无为道中[①]

江南五月稻抽芒,想见含花带露香。[②]底事淮乡太迟晚,一犁新雨正开荒。[③]

注释:

①《和徐伯远无为道中》诗见 宋 王之道《相山集》卷十四,清文渊阁四库全书补配清文津阁四库全书本。

②想见:推想而知。▶《史记·孔子世家论》:"余读孔氏书,想见其为人。"

③底事:此事。▶宋 林希逸《题达摩渡芦图》:"若将底事比渠侬,老胡暗中定羞杀。"

淮乡:指淮河流域。

迟晚:迟延而落后。▶《敦煌变文集·大目干连冥间救母变文》:"欲救悬沙(丝)之危,事亦不应迟晚。"

## 早发橐皋[①]

春秋遗迹旧山川,鲁破吴亡久寂然。[②]恰到前年征战处,数间茅屋起炊烟。

注释：

①《早发橐皋》诗见 宋 王之道《相山集》卷十四，清文渊阁四库全书补配清文津阁四库全书本。

②春秋遗迹：指柘皋。公元前483年，鲁哀公会吴于橐皋，故史称“会吴城”。

## 出合肥北门二首①

淮水东来没踝无，只今南北断修涂。②东风却与人心别，布暖吹生遍八区。③

断垣甃石新修叠，折戟埋沙旧战场。④阛阓凋零煨烬里，春风生草没牛羊。⑤

注释：

①《出合肥北门二首》诗见 宋 王之道《相山集》卷十五，清文渊阁四库全书补配清文津阁四库全书本。

②修途：亦作“修涂”。长途，此处指路途。▶晋 张华《情诗》之四：“悬邈极修途，山川阻且深。”

③八区：八方；天下。▶《汉书·扬雄传下》：“天下之士，雷动云合，鱼鳞杂袭，咸营于八区。”



④甃石：砌石；垒石为壁。▶唐 白居易《池上即事》：“行寻甃石引新泉，坐看修桥补钓船。”

⑤阛阓：街市；街道。▶《文选·左思〈魏都赋〉》：“班列肆以兼罗，设阛阓以襟带。”

## 下阁道中①

小桥流水数家村，春入川原日自暾。②马上不知岚气重，误惊征袖湿啼痕。③

注释：

①《下阁道中》诗见 宋 王之道《相山集》卷十五，清文渊阁四库全书补配清文津阁四库全书本。下阁：地名。即今安徽省合肥市巢湖市夏阁镇。▶《康熙·巢县志》：“镇去县西北三十里”。夏阁镇竹柯村建有冯玉祥将军故居纪念馆。

②川原：指原野。▶宋 王安石《出郊》：“川原一片绿交加，深树冥冥不见花。”

③征袖：远行人的衣袖。▶唐 郑谷《鹧鸪》：“游子乍闻征袖湿，佳人才唱翠眉低。”啼痕：泪痕。 唐 岑参《长门怨》：“绿钱侵履迹，红粉湿啼痕。”

## 题南巢地藏寺①

蚊嘴生花夜更长，睡乡蝴蝶正悠飏。②山僧不恤秋眠熟，连打钟声到枕旁。③

注释：

①《题南巢地藏寺》诗见 宋 王之道《相山集》卷十五，清文渊阁四库全书补配清文津阁四库全书本。

②睡乡：睡眠状态；睡梦中的境界。▶宋 陈与义《对酒后三日再赋》诗："不奈长安小车得，睡乡深处作奔雷。"

③山僧：住在山中寺庙中的僧人。▶北周 庾信《卧疾穷愁》诗："野老时相访，山僧或见寻。"

不恤：不忧悯；不顾惜。此处有不体恤的含义在内。▶《书·汤誓》："我后不恤我众。"孔颖达 疏："我君夏桀不忧念我等众人。"

## 西门道中闻人售田[1]

走利奔权几日休，归来还复郭南游。[2]直饶心计奸如鬼，终恐输他善自谋。[3]

注释：

①《西门道中闻人售田》诗见 宋 王之道《相山集》卷十五，清文渊阁四库全书补配清文津阁四库全书本。

②走利：追求利益。▶《吕氏春秋·审为》："世之走利，有似于此。危身伤生，刈颈断头以徇利，则亦不知所为也。"

还复：仍然。▶《宋书·隐逸传·陶潜》："郡将候潜，值其酒熟，取头上葛巾漉酒，毕，还复着之。"

③直饶：纵使，即使。▶唐 李咸用《依韵修睦上人山居》之七："兼济直饶同巨楫，自由何似学孤云。"

心计：谋略，计谋。 唐 张巡《守睢阳作》："无人报天子，心计欲何施。"

# 曹勋

曹勋（1098—1174），字公显，一作功显，号松隐。两宋时阳翟（今河南省禹州市）人。以父恩补承信郎。宣和五年（1123）赐进士甲科。靖康初为阁门宣赞舍人，从徽宗北迁，过河十余日，帝出御衣书领中，命勋间行诣康王。建炎初至南京，进御衣书，请募死士航海入金奉徽宗归，执政不从，出勋于外，九年不迁。绍兴中为副使二使金，迁保信军承宣使、枢密副都承旨。又拜昭信军节度使。孝宗朝加太尉。卒谥忠靖。有《北狩见闻录》《松隐集》。

## 巢湖阻风题岸亭[①]

病体萦仍未肯安，益嗟气血顿衰残。更堪五日守风苦，殊觉一年行路难。

注释：

①《巢湖阻风题岸亭》诗见 宋 曹勋《松隐集》卷十七，民国嘉业堂丛书本。

②守风：等候适合行船的风势。▶三国 魏 邯郸淳《笑林》："姚彪与张温俱至武昌，遇吴兴沈珩于江渚，守风，粮用尽，遣人从彪贷盐一百斛。"

## 玉蹀躞·从军过庐州作[①]

红绿烟村惨淡，市井初经虏。[②]舍馆人家，凄凄但尘土。[③]依旧春色撩人，柳花飞处，犹听几声莺语。[④]

黯无绪。匹马三游西楚。行路漫怀古。可惜风月，佳时尚羁旅。归处应及荼蘼，与插云鬟，此恨醉时分付。[⑤]

注释：



①《玉蹀躞·从军过庐州作》词见 宋 曹勋《松隐集》卷三十九，民国嘉业堂丛书本。

②烟村：指烟雾缭绕的村落。▶唐 白居易《东南行一百韵》："水市通阛阓，烟村混轴轳。"

③尘土：细小的灰土。喻庸俗肮脏或指庸俗肮脏的事物。▶宋 叶适《故大宗丞兼权度支郎官高公墓志铭》："（高公）为人颖迈肃洁，如琅玕玉树，无尘土意。"

④撩人：诱人；动人。▶宋 杨万里《和昌英主簿叔送花》："风颠雨急关侬事，时序撩人只暗叹。"

⑤云鬟：形容妇女浓黑而柔美的鬓发。借指年轻貌美的女子。▶南朝 陈 张正见《山家闺怨》："王孙春好游，云鬟不胜愁。"



## 钟离松

钟离松（1101—?），小名法松，字其绍，一字少公，小字正袒。南宋江宁人（今江苏省南京市），祖籍庐州合肥（今安徽省合肥市）。钟离谨曾孙。绍兴十八年（1148）进士。乾道三年（1167）以朝请郎知兴化军事，"为人退然自下，治郡事每穷日之力而继以火，驭吏牧民并善，尝奏蠲民租，诏为除之，真士称良牧者以松为首焉。"尝重编蔡襄《蔡忠惠集》为三十六卷。

## 感秋[①]

破壁乱蛩吟，愁添鬓雪侵。[②]凉生孤馆梦，秋入旅人心。排遣难凭酒，凄清不在琴。中原戎马躏，白露寝园深。

注释：

①《感秋》诗见 南宋 王象之纂《舆地纪胜》二百卷，卷第四十一，清影宋钞本。

②蛩吟：蟋蟀吟叫。▶宋 柳永《倾杯乐》词："离绪万端，闻岸草，切切蛩吟如织。"

史浩(1106—1194)，字直翁，自号真隐居士。南宋鄞县(今浙江省宁波市)人。绍兴十五年(1145)进士，建王赵慎立为皇太子，浩除起居郎兼太子右庶子。孝宗即位，累除参知政事。曾对张浚恢复之举持异议，力主守江。隆兴元年(1163)，拜尚书右仆射、同中书门下平章事兼枢密使。首言赵鼎、李光无罪，申辩岳飞之冤。旋因反对张浚北伐，为御史王十朋所劾，罢知绍兴府。淳熙五年(1178)，复为右丞相。寻以事求去，除太保致仕。卒谥"文惠"，改谥"忠定"。有《尚书讲义》《鄮峰真隐漫录》五十卷，新辑集外集另编一卷。



## 次韵黄虚中春怀[①]

虚中慷慨悲歌士也，久浮沉州县吏，今逢识拔壮弭旆合肥，作春怀诗以自喜，此行既时达辄用韵饯之。[②]

杏园聚陌草连空，点点残红溅晚风。[③]篱落喜闻营细柳，烟尘徒尔嗌新丰。[④]不因宣室咨梁傅，安得朝廷知弱翁。[⑤]他日淮肥惊鹤唳，金龟似斗合须公。[⑥]

注释：

①《次韵黄虚中春怀》诗见 宋 史浩《鄮峰真隐漫录》鄮峰真隐漫录卷第四，清乾隆刻本。

②慷慨悲歌：情绪激昂地放歌，以抒发悲壮的胸怀。语出 晋 陶潜《怨诗楚调示庞主簿邓治中》："慷慨独悲歌，钟期信为贤。"▶元 秦竹村《行香子·知足》套曲："慷慨悲歌，空敲唾壶，落魄无成，新丰逆旅。"

识拔：赏识并提拔。▶晋 傅畅《晋诸公赞》："初，林识拔同郡王经于民伍之中，卒为名士，世以此称之。"

辄用：随便使用。▶宋 孔平仲《续世说·俭啬》："积年赐物，藏在别库，遣一婢，专掌管钥，每入库检阅，必语妻子，此官物，不得辄用。"

③连空：远望与天空相连。▶唐 韩愈 李正封《晚秋郾城夜会联句》："连空隳雉堞，照夜焚城郭。"

残红：凋残的花，落花。▶唐 王建《宫词》之九十："树头树底觅残红，一片西飞一片东。"

④篱落：篱笆。喻外蕃，屏障。▶汉 荀悦《汉纪·文帝纪下》："要害之处，通山川之道，调立城邑，毋下千家，为中国造篱落。"

细柳：初生的嫩柳条。▶《西京杂记》卷四："枚乘为《柳赋》，其辞曰：'……阶草漠漠，白日迟迟。于嗟细柳，流乱轻丝。'"

徒尔：徒然，枉然。▶南朝 梁 任昉《述异记》卷四："石犬不可吠，铜驼徒尔为。"

嗌：此处音[ài]，咽喉塞住，噎住。

新丰：古县名。汉高祖七年置，唐废。治所在今陕西省临潼县西北。本秦骊邑。汉高祖定都关中，其父太上皇居长安宫中，思乡心切，郁郁不乐。高祖乃依故乡丰邑街里房舍格局改筑骊邑，并迁来丰民，改称新丰。据说士女老幼各知其室，从迁的犬羊鸡鸭亦竞识其家。太上皇居新丰，日与故人饮酒高会，心情愉快。后乃用作新兴贵族游宴作乐及富贵后与故人聚饮叙旧之典。▶南朝 宋 鲍照《数名诗》："五侯相饯送，高会集新丰。"



⑤宣室：1. 古代宫殿名。为殷代宫名。▶《淮南子·本经训》："武王甲卒三千，破纣牧野，杀之宣室。" 2. 古代宫殿名。指汉代未央宫中之宣室殿。3. 泛指帝王所居的正室。▶汉 焦赣《易林·师之恒》："乘龙从蜺，征诣北阙，乃见宣室，拜守东城。"

梁傅：指汉贾谊。贾谊曾为文帝子梁怀王太傅，故称。▶明 皇甫汸《元夕熊子叔抑过集时谪远州》："谁怜梁傅泪，曾洒汉文朝。"

⑥鹤唳：鹤鸣。形容惊恐疑虑，自相惊扰。▶唐 刘禹锡《赠澧州高大夫司马霞寓》："残兵疑鹤唳，空垒辨乌声。"

金龟：黄金铸的龟纽官印。汉代皇太子、列侯、丞相、大将军等所用。见《汉官仪》卷下、《汉旧仪补遗》卷上。后泛指高官之印。

## 龚相

龚相，字圣任，号复斋。南宋历阳(今安徽省和县)人。绍兴间为华亭知县。

### 过东关①

南北安危限两关，奔流一去几时还。凄凉千古干戈地，春水方生鸥自闲。②

注释：

①《过东关》诗见 清 陆龙腾《(康熙)巢县志》卷十九，清康熙十二年(1673年)刊本。本诗标题又作《濡须坞》(《咏濡须坞》)，见 宋 佚名《锦绣万花谷》锦绣万花谷续集卷十淮西路，清文渊阁四库全书本。

②自闲：悠闲自得。▶三国 魏 曹植《杂诗》之五："烈士多悲心，小人偷自闲。"

完颜亮(1122—1161)，女真完颜部人，本名迪古乃，字元功，后改名亮。辽王完颜宗干第二子。皇统九年(1149)，弑熙宗自立，当年改元天德，后改贞元、正隆。即位后以励官守，务农时等七事诏中外。迁都于燕，称中都，又改汴梁为南京。正隆末大举攻宋，败于采石，东至瓜洲，兵变被杀，共在位十二年。世宗时降为海陵郡王，谥"炀"，后再降为海陵庶人。

## 赞宋统制姚兴诗[①]

独领孤军将姓姚，一心忠孝为南朝。[②]元戎若假微兵援，未必将军死尉桥。[③]

注释：

①《赞宋统制姚兴诗》见宋 王象之《舆地纪胜》卷第四十八，清影宋钞本。原诗本无标题，此为编者所加。

姚兴：(？—1161)，字叔兴，南宋临安府新城县(今杭州市富阳区万市镇)人。有勇力，善武艺，属都统制王权所部统制。绍兴三十一年(1161)，金主完颜亮南侵，兵至和州(今安徽和县境)。姚兴率三千人抗击，寡不敌众。王权置酒仙宗山上，拥兵自卫，不问姚兴胜败。姚兴冲突阵中，击杀金兵近百人，终以援军不至，力战而死。金人感叹姚兴的勇猛，感叹道："有如姚兴者十辈，吾属敢前乎？"宋高宗追赠容州观察使，谥"忠毅"。宋宁宗追赠袭庆军节度使，开府仪同三司。姚兴忠勇为历代尊崇，多建庙奉祀，合肥旧有三座姚公庙，即为供奉姚兴之所。《(嘉庆)合肥县志》记载："姚李二公庙，在德胜门外十三里，祀宋统制姚兴、招抚使李显忠。"后来俗称姚公庙。"又南乡亦有姚公庙"。又载，北乡定林铺还有一座旌公庙，也是祭祀姚兴父子的。

②南朝：北方少数民族政权(辽、金、元)对位于南方汉族政权(北宋、南宋)的称呼。▶《宣和遗事》后集："金人已渡河，乃呼曰：'使南朝若遣二千人守河，我辈怎生得渡哉。'"

③尉桥：即尉子桥，为姚兴战死之处。尉子桥在今安徽省含山县北，为含山、巢县的接界。据《光绪续修庐州府志·巢县图》载：从合肥进东山口或越北山口至柘皋，经分路铺，通

往昭关古道，尉子桥是必经之处。民间俗称“遇子桥”，也称“慰子桥”。

## 陆游

陆游(1125—1210)，字务观，号放翁。宋越州山阴(今浙江省绍兴市)人，少有文名。绍兴二十四年(1154)应礼部试，名列前茅。因论恢复，遭秦桧黜落。孝宗即位，任枢密院编修官，赐进士出身。干道六年(1170)，起为夔州通判。后入四川宣抚使幕，复任四川制置使司参议官。淳熙七年(1180)，提举江西常平茶盐公事，以发粟赈灾，被劾罢。十六年(1189)，任礼部郎中，劾罢，闲居十余年。嘉泰二年(1202)，召修孝宗、光宗实录。以宝谟阁待制致仕。工诗、词、散文，亦长于史学。其诗多沉郁顿挫，感激豪宕之作，与尤袤、杨万里、范成大并称为南渡后四大家。有《剑南诗稿》《渭南文集》《南唐书》《老学庵笔记》等。

### 龙眠画马①

国家一从失西陲，年年买马西南夷。②瘴乡所产非权奇，边头岁入几番皮。③崔嵬瘦骨带火印，离立欲不禁风吹。④圉人太仆空列位，龙媒汗血来何时。⑤李公太平官京师，立仗惯见渥洼姿。⑥断缣岁久墨色暗，逸气尚若不可羁。⑦赏奇好古自一癖，感事忧国空余悲。⑧呜呼安得毛骨若此三千匹，衔枚夜度桑干碛。⑨

注释：

①《龙眠画马》诗见 宋 陆游《剑南诗稿》卷五，清文渊阁四库全书补配清文津阁四库全书本。

龙眠：李公麟(1049—1106)，字伯时，号龙眠居士或龙眠山人。北宋庐州舒城(今安徽省舒城县人)。好古博学，长于诗，精鉴别古器物。尤以画著名，凡人物、释道、鞍马、山水、花鸟，无所不精，时推为“宋画中第一人”。

②西陲：西面边疆。▶《史记·封禅书》：“秦襄公既侯，居西垂。”

③瘴乡：指南方有瘴气的地方。▶唐 白居易《京使回累得南省诸公书》：“瘴乡得老犹为幸，岂敢伤嗟白发新。”

权奇：奇谲非凡。多形容良马善行。▶《汉书·礼乐志》：“太一况，天马下，霑赤汗，沫流赭。志俶傥，精权奇。”

边头：边疆；边地。▶ 唐 王昌龄《塞下曲》之四：“边头何惨惨，已葬霍将军。”

岁入：谓一年内收入的总数。▶《旧唐书·食货志下》：“岁入米数十万斛，以济关中。”

“边头岁入几番皮。”句：一作“边头岁入几数皮。”

④火印：以金属图识烙物留下的印记。▶《宋史·外戚传中·高士林》：“尝监扬州召伯

闸税，木旧用火印，士林改刃其印文，凿以为识，尤简便。”

离立：像凤一样地站立。▶《文选·王中〈头陀寺碑文〉》：“丹刻翚飞，轮奂离立。”

⑤圉人：《周礼》官名。掌管养马放牧等事。亦以泛称养马的人。▶《周礼·夏官·圉人》：“圉人掌养马刍牧之事。”

龙媒：骏马。▶《汉书·礼乐志》：“天马徕龙之媒。”

⑥渥洼：水名。在今甘肃省安西县境，传说产神马之处。指代神马。▶唐 韩琮《公子行》：“别殿承恩泽，飞龙赐渥洼。”

⑦断缣：残缺不全的画幅。▶宋 陆游《龙眠画马图》：“断缣岁久墨色暗，逸气尚若不可羁。”

⑧毛骨：即毛发与骨骼。▶唐 刘禹锡《桃源行》：“俗人毛骨惊仙子，争来致词何至此？”

⑨衔枚：亦作“啣枚”。枚状如箸，两端有带，可系于颈上，古代行军时，常令士兵横衔口中，以防喧哗。▶明 沈采《千金记·破赵》：“疾走啣枚，刀枪要整齐。”

## 巢山二首①

巢山避世纷，身隐万重云。半谷传樵响，中林过鹿群。②虫镂叶成篆，风蹙水生纹。③不踏溪桥路，仙凡自此分。

短发巢山客，人知姓字谁？穿林双不借，取水一军持。④渴鹿群窥涧，惊猿独袅枝。何曾畜笔砚，景物自成诗。

注释：

①《巢山二首》诗见 宋 陆游《剑南诗稿》卷三十二，清文渊阁四库全书补配清文津阁四库全书本。

巢山：据《太平寰宇记》载，山在巢县西南一百里，原名道人山，又名墨山，其溪谷有石，研之如墨。唐玄宗天宝六年(747年)敕改为巢山。

②中林：林野。▶《诗·周南·兔罝》：“肃肃兔罝，施于中林。”

③虫镂[sōu]：虫蚀，虫镂。

④军持：佛家语。亦作“君迟”“捃稚迦”，意译为瓶或水瓶。僧人游方时用以贮水备用。

## 卧病杂题①

哎咀初成药，咿哑半掩扉。②病知身健乐，闲觉宦游非。③小涧看猿饮，枯筇拥鹤归。④今朝更堪喜，书札得淮淝。⑤

注释：

①《卧病杂题》诗见 宋 陆游《剑南诗稿》卷八十四，清文渊阁四库全书补配清文津阁四库全书本。原诗共五首。

②㕮咀[fǔ jǔ]：中医术语。原指用口将药物咬碎，以便煎服。后用其他工具切片、捣碎或锉末，但仍沿用此语。

③宦游：指士人外出求官或做官。▶《汉书·司马相如传》："长卿久宦游，不遂而困。"

④猿饮：猿用前肢捧水而饮。▶唐 宋之问《早入清远峡》："露余江未热，风落瘴初稀。猿饮排虚上，禽惊掠水飞。"

枯筇：亦作"枯笻"。原指手杖。引申为病躯。▶宋 朱熹《公济惠山蔬四种并以佳篇来贶因次其韵》之四："良遇不可迟，枯筇有余力。"

⑤原诗"今朝更堪喜，书札得淮淝。"句后有作者自注"是日得五郎庐州书"。

## 孤店①

孤店门前千万峰，酒浓不抵别愁浓。明朝晴雨吾能卜，但听兰亭古寺钟。

注释：



①《孤店》诗见 宋 陆游《剑南诗稿》卷七十二，清文渊阁四库全书补配清文津阁四库全书本。原诗标题下有作者自注："与儿孙送五郎为淮西之行，小饮民家。是日云兴颇忧雨。"

淮西为淮南西路简称。淮南西路是宋朝(960—1279)的十五路(一级行政区)之一，早期设治设于寿州(今安徽省寿县)，靖康年间金兵南下后，府治南迁庐州(今安徽省合肥市)。

# 许及之

许及之(？—1209)，字深甫，南宋温州永嘉(今浙江温州)人。隆兴元年(1163)进士。知分宜县。历官诸军审计、宗正簿、太常少卿、淮南转运判官兼淮东提点刑狱、大理少卿。宁宗立，擢吏部尚书兼给事中。因谄事韩侂胄，官至同知枢密院事、参知政事，进知枢密院事兼参政。侂胄诛，降两官，泉州居住。有《涉斋集》。《宋史·艺文志》载其有文集三十卷及《涉斋课稿》九卷，已佚。清四库馆臣据《永乐大典》所录许纶《涉斋集》，辑为许纶《涉斋集》十八卷。

## 送潘才叔赴合肥录事二首[①]

灯火寒窗夜，声名弱冠年。[②]掇科君恨晚，用世我奚先。[③]饷道曾争辟，公车合荐贤。[④]圜扉聊鞠草，幕府且依莲。[⑤]

官业盘根见，生涯破甑轻。[⑥]才堪当一面，句可敌长城。亲待平反笑，时须慷慨清。[⑦]十连筹正远，三语意犹倾。[⑧]

注释：

①《送潘才叔赴合肥录事二首》诗见 宋 许纶《涉斋集》卷六，民国敬乡楼丛书本。

潘才叔，即潘茂和，永嘉诗社成员。永嘉四灵之一的徐照认为潘才叔"声誉有人闻。"

录事：古代官职名。晋公府置录事参军，掌总录众官署文簿，举弹善恶。后代刺史领军而开府者亦置之。省称"录事"。隋初以为郡官，相当于汉时州郡主簿。唐、宋因之，京府中则改称司录参军。元废。清初各部又设录事；清末新官制，京师各部及京内外各级司法衙门均设有八品以下录事。

②声名：名声。▶《礼记·祭统》："铭者，论譔其先祖之有德善、功烈、勋劳、庆赏、声名，列于天下，而酌之祭器。自成其名焉，以祀其先祖者也。"

③用世；历世。▶《晏子春秋·杂下二八》："自吾先君定公至今，用世多矣，齐大夫未有老辞邑者。"

④饷道：运军粮的道路。▶《史记·樊郦滕灌列传》："受诏别击楚军后，绝其饷道。"

争辟：竞相征召。▶唐 杨炯《宴族人杨八宅序》："诸侯闻之而愿交，三公礼之而争辟。"

⑤圜扉：狱门，借指为牢狱。▶南朝 齐 王融《三月三日曲水诗序》："稀鸣桴于砥路，鞠茂草于圜扉。"

鞠草：即鞠为茂草：指杂草塞道，形容衰败荒芜的景象。▶《晋书·石勒载记》："诚知晋之宗庙鞠为茂草，亦犹洪川东逝，往而不还。"

⑥官业：此处指为官的政绩。▶ 唐 元稹《韩皋吏部尚书赵宗儒太常卿制》："更用旧老，以均劳逸；至于官业，非予敢知。"

破甑：典出《后汉书·郭太传》："孟敏字叔达，巨鹿杨氏人也。客居太原，荷甑堕地，不顾而去。林宗见而问其意。对曰：'甑以破矣，视之何益?'"后遂以"破甑"喻不值一顾的事物。

⑦平反：纠正冤屈误判的案件。▶《汉书·隽不疑传》："每行县录囚徒还，其母辄问不疑：'有所平反，活几何人?'即不疑多有所平反，母喜笑。"

⑧十连：犹言十个州郡。十，约数。泛指州郡地方长官。▶《旧唐书·哀帝纪论》："五侯九伯，无非问鼎之徒；四岳十连，皆畜无君之迹。"

三语：1. 晋王衍向阮修问老庄与儒教异同，修以"将无同"三字答之，犹言该是相同吧。

见南朝宋刘义庆《世说新语·文学》。后以指应对隽语。2.指宋朝赵鼎评论邵伯温的三句话。▶《宋史·邵伯温传》:"赵鼎少从伯温游,及当相,乞行追录,始赠秘阁修撰。尝表伯温之墓曰:'以学行起元祐,以名节居绍圣,以言废于崇宁。'世以此三语尽伯温出处云。"

## 蜀山堂[①]

已把堂名占蜀山，爱山犹叠石孱颜。[②]世间何事非儿戏，了得儿痴趁得闲。[③]

注释:

①《蜀山堂》诗见 宋 许纶《涉斋集》卷十七,民国敬乡楼丛书本。

②孱颜:险峻、高耸貌的样子。▶唐 李商隐《荆山》:"压河连华势孱颜,鸟没云归一望间。"

③了得:完成,了结,了却。▶宋 苏轼《与王定国书》:"某自谪居以来,可了得《易传》九卷,《论语》五卷。"

## 蜀山亭[①]

千里肥川掌似平，崔嵬只有蜀山青。[②]兹亭巧与山相对，不惜名堂更揭亭。



注释:

①《蜀山亭》诗见 宋 许纶《涉斋集》卷十七,民国敬乡楼丛书本。

②崔嵬:本指有石的土山。后泛指高山。▶《诗·周南·卷耳》:"陟彼崔嵬,我马虺隤。"

## 浮槎亭[①]

浮图立处认槎峰，曾说浮槎是醉翁。[②]亦似平山堂上看，阴晴山色有无中。



注释:

①《浮槎亭》诗见 宋 许纶《涉斋集》卷十七,民国敬乡楼丛书本。

②醉翁:此处指嗜酒的老人。▶唐 郑谷《倦客》:"闲烹芦笋炊菰米,会向源乡作醉翁。"

## 次韵解颐叟九日登楼唐律二首[①]

诗翁九日独登楼，怅望当年浅碧洲。[②]菊径全稀虚过节，橘乡无术敢当侯。[③]汉庭非晚咨良策，边算于今待远筹。[④]曾得合肥家信否，未应胡越可同舟。[⑤]

规模器业足资身，合是兰宫第一人。[⑥]风月难兄居半刺，文章经国肯全贫。[⑦]身丁近免家家喜，首述长谣句句新。[8]预卜他时康济事，定应不负白纶巾。[9]

注释：

①《次韵解颐叟九日登楼唐律二首》诗见 宋 许纶《涉斋集》卷七，民国敬乡楼丛书本。解颐叟，不知何许人，以诗中“曾得合肥家信否”推想，似为合肥人或寄籍合肥。

②怅望：惆怅地看望或想望。▶南朝 齐 谢朓《新亭渚别范零陵》：“停骖我怅望，辍棹子夷犹。”

③无术：没有办法。▶《管子·治国》：“今也仓廪虚而民无积，农夫以粥子者，上无术以均之也。”

④边算：守边的谋划。▶《魏书·源怀传》：“若尔者，扬州兵力，配积不少，但可速遣 任城，委以处分，别加慰勉，令妙尽边算也。”

⑤胡越：胡地在北，越地在南，比喻疏远隔绝。▶《淮南子·俶真训》：“六合之内，一举而千万里。是故自其异者视之，肝胆胡越，自其同者视之，万物一圈也。”

⑥资身：资养自身；立身。▶《汉书·韩信传》：“寄食于漂母，无资身之策。”

⑦半刺：州郡长官下属的官吏，如长史、别驾、通判等。▶晋 庾亮《答郭预书》：“别驾旧与刺史别乘，同流宣王化于万里者，其任居刺史之半。”

⑧身丁：“身丁钱”的省称。即人口税。封建时代朝廷向成年男子征收的一种赋税。此制自汉始，历代相沿，称名各异，赋额不一。宋沿之，称身丁钱或丁钱。宋代男子年二十或二十一成丁，六十为老。人户每岁按丁输纳钱米或绢，总称身丁钱。在四川以外的南方各路征收，不分主户、客户，均须负担。其中多数为五代割据政权在两税之外所创立，税额各不相同。▶《宋史·孝宗纪三》：“辛未，知绍兴府张津进羡余四十万缗，诏以代民输和买、身丁之半。”

⑨预卜：事先断定。

康济：指安民济世。▶《北齐书·武帝纪》：“君有康济才，终不徒然。”

## 姜特立

姜特立(1125—?)，字邦杰，号南山老人，南宋丽水(今属浙江)人。以父绶靖康中殉难恩，补承信郎，累迁福建路兵马副都监。淳熙十一年(1184)，献诗百篇，召试中书，时年六十。除阁门舍人，充太子宫左右春坊兼皇孙平阳王侍读。光宗即位，除知阁门事。绍熙二年(1191)，以擅权并和右相留正不洽，夺职奉祠。未几，除浙东马步军都总管。庆元六年(1200)，再奉祠，并赐节。八十岁时尚存世。《宋史》卷四七〇入《佞幸传》。以能诗称，与陆游、杨万里、范成大等多有唱和。有《梅山集》，已佚，传世有《梅山续稿》，系淳熙十一年后诗，亦有脱漏(《永乐大典》残本中引《梅山续稿》诗，有多首不见今本)。

## 送丁大卿知庐州[①]

寄迹双溪喜盍簪，剖符庐子遽分襟。[②]伏波威着羌夷界，叔子恩怀江汉心。[③]万里烟尘入长筭，二边风月待清吟。[④]促归早晚飞丹诏，新雁回时有好音。[⑤]

注释：

①《送丁大卿知庐州》诗见 宋 姜特立《梅山续稿》卷十五，傅增湘家藏钞本。

大卿：宋代俗称中央各寺的正职长官为大卿。▶宋 赵与时《宾退录》卷三："世俗称列寺卿曰大卿，诸监曰大监，所以别于少卿监。"

②盍簪[hé zān]：指朋友。

剖符：犹剖竹。古代帝王分封诸侯、功臣时，以竹符为信证，剖分为二，君臣各执其一，后因以"剖符""剖竹"为分封、授官之称。▶《战国策·秦策三》："穰侯使者操王之重，决裂诸侯，剖符于天下，征敌伐国，莫敢不听。"

庐子：此处指庐州，是自西周所置古庐子国。

分襟：犹离别，分袂。▶唐 王勃《春夜桑泉别王少府序》："他乡握手，自伤关塞之春；异县分襟，竟切悽怆之路。"

③伏波：此处指东汉马援。马援原为陇右军阀隗嚣的属下，甚得隗嚣的信任。后归顺光武帝刘秀。天下统一后，马援仍不顾老迈之身，请缨东征西讨，西破羌人，南征交趾，官至伏波将军，因功封新息侯，被人尊称为"马伏波"。其老当益壮、马革裹尸的气概至今脍炙人口。

叔子：此处指西晋羊祜。羊祜，字叔子，博学能文，清廉正直，坐镇襄阳时，屯田兴学，以德怀柔，深得军民之心。羊祜死后，襄阳百姓在岘山建庙立碑纪念。此后每逢时节，周围的百姓都会祭拜他，睹碑生情，莫不流泪，名为堕泪碑。

④长筭：亦作"长算"，长远之计。▶《三国志·蜀志·张嶷传》："太傅离少主，履敌庭，恐非良计长算之术也。"

清吟：清美的吟哦；清雅地吟诵。▶唐 白居易《与梦得沽酒且约后期》："闲徵雅令穷经史，醉听清吟胜管弦。"

⑤丹诏：帝王用朱笔写的诏书。▶唐 韩翃《送王光辅归青州兼寄储侍御》："身著紫衣趋阙下，口衔丹诏出关东。"

## 章甫

章甫（约1125—1185），字端叔。字冠之，自号转庵、易足居士。南宋饶州鄱阳（今江西省鄱阳县）人，徙居真州（今江苏省仪征市）。早年曾应科举，后以诗游士大夫间，与韩元吉、陆游、张孝祥等多有唱和。有《易足居士自鸣集》。



## 濡須道中[①]

今年淮西旱，城市无米粜。所至萧条童仆饥，手持楮币无人要。[②]行不择日粮不赍，恨身不生太平时。还家从头语儿辈，山中寂寞犹可耐。

注释:

①《濡須道中》诗见 宋 章甫《自鸣集》卷二,民国豫章丛书本。

②楮币:指宋、金、元时发行的"会子""宝券"等纸币。因其多用楮皮纸制成,故名。后亦泛指一般的纸币。▶宋 周必大《二老堂杂志·辨楮币二字》:"古有三币,珠玉为上,金次之,钱为下。自秦汉专以钱为币。近岁用会子,盖四川交子法,特官券耳,不知何人目为楮币。"

## 十二月朔巢县道中[①]

瘦马从摇兀，行装更寂寥。[②]老来宁浪出，此去有佳招。岁暮风霜苦，山长馆舍遥。儿曹应念我，今日是生朝。[③]



注释:

①《十二月朔巢县道中》诗见 宋 章甫《自鸣集》卷四,民国豫章丛书本。

②摇兀:摇荡;飘荡。▶宋 范成大《昱岭》:"竹舆摇兀走婆娑,石滑泥融侧足过。"

③儿曹:犹儿辈。▶《史记·外戚世家褚少孙论》:"是非儿曹愚人所知也。"
生朝:生日。▶宋 辛弃疾《渔家傲》词序:"因其生朝,姑摭二事为词以寿之。"

## 白露行[①]

今岁淮南雨仍缺，官府祈求已踰月。城中又复闭南门，移市向北人纷纷。州前结坛聚巫觋，头冠神衣竞跳掷。[②]缚草为龙置坛侧，童子绕坛呼蜥蜴。箫鼓迎神来不来，旱风终日吹黄埃。宁知白露只数日，稻苗焦枯恐不及。

注释:

①《白露行》诗见 宋 章甫《自鸣集》卷四,民国豫章丛书本。

②巫觋:古代称女巫为巫,男巫为觋,合称"巫觋"。后亦泛指以装神弄鬼替人祈祷为职业的巫师。▶《荀子·正论》:"出户而巫觋有事。"

# 陈造

陈造(1133—1203),字唐卿,高邮(今江苏高邮)人。淳熙二年(1175)进士,调太平州繁昌尉。历平江府教授,知明州定海县,通判房州并权知州事。房州秩满,为浙西路安抚司参议,改淮南西路安抚司参议。自以转辗州县幕僚,无补于世,置江湖乃宜,遂自号江湖长翁。嘉泰三年(1203)卒,年七十一。有《江湖长翁文集》四十卷,由子师文刊刻行世,陆游为之序,已佚。明万历四十六年(1618)仁和李之藻获抄本,与秦观集同刊于高邮。事见本集卷首自序及元申屠駉《宋故淮南夫子陈公墓志铭》。

## 次姜尧章饯徐南卿韵二首[①]

姜郎未仕不求田，倚赖生涯九万笺。[②]稇载珠玑肯分我，北关当有合肥船。[③]

风调心期契钥同，谁教社燕辟秋鸿。[④]莫年孤陋仍漂泊，可得斯人慰眼中。[⑤]

注释:



①《次姜尧章饯徐南卿韵二首》诗见 宋 陈造《江湖长翁集》卷二十,明万历刻本。

姜尧章:姜夔(约1155—约1221)。宋饶州鄱阳人,字尧章,自号白石道人。因屡试不第,一生未仕。往来于鄂、赣、皖、苏、闽间,出入仕宦家,与诗人词客交游。工诗词,擅书法,精通音律,能自度曲。其词清虚骚雅,对后世影响较大。有《白石道人歌曲》《白石道人诗集》《诗说》《绛帖平》《续书谱》等。

②生涯:犹生计。▶唐 沈佺期《饯高唐州询》:“生涯在王事,客鬓各蹉跎。”

③稇载:以绳束财物,载置车上。亦指满载、重载。▶《国语·齐语》:“诸侯之使,垂橐而入,稇载而归。”韦昭 注:“垂,言空而来;言重而归也。”

珠玑:此处指珠宝,珠玉。▶《墨子·节葬下》:“诸侯死者,虚车府,然后金玉珠玑比乎身。”

④风调:此处指人的品格情调。▶《北齐书·崔瞻传》:“偃弟儦,学识有才思,风调甚高。”

社燕:燕子春社时来,秋社时去。故称“社燕”。▶唐 羊士谔《郡楼晴望》:“地远秦人望,天晴社燕飞。”

秋鸿:秋日的鸿雁。古诗文中常以象征离别。▶南朝 梁 沈约《愍衰草赋》:“秋鸿兮疏引,寒乌兮聚飞。”

⑤孤陋:见闻少,学识浅陋。▶晋 葛洪《抱朴子·博喻》:“是以六艺备则卑鄙化为君子,众誉集则孤陋邈乎贵游。”

斯人:此人。▶《论语·雍也》:“斯人也,而有斯疾也。”

眼中：犹言心目中。▶宋 苏轼《予以事系御史台狱遗子由》诗之二："眼中犀角真吾子，身后牛衣愧老妻。"

## 虞俦

虞俦，字寿老，南宋宁国（今安徽省宁国市）人。隆兴元年（1163）进士。初为广德、吴兴二郡教官，历绩溪令，知湖州、婺州。庆元二年（1196），为淮南东路转运副使。三年，转江南西路转运副使兼知平江府。四年，改知庐州。嘉泰元年（1201），除中书舍人。次年，迁兵部侍郎。生平崇敬唐白居易，家建尊白堂，有《尊白堂集》。

### 宿巢县地藏寺枕上偶成[1]

年来踪迹漫奔波，其奈功名有命何。[2]画虎向人无好手，饭牛怜我有悲歌。[3]丹心永夜灯前苦，白发明朝镜里多。却谢前村鸡唱好，呼儿起舞肯蹉跎。

注释：

①《宿巢县地藏寺枕上偶成》诗见 宋 虞俦《尊白堂集》卷二，清文渊阁四库全书本。

②其奈：亦作"其那"。怎奈；无奈。▶唐 刘禹锡《遥和韩睦州元相公二君子》："其奈无成空老去，每临明镜若为情？"

③饭牛：喂牛，饲养牛。比喻不慕爵禄，过劳动自适的生活之意。▶宋 刘克庄《沁园春·平章生日丁卯》词序："短衣饭牛而至旦，业已归耕；搢笏笼鸽以放生，未由旅贺。"

## 楼钥

楼钥（1137—1213），字大防，旧字启伯，自号攻愧主人。南宋明州鄞县（今浙江省宁波市）人。隆兴元年（1163）进士，调温州教授。乾道五年（1169），以书状官随舅汪大猷使金。累官知温州。光宗朝，召为考功郎，改国子司业，累迁中书舍人兼直学士院，给事中。宁宗受禅，迁吏部尚书，因忤韩侂胄，提举江州太平兴国宫。寻知婺州，移宁国府，仍夺职致仕。侂胄诛，起为翰林学士，累迁签书枢密院事、参知政事。嘉定六年卒，年七十七。赠少师，谥"宣献"。有《攻媿集》一百二十卷、《范文正公年谱》等。

### 送赵子固吏部帅合肥[1]

少年文价重神京，游宦还闻政有声。[2]南省但推韩吏部，北方犹问赵先生。[3]人传殿上三千牍，上喜胸中十万兵。[④]暂辍望郎分帅阃，淮南草木更知名。[⑤]

老韩同传我多惭，意气相倾自不凡。忧患饱更俱白发，班行独立见青山。[⑥]羡君真有虎头相，顾我方为马口衔。[⑦]同舍几何俄话别，可堪目力送风帆。[⑧]

襟带长淮地望崇，勋名当继古英雄。[⑨]吴人止解依濡坞，晋将才能过八公。[⑩]可但绥怀边境静，直须经略朔庭空。[⑪]折冲不必居遐徼，颇牧尤当在禁中。[⑫]

注释：

①《送赵子固吏部帅合肥》诗见宋楼钥《攻媿集》卷八，清武英殿聚珍版丛书本。

②文价：文章的声价。▶唐殷文圭《览陆龟蒙旧集》："先生文价沸三吴，白雪千编酒一壶。"

神京：帝都，首都。▶唐张大安《奉和别越王》："丽日开芳甸，佳气积神京。"

游宦：泛指外出求官或做官。▶《汉书·地理志下》："及司马相如游宦京师诸侯，以文辞显于世，乡党慕循其迹。"

有声：有声誉，著称。▶《诗·大雅·文王有声》："文王有声，遹骏有声。"

③南省：尚书省的别称。唐代中书、门下、尚书三省均在大内之南，而尚书省更在中书、门下二省之南，故称南省。

韩吏部：指唐朝韩愈。韩愈曾为吏部侍郎，故称。



④三千牍：《史记·滑稽列传》："东方朔初入长安，至公车上书，凡用三千奏牍。"后用以指向皇帝进呈的长篇奏疏。三千，极言其多。

胸中十万兵：即胸中甲兵，亦作"胸中百万兵"。▶宋杨万里《送广帅秩满之官丹阳》诗："北门卧护要耆英，小试胸中十万兵。"

⑤望郎：郎中的古称。▶唐元稹《赠韦审规父渐等制》："德积于身，庆储于后，嘉乃令子，为吾望郎。"

帅阃：镇抚一方的军事首长。▶宋苏轼《贺高阳王待制启》："伏审显奉恩纶，荣更帅阃。"

⑥饱更：充分经历。▶宋苏轼《张寺丞益斋》："又如学医人，识病由饱更。"

班行：朝班的行列，朝官的位次。▶宋黄庭坚《次韵宋楙宗僦居甘泉坊雪后书怀》："汉家太史宋公孙，漫逐班行谒帝阍。"

⑦虎头：谓头形似虎，古时以为贵相。▶《东观汉记·班超传》："相者曰：'生燕颔虎头，飞而食肉，此万里侯相也。'"

马口：骨相用语。指人的嘴像马的嘴，是帝王圣贤的特征之一。▶汉王充《论衡·骨相》："传言黄帝龙颜…… 周公背偻，皋陶马口。"

⑧同舍：指同僚。▶唐杜甫《潭州送韦员外迢牧韶州》诗："分符先令望，同舍有辉光。"

⑨襟带：原指衣襟和腰带。此处指谓山川屏障环绕，如襟似带，比喻险要的地理形势。▶汉张衡《东京赋》："苟民志之不谅，何云岩险与襟带。"

地望：指地理位置。

勋名：功名。▶《后汉书·张奂传》："及为将帅，果有勋名。"

⑩八公：西晋武帝时，以司马孚、郑冲、王祥、司马望、何曾、荀顗、石苞、陈骞八人为八公。见《晋书·职官志序》。

⑪可但：岂止。▶唐 严武《巴岭答杜二见忆》："可但步兵偏爱酒，也知光禄最能诗。"

绥怀：安抚关切。▶《三国志·魏志·杜袭传》："太祖还，拜袭驸马都尉，留督汉中军事。绥怀开导，百姓自乐出徙洛、邺者，八万余口。"

经略：经营治理。▶《左传·昭公七年》："天子经略，诸侯正封，古之制也。"杜预 注："经营天下，略有四海，故曰经略。"

朔庭：犹北庭，指北方异族政权。▶宋 张孝祥《水调歌头·凯歌上刘恭父》词："君王自神武，一举朔庭空。"

⑫折冲：使敌人的战车后撤，即制敌取胜，冲，冲车，战车的一种。▶《吕氏春秋·召类》："夫脩之于庙堂之上，而折冲乎千里之外者，其司城子罕之谓乎？"高诱 注："冲，车。所以冲突敌之军，能陷破之也……使欲攻己者折还其冲车于千里之外，不敢来也。"▶唐 李邕《斗鸭赋》："或离披以折冲，或奋振以前却。"

遐徼：边远之地。▶唐 元稹《酬乐天东南行诗》："迢递投遐徼，苍黄出奥区。"

颇牧：战国时赵国名将廉颇与李牧的并称。后以为名将的代称。▶《新唐书·毕諴传》："帝悦曰：'吾将择能帅者，孰谓颇牧在吾禁署，卿为朕行乎？'"

禁中：禁令所及范围之内。▶《墨子·号令》："有匿不言人所挟藏在禁中者断。"

## 赵蕃

赵蕃(1143—1229)，字昌父，号章泉，原籍郑州，南渡后侨居信州玉山(今属江西)。早岁从刘清之学，以祖父赵旸致仕恩补州文学，调浮梁尉、连江主簿，皆不赴。为太和主簿，调辰州司理参军，因与知州争狱罢。时清之知衡州，求为监安仁赡军酒库以卒业，至衡而清之罢，遂从之归。后奉祠家居三十三年。年五十犹问学于朱熹。绍定二年(1229)，以直秘阁致仕，同年卒，年八十七。谥"文节"。事见《漫塘文集》卷三二，《章泉赵先生墓表》，《宋史》卷四四五有传。

赵蕃诗宗黄庭坚，与韩淲(涧泉)有二泉先生之称。著作已佚，清四库馆臣据《永乐大典》辑为《乾道稿》二卷、《淳熙稿》二十卷、《章泉稿》五卷(其中诗四卷)。

### 将谒延庐州行至板桥忽病而止复还建康以五诗寄之①

驱车晓蹋板桥霜，头为岑岑势莫当。②颇念索衣为御具，可怜行李祇空囊。

数载炎州不惯寒，并江已怯瘦栾栾。③旧识淮南今更老，绝知于此亦良难。

欲前复却路成迷，冷日悲风为惨悽。以口语心千万种，可能一一见书题。[④]

袖诗已失天津面，路返新林病岂期。[⑤]一见可能难若此，定繇或使岂人为。

甑倒悬知解死饥，故殊道路永为嗤。我今恃有彭州牧，二柄宁当复误疑。[⑥]

注释：

①《将谒延庐州行至板桥忽病而止复还建康以五诗寄之》见 宋 赵蕃《淳熙稿》卷十七七言绝句，清武英殿聚珍版丛书本。

②岑岑：胀痛的样子。▶《汉书·外戚传上·孝宣许皇后》："我头岑岑也，药中得无有毒？"

③栾栾：身体瘦弱，羸弱。▶《诗·桧风·素冠》："庶见素冠兮，棘人栾栾兮。"

④以口语心：将心中所想以言语表达出来。

⑤天津：银河。▶《楚辞·离骚》："朝发轫于天津兮，夕余至乎西极。"

新林：开春后刚抽芽长叶的树林。▶唐 储光羲《寄孙山人》："新林二月孤舟还，水满清江花满山。"

⑥二柄：谓进退两途。▶唐 杜甫《早发》："贱子欲适从，疑误此二柄。"

宁当：难道；岂可。▶《东观汉记·和熹邓皇后传》："七岁读《论语》，志在书传，母常非之，曰：'当习女工，今不是务，宁当学博士邪！'"

## 姜夔

姜夔（约1155—约1221），字尧章，号白石道人。南宋饶州鄱阳（今江西省鄱阳县）人。一生未仕，往来鄂、赣、皖、浙间，与当时的词客诗人交游。卒于杭州。工诗词，擅书法，精通音律，能自度曲。其词清虚骚雅，对后世影响较大。有《白石道人歌曲》《白石道人诗集》《诗说》《绛帖平》《续书谱》等多种著作。



### 送范仲讷往合肥三首[①]

壮志只便鞍马上，客梦长到江淮间。谁能辛苦运河里，夜与商人争往还。

我家曾住赤阑桥，邻里相逢不寂寥。[②]君若到时秋已半，西风门巷柳萧萧。[③]

小帘灯火屡题诗，回首青山失后期。未老刘郎定重到，烦君说与故人知。[④]

注释：

①《送范仲讷往合肥三首》诗见 宋 姜夔《白石道人诗集》卷下，四部丛刊景清乾隆江都陆氏本。

②赤阑桥：在合肥南城，姜夔曾居此桥之西，桥栏为赤色。合肥部分文史研究者认为赤阑桥具体位置确定在今合肥市桐城路月潭庵北侧。2002年，合肥市政府在原师范附小门口处附近设立了“赤阑桥——合肥市重要历史文化遗迹纪念碑”。2006年，桐城路桥正式更名为赤阑桥。

③萧萧：此处指萧条、寂静、疏离的感觉。▶唐 皎然《往丹阳寻陆处士不遇》：“寒花寂寂遍荒阡，柳色萧萧愁暮蝉。”

④刘郎：刘义庆《幽明录》记东汉永平年间，刘晨、阮肇在天台桃源洞遇仙。泰康年间，二重到天台。后以去面复来的人称为前度刘郎。

## 浣溪沙·辛亥正月二十四日发合肥[①]

钗燕笼云晚不忺，拟将裙带系郎船，别离滋味又经年。[②]　杨柳夜寒犹自舞，鸳鸯风急不成眠，些儿闲事莫萦牵。[③]

注释：

①《浣溪沙·辛亥正月二十四日发合肥》词见 宋 姜夔《白石道人歌曲》卷二，四部丛刊景清乾隆江都陆氏本。辛亥为宋光宗绍熙二年(1191)。

②钗燕：钗上之燕状镶饰物。传说佩之吉祥。语本《太平御览》卷七一八引《洞冥记》：“元鼎元年，起招灵阁。有神女留一玉钗与帝，帝以赐赵婕妤。至昭帝元凤中，宫人犹见此钗，共谋欲碎之。明旦视之匣，唯见白燕直升天，故宫人作玉钗，因改名玉燕钗，言其吉祥。”

笼云：罩着如云的秀发。

忺[xiān]：如意、高兴。

③萦牵：旋绕牵挂。▶南朝 宋 鲍照《和王丞》：“明涧予沿越，飞萝子萦牵。”

## 鹧鸪天·元夕有所梦[①]

肥水东流无尽期，当初不合种相思。[②]梦中未比丹青现，暗里忽惊山鸟啼。[③]春未绿，鬓先丝。人间别久不成悲。谁教岁岁红莲夜，两处沉吟各自知。[④]

注释：

①《鹧鸪天·元夕有所梦》词见 宋 姜夔《白石道人歌曲》卷二，四部丛刊景清乾隆江都

陆氏本。元夕指宋宁宗庆元三年(1197)元宵之夜。

②肥水:淝水,即东淝河和南淝河的总称。源出今安徽省合肥市将军岭。东淝河,向西北流经寿县入淮河;南淝河,又名施水。向东南流经合肥市入巢湖。

不合:不应该。▶《后汉书·杜林传》:"臣愚以为宜如旧制,不合翻移。"

种相思:留下相思之情,谓当初不应该动情,动情后尤不该分别。

③暗里:犹暗中;背地里。▶前蜀 李珣《南乡子》词之十:"暗里回眸深属意,遗双翠,骑象背人先过水。"

④红莲夜:指元宵节,红莲指花灯。▶ 宋 周邦彦《解语花·上元》:"露浥红莲,灯市花相射。"

## 淡黄柳[1]

客居合肥南城赤阑桥之西，巷陌凄凉，与江左异，唯柳色夹道，依依可怜。因度此阕，以纾客怀。[2]

空城晓角，吹入垂杨陌。[3]马上单衣寒恻恻。看尽鹅黄嫩绿，都是江南旧相识。正岑寂，明朝又寒食。[4]强携酒、小桥宅。怕梨花落尽成秋色。燕燕飞来，问春何在？惟有池塘自碧。



注释:

①《淡黄柳》词见 宋 姜夔《白石道人歌曲》卷四,四部丛刊景清乾隆江都陆氏本。原词标题后有注"正平调近"。

②巷陌:街巷的通称。▶晋 葛洪《神仙传·蓟子训》:"尸作五香之芳气,达于巷陌。"

度:度曲、作词。《淡黄柳》是姜夔自度曲,音腔入仲卫羽,姜夔此作为正体,另有别体二种。

客怀:身处异乡的情怀。▶宋 张咏《雨夜》:"帘幕萧萧竹院深,客怀孤寂伴灯吟。无端一夜空阶雨,滴破思乡万里心。"

③晓角:报晓的号角声。▶唐 沈佺期《关山月》:"将军听晓角,战马欲南归。"

④岑寂:寂寞,孤独冷清。▶唐 唐彦谦《樊登见寄》诗之三:"良夜最岑寂,旅况何萧条。"

## 凄凉犯[1]

合肥巷陌皆种柳，秋风夕起骚骚然。予客居阖户，时闻马嘶，出城四顾，则荒烟野草，不胜凄黯，乃着此解。琴有凄凉调，假以为名。凡曲言犯者，谓以宫犯商，商犯宫之类，如道调宫上“字”住，双调宫亦“上”字住，所住字同，故道调曲中犯双调，或于双调曲中犯道调，其他准此。唐人乐书云："犯有正旁偏侧，宫犯宫为正，宫犯商为旁，宫犯角为偏，宫犯羽为侧。"此说非也，十二宫所住字各不同，不容相犯。十二宫特可犯商，角，羽耳。予归行都，以此曲示国工田正德，使以哑觱栗吹之，其韵极美。亦曰瑞鹤仙影。

绿杨巷陌秋风起，边城一片离索。[②]马嘶渐远，人归甚处，戍楼吹角。[③]情怀正恶，更衰草寒烟淡薄。似当时、将军部曲，迤逦度沙漠。[④]　追念西湖上，小舫携歌，晚花行乐。旧游在否？[⑤]相如今、翠凋红落。漫写羊裙，等新雁来时系着。[⑥]怕匆匆、不肯寄与误后约。[⑦]

注释：

①《凄凉犯》词见 宋 姜夔《白石道人歌曲》卷四，四部丛刊景清乾隆江都陆氏本。原词标题后有注"仙吕调犯商调"。

②离索：萧索。▶《北齐书·元孝友传》："设令人强志广娶，则家道离索，身事迍邅，内外亲知，共相嗤怪。

③戍楼：边防驻军的瞭望楼。▶南朝 梁元帝《登堤望水》："旅泊依村树，江槎拥戍楼。"

④部曲：此处指部下，部属。▶晋 袁宏《后汉纪·灵帝纪》："今将军既有元舅之尊，二府并领劲兵，部曲将吏皆英俊之士，乐尽死力，事在掌握，天赞之时也。"

迤逦：亦作"迤里"。亦作"迪逦"。此处指缓行貌。▶《古今小说·众名姬春风吊柳七》："柳七官人别了众名姬，携着琴剑书箱，扮作游学秀士，迤逦上路。"

⑤旧游：昔日交游的友人。▶宋 苏辙《送柳子玉》："旧游日零落，新辈谁与伍？"

⑥羊裙：羊欣所穿的裙。▶《南史·羊欣传》："欣长隶书。年十二时，王献之为吴兴太守，甚知爱之。欣尝夏月著新绢裙昼寝，献之见之，书裙数幅而去。"

⑦后约：日后的约会。▶宋 柳永《夜半乐》词："到此因念，绣阁轻抛，浪萍难驻。叹后约丁宁竟何据。"

## 满江红[①]

满江红旧调用仄韵，多不协律。如末句云"无心扑"三字，歌者将"心"字融入去声，方协音律。予欲以平韵为之，久不能成。因泛巢湖，闻远岸箫鼓声，问之舟师，云"居人为此湖神姥寿也。"予因祝曰："得一席风径至居巢，当以平韵满江红为迎送神曲。"言讫，风与笔俱驶，顷刻而成。末句云"闻佩环"，则协律矣。书于绿笺，沉于白浪，辛亥正月晦也。是年六月，复过祠下，因刻之柱间。有客来自居巢云："土人祠姥，辄能歌此词。"按曹操至濡须口，孙权遗操书曰："春水方生，公宜速去。"操曰："孙权不欺孤"，乃撤军还。濡须口与东关相近，江湖水之所出入。予意春水方生，必有司之者，故归其功于姥云。

仙姥来时，正一望、千顷翠澜。旌旗共乱云俱下，依约前山。[②]命驾群龙金作轭，相从诸娣玉为冠。[③]向夜深、风定悄无人，闻佩环。[④] 神奇处，君试看。奠淮右，阻江南。[⑤]遣六丁雷电，别守东关。[⑥]却笑英雄无好手，一篙春水走曹瞒。[⑦]又怎知、人在小红楼，帘影间。

注释：

①《满江红》词见 宋 姜夔《白石道人歌曲》卷三，四部丛刊景清乾隆江都陆氏本。

②依约：仿佛；隐约。▶唐 刘兼《登郡楼书怀》："天际寂寥无雁下，云端依约有僧行。"

③命驾：命人驾车马。谓立即动身。此处是驾驭神龙。▶《左传·哀公十一年》："退，命驾而行。"

诸娣：众妾。此处指诸神姬。▶《诗·大雅·韩奕》："诸娣从之，祁祁如云。"

④佩环：指玉质佩饰物。后多指妇女所佩的饰物。▶唐 柳宗元《小石潭记》："隔篁竹闻水声，如鸣佩环，心乐之。"

⑤奠淮右：镇守在淮南西路一带。

阻江南：屏蔽江南。

⑥六丁：道教认为六丁（丁卯、丁巳、丁未、丁酉、丁亥、丁丑）为阴神，为天帝所役使；道士则可用符箓召请，以供驱使。▶《后汉书·梁节王畅传》："从官卞忌自言能使六丁。"



⑦一篙春水走曹瞒：典出 三国 陈寿《三国志》："建安十八年（213）曹公出濡须，作油船，夜渡洲上。权以水军围取，得三千余人，其没溺者亦数千人。权数挑战，公坚守不出。……权为笺与曹公，说：'春水方生，公宜速去。'别纸言：'足下不死，孤不得安。'曹公语诸将曰：'孙权不欺孤。'"乃彻军还。"

## 曹彦约

曹彦约（1157—1228），字简甫，号昌谷。南宋南康军都昌（今属江西）人。淳熙八年（1181）进士，历建平尉、桂阳军录事参军、知乐平县，主管江西安抚司机宜文字。开禧三年（1207）知汉阳，嘉定元年（1208），提举荆湖北路常平茶盐，权知鄂州兼湖广总领，改提点刑狱，迁湖南转运判官。三年（1210），除知潭州兼荆湖南路安抚。五年（1212），以事罢。八年（1215），除利州路转运判官兼知利州。十年（1217），知隆兴府兼江南西路安抚。十五年（1222），除兵部侍郎兼同修国史、实录院同修撰。绍定元年（1228）十二月卒，年七十二，谥"文简"。有《舆地纲目》《昌谷类稿》《经幄管见》《昌谷集》。

## 薛侍郎移镇合肥被命入觐赋唐律诗二章[①]

经济蜚声数十年，只今韫椟固依然。[②]老于思虑惟忧国，好在功名更守边。人望鼎来须易地，春风早去便朝天。[③]汉家老将辉千古，只有留屯服罕幵。[④]

平生惟仰薛居州，病渴寻梅正所求。[⑤]风送有时参画鹢，幕开无路到青油。[⑥]百年万事常交臂，一代数人今白头。帷幄得贤如此好，貂蝉元不在兜鍪。[⑦]

注释：

①《薛侍郎移镇合肥被命入觐赋唐律诗二章》词见 宋 曹彦约《昌谷集》卷三七言律诗五言绝句七言绝句，清文渊阁四库全书本。

移镇：犹移藩。▶唐 张籍《送李仆射愬赴镇凤翔》："天子新收秦陇地，故教移镇古扶风。"

②韫椟：藏在柜子里。把东西放在柜子里藏起来。旧时比喻怀才隐退。典出《论语·子罕》："有美玉于斯，韫椟而藏诸，求善贾而沽诸？"

③鼎来：方来；正来。▶《汉书·匡衡传》："诸儒为之语曰：'无说《诗》，匡鼎来；匡说《诗》，解人颐。'"

④罕幵：地名。古罕幵县，在今甘肃省临夏市东北。

⑤病渴：患消渴症，消渴症即今糖尿病。 唐 杜甫《过南岳入洞庭湖》："病渴身何去，春生力更无。"

⑥画鹢：船的别称。▶《淮南子·本经训》："龙舟鹢首，浮吹以娱。" 高诱 注："鹢，大鸟也。画其像着船头，故曰鹢首。"

⑦貂蝉：古冠名"貂蝉冠"之省。冠上饰以貂尾和附蝉，初为侍中、常侍等贵近之臣的冠饰，后发展为高级官员的礼冠。亦泛指显贵的大臣。▶《汉书·刘向传》："今王氏一姓乘朱轮华毂者二十三人，青紫貂蝉，充盈幄内。"

兜鍪：古代战士戴的头盔。秦汉以前称胄，后叫兜鍪。后以比喻士兵。▶宋 辛弃疾《南乡子·登京口北固亭有怀》词："年少万兜鍪，坐断东南战未休。"

赵秉文(1159—1232)，字周臣，晚号闲闲老人。金磁州滏阳(今河北省邯郸市磁县)人。大定二十五年(1185)进士。调安塞主簿。历平定州刺史，为政宽简。累拜礼部尚书。哀宗即位，改翰林学士，同修国史。工诗书画。历仕五朝，自奉如寒士。性好学，自幼至老，未尝一日废书。有《资暇录》《滏水集》等。

## 庐州城下[①]

月晕晓围城，风高夜斫营。[②]角声寒水动，弓势断鸿惊。[③]利镞穿吴甲，长戈断楚缨。回看经战处，惨淡暮烟生。

注释：

①《庐州城下》诗见 金 赵秉文《滏水集》卷第六，四部丛刊景明钞本。

本诗又见 金 元好问《中州集》丙集第三，四部丛刊景元刊本。

②斫营：劫营；偷袭敌营。▶《晋书·艺术传·佛图澄》："勒（石勒）自葛陂还河北，过枋头，枋头人夜欲斫营，澄谓黑略曰：'须臾贼至，可令公知。'"

③弓势：弓的威力。▶金 赵秉文《庐州城下》："角势寒水动，弓势断鸿惊。"

鸿惊：鸿受惊而疾飞，形容疾奔。▶《文选·颜延之〈赭白马赋〉》："欻耸擢以鸿惊，时濩略而龙翥。"

# 韩淲



韩淲（1159—1224），字仲止，号涧泉，祖籍开封，南渡后隶籍上饶（今江西上饶）。韩元吉子。早年以父荫入仕，为平江府属官，后做过朝官。不久即归，家居二十年。淲清廉狷介，与同时知名诗人多有交游，并与赵蕃（章泉）并称"二泉"。著作历代书目未见著录。清四库馆臣据《永乐大典》辑有《涧泉集》二十卷、《涧泉日记》三卷。

## 寄文叔合肥令[①]

桓伊三弄笛，犹足战肥水。[②]谈笑麾秦兵，所向皆披靡。追击至青冈，坚亦中流矢。[③]不经事少年，其壮乃如是。[④]宜乎谢东山，喜甚折屐齿。[⑤]只今所城邑，历代几迁徙。[⑥]君怀霸王略，宰邑当念此。[⑦]南北虽坚明，风尘未遽起。[⑧]士岂无奇气，叱咤有摩垒。[⑨]一从辛巳年，海陵扰北鄙。[⑩]因循再结好，宁不有所俟。[⑪]又三十八载，恐渐忘昔耻。吁嗟靖康变，北客思故里。[⑫]君今临淮垣，访古欲何似。[⑬]长啸朔风寒，晋人亦人耳。[⑭]

注释：

①《寄文叔合肥令》诗见 宋 韩淲《涧泉集》卷三五言古诗，清文渊阁四库全书本。

②桓伊三弄：《晋书·桓伊传》：是时已贵显，素闻徽之名，便下车，踞胡床，为作三调，弄毕，便上车去。"据《神奇秘谱》载，琴曲《梅花三弄》即据此改编而成。后因以"桓伊三弄"指

《梅花三弄》曲。

③坚亦中流矢：指淝水之战时，前秦主苻坚在败退时身中流矢。流矢，乱飞的或无端飞来的箭。▶《礼记·檀弓上》："圉人浴马，有流矢在白肉。"

④经事：经典规定的常道。▶《史记·太史公自序》："为人臣者不可以不知《春秋》，守经事而不知其宜，遭变事而不知其权。"

如是：像这样。▶《礼记·哀公问》："君子言不过辞，动不过则，百姓不命而敬恭，如是则能敬其身。"

⑤"宜乎谢东山，喜甚折屐齿。"句：指淝水之战前，谢安将前线军队交侄儿谢玄管理，自己在后方与客下棋。待大破秦军捷报传来，谢安只淡淡地说："小儿辈大破贼。"却激动得连脚下木屐齿折断了都不知道。

⑥只今：如今；现在。▶唐 李白《苏台览古》："只今惟有西江月，曾照吴王宫里人。"

⑦霸王略：成就霸业或王业的谋略。▶唐 李白《经乱离后天恩流夜郎忆旧游书怀赠江夏韦太守良宰》诗："天地赌一掷，未能望战争。试涉霸王略，将期轩冕荣。"

⑧坚明：谓坚守。▶《史记·廉颇蔺相如列传》："秦自缪公以来二十余君，未尝有坚明约束者也。"

⑨奇气：不平凡的志气。▶清 张惠言《送张文在分发甘肃序》："文在以磊落才，抱负奇气，浮汩为吏十余年，更偃蹇摧困，始得一官。"

叱咤：怒喝。▶《史记·淮阴侯列传》："项王喑恶叱咤，千人皆废。"

摩垒：迫近敌垒，谓挑战。▶《左传·宣公十二年》："许伯曰：吾闻致师者，御靡旌，摩垒而还。"

⑩"一从辛巳年，海陵扰北鄙。"句：指南宋高宗绍兴三十一年（1161，农历辛巳年），金主完颜亮分兵四路，全面入侵南宋。金军"众六十万，号百万，毡帐相望，钲鼓之声不绝，远近大震。"

⑪结好：交结，亲近。▶《周礼·春官·典瑞》："琬圭以治德，以结好。"此处指隆兴二年（1164），南宋在金的军事胁迫下议和。主要内容为：金宋两国皇帝以叔侄相称；改"岁贡"称"岁币"，银、绢各减五万，为二十万两匹；宋割唐、邓（今河南邓州东）、海、泗四州外，再割商、秦二州与金。因和议至次年即乾道元年（1165）正式生效，故又称"乾道之盟"。这次和议之后宋金两国维持了四十多年的和平。

不有：无有，没有。▶《论语·雍也》："不有祝鮀之佞，而有宋朝之美，难乎免于今之世矣！"

⑫靖康变：指靖康之变，又称靖康之乱、靖康之耻、靖康之难、靖康之祸等，又因靖康元年为丙午年，此事件亦称为丙午之耻。宋靖康二年（1127）四月，金军攻破东京（今开封），俘宋徽宗、宋钦宗父子及大量赵氏皇族、后宫妃嫔与贵卿、朝臣等三千余人，押解北上，东京城中公私积蓄为之一空，北宋灭亡。

⑬访古：查考古训。▶南朝 梁 江淹《为萧骠骑让封第三表》："臣炤册访古，诵史稽昔。以为敷道之寄，管物成务；总录之重，匡绩毗风。"

何似：如何；怎样。▶《北史·崔伯谦传》："朝贵行过郡境，问人太守政何似？"

⑭长啸：撮口发出悠长清越的声音，古人常以此述志。▶三国 魏 曹植《美女篇》："顾盼遗光采，长啸气若兰。"

## 陈炳

陈炳，字德先，南宋义乌（今浙江省义乌市）人。乾道二年（1166）进士。才气卓荦，态度严冷，与人寡合。好古文，务为奇语。为"乌伤四君子"（喻良能、何恪、喻良弼、陈炳）之一。曾任太平县主簿，后弃官学道。著有《易解》五卷、《进卷》五卷、《岩堂杂稿》二十卷。

### 巢湖神母庙诗①

舟之来兮风高，荡汩潏兮帆招。②燎薰在堂兮洁涓牲牢，望神俨然兮敛衽，愿速济我兮不崇朝。③舟之去兮风微，波渺弥兮迅于，飞帆拂兮茫无涯。眼眩胆栗兮将安之，我有愿兮惟神焉依。秋深兮木落，葭苇萧骚兮清日薄。④神兮今焉在，吞吐月星兮独处廓。神甚仁兮宁以为祸，愚有弗虔兮幸贲过。天地一叶兮相继，神无波涛兮骇我。



注释：

①《巢湖神母庙诗》诗见 元 吴师道《敬乡录》卷十《巢湖神母庙碑》，清文渊阁四库全书本。

②荡汩：迅疾流动。▶唐 杜甫《三川观水涨二十韵》："浮生有荡汩，吾道正羁束。"

③崇朝：终朝。从天亮到早饭时。有时喻时间短暂，犹言一个早晨。亦指整天。崇，通"终"。▶《诗·鄘风·蝃蝀》："朝隮于西，崇朝而雨。"

④萧骚：萧条凄凉。▶唐 祖咏《晚泊金陵水亭》诗："江亭当废国，秋景倍萧骚。"

## 刘宰

刘宰（1167—1240），字平国，号漫塘病叟。南宋镇江金坛（今江苏省常州市金坛区）人。绍熙元年（1190）进士。调江宁尉，当地巫风甚盛，令保伍互相纠察，多使改业为农。授泰兴令，有能名。以父丧至京，极言韩侂胄轻挑兵端。授浙东仓司干官，寻告归。退居三十八年，在乡置义仓，创义役，赈济万余人，又定折麦钱额，毁淫祠八十四所。有《漫塘文集》。

## 代柬答合淝苏刑曹兼呈淮西帅同年赵宝谟[1]

青衫拟掾袭芳尘，短褐归来理约缗。[2]二纪期君绍先烈，一官投老袛参军。[3]宦情自与秋光薄，公论犹期岁晚伸。[4]见说宗工好风鉴，荐书何日到严宸。[5]

闻道中原百战余，遗民亿万企来苏。[6]浪言恢复真疏矣，绝意怀来亦可乎。[7]北望凄凉皆故土，南来睥睨几狂胡。[8]只今淝水山川改，寄语元戎盍远图。[9]

注释：

①《代柬答合淝苏刑曹兼呈淮西帅同年赵宝谟》诗见 宋 刘宰《漫塘文集》卷二，民国嘉业堂丛书本。原诗标题后有注："伸夫。"按，伸夫应为赵宝谟之字。

②芳尘：指名贤的踪迹。▶清 王夫之《姜斋诗话》卷二："梦得而后，唯天分高朗者，能步其芳尘。"

③投老：垂老；临老。▶《后汉书·循吏传·仇览》："母守寡养孤，苦身投老，奈何肆忿于一朝，欲致子以不义乎？"

④公论：公正或公众的评论。▶南朝 宋 刘义庆《世说新语·品藻》："庾又问：'何者居其右？'王曰：'自有人。'又问：'何者是？'王曰：'噫！其自有公论。'"

⑤宗工：犹宗匠，宗师。指文章学术上有重大成就，为众所推崇的人。▶宋 洪迈《容斋三笔·作文字要点检》："作文字不问工拙小大，要之不可不着意点检。若一失事体，虽遣词超卓，亦云未然。前辈宗工，亦有所不免。"

⑥来苏：谓因其来而于困苦中获得苏息。语本《书·仲虺之诰》："攸徂之民，室室相庆曰：'徯予后，后来其苏！'"

⑦怀来：思念未来。▶明 陈束《伏日檎溪上疏乞休》："感往情弥吝，怀来节易摧。"

⑧睥睨：窥视；侦伺。▶北齐 颜之推《颜氏家训·诫兵》："若承平之世，睥睨宫阃，幸灾乐祸，首为逆乱，诖误善良。"

⑨远图：深远的谋划。▶《左传·襄公二十八年》："荣成伯曰：'远图者，忠也。'"

## 戴复古

戴复古(1167—?)，字式之，南宋台州黄岩(今浙江省台州市黄岩区)人，常居南塘石屏山，故自号石屏、石屏樵隐。笃志古学。尝从林景思游，又登陆游之门，以诗鸣。好游历，晚年归隐乡居，一生不仕。明嘉靖《太平县志》卷六、万历《黄岩县志》卷六有传。著有《石屏集》。今存《石屏诗集》十卷、《石屏词》一卷。

## 庐州界上寄丰帅①

身健心先老，时危事愈乖。无成携短剑，有恨满长淮。②村酒时时醉，山肴日日斋。功名非我有，何处问生涯。③

注释：

①《庐州界上寄丰帅》诗见 宋 戴复古《石屏诗集》卷第四，四部丛刊续编景明弘治刻本。

②无成：作自谦之辞。指一事无成的人。▶五代 齐己《酬西川楚峦上人卷》："东西五千里，多谢寄无成。"

③功名：功业名声。▶《庄子·山木》："削迹损势，不为功名。"

## 庐州帅李仲诗春风亭会客有尘字韵诗和者甚多韵拘无好语①

玉关人老鬓丝新，千里长城在一身。②气使黄金结豪杰，手挥白羽静风尘。③山河四望亭中景，桃李一开天下春。乡日满城骑战马，而今四野尽耕民。



注释：

①《庐州帅李仲诗春风亭会客有尘字韵诗和者甚多韵拘无好语》诗见 宋 戴复古《石屏诗集》卷第六，四部丛刊续编景明弘治刻本。

②玉关人老：典出《后汉书·班超传》载：班超戍守西域，凡三十一年。年老思归，上和帝疏云："臣不敢望到酒泉郡，但愿生入玉门关。"后以"玉关人老"借指久戍思归之情。▶宋 张孝祥《与杨抑之书》："公守边，内则能固吾圉，外则使裔夷归心，羊、陆见称，徒以此耳。但 玉关人老，不容不亟召归，伏惟与时御宜，促装以俟。"

③"白羽"一作"白扇"。

魏了翁(1178—1237)，字华父，号鹤山，南宋邛州蒲江(今属四川)人。庆元五年(1199)进士，授签书剑南西川节度判官。嘉泰二年(1202)，召为国子正，次年改武学博士。开禧元年(1205)，召试学士院，以阻开边之议忤韩侂胄，改秘书省正字。次年出知嘉定府。史弥远当国，力辞召命。丁父忧，筑室白鹤山下，开门授徒。起知汉州、眉州。嘉定四年(1211)擢潼川路提点刑狱，历知遂宁、泸州、潼川府。十五年(1222)，召为兵部郎中，累迁秘书监、起居舍人。理宗宝庆元年(1225)，因言事以首倡异论、朋邪谤国黜靖州居住。绍定五年(1232)，起为潼川路安抚使、知泸州。端平元年(1234)，召权礼部尚书兼直学士院，以端明殿学士、同签书枢密院事督视江淮京湖军马。嘉熙元年(1237)卒，年六十，谥“文靖”。其子近思、近愚刊其遗稿，有《鹤山先生大全文集》一百九卷传世。



## 送宇文侍郎知庐州[①]

和戎八十年，尺箠不施寸。[②]彼方玄黄篚，此但青紫楦。[③]怀荣保妻子，是固人所贱。或者幸边功，横行请十万。[④]问学不素讲，利欲所薰焮。[⑤]红旗与黄纸，勇怯无定论。[⑥]淮浦唇大江，九重重分阃。[⑦]容台少常伯，忠孝在寝饭。[⑧]帝谓吾先正，尝遗蜡书恨。[⑨]汝今其闻孙，未报君父怨。[⑩]九旗下青冥，往为忠义劝。[⑪]再拜亟祗命，当仁不敢逊。[⑫]黄金络马头，茸纛立宪宪。[⑬]先声劘塞垣，虏师不足遁。[⑭]邻里会方山，疏余且有献。裴相昔守淮，董师征洄郾。兵端寔蔡启，深入非始愿。况今狃承平，士气方曼曼。[⑮]民力苦剜创，帅债未折券。[⑯]如弱者御盗，高墉守关楗。破羌赵营田，胜楚何缮堰。但当强精神，勿与角勇健。[⑰]功名不入眼，两斗待其困。却携令名归，太平待公建。[⑱]



注释：

①《送宇文侍郎知庐州》诗见 宋 魏了翁《鹤山全集》卷之一，四部丛刊景宋本。原诗标题“宇文侍郎”后有作者自注“绍节”二字。

宇文侍郎：即宇文绍节，字挺臣，成都广都人。为张栻外弟。祖虚中，签书枢密院事。父师瑗，显谟阁待制。父子皆以使北死，无子，孝宗愍之，命其族子绍节为之后，补官仕州县。九年，第进士。累迁宝谟阁待制、知庐州。

②和戎：指与少数民族或别国媾和修好。▶《左传·襄公四年》：“公曰：‘然则莫如和戎乎？’对曰：‘和戎有五利焉。’”

尺箠：喻少数兵力。▶宋 陈亮《酌古论·桑维翰》：“苟能顺其势，虽尺箠可以夷之，而况灵武之众乎！”

③青紫：本为古时公卿绶带之色，因借指高官显爵。▶《汉书·夏侯胜传》：“胜每讲授，常谓诸生曰：‘士病不明经术；经术苟明，其取青紫如俛拾地芥耳。’”

④边功：指守卫、开拓或治理边疆所立下的功勋。▶唐 陈子昂《题祀山烽树赠乔十二侍御》：“汉庭荣巧宦，云阁薄边功。”

⑤素讲：素常讲习。▶宋 苏轼《乞增修弓箭社条约状》之一：“然居安虑危，有国之常备，事不素讲，难以应猝。”

⑥黄纸：写在黄麻纸上的诏书。▶《晋书·石季龙载记上》：“先帝创临天下，黄纸再定。”

⑦分阃：指出任将帅或封疆大吏。▶南朝 梁 刘勰《文心雕龙·檄移》："故分阃推毂，奉辞伐罪，非唯致果为毅，亦且厉辞为武。"

⑧容台：礼署、礼部的别称。▶《史记·殷本纪》"表商容之闾。"郑玄 注："商家典乐之官，知礼容，所以礼署称容台。"

寝饭：睡觉和吃饭。▶唐 韩愈《赠别元十八协律》诗之一："瞢瞢莫訾省，默默但寝饭。"

⑨先正：前代的君长。▶《礼记·缁衣》引逸《诗》："昔吾有先正，其言明且清。"

蜡书：封在蜡丸中的文书。▶《新唐书·郭子仪传》："大历元年，华州节度使周智光谋叛，帝间道以蜡书赐子仪，令悉军讨之。"

⑩闻孙：指有声誉的子孙。▶唐 韩愈《衢州徐偃王庙碑》："王之闻孙，世世多有。"

⑪九旗：也称旂旗、旌旗，指周朝时期以不同徽号表示不同等级和用途的常、旂、旜(旃)、物、旗、旟、旐、旞、旌等九种旗帜。

⑫祇命：犹奉命。▶唐 韩愈《早赴街西行香赠卢李二中舍人》："天街东西异，祇命遂成游。"

⑬宪宪：盛明的样子。▶《礼记·中庸》："《诗》曰：'嘉乐君子，宪宪令德。'"今《诗·大雅·假乐》作"假乐君子，显显令德"。

⑭先声：谓使人震慑而先发的声威。▶唐 张九龄《敕北庭经略使盖嘉运书》："先声既振，后殿载扬。凶党闻之，卷甲而遁。"



⑮曼曼：形容距离远或时间长。▶《楚辞·离骚》："路曼曼其修远兮，吾将上下而求索。"

⑯折券：谓毁弃债券，不再索取。▶《汉书·高帝纪上》："(高帝)常从王媪、武负贳酒……岁竟，此两家常折券弃责。"

⑰勇健：勇敢强健。▶《三国志·魏志·轲比能传》："轲比能本小种鲜卑，以勇健，断法平端，不贪财物，众推以为大人。"

⑱令名：美好的声誉。▶《左传·襄公二十四年》："侨闻君子长国家者，非无贿之患，而无令名之难。"

## 唐多令·淮西总领蔡少卿生日[①]

人物盛干淳，东嘉最得人。[②]费江山、几许精神。我已后时犹遍识，君子子、又相亲。[③]　秋入塞垣新，风寒上醉痕。[④]万百般、倚靠苍旻。[⑤]只愿诸贤长寿健，容老我、看闲身。[⑥]

注释：

①《唐多令·淮西总领蔡少卿范生日》词见 宋 魏了翁《鹤山全集》卷之九十七，四部丛刊景宋本。原标题"少卿"后有作者自注："范"字。

总领:统领;统管。▶汉 杨恽《报孙会宗书》:“总领从官,与闻政事。”2.汉代光禄勋的别称。▶清 梁章钜《称谓录·光禄寺》:“案:两汉官制,自光禄、太中、中散、谏议等大夫及谒者、仆射、羽林郎、郎中、侍郎,五官、武贲、左右等中郎将,奉车、驸马二都尉,车、户、骑三将,并属光禄勋,故有总领之称。”

②东嘉:浙江省温州的别称。▶宋 陈叔方《颍川语小》卷上:“盖郡有同名,以方别之。温为永嘉郡,俚俗因西有嘉州,或称永嘉为东嘉。”

③后时:后来;以后。▶《晋书·羊祜传》:“天下不如意,恒十居七八,故有当断不断,天与不取,岂非更事者恨于后时哉!”

④塞垣:本指汉代为抵御鲜卑所设的边塞。后亦指长城;边关城墙。此处指庐州,南宋时先后为宋金、宋蒙对峙前线。

⑤苍旻:苍天。▶晋 陶潜《感士不遇赋》:“苍旻遐缅,人事无已。”

⑥闲身:古代指没有官职的身躯。▶唐 牟融《题道院壁》:“若使凡缘终可脱,也应从此度闲身。”

## 王遂

王遂(约1182—约1252),字去非,一字颖叔,号实斋,南宋金坛(今属江苏省常州市金坛区)人。北宋枢密副使王韶的玄孙。嘉泰二年(1202)进士。调富阳簿,知当涂、溧水、山阴县。理宗绍定三年(1230),知邵武军,改知安丰军。迁国子主簿,累迁右正言。端平三年(1236),除户部侍郎兼同修国史及实录院同修撰。出为四川制置使兼知成都府。历知庆元府、太平州、泉州、温州、隆兴府、平江府、宁国府、建宁府,后授权工部尚书。《宋史》卷四一五有传。史称“为文雅健,无世俗浮靡之气,足以名世”。著有《诸经讲义》六十卷、《奏议》二十卷、《实斋文集》数卷。

### 送浩翁赴梁县①

当年受气便神明,未必冰壶有此清。②自是胸中少凡近,犹须境外立功名。③谪居岁月能闻道,多病工夫近养生。④尚记漫塘曾有语,弟才无用不如兄。

注释:

①《送浩翁赴梁县》诗见 影印《诗渊》,页四三五〇,书目文献出版社1993年影印版。

②冰壶:盛冰的玉壶。常用以比喻品德清白廉洁。语本《文选·鲍照〈白头吟〉》:“直如朱丝绳,清如玉壶冰。”

③凡近:平庸浅薄。▶《晋书·王敦传》:“天下事大,尽理实难,导虽凡近,未有秽浊之累。”

④闻道：领会某种道理。▶《论语·里仁》："朝闻道，夕死可矣。"

## 谢赵庐州送淮白[①]

淮源千古贯中州，南北分来九十秋。[②]欲放此鳞归纵壑，要留佳瑞入王舟。

淮泗曾经禹决馀，斯民无复惧为鱼。[③]鱼枯却识江南岸，应有临渊羡不如。[④]

注释：

①《谢赵庐州送淮白》诗见 影印《诗渊》册二，页九七四，书目文献出版社1993年影印版。②中州：古豫州（今河南省 一带）地处九州之中，称为中州。▶汉 王充《论衡·对作》：" 建初孟年，中州 颇歉，颍川、汝南民流四散。"

"南北分来九十秋"句：指宋绍兴十一年(1141)，宋、金双方达成和约，其中约定"东以淮河中流为界，西以大散关（陕西宝鸡西南）为界，以南属宋，以北属金。"截至作者作此诗，已约九十年。

③为鱼：语出《左传·昭公元年》："微禹，吾其鱼乎。"言若无大禹治水，人们将淹没为鱼。后因用"为鱼"喻遭受灾殃。▶唐 杜甫《草堂》："一国实三公，万人欲为鱼。"

④临渊羡不如：典出《淮南子·说林训》："临河而羡鱼，不如归家织网。"。后衍生成语："临渊羡鱼"，原意是站在水边想得到鱼，不如回家去结网。比喻只有愿望而没有措施，对事情毫无好处。



## 赵葵

赵葵(1186—1266)，字南仲，号信庵，又号庸斋。南宋衡山（今属湖南省）人。早年随父抗金，与金军战于枣阳、邓州、蕲州等地，以功授承务郎、知枣阳军。历官庐州通判、将作监丞、知滁州等职。理宗绍定四年(1231)，擒斩叛将李全，升福州观察使、左骁卫上将军。其后授淮东制置使兼知扬州。端平元年(1234)，任京西、河北路制置使等职，出师北伐，收复三京，旋即大败于蒙古，降授淮东制置使。连知扬州、潭州、福州等地。淳祐九年(1249)，授光禄大夫、右相兼枢密使，赵葵坚辞相位。累迁至两淮宣抚使、少傅，以少师、武安节度使致仕，封冀国公。度宗咸淳二年(1266)病逝，年八十一。追赠太傅，谥"忠靖"。工诗善画，尤善画墨梅。著有《行营杂录》《信庵诗稿》等，并有《杜甫诗意图》(《竹溪消夏图》)传世。

## 李陵山葛将军墓以诗诔之[①]

忠贞报国抚生灵，铁马驰驱静寇尘。气吐长虹顽梗剪，笑谈细柳戍云屯。[②]劳来复见无私日，安集宜怀有脚春。[③]遗爱至今思不泯，功留百世正为神。

注释：

①《李陵山葛将军墓以诗诔之》诗见 清 李恩绶编《紫蓬山志》，白化文、张智主编《中国佛寺志丛刊》第010册，广陵书社2011年版。

葛将军墓：即葛升墓。葛升，字统立，南宋抗金将领。今安徽肥西县人。精韬略。因金人南侵，弃文就武，应庐州守将、淮西制置副使刘琦征召，据守东关。葛升85岁时病故，乡人谥为“显公”。葬肥西李陵山东岭，后人因称此岭为将军岭。

②顽梗：指愚妄而不顺服的人。▶ 明 刘基《浙东处州分府元帅石末公德政记》：“以智计销顽梗，以德惠抚疲瘵。”

细柳：指细柳营。即西汉名将周亚夫当年驻扎在细柳（今陕西省咸阳市西南）的部队。后遂称军营纪律严明者为细柳营。▶ 南朝 陈 徐陵《为始兴王让琅玡二郡太守表》：“自甘泉通水，细柳屯兵，旁带戎臣，颇同疆埸。”

③安集：安定辑睦。▶《史记·曹相国世家》：“天下初定，悼惠王富于春秋，参尽召长老诸生，问所以安集百姓。”



# 吴潜

吴潜（1195—1262），字毅夫，号履斋。南宋宣州宁国（今安徽省宁国市）人。嘉定十年（1217）进士第一。历官江东安抚留守、淮东总领、兵部尚书、浙东安抚使。淳祐中签书枢密院事兼权参知政事，又于淳祐十一年（1251）、开庆元年（1259）两度入相。元兵渡江攻鄂州、广西及湖南等地，以论丁大全等误国，被劾贬建昌军，屡徙循州，病卒。吴潜与姜夔、吴文英等多有交往，但词风却更近于辛弃疾。其词多抒发济时忧国的抱负与报国无门的悲愤。格调沉郁，感慨特深。著有《履斋遗集》，词集有《履斋诗余》。

## 焦湖夜月[①]

万顷茫茫一镜平，老蟾飞影出沧螟。[②]光照玉宇冰壶净，冷侵金波雪练明。[③]一笛秋横龟背隐，双瓶夜醉蜃楼清。[④]移帆更向鞋峰去，似有仙娥学弄笙。

注释：

①本诗一作《焦湖秋月》。见清 陆龙腾《(康熙)巢县志》卷十九，清康熙十二年(1673)刊本。"焦湖秋月"为古巢十景之一。

②飞影：移动的影子。▶明 沈周《经尚湖望虞山》："高云仰见出翠壁，飞影下接沧波流。"

③雪练：比喻明洁的水流。语本 南朝 齐 谢朓《晚登三山还望京邑》："余霞散成绮，澄江静如练。"

④一笛：喻轻微的风声。▶唐 赵嘏《华清宫和杜舍人》："月锁千门静，天吹一笛凉。"

严羽，字丹丘，一字仪卿，自号沧浪逋客，世称严沧浪。南宋邵武莒溪(今福建省邵武市莒溪)人。据其诗推知主要生活于宋理宗在位期间，至度宗即位时仍在世。一生未曾出仕，大半隐居在家乡，与同宗严仁、严参齐名，号"三严"；又与严肃、严参等八人，号"九严"。

论诗推重汉魏盛唐、号召学古，所著《沧浪诗话》名重于世，被誉为宋、元、明、清四朝诗话第一人。还著有诗集《沧浪吟卷》。



## 送吴仪甫之合淝谒杜帅①

丁年剑气欲凌云，况复才华迥不群。②投笔几回思出塞，赋诗此日去从军。沙场青草时差缓，淝水红旗捷屡闻。玉帐元戎桑梓旧，行看幕府策奇勋。③

注释：

①《送吴仪甫之合淝谒杜帅》诗见 宋 严羽《沧浪集》卷二，清文渊阁四库全书本。

②丁年：男子成丁之年。历代之制不一。汉以男子二十岁为丁，明清以十六岁为丁。亦泛指壮年。▶《文选·李陵〈答苏武书〉》："(足下)丁年奉使，皓首而归。"李善 注："丁年，谓丁壮之年也。"

况复：何况，况且。▶《陈书·江总传》："况复才未半古，尸素若兹。"

③行看：且看。▶唐 韩愈《郴州祈雨》："行看五马入，萧飒已随轩。"



## 王同祖

王同祖(1219—?)字与之，号花洲，南宋金华(今属浙江)人。早年侍父宦游。嘉熙二年(1238)入金陵制幕。淳祐间通判建康府,改添差沿江制置司机宜文字。嘉熙四年(1240),自选其少作七言绝句百首为《学诗初稿》,自跋称“慕圣门学诗之训,将以求益”,所作杂体数百未录。事迹见本集自跋、《景定建康志》卷二四、《宋诗纪事》卷六六。今存《汲古阁景钞南宋六十家小集》本、读画斋刻《南宋群贤小集》本。《全宋词》第四册录其词三首。《全宋诗》卷三一七八录其诗一卷。文收入《全宋文》卷七九三三。

## 冬日金陵制幕书事①

官军闻说定庐州，破虏功成一滴油。②智勇功名付元凯，王三锡命到康侯。③

注释:

①《冬日金陵制幕书事》诗见 清 厉鹗《宋诗纪事》卷六十六,清文渊阁四库全书本。

②原诗“官军闻说定庐州,破虏功成一滴油。”句后有作者自注:“一滴油,弩名。”

③原诗“智勇功名付元凯,王三锡命到康侯。”句后有作者自注:“此诗为合肥作。虏以重兵二十万围城者四十余日,制帅杜公于援兵未至前,不动声色而破之,父子俱奏隽功,受上赏。”

元凯:“八元八凯”的省称。亦作“元恺”。传说高辛氏有才子八人,称为八元;高阳氏有才子八人,称为八恺。此十六人之后裔,世济其美,不陨其名。后以此泛指贤臣、才士。▶晋 葛洪《抱朴子·博喻》:“是以同否则元凯与斗筲无殊,并任则騄骐与驽骀不异。”

锡命:天子有所赐予的诏命。▶《易·师》:“王三锡命。”孔颖达 疏:“三锡命者,以其有功,故王三加锡命。”

康侯:指周武王之弟姬封,初封于康,故称。▶《易·晋》:“康侯用锡马蕃庶,昼日三接。”

## 文天祥

文天祥(1236—1283)字履善,又字宋瑞,号文山。南宋吉州庐陵(今浙江省台州市黄岩区)人。宝祐四年(1256)进士第一。开庆初元兵攻宋,宦官董宋臣主迁都,天祥上书请斩宋臣,进御敌之计,未被采纳。任军器监兼权直学士院,草制语讥贾似道,遭劾罢。咸淳九年(1273)起任湖南提刑,改知赣州。德祐初元军东下,破家财为军费,率义兵万人入卫临安。次年任右丞相兼枢密使,出使元军议和,被拘至镇江,后脱逃回朝。端宗即位,复拜右相兼枢密使,因与左相陈宜中议论不合,率兵在福建、广东坚持抗元,收复州县多处。祥兴元年(1278)被俘于五坡岭,次年拒元将张弘范诱降,书《过零丁洋》诗以明心志。后被囚于元大都三年,屡拒威逼利诱,视死如归。临刑作《正气歌》。谥“忠烈”。事见《宋史》卷四一八有传。

文天祥著作在遭难后多散佚，元元贞、大德间其乡人辑编为《文山集》(前集三十二卷，后集七卷)。明初又重加编次为诗文十七卷，嘉靖三十一年(1552)鄢懋卿又作刻本《文山先生全集》，另有《指南录》《指南后录》《集杜诗》等传世。

## 议纠合两淮复兴[①]

清边堂上老将军，南望天家雨湿巾。为道两淮兵定出，相公同作歃盟人。[②]

扬州兵了约庐州，某向瓜洲某鹭洲。[③]直下南徐侯自管，皇亲刺史统千舟。[④]

南八空归唐垒陷，包胥一出楚疆还。[⑤]而今庙社存亡决，只看元戎进退间。[⑥]

注释：

①《议纠合两淮复兴》诗见 宋 文天祥《文山集》卷之十三别集，四部丛刊景明本。

②两淮：此处指淮南东道和淮南西道。北宋崇宁后分原淮南路为东、西二路，简称淮东、淮西，后合称其地为“两淮”。▶《宋史·地理志一》：“高宗苍黄渡江，驻跸吴会，中原、陕右尽入于金，东画长淮，西割商秦之半，以散关为界。其所存者两浙、两淮……广西十五路而已。”



歃盟：歃血为盟。▶《战国策·魏策三》：“今赵不救魏，魏歃盟于秦，是赵与强秦为界也。”

③瓜洲：即瓜州，又称瓜埠洲。位于江苏省邗江县南部、大运河分支入长江处。与镇江市隔 江斜对，向为长江南北水运交通要冲。

④南徐：古代州名。东晋侨置徐州于京口城，南朝宋改称南徐，即今江苏省镇江市。历齐、梁、陈，至隋开皇年间废。

⑤南八：即唐朝南霁云，因行八，故称。安史之乱时，睢阳城被叛军攻破。不屈，与张巡同时遇害。▶唐 韩愈《张中丞传后序》：“城陷，贼以刃胁降巡(张巡)，巡不屈，即牵去，将斩之。又降霁云，云未应，巡呼云曰：‘南八，男儿死耳，不可为不义屈。’云笑曰：‘欲将以有为也。公有言，云敢不死？’即不屈。”

包胥：即申包胥，春秋时楚国大夫。楚昭王十年(前506)，吴国用伍子胥计攻破楚国，他到秦国求救，在秦庭痛哭七日夜，终于使秦国发兵救楚。▶《三国志·魏志·臧洪传》：“若子之言，则包胥宜致命于伍员，不当哭于秦庭矣。”

⑥庙社：原意指宗庙和社稷，此处代指喻国家。▶《魏书·城阳王鸾传》：“古者，军行必载庙社之主，所以示其威惠各有攸归。”

元戎：此处指主将，统帅。▶南朝 陈 徐陵《移齐王》：“我之元戎上将，协力同心，承禀朝谟，致行明罚。”

## 集杜诗·阳罗堡第八[①]

夏贵自阳罗堡之败，顺流而下，沿江南岸纵兵放火，归庐州解甲。当是时，其心已无国矣。似道建督至江上，夏贵不得已出见。斩以衅鼓，东南再造之机也。失此不图，社稷为墟。哀哉。

日色隐孤戍，[②]大江声怒号。[③]朝廷任猛将，[④]宿昔恨滔滔。[⑤]

注释：

①《集杜诗·阳罗堡第八》诗见 宋 文天祥《文山集》文山先生全集卷之十六别集，四部丛刊景明本。

②原诗"日色隐孤戍"句下有作者自注："发秦州。"

③原诗"大江声怒号"句下有作者自注："大雨。"

④原诗"朝廷任猛将"句下有作者自注："又上后园。"

⑤原诗"宿昔恨滔滔"句下有作者自注："送王砅使南海。""使"字原作"便"，据杜甫《杜少陵集》改。



## 集杜诗·淮西帅第二十五[①]

夏贵既失长江，惟恐督府有成，无所逃罪。又恐孙虎臣，以后进为将有功，总统出己上，日夜幸其败覆。督府既溃，归庐州，竟不出。朝廷屡诏勤王，罔闻。知国亡，乃以淮西全境献北，为己功焉。于是贵年八十余矣。老而不死是为贼，其贵之谓欤。

借问大将谁，[②]战骨当速朽。[③]逆节同所归，[④]水花笑白首。[⑤]

注释：

①《集杜诗·淮西帅第二十五》诗见 宋 文天祥《文山集》文山先生全集卷之十六别集，四部丛刊景明本。

②原诗"借问大将谁"句下有作者自注："后出塞。"

③原诗"战骨当速朽"句下有作者自注："前出塞。"

④原诗"逆节同所归"句下有作者自注："咏怀。"

⑤原诗"水花笑白首"句下有作者自注："送王砅使南海。""使"字原作"便"，据杜甫《杜少陵集》改。

## 黎廷瑞

黎廷瑞(1250—1308),字祥仲,南宋鄱阳(今江西省鄱阳县)人。咸淳七年(1271)赐同进士出身,时年二十二。授肇庆府司法参军,需次未上。宋亡,幽居山中十年,与吴存、徐瑞等唱和。元至元二十三年(1286),摄本郡教事,凡五年。退后不出,更号俟庵。至大元年(1308)卒。有《芳洲集》三卷,收录入《鄱阳五家集》中。

### 巢湖阻风夜起观天[①]

流行坎止信悠然,又泊湖东两日船。[②]客里风光忙似毂,梦中归路直如弦。西风渺渺方摇夜,北斗离离正挂天。寄语龙鱼莫相戏,向来此地亦桑田。[③]

注释:

①《巢湖阻风夜起观天》诗见 清 史简 编《鄱阳五家集》,丛书集成续编(新文丰)本第113册第675页。

②流行坎止:语本《汉书·贾谊传》:"乘流则逝,得坎则止;纵躯委命,不私与己。"谓顺流而行,遇险而止。比喻行止进退视境况而定。▶宋 苏轼《答程天侔书》之一:"尚有此身,付与造物者,听其运转,流行坎止,无不可者。"

③寄语:传话,转告。

龙鱼:即龙鲤。一说指鲵鱼,人鱼。

## 江润身

江润身(1217—1269),字明德(一作从德、崇德),号事天。南宋婺源(今江西省婺源县)人。咸淳元年(1265)进士,授庐州梁县尉兼合肥县主簿。在任"清廉刚决,谳狱尤矜恕,多所平反。"明朝程敏政《新安文献志》辑有江文《论梁武帝》《良平不与十八侯位次议》。

### 过葛将军升墓钦其英风吊之以诗[①]

忠君立志坚,静镇拥兵权。[②]妙略称诸葛,神机仿谢玄。[③]安邦驱虎豹,殄寇试龙泉。[④]功绩留千古,英名信史编。

注释：

①《过葛将军升墓钦其英风吊之以诗》诗见 清 李恩绶编《紫蓬山志》，白化文、张智主编《中国佛寺志丛刊》第010册，广陵书社2011年版。

葛将军墓：即葛升墓。葛升，字统立，南宋抗金将领。今安徽肥西县人。精韬略。因金人南侵，弃文就武，应庐州守将、淮西制置副使刘琦征召，据守东关。葛升85岁时病故，乡人谥为“显公”。葬肥西李陵山东岭，后人因称此岭为将军岭。

②静镇：犹镇静。安静镇定。▶明 冯梦龙《智囊补·上智·向敏中王旦》：“当有事之日，须得如此静镇。”

③妙略：高明出奇的方略、谋划。▶晋 孙楚《为石仲容与孙皓书》：“长辔远御，妙略潜授。”

④龙泉：此处指宝剑。即龙渊剑。唐人避高祖讳，改称龙渊曰龙泉。后泛指剑。▶唐 李白《在水军宴赠幕府诸侍御》：“宁知草间人，腰下有龙泉。”

## 黄绍躅

黄绍躅，宋时人，生卒年、籍贯与生平事迹均不详。

### 巢湖燕子鱼[①]

桃花浪里若翻飞，紫燕生雏尔正肥。腻过青郎脂似玉，年年虚待季鹰归。[②]

注释：

①《巢湖燕子鱼》诗见 巢湖志编纂委员会：《巢湖志·艺文》，黄山书社1989年版，第138—139页。

②季鹰：晋吴郡名士张翰，号季鹰。张翰在洛阳做官，见秋风起，乃思吴中菰菜、莼羹、鲈鱼脍，遂命驾而归。见《晋书·张翰传》。

## 释用逊

释用逊，宋时僧人，生卒年、籍贯与生平事迹均不详。

### 题浮槎山[①]

山为浮来海莫沈，萧梁曾此布黄金。[②]梵僧亲指耆阇路，帝女归传达摩心。[③]地控好峰排万仞，涧馀流水落千寻。[④]灵踪断处人何在，日夕云霞望转深。[⑤]

注释：

①浮槎山：又名浮阇山、浮巢山，在今肥东县石塘镇，与巢湖市接界。传山从海上浮来，有梵僧过而指曰：此耆阇一峰也。梁天监间，帝女总持大师于此建道林寺。

②萧梁：即南朝的梁朝。因梁朝皇室姓萧，故史称萧梁 。▶明 道衍《京口览古》："萧梁事业今何在？北固青青客倦看。"

③耆阇：为耆阇崛之略。意译鹫头、鹫峰、灵鹫等，即灵鹫山。位于古代中印度、摩诃陀国首都王舍城东北方的一座山。因山顶似鹫头，故有此名。据称是释迦牟尼开说《法华经》等经文的说法之处。

帝女：总持大师。总持为梵语陀罗尼意译，谓持善不失，持恶不生，无有漏遗。相传为梁武帝第五女。

达摩：菩提达摩的简称。中国佛教禅宗创始人。相传为西天（印度）禅宗二十八祖和东土（中国）禅宗初祖。

④千寻：古以八尺为一寻。"千寻"，形容极高或极长。▶ 晋 左思《吴都赋》："擢本千寻，垂荫万亩。"

⑤灵踪：借指僧道足迹所履之处。▶唐 陆龟蒙《寄茅山何威仪》诗之一："大小三峰次九华，灵踪今尽属何家。"

## 吴资

吴资，宋代人，生卒年、籍贯与生平事迹均不详。《舆地纪胜》卷四五《淮南西路·庐州》与《光绪·续修庐州府志》卷六、卷一一收其《合肥怀古》诗三则，《全唐诗外编》及《全唐诗续拾》亦收录。

### 合肥怀古三首①

合肥一都会，世号征战地。②我来值明时，不识兵革事。③

曹公教弩台，今为比丘寺。④东门小河桥，曾飞吴主骑。⑤

幼度提晋师，胡卒惊鹤唳。⑥城外军屯垒，可数不可计。⑦至今风雨夜，鬼哭杂异类。⑧

注释：

①《合肥怀古三首》诗见 宋 王象之纂《舆地纪胜》卷四五《淮南西路·庐州》，清影宋抄本。

②都会：大城市。▶《史记·货殖列传》："然邯郸亦漳河之闲一都会也。"

③明时：指政治清明的时代。古时常用以称颂本朝。▶《隶续·汉沛相范皮阙》："嗟痛明时，仲治先年。"

④比丘：亦作"比邱"。佛教语。梵语的译音。意译"乞士"，以上从诸佛乞法，下就俗人乞食得名，为佛教出家"五众"之一。指已受具足戒的男性，俗称和尚。比丘寺指明教寺。

⑤东门小河桥：指飞骑桥。

⑥幼度：即谢玄。谢玄(343—388)，字幼度，东晋陈郡阳夏(今河南省太康县)人。名将、军事家。豫州刺史谢奕之子、太傅谢安的侄子。谢玄出身陈郡谢氏。有经国才略，善于治军，起家大司马桓温部将。太元二年(377)，为抵御前秦袭扰，担任建武将军、兖州刺史、广陵相，都督江北诸军事。招募北来民众中的骁勇之士，组建"北府兵"。四年(379)，率兵击败前秦进攻，进号冠军将军、徐州刺史。淝水之战中，出任前锋都督，先遣部将刘牢之率部夜袭洛涧，首战告捷。抓住战机，计诱前秦军后撤，乘势猛攻，取得以少胜多的巨大战果。九年(384)，乘胜开拓中原，先后收复河南、山东、陕西南部等地区，因病改任左将军、会稽内史。太元十三年(388年)病逝，时年四十六岁，追赠车骑将军、开府仪同三司，谥"献武"。

⑦屯垒：营垒。▶《新唐书·裴寂传》："寂无它才，惟飞檄郡县，促入屯垒相保赘，焚积聚，人益惴骇思乱。"

⑧异类：指禽兽神鬼之类。▶《列子·黄帝》："梁鸯者，能养野禽兽，委食于园庭之内……异类杂居，不相搏噬也。"

# 元

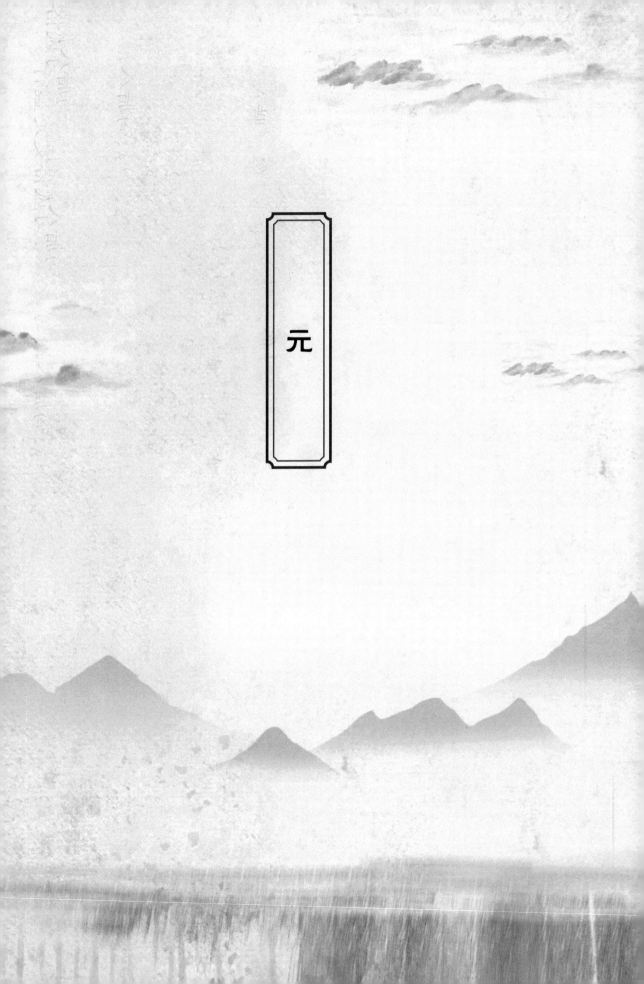

杨奂(1186—1255),又名知章,字焕然,金末元初乾州奉天人。早丧母,哀毁如成人。金末,尝作万言策,指陈时病;欲上不果。元初,隐居为教授,学者称为紫阳先生。耶律楚材荐为河南廉访使,约束一以简易。在官十年请老。年七十卒,谥"文宪"。有《还山前集》八十一卷、《还山后集》二十卷(《元史·杨奂传》作《还山集》六十卷,元好问作杨奂神道碑则称一百二十卷),《近鉴》三十卷、《韩子》十卷,《槩言》二十五篇,《砚纂》八卷,《北见记》三卷,《正统纪》六十卷等著,传于世。

## 陶九嫂[①]

勿轻钗与笄，勿贱裙与襦。柘皋一女子，健胜百丈夫。家住庐州东，库藏饶金珠。[②]天阴夜抹漆，暴客萌觊觎。[③]胠箧不足较，父兄罹刳屠。[④]女年十五六，以色竟见驱。[⑤]捕捉星火急，亡命洞庭湖。既为陶家妇，九嫂从渠呼。寝息风浪中，四邻唯菰蒲。[⑥]琴瑟未免合，积久产二雏。春秋祭享绝，对面佯悲吁。向来郎鬓黑，漂泊生白须。身后乏寸土，奈我子母孤。干戈又换世，幸在昔廛区。[⑦]何当决归□，卒岁容相娱。[⑧]闻语略不疑，意谓痴且愚。锐然□轻舟，携抱登长涂。[⑨]青毡复旧物，水陆多膏腴。[⑩]女儿拜夫前，灵贶焉可诬。[⑪]儿初有祕祝，欲答神□扶。[⑫]给郎俟西祠，径往公府趋。画地诉首尾，曾不□锱铢。[⑬]官长怒咆哮，俄顷就执俘。[⑭]械杻满虮虱，□□临街衢。使女坐其旁，笑颊如施朱。[⑮]自推二□□，□请加锧鈇。[⑯]官曰产尔腹，颇亦怜呱呱。女□□□种，不可谓不辜。[⑰]环观交感泣，猛烈今古无。□事鬼神畏，失机或斯须。甘露若训注，反遭□□图。政类窦桂孃，儿同心实殊。桂娘建中时，人见杜牧言。[⑱]隐忍寂寞滨，岂甘盗贼污。白玉投青泥，至宝终莫渝。此仇若不雪，何以见乌乌。一息传万口，南北通燕吴。夫愿女为妇，妇愿女为姑。绿林肝胆寒，低头羞穿窬。[⑲]佳人固不幸，能还谁尔拘。何事原巨先，遂使轻侠徒。[⑳]

注释：

①《陶九嫂》诗见 元 杨奂《还山遗稿》补遗,民国适园丛书本。原诗多残。标题下注:"述蕲春刘益甫所言,以为强暴不道者之戒。"

②库藏:库房里储藏。▶《列子·杨朱》:"行年六十,气干将衰,弃其家事,都散其库藏珍宝车服妾媵,一年之中尽焉。"

③暴客:强盗;盗贼。▶《易·系辞下》:"重门击柝,以待暴客。"

④胠箧:原谓撬开箱子。后亦泛指盗窃。▶《庄子·胠箧》:"将为胠箧、探囊、发匮之

盗,而为守备,则必摄缄滕,固扃鐍,此世俗之所谓知也。"陆德明 释文引 司马彪 曰:"从旁开为胠,一云发也。"

刳屠:即屠刳,意为屠杀。▶明 归有光《赠张别驾序》:"且日钩取疑似之人,以为贼谍而屠刳之。"

⑤驱:本意为驱赶,驱除。此处指逼迫。▶唐 柳宗元《贞符》:"饥渴牝牡之欲驱其内,于是乃知噬禽兽,咀果谷,合偶而居。"

⑥寝息:睡卧休息。▶晋 潘岳《悼亡诗》:"寝息何时忘,沉忧日盈积。"

⑦廛区:即区廛,市区,市廛。▶元 无名氏《黄孝子传奇》:"还过重重郡落,又行来攘攘区廛。"

⑧何当:犹合当,应当。▶唐 杜甫《画鹰》:"绦镟光堪擿,轩楹势可呼。何当击凡鸟,毛血洒平芜。"

⑨长涂:长途。▶汉 王延寿《鲁灵光殿赋》:"长涂升降,轩槛曼延。"

⑩青毡:指青毡故物。▶《太平御览》卷七〇八引 晋 裴启《语林》:"王子敬在斋中卧,偷人取物,一室之内略尽。子敬卧而不动,偷遂登榻,欲有所觅。子敬因呼曰:'石染青毡是我家旧物,可特置否?'於是群偷置物惊走。"按,《晋书·王献之传》也载此事。后遂以"青毡故物"泛指仕宦人家的传世之物或旧业。

水陆:结合上下文,此处应是水陆道场的简称。▶宋 无名氏《异闻总录》卷一:"绍兴十六年,通判任良臣伯显丧子,入寺设水陆。"



⑪灵贶:神灵赐福。▶《文选·范晔〈后汉书·光武纪赞〉》:"世祖诞命,灵贶自甄。"李周翰 注:"言光武大受宝命,神灵赐福祚而自成也。"

⑫祕祝:即秘祝,秦代司祈祝之官。汉初因之,至文帝时始废。▶《史记·封禅书》:"祝官有祕祝,即有灾祥,辄祝祠移过于下。"

⑬画地:指以手或物在地上画形或写字。

⑭俄顷:片刻;一会儿。▶晋 郭璞《江赋》:"倏忽数百,千里俄顷,飞廉无以睎其踪,渠黄不能企其景。"

⑮施朱:涂脂抹粉。▶清 戴名世《洪崑霞制义序》:"乃一旦见有悦之者,则亦遂施朱涂粉,居然自以为国色。此窈窕贞静之女所疾趋而避者也。"

⑯锧鈇,音[zhì fū]:也作"鈇质"。古代腰斩时所用刑具。鈇,如今铡刀;锧,腰斩时所用铡刀座。此处指施以死刑。

⑰不辜:无罪。▶《墨子·非攻上》:"至杀不辜人也,扡其衣裘、取戈剑者,其不义又甚入人栏厩,取人马牛。"

⑱"桂娘建中时,人见杜牧言。"句:桂娘,指窦桂娘,唐德宗建中年间人,其父为汴州小官。淮西节度使李希烈叛乱攻破汴州,因见桂娘貌美有才,遂掳去。窦桂娘屈身侍贼,后与李希烈部将陈光奇里应外合,设计毒杀李希烈,并诛其妻儿等。李希烈多年割据,一朝覆灭。后陈光奇、窦桂娘为李希烈旧部杀害。时人叹息,视为烈女,后杜牧听闻此事,作下名篇《窦烈女传》。

⑲穿窬：也作“穿踰”。挖墙洞和爬墙头，指偷窃行为。▶《论语·阳货》：“色厉而内荏，譬诸小人，其犹穿窬之盗也欤！”何晏 集解：“穿，穿壁；窬，窬墙。”

⑳原诗“何事原巨先，遂使轻侠徒。”句下有注：“见前汉原陟传”。原陟，即原涉（？—24），颍川阳翟（今河南省禹州市）人，王莽新朝时期著名游侠。受到大司徒史丹的推荐，任谷口县令。后因得罪更始帝刘玄部下西屏将军申屠建被杀。详见《汉书·卷九十二·游侠传第六十二》。

## 方回

方回（1227—1307），字万里，一字渊甫，号虚谷，别号紫阳山人，宋元间徽州歙县（今安徽省歙县）人。幼孤，从叔父学。宋理宗景定三年（1262）进士。初媚贾似道，似道败，又上十可斩之疏。后官知严州，以城降元，为建德路总管。寻罢归，遂肆意于诗。其诗初学张耒，晚慕陈师道、黄庭坚，鄙弃晚唐，自比陆游，有《桐江集》《桐江续集》《续古今考》，又选唐宋以来律诗，为《瀛奎律髓》。

### 送吕才甫之官合肥[①]

妙年半五十，分刺合肥城。[②]楚俗虽尊武，淮乡已息兵。[③]草霜校秋猎，花雨课春耕。退食应多暇，书灯夜夜明。

注释：

①《送吕才甫之官合肥》诗见 元 方回《桐江续集》卷七，清文渊阁四库全书本。原诗标题后有作者自注“元恺”。

之官：上任；前往任所。▶汉 荀悦《汉纪·成帝纪》：“秋七月，有星孛于东井，时谷永为北地太守，方之官。”

②妙年：少壮之年。▶《三国志·魏志·陈思王植传》：“终军以妙年使越。”

刺：检核问事的意思，即监察之职。

③淮乡：指淮河流域。▶明 高启《贺新郎·喜徐卿远访》：“淮乡楚泽知游遍，问江南归时谁有、故家庭院。”

## 束从周

束从周，或字季博。元庐州合肥（今安徽省合肥市）人。南宋武进士束元嘉孙辈，与赵孟頫（1254—1322）结儿女姻亲。元成宗大德七年（1303）前后任徽州路郡博士。

## 小重山·题依绿轩[①]

杨柳丝丝两岸风。前村溪路远，小桥通。人家依约水西东。舟一叶，移过荻花丛。清景迥涵空。[②]好山青未了，暮云重。是谁惊起几征鸿。[③]天然趣，却在画图中。

注释：

①《小重山·题依绿轩》词见 清 朱彝尊、汪森 辑《词综》卷三十二，清康熙十七年汪氏裘杼楼自刻本。原词题于元赵孟頫《水村图》卷上，现收藏于北京故宫博物院。《水村图》卷，元赵孟頫绘，纸本，水墨，纵24.9厘米，横120.5厘米。款识："大德六年十一月望日，为钱德钧作。子昂。"下钤"赵氏子昂"朱文印。本幅有清乾隆皇帝诗题两段，乾隆、嘉庆内府藏印及"楞伽真赏"等收藏印26方，半印8方。此图卷作于元大德六年(1302)，一度为董其昌所收藏，后收入清内府，清末流出宫外，后辗转收入故宫博物院。《铁网珊瑚》《清河书画舫》《式古堂书画汇考》《石渠宝笈初编》等书著录。

②涵空：指水映天空。▶唐 温庭筠《春江花月夜》："千里涵空照水魂，万枝破鼻团香雪。"

③征鸿：即征雁。▶南朝 梁 江淹《赤亭渚》："远心何所类，云边有征鸿。"

陈孚(1259—1309)，字刚中，号勿庵。元浙江临海县(今属浙江省临海市)人。至元年间，上《大一统赋》，后讲学于河南上蔡书院，为山长，曾任国史院编修、礼部郎中，官至天台路总管府治中。诗文不事雕琢，纪行诗多描摹风土人情，七言古体诗最出色，著有《观光集》《交州集》等。

## 题亚父墓[①]

七十衰翁两鬓霜，西来一笑火咸阳。平生奇计无他事，只劝鸿门杀汉王。

注释：

①《题亚父墓》诗见 清 陆龙腾《(康熙)巢县志》卷十九，清康熙十二年(1673年)刊本。本诗又作《范增墓》，见 元 陈孚《陈刚中诗集》观光藁，明钞本。

# 洪焱祖

洪焱祖(1262—1328),字潜夫,号杏亭,元徽州歙县(今安徽省歙县)人。学问博洽。年二十六为平江路儒学录,浮梁州长芗书院山长,绍兴路儒学正,调衢州路儒举教授。擢处州路遂昌县主簿,天历元年(1328)六十二岁致仕。著有《杏亭摘稿》一卷及《尔雅翼·音释》,又尝继《新安志》作《续新安志》十卷,并传于世。《杏亭摘稿》集前有元末危素所作序,称洪焱祖以“徽州路休宁县尹致仕”。

## 送李明德上合肥县尹①

未拜柏台真御史，暂为花县古诸侯。②诗书河北无双士，山水淮西第一州。③但学此邦包孝肃，会看今世鲁中牟。④龟峰目送风帆远，别后新文肯寄不？⑤

注释:

①《送李明德上合肥县尹》诗见 元 洪焱祖《杏庭摘稿》,清文渊阁四库全书本。

②柏台:御史台的别称。汉代御史府中列植柏树,常有野鸟数千栖其上。事见《汉书·朱博传》。后因以柏台称御史台。清朝时亦称按察使(臬台)为柏台。 唐 宋之问《和姚给事寓直之作》:“柏台迁鸟茂,兰署得人芳。”

花县:西晋潘岳为河阳令,满县遍种桃花,人称“河阳一县花”。后世遂以“花县”为县治的美称。

③河北:此处泛指 黄河 以北的地区。▶《穀梁传·僖公二十八年》:“ 温,河北地。”

淮西:淮西一般指江淮地区,今主要指安徽省中部的江淮地区。北宋熙宁五年(1072)分淮南路为东路和西路。淮南西路又称淮右,治寿春,南宋建炎二年(1128),淮南西路移治庐州。

④鲁中牟:指东汉人鲁恭,任东牟县令。 ▶《后汉书·鲁恭传》:“恭专以德化为理,不任刑罚。中牟许伯等争田数讼,累守令不能决,恭为平理曲直,皆退而自责,辍耕相让。”

⑤新文:指新近撰写的文章。 ▶南朝 宋 刘义庆《世说新语·雅量》:“适见新文,甚可观。”

# 萨都剌

萨都剌(约1272—1345),字天锡,号直斋。本答失蛮族,因祖父因功留镇云、代二郡,遂为雁门(今山西省代县)人。元泰定四年(1327)官至燕南河北道肃政廉访司经历,左迁淮西江北廉访经历。晚年居杭州。善绘画,精书法,尤善楷书。诗作诸体皆备，文词雄健，音律锵然，编有《雁门集》《萨天锡诗集》《集外诗》《萨天锡逸诗》及《西湖十景词》等。

萨都剌有虎卧龙跳之才，人称雁门才子，时与贯云石、马祖常、余阙等并列，后人推其有元一代词人之冠。

## 投宿龙潭道林寺①

倦游借僧榻，客意稍从容。②落日江船鼓，孤灯野寺钟。③竹鸡啼雨过，山臼带云舂。④半夜波涛作，长潭起卧龙。

注释：

①《宿龙潭寺》诗见 元 萨都剌《雁门集》卷四，清文渊阁四库全书本。题又作《投宿龙潭道林寺》，今从后者。

龙潭寺：又名浮槎寺，始建于梁代，初名道林，又曰福岩，今在肥东县境内。此说见潇潇编著《雁门才子萨都剌的淮西之任》，何峰主编《历代文人雅士与合肥关系研究》第一章第六节第67页，时代出版传媒股份有限公司2015年版。编者按，查明万历、清康熙、清雍正、清乾隆、清嘉庆等诸《合肥县志》，皆并未见此说，不知何来，存疑暂录。

②僧榻：僧床，禅床。▶明 王思任《游五台山自普门精舍历涧道至竹林寺》："钟鸣定僧榻，良久又岑寞。"

③野寺：野外庙宇。▶唐 韦应物《酬令狐司录善福精舍见赠》："野寺望山雪，空斋对竹床。"

④竹鸡：鸟名。形似鹧鸪而小，上体橄榄褐色，胸部棕色多斑，多生活在竹林里。▶唐 章碣《寄友人》："竹里竹鸡眠藓石，溪头瀏鶒踏金沙。"

## 宿龙潭寺①

客路青山下，僧庵绿水边。撞钟惊鸟宿，洗钵动龙吟。②未有林泉趣，先寻饭粥缘。上人喜留客，夜雨佛灯前。

注释：

①《宿龙潭寺》诗见 元 萨都剌《雁门集》卷四，清文渊阁四库全书本。

②龙吟：龙鸣。亦借指大声吟啸。▶《文选·张衡〈归田赋〉》："尔乃龙吟方泽，虎啸山丘。"

## 题蜀山驿[1]

荒山孤馆静，老树冻云低。[2]马识来时路，诗存旧日题。邮亭一尊酒，客枕五更鸡。[3]到晓征鞍发，村村雪涨溪。

注释：

①《题蜀山驿》诗见 元 萨都剌《雁门集》卷四，清文渊阁四库全书本。

②冻云：严冬的阴云。▶唐 方干《冬日》："冻云愁暮色，寒日淡斜晖。"

③客枕：指客中使用之枕，喻指旅途中过夜。▶唐 李商隐《酬令狐郎中见寄》："朝吟搘客枕，夜读漱僧瓶。"

## 补题淮西送王仲和从事诗卷[1]

百年驰马苦匆匆，水落乌江楚庙空。眼底山川犹历历，淮南旧梦雨声中。

注释：

①《补题淮西送王仲和从事诗卷》诗见 元 萨都剌《雁门集》卷三，清文渊阁四库全书本。



## 独坐恭和堂[1]

东阁高悬知道院，人言恭府最清严。[2]印封不动坐终日，满树梅花雨一帘。[3]

注释：

①《独坐恭和堂》诗见 元 萨都剌《雁门集》，上海古籍出版社 1982 年版，第 379—380 页。

②清严：清廉严正；清正严肃。▶《三国志·魏志·王基传》："（基）为政清严有威惠。"

③印封：谓盖印封缄。▶《清文献通考·田赋一》："收粮听里户自纳，簿柜俱司府印封，以防奸弊。"

## 经历司暮春即事[1]

隔树幽禽送好春，沉沉幕府似云林。[2]小盆几个山茶落，桃叶满廉春雨深。

双飞海燕耕帘过，风卷鱼鳞剪绿波。[3]闲倚石阑数春事，满池红雨落花多。[4]

注释：

①《经历司暮春即事》诗见 元 萨都剌《雁门集》，上海古籍出版社1982年版，第380页。

②云林：隐居之所。▶唐 王维《桃源行》："当时只记入山深，青溪几度到云林。"

③绿波：绿色水波。▶北魏 郦道元《水经注·赣水》："清潭远涨，绿波凝净。"

④春事：春季农事，春耕。▶《管子·幼官》："地气发，戒春事。"

## 贺山长邱臣敬复淮西田①

鄞城公子人中英，天恩教领来国城。②秋霜满区老剑鸣，开口磊落肝胆明。前年岁丰夏无麦，去年雨足秋无粟。先生激烈气不平，馆下谁令有饥色。扬眉掉臂傍无人，义动天子耳目臣。③谁人归我三千里，坐令孔席回阳春。④只今寒士望梁栋，文梓高梧天所用。⑤诸生食饱待先生，日午杏坛看舞凤。⑥

注释：

①《贺山长邱臣敬复淮西田》诗见 元 萨都剌《雁门集》卷一，清文渊阁四库全书本。

②国城：意为国都。▶《管子·八观》："夫国城大而田野浅狭者，其野不足以养其民。"

③掉臂：甩动胳膊走开。表示不顾而去。此处有奋起貌之意。▶唐 司空图《力疾山下吴村看杏花》诗之一："掉臂只将诗酒敌，不劳金鼓助横行。"

④孔席：指孔子四处奔走，席不暇暖之事。参见"孔席不暖"。▶唐 岑参《西蜀旅舍春叹寄朝中故人呈狄评事》："早须归天阶，不能安孔席。"

⑤文梓：有文理的梓树，为良木美材。▶《墨子·公输》："荆有长松、文梓、楩楠、豫章。"

⑥杏坛：相传为孔子聚徒授业讲学处。后泛指授徒讲学之所。▶唐 杜甫《八哀诗·故著作郎贬台州司户荥阳郑公虔》："空闻《紫芝歌》，不见杏坛丈。"



# 胡助

胡助，字古愚，一字履信。元婺州东阳人(今浙江省东阳市)。好读书，有文采。举茂才，授建康路儒学录。荐改翰林国史院编修官，以太常博士致仕卒。有《纯白斋类稿》。

## 古学兄自京口至蒋生教授自庐州至不期而会是夕大雪①

家山何在久飘蓬，兀坐寒斋岁又穷。兄弟舅甥千里隔，江湖风雪一宵同。举觞痛饮消愁外，秉烛相看似梦中。②明日不堪回首处，孤云依旧在江东。

注释：

①《古学兄自京口至蒋生教授自庐州至不期而会是夕大雪》诗见 元 胡助《纯白斋类稿》卷十一七言律诗，清文渊阁四库全书补配清文津阁四库全书本。

②消愁：消除忧愁。▶北齐 颜之推《颜氏家训·杂艺》："弹棊亦近世雅戏，消愁释愦时可为之。"

马祖常(1279—1338)，字伯庸．元光州(今河南省信阳市潢川县)人，先祖为汪古部人。元仁宗延祐二年(1315)进士。授应奉翰林文字，拜监察御史。劾奏丞相铁木迭儿十罪，遭黜罢。自元英宗硕德八剌朝至元顺帝朝，历任翰林直学士、礼部尚书、参议中书省事、江南行台中丞、御史中丞、枢密副使等职。卒后赠摅忠宣宪协正功臣、河南行省右丞、上护军、魏郡公，谥"文贞"。为文法先秦两汉，宏瞻而精核，富丽而新奇，诗作圆密清丽，有《石田集》传世。此外，还参与修撰《英宗实录》，译润《皇图大训》《承华事略》，编集《列后金鉴》《千秋纪略》。



## 赠庐州黄孝子①

我家淮水上，孝义夙多闻。邑屋封华表，丘园聘束纁。②久嗟毛义檄，更叹董生文。③白石山中去，吾将问隐君。④

注释：

①《赠庐州黄孝子》诗见 明 刘昌《中州名贤文表》卷十五马文贞公，清文渊阁四库全书本。

②束纁：浅绛色的束帛。为古人通聘问的礼物。也用作冠礼、婚礼、丧礼或朋友间相互馈赠的礼品。

③毛义檄：指毛义捧檄。典出《后汉书》卷三十九《刘平传序》：庐江毛义字少节，家贫以孝行称。南阳人张奉慕其名，往候之。坐定而府檄适至，以义守令，义奉檄而入，喜动颜色。奉者，志尚士也，心贱之，自恨来，固辞而去。及义母死，去官行服。数辟公府，为县令，进退必以礼。后举贤良公车征，遂不至。张奉叹曰："贤者固不可测。往日之喜，乃为亲屈也。斯盖所谓'家贫亲老，不择官而仕'者也。"▶唐 曹邺《送曾德迈归宁宜春》："几府争驰毛义檄，一乡看待老莱衣"。

④隐君：即隐居逃避尘世的人，隐士。

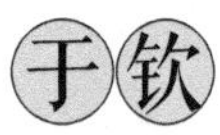

于钦(1283—1333),字思容,元代方志编纂家、历史地理学家、文学家,祖籍文登,后定居山东益都(今青州市郑母镇)。他器资宏达,以文雅擅名于当时。官至中书省兵部侍郎,奉命山东,为益都田赋总管。所著《齐乘》,是山东省现存最早的方志,也是全国名志之一。

## 巢湖圣妃庙迎送神歌[①]

广开兮龙宫,御仙母兮下鸡笼。[②]神灵雨兮先以风,云溶溶兮渐来东。扬朱幢兮建翠旗,骖青虬兮从文螭。[③]锵鸾音兮下来,若有人兮开罗帷。[④]罗帷淡兮春风,俨仙灵兮在其中。集千艘兮鸣鼓,疏节歌兮缓舞。奠桂酒兮藉兰肴,折芳馨兮遗远渚。神忻忻兮既安,留泽斯民兮受其嘏。

驾两龙兮倚衡,卷珠帘兮暮云平。[⑤]西江兮极浦,数峰兮青青。青青兮远极,君不少留兮起予太息。[⑥]吹差池兮水湄,送仙母兮西归。蛾眉飒兮秋霜,淡白云兮为衣。神之来兮何委蛇,欻远举兮莫知所之,自今兮世世,俾来者兮原无违。[⑦]

按:《御选元诗》一作“淡白云兮莫知所之”,无此十三字。于钦自淮西掾历仕至兵部侍郎,泰定二年二月刻二歌上石,有合肥达鲁花赤兼劝农使契玉立碑跋。惜文太劣,不复录,附志于此。[⑧]



注释:

①《巢湖圣妃庙迎送神歌》见清 陆龙腾等《康熙·巢县志·艺文志下》,康熙十二年(1673年)刊本。

圣妃庙:1.《康熙·巢县志》载:“明隆庆《庐州府志》:‘巢湖圣妃庙在姥山。庙,晋时敕建。’”2.圣妃庙,即中庙,一名太姥庙,唐龙纪元年,邢湛夷有《庐州重建太姥庙记》。又,南唐保大二年德胜军节度使、都督庐州诸军事、庐州刺史周邺重修,立碑在庙中。《庐州府志》云:巢湖庙所在非一,惟银屏高据众峰之巅,俯视州境。又,庐州城左厢明教台上有圣妃庙。《舆地纪胜》载圣妃加封诰词云:受命富媪,为吾川后,平居则安流而济舟楫,遇难则扬波而杜寇戎。

②“兮”:据《御选元诗》卷六《乐府歌行》补。

③翠旗:饰以翠羽的旗帜。▶晋 夏侯湛《禊赋》:“擢翠旗,垂繁缨,微云乘轩,清风卷旌。”文螭:有文彩的螭龙。▶晋 王鉴《七夕观织女》:“六龙奋瑶辔,文螭负琼车。”

④“下来”,《御选元诗》卷六《乐府歌行四》作“以下”。

鸾音：1.鸾鸟鸣声。▶唐 李商隐《寄华岳孙逸人》："惟应逢阮籍，长啸作鸾音。"2.鸾铃的鸣声。▶明 何景明《述归赋》："张孔雀之翠盖兮，谐鸾音于下辐。"

⑤倚衡：靠在车前横木上。▶《论语·卫灵公》："立则见其参于前也，在舆则见其倚于衡也。"

⑥"远"，《御选元诗》卷六《乐府歌行四》作"未"。

⑦远举：谓列举往古之事。▶《荀子·非相》："远举则病缪，近世则病佣。"

无违：没有违背；不要违背。▶《书·多士》："非我一人奉德不康宁，时惟天命，无违。"

⑧泰定二年：泰定，是元朝第六位皇帝元泰定帝也孙铁木儿的年号。泰定二年为公元1235年。

达鲁花赤：元代职官名。蒙语的音译，指镇压者、制裁者、盖印者。转而有监临官、总辖官之意。元代汉人不能任正职，朝廷各部及各路、府州县均设达鲁花赤，由蒙古或色目人充任，以掌实权。▶《元史·世祖纪三》："以蒙古人充各路达鲁花赤，汉人充总管，回回人充同知，永为定制。"

## 李孝光

李孝光(1285—1350)，元代文学家、诗人、学者。初名同祖，字季和，号五峰，后代学者多称之"李五峰"。元温州乐清(今浙江省温州市)人。少年时博学，以文章负名当世。早年隐居在雁荡五峰山下，四方之士，远来受学，名誉日广。顺帝至正七年(1347)应召为秘书监著作郎，次年擢升秘书监丞。十年(1350)辞职南归，途中病逝通州，年六十六。其作文取法古人，不趋时尚，与杨维桢并称"杨李"。著有《五峰集》二十卷。



杨维桢《鹿皮子文集序》举姚燧、虞集、吴澄、李孝光为元文四大家，林希元《长林存稿》列其为元文十二名家。贝琼《乾坤清气序》论元诗谓"五峰、铁崖(杨维桢)二公继作，瑰诡奇绝，视有唐为无愧"。《四库全书总目·五峰集》提要说"元诗绮靡者多，孝光独风骨遒上，力欲排突古人。乐府古体，皆刻意奋厉，不作庸音"。文章亦"矫矫无凡语"。

### 濡湖之水九月流出江江水春长复入濡湖①

洲渚日落雁相呼，春风过雨乱菰蒲。②江水西来百余里，一夜倒流还濡湖。

注释：

①《濡湖之水九月流出江江水春长复入濡湖》诗见 元 李孝光《五峰集》卷八七言绝句，清文渊阁四库全书补配清文津阁四库全书本。

濡湖，即巢湖。

②洲渚：水中小块陆地。▶晋 左思《吴都赋》："岛屿绵邈，洲渚冯隆。"

## 道上[①]

双柳桥头春水生，微云遮日起新晴。[②]春风千里庐江道，五马东来入大城。[③]

注释：

①《道上》诗见 元 李孝光《五峰集》卷八七言绝句，清文渊阁四库全书补配清文津阁四库全书本。

②春水：春天的河水。▶《三国志·吴志·诸葛瑾传》"黄武元年，迁左将军"裴松之注引 晋 张勃《吴录》："及春水生，潘璋等作水城於上流。"

③五马：汉时太守乘坐的车用五匹马驾辕，因借指太守的车驾。《玉台新咏·日出东南隅行》："使君从南来，五马立踟蹰。"也是太守的代称。▶唐 白居易《西湖留别》："翠黛不须留五马，皇恩只许住三年。"

## 十五日午次下皋是夜宿柘皋[①]

白马郎君着赭袍，中兴名将属金刀。[②]将军快战人犹说，道上时时问柘皋。



注释：

①《十五日午次下皋是夜宿柘皋》诗见 元 李孝光《五峰集》卷八七言绝句，清文渊阁四库全书补配清文津阁四库全书本。

②本句及后句描写的是宋、金之间发生的柘皋之战。柘皋之战是南宋初年宋军抗金战争中的重要战役之一。名义上由张俊指挥的宋军在这次战争中先胜后败。战后，金军退淮北归，宋军也退到江南，宋朝廷与金统治者签订了屈辱的"绍兴和议"。

## 丙子五日雪[①]

南土冬暄苦无雨，今年春雪没行车。[②]夜深户外如月白，自起开窗续汉书。[③]

一舸真成贯月槎，乘风径去渡天河。[④]人间不用支机石，但乞天孙织锦梭。

廓野无人鸿雁静，独留明月在船窗。[⑤]舟人若道河流急，雪夜漅湖流入江。[⑥]

注释：

①《丙子五日雪》诗见 元 李孝光《五峰集》卷八七言绝句，清文渊阁四库全书补配清文津阁四库全书本。

②冬暄：冬季阳光温暖。▶晋 陶潜《赠长沙公》："于穆令族，允构斯堂，谐气冬暄，映怀圭璋。"

行车：代步的车子；行进中的车子。▶北周 庾信《见游春人》："连杯劝上马，乱果掷行车。"

③月白：月色皎洁。▶唐 杜牧《猿》："月白烟青水暗流，孤猿衔恨叫中秋。"

④贯月槎：又作"贯月查"。传说尧时西海中的发光的浮木。借指舟楫。▶晋 王嘉《拾遗记·唐尧》："尧登位三十年，有巨查浮于西海，查上有光，夜明昼灭。海人望其光，乍大乍小，若星月之出入矣。查常浮绕四海，十二年一周天，周而复始，名曰贯月查，亦谓挂星查。"

⑤支机石：传说中天上织女支织机之石。亦以借指织机。▶清 钱谦益《高会堂酒阑杂咏序》："渐台织女，机石依然。"

⑥舟人：船夫。▶《诗·小雅·大东》："舟人之子，熊罴是裘。"

## 饮濡须守子衡君宅[①]

客子东来向西楚，河流兀兀舞轻舠。[②]雪消巢县青山出，雨后焦湖春水高。赖有使君持玉节，未须故旧问绨袍。[③]眼中贺监文章伯，又使时人见凤毛。[④]

注释：

①《饮濡须守子衡君宅》诗见 清 顾嗣立 辑《元诗选》二集卷十二，清文渊阁四库全书本。

②轻舠：轻快的小舟。▶唐 李白《送当涂赵少府赴长芦》："我来扬都市，送客回轻舠。"

③绨袍：战国时魏人范雎先事魏中大夫须贾，遭其毁谤，笞辱几死。后逃秦国改名张禄，仕秦为相，权势显赫。魏闻秦将东伐，命须贾使秦，范雎乔装，敝衣往见。须贾不知，怜其寒而赠一绨袍。迨后知雎即秦相张禄，乃惶恐请罪。范雎以贾尚有赠袍念旧之情，终宽释之。见《史记·范雎蔡泽列传》。后多用为眷念故旧之典。

④贺监：唐代贺知章尝官秘书监，晚年自号秘书外监，故称。▶唐 刘禹锡《洛中寺北楼见贺监草书题诗》："高楼贺监昔曾登，壁上笔踪龙虎腾。"

## 正月十四日夜宿巢县[①]

旅食荆吴改岁年，春风远道思绵绵。[②]青山故绕周瑜墓，明月犹窥亚父泉。[③]楚县城荒惟画角，濡湖日落有归船。天涯芳草凄凄绿，想见登楼忆仲宣。[④]

注释：

①《正月十四日夜宿巢县》诗见 元 李孝光《五峰集》卷八七言绝句，清文渊阁四库全书补配清文津阁四库全书本。

②改岁：由旧岁进入新年。▶《诗·豳风·七月》："嗟我妇子，曰为改岁，入此室处。"陈奂 传疏："改，更也。改岁。更一岁也。"

③亚父：谓仅次于父。是表示尊敬的称呼。特指范增。范增（前277—前204），秦末居鄛人（今安徽巢湖西南）。秦末农民战争中为项羽主要谋士，被项羽尊为"亚父"。汉元年（前206），范增随项羽攻入关中，劝项羽消灭刘邦势力，未被采纳。后在鸿门宴上多次示意项羽杀刘邦，又使项庄舞剑，意欲借机行刺，终未获成功。汉三年，刘邦被困荥阳（今河南荥阳东北），用陈平计离间楚君臣关系，被项羽猜忌，范增辞官归里，途中病死，归葬巢湖亚父山。现亚父山上有古寺遗址，山下村中有两口"亚父井"。

④仲宣：指汉末文学家王粲。王粲，字仲宣，为"建安七子"之一。博学多识，文思敏捷，善诗赋，尤以《登楼赋》著称。

## 客孤山[1]

孤山山中笋蕨香，孤山山头月汤汤。[2]桃雨洗除脂粉气，柳风酝酿曲尘黄。[3]江山有待诗应老，天地无情客谩狂。[4]行李萧萧明日发，乌盐角外转凄凉。[5]



注释：

①《客孤山》诗见 元 李孝光《五峰集》卷十 七言律，清文渊阁四库全书补配清文津阁四库全书本。

②孤山：山名。巢湖中有山，传为焦姥之女所化，故名姑山，又名孤山。

③曲尘：借指柳树，柳条。嫩柳叶色鹅黄，故称。▶唐 唐彦谦《黄子陂荷花》："十顷狂风撼曲尘，缘堤照水露红新。"

④有待：有所期待；要等待。▶《礼记·儒行》："爱其死，以有待也；养其身，以有为也。"孔颖达 疏："爱其死以有待也者，此解不争也，言爱死以待明时。"

⑤乌盐角：古乐曲名。▶元 陈舜道《春日田园杂兴》诗之二："村声荡耳《乌盐角》，社酒柔情玉练搥。"



## 十六日弛儋庐州城西长安寺[1]

庐州夜宿长安寺，紞紞城头鼓正严。[2]独立春风犹问马，爱看明月自钩帘。从人劝酒拈浮蚁，有客哦诗拟撒盐。[3]幸得梅花照残夜，未妨长啸倚东檐。[4]

注释：

①《十六日弛儋庐州城西长安寺》词见 清 顾嗣立《元诗选》二集卷十二，清文渊阁四库全书本。

②紞紞[dǎn dǎn]：击鼓声。▶宋 欧阳修《御街行》词：“乳鸡酒燕，落星沉月，紞紞城头鼓。”

③浮蚁：亦作“浮螘”。酒面上的浮沫。▶汉 张衡《南都赋》：“醪敷径寸，浮蚁若萍。”

撒盐：喻降雪。典出《世说新语·言语》：“谢太傅寒雪日内集，与儿女讲论文义。俄而雪骤，公欣然曰：‘白雪纷纷何所似？’兄子胡儿曰：‘撒盐空中差可拟。’兄女曰：‘未若柳絮因风起。’公大笑乐。”

④未妨：不妨。表示可以这样做。▶宋 陆游《夜闻雨声》：“未妨剩拥寒衾卧，赢取孤吟入断编。”

## 喜雨[①]

绣衣持斧后犹新，又为人间洗火尘。[②]符节归巡九江郡，函香行祷独山神。沾涂宿麦回清润，采掇嘉蔬讶碧匀。[③]天上于今待霖雨，凤池花柳不胜春。[④]

净洗烦冤六合新，清晨沙路绝嚣尘。[⑤]泰山自古兴云雨，淫祀何劳问鬼神。[⑥]淝水急流舟欲起，滁湖浮黛画初匀。客游却忆鱼羹饭，归到江南及暮春。[⑦]

注释：

①《喜雨》诗见 元李孝光《五峰集》卷十 七言律，清文渊阁四库全书补配清文津阁四库全书本。原诗标题下有作者自注：“次神字韵录录呈达兼善”。达兼善，即泰不华。泰不华（1304—1352），字兼善，伯牙吾台氏，原名达普化，元文宗赐名泰不华，先世居白野山，随父定居临海。十七岁，江浙乡试第一名。元英宗至治元年（1321），赐进士及第，授集贤殿修撰，累迁至礼部尚书。元顺帝至正十一年（1351），任浙东道宣慰使都元帅。次年，行台州路达鲁花赤，与方国珍战，阵亡。封魏国公，谥“忠介”。《元史》有传。

②持斧：《汉书·王䜣传》：“武帝末，军旅数发，郡国盗贼群起，绣衣御史暴胜之使持斧逐捕盗贼，以军兴从事，诛二千石以下。”后以“持斧”指执法或皇帝派出的御史等执法之官。▶唐 沈亚之《上冢官书》：“顾世之持斧之士，安足以摹哉！”

③宿麦：即冬麦。《汉书·武帝纪》：“遣谒者劝有水灾郡种宿麦。”颜师古 注：“秋冬种之，经岁乃熟，故云宿麦。”

清润：清凉滋润。▶唐 萧颖士《泛舟蓬池宴李文部序》：“晚林未疏，堤草更绿，经雨泛丽，微风清润。”

④凤池：即凤凰池。▶南朝 齐 谢朓《直中书省》：“兹言翔凤池，鸣珮多清响。”

⑤六合：天地四方，整个宇宙的巨大空间。▶《庄子·齐物论》：“六合之外，圣人存而不

论；六合之内，圣人论而不议。”

嚣尘：喧嚷吵闹，尘土飞扬。▶《左传·昭公三年》“子之宅近市，湫隘嚣尘，不可以居。”

⑥淫祀：不合礼制的祭祀；不当祭的祭祀，妄滥之祭。▶《礼记·曲礼下》：“非其所祭而祭之，名曰淫祀。”

⑦客游：在外寄居或游历。▶《史记·刺客列传》：“而聂政谢曰：‘臣幸有老母，家贫，客游以为狗屠。’”

## 宋褧

宋褧（1294—1346），字显夫，宋本之弟。元大都（今北京市）人。泰定元年（1324）进士，除秘书监校书郎。顺帝至元初，历监察御史，遇事敢言。累拜翰林待制，迁国子司业，与修宋辽金三史，以翰林直学士兼经筵讲官卒，谥“文清”。有《燕石集》。

### 送赵伯常淮西宪副[1]

十年前是紫薇郎，伴我书声隔粉墙。[2]今日绣衣持斧去，冲冠毛发半秋霜。[3]



元龙湖海旧襟期，叔度汪洋万顷陂。[4]知君不作嫽娴态，拟见澄清报盛时。[5]

天北天南赋远游，合肥城下理松楸。[6]多应梦见还家乐，无复眉攒去国愁。[7]

常日相陪散马蹄，官曹同事凤城西。[8]别来应忆太禧白，醉后仍须乌迭泥。[9]

明月清风赤壁矶，八公山色照涟漪。[10]轺车使者多清致，揽辔经行合有诗。[11]

春来几度送华辀，芳草多情柳亦愁。[12]不惜裁诗写离恨，道傍只恐鬼揶揄。[13]



注释：

①《送赵伯常淮西宪副》诗见 元 宋褧《燕石集》卷九绝句，清文渊阁四库全书补配清文津阁四库全书本。

②紫薇郎：亦作“紫微郎”。唐代中书舍人的别称。▶唐 白居易《紫薇花》：“独坐黄昏谁是伴，紫薇花对紫微郎。”

③原诗“今日绣衣持斧去，冲冠毛发半秋霜。”句后有作者自注：“至治三年，赵为中书掾，予为童子，师其邻。”

④叔度：此处指汉代人黄宪。黄宪（109—156），字叔度，号征君。东汉汝南慎阳（今属

河南省驻马店市)人。世贫贱,父为牛医,而宪以学行见重于时。安帝延光元年(122),太守王龚以袁闻为功曹,举陈蕃、黄宪等为孝廉。黄宪时年十四,颍川荀淑遇之于逆旅,与语移日不能去,以之为师表,称之为颜子;同郡戴良才高倨傲,及见宪归,茫然若有失,自愧不及;周子居常云:"吾时月不见黄叔度,则鄙吝之心已复生矣。"及蕃为三公,临朝叹曰:"叔度若在,吾不敢先佩印绶矣。"郭泰谓其"汪汪若千顷波,澄之不清,淆之不浊,不可量也。"宪初举孝廉,又辟公府,暂到京师而还,竟无所就。桓帝永寿二年(156),年四十八终,天下号曰"徵君"。

⑤媕婀[ān ē]:无主见,犹豫不决。▶唐 韩愈《石鼓歌》:"中朝大官老于事,讵肯感激徒媕婀。"

⑥松楸:松树与楸树,墓地多植,因以代称坟墓。▶南朝 齐 谢朓《齐敬皇后哀策文》:"陈象设于园寝兮,映舆鐩于松楸。"

⑦原诗"多应梦见还家乐,无复眉攒去国愁。"句后有作者自注:"赵先为南台御史,巡历海南,召为左司都事,分司上都。今以清贫求出,故有是命。父母皆葬庐州。"

⑧官曹:官吏办事机关;官吏办事处所。▶《东观汉记·光武纪》:"述(公孙述)伏诛之后,而事少闲,官曹文书减旧过半。"

凤城:京都的美称。▶唐 沈佺期《奉和立春游苑迎春》:"歌吹衔恩归路晚,栖乌半下凤城来。"

⑨原诗"别来应忆太禧白,醉后仍须乌迭泥。"句后有作者自注:"赵为太禧宗,禋经参议,予为照磨。太禧白,酒名。乌迭泥,去疾,即孩儿茶酒,后嗜舍之。"

⑩涟猗:亦作"涟漪"。水面波纹;微波。▶《诗·魏风·伐檀》:"坎坎伐檀兮,寘之河之干兮,河水清且涟猗。"

⑪轺车:奉使者和朝廷急命宣召者所乘的车。亦指代使者。▶唐 王昌龄《送郑判官》:"东楚吴山驿树微,轺车衔命奉恩辉。"

⑫华辀:刻画华彩的车辕。常用作车之代称。▶《文选·谢朓〈鼓吹曲〉》:"凝笳翼高盖,叠鼓送华辀。"

⑬鬼揶揄:晋人罗友为桓温下属,未受重用,同僚中有被任为郡守者,桓温设宴欢送,罗友 很迟才到会,桓问其故,友答道:"民性饮道嗜味,昨奉教旨,乃是首旦出门,于中路逢一鬼,大见揶揄,云:'我只见汝送人作郡,何以不见人送汝作郡?'民始怖终惭,回还以解,不觉成淹缓之罪。"见《世说新语·任诞》。后因以"鬼揶揄"为仕途坎坷之典。▶唐 白居易《东南行一百韵》:"时遭人指点,数被鬼揶揄。"

## 贡师泰

贡师泰(1298—1362),字泰甫,号玩斋。元宁国宣城(今安徽省宣城市)人。以国子生中江浙乡试,释褐太和州判官,荐应奉翰林文字。出为绍兴路推官,称治行第一。

复入翰林,迁宣文阁授经郎,累拜监察御史。顺帝至正十四年(1354),擢吏部侍郎。时江淮兵起,奉命和籴于浙西,改兵部侍郎,除浙西都水庸田使。寻拜礼部尚书,调平江路总管。张士诚据吴,避之海上,江浙行省丞相达识帖睦迩承制授行省参知政事。二十年(1360),改户部尚书。二十二年(1362),召为秘书卿。行至海宁卒,年六十五。泰甫状貌伟然,既以文知名,而于政事尤长,所至绩效暴著。

贡师泰诗文甚多,有《友迂》《玩斋》《奏奏》《东轩》《闽南》诸稿。门人刘中、朱燧辈类为一编,总题曰《玩斋集》。

## 饯张怀玉赴庐州治中[①]

清时重世胄，宠数超常秩。[②]公子玉雪姿，袍笏照白日。[③]近辞中禁荣，远为淮南出。[④]冠盖饯东门，怅然若有失。别酒起骊歌，秋风动萧瑟。[⑤]淝水清涟漪，楚山高崒嵂。别驾非常流，治郡良有术。[⑥]白马行翩翩，嘉声已洋溢。庙堂多深知，赐环当在即。[⑦]

注释:

①《饯张怀玉赴庐州治中》诗见 元 贡师泰《玩斋集》卷一,明嘉靖刻本。



治中:治理政事的文书档案。▶《周礼·春官·天府》:"凡官府乡州及都鄙之治中,受而藏之,以诏王察群吏之治。"

②常秩:一定的职务。▶《左传·文公六年》:"予之法制,告之训典,教之防利,委之常秩。"杜预 注:"常秩,官司之常职。"一说秩,禄廪。常秩,一定的俸禄。

③袍笏:朝服和手板。上古自天子以至大夫、士人,朝会时皆穿朝服执笏。后世唯品官朝见君王时才服用。泛指官服。▶宋 刘克庄《鹊桥仙·生日和居厚弟》词:"女孙笄珥,男孙袍笏,少长今朝咸集。"

④中禁:禁中。皇帝所居之处。▶唐 宗楚客《奉和人日应制》:"九重中禁启,七日早春还。"

⑤骊歌:告别的歌。▶南朝 梁 刘孝绰《陪徐仆射晚宴》:"洛城虽半掩,爱客待骊歌。"

⑥常流:凡庸之辈。▶《晋书·习凿齿传》:"璅璅常流,碌碌凡士,焉足以感其方寸哉!"

⑦赐环:亦作"赐圜"。旧时放逐之臣,遇赦召还谓"赐环"。语本《荀子·大略》:"绝人以玦,反绝以环。"

## 送人归庐州[①]

淮水春深绿似苔，故人天上恰归来。扁舟系在门前树，犹记行时手自栽。

注释:

①《送人归庐州》诗见 元 贡师泰《玩斋集》卷五,明嘉靖刻本。

## 送孟景章赴庐州判官[1]

先帝初开太禧院,一时郎吏尽环奇。[2]名高阙下心如铁,官到淮南鬓已丝。[3]月照寒庭空视牍,云开秋兴偶成诗。旧游天上多相忆,早折梅花寄所思。

注释:

①《送孟景章赴庐州判官》诗见 元 贡师泰《玩斋集》卷四,明嘉靖刻本。

②太禧院:元代官署名。掌神御殿朔望岁时讳忌日辰禋享礼典。元文宗天历元年(1328),废会福、殊祥二院,改置太禧院总管二院事务,次年改太禧宗禋院。有院使、副使等官。所属有隆禧、会福、崇祥、寿福诸总管府,分掌钱粮出纳及营缮等事。太禧宗禋院、崇福司、司禋监与太常礼仪院的职司,在前代均属太常寺。

③阙下:宫阙之下。借指帝王所居的宫廷。▶《史记·梁孝王世家》:"于是梁王伏斧质于阙下,谢罪,然后太后、景帝、大喜,相泣,复如故。"

## 送王彬叔赴淮西宪史[1]

黄金筑台高嵯峨,抱犊怜君日日过。[2]丹凤衔书辞冀阙,白鱼供酒过淮河。[3]京华远去交游少,幙府新来赞画多。[4]料得声名从此起,分司行处听民歌。[5]

注释:

①《送王彬叔赴淮西宪史》诗见 元 贡师泰《玩斋集》卷四,明嘉靖刻本。

②抱犊:比喻隐居。▶唐 王维《送友人归山歌》之一:"入云中兮养鸡,上山头兮抱犊。"

③冀阙:古时宫廷外的门阙。▶《史记·商君列传》:"居三年,作为筑冀阙宫庭于咸阳。"

④幙府:即幕府。

赞画:辅佐谋划。▶唐 刘得仁《送灵武朱书记》:"从容应尽礼,赞画致元功。"

⑤分司:分掌,分管。▶南朝 齐 王融《永明十一年策秀才文》:"然后沿才受职,揆务分司。是以五正置于朱宣,下民不忒。"

危素(1303—1372),字太朴,号云林,元江西金溪(今江西省抚州市金溪县)人。顺帝至正元年(1341),出任经筵检讨,负责主编宋、辽、金三部历史,并注释《尔雅》。二十四年(1364),为翰林学士,奉旨出任岭北行省左丞。后弃官,隐居房山达四年,潜心史学著作。明洪武二年(1369),危素任翰林侍讲,与宋濂同修《元史》。后以亡国之臣不宜列侍从为由谪居和州(今安徽省马鞍山市和县),守余阙庙,怨恨卒,年七十八。后归葬金溪高桥,学士宋濂为其撰墓志铭。有《吴草庐年谱》《元海运志》《危学士集》等。

## 挽达兼善[1]

大将忠精贯白日，诸生揽涕读哀词。[2]天胡不陨杨行密，公恨不为张伯仪。[3]满眼陆梁皆小丑，甘心一死是男儿。[4]要知汗竹留芳日，只在孤舟浅水时。[5]

注释:

①《挽达兼善》诗见 明 刘仔肩《雅颂正音》卷三,清文渊阁四库全书补配清文津阁四库全书本。

②精贯白日:精诚上通天日。▶《三国志·魏志·武帝纪》:"君执大节,精贯白日,奋其武怒,运其神策。"

③胡不:何不。▶《诗·鄘风·相鼠》:"人而无礼,胡不遄死?"

张伯仪:(? —788),唐魏州(今河北省魏县)人。安南都护张顺之子。早年隶属于朔方节度使李光弼麾下,讨平袁晁起义。历任睦州刺史、杭州刺史、安南都护、岭南节度使等职。在安南时,击破昆仑阇婆的侵扰,并筑大罗城以作防御。德宗建中三年(782),出任荆南节度使,参与讨伐叛藩李希烈。他虽不识文字,但能以诚待人,受军民爱戴。晚年入朝任右龙武统军。德宗贞元四年(788)去世,赠扬州大都督,谥"恭"。

④陆梁:跳跃貌。▶《文选·扬雄〈甘泉赋〉》:"飞蒙茸而走陆梁。"

⑤汗竹:借指史籍、书册。▶《晋书·地理志上》:"黄帝则东海南江,登空蹑岱,至于崑峰振辔,崆山访道,存诸汗竹,不可厚诬。"

余阙(1303—1358),字廷心,一字天心,号青阳先生,先世为唐兀人,生于庐州(今安徽省合肥市)。顺帝元统元年(1333)进士及第,授同知泗州(安徽泗县)事。至正十二年(1352)，代理淮西宣慰副使、都元帅府佥事，分兵守安庆。此后五六年间，余阙率兵与红巾军激战百余次。至正十八年(1358)春，红巾军再次集结，战船蔽江而下，急攻安庆城西门。余阙身先士卒，亲自迎击。拼斗中，突见城中火起，余阙知城池已失守，遂拔刀自刎，自沉于安庆西门外清水塘中，时年五十六。赠河南平章，追封豳国公，谥“忠宣”。

余阙与宋包拯、明周玺，并称“庐阳三贤”。其留意经术，五经皆有传注，文章气魄深厚，篆隶亦古雅。著有《青阳集》传于世。

## 拟古[①]

杨生仕州县，谋国不谋身。[②]一朝解印绶，归来但长贫。[③]茅茨上穿漏，颓垣翳绿榛。[④]空床积风雨，蜗牛止其巾。辛苦岂足念，杀身且成仁。[⑤]

注释：

①《拟古》诗见 元 余阙《青阳集》，清文渊阁四库全书本。原诗标题有作者自注“赠杨沛”。

②谋国：为国家利益谋划。▶宋 沈作哲《寓简》卷十：“禹非但不能谋国，亦不善养生。”

谋身：为自身打算。▶唐 卢纶《春日书情赠别司空曙》：“壮志随年尽，谋身意未安。”

③解印绶：解下印绶。谓辞免官职。▶《汉书·薛宣传》：“游(谢游)得檄，亦解印绶去。”

④茅茨：亦作“茆茨”。茅草盖的屋顶。亦指茅屋。▶《墨子·三辩》：“昔者尧舜有茅茨者，且以为礼，且以为乐。”

⑤成仁：成就仁德。后指为正义事业献出生命。▶《论语·卫灵公》：“志士仁人，无求生以害仁，有杀身以成仁。”

## 七哀[①]

殷武诵罙阻，周鲁歌东征。[②]圣哲则有然，我何敢留行。[③]斩牲祀好时，衅鼓起前旌。[④]野布鱼丽阵，山鸣镜吹声。[⑤]

函关何用塞，受降行已城。[⑥]路逢故乡人，取书寄东京。寄言东京友，勉树千载名。[⑦]一身未足惜，妻子非无情。

注释：

①《七哀》诗见 元 余阙《青阳集》，清文渊阁四库全书本。

②“殷武诵罙阻”句：《殷武》为《诗经·商颂》篇名，为《商颂》最后一篇，也是《诗经》最后

一篇。为殷商后裔祭祀、追述殷高宗武丁伐荆楚的颂歌。此篇作于西周中晚期至春秋时期。原诗:挞彼殷武,奋伐荆楚。罙入其阻,裒荆之旅。有截其所,汤孙之绪。维女荆楚,居国南乡。昔有成汤:自彼氐羌,莫敢不来享,莫敢不来王。曰商是常!天命多辟,设都于禹之绩。岁事来辟,勿予祸适,稼穑匪解。天命降监,下民有严。不僭不滥,不敢怠遑。命于下国,封建厥福。商邑翼翼,四方之极。赫赫厥声,濯濯厥灵。寿考且宁,以保我后生。陟彼景山,松伯丸丸。是断是迁,方斫是虔。松桷有梴,旅楹有闲,寝成孔安。

罙[shēn]阻:罙,"深"的古字。▶《毛传》:"罙,深。"深阻,路途偏远险阻。▶唐 吕温《代李侍郎论伐剑南更发兵表》:"若更务济师,屡闻动众,山崄深阻,暑湿为沴,北人南役,谁不惮行?"

"周鲁歌东征"句:为《诗经》中周、鲁之人祭祀、追思周公东征平叛的颂歌。见《小雅·渐渐之石》:"渐渐之石,维其高矣。山川悠远,维其劳矣。武人东征,不皇朝矣。渐渐之石,维其卒矣。山川悠远,曷其没矣?武人东征,不皇出矣。有豕白蹢,烝涉波矣。月离于毕,俾滂沱矣。武人东征,不皇他矣。"《豳风·东山》:"我徂东山,慆慆不归。我来自东,零雨其濛。我东曰归,我心西悲。制彼裳衣,勿士行枚。蜎蜎者蠋,烝在桑野。敦彼独宿,亦在车下。我徂东山,慆慆不归。我来自东,零雨其濛。果臝之实,亦施于宇。伊威在室,蠨蛸在户。町畽鹿场,熠燿宵行。不可畏也,伊可怀也。我徂东山,慆慆不归。我来自东,零雨其濛。鹳鸣于垤,妇叹于室。洒扫穹窒,我征聿至。有敦瓜苦,烝在栗薪。自我不见,于今三年。我徂东山,慆慆不归。我来自东,零雨其濛。仓庚于飞,熠燿其羽。之子于归,皇驳其马。亲结其缡,九十其仪。其新孔嘉,其旧如之何?"以及《豳风·破斧》:"既破我斧,又缺我斨。周公东征,四国是皇。哀我人斯,亦孔之将。既破我斧,又缺我锜。周公东征,四国是吪。哀我人斯,亦孔之嘉。既破我斧,又缺我銶。周公东征,四国是遒。哀我人斯,亦孔之休。"

③圣哲:指超人的道德才智。亦指具有这种道德才智的人。并亦以称帝王。▶《左传·文公六年》:"古之王者,知命之不长,是以并建圣哲。"孔颖达 疏:"圣哲,是人之俊者。"

留行:挽留,使不离去。▶《孟子·公孙丑下》:"孟子去齐,宿于昼,有欲为王留行者。"赵岐 注:"欲为王留孟子行。"

④衅鼓:古代战争时,杀人或杀牲以血涂鼓行祭。▶《左传·僖公三十三年》:"孟明稽首曰:'君之惠,不以累臣衅鼓,使归就戮于秦。'"杜预 注:"杀人以血涂鼓,谓之衅鼓。"

前旌:原指帝王官吏仪仗中前行的旗帜。借指前军,前线。▶唐 刘长卿《行营酬吕侍御时尚书问罪襄阳军次汉东境上侍御以州邻寇贼复有水火迫于征税诗以见喻》:"不敢淮南卧,来趋汉将营。受辞瞻左钺,扶疾往前旌。"

⑤鱼丽阵:亦作"鱼丽陈"。古代战阵名。《左传·桓公五年》"为鱼丽之陈"晋 杜预 注:"《司马法》:'车战二十五乘为偏。'以车居前,以伍次之,承偏之隙而弥缝阙漏也。五人为伍。此盖鱼丽陈法。"▶南朝 梁 吴均《战城南》:"五历鱼丽阵,三入九重围。"

⑥函关:函谷关的省称。▶隋 杨素《赠薛播州》诗之二:"函关绝无路,京洛化为丘。"

"受降行已城"句:指受降城之典。受降城,古城名。汉、唐筑以接受敌人投降,故名。

汉 故城在今内蒙古乌拉特旗北；唐筑有三城，中城在朔州，西城在灵州，东城在胜州。▶《史记·匈奴列传》："汉使贰师将军广利西伐大宛，而令因杅将军敖筑受降城。"

⑦寄言：犹寄语、带信。▶《楚辞·九章·思美人》："愿寄言于浮云兮，遇丰隆而不将。"

## 南山赠隐者①

君家南山下，南山果何如。开阖尽云路，向背凌空虚。②木客采薜荔，怨女咏蘼芜。③何当牵白犬，见君岩下书。

注释：

①《南山赠隐者》诗见 元 余阙《青阳集》，清文渊阁四库全书本。

②开阖：开启与闭合。▶《老子》："天门开阖，能为雌？"

向背：正面和背面；面对和背向。▶唐 刘长卿《湘中纪行·秋云岭》："云起遥蔽亏，江回频向背。"

③木客：伐木工。▶唐 张祜《送韦整尉长沙》："木客提蔬束，江乌接饭丸。"

怨女：指已到婚龄而无合适配偶的女子。▶《孟子·梁惠王下》："内无怨女，外无旷夫。"

## 白峰岭①

一过东峰路，幽怀不可言。②山如倒盘古，水似入华源。时有飘香度，多闻哢鸟喧。何人此中住，谓是辟疆园。③

注释：

①《白峰岭》诗见 清 李式圃修 朱渌纂《嵊县志》，清道光八年(1828)刻本。

白峰岭：在今浙江省东阳市东北。《方舆纪要》卷九十三东阳县"乌竹岭"条下：白峰岭"在县东北七十里。高三百丈，石栈萦纡，东通嵊县，嘉靖三十五年据险立寨，以防倭寇"。

②幽怀：隐藏在内心的情感。▶《水经注·庐江水》引 晋 吴猛 诗："旷载畅幽怀，倾盖付三益。"

③辟疆园：亦作"辟彊园"。东晋顾辟疆的名园，唐时尚存。园址在今江苏省苏州市。典出《世说新语·简傲》："王子敬自会稽经吴，闻顾辟疆有名园。先不识主人，径往其家，值顾方集宾友酣燕。而王游历既毕，指麾好恶，傍若无人。顾勃然不堪曰：'傲主人，非礼也；以贵骄人，非道也。失此二者，不足齿人，伧耳！'便驱其左右出门。王独在舆上回转，顾望左右移时不至，然后令送箸门外，怡然不屑。"▶唐 陆龟蒙《奉和袭美二游诗·任诗》："吴之辟疆园，在昔胜概敌。前闻富修竹，后说纷怪石。"

## 南归偶书二首[①]

帝城南下望江城，此去乡关半月程。同向春分折杨柳，一般别离两般情。

二月不归三月归，已将行箧卷征衣。[②]殷勤未报家园树，缓缓开花缓缓飞。

注释：

①《南归偶书二首》诗见 元 余阙《青阳集》，清文渊阁四库全书本。

②行箧：旅行用的箱子。▶《宋史·忠义传十·马伸》：“故在广陵，行箧一担，图书半之。”

征衣：旅人之衣。▶唐 岑参《南楼送卫凭》：“应须乘月去，且为解征衣。”

# 舒頔

舒頔(1304—1377)，字道原，绩溪(今安徽省绩溪县)人。擅长隶书，博学广闻。曾任台州学正，后时艰不仕，隐居山中。入朝屡召不出，洪武十年(1377年)终老于家。归隐时曾结庐为读书舍，其书斋取名“贞素斋”。《新元史》有传。有《贞素斋集》《北庄遗稿》等。



## 缫丝叹[①]

东家缫丝如蜡黄，西家缫丝白如霜。[②]黄白丝，出蚕口，长短缫，出妇手。大姑停车愁解官，小姑剥茧愁冬寒。[③]向来苦留二月卖，去年宿债今未还。[④]手足皲瘃事亦小，官府鞭笞何日了。[⑤]吏胥夜打门，稚耋生烦恼。[⑥]君不见江南人家种麻胜种田，腊月忍冻衣无边，却过庐州换木绵。

注释：

①《缫丝叹》诗见 元 舒頔《贞素斋集》卷五，清文渊阁四库全书本。

②缫丝：抽茧出丝。▶南朝 宋 鲍照《梦还》：“孀妇当户笑，缫丝复鸣机。”

③停车：原指停下车子，使车停留。此处特指机器停止转动。

解[jiè]官：解送官府。▶明 施耐庵《水浒传》第二回：“他们直恁义气！我若拿他去解官请赏时，反教天下好汉们耻笑我不英雄。”

④宿债：旧债。▶《晋书·穆帝纪》：“八月丁未，立皇后何氏，大赦，赐孝悌鳏寡米，人五斛，逋租宿债皆勿收，大酺三日。”

⑤皲瘃[jūn zhú]：手足受冻坼裂，生冻疮。▶《汉书·赵充国传》：“将军士寒，手足皲

瘃,宁有利哉?”

⑥打门:叩门;敲门。▶唐 卢仝《走笔谢孟谏议寄新茶》:“日高丈五睡正浓,军将打门惊周公。”

## 江城子[①]

积雨陂塘五月秋。[②]送还留。且停舟。听我骊驹,歌彻上庐州。[③]无奈绿窗眉锁恨,情脉脉,思悠悠。[④] 同乡翻作异乡愁。善谋猷。尽优游。[⑤]不见闾阎,谈笑觅封侯。[⑥]勋业此时都莫问,书有便,寄来不。[⑦]

注释:

①《江城子》词见 元 舒頔《贞素斋集》卷八,清文渊阁四库全书本。原词标题下有作者自注:“代人送行”。

②陂塘:池塘。▶《国语·周语下》:“陂塘污庳,以钟其美。”

③骊驹:逸《诗》篇名。古代告别时所赋的歌词。▶《汉书·儒林传·王式》:“谓歌吹诸生曰:‘歌《骊驹》。’”

④绿窗:绿色纱窗。指女子居室。▶唐 李绅《莺莺歌》:“绿窗娇女字莺莺,金雀娅鬟年十七。”

⑤谋猷:计谋,谋略。▶《书·文侯之命》:“亦惟先正克左右昭事厥辟,越小大谋猷,罔不率从,肆先祖怀在位。”

⑥封侯:封拜侯爵。▶《战国策·赵策二》:“贵戚父兄皆可以受封侯。”

⑦有便:得便,方便的话。▶唐 仲无颇《气球赋》:“苟投足之有便,知入门而无必。”

## 代喻景初送王仲才秩满升庐州府史[①]

亭亭九华山,烨烨青芙蓉。[②]郁郁钟间气,挺挺生材雄。[③]王君为时彦,置身簿书丛。[④]分禄来淮西,逢人说江东。无为富鱼米,频年屡兴戎。[⑤]奸贪互杀伐,来往青与红。想当官府初,十室九已空。税赋且缺略,况乃军需供。[⑥]庞然杂群处,愦愦如盲聋。承王奉王命,御下悲下穷。[⑦]乱离慎所处,襟怀自春容。[⑧]一朝书上考,行李何匆匆。[⑨]棹发秀溪月,帆挂巢湖风。庐州古名郡,地衍当要冲。[⑩]似闻太守贤,才美皆升庸。况复薇垣临,恐是夔与龙。[⑪]会当腾踏去,仰羡孤飞鸿。[⑫]

注释:

①《代喻景初送王仲才秩满升庐州府史》诗见 元 舒頔《贞素斋集》卷五,清文渊阁四库全书本。

②烨烨:明亮;灿烂;鲜明。▶唐 卢纶《割飞二刀子歌》:“刀乎刀乎何烨烨,魑魅须藏

怪须慑。”

③挺挺：正直貌。▶《左传·襄公五年》：“《诗》曰：‘周道挺挺，我心扃扃。’”杜预注：“挺挺，正直也。”

④时彦：当代的贤俊，名流。▶晋 陶潜《晋故征西大将军长史孟府君传》：“（褚裒）时为豫章太守，出朝宗亮，正旦大会州府人士，率多时彦，君坐次甚远。”

簿书：官署中的文书簿册。▶《汉书·贾谊传》：“而大臣特以簿书不报，期会之间，以为大故。”

⑤兴戎：发动战争；引起争端。▶《书·大禹谟》：“惟口出好兴戎，朕言不再。”

⑥缺略：欠缺，不完整。▶南朝 梁 萧绮《〈拾遗记〉序》：“世德陵夷，文颇缺略。”

况乃：何况；况且；而且。▶《后汉书·王符传》：“以罪犯人，必加诛罚，况乃犯天，得无咎乎？”

⑦王命：帝王的命令、诏谕。▶《书·康诰》：“惟威惟虐，大放王命。”

⑧舂容：舒缓从容。▶元 祖铭《径山五峰·大人峰》诗：“五髻生云雨，镇踞何舂容。具此大人相，题为大人峰。”

⑨上考：谓官吏考绩列为上等。▶《旧唐书·卢迈传》：“转给事中，属校定考课，迈固让，以授官日近，未有政绩，不敢当上考，时人重之。”

⑩要冲：处在交通要道的形胜之地。▶《后汉书·傅燮传》：“今凉州天下要冲，国家藩卫。”



⑪薇垣：唐开元元年（713）改称中书省为紫微省，简称微垣。元朝称行中书省为薇垣。明洪武九年（1376）改元朝行中书省为承宣布政司，亦沿称为薇省或薇垣。清初也称布政司曰薇垣或薇署。故明清时常以薇垣称相当于中书省的中枢机构或布政司。

⑫仰羡：仰慕，钦羡。▶南朝 宋 谢惠连《祭古冢文》：“仰羡古风，为君改卜。”

飞鸿：飞行着的鸿雁。▶汉 马融《长笛赋》：“尔乃听声类形，状似流水，又象飞鸿。”

## 泰不华

泰不华（1304—1352），初名达普化，文宗赐以今名，字兼善。元蒙古伯牙吾台氏，居台州，英宗至治元年（1321）进士。授集贤修撰。顺帝至正元年（1341），累除绍兴路总管，革吏弊，令民自实田以均赋役。召入史馆，与修辽、宋、金三史。升礼部尚书。十一年（1351），为浙东道宣慰使都元帅，驻温州。次年，迁台州路达鲁花赤，攻方国珍，败死。谥“忠介”。工篆隶，尝考正《复古编》讹字，于经史多有据。

### 送赵伯常淮西宪副①

东华晨雾正霏霏，使者分符向合淝。②封事尚留青琐闼，蒙恩近出紫宸闱。③江涵晓日明楼艓，风引春云上绣衣。[4]珍重故人千里别，绿尊须尽莫相违。[5]

注释：

①《送赵伯常淮西宪副》诗见 元 蒋易《皇元风雅》皇元风雅卷之十三，元建阳张氏梅溪书院刻本。

②东华：泛指朝廷。▶清 龚自珍《送南归者》："布衣三十上书回，挥手东华事可哀。"

③封事：密封的奏章。古时臣下上书奏事，防有泄漏，用皂囊封缄，故称。▶《汉书·宣帝纪》："上始亲政事，又思报大将军功德，乃复使乐平侯山领尚书事，而令群臣得奏封事，以知下情。"

青琐闼：宫门。借指皇宫；朝廷。▶南朝 梁 范云《古意赠王中书》诗："摄官青琐闼，遥望凤凰池。"

④楼艓：一种轻便的快艇。此处代指舟船。

⑤绿樽：酒杯。▶南朝 梁 沈约《酬谢宣城朓诗》："宾至下尘榻，忧来命绿樽。"

## 迺贤

迺贤（1309—?），亦作乃贤，字易之，号河朔外史，合鲁（葛逻禄）部人。元南阳（今河南省南阳市）人，后迁居四明（今浙江省宁波市）。不喜禄仕，能文，长于歌诗。时浙人韩与玉能书，王子充善古文，人目为江南三绝。元顺帝至正间，为翰林编修。有《金台集》《海云清啸集》。

### 巢湖述怀寄四明张子益[1]

忆昔移家东海上，万斛龙骧跨鲸浪。[2]三神宫阙渺何许，弱水茫茫空怅望。[3]前年去作燕山游，羸骖短褐风飕飕。[4]昭王台前月似水，荆卿驿畔天如秋。[5]病骨苦寒情苦倦，南下渎河疾于箭。清晨双橹发吕梁，黄昏已泊桃源县。[6]生来每叹蜀道难，去年我亦登苍山。冯公岭头日不到，肩舆履雪梯孱颜。仆夫缘崖如冻蚁，下俯镡山深涧底。人家半出松树顶，白云却向山腰起。今年四月江西归，小姑正对彭郎矶。[7]三更挂帆海门过，一川草树浮晴晖。我生胡为自役役，孟浪江湖竟何益。[8]清霜镜底萦鬓丝，坐对篝灯空叹息。[9]愁来郁郁不可当，结交赖有张家郎。临风同歌《紫芝曲》，扫石大醉黄金觞。[10]我家南阳天万里，十年不归似江水。秋来忽作故乡思，裹剑囊衣渡扬子。[11]玩鞭亭下江萦纡，淮山楚树青扶疏。[12]一帆西风出巢县，眼明堕此清冰壶。[13]湖水漫漫接天杪，天低更觉青山小。[14]倦飞沙鸟戛渔艇，倒影芙蓉涵碧藻。凉波不动舟如飞，棹歌窅窅声相随。[15]江东云树转头失，淮西山水尤清奇。[16]故人江南不可见，千里相思情眷恋。门外梅花知未发，屋头柿叶题应遍。[17]期君不来争奈何，青天落日摇沧波。[18]明年归来贺山下，与君共读巢湖歌。

注释：

①《巢湖述怀寄四明张子益》诗见 清 陆龙腾《(康熙)巢县志》卷十九，清康熙十二年(1673)刊本。

②龙骧：指大船。晋龙骧将军王濬为伐吴曾造大船。▶宋 苏轼《大风留金山两日》："龙骧万斛不敢过，渔舟一叶从掀舞。"

③怅望：惆怅地看望或想望。▶南朝 齐 谢朓《新亭渚别范零陵》："停骖我怅望，辍棹子夷犹。"

④羸骖：瘦弱的马。▶唐 刘禹锡《送李策秀才还湖南》："忽被戒羸骖，薄言事南征。"

⑤荆卿：指刺客荆轲。▶《史记·刺客列传》："荆轲者，卫人也……之燕，燕人谓之荆卿。"

⑥吕梁：山名。在今山西省西部，位于黄河与汾河间。主峰在离石县东北。夏禹治水，凿吕梁以通黄河，即指此。▶《吕氏春秋·爱类》："昔上古龙门未开，吕梁未发，河出孟门，大溢逆流。"

⑦彭郎：江西彭泽县南岸有澎浪矶，隔江与大、小孤山相望，俚因转"孤"为"姑"，转"澎浪"为"彭郎"，云"彭郎者，小姑婿也"，后遂以此相传。见 宋 欧阳修《归田录》卷二。▶宋 苏轼《李思训画长江绝岛图》："舟中贾客莫漫狂，小姑前年嫁彭郎。"

⑧役役：劳苦不息貌。▶《庄子·齐物论》："终身役役，而不见其成功。"

⑨篝灯：谓置灯于笼中。▶《宋史·陈彭年传》："彭年幼好学，母惟一子，爱之，禁其夜读书，彭年篝灯密室，不令母知。"

⑩紫芝曲：相传秦末东园公、绮里季、夏黄公、甪里先生避乱隐居，称商山四皓。作歌曰："漠漠商洛，深谷威夷。晔晔紫芝，可以疗饥。皇农邈远，余将安归？驷马高盖，其忧甚大。富贵而畏人，不若贫贱而轻世。"见《乐府诗集·琴曲歌辞二》，题作《采芝操》。唐人作《紫芝曲》，亦称《紫芝歌》《紫芝谣》。亦泛指隐逸避世之歌。▶唐 张九龄《商洛山行怀古》："长怀赤松意，复忆《紫芝歌》。"

⑪囊衣：汉王吉(字子阳)为官清廉，离任无余财，所载仅一囊衣而已。见《汉书·王吉传》。后以"囊衣"为居官不蓄财的典实。▶五代 李瀚《蒙求》："王阳囊衣，马援薏苡。"

⑫萦纡：盘旋环绕。▶汉 班固《西都赋》："步甬道以萦纡，又杳窱而不见阳。"

⑬冰壶：此处借指月亮或月光。▶唐 元稹《献荥阳公》："冰壶通皓雪，绮树眇晴烟。"

⑭天杪：犹天际。▶宋 张先《熙州慢·赠述古》词："潇湘故人未归，但目送游云孤鸟。际天杪，离情尽寄芳草。"

⑮窅[yǎo]窅：象声词。▶唐 韩愈 孟郊《远游联句》："灵瑟时窅窅，霠猿夜啾啾。"

⑯云树：云和树。▶南朝 梁 刘孝威《和皇太子春林晚雨》："云树交为密，雨日共成虹。"

⑰柿叶：柿树的叶子。经霜即红。诗文中常用以渲染秋色。▶唐 白居易《寄内》："桑条初绿即为别，柿叶半红犹未归。"

⑱沧波：碧波。▶南朝 梁 刘勰《文心雕龙·知音》："阅乔岳以形培塿，酌沧波以喻畎浍。"

## 张仲深

张仲深（？—约1338前后），字子渊，元庆元路（今浙江省宁波市）人。约元惠宗至元中前后在世。生平事迹不详。著有《子渊诗集》六卷，《四库总目》多与道贤、杨维桢、张雨、危素、袁华、周焕文、韩性、乌本良斯道兄弟倡和之作。古诗冲澹，颇具陶韦风格。

### 怀严侯在庐州[①]

九十春光强半阴，蛮风日日振平林。[②]海天花柳愁无际，江郭旌旗驻转深。[③]驿骑通宵催调发，故人终岁绝声音。吾生赖有园庐在，吟尽黄昏思不禁。[④]

去岁风狂薄海涯，今朝霪雨转如麻。自缘地僻多啼鸟，不管春深又落花。千里荒城宵警柝，一年征戍日思家。[⑤]丘山想有栖迟者，独立衡门数暝鸦。[⑥]

注释：

①《怀严侯在庐州》诗见 元 张仲深《子渊诗集》卷四七言律诗，清文渊阁四库全书本。

②九十：指一季。一季九十日。▶唐 陈陶《春归去》："九十春光在何处，古人今人留不住。"

③花柳：花木、柳树。▶唐 杜甫《遭田父泥饮美严中丞》："步屧随春风，村村自花柳。"

④不禁：抑制不住，不由自主。▶明 刘基《怨王孙》词："不禁清泪，暗里洒向孤灯结成冰。"

⑤警柝：警夜时敲击以报更的木梆。▶唐 苏颋《奉和圣制登太行山中言志应制》："晓岩中警柝，春事下蒐田。"

⑥衡门：原指横木为门，指简陋的房屋。借指隐者所居。▶汉 蔡邕《郭有道碑文》："尔乃潜隐衡门，收朋勤诲，童蒙赖焉，用祛其蔽。"

## 丁复

丁复（？—约1312前后），字仲容，号桧亭，天台（今属浙江）人。早年有诗名，延祐初北游京师，公卿大夫奇其才，与杨载、范梈等一同被荐，拟授馆阁之职。丁复"复度当国者不能用，不俟报可，翩然去之。"晚年寓居金陵。生平事迹见《草堂雅集》卷八、

《元诗选·二集》小传、《元诗纪事》卷一四。其诗自然俊逸，不事雕琢。有《桧亭集》九卷。《元诗选·二集》选其诗一百二十六首。

## 送郭经历之淮西宪幙①

淝水绿逶迤，淝山青陆离。②江天清共远，沙鸟白相宜。③百炼精金在，孤忠圣主知。④幕莲非久地，台柏有高枝。⑤

注释：

①《送郭经历之淮西宪幙》诗见 元 丁复《桧亭集》卷五近体，清文渊阁四库全书补配清文津阁四库全书本。

宪幙：即宪幕。即肃政廉访司的幕僚。元代，肃政廉访司俗称“宪司”“监司”，其前身为提刑按察司，主纠察地方吏治、政治得失。

②陆离：参差错综。▶《文选·扬雄》：“声骈隐以陆离兮，轻先疾雷而馺遗风。”

③沙鸟：沙滩或沙洲上的水鸟。▶唐 钱起《江行无题》：“櫂惊沙鸟迅，飞溅夕阳波。”

④精金：精炼的金属。亦指纯金。▶《后汉书·鲜卑传》：“精金良铁，皆为贼有。”

⑤高枝：比喻高的地位或地位高的人。▶唐 罗隐《寄酬邺王罗令公》之二：“正忧末派沦沧海，忽见高枝拂绛霄。”



## 祖孝子行①

海上干戈初定乱，建安小丑黄华叛。②畬豪斩灭如摧薪，官军虏掠无平民。③浦江近县祖家妇，小儿六岁啼思母。④乌翔野树心欲飞，花发阶萱泪如雨。多情最是城头月，夜夜空堂照离苦。⑤惶惶二十八年秋，长溪未断双泪流。若有神人说消息，汝母落在河南州。河南州府名无数，陈汝许颍在何处。泣辞严君拜庭下，历遍江淮远寻去。险逾绝岭下大湖，康郎彭蠡大小孤。题书还家纸痕湿，焚香祷空心力劬。⑥舒州官司船尽拘，挥汗困走赤日途。棠梨馆中风雨恶，北陕关头虎夜呼。⑦庐州马监人姓胡，重怜客苦借蹇驴。⑧汝州鲁山亦易到，道中有客还闲无。阿儿念母复念父，五月二十两初度。⑨寿觞漫对天涯举，母在谁家儿在路。夷陵店主称捷径，少减路程还到颍。家兄官满梦中归，小弟弃官非为冷。东门上蔡绝晨炊，西平枝官千籴诗。⑩四旬作客长驱日，半夜怀人独坐时。鸦路山前闻笛处，牛归庄上梧相与。⑪崔桥得信喜何如，况有神人月圆语。中元唐州别盖乡，母子相逢泪几行。儿方童稚齿今壮，母过中年发已苍。泪尽喜色始满眼，百拜灯前进寿觥。人情半月暂留连，奉母却上唐州船。家人日久占乌雀，客舍秋深闻杜鹃。习家池傍一尊酒，清秋更上船中寿。姮娥不放月照人，涩雨酸风一何久。⑫江村社鼓乐枌榆，为母就船买鲤鱼。

汉川风冷星摇动，病中先有还家梦。江州饶州又信州，奔湍逆折归始休。登高聊送望乡目，晓日板舆初就陆。[13]赤脚庄妇夹路迎，白头邻妪牵衣哭。母有孝子归乡关，我有夫儿生不还。笑貌未改语音是，较比去时差老颜。门闾盛有诗书族，贺辞争拟朱康叔。千年相去独何人，惟有浩然继其躅。养吾携归无弟妹，寿昌当年无父在。[14]即如吟咏发性情，绝胜血经求忏悔。[15]朝臣喜闻祖孝子，叙事赠言书满纸。[16]何不闻之圣明主，为述乱离付青史。我闻皇元之烈祖，应天顺人示神武。潢池盗弄赤子耳，胡乃官军甘杀掳。[17]阿蒙覆铠斩乡人，小国之吴民安堵。[18]

注释：

①《祖孝子行》诗见 元 丁复《桧亭集》卷三古体，清文渊阁四库全书补配清文津阁四库全书本。原诗标题下有作者自注："祖生，名浩然，字养吾。"

②定乱：平定祸乱。▶南朝 梁 刘勰《文心雕龙·檄移》："夫兵以定乱，莫敢自专。"

③斩灭：斩除灭绝。▶宋 无名氏《李师师外传》："若辈高爵厚禄，朝廷何负于汝，乃事事为斩灭宗社计？"

④近县：邻近之县。▶《文选·司马相如〈喻巴蜀檄〉》："方今田时，重烦百姓，已亲见近县。"

⑤离苦：佛教语。脱离苦难。▶南朝 宋 何承天《答宗居士书》："泥洹以离苦为乐，法身以接苦为身，所以使餐仰之徒，不能自绝耳。"

⑥题书：写信。▶唐 杜甫《与严二郎奉礼别》："诸将归应尽，题书报旅人。"

⑦棠梨馆：即棠梨宫。▶《文选·扬雄〈甘泉赋〉》："度三峦兮偈棠梨。"唐 李周翰 注："度三峦山，息棠梨馆。"

⑧马监：官名，亦为官署名。掌马政。▶《汉书·金日磾传》："日磾长八尺二寸，容貌甚严，马又肥好，上异而问之，具以本状对。上奇焉，即赐汤沐衣冠，拜为马监。"整个元朝时期，庐州官牧马场是在南方的官牧场中除云南牧场之外地位最紧要的一处。

⑨初度：谓始生之年时。▶《楚辞·离骚》："皇览揆余初度兮，肇锡余以嘉名。"后因称生日为"初度"。

⑩枝官：冗官；闲散无用的官。▶《韩非子·和氏》："不如使封君之子孙三世而收爵禄，绝灭百吏之禄秩，损不急之枝官，以奉选练之士。"

⑪鸦路：鸦飞之路，比喻遥远难行的路程。▶唐 萧颖士《重阳日陪元鲁山德秀登北城瞩对新霁因以赠别》诗："绵连滍川回，杳渺鸦路深。"

⑫酸风：指刺人的寒风。▶唐 李贺《金铜仙人辞汉歌》："魏官牵车指千里，东关酸风射眸子。"

⑬板舆：古代一种用人抬的代步工具，多为老人乘坐。后因以代指官吏在任迎养父母之词。▶晋 潘岳《闲居赋》："太夫人乃御板舆，升轻轩，远览王畿，近周家园。"

⑭寿昌：长寿昌盛。▶《晋书·穆帝纪》："督护戴施获其传国玺，送之，文曰'受天之命，皇帝寿昌'，百僚毕贺。"

⑮血经：此处指用血抄写的经书。

⑯赠言：用良言相勉励，多用于临别之时。语本《荀子·非相》："故赠人以言，重于金石珠玉。"▶唐 骆宾王《夏日游德州赠高四》诗："赠言虽欲尽，机心庶应绝。"

⑰盗弄：盗窃玩弄；盗用。▶《汉书·循吏传·龚遂》："海濒遐远，不霑圣化，其民困于饥寒而吏不恤，故使陛下赤子盗弄陛下之兵于潢池中耳。"

胡乃：何乃。▶唐 李白《古风》之二三："人生鸟过目，胡乃自结束。"

⑱安堵：犹安居。▶《史记·田单列传》："即墨即降，愿无虏掠吾族家妻妾，令安堵。"

潘纯，字子素，元庐州合肥(今安徽省合肥市)人。风度高远。壮游京师，名公卿争相延致。尝著《辊卦》，以讽当世。文宗欲捕治之，乃亡走江湖间。后为行台御史纳璘之子安安所杀。有《子素集》。其歌诗秀丽清郁，人以谓李义山、温飞卿殆不能过也。其吊岳武穆一篇，尤为一时传诵。

## 送杜元父赴南台掾①



故国江山在，行台地望优。②顾赡乌亦好，却忆凤曾游。③寺影清溪晓，蝉声玉树秋。郎官多古意，莫上最高楼。

注释：

①《送杜元父赴南台掾》诗见 清 顾嗣立《元诗选》三集卷十一，清文渊阁四库全书本。

南台：东汉以后对御史台的代称。因在宫阙西南，故得名。▶南朝 梁元帝《荐鲍几表》："前宰东邑，实有二鲁之风；近处南台，欲尊两鲍之则。"

②行台：台省在外者称行台。魏、晋始有之，为出征时随其所驻之地设立的代表中央的政务机构，北朝后期，称尚书大行台，设置官属无异于中央，自成行政系统。唐朝贞观以后渐废。金、元时期，因辖境辽阔，又按中央制度分设于各地区，有行中书省(行省)、行枢密院(行院)、行御史台(行台)，分别执掌行政、军事及监察权。行省实即继承前代的行台制度。

③顾赡：在生活上照应，供给所需。



## 山行即事①

石子路三叉，居人八九家。绿分邻寺竹，红出矮墙花。野老能娱客，山泉自煮茶。茜裙谁氏子，赤脚髻双丫。②

注释：

①《山行即事》《题周公瑾墓》《题岳武穆王坟二首》诗见 清 顾嗣立《元诗选》三集卷十一，清文渊阁四库全书本。

②茜裙：指女子。▶南唐 李中《溪边吟》："茜裙二八采莲去，笑冲微雨上兰舟。"

## 题周公瑾墓[①]

伯符早世将军死，邺下群臣贺魏公。[②]石马荒凉眠道左，紫髯仓卒帝江东。二乔信是倾城色，甲第空规建业宫。[③]百尺孤坟盖春草，远林寒食纸钱风。

注释：

①《题周公瑾墓》诗见 清 顾嗣立《元诗选》三集卷十一，清文渊阁四库全书本。

周公瑾墓：周瑜墓，位于安徽省合肥市庐江县庐城镇。明正统七年（1442），提学御史彭勖令知县黄金兰重加修葺，并立"吴名将周公瑾之墓"碑碣。1989年7月11日，安徽省人民政府批准庐江周瑜墓为省重点文物保护单位。

②早世：过早地死去；夭死。▶《左传·昭公三年》："则又无禄，早世殒命，寡人失望。"

③甲第：旧时豪门贵族的宅第。▶《史记·孝武本纪》："赐列侯甲第，僮千人。"

## 题岳武穆王坟二首[①]

海门寒日澹无晖，偃月堂深昼漏稀。[②]万灶貔貅江上老，两宫环佩梦中归。[③]内园羯鼓催花发，小殿珠帘看雪飞。[④]不道帐前胡旋舞，有人行酒著青衣。[⑤]

湖水春来自绿波，空林人迹少经过。[⑥]夜寒石马嘶风雨，日落山精泣薜萝。江左长城真自坏，邺中明月竟谁歌。惟馀满地苌弘血，草色年深碧更多。[⑦]

注释：

①《题岳武穆王坟二首》诗见 清 顾嗣立《元诗选》三集卷十一，清文渊阁四库全书本。

岳武穆王坟，即岳飞墓，位于浙江省杭州市栖霞岭南麓。岳飞墓建于南宋嘉定十四年（1221），经过历朝历代，至今仍保存较好，建筑规格曾在清康熙五十四年（1715）重建时改变。1979年，岳飞墓按南宋建筑风格全面整修，全墓分为忠烈祠区、墓园区、启忠祠区三大部分。1961年3月4日，岳飞墓被国务院核定公布为第一批全国重点文物保护单位。

②海门：入海口，内河通海之处。▶唐 韦应物《赋得暮雨送李胄》："海门深不见，浦树远含滋。"

昼漏：意为白天的时间。漏就是漏壶，古代计时的器具。▶汉 荀悦《汉纪·成帝纪四》:“上素康壮无疾病,向晨欲起,因失音不能言,昼漏十刻而崩。”

③貔貅:中国古代传说中的猛兽,,雄性名为“貔”,雌性名为“貅”。多连用以比喻勇猛的战士。▶元 王实甫《西厢记》第二本楔子:“羡威统百万貔貅,坐安边境。”

④羯鼓:古代打击乐器的一种。起源于印度,从西域传入,盛行于唐朝开元、天宝年间。

《通典·乐四》:“羯鼓,正如漆桶,两头俱击。以出羯中,故号羯鼓,亦谓之两杖鼓。”

⑤胡旋舞:古代西北民族的舞蹈。源出自中亚的康国,唐朝时传入,以各种旋转动作为主。史载,安禄山就擅长此舞,舞时“其疾如风”。▶唐 段安节《乐府杂录·俳优》:“舞有骨鹿舞、胡旋舞,俱于一小圆毬子上舞,纵横腾踏,两足终不离于毬子上,其妙如此也。”

⑥长城真自坏:比喻自己削弱自己的力量或自己破坏自己的事业。典出▶《南史·檀道济传》:“乃坏汝万里长城。”

⑦苌弘:亦作“苌宏”。古人名。周景王、敬王时代的大臣刘文公所属大夫。字叔,又称苌叔。刘氏与晋国范氏世为婚姻。因在晋卿内讧中帮助范氏,而被赵鞅声讨,苌弘被周人杀死。传说死后三年,其血化为碧玉。事见《左传·哀公三年》。后亦用以借指屈死者的形象。▶《庄子·外物》:“人主莫不欲其臣之忠,而忠未必信,故伍员流于江,苌弘死于蜀,藏其血三年,而化为碧。”



## 郭钰

郭钰(1316—?),字彦章,别号静思。元江西吉水(今江西省吉水县)人。元末遭乱,隐居不仁。明初,以茂才征,辞疾不就。生平转侧兵戈,为诗多愁苦之辞。著有《静思集》十卷。

### 送胡元礼归合淝省亲[①]

秋风林薄暮萧骚，千里庭闱属望劳。[②]天入秦关开去棹，霜飞楚峡拥征袍。每看潘岳闲居好，始信张翰归去高。[③]我亦天涯漂泊久，因君愁思满江皋。

注释:

①《送胡元礼归合淝省亲》诗见 元 郭钰《静思集》十卷,清文渊阁四库全书本。

②庭闱:内舍。多指父母居住处。▶《文选·束晰〈补亡〉诗》:“眷恋庭闱,心不遑安。”李善 注:“庭闱,亲之所居。”

属望:期望。▶《后汉书·李固传》:“既拔自困殆,龙兴即位,天下喁喁,属望风政。”

③潘岳闲居:魏晋名士西晋潘岳有才名,做官多次。元康六年(296),潘岳从长安回京任博士。因母病去官,时年五十岁。潘岳回顾三十年的官宦生活,仕途沉浮,一时心灰意

懒，产生了归隐田园的意念，因而创作名赋《闲居赋》。

张翰归去：用“张翰思鲈”典。魏晋名士张翰“因见秋风起，乃思吴中菰菜、莼羹、鲈鱼脍，曰：‘人生贵得适志，何能羁宦数千里以要名爵乎！’遂命驾而归。”身在洛阳朝堂上的张翰，秋风中因思念家乡苏州的茭白、莼菜、鲈鱼，无意官场，遂辞官回乡。

赵汸(1319—1369)，字子常，元休宁县(今安徽省休宁县)人。自幼颖敏，师事黄泽，受易象春秋之学。隐居著述，作东山精舍以奉母。洪武二年(1369)，召修元史。不愿出仕，乞还山。未几，卒。学者称东山先生。尤精研春秋之学，著有《春秋集传》《左氏补注》《师说》《周易文诠》《四库珍本》《东山存稿》等。

## 杨行密疑冢[①]

荒郊石羊眠不起，枯冢累累各相似。海陵冤骨无人收，岂有儿孙来擘纸。几堆空土效曹瞒，百战江南帝徐李。龙山突兀表忠祠，至今父老思钱氏。

注释：

①《杨行密疑冢》诗见 明 曹学佺《石仓历代诗选》卷三百六十一明诗初集八十一，清文渊阁四库全书补配清文津阁四库全书本。

杨行密(852—905)，原名行愍，字化源，唐末庐州合肥(今安徽省合肥市)人。五代十国时期吴国奠基人，史称南吴太祖。杨行密于江淮举起割据大旗，遏止朱温南进步伐，成功避免全国更大范围动乱。其奠基之吴国，实现由藩镇向王国的转型，南方割据势力与北方中原政权并存的局面得以实现，为南唐奠定基础，开启唐宋之交政治整合和经济文化中心南渐先河，有“十国第一人”之誉。唐昭宗天祐二年(905)，杨行密去世，年五十四岁。唐朝追谥他为吴武忠王，吴国武义年间改谥吴孝武王，其子杨溥即帝位时追尊其为武皇帝，庙号太祖。合肥市长丰县吴山镇，有杨行密墓，民间俗称吴王墓。“吴王遗踪”为合肥市旧十景之一。

王逢(1319—1388)，字原吉，号最闲园丁、最贤园丁，又称梧溪子、席帽山人，元末江阴(今江苏省江阴市)人。元至正中，作《河清颂》，台臣荐之，称疾辞。避乱于淞之青龙江，再迁上海乌泥泾，筑草堂以居，自号最闲园丁。辞张士诚征辟，而为之划策，使降元以拒朱氏。明洪武十五年(1382)以文学录用,谢辞。卒年七十。

王逢诗多怀古伤今,于张士诚之败亡,颇多感慨。有《梧溪诗集》七卷,记载元、明之际人才国事,多史家所未备。另著有《杜诗本义》《诗经讲说》二十卷。亦擅长作行草,初非经意,大率具书家风范。

## 闻武昌庐州二藩王渡海归朝[①]

茅土分封在，金章渡海归。[②]事殊生马角，心愧著戎衣。[③]星月晶光并，山河带砺非。[④]秋风紫塞上，依旧雁南飞。[⑤]

注释:

①《闻武昌庐州二藩王渡海归朝》诗见 元 王逢《梧溪集》梧溪集卷第二,清知不足斋丛书本。

武昌庐州二藩王:指镇武昌的元朝威顺王孛儿只斤·宽彻不花和镇庐州的元朝宣让王孛儿只斤·帖木儿不花。二王分别为脱欢第三子和第四子,皆为元世祖忽必烈之孙。

②茅土:指王、侯的封爵。古天子分封王、侯时,用代表方位的五色土筑坛,按封地所在方向取一色土,包以白茅而授之,作为受封者得以有国建社的表征。



③马角:指灾异之兆。▶明 刘基《梁甫吟》:"外间皇父中艳妻,马角突兀连牝鸡;以聪为聋狂作圣,颠倒衣裳行蒺藜。"

④晶光:指光亮的感觉。▶唐 岑参《至大梁却寄匡城主人》:"四郊阴气闭,万里无晶光。"

带砺:亦作"带厉",指衣带和砥石。▶《史记·高祖功臣侯者年表》:"封爵之誓曰:'使黄河如带,泰山若厉。国以永宁,爰及苗裔。'"后因以"带厉"为受皇家恩宠,与国同休之典。

⑤紫塞:北方边塞。▶晋 崔豹《古今注·都邑》:"秦筑长城,土色皆紫,汉塞亦然,故称紫塞焉。"



## 哀公显道宪史有引[①]

显道，讳大有，归德之宁陵人。至正辛巳（1341），以书经中河南乡试，授庐州儒学正。甲午（1354），辟淮西宪史。明年，从分宪按蕲黄。红巾陷庐，母妻女侄举莫知所向。乃客授吴中，既病学者于《朱子》《四书》有所未通，著《思问录》四卷，学者便焉。张太尉凡两聘，擢并辞。甲辰（1364）春，有自庐以母丧来告者。显道北望长号，日夜痛心，遂致疾卒。葬吴县笔枪坞子，某甫六月。于乎可哀也，已诗曰：

壮日乡书荐，中年宪幕趋。[②]亲容千里隔，世乱一朝俱。醴酒浓辞楚，莼羹美厌吴。[3]私怜鹏臆对，谁恤凤毛殊。[4]

注释：

①《哀公显道宪史有引》见 元 王逢《梧溪集》梧溪集卷第四下，清知不足斋丛书本。

②乡书：周制，乡学三年大比，乡老与乡大夫荐乡中贤能之书于王，谓之"乡书"或"乡老书"。后世科举因以"乡书"代指乡试中式。

③醴酒：甜酒。▶《礼记·丧大记》："始食肉者，先食干肉；始饮酒者，先饮醴酒。"

④鵩[fú]臆对：鵩是古书中记载的一种不祥之鸟，行似猫头鹰。鵩臆对语出贾谊《鵩鸟赋》。指以胸臆为对，犹意对。▶汉 贾谊《鵩鸟赋》："鵩迺叹息，举首奋翼，口不能言，请对以臆。"

凤毛：凤凰的羽毛。亦比喻珍贵稀少之物。常与麟角组成词汇"凤毛麟角"。▶唐 王勃《乾元殿颂》序："桐圭作瑞，凤毛曜丹穴之英。"

## 罗贯中

罗贯中(1330—1400)，名本，字贯中，别号湖海散人。明代著名小说家。明太原府祁县人(一说钱塘人或庐陵人)。亦善词曲和隐语。著作颇丰，有剧本《赵太祖龙虎风云会》《忠正孝子连环谏》《三平章死哭蜚虎子》，小说《隋唐两朝志传》《残唐五代史演义》《三遂平妖传》《粉妆楼》《三国演义》，与施耐庵合著《水浒传》等。

### 逍遥津上玉龙飞[1]

的卢当日跳檀溪，又见吴侯败合淝。[2]退后着鞭驰骏骑，逍遥津上玉龙飞。

注释：

①《逍遥津上玉龙飞》诗引自明 罗贯中《三国演义》六十七回《曹操平定汉中地 张辽威震逍遥津》。

②的卢：额部有白色斑点的马。▶《三国志·蜀志·先主传》："荆州豪杰归先主者日益多，表疑其心，阴御之。"裴松之 注 引《世语》："备屯樊城，刘表礼焉，惮其为人，不甚信用。曾请备宴会，蒯越、蔡瑁欲因会取备，备觉之，伪如厕，潜遁出。所乘马名的卢，骑的卢走，堕襄阳城西檀溪水中，溺不得出。备急曰：'的卢，今日危矣，可努力。'的卢乃一踊三丈，遂得过。"

王翰(1333—1378),字用文,号时斋,仕名那木罕,号友石山人。先世为西夏人,元初授领兵千户,镇庐州,遂为庐州(今安徽省合肥市)人。少年袭爵,有能名,累迁江西、福建行省郎中,授潮州路总管,兼督循、梅、惠三州。元亡,弃官隐居福建永福(属永泰县)山,自号友石山人。明初,累征辟不至。洪武十一年(1378),强起至梧溪(闽江下游支流),自决身亡。王翰秉性廉悍,遇事敢断,吏畏民怀。仕宦多载,家无余积。工诗,善书。著有《友石山人遗稿》。

## 题菊[①]

我忆故园时,绕篱种佳菊。交叶长青葱,余英吐芳馥。别来二十载,粲粲抱幽独。[②]岂无桃李颜?岁晚同草木。及兹睹余芳,使我泪盈掬。[③]离披已欲催,潇洒犹在目。雨露岂所偏,岁月不可复。归去来南山,餐英坐空谷。[④]

注释:

①《题菊》诗见 元 王翰《友石山人遗稿》,民国八年(1919)吴兴刘氏嘉业堂刊本。

②粲粲:鲜明貌。▶《诗·小雅·大东》:"西人之子,粲粲衣服。"朱熹 集传:"粲粲,鲜盛貌。"

③盈掬:亦作"盈匊"。满捧。两手合捧曰匊。▶《诗·唐风·椒聊》:"椒聊之实,蕃衍盈匊。"

④餐英:《楚辞·离骚》:"朝饮木兰之坠露兮,夕餐秋菊之落英。"后世咏菊时遂用"餐英"为典故,隐寓高洁之意。▶元 王翰《题菊》:"归去来南山,餐英坐空谷。"

## 闻大军渡淮[①]

挟策南游已十年,梦魂几度拜幽燕。[②]王师近报清淮甸,羽檄当今到海壖。[③]妖气苍茫空独恨,生民憔悴竟谁怜。庙堂早定匡时策,我亦归耕栗里田。[④]

注释:

①《闻大军渡淮》诗见 元 王翰《友石山人遗稿》,民国八年(1919)吴兴刘氏嘉业堂刊本。本诗标题又作《闻大军渡江》。

②挟策:亦作"挟筴"。胸怀计谋、建议。▶ 明 宋濂《〈桂氏家乘〉序》:"周末有季桢者,与其弟畦挟策以干诸侯。"

③原诗"羽檄当今到海壖"句又作"羽檄今当到海壖。"

海壖：亦作"海堧"。海边地。亦泛指沿海地区。▶唐 柳宗元《南省转牒欲具江国图令尽通风俗故事》："圣代提封尽海壖，狼荒犹得纪山川。"

④栗里：地名。在今江西省九江市西南。东晋陶潜曾居于此。▶南朝 梁 萧统《陶靖节传》："渊明尝往庐山，弘命渊明故人庞通之赍酒具于半道栗里之间。"

徐贲(1335—1393)，字幼文，号北郭生，元明间苏州府长洲(今江苏省苏州市)人。工诗善画。为十才子之一，又与高启、杨基、张羽合称吴中四杰。元末为张士诚掾属。张氏亡，谪临濠。洪武二年放归。后授给事中，改御史，巡按广东。官至河南左布政使。以征洮岷军过境，犒劳不时，下狱死。有《北郭集》。

## 送潘士谦归庐州省亲①

微名虽不偶，且得奉慈亲。②为客逢多难，还乡有几人。凫鹥江郭雨，桑枣楚郊春。③此去寻闾里，俱非旧识邻。

注释：

①《送潘士谦归庐州省亲》诗见 明 徐贲《北郭集》卷六五言律五言排律，四部丛刊三编景明成化刻本。

②微名：微贱之名，常用作谦词。▶明 王世贞《鸣凤记·忠佞异议》："司马清曹，郎官节钺，微名已序鸳列。光岳攸钟，须知要守全节。"

不偶：不遇，不合。后引申为命运不好。▶汉 王充《论衡·命义》："行与主乖，退而远，不偶也。"

③凫鹥：凫和鸥，泛指水鸟。▶《诗·大雅·凫鹥》："凫鹥在泾，公尸来燕来宁。"

楚郊：指楚地。庐州之地位于吴头楚尾，故称楚地。▶唐 李峤《雉》："楚郊疑凤出，陈宝若鸡鸣。"

## 郭奎

郭奎，字子章，号望云，以字行。元末巢县(今安徽省巢湖市)人。"少游余忠宣公之门，青阳遗集其所藏弃也。元末仗剑从军，遍游大江以西及燕赵淮楚间。"后朱文正开府洪都，聘为参谋。有《望云集》。

## 游罗汉寺[①]

步出城东门，褰裳涉西澨。[②]幽寻穷四郊，日入未遑已。[③]逍遥远尘踪，夕憩空门里。阴阶转长廊，金碧炫晴绮。园池清且深，水竹澹如洗。追念畴昔欢，岂谓重来此。[④]春日忽载阳，百物含芳蕊。好鸟向我鸣，高僧见人起。闲云石上生，天花覆瑶几。信宿方告还，行行讵能止。[⑤]

注释：

①《游罗汉寺》诗见 清 陆龙腾《(康熙)巢县志》卷十九，清康熙十二年(1673)刊本。

②褰裳：撩起下裳。▶《诗·郑风·褰裳》："子惠思我，褰裳涉溱。"

澨[shì]：水边。

③日入：太阳落下去。▶《谷梁传·庄公七年》："日入至于星出，谓之昔。"

④畴昔：往日，从前。▶《礼记·檀弓上》："予畴昔之夜，梦坐奠于两楹之间。"

⑤讵能：岂能。▶南朝 梁 江淹《休上人怨别》："宝书为君掩，瑶瑟讵能开。"

## 过皖城吊青阳先生[①]



维舟大江浒，揽梯登兹城。[②]哲人不复见，黄鸟悲且鸣。[③]高山尚岩岩，梁木何其倾。[④]忽逢旧耆老，向我宣忠贞。明公宿有誓，慷慨存遗铭。死即为厉鬼，生当殄长鲸。[⑤]应敌既神武，百战纵以横。精诚贯白日，天子无援兵。岁久矢石竭，捐躯全令名。

注释：

①《过皖城吊青阳先生》诗见 民国 刘原道《居巢诗征》卷一，刘氏蛰园刊本。

青阳先生：指余阙。

②维舟：系船停泊。▶南朝 梁 何逊《与胡兴安夜别》："居人行转轼，客子暂维舟。"

③黄鸟：此处指《诗经·秦风》篇名。▶《左传·文公六年》："秦伯任好卒，以子车氏之三子奄息、仲行、鍼虎为殉，皆秦之良也。国人哀之，为之赋《黄鸟》。"

④梁木：栋梁。亦以喻能负重任的人才。▶晋 潘岳《杨仲武诔》："魂兮往矣，梁木实摧。"

⑤长鲸：喻巨寇。▶唐 刘知几《史通·叙事》："论逆臣则呼为问鼎，称巨寇则目以长鲸。"

## 望黄山①

昔曾避地黄山曲，今在丹崖正面看。②晓翠障空迷去马，晴霞迎日见飞鸾。九华高并芙蓉秀，五老遥连瀑布寒。中有羽人期汗漫，拂衣松石待休官。③

注释：

①《望黄山》诗见 清 陆龙腾《(康熙)巢县志》卷十九，清康熙十二年(1673)刊本。

②避地：亦作“避墬”。谓迁地以避灾祸。▶《汉书·叙传上》：“始皇之末，班壹避墬于楼烦，致马牛羊数千群。”

③汗漫：渺茫不可知。▶《淮南子·道应训》：“吾与汗漫期于九垓之外。”

## 山中喜晴①

山中十日喜风雪，雾雨作寒才放晴。千涧水从松杪落，半空云逐马头行。居人向暖分茶树，啼鸟知春唤客名。不惜看花兼问酒，东风归路布袍轻。

注释：

①《山中喜晴》诗见 清 陆龙腾《(康熙)巢县志》卷十九，清康熙十二年(1673)刊本。



## 张宪

张宪，字思廉，元山阴(今浙江省绍兴市)人。因家居玉笥山，自号玉笥生。学诗于杨维桢，最受赞许。少负才不羁，慕战国鲁仲连为人事迹，不治产业、誓不娶、不归乡里。纵谈天下事，被视为狂生。晚为张士诚所招。署太尉府参谋，稍迁枢密院都事。元亡后，周游四方，不娶妻，不返乡里。后到杭州，寄食寺院终老。有《玉笥集》十卷，《四库总目提要》评称其作“磊落肮脏，豪气坌涌。”

## 合肥战①

合肥战。当阳坂能以穷兵拒曹操，逍遥津不能以合师抗张辽。宁、统诸将不及飞远矣，赋合肥战。

合肥战，战甚力。□荡寇将军持锐戟。②紫髯郎君马飞空。③江表虎臣俱辟易。④君不见，□□□□□瞋目横矛决死敌。□百万曹兵莫敢逼。⑤止啼之威未为特，⑥

惜矣江东无益德。□

注释：

①《合肥战》诗见元张宪《玉笥集》十卷卷一，浙江鲍士恭家藏本。宁、统：指甘宁、凌统等吴将。

②原诗“荡寇将军持锐戟”句下有注：甘宁。甘宁为三国时期孙吴名将，官至西陵太守，折冲将军，以铁戟为兵器。凌统，曾任荡寇将军。

③原诗“紫髯郎君马飞空”句下有注：孙权。

④辟易：此处指退避，避开。▶《史记·项羽本纪》：“是时，赤泉侯为骑将；追项王，项王瞋目叱之，赤泉侯人马俱惊，辟易数里。”

⑤原诗“百万曹兵莫敢逼”句下有注：张飞。

⑥止啼之威：张辽在逍遥津以八百骑大破东吴十万大军。一时威震江东，人人胆寒。小儿闻其名，夜间不敢啼哭。

刘善，宪使①。



## 冶父山②

剑飞云气合，雾老玉为岑。古佛能谈法，山僧欲问心。钟鸣鱼出定，树暝鸟呼林。独有埋轮使，仓忙月下吟。③

注释：

①宪使：元代官职肃政廉访使的别称，主管监察事务。

②《冶父山》诗见 清 吴宾彦修 王方岐纂《(康熙)庐江县志》卷十六，清康熙三十七年(1698)刻本。

③埋轮：比喻月落。轮，喻月。▶唐 唐彦谦《七夕》：“露白风清夜向晨，小星垂珮月埋轮。”

# 明

# 陶安

陶安(1315—1368),字主敬。元末明初太平府当涂(今安徽省当涂县)人。元至正四年(1344)举人,授明道书院山长,避乱家居。朱元璋取太平,陶安出迎,留参幕府,任左司员外郎。明洪武元年(1368)任知制诰兼修国史,寻出任江西行省参知政事,卒官。有《陶学士集》。

## 登龙泉山得海字韵①

苍峰倚重霄，万古色不改。②神龙去已远，踪迹隐然在。石面常出泉，土脉本通海。宝坊起楼阁，气清地爽恺。③佳菊金葳蕤，古木青晻霭。④攀磴行复坐，瑶草鲜可采。宾朋觞咏间，气味似兰茝。⑤谈笑有雅趣，岩壑被光彩。嘉会有几何，不醉复何待。

注释:

①《登龙泉山得海字韵》诗见 明 陶安《陶学士集》卷一,清文渊阁四库全书补配清文津阁四库全书本。

②重霄:犹九霄。指天空高处。▶晋 左思《吴都赋》:"思假道于丰隆,披重霄而高狩。"

③爽恺:豪爽而随和。▶明 高攀龙《三时记》:"午后至自麓家,刘鸿阳大参往访,其人甚爽恺。"

④葳蕤:此处指草木茂盛枝叶下垂貌。▶汉 东方朔《七谏·初放》:"便娟之修竹兮,寄生乎江潭。上葳蕤而防露兮,下泠泠而来风。"

晻霭:荫蔽貌;重叠貌。▶南朝 陈 徐陵《与李那书》:"山泽晻霭,松竹参差。"

⑤兰茝[chǎi]:兰花和白芷,泛指香草。茝,即白芷。▶《楚辞·九歌·湘夫人》:"沅有茝兮澧有兰。"

## 湖乡二首①

淝水新无警，湖乡颇有年。②稻田驱夜豕，莲荡捕秋鳊。逻卒黄茅屋，归人白板船。③数家依绿树，斜日照炊烟。

熟处人还聚，生涯日渐忙。洗鱼腌作鲊，切藕曝为粮。野纻栽临屋，家凫浴满塘。掩门儿女坐，灯下补衣裳。

注释:

①《湖乡二首》诗见 明 陶安《陶学士集》卷四,清文渊阁四库全书补配清文津阁四库全书本。

②有年:丰年。▶《书·多士》:"今尔惟时宅尔邑,继尔居,尔厥有干有年于兹洛。"

③逻卒:巡逻的士兵。▶《新唐书·温庭筠传》:"丐钱扬子院,夜醉为逻卒击折其齿。"

## 送师鲁倅庐城[①]

金斗城坚淝水流,淮西重地控衿喉。[②]屏星勤驾常侵晓,鬓雪新添独耐秋。[③]桥板照波飞骑远,弩台过雨老僧游。[④]但令民物沾恩泽,田里熙然共解忧。[⑤]

注释:

①《送师鲁倅庐城》诗见 明 陶安《陶学士集》卷五,清文渊阁四库全书补配清文津阁四库全书本。

师鲁:即马师鲁。

②衿喉:衣领和咽喉。比喻要害之地。▶《新唐书·李晟传》:"当先变制备,请假裨佐赵光铣、唐良臣、张彧为洋、利、剑三州刺史,各勒兵以通蜀汉衿喉。"

③屏星:原指车前用以蔽尘的车挡。后泛指车辆。▶唐 皎然《因游支硎寺寄邢端公》:"始驭屏星乘,旋阴蔽芾棠。"



④飞骑,弩台:指飞骑桥、教弩台。

⑤民物:人民、万物。汉 蔡邕《陈太丘碑》:"神化着于民物,形表图于丹青。"

## 挽师鲁监郡[①]

龙锦颁恩雨露馨,西风吹得鬓星星。牧民遗泽流南土,开国殊勋起北庭。[②]佳菊满轩闲酒案,甘棠随处荫碑铭。侯封大郡光泉壤,寂寞穷秋老泪零。[③]



注释:

①《挽师鲁监郡》诗见 明 陶安《陶学士集》卷五,清文渊阁四库全书补配清文津阁四库全书本。

②殊勋:特出的功勋。▶《三国志·魏志·荀彧传》:"董昭等谓太祖宜进爵国公,九锡备物,以彰殊勋。"

③侯封:封侯。▶宋 苏舜钦《上孔待制书》:"长国者宜不绝侯封,以尊其本。"

泉壤:犹泉下,地下。指墓穴。▶晋 潘岳《寡妇赋》:"上瞻兮遗象,下临兮泉壤。"

穷秋:晚秋;深秋。指农历九月。▶南朝 宋 鲍照《代白纻曲》之一:"穷秋九月荷叶黄,北风驱雁天雨霜。"

## 寄林彦明[①]

瀛洲学士跨征鞍，巢县遗民得好官。傍市田畴逢岁稔，隔江风雨动秋寒。[②]庭前吏牍敷陈少，兵后人家整顿难。[③]西掖帘垂耿予独，暮云飞雁几凭栏。[④]

注释：

①《寄林彦明》诗见 明 陶安《陶学士集》卷六，清文渊阁四库全书补配清文津阁四库全书本。

②田畴：泛指田地。▶《礼记·月令》："（季夏之月）可以粪田畴，可以美土疆。"

③吏牍：公文。▶宋 陆游《秋怀》："讼氓满庭闹如市，吏牍围坐高于城。"

敷陈：铺叙；论列。▶《淮南子·要略》："分别百事之微，敷陈存亡之机。"

④西掖：中书或中书省的别称。▶汉 应劭《汉官仪》卷上："左右曹受尚书事，前世文士，以中书在右，因谓中书为右曹。又称西掖。"

曹贵，明庐州巢县（今安徽省巢湖市）人。从明太祖征讨，积功授指挥佥事。洪武十九年（1386）乞归，未几复以为定海卫指挥，授广威将军。性忠亮，上许服金龙与公侯伍。二十三年（1390）诏优老于巢。

## 道中杂感[①]

恩重觉身轻，驰驱未敢停。三更惊急递，万马走飞霆。冰雪臣心苦，关河战血腥。何当归混一，四海颂清宁。[②]

注释：

①《道中杂感》诗见 民国 刘原道《居巢诗征》卷二，刘氏蛰园刊本。

②混一：亦作"混壹"。齐同；统一。▶《战国策·楚策一》："夫以一诈伪反覆之苏秦，而欲经营天下，混一诸侯，其不可成也亦明矣。"

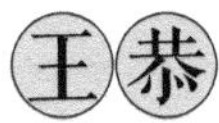

王恭（1343—?），字安中，自号皆山樵者。明福建长乐（今福建省福州市长乐区）

人，一作闽县(今福州市区和闽侯县一部分)人。少游江海间，中年葛衣草履，归隐于七岩山，凡二十年。永乐初，以儒士荐为翰林待诏，参与编修《永乐大典》。书成，授翰林典籍，后辞官返里。才思敏捷，下笔千言立就，诗风多凄婉，隐喻颇深，为闽中十才子之一。著有《白云樵集》四卷，《草泽狂歌》五卷及《风台清啸》等。

## 送林彦宾重庐州省兄①

斗酒不忍别，空歌叹离群。②梦随楚天鸟，心逐淮山云。九月梨花红，千门响砧杵。③朝拂车上霜，暮投月中墅。

一别连枝几断魂，秋风又念鹡鸰原。④此行莫作分飞雁，看尔双双归故园。

注释：

①《送林彦宾重庐州省兄》诗见 明 王恭《白云樵唱集》卷一，清文渊阁四库全书本。

②离群：离开众人。▶《易·乾》："上下无常，非为邪也；进退无恒，非离群也。"

③砧杵：亦作"碪杵"。捣衣石和棒槌。亦指捣衣。▶南朝 宋 鲍令晖《题书后寄行人》诗："砧杵夜不发，高门昼常关。"

④鹡鸰原：鹡鸰在原的省写。比喻兄弟友爱之情。典出《诗·小雅·常棣》："脊令在原，兄弟急难。"脊令，即鹡鸰。▶宋 刘克庄《乙酉答真侍郎书》："在东朝则非鸣鸠平均之意；在上则少鹡鸰在原之情。"



## 赠严校尉复职还镇东①

校尉家林若个边，桐柏苍苍际淮水。②居巢城下范增乡，放桀山前橐皋里。忆昔军中独数奇，壮心每遇嫖姚知。③骑射曾矜羽林子，纵横不数并州儿。④时来忽领偏裨将，肘后铜章百夫长。⑤唾手封侯未有期，刮目逢人已相让。⑥霜蹄暂蹶气犹豪，雕鹗低飞铩羽毛。⑦孤营错莫三秋梦，一剑空余百战劳。⑧升沈去去何须叹，圣主恩深迈刘汉。始知燕颔岂徒然，莫把龙韬等闲玩。⑨银带雕弓匹马归，木棉花发鹧鸪飞。夫人堂上收残泪，稚子门前捉锦衣。闽州水镇梅花寨，祖道骊歌动江介。⑩酒尽沙头双玉瓶，幕中主将遥相待。

注释：

①《赠严校尉复职还镇东》诗见 明 王恭《白云樵唱集》卷二，清文渊阁四库全书本。

②家林：自家的园林。泛指家乡。▶南朝 宋 颜延之《陶徵士诔》："汲流旧巘，葺宇家林。"

③嫖姚：指汉朝名将霍去病，此处借指为上司将官。▶南朝 梁 范云《效古》："昔事前

军幕,今逐嫖姚兵。"

④羽林子:犹羽林士。▶唐 李颀《塞下曲》:"千骑黑貂裘,皆称羽林子。"

⑤肘后:谓随身携带的。指医书或药方。▶唐 杜甫《寄张十二山人》:"肘后符应验,囊中药未陈。"

⑥唾手:比喻极易。▶宋 吴曾《能改斋漫录·地理》:"勃(萧勃)之别将欧阳頠军苦竹滩,陈武帝遣周文育总师,唾手而禽頠。"

⑦霜蹄:即马蹄。语本《庄子·马蹄》:"马蹄可以践霜雪。"▶唐 杜甫《韦讽录事宅观曹将军画马图引》:"霜蹄蹴踏长楸间,马官厮养森成列。"

⑧错莫:亦作"错莫"。意为寂寞冷落。▶《玉台新咏·鲍照〈行路难〉之二》:"今日见我颜色衰,意中错漠与先异。"

⑨燕颔:东汉名将班超自幼即有立功异域之志。相士说他"燕颔虎颈",有封"万里侯"之相。后奉命出使西域三十一年,陆续平定各地贵族的变乱,官至西域都护,封定远侯。见《后汉书·班超传》。后以"燕颔"为封侯之相。▶南朝 陈 徐陵《出自蓟北门行》:"生平燕颔相,会自得封侯。"

龙韬:太公望兵法《六韬》之一。泛指兵法、战略。▶南朝 梁 江淹《为萧让太傅扬州牧表》:"既罕《龙韬》《金匮》之效,又乏楹间帷中之绩。"

⑩祖道:古代为出行者祭祀路神,并饮宴送行。▶《史记·滑稽列传》:"故所以同官待诏者,等比祖道于都门外。"

江介:江岸;沿江一带。▶《楚辞·九章·哀郢》:"哀州土之平乐兮,悲江介之遗风。"

## 施敬

施敬,字孟庄,明初钱塘(今浙江省杭州市)人。与贡性之友善。

### 送性泉吴文学东还①

结欢未云久,讵尽平生语。②执手临路隅,离觞聊一举。③残钟草堂夕,落雁芦洲雨。相忆渺天涯,深悰若为处。④

注释:

①《送性泉吴文学东还》诗见 明 沐昂 纂《沧海遗珠》四卷,卷四,清文渊阁四库全书本。

②讵[jù]:文言连词。如果。

结欢:亦作"结懽""结驩"。与人交好。▶《左传·昭公四年》:"寡人愿结驩于二三君,使举请间。"

③离觞:离杯。▶唐 王昌龄《送十五舅》:"夕浦离觞意何已,草根寒露悲鸣虫。"

④若为：怎堪。▶唐 王维《送杨少府贬郴州》："明到衡山与洞庭，若为秋月听猿声？"

## 王绂

王绂(1362—1416)，字孟端，号友石生，以隐居九龙山，又号九龙山人。明常州无锡(今江苏省无锡市)人。自少志气高发，北游逾雁门。永乐中以荐入翰林为中书舍人。善书法，自谓书必如古人，庶可名业传后。尤工画山水竹石，妙绝一时。性高介绝俗，豪贵往见，每闭门不纳。有《王舍人诗集》。

### 送吴太仆还京[1]

岁莫金台雨雪飞，匆匆相见即相违。[2]年来每忆交游少，别后休令信息稀。马渡淮船春意早，人还京阙晓光微。[3]亲朋见问无多及，况味依然老布衣。[4]

注释：

①《送吴太仆还京》词见 明 王绂《王舍人诗集》五卷，卷四，清文渊阁四库全书配清文津四库全书本。原诗标题下有作者自注："鉴，字德清，号性泉，庐江人。"

②金台：指古燕都北京。▶明 沈榜《宛署杂记·铺行》："当成祖建都金台时，即因居民疏密，编为保甲。"

③京阙：指皇宫。亦借指京城。▶南朝 梁 沈约《却出东西门行》："驱马城西阿，遥眺想京阙。"

晓光：清晨的日光。▶南朝 梁简文帝《侍游新亭应令》："晓光浮野映，朝烟承日回。"

④况味：景况和情味。▶宋 范仲淹《与工部同年书》："工部同年，近日况味如何？须是以道自乐。"

## 林和

林和，字致中。明初庐州合肥(今安徽省合肥市)人。洪武二十六年(1393)癸酉科举人，永乐时知祁州，官至光禄寺少卿。

### 挽余忠宣公[1]

身嗟运去国嗟贤，勇气凌云出保边。九地潜兵孙子屈，六韬立将大公专。[2]浙东佥宪奸贪屏，淮甸摧锋号令传。[3]甲胄扈龙尊五位，戈矛挽日丽中天。[4]舍生取义生前许，未死求仁死后全。恩桂坊存金斗治，青阳传属玉堂编。[5]满门伏节真堪颂！万户同心是可镌。[6]回首乾坤顾忠烈，上辉千古下千年。[7]

注释：

①《挽余忠宣公》诗见《青阳先生文集·忠节附录》，南京图书馆藏明正德间合肥沈俊太原府刻本。

②九地：指各种隐秘难测的地形。▶《孙子·形》："善守者藏于九地之下，善攻者动于九天之上。"梅尧臣注："九地，言深不可知。"

潜兵：伏兵。▶北周 庾信《周柱国楚国公岐州刺史慕容公神道碑》："增垒威敌，减灶潜兵。

六韬：亦作"六弢"。古兵书名。旧题西周时吕望撰。分文韬、武韬、龙韬、虎韬、豹韬、犬韬六卷。后世用以指称兵法韬略。▶南朝 宋 谢灵运《撰征赋序》："法奇于三略，义秘于六韬。"

③佥宪：佥都御史的美称。▶《醒世恒言·陈多寿生死夫妻》："陈多寿官至佥宪，朱氏多福恩爱无比，生下一双儿女，尽老百年。"

摧锋：挫败敌军的锐气。▶三国 魏 曹植《封二子为公谢恩章》："文无升堂庙胜之功，武无摧锋接刃之效。"

④五位：此处指侯、大夫、卿、公、辟五种等级。▶《后汉书·朱穆传》："天气郁冒，五位四候连失正气，此互相明也。"

⑤恩桂坊：据《嘉庆·合肥县志》载："在县治。元元统中建，余忠宣公癸酉科题额也。"为元廷在余阙中进士后所赐坊额，旧址在今安徽博物院老馆前。早不存。

⑥伏节：犹言殉节。指为维护某种事物或追求理想而死。▶《汉书·刑法志》："于是师旅亟动，百姓罢敝，无伏节死难之谊。"

⑦原诗"回首乾坤顾忠烈，上辉千古下千年。"句后有作者注："先生故宅在合肥城中西北隅，今为县廨。有恩桂坊尚存，盖元统癸酉中科时赐额也。"

## 杨士奇

杨士奇(1365—1444)，名寓，以字行，号东里。明江西泰和(今江西省吉泰和县)人。早年家贫力学，授徒自给。建文初以荐入翰林与修《太祖实录》。寻试吏部得第一。成祖即位，授编修，入内阁，参机要。先后历惠帝、成祖、仁宗、宣宗、英宗五朝，在内阁为辅臣达四十余年，任首辅二十一年。官至礼部侍郎兼华盖殿大学士、兼兵部尚书，廉能为天下称。英宗嗣位时方九岁，内廷有异议，赖士奇推戴，浮议乃止。又善知人，于谦、周忱、况钟之属皆为所荐。卒谥"文贞"。有《东里全集》《文渊阁书目》《历代名臣奏议》等。

## 送吴寺丞归滁州①

白露下梧桐，秋风激砧杵。②策马出都城，扬舲越江浦。③朋游皆伫立，望望滁阳路。④昨晤恨已迟，晨别嗟何遽。⑤念君将门子，恬澹如韦布。⑥文藻发篇章，游情在毫素。⑦前者抚茕嫠，攀辕惜其去。⑧归来官太仆，优游九卿副。三载畜蕃息，考绩腾令誉。⑨琅琊山水清，周游昔已屡。⑩归心复遄飞，斯须不相顾。⑪安得往从之，一写予所慕。

注释：

①《送吴寺丞归滁州》词见 明 杨士奇《东里集》东里续集卷五十四，清文渊阁四库全书配清文津四库全书本。

吴寺丞：即吴鉴。吴鉴（约1368前后—?），字德清，号性泉（或作胜泉），明庐州合肥（今安徽省合肥市）人。汀州卫指挥佥事吴广之子。永乐间太仆寺丞，在滁十余年，政绩卓著。好交游，尝在琅琊山筑“皆山轩”。《南滁会景编》中存诗多首。

②砧杵：亦作“碪杵”。捣衣石和棒槌。亦指捣衣。▶南朝 宋 鲍令晖《题书后寄行人》：“砧杵夜不发，高门昼常关。”

③扬舲：犹扬帆。▶南朝 梁 刘孝威《蜀道难》：“戏马登珠界，扬舲濯锦流。”

江浦：泛指江河。▶北周 庾信《谢赵王示新诗启》：“藏之山岩，可使云雾郁起；济之江浦，必当蛟龙绕船。”

④朋游：此处指朋友。▶唐 杜审言《赠苏味道》：“舆驾还京邑，朋游满帝畿。”

望望：瞻望貌；依恋貌。▶《礼记·问丧》：“其往送也，望望然，汲汲然，如有追而弗及也。”

⑤何遽：亦作“何渠、“何讵”。如何，怎么。▶《墨子·公孟》：“子墨子曰：‘虽子不得福，吾言何遽不善？而鬼神何遽不明？’”

⑥韦布：韦带布衣。古指未仕者或平民的寒素服装。借指寒素之士，平民。▶宋 岳珂《桯史·万春伶语》：“（胡给事）物色为首者，尽系狱，韦布益不平。”

⑦文藻：词彩；文彩。▶《三国志·魏志·文帝纪》：“文帝天资文藻，下笔成章。”

游情：犹游兴。▶宋 吴自牧《梦粱录·六月》：“或酌酒以狂歌，或围碁而垂钓，游情寓意，不一而足。”

毫素：指文章，书信。▶明 张居正《〈云海子〉序》：“即古岩穴之士，殚精神于毫素者，有不以穷约自发愤者哉！”

⑧茕嫠：亦作“茕釐”。寡妇。▶《文选·张协〈七命〉》：“茕釐为之擗摽，孀老为之呜咽。”

攀辕：攀辕卧辙之省。为挽留或眷恋良吏的典故。典出《后汉书·侯霸传》：“更始元年，遣使徵霸，百姓老弱相携号哭，遮使者车，或当道而卧。皆曰：‘愿乞侯君复留期年。’”

又《第五伦传》:“永平五年,坐法徵,老小攀车叩马,啼呼相随。”又《循吏传·孟尝》:“以病自上,被征当还,吏民攀车请之。尝既不得进,乃载乡民船夜遁去。”▶宋 赵彦端《念奴娇·建安饯交代沈公雅》词:“结綵成门,攀辕卧辙,何计留连得!”

⑨蕃息:滋生;繁衍。▶《庄子·天下》:“以衣食为主,以蕃息畜藏。”

考绩:指考核官吏成绩的记录。▶宋 王溥《唐会要·考上》:“武德二年二月,上亲阅群臣考绩,以李纲、孙伏伽为上第。”

令誉:美好的声誉。▶南朝 宋 刘义庆《世说新语·言语》:“钟毓、钟会,少有令誉。”

⑩周游:遍游。▶《史记·太史公自序》附 唐 司马贞《索隐述赞》:“太史良才,寔纂先德。周游历览,东西南北。”

⑪遄飞:勃发;疾速飞扬。▶唐 王勃《滕王阁序》:“遥吟俯畅,逸兴遄飞。”

斯须:须臾;片刻。▶《礼记·祭义》:“礼乐不可斯须去身。”

## 夏元吉

夏元吉(1366—1430),字惟哲。明湖广湘阴(今湖南省湘阴县)人,祖籍江西德兴(今江西省德兴市)。洪武二十三年(1390)庚午科举人。入太学,擢户部主事。成祖永乐初进尚书,主持浙西、苏、松治水事。布衣徒步,日夜经划。七年(1409),兼摄行在礼部、兵部、都察院事。十九年,以谏帝北征沙漠,系狱。仁宗即位,获释。累进太子少保、兼少傅,尚书如故。宣宗朝,以旧辅益亲重。汉王高煦反,原吉与杨荣劝帝亲征平叛。宣德五年(1430),卒官。历事五朝,外掌度支,内预机务,为政能持大体。卒谥“忠靖”。有《夏忠靖公集》。

### 题太仆吴寺丞皆山轩①

幽轩小小势翻翻，夭矫云峦四面环。②青拥佛头朝雨后，翠排仙掌夕阳间。诗因景好偏多赋，琴为心闲不厌弹。可笑当年谢安石，谩携红袖走东山。

注释:

①《题太仆吴寺丞皆山轩》诗见 明 夏元吉《夏忠靖公集》六卷,卷五,清文渊阁四库全书本。

②翻翻:翻飞;飞翔貌。▶《楚辞·九章·悲回风》:“漂翻翻其上下兮,翼遥遥其左右。”

夭矫:亦作“夭蟜”。纵恣貌。▶《文选·张衡〈思玄赋〉》:“偃蹇夭矫,娩以连卷兮。”

吴鉴(约1368前后—?),字德清,号性泉(或作胜泉),明庐州合肥(今安徽省合肥市)人。汀州卫指挥佥事吴广之子。永乐间太仆寺丞,在滁十余年,政绩卓著。好交游,尝在琅琊山筑“皆山轩”。《南滁会景编》中存诗多首。

## 游琅琊和璧间韵①

琅琊山中访陈迹,公暇登临正春日。②共蹑岩峦历翠微,异草奇花人莫识。③岭名回马高且明,步屧石径香尘轻。④何处飞来白鹦鹉,望中点破千山青。萦纡路入真如境,金刹巍巍高绝顶。庶子泉通一鉴池,三峰倒照芙蓉影。白云深处梵王宫,森森万丈凌苍穹。怪石磊落若蹲虎,古柏屈曲如盘龙。忘机野鹿无拘缚,林鸟自啼花自落。⑤禅僧定起阅经余,卷帘献供来猿鹤。慱山香袅霭晴曛,满前景物何清新。⑥同携寮寀登丈室,拂拭断碣看遗文。⑦遗文读罢清如许,长忆欧阳今已矣。炉火烟消榾柮红,酒杯光泛葡萄紫。⑧琴轩太守今醉翁,走笔作赋声摩空。⑨新诗赓和兴莫已,坐看明月生天东。



注释:

①《游琅琊和璧间韵》诗见 明 戴瑞卿等纂《(万历)滁阳志》十四卷,万历四十二年(1614)刻本。

②公暇:公务间的闲暇。指休假。▶唐 韦应物《休暇东斋》:“由来束带士,请谒无朝暮。公暇及私身,何能独闲步。”

③岩峦:高峻的山峦;山峦。▶南朝 梁 徐悱《古意酬到长史溉登琅邪城》:“表里穷形胜,襟带尽岩峦。”

④步屧:行走;漫步。▶《南史·袁粲传》:“又尝步屧白杨郊野间,道遇一士大夫,便呼与酣饮。”

⑤拘缚:束缚;拘束。▶南朝 宋 刘敬叔《异苑》卷五:“吴郡桐庐有徐君庙,吴时所立。左右有为劫盗非法者,便如拘缚。”

⑥慱[tuán]:1.忧虑。2.古通“团”,圆。

⑦寮寀:亦作“寮采”。指僚属或同僚。▶北齐 颜之推《颜氏家训·勉学》:“孝元初出会稽,精选寮寀。”

⑧榾柮:木柴块,树根疙瘩。可代炭用。▶前蜀 贯休《深山逢老僧》诗之一:“衲衣线粗心似月,自把短锄锄榾柮。”

⑨琴轩太守:指滁州知州陈琏。陈琏(1369—1454),字廷器、号琴轩,明广东东莞(今广东省东莞市)人。洪武二十三年(1390)举人,初授桂林府教授。建文三年(1401),升国

子助教。永乐元年(1403),升许州知州,永乐二年(1404)改任滁州知州。在任验丁赋、省徭役、修学校、劝农桑;暇时又与僚属在醉翁亭上吟咏,一泉一石,皆为题品,民间颂为“小欧阳。”任满,百姓求留任,特升扬州知府兼署滁州事。纂有《(永乐)滁阳志》。

## 金幼孜

金幼孜(1368—1432),名善,以字行,号退庵。明江西新淦(今江西省新干县)人。建文二年(1400)庚辰科进士,授户科给事中。成祖即位任翰林检讨。与吉水学士解缙同值文渊阁,升侍讲,为太子讲学。幼孜讲授《春秋》,进呈《春秋要旨》三卷。永乐五年(1407),迁右谕德兼侍讲,十二年(1414)与胡广、杨荣等纂《五经四书性理大全》,迁翰林学士。仁宗洪熙元年(1425)进礼部尚书兼大学士,依旧担任翰林学士。宣宗时,修两朝实录。卒赠少保,谥“文靖”。著有《北征录》及《后北征录》,后人集其遗文辑成《金文靖集》。

### 赠太仆寺丞吴鉴复任滁阳[①]

阙下久蜚声，还官荷圣明。[②]凉风生祖席，疏雨湿行旌。[③]秋晚骅骝健，天高鸿雁鸣。[④]滁阳山水好，图画有余情。



注释:

①《赠太仆寺丞吴鉴复任滁阳》诗见 明 金幼孜《金文靖集》十卷,卷三,清文渊阁四库全书本。

②蜚声:扬名;驰名。▶明 李贽《过桃园谒三义祠》:“桃园桃园独蜚声,千载谁是真弟兄。”

还官:回任复职。▶《新唐书·儒学传上·颜师古》:“太宗即位,拜中书侍郎,封琅邪县男,以母丧解。服除,还官。”

③祖席:饯行的宴席。▶唐 杜甫《送许八拾遗归江宁觐省》:“圣朝新孝理,祖席倍辉光。”仇兆鳌 注:“祖席,饮饯也。”

行旌:旧指官员出行时的旗帜。亦泛指出行时的仪仗。▶ 太平天国 洪仁玕《香港饯别》:“未挈琵琶挥别调,聊将诗句壮行旌。”

④骅骝:周穆王八骏之一。泛指骏马。▶《荀子·性恶》:“骅骝騹骥纤离绿耳,此皆古之良马也。”

## 皆山轩为太仆寺丞吴性泉赋[①]

滁上幽居尽日闲，卷帘面面对青山。烟中树色自远近，天际浮云时往还。酒醒闻莺过别墅，兴来洗马坐松间。故知吏隐多真率，何日相从一解颜。[②]

注释：

①《皆山轩为太仆寺丞吴性泉赋》诗见 明 金幼孜《金文靖集》十卷，卷四，清文渊阁四库全书本。

②吏隐：此处谓不以利禄萦心，虽居官而犹如隐者。▶唐 宋之问《蓝田山庄》："宦游非吏隐，心事好幽偏。"

## 赠太仆吴寺丞还滁阳[①]

昨来呈马御楼前，五色龙文照锦鞯。[②]喜见承恩来日下，忽看行李出天边。河流夜绕卢沟月，关树晴连白塔烟。腊尽春归能几日，到官应是及新年。[③]

注释：

①《赠太仆吴寺丞还滁阳》诗见 明 金幼孜《金文靖集》十卷，卷四，清文渊阁四库全书本。

②龙文：龙形的花纹。▶《史记·田单列传》："收城中得千余牛，为绛缯衣，画以五彩龙文，束兵刃于其角，而灌脂束苇于尾，烧其端。"

锦鞯：锦制的衬托马鞍的坐垫。代指装饰华美之马匹。▶宋 田况《儒林公议》卷上："锦鞯绣毂，角逐争先。"

③到官：犹到任。上任。▶《后汉书·应奉传》："永兴元年，拜武陵太守。到官慰纳，山等皆悉降散。"

王偁(1370—1415)，字孟扬，又字密斋，明福建永福县(今福建省永泰县)人。元末潮州路总管王翰之子。洪武二十三年(1390)庚午科举人。永乐初，荐授翰林院检讨，进讲经筵，充《永乐大典》副总裁，最为总裁解缙所推重。永乐八年(1410年)，因解缙被诬案，受株连下狱死，年四十六岁。为人英迈爽发，学博才雄，名列"闽中十才子"之一。工诗、善书，其诗质朴清新，不落窠臼，行草类苏轼。著有《虚舟集》五卷。

## 寄题吴太仆鉴滁州皆山轩[1]

环滁富山水，秀特东南丛。[2]苍苍琅琊峰，削出金芙蓉。[3]芙容夹蕙帐，万壑萦相向。[4]岩烟吹乱霏，灭没不可望。[5]昔人五马来，笑举青霞杯。[6]双旌旧游处，石径滋莓苔。[7]至今馀松声，潇洒在林薄。[8]绝巘泻飞泉，孤亭倚寥廓。[9]懿哉延陵君，此地怀清芬。[10]开窗引列岫，坐咏醉翁文。[11]醉翁久不作，羡子有仙骨。[12]良时但开尊，公暇惟拄笏。[13]云生岛树没，云散翠微连。[14]璧月动海色，亘若壶中天。[15]嗟予恋尘鞅，青山劳梦想。[16]为君发孤吟，风泉寄遗响。[17]

注释：

①《寄题吴太仆鉴滁州皆山轩》诗见 明 王偁《虚舟集》八卷，卷二五言古诗，清文渊阁四库全书本补配清文津阁四库全书本。

②秀特：优异特出。▶南朝 梁 任昉《禅位梁王玺书》："加以天表秀特，轩状尧姿，君临之符，谅非一揆。"

③金芙蓉：荷花的美称。▶《乐府诗集·清商曲辞一·子夜歌四十》："玉藕金芙蓉，无称我莲子。"

④蕙帐：帐的美称。▶南朝 齐 孔稚珪《北山移文》："蕙帐空兮夜鹄怨，山人去兮晓猿惊。"

⑤灭没：湮没；隐没。▶清 侯方域《郑氏东园记》："夫是园之在沈氏以前者，岁久灭没，无故老知其谁氏矣。"

⑥青霞杯：亦作"霞盃"。盛满美酒的酒杯。▶唐 孙棨《北里志·王团儿》："霞盃醉劝刘郎饮，云髻慵邀阿母梳。"

⑦双旌：唐代节度领刺史者出行时的仪仗。借指高官。▶清 纪昀《阅微草堂笔记·滦阳消夏录一》："倘或无知猖獗，突犯双旌，虽手握兵符，征调不及，一时亦无如之何。"

莓苔：青苔。▶晋 孙绰《游天台山赋》："践莓苔之滑石，搏壁立之翠屏。"

⑧林薄：交错丛生的草木。借指隐居之所。▶《晋书·束晳传》："忠不足以卫己，祸不可以预度，是士讳登朝而竞赴林薄。"

⑨绝巘：极高的山峰。▶晋 张协《七命》："于是登绝巘，溯长风。"

寥廓：此处形容空旷深远。▶《楚辞·远游》："下峥嵘而无地兮，上寥廓而无天。"

⑩延陵君：延陵为春秋时吴国公子季札让国避居(一说受封)之地，故址在今江苏省常州市。后以延陵或延陵君借指季扎。▶汉 王粲《赠文叔良》："延陵有作，侨肸是与。"

清芬：清香。喻高洁的德行。▶晋 陆机《文赋》："咏世德之骏烈，诵先人之清芬。"

⑪醉翁：欧阳修的别号。▶宋 欧阳修《醉翁亭记》："太守与客来饮于此，饮少辄醉，而年又最高，故自号曰醉翁也。"

⑫仙骨：谓成仙的资质。比喻超凡拔俗的气质。▶唐 杜甫《送孔巢父谢病归游江东

兼呈李白》:“自是君身有仙骨,世人那得知其故。”

⑬良时:美好的时光;吉时。▶旧题 汉 苏武《诗》之三:“欢娱在今夕,燕婉及良时。”

开尊:亦作“开樽”。举杯(饮酒)。▶唐 杜甫《独酌》:“步屧深林晚,开樽独酌迟。”

公暇:公务间的闲暇。指休假。▶唐 韦应物《休暇东斋》:“由来束带士,请谒无朝暮。公暇及私身,何能独闲步。”

拄笏:拄笏看山之省。典出 南朝 宋 刘义庆《世说新语·简傲》:“王子猷作桓车骑参军。桓谓王曰:‘卿在府久,比当相料理。’初不答,直高视,以手版拄颊云:‘西山朝来,致有爽气。’”按,手版,即笏。后以“拄笏看山”形容在官而有闲情雅兴。亦为悠然自得貌。

⑭翠微:泛指青山。▶唐 高适《赴彭州山行之作》:“峭壁连崆峒,攒峰叠翠微。”

⑮璧月:对月亮的美称。▶南朝 梁 简文帝《慈觉寺碑序》:“龙星启曜,璧月仪天。”

壶中天:即壶天:谓仙境;胜境。传说东汉费长房为市掾时,市中有老翁卖药,悬一壶于肆头,市罢,跳入壶中。长房于楼上见之,知为非常人。次日复诣翁,翁与俱入壶中,唯见玉堂严丽,旨酒甘肴盈衍其中,共饮毕而出。事见《后汉书·方术传下·费长房》。

⑯尘鞅:世俗事务的束缚。鞅,套在马颈上的皮带。▶唐 牟融《寄羽士》:“使我浮生尘鞅脱,相从应得一盘桓。”

⑰孤吟:独自吟咏。▶唐 韩愈《感春》诗之二:“孤吟屡阕莫与和,寸恨至短谁能裁。”

遗响:指前人作品的气韵风格。▶明 胡应麟《诗薮·古体下》:“《木兰歌》是晋人拟古乐府……尚协东京遗响。”

## 金实

金实(1371—1439),字用诚。明浙江开化(今浙江省衢州市开化县)人。永乐初,上书言治道,复对策称旨,除翰林典籍,与修《太祖实录》《永乐大典》,选为东宫讲官,历左春坊左司直。博究经史,旁及诸家。著《先正格言》。

### 送黄庶子致任还合淝[1]

赤县横经日,适与风云会。[2]一时攀龙鳞,往往致高位。先生固守常,不肯先行辈。[3]癯然太学居,齑盐乐甘脆。[4]引翼资老成,春坊陟清贵。[5]吾皇念旧人,湛恩实汪秽。[6]趋走怜龙钟,视听恤眵聩。[7]官政不复烦,而独以安遗。[8]诏许归林泉,优游乐余岁。翩然出国门,祖别集冠佩。[9]咸谓如二疏,且免赐金累。[10]淝水青如蓝,匡山菀苍翠。春雨饱莼羹,秋风足鲈鲙。秫田多酿酒,日共亲邻醉。[11]为乐难具陈,素心良足慰。[12]幼学壮而仕,老至合休退。此愿人孰无,千百仅一遂。长谣以送君,吾驾何时税。[13]

注释：

①《送黄庶子致任还合淝》诗见 明 金实《觉非斋文集》卷四，明成化元年(1465)唐瑜刻本。

庶子：古代官职名。周代司马的属官，掌诸侯、卿大夫之庶子的教养等事。秦因之，置中庶子、庶子员。汉以后为太子属官。两晋、南北朝称中庶子、庶子。隋、唐以后，改称左右庶子。历代相沿，清末始废。

致任：古代官员交还官职退休回乡，又称致仕、致事、致政、休致。

②赤县：唐、宋、元各代京都所管领的县。▶唐 李白《赠宣城赵太守悦》："赤县扬雷声，强项闻至尊。"

横经：横陈经籍，指受业或读书。▶南朝 梁 何逊《七召·儒学》："横经者比肩，拥帚者继足。"

③守常：固守常法；按照常规。▶《管子·侈靡》："故法而守常，尊礼而变俗。"

行辈：同辈。▶《剪灯余话·至正妓人行》："一自干戈遽扰攘，几多行辈遄沦谢。"

④癯然[qú]：清瘦的样子。

甘脆：美味，佳肴。▶《战国策·韩策二》："臣有老母，家贫，客游以为狗屠，可旦夕得甘脆以养亲。"

⑤引翼：引导扶持。语本《诗·大雅·行苇》："黄耇台背，以引以翼。"

老成：稳重；持重。▶清 李渔《怜香伴·随车》："我老成不作轻佻计。"

清贵：清高可贵。▶晋 葛洪《抱朴子·广譬》："欲以收清贵于当世，播德音于将来。"

⑥湛恩：深恩。▶《文选·司马相如〈封禅文〉》："故轨迹夷易，易遵也；湛恩厖鸿，易丰也。"

汪秽：亦作："汪濊"。深广。▶《汉书·司马相如传下》："威武纷云，湛恩汪濊。"

⑦眵聩[chī kuì]：眼花耳聋，形容年老。眵，本意为眼睛分泌出来的液体凝结成的淡黄色的东西，俗称"眼屎"。

⑧官政：国家的政事。▶《礼记·曲礼上》："五十曰艾，服官政。"

⑨祖别：祖饯送别。▶《旧唐书·玄宗纪下》："庚子，遣左右相已下祖别贺知章于长乐坡，上赋诗赠之。

⑩二疏：指西汉宣帝时名臣疏广与兄子疏受。疏广为太傅，疏受为少傅，同时以年老乞致仕，时人贤之。归日，送者车数百辆，设祖道，供张东都门外。▶晋 张协《咏史》："蔼蔼东都门，群公祖二疏。"

⑪秫田：种植黏粟之田。▶宋 方岳《次韵田园居》："带郭林塘尽可居，秫田虽少不如归。"

⑫具陈：备陈；详述。▶《古诗十九首·今日良宴会》："今日良宴会，欢乐难具陈。"

⑬长谣：长篇乐曲或诗歌。▶南朝 宋 谢灵运《从游京口北固应诏》："曾是萦旧想，览物奏长谣。"

税：此处指停息，休止。

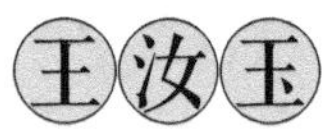

# 王汝玉

王汝玉(? —1415),本名璲,以字行,号青城山人。明遂宁(今四川省遂宁市)人,幼年随父侨居长洲(今江苏省苏州市)。少从杨维桢学,落笔数千言,文不加点。年十七中浙江乡试。洪武末以荐摄郡学教授,擢翰林五经博士。永乐初进春坊赞善,预修《永乐大典》。声名大噪,出诸老臣上,遂被轻薄名。后坐解缙累,下诏狱论死。有《青城山人集》。朱彝尊《静志居诗话》称其诗"不费冥索,斤斤唐人之调"。

## 送庐州驿丞①

镇濼何处是，淮水汴流间。有禄谁云薄，居官每得闲。②花藏公馆暗，藓入客亭斑。③考绩重临日，长年饱看山。④

注释:

①《送庐州驿丞》诗见 明 王璲《青城山人集》卷四五言律诗,清文渊阁四库全书补配清文津阁四库全书本。

驿丞:掌管驿站的官,主邮传迎送之事。明、清时设置,各府、州、县多寡有无不一。品级为未入流。



②有禄:谓生,生存。▶《书·君奭》:"武王惟兹四人尚迪有禄。"

③客亭:供游客休息游玩的亭子。▶北魏 郦道元《水经注·济水》:"此水便成净池也。池上有客亭,左右楸桐负日,俯仰目对鱼鸟……,物我无违矣。"

④饱看:尽量看。▶元 耶律楚材《过济源登裴公亭用闲闲老人韵》之二:"掀髯坐语闲临水,仰面徐行饱看山。"

## 读余忠宣公文集①

中原日落秋尘黄，西望烽火连荆襄。雄藩宿将尽惊遁，书生复见张睢阳。孤军坚壁大江上，誓欲保障东南疆。②羽书四入丞相府，援兵不出吁可伤。神州陆沈大势去，夫谁击楫江中央。③七年大小数百战，士卒感发疲复张。食殚力竭城遂陷，麾下裨将无生降。④嗟公竟作厉鬼死，全家义徇为国殇。⑤至今遗文落人世，直与日月争辉光。伊余再拜获披诵，徒抆血泪沾衣裳。九原精爽应可作，愿歌大招荐椒浆。⑥

注释:

①《读余忠宣公文集》诗见 明 王璲《青城山人集》卷二七言古诗,清文渊阁四库全书补

配清文津阁四库全书本。

②“孤军坚壁大江上，誓欲保障东南疆。”句：指元至正十二年(1352)起，余阙坚守安庆，此后五、六年间，余阙率兵与红巾军激战百余次。

③击楫：指东晋祖逖统兵北伐，渡江中流，拍击船桨，立誓收复中原的故事。后亦用为颂扬收复失地统一国家的壮志之典。

④生降：投降。▶汉 司马迁《报任少卿书》：“李陵既生降，坠其家声。”

⑤国殇：指为国牺牲的人。▶南朝 宋 鲍照《代出自蓟北门行》：“投躯报明主，身死为国殇。”

⑥精爽：魂魄。▶晋 潘岳《寡妇赋》：“睎形影于几筵兮，驰精爽于丘墓。”3.犹言神清气爽。

大招：《楚辞》篇名，相传为屈原所作，后用以泛指招魂或悼念之辞。

椒浆：以椒浸制的酒浆。古代多用以祭神。▶《楚辞·九歌·东皇太一》：“蕙肴蒸兮兰藉，奠桂酒兮椒浆。”

## 皆山轩为吴太仆赋[①]

滁阳绕郭皆名山，丹崖翠壁交回环。[②]西南诸峰更奇绝，平地耸出青螺鬟。美人开轩游息处，况占绿水清溪湾。山川明秀风景淑，别是洞府非尘寰。久居太仆掌马政，屡听黄鸟春绵蛮。[③]秉心深沈功效著，声誉藉藉闻朝班。江淮地方数千里，但在野蕃驹马中。骍骝骐骥不知万，富盛岂止充天闲。[④]公余多暇得自适，凭轩萧索恒怡颜。卷帘忽惊空翠堕，拄笏正值孤云还。松梢结巢来皓鹤，竹下放笼开白鹇。悠然俯仰足佳趣，胸中安得生荆菅。青编缥轴列左右，云端五色光斓斑。诗情画思时涌发，清气奕奕冲巾纶。天然造化露毫素，野花芳草惭妖娴。[⑤]追寻醉翁吟笑地，想像高致无由攀。山僧智仙去已远，酿泉声迸空潺湲。穿林度壑觅陈迹，屐齿印遍苔痕斑。乃知美宦有如此，底须投笔踰玉关。[⑥]嗟予亦抱烟霞癖，孤琴乘兴良非难。十年不渡杨子险，讵识关岭行程艰。菲才缪添青琐直，日事文墨多裁删。[⑦]佳殽丰膳叨饱饫，法酝名果加分颁。[⑧]坐忘寒暑屡迁改，临江枫叶霜频殷。人生托身各有所，造物于我谁云悭。晴窗偶动卧游兴，消我半日浮生闲。琅琊尽入行乐里，胜境不用虞神奸。[⑨]长歌一曲远缄寄，不觉新月娥眉弯。山灵好事应有识，请置万壑千岩间。露凉夜永烦朗诵，激起天籁秋珊珊。

注释：

①《皆山轩为吴太仆赋》诗见 明 王璲《青城山人集》卷三七言古诗，清文渊阁四库全书补配清文津阁四库全书本。

吴太仆：指吴鉴。吴鉴(约1368前后—?)，字德清，号性泉(或作胜泉)，明庐州合肥(今安徽省合肥市)人。汀州卫指挥佥事吴广之子。永乐间太仆寺丞，在滁十余年，政绩卓著。

喜交游士大夫,尝在琅琊山筑“皆山轩”。

②丹崖:绮丽的岩壁。▶三国 魏 嵇康《琴赋》:“丹崖崄巇,青壁万寻。”

③太仆:官名。周官有太仆,正王之服位,出入王命,为王左驭而前驱。秦汉沿置,为九卿之一,为天子执御,掌舆马畜牧之事。南朝不常置。北齐始称太仆寺卿、少卿。历代沿置,清废。参阅《周礼·夏官·太仆》《汉书·百官公卿表》《通典·职官七》。

④骅骝:周穆王八骏之一。泛指骏马。▶《荀子·性恶》:“骅骝騹骥纤离绿耳,此皆古之良马也。”

骐骥:骏马。▶《楚辞·离骚》:“乘骐骥以驰骋兮,来吾道夫先路。”

天闲:皇帝养马的地方。▶宋 梅尧臣《伤马》:“况本出天闲,因之重怊怅。”

⑤妖娴:闲雅。▶唐 柳宗元《酬韶州裴曹长使君寄道州吕八大使》:“空劳慰憔悴,妍唱剧妖娴。

⑥底须:何须;何必。▶元 许有壬《摸鱼子·和明初韵》词:“倾绿醑,底须按乐天池上《霓裳》谱!”

⑦菲才:亦作“菲材”。浅薄的才能。多用作谦词。▶明 王鏊《震泽长语·梦兆》:“余以菲才谬登政府,虽不久,秩一品。”

⑧饱饫:吃饱。▶《后汉书·刘盆子传》:“帝令县尉赐食,众积困馁,十余万人皆得饱饫。”

法酝:即法酒。古代朝廷举行大礼时的酒宴。因进酒有礼,故称。泛指宫廷宴饮时所饮的酒。▶清 钱谦益《病榻消寒杂咏》之十三:“内苑御舟思匼匝,上尊法酒赐逡巡。”



分颁:谓分赏。▶宋 王安石《谢赐元丰敕令格式等表》:“新厥品章,著之方册,虽孤眷寄,尚冒分颁。”

⑨神奸:能害人的鬼神怪异之物。▶《左传·宣公三年》:“远方图物,贡金九牧,铸鼎象物,百物而为之备,使民知神奸。”

## 周璞

周璞,字献之。明庐州巢县(今安徽省巢湖市)人。洪武二十三年(1390)岁贡生,入成均年满授全州同知。解缙重其文行。永乐时,荐入中秘与修大典,书成授吏科给事中,纠劾不避权贵,时有谏垣得人之庆。有《韫玉斋诗集》。

### 咏怀①

儒生志六经,斯道在我躬。②冰渊日夕懔,炯炯明寸衷。③一旦失所守,万卷皆虚空。宇宙有迁易,君子严和同。④杳杳日初上,万物被光融。起坐理鸣琴,一曲来清风。

注释：

①《咏怀》诗见 民国 刘原道《居巢诗征》卷二，刘氏蛰园刊本。

②六经：六部儒家经典。▶《庄子·天运》："孔子谓老聃曰：'丘治《诗》《书》《礼》《乐》《易》《春秋》六经，自以为久矣，孰知其故矣。'"

我躬：我本身，我自己。▶《诗·小雅·小弁》："我躬不阅，遑恤我后。"

③冰渊：《诗·小雅·小旻》："如临深渊，如履薄冰。"后遂以"冰渊"喻指处境危险。▶宋 苏轼《赐安焘乞外郡不允批答》："而况艰难之际，一日万几，冰渊之惧，当务同济。卿练达兵要，灼知边情，寄托之深，义难引去。"

日夕：朝夕；日夜。▶《文选·王融〈三月三日曲水诗序〉》："署行议年，日夕于中甸。"

寸衷：指心。▶明 叶宪祖《鸾鎞记·仗侠》："我寸衷匪石，肯容轻转。"

④迁易：变化，变换。▶晋 陆机《塘上行》："天道有迁易，人理无常全。"

## 龙源

龙源，字有本。明庐州合肥（今安徽省合肥市）人。宋南渡时，其先自许州避地姥山，遂家焉。性刚直警敏，力学。永乐初，征修大典，授工科给事中。以亲丧居家，遭讦免官。好为诗，有《友云集》。

### 姥山①

南巢湖上山，托居耽地僻。②茅屋入镜光，芳林带环碧。③造化固安排，蟠龙镇泉脉。④时闻策杖行，登眺跨山脊。披云蹑苍崖，扪萝缘翠壁。长吟惊飞鸿，小坐憩盘石。暂沐秋风清，延览湖光白。⑤

注释：

①《姥山》诗见 明 胡时化修 魏豫之纂《（万历）合肥县志》卷二，明万历元年（1573）刊本。

②托居：寄居。▶唐 戴叔伦《古意》："念我平生欢，托居在东里。"

③镜光：明亮的光。▶唐 刘长卿《水西渡》："伊水摇镜光，纤鳞如不隔。"

环碧：曲折回旋的碧水。▶明 徐弘祖《徐霞客游记·滇游日记七》："后眺内峡，环碧中回，如蓉城蕊阙，互相掩映，窈窕莫测。"

④泉脉：地下伏流的泉水。类似人体脉络，故称。▶南朝 齐 谢朓《赋贫民田》："察壤见泉脉，觇星视农正。"

⑤延览：全面察看。▶清 梅曾亮《吴淞口验功记》："斟酌古今，延览地形。"

解缙(1369—1415)，字大绅。明江西吉水(今江西省吉安市吉水县)人。解纶弟。洪武二十一年(1388)戊辰科进士。深为太祖爱重。尝上万言书，陈述“政令数改，刑罚太繁”之弊，渐为帝所厌，改御史。旋以年少为借口，令回家修学。太祖崩，赴京奔丧，以违诏旨谪河州卫吏。用荐召为翰林待诏。成祖即位，擢侍读，直文渊阁，预机务。又与编《永乐大典》。累进翰林学士兼右春坊大学士。以才高好直言为人所忌。屡遭贬黜。永乐八年(1410)，奏事入京，时帝北征，谒太子而还，遂以“无人臣礼”下狱。永乐十三年(1415)冬，死，年四十七。成化元年(1465)赠朝议大夫，谥“文毅”。自幼颖悟绝人，文章雅劲奇古，诗豪宕丰赡，书法小楷精绝，行、草皆佳，尤擅狂草，与徐渭、杨慎并称为明朝三大才子，著有《解学士集》《天潢玉牒》等；总裁《太祖实录》《古今列女传》；主持编纂《永乐大典》；墨迹有《自书诗卷》《书唐人诗》《宋赵恒殿试佚事》等。

## 谒青阳公祠①



维舟大江浒，西登皖城隅。遐思浩无际，怀古在踟蹰。桓桓青阳公，忠节溢寰区。坚军守兹垒，七载枕戈殳。上书久不报，援绝形势孤。全家俱守死，取义捐厥躯。时去事已往，令名天壤俱。入祠拜英姿，灵爽犹俨如。褒封显幽愤，庙食扬休都。起敬仰余烈，临风发长吁。媲美巡与远，伟哉皆丈夫。②

注释：

①《谒青阳公祠》诗见 明 解缙《文毅集》卷三，清文渊阁四库全书本。

②巡与远：唐代名臣张巡、许远的并称。安史之乱中，二人协力死守睢阳而垂名后世。▶宋 周密《齐东野语·二张援襄》：“吕帅文焕尽斩四卒，以贵附葬顺冢，为立双庙，尸而祝之，以比巡远。”



## 陈琏

陈琏(1370—1454)，字廷器，别号琴轩。明广东东莞(今广东省东莞市)人。洪武二十三年(1390)庚午科举人，入国子监。选为桂林教授。严条约，以身作则。永乐间历许州、扬州知府，升四川按察使，豪吏奸胥，悉加严惩。宣德初为南京国子祭酒。正统初任南京礼部侍郎。致仕。在乡逢黄萧养起义，建镇压制御之策。博通经史，以文学知名于时，文词典重，著作最多，词翰清雅。兼擅绘画、书法，尤喜收藏图籍。著有

《琴轩集》《归田稿》，编纂有《颍川郡志》《滁阳志》《永阳志》《桂林志》《罗浮志》等。为政平易而吏民无敢欺，在滁州暇时又与僚属在醉翁亭上吟咏，一泉一石，皆为题品，民间颂为“小欧阳”。后与欧阳修、王禹偁合祀于滁州三贤祠。



## 送吴寺丞[1]

滁阳启天厩，騋牝萃郊原。[2]神驹日蕃息，百万如云屯。[3]君今奏成绩，稽首朝至尊。太史纪盛事，汉唐何足论。晴旭丽芳甸，凉飔起修林。纷纷集冠盖，歌吹激清音。相逢暂容与，别意那能禁。明发天上去，五云宫阙深。

注释：

①《送吴寺丞》诗见 明 陈琏《琴轩集》十卷，卷一，《丛书集成续编》第139册，新文丰出版公司1997年版。

吴寺丞：指吴鉴。

②騋牝：马。语出《诗·鄘风·定之方中》：“騋牝三千。”毛传：“马七尺曰騋，騋马与牝马也。”

③蕃息：滋生；繁衍。▶《庄子·天下》：“以衣食为主，以蕃息畜藏。”



## 送礼部尚书蔚公致仕归合肥[1]

几年声誉重文昌，致政南归沐宠光。二品秩登黄阁贵，五花诰染紫泥香。[2]到家好结香山社，辟地宜开绿野堂。[3]盛事如公能有几，定知竹帛永流芳。

注释：

①《送礼部尚书蔚公致仕归合肥》诗见 明 陈琏《琴轩集》卷三七言律，《丛书集成续编》第139册，新文丰出版公司1997年版。

蔚公：蔚绶，字文玺。明庐州府合肥人。洪武中官户部主事，迁员外郎，以才能卓著擢山西布政司参议。永乐中召任礼部侍郎。宣德初升礼部尚书。致仕，以病卒，谥“文肃”。赐祭葬，祀乡贤。墓在合肥时雍门外李花桥侧，今不存。

②黄阁：汉代丞相、太尉和汉以后的三公官署避用朱门，厅门涂黄色，以区别于天子。唐时门下省亦称黄阁。借指宰相。▶唐 钱起《送张员外出牧岳州》：“自怜黄阁知音在，不厌彤幨出守频。”

五花诰：即五花官诰，古代帝王封赠的诏书，因以五色金花绫纸制成，故称。▶元 郑光祖《倩女离魂》第四折：“(夫人)云：‘今日是吉日良辰，与你两口儿成其亲事。小姐，就受五花官诰，做了夫人县君也。’”

③香山社：即香火社。因唐代诗人白居易(别号香山居士)曾参与，故名。▶明 高启

《和王耕云与愚庵倡和诗》之二:“谁知解绶东归客,亦是香山社里人。”

绿野堂:唐代宰相裴度的别墅名,故址在今河南省洛阳市南。裴度为唐宪宗时宰相,平定藩镇叛乱有功,晚年以宦官专权,辞官退居洛阳。于午桥建别墅,种花木万株,筑燠馆凉台,名曰绿野堂。裴度野服萧散,与白居易、刘禹锡等作诗酒之会,穷昼夜相欢,不问人间事。事见《新唐书·裴度传》。▶宋 刘克庄《汉宫春·陈尚书生日》词:“未可卷怀袖手,续平泉庄记,绿野堂诗。”

## 哀余淮南[①]

安庆城，何其长。城北山兀兀，城南水汤汤。下流带闽浙，上流襟江湘。余侯昔日守此邦，遭时孔艰多陆梁。[②]群凶倡乱陷淮楚，贼锋远来谁敢当。余侯仗义思报效，日夜并力修城隍。许国何曾顾家室，奋刀直欲歼豺狼。[③]手提精兵才半万，身作藩维蔽一方。[④]屡陈忠义激将士，闲引诸生升讲堂。人人思奋不携贰，奈时不支良可伤。[⑤]贼围四面势愈亟，扶病裹创赴敌场。[⑥]檄书不通外无援，困守孤城经七霜。阖门节义古来少，应为世道扶纲常。圣朝有诏重褒美，复敕立庙长淮傍。睢阳淮南与浔阳，千秋万古同流芳。

注释:



①《哀余淮南》诗见明 陈琏《琴轩集》十卷,卷二,《丛书集成续编》第139册,新文丰出版公司1997年版。

余淮南:指余阙。

②遭时:指所遭遇的时势。▶唐 韩愈《祭郑夫人文》:“既克反葬,遭时艰难,百口偕行,避地江渍。”

孔艰:很难知;很艰难。《诗·小雅·何人斯》:“彼何人斯,其心孔艰。”

③许国:谓将一身奉献给国家,报效国家。▶《晋书·陆玩传》:“诚以身许国,义忘曲让。”

④藩维:边防要地。▶唐 张籍《送裴相公赴镇太原》:“盛德雄名远近知,功高先乞守藩维。”

⑤携贰:离心,有二心。▶《国语·周语上》:“其刑矫诬,百姓携贰,明神不蠲。”

⑥裹创:亦作“裹疮”。包扎伤口。▶《后汉书·吴汉传》:“诸将谓汉曰:‘大敌在前而公伤卧,众心惧矣。’汉乃勃然裹创而起,椎牛飨士。”

## 皆山轩为吴公太仆赋[①]

淮西列郡数环滁，密迩京畿接帝都。[②]此地千年留胜概，好山四面自盘纡。[③]鸾翔凤翥形偏异，扆列屏张势不孤。[④]雨过惊看青崒嵂，云开或见翠模糊。[⑤]醒心丰乐名犹在，同醉怀嵩迹已芜。⑥空睹故基俱寂寞，不知芳草几荣枯。醉翁去后谁堪继，太仆才高足并驱。近筑小轩新景界，重开胜地好规模。⑦峰峦面面呈圭璧，云气时时作画图。幽谷辟来成别墅，酝泉引得近行厨。⑧当窗树色团如幄，绕屋松声响似竽。碧沼养鱼俱锦鲤，平郊放马总龙驹。牙签宝轴盈髹几，翠管银筝送玉壶。⑨花气入帘香雾重，竹光浮簟浪纹粗。烟岚满眼何曾歇，泉石清心只自娱。终日逢迎无俗侣，常时谈笑集鸿儒。⑩好将绿野平泉比，莫作商颜谷口呼。⑪翰苑诸公频赋咏，新诗满卷粲骊珠。⑫

注释：

①《皆山轩为吴公太仆赋》诗见 明 陈琏《琴轩集》卷三，《丛书集成续编》第139册，新文丰出版公司1997年版。

吴公太仆：指吴鉴。

②密迩：贴近；靠近。▶《书·太甲上》："予弗狎于弗顺，营于桐宫，密迩先王其训，无俾世迷。"

京畿：国都及其行政官署所辖地区。▶汉 潘勗《册魏公九锡文》："遂建许都，造我京畿，设官兆祀，不失旧物。"

帝都：京城；京都。▶汉 徐干《中论·考伪》："居必人才，游必帝都。"

③胜概：美景；美好的境界。▶唐 李白《夏日陪司马武公与群贤宴姑熟亭序》："此亭跨姑熟之水，可称为姑熟亭焉。嘉名胜概，自我作也。"

槃纡：盘结回旋。▶汉 应玚《慜骥赋》："思奋行而骧首兮，叩缰绁之纷拏；牵繁辔而增制兮，心慉结而槃纡。"

④鸾翔凤翥：鸾凤飞舞。▶晋 陆机《浮云赋》："鸾翔凤翥，鸿惊鹤奋。"

扆[yǐ]：古代庙堂户牖之间绣有斧形的屏风。。

⑤崒嵂：指高山。▶明 蒋一葵《长安客话·七家岭》："相将跻崒嵂，忽漫渡潺湲。"

⑥醒心：指使神志清醒。▶宋 朱熹《次刘秀野闲居十五咏·春谷》："饮罢醒心何处所？远山重叠翠成堆。"

⑦景界：犹境界。▶元 杨梓《霍光鬼谏》第三折："阴司景界好与人世不同呵。"

⑧行厨：谓出游时携带酒食；亦谓传送酒食。▶北周 庾信《咏画屏风诗》之十七："行厨半路待，载妓一双回。"

⑨牙签：系在书卷上作为标识，以便翻检的牙骨等制成的籤牌。代指书籍。▶宋 陆游《冬夜读书示子聿》："绝胜锁向朱门里，整整牙籤饱蠹鱼。"

髹几：涂上漆的木几。▶清 魏耕《宿千松禅院待钱大缵曾不至》："喧寂两豁如，髹几隐炉香。"

翠管：管乐器。▶宋 晏殊《连理枝》："玉酒频倾，朱弦翠管，移宫易调。"

⑩俗侣：指尘世间的友人。▶唐 戴叔伦《游道林寺》："佳山路不远，俗侣到常稀。"

⑪绿野：此处指唐代宰相裴度的别墅绿野堂。▶宋 叶梦得《避暑录话》卷上："此公

(裴度)胸中亦未得全为无事人。绿野之游,岂易得哉!"

平泉:指平泉庄。▶唐 白居易《醉游平泉》:"洛客最闲唯有我,一年四度到平泉。"

⑫翰苑:翰林院的别称。▶《宋史·萧服传》:"文辞劲丽,宜居翰苑。"

骊珠:传说出自骊龙颔下的宝珠,比喻珍贵的人或物。▶《南齐书·倖臣传论》:"长主君世,振裘持领,赏罚事殷,能不踰漏,宫省咳唾,义必先知。故能窥盈缩于望景,获骊珠于龙睡。"

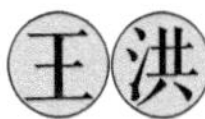


王洪(1379—1420),字希范,号毅斋。明浙江钱塘(今浙江省杭州市)人。少年时才思颖发,洪武二十九年(1396)丙子科进士及第,年仅十八。永乐初入翰林为检讨,与修《大典》。帝颁佛曲于塞外,逡巡不应诏为文,受排挤,不复进用。与当时王称、王恭、王褒称词林四王,均有才名。

## 送吴太仆还南京①



初日映朝衣，承恩出琐闱。②几回天上见，一骑雪中归。野色连春树，河流带晚晖。③交游遍京国，达者似君稀。④

注释:

①《送吴太仆还南京》诗见 明 王洪《毅斋公集》八卷,卷三,清文渊阁四库全书本。

②初日:刚升起的太阳。▶南朝 梁 何逊《晓发》:"早霞丽初日,清风消薄雾。"

朝衣:君臣上朝时穿的礼服。▶《孟子·公孙丑上》:"立于恶人之朝,与恶人言,如以朝衣朝冠坐于涂炭。"

承恩:蒙受恩泽。▶唐 岑参《送张献心充副使归河西杂句》:"前日承恩白虎殿,归来见者谁不羡。"

琐闱:镌刻连琐图案的宫中旁门。常指代宫廷。▶唐 王维《酬郭给事》:"晨摇玉佩趋金殿,夕奉天书拜琐闱。"

③晚晖:傍晚的日光;斜阳。▶唐 李嘉祐《至七里滩作》:"万木迎秋序,千峰驻晚晖。"

④京国:京城;国都。▶三国 魏 曹植《王仲宣诔》:"我公实嘉,表扬京国。"

薛瑄(1389或1392—1464),字德温,号敬轩。明山西河津(今属山西省运城市万

荣县)人。永乐十九年(1421)进士,官至通议大夫、礼部左侍郎兼翰林院学士。天顺八年(1464)去世,赠资善大夫、礼部尚书,谥"文清"。隆庆五年(1571),从祀孔庙。

薛瑄在北方开创了"河东之学",门徒遍及山西、河南、关陇一带,蔚为大宗。其学传至明中期,又形成以吕大钧兄弟为主的"关中之学",其势"几与阳明中分其感"。清人视薛学为朱学传宗,称之为"明初理学之冠","开明代道学之基"。有《读书录》《敬轩文集》《薛文清集》等著。

## 送郑侍郎归省[①]

吾闻侍郎之父御史祖,阅世如今八十五。[②]飘萧鹤发未龙钟,巉岩俊骨自奇古。[③]侍郎蚤岁簪笔趋螭头,五朝出入迁擢宠渥稠。[④]往年龙敕推恩出天府,前年鸾诰封秩来庐州。[⑤]老亲荣贵重重真罕比,银章金带照耀乡闾里。[⑥]侍郎官署居南京,思亲只隔长江水。今春乃上陈情归省章,报可丹诰飞下五云乡。[⑦]试问此时拜恩感恩意,东流之水与之谁短长。便理南归旧囊橐,沙头潮退画舫阁。[⑧]京华相送尽公卿,冠盖追随出郊郭。是时正值春光明媚春气和,柳条弄色流莺歌。江草萋迷含烟竞驻紫骝马,江花凌乱随风飞拂金叵罗。[⑨]酒尽潮来挂征席,想到家乡秖几日。升堂拜舞多弟昆,堂前罗列儿与孙。[⑩]歌曲庭闹沸丝竹,宾朋门巷如云屯。大启华筵斟寿酒,欢声喜气倾前后。[⑪]齐言灵椿不老南山高,共愿亲龄与之同悠久。[⑫]

注释:

①《送郑侍郎归省》诗见 明 薛瑄《敬轩文集》卷三,清文渊阁四库全书补配清文津阁四库全书本。

②阅世:经历时世。▶唐 刘禹锡《宿诚禅师山房题赠》诗之二:"视身如传舍,阅世甚东流。"

③飘萧:鬓发稀疏貌。▶唐 杜甫《义鹘行》:"飘萧觉素发,凛欲冲儒冠。"

④簪笔:谓插笔于冠或笏,以备书写。古代帝王近臣、书吏及士大夫均有此装束。指出仕为官。▶清 陆以湉《冷庐杂识·改官诗》:"簪笔雍容志已虚,不如归去旧蓬庐。"

螭头:螭头官的省称。唐代史官起居郎、起居舍人的别称。▶唐 李濬《松窗杂录》:"四季则用朱印联名牒送史馆,然皆依外史例悉上闻,庶明臣等守职如螭头官。"

宠渥:皇帝的宠爱与恩泽。▶《周书·儒林传·沈重》:"祇承宠渥,不忘恋本,深足嘉尚。"

⑤推恩:帝王对臣属推广封赠,以示恩典。▶唐 白居易《与王承宗诏》:"在法虽有推恩,相时亦恐非便。"

鸾诰:天子封赠之辞。▶明 邵璨《香囊记·庆寿》:"那时节喜十年雪案萤囊,换五色金花鸾诰。"

⑥老亲:意为年老的父母。▶唐 岑参《送张子尉南海》:“不择南州尉,高堂有老亲。”

⑦陈情:陈诉衷情。▶《楚辞·九章·惜往日》:“愿陈情以白行兮,得罪过之不意。”

报可:批复照准。▶宋 岳飞《奏乞复襄阳札子》:“臣今已厉兵饬士,惟俟报可,指期北向,伏乞睿断,速赐施行。”

⑧囊橐:指行李财物。▶唐 白行简《李娃传》:“及旦,尽徙其囊橐,因家于李之第。”

⑨金叵罗:金制酒器,亦泛指酒杯。▶《北齐书·祖珽传》:“神武宴寮属,于坐失金叵罗,窦泰令饮酒者皆脱帽,于珽髻上得之。”

⑩弟昆:弟兄。▶唐 杜甫《彭衙行》:“誓将与夫子,永结为弟昆。”

⑪华筵:丰盛的筵席。▶唐 杜甫《刘九法曹郑瑕邱石门宴集》:“能吏逢联璧,华筵直一金。”

⑫灵椿:喻年高德劭的人。▶前蜀 张蠙《投翰林张侍郎》:“丹穴虽无凡羽翼,灵椿还向细枝条。”

袁容(1391—1444),字伯仪。明庐州合肥(今安徽省合肥县)撮镇(今属肥东县撮镇镇)人。永乐九年(1411)辛卯科举人,仕光化县教谕。善饮。工诗,所著皆散佚。



## 题游丝[①]

风绕游丝绾客情，飞飞吹过丽谯城。[②]莫教直至天宫去，空误龙梭织不成。[③]

注释:

①《题游丝》诗见 民国 袁崇钰 袁崇衡等纂修《合肥袁氏宗谱》卷一,民国三十五年(1946)刻本。

游丝:飘动着的蛛丝。▶南朝 梁 沈约《三月三日率尔成篇》:“游丝映空转,高杨拂地垂。”

②客情:客旅的情怀。▶南朝 宋 鲍照《东门行》:“伤禽恶弦惊,倦客恶离声。离声断客情,宾御皆涕零。”

丽谯:亦作“丽樵”。华丽的高楼。▶《庄子·徐无鬼》:“君亦必无盛鹤列于丽谯之间。”郭象 注:“丽谯,高楼也。”

③龙梭:《晋书·陶侃传》:“侃少时渔于雷泽,网得一织梭,以挂于壁。有顷雷雨,自化为龙而去。”后因以“龙梭”为织梭的美称。▶唐 李贺《有所思》:“西风未起悲龙梭,年年织梭攒双蛾。”

## 管时敏

管时敏(1399—1421)，名讷，字时敏，以字行于世。明松江华亭(今属上海市)人。少即能诗。洪武中征拜楚王府纪善，迁左长史，事王二十余年，以忠谨闻。年七十余致仕，楚王请留居武昌，禄养终身。著《蚓窍集》十卷，存录于《四库全书》集部。另有《秋香百咏诗》《还乡纪行》等，诸篇皆集外并行，今均佚失。

### 侍从如京道经庐州见桂花①

山路秋花若个栽，天香远迓马头来。②中官折入君王手，不负西风一度开。③

注释：

①《侍从如京道经庐州见桂花》诗见 明 管时敏《蚓窍集》卷八，民国上海涵芬楼影印本。

②若个：亦作“若箇”。哪个。可指人，亦可指物。▶唐 东方虬《春雪》：“不知园里树，若个是真梅?”

天香：芳香。特指桂、梅、牡丹等花香。▶宋 刘克庄《念奴娇·木犀》词：“却是小山丛桂里，一夜天香飘坠。”

③中官：此处指宦官。▶《汉书·高后纪》：“诸中官、宦者令丞，皆赐爵关内侯，食邑。”



## 李时勉

李时勉(1374—1450)，名懋，以字行，号古廉。明吉安府安福(今江西省吉安市)人。永乐二年(1404)甲申科进士。预修《太祖实录》，书成，升翰林侍读。永乐十九年(1421年)，曾上书反对迁都北京。洪熙元年(1425)，以言事系狱。宣德初复官，官至国子祭酒，卒谥“忠文”。有《古廉集》。

### 送萧知州还无为①

报政秋来菊未残，朔风霜冷忽南还。②乍辞冀阙天边路，犹望巢湖水上山。③郡邑四时无犬吠，桑麻千里有人闲。④探来欲识龚黄事，须访循良史传间。

注释：

①《送萧知州还无为》诗见 明 曹学佺《石仓历代诗选》卷三百五十一明诗初集七十一，

清文渊阁四库全书补配清文津阁四库全书本。

②报政：陈报政绩。▶《史记·鲁周公世家》："周公卒，子伯禽固已前受封，是为鲁公。鲁公伯禽之初受封之鲁，三年而报政周公。周公曰：'何迟也？'伯禽曰：'变其俗，革其礼，丧三年然后除之，故迟。'"后遂为地方官政绩卓著之典。

③冀阙：古时宫廷外的门阙。▶《史记·商君列传》："居三年，作为筑冀阙宫庭于咸阳。"

④龚黄：汉代循吏龚遂与黄霸的并称亦泛指循吏。▶《宋书·良吏传论》："汉世户口殷盛，刑务简阔，郡县治民，无所横扰…… 龚黄之化，易以有成。"

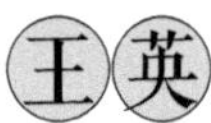

王英(1376—1450)，字时彦，号泉坡。明江西金溪(今江西省金溪县)人。永乐二年(1404)甲申科进士。选入文渊阁，掌机密章奏，与修《太祖实录》。仁宗即位，进侍讲学士。正统初累擢南京礼部尚书。历仕四朝，久在馆阁，文章典赡，朝廷大制作多出其手。著有《泉坡集》，流传甚少，诗作收入《石仓历代诗选》《江西诗征》《明诗初集》《明诗综》等诗集中。



## 送叶秀才赴香河教官兼呈吴合淝文颖[①]

金台北去是香河，应喜官闲野兴多。[②]井邑背城无客旅，斋居临水有弦歌。[③]太行日暮看云断，渤海春深见雁过。烦问谪居吴令尹，田园生计近如何。[④]

注释：

①《送叶秀才赴香河教官兼呈吴合淝文颖》诗见 明 王英《王文安公诗文集》诗集卷四七言律诗，清朴学斋钞本。

②金台：此处指古燕都北京。▶明 沈榜《宛署杂记·铺行》："当成祖建都金台时，即因居民疏密，编为保甲。"

③斋居：此处指家居的房舍；书房。▶清 吴嘉宾《得一斋记》："吾宗继之，以颜氏子得一之义，名其斋居。"

④令尹：泛称县、府等地方行政长官。▶宋 梅尧臣《立春前一日雪中访乌程宰李君俞依韵和答》："粉絮先春拂面翔，临风跃马到君堂。县民将喜土膏起，令尹未惊农事忙。"

## 宋瑄

宋瑄(？—1402),明庐州合肥(今安徽省合肥市)人,一说定远(今安徽省定远县)人。西宁侯宋晟长子。建文中为府军右卫指挥使。靖难之役中,为抵抗燕军,战死于灵壁。

### 过护城[①]

古道当长坂，肩舆入暮天。[②]苍茫闻驿鼓，冷落见炊烟。[③]冻烛寒无焰，泥炉湿未然。[④]正思江槛外，闲却钓鱼船。[⑤]

注释：

①《过护城》诗见 清 左辅 纂修《(嘉庆)合肥县志》卷第三十一,清嘉庆八年(1803)修、民国九年(1920)重印本。

②肩舆:亦作"肩轝"。亦作"肩舁"。抬着轿子。谓乘坐轿子。▶南朝 宋 刘义庆《世说新语·简傲》:"谢中郎是王蓝田女婿,尝著白纶布,肩舆径至扬州听事。"

③冷落:此处指冷清;不热闹。▶唐 钱起《山路见梅感而有作》:"行客凄凉过,村篱冷落开。"

④未然:还没有成为事实。▶《韩非子·难四》:"未知齐之巧臣,而废明乱之罚;责以未然,而不诛昭昭之罪。此则妄矣。"

⑤江槛:临江的栏杆。▶唐 杜甫《将赴成都草堂途中有作先寄严郑公》诗之四:"常苦沙崩损药栏,也从江槛落风湍。"

## 陈复中

陈复中,明江西临江(今江西省樟树市)人。宣德间(1426—1435)为和州悬妙观道士。后住持巢紫微观。"善祈雨,每有神应。其时缙绅名达,靡不重之。"

### 白龟洞[①]

养气含灵此洞中，浑身霜雪未曾融。[②]岂惟洛水呈图象，代与人间报吉凶。[③]

注释：

①《白龟洞》诗见 清 陆龙腾《(康熙)巢县志》卷十九,清康熙十二年(1673)刊本。

白龟洞:《(康熙)巢县志》载:"在县西十里,平顶山侧。昔洞有白龟,故名。"

②含灵：内蕴灵性。▶《艺文类聚》卷八引 晋 庾阐《涉江赋》："且夫山川瑰怪，水物含灵，鳞千其族，羽万其名。"

③洛水呈图象：传说伏羲氏时，有龙马从黄河出现，背负"河图"；有神龟从洛水出现，背负"洛书"。伏羲根据这种"图""书"画成八卦，后来周文王又依据伏羲八卦研究成文王八卦和六十四卦，并分别写了卦辞。河图与洛书是中国古代流传下来的两幅神秘图案，历来被认为是河洛文化的滥觞。2014年11月11日，"河图洛书传说"经国务院批准列入第四批国家级非物质文化遗产名录。

## 听书港[1]

小港荒芜近孔台，文光曾此焕星台。[2]至今月白风清夜，犹似咿唔入耳来。

注释：

①《听书港》诗见 清 陆龙腾《(康熙)巢县志》卷十九，清康熙十二年(1673)刊本。

听书港：《(康熙)巢县志》载："相传孔子于台上讲习，人于台下听之，因名其港曰听书。命弟子于此洗砚，故又名曰洗砚池。此水即孔台桥水。其水清泓澄澈，冬夏流而不涸。绕孔台而南，西入于河。以大圣所经故，一一传之，万古常馨矣。"

②星台：三台星。借指朝廷中枢机构。▶唐 王勃《上皇甫常伯启》："龙坂可登，指星台而有望。"



# 王竑

王竑(1413—1488)，字公度，号休庵、戆庵。明江夏(今湖北省武汉市江夏区)人。正统四年(1439)己未科进士，授户部给事中，豪迈负气节，正色敢言。土木之变后奋臂率众击毙王振党羽、锦衣指挥马顺，名震天下。也先入犯，受命受御京城，擢右佥都御史，寻督漕运，再抚淮、扬。明宪宗初年，官至兵部尚书。后致仕居家二十余年，弘治元年(1488)卒于家。武宗时追赠太子少保，谥"庄毅"。



## 王乔洞[1]

洞接前山与后山，双凫飞去竟无还。石坛千载今犹在，野草春花尽日闲。[2]

注释：

①《王乔洞》诗见 清 陆龙腾《(康熙)巢县志》卷十九，清康熙十二年(1673)刊本。原诗标题后有注："时群僚咸集，赓和观游，用成胜会。"

②石坛：石头筑的高台。古代多用于祭祀。▶《汉书·郊祀志下》："紫坛伪饰女乐、鸾路、骍驹、龙马、石坛之属，宜皆勿修。"

## 易恒

易恒，字可久，明长沙（今湖南省长沙市）人。正统中戍昆明，复徙腾冲。绩学笃行，郡人赖其熏陶者甚多。善书，工诗文，有《思诚稿》。《康熙·永昌府志》卷二十一有传。

### 庐州武昌二邸失守由太仓蹈海之燕感赋[①]

两宫旄钺何其盛，来自庐州共武昌。[②]广甸白云飞渺渺，大江黄鹤去茫茫。灵妃旋旆神灯见，龙女吹笙水殿凉。[③]八月滦河回象驾，愿劳太子奏多方。[④]

东南六月多炎暑，远道胡为太子来。[⑤]宫旆拂云何地出，楼船入海几时回。[⑥]沧溟渤海鱼龙混，锦里江山草木哀。[⑦]田野布衣空有赋，莫凭徐市问蓬莱。[⑧]

注释：

①《庐州武昌二邸失守由太仓蹈海之燕感赋》诗见 明 易恒《思诚稿》。原诗标题下有作者自注："时至正乙未，元称诸王皆曰太子。"

武昌庐州二邸：指镇武昌的元朝威顺王孛儿只斤·宽彻不花和镇庐州的元朝宣让王孛儿只斤·帖木儿不花。二王分别为脱欢第三子和第四子，皆为元世祖忽必烈之孙。

②旄钺：白旄和黄钺，借指军权。语本《书·牧誓》："王左杖黄钺，右秉白旄以麾。"

③旋旆：亦作"旋旆"。回师。▶汉 陈琳《檄吴将校部曲文》："故且观兵旋旆，复整六师，长驱西征，致天下诛。"

④象驾：此处指皇帝的车驾。▶元 郭翼《拟杜陵秋兴》诗之五："扶桑日近龙波涌，阊阖天高象驾回。"

⑤远道：远路。▶《墨子·辞过》："古之民未知为舟车时，重任不够，远道不至。"

⑥宫旆：旌旗。帝王的仪仗之一。

⑦沧溟：此处指大海。▶《汉武帝内传》："诸仙玉女，聚居沧溟。"

⑧徐市：即徐福。徐福（公元前255—?），本作徐市，字君房，秦代琅琊（今胶南琅琊台附近）方士。曾上书秦始皇请求亲自携童男童女赴海外求长生之药，途中曾射杀大鱼，后因无果害怕始皇处罚，遂携船队一去不返。

孙侃，明庐州巢县（今安徽省巢湖市）人。成化（1465—1487）时布衣。精舆地之学，一时贤大夫无不礼重。薄游楚豫，自郡王下咸于交契。耽精于诗，超逸有晋唐风味，为词林推服。

## 亚父遗井①

径仄芳草深，台荒遗井古。千载辘轳声，犹作楚人语。

注释：

①《亚父遗井》诗见 清 陆龙腾《（康熙）巢县志》卷十九，清康熙十二年（1673）刊本。《（康熙）巢县志》载："亚父井，在县署内之东、亚父祠前。传云：'乃亚父旧宅所遗。'一在东亚父山侧，亦名亚父井。""亚父遗井"为古巢县十景之一。

## 亚父遗井①



咸阳秦帝初失鹿，纷纷豪杰争驰逐。卿子冠军留不行，帐中流血万人惊。②喑哑叱咤独西向，大破秦兵戮子婴。③范增当日为谋主，赵魏燕齐不足数。鸿门属意在沛公，此时天与何不取！老臣骸骨归山阿，汉人灭楚无几何。悲凉往事如流电，人世几回朝野变。④范家故址筑王城，春去秋来百草生。山前古井今犹在，萧索空传亚父名。⑤

注释：

①《亚父遗井》诗见 清 陆龙腾《（康熙）巢县志》卷十九，清康熙十二年（1673）刊本。原始标题后有注："此咏东亚父井。"

②卿子冠军：秦末楚怀王麾下上将军宋义的尊号。▶《史记·项羽本纪》："王召宋义与计事，而大说之，因置以为上将军……诸别将皆属宋义，号为卿子冠军。"

③喑哑叱咤：同"喑恶叱咤"。形容厉声怒喝，指风云人物威势很大。▶宋 袁褧《枫窗小牍》卷下："生能奋喑哑叱咤之主，死不能保束草附土之形。"

④流电：闪电。▶宋 王谠《唐语林·补遗一》："马驰不止，迅若流电。"

⑤萧索：萧条冷落；凄凉。▶晋 陶潜《自祭文》："天寒夜长，风气萧索，鸿雁于征，草木黄落。"

# 陈力萃

陈力萃，明永丰(今江西省永丰县)人。正统间(1436—1449)任巢县教谕。

## 孔子台①

圣辙南游此筑台，清风洙泗杏坛开。②青阳精舍应相近，犹有余光被草莱。③

注释：

①《孔子台》诗见 清 陆龙腾《(康熙)巢县志》卷十九，清康熙十二年(1673)刊本。

孔子台：《(康熙)巢县志》载："在县西北五十里。分路铺之北有石桥焉，东黄西麓之水半从此出，而大道必由，相传曰孔台桥也。台去桥不半里，岿然于两冈之前。稍西则柘皋河，四围皆田，或为塘堑。其台上平坦，高可二三丈，相传孔子南游，楚昭王不能用，将适吴，乃驻车台上，与群弟子讲习。今其地为邑人张氏葬冢，而植松楸于上。"

②圣辙：犹圣轨。▶明 胡应麟《少室山房笔丛·经籍会通二》："圣辙既逝，诸子竞驰。"

③草莱：犹草野。乡野；民间。▶《汉书·蔡义传》："臣山东草莱之人，行能亡所比，容貌不及众。"



## 八公山①

淮南帝子好神仙，群叟相过发皓然。顷刻化成童子去，凡尘鸡犬总升天。

注释：

①《八公山》诗见 清 陆龙腾《(康熙)巢县志》卷六，清康熙十二年(1673)刊本。

八公山：《(康熙)巢县志》载："在柘皋乡。《水经注》云：山上有淮南王安庙。《方舆胜览》云：非苻坚所望草木皆兵之山也。相传八公初欲见王，皆鬓眉皓白。门者曰：子休矣，王方好仙，子无驻衰之术，何以见为。八公皆化为童子，白日升天，在此处也。学博陈力萃诗曰：淮南帝子好神仙，群叟相过发皓然。顷刻化成童子去，凡尘鸡犬总升天。原载柳公旧志。王介甫诗曰：淮山但有八公名，鸿宝烧金竟不成。身与神仙守都厕，何能鸡犬得长生。载旧郡志。八公事见《仙释志》。"

## 竞渡庙①

天河一带碧流深，照见清醒万古心。闻道汨罗波溺处，浩然正气未曾沉。

注释：

①《竞渡庙》诗见 清 陆龙腾《(康熙)巢县志》卷十四，清康熙十二年(1673年)刊本。

竞渡庙：《(康熙)巢县志》载："即三闾大夫祠，在城东门外聚贤坊。巢为楚地，故立庙祀之。每端午辄竞渡，以吊其忠。教谕陈力萃诗：天河一带碧流深，照见清醒万古心。闻道汨罗波溺处，浩然正气未曾沉。今借祀八蜡神于此。"

## 小甘泉寺①

隐隐招提竹映门，更无半点利名尘。山鸣谷应通幽径，自有安禅卷藏人。②

注释：

①《小甘泉寺》诗见 清 陆龙腾《(康熙)巢县志》卷十四，清康熙十二年(1673年)刊本。

小甘泉寺：《(康熙)巢县志》载："在湖南凤舒河上十里，去县南五十里万山之中。宋嘉定间创，元至正时重修。后兵废，遗有古碑石柱。正统中，重建殿庑、山门、楼房、石桥等项。陈力萃有诗曰：隐隐招提竹映门，更无半点利名尘。山鸣谷应通幽径，自有安禅卷藏人。寺内有石泉，清洌又胜于大甘泉之水。"

②安禅：佛教语。指静坐入定。俗称打坐。▶南朝 梁 张缵《南征赋》："寻太傅之故宅，今筑室以安禅。"



# 柯潜

柯潜(1423—1473)，字孟时，号竹岩，明福建莆田(今福建省莆田市)人。景泰二年(1451)辛未科状元及第，历任翰林院修撰，右春坊、右中允、詹事府少詹事兼翰林学士掌院事。奉命主持两京乡试一科、礼部会试二科，任东宫讲官、侍经筵等职。有《竹岩集》一卷，文集一卷，及补遗一卷，均收录于《四库全书》，其诗冲澹清婉，文亦峻整有法。



## 送王训导赴庐州经历①

碧山深处有儒珍，闭户看书甘自贫。应诏起为天上客，拜官去作幕中宾。②长空落日孤鸿影，岐路西风一骑尘。雪意浓时应到郡，梅花清映玉标人。③

注释：

①《送王训导赴庐州经历》诗见 明 柯潜《竹岩集》卷四，清雍正十一年(1733年)柯潮刻本。

②应诏：接受诏命。▶《后汉书·杜林传》："时诸王傅数被引命，或多交游，不得应诏；

唯林守慎，有召必至。”

拜官：授官。▶唐 李颀《送五叔入京兼寄綦毋三》：“吏部明年拜官后，西城必与故人期。”

③清映：清秀明洁。▶明 陈继儒《李公子传》：“公子方十九，眉目清映，紫衣白马，宛如神仙。”

## 黎淳

黎淳(1423—1492)，字太朴，号朴庵，学者称为朴庵先生。明湖广华容(今湖南省华容县)人。天顺元年(1457)丁丑科状元，授翰林院修撰，官至南京礼部尚书。博学多才，尤以经史著称，除参与修撰《大明一统志》外，著有《龙峰集》《明实录》《黎文僖集》等传世。殁后谥号“文僖”，赐葬华容县黄湖山之原。

### 赠封君张公裕主事还乡①

保障曾遗万室安，老辞戎幕觐金銮。②教成令子非凡子，拜赐新官胜旧官。③云阙九重归寿鹤，天书五色降回鸾。淮山花草都相识，去伴幽人赋考槃。④

注释：

①《赠封君张公裕主事还乡》诗见 清 陆龙腾《(康熙)巢县志》卷十九，清康熙十二年(1673)刊本。

②戎幕：军府；幕府。▶《北齐书·綦显皮景和等传论》：“皮景和等爰自霸基，策名戎幕，间关夷险，迄于末运。”

③令子：犹言佳儿，贤郎。多用于称美他人之子。▶《南史·任昉传》：“(任昉)四岁诵诗数十篇，八岁能属文，自制《月仪》，辞义甚美。

④考槃：亦作“考盘”“考磐”。比喻隐居。▶晋 陆云《逸民赋》：“鄙终南之辱节兮，彪伯阳之考槃。”

## 李裕

李裕(1424—1511)，字资德，号古淡。明江西丰城(今江西省丰城县)人。景泰五年(1454)甲戌科进士，擢御史。英宗天顺中巡按陕西，上安边八事。宪宗成化中迁右都御史，时李孜省贵幸用事，恨吏部尚书耿裕，以裕代之，故声名颇损。

## 舟行三叉河[①]

鸡笼回首白云间，西入三叉路几湾。[②]天际两峰青似染，舟人遥指是含山。

注释：

①《舟行三叉河》诗见 明 曹学佺《石仓历代诗选》卷三百八十八明诗次集二十二，清文渊阁四库全书补配清文津阁四库全书本。

②鸡笼：此处指安徽省和县鸡笼山。鸡笼山，旧名亭山，亦作历山，又名凤台山。位于和县西北约20公里处。群山环拱，一峰独雄，状若鸡笼，故名鸡笼山。道家《洞天福地记》称其为"第四十二福地"，素有"江北第一名山"之称。

## 道中闻莺[①]

绿草蒙茸遍四郊，桃花飞尽柳阴交。[②]行人正起伤春思，厌听黄鹂啭树梢。

注释：

①《道中闻莺》诗见 明 曹学佺《石仓历代诗选》卷三百八十八明诗次集二十二，清文渊阁四库全书补配清文津阁四库全书本。



②蒙茸：葱茏。▶唐 罗邺《芳草》："废苑墙南残雨中，似袍颜色正蒙茸。"

## 宿派河驿[①]

蜀岭西来抱驿楼，派河东去接淝流。[②]地偏俗陋无车马，官舍常扃绿树稠。

注释：

①《宿派河驿》诗见 明 曹学佺《石仓历代诗选》卷三百八十八明诗次集二十二，清文渊阁四库全书补配清文津阁四库全书本。

派河驿：古驿站名。明、清时设，遗址位于今安徽省肥西县上派镇。

②驿楼：驿站的楼房。▶唐 张说《深渡驿》："猿响寒岩树，萤飞古驿楼。"

## 明教松阴[1]

荒台日暮乱飞鸦，教弩人亡事已赊。独有苍松四时色，层阴长护梵王家。[2]

注释：

①《明教松阴》诗见 明 曹学佺《石仓历代诗选》卷三百八十八明诗次集二十二，清文渊阁四库全书补配清文津阁四库全书本。

②梵王家：指佛寺。▶唐 陈翥《曲江亭望慈恩寺杏园花发》："曲江晴望好，近接梵王家。"

## 蜀山雪霁[1]

冻雀无声万籁鸣，六花飞屑遍山城。日高风静寒光敛，留得琼峰映晓晴。[2]

注释：

①《蜀山雪霁》诗见 明 曹学佺《石仓历代诗选》卷三百八十八明诗次集二十二，清文渊阁四库全书补配清文津阁四库全书本。

②琼峰：喻积雪的山峰。▶唐 皎然《晨登乐游原望终南积雪》："琼峰埋积翠，玉嶂掩飞流。"

## 淮浦春融[1]

百花如绣草如烟，正是阳和三月天。到处物华堪玩赏，长淮犹觉更芳妍。

注释：

①《淮浦春融》诗见 明 曹学佺《石仓历代诗选》卷三百八十八明诗次集二十二，清文渊阁四库全书补配清文津阁四库全书本。

## 题舒城龙梅山[1]

层峦叠巘倚天开，梅尉曾兹小隐来。[2]一自乘云入仙去，烟霞空锁读书台。

注释：

①《题舒城龙梅山》诗见 明 曹学佺《石仓历代诗选》卷三百八十八明诗次集二十二，清文渊阁四库全书补配清文津阁四库全书本。

②梅尉：西汉人梅福曾为南昌尉，故称。后以对县尉的美称。泛称地方官。▶唐 孟郊《同从叔简酬卢殷少府》："梅尉吟楚声，竹风为凄清。深虚冰在性，高洁云入情。"

小隐：谓隐居山林。▶晋 王康琚《反招隐》："小隐隐陵薮，大隐隐朝市。"

## 题舒城龙眠山[①]

龙眠崇巘凌青汉，马跑飞流泻碧岩。[②]一自李公归去后，祇遗书舍护松杉。[③]

注释：

①《题舒城龙眠山》诗见 明 曹学佺《石仓历代诗选》卷三百八十八明诗次集二十二，清文渊阁四库全书补配清文津阁四库全书本。

②青汉：天汉，高空。▶南朝 梁 陶弘景《答虞中书书》："栖六翮于荆枝，望绮云于青汉者，有日于兹矣。"

③一自：犹言自从。▶唐 杜甫《复愁》诗之五："一自风尘起，犹嗟行路难。"

## 舒城怀古古舒子国汉颉羹侯作堰储水灌田至今赖之[①]

荒城十里枕龙眠，汉业于今已弃捐。[②]惟有颉羹三堰在，舒民犹赖灌桑田。[③]



注释：

①《舒城怀古古舒子国汉颉羹侯作堰储水灌田至今赖之》诗见 明 曹学佺《石仓历代诗选》卷三百八十八明诗次集二十二，清文渊阁四库全书补配清文津阁四库全书本。

②弃捐：抛弃；废置。▶《战国策·秦策五》："子曰：'少弃捐在外，尝无师傅所教学，不习于诵。'"

③颉羹三堰：指七门堰，故址位于舒城县西南七门山下，距今已有二千多年历史。它是中国古代著名的水利灌溉工程之一。汉高祖七年（公元前200年），羹颉侯刘信始于七门岭下阻河筑堰，曰"七门"，引水东北，发展农耕，灌田八万余亩，又于东加筑乌羊、槽牍堰，谓之"七门三堰"。"三堰余泽"被誉为"龙舒八景"之一。



## 题六安安成寺[①]

烟萝十里映松林，几处香泉漱玉琴。[②]试问老僧空寂处，闲云一片碧潭深。

注释：

①《题六安安成寺》诗见 明 曹学佺《石仓历代诗选》卷三百八十八明诗次集二十二，清文渊阁四库全书补配清文津阁四库全书本。

②烟萝：草树茂密，烟聚萝缠，谓之“烟萝”。▶唐 李端《寄庐山真上人》：“更说谢公南座好，烟萝到地几重阴。”

## 过巢县黄山峡怀友人孔道[1]

峡口夏景清，平明下原隰。[2]川回路迂远，征骑苦维絷。[3]山势几断连，岚光时吐吸。[4]憩石临清泉，迸流溅衣湿。穿林鸟声乱，摘菂花香袭。[5]麦秀喜两岐，黎元颇安辑。[6]故人山中居，肯顾侯门揖。囊无一文钱，惟有书盈笈。于今虽坎轲，鸟中孤凤立。文采自殊凡，终向梧桐集。

注释：

①《过巢县黄山峡怀友人孔道》诗见 明 曹学佺《石仓历代诗选》卷三百八十八明诗次集二十二，清文渊阁四库全书补配清文津阁四库全书本。

②原隰：广平与低湿之地。泛指原野。▶南朝 梁 沈约《齐故安陆昭王碑文》：“于是驱马原隰，卷甲遄征。”

③维絷：系缚；羁绊。语出《诗·小雅·白驹》：“皎皎白驹，食我场苗，絷之维之，以永今朝。”引申为挽留；羁留。▶南朝 宋 谢灵运《从游京口北固应诏》：“顾己枉维絷，抚志惭场苗。”

④吐吸：吞吐。▶南朝 陈 张正见《山赋》：“森罗辰象，吐吸云雾。”

⑤菂：古代指莲子。

⑥两岐：分为两支。▶《后汉书·张堪传》：“（张堪）拜渔阳太守……乃于狐奴开稻田八千余顷，劝民耕种，以致殷富。百姓歌曰：‘桑无附枝，麦穗两岐。张君为政，乐不可支。’”

黎元：亦作“黎玄”。即黎民。▶汉 董仲舒《春秋繁露·五行变救》：“救之者，省宫室，去雕文，举孝弟，恤黎元。”

安辑：安定；使安定。▶《汉书·王莽传上》：“居摄之义，所以统立天功，兴崇帝道，成就法度，安辑海内也。”

## 巢县山行遇雨[1]

晓度金庭山，夕过白龙峡。两峰争巑岏，乱石相倾压。[2]向背林木森，险斜蹊径狭。[3]数声猿啸哀，自在莺啼恰。阴岩古松树，偃蹇露鲜甲。[4]三五田舍翁，隔溪荷锄锸。[5]云气竟蒙蒙，雨声常霎霎。泥途讵可登，急涧良难涉。[6]仆夫已劳瘁，疲马力尤乏。岂不惮驰驱，皇恩未覃洽。[7]

注释：

①《巢县山行遇雨》诗见 明 曹学佺《石仓历代诗选》卷三百八十八明诗次集二十二，清

文渊阁四库全书补配清文津阁四库全书本。

②巑岏:耸立貌。▶南朝 梁 江淹《待罪江南思北归赋》:“究烟霞之缭绕,具林石之巑岏。”

③蹊径:此处指小路。▶《吕氏春秋·孟冬》:“备边境,完要塞,谨关梁,塞蹊径。”

④阴岩:背阳的山岩。▶唐 骆宾王《至分水戍》:“阴岩常结晦,宿莽竟含秋。”

偃蹇:亦作“偃寋”。宛转委曲;屈曲。▶《楚辞·九歌·东皇太一》:“灵偃蹇兮姣服,芳菲菲兮满堂。”

⑤田舍翁:年老的庄稼汉。▶唐 白居易《买花》:“有一田舍翁,偶来买花处。”

⑥讵可:岂可。▶《后汉书·光武帝纪上》:“天下讵可知,而闭长者乎?”

⑦覃洽:(影响)深入、深远,广博。

## 徐琼

徐琼(1425—1505),字时庸,号东谷。明江西金溪(今江西省金溪县)人。天顺元年丁丑科(1457)进士,除翰林院编修,官至礼部尚书,加太子太保、光禄大夫。著有《东谷文集》。



### 向氏孝义堂①

呜呼孝之大,致恩显其亲。母命不忍背,于孝斯为纯。呜呼义之至,委身忠其君。鳏居不复娶,于义为益惇。②吁嗟人为人,斯道畴能身。太守为人表,犹惇人之伦。史笔传孝义,永永昭千春。③

注释:

①《向氏孝义堂》诗见 清 陆龙腾《(康熙)巢县志》卷十九,清康熙十二年(1673)刊本。

②鳏居:谓独身无妻室。▶唐 孙棨《北里志·郑合敬先辈》:“余顷年住长安中,鳏居侨寓。”

③永永:长远;长久。▶《大戴礼记·公符》:“陛下永永,与天无极。”

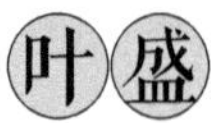

## 叶盛

叶盛,字景阳。明江西余干(今江西省余干县)人。天顺四年(1460)庚辰科进士。成化年间任庐州知府,后官至尚书。

## 王乔洞[1]

淘尽金沙凿尽山，路当穷处始知还。飞凫果有长生术，我亦投簪早乞闲。[2]

注释：

①《王乔洞》诗见 清 陆龙腾《(康熙)巢县志》卷十九，清康熙十二年(1673)刊本。

②投簪：丢下固冠用的簪子，比喻弃官。▶晋 陆机《应嘉赋》："苟形骸之可忘，岂投簪其必谷。"

乞闲：请求辞职。▶明 罗贯中《三国演义》第十一回："刘公乃帝室之胄，德广才高，可领徐州。老夫情愿乞闲养病。"

## 三城寺[1]

太平乡里三城寺，境界清虚迥不同。[2]当面万山迎佛阁，周围一水护禅宫。龙归优钵昙花雨，鹤舞香烟贝叶风。[3]我为省耕来到此，吟诗幽兴正无穷。[4]

注释：

①《三城寺》诗见 清 左辅 纂修《(嘉庆)合肥县志》卷第三十一，清嘉庆八年(1803)修、民国九年(1920)重印本。

②清虚：清净虚无。▶《文子·自然》："老子曰：'清虚者天之明也，无为者治之常也。'"

③优钵昙花：即优昙花，是梵文dumbera的音译，Dumbera的全音译为"优昙钵罗花"，意译为"祥瑞灵异的花"。▶《法华经》："佛告舍利弗，如是妙法，如优钵昙花，时一现耳。"

贝叶：古印度人用以写经文的树叶。亦借指佛经。▶唐 玄奘《谢敕赉经序启》："遂使给园精舍，并入提封；贝叶灵文，咸归册府。"

④省耕：视察春耕。▶《孟子·梁惠王下》："春省耕而补不足，秋省敛而助不给。"

# 彭韶

彭韶(1430—1495)，字凤仪，明福建莆田(今福建省莆田市)人。天顺元年(1457)丁丑科进士，授刑部山西司主事，官至刑部尚书。"韶莅部三年，昌言正色，秉节无私，与王恕及乔新称三大老，而为贵戚、近习所疾，大学士刘吉亦不之善。""韶志不能尽行"，遂乞休归乡。卒后谥"惠安"，赠太子少保。生平嗜学，公暇手不释书。有《名臣录赞》、文集等行世。

## 平江恭襄陈公赞[①]

转粟江淮，灌输京师。[②]濬凿河渠，避海于危。菀彼柳阴，在河之湄。以息以薪，行者如归。节其劳逸，士饱而嬉。[③]岁漕百万，卒倍而奇。[④]秩祀侯封，令名允垂。[⑤]

注释：

①《平江恭襄陈公赞》诗见 明 彭韶《彭惠安集》卷十赞，清文渊阁四库全书补配清文津阁四库全书本。原诗标题下有作者自注："讳瑄，合肥人"。

平江恭襄陈公，指陈瑄。陈瑄(1365—1433)，字彦纯，合肥(今安徽合肥)人。明代军事将领、水利专家，明清漕运制度的确立者。陈瑄早年曾参与明军平定西南的战争，历任成都右卫指挥同知、四川行都司都指挥同知、右军都督府都督佥事等职。靖难之役时率水师归附明成祖，被授为奉天翊卫宣力武臣、平江伯。陈瑄历仕洪武、建文、永乐、洪熙、宣德五朝，自永乐元年(1403)起担任漕运总兵官，后期还兼管淮安地方事务。他督理漕运三十年，改革漕运制度，修治京杭运河，功绩显赫。宣德八年(1433)，陈瑄病逝于任上，享年六十九岁。追封平江侯，赠太子太保，谥"恭襄"。

②转粟：运送谷物。▶汉 司马相如《喻巴蜀檄》："郡又擅为转粟运输，皆非陛下之意也。"



灌输：输送，传输。

③劳逸：劳苦与安逸。▶《左传·哀公元年》："勤恤其民，而与之劳逸。"

④岁漕：谓每年由水路运输粮食至京师或指定地点。▶宋 欧阳修《泗州先春亭记》："泗，天下之水会也，岁漕必廪于此。"

⑤秩祀：依礼分等级举行之祭。▶《孔丛子·论书》："孔子曰：'高山五岳定其差，秩祀所视焉。'"

侯封：封侯。▶宋 苏舜钦《上孔待制书》："长国者宜不绝侯封，以尊其本。"

# 陈公荣

陈公荣，明泰和(今江西省泰和县)人。贡士。景泰(1450—1457)间巢县教谕，升池州府教授。

## 玉兰洞[①]

满洞芝兰隐翠微，千年老鹤却来归。[②]固知甲子犹前日，莫道人非世亦非。

注释：

①《玉兰洞》诗见 清 陆龙腾《(康熙)巢县志》卷十九，清康熙十二年(1673)刊本。

玉兰洞：在金庭山上。《(康熙)巢县志》载："与金庭洞相连。王子乔种药之所，多有兰蕙与红梅，今俱无之。马公如麟曾重修理。"

②翠微：指青翠掩映的山腰幽深处。泛指青山。▶唐 高适《赴彭州山行之作》："峭壁连崆峒，攒峰叠翠微。"

## 王维

王维，字资用，明庐州巢县(今安徽省巢湖市)人。景泰四年(1453)癸酉科举人，临江府通判。

### 紫微洞[①]

洞前碧溜净涓涓，洞外居民引灌田。[②]洞里丹成仙已去，游人拾翠自年年。[③]

注释：

①《紫微洞》诗见 清 陆龙腾《(康熙)巢县志》卷十九，清康熙十二年(1673)刊本。

紫薇洞：位于巢湖市紫薇山上，是由于常年受地下河的冲刷而形成的廊道式溶洞。洞内有"四绝""三奇"景观。"四绝"为天沟、天板、天漕，玉螺账，石鹅管和天外飞瀑。"三奇"为铁索寒桥、双井开天、地下长河。偏洞为王乔洞，相传春秋时期周灵王太子王子乔在此居洞炼丹成仙，故得名。

②碧溜：清澈的水流。▶唐 武平一《奉和幸新丰温泉宫应制》："绝壁苍苔古，灵泉碧溜温。"

③拾翠：拾取翠鸟羽毛以为首饰，后多指妇女游春。语出 三国 魏 曹植《洛神赋》："或采明珠，或拾翠羽。"▶南朝 梁 纪少瑜《游建兴苑》："踟蹰怜拾翠，顾步惜遗簪。"

### 琉璃井[①]

一泓澄澈净渣泥，形似琉璃四柱齐。抱瓮有翁时过汲，灌桃浇李自成蹊。[②]

注释：

①《琉璃井》诗见 清 陆龙腾《(康熙)巢县志》卷十九，清康熙十二年(1673)刊本。

琉璃井：《(康熙)巢县志》载："在县北东岳庙前，其井中有四柱，形如琉璃，故名。"

②"灌桃浇李自成蹊"句：化自"桃李不言，下自成蹊"，意指实至名归。

## 白龙洞[①]

老龙出入此为家，云雾盈盈日夜遮。划地一声鸣鹤过，天风吹下碧桃花。[②]

注释：

①《白龙洞》诗见 清 陆龙腾《(康熙)巢县志》卷十九，清康熙十二年(1673)刊本。

白龙洞：位于巢湖市柘皋镇峏山山上，山有白龙庙，庙下即白龙洞。《(康熙)巢县志》载："峏山。在柘皋下乡，一山四丘壑，去县四十余里。其山有龙王庙，下有白龙洞。"又，"在西北峏山。分名为龙洞山，尝见白龙。"至今，峏山当地仍有关于小白龙的传说，当地有谚语："峏山小白龙——出门就戳包(惹祸)。"

②天风：风。风行天空，故称。▶汉 蔡邕《饮马长城窟行》："枯桑知天风，海水知天寒。"

# 黄瑮

黄瑮，字玉辉。明滁州全椒(今安徽省全椒县)人。天顺四年(1460)庚辰科进士，为御史，抗疏有直声，谪常山丞，升化州知州。《(康熙)巢县志》录其名为黄璁，误。



## 东山草堂歌[①]

西昌山人性爱山，读书不出山之间。濂洛闽建肆探讨，羲文周孔穷追攀。[②]早年挟策秋闱里，器重璠玙声价美。淮词直拟汉刘蕡，曲学肯效公孙子。[③]转头顿觉万事非，出门大笑拂尘衣。浪游汴浙豁胸臆，倦来暂向南巢归。南巢秀冠金斗郡，东山又擅南巢胜。山人心慕巢父清，作堂山顶诚幽邃。[④]桂亭神宇环后先，山色湖光满目前。[⑤]左图书兮右画史，朝棋局兮暮琴弦。[⑥]有时卷幔纵遐瞩，目送长空飞鸟没。[⑦]檐外云烟自卷舒，湖上风帆竞驰逐。有时散步清风亭，亭前花卉四时馨。几句诗成神鬼泣，一瓯茶罢醉魂醒。山人与余旧相识，忽谩相逢头雪白。文墨相娱意素投，菲词诏别情难释。谢公高致莫可伦，终南捷径匪足云。田园久矣荒故里，三径犹有松竹存。东山东山休眷爱，江乡山水遥相待。[⑧]辞却草堂归去来，草堂有灵勿嗔怪。

注释：

①《东山草堂歌》诗见 清 陆龙腾《(康熙)巢县志》卷十九，清康熙十二年(1673)刊本。

②濂洛：北宋理学的两个学派。"濂"指濂溪周敦颐；"洛"指洛阳程颢、程颐。▶明 徐

渭《送通府王公序》:“其他支裔不可胜数,濂洛所不敢轻,而关汾所不能窥也。”

羲文:伏羲氏和周文王的并称。▶《后汉书·班固传下》:“今论者但知诵虞夏之《书》,咏殷周之《诗》,讲羲文之《易》。”

③曲学:囿于一隅之学。亦指学识浅陋的人。▶《商君书·更法》:“穷巷多吝,曲学多辨。”

④幽邃:幽深;深邃。▶唐 元稹《莺莺传》:“时愁艳幽邃,恒若不识,喜愠之容,亦形罕见。”

⑤后先:先后。▶《楚辞·招魂》:“与王趋梦兮课后先。”

⑥画史:犹画师。▶宋 王安石《纯甫出僧惠崇画要予作诗》:“画史纷纷何足数,惠崇晚出吾最许。”

⑦遐瞩:远眺,远望。▶唐 赵冬曦《奉和张燕公早霁南楼》:“方曙跻南楼,凭轩肆遐瞩。”

⑧眷爱:垂爱;爱念。▶南朝 梁 王筠《与云僧正书》:“弘法之情,既无彼此,眷爱之深,特希降屈。”

## 祁顺

祁顺(1434—1497),字致和,号巽川。明广东东莞人(今广东省东莞市)。天顺四年(1460)庚辰科进士,授兵部主事,进郎中。成化中使朝鲜,不受金缯,拒声伎之奉。累官至江西左布政使。有《石阡府志》《巽川集》。

### 送马秋官调庐州府判①

家学相传见凤毛,早从科第擢西曹。②连城白璧何曾玷,厄闰黄杨信所遭。③去国有怀金阙远,思亲回首玉堂高。④笼纱相业应期待,莫遣闲情寄楚骚。⑤

注释:

①《题马秋官谪判庐州卷》诗见 明 祁顺《巽川祁先生文集》,清康熙二年(1663)在兹堂刻本。

秋官:1.古代官职名。▶唐 贾公彦《〈周礼正义〉序》:“春官为木正,夏官为火正,秋官为金正,冬官为水正,中官为土正。”2.《周礼》六官之一,掌刑狱。所司与后代刑部相当,故武则天曾一度改刑部为秋官。后世常以秋官为掌司刑法官员的通称。3.明太祖所置四辅官之一。▶《明史·安然传》:“先是,胡惟庸谋反伏诛,帝以历代丞相多擅权,遂罢中书省,分其职于六部。既又念密勿论思不可无人,乃建四辅官,以四时为号。”

②家学:家族世代相传之学。▶《后汉书·党锢传·孔昱》:“昱少习家学,大将军梁冀辟

不应。”

西曹：1.古代官职名。太尉的属官，执掌府中署用吏属之事。▶《汉书·丙吉传》：“吉驭吏耆酒，数逋荡，尝从吉出，醉欧丞相车上。西曹主吏白欲斥之，吉曰：‘以醉饱之失去士，使此人将复何所容？’” 2.兵部的别称。▶清 梁章钜《称谓录·兵部》：“崔豹《古今考》：‘兵部称西曹。’案，西为金，主兵刑之义。故与刑部同称。” 3.刑部的别称。▶唐 元稹《送复梦赴韦令幕》：“西曹旧事多持法，慎莫吐佗丞相茵。”

③厄闰：旧说谓黄杨遇闰年不长，因以“厄闰”喻指境遇艰难。▶宋 苏轼《监洞霄宫俞康直郎中所居退圃》：“园中草木春无数，只有黄杨厄闰年。”自注：“俗说黄杨长一寸，遇闰退三寸。”

④去国：此处指离开京都或朝廷。▶南朝 宋 颜延之《和谢灵运》：“去国还故里，幽门树蓬藜。”

⑤笼纱：即纱笼，用绢纱作外罩的灯笼。▶宋 姜夔《鹧鸪天·正月十一日观灯》词：“巷陌风光纵赏时，笼纱未出马先嘶。”

相业：宰相的功业。亦喻巨大的功绩。▶《宋史·陈尧佐传论》：“尧佐相业虽不多见，世以宽厚长者称之。”

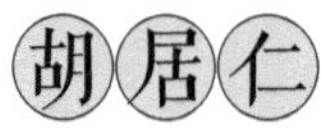



胡居仁(1434—1484)，字叔心，号敬斋。明江西余干(今江西省上饶市余干县)人。绝意仕进。其学以主忠信为先，以求放心为要。筑室山中，四方来学者甚众。后主白鹿书院。万历中追谥“文敬”。有《易象钞》《居业录》《胡文敬公集》。

## 赠叶太守[①]

皤矣庐州公，五十后相识。晚知道义尊，不为功名役。[②]梅含雪里春，松秀霜前色。论学心无穷，赋诗情自适。我愿公再兴，作我生民益。来岁上京畿，亲睹吾皇极。[③]

注释：

①《赠叶太守》诗见 明 胡居仁《胡文敬公集》卷三，清文渊阁四库全书本。

叶太守：指庐州知府叶逢春。

②道义：道德和正义。▶明 李贽《与周贵卿书》：“仆与先公正所谓道义之交者。”

③皇极：此处指皇帝。▶《史记·卫将军骠骑列传》司马贞 述赞：“姊配皇极，身尚平阳。”

谢绶(1434—1502)，字维章，号樗庵。明乐安(今江西省乐安县)人。景泰五年(1454)甲戌科进士，授工部都水司主事，后官至南京礼部尚书，“忠厚仁恕，民阴受惠。”卒于官，赠太子少保。

## 向氏孝义堂歌[①]

向刺史，何贤哉，几早芳声播九垓。[②]生来能孝复能义，世上纷纷谁与偕。想当失偶日，年华犹未白。儿身一何孤，母训一何切。刺史鳏居四十春，冰霜历尽心不测，吁嗟刺史谁得似，抚孙慈训重当世。[③]结发恩情嗟后裔，由来母命不忍弃。吁嗟刺史今已矣，尚有香名满人耳。青史前贤继芳趾，高风千载人仰止。

注释：

①《向氏孝义堂歌》诗见 清 陆龙腾《(康熙)巢县志》卷十九，清康熙十二年(1673)刊本。

②九垓：亦作“九陔”。中央至八极之地。▶《国语·郑语》：“王者居九垓之田，收经入以食兆民。”

③慈训：母或父的教诲。▶《文选·谢朓〈齐敬皇后哀策文〉》：“闵予不祐，慈训早违。”

# 庄昶

庄昶(1437—1499)，字孔旸，一作孔阳、孔抃，号木斋，晚号活水翁，世称定山先生。明江浦孝义(今江苏省南京市浦口区)人。成化二年(1466)丙戌科进士，历翰林检讨。因反对朝廷灯彩焰火铺张浪费，不愿进诗献赋粉饰太平，与章懋、黄仲昭同谪，人称翰林四谏。被贬桂阳州判官，寻改南京行人司副。以忧归，卜居定山二十余年。孝宗弘治间，起为南京吏部郎中，因病归卒。弘治十二年(1499)，病卒。天启初(1621)，追谥“文节”。有《庄定山集》十卷。

## 题马秋官谪判庐州卷[①]

朝跻廊庙暮山州，南国衣冠得壮游。[②]郡郭荒寒虽此谪，天王明圣是臣尤。[③]焚香有阁终朝闭，失马无心万事休。[④]岂有赐环今尚早，乾坤何处不天留。[⑤]

注释：

①《题马秋官谪判庐州卷》诗见 明 庄昶《庄定山集》卷五七言律诗，清文渊阁四库全书本。

②廊庙：殿下屋和太庙。指朝廷。▶《国语·越语下》："谋之廊庙，失之中原，其可乎？王姑勿许也。"

壮游：谓怀抱壮志而远游。▶元 袁桷《送文子方著作受交趾使于武昌二十韵》："壮游诗句豁，古戍角声悲。"

③郡郭：郡城。▶唐 白居易《长庆二年七月自中书舍人出守杭州路次蓝溪作》："余杭乃名郡，郡郭临江汜。"

④失马：此处为"塞翁失马"之省。比喻坏事在一定条件下可以变为好事。

⑤不天：不为天所护佑。▶《左传·宣公十二年》："郑伯肉袒牵羊以逆，曰：'孤不天，不能事君，使君怀怒，以及敝邑，孤之罪也。'"

阎徽，明山东蓬莱（今山东省蓬莱市）人。景泰（1450—1457）间巢县知县。"爱民劝士，赋役均平，有驯虎之异。历考邑民上章留之。"擢庐州府通判，仍莅巢事。在任曾修治巢湖万家山山道。



## 万家山①

两峰峻拔拥雄关，一径潜通石罅间。②来去莫嗟山势险，人心应更险如山。

注释：

①《万家山》诗见 清 陆龙腾《（康熙）巢县志》卷十九，清康熙十二年（1673）刊本。

万家山：《（康熙）巢县志》载："距县治北十五里，相传为回车街。山势峻嶒，难于行李。景泰壬申（1452年），邑令阎徽始修治之。"

②石罅[xià]：石头缝隙。

林宗哲，字执中。明广东琼山（今海南省海口市琼山区）人。天顺六年（1462）壬午科举人，弘治元年（1488）任巢县知县。《（康熙）巢县志》载其："善政多端，废坠悉举，莅任五载,而巢邑大为改观。”《(康熙)巢县志》集文志录其所文《重修城隍庙记》《重修县治碑记》。

## 钓鱼台[①]

几度乘舟访钓台，浮丘是否钓鱼来？[②]矶头坐迹依然在，数片飞花点翠台。

注释:

①《钓鱼台》诗见 清 陆龙腾《(康熙)巢县志》卷十九,清康熙十二年(1673)刊本。

钓鱼台:指巢湖中庙凤凰矶。

②浮丘:浮丘公,传说为黄帝时仙人。

## 王乔仙洞[①]

叶县丹成骨已仙，飞凫过此是何年。[②]千寻紫气寒生地，半点灵光夜烛天。[③]白鹤几回窥鼎汞，红尘一任变桑田。人间此是瀛洲景，秘诀何须问稚川。[④]

注释:

①《王乔仙洞》诗见 清 陆龙腾《(康熙)巢县志》卷十九,清康熙十二年(1673)刊本。

②飞凫:飞翔的野鸭。▶三国 魏 曹植《洛神赋》:“体迅飞凫,飘忽若神。”

③千寻:古以八尺为一寻。千寻,形容极高或极长。▶晋 左思《吴都赋》:“擢本千寻,垂荫万亩。”

烛天:照耀天空。▶晋 葛洪《神仙传·孙博》:“于是博以一赤丸子掷军门,须臾火起烛天。”

④稚川:道家传说的仙都,为稚川真君所居。传说唐玄宗时,僧契虚入商山,遇一背篓小贩,遂同游山顶,见有城邑宫阙,玑玉交映于云霞之外。小贩指语:“此仙都稚川也。”至一殿,见一人具簪笏,凭玉几而坐,其貌甚伟,侍卫环列,呵禁极严,曰是“稚川真君”。见唐 张读《宣室志》卷一。按,稚川,为东晋著名道士葛洪(字稚川,自号抱朴子。)之字。葛洪好神仙之事,死后,人以为其成仙。

## 亚父遗井[①]

玉瓮银床不计年，至今混混漾寒泉。[②]半泓磨镜频消长，一脉通江自往还。[③]云气晓蒸生滃郁，龙光夜动起蜿蜒。[④]英雄一去无嗟叹，刘汉鸿禧亦惨然。[⑤]

注释：

①《亚父遗井》诗见 清 陆龙腾《（康熙）巢县志》卷十九，清康熙十二年（1673）刊本。

②玉瓮：亦作"玉罋"。玉制的瓮，传说不汲而满，为帝王清廉的瑞征。▶《宋书·符瑞志下》："玉罋者，不汲而满，王者清廉则出。"

银床：井栏。一说辘轳架。▶南朝 梁 庾肩吾《九日侍宴乐游苑应令》："玉醴吹岩菊，银床落井桐。"

③磨镜：磨治铜镜。古用铜镜，须常磨光方能照影。此处特指井水清澈可照人影。▶汉 刘向《列仙传·负局先生》："负局先生不知何许人，语似燕代间人，常负磨镜局，循吴市中，衒磨镜一钱。"

④滃郁：云烟弥漫。▶《楚辞·王褒〈九怀·昭世〉》："览旧邦兮滃郁，余安能兮久居。"

龙光：龙身上的光。比喻指不同寻常的光辉。▶北魏 郦道元《水经注·沔水二》："峨峨南岳……君子似生，惟此君子，作汉之英，德为龙光，声化鹤鸣。"

⑤鸿禧：洪福。▶《宋史·乐志九》："宝命自天，鸿禧锡祚。"

## 程敏政

程敏政（1445—1499），字克勤，中年后号篁墩，又号篁墩居士、篁墩老人、留暖道人。明徽州休宁（今安徽省休宁县）人，后居歙县篁墩（在今屯溪县），故时人又称之为程篁墩。成化二年（1466）丙戌科进士。授编修，历左谕德，以学问该博著称。孝宗弘治中，官至礼部右侍郎兼侍读学士。弘治十二年（1499），因涉徐经、唐寅科场案被诬鬻题而下狱。出狱后，愤恚发痈而卒，赠礼部尚书。有《新安文献志》《明文衡》《篁墩集》。



### 怀贤诗·平江伯陈恭襄公①

赳赳陈将军，平江始开国。少年八石弓，勇气屡破贼。竭逢中兴主，得附升天翼。当宁念丰镐，京邑望南北。②安得萧与韩，晏岁足兵食。③将军家合肥，老大谙稼穑。一朝被简知，舞蹈奉明敕。④建牙淮水阳，诸路尽承式。⑤孜孜竭众智，疏凿靡馀力。廒庾便交挽，堤闸济危啬。⑥艘舸随浅深，湖坝几通塞。百年民力苏，万里海涛息。居然奠东南，不复困供亿。⑦将军去几时，寝庙见颜色。火旗与云马，夜下不可测。⑧父老说遗事，往往动遐忆。征夫多苦辛，国本在培植。贤孙今代将，当复守成则。⑨东风吹客舟，清口日初昃。公忠夙所钦，再拜读铭刻。⑩

注释：

①《怀贤诗·平江伯陈恭襄公》诗见 明 程敏政《篁墩集》卷六十八，明正德二年（1507）刻本。原诗题《怀贤诗》，共二首。此选一。原诗标题下有序：国家财赋岁取给于东南十余

郡,而尤莫难于漕事。文武重臣对江开府者数十年矣。成化己亥之春,予谒告自新安还朝,历其境率闻父老谈故平江伯陈恭襄公、工部尚书周文襄公,多至感泣。乃知忠贤之有益于人国如此。赋古诗二章,致怀仰之私焉。

②当宁:此处指皇帝。▶唐 白居易《画元始天尊赞序》:"皇帝命设绘素,展仪形,五彩彰施,七宝严饰:所以表当宁之瞻仰,感在天之圣神。"

丰镐:亦作"丰鄗"。周的旧都。文王邑丰,在今陕西西安西南丰水以西。武王迁镐,在丰水以东。其后周公虽营洛邑,丰镐仍为当时政治文化中心。借指国都。明人亦借指留都南京。▶明 范景文《募施粥疏》:"江南故丰镐地,沃土为焦,频仍旱魃。"

京邑:京都。▶汉 张衡《东京赋》:"京邑翼翼,四方所视。"

③晏岁:谓岁暮。▶《剪灯余话·至正妓人行》:"晏岁荒村因邂逅,芳樽小酌且留连。"

④明敕:明白地训示或告诫。▶《汉书·平帝纪》:"其明敕百寮,妇女非身犯法,及男子年八十以上七岁以下,家非坐不道,诏所名捕,它皆无得系。"

⑤建牙:古谓出师前树立军旗。引申指武臣出镇。▶唐 鲍溶《读淮南李相行营至楚州》诗:"阃外建牙威不宾,古来戡难忆忠臣。"

承式:效法。▶《明史·詹同传》:"帝尝与侍臣言声色之害甚于鸩毒,创业之君为子孙所承式,尤不可不谨。"

⑥廒庾:贮藏粮食的仓库。廒,收藏粮食的仓库。庾,露天的谷仓。

⑦供亿:指所供给的东西。▶前蜀 杜光庭《莫庭又为张副使本命甲子醮词》:"四郊多垒,两镇称兵,物力将虚,经费逾广;厚敛则生灵必困,薄赋则供亿不充。"

⑧云马:骏马的美称。▶隋炀帝《步虚词》之一:"南巢息云马,东海戏桑田。"

⑨守成:保持前人的成就和业绩。▶《诗·大雅·凫鹥序》:"《凫鹥》,守成也。太平之君子,能持盈守成,神祇祖考安乐之也。"孔颖达 疏:"言保守成功,不使失坠也。"

⑩所钦:谓所钦佩的人。▶宋 葛立方《韵语阳秋》卷十:"晋嵇康《赠弟秀才》四言诗云:'感悟驰情,思我所钦。'则以所钦为弟。"

## 古城驿遇南京参赞机务兵部尚书薛公诗以送之并谢惠粲[①]

楼船三月下江东,猎猎旌旗暖受风。林壑有情归谢傅,庙堂何意起裴公。貔貅作队迎新诏,龙虎分疆拥旧宫。幕府勋劳应日盛,军储曾赞几元戎。

贱子乘春上石渠,喜逢先达舣舟余。[②]当床幸展梁生拜,乞米宁工鲁郡书。岸雨绿苗方净好,水风黄柳共虚徐。[③]相违无限通家意,请向诸郎报起居。

注释:

①《古城驿遇南京参赞机务兵部尚书薛公诗以送之并谢惠粲》诗见 明 程敏政《篁墩集》卷六十八,明正德二年(1507)刻本。

②贱子：谦称自己。▶《汉书·游侠传·楼护》："时请召宾客，邑居樽下，称'贱子上寿'。"

③虚徐：舒展；舒敞。▶唐 杜甫《阻雨不得归瀼西甘林》："虚徐五株态，侧塞烦胸襟。"

## 送刑部马金员外赴谪庐州通判①

法署才名久擅厅，词林家学重趋庭。②谪官远向濡须坞，候吏还占贯索星。③畿甸晚禾看上垄，闸河新水待扬舲。④器成远大当盘错，归及鸳班两鬓青。⑤

注释：

①《送刑部马金员外赴谪庐州通判》诗见 明 程敏政《篁墩集》卷八十九，明正德二年(1507)刻本。

②法署：司法衙署。▶清 黄六鸿《福惠全书·禀启附·候许刑馆》："风霜严法署，九霄分使者之符。"

③贯索星：星座名。属天市垣，共九星。《晋书·天文志上》："贯索九星在其(七公)前，贱人之牢也。一曰连索，一曰连营，一曰天牢，主法律，禁暴强也。牢口一星为门，欲其开也。九星皆明，天下狱烦；七星见，小赦；六星、五星，大赦。"▶宋 范成大《冬至日天庆观朝拜》："五更贯索埋光后，万里钩陈放仗时。"



④闸河：设闸的河段。▶明 宋应星《天工开物·杂舟》："此舟来往七百里内，或好逸便者径买，北达通津，只有镇江一横渡，俟风静涉过，又渡青江浦，溯黄河浅水二百里，则入闸河安稳路矣。"

⑤盘错：盘根错节的省写。树根盘曲，枝节交错。比喻繁难复杂不易解决的事情。▶《后汉书·虞诩传》："志不求易，事不避难，臣之职也。不遇槃根错节，何以别利器乎？"

鸳班：指朝班。▶明 李东阳《寿琼山邱先生》："芸阁编充栋，鸳班礼绝邻。"

## 送通守马金进表还庐州①

才看谪宦出京畿，早见来朝自合肥。②上寿喜随瞻舜冕，娱亲兼得试莱衣。③中天雨露常时降，南国山川几日归。记取一番新去住，离亭蝉咽井梧飞。④

注释：

①《送通守马金进表还庐州》诗见 明 程敏政《篁墩集》卷九十，明正德二年(1507)刻本。

②谪宦：被贬降的官吏。▶唐 皇甫冉《归阳羡兼送刘八长卿》："湖上孤帆别，江南谪宦归。"

③莱衣：相传春秋时楚国人老莱子侍奉双亲至孝，行年七十，犹著五彩衣，为婴儿戏。

后因以“莱衣”指小儿穿的五彩衣或小儿的衣服。着莱衣表示对双亲的孝养。▶南唐 李中《献中书汤舍人》:“銮殿对时亲舜日,鲤庭过处着莱衣。”

④离亭:古代建于离城稍远的道旁供人歇息的亭子,古人往往于此送别。▶南朝 陈阴铿《江津送刘光录不及》:“泊处空余鸟,离亭已散人。”



## 马廷用

马廷用(1446—1519),明四川南充(今四川省南充市)人,字良佐,号紫崖。十四年(1478)戊戌科进士,选庶吉士,授编修,进侍读,预修《大明会典》。升南京翰林侍读学士,官至南京礼部右侍郎。尝署南京户部,适岁歉,发廪赈济江北流民就食南京者,全活甚众。卒,则赠南京礼部尚书。有《紫崖集》三十卷传世。其长子马金后任庐州知府,“有惠政,民庙祀之。”

### 游白鹤观[①]

经过此山见瑶台，曾是仙人跨鹤来。松径昼寒惟雪鼎，茶炉烟冷半莓苔。[②]一尊腊后春前酒，四座淮南冀北才。坐久不知衙吏散，隔溪犹听晚钟催。[③]



注释:

①《游白鹤观》诗见清 左辅 纂修《(嘉庆)合肥县志》卷第三十一,清嘉庆八年(1803)修、民国九年(1920)重印本。

白鹤观:在教弩台西,建于元代,清康熙时重修。今不存。

②莓苔:青苔。▶晋 孙绰《游天台山赋》:“践莓苔之滑石,搏壁立之翠屏。”

③衙吏:衙门中的小官。▶唐 黄滔《赠郑明府》:“庭罗衙吏眼看山,真恐风流是谪仙。”

### 登紫微观遗址[①]

行登山路紫微宫，湖水苍茫一望中。洞口草荒晴亦暝，坛前松老夜还风。[②]飞来仙舄无人识，附去丹书有鹤通。[③]正好衔杯天欲暮，坐听谯鼓出林东。[④]

注释:

①《登紫微观遗址》诗见 清 张祥云《(嘉庆)庐州府志》卷十九,清嘉庆八年(1803)刻本。

紫薇观:《(康熙)巢县志》载:“旧去县北十里,在金庭山下。紫薇山乃周云王太子晋、桐柏真人所主,第十八金庭洞天也。晋咸康四年开创,宋宝祐二年敕建,有碑。湖山重复,崖谷幽閟，三峰峙于前，两洞拥于后，今遗址犹存。宋末迁入干城，洪武二年，再迁于县治西北卧牛山许由遗址。洪武十五年，开设道会司，寻革。永乐、宣德中，道士孙有年、陈复中住持，门廊焕然一新。其徒辈相继竖钟鼓楼、集仙堂、山门、碑亭，并买开紫薇巷通大路。详见副使罗璟记。嘉靖间重修，见邑人李逢春记。今二记无存。又，康熙四年重修，移后三茅殿于左首，移右文昌神于山上文昌阁，钟鼓楼、垣墙乃更修葺焉。其门首粉墙，旧有画松竹，相传以为仙笔，今剥落处，人莫能补也。又，两边墙有无为太守杨士倧并方干干手书二诗，笔力矫健，俯书至地，无一走笔，亦异迹也。其诗曰：曾上蓬莱宫里行，琴书一榻寄平生。应知富贵如春梦，不向炎凉逐世情。霁月光风多少趣，羽衣瑶珮不胜清。仙家未必能如此，两绶通侯总强名。无为太守杨士倧书。又诗曰：罗浮道士谁同流，草衣木食胜王侯。世间甲子管不得，壶里乾坤只自由。数着残棋江月晚，一声长啸海天秋。饮余回首话归路，遥指白云天际头。吕岩洞宾作，干干方员书。”

②草荒：谓杂草丛生，耕地荒芜。 宋 苏轼《次韵答邦直子由》之三：“草荒城角开新径，雨入河洪失旧滩。”

③丹书：道教语。即丹书墨箓，指以墨书写符文的朱漆之简。泛指炼丹之书，道教经书。 见《云笈七签》卷七。 ▶明 屠隆《彩毫记·祖饯都门》：“授丹书早晚驱鸡，与夫人同学骖鸾。”

④谯鼓：谯楼更鼓。 ▶宋 陆游《客中夜寒戏作长谣》：“鼕鼕默数严谯鼓，耿耿独看幽窗灯。”



## 傅希说

傅希说，明山东武城（今山东省武城县）人。成化二年（1466）丙戌科进士。任户部主事，升广西按察使，有政誉。后以征蛮忤当道，谪处州知府，卒于官。

### 王乔洞①

盘盘曲曲万重山，野鹤孤云任往还。九转丹成人已去，鸟啼春径落花闲。②

注释：

①《王乔洞》诗见 清 陆龙腾《（康熙）巢县志》卷十九，清康熙十二年（1673）刊本。

②九转丹：道教谓经九次提炼、服之能成仙的丹药。 ▶唐 吕温《同恭夏日题导真观李宽中秀才书院》：“愿君此地攻文字，如炼仙家九转丹。”

苏葵(1450—1509)，字伯诚，别号虚斋。明顺德(今广东省佛山市顺德区)人。成化二十三年(1487)丁未科进士。弘治中以翰林编修升江西提学佥事。性耿介，不谄附权贵。为太监董让陷害，理官欲加之刑。诸生百人拥入扶葵去，事竟得雪。在任增修白鹿书院。屡迁至福建右布政使，卒于官，年六十。有《吹剑集》十二卷行世。

## 送马汝砺秋官左迁庐州郡判[1]

得失从容信丈夫，送行聊且尽新酤。[2]生涯此日浑无定，公论如君不久孤。南国儿童争竹马，西曹风采照冰壶。江山满眼清人思，笑杀虞卿别著书。[3]

注释：

①《送马汝砺秋官左迁庐州郡判》诗见 明 苏葵《吹剑集》，清文渊阁四库全书补配清文津阁四库全书本。

②聊且：姑且。《后汉书·张衡传》：“留瀛洲而采芝兮，聊且以乎长生。”

③虞卿、著书：虞卿，名信，赵国中牟(今河南鹤壁)人，战国时期名士。为了搭救落难的魏国宰相魏齐，抛弃了万户侯的爵位和卿相大印。最后与魏齐从小路逃走，离开了赵国。魏齐死后，虞卿不得志，就著书立说，参考《春秋》，观察近代的世情，写下了《节义》《称号》《揣摩》《政谋》共八篇文章，用来评议国家政治的成败，后世传之为《虞氏春秋》。



# 丁养浩

丁养浩(1451—1528)，字师孟，号集义，别号西轩。明浙江仁和(今浙江杭州市)人。成化二十三年(1487)丁未科进士。选行人，擢御史，官至云南左布政使。有《西轩效唐集录》十二卷。

## 合肥蔚本洁尊翁哀挽[1]

杏林隐士人中仙，手提万物生死权。追逐和扁参岐轩，上池饮水窥幽玄。[2]洞视五内如澄渊，刮肠剔胃祛烦煎。[3]而翁宿昔秉钧铨，奇勋炳耀彝鼎镌。[4]活人心法家世传，出处虽异理不偏。父兮医国国脉延，子兮医人人寿绵。[5]君家奕叶德罔愆，一时民物熙尧天。[6]长淮渺渺泛清涟，先生归去今几年。杨泉枯涸蜗涎沿，杏花寂寞空啼鹃。世方疢沴濒危颠，肢指朘削体腹便。[7]安得先生起针湔，坐令四海沉疴痊。[8]

注释：

①《合肥蔚本洁尊翁哀挽》诗见 明 丁养浩《西轩效唐集录》，清光绪嘉惠堂丁氏刻本。原诗标题后有作者自注："翁之父为司徒，翁善医。"

②和扁：古代良医和、扁鹊的合称。▶《汉书·艺文志》："太古有岐伯、俞拊，中世有扁鹊、秦和。"

上池水：指凌空承取或取之于竹木上的雨露。后用以名佳水。▶《史记·扁鹊仓公列传》："（长桑君）乃出其怀中药予扁鹊：'饮是以上池之水，三十日当知物矣。'"

③洞视：犹透视。汉代以来方士所自称的能看见非肉眼所见事物的特异功能。如传说扁鹊能隔墙见人，由吾道荣能见万里之外的事物等。▶《〈海内十洲记〉序》："（臣）未若陵虚之子，飞真之官，上下九天，洞视百方。"

④而翁：你的父亲。用于称人父亲，或为父者自称。▶《史记·项羽本纪》："吾翁即若翁，必欲烹而翁，则幸分我一杯羹。"

秉钧：比喻执政。钧，制陶器所用的转轮。▶ 唐宣宗《断句》："七载秉钧调四序，一方狱市获来苏。"

⑤医国：谓为国除患祛弊。▶《国语·晋语八》："上医医国，其次疾人。"



⑥奕叶：累世，代代。▶汉 蔡邕《琅邪王傅蔡郎碑》："奕叶载德，常历官尹，以建于兹。"

尧天：《论语·泰伯》："巍巍乎，唯天为大，唯尧则之。"谓尧能法天而行教化。后因以"尧天"称颂帝王盛德和太平盛世。▶唐 杜审言《蓬莱三殿侍宴奉敕咏终南山应制》："小臣持献寿，长此戴尧天。"

⑦疢沴[jiān lì]：疢，热病。也泛指疾病。沴，恶气、灾病。

危颠：危险倾覆。▶《管子·宙合》："高为其居，危颠莫救。"

朘削：缩减；剥削。语出《汉书·董仲舒传》："民日削月朘。"▶唐 刘禹锡《楚望赋》："故道朘削，衍为广斥。"

⑧湔 [jiān]：浸入，浸润 。

坐令：犹言致使；空使。▶ 唐 韩愈《赠唐衢》："胡不上书自荐达，坐令四海如虞唐？"

## 刘忠

刘忠（1452—1523），字司直，号野亭。明河南陈留（今河南省开封市陈留镇）人。成化十四年（1478）戊戌科进士，授编修，迁侍讲，直经筵。正德五年（1510）官吏部尚书兼文渊阁大学士，参预机务。致仕卒，谥"文肃"。居官持正不阿，能诗。有《野亭遗稿》。

## 送马汝砺赴庐州[①]

几年父子接鹓鸾，一日南舟告别难。[②]自以直身多忤世，未因回禄始迁官。[③]贯城次火凌春见，天驷行空照夜寒。[④]愧我最知无剡荐，诗成传与郡人看。[⑤]

注释：

①《送马汝砺赴庐州》诗见 明 刘忠《野亭刘公遗稿》卷七，明崇祯刻本。

②鹓鸾：比喻朝官。▶唐 高适《东平旅游奉赠薛太守二十四韵》："鹓鸾粉署起，鹰隼柏台秋。"

③直身：以直道立身。▶明 王廷相《与彭宪长论学书》："不直身自行之，又附会其说以训经著论，俾后之学者少而习之，长而行之，老而安之，不知无是理而为邪！岂不大可哀邪！"

④贯城：此处为刑部的别称。因贯索星主刑狱，故名。▶明 沈德符《野获编·畿辅·庙市日期》："城隍庙门市在贯城以西，每月亦三日，陈设甚伙，人生日用所需，精粗毕备。"

天驷：房宿的别名。▶《国语·周语下》："昔武王伐殷，岁在鹑火，月在天驷。"韦昭 注："天驷，房星也。"

⑤剡荐：上书举荐。▶《旧唐书·韦云起传》："今朝廷之内多山东人，而自作门户，更相剡荐，附下罔上，共为朋党。"

## 吴俨

吴俨（1457—1519），字克温，号宁庵，明南直宜兴（今江苏省宜兴市）人。成化二十三年（1487）丁未科进士，选庶吉士，授编修，历侍讲学士，掌南京翰林院。武宗正德二年（1507），忤刘瑾被夺职。刘瑾败，吴俨复官历礼部左、右侍郎。十一年（1516），进南京礼部尚书。十三年（1518），吴俨率大臣上疏谏阻武宗北游宣府、大同。十四年（1519）卒于位，年六十三，赠太子少保，谥"文肃"。有《吴文肃公摘稿》。

## 送马太守还任[①]

儿童竹马候江边，行路人歌太守贤。淮海两垻皆赤地，合肥一郡自丰年。[②]甘棠树底还听讼，绿柳阴中复课田。[③]太史续书循吏传，芳名合置李离前。[④]

注释：

①《送马太守还任》诗见 明 吴俨《吴文肃摘稿》卷一，清文渊阁四库全书补配清文津阁

四库全书本。

马太守:指庐州府知府马金。马金,字汝砺,明成化二十年(1484)进士。初授庐州通判,历南京礼部郎中、德安知府,累官浙江布政使,所至多有惠政。在庐州任上兴修城池、兴建余忠宣公祠,创建景贤书院,培养士子。还在州学建尊经阁,购买并刊刻了大量书籍,存放阁中。"马金所至有惠政,民庙祀之。时称:'天下清廉第一'"。《嘉庆·合肥县志·艺文志》载有李东阳为马金所作《余忠宣公祠碑记》。

②堧:[ruán],俗作壖,亦作"壖"。余地,隙地。河边的空地或田地。▶《汉书》:"故尽河堧弃地,民茭牧其中耳。"

③甘棠:木名。即棠梨。《诗·召南·甘棠》:"蔽芾甘棠,勿剪勿伐,召伯所茇。"玑 疏:"甘棠,今棠梨,一名杜梨。"《史记·燕召公世家》:"周武王之灭纣,封召公于北燕…… 召公巡行乡邑,有棠树,决狱政事其下,自侯伯至庶人各得其所,无失职者。

召公卒,而民人思召公之政,怀棠树不敢伐,哥咏之,作《甘棠》之诗。"后遂以"甘棠"称颂循吏的美政和遗爱。 ▶汉 王褒《四子讲德论》:"非有圣智之君,恶有甘棠之臣?"

④循吏:守法循理的官吏。▶《史记·太史公自序》:"奉法循理之吏,不伐功矜能,百姓无称,亦无过行。作《循吏列传》第五十九。"

李离:春秋时期晋国理官,因为误听属下的话错杀了人,想以死抵罪。晋文公认为责任在他的属下,而不是他的罪过。但李离执法严格,伏剑自杀。▶《史记·循吏列传》:"李离伏剑,为法而然。"

## 李赞

**李赞,字惟诚,号平轩。明南直芜湖(今安徽省芜湖市)人,诸暨训导李永子。成化二十年(1484)甲辰科进士,官至陕西布政使司左参政,浙江右布政使、左布政使。后因忤刘瑾去职致仕。《国朝献征录》卷之七十二《太仆寺卿李赞传》载:"诗文清逸,疏畅类其人。草书遒劲,人爱重之。"**



### 游紫薇观①

卧牛山上紫薇宫,郡倅同游邂逅中。②门径面湖吞海日,楼台背壑吼松风。③道童挝鼓云霄动,野老呈鲜市井通。胜地居然邻故里,西行何计早还东。④

注释:

①《游紫薇观》诗见 清 陆龙腾《(康熙)巢县志》卷十九,清康熙十二年(1673)刊本。

紫薇观:《(康熙)巢县志》载:"旧去县北十里,在金庭山下。紫薇山乃周云王太子晋、桐柏真人所主,第十八金庭洞天也。晋咸康四年开创,宋宝祐二年敕建,有碑。湖山重复,崖谷幽閟，三峰峙于前，两洞拥于后，今遗址犹存。宋末迁入干城，洪武二年，再迁于县治西北卧牛山许由遗址。洪武十五年，开设道会司，寻革。永乐、宣德中，道士孙有年、陈复中住持，门廊焕然一新。其徒辈相继竖钟鼓楼、集仙堂、山门、碑亭，并买开紫薇巷通大路。详见副使罗璟记。嘉靖间重修，见邑人李逢春记。今二记无存。又，康熙四年重修，移后三茅殿于左首，移右文昌神于山上文昌阁，钟鼓楼、垣墙乃更修葺焉。其门首粉墙，旧有画松竹，相传以为仙笔，今剥落处，人莫能补也。”

②郡倅：郡佐，郡守的副职。▶宋 吴曾《能改斋漫录·神仙鬼怪》：“真宗朝，黄震知亳州永城县。时大旱，王丞相钦若为郡倅，至邑祈雨。”

③松风：松林之风。▶南朝 宋 颜延之《拜陵庙作》：“松风遵路急，山烟冒垄生。”

④还东：回身向东；返回东土。▶《宋书·鲜卑吐谷浑传》：“诸君试拥马令东，马若还东，我当相随去。”

张寅，明安成（今属江西省安福县）人。成化十七年（1481）辛丑科进士，太仆寺丞。

## 王乔洞[①]

幽洞玲珑半隐山，仙凫一去几曾还。我来频问荒唐事，且乐尊罍半日闲。[②]

注释：

①《王乔洞》诗见 清 陆龙腾《（康熙）巢县志》卷十九，清康熙十二年（1673）刊本。

②尊罍：泛指酒器。▶宋 周邦彦《红罗袄·秋悲》词：“念取东垆，尊罍虽近；采花南浦，蜂蝶须知。”

王缜（1462—1523），字文哲。明广东东莞人（今广东省东莞市）。弘治六年（1493）癸丑科进士。授兵科给事中，强直敢言。正德初为云南左参政，忤刘瑾，借故罚米五百石，售家产以偿。累迁右副都御史，巡抚苏松诸府，督兵歼刘七于狼山。世宗即位，升南京户部尚书。卒于官，赐祭葬。《明史》称其“敦重寡言笑，居官能举职，数有论建，为世所称”。有《梧山集》二十卷，王阳明撰序。

## 同李容正夏景升谒包孝肃祠次马紫崖学士韵祠在庐州城外濠中①

谁凿天河露玉盘，登临却在画中看。②高祠隐映丹青像，正笏分明谏诤官。③海鹤九霄摩翮劲，岩松千仞挺霜寒。④河清欲见非容易，争似逢公一笑难。⑤

注释：

①《同李容正夏景升谒包孝肃祠次马紫崖学士韵祠在庐州城外濠中》诗见 明 王缜《梧山集》，民国铅印本。

②登临：登山临水，也指游览。语本《楚辞·九辩》："憭慄兮若在远行，登山临水兮送将归。"

③谏诤：直言规劝。▶《韩诗外传》卷十："言文王咨嗟，痛殷商无辅弼谏诤之臣而亡天下矣。"

④九霄：天之极高处；高空。▶晋 葛洪《抱朴子·畅玄》："其高则冠盖乎九霄，其旷则笼罩乎八隅。"

⑤河清：河水变清，多指黄河水清。古人以"河清"为升平祥瑞的象征，有词"河清海晏"。▶《文选·张衡〈归田赋〉》："徒临川以羡鱼，俟河清乎未期。"黄河千年一清，比喻时机难遇。▶汉 王粲《登楼赋》："惟日月之逾迈兮，俟河清其未极。"



## 次韵吊余宣公录似张东白学士余名阙元末时守安庆一家死节①

鹿失胡元运已穷，先生犹自守江东。②亦知华夏归真主，端为网常尽此忠。③秋老树含霜气烈，雨余花带血腥红。④阖门一死非容易，应作明星丽碧空。⑤

注释：

①《次韵吊余宣公录似张东白学士余名阙元末时守安庆一家死节》诗见 明 王缜《梧山集》，民国铅印本。

死节：为保全节操而死。▶《楚辞·九章·惜往日》："或忠信而死节兮，或訑谩而不疑。"

②胡元：对元朝的贬称。▶明 张煌言《祭海神文》："自高皇帝驱逐胡元，奠宁方夏。"

先生：指余阙。

③真主：封建社会所谓的真命天子，也泛指贤明的皇帝。▶《后汉书·公孙述传》："吾欲保郡自守，以待真主。"

④霜气：刺骨的寒气。喻刚正威肃之气。▶《南史·陆慧晓传》："王思远恒如怀冰，暑月亦有霜气。"

⑤阖门一死：指至正十八年(1358年)春，陈友谅军破安庆城，余阙拔剑自刎，自沉于安庆西门外清水塘中。其妻蒋氏、妾耶律氏、女安安，皆赴井死。子德臣，年十八，通经史大义，亦溺水死。甥福童战死。侄婿李宗可，蕲州人，为义兵元帅，手刃妻子自刎死。

## 柘皋祖营与王鳌王玘宗族夜酌在巢县三十里地名九冲屯[①]

正德庚辰腊，大雪风号号。[②]我从燕京来，三旬到柘皋。柘皋复何去，九冲是□□。分井百余年，一气本同胞。入门老稚喜，撚烛扫蓬蒿。[③]酌酒不成醉，怀我祖宗劳。驾言各努力，南北共山高。

注释：

①《柘皋祖营与王鳌王玘宗族夜酌在巢县三十里地名九冲屯》诗见 明 王缜《梧山集》，卷十九五言长诗，光绪四年(1878)戊寅刻本。

祖营：即祖茔，祖坟。

②正德庚辰腊：指明武宗正德十五年(1520)，岁次庚辰腊月。

③老稚：老幼。老人和小孩。▶《孟子·滕文公上》："使老稚转乎沟壑，恶在其为民父母也？"

## 送蔚景元叔作进贤县丞[①]

庐之山，峨峨百尺青削玉。[②]庐之水，滔滔东归遥泻绿。刚柔摩荡几百年，神发秀启真才育。[③]金砂鸟羽争献奇，橦楠杞李穹林麓。[④]精元储合钟英灵，微物岂敢当机局。[⑤]君家德迈庆泽深，遥遥华绪接芳躅。[⑥]昔年挺生宗伯公，赤手天边扶日毂。[⑦]前年又见青琐友，逆鳞直批无瑟缩。[⑧]君今名家千里驹，合参豹尾辨牙纛。[⑨]胡为垂耳佐双凫，小驾轻车就平陆。[⑩]试看鸾栖考城之仇香，更占窈冥凤翔之张鷟，古来英俊多跧伏。[⑪]明时但得志愿行，岂问禅官忙与俗。[⑫]丞哉不负人，君行莫但哦松竹。[⑬]

注释：

①《送蔚景元叔作进贤县丞》诗见 明 王缜《梧山集》卷二十七言长诗，光绪四年(1878)戊寅刻本。

蔚景元：指蔚春。蔚春，字景元。明庐州合肥(今安徽省合肥市)人。明孝宗弘治六年(1493)进士。"任兵科给事中。遇事敢言，陈时政八事、边务七事，咸见施行。"官至广西参政。以鲠介为忌者中伤，乞归。

②庐：指庐州(今安徽省合肥市)。

青削：青翠而陡削。▶明 蒋一葵《长安客话·盘山》："其悬崖前突两小石，若承日附者，曰县空石。石黏空而立，青削到地，如有神气性情者然。”

③摩荡：谓相切摩而变化。语本《易·系辞上》：“是故刚柔相摩，八卦相荡。”

④金砂：亦作“金沙”。指古时道家以金石炼成的丹药。▶《参同契》卷上：“金砂入五内，雾散若风雨。”

林麓：犹山林。▶《周礼·地官·林衡》：“林衡掌巡林麓之禁令，而平其守，以时计林麓而赏罚之。”

⑤英灵：资质英明灵秀，指杰出的人才。▶南朝 齐 谢朓《酬德赋》：“赖先德之龙兴，奉英灵之电举。”

微物：细小的东西；小的生物。又作自称之谦词。▶南朝 宋 颜延之《应诏宴曲水作诗》：“仰阅丰施，降惟微物。”

机局：局势。▶孙中山《统一中国非北伐不为功》：“两湖既促我出兵，则今日之机局，正如天造地设。”

⑥君家：敬词。犹贵府，您家。▶《玉台新咏·古诗〈为焦仲卿妻作〉》：“非为织作迟，君家妇难为。”

庆泽：皇帝的恩泽。▶唐 元稹《处分幽州德音制》：“又念八州之内，九赋用殷，庆泽旁流，所宜霑贷。”

华绪：显贵者的后代。▶唐 王勃《广州宝庄严寺舍利塔碑》：“朝散大夫守长史某，地乘华绪，价擅名流，豫章擢而成干，骐骥生而蹑影。”



芳躅：指前贤的踪迹。▶《史记·万石张叔列传》：“敏行讷言，俱嗣芳躅。”

⑦挺生：挺拔生长。亦谓杰出。▶《后汉书·西域传论》：“灵圣之所降集，贤懿之所挺生。”

宗伯公：此处指蔚绥。蔚绥，字文玺。明庐州合肥(今安徽省合肥市)人。洪武中贡生，授户部主事，迁员外郎，以才能卓著擢山西布政司参议。永乐(1403—1424)中召任礼部侍郎。宣德初(1426)升礼部尚书。以病卒，谥“文肃”。

日毂：太阳。▶宋 范成大《丙戌闰七月九日与王必大登姑苏台避暑》：“炎官扶日毂，辉赫不停运。”

⑧逆鳞：倒生的鳞片。▶《韩非子·说难》：“夫龙之为虫也，柔可狎而骑也，然其喉下有逆鳞径尺，若人有婴之者则必杀人。人主亦有逆鳞，说者能无婴人主之逆鳞则几矣。”古人以龙比喻君主，因以触“逆鳞”、批“逆鳞”等喻犯人主或强权之怒。

瑟缩：此处指迟缓；迟疑。▶唐 牛僧孺《相国崔群家庙碑》：“九州岁贡，瑟缩不集。”

⑨豹尾：古代将帅旌旗上的饰物。或悬以豹尾，或在旗上画豹纹。▶《三国志·魏志·陈思王植传》：“又闻豹尾已建，戎轩骛驾，陛下将复劳玉躬，扰挂神思。”

亸[duǒ]：下垂。▶唐 岑参《送郭乂杂言》：“朝歌城边柳亸地，邯郸道上花扑人。”

牙纛：犹牙旗。纛，大旗。▶唐 韩愈《山南郑相公酬答依赋十四韵以献》：“帝咨女予往，牙纛前坌坲。”

⑩垂耳：两耳下垂。形容驯服的样子。▶汉 枚乘《七发》：“飞鸟闻之，翕翼而不能去；

野兽闻之,垂耳而不能行。"

双凫:《后汉书·方术传上·王乔》:"王乔者,河东人也。显宗世,为叶令。乔有神术,每月朔望,常自县诣台朝。帝怪其来数,而不见车骑,密令太史伺望之。言其临至,辄有双凫从东南飞来。于是候凫至,举罗张之,但得一只舄焉。乃诏尚方诊视,则四年中所赐尚书官属履也。"后用为地方官的故实。▶唐 徐凝《送李补阙归朝》:"驷马归咸秦,双凫出海门。"

小驾:古时帝王车驾之一,多在祠宗庙或行凶礼时用之;较大驾减损部分车马仪仗。▶《后汉书·舆服志上》:"行祠天郊以法驾,祠地,明堂省什三,祠宗庙尤省,谓之小驾。"

平陆:平原;陆地。▶《孙子·行军》:"平陆处易,而右背高,前死后生,此处平陆之军也。"

⑪鸾栖:鸾鸟栖止。比喻贤士在位。▶《晋书·苻坚载记上》:"百姓歌之曰:'长安大街,夹树杨槐。下走朱轮,上有鸾栖。英彦云集,诲我萌黎。'"

仇香:原为东汉人仇览的别名。因其曾任主簿,故后人常用以代称主簿。▶《事物异名录·爵位·主簿》引《野客丛书》:"文士有因其人名,遂为事用者,如近日呼主簿为仇香之类。"

窈冥:遥空;极远处。▶《庄子·天运》:"动于无方,居于窈冥。"

凤翔:凤凰飞翔。此处比喻君子得用。▶《文选·傅咸〈赠何劭王济〉》:"吾兄既凤翔,王子亦龙飞。"

张鷟:张鷟[zhuó](660—740)(一说约658—约730),字文成,号浮休子,唐深州陆泽县(今河北省深县)人。高宗调露年间,进士登第,起家岐王(李范)府参军,历任河阳县尉、长安县尉、鸿胪寺丞,号称"青钱学士"。武后证圣年间,擢任侍御史。玄宗时期,得罪宰相姚崇,迁司门员外郎。著有《朝野佥载》《龙筋凤髓判》《游仙窟》。

跧伏:蜷伏。▶汉 王延寿《鲁灵光殿赋》:"狡兔跧伏于柎侧,猿狖攀椽而相追。"

⑫明时:指政治清明的时代。古时常用以称颂本朝。▶《隶续·汉沛相范皮阙》:"嗟痛明时,仲治无年。"

禅官:此处不可解,应为稗官之误。稗官:小官。小说家出于稗官,后因称野史小说为稗官。▶《汉书·艺文志》:"小说家者流,盖出于稗官。街谈巷语,道听途说者之所造也。"

⑬莫但:不仅只是,不要仅仅。▶唐 元稹《楚歌十首》其六:"殷勤聘名士,莫但倚方城。"

哦松:唐朝博陵崔斯立为蓝田县丞,官署内庭中有松、竹、老槐,斯立常在二松间吟哦诗文,事见 唐 韩愈《蓝田县丞厅壁记》。后因以"哦松"谓担任县丞或代指丞。▶元 黄公望《王叔明为陈惟允天香书屋图》:"宁知采菊时,已解哦松意。"

陆钟，明庐州巢县（今安徽省巢湖市）人。成化十九年（1483）癸卯科举人，官福建武平知县。

## 白云山子房庵[1]

曲陟崖阿紫翠浮，仙庐深扃半天幽。他年了却封侯事，也扫松阴问野游。[2]

注释：

①《白云山子房庵》诗见 清 陆龙腾《（康熙）巢县志》卷十九，清康熙十二年（1673）刊本。

子房庵：《（康熙）巢县志》载："子房庵，一名白云庵。旧志云，在白云山顶。注名（祖）[药]师荡，未祥建葺。但庵前古石刻四言诗尚存：'辅佐炎刘，嘉谋嘉猷。圯桥授受，进履情投。除暴灭秦，为韩报仇。此地亡楚，帷幄运筹。解组求退，从至人游。住茅辟谷，白云山头。草衣木食，乐以忘忧。世世相续，万世无休。'旁有'道古一历自序'等字，可疑。明万历间重修，后为真武殿，前为子房庵。国朝康熙四年再修，邑人陆龙腾联云：'峰矗千寻，碧如黛，青如螺，应合帝子栖真，仙人学道；云飞万状，白者衣，苍者狗，信是人间玉府，天上琼宫。'"

②野游：原意指到野外游玩。此处可引申为归隐。▶汉 刘向《说苑·善说》："野游则驰骋弋猎乎平原广囿，格猛兽。"

## 南津宫渡[1]

居民两岸多如蚁，一水奔流断往还。乌鹊漫填银汉阔，彩虹长卧碧河湾。行人似踏康庄路，过艇如逢铁锁关。[2]却忆姬文亲迎日，渭流曾不患潺湲。[3]

注释：

①《南津宫渡》诗见 清 陆龙腾《（康熙）巢县志》卷十九，清康熙十二年（1673）刊本。

②康庄：四通八达的大道。▶唐 白居易《和松树》："漠漠尘中槐，两两夹康庄。"

③姬文：即周文王。▶《三国志·魏志·陈思王植传》："臣伏惟陛下远览姬文二虢之援，中虑周成召、毕之辅，下存宋昌磐石之固。"

## 半汤温泉[①]

一山秀峙点苍莓，下有温泉出涧来。[②]炊爇漫将池作釜，气蒸不仗火为媒。只疑骆谷初移至，恍若骊山乍凿开。[③]我亦饱谙曾点趣，几邀朋辈共追陪。[④]

注释：

①《半汤温泉》诗见 清 陆龙腾《(康熙)巢县志》卷十九，清康熙十二年(1673)刊本。

②秀峙：秀美超逸。▶《新唐书·崔澹传》："玙子澹，举止秀峙，时谓玉而冠者。"

③骆谷：地名。在今陕西周至西南。谷长200余公里，为关中与汉中的交通要道。▶《三国志·魏志·曹爽传》："正始五年，爽乃西至长安，大发卒六七万人，从骆谷入……入谷行数百里，贼因山为固，兵不得进。"

④饱谙：熟稔、熟知。▶《旧唐书·裴度传》："且陛下左右前后，忠良至多，亦有熟会典章，亦有饱谙师旅，足得任使，何独斯人？"

## 罗钦顺

罗钦顺(1465—1547)，字允升，号整庵。明江西泰和(今江西省吉安市泰和县)人。弘治六年(1493)癸丑科进士。授编修，迁南京国子监司业，以实行教士。忤刘瑾，革职为民。瑾诛复官，累迁吏部右侍郎。世宗即位，擢吏部尚书，以与张璁、桂萼同朝为耻，辞归。家居二十年，潜心性理之学。初笃信佛学，后舍弃。认为博学、审问、慎思、明辨、笃行，废一不可，卒谥"文庄"。有《困知记》《整庵存稿》。

## 送马汝砺太守还庐州[①]

帆转濡须鼓急挝，儿童骑竹满晴沙。[②]才倾别酒催行色，便有春风管物华。[③]云气暖通南省树，茶烟清绕使君衙。亦知抚字劳心在，留取功名入世家。[④]

注释：

①《送马汝砺太守还庐州》诗见 明 罗钦顺《整菴存稿》卷十七，清文渊阁四库全书本。原诗标题下有题注："尊翁时为南京少宗伯。"

尊翁：指马金之父马廷用。成化十四年(1478)中进士改庶起士，初授翰林院编修，进侍读学士。曾参与预修《大明会典》，官至南京礼部右侍郎。殁，赠礼部尚书。

②晴沙：阳光照耀下的沙滩。▶唐 杜甫《曲江陪郑南史饮》："雀啄江头黄花柳，鸂鶒鸂鶒满晴沙。"

③行色：犹行旅。▶宋 王禹偁《送柴侍御赴阙序》："廷尉评王某，从宦属邑，受恩煦深，收涕挥悍毫，以序行色。"

④抚字：谓对百姓的安抚体恤。▶《北齐书·封隆之传》："隆之素得乡里人情，频为本州，留心抚字，吏民追思，立碑颂德。"

石宝，字邦彦，号熊峰。明真定府藁城（今河北省石家庄市藁城区）人。成化二十三年（1487）与兄石玠同举丁未科进士。与修《大明会典》。累擢为礼部尚书兼学士掌詹事府事。授检讨。嘉靖三年（1524）以吏部尚书兼文渊阁大学士，直内阁。守己鲠狷，持论坚确，进退凛然。辞归时襆被一车而已，都人叹其廉洁。所作诗淹雅清峭，讽谕婉约，有词人之风。有《熊峰集》《恒阳集》。

## 送马汝砺[1]

山隐隐兮蛾眉，草蒙茸兮绿发。[2]送君去兮南浦，君之情兮北阙。[3]曰有罪兮薰天，宜祝融兮鬼罚。[4]念莫扑兮燎原，悔厝薪兮直突。[5]孰解网兮纵予，悬明照兮日月。[6]牛刀用兮鸡豚，宛驹变兮衔橛。[7]日窅窅兮飞鸿，秋萧萧兮纵鹘。[8]庐江兮悠悠，黄堂兮突兀。[9]此判兮不改，臣力兮当竭。延北望兮瀛洲，俨瞻云兮拥笏。君恩兮碎首，父诫兮铭骨。身则远兮心迩，孰朝宁兮岩窟。[10]



注释：

①《送马汝砺》诗见 明 石宝《熊峰集》卷一，清文渊阁四库全书本。

②蒙茸：草木葱茏的样子。也指葱茏丛生的草木。

③南浦：南面的水边，后常用称送别之地。▶《楚辞·九歌·河伯》："子交手兮东行，送美人兮南浦。"

④薰天：形容势炽。▶唐 杜甫《遣兴》诗之一："北里富薰天，高楼夜吹笛。"

鬼罚：鬼神的惩罚。

⑤直突：直统统不拐弯的烟囱。▶《汉书·霍光传》："臣闻客有过主人者，见其灶直突，旁有积薪，客谓主人，更为曲突，远徙其薪，不者且有火患。"

⑥解网：亦作"解罔"。解开罗网。比喻宽宥、仁德。典出《史记·殷本纪》："汤出，见野张网四面，祝曰：'自天下四方，皆入吾网！'汤曰：'嘻，尽之矣！'乃去其三面，祝曰：'欲左，左；欲右，右；不用命者，乃入吾网。'诸侯闻之，曰：'汤德至矣，及禽兽。'"▶南朝 梁 沈约《汉东流》："至仁解网，穷鸟入怀。"

⑦衔橛：马嚼子。▶《韩非子·奸劫弑臣》："无捶策之威、衔橛之备，虽造父不能以

服马。”

⑧窅[yǎo]窅：隐晦貌；幽暗貌。▶《鹖冠子·天则》：“举善不以窅窅，拾过不以冥冥。”陆佃 注：“不以潜晦举人之善。”

⑨黄堂：古代太守衙中的正堂。借指太守。▶宋 黄朝英《靖康缃素杂记》卷上：“太守曰黄堂。”

⑩朝宁：犹朝廷。▶明 张居正《谢赐敕谕并银记疏》：“念臣顷以微情，上干高听，仰蒙矜悯，特赐允俞，犬马之忠，既少伸于朝宁，乌鸟之愿，兼追尽于家园。”

岩窟：山洞。▶唐 郑惟忠《古石赋》：“岁月彫讹，丘陵芜没，巅坠坑阱，枕倚岩窟。”

## 送马汝砺次韵①

岁事如流星，奄忽迫迟暮。②甫爱槐阴庭，旋看蓼花渡。西风撼秋色，况值连夜雨。瑶琴不成调，檐溜下如注。③缅怀同心人，自昔无藏怒。④芝兰许深入，蓬藋赖持护。⑤邻芳得屡接，家善本多祚。壮如百堵干，足以保颠仆。廉如千顷波，所志在清素。⑥文如布帛衣，不但形月露。⑦直绳置我旁，曲木岂回互。⑧宝鉴悬我前，清辉照门户。君去我悬榻，我来君倒屣。汉禁柳色稠，吟情屡相付。胶漆方谓坚，萍梗乃有数。⑨我归莱子衣，君徙庐江路。⑩离合奚足云，穷通理其固。不见闾阎人，隆寒出无袴。⑪眷彼贵介子，裘狐仍舞鹭。托身穹壤间，何异草与树。⑫溪涧自谓清，潢潦岂知污。⑬娟娟如花人，耻逢东邻妪。宁知众物情，长短无定度。运改王孙饥，时来奴台饫。此事难重陈，君子道以助。⑭不须叩禅关，万想劳顿悟。静闻发天籁，浩荡如大頀。⑮君能久此安，胡为不兴慕。⑯况乃椿庭翁，耆儒德犹孺。包荒门下士，发愤肆倾吐。⑰谁嗤吾赠言，祗以道旧故。

注释：

①《送马汝砺次韵》诗见 明 石宝《熊峰集》卷一，清文渊阁四库全书本。

②奄忽：指时间变化飞速，疾速，倏忽。▶《韩诗外传》卷十一：“奄忽龙变，仁义沈浮。”

③檐溜：即檐沟。亦指檐沟流水。▶宋 范成大《雪后守之家梅未开呈宗伟》诗：“瓦沟冻残雪，檐溜粘轻冰。”

④藏怒：怀藏怒火；怀恨于心。▶《孟子·万章上》：“仁人之于弟也，不藏怒焉，不宿怨焉。”

⑤蓬藋：蓬草和藋草。泛指草丛；草莽。▶南朝 梁 沈约《郊居赋》：“披东郊之寥廓，入蓬藋之荒茫。”

⑥清素：清正廉洁。▶《孔丛子·记义》：“自臣侍从夫子以来，窃见其言不离道，动不违仁，贵义尚德，清素好俭。”

⑦月露：月光下的露滴。▶唐 杜甫《贻华阳柳少府》：“火云洗月露，绝壁上朝暾。”

⑧直绳：指认正直如绳墨。▶《晋书·李胤传》：“（胤）迁御史中丞，恭恪直绳，百官

惮之。”

⑨萍梗：浮萍断梗。因漂泊流徙，故以喻人行止无定。▶唐 许浑《晨自竹径至龙兴寺崇隐上人院》：“客路随萍梗，乡园失薜萝。”

⑩莱子：即春秋时期楚国的隐士老莱子，世传有老莱子斑衣戏彩娱亲的故事。▶前蜀 贯休《寄王涤》：“唯思莱子来，衣拖五般色。”

⑪隆寒：严寒。▶三国 魏 曹操《土不同》诗：“乡土不同，河朔隆寒。”

⑫穹壤：指天地。▶《文选·沈约〈齐故安陆昭王碑文〉》：“思所以克播遗尘，敞之穹壤。”

⑬潢潦：地上流淌的雨水。▶《文选·陆机〈赠尚书郎顾彦先〉诗之二》：“丰注溢脩霤，潢潦浸阶除。”张铣 注：“潢潦，雨水流于地者。”潢，一本作“黄”。

⑭重陈：再陈说，重复叙述。▶晋 刘琨《扶风歌》：“弃置勿重陈，重陈令心伤。”

⑮大頀：即大濩。▶《广雅·释诂》“頀、户、挟，护也”王念孙 疏证引《白虎通》：“汤曰《大頀》者，言汤承衰，能护民之急也。护，与‘頀’通。”

⑯兴慕：引起思念、景仰。▶晋 潘岳《怀旧赋》：“既兴慕于戴侯，亦悼元而哀嗣 。”

⑰包荒：原谅，宽容。▶明 朱权《荆钗记·合卺》：“如今送姪女临门，首饰房奁，诸事不曾完备，望亲家包荒。”



## 送马汝砺还庐州[①]

隔岁仙舟见往还，半因承宠半承颜。[②]闻钟肯动枫林色，曳佩犹连棘寺班。[③]凉入客楼秋梦远，舞馀吟膝夜庭闲。[④]庐州新藁难频得，极目淮南两岸山。[⑤]

注释：

①《送马汝砺还庐州》诗见 明 石宝《熊峰集》卷四，清文渊阁四库全书本。

②仙舟：舟船的美称。▶隋 江总《洛阳道》诗之一：“仙舟李膺棹，小马王戎镳。”

③棘寺：大理寺的别称。古代听讼于棘木之下，大理寺为掌刑狱的官署，故称。▶唐 刘长卿《西庭夜燕喜评事兄拜会》：“棘寺初衔命，梅仙已误身。”

④夜庭：犹夜台。▶前蜀 杜光庭《卢蔚大夫助上元斋词·下元》：“释冤债于夜庭，落罪尤于地简。”

⑤极目：纵目，用尽目力远望。▶汉 王粲《登楼赋》：“平原远而极目兮，蔽荆山之高岑。”

柳泽，明华阴（今陕西省华阴市）人。举人。弘治（1488—1505）时任庐州府通判。

## 王乔洞[①]

高出西南罨画山，水流东去几曾还。[②]桑田沧海频更变，谁识壶中日月闲。

注释：

①《王乔洞》诗见 清 陆龙腾《(康熙)巢县志》卷十九，清康熙十二年(1673)刊本。

②罨画：色彩鲜明的绘画。▶明 杨慎《丹铅总录·订讹·罨画》："画家有罨画，杂彩色画也。"多用以形容自然景物或建筑物等的艳丽多姿。

# 王用贤

王用贤，明庐州巢县(今安徽省巢湖市)人。弘治(1488—1505)时诸生。

## 送曹秀山户部谪寻甸判[①]

白卜相逢十五年，一杯浊酒怆离筵。征骖暂逐南云去，神剑终开北斗悬。[②]臣有丹心常捧日，世无老手敢擎天。[③]圣恩自是宽如海，伫听丝纶召内迁。[④]

注释：

①《送曹秀山户部谪寻甸判》诗见 民国 刘原道《居巢诗征》卷二，刘氏蛰园刊本。

②征骖：驾车远行的马。亦指旅人远行的车。▶唐 王勃《饯韦兵曹》："征骖临野次，别袂惨江垂。"

③捧日：喻忠心辅佐帝王。▶唐 卢肇《除歙州途中寄座主王侍郎》："驱车虽道还家近，捧日惟愁去国遥。"

老手：熟手；对某种事情富有经验的人。亦用为贬词。▶宋 苏轼《至真州再和王胜之》："老手王摩诘，穷交孟浩然。"

④伫听：凝神倾听。▶清 蒲松龄《聊斋志异·婴宁》："有巨石滑洁，因据坐小憩。俄闻墙内有女子，长呼'小荣'，其声娇细。方伫听间，一女郎由东而西。"

丝纶：指帝王诏书。语出《礼记·缁衣》："王言如丝，其出如纶。"▶孔颖达 疏："王言初出，微细如丝，及其出行于外，言更渐大，如似纶也。"

内迁：谓自外官调任京职。▶《南齐书·张敬儿传》："敬儿武将，不习朝仪，闻当内迁，乃于密室中屏人学揖让答对。"

# 费宏

费宏(1468—1535),字子充,号健斋。又号鹅湖,晚年自号湖东野老。明江西铅山(今江西省铅山县)人。成化二十三年(1487)丁未科状元。授修撰。正德中,累迁户部尚书,以拒与幸臣钱宁及宁王宸濠交结,被诬构,遂乞归。世宗即位,复起,入阁辅政,数劝谏嘉靖帝改革前朝弊政。后代杨廷和为首辅,为张璁等攻讦,致仕。及璁等去位,再起为原官,寻卒,谥“文宪”。工诗善文,有《费文宪公摘稿》,以及《鹅湖摘稿》《湖东集》《宸章集录》《遗德录》《惭愕录》等著。

## 次韵送马汝砺还庐州[①]

结交贵知心，不论早与暮。譬如同舟人，共齐乃克度。忆我初识君，时时讶金羽。君方业文藻，三峡水东注。[②]为渊乍洄漩，触石乃号怒。施颦难强效，隋璧但珍护。[③]知君邦之彦，远到天所祚。岂谓千里驹，亦误一蹶仆。[④]达人洞至理，欣然似平素。[⑤]浑浑璞中玉，圭角肯微露。[⑥]床头旧韦编，爻象穷变互。[⑦]因思得与失，等是阖开户。[⑧]胡为躁妄者，折屐或丧履。[⑨]试看舄几几，始可大事付。斯言谅非诬，岂必推命数。[⑩]笑领左官符，往踏庐江路。[⑪]才高用辄利，志确穷亦固。所忧辟政弊，租重民无袴。察隐真如神，不愧袍绣鹭。治官实如家，屡见冠挂树。[⑫]谁题鹗荐稿，应念马曹污。[⑬]孤臣恋廷陛，游子忆翁妪。瞻望长安城，回肠日无度。三年再诣阙，方寸犹未饫。[⑭]佐郡得玉祥，风俗良有助。[⑮]近诵尊翁诗，意君愈开悟。蟋蟀飞虫声，颇似韶与頀。何殊盛山作，和者日有慕。聊成巨轴往，汗洽马图负。[⑯]我竽久不吹，涩语苦难吐。聊将讲旧好，勿诧吾犹故。[⑰]



注释:

①《次韵送马汝砺还庐州》诗见 明 费宏《费文宪公摘稿》卷二,明嘉靖刻本。

②文藻:指文章;文字。▶《北齐书·儒林传·马元熙》:“少传父业,兼事文藻。”

③施颦:美女西施皱着眉头的样子。典出《庄子·天运》:“故西施病心而矉其里,其里之丑人见而美之,归亦捧心而矉其里。其里之富人见之,坚闭门而不出;贫人见之,挈妻子而去之走。”

④蹶仆:跌倒,颠仆。▶清 蒲松龄《聊斋志异·武技》:“李觉膝下如中刀斧,蹶仆不能起。”

⑤平素:平时;向来。▶三国 蜀 诸葛亮《与孟获书》:“承知消息,慨然永叹,以存足下平素之志。”

⑥圭角:圭的棱角。泛指棱角。比喻锋芒。▶宋 欧阳修《张子野墓志铭》:“(子野)遇

人浑浑不见圭角，而守志端直，临事敢决。”

⑦爻象：此处指《周易》中六爻相交成卦所表示的事物形象。《易·系辞下》：“爻象动乎内，吉凶见乎外。”

⑧等是：同样是；都是。▶南朝 宋 宗炳《明佛论》：“等是人也，背辙失路，蹭蹬长往，而永没九地，可不悲乎！”

⑨躁妄：急躁轻率。▶宋 洪迈《容斋三笔·郎官员数》：“浅浮躁妄，为胥辈所轻，有如李庄者。”

⑩推命：推算命运，算命。▶明 都穆《都公谭纂》卷下：“二公一日微服过王生，令其推命。”

⑪左官：此处指降官；贬职。▶唐 独孤及《为华阴李太守祭裴尚书文》：“亦既左官，时更困蒙。”

⑫治官：尽职。▶《左传·成公十五年》：“华元曰：‘我为右师，君臣之训，师所司也。今公室卑而不能正，吾罪大矣。不能治官，敢赖宠乎？’乃出奔晋。”

⑬鹗荐：谓举荐贤才。典出东汉 孔融《荐祢衡表》：“鸷鸟累百，不如一鹗，使衡立朝，必有可观。”

马曹：即管马的官署。多用以指闲散的官职或卑微的小官。▶《晋书·王徽之传》：“（徽之）性卓荦不羁……又为车骑桓冲骑兵参军，冲问：‘卿署何曹？’对曰：‘似是马曹。’”

⑭诣阙：谓赴朝堂。▶《汉书·朱买臣传》：“后数岁，买臣随上计吏为卒，将重车至长安，诣阙上书，书久不报。”

⑮佐郡：协理州郡政务。指任州郡的司马、通判等职。▶唐 李白《感时留别从兄徐王延年从弟延陵》：“佐郡浙江西，病闲绝趋驰。”

⑯汗洽：汗流洽背的省写。同汗流浃背。指汗出得多，湿遍脊背。常形容极度惶恐或惭愧。▶《后汉书·皇后纪下·献帝伏皇后》：“操出，顾左右，汗流浃背，自后不敢复朝请。”

马图：即河图。▶《礼记·礼运》：“故天降膏露，地出醴泉，山出器车，河出马图。”▶郑玄 注：“马图，龙马负图而出也。”

⑰旧好：旧交；老相好。▶《左传·桓公二年》：“公及戎盟于唐，修旧好也。”

## 林庭㭿

林庭㭿（1472—1541），字利瞻。明福建闽县（今福建省福州市）人。弘治十二年（1499）己未科进士，历兵部郎中、苏州知府、云南参政，官至湖广左布政使。嘉靖十四年（1535），以平乱功，升尚书，加太子太保。后致仕，卒赠少保，谥“康懿”。著有《小泉林公奏稿》《小泉林公奏稿续录》《小泉日录》《小泉录稿》《康毅公文集》《鳞鸿集》以及《（嘉靖）江西通志》《福州府志》。

## 赠曹瑞卿①

曾于璧水羡文章，此日昆池观凤皇。②一幅皂囊无限意，千年青史有余芳。③东坡宦绩流江汉，李白诗豪纵夜郎。梦里赠言无好句，浮生今已寤黄粱。

水色山光远近浮，玉人初试济川舟。④奚童遥指隔江树，莫是黄州旧竹楼。⑤

注释：

①《送曹秀山判寻甸》诗见 清 陆龙腾《(康熙)巢县志》卷十九，清康熙十二年(1673)刊本。原诗有序："曹民部瑞卿，以直谏谪倅寻甸，逾月改黄州。走辱经契，雅重其为人。先一夕，梦题扇赠之，既觉，惟忆首联，因足成一律，少寓景仰怅别之私。梦中语，孟浪不足以言诗耳。"

曹瑞卿，指曹琥。曹琥，字瑞卿，号秀山。巢县人。明孝宗弘治十八年(1505年)进士，后授南京刑部主事、户部主事。后上疏营救都御史周广，被谪贬至云南浔甸军民府。后官至陕西巩昌府知府，殁赠光禄寺卿。

②璧水：指太学。▶南朝 梁 何逊《七召·治化》："璧水道庠序之风，石渠启珪璋之盛。"

③皂囊：亦作"皁囊"。黑绸口袋。汉制，群臣上章奏，如事涉秘密，则以皂囊封之。▶《后汉书·蔡邕传》："以邕经学深奥，故密特稽问，宜披露失得，指陈政要，勿有依违，自生疑讳。具对经术，以皁囊封上。"

④济川：犹渡河。语出《书·说命上》："爰立作相，王置诸其左右。命之曰：'朝夕纳诲，以辅台德。若金，用汝作砺；若济巨川，用汝作舟楫。'"后多以"济川"比喻辅佐帝王。▶唐 独孤及《庚子岁避地至玉山酬韩司马所赠》："已无济川分，甘作乘桴人。"

⑤奚童：亦作"奚僮"。未成年的男仆。▶明 陈所闻《懒画眉·王明府云池命歌者携酒桃花下》曲："王郎谱曲教奚童，不说周郎顾曲工。"

王守仁(1472—1528)，初名云，字伯安。因筑室于故乡阳明洞中，自号阳明子，世称阳明先生。明绍兴余姚(今浙江省余姚市)人。弘治十二年(1499)己未科进士，授刑部主事。正德元年(1506)，上书救言官戴铣等，遭刘瑾陷害，谪贵州龙场驿丞，始悟心性之学。五年(1510)刘瑾伏诛，起为庐陵知县。后迁考功郎中，擢南京太仆寺少卿，进鸿胪寺卿。十一年(1516)，擢右佥都御史，授南(安)、赣、汀、漳诸州巡抚，行十家牌法，选民兵，镇压大庾、乐昌、郴州农民起义。十四年(1519)，平定宁王朱宸濠之乱。世宗嘉靖初，拜南京兵部尚书。论功，封特进光禄大夫、柱国、新建伯。以父丧守制，日与门人讲说良知之学。嘉靖六年(1527)，诏以原官兼左都御史，两广总督兼巡抚，镇压大藤峡起义。七年(1528)十月以疾剧请归，十一月廿九日卒。隆庆初，赠新建侯，谥“文成”。万历十二年(1584)从祀于孔庙。

王守仁提倡“心学”，认为“心是天地万物之主”，“心即理，心外无理，心外无物”，其说比程朱理学宣扬的天理性命更为简单易学，故一度风靡各地南北二京，学者翕然信从，成为明代中晚期的主流哲学思想之一。后传至海外，对日本以及东南亚都有较大影响。王守仁文章博大昌达，行墨间有俊爽之气。著有《大学问》《传习录》《王阳明全集》等。

## 包城寺[①]

行台衣独寺，僧屋自成邻。殿古凝残雪，墙低入早春。巷泥晴淖马，日檐暖烘人。云散小岩碧，松梢极目新。

注释：

①《包城寺》诗见 清 左辅 纂修《(嘉庆)合肥县志》卷第三十一，清嘉庆八年(1803)修、民国九年(1920)重印本。

包城寺：在店埠镇，始建于明洪武初年。今不存。

## 立春日合肥道中短述[①]

腊意中宵尽，春容傍晚生。[②]野塘水轻绿，江寺雪初晴。农事沾泥犊，羁怀出谷莺。故山梅正发，难寄欲归情。[③]

注释：

①《立春日合肥道中短述》诗见 清 左辅 纂修《(嘉庆)合肥县志》卷第三十一，清嘉庆八年(1803)修、民国九年(1920)重印本。

见 清 左辅 纂修《(嘉庆)合肥县志》卷三十一，黄山书社2006年版。

②“腊意中宵尽，春容傍晚生。”句：本句又作“腊意中霄尽，春容傍晚生。”见 清 左辅 纂修《(嘉庆)合肥县志》卷三十一，黄山书社2006年版。

③故山：旧山。喻家乡。▶汉 应玚《别诗》之一：“朝云浮四海，日暮归故山。”

## 周广

周广(1474—1531)，字克之，号玉岩、抑斋、两山，明江南昆山(今江苏省昆山市)人。弘治十八年(1505)乙丑科进士。历知莆田、吉水二县，最有治绩。正德中，授监察御史,上疏弹劾权臣钱宁,谪广东怀远驿丞、竹寨驿丞。嘉靖初年,擢福建按察使,官至南京刑部侍郎。嘉靖十年(1531),以暴疾卒。著有《玉岩集》九卷,《四库总目》行于世。

## 送曹秀山判寻甸①

风雨濛濛暗翠峦,孤臣北面倍辛酸。天颜咫尺程千里,岭表艰虞虑万端。②褐服微行离大内,青山作伴送征鞍。③独怜江上曹寻甸,分我忧君泪未干。

注释:

①《送曹秀山判寻甸》诗见 清 陆龙腾《(康熙)巢县志》卷十九,清康熙十二年(1673)刊本。

曹秀山,指曹琥。曹琥,字瑞卿,号秀山。巢县人。明孝宗弘治十八年(1505年)进士,后授南京刑部主事、户部主事。后上疏营救都御史周广,被谪贬至云南浔甸军民府。后官至陕西巩昌府知府,殁赠光禄寺卿。

②艰虞:艰难忧患。▶南朝 梁 沈约《郊居赋》:"逮有晋之隆安,集艰虞于天步。"

③大内:皇宫。▶唐 韩愈《论佛骨表》:"今闻陛下令群臣迎佛骨于凤翔,御楼以观,舁入大内。"

# 李瀚

李瀚,明广平曲周(今河北省曲周县)人。弘治八年(1495)任庐江县典史。

## 巢湖舟中晚眺①

一群飞鸟下夕阳,柔橹声中逸兴长。②雨过平湖生紫翠,天空望眼入苍茫。鸣钟烟寺藏红塔,傍水人家种绿杨。此日置身图画里,何年更羡白云乡。③

注释:

①《巢湖舟中晚眺》诗见 清 黄云《(光绪)续修庐州府志》卷九十五,清光绪十一年(1885)刊本。

②逸兴:超逸豪放的意兴。▶《艺文类聚》卷一引 晋 湛方生《风赋》:"轩濠梁之逸兴,畅方外之冥适。"

③白云乡:仙乡。典出《庄子·天地》:"乘彼白云,游于帝乡。"旧题 汉 伶玄《飞燕外传》:"吾老是乡矣,不能效武皇帝(汉武帝)求白云乡也。"

## 巢湖渔父曲[①]

前峰一轮山月吐，渔翁晚泊苹花渚。卖鱼沽得酒盈樽，儿女满船闻笑语。前湖今夜正潮长，稳系渔舟漫下篙。老妻补网寒灯下，绿芦丛里风萧萧。夜静浪声静，湖光一片秋。老渔唤不醒，阑醉卧船头。东方渐明天色曙，鸣榔撒网复如故。[②]惊起沙头白鹭鹚，避人飞入烟中去。[③]

注释：

①《巢湖渔父曲》诗见 清 黄云《(光绪)续修庐州府志》卷九十五，清光绪十一年(1885)刊本。

②鸣桹：亦作"鸣榔"。敲击船舷使作声，用以惊鱼，使入网中，或为歌声之节。▶《文选·潘岳〈西征赋〉》："纤经连白，鸣桹厉响。"

③沙头：沙滩边；沙洲边。▶北周 庾信《春赋》："树下流杯客，沙头渡水人。"

## 顾璘

顾璘(1476—1545)，字华玉，号东桥居士。明苏州吴县(今江苏省苏州市)人。弘治九年(1496)丙辰科进士，授广平知县。正德间为开封知府，忤太监廖堂，逮下锦衣狱，谪知全州。后累迁至南京刑部尚书，罢归。少负才名，与同里陈沂、王韦号"金陵三俊"，后又添朱应登并称"金陵四大家"。诗以风调胜。晚岁家居，治息园，筑幸舍，延接胜流，江左名士推为领袖。有《息园》《浮湘》《山中集》《凭几集》《息园存稿诗》《息园存稿文》《国宝新编》《近言》等著。



## 登庐州镇淮楼同项守饮后作[①]

天畔飞楼谁构成，画栏朱槛倚空明。[②]江湖一片当窗泻，云雾千重对酒生。[③]独立淮淝雄旧国，俯听弦诵蔼新声。[④]夜深灯火同星散，不尽风流地主情。[⑤]

注释：

①《登庐州镇淮楼同项守饮后作》诗见 明 顾璘《顾璘诗文全集》凭几集卷三，清文渊阁四库全书补配清文津阁四库全书本。本诗标题又作《镇淮楼登眺》，见 清 左辅 纂修《(嘉庆)合肥县志》卷三十一，黄山书社2006年版。

镇淮楼：南宋淮西帅郭振所建，高五丈三尺，上有铜漏壶、铜钟。铜钟厚三寸，高五尺，有文："宋大中祥符八年造。"合肥民间传说：时郭振建楼时，为做"人和"文章，征得十对新婚夫妻所献铜器9斤9两，于楼顶建一铜号角架，每日清晨，号手站于其上，吹号报时。号角之声清雅悠扬，故有“镇淮角韵”之称。“镇淮角韵”为昔庐阳八景之一。

《(嘉庆)合肥县志》：“旧志：古城北门。宋郭振拓城基，改为谯楼。明嘉靖间，知府龙诰重建，有杨廉《记》，载《集文》。万历三年(1575)，知府吴道明重修，题曰‘江淮保障’。崇祯十五年(1642)，毁于流贼。本朝康熙四年(1665)，庐州道孙籀重建；三十六年(1697)，知府张纯修重新。《江南通志》云：‘楼上漏壶，以铜为之。’”

清人朱弦《(庐阳)八景说》曰：“一水东下，石桥虹跨之。桥南有台，可高十余丈，不知作于何代何人也。台上有楼三级，绮疏四开，匝以雕栏画槛。”

②空明：指空旷澄澈。▶唐 韩愈《祭郴州李使君文》：“航北湖之空明，觑鳞介之惊透。”

③千重：千层，层层叠叠。▶《后汉书·马融传》：“群师叠伍，伯校千重。”

④弦诵：弦歌诵读。泛指吟哦诵读。▶章炳麟《文学说例》：“至韵文则复有特别者，盖其弦诵相授，素由耳治，久则音节谐熟，触激唇舌，不假思虑，而天纵其声。”

⑤星散：分散；四散。▶《三国志·蜀志·姜维传》：“维为魏大将邓艾所破于段谷，星散流离，死者甚众。”

## 刘节



刘节(1476—1555)，字介夫，殿试以百首梅花诗入仕，世称梅国先生。明南安府大庾县(今江西省大余县)人。弘治十八年(1505)乙丑科进士。因忤逆大宦官刘瑾，谪宿松知县。后历官广德知州、四川提学副使、广西提学副使、河南福建左参政、浙江右布政使、都察院右副都御史、山东巡抚、总督江淮漕运仍兼巡抚，嘉靖十一年(1532)为刑部右侍郎，晚年回乡，创办“梅国书院”。工书，书学颜真卿。著有《梅国集》《宝制堂录》《春秋列传》传世，并编有《广文选》《两汉七朝文薮》《周诗遗轨》《声律发蒙》等。

### 经护城①

村市三场辍，晨征又护城。②欹桥盘径折，残寺下钟鸣。草树兼天远，风烟接地轻。自看头已白，车马若为情。

注释：

①《经护城》诗见 清 左辅 纂修《(嘉庆)合肥县志》卷第三十一，清嘉庆八年(1803)修、民国九年(1920)重印本。

护城：古称“护慎城”。明、清时在此设护城驿。位于今安徽省肥东县梁园镇护城社区。

②晨征：清晨远行。▶晋 赵至《与嵇茂齐书》：“鸣鸡戒旦，则飘尔晨征；日薄西山，则马首靡託。”

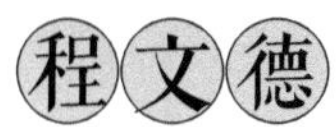

# 程文德

程文德(1479—1559),字舜敷,号松溪。明浙江永康(今浙江省永康市)人。少时立志于学,初受业章懋,后赴余姚师事王阳明,得“良知良能”学说要旨。嘉靖八年(1529)己丑科榜眼,授翰林编修。历任信宜典史、安福知县、兵部车驾司郎中、南京国子祭酒、礼部左侍郎、吏部左侍郎等职。会推南京吏部尚书时,因忤旨改任南京工部右侍郎。后以“谤讪”罪名削职为民。归乡后,即聚徒讲学。卒,贫不能殓。万历初,赠礼部尚书,谥“文恭”。著有《松溪集》《程文恭遗稿》等。

## 送刘汝静迁庐州别驾[①]

出处本无常，东西何定辙。昔我谪羊城，子适持龙节。[②]相逢增慷慨，清谈皎冰雪。联舟过七星，复鼓苍梧枻。[③]行止一何优，弥月不忍别。十年再同朝，怀旧喜未辍。子今复谪居，感叹何更迭。自廑离索怀，□为升沉惙。磊落男儿身，天地相参列。名位何区区，而以挂齿舌。不见古达人，耻为缨绥绁。[④]性命苟目贵，外拘皆蠓蠛。[⑤]去去倅汝宁，冲抱固所说。仕学如登山，回首陋丘垤。[⑥]太守望湖子，吾党推英杰。节推枣山君，忠信而朗澈。[⑦]皆子同袍彦，政学堪劘切。[⑧]庐人知有怙，一时萃贤君。侃侃松石翁，忧国心如结。剑履卧东山，丑虏何时灭。子归奉寿觞，为我称耆耋。[⑨]



注释:

①《送刘汝静迁庐州别驾》诗见 明 程文德《程文恭公遗稿》卷二十四,明万历十二年(1584)程光裕刻本。

②龙节:龙形符节。泛指奉王命出使者所持之节。 ▶ 唐 王维《平戎辞》:“卷旆生风喜气新,早持龙节静边尘。”

③枻:枻[yì],船舷。《楚辞·渔父》:“渔父莞尔而笑,鼓枻而去。”

④缨绥:指冠带与冠饰。亦借指官位或有声望的士大夫。 ▶汉 蔡邕《郭有道碑文》:“于时缨緌之徒,绅珮之士,望形表而影附,聆嘉声而响和者,犹百川之归巨海,鳞介之宗龟龙也。”

绁[xiè]:系、拴或捆绑,指引申为束缚。 ▶张衡《东京赋》:“绁子婴于轵[zhǐ]途。”

⑤蠓蠛:泛指小飞虫。

⑥丘垤:小山丘;小土堆。 ▶《孟子·公孙丑上》:“泰山之于丘垤,河海之于行潦,类也。”

⑦朗澈:清澈。 ▶清 袁枚《续新齐谐·文人夜有光》:“凡人白昼营营,性灵汩没,惟睡

时一念不生,元神朗澈。"

⑧劘切:切磋。▶唐 刘禹锡《送周鲁儒赴举》诗序:"居五六日,复袖来,益引古事以相劘切。"

⑨寿觞:祝寿的酒杯。▶《汉书·叔孙通传》:"诸侍坐殿上皆伏抑首,以尊卑次起上寿觞九行,谒者言'罢酒'。"

## 曹环

曹环(?—约1514),字顺卿,明南直隶庐州府巢县(今安徽省巢湖市)人。弘治十四年(1501)辛酉科举人,先后任河间府交河县、泉州府南安县教谕。病卒于南安任上,祀名宦祠。

### 王乔仙洞[①]

金鼎烟销洞已空,白云深锁紫芝丛。生来不愿居黄屋,化去何心恋旧宫。[②]火枣预传仙母信,羽衣却笑六郎同。[③]华山老衲前知者,借箸重邀画始终。[④]



注释:

①《王乔仙洞》诗见 清 陆龙腾《(康熙)巢县志》卷十九,清康熙十二年(1673)刊本。

②黄屋:此处指帝王权位。▶《北史·魏诸宗室传论》:"至如神武之不事黄屋,高揖万乘,义感邻国,祚隆帝统。"

③火枣:传说中的仙果,食之能羽化飞行。▶南朝 梁 陶弘景《真诰·运象二》:"玉醴金浆,交梨火枣,此则腾飞之药,不比于金丹也。"

六郎:《旧唐书·杨再思传》:"易之之弟昌宗以姿貌见宠幸,再思又谀之曰:'人言六郎面似莲花;再思以为莲花似六郎,非六郎似莲花也。'其倾巧取媚也如此"。张昌宗行六,故云。后用为咏莲之典实。▶宋 陆游《荷花》:"犹嫌翠盖红妆句,何况人言似 六郎。"

④借箸:比喻为人谋划。典出《史记·留侯世家》:"食其未行,张良从外来谒。汉王方食,曰:'子房前!客有为我计桡楚权者。'具以郦生语告,曰:'于子房何如?'良曰:'谁为陛下画此计者?陛下事去矣。'汉王曰:'何哉?'张良对曰:'臣请藉前箸为大王筹之。'"▶唐 杜牧《河湟》:"元载相公曾借箸,宪宗皇帝亦留神。"

### 大秀山[①]

直耸嶙峋对泮宫,奇峰突兀正离中。[②]祥光瑞霭龙嘘出,皎日青天豹雾空。[③]高揭西淮千古画,谁留南楚一屏风。[④]地灵自信人多杰,不负名山毓秀功。[⑤]

注释：

①《大秀山》诗见 清 陆龙腾《(康熙)巢县志》卷十九，清康熙十二年(1673)刊本。原诗标题后有注："山在学之丙向，须正对之为吉。"

②泮宫：西周诸侯所设大学，后泛指学宫。▶《诗·鲁颂·泮水》："既作泮宫，淮夷攸服。"

③瑞霭：吉祥之云气。亦以美称烟雾。▶唐 杨巨源《春日奉献圣寿无疆词》之四："瑞霭方呈赏，暄风本配仁。"

皎日：明亮的太阳，古多用于誓辞。▶三国 魏 曹植《黄初五年令》："孤推一概之平，功之宜赏，于疏必与；罪之宜戮，在亲不赦。此令之行，有若皎日。"

豹雾：指隐者所栖。▶唐 骆宾王《夏日游德州赠高四》诗序："仆少负不羁，长逾虚诞，读书颇存涉猎，学剑不待穷工，进不能矫翰龙云，退不能栖神豹雾，抚循诸已，深觉劳生。"

④高揭：高高张贴。▶明 陈所闻《玉包肚·送张颖初北试》曲之一："黄金台上相逢知己笑相投，高揭文章五凤楼。"

⑤地灵：谓土地山川灵秀。▶隋 姚察《游明庆寺诗》："地灵居五净，山幽寂四禅。"



## 曹琥

曹琥(？—约1514)，字瑞卿，号秀山。明庐州巢县(今安徽省巢湖市)人。弘治十八年(1505)乙丑科进士，授南京工部主事改户部主事，忤权贵，谪云南寻甸通判，迁广信府同知。在任严拒藩王和宦官索取，士民德之。后升巩昌府知府，未及任去世。嘉靖初年，赠光禄卿。入乡贤祠，载《明史周广传》。有《秀山诗集》。

### 塞上有怀黄山伯兄①

古塞云阴重，空庭雪意深。乾坤余老眼，勋业腾丹心。池草君应梦，江梅我欲寻。②一从相别后，惆怅到于今。③

注释：

①《塞上有怀黄山伯兄》诗见 民国 刘原道《居巢诗征》卷二，刘氏蛰园刊本。

黄山伯兄：指曹琥长兄曹环。

②江梅：一种野生梅花。▶宋 范成大《梅谱》："江梅，遗核野生、不经栽接者，又名直脚梅，或谓之野梅。凡山间水滨荒寒清绝之趣，皆此本也。花稍小而疏瘦有韵，香最清，实小而硬。"

③于今：如今，现在。▶《史记·季布栾布列传》："于今创痍未瘳，哙又面谀，欲摇动天下。"

# 夏言

夏言(1482—1548),字公谨,明江西贵溪(今江西省贵溪市)人,世称夏贵溪。正德十二年(1517)丁丑科进士。初授行人,后任兵科给事中,以正直敢言自负。世宗继位,疏陈武宗朝弊政,受世宗赏识。因议礼而受宠,升至礼部尚书兼武英殿大学士入参机务,累加少师、特进光禄大夫、上柱国,至被擢为首辅。后渐失宠,又为严嵩等所构陷。嘉靖二十七年(1548),被诬,弃市,年六十七。穆宗时复官,追谥"文愍"。其性豪迈强直,纵横辩博,所作诗文宏整,又以词曲擅名,有《夏桂洲文集》及《南宫奏稿》传世。

## 沁园春·送叶本仁作教合肥[1]

道院寒灯,儒宫夜榻,犹记髫年。[2]念京第相逢,堪惊岁月,都亭分手,又隔风烟。[3]乌帽新笼,白袍袍换,莫厌青青座上毡。[4]庐江畔,有门墙可爱,桃李争妍。　看君潘鬓依然。[5]美腹笥、藏经不让边。[6]叹少日云霄,霜蹄蹭蹬,暮年江海,云翮蹁跹。[7]老我非才,际时何幸,多病偏蒙圣主怜。[8]凤池里,正迟回恋阙,惆怅归田。[9]



注释:

①《沁园春·送叶本仁作教合肥》见 明 夏言《夏桂洲文集》卷七,明崇祯十一年(1638)吴一璘刻本。

②道院:道士居住的地方,道观。▶五代 王周《道院》:"白日人稀到,帘垂道院深。"

儒宫:古代官立学校。儒学。

③都亭:都邑中的传舍。秦法,十里一亭。郡县治所则置都亭。

④乌帽:黑帽。古代贵者常服。隋、唐后多为庶民、隐者之帽。

白袍:旧指未做官的士人。唐士子未仕者服白袍,故以为入试士子的代称。▶唐 李肇《唐国史补》卷下:"或有朝客讥宋济曰:'近日白袍子何太纷纷?'济曰:'盖由绯袍子、紫袍子纷纷化使然也。'"

⑤桃李争妍:桃花李花竞相开放,形容春光艳丽。▶明 无名氏《万国来朝》第二折:"春花艳艳,看红白桃李争妍。"

⑥潘鬓:晋 潘岳《秋兴赋》序:"余春秋三十有二,始见二毛。"后因以"潘鬓"谓中年鬓发初白。

⑦腹笥:语出《后汉书·边韶传》:"边为姓,孝为字,腹便便,五经笥。"笥,书箱。后因称腹中所记之书籍和所有的学问为"腹笥"。▶宋 杨亿《受诏修书述怀感事三十韵》:"讲学

情田埆，谈经腹笥虚。”

⑧霜蹄：即马蹄。语本《庄子·马蹄》：“马蹄可以践霜雪。”▶唐 杜甫《韦讽录事宅观曹将军画马图引》：“霜蹄蹴踏长楸间，马官厮养森成列。”

蹭蹬：困顿；失意。▶唐 杜甫《上水遣怀》：“蹭蹬多拙为，安得不皓首。”4.倒霉；倒运。

云翮：指凌云高飞的鸟。▶晋 陶潜《乙巳岁三月为建威参军使都经钱溪》：“微雨洗高林，清飙矫云翮。”逯钦立 校注：“云翮，指高飞鸟。”

⑨迟回：犹徘徊。▶宋 贺铸《山花子·弹筝》词：“约略整鬟钗影动，迟回顾步珮声微。”

恋阙：留恋宫阙，旧时用以比喻心不忘君。▶唐 杜甫《散愁》诗之二：“恋阙丹心破，霑衣皓首啼。”



# 何景明

何景明(1483—1521)，字仲默，号白坡，又号大复山人。明信阳州(今河南省信阳市)人。弘治十五年(1502)壬戌科进士，授中书舍人，后官至陕西提学副使。正德十六年(1521)，因病辞官归乡，六天后病卒，年三十九。

何景明是明代“文坛四杰”中的重要人物，也是明代“前七子”之一，与李梦阳并称文坛领袖，共同倡导明代文学改革运动。著有《何氏集》《何仲默集》《何大复先生集》《何大复集》《何子杂言》《四箴杂言》《大复论》《律吕直解》《雍大记》等。



## 送士侄归雀巢县①

见汝南归日，令予北倚楼。②彩衣花县酒，白雁楚江洲。③闭户自兹始，佩韦须古求。④行藏愧汝叔，日忆竹林游。

注释：

①《送士侄归雀巢县》诗见 明 何景明《大复集》卷之十九，明嘉靖刻本。

②“见汝南归日，令予北倚楼。”句又作“喜见南归日，应怜北倚楼。”

③花县：晋潘岳为河阳令，满县遍种桃花，人称“河阳一县花”。见《白孔六帖》卷七七。后遂以“花县”为县治的美称。▶唐 李贺《春昼》诗：“平阳花坞，河阳花县。”

④佩韦：皮性柔韧，性急者佩之以自警戒。韦，兽皮，皮革。▶《韩非子·观行》：“西门豹之性急，故佩韦以自缓；董安于之性缓，故佩弦以自急。”

## 送曹秀山判寻甸[1]

逐客滇南郡，云天此路长。[2]高秋行万里，落日泪千行。作赋投湘水，题诗寄夜郎。殊方夜侯异，去矣慎风霜。[3]一封朝北阙，万里暮南溟。地远投蛮府，天高哭汉廷。[4]旅情生白发，行色傍秋星。[5]若过湘潭上，休看杜若青。[6]

注释：

①《送曹秀山判寻甸》诗见 清 陆龙腾《(康熙)巢县志》卷十九，清康熙十二年(1673)刊本。

曹秀山，指曹琥。曹琥，字瑞卿，号秀山。巢县人。明孝宗弘治十八年(1505年)进士，后授南京刑部主事、户部主事。后上疏营救都御史周广，被谪贬至云南浔甸军民府。后官至陕西巩昌府知府，殁赠光禄寺卿。

②逐客：指被贬谪远地的人。▶唐 杜甫《梦李白》诗之一："江南瘴疠地，逐客无消息。"

③殊方：远方，异域。▶汉 班固《西都赋》："踰崑仑，越巨海，殊方异类，至于三万里。"

④蛮府：旧指主管少数民族的官署。▶明 陈子龙《送吴峦稚司李桂林》："蛮府官闲能作赋，汉廷恩近忆鸣珂。"



⑤秋星：秋夜的星辰。▶唐 杨炯《庭菊赋》："秋星下照，金气上腾。"

⑥杜若：香草名。多年生草本，高一二尺。叶广披针形，味辛香。夏日开白花。果实蓝黑色。▶《楚辞·九歌·湘君》："采芳洲兮杜若，将以遗兮下女。"

# 方豪

方豪，字思道。明浙江开化(今浙江省开化县)人。正德三年(1508)戊辰科进士。授昆山知县，请免民间积欠田赋。迁刑部主事，以谏武宗南巡，跪阙下五日，被杖责。官至湖广副使。有《棠陵集》《断碑集》《蓉溪菁屋集》。

## 翎毛赠庐州客[1]

春雨催花事，山房病骨强。[2]鸟鸣看不见，声度薜萝墙。[3]

注释：

①《翎毛赠庐州客》诗见 明 方豪《棠陵文集》卷七，清康熙十二年(1673)方元启刻本。

②花事：春季百花盛开，故多指游春看花等事。▶宋 杨万里《买菊》："如今小寓咸阳

市，有口何曾问花事。”

病骨：指多病瘦损的身躯。▶唐 李贺《示弟》：“病骨犹能在，人间底事无。”

③声度：此处指声音传出。

薜萝：指薜荔和女萝两种植物，常攀缘于山野林木或屋壁之上。借指隐者或高士的住所。▶南朝 梁 吴均《与顾章书》：“仆去月谢病，还觅薜萝。”

高诲，字廷弼。明庐州合肥(今安徽省合肥市)人。正德年间(1506—1521)举人，历官青城知县、莱州府通判，擢升养利州知州，辞官不赴。好诗赋，有《泰山览胜》诸刻。嘉靖二年(1523)，高诲登泰山大观峰，留有题名。又作《游泰山记》，收入《岱史》。

## 浮槎山泉①

湖上仙山嵯峨起，石虬穿破苍冥底。②漫流绝壁乳花圆，枯槎细泻银河水。③遥遥谁取寄神州？千载文章重欧子。④我生四十余春秋，因循欲致还无由。黄堂昨午俄分润，尘衿洗净何悠悠。⑤新茸石鼎晴云洁，急雨澄江浪翻雪。⑥绿烟飞入湘帘深，暖散浮花香不竭。⑦笑呼满啜定州瓷，真有清风生两腋。六一仙人去不还，继高清风淮河南。莫言一酌浑成差，山水从今更增价。

注释：

①《浮槎山泉》诗见 清 左辅《(嘉庆)合肥县志》合肥县志卷第三十一，清嘉庆八年(1803)修、民国九年(1920)重印本。

②苍冥：苍天。▶北周 庾信《贺平邺都表》：“然后命东后，诏苍冥。”

③乳花：即石花。▶《政和证类本草·玉石中》：“石花……与殷孽同，一名乳花。”

枯槎：老树的枝杈。▶《宣和画谱·山水三》：“(宋迪)又多喜画松，而枯槎老蘖，或高或偃，或孤或双，以至于千株万株，森森然殊可骇也。”

④欧子：指欧阳修，字永叔，号醉翁，晚号六一居士。曾作《浮槎山水记》。

⑤分润：分取钱财，分享利益。▶明 张煌言《答曹云林监军书》：“徐兄适会弟于阮途，勿克稍为分润。”

⑥新茸：初生的嫩草。▶唐 韩愈 孟郊《有所思联句》：“台镜晦旧晖，庭草滋新茸。”

⑦湘帘：用湘妃竹做的帘子。▶宋 范成大《夜宴曲》：“明琼翠带湘帘斑，风帏绣浪千飞鸾。”

# 郑梁

郑梁，明庐州合肥(今安徽省合肥市)。郑杲从兄。

## 小丰寺[①]

僻地绝尘嚣，经过一留憩。老桂发古香，晴岚滴空翠。绕殿鹤声双，筛阶松影碎。清绝小禅僧，供茶乞诗句。[②]

注释：

①《小丰寺》诗见 明 胡时化修 魏豫之纂《(万历)合肥县志》二卷，明万历元年(1573)刊本。

小丰寺：《(万历)合肥县志》："建于宋。"《(嘉庆)合肥县志》："又名西来山，离(合肥)城六十余里。乾隆时修。旧志：元建。寺有钟，明天顺五年(1461)造。相传本在孤山宝珠寺，自湖中飞至。故俗名'飞来钟'。在南乡(今属安徽省肥西县)。"

②清绝：清雅至极。▶明 李时珍《本草纲目·草十四·茉莉》："又有似末利而瓣大，其香清绝者，谓之狗牙，亦名雪瓣，海南有之。"

# 郑杲

郑杲(1486—1514)，字义民。明庐州合肥(今安徽省合肥市)人。少颖敏，有大志，补邑庠弟子员。与从兄郑梁相砥砺，经史子集，靡不通晓。父亡故，庐于墓所，哀毁骨立，遂不起，年二十九。

## 焦湖[①]

群山东南如堵墙，大湖万顷何淼茫。舡头白鱼触曾上，水中青草引舵长。涛声时作风雨态，窟底疑有蛟龙藏。姥山一点极目外，白波演迤秋空黄。[②]

注释：

①《焦湖》诗见 明 胡时化修 魏豫之纂《(万历)合肥县志》二卷，明万历元年(1573)刊本。

②白波：白色波浪。《庄子·外物》："白波若山，海水震荡。"

演迤：绵延不绝貌。▶宋 何薳《春渚纪闻·泖茆字异》："春夏则荷蒲演迤，水风生凉。"

李濂(1489—1566),字川甫,一作川父,号嵩渚。明河南祥符(今属河南省开封市)人。正德九年(1514)甲戌科进士。任沔阳知州、同知宁波府,升山西佥事。少负俊才,尝驰马夷门外,酾酒悲歌,慨然慕信陵君、侯生之为人。里居四十余年而卒。博学多闻,以古文名于时。曾作《理情赋》,李梦阳见而往访。濂初甚得意,久之,乃知梦阳持论偏颇。有《祥符乡贤传》《汴京遗迹志》《医史》《观政集》《嵩渚集》等。

## 送郭别驾之庐州①

诏养归来舞袖斑,起官今度古淮关。②孝廉船送云霄上,冰玉堂开水竹间。③别驾暂分金斗郡,卷帘遥对紫蓬山。亦知仙吏非凡骨,拟见双凫汉阙还。

注释:

①《送郭别驾之庐州》见 明 李濂《嵩渚文集》卷二十六,明嘉靖刻本。

②起官:罢免家居或丁忧回籍的官吏被重新起用。▶《醒世恒言·徐老仆义愤成家》:"坐在家中,料道也没个起官的日子。"

③孝廉船:南朝 宋 刘义庆《世说新语·文学》载:晋吴郡人张凭举孝廉,自负其才,造访丹阳尹刘惔,与诸贤清谈,言约旨远,一坐皆惊。刘延之上坐,留宿至晓。张还船,须臾,刘遣使觅张孝廉船,同侣惋愕。刘与张凭即同载诣抚军,曰:"下官今日为公得一太常博士。"抚军称善,即用张为太常博士。时人荣之。后遂以"孝廉船"为褒美才士之典。▶唐 李白《送王孝廉觐省》:"宁亲候海色,欲动孝廉船。"

## 居巢篇送何子毅省亲巢县①

居巢城在长江边,舟楫东衔历阳镇。②赵贾秦商宝玦辉,吴娃越妓香罗润。③桃花两岸鲥鱼来,灯火三春酒肆开。水倒楼台金闪烁,云停箫管凤徘徊。④可讶淮西开阆苑,谁云江北少天台。⑤居巢仙令汝水才,一门文采叠琪瑰。⑥曾在竹林陪宴醉,忍看小阮放舟回。⑦放舟摇飏秋风里,荷叶芙蓉媚江水。沙渚双鸿拂棹飞,云湍孤鹜冲帆起。花县春宵弄彩衣,官衙白日静琴徽。⑧浮丘岭上招黄鹤,亚父祠前对夕晖。君不见淮王庙枕八公山,鸿宝秘书今不传。⑨尘埃鸡犬升天去,何况衰容变少颜。君不见左慈昔住庐江口,石室丹经常在手。袖涌三江跳尺鲈,曹门宾客惊仙叟。君行览胜复访奇,江汉风云入钓丝。⑩逢仙倘授长生诀,莫负嵩山采药期。

注释：

①《居巢篇送何子毅省亲巢县》见 明 李濂《嵩渚文集》卷十三，明嘉靖刻本。

②历阳镇：今属安徽省马鞍山市和县，古称亚父城，传说由历阳侯范增所建。

③宝玦：珍贵的佩玉。▶三国 魏 曹丕《又与钟繇书》："邺骑既到，宝玦初至。"

④箫管：排箫和大管，泛指管乐器。▶南朝 宋 鲍照《代昇天行》："凤台无还驾，箫管有遗声。"

⑤阆苑：阆风之苑，传说中仙人的住处。▶唐 王勃《梓州郪县灵瑞寺浮图碑》："玉楼星峙，稽阆苑之全模；金阙霞飞，得瀛洲之故事。"

⑥仙令：对县令的美称。▶明 唐顺之《送朱建阳》："道旁桃李烂春晴，可怜仙令看花行。"

琪瑰：美玉，比喻珍贵之物。▶宋 曾巩《冬望》："南窗圣贤有遗文，满简字字倾琪瑰。"

⑦小阮：指西晋名士阮咸。阮咸与叔父阮籍皆名列"竹林七贤"之一，世因称咸为小阮，后借以称侄儿。▶唐 李白《陪侍郎叔游洞庭醉后》诗之一："三杯容小阮，醉后发清狂。"

⑧琴徽：指琴弦音位的标志。即古琴面板左方的一排圆星点，用贝壳、磁或金属镶制而成。▶宋 梅尧臣《送良玉上人还昆山》："水烟晦琴徽，山月上岩屋。"

⑨鸿宝：道教修仙炼丹之书。泛指珍贵的书籍。▶柳亚子《题〈太平天国战史〉》："成王败寇漫相和，直笔何人继董狐。鸿宝一编珍贮袭，他年同调岂终孤？"



⑩览胜：观览胜境。▶宋 王安石《和平甫舟中望九华山》之一："寻奇出后径，览胜倚前檐。"

## 薛蕙

薛蕙（1489—1541），字君采，号西原。明凤阳亳州人（今安徽省亳州市）。正德九年（1514）甲戌科进士。授刑部主事，历考功郎中。嘉靖初，"大礼"议起，撰《为人后解》《为人后辨》等上于朝，忤旨获罪。又为言官所讦，解任归。其学宗宋周敦颐、二程，证以佛、道之说，学者称西原先生。有《约言》《西原遗书》《考功集》。



### 送毛敬父之庐州①

北峡吞淮口，东陵控海隅。②霍山分岳镇，肥水混濡须。③从事之官远，观风问俗殊。④庐江多小吏，应候府中趋。⑤

注释：

①《送毛敬父之庐州》诗见 明 薛蕙《考功集》卷五五言律诗，清文渊阁四库全书补配清

文津阁四库全书本。

②海隅：亦作"海嵎"。海角，海边。常指僻远的地方。▶《书·君奭》："我咸成文王功于不怠，丕冒海隅出日，罔不率俾。"

③岳镇：指四岳等名山。▶《新唐书·礼乐志一》："中祀社稷、日月、星辰、岳镇、海渎、帝社、先蚕。"

④之官：上任；前往任所。▶汉 荀悦《汉纪·成帝纪》："秋七月，有星孛于东井，时谷永为北地太守，方之官。"

⑤应候：应接侍候。▶清 曹雪芹《红楼梦》第七二回："这是奶奶日间操心，惦记应候宫里的事。"

## 吴潜

吴潜，字显之，世称两川先生。明江西临川（今属江西省抚州市）人。弘治三年（1490）庚戌科进士，官庐州府推官。正德四年（1509）官夔州知府，在任修纂《（正德）夔州府志》。历升云南副使，权珰姚体忠，奉敕征饷，司府以属礼谒之，不屈，拂衣归。

### 焦湖秋月[①]

万顷弥漫一镜平，老蟾飞影出沧溟。光涵玉宇冰壶净，冷浸金波雪练明。一笛秋横鳌背稳，双瓶夜醉蜃楼清。布帆移向鞋峰去，疑有仙童学弄笙。

注释：

①《焦湖秋月》诗见 清 陆龙腾《（康熙）巢县志》卷十九，清康熙十二年（1673）刊本。标题又作《巢湖夜月》，一说为南宋人吴潜所作（《（康熙）巢县志》明人说、宋人说二者皆录，李恩绶《巢湖志》从宋人说。）。本诗诗注详见宋 吴潜篇。

### 大秀晴云[①]

白云堆里起岧峣，晓雾惊看插碧霄。[②]黛色霏微寒欲滴，岚光缥渺翠还飘。[③]湖头瞑接游人舫，涧底阴迷野客樵。最此钟灵多俊杰，几从幽谷望迁乔。[④]

注释：

①《大秀晴云》诗见 清 陆龙腾《（康熙）巢县志》卷十九，清康熙十二年（1673）刊本。"大秀晴云"为古巢县十景之一。

②碧霄：亦作"碧宵"。青天。▶唐 杨巨源《春日奉献圣寿无疆词》之六："碧宵传凤

吹，红旭在龙旗。”

③霏微：飘洒；飘溢。▶南朝 梁 何逊《七召·神仙》：“雨散漫以霑服，云霏微而袭宇。”

④迁乔：语出《诗·小雅·伐木》：“出自幽谷，迁于乔木。”谓鸟从低处迁往高处。比喻人的地位上升。▶晋 桓温《荐谯元彦表》：“中华有顾瞻之哀，幽谷无迁乔之望。”

方渠，字员夫。明庐州巢县（今安徽省巢湖市）人。福山知县方钦子。正德八年（1513）癸酉科举人，任山东平阴知县。以耿直忤当道，辞官归乡。性清介，囊无长物，郡守资送亦不受，贫窭而终。

## 竹林书屋[1]

读吾书处竹林西，斋榜而今肯浪题。[2]清响夜敲诗梦醒，繁阴晴掠画檐低。不嫌匝地龙孙满，却爱凌霄凤翼齐。[3]若把丹书写踪迹，孤高风味岂栖栖。[4]万竿中结数椽居，著我身还贮我书。自有此天悬日月，了无尘土翳鸢鱼。[5]歌残卫释怜标格，看到周图补静虚。[6]几度兴来还徙倚，丹青何处貌真如。[7]



注释：

①《竹林书屋》诗见 清 陆龙腾《（康熙）巢县志》卷十九，清康熙十二年（1673）刊本。

②斋榜：斋堂的匾额。▶宋 陆游《题吴参议达观堂》：“挥毫为君作斋榜，想见眼中余子空。”

③匝地：遍地。▶唐 王勃《还冀州别洛下知己序》：“风烟匝地，车马如龙。”

龙孙：此处为笋的别称。▶宋 梅尧臣《韩持国遗洛笋》：“龙孙春吐一尺芽，紫锦包玉离泥沙。”

④栖栖：孤寂零落貌。▶唐 白居易《胶漆契》：“陋巷饥寒士，出门甚栖栖。”

⑤鸢鱼：鸢飞鱼跃的省写。《诗·大雅·旱麓》：“鸢飞戾天，鱼跃于渊。”后以“鸢飞鱼跃”万物各得其所。

⑥标格：犹规范，楷模。▶晋 葛洪《抱朴子·重言》：“吾特收远名于万代，求知己于将来，岂能竟见知于今日，标格于一时乎？”

⑦真如：佛教语。梵文 Tathatā 或 Bhūtatathatā 的意译。谓永恒存在的实体、实性，亦即宇宙万有的本体。与实相、法界等同义。▶南朝 梁 萧统《谢敕赍制旨大集经讲疏启》：“同真如而无尽，与日月而俱悬。”

## 苏祐

苏祐(1492—1571),字允吉,一字舜泽,号谷原。明山东濮州(今河南省濮阳市)人,嘉靖五年(1526)丙戌科进士。知吴县,改束鹿,皆有惠政。以广东道御史按宣、大,授计平大同乱军。迁兵部侍郎兼都御史,总督宣、大军务,守边有功。进兵部尚书,坐事削籍归,旋复职,致仕卒。喜为诗,文词骈丽,诗格粗豪奔放。有《逌旃琐语》《谷原文草》《谷原集》,又著有《孙子集解》《三关纪要》《法家剖集》《奏疏》《建旃琑官》《云中纪要》等书。

### 过冶父寺①

寺僻缘溪入，堂空历磴游。人天分上界，佛国丽中秋。故冶藏龙虎，余光射斗牛。翻思怀剑客，凌轹楚诸侯。②

注释：

①《过冶父寺》诗见 清 吴宾彦修 王方岐纂《(康熙)庐江县志》卷十六,清康熙三十七年(1698)刻本。

②凌轹:欺压;压倒。▶《晏子春秋·谏上一》:"足走千里,手裂兕虎,任之以力,凌轹天下,威戮无罪,崇尚勇力,不顾义理,是以桀纣以灭,殷夏以衰。"

## 冯恩

冯恩(约1496—1576),字子仁,号南江。明松江华亭(今属上海市)人。嘉靖五年(1526)丙戌科进士。擢南京御史。与夏言肝胆相照,嘉靖十一年(1532),上疏极论张孚敬、方献夫、汪鋐奸状,忤帝,下狱论死,朝审时面斥汪鋐,毫无惧色,时称(口、膝、胆、骨)"四铁御史",免死戍雷州,后赦还。穆宗即位,拜大理寺丞,年八十一致仕。有《刍荛录》《南江集》。

### 过万家山①

过此途平可夜行，况当娟月对人明。云开野径远山见，露湿征袍寒雁鸣。传食自惭虚岁月，守株真觉负平生。②孤臣敢谓君门远，汲黯当年犬马心。③

注释:

①《过万家山》诗见 清 陆龙腾《(康熙)巢县志》卷十九,清康熙十二年(1673)刊本。

②传食:辗转受人供养。▶《孟子·滕文公下》:"后车数十乘,从者数百人,以传食于诸侯,不以泰乎?"

③犬马心:同"狗马心"。旧时对尊长表示赤诚报效的谦词。典出《史记·三王世家》:"臣窃不胜犬马心,昧死愿陛下诏有司,因盛夏吉时定皇子位。"▶唐 黄滔《投刑部裴郎中》:"瞻恩虽隔云雷赐,向主终知犬马心。"

## 李元阳

李元阳(1497—1580),字仁甫、号中溪。明大理(今云南省大理市)人,白族。嘉靖五年(1526)丙戌科进士,知江阴县。有政绩,入为御史。遇事敢言,巡按关中,墨吏望风解缓。后辞官归乡。有诗文集《艳雪台诗》《中溪漫稿》,理学著作有《心性图说》,晚年编纂《(嘉靖)大理府志》《(万历)云南通志》。

### 过庐州逢叶雨湖[①]



昨年离尔出咸京,别后浮沉百感盈。[②]肥水蜀山逢下马,苑云宫柳忆啼莺。[③]江湖岁晏一书札,天地人生几合并。[④]夜坐不辞僧舍雨,其如风笛度秋城。[⑤]

注释:

①《过庐州逢叶雨湖》诗见 清 张祥云《(嘉庆)庐州府志》庐州府志卷五十二,清嘉庆八年(1803)刻本。

②咸京:原指秦代都城咸阳。后人常用以借指长安。泛指都城、京城。▶唐 李乂《饯唐永昌》:"田郎才貌出咸京,潘子文华向洛城。"

③下马:古代指官吏到任。▶元 关汉卿《四春园》第二折:"外郎着他画字,将枷来,下在死囚牢里,等府尹相公下马,判个斩字,便是了手。"

④岁晏:意为一年将尽的时候。▶唐 白居易《观刈麦》:"吏禄三百石,岁晏有余粮。"

⑤其如:怎奈;无奈。▶唐 刘长卿《硖石遇雨宴前主簿从兄子英宅》:"虽欲少留此,其如归限催。"



## 皇甫汸

皇甫汸(1497—1582),字子循,号百泉。明苏州长洲(今江苏省苏州市)人。皇甫录第三子。嘉靖八年(1529)己丑科进士,授工部主事,官至云南佥事,以计典论黜。好声色狎游。工诗,尤精书法。有《百泉子绪论》《解颐新语》《皇甫司勋集》。

## 巢县[1]

昔览先公传，常怀高士名。[2]今来洗耳处，益感让皇情。郭外箕山色，林间颍水声。能令车马客，延伫愧尘缨。[3]

注释:

①《巢县》诗见 明 皇甫汸《皇甫司勋集》卷二十五言律诗,清文渊阁四库全书本。

②先公:对天子、诸侯祖先的尊称。此处指先贤。▶《诗·大雅·卷阿》:“岂弟君子,俾尔弥尔性,似先公酋矣。”

③延伫:此处久立;久留。▶《楚辞·离骚》:“悔相道之不察兮,延伫乎吾将反。”

尘缨:比喻尘俗之事。▶《文选·孔稚珪〈北山移文〉》:“昔闻投簪逸海岸,今见解兰缚尘缨。”

# 储良材

储良材,明庐州合肥(今安徽省合肥市)人。嘉靖三十四年(1555)乙卯科举人。喜作诗。

## 中庙[1]

湖山高楼四面开，夕阳徒倚首重回。气吞吴楚千帆落，影动星河五夜来。[2]罗隐诗留仍水殿，伯阳仙去只山隈。[3]长空送目云霞晚，两腋天风下凤台。[4]

注释:

①《中庙》诗见 清 左辅 纂修《(嘉庆)合肥县志》卷第三十一,清嘉庆八年(1803)修、民国九年(1920)重印本。

②星河:银河。▶南朝齐张融《海赋》:“湍转则日月似惊,浪动而星河如覆。”

③罗隐诗:指唐罗隐《登巢湖圣姥庙》诗。

伯阳:指魏伯阳。东汉著名的黄老道家、炼丹理论家,名翱,字伯阳,道号云牙子。传说魏伯阳曾在巢湖之滨四顶山之巅铸鼎炼丹,丹成仙去。今四顶山仍有炼丹池、仙人洞、伯阳井等遗迹。

④凤台:泛指华美的楼台。▶南朝 陈 张正见《门有车马客行》:“舞袖飘金谷,歌声绕凤台。”

## 周瑜墓[1]

落日荒原见古坟，村民犹自说奇勋。西风空忆醇醪醉，汉水长流赤壁焚。两地青山存故冢。不知何处是将军。我来一把英雄泪，洒向泉台散墓云。

注释：

①《周瑜墓》诗见 明 吴道明修 杜璁等纂《(万历)庐州府志》十三卷，卷二，明万历三年(1575)刊本。

# 崔荣恩

崔荣恩，字仁伯，号葵南。明庐州巢县(今安徽省巢湖市)人。嘉靖(1522—1566)年间例贡，后官至福建盐运副使。

## 书盛孝子寻亲[1]



苦忆慈帏着泪寻，天涯底事病还侵。[2]欲将菽水酬余景，肯向艰危惜此身。[3]万里卒迎曾母驾，百年宽得老莱心。[4]挑灯读罢先生传，梦里寒萱空泪淋。

注释：

①《书盛孝子寻亲》诗见 清 陆龙腾《(康熙)巢县志》卷十九，清康熙十二年(1673)刊本。

②慈闱：亦作“慈帏”“慈帷”。旧时对母亲的代称。▶宋 张孝祥《减字木兰花·黄坚叟母夫人》词：“慈闱生日，见说今年年九十。”

③菽水：豆与水。指所食唯豆和水，形容生活清苦。语出《礼记·檀弓下》：“子路曰：‘伤哉！贫也！生无以为养，死无以为礼也。’孔子曰：‘啜菽饮水尽其欢，斯之谓孝。’”后常以“菽水”指晚辈对长辈的供养。▶宋 陆游《湖堤暮归》：“俗孝家家供菽水，农勤处处筑陂塘。”

④曾母：指曾参的母亲。



# 张惟恕

张惟恕，明河南上蔡(今河南省上蔡县)人。正德十六年(1521)辛巳科进士。嘉靖二年(1523)官丹阳知县,为丹阳“良吏之首”,擢御史。后任巡按庐凤淮扬滁和监察御史。

## 教弩台怀古[①]

魏国争分鼎，台径几度过。回风悲鼓吹，落日见由河。西蜀初相制，东吴未肯和。[②]即今归圣统，共听太平歌。[③]

荒台高处与城平，拾级偶因春日晴。[④]云影低摇梵馨响，松涛远和读书声。当年牧竖寻残镞，此际僧雏述旧名。[⑤]惆怅古今皆幻境，苔阶一枕梦难成。

注释:

①《教弩台怀古》诗见 清 张祥云《(嘉庆)庐州府志》卷十九,清嘉庆八年(1803)刻本。

②相制:互相制约。▶宋 苏轼《上神宗皇帝书》:“古者建国,使内外相制,轻重相权。”

③圣统:帝王的统绪。▶《史记·匈奴列传论》:“且欲兴圣统,唯在择任将相哉。

④拾级:逐级登阶。▶《礼记·曲礼上》:“拾级聚足,连步以上。”

⑤僧雏:幼龄僧人。明 李贽《追述潘见泉先生往会因由付其儿参将》:“即令僧雏打扫净室,留二人读书其中。月余日,乃别去。”

## 吴岳

吴岳(1501—1570),字汝乔,明兖州汶上(今山东省汶上县)人。嘉靖十一年(1532)壬辰科进士,授户部主事。历庐州、保定知府,山西按察副使、湖广按察使、山西右布政使,均以清静得民。累迁右佥都御史,巡抚保定六府,裁冗费十之六七。隆庆间,迁南京礼部尚书,就改吏部。寻委兵部尚书、参赞机务。未任,病卒。赠太子太保,谥“介肃”。清望冠一时,持躬严整。肃纲振纪,风采凛凛。好为诗,有《望湖集》一卷行世。

## 药师寺[①]

古寺钟声寂，空阶竹影长。老禅初出定，翻笑使君忙。[②]

注释:

①《药师寺》诗见 明 胡时化修 魏豫之纂《(万历)合肥县志》二卷,明万历元年(1573)刊本。

药师寺:《(万历)合肥县志》:“建于元。……俱梁县。”《(嘉庆)合肥县志》:“在明远台后古陌塔前。旧志:元建。”遗址应在今安徽省肥东县梁园镇梁园中学内。

②出定:佛家以静心打坐为入定,打坐完毕为出定。▶《观无量寿经》:“出定入定,恒闻妙法;行者所闻,出定之时,忆持不舍。”

使君:汉时称刺史为使君。后以尊称州郡长官。此处指对人的尊称。▶清 秋瑾《柬某君》:“苍天有意磨英骨,青眼何人识使君?”

胡松(1503—1566),字汝茂,号柏泉。明南直滁州(今安徽省滁州市)人。嘉靖八年(1529)己丑科进士。知东平州,历山西提学副使。三十年(1551)秋,上边务十二事,进秩左参政。被陷,斥为民。后以赵文华荐,起陕西参政,官至吏部尚书。有《滁州志》《胡恭肃集》。

## 望湖亭[①]

湖势西来回,川形百道开。[②]中流环岛屿,傍市有楼台。入望苍烟合,凌虚白浪隧。[③]兴来思击楫,惭愧济川才。[④]



注释:

①《望湖亭》诗见 清 陆龙腾《(康熙)巢县志》卷十九,清康熙十二年(1673)刊本。

②百道:犹百股。极言其多。▶唐 沈佺期《奉和春初幸太平公主南庄应制》:“云间树色千花满,竹里泉声百道飞。”

③入望:进入视野。▶唐 刘德仁《监试莲花峰》:“太华万余重,岧峣只此峰。当秋倚寥泬,入望似芙蓉。”

④济川:犹渡河。后多比喻辅佐帝王。语出《书·说命上》:“爰立作相,王置诸其左右。命之曰:‘朝夕纳诲,以辅台德。若金,用汝作砺;若济巨川,用汝作舟楫。’”▶唐 独孤及《庚子岁避地至玉山酬韩司马所赠》诗:“已无济川分,甘作乘桴人。”

## 王乔洞[①]

石宇萝仍缀,云林夏亦寒。[②]虚明应得性,盛际若为观。[③]辟凿伊谁力,飞腾事定漫。[④]同游自仙侣,振珮两珊珊。[⑤]

注释:

①《王乔洞》诗见 清 陆龙腾《(康熙)巢县志》卷十九,清康熙十二年(1673)刊本。

王乔洞:《(康熙)巢县志》:“去巢县北关十里,金庭山之西,王子乔尝居于此。事详《仙迹》。按,王乔有三:一则征伯乔,一则王子乔,一则叶令王乔。征伯乔,姚唐时人。王子乔,则周灵王太子晋也。叶令王乔,则汉武时以所赐上方履作飞凫朝帝者也。巢之乔洞,相传既久,未知何人。又,河南府有王乔洞,去王子嵩山甚近。及读屈子《远游篇》有云:过南巢而一息兮,想王子之遗迹。则此洞实王子乔之所居,而非伯乔与叶令矣。洞中古今游观者镌诗甚多。”

②云林:隐居之所。▶唐 王维《桃源行》:“当时只记入山深,青溪几度到云林。”

③虚明:指内心清虚纯洁。▶南朝 梁 任昉《〈王文宪集〉序》:“莫不揔制清衷,递为心极,斯固通人之所包,非虚明之绝境,不可穷者,其唯神用者乎。”

盛际:犹盛时;盛世。▶三国 魏 曹植《七启》:“此霸道之至隆,而雍熙之盛际。”

④伊谁:谁人,何人。▶《诗·小雅·何人斯》:“伊谁云从? 维暴之云。”

⑤仙侣:此处指仙人之辈。▶明 文徵明《闰正月十一日游玄妙观历诸道院》诗之三:“仙侣登真几百年,清风遗影尚依然。”

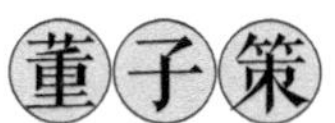

## 董子策

董子策(1504—?),字元正,号霞峰。明庐州合肥(今安徽省合肥市)人。嘉靖十七年(1538)戊戌科进士。二十二年(1543),“以户部郎榷税浒墅关。商舶辐辏,乃于关旁别开支河,以便民船。”今浒墅关仍有董公堤遗迹。嘉靖末,晋广东按察司佥事。后以疾辞归,家居四十余年。好施予,设义冢。文章著述为时所重。

### 登恒山[①]

少年有志竞奇好,大观在望东山小。会从沧海问蓬莱,欲到昆仑采瑶草。一朝抱艺上金銮,玉皇留我赐琼筵。度世还丹成九转,霞衣拜舞陪群仙。[②]天恩深重惭无补,星驾驰驱出岩阻。罴貅百万守重关,蠢尔幺么何足数。归来缓辔渡桑乾,南望中天耸翠峦。[③]三晋诸山俱拱伏,是为神岳镇并原。[④]寻幽吊古久成癖,且向山中觅奇迹。桃花流水自依然,白云洞口无消息。琴棋台上苍松古,飞石岩前双鹤舞。重华今去几千秋,玉检金泥在何许。[⑤]临风几度增惆怅,更上丹梯三万丈。[⑥]群仙怜我苦忧时,为酌飞觞解劳怏。须臾歌动步虚声,急管悲丝那忍闻。俯视苍生堪太息,风尘黯黯正销魂。丈夫自有安边策,腰间宝剑寒光哔。长啸一声天地宽,愿为君王建奇烈。

注释:

①《登恒山》诗见 清 陈梦雷 编《钦定古今图书集成·方舆汇编·山川典》第四十三卷恒

山部艺文二，民国二十三年(1934)中华书局影印本186册，第51页。

②度世：出世，超脱尘世为仙。▶《楚辞·远游》：欲度世以忘归兮，意姿睢以担挢。"

③缓辔：放松缰绳，骑马缓行。▶《三国志·蜀志·郤正传》："盍亦绥衡缓辔，回轨易涂。"

④拱伏：敬服。▶《西游记》第一回："众猴听说，即拱伏无违。"

⑤玉检：玉牒书的封箧。借指玉牒文。▶唐 刘禹锡《平齐行》之二："侍臣 燕公秉文笔，玉检告天无愧词。"

⑥丹梯：此处指高入云霄的山峰。▶《文选·谢朓〈敬亭山诗〉》："要欲追奇趣，即此陵丹梯。"李善 注："丹梯，谓山也。"

## 罗洪先

罗洪先(1504—1564)，字达夫，号念庵。明吉安府吉水(今江西省吉水县)人。嘉靖八年(1529)己丑科进士第一，授修撰。召拜春坊左赞善，罢归。卒后赠光禄少卿，谥"文庄"，一说"文恭"。足迹所历甚广，注重考察，于天文、地理、礼乐、典章、河渠、算数诸学，无不穷究。著有《冬游记》《念庵集》。



### 合肥道中[①]

浔阳渡江江水新，十日回首淹风尘。[②]乡关别久梦仍乱，世事更多泪故频。欲凭北雁传消息，不见南州一故人。野树溪花正无赖，淡烟疏雨自含颦。[③]

注释：

①《合肥道中》诗见 清 左辅 纂修《(嘉庆)合肥县志》卷第三十一，清嘉庆八年(1803)修、民国九年(1920)重印本。

②浔阳：江名，在江西九江市北的一段。白居易《琵琶行》："浔阳江头夜送客"句，即此处。

③无赖：指似憎而实爱。含亲昵意。▶唐 段成式《折杨柳》诗之四："长恨早梅无赖极，先将春色出前林。"

含颦：亦作"含嚬"。谓皱眉，形容哀愁。▶唐 刘禹锡《春去也》词："丛兰裛露似沾巾，独坐亦含嚬。"

## 雷礼

雷礼(1505—1581),字必进,号古和。祖籍江西丰城,出生于建安璜溪(今建瓯房道一带)。嘉靖十一年(1532)壬辰科进士,授福建兴化府推官。为政清明,升吏部主事和考功郎。三十七年(1558),升任工部尚书。四十一年(1562),加升太子太保,既而加太子太傅。四十五年(1566)晋升少保,既而晋太傅柱国。万历九年(1581)七月卒,赠太保。性喜读书,对经史百家钻研较深。著有《大政纪》《列卿表》《南京太仆寺志》《阁臣行实》《列卿纪》《真定府志》《镡墟堂稿》等作。

### 燕镇淮楼谢蔡可泉①

振衣直上镇淮楼，举首青冥入望幽。②烟起万家环胜地，山分四顶控中州。③政和不畏官三至，兴到何嫌客再游。④独叹柳洲春未到，空余荒草度深秋。

注释:

①《燕镇淮楼谢蔡可泉》诗见 明 雷礼《镡墟堂摘稿》卷十九诗一,明刻本。

②振衣:抖衣去尘,整衣。▶《楚辞·渔父》:"新沐者必弹冠,新浴者必振衣。"

③山分四顶:指四顶山。

④官三至:指北宋陈尧佐三守庐州,名其堂曰"三至"。陈尧佐,北宋阆州阆中人(今四川南充阆中),太宗端拱元年(988年)进士,历官翰林学士、枢密副使、参知政事。仁宗时官至宰相,庆历四年(1044年)卒。平生工诗文、书法,善古隶,点画肥重,人称"堆墨书"。著有《潮阳编》《野庐编》《遣兴集》等。现存词一首。

## 许应元

许应元(1506—1665),字子春。明钱塘(今浙江省杭州市)人。以刚介忤执政,不得官职。出知泰安州,廉白自持。累官至广西布政使,皆有治声。工诗文,有《许水部集》三卷传于世。

### 憩包城寺腊月朔日①

上日嘉平月，中林静慧门。②莲花新法象，草树驻征辕。③菊粲长生蕊，兰存不死根。未能稽妙理，暂此释劳烦。④

注释：

①《憩包城寺腊月朔日》诗见 明 许应元《陭堂摘稿》卷三 五言律诗五言排律，明嘉靖刻本。包城寺，肥东县店埠镇旧有包城寺，今不存。按：此诗中包城寺是否位于店埠镇，已不可考，故存录。

②上日：朔日，即农历初一。▶《书·舜典》："正月上日，受终于文祖。"孔 传："上日，朔日也。"

中林：林野。▶《诗·周南·兔罝》："肃肃兔罝，施于中林。"毛 传："中林，林中。"

静慧：佛教语。安静之智慧；清净之智慧。▶隋炀帝《与释智顗书》之二二："玉泉创立道场严整，禅众归集，静慧日新。"

③征辕：远行人乘的车。▶唐 武元衡《出塞作》："边风引去骑，胡沙拂征辕。"

④妙理：精微的道理。▶三国 魏 曹植《汉二祖优劣论》："通黄中之妙理，韬亚圣之奇才。"

释劳：消除辛劳。▶《文选·张衡〈东京赋〉》："且归来以释劳，膺多福以安念。"薛综注："乃释吏士之劬劳。"

## 戏呈潘合肥乞六安茶竹盘[①]



文园肺病久难苏，大蜀山茶雪不如。[②]与乞月团三百片，尽销尘抱梦吾庐。[③]

闻说湘江万竹园，远成卮器霍山樊。[④]凭君为致茅茨下，欲称山家老瓦盆。

注释：

①《戏呈潘合肥乞六安茶竹盘》诗见 明 许应元《陭堂摘稿》卷二，明嘉靖刻本。

②文园：指西汉司马相如，曾任文园令。借指文人。▶唐 杜牧《为人题》："文园终病渴，休咏《白头吟》。"

大蜀山：山名，在合肥市西。因无任何岗阜连属，孤峰独起，故得名大蜀山。系大别山余脉，山势东南高，西北低，呈椭圆形，由火山喷发而成，为死火山。大蜀山海拔最高处为284米。《尔雅·释山》云："蜀者独也"。因合肥大蜀山自古至今未闻有产茶之说，故此处大蜀山应指六安独山。

③月团：团茶的一种。▶唐 卢仝《走笔谢孟谏议寄新茶》："开缄宛见谏议面，手阅月团三百片。"

尘抱：尘襟。▶宋 陆游《自述》："勃落为衣隐薜萝，扫空尘抱养天和。"

④卮器：盛酒的器皿。卮为古代的器皿，常用于盛酒。后因以卮器代指酒具。

霍山：1. 天柱山的别名。在 安徽省潜山县。▶汉武帝以衡山辽旷，移岳祠于天柱山，以后俗人呼之为南岳，故又名天柱山为霍山 。2. 指霍山县。明朝时，先后属庐州府、直隶六安州管辖。

山樊：山旁。亦指山中茂林。▶《庄子·则阳》："冬则擉鳖于江，夏则休乎山樊。"成玄英疏："樊，傍也；亦茂林也。"

## 同日送张子文大参北上得歌字①

昔送庐江去，余春子夜歌。秖今芳草宴，依旧落花多。②蜀道同倾仄，周行羡委佗。③须君回世态，勿谓等江河。④

注释：

①《同日送张子文大参北上得歌字》诗见 明 许应元《隋堂摘稿》卷四，明嘉靖刻本。

②芳草：香草。▶汉 班固《西都赋》："竹林果园，芳草甘木。"

③委佗：指雍容自得貌；动止有仪貌。▶宋 梅尧臣《同道损持国访孔旼处士》："穷巷独秉德，车马一何多！势力走谀谄，礼义服委佗。"

④世态：指政治形势。▶柳亚子《燕子龛遗诗序》："嗣是五六年间，沧桑陵谷，世态万变，余与君相聚之日遂少。"



## 茅太史席送庐州张使君得年字①

词林张具是离筵，五马喧嘶大道前。②锲烛留歌淹子夜，分符奉使属丁年。宵听铃索花间雨，晓瞩香炉树里烟。才子自宜山水郡，知开帘阁白云边。

注释：

①《茅太史席送庐州张使君得年字》诗见 明 许应元《隋堂摘稿》卷四，明嘉靖刻本。

②词林：此处指词坛。▶宋 范公偁《过庭录》："许昌郭挺元杰，从李方叔学，久蒙训导。及方叔死，挺有挽诗云：'憔悴词林失俊英，已应精爽在蓬瀛。'"

张具：陈设、展具。此处有安排筵席之意。

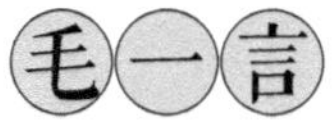

毛一言，明绍兴卫(今浙江省绍兴市)人。嘉靖五年(1526)丙戌科进士，后以佥事谪迁无为州知州。"贞介刚直，人皆敬惮。三年惟一仆从任，秖存数箧以藏图书。即古廉吏不能过。"

## 宿柘皋[①]

壮志真看国似家，几年湖海思无涯。翠铺古砌雨苏藓，香散上方天坠花。岁月却同瓶水过，风尘每感驿程赊。[②]未缘迁谪伤憔悴，蓬鬓还惭老色加。[③]

五云回首帝王家，休戚萍踪寄海涯。[④]世事到头都是梦，繁华过眼只如花。亲民敢谓循良素，游宦真忘道路赊。[⑤]濡滞漫须讥孟氏，万钟于我又何加。[⑥]

注释：

①《北潭桥》诗见 清 陆龙腾《(康熙)巢县志》卷十九，清康熙十二年(1673)刊本。原始标题后有注："桥乃下阁王宽修，庄公过而赠之，手墨尚存云。"

②驿程：驿站之间的里程。▶金 董师中《自临洮还》："临潭仍是汉家城，积石相望十驿程。"

③迁谪：谓官吏因罪降职并流放。▶唐 苏颋《晓发兴州入陈平路》："旧史饶迁谪，恒情厌苦辛。"

④休戚：喜乐和忧虑。亦泛指有利的和不利的遭遇。▶《国语·周语下》："晋孙谈之子周(晋悼公)适周，事单襄公……晋国有忧，未尝不戚；有庆，未尝不怡……为晋休戚，不背本也。"

⑤循良：指循良的官吏。▶唐 柳宗元《柳州谢上表》："常以万邦共理，必藉于循良。"

⑥濡滞：停留；迟延；迟滞。▶《孟子·公孙丑下》："三宿而后出昼，是何濡滞也！"





# 刘存德

刘存德(1508—1578)，字至仁，号沂东。明福建同安(今属福建省厦门市)人。嘉靖十七(1538)戊戌科进士，授行人司行人，二十二年(1543)十二月考选，授浙江道试监察御史，二十五年(1546)巡长芦盐政。嘉靖二十八年(1549)任松江府知府，三十一年(1552)十二月考察，以不职降用。后官至南康府知府、广西按察司副使。遭嫉返乡，年七十一卒。有《洁甃堂遗稿》10卷。

## 镇淮楼怀古[①]

少小念桑蓬，所挟无长策。[②]但知七尺躯，难淹三亩宅。[③]出门聆茫茫，褰裳涉楚泽。[④]危楼耸目初，古今勤指画。[⑤]谁为教弩台，濡坞树坚场。背涡淝水军，回浦犹藏舶。兰若秋风生，笳声空月白。历历感废兴，金城半含赤。[⑥]问此承平民，龢阳多将籍。[⑦]放马自归原，耕咸铸革铁。维有鸟知时，采桑土无陌。悠然动远思，梁燕何其适。[⑧]莫歌行路难，未信天地窄。[⑨]

注释：

①《镇淮楼怀古》诗见 明 曹学诠 纂《石仓十二代诗选》四集卷八十二，明万历刻本。

②桑蓬："桑弧蓬矢"之省。古时男子出生，以桑木作弓，蓬草为矢，射天地四方，象征男儿应有志于四方。后用作勉励人应有大志之辞。▶《礼记·内则》："国君世子生，告于君，接以大牢，宰掌具，三日，卜士负之，吉者宿齐，朝服寝门外，诗负之，射人以桑弧蓬矢六，射天地四方。"郑玄 注："桑弧蓬矢本大古也，天地四方男子所有事也。"

③七尺躯：一般成人的身躯。借指男子汉，大丈夫。▶《荀子·劝学》："小人之学也，入乎耳，出乎口，口耳之间，则四寸耳，曷足以美七尺之躯哉？"

三亩宅：《淮南子·原道训》："任一人之能，不足以治三亩之宅也。"后以"三亩宅"指栖身之地。▶唐 王维《送丘为落第归江东》："五湖三亩宅，万里一归人。"

④楚泽：古楚地有云梦等七泽。后以"楚泽"泛指楚地或楚 地的湖泽。▶唐 刘长卿《观校猎上淮西相公》："龙骧校猎邵陵东，野火初烧楚泽空。"

⑤耸目：动人眼目；耸动眼目。▶清 施补华《岘佣说诗》："七言古诗必有一段气足神王之处，方足耸目。"

⑥金城：指坚固的城。▶《管子·度地》："城外为之郭，郭外为之阆。地高则沟之，下则隄之，命之曰金城，树以荆棘，上相穑著者，所以为固也。"

⑦承平：治平相承；太平。▶《汉书·食货志上》："今累世承平，豪富吏民訾数钜万，而贫弱俞困。"

"鲧阳多将籍。"句：昔日庐州镇淮楼两旁有亭及八角台，台阶左右有"孕金""插斗"二坊，楼上悬挂匾额，上书明初庐州籍"九公十八侯"的姓名。鲧，疑为"合"之误。合肥有合州、庐阳等别称，或以指合肥。

⑧梁燕：梁上的燕。比喻小才。▶五代 王定保《唐摭言·别头及第》："时杨知至因以长句呈同年曰：'由来梁燕与冥鸿，不合翩翾向碧空。'"

⑨行路难：乐府杂曲歌辞名。多写世路艰难和离情别意。原为民间歌谣，后经文人拟作，采入乐府。南朝 宋 鲍照《拟行路难》十九首及 唐 李白所作《行路难》三首都较著名。▶《晋书·袁山松传》："初，羊昙善唱乐，桓伊能挽歌，及山松《行路难》继之，时人谓之'三绝'。"

## 陈嘉言

陈嘉言，明庆阳宁州（今甘肃省宁县）人。岁贡。嘉靖二十七年（1548）任庐江训导。升播州学正。

## 冶父漫成[①]

山间物色含虚情，幽人分得高僧真。[②]月窗树影蛟欲起，风檐鸟声篁乱鸣。迂廊云绕山翠合，层台日出泉飞明。千年神剑游宇宙，青天无翳龙池澄。

注释：

①《冶父漫成》诗见 清 吴宾彦修 王方岐纂《(康熙)庐江县志》卷十六，清康熙三十七年(1698)刻本。

②幽人：幽隐之人；隐士。▶《易·履》："履道坦坦，幽人贞吉。"

## 三义桥[①]

庐阳到处水相通，三义桥成结构同。登岸未须怀病涉，过人遮莫颂成功。[②]月明华表归玄鹤，日落长津起卧龙。[③]题柱已知君有意，相如行看五云东。[④]

注释：

①《三义桥》诗见 清 吴宾彦修 王方岐纂《(康熙)庐江县志》卷十六，清康熙三十七年(1698)刻本。



②遮莫：亦作"遮末"。此处指莫要；不必。▶宋 晏殊《秋蕊香》词之二："今朝有酒今朝醉，遮莫更长无睡。"

③玄鹤：黑鹤。▶《韩非子·十过》："有玄鹤二八，道南方来，集于郎门之垝。"

④题柱：题桥柱之省。汉司马相如初离蜀赴长安，曾于成都城北昇仙桥题句于桥柱，自述致身通显之志，曰："不乘赤车驷马，不过汝下也！"事见 晋 常璩《华阳国志·蜀志》。后以"题桥柱"比喻对功名有所抱负。▶元 关汉卿《玉镜台》第四折："偏不肯好头好面到成都，憋的我没牙没口题桥柱。"

行看：且看。▶唐 韩愈《郴州祈雨》："行看五马入，萧飒已随轩。"

## 张瀚

张瀚(1510—1593)，字子文。明仁和(今浙江省杭州市)人。嘉靖十四年(1535)乙未科进士，授南京工部主事，历任庐州知府、大名知府、陕西左布政使、右副都御史、大理寺卿、刑部右侍郎、兵部右侍郎、两广总督、南京右都御史、工部尚书、吏部尚书。卒，赠太子少保，谥"恭懿"。著有《松窗梦语》，记载了明代经济、社会、文化、民情风俗等方面资料，对研究明代社会经济、商业贸易有重要参考价值。《(嘉庆)合肥县志·艺文志》载其文章《肥宁桥记》。

## 将往庐阳别省中诸同志①

朝辞丹凤阙，夕驾青雀航。②我往岂不遄，踌躇曷所望。③眷彼二三子，灿灿珪与璋。④休德溢膏润，兴言吐兰芳。⑤芳润藉自饰，永怀不可忘。⑥

忘形恣欢洽，所贵心相知。⑦不闻昔人言，对面生九疑。白首犹按剑，结绶终睽携。⑧永言鉴前辙，同德为师资。瞻彼清秋月，千里贝情私。⑨

私心恋京洛，君亦念远征。⑩我守一郡牧，君刑天下平。林莽栖鹍鹏，上苑集鸣莺。⑪婴组恪脩程，联琚翊盛明。⑫疏戚任所处，去住非殊情。

情深愿易违，会促离苦多。秋风折高柳，霖潦弥江河。⑬行矣各自励，乘时莫蹉跎。汉世重循良，明廷殿催科。⑭何当报知已，民物阜且和。

注释：

①《将往庐阳别省中诸同志》诗见 明 张瀚《奚囊蠹余》卷二，明隆庆六年(1572)刻本。

②青雀：又作“青雀舫”。《方言》卷九：“舟……或谓之鹢首。”郭璞 注：“鹢，鸟名也。今江东 贵人船前作青雀，是其像也。”后因称船首画有青雀之舟为“青雀舫”。泛指华贵游船。▶北周 庾信《奉和濬池初成清晨临泛》：“时看青雀舫，遥逐桂舟回。”

③所望：期望。

④灿灿：闪闪发亮貌。▶唐 韩愈《和李相公摄事南郊览物兴怀呈一二知旧》：“灿灿辰角曙，亭亭寒露朝。”

⑤休德：美德。▶《国语·齐语》：“有人居我官，有功休德。”韦昭 注：“休，美也。”

膏润：指使草木滋润生长的雨露和养料。亦借喻对人的恩惠。▶南朝 梁 刘勰《文心雕龙·奏启》：“政无膏润，形于篇章矣。”

⑥芳润：芳香润泽。亦用以喻文辞之精华。▶晋 陆机《文赋》：“倾群言之沥液，漱‘六艺’之芳润。”

⑦欢洽：欢悦和睦。▶宋 俞文豹《吹剑四录》：“真宗东封还，大酺，见都城士女欢洽。”

⑧睽携：乖离；分离。▶《文选·谢灵运〈南楼中望所迟客〉》诗：“即事怨睽携，感物方悽戚。”李善 注：“《周易》曰：‘睽，乖也。’贾逵《国语》注曰：‘携，离也。’”

⑨情私：情谊。▶元 郑廷玉《看钱奴》：“如今这银一个，酬谢你酒三卮，也见俺的情私。”

⑩京洛：亦作“京雒”。洛阳的别称。因东周、东汉均建都于此，故名。泛指国都。▶唐 张说《应制奉和》：“总为朝廷巡幸去，顿教京洛少光辉。”

⑪林莽：丛生的草木；草木丛聚之处。泛指乡野。▶明 屠隆《彩毫记·仙翁指教》：“少年流落在荆湘，西望伤心陇树长，一编十载栖林莽。”

⑫盛明：指圣明之君。▶《文选·谢灵运〈还旧园作见颜范二中书〉诗》："盛明荡氛昏，贞休康屯邅。"李善注："盛明、贞休，谓太祖也。"

⑬霖潦：淫雨，大雨。亦指雨后积水。▶晋 曹摅《思友人》："密云翳阳景，霖潦掩庭除。"

⑭明廷：圣明的朝廷。▶唐 陆龟蒙《书带草赋》："未尝辄入明廷，何当指佞。"

## 夏日镇淮楼登眺和刘侍御作[①]

仲夏景气佳，凭虚一延睇。飞阁亘中天，幽遐纷无际。[②]蜀山镇坤隅，南巢旋溶滀。[③]崇冈出斗躔，淮淝淼东逝。[④]川原界吴楚，声教杂荆卫。[⑤]峻堞何逶迤，井邑烟火翳。骈阗集四方，帆毂互飘鳖。[⑥]沃土夙宜稼，云畴靡留艺。崔巍较弩台，遗墟敞初地。[⑦]散兵亦有湾，喟焉感兴替。[⑧]解愠招远风，怡颜值新霁。[⑨]心惭竹使符，适因眇尘世。[⑩]

注释：

①《夏日镇淮楼登眺和刘侍御作》诗见明 张瀚《奚囊蠹余》卷二，明隆庆六年(1572)刻本。

②幽遐：僻远；深幽。▶《晋书·礼志下》："故虽幽遐侧微，心无壅隔。"



③坤隅：西南方。▶唐 李华《含元殿赋》："望仙辟于巽维，建福敞于坤隅。"

溶滀：水波荡漾的样子。▶《文选·宋玉·高唐赋》："水澹澹而盘纡兮，洪波淫淫之溶滀。"

④斗躔：指北斗星。躔，日月星辰运行的轨迹。▶明 何景明《上李石楼方伯》："声价隆方镇，光芒动斗躔。"

⑤声教：声威教化。▶《书·禹贡》："东渐于海西，被于流沙，朔南暨声教，讫于四海。"

⑥骈阗：犹骈田。▶晋 潘岳《西征赋》："华夷士女，骈阗逼侧。"

⑦较弩台：即教弩台。

初地：佛教寺院。▶唐 王维《登辨觉寺》："竹迳从初地，莲峰出化城。"

⑧散兵：地名，即今安徽省合肥市巢湖市散兵镇。相传，楚汉相争，项羽大败，兵士至此而四散。镇内有银屏牡丹、仙人洞府、子房洞、龙兴庙、霸王石、楚歌岭等名胜古迹。

⑨解愠：消除怨怒。语出《孔子家语·辩乐解》："昔者舜弹五弦之琴，造《南风》之诗，其诗曰：'南风之薰兮，可以解吾民之愠兮。南风之时兮，可以阜吾民之财兮。'"▶唐 张九龄《恩赐乐游园宴应制》："晞阳人似露，解愠物从风。"

怡颜：和悦的容颜。▶晋 陆机《汉高祖功臣颂》："怡颜高览，弭翼凤戢。"

⑩竹使符：汉朝时竹子制的信符。右留京师，左与郡国。发兵用铜虎符，其余征调用竹使符。借指州郡长官。▶唐 张九龄《登荆州城楼》："自罢金门籍，来参竹使符。"

## 送晏东之还庐阳[①]

燕山岁晚北风烈，四牡騑騑犯冰雪。[②]年来犹自梦淮淝，因君倍忆河桥别。清直堂前民事余，城南小艇蜀山车。市有弦歌供宴赏，心将忧乐寄闾阎。[③]别来君几朝京国，中厩駉駉云锦色。[④]伯乐能空冀北群，卫公秉德何渊塞。[⑤]为想同游今渐疏，分符鸣珮振芳誉。[⑥]风尘荏苒怜双鬓，旧秩相逢君与余。春近柳丝黄满陌，殷勤折赠休轻掷。君还江北望江西，我亦江南未归客。莫向清时问屈伸，九天雨露万方均。[⑦]贤劳不独淹畿辅，早晚丹书下紫宸。[⑧]

注释：

①《送晏东之还庐阳》诗见 明 张瀚《奚囊蠹余》卷四，明隆庆六年(1572)刻本。

②騑騑：马行走不止貌。▶《诗·小雅·四牡》："四牡騑騑。"

③闾阎：里巷内外的门。借指平民。▶《资治通鉴·陈长城公祯明二年》："(陈叔宝)恣溪壑之欲，劫夺闾阎，资产俱竭，驱逼内外，劳役弗已。"

④駉駉：马肥壮貌。亦指肥壮之马。▶《诗·鲁颂·駉》："駉駉牡马，在坰之野。"

⑤渊塞：深远诚实。▶汉 傅毅《舞赋》："简惰跳踃，般纷挐兮；渊塞沉荡，改恒常兮。"

⑥分符：犹剖符。谓帝王封官授爵，分与符节的一半作为信物。▶唐 孟浩然《送韩使君除洪州都曹》："述职抚荆衡，分符袭宠荣。"

⑦清时：清平之时；太平盛世。▶《文选·李陵〈答苏武书〉》："勤宣令德，策名清时。"张铣 注："清时，谓清平之时。"

⑧紫宸：宫殿名。唐、宋时为接见群臣及外国使者朝见庆贺的内朝正殿，在大明宫内。泛指宫廷。▶明 沈鲸《双珠记·邮亭失珠》："才离紫宸，平步莲鞋稳。"

## 过万家山访王乔洞[①]

纷轧复巃嵸，跻攀不可穷。[②]当溪仙洞杳，入谷幻缘空。[③]玉种畲田碧，丹遗石鼎红。[④]冥探向深寂，清吹落云中。

注释：

①《过万家山访王乔洞》诗见 明 张瀚《奚囊蠹余》卷五，明隆庆六年(1572)刻本。

②巃嵸：亦作"巄嵸"。山势高峻貌。▶汉 司马相如《上林赋》："于是乎崇山矗矗，巃嵸崔巍。"

③幻缘：指人间世界。

④畲田：采用刀耕火种的方法耕种的田地。▶唐 杜甫《戏作俳谐体遣闷》诗之二："瓦卜传神语，畲田费火耕。"

## 巢县道中①

深秋行下县，省敛历村村。②政简逢迎少，年登鸡犬繁。③霜黄疏柘影，云白远山痕。且共谋耕凿，征徭不忍言。④

注释：

①《巢县道中》诗见 明 张瀚《奚囊蠹余》卷五，明隆庆六年(1572)刻本。

②省敛：古代帝王巡视秋收。▶《孟子·梁惠王下》："春省耕而补不足，秋省敛而助不给。"

③年登：谷物丰收。▶《南史·顾宪之传》："时西陵戍主杜元懿以吴兴岁俭，会稽年登，商旅往来倍岁。"

④耕凿：耕田凿井。语出古诗《击壤歌》："日出而作，日入而息，凿井而饮，耕田而食，帝力于我何有哉？"后常用"耕凿"形容人民辛勤劳动，生活安定。泛指耕种，务农。▶南朝 梁 萧统《锦带书十二月启·太簇正月》："某执鞭贱品，耕凿庸流，沉影南亩之间，滞迹东皋之上。"

## 小憩香积寺①



冶浦通香阜，阴阴瑞雾间。②钟鸣僧出寺，苔破客临关。坐久天人失，缘空去住闲。③征夫莫相促，门外即尘寰。④

注释：

①《小憩香积寺》诗见 明 张瀚《奚囊蠹余》卷五，明隆庆六年(1572)刻本。

香积寺：寺庙名。据《(嘉庆)合肥县志》载："西香积寺，在王兴隆集(今合肥市肥东县包公镇王集社区)，离城九十里，旧志：元时建。""东香积寺，在青冈集(今合肥市巢湖市栏杆集镇青冈社区)西，离城一百二十里，旧志：元时建。"

②香阜：佛寺的别名。▶明 王志坚《表异录·佛乘》："佛寺曰仙陀，又曰仁祠，又曰宝坊，又曰香阜，又曰柰园。"

③天人：此处指洞悉宇宙人生本原的人。▶《庄子·天下》："不离于宗，谓之天人。"

④尘寰：亦作"尘阛"。人间尘世。▶唐 权德舆《送李城门罢官归嵩阳》："归去尘寰外，春山桂树丛。"

## 舒城遇雨①

行县入舒城，经秋暑未清。②谿云林际合，山雨陇头平。鸥鹭飞相狎，鱼龙逝不惊。村农莫愁思，蝃蝀已东横。③

注释：

①《舒城遇雨》诗见 明 张瀚《奚囊蠹余》卷五，明隆庆六年(1572)刻本。

②行县：谓巡视所主之县。▶《汉书·周勃传》："岁余，每河东守尉行县至绛，绛侯勃自畏恐诛，常被甲，令家人持兵以见。"

舒城：明清时，舒城县为庐州府下辖县。

③䗖蝀：[dì dōng]，虹的别名。▶《幼学琼林》：虹名䗖蝀，乃天地之淫气；月里蟾蜍，是月魄之精光。又作"螮蝀"。借指桥。比喻才气横溢。

## 早春郊行柬晏东之僚友[①]

郊原暂试行春骑，野色平分出郭桥。南陌柳条黄露杪，东风麦垅绿舒苗。蜀山隐隐朋心切，泗水悠悠客路遥。寄语高情晏平仲，一尊迟尔醉花朝。[②]

注释：

①《早春郊行柬晏东之僚友》诗见 明 张瀚《奚囊蠹余》卷七，明隆庆六年(1572)刻本。

②高情：敬词。深厚的情意。▶清 陆陇其《答曹微之进士书》："容徐徐亲塵，乞为叱谢高情，缕缕感愧，率复不尽。"



## 暮春高井晚行[①]

春来常曰惜花飞，马上惊看绿已齐。草里鸣泉新雨后，林中归鸟夕阳西。柘皋月出钟初静，濡坞云深路不迷。自喜民淳安拙政，何妨轮盖数沾泥。[②]

注释：

①《暮春高井晚行》诗见 明 张瀚《奚囊蠹余》卷七，明隆庆六年(1572)刻本。

②拙政：拙于为政。亦用为谦词。▶晋 潘岳《闲居赋》序："孝乎惟孝，友于兄弟，此亦拙者之为政也。"

轮盖：指车舆。借指达官贵人。▶《文选·刘孝标〈广绝交论〉》："故轮盖所游，必非夷惠之室。"张铣 注："轮盖，谓轩冕之人。"

## 游蜀山同孙节推[①]

郡城西接蜀山头，夏木千章苍翠浮。蜃起南巢疑具阙，水环神姥即青丘。胜游不负三年约，尘事聊从一醉休。旋辟荆榛攀绝顶，望中云日回关愁。[②]

注释：

①《游蜀山同孙节推》诗见 明 张瀚《奚囊蠹余》卷七，明隆庆六年(1572)刻本。

节推："节度推官"的略称。为节度使属官，掌勘问刑狱。▶宋 苏洵《与杨节推书》："节推足下：往者见托以先丈之埋铭，示之以程生之行状。"

②旋辟：来回走动。▶ 宋 曾敏行《独醒杂志》卷一："夜将四鼓，有蜈蚣长三尺许，旋辟鼓上。"

## 半汤池①

旸谷潜通气，寒山泻沸泉。②石中声似咽，水上暖浮烟。③澡德殷汤训，濯缨孺子篇。④灵源不可溯，聊复弄潺湲。⑤

注释：

①《半汤池》诗见 明 张瀚《奚囊蠹余》卷五，明隆庆六年(1572)刻本。

②旸谷：古称日出之处。▶《书·尧典》："分命羲仲，宅嵎夷，曰旸谷，寅宾出日。"

③浮烟：飘动的烟气或云雾。▶晋 左思《吴都赋》："飞爓浮烟，载霞载阴。"

④濯缨：洗濯冠缨。语本《孟子·离娄上》："沧浪之水清兮，可以濯我缨。"后以"濯缨"比喻超脱世俗，操守高洁。▶南朝 宋 殷景仁《文殊师利赞》："体绝尘俗，故濯缨者高其迹。"

⑤灵源：对水源的美称。▶宋 王十朋《题双瀑》："瀑水箫峰下，灵源不可寻。"

## 登冶父山①

危磴曲盘空，层峦涌梵宫。②龙池犹射斗，石匣已飞雄。随马吞山雾，披襟响谷风。③尘寰余净土，欹径得圆通。万象微茫里，三天指顾中。④不禁征驾促，延赏思何穷。⑤

注释：

①《登冶父山》诗见 清 吴宾彦修 王方岐纂《(康熙)庐江县志》卷十六，清康熙三十七年(1698)刻本。

②危磴：高峻的石级山径。▶ 北周 庾信《和从驾登云居寺塔》："重峦千仞塔，危磴九层台。"

③谷风：谷风，东风。▶《尔雅·释天》："东风谓之谷风。"

④三天：我国古代关于天体的学说，有浑天、宣夜、盖天三家，称为"三天"。▶《宋书·律历志序》："《天文》虽为该举，而不言天形，致使三天之说，纷然莫辨。"

⑤征驾：远行的车马。▶南朝 宋 鲍照《东门行》："遥遥征驾远，杳杳落日晚。"

延赏：留连赏玩；长时间地观赏。▶北魏 郦道元《水经注·浙江水》："二山峰岭相连，其间倾涧怀烟，泉溪引雾，吹畦风馨，触岫延赏。"

朱长春(1511—?)，字大复。明浙江乌程(今属浙江省湖州市)人。万历十一年(1583)癸未科进士，历常熟、阳信等知县，官刑部主事。著有《朱大复诗集》。

## 留别太史王季孺同年①

抗手都门别，马头秋日光。②山城出小吏，云阁隔仙郎。一散曲江饮，谁歌燕市狂。风高惟朔雁，来注近庐阳。③

注释：

①《留别太史王季孺同年》诗见 明 朱长春《朱太复文集》卷九，明万历刻本。

②抗手：举手，示意告别。▶《孔丛子·儒服》："临刑，文节流涕交颐，子尚徒抗手而已。"

③朔雁：指北地南飞之雁。▶南朝 宋 谢灵运《撰征赋》："眷转蓬之辞根，悼朔雁之赴越。"

## 蜀山歌送周元乎还楚马府君司理长平招与陆合淝启原同登①

合淝城西西十里，蜀山一点青如儿。四面荒原日气衰，西风吹木僧舍之。使君马卿逸兴飞，登高祖送周即归。手麾属车招从吏，问谁朱放与陆机。三杯眼白狂露顶，振衣直上凌倒景。乱石崎巉草不生，山僧引蹑樵人径。山之高兮飞云停，白日西下颢气冥。②洪江滔滔冰色起，昏薄宇宙来鸿溟。③平田莽琅枯草白，孤城下抱万家陌。忽然北顾风烟迷，搴裳欲揖淮南客。④八公之山灵气空，徘徊天外歌声终。但传仙人度山上，不见鸡犬来云中。大山小山风雅绝，蟪蛄丛鸣虎豹穴。⑤词赋千秋空卖名，当时宫阙都榛灭。眼前离散君莫哀，只今谁惜渊云才。⑥布帆杳然湘楚去，山头无复周即来。⑦山中秋气何悲哉。

注释：

①《蜀山歌送周元乎还楚马府君司理长平招与陆合淝启原同登》诗见 明 朱长春《朱太复文集》卷五，明万历刻本。

②颢气：清新洁白盛大之气。▶《文选·班固〈西都赋〉》："轶埃壒之混浊，鲜颢气之清英。"

③鸿溟：大海。▶唐 卢肇《海潮赋》："至夫离九天，堙九地，作重阴之胶固，自坚冰以驯致，固可以乘鸿溟以自安，受万有而不圯者也。"

④搴裳：犹褰裳。提起衣裳。▶唐 卢照邻《释疾文》："于是裹粮寻师，搴裳访古。"、

⑤蟪蛄：蝉的一种。体短，吻长，黄绿色，有黑色条纹，翅膀有黑斑，雄的腹部有发音器，夏末自早至暮鸣声不息。▶《庄子·逍遥游》："朝菌不知晦朔，蟪蛄不知春秋，此小年也。"

⑥渊云：汉代文士王褒和扬雄的并称。褒字子渊，雄字子云，皆以赋著称。▶汉 班固《西都赋》："秦汉之所极观，渊云之所颂叹。"

⑦布帆：布质的船帆。亦借指帆船。▶《乐府诗集·清商曲辞三·懊侬歌八》："长樯铁鹿子，布帆阿那起。"

## 饶相

饶相（1512—1591），字志尹，号三溪。明大埔（今广东省大埔县）人。嘉靖十四年（1535）乙未科进士，授中书舍人，官至江西按察副使。寻乞归养，家居三十余年，卒。著有《三溪先生文集》



### 巢县公署次龚少东韵[①]

渔矶石磴碧苔封，天际微青露远峰。风过草花香馥馥，日斜松竹影重重。[②]云烟锁处藏文豹，雷雨行时起蛰龙。[③]庭树苍苍门寂寂，蕙帏愁听五更钟。[④]

注释：

①《巢县公署次龚少东韵》诗见 明 饶相《三溪先生文集》，清乾隆二十五年（1760）刻本。

②馥馥：形容香气很浓。▶汉 苏武《别友》："烛烛晨明月，馥馥秋兰芳。"

③文豹：豹子。因其皮有斑文，故称。▶《庄子·山木》："夫丰狐文豹，栖于山林，伏于岩穴，静也。"

④蕙帏：帐子，帐子的美称。

## 李攀龙

李攀龙（1514—1570），字于鳞，号沧溟。明山东历城（今属山东省济南市）人。少

孤家贫，嗜诗歌，厌训诂之学，日读古书，里人目为狂生。嘉靖二十三年(1544)甲午科进士。授刑部广东司主事，擢陕西提学副使，累迁河南按察使。母丧，心痛病卒。官郎署时，与谢榛、吴维岳、梁有誉、王世贞称“五子”，又益以吴国伦、徐中行称“后七子”，而以攀龙、世贞为魁首，操海内文章之柄垂二十年。其持论诗不读盛唐以后人集，文不读西汉以后人作。攀龙有才力，诗以声调称，然古乐府似临摹帖，并无可观。文章失之模拟生涩，而效之者甚众。有《古今诗删》《李沧溟集》。



## 戏拟王安人称寿郭相国相国尝为庐江别驾①

南山高唱入新题，曲罢蛾眉玉碗齐。秦史自偕嬴氏女，庐江谁忆仲卿妻。双飞青鸟披云下，并蒂蟠桃带雪携。③何必千金称上寿，嫣然一笑醉如泥。④

注释：

①《戏拟王安人称寿郭相国相国尝为庐江别驾》诗见 明 李攀龙《沧溟集》卷十一，清文渊阁四库全书补配清文津阁四库全书本。

称寿：祝人长寿。▶三国 魏 吴质《答魏太子笺》：“置酒乐饮，赋诗称寿。”

②新题：诗文的新题目。▶唐 李商隐《细雨成咏献尚书河东公》：“府公能入咏，聊且续新题。”

雄飞：比喻奋发有为。▶《东观汉记·赵温传》：“大丈夫生当雄飞，安能雌伏！”

③披云：拨开云层。▶汉 徐干《中论·审大臣》：“文王之识也，灼然若披云而见日，霍然若开雾而观天。”

④嫣然一笑：形容娇媚的微笑。▶《文选·宋玉〈登徒子好色赋〉》：“嫣然一笑，惑阳城，迷下蔡。”



## 送郭子坤别驾之庐州①

诸生垂白困谈经，何似雄飞出汉庭。②客自燕台知骥足，人从金斗识屏星。③耆阇海外来峰色，大蜀淮西拥地形。④匣里佩刀谁所赠，龙鸣风雨未堪听。⑤

吴楚西南郡阁重，庐江小吏日从容。⑥濡须不是天河水，霍岳争齐紫盖峰。京洛仙舟飞似鹢，并州竹马健如龙。已知家世多名士，难道明时可易逢。

注释：

①《送郭子坤别驾之庐州》诗见 明 李攀龙《沧溟集》卷十，清文渊阁四库全书补配清文津阁四库全书本。

②雄飞：比喻奋发有为。▶《东观汉记·赵温传》：“大丈夫生当雄飞，安能雌伏！”

③骥足：比喻高才。▶《三国志·蜀志·庞统传》："庞士元非百里才也，使处治中、别驾之任，始当展其骥足耳。"

屏星：车前用以蔽尘的车挡。▶汉 服虔《通俗文》："车当谓之屏星。"《后汉书·舆服志上》"輜长六尺"刘昭 注引《谢承书》："孔恂字巨卿，新淦人。州别驾从事车前旧有屏星，如刺史车曲翳仪式。"

④"耆阇海外来峰色"句：指浮槎山。

⑤龙鸣：谓剑在鞘中作龙鸣声。语出《太平御览》卷三四三引《世说》："王子乔墓在京陵，战国时人有盗发之者，睹无所见。唯有一剑停在室中，欲进取之，剑作龙鸣虎吼，遂不敢近。俄而径飞上天。"▶唐 李峤《宝剑篇》："一朝运偶逢大仙，虎吼龙鸣腾上天。"

⑥郡阁：借指郡守的府院。▶唐 白居易《郡亭》："山林太寂寞，朝阙空喧烦；唯兹郡阁内，嚣静得中间。"

## 吴维岳

吴维岳(1514—1569)，字峻伯，号霁寰。明浙江孝丰(今属浙江省湖州市安吉县)人。嘉靖十七年(1538)戊戌科进士。授江阴知县，入为刑部主事。历官至右佥都御史，巡抚贵州。在郎署时，有诗名。后王世贞以其与俞允文、卢柟、李先芳、欧大任为"广五子"。有《天目山斋稿》。



### 送别张元洲庐州守①

张君磊落出人群，早年射策干明君。②座间逸气凌中散，案上奇篇似子云。③画省移官来白下，绿槐昼日垂帘暇。④鸟啼吏散簿书清，对客含香吟未罢。嗟余樗散幸同游，拟开三径追羊求。⑤载酒几投城外寺，看云长上省中楼。⑥数载芳名动当宁，庐阳忽报除君去。部符独拥专城居，露冕争夸行县处。⑦莫苦今朝挽别裾，明光他日下褒书。⑧秋风回首长安道，先寄龙江双鲤鱼。⑨

注释：

①《送别张元洲庐州守》诗见 清 陈田《明诗纪事》己签卷四，清陈氏听诗斋刻本。

②射策：汉代考试取士方法之一，后泛指参加科举考试。▶《汉书·萧望之传》："望之以射策甲科为郎。"

③中散：古代官职中散大夫的省称。

④画省：指尚书省。汉代尚书省以胡粉涂壁，紫素界之，画古烈士像，故别称"画省"。或称"粉省""粉署"。▶唐 岑参《暮秋会严京兆后厅竹斋》："盛德中朝贵，清风画省寒。"

⑤樗散：樗木材劣，多被闲置。用作谦词。▶宋 司马光《为庞相公谢官表》："何意天

恩横被,宸睠曲成,猥抡樗散之才,专委栋隆之任。"

三径:亦作"三迳"。指归隐者的家园。▶晋 赵岐《三辅决录·逃名》:"蒋诩归乡里,荆棘塞门,舍中有三径,不出,唯求仲、羊仲从之游。"

羊求:汉代高士羊仲、求仲的并称。▶元 钱惟善《清逸斋》:"太白岂惟凌鲍谢,元卿只合友羊求。"

⑥省中:宫禁之中。▶汉 蔡邕《独断》:"禁中者,门户有禁,非侍御者不得入,故曰禁中。孝元皇后父大司马阳平侯名禁,当时避之,故曰省中。"

⑦专城:指任主宰一城的州牧、太守等地方长官。▶汉 王充《论衡·辨祟》:"居位食禄,专城长邑以千万数,其迁徙日未必逢吉时也。"

露冕:指官员因治政有方而受皇帝恩宠有加。典出 晋 陈寿《益都耆旧传》:"郭贺拜荆州刺史。汉明帝巡狩到南阳,特见嗟叹,赐以三公之服,黼黻旒冕,敕去幨露冕,使百姓见此衣服,以彰其德。"▶唐 韩翃《赠兖州孟都督》:"露冕宁夸汉车服,下帷常讨鲁《春秋》。"

行县:谓巡行所主之县。▶《汉书·周勃传》:"岁余,每河东守尉行县至绛,绛侯(周)勃自畏恐诛,常被甲,令家人持兵以见。"

⑧明光:汉代宫殿名。后亦泛指朝廷宫殿。▶唐 武元衡《出塞作》:"要须洒扫龙沙净,归谒明光一报恩。"

褒书:褒扬、奖掖的书令。

⑨鲤鱼:代指书信。典出 汉 蔡邕《饮马长城窟行》:"客从远方来,遗我双鲤鱼。呼儿烹鲤鱼,中有尺素书。"





## 许用中

许用中,字平湫。明山东东阿(今山东省东阿县)人。嘉靖二十三年(1544)甲辰科进士,官至山西参议。

### 白云庵[①]

万壑千峰锁寂寥,雪峰特占一山腰。门流涧水清堪漱,牖望晴云静可邀。野鸟群飞风在树,山猿长啸月沉椒。楞严诵罢参龙象,还斸云根种药苗。[②]

注释:

①《白云庵》诗见 清 陆龙腾《(康熙)巢县志》卷十九,清康熙十二年(1673)刊本。

②斸[zhú]:此处指挖、掘。▶元 无名氏《居家必用事类全集·移桑法》:"其下常斸掘,种绿豆、小豆。"

王崇古(1515—1588),字学甫,号鉴川。明山西蒲州(今山西省永济市)人。嘉靖二十年(1541)辛丑科进士,为安庆、汝宁知府。喜论兵事,悉诸边隘塞。历任刑部主事、陕西按察使、河南布政使、右佥都御史,巡抚宁夏。隆庆四年(1570),改总督山西、宣、大军务,力主与俺答汗议和互市。万历五年(1577)任兵部尚书。是年十月,告老还乡。十六年(1588)卒,赠太保,谥“襄毅”。

## 庚戌九月将赴金陵夜泊庐阳邮亭闻虏犯近郊[①]

江上初收雨，严霜已渡河。[②]汉兵闻出塞，胡骑竟如何。[③]雁阵凌秋尽，笳声入暮多。[④]武陵遗曲在，慷慨不成歌。[⑤]

注释:

①《庚戌九月将赴金陵夜泊庐阳邮亭闻虏犯近郊》诗见 清 陈田《明诗纪事》戊签卷二十一,清陈氏听诗斋刻本。



②严霜:凛冽的霜;浓霜。▶《楚辞·九辩》:“秋既先戒以白露兮,冬又申之以严霜。”

③胡骑:北方胡人的骑兵。亦泛指胡人军队。▶《史记·绛侯周勃世家》:“十一年春,故韩王信复与胡骑入居参合,距汉。”

④笳声:胡笳吹奏的曲调,亦指边地之声。▶唐 钱起《送王相公赴范阳》:“代云横马首,燕雁拂笳声。”

⑤遗曲:指前代遗留下来的乐曲。后泛指前代遗留下来的文学作品。▶《晋书·乐志上》:“至景初元年,尚书奏,考览三代礼乐遗曲,据功象德,奏作《武始》《咸熙》《章斌》三舞,皆执羽籥。”

## 欧大任

欧大任(1516—1596),字桢伯,号仑山,别称欧虞部。明广东顺德(今广东省顺德市)人。嘉靖间由岁贡生官至南京工部郎中。工诗。为“广五子”之一。卒年八十。有《百越先贤志》《广陵十先生传》《平阳家乘》及文集,另有《思玄堂集》《旅燕集》《浮淮集》《轺中集》《游梁集》《南翥集》《北辕集》《灉馆集》《西署集》《秣陵集》《诏归集》《蘧园集》等集,汇刻为《欧虞部诗文全集》行世。

## 送余彦纶宰合肥[①]

燕山驿路蝉声稀，蓟门关前桑叶飞。[②]故人得意鸣驺去，想见闾门迎锦衣。[③]庐江小吏来到门，双旌催驾叠鼓喧。[④]舒城馆里不遑食，亚父山旁将驻轩。[⑤]西望镇淮楼橹开，桐柏之水如丝来。[⑥]少年白皙宰京县，民得饭稻羹芋魁。[⑦]吠无犬兮驯有雉，忆尔行春过淝水。[⑧]诏书明日下扶风，早入长安见天子。

注释：

①《送余彦纶宰合肥》诗见 明 欧大任《欧虞部集十五种》旅燕集卷二，清刻本。

②燕山：宋宣和四年改燕京为燕山府，后以指燕京，即今北京市。▶明 凌濛初《二刻拍案惊奇》卷二："吾闻燕山乃辽国郎主在彼称帝，雄丽过于汴京。"

③鸣驺：古代随从显贵出行并传呼喝道的骑卒。有时借指显贵。▶南朝 齐 孔稚珪《北山移文》："及其鸣驺入谷，鹤书起陇，形驰魄散，志变神动。

④叠鼓：连续的鼓声。

⑤驻轩：停车。▶南朝 梁 江淹《齐太祖高皇帝诔》："风奇响而驻轩，烟异色而低旆。"

⑥楼橹：古代军中用以瞭望、攻守的无顶盖的高台。建于地面或车、船之上。▶《后汉书·公孙瓒传》："今吾诸营楼橹千里，积谷三万斛，食此足以待天下之变。"

⑦京县：国都所辖之县。泛指京畿。明朝中后期以南京为南都，庐州府本为拱卫南京而设，故以合肥县为京县。▶唐 杜甫《喜闻官军已临贼境二十韵》："胡骑潜京县，官军拥贼壕。"

芋魁：芋的块茎，亦泛称薯类植物的块茎。▶《后汉书·方术传上·许杨》："时有谣歌曰：'败我陂者翟子威，饴我大豆，亨我芋魁。'"李贤 注："芋魁，芋根也。"

⑧行春：谓官吏春日出巡。▶《后汉书·郑弘传》："弘少为乡啬夫，太守第五伦行春，见而深奇之，召署督邮，与孝廉。"

## 得佘合肥书酬寄[①]

忆昨輶轩逼岁除，万山残雪独驱车。[②]邗沟一望濡须口，犹得淮西双鲤鱼。[③]督邮岂解折腰迎，闻道庐江出带星。[④]谁怜玉舄风尘色，会送飞凫入汉庭。

注释：

①《得佘合肥书酬寄》诗见 明 欧大任《欧虞部集十五种》浮淮集卷七，清刻本。编者注：结合上诗，"佘"似"余"之误。

②輶轩：古代使臣的代称。▶《文选·张协〈七命〉》："语不传于輶轩，地不被乎正朔。"李善 注引《风俗通》："秦周常以八月輶轩使采异代方言，藏之秘府。"

③邗沟：也称邗水、邗江、邗溟沟等。春秋时吴王夫差为争霸中原，引江水入淮以通粮道而开凿的古运河。

④督邮：官名。汉置，郡的重要属吏，代表太守督察县乡，宣达教令，兼司狱讼捕亡。唐以后废。督邮官卑而权重，故而有折腰之说。

## 送凌进士元学知合肥[1]

才子当年董贾俦，都亭结绶肃华辀。[2]雩娄西入中原路，桐柏东来大渎流。[3]保障万家宜廪庾，渔樵百里尽歌讴。[4]名高三辅循良传，计最何时拜冕旒。[5]

注释：

①《送凌进士元学知合肥》诗见 明 欧大任《欧虞部集十五种》廱馆集卷四，清刻本。

②结绶：佩系印绶，谓出仕为官。《汉书·萧育传》："（萧育）少与陈咸、朱博为友，著闻当世。往者有王阳、贡公，故长安语曰：'萧朱结绶，王贡弹冠'，言其相荐达也。"

华辀：刻画华彩的车辕，常用作车之代称。▶《文选·谢朓〈鼓吹曲〉》："凝笳翼高盖，叠鼓送华辀。"

③雩娄：[yú lóu]，古地名。上古颛顼帝时，属安国地。今河南商城县东北部、固始县南部，安徽霍邱县部分地区。



④廪庾：粮仓。▶《史记·平准书》："都鄙廪庾皆满，而府库余货财。"

⑤计最：指古代州郡官吏每年或每三年的考绩。最，谓撮举大要。▶《汉书·严助传》："陛下不忍加诛，愿奉三年计最。"颜师古 注引 晋灼 曰："最，凡要也。"

## 凌进士出知合肥归拜敕封贞节祖母张太安人索诗为寿时太安人八十有七子以建昌太守侍养于家孙则进士及乃兄乡贡士也[1]

怀清台筑武林门，宅里旌扬圣主恩。[2]盱水金章趋令子，庐江银艾列贤孙。[3]麟编直与冰霜映，龙敕长随日月存。更祝期颐逢盛典，年年家庆似潘园。[4]

注释：

①《凌进士出知合肥归拜敕封贞节祖母张太安人索诗为寿时太安人八十有七子以建昌太守侍养于家孙则进士及乃兄乡贡士也》诗见 明 欧大任《欧虞部集十五种》廱馆集卷四，清刻本。

②旌扬：表扬。▶唐 王昂《对沈谋秘略科策第一道》："今若垂旌扬之期，崇奖激之道……则将得其人矣。"

③金章：金质的官印。一说，铜印。指代官宦仕途。▶南朝 宋 鲍照《建除》："开壤袭

朱绂,左右佩金章。"

银艾:银印和绿绶。汉制,吏秩比二千石以上皆银印绿绶。泛指高官。▶《隶释·汉孟郁脩尧庙碑》:"印绋相承,银艾不绝。"

④潘园:指西晋潘岳之园。《艺文类聚》卷八六引南朝 梁 刘孝仪《谢始兴王赐柰启》:"潘 园曜白,孙井浮朱,并见重于昔时,而霑恩于兹日。"按,潘岳《闲居赋》称其园中"二柰曜白之色"。又云:"太夫人乃御版舆,升轻轩,远览王畿,近周家园。体以行和,药以劳宣,常膳载加,旧痾有痊。"后因亦以"潘园"代指养亲之所。▶ 唐 张说《赠户部尚书河东公杨君神道碑》:"王畿风景,来就潘园之养。"

## 送吕比部声甫守庐州[1]

虎竹初分霄汉间,庐江小吏候濡关。[2]褰帷春雨劳农出,悬榻高斋送客闲。[3]云起每从三祖石,鹤来曾过八公山。[4]登楼不用怀京邑,早晚承明入计还。[5]

注释:

①《送吕比部声甫守庐州》诗见 明 欧大任《欧虞部集十五种》旅燕集卷三,清刻本。

比部:古代官署名。三国时魏始设,为尚书的一个办事机关。后几代因之。隋、唐、宋属刑部。元以后废。其长官,三国魏以下为比部曹,隋初为比部侍郎,后改称比部郎。唐、宋为比部郎中及员外郎。其职原掌稽核簿籍。后变为刑部所属四司之一。至明、清时,为对刑部及其司官的习称。

②虎竹:铜虎符与竹使符的并称。虎符用以发兵,竹使符用以征调等。▶南朝 宋 鲍照《拟古诗》之一:"留我一白羽,将以分虎竹。"

③褰帷:亦作"褰帏"。撩起帷幔。《后汉书·贾琮传》:"琮为冀州刺史。旧典,传车骖驾,垂赤帷裳,迎于州界。及琮之部,升车言曰:'刺史当远视广听,纠察美恶,何有反垂帷裳以自掩塞乎?'乃命御者褰之。"后因以"褰帷"指官吏接近百姓,实施廉政。

④云起:如云涌起,比喻众多的事物一下子出现。▶汉 刘歆《甘泉宫赋》:"离宫特观,楼比相连,云起波骇,星布弥山。"

⑤承明:古代天子左右路寝称承明,因承接明堂之后,故称。▶汉 刘向《说苑·修文》:"守文之君之寝曰左右之路寝,谓之承明何? 曰:承乎明堂之后者也。"

入计:指地方官入京听候考核。▶《新唐书·张知謇传》:"万岁通天中,自德州刺史入计。"

## 送庐州别驾郭子坤擢淮王长史[1]

庐江推治行,历下识吾徒。[2]裾向何门曳,舆曾大府趋。[3]芝山瞻霍岳,淮水过鄱湖。[4]知尔凌云赋,风流在汉都。[5]

注释：

①《送庐州别驾郭子坤擢淮王长史》诗见 明 欧大任《欧虞部集十五种》浮淮集卷三，清刻本。

淮王：指明朝宗室淮王，始封韶州府，后移饶州府。淮王在共传八代计九王，统治鄱阳达208年之久，直到明王朝灭亡后才结束。世袭淮王王位有：淮康王朱祁铨、淮定王朱祐棨、淮庄王朱祐櫟、淮宪王朱厚涛、淮恭王朱载怡、淮顺王朱载坚及淮王朱翊钜与淮王朱常青。

长史：古代官职名。秦代置。汉代相国、丞相，后汉太尉、司徒、司空、将军府各有长史。其后，为郡府官，掌兵马。唐制，上州刺史别驾下，有长史一人，从五品。至明、清，亲王府、郡王府置长史，理府事。

②治行：施政的措施。▶《汉书·薛宣传》："吏民言令治行烦苛，适罚作使千人以上；贼取钱财数十万，给为非法；卖买听任富吏，贾数不可知。"

吾徒：指我辈。▶汉 班固《答宾戏》："孔终篇于西狩，声盈塞于天渊，真吾徒之师表也。"

③大府：泛指上级官府。▶唐 韩愈《新修滕王阁记》："以为当得躬诣大府，受约束于下执事。"

④鄱湖：鄱阳湖的省称。▶清 方文《大孤塘阻雪》："鄱湖雨雪繁，半月犹不晴。"



⑤凌云：直上云霄，多形容志向崇高或意气高超。▶《史记·司马相如列传》："相如既奏《大人》之颂，天子大说，飘飘有凌云之气，似游天地之闲意。"

## 送江明府应吾谪庐州幕三首[①]

射策金门绾印行，湟川文水见才名。[②]莫言趋府腰仍折，犹有庐江小吏迎。

亚父城边一郡秋，幕中画诺待君侯。[③]楚臣岂不思公子，白草青枫黯自愁。[④]

雩娄西望橐皋出，渐远长安鬓易斑。[⑤]江上啼猿淮上雁，不知迁客几时还。



注释：

①《送江明府应吾谪庐州幕三首》诗见 明 欧大任《欧虞部集十五种》西署集卷八，清刻本。

明府：汉魏以来对郡守牧尹的尊称。又称明府君。汉亦有以"明府"称县令，唐以后多用以专称县令。▶《后汉书·吴祐传》："国家制法，囚身犯之。明府虽加哀矜，恩无所施。"王先谦 集解引 沈钦韩 曰："县令为明府，始见于此。"

②射策：本为汉代考试取士方法之一，后泛指应试。▶唐 皮日休《三羞》诗序："丙戌

岁，日休射策不上，东退于肥陵。”

③画诺：旧时主管官员在文书上签字，表示同意，后泛指同意、赞成。▶《北史·令狐整传》：“刺史魏东阳王元荣辟整为主簿……荣器整德望，尝谓僚属曰：‘令狐延保，西州令望，方成重器，岂州郡之职所可縶维？但一日千里，必基武步，寡人当委以庶务，画诺而已。’”

④楚臣：指屈原。▶南朝 梁 钟嵘《诗品·总论》：“楚臣去境，汉妾辞宫。”

⑤雩娄：[yú lóu]：古地名。上古颛顼帝时，属安国地。今河南商城县东北部、固始县南部，安徽霍邱县部分地区。雩娄在中国水利史上有着浓墨重彩之笔。

## 黄参军惟衷自庐州入都得汤惟衷金陵书①

布衣交已似晨星，何限离愁白下亭。②独客关山劳梦寐，尺书鱼雁慰飘零。③监军暂守濡须督，给事仍留泗水庭。④谁共葛洪丹灶畔，松风萝月满岩扃。⑤

注释：

①《黄参军惟衷自庐州入都得汤惟衷金陵书》诗见 明 欧大任《欧虞部集十五种》西署集卷六，清刻本。

②布衣交：谓不拘身份地位高低的朋友。因布衣一般为平民所服，故又指贫贱之交。▶《战国策·齐策三》：“卫君与（孟尝君田文）文布衣交，请具车马皮币，愿君以此从卫君游。”

③鱼雁：亦作“鱼鴈”。《汉书·苏武传》：“教使者谓单于，言天子射上林中，得雁，足有系帛书。”后因以“鱼雁”代称书信。

④给事：古代官职名。给事中的省称。▶唐 韩愈《答刘正夫书》：“愈于足下，忝同道而先进者，又常从游于贤尊给事，既辱厚赐，又安得不进其所有以为答也。”

⑤丹灶：炼丹用的炉灶。▶南朝 梁 江淹《别赋》：“守丹灶而不顾，炼金鼎而方坚。”

岩扃：山洞的门，借指隐居之处。▶唐 杜甫《桥陵诗三十韵因呈县内诸官》：“瑞芝产庙柱，好鸟鸣岩扃。”

## 杨继盛

杨继盛（1516—1555），字仲芳，号椒山。明保定府容城（今河北省容城县）人。嘉靖二十六年（1547）丁未科进士。授南京吏部主事，改兵部员外郎。大将军仇鸾畏俺答，请开互市市马，欲与媾和。继盛以为鸾耻未雪而议和示弱，大辱国，上疏弹劾。被贬狄道典史。后起用为诸城知县，迁刑部员外郎。严嵩欲引为羽翼，复改兵部武选司。而继盛以为嵩之奸甚于鸾，抵任甫一月，即上疏劾嵩十大罪，世宗大怒，下狱三年，终于被杀。隆庆年间，追赠太常少卿，谥“忠愍”，世称“杨忠愍”。后人以其故宅改庙以奉，尊为城隍。杨继盛工书画。有《杨忠愍文集》。

## 送张对溪之任庐州[①]

我期玄素回天力，何事赤符此日行。[②]几度为亲焚谏草，百僚忌尔着时名。[③]莺啼晴树秦烟暮，旌拂庐云曙色明。[④]若遇超然同志问，为言终不负平生。

注释：

①《送张对溪之任庐州》诗见 明 杨继盛《杨忠愍公集》卷之三，明刻本。

张对溪：实为张兑溪。张兑溪（1492—1588），名万纪，字舜卿，号兑溪。明甘肃临洮人。嘉靖二十六年（1547）丁未科进士，上疏劾权奸严嵩党羽尹耕。杨继盛因上疏劾严嵩论死，兑溪上疏救之，贬为庐州知府。后又借星变考察，将其落职。归乡四十年，自号超然山人。万历十五年（1587），九十七岁卒。

②玄素：黑白，比喻两种事物的根本差别和变异。▶《文选·颜延之〈和谢监灵运〉》："虽惭丹雘施，未谓玄素睽。"

赤符：原指汉朝的符命。汉为火德，火色赤，故称。此处借指朝廷的旨令。▶北周 庾信《周上柱国宿国公河州都督普屯威神道碑》："昔者受律赤符，韩信当乎千里。"

③谏草：谏书的草稿。▶唐 杜甫《晚出左掖》："避人焚谏草，骑马欲鸡栖。"



④曙色：拂晓时的天色。▶南朝 梁简文帝《守东平中华门开》："薄云初启雨，曙色始成霞。"

# 沈明臣

沈明臣（1518—1596），字嘉则，明浙江鄞县（今浙江省宁波市）人。嘉靖间同徐渭为胡宗宪幕僚。即兴作铙歌十章，援笔立就，为胡宗宪激赏。后宗宪以严嵩党羽下狱死，为之讼冤。后往来吴、楚、闽、粤间。有诗名，著有《丰对楼诗选》《越草》《荆溪唱和诗》《吴越游稿》等。



## 过巢湖[①]

腊月湖波稳，乾坤自混茫。[②]烟霜弥四泽，水气隐三光。尽日闻渔鼓，高云辨雁行。孤舟兼晚岁，去路总他乡。[③]

注释：

①《过巢湖》诗见 清 钱谦益《列朝诗集》丁集卷九，清顺治九年（1652）毛氏汲古阁刻本。

②混芒：指广大无边的境界。▶唐 杜甫《滟滪堆》："天意存倾覆，神功接混茫。"

③他乡：异乡，家乡以外的地方。▶《乐府诗集·相和歌辞十三·饮马长城窟行》："梦见在我傍，忽觉在他乡。"

## 思惠楼[①]

高楼四面俯晴郊，古道荒城半白茆。秋色中原迴万里，天空落木见孤巢。邺都王粲应留赋，西蜀扬雄自解嘲。[②]头白异乡何所似，江淮日暮楚云交。

注释：

①《思惠楼》诗见 清 左辅 纂修《(嘉庆)合肥县志》卷第三十一，清嘉庆八年(1803)、修民国九年(1920)重印本。

思惠楼：位于合肥城隍庙后街，为明武宗正德十年(1515)庐州知府徐钰所建。楼名取自"思民之惠"的意思，原建已毁，现楼为1992年重建。

②邺都：今河北大名县，曹操称魏王都邺。

王粲：东汉末文学家，有《登楼赋》。

扬雄：西汉文学家，曾作《解嘲》。

## 镇淮楼登眺[①]

魏栅吴城几劫灰，高楼日暮且徘徊。藏舟浦断寒潮落，教弩台荒野寺开。六国天霜凋露草，九江秋色老宫槐。[②]淮南重镇为金斗，白屋萧条谁为哀？[③]

注释：

①《镇淮楼登眺》诗见 清 左辅 纂修《(嘉庆)合肥县志》卷第三十一，清嘉庆八年(1803)修、民国九年(1920)重印本。

②宫槐：槐树。周代宫廷植三槐，三公位焉，故后世皇宫中多栽植，因称。

③白屋：指不施彩色、露出本材的房屋。一说，指以白茅覆盖的房屋。为古代平民所居。▶《尸子·君治》："人之言君天下者瑶台九累，而尧白屋。"

# 张承芳

张承芳，字汝敬，号斗涧，张鼒曾孙。明庐州巢县(今安徽省巢湖市)人。张鼒曾孙。嘉靖十九年(1540)庚子科举人，历任灵丘、上猷、完县知县，"所在各以善政着，又捐俸置买学田。"生平优于诗文，有《三晋记行》《泽畔吟草》。

## 王乔洞[1]

洞门仙迹拟珠庭，皂盖文轺此暂停。[2]绣壁虚涵灵窍白，烟萝斜挂石门青。[3]碑藏蓁莽人难读，席倚空峒酒易醒。[4]自是乔山增郑重，赖从修禊叩兰亭。[5]

注释：

①《王乔洞》诗见 清 陆龙腾《(康熙)巢县志》卷十九，清康熙十二年(1673)刊本。原诗标题后有注："和陈古翁韵。"

②珠庭：仙人的宫院；仙境。▶南朝 梁 沈约《梁甫吟》："奔枢岂易纽，珠庭不可临。"

皂盖：亦作"皁盖"。古代官员所用的黑色蓬伞。▶《后汉书·舆服志上》："中二千石、二千石皆皁盖，朱两轓。"

③虚涵：包罗，包含。

④蓁莽：杂乱丛生的草木。▶明 陈所闻《中秋同齐王孙瑞堂春堂虎丘坐月》词："披蓁莽，英雄曾此据封疆。"

空峒：传说天上的琴名。▶清 龚自珍《梦得东海潮来月怒明之句醒足成一诗》："不知半夜归环佩，问是空峒第几声。

⑤乔山：此处指王乔洞所在的巢湖金庭山。



## 王乔仙洞[1]

金鼎烟销洞已空，白云深锁紫芝丛。生来不愿居黄屋，化去何心恋旧宫。火枣预传仙母信，羽衣却笑六郎同。[2]华山老衲前知者，借箸重邀画始终。[3]

注释：

①《王乔仙洞》诗见 清 陆龙腾《(康熙)巢县志》卷十九，清康熙十二年(1673)刊本。

②火枣：传说中的仙果，食之能羽化飞行。▶南朝 梁 陶弘景《真诰·运象二》："玉醴金浆，交梨火枣，此则腾飞之药，不比于金丹也。"

六郎：1.《旧唐书·杨再思传》："易之之弟昌宗以姿貌见宠幸，再思又谀之曰：'人言六郎面似莲花；再思以为莲花似六郎，非六郎似莲花也。'其倾巧取媚也如此"。张昌宗行六，故云。后用为咏莲之典实。▶宋 陆游《荷花》诗："犹嫌翠盖红妆句，何况人言似 六郎。" 2.北宋杨业之子杨延昭英勇善战，在边防二十余年，屡挫契丹兵将，北人以其为北斗第六星下凡，称其为杨六郎。详见《宋史》本传。

③借箸：比喻为人谋划。典出《史记·留侯世家》："食其未行，张良从外来谒。汉王方食，曰：'子房前！客有为我计桡楚权者。'具以郦生语告，曰：'于子房何如?'良曰：'谁为陛下画此计者？陛下事去矣。'汉王曰：'何哉?'张良对曰：'臣请藉前箸为大王筹之。'"▶唐

杜牧《河湟》:"元载相公曾借箸,宪宗皇帝亦留神。"



## 陈嘉谟

陈嘉谟(1521—1603),字世显,号蒙山。明庐陵(今江西省吉安市)人。嘉靖二十六年(1547)丁未科进士,任给事中,不附严嵩,出为庐州府推官。后仕至四川按察司副使、湖广参政。有《周易就正稿》《四书就正编》《二程要语》《朱陆摘要》《道德阴符经注疏》《念初堂稿》。

### 登望湖亭[1]

三年谩作湖山主,一笑真成汗漫游。自是沧波凝望极,却疑胜概未全收。[2]波光春映鱼龙动,雾气朝含岛屿浮。欲挽长涛濯肝胆,高风千古羡巢由。

注释:

①《登望湖亭》诗见 清 陆龙腾《(康熙)巢县志》卷十九,清康熙十二年(1673)刊本。

②胜概:美景;美好的境界。▶唐 李白《夏日陪司马武公与群贤宴姑熟亭序》:"此亭跨姑熟之水,可称为姑熟亭焉。嘉名胜概,自我作也。"



## 徐渭

徐渭(1521—1593),字文清,更字文长,号青藤老人、青藤道士、天池生、天池山人、天池渔隐、金垒、金回山人、山阴布衣、白鹇山人、鹅鼻山侬、田丹水、田水月。明山阴(今浙江省绍兴市)人。有盛名,天才超逸,诗文书画皆工,与解缙、杨慎并称"明代三才子"。常自言吾书第一,诗次之,文次之,画又次之。其画工花草竹石,淋漓恣纵,有所创新,与陈淳并称"青藤白阳"。知兵好奇计,客胡宗宪幕,擒徐海,诱王直,皆预其谋。宗宪下狱,渭惧祸发狂自戕不死。又以击杀继妻,下狱论死,被囚七年,得张元忭救免。此后南游金陵,北走上谷,纵观边塞阨塞,辄慷慨悲歌。晚年贫甚,有书数千卷,斥卖殆尽。自称南腔北调人,以终其生。有《徐文长三集》《徐文长逸稿》,杂剧《四声猿》《南词叙录》。今人辑有《徐渭集》。

### 题亚父墓[1]

王者从来云不死,共疑隆准及重瞳。[2]已占龙气成天子,却幸鸿门败乃公。[3]一牧乳羊遮墓白，几株寒枣覆碑红。怜侬疽发不欲活，岂为人间少邓通。[④]

注释：

①《题亚父墓》诗见 清 陆龙腾《(康熙)巢县志》卷十九，清康熙十二年(1673)刊本。

亚父：范增(前277—前204)，居鄛(今安徽省巢湖市居巢区)人，参加了倒秦的项梁起义，后为项羽谋士，被尊为“亚父”。后被项羽猜忌，辞归，行未至徐州，疽发背而死。

亚父墓：即范增墓。一在徐州，一在巢湖亚父山。

②隆准：高鼻。此处特指汉高祖刘邦。▶《史记·高祖本纪》：“高祖为人，隆准而龙颜。”

重瞳：一个眼睛里有两个瞳孔，泛指帝王的眼睛。一般用以代称虞舜或项羽。此处特指楚霸王项羽。▶清 周龙藻《大墙上蒿行》：“亚父好奇策，终被重瞳误。”

③龙气：又作龙虎气，指帝王之气。▶《旧唐书·玄宗纪上》：“上所居宅外有水池，浸溢顷余，望气者以为龙气。”

④邓通：西汉蜀郡南安(今四川乐山)人。因得文帝宠幸，官至上大夫，赐钱无数。又赐以蜀郡严道铜山，许自铸钱，邓氏钱遂遍天下。后世遂以“邓通”为钱的代称。▶《金瓶梅词话》第三十回：“富贵必因奸巧得，功名全仗邓通成。”



## 赵绅

赵绅，明北直武清(今属天津市)人。嘉靖二十年(1541)辛丑科进士，监察御史，谪无为州判官。

### 王乔洞[①]

紫气卿云绕洞前，茫茫仙迹几千年。[②]风摇翠竹鸣幽洞，犹似笙音下九天。来游灵洞意悠然，始信桃源别有天。顿觉浮生如梦幻，欲从此处学长年。

注释：

①《王乔洞》诗见 清 陆龙腾《(康熙)巢县志》卷十九，清康熙十二年(1673)刊本。

②卿云：即庆云。一种彩云，古人视为祥瑞。▶《竹书纪年》卷上：“十四年，卿云见，命禹代虞事。”

## 刘仑

刘仑，字山甫。明南直无为（今安徽省无为县）人。嘉靖二十三年（1544）甲辰科进士，佥都御史，湖广巡抚。嘉靖间，为御倭寇，倡修无为城池。

### 王乔洞[①]

十里烟霞入翠微，石门萝薜带春晖。[②]鸟啼竹径客初到，花落茆堂僧未归。[③]独向溪阴寻野鹤，不妨苔色点征衣。百年二妙风流在，洞口仙凫何处飞。[④]

注释：

①《王乔洞》诗见 清 陆龙腾《（康熙）巢县志》卷十九，清康熙十二年（1673）刊本。

②春晖：春日的阳光。▶《太平御览》卷九九二引 晋 傅咸《款冬冬赋》：“华艳春晖，既丽且姝。”

③茆堂：茅草堂。茆，通“茅”。

④二妙：称同时以才艺著名的二人。或指西晋卫瓘、索靖；或指唐代韦维、宋之问；或指南宋画家艾淑、陈容；或指金代段克己、段成己。



## 孙从善

孙从善，明庐州舒城（今安徽省舒城县）人。监生。嘉靖二十年（1541）任广东新会县主簿。

### 自海会庵登龙华庵值大风雨同僧铁机作[①]

同人着意问秋岑，秋在秋岑第几层。[②]眼底崎岖云外路，眉端风雨杖头僧。望穷今古千峰变，心在江湖百感增。踏响不知林叶尽，庵庵遥对指青灯。[③]

注释：

①《自海会庵登龙华庵值大风雨同僧铁机作》诗见 清 熊载升《（嘉庆）舒城县志》舒城县志卷之三十三，清嘉庆十一年（1806）刻本。

②着意：留意；在意。▶清 李渔《蜃中楼·耳卜》：“你也替我留心，我也替你着意。”

③庵庵：昏暗貌。▶《玉台新咏·古诗为焦仲卿妻作》：“奄奄黄昏后，寂寂人定初。”

## 徐爌

徐爌，字文华，明南直隶太仓州(今江苏省太仓市)人。嘉靖三十二年(1553)癸丑科进士，曾以山西道监察御史巡视两淮盐课，以太仆寺卿致仕。晚年好神仙，卒年七十一。有《古太极测》。

### 过万山有感[①]

乱石梳流云，巅岩挂新雨。山空鸟无声，日薄瘴多吐。嗟嗟风尘客，王事本丝履。[②]马蹄辟易闲，谁能赠双羽。[③]

注释：

①《过万山有感》诗见 清 陆龙腾《(康熙)巢县志》卷十九，清康熙十二年(1673)刊本。

②嗟嗟：叹词。表示感慨。▶《楚辞·九章》："曾歔欷之嗟嗟兮，独隐伏而思虑。"

③辟易：退避；避开。▶《史记·项羽本纪》："是时，赤泉侯为骑将；追项王，项王瞋目而叱之，赤泉侯人马俱惊，辟易数里。"



## 郭谏臣

郭谏臣(1524—1580)，字子忠，号方泉，更号鲲溟。明苏州长洲(今江苏省苏州市)人。嘉靖四十一年(1562)壬戌科进士，官至江西布政司参政。其诗婉约闲雅，著有《郭鲲溟集》。

### 赠别李侍御谪庐州[①]

汉世风裁说李膺，看花曾伴曲江行。[②]一朝误落城狐计，千古应传骢马名。[③]淮海秋添迁客思，庐江水似使君清。休因去国违初志，天子垂衣本圣明。[④]

注释：

①《赠别李侍御谪庐州》诗见 明 郭谏臣《鲲溟诗集》鲲溟先生诗集卷一，清文渊阁四库全书补配清文津阁四库全书本。

②风裁：指刚正不阿的品格。▶宋 秦观《财用上》："士大夫矫枉过直，邈然以风裁自持，不复肯言财利之事。"

③城狐：成语"城狐社鼠"的省写。原意是指城墙上的狐狸、社庙里的老鼠。比喻依仗

权势作恶,一时难以驱除的小人。典出《晏子春秋·内篇问上》:“夫社;束木而涂之;鼠因而托焉。熏之则恐烧其木;灌木则恐败其涂。此鼠所以不可得杀者;以社故也。”

骢马:指御史所乘之马,后借指御史。▶唐 李白《赠韦侍御黄裳》诗之二:“见君乘骢马,知上太行道。”

④垂衣:谓定衣服之制,示天下以礼。称颂帝王无为而治。▶南朝 陈 徐陵《劝进元帝表》:“无为称于华舄,至治表于垂衣。”

## 吴国伦

吴国伦(1524—1593),字明卿,号川楼、惟楚山人、南岳山人。明武昌府兴国州(今属湖北省阳新县)人。嘉靖二十九年(1550)进士,由中书舍人擢兵科给事中。以赠杨继盛丧礼忤严嵩,谪南康推官,调归德,旋弃官去。嵩败,再起,官至河南左参政,大计罢归。才气横放,好客轻财,工诗,与李攀龙等号“后七子”。归田后声名更盛。有《藏甲岩稿》《甔甀洞稿》《甔甀洞续稿》《陈张事略》《吴川楼集》《续吴川楼集》《春秋世谱》《训初小鉴》等著。

### 题亚父墓[①]

鸿门玉玦岂全非，西楚山川王气微。遗恨城南骨已朽，不知垓下汉兵围。

注释:

①《题亚父墓》诗见 清 陆龙腾《(康熙)巢县志》卷十九,清康熙十二年(1673)刊本。原诗标题后有注:“在牛山。”

### 送方仲美之合肥访万性孺使君使君守襄阳时延接仲美倡和甚洽后使君以执法忤监司议调不赴飘然还山中仲美特有此访云[①]

汝昔曾为山简客，几回同醉习家池。[②]襄阳士女歌相乐，太守风流去见思。高卧岂缘明主弃，远游应结故人期。不妨风雪迷津路，金斗河边问钓丝。[③]

注释:

①《送方仲美之合肥访万性孺使君使君守襄阳时延接仲美倡和甚洽后使君以执法忤监司议调不赴飘然还山中仲美特有此访云》诗见 明 吴国伦《甔甀洞稿》卷二十七,明万历刻本。

②山简:(253—312),字季伦。西晋河内怀县(今河南武陟西)人。司徒山涛第五子。山简性格温润典雅,年轻时与嵇绍、刘漠、杨准齐名。历任太子舍人、黄门郎、青州刺史、镇西将军、尚书左仆射等职。曾向晋怀帝建议广招贤才。永嘉三年(309),出任征南将军、都督荆、湘、交、广四州诸军事,镇襄阳。不久,加督宁、益二州军事。次年,王如在沔汉地区大肆劫掠,山简保守襄阳。不久,迁驻夏口。六年(312),山简去世,年六十。获赠征南大将军、仪同三司。

习家池:古迹名。一名高阳池,在湖北襄阳岘山南。▶《晋书·山简传》:"简镇襄阳,诸习氏荆土豪族,有佳园池,简每出游嬉,多之池上,置酒辄醉,名之曰高阳池。"后多借指园池名胜。

③钓丝:钓竿上的垂线。▶唐 杜甫《重过何氏》诗之三:"翡翠鸣衣桁,蜻蜓立钓丝。"此处指钓鱼人或隐士。

## 登庐州城楼①

落日登楼感慨生,远山回合太湖平。②中原万事过怀土,北极孤云入望京。③星斗昼寒庐子国,烽烟秋满白公城。④可怜十郡疮痍地,入夜飞书更募兵。⑤

注释:

①《登庐州城楼》诗见吴国伦《甔甀洞稿》卷二十一,明万历刻本。

②回合:缭绕,环绕。▶唐 李群玉《宿巫山庙》诗之二:"庙闭春山晓月光,波声回合树苍苍。"



③怀土:安于所处之地。谓安土重迁。▶《论语·里仁》:"君子怀德,小人怀土。"何晏集解引 汉 孔安国 曰:"怀土,重迁。"

④白公城:周敬王十五年(前505),置白邑,封楚平王之孙白胜(太子建之子)为白公。《嘉庆·合肥县志·古迹志》引《太平寰宇志》:"(古慎城)在县西北四十一里,楚白公邑。春秋鲁哀公十六年,吴人伐慎,白公败之。即此。"按,今肥东县,古称浚遒,南朝刘宋时侨置慎县于此,南宋时避孝宗讳改为梁县,明朝初年,省梁县并入合肥县。

⑤飞书:紧急的文书。▶《后汉书·五行志一》:"光武崩,山阳王荆哭不哀,作飞书与东海王,劝使作乱。"

## 庐州屠宗豫使君招饮郡斋①

庐州郡阁与云齐,卧阁停云白日低。峰拥耆阇浮海上,城临金斗壮淮西。②相看春色杯应满,况是风尘手暂携。莫问年来迁客路,乾坤处处使人迷。③

注释:

①《庐州屠宗豫使君招饮郡斋》诗见 明 吴国伦《甔甀洞稿》卷二十二,明万历刻本。

屠宗豫使君:指庐州知府屠仲律。屠仲律:字宗豫,世宗嘉靖二十九年(1550年)进士。初授江西弋江知县,后擢南京御史。曾上《御倭五事疏》,在抗倭事业中发挥了积极作用。

后任南直隶庐州府知府，为官一以减轻百姓负担为己任，最后竟以辛劳过度而病逝于任上。合肥县旧有屠公祠。按《合肥县志·祠祀志》："屠公祠，在后大街和平桥西，祀明知府屠仲律。雍正三年知府孔兴诰重修，有杜璁记，载集文。"遗址即今安庆路幼儿园西半部东距六安路约110米，东半部分旧为旌德会馆。

②耆阇[qí shé]：耆阇崛[kū]山的简称。即灵鹫山，传为佛陀说法之地。

③迁客：指遭贬斥放逐之人。▶南朝 梁 江淹《恨赋》："或有孤臣危涕，孽子坠心，迁客海上，流戍陇阴。"



## 霍与瑕

霍与瑕，字勉衷。明广东南海(今广东省广州市)人，霍韬之子。嘉靖三十八年(1559)己未科进士，授慈溪知县。以严嵩党羽鄢懋卿巡盐行部，不为礼，被劾罢。后起知鄞县，官终广西佥事。有《霍勉衷集》。

### 十月十三日送孙小渠归庐州[①]

征车远来下，寒菊对时芳。[②]离离菊叶青，灿灿菊英黄。菊英上荼瓯，菊叶照月光。令仪比幽姿，明德有馨香。[③]幸觏此馨香，佩服应不忘。[④]

忆昔十载前，同立程门雪。杨柳揖春风，梧桐映秋月。一岁旅燕城，多荷君提挈。[⑤]悠悠各言归，荏苒度时节。去岁忽相逢，感旧情何切。凄清海国秋，关山劳跋涉。[⑥]高谈彻三宵，铭德有心碣。幽幽江畔草，漫漫江外路。

客子上归舟，相思渺无度。相思不可期，相见知何时。别谈何容易，回首即天涯。把酒不能欢，高山聊为弹。一鼓怨别鹤，再鼓月关山。[⑦]三鼓不成声，江波空自潺。赠此忘弹意，置君怀抱间。

寒江千里程，新月湛江明。画航浮月去，而我自山城。[⑧]山城鸣夜角，疏星何错落。思君梦不成，远听残更铎。[⑨]

注释：

①《十月十三日送孙小渠归庐州》诗见 明 霍与瑕《霍勉斋集》五言律诗卷之九，清光绪丙戌(1886)重刊本。原诗共四首，标题下有作者自注："庚申"。

②来下：来临；降临。▶《诗·大雅·凫鹥》："公尸燕饮，福禄来下。"

③明德：光明之德；美德。▶《逸周书·本典》："今朕不知明德所则，政教所行，字民之

道，礼乐所生，非不念而知，故问伯父。”

④佩服：铭记；牢记。▶南朝 梁 刘孝威《谢晋安王赐婚钱启》：“曲降隆慈，俯垂珍锡……佩服宠灵，殒越非报。”

⑤提挈：扶持，帮助。▶宋 陆游《老学庵笔记》卷六：“臣有二子一婿，俱是选人，到处撞见冤仇，何人更肯提挈？”

⑥海国：近海地域。▶唐 张籍《送南迁客》诗：“海国战骑象，蛮州市用银。”

⑦别鹤：即《别鹤操》，为乐府琴曲名。▶南朝 齐 谢朓《琴》：“是时操《别鹤》，淫淫客泪垂。”

⑧浮月：浮在水面的月影。▶唐 骆宾王《望乡夕泛》：“落宿含楼近，浮月带江寒。”

⑨残更：旧时将一夜分为五更，第五更时称残更。▶唐 沈传师《寄大府兄侍史》：“积雪山阴马过难，残更深夜铁衣寒。”

## 蔡悉

蔡悉（1536—1615），字士备，一字士皆，号肖谦，明庐州合肥（今安徽省合肥市）人。嘉靖三十八年（1559）己未科进士。万历三年（1575），任泉州府通判。历世宗、穆宗、神宗三朝，为官五十年，官至南京尚宝司卿。性刚直坚毅，曾请早立太子，以安国本；不避权贵，极论矿税之害，时称“包老复出”。卒，谥“文毅”，归葬合肥东郊大兴集，其与北宋包拯、晚清李鸿章并称“一里三公”。生平致力经学，著书七十余种，有《孔子年谱》《大学注》《书畴彝训》等传世。



### 登中庙凤凰楼二首①

闲来湖上登仙阁，面面秋声撼碧涛。斜映天光将翠合，横分山色插青高。临风竹叶倾春斝，弄月梅花落晚艘。千古此中乘逸兴，襟期潇洒忆诗豪。②

凤凰仙阁依丹霄，阁下崆峒跨碧涛。③湖涌金波双鉴渺，山开玉笋四峰高。④虚疑幻化鼋鼍窟，恒见帆樯贾客艘。⑤独有时难民疾苦，不堪回首五陵豪。

注释：

①《登中庙凤凰楼二首》诗见 清 李恩绶编《巢湖志》卷二诗，黄山书社2007年版，第534页。

②襟期：襟怀、志趣。▶北齐 高澄《与侯景书》：“缱绻襟期，绸缪素分。”

③崆峒：此处指宽敞空阔。▶明 徐弘祖《徐霞客游记·粤西游日记二》：“从门隙内窥，洞甚崆峒，而路无由入。”

④玉笋：喻秀丽耸立的山峰。▶宋 杨万里《真阳峡》：“夹岸对排双玉笋，此峰外面万山青。”

⑤帆樯：桂帆的桅杆。借指帆船。▶《旧唐书·高骈传》："风伯雨师，终阻帆樯之利。"

## 董裕

董裕(1537—1606)，字惟益，号扩庵。明江西乐安(今江西省乐安县)人。隆庆五年(1571)辛未科进士，历官御史，出按滇南，累迁大理少卿，以佥都御史提督郧阳，南京工部侍郎、刑部尚书。为人刚正不阿，不附权贵。万历三十三年(1605)，辞官归里，特赐驿车送归家乡，朝士送至都门外。次年，病逝。赠太子少保，赐敕葬，祀乡贤。著有《司寇文集》《内台按奏、按滇、督郧奏议》《工刑两部奏议》《六和游草》《扩庵吟草》《易经注释》等。与汤显祖同为罗近溪门生，生平交往甚笃，多有唱和，见载《汤显祖文集》。

### 庐州饮和斋叶使君[①]

清世谁怜行路难，一尊千里此追欢。[②]绨袍未厌风尘色，匕首还将意气看。神雀下庭淮浦晚，骊驹在户朔云寒。[③]便携金斗从君酌，取醉何辞夜出关。[④]

注释：

①《庐州饮和斋叶使君》诗见 明 董裕《董司寇文集》卷十七，清雍正十三年(1735)宸翰阁刻少保公全集本。

②清世：太平时代。▶《吕氏春秋·序意》："盖闻古之清世，是法天地。"

③神雀：瑞鸟，指凤。▶《文选·王褒〈四子讲德论〉》："神雀仍集，麒麟自至。"

④取醉：喝酒致醉。▶唐 杜甫《上白帝城》诗之一："取醉他乡客，相逢故国人。"

### 道出金斗遇同年傅慎所姚心亭二柱史饮湖心包孝肃公祠[①]

相逢竞指鬓毛新，喜剧还悲隔世人。蛟蜃十年昏海戍，节旄万里乱风尘。[②]弹冠色借濠梁月，击楫声高淝水春。[③]一笑樽前天欲晓，河清千古若为邻。

一樽意气水云边，稍似当时通籍年。[④]共着铁冠谁补衮，滥骑骢马让先鞭。[⑤]层霄光动双龙合，明日秋将一叶传。[⑥]绮席红亭留皓魄，不妨倚玉太微前。[⑦]

注释：

①《道出金斗遇同年傅慎所姚心亭二柱史饮湖心包孝肃公祠》诗见 明 董裕《董司寇文集》卷十七，清雍正十三年(1735)宸翰阁刻少保公全集本。

柱史：即柱下史。周、秦官名，即汉以后的御史。因其常侍立殿柱之下，故名。为御史的代称。▶唐 李白《赠宣城赵太守悦》:“公为柱下史,脱绣归田园。”

②节旄:指旄节。▶唐 郑愔《塞外》诗之二:“子卿犹奉使,恒向节旄看。”

③濠梁:犹濠上。梁,桥梁。▶北魏 郦道元《水经注·济水二》:“目对鱼鸟,水木明瑟,可谓濠梁之性,物我无违矣。”

④通籍:指初做官。意谓朝中已有了名籍。▶唐 杜甫《夜雨》:“通籍恨多病,为郎忝薄游。”

⑤补衮:补救规谏帝王的过失。语本《诗·大雅·烝民》:“衮职有阙,维仲山甫补之。”▶汉 阮瑀《为曹公作书与孙权》:“愿仁君及孤,虚心回意,以应《诗》人补衮之叹,而慎《周易》牵复之义。”

⑥双龙:两条龙。称誉同时著名的两个人,多指兄弟。著名的有东汉许虔、许邵,晋代陆机、陆云,南朝时梁朝谢举、谢览,柳惔、柳悦,唐乌承玼、乌承恩等。

⑦皓魄:明月。亦指明亮的月光。▶唐 权德舆《奉酬从兄南仲见示十九韵》:“清光杳无际,皓魄流霜空。”

倚玉:南朝 宋 刘义庆《世说新语·容止》:“魏明帝使后弟毛曾与夏侯玄共坐,时人谓‘蒹葭倚玉树’。”此指二人品貌极不相称。后以“倚玉”谓高攀或亲附贤者。▶唐 李白《赠宣城宇文太守兼呈崔侍御》:“登龙有直道,倚玉阻芳筵。”



## 崔恩荣

崔恩荣,字仁伯,号葵南。明庐州巢县(今安徽省巢湖市)人。嘉靖间(1522—1566)例贡,后官至福建盐运副使。

### 书盛孝子寻亲①

苦忆慈帏着泪寻,天涯底事病还侵。欲将菽水酬余景,肯向艰危惜此身。②万里卒迎曾母驾,百年宽得老莱心。挑灯读罢先生传,梦里寒萱空泪淋。

注释:

①《书盛孝子寻亲》诗见 清 陆龙腾《(康熙)巢县志》卷十九,清康熙十二年(1673)刊本。

②菽水:豆与水。指所食唯豆和水,形容生活清苦。语出《礼记·檀弓下》:“子路曰:‘伤哉!贫也!生无以为养,死无以为礼也。’孔子曰:‘啜菽饮水尽其欢,斯之谓孝。’”后常以“菽水”指晚辈对长辈的供养。▶宋 陆游《湖堤暮归》诗:“俗孝家家供菽水,农勤处处筑陂塘。”

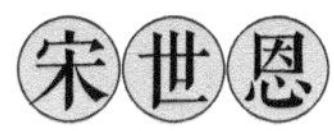


宋世恩(？—1597)，祖籍庐州合肥(今安徽省合肥市)。万历中袭爵为第十一代西宁侯。万历二十年(1592)，管红盔将军，二十五年(1597)卒。好词赋，与屠隆友善。

## 赠少林无言法师二首①

道自西方至，僧从上国来。翻经留二室，演法驻三台。②锡挂嵩云破，杯浮海月回。贝多何处树，到日几花开。③

鹿苑曾传法，龙宫暂说经。莲花披宝藏，贝叶启珠扃。禅定方离日，名高已应星。④犹闻铜铫在，为我讯山灵。⑤

注释：

①《赠少林无言法师二首》诗见 明 傅梅《嵩书》22卷，卷十六韵始篇五，明万历刻本。

②二室：指中岳嵩山的太室、少室二山。▶唐 王维《戏赠张五弟諲》诗之二：“闭门二室下，隐居十年余。”

演法：宣讲教义。▶唐 刘知几《史通·论赞》：“亦犹文士制碑，序终而续以铭曰；释氏演法，义尽而宣以偈言。”

④应星：应验星象。旧时星占谓星象与人的生死荣辱有关。▶五代 李瀚《蒙求》：“戴逵破琴，谢敷应星。”

⑤山灵：山神。▶《文选·班固〈东都赋〉》：“山灵护野，属御方神。”李善 注：“山灵，山神也。”

## 屠隆

屠隆(1544—1605)，字长卿，一字纬真，号赤水、鸿苞居士。清浙江鄞县(今浙江省宁波市鄞州区)人。少时才思敏捷，落笔数千言立就。万历五年(1577)丁丑科进士。除颍上知县，调青浦县。在任时游九峰、三泖而不废吏事。后迁礼部主事。被劾罢归，纵情诗酒，卖文为生。《明史》载其“落笔数千言立就”，王世贞赞其“诗有天造之极，文尤瑰奇横逸。”与京山李维桢、鄞屠隆、南乐魏允中、兰溪胡应麟并称为“明末五子”。著有诗文集《栖真馆集》《由拳集》《采真集》《南游集》《鸿苞集》等，传奇《彩毫记》《昙花记》《修文记》以及《安罗馆清室》《考盘余事》等杂著。

## 送凌合肥[①]

美名年少气徥衡，迢递吴天一骑行。[②]草色秋连卢子国，朝声疚上楚王城。[③]山川日落雄风起，壁垒烟销古戍平。[④]把酒菰蒲江月出，应知慷慨使君情。

注释：

①《送凌合肥》诗见 明 屠隆《由拳集》卷九 七言律诗，明万历刻本。

②年少：指少年。▶《三国志·蜀志·先主传》："好交结豪杰，年少争附之。"

③卢子国：▶唐 杜佑《通典》载："庐州，今理合肥县，古庐子国也。"《通鉴地理通释》云："《郡县志》：庐州，本庐子国，春秋舒国之地。"

④古戍：边疆古老的城堡、营垒。▶唐 陶翰《新安江林》："古戍悬渔网，空林露鸟巢。"

# 黄道年

黄道年(1545—?)，字延卿。明庐州合肥(今安徽省合肥市)人。隆庆元年(1567)丁卯科举人，隆庆五年(1571)辛未科三甲第二百零七名进士，授江西南城知县。丁艰，补调天台知县，旋擢汉州知州。所任之处均有惠政。性耿直公正，历官数十年仅至五马。解职后，怡情山水，萧然高寄，不问家人产业。所得金钱随手散去。与贫苦百姓相交，待以举火者甚众。弟道月、道日，子克嘉，先后中试文、武进士。喜文史、经学，著有《中庸正解》《二十一史驳》《浮槎山房诗稿》行世。

## 登四顶山[①]

振衣高处听鸣榔，烟树苍茫隔水乡。[②]苔蚀断碑丹灶冷，虹悬残壁白云长。[③]濒湖鱼浪翻晴雪，归路樵斤下夕阳。莫道停车留信宿，风流今始寄山房。

注释：

①《登四顶山》诗见清 左辅《(嘉庆)合肥县志》卷三十一，黄山书社 2006 年版，第 529 页。

②振衣：抖衣去尘，整衣。▶《楚辞·渔父》："新沐者必弹冠，新浴者必振衣。"

鸣榔：敲击船舷使作声。用以惊鱼，使入网中，或为歌声之节。▶《文选·潘岳〈西征赋〉》："纤经连白，鸣榔厉响。"

③丹灶：炼丹用的炉灶。▶南朝 梁 江淹《别赋》："守丹灶而不顾，炼金鼎而方坚。"

## 无题[①]

一望烟波半有无，纷纷车骑驻平芜。[②]桃花野水逢人渡，竹叶村醪待月沽。[③]揽胜帆樯依赤碛，祝厘香火壮玄都。[④]喜予拔足风尘久，更向山中领鉴湖。[⑤]

注释：

①《无题》诗见 清 陆龙腾《(康熙)巢县志》卷十九，清康熙十二年(1673)刊本。

②平芜：草木丛生的平旷原野。▶南朝 梁 江淹《去故乡赋》："穷阴匝海，平芜带天。"

③村醪：醪，本指酒酿。村醪即是村酒，引申为浊酒。▶唐 司空图《柏东》："免教世路人相忌，逢著村醪亦不憎。"

④祝厘：祈求福佑，祝福。▶《史记·孝文本纪》："今吾闻祠官祝釐，皆归福朕躬，不为百姓，朕甚愧之。"

⑤拔足：犹出身，来路。▶《隋书·炀帝纪下》："设官分职，罕以才授，班朝治人，乃由勋叙，莫非拔足行阵，出自勇夫，敩学之道，既所不习，政事之方，故亦无取。"

杨起元(1547—1599)，字贞复，号复所。明广东归善(今属广东省惠州市)人。万历五年(1577)丁丑科进士。从罗汝芳学王阳明理学。张居正当政，恶讲学。适汝芳被劾罢，起元宗王学如常。官至吏部左侍郎。熹宗天启初追谥"文懿"。有《证学篇》《证道书义》《杨子学解》《论学存笥稿》《杨子格言》《杨子政序》《天泉会语》《平氛外史》《白沙语录》《仁孝训》《识仁编》《杨文懿集》等。

## 寄谢刘令[①]

合肥赤子合君肥，争怪犹淹柳士师。[②]我忝近臣能荐否，空惭十载与君知。[③]

注释：

①《寄谢刘令》诗见 明 杨起元《杨复所先生家藏文集》卷八诗，明崇祯杨见晙等刻本。

②原句后有作者自注："刘以癸未进士，刑部主政，降州判升合肥"。

柳士师：春秋人柳下惠的别称。▶唐 刘禹锡《再授连州至衡阳酬柳柳州赠别》："重临事异黄丞相，三黜名惭柳士师。"

③近臣：指君主左右亲近之臣。▶《墨子·亲士》："臣下重其爵位而不言，近臣则喑，远臣则唫。"

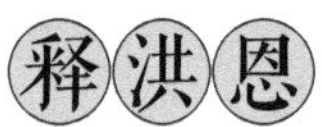

# 释洪恩

释洪恩(1548—1608),俗姓黄,字三怀,一字雪浪。明应天府上元(今属江苏省南京市)人,年十二出家,居长干寺。"博通经史,攻习翰墨。""善诗。书法遒媚。通名理,有江左支郎风韵。"有《雪浪集》。

## 赠合肥黄孝廉旨玄①

君才郎庙器，何自爱江湖。石镜形谁匿，渊珠岸不枯。②绝尘千里骥，逸翮九苞雏。③一对谈明理，心疑在玉壶。

注释:

①《赠合肥黄孝廉旨玄》诗见 明 释洪恩《雪浪集》卷一,明万历释通泽刻本。

②石镜:如镜的山石。▶晋 王嘉《拾遗记·周灵王》:"时异方贡玉人、石镜,此石色白如月,照面如雪,谓之'月镜'。"

③逸翮:指疾飞的鸟。▶晋 郭璞《游仙诗》之四:"逸翮思拂霄,迅足羡远游。"

九苞:凤的九种特征。后为凤的代称。▶《初学记》卷三十引《论语摘衰圣》:"凤有六像九苞……九苞者:一曰口包命;二曰心合度;三曰耳听达;四曰舌诎伸;五曰彩色光;六曰冠矩州;七曰距锐钩;八曰音激扬;九曰腹文户。"▶唐 李峤《凤》诗:"九苞应灵瑞,五色成文章。"



## 十月十五冶父山日中有怀方丈庵①

东岭初升皓月，西林渐敛残霞。散步归寻边笋，乘凉摘到新茶。②

注释:

①《十月十五冶父山日中有怀方丈庵》诗见 清 钱谦益辑《列朝诗集》闰集卷三,清顺治九年(1652)毛氏汲古阁刻本。

②边笋:鞭笋。▶宋 吴自牧《梦粱录·竹之品》:"又有紫笋、边笋、秋笋、冬笋、天目笋等。"

## 冶父山居七首①

乱石砌成茅屋，编柴夹就疏篱。绳枢筚门昼掩，任教雾锁风吹。②

两石即为环堵，栋梁四五松柴。尽可容身炊爨，何须分外安排。

风雨杳无人至，开门静里生涯。诗字蒲团经卷，烧香汲水烹茶。

新苫尖头茅草，飒然骤雨斜风。夜半衣单漏湿，接来瓶钵西东。

饭罢梯云步石，跏趺草坐谈经。即非微尘世界，虚空木叶齐听。③

定起一声清磬，经行几转云堂。课毕篝灯松火，摘来柏叶生香。

食至三声鼓响，茶来半点经圆。四众和云散去，只留明月阶前。

注释：

①《冶父山居七首》诗见 清 钱谦益辑《列朝诗集》闰集卷三，清顺治九年(1652)毛氏汲古阁刻本。

②绳枢：以绳系户枢。形容贫家房舍之陋。枢为门户的转轴。▶汉 贾谊《新书·过秦上》："然而陈涉瓮牖绳枢之子，氓隶之人，而迁徙之徒也。"

筚门：荆条竹木编的门。又称柴门。常用以喻指贫户居室。▶《礼记·儒行》："儒有一亩之宫，环堵之室，筚门圭窬，蓬户瓮牖。"

③木叶：树叶。▶《楚辞·九歌·湘夫人》："袅袅兮秋风，洞庭波兮木叶下。"

## 汤显祖

汤显祖(1550—1616)，初字义少，改字义仍，号海若、若士、清远道人、茧翁。明抚州府临川(今江西省抚州市)人。早有文名，不应首辅张居正延揽，而四次落第。万历十一年(1583)癸未科进士，官南京太常博士，迁礼部主事。以疏劾大学士申时行，谪徐闻典史。后迁遂昌知县，不附权贵，被削职。归居玉茗堂，专心戏曲，卓然为大家。与早期东林党领袖顾宪成、高攀龙、邹元标及著名文人袁宏道、沈茂学、屠隆、徐渭、梅鼎祚等相友善。

有《紫钗记》(《紫箫记》改本)、《还魂记》(《牡丹亭》)、《邯郸记》、《南柯记》，合称《玉茗堂四梦》或《临川四梦》。另有诗文集《红泉逸草》《问棘邮草》《玉茗堂集》。

## 三生落魄歌送黄荆卿[1]

世上众生多沃若，我处三生常落魄。[2]孙生美色无妇人，与伯同寒翳空郭。江东王生遥寄居，土床并食时有蛆。无油白日自篡组，小妇能绣身能书。淮南黄生时折简，半尺青丝寄钱眼。[3]君不见杖头才可百余钱，未问中人十金产。

注释：

①《三生落魄歌送黄荆卿》诗见 明 汤显祖《玉茗堂全集》诗集卷五，明天启刻本。

②沃若：润泽貌。▶《诗·卫风·氓》："桑之未落，其叶沃若。"

③折简：亦作"折柬"。折半之简，言其礼轻。古人以竹简作书。指书札或信笺。▶元 萨都剌《经姑苏同游虎丘山次东坡旧题韵》："九京倘可作，当为折简请。"

## 黄卿归庐江[1]

荆卿何归归斗城，紫蓬星高黄道明。[2]黄家俊叟有五子，中有一子字荆卿。心爱荆卿即为字，王生孙生次第至。尽日横游轻薄篇，追风直上英雄记。风心杨柳正堪攀，却送春江少妇还。香气氛氲筝笛浦，离声婉恋凤凰山。[3]氛氲婉恋无穷已，交态闺情良有以。[4]春来君去即应愁，春去君来殊未拟。来来去去出风流，轻衫细帽紫华骝。[5]花灯不信吹横笛，寒食能来闯彩球。



注释：

①《黄卿归庐江》诗见 明 汤显祖《玉茗堂全集》诗集卷四，明天启刻本。

②荆卿：指合肥人黄道日，字荆卿。据《嘉庆·合肥县志·人物传》载："黄道日，以诸生入国子监读书，亦有名于时。"

斗城：此处为金斗城之省。合肥分野在斗，故名金斗城。

黄道：此处借指太阳。▶明 徐渭《次夕降拷雪》："岂无黄道辜葵藿，翻以丹心许蒺藜。"

③氛氲：云雾朦胧貌。▶南朝 宋 鲍照《冬日》："烟霾有氛氲，精光无明异。"

离声：别离的声音。▶南朝 宋 鲍照《代东门行》："伤禽恶弦惊，倦客恶离声。离声断客情，宾御皆涕零。"

④婉娈：亦作"婉恋"。依恋貌。 晋 陆机《汉高祖功臣颂》："卢绾自微，婉娈我皇。"

⑤华骝：即骅骝。骏马名，周穆王八骏之一。▶《穆天子传》卷一："天子之骏：赤骥、盗骊、白义、踰轮、山子、渠黄、华骝、绿耳。"

## 寄马长平理庐州①

登高送目海云东，鸣雁秋生碣石宫。②小吏庐江看执法，诸侯泗上待趋风。③乡心欲赋梁园尽，别骑才嘶汉苑空。④不惜放歌今夜好，与君千里月明中。⑤

注释：

①《寄马长平理庐州》诗见 明 汤显祖《玉茗堂全集》诗集卷七，明天启刻本。

②碣石宫：战国 时燕昭王为齐人邹衍所建的宫室。因地近碣石，故名。

③趋风：亦作“趍风”。疾行至下风，以示恭敬。引申指瞻仰风采。▶宋 曾巩《越州贺提刑夏倚状》：“巩于此备官，云初托庇，喜趋风之甚迩，谅考履之惟和。”

④乡心：思念家乡的心情。▶唐 刘长卿《新年作》：“乡心新岁切，天畔独潸然。”

⑤放歌：放声歌唱。▶唐 杜甫《闻官军收河南河北》：“白日放歌须纵酒，青春作伴好还乡。”

## 过曾赠公旧宅时参知君如春在秦①

天语春过紫凤飞，庐江太守倍瞻依。②因通笔墨称才子，自展杯盘借落晖。独拜那嫌交态浅，同游初觉宦情稀。③沾衣一夕高堂泪，公子秦川客未归。



注释：

①《过曾赠公旧宅时参知君如春在秦》诗见 明 汤显祖《玉茗堂全集》诗集卷八，明天启刻本。

②天语：上天之告语。▶唐 李白《明堂赋》：“听天语之察察，拟帝居之将将。”

瞻依：敬仰依恋。▶宋 苏轼《天章阁权奉安神宗皇帝御容祝文》：“将往宅于灵宫，永怀攀慕；愿少安于祕殿，无尽瞻依。”

③交态：犹言世态人情。▶《史记·汲郑列传》：“一死一生，乃知交情。一贫一富，乃知交态。”

宦情：做官的志趣、意愿。▶《晋书·刘元海载记》：“吾本无宦情，惟足下明之。恐死洛阳，永与子别。”

## 荆卿所待客不至①

所待要为谁，造次入重关。②壮士有寒声，心知不复还。

注释：

①《荆卿所待客不至》诗见 明 汤显祖《玉茗堂全集》诗集卷十三，明天启刻本。

②造次:仓促;匆忙。▶《论语·里仁》:"君子无终食之间违仁,造次必于是,颠沛必于是。"

## 口号寄马长平初见长平于魏老卜肆感怀[①]

不曾为吏向庐江,一笑相逢侠不降。今日长沙思季主,长安空老魏无双。[②]

注释:

①《口号寄马长平初见长平于魏老卜肆感怀》诗见 明 汤显祖《玉茗堂全集》诗集卷十,明天启刻本。

②季主:汉代卜筮者司马季主。后用以指代卜筮者。▶《史记·日者列传》:"司马季主者,楚人也。卜于长安东市。"

## 得黄荆卿诗来为寿[①]

我心长有一荆卿,宝气荧荧金斗城。[②]更近淮南有仙药,只将诗草贺长生。[③]

注释:



①《得黄荆卿诗来为寿》诗见 明 汤显祖《玉茗堂全集》诗集卷十五七言绝句,明天启刻本。

②宝气:珍物、财宝等所显现的光气。喻才气。▶清 唐孙华《喜吕无党及第》:"宝气昔年曾闇识,好音入耳亦欣然。"

③诗草:诗的草稿;诗作。▶五代 齐己《乱中闻郑谷吴延保下世》:"兵火焚诗草,江流涨墓田。"

长生:永久存在或生存;寿命很长。▶《老子》:"天地所以能长且久者,以其不自生,故能长生。"



# 孙继皋

孙继皋(1550—1610),字以德,号柏潭。明南直隶无锡(今江苏省无锡市)人。万历二年(1574)甲戌科状元。任翰林院修撰。历任经筵讲官、少詹事兼侍读学士、礼部转吏部侍郎等职,后罢归,晚年讲学于东林书院。卒,赠礼部尚书。有《孙宗伯集》十卷。

## 赠马邑侯禹山①

出宰郎官贵，应同列宿看。②无为民自治，有守境俱安。文思今班马，声名古赵韩。③将修循吏传，为尔一挥翰。④

注释：

①《赠马邑侯禹山》诗见 清 陆龙腾《(康熙)巢县志》卷十九，清康熙十二年(1673)刊本。

马邑侯：指马如麟。马如麟，字昭父，号禹山，浙江嘉兴府秀水县(今浙江嘉兴县北)乡魁，明神宗万历十七年(1589)任巢县知县。

②出宰：由京官外出任县官。▶《后汉书·明帝纪》："郎官上应列宿，出宰百里，有非其人，则民受其殃。"

③文思：犹文才。▶晋 袁宏《后汉纪·顺帝纪上》："衡精微有文思善于天文阴阳之数。"

④挥翰：犹挥毫。▶《晋书·虞溥传》："若乃含章舒藻，挥翰流离，称述事务，探赜究奇……亦惟才所居，固无常人也。"

# 梅鼎祚

梅鼎祚(1553—1619)，字禹金。明宁国宣城(今安徽省宣城市)人。梅守德子。诸生。诗文博雅。以不得志于科场，弃举子业。申时行欲荐于朝，辞不赴，归隐书带园，构天逸阁，藏书著述于其中。诗宗法李、何。精音律，有传奇《玉合记》《长命缕》、杂剧《昆仑奴》，好用典故骈语。另纂《才鬼记》《青泥莲花记》，又有《梅禹金集》《鹿裘石室集》等。

## 合肥黄秘书道月①

从吕使君受德卿书，词致斐亹，若已载晤。其时以使事停里门，辄尔即世。②

进前日不御，闻声乃遥思。当其意所会，千载不复疑。黄君生淮北，我在芦之碕。③蜚沉既异迹，况亦隔山陂。④寄我一书札，旨笃陈丽词。衿鞶未及饬，自顾诚鄙姿。⑤殄瘁有余慨，岁月忽若遗。⑥永世不必年，好爵焉久縻。⑦因风属宵梦，一接琼树枝。⑧

注释：

①《合肥黄秘书道月》诗见 明 梅鼎祚《鹿裘石室集》，明天启三年(1623)玄白堂刻本。

②词致：言论、文辞的意趣和情调。 ▶《隋书·苏夔传》：“少聪敏，有口辩……十四诣学，与诸儒论议，词致可观，见者莫不称善。”

斐亹：亦作“斐斖”。文采绚丽貌。 ▶《文选·孙绰〈游天台山赋〉》：“彤云斐亹以翼棂，皦日炯晃于绮疏。”李善 注：“斐亹，文貌。”

即世：去世。 ▶《左传·成公十三年》：“无禄，献公即世。”

③芦之碕：典出《吴越春秋》：“伍子胥逃楚。与楚太子建奔郑。晋顷公欲因太子谋郑。郑知之。杀太子建。伍员奔吴。追者在后。至江。江中有渔父。子胥呼之。渔父欲渡。因歌曰‘日月昭昭乎浸已驰。与子期乎芦之漪。’子胥止芦之漪。渔父又歌曰‘日已夕兮，予心忧悲；月已驰兮，何不渡为？事寖急兮，当奈何？’子胥入船。渔父知其意也，乃渡之千浔之津……”碕，折的堤岸。芦之碕，即长着芦苇的堤岸。

④蜚沉：飞沉。 ▶明 陆粲《赠别王直夫》：“丈夫志千载，飞沉何足叹。”

⑤衿鞶：古代男女系于衣带上用于佩饰的小囊。 ▶《仪礼·士昏礼》：“庶母及门内施鞶，申之以父母之命，命之曰：敬恭听宗尔父母之言，夙夜无愆，视之衿鞶。”郑玄 注：“鞶，鞶囊也。男鞶革，女鞶丝，所以盛帨巾之属，为谨敬。”后以“衿鞶”用作敬奉公婆的典实。

⑥殄瘁：亦作“殄悴”。凋谢；枯萎。 ▶晋 葛洪《抱朴子·自叙》：“以朝菌之耀秀，不移晷而殄瘁；类春华之暂荣，未改旬而凋坠。”



忽若：恍若，好像。 ▶战国 楚 宋玉《登徒子好色赋》：“于是处子恍若有望而不来，忽若有来而不见。”

⑦永世：世代，永远。 ▶《书·微子之命》：“作宾于王家，与国咸休，永世无穷。”

好爵：高官厚禄。 ▶晋 陶潜《辛丑岁七月赴假还江陵夜行涂口》：“投冠旋旧墟，不为好爵萦。”

⑧一接：一经接触。 ▶《新唐书·吕才传》：“太宗诏侍臣举善音者，中书令温彦博白才天悟绝人，闻见一接，辄究其妙。”

琼树：传说中的仙树。喻品格高洁的人。语本《晋书·王戎传》：“王衍神姿高彻，如瑶林琼树。”

## 黄道月

黄道月(1552—1590)，字德卿。明庐州合肥(今安徽省合肥市)人。黄道年之弟。万历七年(1579)己卯科举人，万历十四年(1586)丙戌科三甲第二名进士，官至中书舍人。“美姿态，工文词，喜读相如书，与百家之言。五七言长句，绝似李青莲。少好击剑，江淮之侠无不从游。且不惜百金，购名马，挽强弓。”年三十九，卒。所著《黄德卿诗集》，散佚，今多不存。

## 登浮槎山[1]

山云纷应接，驻盖聘雄观。[2]树老青铜蚀，泉枯白练干。风吹萝欲立，雾净石长寒。一着登临屐，千峰色自阑。

注释：

①《登浮槎山》诗见 清 左辅《(嘉庆)合肥县志》卷三十一，黄山书社2006年版，第529页。

②驻盖：停车。▶唐 白居易《新昌新居书事四十韵因寄元郎中张博士》："门闾堪驻盖，堂室可铺筵。

## 游鲍明远读书处[1]

崩台开旷面，残叶集孤清。[2]何事横洲上，而留鲍照名？淡烟依宿莽，疏雨发长荆。[3]槲叶吟风夜，还疑读书声。

注释：

①《游鲍明远读书处》诗见 清 左辅《(嘉庆)合肥县志》卷三十一，黄山书社2006年版，第529页。

鲍明远：鲍照(约414—466)，南朝宋文学家，字明远。《江南通志》："在城东北七十里，梁县乡，四围皆水。"《方舆览胜》："鲍照尝读书于此"，有俊逸亭，清代已不存。

②孤清：孤高而清净。▶唐 张九龄《感遇》诗之二："幽林归独卧，滞虑洗孤清。"

③宿莽：1.经冬不死的草。▶《楚辞·离骚》："朝搴阰之木兰兮，夕揽洲之宿莽。"2.特指墓前野草。▶明 郑若庸《玉玦记·观潮》："不见射弩英雄，玉匣又陈宿莽。"3.借指死亡。▶明 屠隆《彩毫记·仙翁指教》："今朝握手江湖上，劝蚤晚抛尘网，朱颜暗里销，白发愁中长，你看今古英雄俱宿莽。"4.卷施草。▶《尔雅·释草》："卷施草拔心不死。"晋 郭璞 注："宿莽也。"

## 王乔洞题壁[1]

四壁苍苔色，天风欲振衣。[2]白云栖洞冷，青鸟傍崖飞。煮石朝霞散，烧丹夜月微。[3]吾来将酒讯，莫使鹤音违。[4]

注释：

①《王乔洞题壁》诗见 清 陆龙腾《(康熙)巢县志》卷十九，清康熙十二年(1673)刊本。

②振衣：抖衣去尘，整衣。▶《楚辞·渔父》："新沐者必弹冠，新浴者必振衣。"

③烧丹：炼丹，指道教徒用朱砂炼药。▶南朝 陈 徐陵《答周处士书》："比夫煮石纷纭，终年不烂；烧丹辛苦，至老方成。"

④鹤音：鹤的鸣叫声。比喻修道者、隐逸者的声音。▶唐 孟郊《投赠张端公》："鸾步独无侣，鹤音仍寡俦。"

## 黄道日

黄道日，字荆卿。明庐州合肥(今安徽省合肥市)人。黄道年、黄道月之弟。举于乡，以诸生入国子监读书，为一时名流推赏。嘉靖四十四年(1565)乙丑科武进士，任江西湖东守备。工翰墨行草，俱为世所珍，时多赝笔，真迹端凝雅重，识者能辨之。精意独注于书，草法出入二王行书。笔法学黄山谷，得其神髓，片纸尺幅皆神品。

### 镇淮楼晚眺[①]

台临河势曲，楼敞夕阳偏。[②]骋望推空阔，伤心屡变迁。[③]雨消青野岸，风断绿杨烟。为惜湖山回，长歌思悄然。[④]



注释：

①《镇淮楼晚眺》诗见 清 左辅纂修《(嘉庆)合肥县志》卷三十一，黄山书社2006年版，第529页。

②河势：河水的流势，包括流量和流向。▶《宋史·河渠志二》："河势未可全夺，故为二股之策。"

③骋望：放眼远望。▶《楚辞·九歌·湘夫人》："登白苹兮骋望，与佳期兮夕张。"

④悄然：忧伤貌。▶隋 王通《中说·魏相》："子悄然作色曰：'神之听之，介尔景福。'"

### 游蜀山[①]

春色坐来晚，山闲尽日青。[②]无风云黛合，欲雨草烟腥。泉涌留僧异，龙枯结冢灵。[③]湖天遥在目，旷望若为醒。[④]

注释：

①《游蜀山》诗见 清 左辅纂修《(嘉庆)合肥县志》卷三十一，黄山书社2006年版，第529—530页。

②坐来：犹适才；正当。▶唐 李白《单父东楼秋夜送族弟沈之秦》："坐来黄叶落四五，

北斗已挂西城楼。"

③"泉涌留僧异"句典出《(嘉庆)合肥县志》:"大蜀山东,有泉,唐慧满法师以锡杖卓地得之。"

"龙枯结冢灵。"句典出《(嘉庆)合肥县志》:"慧满禅师贞观年间,结庵于大蜀山,常诵法华经。忽有白衣(者)造(登)门曰:'我,东海龙王少子也,闻梵音故来听。'时适逢苦旱,禅师令其降雨,龙王答应:'盗布(无令降雨)当殛(杀死)。'禅师曰:'汝舍身以救民,我诵经以度汝。'言毕不见。须臾,雨泽滂沱,越三日,有龙死于山隅。禅师收葬之,民为之立祠。"

④旷望:极目眺望,远望。▶《文选·谢朓〈郡内高斋闲坐答吕法曹〉诗》:"结构何迢遰,旷望极高深。"

## 无题[①]

灵宫东瞰俯长流，水泊湖天势欲浮。[②]且向三山瞻丽阙，直从九点辨齐州。[③]春留珠树玄栖鹤，岩落丹山白近鸥。[④]为问风尘几劳碌，却疑何处觅千秋。

注释:

①《无题》诗见 清 李恩绶编《巢湖志》卷二诗,黄山书社2007年版,第535页。原诗本无标题,为编者添加。

②灵宫:用以供奉神灵的宫阙楼观。此处指巢湖中庙。

③三山:传说中的海上三神山。此处指巢湖中的姥山、孤山、鞋山。

齐州:犹中州。古时指中国。▶《尔雅·释地》:"岠齐州以南,戴日为丹穴。"

④珠树:神话、传说中的仙树。为树的美称。▶唐 李白《送贺监归四明应制诗》:"借问欲栖珠树鹤,何年却向帝城飞。"

# 刘垓

刘垓,字达可。明潜江(今湖北省潜江县)人。隆庆(1567—1572)年间进士,万历间因忤张居正,谪为六安州同知,在任主修《(万历)重修六安州志》。后任云南学政。

## 王乔洞同陈明府饮张侍御拈韵得骢字[①]

波光曾挹大江东，千载风尘此再逢。枳棘忽惊新借凤，江山犹识旧乘骢。[②]庭中结袜存知己，座上弹冠笑转蓬。[③]更欲凭仙借凫舄，挟飞遥向圣明宫。

注释:

①《王乔洞同陈明府饮张侍御拈韵得骢字》诗见 清 陆龙腾《(康熙)巢县志》卷十九,清

康熙十二年(1673)刊本。

②乘骢:指侍御史。典出《后汉书·桓典传》:"典辟司徒袁隗府,举高第,拜侍御史。是时宦官秉权,典执政无所回避。常乘骢马,京师畏惮,为之语曰:'行行且止,避骢马御史。'"

③结袜:又作"结韈"。为士大夫屈身敬事长者,或士人蔑视权贵之典。典出《史记·张释之冯唐列传》:"王生者,善为黄老言,处士也。尝召居廷中,三公九卿尽会立,王生老人,曰'吾韈解',顾谓张廷尉:'为我结韈!'释之跪而结之。既已,人或谓王 曰:'独柰何廷辱张廷尉,使跪结韈?'王生曰'吾老且贱,自度终无益于张廷尉。张廷尉方今天下名臣,吾故聊辱廷尉,使跪结韈,欲以重之。'诸公闻之,贤王生 而重张廷尉。"

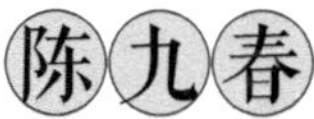

## 陈九春

陈九春,号古松,明公安人(今湖北省荆州市公安县)。隆庆四年(1570)官巢县训导,后升知县。

### 焦湖秋月[①]

356

见说秋来月不同,清光况落碧湖中。[②]乾坤一掬心如水,今古几回鬓似蓬。引鹤桥浮银色界,钓鱼船入水晶宫。凭谁揽作光明烛,遍照间阎杼轴空。[③]

注释:

①《焦湖秋月》诗见清 陆龙腾《(康熙)巢县志》卷十九艺文志下,清康熙十二年(1673)刊本。焦湖秋月为"古巢十景"之一。

②清光:清亮的光辉。多指月光、灯光之类。▶南朝 齐 谢朓《侍宴华光殿曲水》:"欢饫终日,清光欲暮。"

③杼轴:织布机上的两个部件,即用来持纬(横线)的梭子和用来承经(直线)的筘。亦代指织机。▶《诗·小雅·大东》:"小东大东,杼柚其空。"



### 亚父遗井[①]

鸿门宴罢沛公走,奇计犹令后世传。[②]七十老翁徒自苦,八千子弟竟谁怜。残骸枉掷彭城道,遗恨应深石井泉。[③]万事由来皆晓梦,漫看鸥鸟下平川。[④]

注释:

①《亚父遗井》诗见 清 邹理《(雍正)巢县志》卷十六,清雍正八年(1730)刻本。

②自苦：自己受苦；自寻苦恼。▶《书·盘庚中》："尔惟自鞠自苦。"

③"残骸枉掷彭城道"句：指陈平用计离间楚国君臣关系，范增受到项羽猜忌，辞官归里，未到彭城，背上生毒疮发作而死。

④晓梦：拂晓时的梦。多短而迷离，故常以喻人生短促，世事纷杂。▶唐 李商隐《咏史》："三百年间同晓梦，钟山何处有龙盘？"

## 南津官渡[1]

平生端愧济川谋，每过南津一怅惆。[2]浪迹果从何日驻，虚名真共此桥浮。横江雨带云来渡，隔岸山摇天亦流。最忆野舟人不问，几年空老白苹秋。[3]

注释：

①《南津官渡》诗见 清 邹瑆《（雍正）巢县志》卷十六，清雍正八年（1730）刻本。

②济川：犹渡河。后多以"济川"比喻辅佐帝王。▶语出《书·说命上》："爰立作相，王置诸其左右。命之曰：'朝夕纳诲，以辅台德。若金，用汝作砺；若济巨川，用汝作舟楫。'"

③白苹：亦作"白萍"。水中浮草。▶南朝 宋 鲍照《送别王宣城》："既逢青春献，复值白苹生。"

## 大秀晴云[1]

山横大秀暖云浮，几拍层栏豁壮眸。[2]淮海影飏千仞碧，江湖闲伴几群鸥。已闻纪载官师号，更可裁缝天子裘。[3]愿作甘霖满天下，长为紫翠护神州。

注释：

①《大秀晴云》诗见清 陆龙腾《（康熙）巢县志》卷十九艺文志下，清康熙十二年（1673）刊本。大秀晴云为"古巢十景"之一。

②暖云：指春天的云气。▶唐 罗隐《寄渭北徐从事》："暖云慵堕柳垂枝，骢马徐郎过渭桥。"

③纪载：纪，通"记"。用文字记录。▶汉 王充《论衡·鬚颂》："古之帝王建鸿德者，须鸿笔之臣，褒颂纪载。"

## 回车古巷[1]

世远唐虞志未行，匆匆车辙遍山城。[2]有人尚识东西义，绝胜横遭陈蔡兵。[3]旧巷长风吹古道，孤台明月照纡情。我来更愧斯文讬，亦欲脂车返故衡。[4]

注释：

①《回车古巷》诗见清 陆龙腾《(康熙)巢县志》卷十九艺文志下，清康熙十二年(1673)刊本。回车古巷为"古巢十景"之一。

②唐虞：唐尧、虞舜的并称。亦指尧与舜的时代，古人以为太平盛世。▶《论语·泰伯》："唐虞之际，于斯为盛。"

③绝胜：此处指远远超过。▶唐 韩愈《早春呈水部张十八员外》诗之一："最是一年春好处，绝胜烟柳满皇都。"

④脂车：油涂车轴，以利运转。借指驾车出行。▶晋 夏侯湛《抵疑》："仆固脂车以须放，秣马以待却。"

## 洗耳芳池[①]

利涉锥刀世亦奔，不知天子是何尊。[②]古人见道每如此，一片淳心谁与论。[③]花月临池描犊影，虬枝盘石印瓢痕。可能洗净乾坤垢，处处皆为尧舜村。

注释：

①《洗耳芳池》诗见清 陆龙腾《(康熙)巢县志》卷十九艺文志下，清康熙十二年(1673)刊本。洗耳芳池为"古巢十景"之一。



②利涉锥刀：利涉，即利益涉及。锥刀，小刀。特指微利。即指追逐小利，微利。▶南朝 宋 鲍照《代边居行》："悠悠世中人，争此锥刀忙。"

③见道：洞彻真理；明白道理。▶《汉书·翼奉传》："圣人见道，然后知王治之象，故画州土，建君臣，立律历，陈成败，以视贤者，名之曰经。"

## 王乔仙洞[①]

曾为叶县郎官宰，却作金庭洞府仙。飞舄何时参一会，去家千岁应来还。[②]花含宿雾开金井，草带朱烟长石田。[③]纵是紫书留宝诀，也应无计谢尘缘。[④]

注释：

①《王乔仙洞》诗见清 陆龙腾《(康熙)巢县志》卷十九艺文志下，清康熙十二年(1673)刊本。王乔仙洞为"古巢十景"之一。

②飞舄：意为可乘以飞行的仙鞋。▶明 何景明《七述》："于是弥驾层颠，飞舄绝峤。"

③金井：井栏上有雕饰的井。一般用以指宫廷、园林里的井。▶南朝 梁 费昶《行路难》诗之一："唯闻哑哑城上乌，玉栏金井牵辘轳。"

石田：贫瘠的田地。▶宋 秦观《次韵子由题蜀井》："蜀冈精气滀多年，故有清泉发石田。"

④紫书：道经。▶《汉武帝内传》："地真素诀，长生紫书。"

宝诀：道教修炼的秘诀。▶唐 李白《金陵与诸贤送权十一序》："吾希风广成，荡漾浮世，素受宝诀，为三十六帝之外臣。"

## 半汤温泉[①]

鲁境骊山泉共闻，此泉寒暖却平分。一源另会深崖雪，半亩谁将野火焚。热海也知煎汉月，冰天曾说冻胡云。人心不可险如此，愿抱中和献圣君。[②]

注释：

①《半汤温泉》诗见清 陆龙腾《(康熙)巢县志》卷十九艺文志下，清康熙十二年(1673)刊本。半汤温泉为"古巢十景"之一。

②中和：中庸之道的主要内涵。儒家认为能"致中和"，则天地万物均能各得其所，达于和谐境界。▶《礼记·中庸》："喜怒哀乐之未发谓之中，发而皆中节谓之和；中也者，天下之大本也，和也者，天下之达道也。致中和，天地位焉，万物育焉。

## 题盛孝子风木遐思卷[①]

慈颜未遇不开襟，抱病依依更往寻。月傍旅魂千里梦，霜零清泪百年心。[②]白头故国归方稳，宿草孤坟恨转深。[③]惟有丹青知此意，至今风木有余音。

巢有孝子盛宗者，字友闻。母李氏，生甫三岁，会永乐十一年（1413）兵变，失母所在，就养于族人。比长，念母愈苦，或告之故，即裹粮徒步，北寻至雄县。疾作，不果前。遇巢之判簿熊者，携以归。疾愈复往，历永平、迁安、保定，至束鹿，乃得母于魏节家。母子恸痛，请归，盖宣德八年也。夫友闻母子不相见者四十年，见之时，母已寿七十有六年。间关数千里，挈以归，终养者二十余年。殁之日，哀毁无任。庐于墓者三年，有群兽绕室、巢雀连枝之感。友闻之孙有汝贤、汝达者，皆孝友，事详龙古泉、张牛山序传中。今持卷来征予文者，友闻四代孙，名岱，积学笃行人也。游予门，寻以明经荐。其子法相，亦游予门。君子曰："仁人孝子，启之自天者与。至痛在心，母亦寻遇。倘弗获，痛乃终天矣。得终养焉，其戚可慰也。庐墓致感异类，固其宜者。绳以中道，无乃苛责乎。孝以承孝，盛氏之后，其昌裕哉！"艺文已刻张符传，不若此传言简事详，故再附此。

注释：

①《题盛孝子风木遐思卷》诗见 清 邹理《(雍正)巢县志》卷十六，清雍正八年(1730)刻本。

风木：比喻父母亡故，不及奉养。典出《韩诗外传》。▶宋 刘宰《分韵送王去非之官山阴得再字》："桃李春正华，风木养不待。"

②旅魂：旅情。▶唐 杜甫《夜》："露下天高秋水清，空山独夜旅魂惊。"

③宿草：隔年的草。▶《礼记·檀弓上》："朋友之墓，有宿草而不哭焉。"孔颖达 疏："宿草，陈根也，草经一年则根陈也，朋友相为哭一期，草根陈乃不哭也。"后多用为悼亡之辞。

## 冒襄

冒襄（1558—1641），字辟疆，号巢民，一号朴庵，又号朴巢，私谥潜孝先生。明末扬州府如皋县（今江苏省如皋市）人。明副贡生，当授推官，不出。与桐城方以智、宜兴陈贞慧、归德侯朝宗，并称四公子。入清，以友朋文酒为乐，不受博学鸿词荐。所居水绘园，为当时名园。有《巢民诗集》《先世前征录》《朴巢诗文集》《水绘园诗文集》《影梅庵忆语》《寒碧孤吟》《六十年师友诗文同人集》等。

### 寄巢湖张匊一师①



雪堂曾借鷃毛栖，问字欣亲午夜藜。②持世文章传海外，授经夫子震关西。③花看绣陌骝蹄疾，月满平湖雁阵齐。④马帐春风三载里，惭余桃李未成蹊。⑤

每感萧辰忆旧恩，不辞朴散植公门。⑥别时诗共梅花赠，梦里文犹灯火论。寒屋清风留锦字，敝貂秋雨湿啼痕。相思空望巢湖月，安得询奇载酒樽。

注释：

①《寄巢湖张匊一师》诗见 明 冒襄《朴巢诗集》卷五七言律，清初刻本。

②鷃[yǎn]：凤凰的别称。

问字：汉代扬雄多识古文奇字，刘棻曾向扬雄学奇字。后来称从人受学或向人请教为"问字"。▶宋 黄庭坚《谢送碾壑源拣芽》诗："已戒应门老马走，客来问字莫载酒。"

③持世：维持世道。▶宋 曾巩《张久中墓志铭》："士生于今，势不足以持世，而游于其间，当如此也。"

授经：讲授经书。▶唐 韩愈《进士策问》之十二："由汉氏已来，师道日微，然犹时有授经传业者。"

④绣陌：华丽如绣的市街。▶南朝 陈 陈暄《长安道》："长安开绣陌，三条向绮门。"

⑤马帐：《后汉书·马融传》："融才高博洽，为世通儒，教养诸生，常有千数……善鼓琴，好吹笛，达生任性，不拘儒者之节。居宇器服，多存侈饰。常坐高堂，施绛纱帐，前授生徒，

后列女乐,弟子以次相传,鲜有入其室者。”后因以“马帐”指通儒的书斋或儒者传业授徒之所。▶元 丁复《送客》:“马帐朋方集,麟经讲未残。”

⑥萧辰:秋季。▶唐 岑参《暮秋山行》:“千念集暮节,万籁悲萧辰。”

朴散:原意为纯真之道分离变异。后亦谓淳朴之风消散。语本《老子》:“朴散为器。”▶唐 李白《酬王补阙惠翼庄庙宋丞泚赠别》:“朴散不尚古,时讹皆失真。”

张萱(1558—1641),字孟奇,号九岳山人、青真居士,别号西园。明广东博罗(今属广东省惠州市)人。万历十年(1582)壬午科举人,授殿阁中书,历官户部郎中,官至平越知府。万历末,迁内阁敕房办事、中书舍人。后罢归回乡,居家二十五年卒,年八十四。见闻博洽,著作丰富,据其晚年所撰《疑耀新序》云,除《汇雅》《疑耀》外,还有“《西园汇经》一百二十卷、《西园汇史》二百卷、《西园史馀》二百卷、《西园类林》五百卷、《西园闻见录》一百二十卷、《西园古文》六卷、《西园古韵》十卷”,凡千余卷,未刻者二十余种。

## 赠窦长卿归淮南[1]

悠悠非远道,冉冉秋已晏。素霜夕转穷,檐虚众星烂。[2]欢爱既暌违,山川复悠缅。[3]揽涕岐路傍,中情不可选。[4]

窦生青云姿,少小即横骛。[5]四顾寡所谐,冥适托玄素。[6]秋风满淮南,归咏丛桂赋。愿言爱景辉,慰我长思慕。[7]

夕寒风自起,朗月一何速。[8]鉴此将归人,对此篱下菊。采菊汎新觞,停车尽馀漉。亦知别心苦,不惜杯反覆。

人生如枯蓬,聚散何足惜。[9]所悲同心人,暄凉异川域。[10]分手即前路,相思复何益。仰面浮云徂,愧彼双飞翮。[11]

注释:

①《赠窦长卿归淮南》诗见 中山大学中国古文献研究所 编《全粤诗》,第13册卷426,岭南美术出版社2011年版。

窦长卿:即合肥人窦子偁。《嘉庆·合肥县志》引《江南通志》载:“窦子偁,字燕云。万历壬辰(1592)进士。素以风节自持,授大理寺评事。……守泉州考满,提调湖广学政,历官至福建布政使。归,修祠置祭祖,赞守令修学,助置学田。世称淮南先生。祀乡贤。”逍遥津曾为窦子偁产业,名窦家池。窦子偁著有《敬由编》十二卷。

淮南：指淮河以南、长江以北的地区。今特指安徽省的中部。▶宋 张孝祥《水调歌头》词："长忆淮南岸，耕钓混樵渔。"

②词客：擅长文词的人。▶唐 王维《偶然作》诗之六："宿世谬词客，前身应画师。"

③暌违：别离，隔离。▶南朝 梁 何逊《赠诸游旧》："新知虽已乐，旧爱尽暌违。"

悠缅：久远；遥远。▶《晋书·文苑传·庾阐》："呜呼！大庭既邈，玄风悠缅，皇道不以智隆，上德不以仁显。"

④揽涕：挥泪。▶《楚辞·九章·思美人》："思美人兮，揽涕而伫眙。"

中情：内心的思想感情。▶《管子·形势解》："中情信诚则名誉美矣。"

⑤横骛：奔腾；奔放。▶宋 杨万里《诚斋诗话》："洪河溃溢，滔天横骛。屹然中流，观此底柱。"

⑥冥适：冥，即溟，海洋。适，即去、往。冥适，即去往大海。典出《庄子·逍遥游》："抟扶摇羊角而上者九万里，绝云气，负青天，然后图南，且适南冥也。"

⑦愿言：思念殷切貌。▶《诗·卫风·伯兮》："愿言思伯，甘心首疾。"

爱景：爱，通"暧"，此处指和煦的阳光。▶《乐府诗集·燕射歌辞三·群臣酒行歌》："玉墀留爱景，金殿蔼祥烟。"

⑧朗月：明月。▶三国 魏 曹丕《与朝歌令吴质书》："白日既匿，继以朗月。"

⑨枯蓬：枯蓬随风飘荡，因亦以之喻行踪不定。▶宋 陆游《宿仙霞岭下》："吾生真是一枯蓬，行遍人间路未穷。"

⑩暄凉：此处指暖和与寒冷。▶唐 韦应物《端居感怀》："暄凉同寡趣，朗晦俱无理。"

⑪飞翮：此处指飞鸟。▶《文选·曹植〈七启〉》："素水盈沼，丛木成林，飞翮凌高，鳞甲隐深。"张铣 注："飞翮，鸟也。"

## 自护城驿驰张桥时大雨雪舆从多冻人过响马铺市酒脯慰劳之遂止宿焉因歌苹泽之诗获我心矣偶成二律明日乃行则春二月朔也①

首路嗟疲客，严装尚远征。②天寒日易短，雪重雨犹倾。四牡栖孤店，三宵度一程。③由来事行役，不必问阴晴。④

荒村名响马，远客叹亡羊。冻笔裁黄竹，凄风起白杨。⑤投醑怜堕指，推食遍枯肠。⑥久已惭车舞，休辞解橐装。⑦

注释：

①《自护城驿驰张桥时大雨雪舆从多冻人过响马铺市酒脯慰劳之遂止宿焉因歌苹泽之诗获我心矣偶成二律明日乃行则春二月朔也》诗见 中山大学中国古文献研究所 编《全粤诗》，第13册卷428，岭南美术出版社2011年版。

②首路：犹路途。▶唐 杨巨源《怀德抒情寄上信州座主》："幢盖全家去，琴书首路随。"

③一程：约计的道路里程，犹言一段路。▶唐 元稹《别李十一》："万里尚能来远道，一程那忍便分头。"

④行役：旧指因服兵役、劳役或公务而出外跋涉。▶《诗·魏风·陟岵》："嗟！予子行役，夙夜无已。"

⑤冻笔：因寒冷而冻结的毛笔。▶宋 范成大《南塘冬夜倡和》："寒釭欲暗吟方苦，冻笔难驱字更遒。"

⑥堕指：冻掉手指。▶《汉书·高帝纪下》："上从晋阳连战，乘胜逐北，至楼烦，会大寒，卒堕指者什二三。"

⑦橐装：又作"橐中装"，指囊中所装裹之物，指珠宝财物。▶《汉书·陆贾传》："赐贾橐中装，直千金。"

## 护城驿遇雪[①]

蛟冰已折草初芽，六出犹飞万斛花。[②]可是一天霏玉屑，顿令千树放瑶华。曳泥轴冻青油幰，恋栈毛拳白鼻騧。[③]为赋式微频极目，依依杨柳满天涯。[④]

注释：

①《护城驿遇雪》诗见 中山大学中国古文献研究所 编《全粤诗》，第13册卷431，岭南美术出版社2011年版。

②六出：花分瓣叫出，雪花六角，因以为雪的别名。▶《太平御览》卷十二引《韩诗外传》："凡草木花多五出，雪花独六出。雪花曰霙。"

③青油幰：幰，车上的帷幔。青油幰即青油幕，是用青油涂饰的帐幕。▶《南史·萧韶传》："韶接信甚薄，坐青油幕下，引信入宴。"

白鼻騧：一种白鼻黑喙的黄马。▶唐 李白《白鼻騧》："银鞍白鼻騧，绿地障泥锦。"

④式微：《诗·邶风》篇名。《诗序》说，黎侯流亡于卫，随行的臣子劝他归国。后以赋《式微》表示思归之意。▶《诗·邶·式微》："式微式微，胡不归。"

## 初秋合肥窦可扬江宁孙孟阳顾一之夜过寄隐轩留酌得十四寒时巧夕前二日也[①]

日落平林暑正残，况逢词客夜留欢。[②]鹊河喜近双星度，梧井先惊一叶寒。得句相矜敲短烛，问奇莫惜倒深尊。[③]风尘此日怜君辈，满地青山共鹖冠。[④]

注释：

①《初秋合肥窦可扬江宁孙孟阳顾一之夜过寄隐轩留酌得十四寒时巧夕前二日也》诗

见 中山大学中国古文献研究所 编《全粤诗》,第13册卷430,岭南美术出版社2011年版。

窦可扬:指合肥人窦子偁。

巧夕:即七夕。农历七月七日之夜,古代妇女于是夜穿针乞巧,故称。▶宋 刘克庄《即事》诗之三:“粤人重巧夕,灯火到天明。”

②词客:擅长文词的人。▶唐 王维《偶然作》诗之六:“宿世谬词客,前身应画师。”

③相矜:互相夸耀。▶宋 曾巩《道山亭记》:“人以屋室巨丽相矜,虽下贫必丰其居。”

④鹖冠:隐士之冠。▶《文选·刘孝标〈辩命论〉》:“至于鹖冠瓮牖,必以悬天有期。”

## 赠黄荆卿太学[①]

别来踪迹竟何如,暂向青山问索居。[②]半日欲留千里驾,隔年空把数行书。[③]云迷积水冰犹壮,雨暗荒城柳尚疏。[④]共说风尘俱老大,雄心何事未消除。[⑤]

注释:

①《赠黄荆卿太学》诗见 中山大学中国古文献研究所 编《全粤诗》,第13册卷431,岭南美术出版社2011年版。

黄荆卿:指合肥人黄道日。《嘉庆·合肥县志》载:“黄道日,字荆卿,以诸生入国子监读书,亦有名于时。”黄道日,有兄道年、道月,皆有一时之名。



太学:国学。我国古代设于京城的最高学府。西周已有太学之名。汉武帝元朔五年(前124)立五经博士。弟子五十人,为西汉置太学之始。东汉太学大为发展,顺帝时有二百四十房,一千八百五十室。质帝时,太学生达三万人。魏、晋到明、清,或设太学,或设国子学(国子监),或两者同时设立,名称不一,制度亦有变化,但均为传授儒家经典的最高学府。

②索居:孤独地散处一方。▶《礼记·檀弓上》:“吾离群而索居,亦已久矣。”郑玄 注:“群,谓同门朋友也;索,犹散也。”

③半日:白天的一半,半天。▶《史记·扁鹊仓公列传》:“扁鹊曰:‘其死何如时?’曰:‘鸡鸣至今。’曰:‘收乎?’曰:‘未也,其死未能半日也。’”

④积水:指江海、湖泊或池沼。▶南朝 宋孝武帝《登作乐山》:“屯烟扰风穴,积水溺云根;汉潦吐新波,楚山带旧苑。”

雨暗:阴雨时天色昏暗。▶唐 白居易《秋霖中奉裴令公见招早出赴会马上先寄六韵》:“雨暗三秋日,泥深一尺时。”

⑤长涂:长途。▶汉 王延寿《鲁灵光殿赋》:“长涂升降,轩槛曼延。”

## 赠窦淮南参知[①]

淮南桂树梦中思,鸡黍寻盟八载期。[②]垂橐已闻饘粥薄,倚庐长抱蓼莪悲。[③]一门桃李收荆楚,七郡桑麻遍武彝。[④]可奈相逢即相别,王孙芳草正离离。[⑤]

注释：

①《赠窦淮南参知》诗见 中山大学中国古文献研究所 编《全粤诗》，第13册卷431，岭南美术出版社2011年版。

窦淮南参知：即窦子偁。

②寻盟：重温旧盟。▶《左传·哀公十二年》："今吾子曰：必寻盟。若可寻也。亦可寒也。"杜预 注："寻，重也。寒，歇也。"

③垂橐：垂着空袋子。谓空无所有。▶唐 韩愈《答窦秀才书》："钱财不足以贿左右之匮急，文章不足以发足下之事业，稇载而往，垂橐而归，足下亮之而已！"

蓼莪：《诗·小雅》篇名，此诗表达了子女追慕双亲抚养之德的情思。后因以"蓼莪"指对亡亲的悼念。

④桑麻：泛指农作物或农事。 晋 陶潜《归园田居》诗之二："相见无杂言，但道桑麻长。"

⑤可奈：怎奈，可恨。▶南唐 李煜《采桑子》词："可奈情怀，欲睡朦胧入梦来。"

## 居停古庐奉晤陈司理震阳谈亡友李仰城将军往事不胜西州之感而古庐有黄荆卿太学则不佞乔札欢亦李将军所尝物色者也司理慷慨有大度能得士心故以诗介书为荆卿缓颊若曰交浅言深冗曹其曹丘乎则批颊退矣[①]

望入遥天斗插城，萧萧淝水照行旌。[②]寒深驿树鸣丹叶，雪满轮蹄碎玉英。[③]下榻喜逢陈仲举，论兵转忆李西平。[④]始知剑术真能事，不是荆卿浪得名。[⑤]

注释：

①《居停古庐奉晤陈司理震阳谈亡友李仰城将军往事不胜西州之感而古庐有黄荆卿太学则不佞乔札欢亦李将军所尝物色者也司理慷慨有大度能得士心故以诗介书为荆卿缓颊若曰交浅言深冗曹其曹丘乎则批颊退矣》诗见 中山大学中国古文献研究所 编《全粤诗》，第13册卷431，岭南美术出版社2011年版。

居停：谓寄寓。▶清 赵翼《灵岩山馆吊毕秋帆制府》："灵岩山馆好邱樊，吾友居停席未温。"

司理：官名。五代以来，诸州皆有马步狱，以牙校充马步都虞侯，掌刑法。宋太祖以为刑狱人命所系，当选士流任之。开宝六年秋，敕改马步院为司理院，以新进士及选人为之，掌狱讼勘鞫之事，不兼他职。元时废。明时用为对推事的别称。

李仰城：即李如松(1549—1598)。字子茂，号仰城，明辽东铁岭卫(今辽宁铁岭)人。辽东总兵李成梁长子。李如松骁勇善战，曾率军平定宁夏哮拜叛乱以及指挥抗倭援朝战争。万历二十五年(1597)，出任辽东总兵。二十六年(1598)，李如松在与蒙古部落的交战中阵亡，年五十。追赠太子少保、宁远伯，谥“忠烈”，并为其立祠。

缓颊：《史记·魏豹彭越列传》：“汉王谓郦生曰：‘缓颊往说魏豹，能下之，吾以万户封若。’”▶《汉书·高帝纪上》引此文，颜师古 注引 张晏 曰：“缓颊，徐言引譬喻也。”后用以称婉言劝解或代人讲情。

曹丘：汉代有曹丘生，对季 的任侠义勇到处赞扬，季布因之享有盛名。事详《史记·季布栾布列传》。后因以“曹丘”或“曹丘生”作为荐引、称扬者的代称。

②遥天：犹长空。▶三国 魏 阮籍《咏怀》之三二：“遥天耀四海，倏忽潜濛汜。”

③丹叶：红叶。▶南朝 梁 江淹《水上神女赋》：“或采丹叶，或拾翠条。”

轮蹄：车轮与马蹄。代指车马。▶唐 韩愈《南内朝贺归呈同官》：“绿槐十二街，涣散驰轮蹄。”

④下榻：东汉陈蕃（字仲举）为乐安太守。郡人周璆，高洁之士。前后郡守招命莫肯至，唯蕃能致之。特为置一榻，去则悬之。后蕃为豫章太守，在郡不接宾客，唯徐稚来特设一榻，去则悬之。见《后汉书·陈蕃传》及《徐稚传》。后遂谓礼遇宾客为“下榻”。▶南朝 梁 沈约《和谢宣城》诗：“宾至下尘榻，忧来命绿樽。”

论兵：研究军事和兵法。▶《战国策·秦策二》：“甘茂攻宜阳，三鼓之而卒不上。

李西平：李晟（727—793），字良器，唐洮州临潭（今甘肃临潭）人，军事家。因爵封西平郡王，世称李西平。

⑤能事：特长，所能之事。▶《易·系辞上》：“引而伸之，触类而长之，天下之能事毕矣。”

## 娄坚

娄坚（1554—1631），字子柔，一字歇庵。明苏州府嘉定人。经明行修，学者推为大师。隆庆、万历间贡于国学。不仕。工书法，诗清新。晚年学佛，长斋持戒。有《学古绪言》《吴歈小草》。

娄坚与唐时升、程嘉燧、李流芳三人合称“嘉定四先生”，诗集合刻本有《嘉定四先生集》。



### 还自庐州呈孟祥用卿十首（选四）①

朅来入居巢，渐与合肥近。②巢湖百顷波，惊涛不得进。策马山之陂，吊古默自哂。让王彼何人，千载高风振。③七十老衰翁，闇投终见摈。④孔孟亦遑遑，不逢尧与舜。⑤达人无不可，此理祛鄙悋。⑥

苍茫群山开，合沓行相媚。⑦晖晖出山云，飞雨若空翠。⑧亭午忽滂沱，张盖犹濡袂。[9]马蹄涩不前，蹭蹬时欲蹶。[10]我仆行涂泥，先后理鞍辔。[11]前村亦非遥，昏黑犹一置。望见灯火光，稍稍定心悸。茅檐与华堂，投足同所憩。[12]

平生淡荣利，于世实寡营。[13]自顾孱弱躯，不堪功与名。每怀马少游，千载同此情。一来肥子国，辄思濯尘缨。粪壤盈我前，饮水不得清。乃知涉世味，不如返柴荆。[14]仲尼鄙稼圃，伤时未升平。古来贤达士，抱耒亦躬耕。

巢湖亦云险，旷焉豁心胸。于时雪初霁，山高玉众巃。嵷山亦逦迤，拱揖互为容。[15]风帆顷刻过，我目不得穷。但见连樯来，横亘若垣墉。[16]缅怀草昧初，舟师汇元戎。[17]至今赵与俞，庙食崇元功。奈何濡须坞，纷纷斗枭雄。非无爪牙士，所攀非真龙。信知圣人作，万象开晦蒙。[18]

注释：

①《还自庐州呈孟祥用卿十首》诗见 明 娄坚《吴歈小草》卷一，清康熙刻本。原诗共十首，此处选其中四首。

②朅来：助词。▶晋 张协《杂诗》之六："朅来戒不虞，挺辔越飞岑。"

③让王：指让去帝王之位的人。▶北齐 颜之推《颜氏家训·归心》："隐有让王辞相避世山林。"

④闇投：谓美好的事物人们一时难以接受。典出《史记·鲁仲连邹阳列传》："臣闻明月之珠，夜光之璧，以闇投人于道路，人无不按剑相眄者。"▶《文选·郭璞〈游仙诗〉之五》："珪璋虽特达，明月难闇投。"

⑤遑遑：惊恐匆忙，心神不定。▶《列子·杨朱》："遑遑尔竞一时之虚誉，规死后之余荣；偊偊尔慎耳目之观听，惜身意之是非。"

⑥原诗"达人无不可，此理祛鄙悋。"句后有注："过卧牛岭，上有巢许祠。"

鄙悋[bǐ lìn]：同鄙吝，指庸俗，鄙俗。形容心胸狭窄。▶唐 高适《苦雨寄房四昆季》："携手流风在，开襟鄙吝祛。"

⑦合沓：重叠；攒聚。▶汉 贾谊《旱云赋》："遂积聚而合沓兮，相纷薄而慷慨。"

⑧晖晖：形容日光灼热。▶汉 刘桢《大暑赋》："赫赫炎炎，烈烈晖晖，若炽燎之附体，又温泉而沈肌。"

⑨亭午：正午。▶晋 孙绰《游天台山赋》："尔乃羲和亭午，游气高褰。"

⑩蹭蹬：险阻难行。▶北魏 杨衒之《洛阳伽蓝记·正始寺》："若乃绝岭悬坡，蹭蹬蹉跎。泉水纡徐如浪峭，山石高下复危多。"

⑪鞍辔：鞍子和驾驭牲口的嚼子、缰绳。▶唐 韩愈《招扬之罘》："马悲罢还乐，振迅矜鞍辔。"

⑫投足：踏步；举步。▶《吕氏春秋·古乐》："昔葛天氏之乐，三人操牛尾投足以歌八阕。"

⑬寡营：欲望少，不为个人营谋打算。▶唐 韦应物《与韩库部会王祠曹宅作》："守默共无吝，抱冲俱寡营。"

⑭柴荆：指用柴荆做的简陋门户。▶唐 白居易《秋游原上》："清晨起巾栉，徐步出柴荆。"

⑮拱揖：亦作"拱挹"。环绕卫护。▶宋 庄季裕《鸡肋编》卷中："长冈巨阜，纡余盘屈，以相拱揖抱负。"

⑯连樯：桅杆相连，形容船多。▶晋 郭璞《江赋》："舳舻相属，万里连樯。"

垣墉：墙。▶《书·梓材》："若作室家，既勤垣墉，惟其涂塈茨。"

⑰草昧：形容时世混乱黑暗。▶唐 杜甫《重经昭陵》："草昧英雄起，讴歌历数归。"

⑱信知：深知，确知。▶唐 杜甫《兵车行》："信知生男恶，反是生女好。"

晦蒙：昏暗。喻世道昏乱。▶唐 崔膺《金镜赋》："宇宙晦蒙，我独皎洁。"

## 郭正域

郭正域（1554—1612），字美命，明湖广江夏（今湖北省武汉市江夏区）人。万历十一年（1583）癸未科进士，授编修，历礼部侍郎。博通经籍，勇于任事，有经济大略，人望归之，与沈鲤、吕坤同被誉为当世天下"三大贤"。数忤首辅沈一贯，被罢官还籍。家居十年卒。后四年，赠礼部尚书。光宗遗诏，加恩旧学，赠太子少保，谥"文毅"。有《批点考工记》《明典礼志》《韩文杜律》。



### 紫骝马歌[1]

一马不肯行，两马并辔走。[2]京中事未完，家中事宁否。

注释：

①《紫骝马歌》诗见 明 郭正域《合并黄离草》卷六，明万历刻本。原作共四首，只第二首与庐州相关，其余三首略去。原诗标题下有作者自注："咏庐州道中也。"

②并辔：两马并驰。▶唐 张说《赠赵侍御》："并辔躧郊郭，方舟玩游演。"



## 陈邦瞻

陈邦瞻（1557—1623），字德远，号匡左，明江西高安（今江西省高安市）人。万历二十六年（1598）进士。授南京大理寺评事，出为浙江参政，进补河南右布政使，分理彰德诸府。开水田，建书院，迁兵部右侍郎，总督两广军务。天启初官至兵部左侍郎，卒于官，赠尚书。曾搜访明初高启、杨基等集，刻而传之。依冯琦原稿，编定《宋史纪事本末》《元史纪事本末》，又有《莲华山房集》等。



## 过巢县[①]

昔闻箕山冢，今过巢父城。信有逃尧者，世人不须惊。[②]

注释：

①《过巢县》诗见 明 陈邦瞻《荷华山房诗稿》卷二十二，明万历四十六年(1618)牛维赤刻本。

②逃尧：典出 晋 皇甫谧《高士传·许由》："尧让天下于许由……不受而逃去。啮缺遇许由曰：'子将奚之？'曰：'将逃尧。'"后因以指隐居不仕。▶唐 钱起《题温处士山居》："颍上逃尧者，何如此养真？"

## 黄疃铺[①]

野色危桥转，河声断岸联。[②]泥深藏古径，水落出平田。黄疃离离日，白沙漠漠烟。畏途风景异，倍得客心县。[③]



注释：

①《黄疃铺》诗见 明 陈邦瞻《荷华山房诗稿》卷九，明万历四十六年(1618)牛维赤刻本。

黄疃铺：今肥东县张集乡黄疃社区。

②野色：原野或郊野的景色。▶唐 白居易《冀城北原作》："野色何莽苍，秋声亦萧疏。"

③客心：旅人之情，游子之思。▶汉 王粲《家本秦川贵公子孙遭乱流寓自伤情多》："沮漳自可美，客心非外奖。常叹诗人言，式微何由归。"

县：通"悬"。

## 濩城道中遇雨[①]

凭轩觇晓色，雨意忽溟蒙。[②]树隐寒云外，天迷宿雾中。[③]关山肠久断，道路岁将穷。白发高堂上，年年念转蓬。[④]

注释：

①《濩城道中遇雨》诗见 明 陈邦瞻《荷华山房诗稿》卷九，明万历四十六年(1618)牛维赤刻本。

漤城:即今肥东县梁园镇护城社区。

②溟蒙:烟雨迷离的样子。▶元 张昱《船过临平湖》:“只因一霎溟蒙雨,不得分明看好山。”

③宿雾:夜雾。▶晋 陶潜《咏贫士》:“朝霞开宿雾,众鸟相与飞。”

④转蓬:随风飘转的蓬草。▶《后汉书·舆服志》:“上古圣人,见转蓬始知为轮。”

## 庐州道中①

晓日淮西路,悠然野兴宽。②田间人影散,云外雁声残。风细平林静,霜浓茅屋寒。年年书剑远,此地望长安。③

注释:

①《庐州道中》诗见 明 陈邦瞻《荷华山房诗稿》卷九,明万历四十六年(1618)牛维赤刻本。

②野兴:对郊游的兴致或对自然景物的情趣。▶北魏 杨衒之《洛阳伽蓝记·正始寺》:“是以山情野兴之士,游以忘归。”

③书剑:学书学剑,谓学文学武。▶唐 孟浩然《自洛之越》:“遑遑三十载,书剑两无成。”



## 过居巢吊范增二首①

鸦声树色送黄昏,歇马来投亚父村。②一笑兴亡千古事,俱同玉斗碎鸿门。

避世曾经七十年,忽闻龙战起操权。③当时只向居巢老,四皓商山岂独贤。④

注释:

①《过居巢吊范增二首》诗见 明 陈邦瞻《荷华山房诗稿》卷二十三,明万历四十六年(1618)牛维赤刻本。

②歇马:休息;小驻。▶明 李唐宾《梧桐叶》第二折:“小生任继图到此大悲寺中歇马,壁间写下一词释闷。”

③操权:掌权;把持政权。▶唐 韩愈《寄卢仝》:“嗟我身为赤县令,操权不用欲何俟?”

④独贤:特别贤良。▶《汉书·王吉传》:“古者工不造琱瑑,商不通侈靡,非工商之独贤,政教使之然也。”

## 庐州[①]

形势江淮表里雄，车书南北往来同。[②]千原禾黍丰年色，万井弦歌大国风。[③]鼓角声连霄汉外，楼台影散夕阳中。时清列戍无烽火，览胜谁论保障功。[④]

注释：

①《庐州》诗见 明 陈邦瞻《荷华山房诗稿》卷二十一，明万历四十六年(1618)牛维赤刻本。

②表里：事物的表面和内部，内外。此处比喻地理上的邻接。▶《宋书·自序》："且表里强蛮，盘带疆埸。"

车书：《礼记·中庸》："今天下车同轨，书同文。"谓车乘的轨辙相同，书牍的文字相同，表示文物制度划一，天下一统。后因以"车书"泛指国家的文物制度。▶《后汉书·光武帝纪赞》："金汤失险，车书共道。"

③万井：千家万户。▶唐 陈子昂《谢赐冬衣表》："三军叶庆，万井相欢。"

④览胜：观览胜境。▶宋 王安石《和平甫舟中望九华山》之一："寻奇出后径，览胜倚前檐。"



# 陈经言

陈经言，字子慎，号颐庵，明浙江平阳县(今浙江省温州市平阳县)人。选贡。万历五年(1577)任巢县知县。"为政敦崇大体，慈爱百姓，肃清吏弊，兴学作人，以至街衢巷道，无不修砌整葺。"

## 王乔洞[①]

予不佞承乏是邦三年矣，今始得游兹洞。慨仙踪之何许，怅尘态之依然。步景成言，推敲未暇。[②]

倥偬三年令，登临九月天。[③]仙踪渺何许，尘态尚依然。[④]草径开新菊，松风噪晚蝉。倚岩频北望，随鹤已翩跹。

注释：

①《王乔洞》诗见 清 陆龙腾《(康熙)巢县志》卷十九，清康熙十二年(1673)刊本。

②不佞：谦辞，犹言不才。▶《左传·僖公十五年》："寡人不佞，能合其众而不能离也。"

承乏：承继空缺的职位，后多用作任官的谦词。▶《左传·成公二年》："敢告不敏，摄官承乏。"

③倥偬：指匆忙。▶五代 王定保《唐摭言·以德报怨》："（贾泳）倥偬而退，贽（窦贽）颇衔之。"

④仙踪：仙人的踪迹。▶后蜀 顾敻《甘州子》词："曾如刘阮访仙踪，深洞客，此时逢。"

## 王乔洞[1]

是日也，白简蔼琼筵，恍飞仙之佩玉；青银拖锦舄，欣古洞之光华。敢借郢歌，聊舒里咏。[2]

使星双照凤山东，瑞应名公此日逢。[3]云泛银青光玉节，风飘皂盖拥花骢。[4]杯中绿蚁浮丹岫，月下潺泉奏翠蓬。[5]剧齿飞凫追往事，恍疑身傍紫微宫。

注释：

①《王乔洞》诗见 清 陆龙腾《（康熙）巢县志》卷十九，清康熙十二年（1673）刊本。原诗后有注："和前韵，有序。"前韵，指刘垓所作《王乔洞同陈明府饮张侍御拈韵得骢字》诗。

②白简：犹玉简。道教祭告神祇的文书。▶ 唐 陆龟蒙《和袭美伤开元观顾道士》："多应白简迎将去，即是朱陵鍊更生。"



郢歌：指高雅的诗文。▶唐 许浑《酬杜补阙初春雨中舟次横江喜裴郎中相迎见寄》诗："郢歌莫问青山吏，鱼在深池鸟在笼。"

③使星：使者的雅称。典出《后汉书·李郃传》："和帝即位，分遣使者，皆微服单行，各至州县观采风谣。使者二人当到益部，投郃候舍。时夏夕露坐……郃指星示云：'有二使星向益州分野。'"

瑞应：古代以为帝王修德，时世清平，天就降祥瑞以应之，谓之瑞应。▶《西京杂记》卷三："瑞者，宝也，信也。天以宝为信，应人之德，故曰瑞应。"

④花骢：即五花马。▶唐 杜甫《骢马行》："邓公马癖人共知，初得花骢大宛种。"

⑤绿蚁：酒面上浮起的绿色泡沫。亦借指酒。▶《文选·谢朓〈在郡卧病呈沈尚书诗〉》："嘉鲂聊可荐，绿蚁方独持。"



## 何白

何白（1562—1642），字无咎，号丹丘、丹邱生，又号鹤溪老渔。明浙江永嘉（今浙江省永嘉县）人。"龙君御（龙膺）为郡司理，异其才，为加冠，集诸名士赋诗而醮，为延誉于海内，遂有盛名"。中年归隐山中，自求闲适。工画山水竹石，能诗。有《山雨阁诗》《榆中草》《汲古堂集》《汲古堂续集》。

## 焦湖[1]

乱山青映郭，一水白吞城。龟眼长防赤，龙鳞未可婴。[2]客心争北渡，乡梦数南征。日暮烟波思，渔郎自濯缨。[3]

注释：

①《焦湖》诗见 明 何白《汲古堂集》卷十三，明万历刻本。

②"龟眼长防赤"句：典出《搜神记·古巢老姥》："古巢一日江水暴涨，寻复故道。港有巨鱼，重万斤，三日乃死。合郡皆食之，一老姥独不食。忽有老叟曰："此吾子也，不幸罹此祸。汝独不食，吾厚报汝。若东门石龟目赤，城当陷。"姥日往视。有稚子讶之，姥以实告。稚子欺之，以朱傅龟目。姥见，急出城。有青衣童子曰："吾龙之子。"乃引姥登山，而城陷为湖。"

婴：通"撄"。触犯。▶《韩非子·说难》："说者能无婴人主之逆鳞，则几矣。"

③濯缨：洗濯冠缨。语本《孟子·离娄上》："沧浪之水清兮，可以濯我缨。"后以"濯缨"比喻超脱世俗，操守高洁。▶南朝宋 殷景仁《文殊师利赞》："体绝尘俗，故濯缨者高其迹。"



## 赠黄荆卿[1]

突立天壤内，廓然无所依。[2]奇思入县解，灵光吐清机。[3]终夜破万卷，长年阖双扉。高论骇流俗，往往来弹讥。[4]视高行乃独，贵在知者希。我来一相访，草阁当淮淝。狂狷圣所臧，匪子谁同归。[5]

注释：

①《赠黄荆卿》诗见 明 何白《汲古堂集》卷五，明万历刻本。

黄荆卿：即黄道日。黄道日，字荆卿。黄道月之弟，明代合肥人，武进士，曾任江西湖东守备。

②天壤：天地；天地之间。▶《管子·幼官》："修春秋冬夏之常祭，食天壤山川之故祀。"

廓然：空寂貌；孤独貌。▶《文子·精诚》："静漠恬淡，悦穆胸中，廓然无形，寂然无声。"

③县解：高超深入的理解。▶《新唐书·儒学传中·尹知章》："于《易》《老》《庄》书尤县解。"

清机：清净的心机。▶晋 曹摅《思友人》："精义测神奥，清机发妙理。"

④高论：见解高明的议论。常用以称对方的言论的敬辞。▶晋 葛洪《抱朴子·嘉遯》："圣化之盛，诚如高论。"

弹讥:意义同“讥弹”。指抨击并讽刺、挖苦。

⑤狂狷:亦作“狂獧”。此处指志向高远的人与拘谨自守的人。▶柳亚子《哭仲穆》:“相逢乍忆过江年,狂狷殊途笑我颠。”

## 简所知时予将有庐江之役[①]

晚出名难附，长贫众所轻。江山流寓迹，风物古今情。[②]露白溥鸳瓦，碪清接凤城。[③]东流吾欲渡，肿病入秋平。[④]

注释:

①《简所知时予将有庐江之役》诗见 明 何白《汲古堂集》卷十三,明万历刻本。

②流寓:流落他乡居住。▶唐 杜甫《桥陵诗三十韵因呈县内诸官》:“流寓理岂惬,穷愁醉不醒。”

③凤城:京都的美称。▶唐 杜甫《夜》:“步檐倚杖看牛斗,银汉遥应接凤城。”

④肿病:病名。即水肿。通称浮肿。▶《三国志·吴志·朱然传》:“时然城中兵多肿病,堪战者裁五千人。”

## 东城晚眺[①]



对花危堞晚，□上一悲辛。[②]土壤吴畿接，风烟楚甸邻。[③]世情殊卤莽，客路日荆榛。[④]车马班班地，谁为失路人。

注释:

①《东城晚眺》诗见 明 何白《汲古堂集》卷十三,明万历刻本。

②原诗本句内缺一字。

危堞:高城。亦指危城。▶唐 皇甫冉《奉和王相公早春登徐州城》:“落日凭危堞,春风归故乡。”

③楚甸:犹楚地。甸,古代指郊外的地方。▶唐 刘希夷《江南曲》:“潮平见楚甸,天际望维扬。”

④卤莽:粗疏;鲁莽。卤,通“鲁”。▶唐 杜甫《空囊》:“世人共卤莽,吾道属艰难。”

荆榛:亦作“荆蓁”。泛指丛生灌木,多用以形容荒芜情景。此处比喻艰危,困难。▶《旧唐书·宦官传·杨复恭》:“吾于荆榛中援立寿王。”



## 再过包孝肃香花墩[①]

郭雨包氏里，待制迹犹存。[②]奕叶还遗庙，香花亦故墩。[③]地逼无好事，愁破忆携尊。寂寂寻来达，城阴碧水昏。

注释：

①《再过包孝肃香花墩》诗见 明 何白《汲古堂集》卷十三，明万历刻本。

②待制：古代官职名。唐置。太宗即位，命京官五品以上，更宿中书、门下两省，以备访问。永徽中，命弘文馆学士一人，日待制于武德殿西门。文明元年，诏京官五品以上清官，日一人待制于章善、明福门。先天末，又命朝集使六品以上二人，随仗待制。永泰时，勋臣罢节制，无职事，皆待制于集贤门，凡十三人。崔祐辅为相，建议文官一品以上更直待制。其后着令，正衙待制官日二人。宋因其制，于殿、阁均设待制之官，如"保和殿待制""龙图阁待制"之类，典守文物，位在学士、直学士之下。辽、金、元、明均于翰林院设待制，位也在学士、直学士之下，但不及宋制隆重。参阅《新唐书·百官志二》《宋史·职官志二》《金史·百官志一》《元史·百官志三》《明史·职官志二》。

③奕叶：累世，代代。▶汉 蔡邕《琅邪王傅蔡郎碑》："奕叶载德，常历官尹，以建于兹。"

## 同逆旅主人过包龙图香花墩祠堂[1]

主人怜廓落，访古得幽偏。[2]洲偃波间月，桥飞镜里天。稗官空志恠，雪貌俨如仙。[3]此地宜清夜，何人与放船。

注释：

①《同逆旅主人过包龙图香花墩祠堂》诗见 明 何白《汲古堂集》卷十三，明万历刻本。逆旅：客舍；旅馆。▶《左传·僖公二年》："今虢为不道，保于逆旅。"

②廓落：此处指孤寂貌。▶《文选·九辩》："廓落兮羁旅而无友生，惆怅兮而私自怜。"

③稗官：小官。小说家出于稗官，后因称野史小说为稗官。▶《汉书·艺文志》："小说家者流，盖出于稗官。街谈巷语，道听途说者之所造也。"

## 晚寻巢父洗耳池远眺焦涌湖周遭八百余里三百六十汊之流汇焉中有公姥两山[1]

日月凝从出，乾坤似向分。两山相牝牡，一气自氤氲。[2]龙起朝吹浪，鳌蟠夜吐云。更寻巢父迹，池草动清芬。[3]

注释：

①《晚寻巢父洗耳池远眺焦涌湖周遭八百余里三百六十汊之流汇焉中有公姥两山》诗见 明 何白《汲古堂集》卷十三，明万历刻本。

②牝牡：鸟兽的雌性和雄性。此处指男性和女性。▶宋 苏轼《扬雄论》："人生而莫不有饥寒之患、牝牡之欲。"

一气：指混沌之气。古代认为是构成天地万物之本原。▶《庄子·大宗师》："彼方且与造物者为人，而游乎天地之一气。"

氤氲：古代指阴阳二气交会和合之状。▶《旧唐书·李义府传》："邃初冥昧，元气氤氲。"

③清芬：清香。喻高洁的德行。▶晋 陆机《文赋》："咏世德之骏烈，诵先人之清芬。"

## 金斗晓发[1]

野望山形断，云开见寿阳。草低车辙水，乡脆石桥霜。马气冲寒白，鸦翎闪日黄。[2]心知归路熟，□减去程长。

注释：

①《金斗晓发》诗见 明 何白《汲古堂集》卷十三，明万历刻本。

②冲寒：冒着寒冷。▶唐 杜甫《小至》："岸容待腊将舒柳，山意冲寒欲放梅。"

## 登明教寺台旧名教弩台曹孟德阅武处[1]



淮水东头魏武台，阿兰门对夕阳开。江山万古销沉恨，有客看碑日暮来。

注释：

①《登明教寺台旧名教弩台曹孟德阅武处》诗见 明 何白《汲古堂集》卷二十二，明万历刻本。

## 金斗驿寄怀林叔度[1]

天低西日马头悬，睥睨乌啼万井烟。[2]驿路新愁淮水月，亭皋远梦越江船。[3]依刘无赖秦公子，辞赵长怀鲁仲连。[4]白发三千中夜满，明朝万一故人怜。

注释：

①《金斗驿寄怀林叔度》诗见 明 何白《汲古堂集》卷十七，明万历刻本。

②睥睨：窥视；伺伺。▶北齐 颜之推《颜氏家训·诫兵》："若承平之世，睥睨宫阃，幸灾乐祸，首为逆乱，诖误善良。"

③亭皋：水边的平地。▶《汉书·司马相如传上》："亭皋千里，靡不被筑。"

依刘：谓投靠有权势者。▶《三国志·魏志·王粲传》："〔王粲〕年十七，司徒辟，诏除黄门侍郎，以西京扰乱，皆不就。乃之荆州依刘表。”

④秦公子：指东汉王粲。▶唐 杜甫《地隅》：“丧乱秦公子，悲凉楚大夫。”

长怀：意为遐想，悠思。▶汉 刘向《九叹·远逝》：“情慨慨而长怀兮，信上皇而质正。”

仲连：战国时齐人鲁仲连。喜为人排难解纷，高蹈不仕。▶三国魏 曹植《与杨德祖书》：“刘生之辩，未若田氏，今之仲连，求之不难。”

## 同潘庚生程仲权集西宁侯宋忠父逍遥园饯别时余俶装归越[1]

词盟将略早登坛，置驿留宾礼数宽。[2]露泫桂林商景暄，月流兰阪夕光寒。中山孺子歌三艳，北里名倡舞七盘。[3]回首天南惜良会，秖应西笑向长安。[4]

注释：

①《同潘庚生程仲权集西宁侯宋忠父逍遥园饯别时余俶装归越》诗见 明 何白《汲古堂集》卷十三，明万历刻本。

俶装：整理行装。▶《后汉书·张衡传》：“占既吉而无悔兮，简元辰而俶装。”

②词盟：犹文坛。▶况周颐《蕙风词话续编》卷二：“维扬本莺花薮泽，自昔新城司李，狎主词盟。红桥冶春，香艳如昨。”

③中山：古国名，春秋末年鲜虞人所建，在今河北省定县、唐县一带，后为赵所灭。参阅清全祖望《经史问答》卷八。西汉前元三年(前154)，景帝子胜受封中山王。史家论其为人“乐酒好内”。

孺子：此处指孺子妾：即贵妾。▶《战国策·齐策三》：“齐王夫人死，有七孺子皆近，薛公欲知王所欲立，乃献七珥，美其一，明日视美珥所在，劝王立为夫人。”

北里：唐长安平康里位于城北，亦称北里。其地为妓院所在地。后因用以泛称娼妓聚居之地。

七盘：亦作“七盘”。古舞名。在地上排盘七个，舞者穿长袖舞衣，在盘的周围或盘上舞蹈。▶《旧唐书·音乐志二》：“乐府诗云，‘妍袖陵七盘’，言舞用盘七枚也。”

④天南：指岭南。亦泛指南方。▶唐 白居易《得潮州杨相公继之书并诗以此寄之》：“诗情书意两殷勤，来自天南瘴海滨。”

秖应：供奉，当差。▶唐 乔琳《绵州越王楼即事》：“行雁南飞似乡信，忽然西笑向秦关。”

## 夜次金斗驿忆王昭粹鹤林水亭[1]

槖皋驿路古城东，露并高梧自朔风。[2]日近至前浑过客，山连江北尽成童。[3]层闉隔水沉秋柝，寒月如霜起夜鸿。[4]为语鹤林篱畔菊，可能留醉待邻翁。

注释：

①《夜次金斗驿忆王昭粹鹤林水亭》诗见 明 何白《汲古堂集》卷十七，明万历刻本。

②朔风：北风，寒风。▶三国魏 曹植《朔方》："仰彼朔风，用怀魏都。"

③成童：年龄稍大的儿童。或谓八岁以上，或谓十五岁以上，说法不一。▶《谷梁传·昭公十九年》："羁贯成童，不就师傅，父之罪也。"

④层闉：高耸的瓮城城门。亦泛指城门。▶宋 刘子翚《建康六感吴》："停桡眺迥陆，裂蔓登层闉。"

## 晚抵合肥城下呈刘海日明府[①]

平沙莽莽远天低，天半孤城万堞齐。[②]淮浦落霞堤树外，蜀山寒日岭云西。途长疲马同时渴，风急惊乌伴夜啼。闻道使君能待士，出关无用候鸣鸡。

注释：

①《晚抵合肥城下呈刘海日明府》诗见 明 何白《汲古堂集》卷十七，明万历刻本。

刘海日明府：指刘志选。刘志选（？—1627），字海日，又署还初、幼真，自号天放道人。明浙东慈溪（今属浙江省宁波市）人。万历十一年（1583）癸未科进士，授刑部主事。后建言得罪，谪福宁州判官。迁合肥知县，再遭贬官回乡，家居长达三十年。光宗、熹宗时回朝，任南京工部主事、郎中。阿附魏忠贤，极力诋毁东林党人。天启七年（1627），擢右佥都御史，提督操江。崇祯初，以附逆下诏削籍。随论坐死，畏罪自杀。生平崇道嗜仙，著有传奇《李丹记》。



②平沙：指广阔的沙原。▶南朝梁 何逊《慈姥矶》："野雁平沙合，连山远雾浮。"

天半：犹言半空中。▶《艺文类聚》卷三九引南朝梁王僧孺《侍宴》："蔓草亘岩垂，高枝起天半。"

## 登镇淮楼寄怀杨木父王昭粹邵少文柯茂倩[①]

纵目古北楼，凭高极辽远。大泽接长天，千里了可辨。连山走卫荆，长江控吴鄢。天下形势交，东南此雄楗。壁垒含风云，霸图犹在眼。[②]想见真龙飞，群材挺英产。[③]应天开帝期，八埏咸席卷。电扫腥膻空，旗指搀抢偃。[④]重轮御扶柔，六幽尽明烜。[⑤]丰镐泽灵长，固兹万世本。比屋化侯王，带砺铭金铉。[⑥]戡定鸿业昌，黼黻龙文衮。[⑦]慨往情已深，怀人戚宁浅。吾党二三子，耽奇颇高蹇。[⑧]所恨不克俱，睠此向谁遣。邵生困公车，雄心未能展。瀺灂竹素园，千秋见鸿撰。[⑨]足不出门枢，所历一何褊。[⑩]悬河谈九州，得之在图卷。王郎日杜门，风神自玄散。[⑪]曲糵与诗书，长年共沈湎。[⑫]幽兴托沧洲，雅尚在林巘。[⑬]当其意得时，日夕每忘迈。我屋隔墙东，得酒互呼伴。天影乱群松，亭空蚀红藓。杨子意自超，玩世爱疎懒。日午头每蓬，夏月足长跣。削迹谢外交，明宗探内典。[14]老瘦家复贫，无资事游衍。[15]画法太莽苍，诗骨亦精简。长恨不得骋，盐车顿长坂。老死如春蚕，束身在空茧。柯生称璧人，游心翰墨苑。抡材必楩楠，语器亦瑚琏。[16]咳唾落珠玑，词林贲琼琬。[17]用壮九牛力，一发乃可挽。禀此生民秀，况乃平生善。伊予亦何为，修途足重趼。[18]风尘苦未归，饥渴谁能免。徒掬千古愁，心长发已短。晤言不在兹，山川且凌缅。[19]欲寄南飞鸿，苍茫古城晚。

注释：

①《登镇淮楼寄怀杨木父王昭粹邵少文柯茂倩》诗见 明 何白《汲古堂集》卷五，明万历刻本。原诗标题后有注："即古北门。"

②壁垒：军营的围墙或战垒，作为进攻或退守的工事。▶《六韬·王翼》："修沟堑，治壁垒，以备守御。"

③龙飞：帝王的兴起或即位。▶《文选·张衡〈东京赋〉》："我世祖忿之，乃龙飞白水，凤翔参墟。"

④电扫：像闪电划过。比喻迅速扫荡净尽。▶唐 元稹《苦雨》："阴沴皆电扫，幽妖亦雷驱。"

腥膻：又腥又膻的气味，旧指入侵的异族外敌。▶《太平广记》卷一九九引 唐 郑处诲《刘瑑碑》："天宝末，犬戎乘我多难，无力御奸，遂纵腥膻，不远京邑。"

搀抢：彗星名。即天搀，天抢。

⑤重轮：日、月周围光线经云层冰晶的折射而形成的光圈。古代以为祥瑞之象。▶《隋书·音乐志中》："烟云同五色，日月并重轮。"

六幽：指天地四方。▶《文选·班固〈典引〉》："神灵日照，光被六幽。"

⑥带厉：亦作"带砺"。衣带和砥石。▶明 屠隆《昙花记·郊游点化》："锡土列王侯，带砺山河圣恩厚。"

金铉：举鼎具。贯穿鼎上两耳的横杆。金属制，用以提鼎。比喻三公之类重臣。▶南朝梁 任昉《丞相长沙宣武王碑》："玉映蓝田，金铉之望已集。"

⑦戡定：克定。▶《书·康王之诰》："毕协赏罚，戡定厥功，用敷遗后人休。"

黼黻：绣有华美花纹的礼服。▶《淮南子·说林训》："黼黻之美，在于杼轴。"

⑧高蹇：孤傲貌，洁身自好貌。▶唐 韩愈《南溪始泛》诗之一："余年懔无几，休日怆已晚。自是病使然，非由取高蹇。"

⑨竹素园：形容典籍丰富。▶《文选·张协〈杂诗〉》："游思竹素园，寄辞翰墨林。"

⑩门枢：门扇的转轴。借指门户。▶《乐府诗集·相和歌辞十二·陇西行》："送客亦不远，足不过门枢。"

⑪杜门：闭门，堵门。▶《史记·陈丞相世家》："陵怒，谢疾免，杜门竟不朝请。"

⑫沈湎：犹沉浸。比喻潜心于某种事物或处于某种境界或思想活动中。▶唐 陆龟蒙《村夜》诗之二："上诵周孔书，沈湎至酣藉。"

⑬林巘：犹山林。▶唐 宋之问《游法华寺》："林巘永栖业，岂伊佐一生。"

⑭削迹：消踪匿迹。谓隐居。▶《庄子·山木》："削迹捐势，不为功名。"

内典：佛教徒称佛经为内典。▶北齐 颜之推《颜氏家训·归心》："内典初门，设五种禁；外典仁义礼智信，皆与之符。"

⑮游衍：恣意游逛。▶《诗·大雅·板》："昊天曰旦，及尔游衍。"

⑯抡材：选择材木。▶《周礼·地官·山虞》："凡邦工入山林而抡材，不禁。"

楩楠：亦作"楩柟"。黄楩木与楠木。皆大木。大材，栋梁之材。▶唐 陆龟蒙《京口与友生话别》："宗溟虽畎浍，成厦必楩柟。"

瑚琏：瑚、琏皆宗庙礼器。用以比喻治国安邦之才。▶《魏书·李平传》："实廊庙之瑚琏，社稷之桢干。"

⑰咳唾：《庄子·渔父》："窃待于下风，幸闻咳唾之音以卒相丘也。"后以"咳唾"称美他人的言语、诗文等。

⑱修途：亦作"修涂"。长途。▶晋 张华《情诗》之四："悬邈极修途，山川阻且深。"

重趼：手脚上的厚茧。多指跋涉辛苦。▶《战国策·宋卫策》："墨子闻之，百舍重茧，往见公输般。"

⑲晤言：见面谈话；当面谈话。▶《诗·陈风·东门之池》："彼美淑姬，可与晤言。"

## 含山道中遇雨策马六十里至巢县遇程德懋黄孟公黄仲宣招饮[①]



含山山下吹黄尘，堀堁涨天沉日轮。[②]渡河飞雨啸空泽，逐马寒云低扑人。潢潦纵横每及骭，乱流咫尺成迷津。[③]冲泥日行六十里，下马荒城小知己。旅魂未返赋难招，客愁已绝灰同死。鸡栖牛皂对盘飧，失路谁怜远游子。[④]白云紫芝空待人，我今奔峭胡为尔。[⑤]宣尼此地即回车，巢父临流应洗耳。[⑥]程生高义薄烟霄，刬廉托迹屠沽里。[⑦]去年曾枉楚江篇，春风饯别都门市。襟期更挟两黄郎，意气轩轩颇相似。[⑧]豁然捉臂双眼明，为我劳歌洗泥滓。[⑨]孟公深沉爱骚雅，仲宣清举能挥洒。[⑩]扶风侠节有心人，博陵贤豪负奇者。[⑪]雕盘行炙酒如渑，绛蜡交辉壁衣赭。[⑫]风势疑翻瓠子宫，雨声似震长平瓦。士穷易德复难忘，今夕何夕登君堂。眼前裘马养声利，岂念饥寒岐路傍。知君此意真千古，此意今人委如土。一掬雄心持赠君，拔剑悲歌泪成雨。

注释：

①《含山道中遇雨策马六十里至巢县遇程德懋黄孟公黄仲宣招饮》诗见 明 何白《汲古堂集》卷八，明万历刻本。

②堀堁：飞尘。▶清 顾炎武《霍山》："像设犹古先，冠裳蒙堀堁。"

③潢潦：地上流淌的雨水。▶《文选·陆机〈赠尚书郎顾彦先〉诗之二》："丰注溢修溜，

潢潦浸阶除。”

迷津：泛指迷误的道路；错误的方向。▶欧阳山《柳暗花明》一二〇：“我自己迷迷糊糊的，不知道怎么办好。可是金端同志给我指点了迷津，告诉我许多秘诀，使我走上康庄大道。”

④鸡栖：鸡栖息之所，鸡窝。语本《诗·王风·君子于役》：“鸡栖于埘，日之夕矣，羊牛下来。”

盘飧：盘盛食物的统称。▶《左传·僖公二十三年》：“乃馈盘飧，寘璧焉。”

⑤奔峭：指崩坍的崖岸。▶《文选·谢灵运〈七里濑〉诗》：“孤客伤逝湍，徒旅苦奔峭。”

⑥宣尼：汉平帝元始元年追谥孔子为褒成宣尼公，后因称孔子为宣尼。

⑦托迹：犹寄身。多指寄身方外，或遁处深山或贱位，以逃避世事。▶明 高启《送吕山人入道序》：“而其隐也，皆托迹山林为老氏之徒。”

⑧轩轩：扬扬自得貌。▶晋 傅玄《傅子》：“王黎为黄门郎，轩轩然得志，煦煦然自乐。”

⑨劳歌：忧伤、惜别之歌。▶唐 骆宾王《送吴七游蜀》：“劳歌徒欲奏，赠别竟无言。”

⑩清举：清俊超逸。▶唐 高彦休《阙史·崔起居题上马图》：“崔雍起居，誉望清举，尤嗜古书图画。”

挥洒：犹潇洒。▶清 曹雪芹《红楼梦》第三三回：“方才雨村来了，要见你，那半天才出来！既出来了，全无一点慷慨挥洒的谈吐，仍是委委琐琐的。”

⑪扶风：古郡名。旧为三辅之地，多豪迈之士。▶唐 李白《扶风豪士歌》：“扶风豪士天下奇，意气相倾山可移。”后以代称慷慨豪迈之士。

⑫行炙：传送烤肉。亦泛指宴会时上菜。▶《南史·王琨传》：“传酒行炙，皆悉内妓。”

绛蜡：红烛。▶宋 苏轼《次韵代留别》：“绛蜡烧残玉斝飞，离歌唱彻万行啼。”

壁衣：装饰墙壁的帷幕，用织锦或布帛做成。▶明 罗贯中《三国演义》第二七回：“关公早望见壁衣中有刀斧手。”

## 至金斗投赠刘海日明府二十五韵[①]

城临金斗切星辰，地挟清淝接广津。放浪寻君庐子国，风流呼我谪迁人。云霄早视秋曹草，岁月仍淹汉署薪。[②]旧识爽鸠来鸑鷟，昔闻神骏得麒麟。[③]九阍扣额名尤着，三辅遗风俗载淳。[④]明暎清冰淮甸月，暖回寒谷蜀山春。净庭渐觉爰书简，墨苑惊看丽藻新。[⑤]屈戍紫烟浮鹊尾，槁梧清征动龙唇。[⑥]入怀赤壁来县圃，照握明珠出大秦。[⑦]犹记彤庭赋红药，耻同枉渚怨青苹。[⑧]幕中坐啸留公孝，方外襟期问许询。[⑨]下士每迎缝掖屣，跂予曾望后车尘。[⑩]白公堤畔游同忝，苏小坟边迹未湮。拂柳骅骝行绿罽，隔花鹦鹉唼红巾。[⑪]几经风历移星纪，一别龙章遂海滨。[⑫]啄饮真同原泽雉，浮沉难寄越江鳞。羸粮悄悄泥涂远，蹑屩遥遥客路贫。[⑬]访戴子猷秉雪夜，依刘王粲感萧晨。[⑭]前绥出郭过逢数，别馆开尊慰藉频。[⑮]凫是尚方亲赐履，鹤为华表再来身。旌阳道行功初满，勾漏灵砂事已真。[⑯]紫府姓名书宝笈，平昌仙梦纪贞珉。[17]严霜爽飒逢摇落，远道迟回媿隐沦。地近西江清可挹，倘因余润及波臣。[18]

注释：

①《至金斗投赠刘海日明府二十五韵》诗见 明 何白《汲古堂集》卷二十，明万历刻本。

②秋曹：刑部的别称。▶唐 张蠙《赠水军都将》："平生为有安邦策，便别秋曹最上阶。"

③爽鸠：指爽鸠氏，传说为少皞氏的司寇。借指掌刑狱之官。▶清 吴伟业《送詹司理之官济南》："匹马指营丘，风清肃爽鸠。"

鸑鷟：凤属。▶《国语·周语上》："周之兴也，鸑鷟鸣于岐山。"

神骏：良马。▶晋 王嘉《拾遗记·魏》："其马号曰'白鹄'，行数百里，瞬息而至。马足毛不湿。时人谓为乘风而行，亦一代神骏也。"

④九阍：喻朝廷。▶宋 曾巩《答葛蕴》："春风吹我衣，暮召入九阍。"

⑤爰书：古代记录囚犯供词的文书。▶《史记·酷吏列传》："张汤劾鼠掠治，传爰书，讯鞫论报。"

丽藻：华丽的词藻。亦指华丽的诗文。▶晋 陆机《文赋》："游文章之林府，嘉丽藻之彬彬。"

⑥屈戍：即屈戌。门窗、屏风、橱柜等的环纽、搭扣。▶《红楼梦》第七三回："原来是外间窗屉不曾扣好，滑了屈戌，掉下来。"

鹊尾："鹊尾炉"的略称。亦泛指香炉。▶宋 姚述尧《念奴娇·瑞香》："醉面匀红，香囊暗惹，鹊尾烟频炷。"

清征：清澄的征音。征，五音之一。▶《韩非子·十过》："师旷曰：'不如清征。'公曰：'清征可得而闻乎？'"

龙唇：琴唇的美称。或说琴唇以龙为饰者。▶唐 王绩《答冯子华处士书》："自作素琴一张，云其材是峄阳孤桐也。近携以相过，安轸立柱，龙唇凤翮，实与常琴不同。"

⑦县圃：传说中神仙居处，在昆仑山顶。亦泛指仙境。▶《穆天子传》卷二："天子五日观于春山之上，乃为铭迹于县圃之上，以诏后世。"

大秦：古国名。又名犁靬、海西。古代中国史书对罗马帝国的称呼。

⑧彤庭：亦作"彤廷"。汉代宫廷。因以朱漆涂饰，故称。泛指皇宫。▶唐 杜甫《自京赴奉先县咏怀五百字》："彤庭所分帛，本自寒女出。"

枉渚：弯曲之渚。▶北魏 郦道元《水经注·谷水》："其中引水，飞皋倾澜，瀑布或枉渚，声溜潺潺不断。"

⑨坐啸：闲坐吟啸，后以"坐啸"指为官清闲或不理政事。▶南朝齐 谢朓《在郡卧病呈沈尚书》："坐啸徒可积，为邦岁已期。"

⑩缝掖：亦作"缝腋"。大袖单衣，古儒者所服。亦指儒者。▶《后汉书·王符传》："徒见二千石，不如一缝掖。"

⑪绿罽：绿色毛毡。比喻绿色草地。▶宋 韩维《孔先生以仙长老山水略录见约同游

作诗答之》:“平铺老藓柔可坐,谁藉绿屦遗不拈。”

⑫凤历:岁历。含有历数正朔之意。▶北周 庾信《周宗庙歌·昭夏》:“龙图革命,凤历归昌。”

星纪:星次名。十二次之一。与十二辰之丑相对应,二十八宿中之斗、牛二宿属之。泛指岁月。▶晋 陶潜《五月旦作和戴主簿》:“发岁始俯仰,星纪奄将中。”

龙章:皇帝的仪仗。▶唐 温庭筠《湖阴词》:“白虬天子金镗铓,高临帝座回龙章。”亦借指皇帝。

⑬赢粮:余粮;粮食有余。▶《史记·孙子吴起列传》:“吴起卧不设席,行不骑乘,亲裹赢粮,与士卒分劳苦。”

蹑屩:穿草鞋行走。▶《史记·孟尝君列传》:“初,冯驩闻孟尝君好客,蹑蹻而见之。”

⑭访戴:即访友。▶唐 皇甫冉《刘方平西斋对雪》:“自然堪访戴,无复《四愁》诗。”

萧晨:凄清的秋晨。▶晋 殷仲文《南州桓公九井作》:“哲匠感萧晨,肃此尘外轸。”

⑮前绥:车前供登车用的挽绳。▶《古诗十九首·凛凛岁云暮》:“良人惟古欢,枉驾惠前绥。”

过逢:犹过从。▶唐 韩愈《朝散大夫尚书库部郎中郑君墓志铭》:“俸禄入门,与其所过逢,吹笙弹筝,饮酒舞歌,诙调醉呼,连日夜不厌,费尽不复顾问。”

⑮开尊:亦作“开樽”。举杯(饮酒)。▶唐 杜甫《独酌》:“步屧深林晚,开樽独酌迟。”

⑯勾漏:山名。在今广西北流县东北。有山峰耸立如林,溶洞勾曲穿漏,故名。为道家所传三十六小洞天的第二十二洞天。

灵砂:古代道家用朱砂做原料炼成的丹药。谓服之可以长生。亦泛指灵丹妙药。▶唐 李商隐《安平公诗》:“呜呼大贤苦不寿,时世方士无灵砂。”

⑰紫府:道教称仙人所居。▶晋 葛洪《抱朴子·祛惑》:“及至天上,先过紫府,金床玉几,晃晃昱昱,真贵处也。”

⑱余润:比喻旁及的德泽、利益。▶宋 秦观《陪李公择观金地佛牙》:“乃知金仙妙难测,余润普及沾凡枯。”

## 巢县阻雨寄宿牛山道院晚眺焦湖因忆故山草堂三十二韵①

北渡羁离客，凭高一望乡。湖昏波淼淼，沙白野荒荒。旅鬓先秋短，穷愁入夜长。仆夫怜老瘦，我马日玄黄。野水迷官渡，秋阴带女墙。②林空喧聚雀，风急过啼鸧。寂寂行落迳，栖栖寄药房。③足寒欺葛屦，地湿徙绳床。④近市无兼味，何人馈五浆。流离嗟泛梗，修阻叹迷阳。⑤雨伯凭谁讼，天心未可量。⑥崩云低拂地，飞溜溃侵塘。⑦秖益孤生感，潜销百炼刚。乾坤成偪仄，形势转苍皇。⑧阮籍求名酒，蒙庄贷宿粮。⑨昔贤游不废，时辈滥相当。坐使猗兰质，翻同菉草芳。⑩束薪曾未辨，空谷更何伤。⑪薄俗浮沈定，虚名宠辱妨。高门罗可设，末路艾如张。视肉看人面，留皮养豹章。⑫燕台虚蹇产，碣石久凄凉。⑬兴或含飞动，资宁藉颉颃。⑭幽期宜鹿性，生事合渔梁。[15]转觉时情异，难除故态狂。吾居瓯海曲，人拟陆浑庄。峰翠沈菌阁，松风沸草堂。友生闲命驾，稚子戏牵裳。[16]绿醥倾家酿，青芹采涧香。如皋聊翳雉，博塞总亡羊。[17]达命机堪息，尊生物可忘。晚来歌此曲，归思满沧浪。

注释：

①《巢县阻雨寄宿牛山道院晚眺焦湖因忆故山草堂三十二韵》诗见 明 何白《汲古堂集》卷十九，明万历刻本。

②女墙：城墙上呈凹凸形的小墙。泛指矮墙。▶清 曹雪芹《红楼梦》第一〇二回："（尤氏）便从前年在园里开通宁府的那个便门里走过去了……女墙一带都种作园地一般……"

③寂寂：寂静无声貌。▶唐 王维《寒食汜上作》："落花寂寂啼山鸟，杨柳青青渡水人。"

栖栖：孤寂零落貌。▶唐 白居易《胶漆契》："陋巷饥寒士，出门甚栖栖。"

④葛屦：用葛草编成的鞋。▶《诗·齐风·南山》："葛屦五两，冠緌双止。"

泛梗：喻漂泊。▶唐 张说《石门别杨六钦望》："暮年伤泛梗，累日慰寒灰。"

⑤修阻：路途遥远而阻隔。▶唐 钱起《淮上别范大》："游宦且未达，前途各修阻。"

迷阳：无所用心；诈狂。▶《庄子·人间世》："迷阳迷阳，无伤吾行。"

⑥雨伯：司雨之神。▶明 何景明《忧旱赋》："云师逝而安征乎，怨雨伯之无功。"

⑦崩云：碎裂的云彩。多形容波涛飞洒的样子。▶《文选·木华〈海赋〉》："崩云屑雨，浤浤汩汩。"



飞溜：水流直泻而下。▶《旧唐书·西戎传·拂菻》："至于盛暑之节，人厌嚣热，仍引水潜流，上遍于屋宇，机制巧密，人莫之知。观者惟闻屋上泉鸣，俄见四檐飞溜，悬波如瀑，激气成凉风，其巧妙如此。"

⑧偪仄：亦作"偪侧"。密集；拥挤。▶《文选·张衡〈西京赋〉》："麀鹿麌麌，骈田偪仄。"

⑨蒙庄：指庄周。▶唐 刘禹锡《伤往赋》："彼蒙庄兮何人！予独累叹而长吟。"

⑩猗兰：喻情操高洁之士。▶清 刘献廷《感兴》诗之一："长松萎空山，猗兰秀空谷。"

⑪束薪：捆扎起来的柴木，一捆薪柴。▶《诗·王风·扬之水》："扬之水，不流束薪。"

⑫视肉：古代传说中的兽名。借指禽兽。▶元 张翥《前出军》诗之二："男儿不封侯，百年同视肉。"

⑬燕台：指冀北一带。▶唐 祖咏《望蓟门》："燕台一望客心惊，箫鼓喧喧汉将营。"

⑬蹇产：亦作"蹇浐"。亦作"蹇嵼"。形容高而盘曲。▶汉 东方朔《七谏·哀命》："戏疾濑之素水兮，望高山之蹇产。"

⑭颉颃：亦作"颉亢"。鸟飞上下的样子。语本《诗·邶风·燕燕》："燕燕于飞，颉之颃之。"引申为雀跃貌。▶《骈体文钞》卷二二引《汉故谷城长荡阴令张君表颂》："迁荡阴令，吏民颉颃，随送如云。"

⑮生事：犹生计。▶唐 白居易《观稼》："停杯问生事，夫种妻儿获。"

⑯命驾：命人驾车马。谓立即动身。▶《左传·哀公十一年》："退，命驾而行。"

⑰博塞:即六博、格五等博戏。 ▶《管子·四称》:"流于博塞,戏其工瞽。"

## 潘榛

潘榛(1565—1632)字蓆原,号茂坤。明山东邹县(今山东省邹城市)人。万历二十年(1592)壬辰科进士,历官汝阳县令、青县令、刑部主事,后升任庐州知府、山西右参议、按察副使,再拜冀宁监司。著有《灵星门记》《小鲁台楹联》等,崇祯五年奉旨入乡贤祠。

### 梁县[①]

何年村作县,次日县为村。古塔穿云破,长松带雨昏。桑田随世改,门第几家存。怀感情无尽,悠然酒一樽。

注释:

①《梁县》诗见 明 潘榛《随在集》卷九在庐 上,明万历刻本。

### 店埠道中[①]

长途经险易,天气历晴阴。[②]杨柳呼风细,池塘积水深。中田茅盖屋,远圃竹为林。野鸟行相引,翩翩听好音。[③]

注释:

①《店埠道中》诗见 明 潘榛《随在集》卷九在庐 上,明万历刻本。

②险易:此处指险阻与平坦。 ▶《吴子·治兵》:"明知险易,则地轻马。"

③好音:悦耳的声音。 ▶《诗·鲁颂·泮水》:"食我桑黮,怀我好音。"

### 春日同诸僚友集香花墩分韵得麻字[①]

偶同僚友至,郭外问桑麻。风细翻堤柳,云深护野花。小桥当户直,流水浸台斜。簿领今无事,何妨醉紫霞。[②]

注释:

①《春日同诸僚友集香花墩分韵得麻字》诗见 明 潘榛《随在集》卷九在庐上,明万历刻本。

②簿领:谓官府记事的簿册或文书。 ▶《后汉书·南匈奴传》:"当决轻重,口白单于,无文书簿领焉。"

## 石梁镇[①]

蒙犯霜兼雾，飘还东又西。[②]天围山远近，烟锁树高低。立马临池岸，回车渡稻畦。何由常岁稔，饱煖遍蒸黎。[③]

注释：

①《石梁镇》诗见 明 潘榛《随在集》卷九在庐 上,明万历刻本。

②蒙犯:冲冒,冒犯。指不顾危险、恶劣环境等。▶《左传·襄公二十八年》:"蒙犯霜露,以逞君心。"

③岁稔:年成丰熟。▶唐 白居易《泛渭赋》序:"上乐时和岁稔,万物得其宜。"

蒸黎:百姓,黎民。▶唐 杜甫《石龛》:"奈何渔阳骑,飒飒惊蒸黎。"

## 广佛寺[①]

辉煌千室外，潇洒一方偏。[②]日月长为伴，乾坤尽是缘。消寒劳酒味，遣夜累诗篇。彩笔留题罢，禅灯处处然。



注释：

①《广佛寺》诗见 明 潘榛《随在集》十卷,卷九在庐 上,明万历刻本。

②千室:千家,千户。▶《左传·宣公十五年》:"晋侯赏桓子狄臣千室"

## 祷雨于大蜀山[①]

问予何事急，策马正三更。忧旱难安寝，祈神敬远行。露浓山径滑，水尽稻池平。再拜焚香罢，煌煌见启明。[②]

蜀山千万古，久矣镇庐州。长吏宜修祀，居民岂外求。[③]炎蒸今尽伏，风露昨惊秋。[④]若不兴云雨，灵神亦可羞。



注释：

①《祷雨于大蜀山》诗见 明 潘榛《随在集》卷九在庐 上,明万历刻本。

②煌煌:明亮辉耀貌;光彩夺目貌。▶《诗·陈风·东门之杨》:"昏以为期,明星煌煌。"

启明:启明星,即金星。▶《诗·小雅·大东》:"东有启明,西有长庚。"

③长吏:此处指州县长官的辅佐。▶《汉书·百官公卿表》:"(县)有丞、尉,秩四百石至二百石,是为长吏。百石以下有斗食、佐史之秩,是为少吏。"

修祀：祭祀。▶《汉书·郊祀志下》："盖闻天子尊事天地，修祀山川，古今通礼也。"

外求：求之于外。▶《谷梁传·庄公二十八年》："古者税什一，丰年补败，不外求而上下皆足也。"

④炎蒸：亦作"炎烝"。暑热熏蒸。▶北周 庾信《奉和夏日应令》："五月炎烝气，三时刻漏长。"

惊秋：秋令蓦地来到。▶唐 韦应物《府舍月游》："横河俱半落，泛露忽惊秋。"

## 送窦参藩之闽中二首[①]

载酒重城外，长亭一送君。[②]红翻花带雨，青动柳浮云。立马山河壮，登途楚越分。[③]相看如不醉，何以慰离群。

三楚衡文旧，八闽屏翰初。[④]剑书随远宦，花柳落行车。[⑤]到海乡园改，越江故旧疏。相思千里共，何日寄双鱼？[⑥]

注释：

①《送窦参藩之闽中二首》诗见 明 潘榛《随在集》卷九在庐上，明万历刻本。

窦参藩：指窦子偁。

②重[chóng]城：此处指城墙。▶唐 于邺《扬州梦记》："牧供职之外，唯以宴游为事，扬州，胜地也。每重城向夕，娼楼之上，常有绛纱灯万数，辉罗耀列空中。"

③登途：亦作"登涂"。上路；起程。▶唐 梁肃《述初赋》："何皇鉴之偏属，降湛恩于鲰生。若侧足以登涂，方饬躬以效诚。"

④八闽：福建省的别称。福建古为闽地。宋时始分为八个府、州、军，元代分为福州、兴化、建宁、延平、汀州、邵武、泉州、漳州八路，明代改八路为八府，清仍之，故名。

屏翰：典出《诗·大雅·板》："价人维藩，大师维垣。大邦维屏，大宗维翰。"后因以"屏翰"比喻国家重臣。▶唐 韩愈《楚国夫人墓志铭》："公居河东，子在鄜畤，为王屏翰，有壤千里。"

⑤远宦：谓在远方做官。▶唐 钱起《送沈少府还江宁》："远宦碧云外，此行佳兴牵。"

⑥双鱼：指书信。▶唐 唐彦谦《寄台省知己》："久怀声籍甚，千里致双鱼。"

## 送赵慎所调官之京师[①]

几年执法付东流，又逐西风上帝州。[②]黄菊开时宁忍别，清樽未尽却难留。萧条孤馆三更月，泛滥长淮一叶舟。莫问从前萋菲事，丈夫何地不封侯。[③]

注释：

①《送赵慎所调官之京师》诗见 明 潘榛《随在集》卷九在庐 上，明万历刻本。

赵慎所:即赵元吉。赵元吉(1566—?),字修之,号慎所。明庐州合肥(今安徽省合肥市)人。万历十六年(1588)戊子科举人,二十三年(1595)乙未科进士,历工部员外郎,出知建昌府,以严峻忤俗致仕。在官纂修《建昌府志》十五卷。

②帝州:指京都。▶唐 牟融《送沈侯之京》:"悠悠旌旆出东楼,特出仙郎上帝州。"

③萋菲:同"萋斐"。花纹错杂貌。语本《诗·小雅·巷伯》:"萋兮斐兮,成是贝锦;彼谮人者,亦已大甚!"孔颖达 疏:"《论语》云:'斐然成章。'是斐为文章之貌,萋与斐同类而云成锦,故为文章相错也。"后因以"萋斐"比喻谗言。

## 包孝肃祠堂①

龙图学士旧祠堂，郡守携壶造夕阳。嘒嘒鸣蜩分气候，依依垂柳进风凉。②蜀山映日孤峰远，淝水通江万里长。亦欲与君同不朽，何由拙政继循良。③

注释:

①《包孝肃祠堂》诗见 明 潘榛《随在集》卷九在庐 上,明万历刻本。

②嘒嘒[huì]:此处为象声词。蝉鸣声。▶《诗·小雅·小弁》:"菀彼柳斯,鸣蜩嘒嘒。"

③拙政:拙于为政。亦用为谦词。▶晋 潘岳《闲居赋》序:"孝乎惟孝,友于兄弟,此亦拙者之为政也。"



## 秋夜同陈思理蔡玺卿大学堂①

园亭荒僻似山丘，有客携壶秉烛游。放浪歌谈惊四座，凄凉风雨正三秋。兴来且喜花随眼，道在何妨雪满头。烂醉不忘大学传，知君久矣领儒流。②

注释:

①《秋夜同陈思理蔡玺卿大学堂》诗见 明 潘榛《随在集》卷九在庐 上,明万历刻本。

蔡玺卿:即蔡悉。玺卿,为尚宝司卿的别称。

大学堂:蔡悉之斋号。

②儒流:儒士之辈。▶唐 杜甫《赠虞十五司马》:"交态知浮俗,儒流不异门。"



## 赋蔡玺卿筵中黄蟢子①

琴弹流水草堂阴，蟢子蹁跹远上琴。独引一丝存直道，不为密网见仁心。几星杂彩文如贝，遍体娇黄色胜金。瑞物看来君有验，期君头白作商霖。②

注释：

①《赋蔡玺卿筵中黄蟢子》诗见 明 潘榛《随在集》卷九在庐上，明万历刻本。

蟢子：蜘蛛的一种。也称喜子、喜蛛；壁蟢、壁钱；古名蟏蛸。▶北齐 刘昼《新论·鄙名》："今野人昼见蟢子者，以为有喜乐之瑞。"

②商霖：《书·说命上》载，商王武丁任用傅说为相时，命之曰："若岁大旱，用汝作霖雨。"孔 传："霖，三日雨。霖以救旱。"谓依为济世之佐。后以"商霖"为称誉大臣之词。

## 与许孝廉[①]

春来顾我到庐阳，春鬓昔时今已霜。老骥犹存千里志，丈夫谁是万年芳。[②]中朝议论空文藻，南国征输苦岁荒。[③]世事逢君都莫问，且将樽酒共徜徉。

注释：

①《与许孝廉》诗见 明 潘榛《随在集》卷十在庐 下，明万历刻本。原诗共三首，此处选一。

②老骥：年老的骏马。多喻年老而壮志犹存之士。▶唐 杜甫《赠韦左丞丈济》："老骥思千里，饥鹰待一呼。"

③中朝：此处指朝廷；朝中。▶《三国志·魏志·杜畿传》："中朝苟乏人，兼才者势不独多。"

征输：征收赋税输入官府。▶唐 杜牧《郡斋独酌》："太守政如水，长官贪如狼；征输一云毕，任尔自存亡。"

岁荒：岁凶，灾年，年成坏。▶《韩非子·六反》："天饥岁荒，嫁妻卖子者，必是家也。"

## 任别驾邀登思惠楼同刘陈二寅丈共赋[①]

署里衡文兴未阑，登楼指点共君看。[②]庐阳烟火晴中尽，泽国云山雨后宽。青树远时皆欲暗，和风高处却生寒。黄河直比工输急，民力谁怜近已残。[③]

把酒高楼对夕曛，雨余更觉少尘氛。[④]开窗尽出千溪柳，倚槛平看万里云。[⑤]小巷门庭春寂寂，古祠笙磬晚纷纷。主人如肯常供给，明日登临还共君。

向来吏事绊，今与酒为徒。[⑥]命驾僚同集，登楼兴不孤。[⑦]高添风淅沥，远觉树模糊。[⑧]渐见三更月，握卢犹自呼。[⑨]

注释：

①《任别驾邀登思惠楼同刘陈二寅丈共赋》诗见 明 潘榛《随在集》十卷，卷十在庐 下，明万历刻本。原诗共三首，此处选一。

②衡文：品评文章。特指主持科举考试。▶明 沈德符《野获编·内阁·李温陵相》："物

情既不附，大权又不关，寒暑闭门，更无一人窥其庭。即其衡文所首举，已在词林登坊局者，更对众讪詈之，以明大义灭亲。”

③工输：此处指缴纳赋税输入官府。

民力：民众的人力、物力、财力。▶《左传·昭公十三年》：“令尹子期请伐吴，王弗许，曰：‘吾未抚民人，未事鬼神，未脩守备，未定国家，而用民力，败不可悔。’”

④夕曛：落日的余晖。▶南朝 宋 谢灵运《晚出西射堂》：“晓霜枫叶丹，夕曛岚气阴。”

⑤平看：平视。▶唐 宋之问《巫山高》：“俯听琵琶峡，平看云雨台。”

⑥吏事：政事，官务。▶《新唐书·封伦传》：“虞世基得幸炀帝，然不悉吏事，处可失宜。”

⑦命驾：命人驾车马。谓立即动身。▶《左传·哀公十一年》：“退，命驾而行。”

⑧淅沥：象声词。形容雪霰、风雨、落叶、机梭等的声音。

⑨卢：盛饭的器皿。结合上下文，此处可释为杯盏。握卢，即举杯、举盏。

## 登镇淮楼①

诗满奚囊酒满壶，登楼遥望又狂呼。西来冠盖多从楚，东去舟航尽入吴。烟火万家分市井，风云千里暗江湖。金陵管钥非容易，报国纵横是丈夫。

注释：



①《登镇淮楼》诗见 明 潘榛《随在集》卷十在庐 下，明万历刻本。原诗共三首，此处选一。

②舟航：船只。▶《淮南子·主术训》：“大者以为舟航柱梁，小者以为楫楔。”

## 同贾明府登逍遥台①

昔读逍遥游，今登逍遥台。登台忆庄生，庄生骨已灰。庄生原自齐生死，今亦不为庄生哀。主人纷纷送酒来，且与四望共徘徊。东望淮水连天白，直下金陵一江隔。二陵佳气日葱葱，就中真是帝王宅。②淝水寿春古战场，吴楚当年两相厄。南尽交闽北尽燕，中原尽处是蛮貊。英豪一往付空谈，千载谁知仲与伯。上天下地寄此身，行乐何妨宇宙窄。吁嗟乎！我自逍遥易，与人逍遥难。与人逍遥易，与众逍遥难。立言立功须可信，粃糠何得造尧舜。茫茫淮北土旧荒，只今又兼饥与馑。忧民忧国竟何人，发仓发廪未易赈。不须远慕庄生高，视民常自愧不佻。点检生平答圣朝，愿君为舜亦为尧。③安得圣明采刍荛，旧政忽然改一朝，普天率土尽逍遥。④

注释：

①《同贾明府登逍遥台》诗见 明 潘榛《随在集》卷九在庐 上，明万历刻本。

②二陵：此处指明孝陵（葬明太祖朱元璋与马皇后）和明东陵（葬懿文太子朱标）。

③点检：此处指反省；检点。 ▶唐 韩愈《赠刘师服诗》：“丈夫命存百无害，谁能点检

形骸外。”

④圣明：此处为皇帝的代称。▶晋 刘琨《劝进表》：“或多难以固邦国，或殷忧以启圣明。”

刍荛[chú ráo]：割草采薪。此处比喻浅陋的见解。多用作自谦之辞。▶唐 刘禹锡《为杜相公让同平章事表》：“辄思事理，冀尽刍荛。”

率土：“率土之滨”之省。谓境域之内。▶《诗·小雅·北山》：“率土之滨，莫非王臣。”

## 上冬雪后送程孺文山人[1]

君来霜未结，君去忽飞雪。雪中为客难，雪后来相别。几度留君君不留，一樽别酒为君设。君不见城中教弩台，改为佛殿半摧颓。南望濡须犹如故，教弩张辽安在哉？又不见城东淝河水，谢玄于此为壁垒。往日英雄作战场，至今惟有秬与秠。又不见城南香花墩，包公祠宇此独存。当年一笑人难得，遗像于今带水痕。人生相遇且饮酒，世变犹如反覆手。何必故乡是故乡，何必故友是故友。浮名枉自重如山，金印空复大如斗。如山如斗不乏人，遇景可能题诗否？新诗和罢两殷殷，君心思我我思君。[2]但得新诗常相和，不须南北恨离群。

注释：

①《上冬雪后送程孺文山人》诗见 明 潘榛《随在集》卷十在庐 下，明万历刻本。

②殷殷：此处指情意深厚貌。▶明 凌濛初《二刻拍案惊奇》卷七：“适间总干殷殷问及，好生垂情于他。”



## 王以宁

王以宁（1567—？），字咸所，明浙江会稽（今浙江省绍兴市）人。万历二十六年（1598）戊戌科进士，授宜兴知县，建崇文书院，讲学其中，历御史，巡按广东，官至福建参政。

## 白云山子房洞[1]

峭壁嶙峋小有天，留侯曾说此游仙。[2]见几眼踞千人上，考古碑凭八字传。[3]白石磨棋残有局，赤松飞去灶无烟。[4]勋名休诩韩彭大，一箸曾筹四百年。[5]

注释：

①《白云山子房洞》诗见 民国 刘原道《居巢诗征》卷二，刘氏蛰园刊本。

②小有天：道家所传洞府名。位于河南省济源市西王屋山，别称另见小有洞、小洞天。

泛喻名胜地方。▶宋 赵师侠《阳华岩》诗:“萦回栈道泉湍响,疑是仙家小有天。”

留侯:秦末,张良运筹帷幄,佐刘邦平定天下,以功封留侯。诗文中常用为称颂功臣之典。▶晋 刘琨《重赠卢谌》:“白帝幸曲逆,鸿门赖留侯。”

③见几:谓从事物细微的变化中预见其先兆。语本《易·系辞下》:“君子见几而作,不俟终日。”

④白石:传说中的神仙的粮食。▶汉 刘向《列仙传·白石生》:“白石生,中黄丈人弟子,彭祖时已二千余岁……尝煮白石为粮。”

赤松:此处指仙人赤松子。▶《楚辞·远游》:“闻赤松之清尘兮,愿承风乎遗则。”

⑤韩彭:汉代名将淮阴侯韩信与建成侯彭越的并称。▶《文选·李陵〈答苏武书〉》:“昔萧樊囚絷,韩彭葅醢。”

“一箸曾筹四百年”句:指张良借箸为刘邦谋划,开启汉朝四百年江山之典。典出《史记·卷留侯世家》:“汉三年,项羽急围汉王荥阳,汉王恐忧,与郦食其谋桡楚权。……食其未行,张良从外来谒。汉王方食,曰:‘子房前!客有为我计桡楚权者。’其以郦生语告,曰:‘于子房何如?’良曰:‘谁为陛下画此计者?陛下事去矣。’汉王曰:‘何哉?’张良对曰:‘臣请藉前箸为大王筹之。’”

宋懋澄(1569—1620),字幼清,号雅源,一作稚源或自源。明松江华亭(今上海市)人。早年善交游,习兵法,志愿建功立业。三赴京试不第。万历四十年(1612)壬子科举人,北游京师为太学生。因好论世事而遭人忌,遂归故里,专事著述。诗文朴实简洁,晓畅自然,尤工书简及文言小说,有《九籥集》《九籥别集》,所作《珍珠衫》《负情侬传》《海忠肃公》《刘东山》皆录于《九籥集·稗篇》中。至清代,《九籥集》《九籥别集》皆遭禁毁。合著有《赵宋乐府》。以富藏书知名,有藏书楼“九龠楼”,多有秘本、手抄本及名家所校本。与王圻、施大经、俞汝楫并称为万历年间上海四大藏书家。

## 送周千侯归合肥[1]

神龙潜本质,匪血终不张。丈夫有深意,匪时不轻尝。藏彼鳞与甲,聊如豕与羊。徒步黄金台,纵心恣徜徉。[2]逆旅遇王孙,束发事戎行。受书圯上老,执戟尚书郎。[3]猛心壮不遂,鬓发罗秋霜。王师罢西讨,旋闻收东疆。夷王既稽首,胡马亦远骧。四海崇威德,卜年方未央。[4]不如挟诗书,乐此时运昌。送别易水头,执手互彷徨。荆高向秦土,流水何汤汤。[5]抚膺报知己,落魄行何伤。[6]世人贵耳目,书生擅雌黄。所以延津剑,千载韬其光。[7]谁能没渊底,一探锋与芒。临岐起长啸,丝竹慎高唱。

注释：

①《送周千侯归合肥》诗见 明 宋楙澄《九籥集》前集诗卷二，明万历刻本。

②纵心：纵任心意。▶汉 张衡《归田赋》："苟纵心于物外，安知荣辱之所如。"

③受书：谓接受文化教育。▶明 唐顺之《户部郎中林君墓志铭》："君讳性之，字帅吾，一川其号，自少受书于主事君。"

圯上：桥上。《史记·留侯世家》："（张）良尝从容步游下邳圯上，遇一老父，受《太公兵法》。后因以"圯上"指张良受《太公兵法》事。▶南朝 宋 傅亮《为宋公修张良庙教》："交神圯上，道契商洛。"圯上老，即桥上老者。

④卜年：占卜预测统治国家的年数。亦指国运之年数。▶《左传·宣公三年》："成王定鼎于郏鄏，卜世三十，卜年七百，天所命也。"

⑤荆高：荆轲、高渐离的并称。后泛指任侠行义的人。▶清 钱谦益《咸子诗序》："少壮为诸生时，流观经史，每及椒举之班荆，绕朝之赠策，荆高燕市之饮泣……辄为引觞击节，曳袖起舞。"

⑥抚膺：抚摩或捶拍胸口。表示惋惜、哀叹、悲愤等。▶《列子·说符》："昔人言有知不死之道者，燕君使人受之，不捷，而言者死……有齐子亦欲学其道，闻言者之死，乃抚膺而恨。"

⑦延津剑：亦称"延津宝剑"。指龙泉、太阿两剑。▶明 陈所闻《金落索·代王皖城答》曲："遭逢不让延津剑，弃掷休如绿绮絃。"

张寿朋，字仲稣，号鲁叟。明江西南城（今江西省南城县）人。万历十一年（1583）癸未科进士，任刑部主事，谪泰安州同知，终任庐州府通判。"为人有高致，潇洒出尘。为诗天才隽妙，品高气胜；为文搜抉微细，穷极窅渺，出入檀弓而泯其迹"。有《史评》《雍言》《深息窝集》。

## 雪中过万山巢由祠①

君若不好名，名岂逐君行。荒祠深在四山里，野老村僧取次评。②此君洗耳乎，水之清冷。此君一瓢且弃之，恶其风吹历历声。此事屈指已千古，至今诵说如前生。我较二君更无取，满世浮名轻一羽。③混沌以前曾是谁，况说许由与巢父。笑我浮名且若遗，长途冒雪复何为。随人牛马呼相应，此意曾应巢许知。

注释：

①《雪中过万山巢由祠》诗见 清 陆龙腾《（康熙）巢县志》卷十九，清康熙十二年（1673）刊本。

②取次：随便，任意。▶晋 葛洪《抱朴子·祛惑》："此儿当兴卿门宗，四海将受其赐，不

但卿家，不可取次也。”

③一羽：一根羽毛。多用以喻轻或少。▶《孟子·梁惠王上》：“吾力足以举百钧，而不足以举一羽。”

## 马犹龙

马犹龙，字玄甫，号梁园。明河南新蔡（今河南省新蔡县）人。万历十一年（1583）癸未科进士，官至江西督学。政声显赫，因遭忌被罢。生平与汤显祖、顾宪成交善。

### 秋日携来任卿登蜀山①

山拥淮城近，溪流楚寒长。暮云闲出岫，凉月夜侵床。②梵响禅扉寂，碑残古殿荒。③置身缑岭上，何必问西方？④

注释：

①《秋日携来任卿登蜀山》诗见 清 左辅 纂修《（嘉庆）合肥县志》卷第三十一，清嘉庆八年（1803）修、民国九年（1920）重印本。



来任卿：指来三聘，字任卿。浙江萧山（今浙江省萧山县）人。神宗万历十一年（1583年）癸未科进士，十四年（1586）调合肥知县。累官至江西右布政使。合肥县旧有来公祠，今不存。

②出岫：出山，从山中出来。▶晋 陶潜《归去来兮辞》：“云无心以出岫，鸟倦飞而知还。”

③梵响：念佛诵经之声或寺庙钟、磬之声。▶南朝 梁元帝《梁安寺刹下铭》：“宵长梵响，风远钟传。仙衣有拂，灵刹无边。”

④缑[gōu]岭：即缑氏山，位于河南省偃师市南。多指修道成仙之处。▶唐 崔湜《寄天台司马先生》诗：“何年缑岭上，一谢洛阳城。”

### 秋暮同周元孚朱大复登蜀山绝顶①

无复登高兴，何由问晚上。岚烟寒不堕，秋树老逾闲。②苔砌空门古，云深石磴删。世情今已见，聊为理禅关。

注释：

①《秋暮同周元孚朱大复登蜀山绝顶》诗见 清 左辅 纂修《（嘉庆）合肥县志》卷第三十一，清嘉庆八年（1803）修、民国九年（1920）重印本。

②岚烟：指山间的雾气，似雾似烟。▶唐 刘长卿《望龙山怀道士许法稜》诗：“岚烟瀑水如向人，终日迢迢空在眼。”

潘泽，字仁甫。明庐州巢县（今安徽省巢湖市）人。万历十二年（1584）贡生，任宣城训导。

## 巢湖秋月[①]

玉宇澄清一镜秋，湖光潋滟际天浮。[②]孤槎穿破金波去，疑向星宫问斗牛。

注释：

①《巢湖秋月》诗见 清 陆龙腾《（康熙）巢县志》卷十九，清康熙十二年（1673）刊本。

②潋滟：水波荡漾貌。▶南朝 梁 何逊《行经范仆射故宅》：“潋滟故池水，苍茫落日晖。”

# 马如麟

马如麟，字昭父，号禹山，明嘉兴秀水（今浙江省嘉兴县北）人。乡魁。万历十七年（1589）任巢县县令。“以名魁，励精图治，百务更新，声名卓冠一时。”在任置学田，复社学，重修新察院、寅宾馆、钟楼、界石亭、文昌祠、城隍庙等建筑，并主持编纂《（万历）巢县志》。著有《虞泽稿》。

## 半汤温泉[①]

此泉何所出，长年镜面新。暖气熏山暮，蒸流动水春。即探应有穴，试浴自怡神。一掬真堪玩，超然已绝尘。

和气无冬夏，华池日日新。沸云蒸地甑，沚水注阳春。太壬乾道索，少火艮方神。[②]缅想盘铭意，澄心谒后尘。[③]

千古灵泉在，温温荡漾新。仙源通渤海，玉液自阳春。葛井火龙蛰，何岩伏鼎神。[④]偶来一盥濯，潇洒自离尘。[⑤]

注释：

①《半汤温泉》诗见 清 陆龙腾《（康熙）巢县志》卷十九，清康熙十二年（1673）刊本。“半汤温泉”为古巢十景之一。位于巢湖市半汤镇汤山脚下，系全国四大温泉之一，大

小泉眼，星罗棋布。最大的有两口，一为烫泉，一为冷泉，两泉汇合为温泉，故名“半汤”。《(康熙)巢县志》:“汤山，在新安乡县北东二十里，下有温泉，可浴。明末黄藩镇作屋覆其上，周缭以砖墙，其傍半里许，有冷泉，其寒彻骨。”

②乾道：天道，阳刚之道。▶《易·乾》:“乾道变化，各正性命。”

③缅想：遥想。▶《宋书·隐逸传·孔淳之》:“遇沙门释法崇，因留共止，遂停三载。法崇叹曰：‘缅想人外，三十年矣，今乃倾盖于兹，不觉老之将至也。

盘铭：古代刻在盥洗盘器上的劝戒文辞。▶《礼记·大学》:“汤之盘铭曰：‘苟日新，日日新，又日新。’”

④葛井：传说葛洪炼丹取水之井，位于山东潞城市葛井山，“葛井寒泉”为潞城古八景之一。

⑤离尘：本意为超脱凡尘，超脱尘俗。可引申为出家或死亡。▶《京本通俗小说·西山一窟鬼》:“你今既已看破，便可离尘办道。”

## 过万家山①

徐步群山望，孤高秀远峰。②朝来含雨意，湿翠滴重重。③

注释：

①《过万家山》诗见 清 陆龙腾《(康熙)巢县志》卷十九，清康熙十二年(1673)刊本。



万家山：即万山，位于巢湖市北郊，巢湖之滨，距城区约9公里，为大别山余脉。

②徐步：缓慢步行。▶战国 楚 宋玉《神女赋》:“动雾縠以徐步兮，拂墀声之珊珊。”

③朝来：早晨。▶南朝 宋 刘义庆《世说新语·简傲》:“西山朝来，致有爽气。”

## 中庙①

空中楼阁耸云霄，万丈波光拥碧涛。睇望远山如幛列，跻攀连栈接天高。②当湖秋月悬明镜，傍晚残霞照短艘。赤壁何如今夜乐，座中且喜有诗豪。

注释：

①《中庙》诗见 清 陆龙腾《(康熙)巢县志》卷十九，清康熙十二年(1673)刊本。

②跻攀：亦作“跻扳”。犹攀登。▶唐 杜甫《白水县崔少府十九翁高斋三十韵》:“清晨陪跻攀，傲睨俯峭壁。”

# 鲍德

鲍德，明庐州巢县(今安徽省巢湖市)人。贡生。万历十四年(1586)任开化县教谕。“丰仪俊爽，气度宏遒。事上接下，不作媕阿态。□真意冲怀，令人一睹眉宇，卜为君子。遇士谅直，于□素尤加接引，其视势利泊如也。去开十余载，士子□思不替，为立去思碑颂德焉。”

## 大秀晴云[①]

群峰起伏似游龙，秀色轮菌晓自浓。[②]几度绛绡山外卷，分明天际削芙蓉。[③]

注释：

①《大秀晴云》诗见 清 陆龙腾《(康熙)巢县志》卷十九，清康熙十二年(1673)刊本。“大秀晴云”为古巢县十景之一。《(康熙)巢县志》载：“巢南诸山面列，独大秀一峰昂耸居中，最为秀丽。每当好雨初霁，云束山腰，螺髻苍翠，变幻万状，俨然董北苑、米南宫丹青一幅。宋杨杰有诗云：水带平湖千里远，山横大秀一峰高。原载郡志，仍旧标其景于首，余诗悉载《艺文志》。”

②轮菌：高大貌。▶三国 魏 何晏《景福殿赋》：“爰有遐狄，镣质轮菌。”

③绛绡：红色绡绢。绡为生丝织成的薄纱、细绢。▶晋 郭璞《游仙诗》之十：“振发晞翠霞，解褐被绛绡。”

# 何邦渐

何邦渐，字文槐，号绍渠。明云南浪县(今云南省洱源县)人。万历年间拔贡，初任凤阳府通判，历官无为州、邳州知州。有《法象论》《世纪录》以及诗集《初知稿》等。

## 留别芙蓉新刹[①]

尘海无涯着定踪，二毛消减少年容。[②]要登兰若三千界，偶拓芙蓉第一峰。凉夜暂浮香榭水，野云初挂曲栏松。[③]飘飘又泛淮东舫，谁听缑山午夜钟。[④]

注释：

①《留别芙蓉新刹》诗见 清 陆龙腾《(康熙)巢县志》卷十九，清康熙十二年(1673)刊本。原诗标题后有注：“余作观音小刹，即有下邳之调。”

②二毛：斑白的头发。常用以指老年人。▶《左传·僖公二十二年》：“君子不重伤，不禽二毛。”

③凉夜：秋夜。▶晋 潘岳《秋兴赋》：“何微阳之短晷，觉凉夜之方永。”

④缑山：即缑氏山。指修道成仙之处。▶唐 白居易《吴兴灵鹤赞》：“辽水一去，缑山不回。”

## 建芙蓉庵[1]

乾坤许大无扃钥，浮踪是处堪行乐。[2]青山千古看人忙，功名几代凌烟阁。我从叱驭入三巴，钟离濡口两移家。[3]幺幺无补世缘薄，到处寻幽学种花。[4]种花不似河阳满，僻爱登高舒啸览。[5]前侯曾此构山亭，我来为作芙蓉馆。[6]芙蓉秋水美人稀，安乐行窝继者谁。[7]掇拾唾余博升斗，联镳结驷羞涂泥。[8]涂泥底事无蝉脱，随分因缘须悟觉。[9]行行暂此一停骖，小院琅玕不萧索。[10]春雨桃花秋月梧，春去秋来景不疏。况复四山环翠幕，孤榻静几宜琴书。狂歌剧笑云天响，清梦乍醒神骨爽。升沉久已附青苍，此际不来心上囔。飘飘何日是闲身，半日投闲即是真。[11]真空看到出尘劫，虚名薄誉归浮云。[12]浮云聚散任南北，封疆主人原是客。驱车能得几经过，留与山僧伴明月。

注释：

①《建芙蓉庵》诗见 清 陆龙腾《(康熙)巢县志》卷十九，清康熙十二年(1673)刊本。

②扃钥：门户锁钥。▶《西京杂记》卷六："初至一户，无扃钥。"

浮踪：踪迹不定；不定的踪迹。▶明 梅鼎祚《玉合记·醳负》："郎君此去，云水浮踪。"

③叱驭：汉琅邪王阳为益州刺史，行至邛郲九折坂，叹曰："奉先人遗体，奈何数乘此险！"因折返。及王尊为刺史，"至其坂…… 尊叱其驭曰：'驱之！王阳为孝子，王尊为忠臣。'"见《汉书·王尊传》。后因以"叱驭"为报效国家，不畏艰险之典。▶唐 王勃《梓州郪县兜率寺浮图碑》："下岷关而叱驭，寄切全都。"

濡口：指濡须口。▶清 吴伟业《八风诗·东南风》："捩柁引船濡口利，禡牙挥扇赭圻功。"

④世缘：俗缘。人世间事。▶唐 钱起《过桐柏山》："投策谢归途，世缘从此遣。"

⑤河阳：晋潘岳曾任河阳县令，后多以"河阳"指称潘岳。▶唐 王维《为人祭李舍人文》："名高江夏之童，貌夺河阳之美。"

舒啸：犹长啸。放声歌啸。▶晋 陶潜《归去来兮辞》："登东皋以舒啸，临清流而赋诗。"

⑥前侯：此处指作者的前任官员，作者时任无为州知州。

⑦行窝：宋人为接待邵雍仿其所居安乐窝而为之建造的居室。▶宋 邵伯温《闻见前录》卷二十："十余家如康节先公所居安乐窝，起屋以待其来，谓之行窝。故康节先公没，乡人挽诗有云：春风秋月嬉游处，冷落行窝十二家。"后因指可以小住的安适之所。

⑧唾余：唾液之余。喻别人的点滴言论。▶明 沈德符《野获编·礼部一·恤赠谏官之谬》："夫杜泰凶竖，谗杀从谦，死有余辜，其唾余岂士大夫可拾者？"

联镳[biāo]：犹联鞭。▶唐 权德舆《酬崔千牛四郎早秋见寄》诗："联镳长安道，接武承明宫。"

结驷：一车并驾四马。▶《楚辞·招魂》："青骊结驷兮齐千乘，悬火延起兮玄颜烝。"

涂泥：泥泞的路途。▶《汉书·阴兴传》："每从出入，常操持小盖，障翳风雨，躬履涂泥，率先出门。"

⑨随分：随意；任意。▶唐 王绩《独坐》："百年随分了，未羡陟方壶。"

悟觉：觉悟。▶《孟子·万章上》："予，天民之先觉者也。"

⑩琅玕：亦作"琅玕"。形容竹之青翠，亦指竹。▶唐 杜甫《郑驸马宅宴洞中》："主家阴洞细烟雾，留客夏簟青琅玕。"

⑪投闲：谓置身于清闲境地。▶宋 陆游《入秋游山赋诗》之三："屡奏乞骸骨，宽恩许投闲。"

⑫真空：佛教语。一般谓超出一切色相意识界限的境界。▶南朝 陈 徐陵《长干寺众食碑》："自非道登正觉，安住于大般涅槃；行在真空，深入于无为般若。"

尘劫：佛教称一世为一劫，无量无边劫为尘劫。后亦泛指尘世的劫难。▶《楞严经》卷一："纵经尘劫，终不能得。"

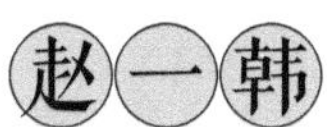

## 赵一韩

赵一韩，字澹云，明庐州巢县(今安徽省巢湖市)人。万历三十二年(1604)甲辰科进士，初任九江司理，"故在浔日，民赖辑安，讴思弗辍，亟权无关，疏通商贾，革弊轻税，长江上下流泽"。转工部主事，升怀庆知府，"清久逋，抚疲民，持法纪，不少假易。"后补建宁，晋贵州兵备副使。"终身一节。当魏党炽盛之日，公尤能立节自振，不少荏苒于党人。卒祀乡贤，祀九江名宦。"

### 洗耳池①

避世甘辞万乘荣，临流心与水俱清。②箕山去后无消息，池上犹存洗耳名。

注释：

①《洗耳池》诗见 清 陆龙腾《(康熙)巢县志》卷十九，清康熙十二年(1673)刊本。

②万乘：周制，天子地方千里，能出兵车万乘，因以"万乘"指天子。后指帝王，帝位。▶《汉书·蒯通传》："随厮养之役者，失万乘之权；守儋石之禄者，阙卿相之位。"

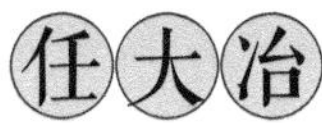

## 任大治

任大治(1571—1629)，初名以治，字天卿，号九龠。万历四十七年(1619)己未科进士。任刑曹主政，历员外郎中、庐州知府。后罢职。熹宗朝起复，历任南京刑部贵州清吏司署郎中主事、南京刑部广东司主事、山东按察司兵马副使、河南督学副使、山西主考等职。为官清正，诗、词、文、赋及书法亦颇有成就，尤精诗赋，著有《姓氏骊珠》《梁溪政余录》《剑扫鄂渚集》《金陵漫草》《庐阳杂记》《任天卿集》《饵槎斋文集》等。

## 芙蓉岭登观音阁①

群山簇簇幻芙蓉，岚气蒸成大士宫。②翠色崚嶒开色相，苍苔腻滑映帘栊。③徘徊只觉星辰近，呼吸犹堪帝座通。④手拨白云松顶上，如闻清啸半空中。

注释：

①《芙蓉岭登观音阁》诗见 清 陆龙腾《(康熙)巢县志》卷十九，清康熙十二年(1673)刊本。

②簇簇：一丛丛；一堆堆。▶唐 白居易《开元寺东池早春》："池水暖温暾，水清波潋滟。簇簇青泥中，新蒲叶如剑。"

③崚嶒：高耸突兀。▶南朝 梁 沈约《游钟山诗应西阳王教》："郁律构丹巘，崚嶒起青嶂。势随九疑高，气与三山壮。"

④帝座：帝王的座位。▶晋 陆机《辩亡论上》："旋皇舆于夷庚，反帝座乎紫闼。"



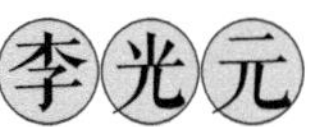

李光元，明江西进贤(今江西省进贤县)人。万历三十五年(1607)丁未科进士。有《市南子》二十二卷、《制敕》六卷。

## 庐州道①

喜脱经旬谷，庐阳气象轩。②地雄连帝里，天关似周原。③镇日旌逾静，回风吹乍喧。④悠哉开国际，想象见雷屯。⑤

注释：

①《庐州道》诗见 明 李光元《市南子》诗文卷三，明崇祯刻本。

②气象：景色，景象。▶唐 阎宽《晓入宜都渚》："回眺佳气象，远怀得山林。"

③帝里：犹言帝都，京都。▶《晋书·王导传》："建康，古之金陵，旧为帝里，又孙仲谋、刘玄德俱言王者之宅。"

周原：周城的原野。▶《诗·大雅·绵》："周原朊朊，堇荼如饴。"

④镇日：整天，从早到晚。▶宋 朱熹《邵武道中》："不惜容鬓凋，镇日长空饥。"

⑤想象:缅怀;回忆。▶《楚辞·远游》:"思旧故以想象兮,长太息而掩涕。"

王之臣,字忠所。明庐州巢县(今安徽省巢湖市)人。任浙江学博,"痛仆被劫于途,遂乞休不仕。"性严介,理道自持,"虽私居燕处,无有怠斁麟经。"

## 王乔洞[1]

石屋闲无主,松风静有声。[2]虚疑翠微里,隐隐是吹笙。

注释:

①《王乔洞》诗见 清 陆龙腾《(康熙)巢县志》卷十九,清康熙十二年(1673)刊本。

②无主:没有主人。▶《吕氏春秋·异用》:"周文王使人扣池,得死人之骸,吏以闻于文王。文王曰:'更葬之。'吏曰:'此无主矣。'"

刘师朱,明开州(今重庆市开州区)人(《(嘉庆)庐州府志》《(光绪)续修庐州府志》均作开封人,误。)。举人。永平县教谕,万历十九年(1591)任庐州府同知。

## 芙蓉庵[1]

地隐莲花藏,山分菡萏支。[2]凿云通曲折,扪石怪参差。官愧宣城守,僧怀惠远师。[3]香林趺坐处,禅寂好谁期。[4]

注释:

①《芙蓉庵》诗见 清 陆龙腾《(康熙)巢县志》卷十九,清康熙十二年(1673)刊本。本诗又作《芙蓉岭》,见 清 舒梦龄《(道光)巢县志》巢县志卷十六,清道光八年(1828)刊本。

②菡萏:即荷花。▶《诗·陈风·泽陂》:"彼泽之陂,有蒲菡萏。"

③慧远师:指慧远大师。慧远大师(334—416),法名释慧远,俗姓贾氏,东晋时山西雁门郡楼烦县(今山西省原平大芳乡茹岳村)人,历史上著名高僧之一,是佛教净土宗的开山祖师、创始人之一、庐山白莲社创始者。

宣城守:指南朝宣城太守谢朓。谢朓(464—499),字玄晖,汉族,陈郡阳夏(今河南太康县)人。南朝齐杰出的山水诗人,出身高门士族,与“大谢”谢灵运同族,世称“小谢”。19岁解褐豫章王太尉行参军。永明五年(487),与竟陵王萧子良西邸之游,初任其功曹、文学,为“竟陵八友”之一。永明九年(491),随随王萧子隆至荆州,十一年还京,为骠骑咨议、领记室。建武二年(495),出为宣城太守。两年后,复返京为中书郎。之后,又出为南东海太守,寻迁尚书吏部郎,又称谢宣城、谢吏部。东昏侯永元元年(499)遭始安王萧遥光诬陷,死狱中,年三十六。

④禅寂:谓坐禅习定。▶《景德传灯录·迦毗摩罗》:“师可禅寂于此否?”

## 欧必元

欧必元(1573—1642),字子建。顺德(今广东省佛山市顺德区)人。欧大任从孙,欧主遇从兄。十五岁为诸生,试辄第一。崇祯间贡生,年已六十。以时事多艰,慨然诣粤省巡抚,上书条陈急务,善之而不能用。当时缙绅称之为岭南端士。尝与修府县志乘,颇餍士论。晚年遨游山水,兴至,落笔千言立就。必元能诗文,与陈子壮、黎遂球等复修南园旧社,称南园十二子。《咸丰·顺德县志》卷二四有传。有《勾漏草》《罗浮草》《溪上草》《琭玉斋稿》等作。



### 族叔昭德[1]

浪迹诗名满蓟幽,风流草檄又庐州。[2]从教机杼闺中急,不怕萧郎爱远游。[3]

注释:

①《族叔昭德》诗见 明 欧必元《欧子健集》,清初刻本。原诗标题下有作者自注:“时叔在庐州。”

②草檄:草拟檄文。亦泛指撰写官方文书。▶《陈书·蔡景历传》:“部分既毕,召令草檄,景历援笔立成。”

③从教:听从教导。▶《韩非子·诡使》:“无二心私学,听吏从教者,则谓之陋。



### 送昭德叔之庐州兼致蒙维易简兄弟[1]

杯酒春风送别航,片驱东引绣溪长。八公山上谁歌桂,五石城边已化羊。浪迹自缘司马壮,沉酣虚拟步兵狂。[2]居然双翼垂天起,无复云间数雁行。[3]

注释:

①《送昭德叔之庐州兼致蒙维易简兄弟》诗见 明 欧必元《欧子健集》,清初刻本。

②浪迹：不拘形迹。▶《文选·江淹〈杂体诗·效张绰“杂述”〉》：“浪迹无蚩妍，然后君子道。”

③谏草：谏书的草稿。▶唐 杜甫《晚出左掖》：“避人焚谏草，骑马欲鸡栖。”

虚拟：设想；虚构。

步兵：为三国时期魏国阮籍的别称。阮籍曾任步兵校尉。▶唐 刘知几《史通·称谓》：“有匹夫而不名者，若‘步兵’、‘彭泽’是也。”

④垂天：挂在天边；悬挂天空。▶《庄子·逍遥游》：“鹏之背，不知其几千里也；怒而飞，其翼若垂天之云。”

## 胡汝闇

胡汝闇，字□□，明庐州巢县(今安徽省巢湖市)人。万历二十八年(1600)贡士。

### 寻桃花岭古洞[①]

天风吹入白云乡，洞口萋萋草自芳。[②]莫讶石床丹灶冷，山中几度宿诗狂。

注释：

①《寻桃花岭古洞》诗见 清 陆龙腾《(康熙)巢县志》卷十九，清康熙十二年(1673)刊本。

②白云乡：《庄子·天地》：“乘彼白云，游于帝乡。”后因以“白云乡”为仙乡。▶唐 李群玉《自澧浦东游江表途出巴丘投员外从公虞》：“何由首西路，目断白云乡。”

## 陈仁锡

陈仁锡(1581—1636)，字明卿，号芝台。明苏州长洲人(今江苏省苏州市)。天启二年(1622)壬戌科进士，授编修，典诰敕。以忤魏忠贤被削职为民。崇祯初召复故官，累迁南京国子祭酒。卒谥“文庄”。讲求经济，有志天下事，性好学、喜著书。著有《四书备考》《经济八编类纂》《重订古周礼》等。

### 寄询同门庐州严太守[①]

使君标格如何拟，淡月寒空笼白梅。[②]风土清嘉吏事少，空庭梳羽鹤徘徊。[③]

注释：

①《寄询同门庐州严太守》诗见 明 陈仁锡《无梦园初集》海集三，明崇祯六年(1633)刻本。

②标格：风范，风度。▶北魏 温子升《寒陵山寺碑序》："大丞相渤海王，命世作宰，惟机成务。标格千刃，崖岸万里。"

③清嘉：美好。▶宋 柳永《望海潮》词："重湖叠巘清嘉，有三秋桂子，十里荷花。"

空庭：幽寂的庭院。▶南朝 宋 谢灵运《斋中读书》："虚馆绝诤讼，空庭来鸟雀。"

吏事：指刑狱之事。▶《史记·韩信卢绾列传》："高祖为布衣时，有吏事辟匿，卢绾常随出入上下。"

## 刘理顺

刘理顺（1582—1644），字复礼，号湛六。原籍山西，后迁河南杞县（今河南省开封市杞县）。崇祯七年（1634）癸酉科状元及第，封为翰林院修撰，负责《起居注》，管理六曹奏章，纂修《明会要》。崇祯十七年（1644），李自成破北京，刘理顺携全家自杀殉国。南明时，追封詹事，谥"文正"。清顺治十年（1653），追谥"文烈"。著有《文集》十二卷。

### 送朱中白守庐州[1]



俊杰识时务，如君亦鲜偷。筑台先受役，榷税罔辞辛。余暇搜经史，虚怀访道真。[2]计今湖上月，松杪尚匀匀。

中原狐鼠满，风鹤迫留都。[3]因借匡扶略，欲终荡扫图。[4]公山春草长，淝水锦浪铺。[5]伫见一呼尽，贤良绩自殊。

注释：

①《送朱中白守庐州》诗见 明 刘理顺《刘文烈公全集》卷四，清顺治刻康熙印本。

②道真：谓道德、学问的真谛。▶《汉书·刘歆传》："党同门，妒道真。"

③风鹤：形容疑惧惶恐，自相惊扰。 明 张煌言《上鲁国主启》："若轻为移跸，则风鹤频惊，臣罪谁诿？"

④匡扶：匡正扶持。▶唐 司空图《太尉瑯玡王公河中生祠碑》："志切匡扶，义唯尊戴，每承诏命，若觐天颜。"

⑤公山：八公山之省写。

陆合新（？—1635），字士鼎，号函台（又作涵台），明庐州巢县（今安徽省巢湖市）

人。陆龙腾之父。万历三十四年(1606)丙午科举人,候选知县。崇祯八年(1635),张献忠攻巢县,"与县官合议城守。及城陷,衣冠端坐,贼入室,欲使跪,叱曰:'我三十年孝廉,此膝肯为汝辈屈耶。'拔剑欲斩贼,刃伤贼手。贼怒,擒之,遇害。"

## 冬日游王乔洞[①]

断壁莓苔冷，冲寒不倦登。[②]泉枯深见石，刹古寂无僧。锻灶横疏枥，棋枰卧瘐藤。[③]闲云浑似我，来去此山嶒。[④]

注释:

①《冬日游王乔洞》诗见 清 陆龙腾《(康熙)巢县志》卷十九,清康熙十二年(1673)刊本。

②冲寒:冒着寒冷。▶唐 杜甫《小至》:"岸容待腊将舒柳,山意冲寒欲放梅。"

③锻灶:打铁用的炉子。亦指打铁的场所。▶北周 庾信《小园赋》:"况乎管宁藜床,虽穿而可坐;嵇康锻灶,既暖而堪眠。"

④浑似:完全像。▶宋 孙光宪《更漏子》词之六:"求君心、风韵别。浑似一团烟月。"

嶒[céng]:指崚,形容山势高峻。

严觉,字知非,明浙江归安(今属浙江省湖州市)人。万历三十四年(1606)丙午科举人,授上海县教谕,升巢县知县。崇祯八年(1635),张献忠破巢县,不屈被杀,妻儿亦一同遇害。清乾隆年间,通谥"烈愍"。

## 巢湖清咏[①]

泉室由来志怪史，祯符殊代聿云奇。[②]错综人术分灵液，经纪天文涵斗羲。[③]万顷得名高士耳，一丸已识夏侯羁。汤汤巢水流千古，汩汩焦源今在斯。汉代黄金贤太守，晋朝青琐诧神嫠。[④]威腾波兕山为裂，怒发神螭天莫支。白玉堂开鳖肺跃，翠环幕结蛟人褵。松虬入水龙犹子，石母投渊甲产儿。[⑤]鳞族深游新奥府，微禽应化畅天池。[⑥]赤蚁封口鲋鱼活，紫贝宫中虎豹尸。珠嫔长闻水殿恨，冰姨泣奏冷渊思。海君方雪儿童耻，天帝嗔陵老母祠。镇日衡涛能截角，经时骇浪疾驱夔。海邦介士奔潜壑，水国夫人徙泽葵。[⑦]浩瀚难穷气萧瑟，莽苍平望色凄其。[⑧]诸涯漫漫迷牛马，莞苇芊芊惊鹭鸶。骄蛙远思窜故渚，长鲸何日发离飔。通津受福天为市，巨泽新平势尚痍。[⑨]又见文波连鸟旆，适观谯沛拥龙旗。舳舻万艇鱼遮日，旄钺千林鸿渐逵。雷鼓风鸣比众籁，金钟浪涌不闻錍。阴云郁起河边骨，疾日闲驰闾尾蠵。慨矣乱流浑不渡，咄哉如逝亦生悲。祥符异气呈川候，至正浮光浴佛时。砥柱昔无操水鉴，伐鼙今又载王师。[10]云昏乍卷峰头雪，日黯徐回海外曦。[11]大壑通涛陵赤岸，天河倒注激黄涯。[12]承平忽现安澜日，观世才知利涉期。[13]楼市峥嵘秦郡县，烟霞父老晋威仪。水仙遗操分鸾响，津吏衔杯拱鹤帔。[14]未有飞书能暴瑞，犹嫌幻化夺灵祇。[15]千年休气真难俟，五日荣光始变彝。忽尔泾流同渭泚，居然淄水尽渑饴。鹦洲分黛衣速渚，鹊岸翻风尾带湄。楫荡碧云摇片片，帆飞绿雪影漪漪。[16]尘缨薄污憎潺湲，仁网厉禁数鲲鲕。[17]孤屿中川云日丽，远峰微縠玉冰姿。[18]楚王萍实祥堪剖，汉水菱华采为谁。[19]委蛇送迎忙獭祭，江妃来往镜蛾眉。[20]绿文可照洪乔字，白数能观陶侃棋。[21]龙鲤垂涎觞未滥，雁凫落影棹偏迟。坤元涌异波咸润，黄渎逾尊道不卑。[22]川德难量伊献颂，灵源为政岂犹疵。清涓螭府居无屋，澹薄鱼鳃骨欲羸。[23]上客停桡空解珮，渔人搔首着晴衰。[24]广长有舌应忘渴，清冷无波可乐饥。[25]莫酌贪泉穷所自，闲观澜术竟何之。[26]只凭此日心如水，谁道他年事有祺。小谷欲盈墨子恶，众流不逆老聃知。飞笺谩自传河伯，不续前人张鲍词。

注释：

①《巢湖清咏》诗见 清 陆龙腾《(康熙)巢县志》卷十九，清康熙十二年(1673)刊本。原诗有序，稍节。序文如下：巢湖为庐阳诸水所注，环三百六十港，实淮西巨泽。怒涛奔湍，绝非安澜。考汉建兴间，孙权由巢湖向淝水，曹叡自将御之。孔明《出师表》曰：曹操四越巢湖不成。至南北朝，北魏寇淮淝，齐以左将军刘珍屯巢湖。元至正间迄国初，若虢国、楚国诸公，辄于湖为水屯，以拒左君弼。帆樯相望，壁垒横空，又为古战场。上下千百年，惜此湖光竟成幻劫，求有一刻清晏，庸可得乎。余治巢甫一载，而巢湖忽清，清且两阅月。士大夫父老咸惊喜相告曰：湖清难俟，非侯之治，不至此。余敬谢曰：唯唯。否否。抑余尝有疑焉。巢署为范家故宅，山下旧井依然。余每于豢鹤鸣琴之暇，汲泉烹葵，以度朝夕，视巢湖千顷，真如浊流。一日井忽竭，绠短汲深，羸瓶无用，旋取巢湖水，日饮数斗，清如寒泉，而淡复过之。因叹曰：井泥不食，旧井无禽，岂老亚父悲愤所致，一口吸尽，以消狂热，抑姥山圣母从何处乞得金茎露，欲洒润数百里，始以井渫渴我耶。或解之曰：巢父洗耳以后，今日始见清流，理数适然，亦或有之。若以为瑞应，则古巢自入国朝版图，凡水旱、饥馑、雨雹、地震，岁不绝书，何独今以湖清纪。纪异耶？纪瑞耶？天人之故，微矣哉。祯祥不衰，异日野史氏定有执橐而书之者，余何敢知。偶操不律之韵，得五十字。以治其末。

②祯符：祥瑞；吉兆。▶《南史·宋纪中·文帝》："徐羡之、傅亮等以祯符所集，备法驾奉迎。"

殊代：绝代。▶晋 傅玄《失题》诗之二："有女殊代生，涉江采菱花。"

③人术：谓处置人事的谋略。▶晋 郭璞《江赋》："经纪天地，错综人术。"

斗羲：指斗部的星辰和太阳，泛指日月星辰。羲，指羲和，为太阳之母，可代指太阳。

④嫠[lí]：寡妇。神嫠，指巢湖湖神焦姥。

⑤甲产:指龟、蚌之类的水产动物。▶晋 孙绰《望海赋》:"鳞汇万殊,甲产无方。"

⑥奥府:指幽深之洞府。▶前蜀 杜光庭《贾璋醮青城丈人真君词》:"伏以岷蜀雄都,西南巨镇,下蟠万壑,上拱九青,为造化之殊庭,乃神仙之奥府。"

⑦介士:武士。▶《韩非子·显学》:"国平则养儒侠,难至则用介士。"

泽葵:青苔。▶《太平广记》卷四一三引 南朝 梁 任昉《述异记》:"苔钱亦谓之泽葵。"

⑧凄其:寒凉貌。▶元 张养浩《长安孝子》:"退省百无有,满屋风凄其。"

⑨通津:四通八达之津渡。▶《梁书·武帝纪上》:"追奔逐北,奄有通津。"

受福:接受天地神明的降福。▶《易·困》:"利用祭祀,受福也。"

⑩水鉴:明鉴。▶明 文徵明《送乔冢宰致仕还太原》诗之一:"启事从来夸水鉴,移文曾不愧山灵。"

⑪徐回:缓慢地回旋运转。▶《文选·司马相如〈上林赋〉》:"然后灏溔潢漾,安翔徐回,翯乎滈滈,东注太湖,衍溢陂池。"

⑫赤岸:泛指土石呈赤色的崖岸。▶《楚辞·东方朔〈七谏·哀命〉》:"哀高丘之赤岸兮,遂没身而不反。"

⑬安澜:水波平静,比喻太平。▶《文选·王褒〈四子讲德论〉》:"天下安澜,比屋可封。"

⑭鹤帔:修道者的衣装。▶唐 韩偓《朝退书怀》:"鹤帔星冠羽客装,寝楼西畔坐书堂。"

⑮飞书:指疾速传送文书。▶《晋书·乐志下》:"吴人放命,冯海阻江。飞书告谕,响应来同。"紧急的文书。▶《后汉书·五行志一》:"光武崩,山阳王荆哭不哀,作飞书与东海王,劝使作乱。"

⑯漪漪:水波荡漾貌。▶ 宋 苏轼《裙靴铭》:"百叠漪漪,风绉六铢。"

⑰厉禁:遮挡,禁止。谓设卫警戒,限制出入。▶《周礼·秋官·司隶》:"执其邦之兵,守王宫与野舍之厉禁。"

鲲鲕:小鱼。▶《梁书·孝行传·吉翂》:"凡鲲鲕蝼蚁,尚惜其生,况在人斯,岂愿齑粉。"

⑱中川:江中。▶南朝 宋 谢灵运《登江中孤屿》:"乱流趋正绝,孤屿媚中川。"

⑲萍实:谓甘美的水果。▶汉 刘向《说苑·辨物》:"楚昭王渡江,有物大如斗,直触王舟,止于舟中。昭王大怪之,使聘问孔子。孔子曰:'此名萍实,令剖而食之,惟霸者能获之,此吉祥也。'"

菱华:菱花。▶汉 司马相如《子虚赋》:"外发芙蓉菱华,内隐巨石白沙。"

⑳獭祭:"獭祭鱼"的省写。谓獭常捕鱼陈列水边,如同陈列供品祭祀。▶《礼记·月令》:"(孟春之月)东风解冻,蛰虫始振,鱼上冰,獭祭鱼,鸿雁来。"

江妃:亦作"江斐"。传说中的神女。▶汉 刘向《列仙传·江妃二女》:"江妃二女者,不知何所人也,出游于江汉之湄,逢郑交甫,见而悦之,不知其神人也。"

㉑绿文:绿色的图箓。▶王闿运《桂颂》:"奉黄牙赤玉之璋,览朱陵绿文之图。"

㉒坤元:与"乾元"对称。指大地资生万物之德。▶《易·坤》:"至哉坤元,万物资生,乃顺承天。"

㉓澹薄：恬淡寡欲。▶《淮南子·主术训》："非澹薄无以明德，非宁静无以致远。"

㉔解佩：解下佩带的饰物。▶汉 刘向《列仙传·江妃二女》："江妃二女者，不知何所人也，出游于江汉之湄，逢郑交甫，见而悦之，不知其神人也，谓其仆曰：'我欲下请其佩。'……遂手解佩与交甫。"

㉕广长：宽和长。▶汉 荀悦《汉纪·武帝纪三》："蒲昌海一名盐泽，去阳关三千余里，广长三、四百里。"

㉖所自：由来；来源。▶宋 曾巩《蒲宗孟祖伸赠太子少傅制》："流泽也远，有孙而贤。进于中台，揔国纲辖。善有所自，朕惟汝嘉。"

## 阮大铖

阮大铖（1587—1646），字集之，号圆海、石巢、百子山樵。明南直怀宁（今安徽省怀宁县）人。万历四十四年（1616）丙辰科进士。天启初擢给事中，初倚左光斗，以升迁不如己愿，转附魏忠贤，任太常少卿。崇祯初，名列逆案，废为民。福王立，得马士英力，为兵部添注右侍郎，进尚书兼右副都御史。乃翻逆案，欲尽杀东林、复社及素不合者。南京陷，大铖逃入浙江方国安军中，次年（1646）降清。从清兵攻仙霞岭，发病僵仆石上死。一说清兵搜得大铖等请唐王出关，为内应疏，大铖闻讯，触石死。



大铖通音律，有文才，撰有传奇《春灯谜》《燕子笺》《双金榜》《牟尼合》《忠孝环》《桃花笑》《井中盟》《狮子赚》《赐恩环》《老门生》等10种，今存前4种，合称《石巢传奇四种》。另有诗文《咏怀堂全集》。

### 寄怀庐州吴太守淡玄[①]

淝水春风引绿芜，使君五马饮请湖。[②]但听花下鹤鸣静，不畏城头乌尾逋。白羽谭兵麾部曲，绛纱退食拥生徒。[③]治平第一元家谱，宴锡行看冠虎符。[④]

注释：

①《寄怀庐州吴太守淡玄》诗见 明 阮大铖《咏怀堂诗集》诗外集甲部，明崇祯八年（1635）刻本。庐州吴太守淡玄：即庐州知府吴大朴。

②绿芜：丛生的绿草。▶唐 韩偓《船头》："两岸绿芜齐似剪，掩映云山相向晚。"

③绛纱：犹绛帐。对师门、讲席之敬称。▶唐 刘禹锡《送赵中丞自司金外郎转官参山南令狐仆射幕府》诗："相府开油幕，门生逐绛纱。

退食：退朝就食于家或公余休息。▶《北史·高允传》："（司马消难）因退食暇，寻季式，酣歌留宿。"

④治平：指官吏治理政事的功绩。▶《史记·屈原贾生列传》："孝文皇帝初立，闻河南

守吴公治平为天下第一。”



## 严尔珪

严尔珪(1590—1650),字伯玉(一说字琢如),号琢庵,晚号蘧庵居士。明浙江归安(今属浙江省湖州市)人。天启二年(1622)壬戌科进士,知海门县,晋南礼部,出守庐州,教养兼至,称循良第一。擢粤东参议,调广东副使,寇盗猖獗,剿抚多方,四境帖然。转江西布政,予告终养居家。《(同治)湖州府志》:“岁大饥,输镪赈粥,全活无算。”有《琢如诗文》行世。

崇祯四年(1631),严尔珪于巢湖姥山倡建文峰塔,甫四层,值乱辍工。

### 无题[①]

拂袖孤峰度石屏，月明飞锡下仙灵。[②]波涵练影浮烟白，山插莲花逼汉青。[③]北望玉京开静室，东来真气接虚亭。[④]为问风尘几劳碌，未许人间见岁星。[⑤]



注释:

①《无题》诗见 清 陆龙腾《(康熙)巢县志》卷十九,清康熙十二年(1673)刊本。原诗无标题。

②石屏:壁立如屏的山石。▶唐 高适《宴韦司户山亭院》:“苔径试窥践,石屏可攀倚。”

③练影:指日、月、水波等的白色光影。▶唐 无可《中秋台看月》:“水光笼草树,练影挂楼台。”

④玉京:指帝都。▶唐 孟郊《长安旅情》:“玉京十二楼,峨峨倚青翠。”

⑤岁星:指东方朔。典出 汉 郭宪《东方朔传》:“汉东方朔仕汉武帝为大中大夫。武帝暮年好仙术,与朔狎昵,从朔求不老之药及吉云、甘露等。朔尝谓同舍郎曰:‘天下知朔者唯大王公耳’。及朔卒,武帝召大王公问之,对以不知。问何能,对以善星历。乃问诸星皆在否,曰:‘诸星具在,独不见岁星十八年,今复见耳。’”帝仰天叹曰:‘东方朔生在朕傍十八年,而不知是岁星哉!’”▶清 王图炳《游仙》:“君王欲乞长生术,不道郎官是岁星。”

## 胡志藩

胡志藩,字屏王。明庐州合肥(今安徽省合肥市)人。崇祯五年(1632)乙丑科进士,授中书舍人。入御史台,巡按宣大(宣府镇、大同镇)。骄将悍卒,靡不摄服。卒于官。

## 塞上除夕[1]

经年塞上饱清霜，除岁何堪尚异乡。游子低眉思暮景，羁臣掩泪诵春王。[2]金鸡知已宣虞律，铁骑传犹傍汉疆。[3]远戍漫言人未老，玉关一夜鬓苍苍。

注释：

①《塞上除夕》诗见 明 来临 纂修《(崇祯)蔚州志》四卷，明崇祯八年(1635)刊本。

②羁臣：亦作“羇臣”。羁旅流窜之臣。▶《左传·昭公七年》：“君之羁臣，苟得容以逃死，何位之敢择?”

春王：指正月。按《春秋》体例，鲁十二公之元年均应书“春王正月公即位”，有些地方因故不书“正月”二字，后遂以“春王”指代正月。▶《春秋·定公元年》：“元年春王。”

③虞律：即《虞书》，《尚书》组成部分之一。相传是记载夏朝之前的新兴王朝--虞朝之书。今本凡《尧典》《舜典》《大禹谟》《皋陶谟》《益稷》五篇。其中《舜典》由《尧典》分出，《益稷》由《皋陶谟》分出。《大禹谟》系伪《古文尚书》的一篇。

## 来临



来临，字驭仲，明陕西三原(今陕西省咸阳市三原县)人。选贡。崇祯中，知蔚州。精明莅事，刚果不挠，纂修《(崇祯)蔚州志》四卷。缮修城郭，有保障功。十年(1637)，升登州府同知。

## 恭和胡直指屏王先生塞上除夕之作[1]

宣云右臂肃威霜，除夕蔚萝惊异乡。[2]独坐啼鸟忆庐子，清霄候晓拜天王。[3]杯传柏叶销寒腊，颂奏椒花靖塞疆。[4]手扳颙承淑气籥，愿舒忧国鬓髭苍。[5]

注释：

①《恭和胡直指屏王先生塞上除夕之作》诗见 明 来临 纂修《(崇祯)蔚州志》四卷，明崇祯八年(1635)刊本。

胡直指屏王先生：指胡志藩。

直指：汉武帝时朝廷设置的专管巡视、处理各地政事的官员。也称“直指使者”，因出巡时穿着绣衣，故又称“绣衣直指”，或称“直指绣衣使者”。▶汉 荀悦《汉纪·武帝纪六》：“民力屈，财货竭，因之以凶年，群盗并起，道路不通，直指之使始出，衣绣衣，持斧钺，斩断于郡国，然后胜之。”

②宣云：宣化（今河北省张家口市宣化区）和密云（今北京市密云区），明时为军事重镇，负有防边保疆、护陵、守都之重任。

③庐子：庐子国，即今安徽省合肥市，为胡志藩故乡。▶《通典》："庐州，今理合肥县，古庐子国也。"

④寒腊：寒冬腊月。▶清 孙枝蔚《秋蝗》："收获望明年，除汝仗寒腊。"

⑤淑气：温和之气。▶晋 陆机《悲哉行》："蕙草饶淑气，时鸟多好音。"

籥：假借为"龠"。古管乐器。▶《诗·邶风·简兮》："左手执籥。"

"手扳颙承淑气籥"句：此处指恭敬的承候"吹灰候气"法来确定春和之气的到来。吹灰候气，古人用葭莩的灰塞在律管中，某个节气到了，其相应律管内的灰便会飞动起来。▶《后汉书·律历志》："候气之法，为室三重，户闭，涂衅必周，密布缇缦。室中以木为案，每律各一，内庳外高，从其方位，加律其上，以葭莩灰抑其内端，案历而候之。气至者灰动。其为气所动者其灰散，人及风所动者其灰聚。殿中候，用玉律十二。惟二至乃候灵台，用竹律六十。候日如其历。"

## 刘荣嗣

刘荣嗣（？—约1635），字敬仲，号简斋。明广平府曲周（今河北省邯郸市曲周县）人。万历四十四年（1616）丙辰科进士，历官工部尚书。崇祯六年（1633），总督河道，用门客之说创挽河之议，别凿新河，起宿迁至徐州，分黄河水以通漕运。八年（1635），以河工无效被劾得罪，下狱死。有《半舫集》。

### 听张并生谈庐阳流寇①

多时衰疾苦茹荼，槛外罗中并可虞。②渺渺山河流寇满，茫茫天地病臣孤。坐深短烛青无焰，夜静空床冷切肤。③请室儒生徒念乱，师中老将正呼卢。④

严冬蜂虿应收毒，累岁豺狼方益横。遂有箭惊都护幕，几看城插叛儿旌。从来国体存矜恤，何日皇威果荡平。⑤莫以朝廷宽尔死，真云司马竟无征。⑥

小丑几忘天帝尊，可无胜算出临轩。⑦痛挥晋楚年年泪，冷逼江淮处处魂。云黑青燐惊夜斗，月明白骨露沙痕。可怜赤子兼兵苦，莫更区区倚调援。

人事时时有岁寒，使余心痗匪南冠。⑧无端荣辱犹堪遣，并置君亲良独难。忧视杞人心更窄，室如广漠地非宽。⑨即教旦夕蒙恩宥，何处堪容一枕安。⑩

注释:

①《听张并生谈庐阳流寇》诗见 明 刘荣嗣《简斋先生集》诗选卷四,清康熙元年(1662)刘佑刻本。

②茹荼:比喻受尽苦难。荼,苦菜。▶唐 骆宾王《畴昔篇》:"茹荼空有叹,怀橘独伤心。"

可虞:使人忧虑。▶清 恽敬《与庄大久》:"唯有时旧疾复发,则吐如银者数声,手足战掉,胸背寒重为可虞耳。"

③切肤:犹言切身,和自己有密切关系的。▶元 虞集《淮阳献武王庙堂之碑》:"邃深蔽亏,群谗切肤。"

④请室:清洗罪过之室。请,通"清"。即囚禁有罪官吏的牢狱。▶《汉书·贾谊传》:"故其在大谴大何之域者,闻谴何则白冠氂缨,盘水加剑,造请室而请罪耳。"

呼卢:谓赌博。▶唐 李白《少年行》之三:"呼卢百万终不惜,报雠千里如咫尺。"

⑤国体:国家的典章制度;治国之法。▶《汉书·成帝纪》:"儒林之官,四海渊原,宜皆明于古今,温故知新,通达国体,故谓之博士。"

⑥无征:原意是指没有证据或者没有征兆,此处结合上下诗意,应为没有讨伐、征伐的意思。

⑦胜算:亦作"胜筭"。犹胜计。▶汉 蔡邕《京兆樊惠渠颂》:"昔日卤田,化为甘壤,粳黍稼穑之所入不可胜筭。"



⑧心痗[mèi]:心病。▶《卫风·伯兮》:焉得谖[xuān]草,言树之背。愿言思伯,使我心痗。"

南冠:春秋时楚人之冠。借指囚犯。▶唐 骆宾王《在狱咏蝉》:"西陆蝉声唱,南冠客思侵。"

⑨杞人:借指无端忧虑的人。▶清 李渔《玉搔头·弄兵》:"难怪你为国惊,代主疑,俺这杞人也不住忧天坠。"

⑩恩宥:降恩宽宥。▶《宋书·郑鲜之传》:"夫恩宥十世,非不隆也;功高赏厚,非不报也。"

## 许如兰

许如兰(1582—1628或1634),字湘畹,又字芳谷。明庐州合肥(今安徽省合肥市)人。万历四十四年(1616)丙辰科进士。历官工部郎中、光州知县、绍兴知府、浙江按察司按察使、河南按察使,管密云道、顺天巡抚佥都御史、广西巡抚、副都御史。著有《香雪庵集》十二卷、《天然砚谱》一卷、《抚广奏议》十卷、《游衢纪略》等。

合肥四顶山朝霞寺遗址右侧,有石如鼓座。传说,许如兰少时就读于朝霞书院时,常坐此石之上诵读,故称"都御史座"。

## 登四顶山望湖作[①]

嵯峨直上极层椒，绝顶峰烟四望遥。[②]山色西来连霍麓，涛声东去逐江潮。天边贾舶千帆远，水底鱼龙万象骄。[③]况是仙灵多窟宅，伯阳丹鼎霭晴霄。[④]

注释：

①《登四顶山望湖作》诗见清 左辅 纂修《(嘉庆)合肥县志》卷第三十一，清嘉庆八年(1803)修、民国九年(1920)重印本。

②嵯峨：指高耸的山。▶宋 陆游《老学庵笔记》卷七："欧阳公谪夷陵时，诗云：江上孤峰蔽绿萝，县楼终日对嵯峨。"

层椒：高山之巅。▶清 赵翼《高黎贡山歌》："至今渐成康庄坦，早有结屋层椒青。"

③贾舶：商船。▶宋 周邦彦《汴都赋》："越舲吴艚，官艘贾舶。"

④窟宅：指神怪的居处。▶宋 吴淑《江淮异人录·江处士》："有人入山伐木，因为鬼物所著，自言曰：'树乃我之所止，汝今见伐，吾将何依？当假汝身为我窟宅。'"

伯阳：魏伯阳，名翱，号伯阳，东汉炼丹方士。传说曾在四顶山上炼丹，今山顶遗有魏伯阳炼丹池遗迹。

王寖大(1598—1669)，明庐州合肥(今安徽省合肥市)人。崇祯十年(1637)丁丑科进士，历官广东顺德、新会、山东即墨等县知县，升河南道御史。皖抚史可法重其人，机务悉咨以行，以廉能卓异，擢南京吏部郎，旋告归。学长于史，著有《春秋说》《史纲钞》等。

## 赠梁建岸[①]

铜狄摩挲九十春，乌纱白发倍精神。[②]须知此乐非吾赐，王制推恩有德人。[③]

注释：

①《赠梁建岸》诗见 清 陈志仪《(乾隆)顺德县志》卷十四，清乾隆十五年(1750)刻本。原诗无标题，现标题为编者拟。

梁建岸：梁建岸(1550—1651)字仲升，明广东顺德(今属广东省佛山市)人。王寖大令顺德，以其年高德望，举为乡饮宾。

②铜狄：《汉书·五行志下之上》："史记秦始皇二十六年，有大人长五丈，足履六尺，皆

夷狄服，凡十二人，见于临洮……是岁始皇初并六国，反喜以为瑞，销天下兵器，作金人十二以象之。”后因称“铜人”为“铜狄”。▶唐 王勃《乾元殿颂序》：“铜狄分形，肃严扃于左序。”

③王制：王朝的制度。▶《荀子·正论》：“天下之大隆，是非之封界，分职名象之所起，王制是也。”

推恩：帝王对臣属推广封赠，以示恩典。▶唐 白居易《与王承宗诏》：“在法虽有推恩，相时亦恐非便。”

## 姚孙棐

姚孙棐（1598—1663），字纯甫，号戊生。明桐城（今安徽省桐城市）人。按察司副使姚之兰第四子。崇祯十三年（1640）庚辰科进士。初授浙江兰溪知县，调东阳。未几，有许都之乱，东阳城陷。后以克复东阳功升兵部职方司主事。有《亦园全集》。

### 寓庐阳送闻济寰归越[①]



暂聚萍踪淝水滨，又看仳影动前津。[②]干弋满地归应好，吴越分形意尚亲。江上斜阳寒照客，天边飞雁远随人。临岐漫唱骊驹曲，自顾羁栖笑此身。[③]

注释：

①《寓庐阳送闻济寰归越》诗见 明 姚孙棐《亦园全集》二集，清初刻本。

②萍踪：浮萍的踪迹。常比喻行踪漂泊无定。▶元 萨都剌《秋日池上》：“飘风乱萍踪，落叶散鱼影。”

③骊驹曲：逸《诗》篇名，为古人告别时所赋的歌词。▶《汉书·儒林传·王式》：“谓歌吹诸生曰：‘歌《骊驹》。’”

### 雨止庐州瓮城内[①]

不入复不出，一围风雨中。仰面语城上，羡此百雉崇。[②]门者骄锁钥，叱詈弗为通。[③]自古呼如鬼，为暴将无同。[④]久立人马寒，昏昏湿气蒙。飘摇安所托，犹不如梗蓬。茅檐低于颡，伛偻息渺躬。[⑤]餐眠一笏地，相依炉火红。城头响夜柝，城曲鸣草虫。[⑥]到耳不成梦，村醪殊无功。[⑦]欹枕望天际，明星将在东。[⑧]

注释：

①《雨止庐州瓮城内》诗见 明 姚孙棐《亦园全集》二集，清初刻本。

②百雉：雉，古代计算城墙面积的单位。长三丈高一丈为一雉。指城墙的长度达三百丈。借指城墙。▶晋 葛洪《抱朴子·君道》："云梯乘于百雉之上，皓刃交于象魏之下。"

③叱詈：责骂。▶宋 江万里《宣政杂录》："一日倚病，母遭叱詈。

④将无同：亦作"将毋同"。犹言莫非相同；恐怕相同。▶南朝 宋 刘义庆《世说新语·文学》："阮宣子有令闻，太尉王夷甫见而问曰：'老庄与圣教同异？'对曰：'将无同？'"

⑤伛偻：俯身。▶唐 施肩吾《诮山中叟》："天阴伛偻带嗽行，犹向岩前种松子。"

⑥夜柝：巡夜的梆声。▶唐 骆宾王《宿温城望军营》："虏地寒胶折，边城夜柝闻。"

城曲：城角。▶南朝 宋 谢惠连《祭古冢文》："祠骸府阿，掩骼城曲。"

⑦到耳：逆耳。▶汉 扬雄《太玄·事》："到耳顺止，逆闻顺行也。"

无功：没有收获、成效。▶《史记·李将军列传》："是时单于觉之，去，汉军皆无功。"

⑧欹枕：斜倚枕头。▶唐 权德舆《送张周二秀才谒宣州薛侍郎》："上帆涵浦岸，欹枕傲晴天。不用愁羁旅，宣城太守贤。

## 山雪吟[①]

同云四布噫气吼，无数花飘碎琼玖。[②]大如粉蝶逐风飞，密如纤珠筐内剖。俄看闲砌失青苔，旋惊群山成皓首。迹断樵苏鸟影藏，乾坤一片白相守。[③]茫茫漠漠无涯际，乍疎忽急还如缀。帐里羔酒何太浓，闭户高卧形为蜕。开窗独对寄冰心，旷观非复人间世。[④]前年雪阻皖江滨，短褐浊醪过浃辰。[⑤]去年琐旅庐阳雪，古庙寒檐身影孑。[⑥]可惜清景多虚度，山情雪意谁应付。[⑦]今时所得岂寻常，扫尽尘土与云雾。一声爆竹响遥空，几朵瑶华坠高树。[⑧]

注释：

①《山雪吟》诗见 明 姚孙棐《亦园全集》五集，清初刻本。

②同云：《诗·小雅·信南山》："上天同云，雨雪雰雰。"因以为降雪之典。

碎琼：玉屑。▶元 张宪《听雪斋》："万籁入沈冥，坐深窗户明；微于疏竹上，时作碎琼声。"

③樵苏：打柴砍草的人。▶ 晋 左思《魏都赋》："樵苏往而无忌，即鹿纵而匪禁。"

④旷观：纵观。▶明 方孝孺《悯知赋哀叶廷振》："吾旷观乎宇宙兮，等万古于一沤。"

⑤浃辰：古代以干支纪日，称自子至亥一周十二日为"浃辰"。▶《左传·成公九年》："浃辰之间，而楚克其三都。"杜预 注："浃辰，十二日也。"

⑥琐旅：犹言他乡孤客。▶明 杨慎《草池歌赠余懋贤》："天涯琐旅知音少，眼中之人吾独老。"

⑦清景：清丽的景色。▶明 谢榛《四溟诗话》卷二："谢灵运'池塘生春草'，造语天然，清景可画。"

⑧瑶华：玉白色的花。喻指霜、雪。▶唐 张九龄《立春日晨起对积雪》："忽对林亭雪，瑶华处处开。"

刘城(1598—1650),字伯宗,明季贵池(今安徽省池州市贵池区)人。诸生。入清屡荐不起,隐居以终。有《春秋左传地名录》《峄桐集》《古今事异同》《南宋文范》等。

## 即事[1]

闻道庐州破，孙恩有几人。三年抡秀孝，一夜化灰燐。[2]诸士微名死，严城无故沦。独余冰鉴使，鱼服走侁侁。[3]

舒城一大邑，几载屹然存。衷甲开同室，降书到贼门。[4]濮公犹不残，孔逆尚何言。焰烈昆冈后，多才未足藩。

注释:

①《即事》诗见 明 刘城《峄桐诗集》卷六,清光绪十九年(1893)养云山庄刻本。本诗描写的是明思宗崇祯八年(1635 乙亥年),张献忠攻破庐州府、舒城县的历史。

416 ②秀孝:秀才与孝廉的并称。为汉以来,隋、唐以前荐举人才的两种科目。州举秀才,郡举孝廉。▶晋 葛洪《抱朴子·审举》:“贡举轻于下,则秀孝不得贤矣。”

③鱼服:鱼形。后比喻帝王或贵人微服。▶晋 潘岳《西征赋》:“彼白龙之鱼服,挂豫且之密网。”

侁侁:行进貌;往来奔走貌。亦谓行进的声音。▶《楚辞·招魂》:“豺狼从目,往来侁侁些。”

④衷甲:在衣服里面穿铠甲。▶《左传·襄公二十七年》:“辛巳,将盟于宋西门之外,楚人衷甲。”

## 题严巢县殉难纪[1]

颓风扇澜倒，节义若卿云。[2]死事昔云易，在今早所闻。□□从冒顿，藏绶避孙恩。[3]祖宗敬养泽，食报眇秋蚊。[4]严公领居巢，守官节自敦。风尘蔽天地，巢湖涸且浑。膝前不忍去，迁秩岂无名。[5]宁持干掫死，毋为巾帼生。[6]刑于所兴起，妇孺无逡巡。[7]象服殉贞魄，练色薄高雯。[8]汪踦一童子，剟肩卫所亲。[9]义鹘激人肝，何况忠义门。铜马故曰益，兹事良足存。毅魂无不足，有子尚与员。[10]

注释:

①《题严巢县殉难纪》诗见 明 刘城《峄桐诗集》卷二,清光绪十九年(1893)养云山庄

刻本。

严巢县:指明末巢县县令严觉。

②澜倒:狂澜既倒。比喻正气沦没。▶明 归有光《答唐虔伯书》:"今号为丈夫者,媕阿脂韦,小小利害,遂以澜倒。"

卿云:即庆云。一种彩云,古人视为祥瑞。▶《竹书纪年》卷上:"十四年,卿云见,命禹代虞事。"

③冒顿:西汉初年匈奴单于,姓挛鞮。秦二世元年弑父自立,建立军政制度,东灭东胡,西逐月支,北服丁零,南服楼烦、白羊。西汉初年,经常侵扰边地。▶《史记·匈奴列传》:"单于有太子名冒顿。后有所爱阏氏,生少子,而单于欲废冒顿而立少子,乃使冒顿质于月氏。"

孙恩:东晋五斗米道道士和起义军首领。孙恩(? —402),字灵秀,原籍琅琊(今山东临沂北),后移居会稽。东晋隆安三年(399年)起兵反晋,元兴元年(402)三月,孙恩进攻临海失败,跳海自杀。余部由其妹夫卢循领导。史称"孙恩卢循之乱"。孙恩反乱被称为"中原海寇之始",为后世海盗活动提供了经验。后人遂以孙恩为海盗的代名词。

④食报:受报答或受报应。▶《明史·徐达常遇春传赞》:"顾中山赏延后裔,世叨荣宠,而开平天不假年,子孙亦复衰替,贵匹勋齐,而食报或爽,其故何也?"

⑤迁秩:旧指官员晋级。▶唐 杨炯《泸州都督王湛神道碑》:"诏书迁秩,百姓举车,立庙生事,树碑颂德。"

⑥干掫:亦作"干陬"。本指夜间巡逻击捕,后亦泛指捍卫。▶《左传·襄公二十五年》:"陪臣干掫有淫者,不知二命。"

⑦刑于:以礼法对待。▶《诗·大雅·思齐》:"刑于寡妻,至于兄弟,以御于家邦。"

⑧象服:古代后妃、贵夫人所穿的礼服,上面绘有各种物象作为装饰。▶《诗·鄘风·君子偕老》:"象服是宜。"

贞魄:犹忠魂。▶宋 徐铉《祭刘司空文》:"仰惟贞魄,俯鉴丹诚。"

练色:美色。▶汉 枚乘《七发》:"练色娱目,流声悦耳。"

⑨所亲:亲人;亲近的朋友。▶《史记·魏世家》:"李克曰:'君不察故也,居视其所亲,富视其所与,达视其所举,穷视其所不为,贫视其所不取。五者足以定之矣。'"

⑩尚与员:指春秋后期楚国大夫伍奢的两个儿子——伍尚和伍员(伍子胥)。周景王二十三年(前522),因遭楚太子少傅费无忌陷害,伍奢和伍尚为楚平王所杀。伍员出奔吴国,后攻陷郢都,替父兄报仇,成就英名。

## 赵宏璧

赵宏璧(? —1635),字元白,明庐州巢县(今安徽省巢湖市)人。南京兵部尚书赵远长子。廪生。少有才名。崇祯八年(1635),张献忠攻破巢县,与县令严觉同时遇难。

## 龟山石泉[①]

片石嵌山腰，幽泉界其腹。箕踞待鸣琴，微风戛疏竹。[②]

注释：

①《龟山石泉》诗见 清 陆龙腾《(康熙)巢县志》卷十九，清康熙十二年(1673)刊本。

②箕踞：一种轻慢、不拘礼节的坐的姿态。即随意张开两腿坐着，形似簸箕。▶《庄子·至乐》："庄子妻死，惠子吊之，庄子则方箕踞鼓盆而歌。"

## 湖上晓行[①]

百里望苍茫，平湖乱晓光。[②]天低云作浪，山没石疑航。野屋浮烟白，秋禾界树黄。问津过小港，渔乐似濠梁。[③]

注释：

①《湖上晓行》诗见 清 陆龙腾《(康熙)巢县志》卷十九，清康熙十二年(1673)刊本。

②晓光：清晨的日光。▶南朝 梁 简文帝《侍游新亭应令》诗："晓光浮野映，朝烟承日回。



③濠梁：濠：水名；梁：桥梁。濠梁在今安徽凤阳。庄子和惠施游于濠梁之上，见白鲦鱼出游从容，因辩论是否知鱼之乐。后遂用"濠梁观鱼、濠上观鱼、观鱼、濠梁"等表示形容悠然自得，寄情物外，引申为指悠闲的生活。▶北魏 郦道元《水经注·济水二》："目对鱼鸟，水木明瑟，可谓濠梁之性，物我无违矣。"

## 季冬万山道中有感[①]

尘雾迫幽怀，凌晨趣秣马。[②]出门雪打头，崎岖万山下。万山高且岩，车马方骈阗。[③]异哉巢与由，巍然祠其巅。巢由昔遗世，弃名如弃屣。[④]恶闻征聘书，岂耐风尘士。云何千载后，孔道喧荒址。我行风雪中，望君为惊起。固知祠君者，讬意良有以。[⑤]江流不可西，世趋不可砥。劳劳尽往来，独立者谁子。[⑥]请歌行路难，君但掩君耳。

注释：

①《季冬万山道中有感》诗见 清 陆龙腾《(康熙)巢县志》卷十九，清康熙十二年(1673)刊本。

②幽怀：隐藏在内心的情感。▶《水经注·庐江水》引 晋 吴猛 诗："旷载畅幽怀，倾盖付三益。"

③骈阗：犹骈田。聚集一起。▶晋 潘岳《西征赋》："华夷士女，骈阗逼侧。"

④弃屣：扔掉鞋子，比喻轻视。语出《孟子·尽心上》："舜视弃天下，犹弃敝蹝。"

⑤有以：有道理；有规律。▶《诗·邶风·旄丘》："何其久也？必有以也。"

⑥谁子：谁人，何人。▶《管子·地数》："桓公问于管子曰：'以天财地利立功成名于天下者，谁子也？'管子对曰：'文武是也。'"



## 清溪夜渡同陆韶雯[①]

明月清溪夜，寒津接骑过。山留雪色在，人奈岁除何。户墐深闻犬，流澌静入河。[②]心期殊可订，萧瑟未云多。[③]

注释：

①《清溪夜渡同陆韶雯》诗见 清 陆龙腾《(康熙)巢县志》卷十九，清康熙十二年(1673)刊本。

陆韶雯：指陆龙腾。

②户墐[jìn]：指门窗孔隙用泥涂塞。

③心期：心愿，心意。▶唐 罗隐《谗言·越妇言》："通达后，以匡国致君为己任，以安民济物为心期。"



## 读杨母苦贞录[①]

霜风簌簌吹空杼，杼空肌粟饥难煮。[②]阿谁冷妪督儿书，夜半然灰对书语。[③]忆母几岁辞所天，呱呱堕地繄当年。[④]藁砧奄忽修文去，可怜万卷随销烟。[⑤]一生百死忍勿死，却思死易孤何恃。转眼寒冬三十余，艰难荼苦从薪水。教成金玉称醇儒，轩车问字倾名都。[⑥]当门作健仍抱子，一孤乃举六丈夫。[⑦]英多磊落皆国器，跪觞乐母争为致。[⑧]富贵宁渠足母荣，誉命终应幽节贲。[⑨]母顾诸孙聊复怡，吾事已毕他何知。未亡而母幸不夭，吾将下报而翁而无悲。[⑩]

注释：

①《读杨母苦贞录》诗见 清 陆龙腾《(康熙)巢县志》卷十九，清康熙十二年(1673)刊本。原诗标题后有注："生员杨鸿功母。"

②肌粟：因遇惊恐或寒冷而在皮肤上隆起小疙瘩。▶清 蒲松龄《聊斋志异·董生》："待之既久，足冰肌粟，故借被以自温耳。"

③阿谁：疑问代词。犹言谁，何人。▶《乐府诗集·横吹曲辞五·紫骝马歌辞》："十五从军征，八十始得归。道逢乡里人：'家中有阿谁？'"

然灰：死灰复燃。▶唐 骆宾王《畴昔篇》："冶长非罪曾缧绁，长孺然灰也经溺。"

④所天：旧称所依靠的人。指父。▶晋 武帝《答群臣请易服复膳诏》："吾本诸生，家

传礼来久,何必一旦便易此情于所天。”

⑤藁砧[gǎo zhēn]:亦作“藳砧”。古代处死刑,罪人席藁伏于砧上,用𫓧斩之。𫓧、“夫”谐音,后因以“藁砧”为妇女称丈夫的隐语。

修文:旧以“修文郎”称阴曹掌著作之官,故以“修文”指文人之死。▶唐 杜甫《哭李常侍峄》诗之一:“一代风流尽,修文地下深。”

⑥醇儒:学识精粹纯正的儒者。▶《汉书·贾山传》:“所言涉猎书记,不能为醇儒。”

轩车:有屏障的车。古代大夫以上所乘。后亦泛指车。▶《庄子·让王》:“子贡乘大马,中绀而表素,轩车不容巷,往见原宪。”

问字:据《汉字·扬雄传》载,扬雄多识古文奇字,刘棻曾向扬雄学奇字。后来称从人受学或向人请教为“问字”。▶宋 黄庭坚《谢送碾壑源拣芽》:“已戒应门老马走,客来问字莫载酒。”

⑦作健:成为强者。意指奋发称雄。▶《乐府诗集·横吹曲辞五·企喻歌辞一》:“男儿欲作健,结伴不须多。”

⑧英多:才智过人。▶《儒林外史》第八回:“表兄天才,磊落英多。”

⑨宁渠:难道;如何。▶《史记·张仪列传》:“吾不及苏君明矣!吾又新用,安能谋赵乎?为吾谢苏君,苏君之时,仪何敢言。且苏君在,仪宁渠能乎?”

⑩而翁:你的父亲。用于称人父亲,或为父者自称。▶《史记·项羽本纪》:“吾翁即若翁,必欲烹而翁,则幸分我一杯羹。”

李籛,原名芳春,字华仲,明庐州巢县(今安徽省巢湖市)人。天启元年(1621)辛酉科举人。崇祯九年(1636),庐、凤灾荒,上疏请赈,署沂州学正,后以父逝哀毁致疾,卒。著有《四书讲义》《啸月集》《西湖草》《泰山游记》。

## 哭陆孝廉殉难①

孤城矢志共安危,螳臂昂藏猛护持。②向彼求生非我意,指天竞死为谁知。霜飞象简追齐史,剑吼龙精化葛陂。③多少进贤金玉带,先生端不负须眉。④

注释:

①《哭陆孝廉殉难》诗见 清 陆龙腾《(康熙)巢县志》卷十九,清康熙十二年(1673)刊本。

②矢志:立下誓愿,以示决心。▶明 罗贯中《三国演义》第一一二回:“忠臣矢志不偷生,诸葛公休帐下兵。”

螳臂：比喻自不量力或微弱之力。语本《庄子·人间世》："汝不知夫螳蜋乎？怒其臂以当车辙，不知其不胜任也。"▶前蜀 杜光庭《虬髯客传》："人臣之谬思乱者，乃螳臂之拒走轮耳。"

③象简：即象笏。▶唐 康骈《剧谈录·龙待诏相笏》："开成中有龙复本者，无目，善听声揣骨，每言休咎，无不必中，凡有象简竹笏，以手捻之，必知官禄年寿。"

④进贤：古冠名。进贤冠。▶《晋书·礼志下》："汉顺帝冠，又兼用曹褒新礼，乘舆初加缁布进贤，次爵弁、武弁，次通天，皆于高庙，以礼谒见世祖庙。"

## 赓湖清咏[1]

洋洋焦水何其清，我将临流以濯缨。向来奔潴迷秋草，此日安澜贮月明。天河西鼓木兰枻，蓬底青岚满面生。[2]轻绡细縠浣山影，开襟欲涤冷光盈。[3]秀峰倒垂石梁下，霁雪纤凝镜里擎。[4]绿烟万顷琉璃净，片片帆穿天胁行。斜阳曝网冰鳞落，家家舵妇忙敲罂。[5]明沙棹碎篆影赤，拓痕蹂躏蛟珠倾。[6]鹭飞上下狂溅玉，鼍母骇呼天姥名。轻舠一掣截长渫，鱼河跃轶凤滩鸣。[7]碧崖丹碛闻钟磬，波心遥盼何峥嵘。堆蓝面立邀孤棹，石根嚼浪声砰砰。颓松远揖虬堪系，踏歌穿壁惊鼬鼪。山盘径滑寒猿叫，林巅寺影惬幽情。老僧深目如山鬼，解汲新泉入芥烹。[8]竹岩藤挂杂红雨，中峰塔出侔金茎。[9]风腋腾腾扶绝顶，层空拍手呼花卿。[10]下视滉瀁复澎湃，波天吞吐势相迎。[11]幻若溶银并拭镜，远山围翠疑芳蘅。蜀巘一点暮紫映，蜃宫变现捧花城。[12]戏向金乌吊龙子，何朝剔肉哺吾民。[13]若浇苦酒应能辨，脱骨犹嗔事未评。[14]古今战局多此界，出没浮沉共一泓。[15]长风自破万里浪，未必当年水寨精。昔语河清匪易俟，兹值湖清奚瑞呈。谁司令者心如水，孺子之歌小子赓。[16]逸兴瀑注不可遏，袖拂青天拜玉京。[17]左招八公右元放，怒抛黄白笼金羹。长啸归途苔衬寂，鹤旋鹭立鸥群侦。渔灯千点灼野雾，呼童就火举一觥。巨鳞细口得薄暮，折脚铛边黄叶平。[18]烂煮晚霞饮新月，推蓬映水星河横。[19]拥衾独酌芦影卧，朔风何处吹琤琤。[20]山夜笛声疑石裂，缭绕骚魄濯水晶。梦椎狂鲸问李白，电光百道当鍧鍧。[21]破璧屠蛟震河伯，笑挟龙鬟调凤笙。凤笙历历翻新曲，半是庐巢德政声。潮音激射宫商切，海门冰撤春风轻。[23]鳌背幻驼湖上月，牛山五色霞飘萦。[24]焦鱼失嚼珊瑚蕊，促醒波斯怒目瞠。[25]飓风盲雨倏忽至，宝母啾啾龙子惊。[26]犀盔螭甲排山岳，崩云骤雹飞霓旌。[27]昆仑使者传新事，云过天妃酒尚酲。[28]措大本分痴若此，不见猖狂阮步兵。[29]霜威顿霁珠延合，万队千行鼓玉筝。[30]鹦鹉啼残花落地，扁舟一觉雪飞英。[31]

注释：

①《赓湖清咏》诗见 清 陆龙腾《(康熙)巢县志》卷十九，清康熙十二年(1673)刊本。原诗有序。序文如下：壬申，焦湖清，巢民咸奇之。余曰：奇不在湖也。有心如水者以莅斯

土，而后水亦写其心。然则湖其流，而仁侯其源耶。匪独湖也，亦既流之口碑矣。腾而上焉，铨以鉴史。以笔流，岂有竟。而况兹鸣琴之余，其协之宫商者，又洋纚如斯也，余安能无一言以赓之。故记初冬泛湖之景，就韵四十有七，非能穷源，聊以备溯流之一斑耳。

②青岚：竹林间的雾气。▶唐 白居易《题卢秘书夏日新栽竹二十韵》："未夜青岚入，先秋白露团。"

③轻绡：一种透明而有花纹的丝织品。▶《汉书·元帝纪》"齐三服官"颜师古 注引 李斐 曰："春献冠帻縰为首服，纨素为冬服，轻绡为夏服，凡三。"

④纤凝：犹纤云。凝，指云气凝聚。▶明 高明《琵琶记·中秋望月》："长空万里，见婵娟可爱，全无一点纤凝。"

⑤冰鳞：冰下的鱼。亦泛指鱼。▶南朝 梁 江淹《灯夜和殷长史》："冰鳞不能起，水鸟望川梁。"

⑥蛟珠：传说蛟人所泣之珠。亦喻似珠之物。蛟，通"鲛"。▶《孝经援神契》："蛟珠，宋曰蛟鱼之珠，有光辉，可以饰旗。"

⑦轻舠：轻快的小舟。▶唐 李白《送当涂赵少府赴长芦》："我来扬都市，送客回轻舠。"

⑧山鬼：泛指山中鬼魅。▶唐 杜甫《奉酬薛十二丈判官见赠》："卧病识山鬼，为农知地形。"

岕[jiè]：即岕茶。产于浙江省长兴县境内的罗岕山，故名。明清时为茶中上品。岕茶盛行于明万历年间，因制作工艺复杂，于清雍正年间失传。

⑨金茎：指承露盘或盘中的露。▶明 叶宪祖《碧莲绣符》第五折："泼阳乌放威刚此时，渴病争如是。倾将石髓流，胜却金茎赐。"

⑩花卿：指唐代武将花惊定。▶唐 杜甫《戏作花卿歌》："成都猛将有花卿，学语小儿知姓名。"

⑪滉瀁：水深广貌。▶《三国志·吴志·薛综传》："加又洪流滉瀁，有成山之难，海行无常，风波难免。"

⑫变见：出现变异现象。▶《新唐书·天文志序》："至于天象变见所以谴告人君者，皆有司所宜谨记也。"

⑬金乌：古代神话传说太阳中有三足乌，因用为太阳的代称。▶汉 刘桢《清虑赋》："玉树翠叶，上栖金乌。"

⑭脱骨：即脱胎换骨。道教谓修炼得道，脱去凡胎而成圣胎，换易凡骨而为仙骨。▶元 乔吉《折桂令·红梅徐德可索赋类卷》曲："返老还童，脱胎换骨，饱养烟霞。"

⑮一泓：清水一片或一道。▶唐 李贺《梦天》："遥望齐州九点烟，一泓海水杯中泻。"

⑯赓：此处指连续，继续。

⑰玉京：此处指道家所称天帝居处。▶晋 葛洪《枕中书》引《真记》："元都玉京，七宝山，周回九万里，在大罗之上。"

⑱折脚铛：即断脚锅。▶唐 段成式《酉阳杂俎·雷》："騞然坠地，变成熨斗、折刀、小折

脚铛焉。”

⑲烂煮：谓煮至熟烂。▶五代 李梦符《渔夫引》之二：“椰榆杓子木瘤杯，烂煮鲈鱼满案堆。”

⑳琤琤：象声词。▶《梁书·张缅传》：“风瑟瑟以鸣松，水琤琤而响谷。”

㉑鞫鞫：象声词。形容大声。▶明 王世贞《刁斗篇》：“剥剥琢琢如有情，丁丁鞫鞫咽复鸣。”

㉒凤笙：指乐器笙。典出 汉 应劭《风俗通·声音·笙》：“《世本》：‘随作笙。’长四寸、十二簧、像凤之身，正月之音也。”

㉓激射：引申指气势奔放。▶刘师培《南北文学不同论》：“治散文者，工于离合激射之法，以神韵为主，则便于空疏。”

㉔鳌背：鳌鱼之背，借指大海。▶唐 刘禹锡《送源中丞充新罗册立使》：“烟开鳌背千寻碧，日凉鲸波万顷金。”

㉕促醒：催促提醒。

㉖盲雨：急雨；暴雨。▶清 唐孙华《恺功侍读用予赠夏重原韵有诗寄怀次韵答之》：“盲雨兼狂风，衣袂日霑洒。”

宝母：传说能引聚明珠宝贝的宝石。▶《太平广记》卷四〇三引 唐 皇甫□《原化记·魏生》。唐代魏生尝得一美石，后参与胡客的宝会，坐于座末，最后出示此石，诸胡扶生于座首而拜，求买之。生索价百万，诸胡怒其少，加至千万乃已。胡云：“此是某本国之宝，因乱遂失之，已经三十余年。我王求募之，云：‘获者拜国相。’此归皆获厚赏，岂止于数百万哉！”问其所用，云：“但每月望，王自出海岸，设坛致祭之，以此置坛上，一夕明珠宝贝等皆自聚。故名宝母也。”

㉗霓旌：相传仙人以云霞为旗帜。▶《楚辞·刘向〈九叹·远逝〉》：“举霓旌之墆翳兮，建黄纁之总旄。”

㉘昆仑使者：神话传说中西王母的使者。据《汉武帝内传》载，武帝居承华殿，见一青衣子，自称为西王母所使，自昆仑山来，传命帝服清斋，绝人事，以待西王母来相会晤。▶唐 李贺《昆仑使者》诗：“昆仑使者无消息，茂陵烟树生愁色。”

㉙措大：旧指贫寒失意的读书人。 唐 李匡乂《资暇集》卷下：“代称士流为醋大，言其峭醋而冠四人之首；一说衣冠俨然，黎庶望之，有不可犯之色，犯必有验，比于醋而更验，故谓之焉。或云：往有士人，贫居新郑之郊，以驴负醋，巡邑而卖，复落魄不调。邑人指其醋驮而号之。新郑多衣冠所居，因总被斯号。亦云：郑有醋沟，士流多居。其州沟之东，尤多甲族，以甲乙叙之，故曰醋大。愚以为四说皆非也。 醋，宜作‘措’，正言其能举措大事而已。”

阮步兵：西晋名士阮籍曾为步兵校尉，故世称“阮步兵”。▶唐 高适《同诸公登慈恩寺浮图》：“盛时惭阮步，未宦知周防。”

㉚霜威：寒霜肃杀的威力。▶南朝 齐 谢朓《高松赋》：“岂彫贞于岁暮，不受令于霜威。”

㉛飞英：飘舞的雪花。▶宋 辛弃疾《永遇乐·赋梅雪》词："问讯无言，依稀似妒，天上飞英白。"

李蘧，原名当泰，字二则。明末庐州合肥(今安徽省合肥市)人。天启七年(1627)丁卯科举人，授中书舍人，加职方郎中。后经史可法具题，加光禄少卿。明亡后，不仕。

## 哭曹子殉亲骨一首[①]

双榇灵幽骨已枯，伤心寇焰劫焚屠。孤儿怆地啼鹃血，一臂摩天捋虎须。击笏气刚看裂眦，冲冠发怒竟捐躯。[②]殉亲不愧为人子，清泪临风荐束刍。[③]

注释：

①《哭曹子殉亲骨一首》诗见 清 陆龙腾《(康熙)巢县志》卷十九，清康熙十二年(1673)刊本。原诗有序，如下："曹子者，名廷樾，巢贡士曹于门兄之季子。于门以之寄余门下，余字之曰荫明。崇祯壬午，两尊人殁矣，而柩停在堂，适流寇大至，阖邑咸辽遁，而荫明独恋恋两柩不忍去，仅潜于近所。无何，望其家火起，知柩不可保，痛哭而执戈奔之，竟与寇格斗以死。痛哉，余附诗于奠以哭之。"

②气刚：指性格刚直。▶宋 欧阳修《祭程相公文》："公于时人，气刚难合。"

③束刍：祭品。典出《后汉书·徐稚传》："及林宗有母忧，稚往吊之，置生刍一束于庐前而去。"▶明 李东阳《望狄梁公祠用前韵》："寄远束刍谁与致，冲寒瘦马不胜骑。"

赵璧，字连城。明天启间以举人任平乐知县。灾年捐资贷赋，民赖以安。调任庆元，升建宁同知。清饷除盗有功，将题擢，遂乞归，八十九岁卒。《(康熙)巢县志》载："赵璧，历城人，本州知州。"

## 回车古巷[①]

大圣周流记昔年，南游至此却回辕。[②]简编犹载当时事，踪迹空为后世传。[③]野草闲花春寂寞，苍苔白石路盘旋。行人缅想归欤叹，回首东风思惘然。

注释：

①《回车古巷》诗见 清 陆龙腾《(康熙)巢县志》卷十九，清康熙十二年(1673)刊本。

②大圣：古谓道德最完善、智能最超绝、通晓万物之道的人。此处特指孔子。▶《荀子·哀公》："孔子曰：'人有五仪：有庸人，有士，有君子，有贤人，有大圣……所谓大圣者，知通乎大道，应变而不穷，辨乎万物之情性者也。'"

③简编：串连竹简的带子。代指书籍。▶《旧五代史·唐书·明宗纪七》："帝御文明殿受册徽号，册曰……休征备载于简编，徽号过持于谦让。"

## 洗耳芳池[1]

富贵无心长九州，悠然洗耳碧池头。弃瓢久已抛凡事，牵犊胡为饮上流。凛凛清风从古昔，滔滔逝水自春秋。金狮港上南巢路，长有诗人载酒游。

注释：

①《洗耳芳池》诗见 清 陆龙腾《(康熙)巢县志》卷十九，清康熙十二年(1673)刊本。

"洗耳芳池"为古巢十景之一。洗耳池，位于巢湖市东洗耳池公园内。传说，上古尧帝之时，巢父在池边牵牛饮水时，批评一代高士许由"浮游于世，贪求圣名"，许由自惭不已，立即用池中清水洗耳、拭双目，表示愿听从巢父忠告。后人为颂扬许由知错就改的美德，遂将该方池取名为"洗耳池"。《(康熙)巢县志》载："在教场西。相传为许由洗耳处，事详《隐逸》。前未有石池，但其水去定林塔里余，常见塔影在水中，移他所辄不见，人咸异之。万历丁丑岁，知县陈经言甃石修方池，仍于池后空地构瓦房三间，立碑记之。今屋为寇焚，碑池遗址犹在。"

# 陶汝鼐

陶汝鼐(1601—1683)，字仲调，一字燮友，别号密庵，又号石溪农。明湖南宁乡(今湖南省宁乡市)人。明亡削发为僧，号忍头陀。少奇慧，工诗文词翰，海内有"楚陶三绝"之誉。文隽逸，有奇气，词赋尤工。其诗文多感慨兴亡，自伤身世之作，激越凄楚，声情并茂。著有《广西涯乐府》《嚏古集》《寄云楼集》《褐玉堂集》《嘉树堂集》等。另有合刻的《荣木堂文集》《荣木堂诗集》共三十六卷，流传至今。《清史稿》卷五〇一有传。

## 左手画

赵广合肥人，李伯时小史。伯时作画，每使侍左右。久之遂善画，尤工作马。建炎中，陷贼。贼闻其能，使图所掳妇人。广抗辞不畫，胁以白刃，终不从，遂断其右拇指，遣去。而广，实用左手。乱定，惟画观音大士而已。后世士大夫所传伯时观音，多是广笔。咏于手画。①

合肥赵生志节奇，左手作画谁得知。②贼来罗列良家女，勒令绘图瞋不与。瞋不与，断右指。天哀志气留长技。③不画龙媒画狮子。④君不见，崔家斋壁佳山水，王维郑虔累几死。烈哉赵生全厥美。

［考注］玄宗时，王维、郑虔皆以诗画名。已为禄山所劫。贼平，并囚之。兵马使崔圆使绘斋壁，二人悸死，为极思以所解，得免。

注释：

①《左手画》诗见 明　陶汝鼐《荣木堂合集》嚏古集卷二，清康熙刻世彩堂汇印本。原标题后有作者自注："宋史"。

赵广：北宋合肥人，书画家，原为李公麟书童。李公麟作画时，常侍奉在侧，后自学画画，所画马可以和李公麟一模一样。建炎年间，他落在金兵手里。金兵听说他擅长画画，就让他画掳来的妇人。赵广毅然推辞作画，金兵用刀子威胁，没得逞，就将他的右手拇指砍去。而赵广其实是用左手作画的。局势平定以后，赵广只画观音大士。又过了几年，赵广死了，如今有地位的知识分子所藏的李伯时的观音画，大多是赵广的手笔。赵广事迹，见南宋陆游《老学庵笔记》，后《嘉庆合肥县志·方技传》引《江南通志》，载入赵广事迹。

②志节：志向和节操。▶《汉书·叙传上》："家本北边，志节慷慨，数求使匈奴。"

③长技：擅长的本领。▶《管子·明法解》："明主操术任臣下，使群臣效其智能，进其长技。"

④龙媒：《汉书·礼乐志》："天马徕龙之媒。"▶ 颜师古 注引 应劭 曰："言天马者乃神龙之类，今天马已来，此龙必至之效也。"后因称骏马为"龙媒"。

## 吴大朴

吴大朴，字澹伭，又作淡玄。明河南固始(今河南省固始县)人。天启二年(1622)壬戌科进士，历知当涂、无锡，擢刑部事。崇祯中，知庐州。崇祯八年(1635)乙亥春，张献忠攻庐州，吴率军民固守，昼夜拒战，张遂引去。

## 登中庙楼[①]

嵯峨楼阁倚天开，灵气飘飘护石台。[②]山鬼恒从林外啸，湖仙常向月中来。[③]疏钟晚渡孤村树，细雨春滋曲径苔。[④]拜罢灵祠出门去，眼前何地不风雷。[⑤]

注释：

①《登中庙楼》诗见清陆龙腾《(康熙)巢县志》卷十九，清康熙十二年(1673)刊本。

②嵯峨：山高峻貌。▶唐唐彦谦《送许户曹》："将军楼船发浩歌，云樯高插天嵯峨。"

③山鬼：泛指山中鬼魅。▶唐杜甫《奉酬薛十二丈判官见赠》："卧病识山鬼，为农知地形。"

④疏钟：稀疏的钟声。▶清陈廷敬《送少师卫公致政还曲沃》："梦绕细旃闻夜雨，春回长乐远疏钟。"

⑤风雷：风和雷。▶《易·益》："风雷，益。"

## 傅占衡

傅占衡(1606—1660)，字平叔。明江西临川(今属江西省抚州市)人。御史傅魁之子。少时涉猎经史百家，过目不忘。性淡泊，耻于仕逐。为学贯通古今，辨核详博。与刘命清(字穆叔)友善，世称"临川二叔"。明亡后，奉父山中，谢绝一切，专事著述。著有《汉书摭言》《编年国策》40卷《鹤园笔略》《临川记》，今皆不存。占衡死后，友人陈孝逸集其诗文出版，名《湘帆堂集》。



## 至庐州次韵仲章时之穆叔阻风赐怀[①]

去年宛上秋，客意两飕飕。[②]宋鹢愆初约，滁鱼失此游。离心归后在，月色梦中酬。赖有巢湖水，输余到岳州。

注释：

①《至庐州次韵仲章时之穆叔阻风赐怀》诗见清傅占衡《湘帆堂集》卷二十四，清康熙六十一年(1722)活字本。

②客意：离乡在外之人的心怀、意愿。▶唐杜甫《送舍弟频赴齐州》诗之二："客意长东北，齐州安在哉。"

## 庐阳对雨送曾子谦归里[①]

空阶滴沥雨秋同，客里惟君马首东。[②]离别几时今五月，平安刚寄第三封。西溪定约寻残菊，梦水难随渡晚风。[③]归向金凤山下路，知应特取瓮头红。[④]

注释：

①《庐阳对雨送曾子谦归里》诗见 清 傅占衡《湘帆堂集》卷二十四，清康熙六十一年(1722)活字本。

②客里：离乡在外期间。▶唐 牟融《送范启东还京》："客里故人尊酒别，天涯游子弊裘寒。"

马首东：谓东归；返回。语本《左传·襄公十四年》："栾黡曰：'晋国之命，未是有也。余马首欲东。'乃归。"杨伯峻 注："秦兵在西，东则归矣。"

③定约：谓预先约定。▶元 许有壬《西埜堂》："客去客来宜定约，无诗无酒不开门。"

④归向：归依，趋附。▶唐 司空图《潭州灵泉院记》："远近道俗，莫不归向。"

瓮头：刚酿成的酒。▶唐 孟浩然《戏题》："已言鸡黍熟，复道瓮头清。"

姜埰(1607—1673)，字如农，号敬亭山人、宣州老兵。明山东莱阳(今山东省莱阳市)人。崇祯四年(1631)进士，初除密云县令，改知仪真县，有政绩，入为礼部主事，选授礼科给事中。以弹劾权贵，受廷杖入狱，谪戍宣城卫。明亡后，乃移家江南。南明时，皆不仕。与弟姜垓流寓苏州，以遗民终老，门人私谥"贞毅先生"。著有《敬亭集》。朱彝尊《明诗综》称"公晚岁始自为诗，风格一本杜陵"；《四库全书总目》谓其"诗才本清刚，气尤激壮，故诗文皆直写胸臆，自能落落不凡，然纵笔所如，不暇锻炼，故粗犷之语，亦时时错杂其间"。

## 赠合淝友二首[①]

江城九月起凉风，木落谁怜秋思穷。[②]雁远那能忘蓟北，鹤归不去恋辽东。[③]徒闻近日诗名好，却笑从前酒债同。荒草吴宫更何似，南飞乌鹊月明中。

逢人江上雨垂垂，隋苑凄凉祇自悲。[④]寄信曾无黄犬日，伤心不在赭衣时。[⑤]论交连岁应刘尽，欲杀当初李杜知。[⑥]梦到家园荆棘底，泰山东望系愁思。[⑦]

注释：

①《赠合淝友二首》诗见 明 姜采《敬亭集》卷四诗，清康熙刻本。

②木落：树叶凋落。▶晋 左思《蜀都赋》："木落南翔，冰泮北徂。"

③鹤归：指丁令威化鹤归辽事。▶唐 杜牧《八月十二日得替后移居霅溪馆因题长句四韵》："千载鹤归犹有恨，一年人住岂无情。"

④隋苑：园名。隋炀帝时所建的上林苑，又名西苑。故址在江苏省扬州市西北。▶唐 杜牧《寄题甘露寺北轩》诗："天接海门秋水色，烟笼隋苑暮钟声。"

⑤黄犬：指晋陆机的黄耳犬。机有犬曰黄耳，曾为机长途传递书信。事见 晋 祖冲之《述异记》。后遂以"黄犬"为信使的代称。▶宋 秦观《别程公辟给事》："裘敝黑貂霜正急，书传黄犬岁将穷。"

赭衣：指囚犯，罪人。▶汉 贾山《至言》："赭衣半道，群盗满山。"

⑥应刘：汉末建安文人应玚、刘桢的并称。二人均名列"建安七子"，共为曹丕、曹植所礼遇。应玚与刘桢以及同时的著名文人徐干、陈琳皆卒于建安二十二年(217)时爆发的大瘟疫之中。后以应刘泛称宾客才人。▶唐 张说《唐故广州都督甄公碑》："曰兴曰比，阶应刘之阃奥；或草或真，藏钟张之筋骨。"

李杜：此处为东汉李云、杜众的并称。▶宋 洪迈《容斋四笔·四李杜》："弘农五官掾杜众，伤云以忠谏获罪，上书愿与云同日死。帝愈怒，下廷尉，皆死狱中。其后襄楷上言，亦称为李杜。"

⑦荆棘：泛指山野丛生多刺的灌木。▶《老子》："师之所处，荆棘生焉。"



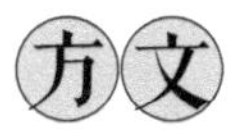

方文(1612—1669)字尔止，号嵞山，原名孔文，字尔识，明亡后更名一耒，别号淮西山人、明农、忍冬。明末桐城(今安徽省桐城市)人。诸生，入清不仕，靠游食、卖卜、行医或充塾师为生，与复社、几社中人交游，以气节自励。早年与钱澄之齐名，后与方贞观、方世举并称"桐城三诗家。著有《嵞山集》十二卷，续集《四游草》四卷(北游、徐杭游、鲁游、西江游各一卷)，又续集五卷，共二十一卷。方文之诗风以甲申之变为界，前期学杜甫，多苍老之作；后期专学白居易，明白如话，长于叙事，其独创的"嵞山体"在诗词学界有重要影响。

## 肥水春望①

维舟行断岸，忽听子规声。春雨犹未降，田家何以耕。林中村妇出，湖上水车鸣。百里炊烟绝，临风伤我情。②

注释：

①《肥水春望》诗见 明 方文《嵞山集》卷四，清康熙二十八年(1689)王槩刻本。

②临风：迎风，当风。▶《楚辞·九歌·少司命》："望美人兮未来，临风怳兮浩歌。"

## 酬何芝岳相公[①]

片帆春雨向巢湖，载酒江亭兴不孤。锦字亦传黄阁老，明珰长系绿罗襦。[②]千秋物色尊知己，四海兵荒贱腐儒。却望淮南烟树森，残经空守愧生徒。[③]

旱疫交加蟥又生，天灾人祸一时并。辍耕夜走田园废，析骨朝炊父子轻。[⑤]虽有六军环幕府，曾无一步出江城。故乡涂炭思霖雨，寸管春回草木荣。[⑥]

注释：

①《酬何芝岳相公》诗见 明 方文《嵞山集》卷六，清康熙二十八年(1689)王槩刻本。

②锦字：喻华美的文辞。▶唐 卢照邻《乐府杂诗序》："霜台有暇，文律动于京师；绣服无私，锦字飞于天下。"

明珰：用珠玉串成的耳饰。用以泛指珠玉。▶唐 李朝威《柳毅传》："红妆千万，笑语熙熙，后有一人，自然娥眉，明珰满身，绡縠参差。"

③却望：回头远看。▶唐 杜甫《暂如临邑率尔成兴》："暂游阻词伯，却望怀青关。"

④天菑：天灾。▶《左传·定公九年》："上下犹和，众庶犹睦，能事大国，而无天菑，若之何取之？"杨伯峻 注："菑，同灾。"

⑤析骨：支解骨骸。也作"析骸"。▶《史记·卷三八·宋微子世家》："王问：'城中何如？'曰：'析骨而炊，易子而食。'"

⑥霖雨：甘雨，时雨。▶《书·说命上》："若岁大旱，用汝作霖雨。"

## 月夜过巢湖同张公上[①]

前日湖上雨，雨气何濛濛。天水势相合，孤帆但随风。今日湖上月，月色何朣朣。烟波淼无际，双桨若乘空。此景谁领略，诗人在舟中。有酒斟酌之，歌啸惊秋鸿。夜半犹不寐，直抵居巢东。嗟彼往来者，逸兴焉能同。

注释：

①《月夜过巢湖同张公上》诗见 明 方文《嵞山集》再续集卷一，清康熙二十八年(1689)王槩刻本。

# 合肥投赠龚芝麓尚书[①]

往昔郭林宗，葬母于介休。[②]送者数千人，冠盖如云浮。独有徐孺子，步趾来南州。[③]负局以自随，絜酒升高丘。[④]主人发深叹，此事遂千秋。今年龚司寇，葬母肥水陬。[⑤]送者亦千百，执绋皆名流。[⑥]我櫂自江东，后期缘石尤。[⑦]所愧磨镜客，不足当献酬。[⑧]犹记燕京日，荷公胶漆投。[⑨]小别八九年，依依怀旧游。转借一杯酒，聊以舒离忧。

注释：

①《合肥投赠龚芝麓尚书》诗见 明 方文《嵞山集》再续集卷一，清康熙二十八年(1689)王槩刻本。

投赠：赠送。▶唐 王昌龄《何九于客舍集》："此意投赠君，沧波风袅袅。"

②郭林宗：东汉名士郭泰(128—169)，字林宗。太原郡介休县(今山西省介休市)人。与许劭并称"许郭"，被誉为"介休三贤"之一。郭泰出身寒微，年轻时师从屈伯彦，博通群书，擅长说词，口若悬河，声音嘹亮。他身长八尺，相貌魁伟。与李膺等交游，名重洛阳，被太学生推为领袖。第一次党锢之祸后，被士人誉为党人"八顾"之一。最初被太常赵典举为有道，故后世称"郭有道"。官府辟召，都不应命。他虽褒贬人物，却不危言骇论，所以不在禁锢之列。后为避祸而闭门教授，弟子达千人，提拔"英彦"六十多人。建宁元年(168)，郭泰闻知陈蕃谋诛宦官事败而遇害，哀恸不止，于次年正月逝世，终年四十二岁。史称当时"自弘农函谷关以西，河内汤阴以北，二千里负笈荷担弥路，柴车苇装塞涂"，有近万人前来会葬。蔡邕亲为其撰碑文。

介休：地名。今山西省介休市。

③徐孺子：即东汉徐稚。稚字孺子，陈蕃为太守时，以礼请署功曹，既谒而退。蕃在郡不接宾客，唯稚来特设一榻，去则悬之。稚又尝为太尉黄琼所辟，未就。及琼卒归葬，稚乃徒步往，设鸡酒祭之。事见《后汉书·徐稚传》。诗文中常用其事。▶唐 杜甫《陪裴使君登岳阳楼》："礼加徐孺子，诗接谢宣城。"

步趾：犹追随。▶唐 杜甫《赠郑十八贲》："步趾咏唐虞，追随饭葵堇。"

④负局：背负磨镜箱。亦指磨镜。▶清 袁枚《随园诗话》卷三："黄叶溪头村路长，挫针负局客郎当。"

絜酒：谓祭奠用酒。▶唐 杨炯《为薛令祭刘少监文》："苍烟漫兮紫苔深，陈絜酒兮涕沾襟。"

⑤陬：角落；边隅。

⑥执绋：谓丧葬时手执牵引灵柩的大绳以助行进。泛称为人送殡。▶唐 黄滔《祭崔补阙文》："方俟弹冠，仰修程于霄汉；谁云执绋，悲落景于桑榆。"

⑦石尤：石尤风。传说古代有商人尤某娶石氏女，情好甚笃。尤远行不归，石思念成

疾，临死叹曰："吾恨不能阻其行，以至于此。今凡有商旅远行，吾当作大风为天下妇人阻之。"见元伊世珍《琅嬛记》引《江湖纪闻》。后因称逆风、顶头风为"石尤风"。 ▶南朝 宋 孝武帝刘骏《丁督护歌》："督护征初时，侬亦恶闻许。愿作石尤风，四面断行旅。"

⑧献酬：谓饮酒时主客互相敬酒。 ▶《诗·小雅·楚茨》："献酬交错，礼仪卒度，笑语卒获。"郑玄 笺："始主人酌宾为献，宾既酌主人，主人又自饮酌宾曰酬。"

⑨胶漆：胶与漆。比喻情谊极深，亲密无间。 ▶汉 邹阳《狱中上书》："感于心，合于意，坚如胶漆，昆弟不能离，岂惑于众口哉！"

## 题杜苍略册子兼寄徐莘叟①

有客从江东，扬舲涉肥水。②肥水不久停，又入深山里。问君何所之，皋城访知己。知己者为谁，编修徐太史。③太史虽贵人，胸怀绝尘滓。三十登馆阁，四十归田里。县车尚黑头，屡召不复起。④世人慕荣禄，贪进弗知止。⑤勇退谁似公，诚哉大君子。平生好结交，强半皆贫士。⑥简傲如杜生，臭味同兰茝。⑦昨岁公五十，欲往艰行李。今秋始来寿，高文灿如绮。⑧客窗持示我，拊节叹其美。⑨我虽未见公，神交亦久矣。州郡本邻接，恨不随步履。⑩借笔题此诗，聊以寄声耳。他年会相遇，投赠不止此。



注释：

①《题杜苍略册子兼寄徐莘叟》诗见 明 方文《嵞山集》再续集卷一，清康熙二十八年(1689)王槩刻本。

②扬舲：犹扬帆。 ▶南朝 梁 刘孝威《蜀道难》："戏马登珠界，扬舲濯锦流。"

③编修：官名。宋代有史馆编修。明清属翰林院，位次修撰，与修撰、检讨同为史官。见《历代职官表》卷二三。

太史：官名。西周、春秋时太史掌记载史事、编写史书、起草文书，兼管国家典籍和天文历法等。秦、汉曰太史令，汉属太常，掌天时星历。魏、晋以后，修史之职归著作郎，太史专掌历法。隋改称太史监，唐改为太史局，宋有太史局、司天监、天文院等名称。元改称太史院。明、清称钦天监；修史之职归之翰林院，故俗称翰林为太史。参阅《通典·职官八》、《续通典·职官八》。

④县车：悬置其车。谓辞官致仕。 ▶《汉书·薛广德传》："薛广德与丞相定国、大司马车骑将军史高俱乞骸骨，皆赐安车驷马……东归沛，太守迎之界上。沛以为荣，县其安车传子孙。"颜师古 注："县其所赐安车以示荣也。致仕县车，盖亦古法。"

黑头：发黑之头。形容年青。 ▶ 唐 杜甫《晚行口号》："远愧梁江总，还家尚黑头。"

⑤知止：谓懂得适可而止；知足。 ▶《韩诗外传》卷五："贪物而不知止者，虽有天下不富矣。"

⑥强半：大半；过半。 ▶隋炀帝《忆韩俊娥》诗之一："须知潘岳鬓，强半为多情。"

⑦兰茝：兰、茝，皆香草名。比喻人有美质。▶《楚辞·屈原·九章·悲回风》："故荼荠不同亩兮，兰茝幽而独芳。"

⑧高文：指优秀诗文。亦用作对对方诗文的敬称。▶晋 葛洪《抱朴子·喻蔽》："格言高文，岂患莫赏而减之哉。"

⑨客窗：旅舍的窗户。借指旅次。▶元 张翥《读瀛海喜其绝句》："客窗昨夜北风高，犹似乘船海上涛。"

拊节：击节。节，一种古乐器，用竹编成，击之成声。▶晋 葛洪《抱朴子·疾谬》："谄媚小人，欢笑以赞善；面从之徒，拊节以称功。"

⑩邻接：邻近，接近。▶《孔丛子·论势》："赵魏与之邻接，而强弱不敌。"

## 合肥赠秦虞桓①

与君定交昉丙子，是时藉藉称名士。②睥睨青云足下生，不信中途困泥滓。③如今丙午三十年，白头相见情依然。④君有丘园恣高卧，鸿妻骥子真神仙。⑤我老无家更多难，百事输君自悲叹。惟余词赋略相当，索酒狂吟至夜半。故人聚集情正欢，来朝又欲去江干。折柳河桥重回首，巢湖秋水夕漫漫。

注释：

①《合肥赠秦虞桓》诗见 明 方文《嵞山集》再续集卷二，清康熙二十八年（1689）王槩刻本。

②定交：结为朋友。▶《东观汉记·王丹传》："司徒侯霸欲与丹定交，丹被征，霸遣子昱候，昱道遇丹，拜于车下。"

昉：起始。▶清 谭嗣同《学篇》："呼黑为青，莫究所昉。"

丙子：此处指明崇祯九年（1636）。

③泥滓：泥渣。此处比喻卑下的地位。▶晋 潘岳《西征赋》："或被发左衽，奋迅泥滓。"

④丙午：此处指南明永历二十年，清康熙五年（1666）。

⑤丘园：家园；乡村。▶《易·贲》："六五，贲于丘园，束帛戋戋。"王肃 注："失位无应，隐处丘园。"

鸿妻：《后汉书·逸民传·梁鸿》载：梁鸿之妻孟光，有贤德，鸿食，光举案齐眉。后以"鸿妻"借指贤德之妻。▶《文选·任昉〈刘先生夫人墓志〉》："既称莱妇，亦曰鸿妻。"

骥子：比喻英俊的人才。▶《北史·裴延俊传》："二子景鸾、景鸿，并有逸才，河东呼景鸾为骥子，景鸿为龙文。"

## 赠孙秋我[①]

少年策蹇走华阳，与君旅舍倾壶浆。别来陵谷凡几变，俛仰之间三十霜。今岁偶来筝笛浦，秦子斋头共鸡黍。[②]嗟予短鬐已成丝，怪尔长髯黑如许。新诗见赠似瑶琴，欲报惭无玳瑁簪。[③]闻有芳园栽万柳，垂条拂水长阴森。堂名为取曲尘字，嫩叶初黄更赏心。[④]

注释：

①《赠孙秋我》诗见 明 方文《嵞山集》再续集卷二，清康熙二十八年(1689)王槩刻本。

②秦子：指秦虞柜。

③玳瑁簪：玳瑁制作的发簪。▶《史记·春申君列传》："赵使欲夸楚，为玳瑁簪，刀剑室以珠玉饰之，请命春申君客。春申君客三千余人，其上客皆蹑珠履以见赵使，赵使大惭。"

④原诗"堂名为取曲尘字，嫩叶初黄更赏心。"句后有作者自注："秋我有园栽万柳，乞予堂名，予名曰：曲尘。"

## 中秋前二日龚孝绪招集稻香楼[①]



江城百战后，台榭总凋残。独尔建高阁，令人怀古欢。客随微雨至，衣似暮秋寒。赖有纤纤手，传杯夜未阑。[②]

注释：

①《中秋前二日龚孝绪招集稻香楼》诗见 明 方文《嵞山集》再续集卷二，清康熙二十八年(1689)王槩刻本。

②原诗"赖有纤纤手，传杯夜未阑。"句后有作者自注"有妓西在坐"。

传杯：亦作"传盃"。谓宴饮中传递酒杯劝酒。▶唐 杜甫《九日》诗之二："旧日重阳日，传杯不放杯。"

## 中秋日龚公芝麓复集稻香楼[①]

日日醉君家，听歌与看花。可怜明月夜，却被片云遮。移酒出山郭，张灯就水涯。[②]同舟并仙侣，应不羡浮查。[③]

注释：

①《中秋日龚公芝麓复集稻香楼》诗见 明 方文《嵞山集》再续集卷二，清康熙二十八年(1689)王槩刻本。

②水涯：水边。▶《易·渐》"鸿渐于干"唐 孔颖达 疏："干，水涯也。"

③仙侣：指人品高尚、心神契合的朋友。语出《后汉书·郭泰传》："林宗唯与李膺同舟而济，众宾望之，以为神仙焉。"▶唐 杜甫《秋兴》诗之八："佳人拾翠春相问，仙侣同舟晚更移。"

浮查：漂浮海上的木筏。语出 晋 王嘉《拾遗记·唐尧》："尧登位三十年，有巨查浮于西海，查上有光，夜明昼灭，海人望其光，乍大乍小，若星月之出入矣。查常浮绕四海，十二年一周天，周而复始，名曰贯月查，亦谓挂星查，羽仙栖息其上。"▶唐 杜甫《观李固请司马弟山水图》诗之三："浮查并坐得，仙老暂相将。"

## 巢县即事[①]

小邑巢湖畔，无关忽有关。捉船官借口，抽税客凄颜。[②]野艇空留滞，行人断往还。始知为政者，绝胜虎斑斑。

注释：

①《巢县即事》诗见 明 方文《嵞山集》再续集卷三，清康熙二十八年王檠刻本。

②捉船：扣押船只。▶清 吴伟业《捉船行》："官差捉船为载兵，大船买脱中船行。"

## 李二则职方招同兄子洞羞广文夜集[①]

君自越东归，巢湖隐钓几。[②]虽无城里宅，难与故人违。雪酒开秋瓮，山厨动夕扉。[③]廿年为别久，握手尚依依。[④]群从强为官，元非意所欢。[⑤]持杯怀往事，拊几发长叹。老去同心少，忧来欲语难。[⑥]今宵无忌讳，倾倒一灯残。

注释：

①《李二则职方招同兄子洞羞广文夜集》诗见 明 方文《嵞山集》再续集卷三，清康熙二十八年王檠刻本。

职方：古官名。《周礼》夏官所属有职方氏。唐宋至明清皆于兵部设职方司。北洋政府初期亦设于内务部，后废。

②钓几：谓探求精微之事理。▶《鬼谷子·权篇》："难言者，却论也；却论者，钓几也。"陶弘景 注："言或不合，反复相难，所以却论前事也。却论者，必理精而事明，几微可得而尽矣，故曰：'却论者，钓几也。'求其深微曰钓也。"

③雪酒：名酒名。▶清 周亮工《重阳后一日写群鸦寒话歌卖钱沽酒》："欲换青铜沽雪酒，八分小字写寒鸦。"

山厨：山野人家的厨房。▶唐 王维《过崔驸马山池》："脱貂贯桂醑，射雁与山厨。"

④为别：犹分别，相别。▶唐 李白《送友人》："此地一为别，孤蓬万里征。"

⑤群从：指堂兄弟及诸子侄。▶晋 陶潜《悲从弟仲德》："礼服名群从，恩爱若同生。"

⑥同心：志同道合；情投意合。引申为知己。▶唐 王维《送别》："置酒临长道，同心与我违。"

## 秦虞桓招同诸公集潭影堂限韵[①]

烂醉螺园后，重来二十秋。死生成契阔，仕宦亦湛浮。[②]独尔开芳径，相逢叹白头。霏霏池上柳，似欲助人愁。板扉深巷里，世事不曾闻。高树团秋霭，空庭卷暮云。尊罍长在眼，耆旧自为群。[③]好我频来此，那堪手又分。

注释：

①《秦虞桓招同诸公集潭影堂限韵》诗见 明 方文《嵞山集》再续集卷三，清康熙二十八年王槩刻本。

②原诗"死生成契阔，仕宦亦湛浮。"句后有作者自注："许石疏旧有螺园，予与虞桓、燕友痛饮于此。今石疏久没，燕友官银台，故云。"

湛浮：沉浮；随波逐流。▶明 李东阳《直夫墓志铭》："虽生长都会，而有山林气，不能与物湛浮。"

③尊罍：泛指酒器。▶宋 周邦彦《红罗袄·秋悲》词："念取东垆，尊罍虽近；采花南浦，蜂蝶须知。"



## 合肥赠唐祖命丈[①]

六年不见唐耕坞，老友常思聚会难。何幸江城同旅舍，每千秋夜得盘桓。银钩铁画灯前字，金谷铜驼酒后叹。[②]却忆当时游泳处，青溪明月几人看。

注释：

①《合肥赠唐祖命丈》诗见 明 方文《嵞山集》再续集卷四，清康熙二十八年王槩刻本。

②银钩铁画：同"铁画银钩"。形容书法刚健柔美。出自唐 欧阳询《用笔论》："徘徊俯仰，容与风流，刚则铁画，媚若银钩。▶明 黄景仁《赠白下周幔亭》："雄词艳句萃尺幅，银钩铁画穷毫纤。"



## 何庆元

何庆元(1615—1673)，字长人。明六安州(今安徽省六安市)人。万历二十六年(1598)戊戌科进士，授工部主事，分司高邮筑堤以便潴泄，商民便之，祀七贤祠。升云南按察副使，乞养归。有《何长人集》。

## 寄刘海日[①]

淮南仙令汉王孙，环赐犹稽圣主恩。[②]谏草千秋云气护，颂声百里露华温。[③]朝来笏拄西山爽，客至谭倾北海尊。[④]却笑江州白司马，青衫点点湿斑痕。

注释：

①《寄刘海日》诗见 明 何庆元《何长人集》蘧来室近稿诗类，明万历刻本。原诗标题后有注："合肥令，初以建言钦降。"

②仙令：对县令的美称。▶明 唐顺之《送朱建阳》："道旁桃李烂春晴，可怜仙令看花行。"

③谏草：谏书的草稿。▶唐 杜甫《晚出左掖》："避人焚谏草，骑马欲鸡栖。"

④西山爽：典出 南朝 宋 刘义庆《世说新语·简傲》："王子猷作桓车骑参军。桓谓王曰：'卿在府久，比当相料理。'初不答，直高视，以手版拄颊云：'西山朝来，致有爽气。'"后因以"西山爽"言人性格疏傲，不善奉迎。

北海尊：亦作"北海樽"。汉末孔融为北海相，时称孔北海。融性宽容少忌，好士，喜诱益后进。及退闲职，宾客日盈其门。常叹曰："坐上客恒满，尊中酒不空，吾无忧矣。"见《后汉书·孔融传》。后常用作典实，以喻主人之好客。

## 寄蔡肖谦先生[①]

薛王之后有先生，凿凿真修岂近名。乡自太丘推表正，人从洛社识端明。[②]品题顿觉千金重，取与宁知一介轻。[③]沧海渊源今可接，惭予只作望洋惊。

注释：

①《寄蔡肖谦先生》诗见 明 何庆元《何长人集》蘧来室近稿诗类，明万历刻本。原诗标题后有注："时以符卿予告。"

蔡肖谦先生：即合肥人蔡悉。详见前注。

符卿：尚宝司卿别称。尚宝司卿，官名。明朝尚宝司长官。定制一人，正五品，掌宝玺、符牌、印章之事。初以侍从儒臣、勋卫领之，其后多以恩荫寄禄，遂无定员。蔡悉曾任尚宝司卿。

予告：汉制，二千石以上有功官员依例给以在官休假的待遇，谓之予告。告，休假。后代凡大臣因病、老准予休假或退休的都叫予告。▶宋 杨万里《二月二十四日雨中泛舟赋诗》："君王予告作寒食，来看孤山海棠色。"

②表正：谓以身为表率而正之。▶《书·仲虺之诰》："天乃锡王勇智，表正万邦，缵禹

旧服。”

人从：随从。▶宋 苏辙《乞裁损待高丽事件札子》：“诸人从出外买到物并检察有违碍者，即婉顺留纳。”

洛社：北宋欧阳修、梅尧臣等在洛阳时组织的诗社。▶宋 欧阳修《酬孙延仲龙图》：“洛社当年盛莫加，洛阳耆老至今夸。”

③一介：一个。多指一个人。多含有藐小、卑贱的意思。用于自称为谦词。▶《礼记·杂记上》：“寡君有宗庙之事，不得承事，使一介老某相执綍。”

## 怀黄荆卿寄声①

病去颠毛浑自羞，怀人和雨到心头。②精魂浪说三生石，湖海悬瞻百尺楼。字析塞鸿怜独叫，书凭江鲤结深愁。春芽一寄长相忆，为助诗髀两腋飕。

注释：

①《怀黄荆卿寄声》诗见 明 何庆元《何长人集》蘧来室近稿诗类，明万历刻本。

寄声：托人传话。▶清 支机生《珠江名花小传》卷三：“屡托人寄声邀予，因事冗未往。”

②怀人：所怀念的人。▶晋 陶潜《悲从弟仲德》：“借问为谁悲？怀人在九冥。”



## 庐江同恒父观龙舟十五韵①

五日庐江水，中流着小船。鸣琴多政暇，击檝共心招。②肆出文蛟走，陆离赤羽飘。③开头元侠少，捉尾恣轻僄。④赛社贫无肉，醵金醉得枭。⑤逍遥鱼贯稳，倏忽鸟飞翻。急拨高翻雪，长驱远射潮。耀金鳞甲动，掣电目光摇。⑥汗雨连惊溅，歌尘逐去飚。平分当下驷，鬬捷认初幖。得隽神偏王，贾余惨不骄。⑦人烟迷古岸，月白亚官桥。客醉谭方剧，杯残兴转饶。宁知百草蹋，不用五丝条。却忆苍梧郡，祠陈咽鼓箫。

注释：

①《庐江同恒父观龙舟十五韵》诗见 明 何庆元《何长人集》蘧来室近稿诗类，明万历刻本。原诗标题后有注：“庚子夏。”

②心招：口中不言而以情态进行挑逗。多形容女人轻佻之状。▶《史记·货殖列传》：“今夫赵女郑姬，设形容，揳鸣琴，揄长袂，蹑利屣，目挑心招，出不远千里，不择老少者，奔富厚也。”

③陆离：光彩绚丽貌。▶《楚辞·招魂》：“长发曼鬋，艳陆离些。”

④轻僄：轻捷强悍。▶《三国志·吴志·骆统传》：“轻剽者则进入险阻，党就群恶。”

⑤赛社：旧俗。一年农事完毕后，陈酒食以祭田神，相与饮酒作乐。▶清 黄景仁《车中杂诗》："赛社闹鹅鸭，趁虚喧虻蚊。"

醵金：集资，凑钱。▶宋 陶谷《清异录·黑金社》："庐山白鹿洞，游士辐凑，每冬寒，醵金市乌薪为御冬备，号黑金社。"

⑥掣电：闪电。亦以形容迅疾。▶晋 王羲之《笔书论·启心》："摆拨似惊雷掣电，此乃飞空妙密，顷刻浮沉，统摄铿锵，启发厥意。"

⑦贾余：炫示余勇；用其余力。▶南朝梁 刘勰《文心雕龙·才略》："潘岳敏给，辞自和畅，钟美于《西征》，贾余于哀诔，非自外也。"

## 舟过居巢晤蒋尹桂廷赋赠[①]

小艇摇摇荡客襟，一年一度为知音。分帆坐惜秦淮水，入国真泠单父琴。[②]人去三秋嗟解佩，花栽期月俨成阴。燕山目数云中雁，九里波长别思深。

注释：

①《舟过居巢晤蒋尹桂廷赋赠》诗见 明 何庆元《何长人集》蘧来室近稿诗类，明万历刻本。

②单父琴：典出 汉 刘向《说苑·政理》："宓子贱治单父。鸣琴，身不下堂而单父治。"后因以"单父琴"为称颂地方官治绩之典。

## 冶父醉歌[①]

淮南饶名胜，冶父自今古。拔地十千寻，羞与峿嵝伍。剑池龙去不知年，犹能夜夜吼雷雨。此中酒人有令客，生事其如山水癖。相将骑马作一来，五月炎蒸正曦赫。[②]下马褰衣且前途，螺髻苍苍怛只尺。纡仄跰跹未可攀，恨不山灵假羽翮。[③]半腰怀袖萦松风。恍然顿疑尘世隔。力疲暂倚小亭坐，拂拭碑痕话畴昔。[④]俄焉跄踉陟其巅，乱入罡风吹堕帻。[⑤]万井烟岚向眉青，万顷湖光当面白。添衣自失若惊秋，引满长呼都莫逆。信手棋枰泯成败，信口机锋无拣择。[⑥]兴长那知礼法疏，目极翻嫌天地窄。寺僧来肃山之东，一径梯云度危石。错趾彳亍不得下，扪萝左右倩扶掖。[⑦]小桥寂寂待人行，古木阴阴着鸟迹。山门牢落足张罗，荒殿蒙茸转萧索。[⑧]殿前新屋得数椽，伊谁端为游人辟。说法堂摧伏虎化，只见龙湫吐一脉。[⑨]脉中清泠如甘露，醉客饮之飕两腋。再理残局拾残尊，幽韵关关按歌拍。向晚斜阳没西去，四围紫气留几席。岂谓临卭谬相重，自是河阳花事适。贤豪会合此一时，咄咄千载只旦夕。眼底云物任卷舒，举头依旧高天碧。何事更寻五岳游，人间浪说藐姑射。归兮一梦到邯郸，起视窻纱日已赤。

注释:

①《冶父醉歌》诗见 明 何庆元《何长人集》蘧来室近稿诗类,明万历刻本。

②曦赫:日光。▶唐 刘禹锡《楚望赋》:"曦赫歊蒸,阳极反阴。"

③羽翮:指翅膀。▶南朝梁 何逊《仰赠从兄兴宁寘南》:"相顾无羽翮,何由总奋飞。"

④畴昔:往日,从前。▶《礼记·檀弓上》:"予畴昔之夜,梦坐奠于两楹之间。"

⑤罡风:道教谓高空之风。后亦泛指劲风。▶明 屠隆《彩毫记·游玩月宫》:"虚空来往罡风里,大地山河一掌轮。"

⑥棋枰:棋盘,棋局。▶唐 司空图《丁巳元日》:"移居荒药圃,耗志在棋枰。"

⑦彳亍:小步走,走走停停的样子。▶《文选·潘岳〈射雉赋〉》:"彳亍中辍,馥焉中镝。"

扪萝:攀援葛藤。▶南朝梁 范云《送沈记室夜别》:"扪萝正忆我,折桂方思君。"

⑧蒙茸:此处指杂乱貌。▶《史记·晋世家》:"狐裘蒙茸,一国三公,吾谁适从。"

⑨龙湫:上有悬瀑下有深潭谓之龙湫。▶《隋书·礼仪志一》:"鹿角生于杨树,龙湫出于荆谷。"

## 入庐江话赵尹峤瀛四绝[①]

潜水膏流出冀方,冶山朝爽漾清漳。[②]分明公事湖中了,花满河阳句满囊。



三尺平持一镜悬,圆桥璧水夜珠联。春风秋月看龙化,千载文翁亦比肩。[③]

草尽霜严狐兔愁,公庭如水政优优。不烦禁火民安作,何羡当季五袴讴。

九里波澄湛露偏,千家弦诵福星悬。倦游初许临邛过,拟续庐阳制锦篇。[④]

注释:

①《入庐江话赵尹峤瀛四绝》诗见 明 何庆元《何长人集》蘧来室近稿诗类,明万历刻本。

②冀方:古泛指中原地区。▶《书·五子之歌》:"有此冀方。"

冶山:冶父山。

朝爽:早晨明朗开豁的景象。语本 南朝 宋 刘义庆《世说新语·简傲》:"王子猷……以手版拄颊云:'西山朝来致有爽气。'"▶唐 储光羲《游茅山》诗之五:"南极见朝爽,西潭闻夜渔。"

清漳:水名。漳河上流。源出于山西省平定县南大黾谷。▶汉 刘桢《赠五官中郎将》诗之二:"余婴沈痼疾,窜身清漳滨。"

③龙化:如龙一样变化莫测,不可捉摸。▶三国魏 嵇康《酒会诗》之五:"猗与庄老,栖迟永年;实惟龙化,荡志浩然。"

文翁：汉庐江舒人。景帝末，为蜀郡守，“仁爱好教化”，在成都市中起学官，入学者免除徭役，成绩优者为郡县吏，每出巡视，“益从学官诸生明经饬行者与俱，使传教令”。蜀郡自是文风大振，教化大兴。见《汉书·文翁传》。后世用为称颂循吏的典故。

④倦游：厌倦游宦生涯。▶《史记·司马相如列传》：“长卿故倦游。”裴骃 集解引 郭璞曰：“厌游宦也。”▶唐 温庭筠《酬友人》：“辞荣亦素尚，倦游非夙心。”

## 三游冶父时恒甫音问久绝奉常公亦下世矣赓韵遣怀[①]

九载三过兴不悭，山灵眷客去珠还。茫茫论世人非昔，漠漠知音鸟自闲。湘芷一方思解珮，沧桑几度任循环。南宫此日仍颠绝，拜石徜徉且着斓。[②]

注释：

①《三游冶父时恒甫音问久绝奉常公亦下世矣赓韵遣怀》诗见 明 何庆元《何长人集》蘧来室近稿诗类，明万历刻本。

赓韵：和韵。▶宋 楼钥《客省中次适斋韵》：“诗简才到先赓韵，酒兴方浓莫算杯。”

②拜石：北宋米芾擅书画，知无为军时，州治有巨石甚奇。芾见之大喜，曰：“此足以当吾拜。”遂具衣冠拜之，呼之为兄。世称“米颠拜石”。

## 重游冶父山寺[①]

往庚子夏月，余偶刘恒父年丈始游于此，与邑之孝廉邓泽华，偕病起重来，恍疑再世。属寺之栋宇，为朱奉常先生倡义鼎建，焕然改观。孝廉偕门人杨生、朱生，邀余为文字，饮乐而识之。盖乙巳季冬朔日也。[②]

山灵六载笑缘悭，腊日暄妍共往还。[③]宝相装成金界迥，寒林望锁白云闲。[④]寸心岁晚知松柏，文室歌清杂珮环。胜具不堪情自在，收来苍翠染斑斓。

注释：

①《重游冶父山寺》诗见 明 何庆元《何长人集》蘧来室近稿诗类，明万历刻本。

②朔日：旧历每月初一日。▶《礼记·月令》：“（季秋之月）合诸侯制，百县为来岁受朔日。”

③暄妍：天气暖和，景色明媚。▶南朝宋 鲍照《春羁》：“暄妍正在兹，摧抑多嗟思。”

④金界：佛地，佛寺。▶宋 秦观《观宝林塔张灯》：“势擎金界迥，影蘸玉奁寒。”

寒林：称秋冬的林木。▶晋 陆机《叹逝赋》：“步寒林以凄恻，玩春翘而有思。”

## 寄话章庐江[①]

江城依旧拥潘花，增秩新开汉简葩。[②]久道积劳轻就熟，非时报可邑如家。[③]山头爽气龙辉治，沼上晴烟鹤舞茶。数载相思悭一识，盈盈衣带怅天涯。

注释：

①《寄话章庐江》诗见 明 何庆元《何长人集》蘧来室近稿诗类，明万历刻本。

②潘花：潘岳曾为河阳令，于县中满种桃李，后因以"潘花"为典，形容花美，或称赞官吏勤于政事，善于治理。

增秩：增俸；升官。▶《史记·平准书》："乃募民能入奴婢得以终身复，为郎增秩，及入羊为郎，始于此。"

③非时：不时，时常。▶唐 杜甫《赠太子太师汝阳郡王琎》："出入独非时，礼异见群臣。"

报可：批复照准。▶宋 岳飞《奏乞复襄阳札子》："臣今已厉兵饬士，惟俟报可，指期北向，伏乞睿断，速赐施行。"

## 秋兴八绝高井道中[①]



客中忽忽度三秋，献笑安排几醉休。[②]道是浇愁须用酒，可知酒不解真愁。

鸡黍相过一水航，千秋义气九秋霜。[③]秦淮别酒蛾眉月，不负生平几范张。[④]

偶缘访旧到濡须，征逐无端亦大愚。[⑤]记取河西三罪案，不须岐路泣杨朱。

巢父当年傲许由，九官不易一牵牛。熙熙穰穰悲流俗，箪豆何人肯掉头。

性自耽闲岂好游，秋光忽漫驶如流。一行恶客都青眼，回首高堂正白头。[⑥]

假合浮沤不是真，况他长物与谁亲。转思摩诘诗中语，解道从贪始觉贫。

不惯为容学楚腰，也须恋主问星轺。[⑦]等闲尸素羞传食，车马何堪驿使骚。

为贫为养主恩深。客里从容醉里吟。心上总休三宿恋，鬓边不管二毛侵。[⑧]



注释：

①《秋兴八绝高井道中》诗见 明 何庆元《何长人集》蘧来室近稿诗类，明万历刻本。

高井：高井驿，在今安徽巢湖市西北。《方舆纪要》卷二十六巢县：高井驿在"县西北六十里。道出合肥。《志》云:县治西有镇巢水马驿,此为高井马驿,陆道所经也"。

②客中:谓旅居他乡或外国。▶宋 戴复古《泉南》:"客中归未得,岁事渐相催。"

忽忽:倏忽,急速貌。▶《楚辞·离骚》:"欲少留此灵琐兮,日忽忽兮其将暮。"

献笑:露出笑容。▶《庄子·大宗师》:"造适不及笑,献笑不及排。"

③鸡黍:借指深厚的情谊。唐 秦系《早秋宿崔业居处》:"鸡黍今相会,云山昔共游。"

④范张:东汉范式、张劭的并称。二人友善,重义守信,有死友之称。后常以范张比喻生死不渝的至友。

⑤征逐:谓交往过从。▶唐 韩愈《柳子厚墓志铭》:"今夫平居里巷相慕悦,酒食游戏相征逐。"

⑥恶客:庸俗不堪或不受欢迎的客人。▶唐 李商隐《杂纂》:"恶客不请自来。"

⑦星轺:使者所乘的车。亦借指使者。▶唐 宋之问《奉和梁王宴龙泓应教》:"水府沦幽壑,星轺下紫微。"

⑧三宿恋:佛教语。指对世俗的爱恋之情。▶宋 苏轼《别黄州》:"桑下岂无三宿恋,樽前聊与一身归。"

## 别合肥曹令[1]

最喜登龙愿不孤,鹔鹴坐拥泻金炉。[2]片言狱折神君号,一束书传令子图。[3]笑比河清观法近,休扬山立照人都。[4]弹冠我亦乘风去,送响天边当仆姑。[5]

注释:

①《别合肥曹令》诗见 明 何庆元《何长人集》蘧来室近稿诗类,明万历刻本。

②登龙:泛指升官。▶阿英《晚清小说史》第二章:"至于为谋升官,上维新条陈,东抄西袭,以盼一顾的,更所在多有,实质上,不过是借以登龙而已。"

鹔鹴[sù shuāng]:古代神话传说中的西方神鸟。亦作"鷫鷞"。鸟名。雁的一种。颈长,羽绿。▶《楚辞·大招》:"鸿鹄代游,曼鷫鷞只。"

③片言:简短的文字或语言。▶晋 陆机《文赋》:"立片言而居要,乃一篇之警策。"

神君:神灵;神仙。后以作对贤明官吏的敬称。▶《后汉书·荀淑传》:"出补朗陵侯相,莅事明理,称为神君。"

令子:犹言佳儿,贤郎。多用于称美他人之子。▶《南史·任昉传》:"(任昉)四岁诵诗数十篇,八岁能属文,自制《月仪》,辞义甚美。

④笑比河清:谓态度严肃,难见笑容。语出《宋史·包拯传》:"立朝刚毅,贵戚宦官为之敛手,闻者皆惮之。人以包拯笑比黄河清。"

观法:观察法度。▶《荀子·成相》:"上通利,隐远至,观法不法见不视。"

休扬:犹言显扬。▶汉 应劭《风俗通·十反》:"太尉沛国刘矩叔方,父字叔辽,累祖卿尹,好学敦整,士名不休扬,又无力援,仕进陵迟。"

人都:兽名。山都的一种。▶清 周亮工《夜登杭州城楼有感》"异土临风须自慰,亲心万里苦相关。”自注：“汀治初造，砍大树千余。其树皆山都所居。山都有三种：下曰猪都，中曰人都，其高者为鸟都。即如人形而卑小，男妇自为配偶。猪都皆身如猪；鸟都人首能言，闻其声不见其形；人都或时见形。”

山立：像高山一样屹立不动。▶《礼记·玉藻》：“立容，辨卑毋谄，头颈必中，山立时行。”

⑤仆姑：即金仆姑。箭名。泛指良箭。▶宋 雷乐发《乌乌歌》：“有金须碎作仆姑，有铁须铸作蒺藜。”

## 张煌言

张煌言（1620—1664），字玄著，号苍水。明浙江鄞县（今属浙江省宁波市）人。崇祯十五年（1642）壬午科举人。南明弘光政权覆亡后，与同郡钱肃乐等奉鲁王监国，进兵部侍郎。鲁王败，入闽依郑成功。南明桂王立，擢兵部尚书。与郑成功大举入江，自督一师下皖地二十余城。郑成功失利退海上，遂成孤军。清康熙三年（1664），知事不可为，遂遣散部曲，退居悬岙岛，被执不屈，就义于市。乾隆年间谥“忠烈”。其诗古文辞，才笔横溢，藻采缤纷，昌明而宏伟，赡博而英多。亦工词，风格高亢，孤忠自托。有《张苍水集》。

### 姑孰既下和州无为州及高淳溧水溧阳建平庐江舒城含山巢县诸邑相继来归①



干将一试已芒寒，赤县神州次第安。②建业山川吴帝阙，皖城戈甲魏军坛。东来玉帛空胡虏，北望铜符尽汉官。犹忆高皇初定鼎，和阳草昧正艰难。③

注释：

①《姑孰既下和州无为州及高淳溧水溧阳建平庐江舒城含山巢县诸邑相继来归》诗见明 张煌言《张忠烈公集》卷八奇零草五七言律诗三，清傅氏钞本。

②赤县神州：战国时齐人驺衍（一作邹衍）创立“大九州”学说，谓“中国名曰赤县神州。赤县神州内自有九州，禹之序九州是也，不得为州数。中国外如赤县神州者九，乃所谓九州也。”见《史记·孟子荀卿列传》。后以借指中原或中国。▶金 元好问《四哀诗·李钦叔》：“赤县神州坐陆沉，金汤非粟祸侵寻。”

③高皇：此处指明太祖朱元璋。

定鼎：指建立王朝。▶南朝 宋 颜延之《三月三日曲水诗序》：“高祖以圣武定鼎，规同造物。”

方名荣，字素傅，号耻斋。明庐州巢县（今安徽省巢湖市）人。崇祯十六年（1643）

癸未科进士，户部观政，丁忧未仕。着有《史鉴要略》《武林游草》《庐山起寸录》《春柳赋》《爱梅叙》等稿。

## 亚父祠井①

今古推三杰，凄凉念此翁。奇谋比智水，遗貌想雄风。②玉斗惊唉下，鸿沟抉目中。孤祠枕县阜，流水镇瀜瀜。③

注释：

①《亚父祠井》诗见 清 陆龙腾《(康熙)巢县志》卷十九，清康熙十二年(1673)刊本。

②智水：灌顶之水。谓佛教密宗弟子入门时，本师用以灌洒头顶，以明诸佛护念的净水。见 唐 一行《大日经疏》卷八。亦泛指智慧。智慧能除无明火与热恼，故称“智水”。▶南朝 梁 王僧孺《忏悔礼佛文》：“永沐智水，长照慧日。”

③瀜瀜：和畅貌。▶清 味槐生《分题〈十洲春雨〉》：“十洲山色何郁葱，十洲之水春瀜瀜。”

## 王乔洞①

新霁白云飞，轻阴落翠微。②泥封苔藓碣，树老薜萝衣。硖见泉根暖，丹留石乳肥。③夜深松际鹤，常是月明归。

注释：

①《王乔洞》诗见 清 陆龙腾《(康熙)巢县志》卷十九，清康熙十二年(1673)刊本。

②新霁：雨雪后初晴。▶战国 楚 宋玉《高唐赋》：“遇天雨之新霁兮，观百谷之俱集。”

③泉根：泉源。▶唐 黄滔《和王舍人崔补阙题福州天王寺》：“冈转泉根滑，门昇藓级危。”

## 龙洞门①

春阴散沍寒，联袂入岩岫。②雪峰半岭赏，天籁中林透。缭戾警雁凫，谽谺穴鼯鼬。③众象会千名，百险赴一窦。混泉惊沙划，崩石若天漏。④习坎理在斯，观逝叹不谬。⑤木叶自然深，山苗亦已秀。青山谢公前，白眼阮生后。息机物汇全，多难吾衰旧。⑥驾言赴前期，俯仰惭宇宙。⑦

注释：

①《龙洞门》诗见 清 陆龙腾《(康熙)巢县志》卷十九，清康熙十二年(1673)刊本。

龙洞门:《(康熙)巢县志》载:"龙洞,其地方呼为龙洞门。地甚清幽,由此入怀秀庵。"

②沍寒:寒气凝结。谓极为寒冷。▶《左传·昭公四年》:"其藏冰也,深山穷谷,固阴沍寒,于是乎取之。"沍,一本作"冱"。

③缭戾:回旋曲折。▶《楚辞·刘向〈九叹·逢纷〉》:"龙邛脟圈,缭戾宛转,阻相薄兮。"

谽谺[hān xiā]:山石险峻貌。▶唐 独孤及《招北客文》:"其北则有剑山巉巉,天凿之门,二壁谽谺,高岸嶙峋。"

④天漏:谓雨量过多。▶唐 杜甫《九日寄岑参》:"安得诛云师,畴能补天漏。"

⑤习坎:指险阻。《易·坎》:"《彖》曰:习坎,重险也。"

⑥息机:息灭机心。▶《楞严经》卷六:"息机归寂然,诸幻成无性。"

⑦驾言:驾,乘车;言,语助词。语本《诗·邶风·泉水》:"驾言出游,以写我忧。"后用以指代出游,出行。▶三国 魏 阮籍《咏怀》之三一:"驾言发魏都,南向望吹台。"

## 听书港用于父母韵又绝句[①]

车环不为楚狂停,南北江淮此暂经。虎兕声还多旷野,凤麟泣后有遗听。登山四望瞻吴练,逝水千秋启夜冥。[②]尧颡只今巢泽畔,百川疑会谷王庭。[③]

江淮南北两茫茫,尚有遗墟作讲堂。何事吹箫江上客,犹将覆楚动吴王。



注释:

①《听书港用于父母韵又绝句》诗见 清 陆龙腾《(康熙)巢县志》卷十九,清康熙十二年(1673)刊本。

于父母:指巢县知县于觉世。

②吴练:指白马。典出《太平御览》卷八一八引《韩诗外传》:"孔、颜渊登鲁东山望吴昌门,渊曰:'见一疋练,前有生蓝。'子曰:'白马、芦刍也。'"▶唐 刘威《伤曾秀才马》诗:"吴练已知随影没,朔风犹想带嘶闻。"

③谷王:江海的别称。以其能容百谷之水,故名。语本《老子》:"江海所以能为百谷王者,以其善下之,故能为百谷王。"▶唐 杜审言《春日江津游望》:"谷王常不让,深可戒中盈。"



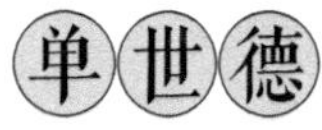

## 单世德

单世德,字尔达,明庐州巢县(今安徽省巢湖市)人。崇祯十六年(1643)癸未科进士,历官永康、金华知县。

## 清溪河即事[1]

重游旧地掇秋英，岭色溪光分外清。[2]野老熟交忘问姓，山蔬屡食始询名。饷来满盎殷勤酒，话遍经时契阔情。倾倒顿令机虑息，扁舟一觉水云横。

注释：

①《清溪河即事》诗见 清 陆龙腾《(康熙)巢县志》卷十九，清康熙十二年(1673)刊本。

②秋英：秋花。▶宋 杨万里《看刘寺芙蓉》诗："秋英例臞淡，此花独腴泽。"

## 湖上吟[1]

卜得湖山最僻区，赏心有句到人无。惟应鸥鹭堪朋侣，自拾烟岚作画图。柳静荷香才昨暮，雨潇风飒又今晡。魂清几度幽窗梦，怕惹红尘倩网蛛。

注释：

①《湖上吟》诗见 清 陆龙腾《(康熙)巢县志》卷十九，清康熙十二年(1673)刊本。



## 清明日饮金庭曲水[1]

行行渐识旧岩阿，谷口层云护薜萝。自有花茵供枕藉，谁留钗迹费摩挲。水萦解送当觞客，莺语能赓欲蛴歌。[2]上已适逢风日好，山灵投辖共颜酡。[3]

注释：

①《清明日饮金庭曲水》诗见 清 陆龙腾《(康熙)巢县志》卷十九，清康熙十二年(1673)刊本。

②觞客：飨宴宾客。▶《史记·天官书》："七星，颈，为员官，主急事。张，素，为厨，主觞客。"

③颜酡：醉后脸泛红晕。语出《楚辞·招魂》："美人既醉，朱颜酡些。"▶元 萨都剌《题刘山长雪夜板舆图》："玉宇光连夜，颜酡酒半酣。"

# 鲍宗益

鲍宗益，字若虞，明庐州巢县(今安徽省巢湖市)人。鲍士德之孙。"聪敏绝伦，举业之外，博通曲艺、星相、卜筮之类，无不臻妙，而尤精于医。虽专门名手，莫能过。晚年颇归宗门，学出世法，遂弃举子业不事。生平著述诗文，多未脱稿。有潜心性理，取程朱格言，集成一书，颜曰《圣学阶梯》。”

## 牛山雪霁[①]

冲寒散步踏牛山，银海光摇纵目看。去鸟远随天外见，归帆遥向日边还。[②]已无野马苍苍迹，若在浮云冉冉间。自觉此身凌昊极，玉虚高处视尘寰。

注释：

①《牛山雪霁》诗见 清 陆龙腾《(康熙)巢县志》卷十九，清康熙十二年(1673)刊本。

②日边：太阳的旁边。犹言天边。指极远的地方。▶南朝 宋 刘义庆《世说新语·夙惠》：“(晋元帝)问明帝：‘汝意谓长安何如日远？’答曰：‘日远。不闻人从日边来，居然可知。’”

## 药师庵阻雪[①]

层山深入已忘喧，一夜西风雪满村。对涧探邻难着屐，拥炉几日未开门。窗前密点梅无色，槛外疏飘石有痕。怪得古人忘岁月，幽闲那复计朝昏。[②]



注释：

①《药师庵阻雪》诗见 清 陆龙腾《(康熙)巢县志》卷十九，清康熙十二年(1673年)刊本。

药师庵：《(康熙)巢县志》载：“在仙人洞后，药师荡内。明季有僧人月珂建。”

②朝昏：早晚。▶南朝 宋 谢灵运《入彭蠡湖口》：“千念集日夜，万感盈朝昏。”

鲍宗毕，明庐州巢县(今安徽省巢湖市)人。生平事迹不详。似为麇生鲍宗益同族。

## 南山雪霁[①]

集雪划山形，大异米家派。[②]起伏判青天，无宁瀑布界。[③]常时纡望中，草木历历在。何当麋鹿游，乃与猃骄载。[④]缅彼峨嵋巅，西睇日初晒。有女启妆台，对之扫粉黛。[5]和雪嚼梅花，清香沁脾肺。以杖叩崖冰，长松出微籁。

注释：

①《南山雪霁》诗见 清 陆龙腾《(康熙)巢县志》卷十九，清康熙十二年(1673)刊本。

②山形：山的形态；山势。▶北魏 郦道元《水经注·沔水二》："山形特秀，异于众岳。"

③无宁：亦作"无甯"。不平静。▶唐 韩愈《答张彻》："搜奇日有富，嗜善心无宁。"

④麋鹿游：比喻繁华之地变为荒凉之所，暗示国家沦亡。典出《史记·淮南衡山列传》："臣闻子胥谏吴王，吴王不用，乃曰：'臣今见麋鹿游姑苏之台也。'今臣亦见宫中生荆棘，露霑衣也。"

猃骄：猃，一种长嘴猎犬；骄，歇骄，短嘴的猎狗。泛指猎犬。典出《诗·秦风·驷驖》："驷驖孔阜，六辔在手。公之媚子，从公于狩。奉时辰牡，辰牡孔硕。公曰左之，舍拔则获。游于北园，四马既闲。輶车鸾镳，载猃歇骄。"

⑤妆台：梳妆台。▶唐 卢照邻《梅花落》："因风入舞袖，杂粉向妆台。"

## 挽杨五莫先生[1]

读书何事向人谋，见彻心安遂所求。愚俗每偏传死难，明神初不为生头。[2]武胥节也余餐雪，文与仁哉省卧楼。到得眼光都落地，此时悔不与同游。

注释：

①《挽杨五莫先生》诗见 清 陆龙腾《(康熙)巢县志》卷十九，清康熙十二年(1673)刊本。

②愚俗：犹世俗。亦指愚昧庸俗的人。▶《孔丛子·答问》："乃好事者为之辞，将欲成其说以诬愚俗也。"

## 咏陶烈妇沈氏[1]

纲提皇国教娴家，婺女星流犊剑华。[2]珠玉奉心争皎日，芙渠发色掩朝霞。[3]炜宜曹大家镌竹，芳亘西王母种花。[4]鸾阁尽饶麟阁事，祥占何见梦维蛇。[5]

注释：

①《咏陶烈妇沈氏》诗见 清 陆龙腾《(康熙)巢县志》卷十九，清康熙十二年(1673)刊本。

②婺女：星宿名，即女宿。又名须女，务女。二十八宿之一，玄武七宿之第三宿，有星四颗。▶《礼记·月令》："孟夏之月日在毕，昏翼中，旦婺女中。"

星流：如流星飞逝。形容迅速。▶《文选·张衡〈东京赋〉》："煌火驰而星流，逐赤疫于四裔。”

③皎日：明亮的太阳。古多用于誓辞。▶三国 魏 曹植《黄初五年令》：“孤推一概之平，功之宜赏，于疏必与；罪之宜戮，在亲不赦。此令之行，有若皎日。”

④曹大家：即班昭。班昭（约45—约117），又名姬，字惠班，扶风安陵（今陕西咸阳东北）人。东汉女史学家、文学家，班彪之女，班固、班超之妹。嫁曹世叔，早寡，屡受召入宫，为皇后及诸贵人教师，号曰“大家”。家，通“姑”。▶《后汉书·皇后纪上·和熹邓皇后》：“太后自入宫掖，从曹大家受经书，兼天文、算数。”

⑤祥占：谓预卜吉祥。▶宋 范成大《上元纪吴下节物俳谐体三十二韵》：“价喜膏油贱，祥占雨雪晴。”

曾如椿，明朝时人，生平事迹不详。

## 无题①

仙子依稀降此台，琳宫琅宇自崔巍。②半空云气孤峰出，百道泉流一线来。汇水湖边山屈曲，飞霞天外路迂回。③凭高顿使心眸爽，晚霞微茫望欲开。④

注释：

①《无题》诗见诗见 清 李恩绶编《巢湖志》卷二诗，黄山书社2007年版，第536页。原诗无标题，现有标题为编者所加。

②琳宫：仙宫。亦为道观、殿堂之美称。▶《初学记》卷二三引《空洞灵章经》：“众圣集琳宫，金母命清歌。”

崔巍：高峻，高大雄伟。▶《楚辞·东方朔〈七谏·初放〉》：“高山崔巍兮，水流汤汤。”

③屈曲：弯曲，曲折。▶《文选·张衡〈东京赋〉》：“謻门曲榭，邪阻城洫。”

④凭高：登临高处。▶唐 李白《天台晓望》：“凭高远登览，直下见溟渤。”

查价，字伯藩，明徽州休宁（今安徽省休宁县）人。博览善属文，尤工诗。“万历间，其族多寄居巢者。价数来游，遂家焉。卜居白云山下，与巢士大夫游。”著有《湖山漫稿》《客游杂录》《樵径异闻》。

## 白云山子房庵[①]

先生三寸舌，掉取帝王师。本为韩雠出，还知汉道危。不随鹰狗死，先与鹿麋期。肖像空山里，千秋见令仪。[②]

注释：

①《白云山子房庵》诗见 清 陆龙腾《(康熙)巢县志》卷十九，清康熙十二年(1673)刊本。

白云山：《(康熙)巢县志》载："在添保乡深山内。山为定军山下之小山，如椅之坐处。其上有子房庵，其下有雪峰庵，对面有香炉峰。自其上隔越众山，外望焦湖，明光如镜，亦一奇观。"

②令仪：此处指美好的仪容、风范。▶唐 司空图《障车文》："夫人琁躔濬发，金缕延长，令仪淑德，玉秀兰芳。"

## 成清

成清，字介甫。明和州(今安徽省和县)人。贡生。历任巢县训导、仁和县教谕。"研究理学，训士有法。"著《道学渊源集》，人称"初水先生"。

## 大秀晴云[①]

秀山高不极，缥缈见白云。[②]山多鸾鹤群，疑是云中君。[③]

注释：

①《大秀晴云》诗见 清 陆龙腾《(康熙)巢县志》卷十九，清康熙十二年(1673)刊本。"大秀晴云"为古巢县十景之一。《(康熙)巢县志》载："巢南诸山面列，独大秀一峰昂耸居中，最为秀丽。每当好雨初霁，云束山腰，螺髻苍翠，变幻万状，俨然董北苑、米南宫丹青一幅。宋杨杰有诗云：水带平湖千里远，山横大秀一峰高。原载郡志，仍旧标其景于首，余诗悉载《艺文志》。"

②不极：无穷；无限。▶南朝 梁 江淹《杂体诗序》："蓝朱成彩，杂错之变无穷；宫角为音，靡曼之态不极。"

③云中君：传说中的神名。见《楚辞·九歌》及《汉书·郊祀志上》。所指何神，诸说不一。王逸、颜师古注谓为云神，王闿运《楚辞释》谓为云梦泽水神，郭沫若《九歌今译》谓为女神，姜亮夫《屈原赋校注》谓为月神。

# 龚志益

龚志益,字叔损。明末清初庐州合肥(今安徽省合肥市)人,生平事迹不详。

## 莫愁湖小饮[①]

载酒寻郊甸，寒风动野塘。远山环堞翠，黄叶满林霜。双桨潮空打，疏花晚自香。莫愁在何许，惆怅立斜阳。

注释:

①《莫愁湖小饮》诗见 清 王尔纲《名家诗永》卷十四,民国据康熙刻本影印本。

莫愁湖:位于江苏省南京市水西门外。周约三公里。相传六朝时有女子莫愁居此,故名。清时号称“金陵第一名胜”。▶清 孔尚任《桃花扇·听稗》:“孙楚楼边,莫愁湖上,又添几树垂杨。”

## 晚宿庄[①]



久未事远游，偶然动车辙。循涂向南征，冈峦多曲折。时闻秔稻香，道左流泉咽。危桥半倾圮，扶携甘守拙。[②]向晚历高坂，众山森罗列。[③]茅檐暂解鞍，绳床当户设。[④]村酤一再行，疏星乍明灭。[⑤]一榻枕书卧，秋衾渐如铁。

注释:

①《晚宿庄》诗见 清 陈守仁《(雍正)舒城县志》卷三十,清雍正九年(1731)刻本。

②守拙:安于愚拙,不学巧伪,不争名利。▶晋 陶潜《归园田居》诗之一:“开荒南野际,守拙归园田。”

③向晚:傍晚。▶唐 李颀《送魏万之京》:“关城曙色催寒近,御苑砧声向晚多。”

④绳床:一种可以折叠的轻便坐具。以板为之,并用绳穿织而成。又称“胡床”“交床”。▶《晋书·艺术传·佛图澄》:“乃与弟子法首等数人至故泉上,坐绳床,烧安息香,咒愿数百言。”

⑤明灭:忽隐忽现。▶南朝 梁 沈约《奉和竟陵王药名诗》:“玉泉亟周流,云华乍明灭。”

## 周公瑾墓[①]

霸业江东迹已陈，野棠花发为谁春。[②]高原双冢还相望，绝胜荒丘卧石麟。[③]

注释：

①《周公瑾墓》诗见 清 吴宾彦修 王方岐纂《(康熙)庐江县志》卷十六，清康熙三十七年(1698)刻本。

②野棠：果木名。即棠梨。▶南朝 梁 沈约《早发定山》："野棠开未落，山樱发欲然。"

③绝胜：最佳。引申为最佳之处。▶宋 范成大《与同僚游栖霞》："竹杖芒鞋俗网疏，每逢绝胜更踟蹰。"

## 小乔墓[①]

从来名士悦倾城，儿女英雄倍有情。今日青山埋粉黛，月明如听踏歌声。

注释：

①《小乔墓》诗见 清 吴宾彦修 王方岐纂《(康熙)庐江县志》卷十六，清康熙三十七年(1698)刻本。

## 蜀山[①]

昔年曾此同岩阿，醉倚南窗共放歌。[②]一径鸟声喧夕照，半湖帆影乱横波。[③]林深石磴通游屐，松下寒泉映女萝。[④]今日重来寻旧迹，龙孙憔悴已无多。

注释：

①《蜀山》诗见 清 左辅 纂修《(嘉庆)合肥县志》卷第三十一，清嘉庆八年(1803)修、民国九年(1920)重印本。

②岩阿：山的曲折处。▶汉 王粲《七哀诗》："山岗有余映，岩阿增重阴。"

③横波：横流的水波。▶《楚辞·九歌·河伯》："与女游兮九河，冲风起兮横波。"

④游屐：出游时穿的木屐。亦代指游踪。▶宋 王安石《韩持国从富并州辟》："何时归相过，游屐尚可蜡。"

## 龚志旦

龚志旦,字扆冲。明末清初庐州合肥(今安徽省合肥市)人。清康熙六十一年(1722)贡生。

### 和答司直原韵[①]

蜃楼过眼若云蒸，灰冷雄心一片冰。静读异书消斗酒，闲翻秘典伴孤灯。惊秋梧叶愁难破，入夜蛩音惨不胜。空有许询能枉驾，茶瓜何处觅诗僧。[②]

注释:

①《和答司直原韵》诗见 清 王尔纲《名家诗永》卷十四,民国据康熙刻本影印本。

司直:即王臬。王臬,初名孽,字司直,又字汝陈。明末清初浙江秀水(今浙江省嘉兴市)人,寓江宁(今江苏省南京市)。王概、王蓍弟。诗、画及刻印与两兄擅名于时,与兄共纂《芥子园画谱》。

②许询:许询,字玄度,小字阿讷,东晋会稽山阴(今浙江省绍兴市)。东晋征士,玄言诗的代表人物,会稽内史许皈次子。出自高阳许氏,颇有才藻,善于属文,与王羲之、孙绰、支遁等皆以文义冠世。终身不仕,好游山水,常随王羲之、谢安一起游宴吟咏,曾参与兰亭集会。善析玄理,时为清谈家的领袖之一。隐居于萧山,每致四方诸侯之遗。

枉驾:屈驾。称人来访或走访的敬辞。▶《古诗十九首·凛凛岁云暮》:"良人惟古欢,枉驾惠前绥。"

## 龚志皋

龚志皋,字迈种。明末清初庐州合肥(今安徽省合肥市)人,生平事迹不详。

### 短歌赠王司直[①]

云隐南山南，树在北山北。清风吹有情，吹云笼树色。长发三山门，偃卧古佛国。[②]倦步踏东阡，吟声静区域。排闼通姓字，伯仲旧相识。[③]诗可与词源，网络自司直。年齿非小弱，谦谨不修饰。[④]今故罗心胸，贫困无啾唧。[⑤]皋比列生徒，砚田惟食力。[⑥]文实富金玉，身胡甘屏息。[⑦]垂涕伸先志，兄弟乌能愎。[⑧]小鸟衔庭花，微风鸣屋侧。富贵轻鸿毛，功名惜鸡肋。嗟吁复勉旃，辰星光北极。[⑨]

注释：

①《短歌赠王司直》诗见 清 王尔纲《名家诗永》卷十四，民国据康熙刻本影印本。

②三山门：指南京水西门。南京十三座城门之一。

③伯仲：此处指王概、王蓍、王臬三兄弟。

④谦谨：谦和谨慎。▶《晋书·阳骛载记》："骛清贞谦谨，老而弥笃。"

⑤啾唧：犹嘀咕。多指烦躁不安。▶清 恽敬《与二小姐》："汝身子要紧，不可将闲事逐日啾唧，望元好好照看。"

⑥砚田：以砚喻田。谓靠笔墨维持生计。▶宋 唐庚《次泊头》："砚田无恶岁，酒国有长春。"

⑦文实：名实。▶《墨子·经说下》："有文实也，而后谓之。无文实也，则无谓也。"

孙诒让 间诂："谓有名实，始有所谓；无名实，则无所谓。"

⑧先志：先人的遗志。▶《魏书·高祖纪上》："朕猥承前绪，纂戎洪烈，思隆先志，缉熙政道。"

⑨勉旃：努力。多于劝勉时用之。旃，语助，之焉的合音字。▶《汉书·杨恽传》："方当盛汉之隆，愿勉旃，毋多谈。"

龚志夔，字孟典。明末清初庐州合肥（今安徽省合肥市）人，生平事迹不详。

## 王司直舟中话别出江村烟雨图为赠赋答①

倾盖论心定久要，乾坤花月寄诗瓢。②离情怕折长堤柳，偏向图中写万条。

注释：

①《王司直舟中话别出江村烟雨图为赠赋答》诗见 清 王尔纲《名家诗永》卷十四，民国据康熙刻本影印本。

②倾盖：车上的伞盖靠在一起。指初次相逢或订交。▶唐 储光羲《贻袁三拾遗谪作》："倾盖洛之滨，依然心事亲。"

久要：旧交。▶《文选·曹植〈箜篌引〉》："久要不可忘，薄终义所尤。"刘良 注："久要，久交也。"

诗瓢：指贮放诗稿的器具。▶元 袁桷《送吴成季五绝》之四："诗瓢淅沥风前树，雪在深村月在梅。"

# 胡傅

胡傅，字希说，明庐州巢县(今安徽省巢湖市)人。“官江西星子县主簿五年，能于其职”。后以老病归乡。

## 白云庵[1]

平生最喜寻幽迹，偶上白云峰上来。石磴曲盘披棘入，茅庵新筑拂云开。苍崖剔藓留诗句，密雨催人送酒杯。为爱丹房留一宿，游仙梦破晓钟催。

注释：

①《白云庵》诗见 清 陆龙腾《(康熙)巢县志》卷十九，清康熙十二年(1673)刊本。

## 次曹瓶轩平倭韵[1]

夙抱谋猷欲致身，东南保障荷艰辛。[2]从来忠孝家声旧，此日恩荣简命新。[3]图报已看成伟绩，尽心终拟作完人。明良自古真难遇，还念穷檐望早春。[4]

注释：

①《次曹瓶轩平倭韵》诗见 清 陆龙腾《(康熙)巢县志》卷十九，清康熙十二年(1673)刊本。

②谋猷：计谋；谋略。▶《书·文侯之命》：“亦惟先正克左右昭事厥辟，越小大谋猷，罔不率从，肆先祖怀在位。”

致身：《论语·学而》：“事父母能竭其力，事君能致其身，与朋友交言而有信。”原谓献身，后用作出仕之典。▶唐 杜甫《乾元中寓居同谷县作歌》之七：“长安卿相多少年，富贵应须致身早。”

③简命：简任；选派任命。▶元 柯丹丘《荆钗记·堂试》：“简命分专邦甸，报国存心文献。”

④明良：谓贤明的君主和忠良的臣子。语本《书·益稷》：“元首明哉，股肱良哉，庶事康哉！”▶三国 蜀 诸葛亮《便宜十六策·考黜》：“进用贤良，退去贪懦，明良上下，企及国理。”

穷檐：指穷人的住所。▶《淮南子·修务训》：“今使人生于辟陋之国，长于穷檐漏室之下……独守专室而不出门，使其性虽不愚，然其知者必寡矣。”

## 盛孝子卷[①]

千古谁伸陟屺情，颓风一振属斯人。[②]足经蓟北三千里，心恋慈帏十二辰。名在纲常真不忝，身亲艰险亦何嗔。[③]同州事业芳声在，喜有先生步后尘。[④]

注释：

①《盛孝子卷》诗见 清 陆龙腾《(康熙)巢县志》卷十九，清康熙十二年(1673)刊本。

②陟屺：《诗·魏风·陟岵》："陟彼屺兮，瞻望母兮。"郑玄 笺："此又思母之戒，而登屺山而望也。"后因以"陟屺"为思念母亲之典。▶ 唐 元稹《追封李逢吉母王氏等制》："孝子之于事亲也，贫则有啜菽之欢，仕则有捧檄之庆，离则有陟屺之叹，殁则有累茵之悲。"

③不忝：不辱；不愧。▶《孔丛子·执节》："不忝前人，不泯祖业，岂徒一家之赐哉？"

④芳声：美好的声誉。▶汉 祢衡《鹦鹉赋》："于是羡芳声之远畅，伟灵表之可嘉。"

刘志远，明代人，生平事迹不详。



## 夜过中庙[①]

突兀应千仞，神灵动万方。[②]古今云雾里，衡岱弟兄行。鸟作游人伴，芝充羽客粮。[③]我来浑忘去，信宿卧山房。

注释：

①《夜过中庙》诗见 清 陆龙腾《(康熙)巢县志》卷十九，清康熙十二年(1673)刊本。本诗作者刘志远，生平经历不详。据《(康熙)监利县志》清康熙四十一年(1702)刻本卷八载："永乐庚子 刘志远，盐井卫经历"，未知孰是。

②千仞：形容极高或极深。古以八尺为仞。▶《庄子·秋水》："千里之远不足以举其大，千仞之高不足以极其深。"

③羽客：指神仙或方士。▶北周 庾信《邛竹杖赋》："和轮人之不重，待羽客以相贻。"

潘谧，字士宁，明庐江人(今安徽省庐江县)。潘植之子。该洽经史，诗有父风。

安贫奉母，不乐仕进。诗集散轶不传。

## 水濂洞[①]

昔有古仙人，于斯炼金液。一朝羽化去，此境余陈迹。[②]洞门闭石翁，松萝暝寒碧。[③]惟有飡霞人，时来漱泉石。[④]

注释：

①《水濂洞》诗见 清 吴宾彦修 王方岐纂《（康熙）庐江县志》卷十六，清康熙三十七年(1698)刻本。

②羽化：指飞升成仙。▶《晋书·许迈传》："玄自后莫测所终，好道者皆谓之羽化矣。"

③寒碧：给人以清冷感觉的碧色。指代清冷的湖水。▶宋 姜夔《暗香》词："长记曾携手处，千树压、西湖寒碧。"

④飡霞：得道成仙的人。▶《文选·颜延之〈五君咏·嵇中散〉》："中散不偶世，本自餐霞人。"

## 白羊冈[①]



昔闻左元放，本是紫霞客。[②]升酒醉百官，曹瞒怒相逼。跃入羝羊群，化作冈头石。至今千载下，寂寞见遗迹。[③]

注释：

①《白羊冈》诗见 清 吴宾彦修 王方岐纂《（康熙）庐江县志》卷十六，清康熙三十七年(1698)刻本。

②紫霞客：指神仙。道家谓神仙乘紫霞而行。

③寂寞：清静；恬淡；清闲。▶《文子·微明》："道者，寂寞以虚无，非有为于物也。"

## 煖水塘[①]

城东有佳境，白石光凌历。[②]方塘广且深，四时流春碧。[③]山深云水秀，岸古藤萝密。路遥人罕窥，清风自朝夕。

注释：

①《煖水塘》诗见 清 吴宾彦修 王方岐纂《（康熙）庐江县志》卷十六，清康熙三十七年(1698)刻本。

②白石：洁白的石头。▶《诗·唐风·扬之水》："白石凿凿。"

凌历:形容气势雄伟。▶唐 李白《游泰山》诗之五:“千峰争攒聚,万壑绝凌历。”

③春碧:春日碧绿色的景物。指春山、春水或春草等。▶唐 李贺《难忘曲》:“蜂语绕妆镜,拂蛾学春碧。”

## 栖凤岭[①]

东登苍山岭，直下窥沧溟。[②]扬袂拂紫极，举手摩青冥。[③]梧桐暝寒色，绿竹延秋声。[④]圣人治天下，凤凰当再鸣。

注释:

①《栖凤岭》诗见 清 吴宾彦修 王方岐纂《(康熙)庐江县志》卷十六,清康熙三十七年(1698)刻本。

②沧溟:大海。▶《汉武帝内传》:“诸仙玉女,聚居沧溟。”

③扬袂:举袖。▶《文选·宋玉〈高唐赋〉》:“扬袂鄣日,而望所思。”李善 注:“扬袂,举袖也。”

紫极:泛指天空。▶明 刘基《题王起宗御史江山烟霭图》:“日落风云连紫极,天寒波浪隔苍梧。”

青冥:形容青苍幽远。指青天。▶《楚辞·九章·悲回风》:“据青冥而摅虹兮,遂倏忽而扪天。”

④寒色:寒冷时节的颜色、景色。如枯草、秃枝、荒凉的原野的颜色。

## 梅林渡[①]

岩屏列远秀，幽览犹未了。烟光横积素，暝色促归鸟。[②]月冷暗香浮，霜清水声小。[③]孤舟无人渡，寂寞倚衰草。

注释:

①《梅林渡》诗见 清 吴宾彦修 王方岐纂《(康熙)庐江县志》卷十六,清康熙三十七年(1698)刻本。

②烟光:云霭雾气。积素:积雪。▶唐 王维《冬晚对雪忆胡居士家》:“隔牖风惊竹,开门雪满山。洒空深巷静,积素广庭闲。”

③暗香:犹幽香。▶宋 李清照《醉花阴》词:“东篱把酒黄昏后,有暗香盈袖。”

霜清:形容秋水明净;洁净。

## 钓鱼台[①]

巨石几千古，乃在潜溪曲。奔蹙横沈流，势若鲸额突。[②]沙带秋月明，波连远山缘。一自严光去，渔竿老修竹。[③]

注释：

①《钓鱼台》诗见 清 吴宾彦修 王方岐纂《(康熙)庐江县志》卷十六，清康熙三十七年(1698)刻本。

②奔蹙：犹奔迫。▶《宋书·礼志四》："而山川大神，更为简阙，礼俗颓紊，人神杂扰，公私奔蹙，渐以滋繁。"

③严光：即严子陵(前39—41)，又名遵，字子陵。会稽余姚(今浙江省余姚市)人。东汉著名隐士。严光曾助光武帝刘秀起兵，事成后归隐著述，设馆授徒。刘秀即位后，多次延聘严光，但他隐姓埋名，退居富春山。后卒于家，享年八十岁，葬于富春山。

## 黄陂湖[①]

湖水清且闲，临流发佳趣。[②]晓岸叠春山，风荷落秋露。险浪惊跳鱼，崩沙警飞鹭。少女歌采莲，双双荡舟去。



注释：

①《黄陂湖》诗见 清 吴宾彦修 王方岐纂《(康熙)庐江县志》卷十六，清康熙三十七年(1698)刻本。

②佳趣：高雅的情趣。▶唐 张九龄《题画山水障》："对玩有佳趣，使我心眇绵。"

## 冷水关[①]

石磴立嵚巇，关门在层巅。[②]客行烟霄际，满耳闻风泉。月痕镇长在，廉影殊未圆。想当用武时，计此千万年。[③]

注释：

①《冷水关》诗见 清 吴宾彦修 王方岐纂《(康熙)庐江县志》卷十六，清康熙三十七年(1698)刻本。

②嵚巇[qīn xī]：险峻的样子。

③用武：使用武力。▶《史记·留侯世家》："雒阳虽有此固，其中小，不过数百里，田地薄，四面受敌，此非用武之国也。"

任良，明代御史，其他生平事迹不详。

## 登尊经阁[1]

偶尔登临兴，南巢一望赊。八公新草木，七宝旧烟霞。湖艇春风棹，田畴夜雨车。[2]莫言吴汉迹，重为古今嗟。

注释：

①《登尊经阁》诗见 清 陆龙腾《(康熙)巢县志》卷十九，清康熙十二年(1673)刊本。

尊经阁：遗址位于巢湖卧牛山上，明朝初年由五显祠改建而成。《(康熙)巢县志》载："洪武十三年，命教谕云霄司学事，有专官矣。改五显祠为尊经阁。"又载"在启圣祠后，凡三间，高五丈有奇。崇圣稟经，藏书课读，总惟斯阁是赖。其学基来龙，由山岭，蜿蜒而至斯地，凝然蔚然，阁势高耸，湖山满目。阁以下树木蓊郁，墙垣谨饰。今阁为崇祯八年流寇焚毁，基址具在，修复有时，以俟后起。"

②风棹：风中行驶的船。▶南朝 梁 慧皎《高僧传·神异下·杯度》："(杯度)至孟津河，浮木杯于水，凭之度河，无假风棹，轻疾如飞。"

田畴：泛指田地。▶《礼记·月令》："(季夏之月)可以粪田畴，可以美土疆。""昔尧之治天下也，舜为司徒，契为司马，禹为司空，后稷为田畴，奚仲为工师。"

汪文兆，明代人，具体生平事迹不详。

## 浮丘钓台[1]

浮丘垂钓碧溪隈，夹岸山花相映开。寂寞荒台人去后，年年空见片帆来。

注释：

①《浮丘钓台》诗见 清 陆龙腾《(康熙)巢县志》卷十九，清康熙十二年(1673)刊本。《(康熙)巢县志》载："台横踞东流，背山临水，石岸峻峋，贾帆渔舸，往来不绝。可供游人携尊趺坐。""浮丘钓台"为古巢县十景之一。

## 亚父遗井①

咸阳秦帝初失鹿，纷纷豪杰争驰逐。卿子冠军留不行，帐中流血万人惊。②喑哑叱咤独西向，大破秦兵戮子婴。③范增当日为谋主，赵魏燕齐不足数。鸿门属意在沛公，此时天与何不取！老臣骸骨归山阿，汉人灭楚无几何。悲凉往事如流电，人世几回朝野变。④范家故址筑王城，春去秋来百草生。山前古井今犹在，萧索空传亚父名。

注释：

①《亚父遗井》诗见 清 陆龙腾《(康熙)巢县志》卷十九，清康熙十二年(1673)刊本。原始标题后有注："此咏东亚父井。"

②卿子冠军：秦末楚怀王麾下上将军宋义的尊号。▶《史记·项羽本纪》："王召宋义与计事，而大说之，因置以为上将军……诸别将皆属宋义，号为卿子冠军。"

③喑哑叱咤：同"喑恶叱咤"。形容厉声怒喝，指风云人物威势很大。▶宋 袁褧《枫窗小牍》卷下："生能奢喑哑叱咤之主，死不能保束草附土之形。"

④流电：闪电。▶宋 王谠《唐语林·补遗一》："马驰不止，迅若流电。"

王政，明代人，具体生平事迹不详。

## 奉和平轩大参①

登临又占蕊珠宫，四顾微茫感慨中。②学士留题砻白石，仙家吹笛有清风。王乔凫舄何年去，亚父鸾书旧日通。③笑语徘徊残照落，不堪回首各西东。

注释：

①《奉和平轩大参》诗见 清 陆龙腾《(康熙)巢县志》卷十九，清康熙十二年(1673)刊本。

②蕊珠宫：道教经典中所说的仙官。▶唐 顾云《华清词》："相公清斋朝蕊宫，太上符箓龙蛇踪。"

③鸾书：此处指书信。▶《剪灯余话·田洙遇薛涛联句记》："鸾书寄恨羞封泪，蝶梦惊愁怕念乡。"

## 王乔洞和李平轩[①]

王乔洞里复来游，抚景凭栏一解愁。片片白云迷翠岫，萧萧黄叶舞丹丘。[②]薇垣方伯频题句，国子先生尚抱忧。[③]万古纲常忠与孝，忍将尊酒付金瓯。[④]

注释：

①《王乔洞和李平轩》诗见 清 陆龙腾《(康熙)巢县志》卷十九，清康熙十二年(1673)刊本。

②丹丘：亦作"丹邱"，为传说中神仙所居之地。▶《楚辞·远游》："仍羽人于丹丘兮，留不死之旧乡。"

③薇垣：唐开元元年改称中书省为紫微省，简称微垣。元代称行中书省为薇垣。明洪武九年改元代行中书省为承宣布政司，亦沿称为薇省或薇垣。清初也称布政司曰薇垣或薇署，故明清时常以薇垣称相当于中书省的中枢机构或布政司。▶ 明 吴承恩《贺思翁受封障词》："昔年兰省，已颁锦轴之荣；今日薇垣，又捧纶音之盛。"

方伯：殷周时代一方诸侯之长，后泛称地方长官。汉以来之刺史，唐之采访使、观察使，明清之布政使均称"方伯"。▶《礼记·王制》："天子百里之内以共官，千里之内以为御，千里之外设方伯。"

国子：指国子学。▶《北史·儒林传论》："明元时，改国子为中书学，立教授博士……及迁都洛邑，诏立国子、太学、四门、小学。"

④金瓯：金的盆、盂之属。▶ 晋 干宝《搜神记》卷四："妇以金瓯、麝香囊与婿别，涕泣而分。"

# 熊敬

熊敬，据《(隆庆)永州府志》载："成化间任永州府宁远县教谕"，其余生平事迹不详。

## 镇淮角韵[①]

孤城迢递倚晴空，画角声飘思万重。[②]客馆梦回天未晓，满檐残月落梅风。

注释：

①《镇淮角韵》诗见 清 张祥云《(嘉庆)庐州府志》卷五十二，清嘉庆八年(1803)刻本。"镇淮角韵"为古"庐阳八景"之一。按，《(光绪)续修庐州府志》卷九十五指此八诗为明代

舒城人孙从善作，似误。

镇淮：指镇淮楼。

②迢递：亦作"迢遰"。此处指高峻貌。▶晋 陶潜《读〈山海经〉》之三："迢递槐江岭，是为玄圃丘。"

## 藏舟草色[①]

虎斗龙争事已休，昔人曾此计藏舟。当时功业无寻处，散作离离草满丘。[②]

注释：

①《藏舟草色》诗见 清 张祥云《(嘉庆)庐州府志》卷五十二，清嘉庆八年(1803)刻本。"藏舟草色"为古"庐阳八景"之一。

藏舟：指藏舟浦。

②离草：芍药的别名。▶元 王逢《宫中行乐词》之五："芍药为离草，鸳鸯是匹禽。"

## 梵刹钟声[①]

梵王楼阁势凭云，隐隐疏钟远近闻。[②]老尽世人听不了，几回清晓几黄昏。[③]



注释：

①《梵刹钟声》诗见 清 张祥云《(嘉庆)庐州府志》卷五十二，清嘉庆八年(1803)刻本。"梵刹钟声"为古"庐阳八景"之一。

梵刹：佛寺，此处指合肥兴国禅院。

②梵王：指色界初禅天的大梵天王。亦泛指此界诸天之王。▶南朝 梁 刘勰《剡县石城寺弥勒石像碑》："梵王四鹤，徘徊而不去；帝释千马，踯躅而忘归。"

③清晓：天刚亮时。▶唐 孟浩然《登鹿门山怀古》："清晓因兴来，乘流越江岘。"

## 教弩松阴[①]

落落松阴扫不开，乱蓬遗棘翳荒台。[②]奸雄已死三分后，教弩何人更此来。

注释：

①《教弩松阴》诗清 张祥云《(嘉庆)庐州府志》卷五十二，清嘉庆八年(1803)刻本。"教弩松阴"为古"庐阳八景"之一。

教弩：即教弩台。

②棘翳：蔓延交结的荆棘。亦谓荆棘蔓延交结覆盖。▶明 徐弘祖《徐霞客游记·滇游

日记十》:“往返踯躅,茅深棘翳,遍索不前。”

## 淮浦春融[1]

碧波如练草如茵，万古长淮二月春。落尽桃花风力软，海潮先涌化龙鳞。

注释:

①《淮浦春融》诗见 清 张祥云《(嘉庆)庐州府志》卷五十二,清嘉庆八年(1803年)刻本。“淮浦春融”为古“庐阳八景”之一。

淮浦:这里指淝水之滨。今合肥市东门小花园淝河边建有淮浦春融亭。

## 蜀山雪霁[1]

晓起俄惊霁景开，高山头白势崔巍。卷帘为爱琼瑶湿，一片寒光入座来。[2]

注释:

①《蜀山雪霁》诗见 清 张祥云《(嘉庆)庐州府志》卷五十二,清嘉庆八年(1803)刻本。“蜀山雪霁”为古“庐阳八景”之一。

雪霁:雪止天晴。

②琼瑶:此处喻雪。▶唐 白居易《西楼喜雪命宴》:“四郊铺缟素,万室甃琼瑶。”

## 巢湖夜月[1]

万籁无声海宇秋，青天漠漠夜悠悠。冰轮飞上琼瑶阙，散作金秋水上游。[2]

注释:

①《巢湖夜月》诗见 清 张祥云《(嘉庆)庐州府志》卷五十二,清嘉庆八年(1803)刻本。“巢湖夜月”为古“庐阳八景”之一。

②瑶阙:传说中的仙宫。▶五代 齐己《升天行》:“瑶阙参差阿母家,楼台戏闭凝彤霞。”

## 四顶朝霞[1]

绝顶云林景最佳，奇峰盘叠绕仙家。芙蓉伏火丹砂老，宝气千年结彩霞。

注释:

①《四顶朝霞》诗见 清 张祥云《(嘉庆)庐州府志》卷五十二,清嘉庆八年(1803)刻本。

“四顶朝霞”为古“庐阳八景”之一。

四顶：即四顶山。

## 许国泰

许国泰，字亨之。明庐州巢县（今安徽省巢湖市）人。精于地舆之学，兼饶谋略。“四川土官杨应龙反，从六安总兵王讳芬征之，为参谋。屡有奇捷。”后归里。研精诗学，到处题咏。晚年游楚，不知所终。事见《（康熙）巢县志·方伎传》。

### 王乔洞①

洞口碧桃花，春风开满树。不见王子乔，空冷云山路。②

注释：

①《王乔洞》诗见 清 陆龙腾《（康熙）巢县志》卷十九，清康熙十二年（1673）刊本。

②云山：高耸入云之山。▶汉 蔡琰《胡笳十八拍》：“云山万里兮归路遐，疾风千里兮扬尘沙。”



### 浮丘钓台①

浮丘去不还，谁钓矶头月。②空余杨柳春，溪上年年发。

注释：

①《浮丘钓台》诗见 清 陆龙腾《（康熙）巢县志》卷十九，清康熙十二年（1673）刊本。

②浮丘：指浮丘公。▶《文选·郭璞〈游仙诗〉之三》：“左挹浮丘袖，右拍洪崖肩。”

## 严成宽

严成宽，明庐州巢县（今安徽省巢湖市）人，其他生平事迹不详。

### 听书港①

泗水千秋教泽长，溯怀堤畔漫寻芳。②六经响答波澄碧，五典芬飏荇带香。③风雨只今迷石碣，渔樵犹自辨宫商。驱车到处堪矜佩，彷佛当年问楚狂。④

注释:

①《听书港》诗见 清 陆龙腾《(康熙)巢县志》卷十九,清康熙十二年(1673)刊本。

②教泽:教化或教育的恩泽。▶《战国策·齐策六》:"田单之爱人!嗟,乃王之教泽也!"

③响答:响应;应答。▶唐 韩愈《祭裴太常文》:"至乎公卿冠昏,士庶丧祭,疑皆响答,问必实归。"

④楚狂:《论语·微子》:"楚狂接舆歌而过孔子曰:'凤兮凤兮,何德之衰!'"邢昺 疏:"接舆,楚人,姓陆名通,字接舆也。昭王时,政令无常,乃披发佯狂不仕,时人谓之楚狂也。"后常用为典,亦用为狂士的通称。

## 杨英

杨英,明蜀犍(今四川省犍为县)人,任庐州府通判。

### 王乔洞[①]

云满琼林月满山,洞中仙子几时还。我来吊古空回首,白石苍苔镇日闲。[②]

注释:

①《王乔洞》诗见 清 陆龙腾《(康熙)巢县志》卷十九,清康熙十二年(1673)刊本。

②吊古:凭吊往古之事。▶唐 李端《送友人》:"闻说湘川路,年年吊古多。"

## 叶广

叶广,字元博,号海渔。明庐州巢县(今安徽省巢湖市)人。万历时(1573—1620)布衣,善画米家山水,所写渔乐图远近珍之。尤耽诗,饶有高致。

### 巢湖秋月[①]

秋风凄以清,渔唱断还续。[②]欸乃数声长,月明湖水绿。[③]

注释:

①《巢湖秋月》诗见 清 陆龙腾《(康熙)巢县志》卷十九,清康熙十二年(1673)刊本。

②渔唱:渔人唱的歌。▶唐 郑谷《江行》:"殷勤听渔唱,渐次入吴音。"

③欸乃：象声词。棹歌，划船时歌唱之声。▶宋 陆游《南定楼遇急雨》："人语朱离逢峒獠，棹歌欸乃下吴舟。"

## 巢湖秋月[①]

微风驱纤云，澄波浴华月。[②]不见湖上人，但闻歌声发。

注释：

①《巢湖秋月》诗见 清 陆龙腾《(康熙)巢县志》卷十九，清康熙十二年(1673)刊本。

②华月：皎洁的月亮。▶南朝 梁 江淹《杂体诗·效刘桢〈感遇〉》："华月照方池，列坐金殿侧。"

## 登银屏山[①]

陟彼银屏山，万壑在其下。云从衣上生，泉向空中泻。树密乱啼莺，崖悬迟度马。峰回路欲迷，揽辔问樵者。[②]

注释：



①《登银屏山》诗见 清 陆龙腾《(康熙)巢县志》卷十九，清康熙十二年(1673年)刊本。

②揽辔：挽住马缰。▶三国 魏 曹植《赠白马王彪》："欲还绝无蹊，揽辔止踟蹰。"

## 金庭曲水[①]

曲水环青嶂，游人驻绿尊。[②]乍疑探禹穴，更讶入秦源。[③]坐石沾苔色，浮觞破水痕。[④]还将枕流意，一醉卧空村。[⑤]

注释：

①《金庭曲水》诗见 清 陆龙腾《(康熙)巢县志》卷十九，清康熙十二年(1673年)刊本。

②青嶂：如屏障的青山。▶《文选·沈约〈钟山诗应西阳王教〉》："郁律构丹巘，崚嶒起青嶂。"

③禹穴：1.相传为夏禹的葬地。在今浙江省绍兴之会稽山。▶《史记·太史公自序》："二十而南游江、淮，上会稽，探禹穴。"2.指会稽宛委山。相传禹于此得黄帝之书而复藏之。▶唐 李白《送二季之江东》诗："禹穴藏书地，匡山种杏田。"3.相传为夏禹决汉水时的住处。在今陕西省旬阳县东。▶《大清一统志·兴安府·古迹》："禹穴在洵阳县东一百三十里。高八尺，深九尺。旁镌'禹穴'二字。穴右有泉，味甚清洌。世传禹决汉水时居此。"

④浮觞：古人每逢三月上旬的巳日在环曲的水渠旁集会，在上流放置酒杯，任其顺流而下，停在谁的面前，谁就取饮，称"浮觞"。▶汉 孔臧《杨柳赋》："流川浮觞，殽核纷杂。"

⑤枕流：在江边睡觉。指寄迹江湖。▶唐 韩偓《余卧疾深村闻一二郎官因成此篇》："枕流方采北山薇，驿骑交迎市道儿。"

## 叶善守

叶善守，字守一，别号偶然居士。明庐州巢县(今安徽省巢湖市)人。《(康熙)巢县志》载："游庠安贫，义严一介，且赋性肮脏，绝无脂韦其自叙曰：随土而安，无求而足，蛰伏晏如，大声出焉。其自况甚确也。晚年丧明，吟咏琳琅，足起顽懦。教两子皆成名，长士雅，衡州推官；次士彦，江西兵宪。"有《蚓鸣诗草》行世。

### 游甘泉寺①

寻幽入深山，身在翠微里。叠桥通藜杖，凿穴贮泉水。②树杪觅秋声，云根探石髓。③山人最好奇，不厌频来此。

注释：

①《游甘泉寺》诗见 清 舒梦龄《(道光)巢县志》巢县志卷十六，清道光八年(1828)刊本。

②藜杖：用藜的老茎做的手杖，质轻而坚实。▶《晋书·山涛传》："魏帝尝赐景帝春服，帝以赐涛，又以母老，并赐藜杖一枚。"

③树杪：树梢。▶《陈书·儒林传·王元规》："元规自执楫棹而去，留其男女三人，阁于树杪。"

### 登牛山望焦湖①

风定湖水平，风生湖水活。波浪撼天高，趁风峭帆出。②远疑天上来，还向天际没。日暮碧流空，湖光净如濯。③

注释：

①《登牛山望焦湖》诗见 清 陆龙腾《(康熙)巢县志》卷十九，清康熙十二年(1673)刊本。

②峭帆：耸立的船帆。亦借指驾船。▶唐 李白《横江词》之三："白浪如山那可渡，狂风愁杀峭帆人。"

③碧流：绿水。▶唐 孟浩然《鹦鹉洲送王九之江左》："洲势逶迤绕碧流，鸳鸯鸂鶒满滩头。"

## 登慈云阁[①]

济胜惭无具，高楼强欲扳。[②]目穷心更远，兴发步无艰。[③]笑语云中落，风尘世外闲。凭栏烦指点，借听一开颜。[④]

注释：

①《登慈云阁》诗见 清 陆龙腾《(康熙)巢县志》卷十九，清康熙十二年(1673)刊本。原诗标题后有注："时目已瞽。"

②济胜：攀登胜境。▶清 赵翼《偕孙渊如汪春田两观察游牛首山》："衰老自怜难济胜，层椒临眺亦忘还。"

③兴发：此处指兴致、兴趣产生。

④借听：借别人的耳朵去听。▶唐 韩愈《答陈生书》："足下求速化之术，不于其人，乃以访愈，是所谓借听于聋，求道于盲。"

## 牛阜风帆[①]



风定湖水平，风生湖水活。波浪撼天高，趁风帆以出。轻疾若流云，高悬如挂瀑。[②]游龙与奔驷，水面争驰逐。[③]近从天上来，远向天际没。日暮碧流空，湖光净如濯。

注释：

①《牛阜风帆》诗见 清 陆龙腾《(康熙)巢县志》卷十九，清康熙十二年(1673年)刊本。

②轻疾：轻捷。▶《汉书·韩安国传》："且匈奴，轻疾悍亟之兵也，至如猋风，去如收电。"

③驰逐：驱驰追逐。▶《吴子·治兵》："习其驰逐，闲其进止。"

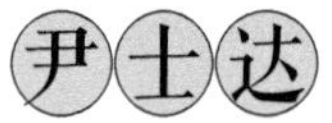

# 尹士达



尹士达，明豫章(今江西省南昌市)人，参与编纂《(隆庆)巢县志》，作《南巢赋》。

## 笑泉[①]

高林虽僻远，山水富韬蓄。[②]有泉出山椒，尾大如车辐。[③]暖浮花片红，冷浸苔衣绿。[④]微观静莹如，略语沸声触。湛湛吐浮沤，涓涓撒珠玉。[⑤]情理既相涵，物虑亦咸逐。岭南有贪泉，饮者生嗔酷。[6]岭北有温泉，浴者祛尘汩。谁知天地意，于此分亭育。[7]灵迹垂千古，神功自馨馥。[8]我来无适从，惟此舒幽独。吁嗟濯缨人，毋令歌濯足。[9]

注释：

①《笑泉》诗见 清 陆龙腾《(康熙)巢县志》卷十九，清康熙十二年(1673)刊本。

笑泉：《(康熙)巢县志》载："在县南七十里，又名吕泉。相传吕洞宾憩息于此，卓剑，泉水忽涌出石底，累累如贯珠。若人默过，其流无声。微有言笑，水辄涌沸，故名笑泉。下皆石子，如人墁砌，水则清泓澈底，有青叶生水石间。"

②韬蓄：隐藏不露。▶唐 陆龟蒙《奉酬袭美先辈吴中苦雨一百韵》："平生所韬蓄，到死不开豁。"

③山椒：山顶。▶汉武帝《李夫人赋》："惨郁郁其芜秽兮，隐处幽而怀伤；释舆马于山椒兮，奄修夜之不阳。"

④花片：飘落的花瓣。▶唐 元稹《古艳》诗之二："等闲弄水浮花片，流出门前赚阮郎。"

⑤浮沤：水面上的泡沫，因其易生易灭，常比喻变化无常的世事和短暂的生命。▶唐 姚合《酬任畴协律夏中苦雨见寄》诗："走童惊掣电，饥鸟啄浮沤。"

⑥贪泉：泉名。在广东省南海县。东晋吴隐之操守清廉，为广州刺史，未至州二十里，地名石门，有水曰贪泉，相传饮此水者，即廉士亦贪。隐之酌而饮之，因赋诗曰："古人云此水，一歃怀千金；试使夷齐饮，终当不易心。"及在州，清操愈厉。事见《晋书·良吏传·吴隐之》。▶唐 王勃《滕王阁诗序》："酌贪泉而觉爽，处涸辙以犹欢。"

⑦亭育：养育；培育。▶《梁书·武帝纪下》："思随乾覆，布兹亭育。"

⑧神功：神灵的功力。▶《南史·谢惠连传》："(灵运)忽梦见惠连，即得'池塘生春草'，大以为工。常云：'此语有神功，非吾语也。'"

⑨濯缨：洗濯冠缨。后比喻超脱世俗，操守高洁。语本《孟子·离娄上》："沧浪之水清兮，可以濯我缨。"▶南朝 宋 殷景仁《文殊师利赞》："体绝尘俗，故濯缨者高其迹。"

濯足：本谓洗去脚污。比喻清除世尘，保持高洁。语出《孟子·离娄上》："沧浪之水清兮，可以濯我缨；沧浪之水浊兮，可以濯我足。"▶晋 夏侯湛《东方朔画赞》："退不终否，进亦避荣。临世濯足，希古振缨。"

## 折桂亭新成[1]

新构芳亭枕曲阿，广寒秋色拟如何。一株蟾影清霄近，万里天香此处多。[2]捣药无心怜玉兔，探花有意问嫦娥。虽然少试区区意，永为兹邦兆甲科。[3]

注释：

①《折桂亭新成》诗见 清 陆龙腾《(康熙)巢县志》卷十九，清康熙十二年(1673)刊本。折桂亭：《(康熙)巢县志》载：“在萧公庙前。”

②蟾影：月影；月光。▶唐 徐晦《海上生明月赋》：“水族将蟾影交驰，浪花与桂枝相送。”

③甲科：古代考试科目名。汉时课士分甲乙丙三科。唐初明经有甲、乙、丙、丁四科。唐、宋进士分甲、乙科。明、清通称进士为甲科。泛指科举考试。▶唐 高适《送桂阳孝廉》：“桂阳少年西入秦，数经甲科犹白身。”

袁兆，明时人，生平事迹不详。

### 登湖楼远眺[①]

古庙横沙岸，凌空映碧涛。[②]楼台承月近，宫殿压云高。壁峭栖仙凤，潭深隐巨鳌。断桥人迹少，溪水自周遭。[③]



注释：

①《登湖楼远眺》诗见 清 陆龙腾《(康熙)巢县志》卷十九，清康熙十二年(1673)刊本。

②沙岸：用沙石等筑成的堤岸。▶《吴越备史》卷一：“初定其基，而江涛昼夜冲激，沙岸板筑不能就。”

③周遭：周围。▶唐 刘禹锡《石头城》：“山围故国周遭在，潮打空城寂寞回。”

## 张邦礼

张邦礼，字伯庸，一字和宇。明庐州巢县(今安徽省巢湖市)人。万历(1573—1620)时诸生。“蜚名黉序，试每前茅。”曾负责修纂《(万历)巢县志》。

### 过黄山[①]

路转峰回更有村，人家半是石为门。一竿酒旆依墙角，几点溪花映水痕。[②]隔陇鸟啼青树杪，半山牛卧白云根。寥寥鸡犬疏篱下，彷佛桃源风致存。

注释：

①《过黄山》诗见 清 陆龙腾《(康熙)巢县志》卷十九，清康熙十二年(1673)刊本。

②酒旆：酒旗。▶唐 杜牧《代人寄远》：“河桥酒旆风软，候馆梅花雪娇。”

张平路，明山西永宁州(今属山西省吕梁市)人。张珩子。荫生。万历(1573—1620)间庐州府同知。后官至户部郎中。

## 王乔洞①

丹转飞身道自悬，遗居犹傍翠微边。②笙歌冷落无余响，云鹤依稀不复还。但许洞天淹日月，那知沧海变桑田。登临怀古空惆怅，芳草萋萋飘夕烟。

注释：

①《王乔洞》诗见 清 陆龙腾《(康熙)巢县志》卷十九，清康熙十二年(1673)刊本。

②飞身：身体腾空飞行。▶明 凌濛初《初刻拍案惊奇》卷四：“红线闻知，弄出剑术手段，飞身到魏博，夜漏三时，往返七百里，取了他床头金盒归来。”

# 陈有功

陈有功，明庐州卫镇抚。

## 宋葛将军升墓在紫蓬山经其下题一律①

仗策平淮烟瘴消，威临百战仰风高。关山草色含深膏，肥水秋声带远涛。报国已酬三尺剑，旌名曾显一戎袍。②至今麟阁瞻遗像，忠义歆人振勇豪。③

注释：

①《宋葛将军升墓在紫蓬山经其下题一律》诗见 清 李恩绶编《紫蓬山志》，白化文、张智主编《中国佛寺志丛刊》第010册，广陵书社2011年版。原诗标题后有注：“时在癸亥”。

②三尺剑：古剑长凡三尺，故称。▶《史记·高祖本纪》：“吾以布衣提三尺剑取天下，此非天命乎？”

③麟阁：“麒麟阁”的省称。▶南朝 梁 虞羲《咏霍将军北伐》：“当令麟阁上，千载有雄名。”

清

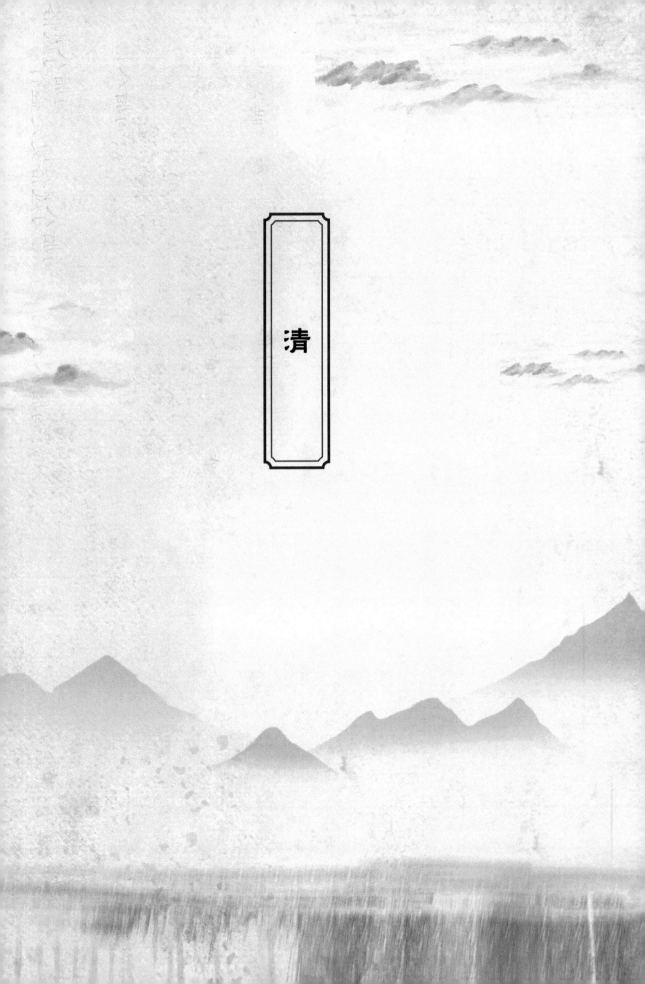

魏侯聘(1591—1659)，字尔宾，号睡鹤。明末清初崇明(今属上海市)人。初，由贡士任望江县训导。清顺治十四年(1657)任巢县教谕。史载“秉性和蔼，与人周详，时学宫圮甚，公力任修葺，捐囊罄箧，并出前任望江之俸，以缔造更新。圣殿伦堂，岿然不毁。功在巢学，德在士心。名宦之崇，端有望于采风者。”顺治十六年(1659)，海寇躏崇明，闻其家破，遂不得归。诸生为代卜居，是年卒于巢，年六十九岁，葬于凰皇山之麓。夫人张氏，茹素奉佛。子二：长于韩，次斌。女四人，婚于巢

## 通府刘公浚亚父井并葺亭①

万人敌废沛称尊，举玦英雄欲断魂。②马鬣曾封碑竟没，龙精已跃井犹存。③谁将毂辘频赓绠，孰使琉璃不溅裈。④知是官家非项有，故教还葺汉王孙。

注释：

①《通府刘公浚亚父井并葺亭》诗见 清 陆龙腾《(康熙)巢县志》卷十九，清康熙十二年(1673)刊本。原诗标题后有注：“井有二：一在县治内，一在亚父山，此浚治内者。”

②万人敌，沛，举玦英雄：分别指项羽、刘邦、范增。

③马鬣：马鬣封之省。坟墓封土的一种形状。亦指坟墓。▶唐 李白《上留田行》：“蓬科马鬣今已平，昔之弟死兄不葬。”

龙精：道家炼丹术语。指水。此处指井水。▶《参同契》卷中：“龙呼于虎，虎吸龙精，两相饮食，俱相贪便，逐相衔咽，咀嚼相吞。”

④毂辘：车轮子。车毂。▶五代 谭用之《贻费道人》：“碧玉蜉蝣迎客酒，黄金毂辘钓鱼车。”

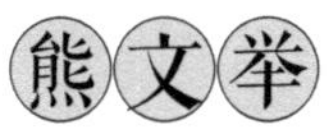


熊文举(1595—1668)，字公远，号雪堂。明末清初南昌新建(今江西省南昌市新建区)人。明崇祯四年(1631)辛未科进士，授合肥县令。好士爱民，以廉洁著称。官至吏部郎中。崇祯末降李自成。清顺治元年(1644)，降清，仍原官。累擢至兵部左侍郎。康熙二年(1663)辞官返里。自少有才名，一生勤学，尤耽著述，工诗、文、词。有《荀香剩》《守城记》《墨盾草》《使秦杂吟》《耻庐集》《雪堂全集》四十卷。

## 包城寺夜坐观书有感[1]

虚堂沉雨气，良夜揽瑶篇。[2]烛暗双眸豁，香清百虑蠲。无僧参紫笋，有佛坐青莲。[3]钟鼓何须动，尘寰悟已先。

注释：

①《包城寺夜坐观书有感》诗见 清 熊文举《雪堂先生文集》卷二，清初刻本。本诗有残缺。

②虚堂：高堂。▶南朝 梁 萧统《示徐州弟》："眉眉风生，昭昭月影。高宇既清，虚堂复静。"瑶篇：指优美的诗文。▶明 郑真《题墨窗卷》："翠琰凝香传宝刻，华笺点漆粲瑶篇。"

③紫笋：名茶名。即顾渚紫笋茶。▶唐 白居易《题周皓大夫新亭子二十二韵》："茶香飘紫笋，脍缕落红鳞。"

## 小岘山诗[1]

只觉车平旷，培塿一个无。[2]是山犹蜿蜒，远望已扶苏。云气苍难下，烟光倩欲扶。何人追叔子，清咏揽雄图。[3]



注释：

①《小岘山诗》见 清 熊文举《雪堂先生文集》卷二，清初刻本。

小岘山：位于安徽省肥东县包公镇，海拔144米，古为合肥通往巢县、芜湖、南京之咽喉。梁天监四年（505），南梁大将韦睿督军伐北魏，就在岘山攻克关卡，进军合肥，并引淝水灌城，大破魏兵，斩俘万余人。

②培塿：本作"部娄"。小土丘，小土包。▶《左传·襄公二十四年》："部娄无松柏。"杜预 注："部娄，小阜。"

③叔子：此处指晋名臣羊祜，叔子是其字。羊祜有治绩，通兵法，博学广闻，镇守荆州时曾以药赠东吴将将陆抗，陆抗服之不疑，当时成为美谈。后常用以为典。

## 八斗岭[1]

琐絮烦虫语，幽怀未肯降。偶然占夜色，如昔坐秋窗。官烛昏昏独，流萤故故双。[2]晨征星满野，烟雨濯寒江。[3]

注释：

①《八斗岭》诗见 清 熊文举《雪堂先生文集》卷二，清初刻本。

②官烛：公家供给、供官吏办公用的蜡烛。▶《初学记》卷二五引 三国 吴 谢承《后汉

书》:"巴祇为扬州刺史,与客坐阁中,不燃官烛。"

③晨征:清晨远行。▶晋 赵至《与嵇茂齐书》:"鸣鸡戒旦,则飘尔晨征;日薄西山,则马首靡托。"

## 再书税于亭[①]

不解逢迎意,牵丝偶送人。[②]小亭无别况,岐路每伤神。桑柘留风古,村墟托意醇。[③]旷然思寄远,之子在前津。[④]

忽忽春阳至,悠悠远道牵。[⑤]好风催去懁,高雨下新田。[⑥]雉狎人难古,凫飞令不仙。[⑦]偶来亭外想,流韵愧前贤。[⑧]

此地无他产,生涯十亩间。悯农宣近诏,趋事得余闲。讼谍耕耘废,歌谣作息删。[⑨]一犁花外雨,劳吏有欢颜。

点点乡思乱,飞鸦夕照中。戴星颜易赪,爱日梦难通。[⑩]树少千桃色,亭怀五柳风。愿言秋气好,沽酒贺年丰。[⑪]

注释:

①《再书税于亭》诗见 清 熊文举《雪堂先生文集》卷二,清初刻本。

税于亭:《嘉庆合肥县志》引《江南通志》载:"在东郊,明知县熊文举建。《旧志》云:'(威远亭、税于亭)二亭具废。'"

②牵丝:佩绶。谓任官。▶《文选·谢灵运〈初去郡〉诗》:"牵丝及元兴,解龟在景平。"

③托意:借事物以寄托感情。▶明 何景明《织女赋》序:"予病值七夕之夜,感织女之事,托意命辞,作为兹赋。"

④之子:这个人。▶《诗·周南·汉广》:"之子于归,言秣其马。"

⑤忽忽:倏忽。▶《楚辞·离骚》:"欲少留此灵琐兮,日忽忽兮其将暮。"

⑥懁:一读[huán];一读[xiǎn]。读[xiǎn]有异体字 㥶,意为:1.智;2.忘;3.恨。

⑦凫飞:据《后汉书·方术传上·王乔》载,王乔任叶县令时,每月初一、十五乘双凫飞向都城朝见皇帝。后用"凫飞"指县令上任或离去。▶唐 岑参《崔驸马山池重送宇文明府》:"凤去妆楼闭,凫飞遥。"

⑧流韵:诗文等表现出的风格韵味。▶南朝 梁 刘勰《文心雕龙·时序》:"应傅三张之徒,孙挚成公之属,并结藻清英,流韵绮靡。"

⑨讼谍:即讼牒。▶元 方回《送刘都事五十韵》:"与人素寡合,况又畏讼谍。"

⑩戴星:顶着星星。喻早出或晚归。▶唐 王绩《答冯子华处士书》:"或时与舟人渔子方潭并钓,俯仰极乐,戴星而归。"

⑪秋气：指秋日凄清、肃杀之气。▶《吕氏春秋·义赏》："春气至，则草木产；秋气至，则草木落。"

## 护城偶题[①]

目不邮亭惯折腰，危苕宁复稳鷦鹩。[②]吾乡尚有陶夫子，门外春风瘦柳条。

极目河山雁序分，薰衣犹自带红云。多情独有东华月，常送清晖伴使君。

注释：

①《护城偶题》诗见 清 熊文举《雪堂先生文集》卷二，清初刻本。

②邮亭：驿馆；递送文书者投止之处。▶《墨子·杂守》："筑邮亭者圜之。"

鷦鹩[jiāo liáo]：鸟名。形小，体长约三寸。羽毛赤褐色，略有黑褐色斑点。尾羽短，略向上翘。以昆虫为主要食物。常取茅苇毛毳为巢，大如鸡卵，系以麻发，于一侧开孔出入，甚精巧，故俗称巧妇鸟。又名黄脰鸟、桃雀、桑飞等。此鸟形微处卑，因用以比喻弱小者或易于自足者。▶晋 张华《鷦鹩赋》序："鷦鹩，小鸟也，生于蒿莱之间，长于藩篱之下，翔集寻常之内，而生生之理足矣。"



## 忠庙远眺[①]

独觉湖光渺，偏怜风露微。[②]到来双眼豁，远望寸心刉。[③]孤屿空中点，寒涛雪外飞。此中无个事，鸥鸟澹忘归。[④]

自向尘鞅锁，劳人不暂闲。[⑤]偶然临远水，是处见寒山。寺塔凭烟起，渔灯审夜湾。十年霄汉意，亲切斗牛间。[⑥]

注释：

①《忠庙远眺》诗见 清 熊文举《雪堂先生文集》卷二，清初刻本。本诗标题又作"夜过中庙"，见 清 李恩绶编《巢湖志》卷二诗，黄山书社2007年版，第535页。《巢湖志》所载《夜过中庙》诗第二首为："玄馆空山静，秋风晚更清。岚光连雾气，渔唱乱波声。竹户流星近，兰阶落叶平。夜寒人不寐，独对一孤檠。"

②原诗"独觉湖光渺，偏怜风露微。"句又作"独觉湖光渺，偏临风露微。"见 清 李恩绶编《巢湖志》卷二诗，黄山书社2007年版，第535页。

③原诗"到来双眼豁，远望寸心刉。"句又作"到来双眼豁，远望寸心凄。"见 清 李恩绶编《巢湖志》卷二诗，黄山书社2007年版，第535页。

寸心：指心。旧时认为心的大小在方寸之间，故名。▶晋 陆机《文赋》："函绵邈于尺素，吐滂沛乎寸心。”

④原诗“此中无个事，鸥鸟澹忘归。”句又作“此中无个事，鸥鸟共忘归。”见 清 李恩绶 编《巢湖志》卷二诗，黄山书社2007年版，第535页。

⑤尘鞅：世俗事务的束缚。鞅，套在马颈上的皮带。▶唐 牟融《寄羽士》：“使我浮生尘鞅脱，相从应得一盘桓。”

劳人：此处指劳苦之人。▶《旧五代史·晋书·高祖纪》：“己亥，罢洛阳、京兆进苑囿瓜果，悯劳人也。”

⑥亲切：亲近，亲密。

斗牛：原指二十八宿中的斗宿和牛宿。此处特指合肥。因吴越扬州地区当斗、牛二宿之分野，合肥属扬州。

## 大蜀山[1]

以此表平楚，其然接大荒。[2]寺无钟磬古，僧有鬓毛苍。独立身难并，孤行意不伤。二峨吾彷佛，天半一灯凉。

注释：

①《大蜀山》诗见 清 熊文举《雪堂先生文集》卷二，清初刻本。

②平楚：此处犹平野。▶宋 文天祥《汶阳道中》：“平楚渺四极，雪风迷远天。”

## 藏舟浦[1]

藏舟流水咽潺潺，筝笛虽沈怨不删。[2]为语阿瞒春且至，漳河台上望刀环。[3]

注释：

①《藏舟浦》诗见 清 熊文举《雪堂先生文集》卷二，清初刻本。

② 沈怨：亦作“沉怨”，深积的怨恨。▶唐 元稹《齐煚饶州刺史王堪澧州刺史制》：“沅湘间沉怨抑激，有屈原遗风。”

③阿瞒：此处指魏武帝曹操，阿瞒为其小名。▶裴松之 注引 三国 吴 无名氏《曹瞒传》：“太祖一名吉利，小字阿瞒 。”

刀环：又作“刀镮”。原指刀头上的环。后因环、还同音，遂以“刀环”为“还归”的隐语。典出《汉书·李陵传》：“立政等见陵，未得私语，即目视陵，而数数自循其刀环，握其足，阴谕之，言可归还也。”▶唐 高适《入昌松东界山行》：“王程应未尽，且莫顾刀环。”

## 教弩台[①]

赤壁烟寒紫焰余，江东宁似景升儿。[②]濡须已作回舟计，教弩台空夜月虚。[③]

注释：

①《教弩台》诗见 清 熊文举《雪堂先生文集》卷二，清初刻本。

②江东：三国时孙权建都于建康，故又称孙吴统治下的全部地区为江东。▶汉 陈琳《檄吴将校部曲文》："尚书令彧，告江东诸将校部曲，及孙权宗亲中外。"

③回舟：又作"回舟"，犹回船。▶南朝 齐 谢朓《新治北窗和何从事诗》："回舟方在辰，何以慰延颈。"

## 纪事诗[①]

乙亥腊之十七日，流寇数万围金斗。环攻八日，士民兵勇力挫其锋。至廿四日始遁。而巢、舍、和一带，遂无坚城矣。除夕露宿威远亭，闻鼓鼙声凄然，不寐题壁遣怀。[②]



一年将尽可怜宵，十斛酴醾恨不浇。[③]度识孤臣肠断处，戎衣荒堞五更朝。[④]

时寇警频传，不敢离城闉半步。戎衣朝贺，此光景可念也。[⑤]

除却干戈又羽书，经年愁病老相如。[⑥]不知何处麒麟阁，归去江天尚草庐。[⑦]

注释：

①《纪事诗》诗见 清 熊文举《雪堂先生文集》卷二，清初刻本。

②乙亥：公元1635年，明崇祯八年。

金斗：合肥的别称。唐朝贞观年间，大将军尉迟敬德受李世民派遣，在合肥旧城东南高地重筑城池，因城地处天文斗部分野，故曰金斗城。

题壁：谓将诗文题写于壁上。▶唐 孟浩然《秋登张明府海亭》："染翰聊题壁，倾壶一解颜。"

③酴醾：此处为酒名。▶唐 贾至《春思》："红粉当炉弱柳垂，金花腊酒解酴醾。"

④戎衣：原指军服，战衣。此处指军旅之事；兵事。▶唐 李涉《送孙尧夫赴举》："自说轩皇息战威，万方无复事戎衣。"

⑤城闉[chéng yīn]：城内重门，亦泛指城郭。▶《魏书·崔光传》："诚宜远开阙里，清彼孔堂，而使近在城闉，面接宫庙。"

⑥羽书：犹羽檄。▶汉 陆贾《楚汉春秋》："黥布反，羽书至，上大怒。"

⑦麟阁："麒麟阁"的省称。▶南朝 梁 虞羲《咏霍将军北伐》："当令麟阁上，千载有雄名。"

## 重过合肥[①]

自昔庐阳闻小吏，偶来淝水自仙郎。[②]清闲鹤亦依琴瘦，潇洒花曾惹袖香。[③]似识风烟皆尔室，忍言萍水是他乡。[④]停车莫问人憔悴，父老扶车载道忙。

乍过龙舒心忽忽，瞥经淝水事纷纷。[⑤]儿童错恠新行客，父老争看旧使君。[⑥]乱后豺狼犹不殄，愁来鸡犬尚相闻。[⑦]伤心此段忧民泪，曾滴千撫逐冻云。

注释：

①《重过合肥》诗见 清 熊文举《雪堂先生文集》卷七，清初刻本。原诗共三首，此处选二。

②仙郎：此处作唐人对尚书省各部郎中、员外郎的惯称。▶唐 綦毋潜《题沈东美员外山池》："仙郎偏好道，凿沼象瀛洲。"

③原句为"清闲鹤□□琴瘦"，据 首都图书馆藏本（清 熊文举《雪堂先生诗选》四卷，清初刻本）改。

④原句为"忍□□水是他乡"，据 首都图书馆藏本（清 熊文举《雪堂先生诗选》四卷，清初刻本）改。

⑤龙舒：此处指舒城县。

⑥原为"儿童错恠□行客"，据 首都图书馆藏本（清 熊文举《雪堂先生诗选》四卷，清初刻本）改。

恠：同"怪"，奇异的；不常见的。

⑦原句为"愁□□犬尚相闻"，据 首都图书馆藏本（清 熊文举《雪堂先生诗选》四卷，清初刻本）改。

## 闻庐州有警怀王蔡昂诸子[①]

秋声万壑丹将染，月色千家白欲迷。[②]念我孤踪残漠漠，忆君文艳重凄凄。[③]身逢乱世疏灯火，魂断乡村急鼓鼙。莫上远亭看雁影，高空愁绝数行题。[④]

注释：

①《闻庐州有警怀王蔡昂诸子》诗见 清 熊文举《雪堂先生文集》卷七，清初刻本。

②秋声：指秋天里自然界的声音，如风声、落叶声、虫鸟声等。▶北周 庾信《周谯国公夫人步陆孤氏墓志铭》："树树秋声，山山寒色。"

③孤踪:孤单。▶明 杨慎《存殁绝句·安公石》:"一疾缘医误,孤踪住世慵。"

文艳:文章词藻华丽。▶《汉书·叙传下》:"文艳用寡,子虚乌有,寓言淫丽,托风终始。"

④原诗"莫上远亭看雁影,高空愁绝数行题。"句末有作者自注:"□□寇西城构威远序题以高秋雁影诸子各称诗纪事。"

愁绝:极端忧愁。▶唐 杜甫《自京赴奉先县咏怀五百字》:"沉饮聊自遣,放歌颇愁绝。"

## 有怀龚孝升[①]

龚生孕灵质,早岁擢琅玕。[②]吐言如耀珠,金茎照玉盘。[③]云霞诚接轸,绣襮未皇安。[④]从予睥睨间,轒轀狎巑岏。[⑤]分符仙舄渺,明洁濯丸兰。[⑥]羽檄自交驰,新裁洒雪肝。[⑦]风雅坐凌夷,怀君刷羽翰。[⑧]勖哉振文德,□勒定三韩。[⑨]

注释:

①《有怀龚孝升》诗见熊文举《雪堂先生文集》卷十七,清初刻本。原诗标题后有作者自注:"□言古误□。"

龚孝升:即龚鼎孳(1616—1673),字孝升,因出生时庭院中紫芝正开,故号芝麓,合肥人。明末清初诗人、文学家,与吴伟业、钱谦益并称为"江左三大家"。龚鼎孳于明崇祯七年(1634)中进士,官兵科给事中。在明朝任职期间前后弹劾周延儒、陈演、王应熊、陈新甲、吕大器等权臣。崇祯十七年(1644)李自成攻陷北京后,为直指使。清军入京,迎降,迁太常寺少卿,后累官礼部尚书。龚鼎孳在职期间,常能保护善类,扶掖人才,颇得人心。着有《定山堂集》四十七卷,其中《诗集》四十三卷,《诗余》四卷。

②琅玕:似珠玉的美石。此处比喻珍贵、美好之物。比喻优美文辞。▶唐 韩愈《齪齪》:"排云叫阊阖,披腹呈琅玕。"

③金茎:指承露盘或盘中的露。▶明 叶宪祖《碧莲绣符》第五折:"泼阳乌放威刚此时,渴病争如是。倾将石髓流,胜却金茎赐。

④襮[bó]:绣有黼形花纹的衣领。

⑤巑岏[cuán wán]:此处形容人品高尚。▶清 方文《老姑行为姚姐夫人七十寿》:"吾姐操行复巑岏,三老姑名应不刊。"

⑥丸兰:茂盛貌。▶汉 扬雄《太玄·密》:"阳气亲天,万物丸兰,咸密无间。"

⑦羽檄:此处指新体裁;新体例。▶清 章学诚《文史通义·释通》:"何谓仍原题?诸史异同,各为品目,作者不为更定,自就新裁。"

⑧凌夷:陵夷。衰败,走下坡路。▶晋 袁宏《后汉纪·安帝纪》:"今之三公,有古之名而无其实。选举诛赏,一由尚书,尚书之任重于三公。凌夷已来,其渐久矣。"

羽翰:指书信或文章。▶清 姚鼐《送江宁郡丞王石丈运饷入蜀》:"忆昔趋阶序,初欣见羽翰。”

⑨三韩：汉时朝鲜南部有马韩、辰韩、弁辰（三国时亦称弁韩），合称三韩。后以指代朝鲜。

## 镇淮楼从吴公宴即事[①]

飞甍千尺壮登临，缥渺抟扶众象森。[②]陵谷百年余王气，河山一代见天心。[③]携来绿醑浇曹努，树得青棠暎宓琴。[④]不是从公多暇日，风尘何处话知音。[⑤]

注释：

①《镇淮楼从吴公宴即事》诗见 清 熊文举《雪堂先生文集》卷二，清初刻本。

②飞甍：飞檐。借指高楼。▶《文选·左思〈吴都赋〉》：“长干延属，飞甍舛互。”

抟扶：旋风，犹抟风。▶唐 杜甫《大历三年春有诗凡四十韵》：“五云高太甲，六月旷抟扶。”

③陵谷：丘陵和山谷。比喻自然界或世事巨变。▶北周 庾信《周大将军司马裔神道碑》：“是以勒此丰碑，惧从陵谷，植之松柏，不忍凋枯。”

④绿醑：绿色美酒。▶唐太宗《春日玄武门宴群臣》诗：“清尊浮绿醑，雅曲韵朱弦。”

青棠：亦称“青堂”。花木名。合欢的别称。▶晋 崔豹《古今注·问答释义》：“青堂，一名合欢，合欢则忘忿。”

宓琴：古琴，相传为宓羲氏所创制，故称。▶唐 赵惟暕《琴书》：“昔者至人伏羲氏王天下也，仰观象于天，俯察法于也，远取诸物，近取诸身，始画八卦，削桐为琴。”

⑤从公：办理公务；参与公事。▶唐 马戴《冬日寄洛上杨少尹》：“年长从公懒，天寒入府迟。”

## 忆合肥税于亭[①]

门垂幽绿罩轻烟，远听农歌下野田。自叹劳心才愈拙，谁言岩邑令如仙。[②]碑题岘首孤亭在，泪湿桐乡清梦悬。[③]一自横流沧海变，何人扶杖看青天。[④]

注释：

①《忆合肥税于亭》诗见 清 熊文举《雪堂先生文集》卷二十六，清初刻本。本诗内容有残缺。

②原句为“自叹劳心□愈拙”，据 首都图书馆藏本（清 熊文举《雪堂先生诗选》四卷，清初刻本）改。

岩邑：险要的城邑。▶《左传·隐公元年》：“制，岩邑也，虢叔死焉。”

③原句为“泪湿□乡清梦悬”，据 首都图书馆藏本（清 熊文举《雪堂先生诗选》四卷，清

初刻本)改。

碑题岘山:指岘山碑。晋人羊祜任襄阳太守,有政绩。后人以其常游岘山,故于岘山立碑纪念,称“岘山碑”。▶《晋书·羊祜传》:“襄阳百姓于岘山祜平生游憩之所建碑立庙,岁时飨祭焉。望其碑者莫不流涕,杜预因名为堕泪碑。”

④横流沧海:同“沧海横流”。指海水四处奔流。比喻政治混乱,社会动荡。▶晋 袁宏《三国名臣序赞》:“沧海横流,玉石同碎。”

## 寄题合肥威远亭[1]

寒嘶万骑逼霜围，孤角城头月少辉。望阙仙凫□日去，怀乡征雁几时归。[2]思沦不泯劳臣勚，彩线难牵游子衣。[3]肠断燕巢风侧□，如今空有夜萤飞。[4]

注释:

①《寄题合肥威远亭》诗见 清 熊文举《雪堂先生文集》卷二十六,清初刻本。本诗内容有残缺。

②望阙:仰望宫阙,喻怀念天子。▶唐 白居易《与崇文诏》:“虽殿邦之寄重,诚欲藉才;而望阙之恋深,固难夺志。”

征雁:迁徙的雁,多指秋天南飞的雁。▶南朝 梁 刘潜《从军行》:“木落雕弓燥,气秋征雁肥。”



③劳臣:功臣。▶《管子·立政》:“有功力未见于国而有重禄者,则劳臣不劝。”

④燕巢:原指燕子的窝。此处比喻栖身的庐舍。▶明 陈汝元《金莲记·焚券》:“幸复燕巢,更全蚁命,垂恩良厚,图报实难。”

## 护城驿[1]

菅茅作屋不成村，驿子褴衫倦闭门。[2]四海经营人易老，十年奔走骨空存。忧民忍听千家哭，报国难销一饭恩。惆怅意逢乡使乱，征车迢递又黄昏。

注释:

①《护城驿》诗见 清 熊文举《雪堂先生文集》卷二,清初刻本。

②菅茅:茅草的一种。▶《诗·小雅·白华》:“英英白云,露彼菅茅。”

驿子:古代驿站的吏役。▶《北齐书·神武帝纪上》:“有款军门者,绛巾袍,自称梗杨驿子,愿厕左右。访之,则以力闻。”

## 西山驿偶题[1]

西风云树一重重，孤寺廊头听晚钟。独客有愁惊岁晏，虫臣无计奠年凶。[2]高低柳外怀人意，长短亭中送客踪。[3]极欲凭栏舒远眺，玉关何处又传烽。[4]

注释：

①《西山驿偶题》诗见 清 熊文举《雪堂先生文集》卷二，清初刻本。

②岁晏：一年将尽。▶唐 白居易《观刈麦》："吏禄三百石，岁晏有余粮。"

③客踪：旅客的行踪。▶明 高启《逢吴秀才复送归江上》："江上停舟问客踪，乱前相别乱余逢。暂时握手还分手，暮雨南陵水寺钟。"

④极欲：尽其所欲。▶《史记·郦生陆贾列传》："陆生常安车驷马，从歌舞鼓琴瑟侍者十人，宝剑直百金，谓其子曰：'与汝约：过汝，汝给吾人马酒食，极欲，十日而更。'"

传烽：点燃烽火，逐站相传，以报敌情。▶宋 苏轼《登州召还议水军状》："自国朝以来常屯重兵，教习水战，旦暮传烽以通警急。"

## 隅题包城寺版[1]

甲戌秋日，送大座师何相国返旆留都。小憩包城寺，时新月在天，明霞暎地，使君乌巾白帢，惆怅若有远思，一老僧持粉版索诗，走笔应之，噫！此光景为复可念也。附题简首，以告劳人。[2]

乌巾白帢亦风华，送客劳劳路即家。[3]佛地每携囊得句，仙才将尽笔余花。[4]牕横墨渖延新月，殿闪朱丝带晚霞。[5]书罢只应红袖拂，山僧珍重欲笼纱。[6]

注释：

①《隅题包城寺版》诗见 清 熊文举《雪堂先生文集》卷二，清初刻本。

②座师：明、清两代举人、进士对主考官的尊称。

留都：古代帝都新迁后，于旧都常设官留守，行其政事，称留都。明太祖建都南京，成祖 迁至北京，以南京为"留都"。

③乌巾：黑头巾。即乌角巾。古代多为隐居不仕者的帽子。▶南朝 宋 羊欣《采古来能书人名》："吴时张弘好学不仕，常著乌巾，时人号为张乌巾。"

白帢：亦作"白帽"，白色便帽。▶晋 张华《博物志》卷九："汉中兴，士人皆冠葛巾。建安中，魏武帝造白帢，于是遂废。"

风华：犹雅丽；优美。▶南朝 梁 钟嵘《诗品》卷中："至如'欢言酌春酒'，'日暮天无云'，风华清靡，岂直为田家语耶！"

④得句：谓诗人觅得佳句。▶唐 周贺《上陕府姚中丞》："成家尽是经纶后，得句应多谏诤余。"

⑤墨渖：犹墨迹。▶清 昭梿《啸亭杂录·淳化帖》："惟大内所藏，系当日所赐毕士安者，篇帙完善，墨渖如新，成亲王曾见之。"

⑥笼纱：即纱笼，用绢纱作外罩的灯笼。▶宋 姜夔《鹧鸪天·正月十一日观灯》词："巷陌风光纵赏时，笼纱未出马先嘶。"此处使用王播"碧纱笼"典故，唐代宰相王播早年不显，因贫贱寄食僧门，受到冷遇。后来腾达，其往昔题于屋壁之诗尽为碧纱笼护，而魏野等因仍处末列，其题诗之壁则尘昏不辨墨迹。后遂用"碧纱笼、纱碧笼"等谓题者身为名贵，所题受到重视、赏识。

## 威远亭①

亭筑于合肥之西城，备寇警也。诸士各存韵纪，因属和焉。

寒霜一夜鬓丝斑，铃铎从风不暂闲。②丰对剑威滨月晕，将舒纛怒结烟鬟。③孤忠自耿干陬末，万敌谁麾羽扇间。④莫向星文占紫气，氤氲犹拟是函关。⑤

注释：

①《威远亭》诗见 清 熊文举《雪堂先生文集》卷二，清初刻本。

②从风：随风。▶汉 张衡《南都赋》："芙蓉含华，从风发荣。"

③月晕：月亮周围的光圈。月光经云层中冰晶的折射而产生的光现象。常被认为是天气变化起风的征兆，俗称风圈。▶《史记·天官书》："平城之围，月晕参、毕七重。"

烟鬟：喻云雾缭绕的峰峦。▶宋 苏轼《凌虚台》："落日衔翠壁，暮云点烟鬟。"

④孤忠：指忠贞自持的人。▶清 蒋士铨《冬青树·自序》："窃观往代孤忠，当国步已移，尚间关忍死于万无可为之时，志存恢复。"

⑤星文：星象。▶北齐 颜之推《颜氏家训·杂艺》："及星文风气，率不劳为之。"

紫气：紫色云气。古代以为祥瑞之气，附会为帝王、圣贤等出现的预兆。

## 钱念修

钱念修，榜名应霖，字南甫，号吴瞻。明末清初江南武进(今江苏省武进县)人。明天启七年(1627)丁卯科举人。顺治六年(1649)任庐江教谕，在任编纂《(顺治)庐江县志》。升清丰知县。官至刑部主事。

## 避暑台[1]

久欲吞吴志未灰，劳师冒暑筑凉台。[2]回看垅断枫残处，孰识当年歌舞来。

注释：

①《避暑台》诗见 清 吴宾彦修 王方岐纂《(康熙)庐江县志》卷十六，清康熙三十七年(1698)刻本。

②劳师：使军队劳累。▶《左传·僖公三十二年》："蹇叔曰：'劳师以袭远，非所闻也。'"

## 绣溪[1]

夹岸垂柳嫩绿铺，清波一曲漾轻雏。花迎旭日姿偏媚，鸟识春风语任呼。揽胜游人夸骏骑，持竿渔父乐长湖。[2]闲时伫立溪边望，已拟将身入画图。[3]

注释：

①《绣溪》诗见 清 吴宾彦修 王方岐纂《(康熙)庐江县志》卷十六，清康熙三十七年(1698)刻本。

②骏骑：良马。▶元 金仁杰《追韩信》第一折："俺乘骏骑惧登山，你驾孤舟怕逢滩。"

③将身：立身处世。▶《孔子家语·五仪解》："智士仁人，将身有节，动静以义。"

## 捧檄桥次韵[1]

孝养于今事已墟，石梁遗迹尚如初。[2]南阳曾枉高人履，潜水旋来奉使车。[3]动色为亲疑可恋，辞荣着节信非虚。[4]晴峦芳树犹堪吊，遥挹清风意亦舒。

注释：

①《捧檄桥次韵》诗见 清 吴宾彦修 王方岐纂《(康熙)庐江县志》卷十六，清康熙三十七年(1698)刻本。

②孝养：竭尽孝忱奉养父母。▶《书·酒诰》："肇牵车牛远服贾，用孝养厥父母。"

③奉使：奉命出使。▶《史记·平津侯主父列传》："奉使则张骞、苏武。"

④动色：谓脸上显出受感动的表情。▶《后汉书·班彪传》："君臣动色，左右相趋。"

辞荣：逃避富贵荣华的生活。谓辞官退隐。▶晋 陶潜《感士不遇赋》："望轩唐而永叹，甘贫贱以辞荣。"

于有甲，字天行，号镜人。清仪征(今江苏省仪征市)人。贡士。顺治初年任庐江训导，在任编纂《(顺治)庐江县志》。

## 金牛晚眺[1]

数年临泽国，今日一山行。[2]雁鹜栖余亩，烟村集古城。[3]静迎溪月色，愁动野猿声。渺渺予怀望，芦花秋水明。[4]

注释：

①《金牛晚眺》诗见 清 吴宾彦修 王方岐纂《(康熙)庐江县志》卷十六，清康熙三十七年(1698)刻本。

②山行：在山中行走。▶南朝 宋 谢灵运《初去郡》："登岭始山行，野旷沙岸净。"

③雁鹜：亦作"鴈鹜"。鹅和鸭。▶《战国策·燕策二》："赖得先王鴈鹜之余食，不宜臞。臞者，忧公子之且为质于齐也。"

④怀望：怀念，想望。▶张篁溪《苏报案实录》："吾辈所怀望之章先生，今幸使吾辈望见颜色，已与吾辈以莫大之愉快。"



## 金牛塔[1]

纪年曾有字，字险已难求。事略荒唐说，时非汗漫游。[2]采风劳百里，对月晤十秋。[3]定性从前主，虚怀等泛舟。[4]

注释：

①《金牛塔》诗见 清 吴宾彦修 王方岐纂《(康熙)庐江县志》卷十六，清康熙三十七年(1698)刻本。

②事略：文体的一种，记述人或事的梗概，有别于正式传记。南宋王偁著有《东都事略》一百三十卷，记北宋九朝事迹。

汗漫游：世外之游。形容漫游之远。▶唐 杜甫《奉送王信州崟北归》："复见陶唐理，甘为汗漫游。"

③采风：搜集民间歌谣。▶隋 王通《中说·问易》："诸侯不贡诗，天子不采风，乐官不达雅，国史不明变，呜呼，斯则久矣，《诗》可以不续乎！"

④定性：佛教语。谓禅定之性。▶唐 刘商《题道济上人房》："何处营求出世间，心中无事即身闲。门外水流风叶落，唯将定性对前山。"

前主：过去的主人。▶清 徐士鸾《宋艳·卑汙》："一牝犹嫌将两雄，趋新背旧片时中。陡忘前主能为叛，乍事他人更不忠。"

## 次韵金斗感怀[①]

山醉枫丹日又曛，苍烟缕缕布斜纹。客心最是凄凉处，雁阵声高叫入云。

注释：

①《次韵金斗感怀》诗见 清 吴宾彦修 王方岐纂《(康熙)庐江县志》卷十六，清康熙三十七年(1698)刻本。

## 避暑台[①]

目空炎祚已将灰，触热犹须避暑台。[②]若使闲闲无事坐，清风何处不徐来。

注释：

①《避暑台》诗见 清 吴宾彦修 王方岐纂《(康熙)庐江县志》卷十六，清康熙三十七年(1698)刻本。

②炎祚：五行家谓刘汉、赵宋皆以火德王，因以"炎祚"指汉或宋的国统。三国时蜀刘备自称得汉之正统，故亦指蜀汉。▶清 刘师恕《卧龙冈武侯祠》："大星堕地终炎祚，古柏参天傍草庐。"

## 捧檄桥[①]

升沉往迹几沦墟，桥址偏传征辟初。[②]潜水有光常照色，安阳无恃早回车。[③]情同潭影深难测，心似舟流久自虚。何处呼之如或出，东山洞口望云舒。[④]

注释：

①《捧檄桥》诗见 清 吴宾彦修 王方岐纂《(康熙)庐江县志》卷十六，清康熙三十七年(1698)刻本。

②征辟：谓征召布衣出仕。朝廷召之称征，三公以下召之称辟。▶《后汉书·儒林传下·蔡玄》："学通五经，门徒常千人，其著录者万六千人，征辟并不就。"

③回车：回转其车。▶汉 邹阳《狱中上书》："邑号朝歌，墨子回车。"

④如或：此处指如果有。▶《汉书·艺文志》："闾里小知者之所及，亦使缀而不忘。如或一言可采，此亦刍荛狂夫之议也。"

## 绣溪[1]

波面谁将彩色铺，鸳鸯想此戏新雏。难忘佳丽神徒往，极望凋残昊欲呼。润远未容停洞壑，流长直任合江湖。春来灌可田畴遍，沟遂于今尚有图。

注释：

①《绣溪》诗见 清 吴宾彦修 王方岐纂《(康熙)庐江县志》卷十六，清康熙三十七年(1698)刻本。

## 石鱼岭[1]

能生鳞甲未生肤，不去依蒲不傍芦。岂似江间残化鲙，非从盆内钓鲜鲈。高眠无意腾三汲，伏气应知吸五湖。[2]龙鲤陵居宁此是，秋风鬐尾动曾无。[3]

注释：

①《石鱼岭》诗见 清 吴宾彦修 王方岐纂《(康熙)庐江县志》卷十六，清康熙三十七年(1698)刻本。



②高眠：意为高枕安眠。▶唐 耿湋《春日题苗发竹亭》："闲咏疏篁近，高眠远岫微。"

③陵居：居于高地。▶《素问·异法方宜论》："其民陵居而多风。"王冰 注："居室如陵，故曰陵居。"

# 阎尔梅

阎尔梅(1603—1679)，字用卿，号古古，因生而耳长大，白过于面，又号白耷山人、蹈东和尚。明末清初江苏沛县(今江苏省徐州市沛县)人。明崇祯三年(1630)举人，为复社巨子。甲申、乙酉间，为史可法画策，史不能用，乃散财结客，奔走国事。清初剃发号蹈东和尚。诗有奇气，声调沉雄。有《白耷山人诗文集》。



## 庐郡夏秋诗为龚孝升作[1]

高殿稀邻舍，烟光远近殊。千峰来霍岳，百里见巢湖。簧转画眉鸟，药生何首乌。纳凉无愈此，浴罢展龙须。[2]

地僻人烟冷，城深夜色低。佛灯出天上，渔火隔桥西。月湛芙蓉渚，风香锦绣溪。[③]更深丝竹静，细语唱幽闺。

鸡黍半年约，雨风千里来。每谈儿女累，辄动友朋哀。古郡题金斗，新章咏玉台。相逢偏有兴，斗捷两无猜。[④]

野外秋鸣蟋，山中野打蚊。世无真处士，城有故将军。君抗陈情表，吾修告墓文。[⑤]倘能如所愿，省得赋离群。[⑥]

茅结树阴小，城随山势斜。四边秋水路，一带野人家。东浦闻筝笛，南楼送果瓜。斗牛分野次，举步即灵槎。

月明临鹊渚，雷响出鼋潭。萍碍水中棹，荷薰城上庵。先生栽五柳，高士挈双柑。[⑦]似此闲风景，居人未解探。[⑧]

注释：

①《庐郡夏秋诗为龚孝升作》诗见 清 阎尔梅《白耷山人诗文集》诗集卷五，清康熙刻本。原诗共二十八首，此处选六首。

②原诗"纳凉无愈此，浴罢展龙须"句后有作者自注"余假寓杨将军庙，在西城最高处。龙须，席名"。

③原诗"月湛芙蓉渚，风香锦绣溪。"句后有作者自注"锦绣溪在郡治北。"

④原诗"相逢偏有兴，斗捷两无猜。"句后有作者自注"庐州号金斗郡。"

斗捷：取胜。▶清 吴伟业《哭志衍》："狎侮座上人，斗捷贪谐噱。"

⑤陈情表：晋时李密作《陈情表》，表中婉转地陈述了为孝养祖母，不能接受朝廷的征召。后因以《陈情表》泛指向朝廷提出辞官归隐孝养父母的呈文。▶唐 白居易《和我年》之三："何当阙下来，同拜《陈情表》。"

⑥原诗"倘能如所愿，省得赋离群。"句后有作者自注"将军庙乃宋杨沂中也，有功于庐，故祀之。"

⑦双柑：双柑斗酒之省。典出 唐 冯贽《云仙杂记》卷二："戴颙春携双柑、斗酒，人问何之，曰：'往听鹂声。此俗耳针砭，诗肠鼓吹，汝知之乎？'"后遂用为春日雅游的典故。▶明 刘泰《春日湖上》："明日重来应烂漫，双柑斗酒听黄鹂。"

⑧原诗"似此闲风景，居人未解探。"句后有作者自注"鼋潭在郡城西大蜀山下。"

## 别龚孝积[①]

伯氏吾良友，登堂夙所期。[②]缘兹交仲季，相与奏壎篪。乐府追明远，仙人咏左慈。[③]满城留墨迹，一一见须眉。

但结枌榆好，何妨缟纻贫。[4]三秋忘逆旅，一日共生辰。[5]世事红尘幻，交情白发新。他年修郡志，流寓补山人。

才为三楚冠，数较两龚多。[6]香浦名筝笛，佳人字苎罗。花评须有案，酒政不嫌苛。[7]秋色高如此，骊驹客奈何。[8]

夏秋殊节气，刀尺费裁缝。爱客过文举，知音比仲容。[9]林干红叶舞，山瘦白云封。别后相思远，回看大蜀峰。

注释：

①《别龚孝积》诗见 清 阎尔梅《白耷山人诗文集》诗集卷五，清康熙刻本。

龚孝积：即龚鼎孳(1626—1680)，字孝积。清庐州合肥(今安徽省合肥市)人。龚鼎孳二弟。郡庠生。

②伯氏：此处指长兄。▶《诗·小雅·何人斯》：“伯氏吹壎，仲氏吹篪。”高亨 注：“伯氏，大哥。”

③原诗“乐府追明远”句后有作者自注“鲍明远读书台在庐州城北。”

④缟纻：典出《左传·襄公二十九年》：“吴季札聘于郑，见子产，如旧相识。与之缟带，子产献纻衣焉。”后因以“缟纻”喻深厚的友谊。亦指朋友间的互相馈赠。▶北周 宇文逌《〈庾信集〉序》：“余与子山，夙期款密，情均缟纻，契比金兰。”

⑤原诗“三秋忘逆旅，一日共生辰。”句后有作者自注“孝积与余俱九月十二日生。”

⑥两龚：1.汉龚胜和龚舍的合称。▶《汉书·两龚传》：“两龚皆楚人也，胜字君宾，舍字君倩。二人相友，并著名节，故世谓之楚两龚。”2.宋龚夬及其弟龚大壮的合称。▶《宋史·龚夬传》：“弟大壮，少有重名，清介自立，从兄官河阳，曾布欲见之，不可得，乃往谒夬，邀之出，从容竟日，题诗壁间，有‘得见两龚’之语。”

⑦酒政：此处指酒令。▶明 陈汝元《金莲记·郊遇》：“豪情不浅，莫负山灵。闷饮何当？须颁酒政。”

⑧原诗“秋色高如此，骊驹客奈何。”句后有作者自注“筝笛浦在郡城内。”

骊驹：逸《诗》篇名。古代告别时所赋的歌词。▶《汉书·儒林传·王式》：“谓歌吹诸生曰：‘歌《骊驹》。’”颜师古 注：“服虔曰：‘逸《诗》篇名也，见《大戴礼》。客欲去歌之。’文颖曰：‘其辞云“骊驹在门，仆夫俱存；骊驹在路，仆夫整驾”也。’”后因以为典，指告别。

⑨原诗“爱客过文举，知音比仲容。”句后有作者自注“孝积善顾曲故云。”

仲容：西晋阮咸的字。“竹林七贤”之一。▶南朝 宋 颜延之《五君咏·阮始平》：“仲容青云器，实禀生民秀。”

## 秋分日秦虞桓召饮限韵[①]

一蹇策庐州，空林夏复秋。渔樵严气类，山水慎交游。[②]旋裹人来脚，常鬔客去头。[③]感君能好我，深醉赏齐讴。[④]

中秋过十日，雁始到江濆。[⑤]柳线垂青绶，桐瓢结绿云。[⑥]廊回焦舞扇，池洗墨生雯。凉夜留寘久，红灯逐巷分。

注释：

①《秋分日秦虞桓召饮限韵》诗见 清 阎尔梅《白耷山人诗文集》诗集卷五，清康熙刻本。

秦虞桓：即秦咸，字虞桓，清庐州合肥(今安徽省合肥市)人。康熙时以明经入太学，汇考中书第一，负性豪迈，学问淹博，好客挥金，不乐仕进。“辟潭影园，筑酣绿亭，于池上载花种竹，日与名流唱和。”著有《潭影堂诗集》《酣绿亭诗集》《前后游燕草》等。

②严气：刚正之气。▶清 黄鷟来《题高价人坐石小像》：“孰能抱君怀，严气兼正性。”参见“严气正性”。

③鬔[péng]：头发松散的样子。

④齐讴：同“齐歌”。▶唐 杨巨源《古意赠王常侍》：“欲学齐讴逐云管，还思楚练拂霜砧。”

⑤江濆：江岸。亦指沿江一带。▶晋 陆云《答吴王上将顾处微》诗之四：“于时翻飞，虎啸江濆。”

⑥青绶：喻植物藤蔓。▶清 谭嗣同《怪石歌七古》：“石兮石兮何痀偻，女萝纷披带青绶。”

## 稻香楼[①]

城西曲水抱重冈，突起红楼署稻香。香散荷萍深处去，一团烟雾搅垂杨。[②]秧畦如绣水如鬟，写意楼台创几间。把酒登梯天际看，江云几处幕青山。珠窗粉桷二三层，上下分悬百彩灯。冠盖满堂歌舞艳，中间首座白须僧。几段芙蓉绕画楼，灯光乱闪碧城头。主人不放美人去，三鼓还将风雨留。卸去霓裳把玉觥，银河西下鼓三更。篮舆停步回头看，一路红灯水底行。[③]莲花疏系采菱舟，土鼓豳诗庆有秋。[④]若做寻常金粉看，无人题得稻香楼。

注释：

①《稻香楼》诗见 清 阎尔梅《白耷山人诗文集》诗集卷八，清康熙刻本。原诗标题后有

作者自注:“庐州西门外,龚氏别业。”

②厺:即“去”字。

③篮舆:古代供人乘坐的交通工具,形制不一,一般以人力抬着行走,类似后世的轿子。▶《晋书·孝友传·孙晷》:“富春车道既少,动经江川,父难于风波,每行乘篮舆,晷躬自扶持。”

④土鼓:古乐器名。鼓的一种。▶《周礼·春官·籥章》:“掌土鼓豳籥”郑玄注引杜子春云:“土鼓以瓦为匡,以革为两面,可击也。”

豳诗:指《诗·豳风·七月》。▶《周礼·春官·籥章》:“中春,昼击土鼓,吹《豳诗》,以逆暑。”

## 桃花城秋夜赠方尔止处士[①]

桐城作者方尔止,余昔闻之陈百史。[②]既而交其侄密之,益复思之无已时。[③]风雨鸡鸣三十年,今秋共醉庐江烟。悲歌抵掌话生平,赠我短篇金石声。[④]博物洽闻近代希,不事王侯甘布衣。[⑤]尚论古今作诗史,晋唐三子皆壬子。异代同年殊不偶,画成一图传不朽。车马如雪桃花城,缭绕松阡月四更。[⑥]野桥荒夜山犬睡,茅店灭灯松响碎。归来僧舍听寒蛩,疎树接天挂星芒。[⑦]大蜀之峰光深紫,银汉横浸巢湖水。



注释:

①《桃花城秋夜赠方尔止处士》诗见 清 阎尔梅《白耷山人诗文集》诗集卷四,清康熙刻本。

桃花城:即今肥西县桃花镇,龚鼎兹之父龚孚肃亦葬于此。

②陈百史:即陈名夏。陈名夏(1601—1654),字百史。明末清初江南溧阳(今江苏省常州市溧阳市)人。明崇祯十六年(1643)进士第三名(探花),授翰林修撰,兼户兵二科都给事中。顺治二年(1645),归顺清廷,以王文奎推荐,恢复原官,旋擢吏部左侍郎兼翰林侍读学士,累官秘书院大学士。以徇私植党,滥用匪人。顺治十一年(1654),以多尔衮追论谋逆,为宁完我所弹劾,与刘正宗共证名夏揽权市恩欺罔罪,被劾论死。诗文有名于时,著有《石云居集》十五卷,诗集七卷。

③密之:即方以智。方以智(1611—1671),字密之,号曼公,又号鹿起,别号龙眠愚者,出家后改名大智,字无可,别号弘智,人称药地和尚。明末清初江南桐城(今安徽省桐城市)人。方学渐之曾孙,方文之侄。明末四公子(复社四公子、金陵四公子)之一。家学渊源,博采众长,主张中西合璧,儒、释、道三教归一。一生著述400余万言,多有散佚,存世作品数十种,内容广博,文、史、哲、地、医药、物理,无所不包。

④抵掌:击掌。指人在谈话中的高兴神情。亦因指快谈。▶《战国策·秦策一》:“苏秦见说赵王于华屋之下,抵掌而谈。”

金石声：指铿锵有力之声。后亦用以比喻文辞优美动人。▶《晋书·孙绰传》："尝作《天台山赋》，辞致甚工，初成，以示友人范荣期，云：'卿试掷地，当作金石声也。'"

⑤洽闻：多闻博识。▶《史记·儒林列传》："其令礼官劝学，讲议洽闻兴礼，以为天下先。"

⑥松阡：植有松树的墓地。▶唐 黄滔《司直陈公墓志铭》："可不诔清尘于桂苑，揭贞石于松阡。"

⑦寒螿[jiāng]：寒蝉。借指深秋的鸣虫。▶唐 张仲素《秋思》诗之一："碧窗斜月蔼深晖，愁听寒螿泪湿衣。"

## 桃花城挽辞[①]

金台铁井路茫茫，千里秋帆引妙光。七夕才过星不见，满天明月苦牛郎。[②]月霁云收万色空，蟾光沙树碧玲珑。依稀仙子临妆去，花影空留宝镜中。栭叶空山落一声，西风萧瑟最关情。[③]夜来吹冷芙蓉帐，寂寞秋窗月独明。共谁欢笑共谁愁？生死相怜二十秋。恰好归来筝笛浦，明月三满忌辰周。[④]子夜歌沉响不还，六朝金粉一时删。秦淮月落眉楼暗，此后何人画远山。工书工画复工文，何可妆台失此君。愁杀仙魂招不返，优昙花下礼慈云。花满江皋月满船，琴声才好短朱弦。陆郎不解情痴事，犹自题诗慰彦先。柏梁金屋已成尘，落叶哀蝉一曲新。[⑤]岂谓汉宫无国色，钟情偏是李夫人？[⑥]眉楼相访夏初时，赠我开元一句诗。二十五年赓和断，翻来江上写哀辞。[⑦]佳人难得是怜才，心死尚书万事灰。送到桃花城内去，银屏金斗作香台。[⑧]

注释：

①《桃花城挽辞》诗见 清 阎尔梅《白耷山人集诗文》诗集卷八，清康熙刻本。原诗标题后有作者自注："地在庐洲(州)西南，龚尚书葬顾眉处，眉生即徐夫人。"

眉生：即顾眉。顾眉(1619—1664)，原名顾媚，字眉生，别字后生，号横波，明末清初南直隶上元(今江苏南京)人。与马湘兰、卞玉京、李香君、董小宛、寇白门、柳如是、陈圆圆同称"秦淮八艳"。后嫁于合肥龚鼎孳，改名换姓"徐善持"。入清后，诰封"一品夫人"。工诗善画，善音律，尤擅画兰，能出已意，所画丛兰笔墨飘洒秀逸。作有《海月楼夜坐》《花深深·闺坐》《虞美人·答远山夫人寄梦》《千秋岁·送远山夫人南归》等诗词，收入所著《柳花阁集》。

②原诗"金台铁井路茫茫，千里秋帆引妙光。七夕才过星不见，满天明月苦牛郎。"句后有作者自注："是秋，眉生柩自燕至庐，故用金台、铁井两地名。铁井在庐洲(州)城内。"

③原诗"栭叶空山落一声，西风萧瑟最关情。"句后有作者自注"庐州有栭山。"

栭山：栭，一种小栗子树，巢湖人俗称"毛栗子"。山因多栭而得名。即今巢湖市柘皋镇西峏山。

④原诗“恰好归来筝笛浦，明月三满忌辰周。”句后有作者自注：“浦在庐洲城内，眉七月十五日终，至今七月十五恰三年。”

⑤柏梁：此处指柏梁台。▶《史记·孝武本纪》：“其后则又作柏梁、铜柱、承露仙人掌之属矣。”

金屋：华美之屋。▶南朝 梁 柳恽《长门怨》：“无复金屋念，岂照长门心。”

⑥李夫人：汉李延年妹。妙丽善舞，得幸于汉武帝。早卒，帝乃图其形，挂于甘泉宫，思念不已。方士少翁言能致其神，夜张灯设帏，令帝坐他帐中遥望，见一妙龄女子如李夫人貌。▶清 汪应铨《雾中花》：“名花笼雾认难真，道是还非梦里身。彷佛汉家宫殿冷，隔帷遥见李夫人。”

⑦原诗“二十五年赓和断，翻来江上写哀辞。”句后有作者自注“壬午(1642)四月客金陵，王穆如、周吴肪、王衡之诸君招饮秦淮，乘月过访眉生，眉生问余为谁，诸君才说姓阎，眉生即应声云：“此古古先生耶?”余曰：“何以见识?”眉拱手云：“天下何人不识君?”诸君大笑，此亦一时快事，故志之。”

赓和：续用他人原韵或题意唱和。▶《新唐书·刘太真传》：“德宗以天下平，贞元四年九月，诏群臣宴曲江，自为诗，敕宰相择文人赓和。”

⑧原诗“送到桃花城内去，银屏金斗作香台。”句后有作者自注：“银屏、金斗皆庐州南山。”

# 纪映钟

纪映钟(1609—1680)，字伯紫，又作伯子、蘖子，号戆叟，自称钟山逸老。明末清初江南上元(今江苏南京)人。有妹纪映淮。诸生。崇祯时为复社名士，明亡后，弃诸生，躬耕养母。工诗善书，知名海内。有《真冷堂诗稿》《补石仓集》《憨叟诗钞》。

## 送董子归淝水[1]

三山门外月，秋与客平分。[2]浦夜初闻雁，霜明独送君。夙怀淝水捷，一诵广川文。习习征帆发，江声迥不群。

注释：

①《送董子归淝水》诗见 清 纪映钟《戆叟诗钞》卷一，光绪三十一年(1905)江西刊傅春官辑《金陵丛刻》本。

②三山门：南京明城墙十三座明代京城城门之一，又称水西门，位于南京市秦淮区内秦淮河西端，坐东朝西，西临外秦淮河，为水陆两栖城门，南侧为西水关，是旧时从水路进出南京城的主要通道。

## 送龚雪舫[1]

燕山花落帐金钩，送客依依沟水头。人比张良犹处女，年如邓禹自封侯。珠鞭跃马三河壮，锦臂调鹰五鹿秋。[2]却忆庐江江畔柳，凝妆楼上不胜愁。

注释：

①《送龚雪舫》诗见 清 纪映钟《戆叟诗钞》四卷，卷三，光绪三十一年(1905)江西刊傅春官辑《金陵丛刻》本。

②调鹰：调弄和训练鹰隼。▶唐 韩偓《苑中》："外使调鹰初得按，中官过马不教嘶。"

五鹿：春秋时古地名。一为卫国之地，在今河南省濮阳县南。▶《左传·僖公二十三年》："(晋公子重耳)过卫，卫文公不礼焉。出于五鹿，乞食于野人。"杜预 注："五鹿，卫地。"一为晋国之地。即五鹿墟，又名沙鹿。在今河北省大名县东。相传穆天子东征曾舍于此。▶《左传·哀公元年》："夏四月，齐侯、卫侯救邯郸，围五鹿。"杜预 注："五鹿，晋邑。"

# 杜濬



杜濬(1610—1686或1611—1687)，原名绍先，字于皇，号茶村，又号西止，晚号半翁。明末清初湖北黄冈(今湖北省黄冈市)人，崇祯十二年(1639)乡试副榜。避乱流转于南京、扬州，居南京达四十年。少倜傥，欲赫然着奇节，既不得于所试，遂刻意为诗，以此闻名。有《变雅堂集》。

## 至庐州与孝升相见作[1]

喜心翻到泪沾巾，传说君归信是真。草疏云霄优摄相，麻衣风雨葬慈亲。[2]千秋业待呈知己，十载穷堪泣鬼神。交最岂宜来独后，应怜磨镜具随身。[3]

注释：

①《至庐州与孝升相见作》诗见 清 杜濬《变雅堂遗集》诗集卷七，清光绪二十年(1894)黄冈沈氏刻本。

②草疏：拟写奏章。▶明 叶盛《水东日记·奏效各有机会》："一日午后偶暇，为草疏，适书人又皆具，既成，视日尚未暮，遂封进。"

摄相：代理宰相。▶《荀子·宥坐》："孔子为鲁摄相，朝七日而诛少正卯。"

麻衣：麻布衣。此处指丧服。▶《礼记·间传》："又期而大祥，素缟麻衣。"

③磨镜：磨治铜镜。古用铜镜，须常磨光方能照影。▶汉 刘向《列仙传·负局先生》："负局先生不知何许人，语似燕代间人，常负磨镜局，循吴市中，衒磨镜一钱。"

## 钱澄之

钱澄之（1612—1693），初名秉澄，字饮光，号田间。明末清初桐城（今安徽省桐城市）人。曾仕南明政权。入清后，还归故里，杜足田间，以课耕著书终其身。著有《田间文集》三十卷，另有《田间诗集》二十八卷。

### 成二鸿阁上邀龚孝积小饮紫烟在坐[①]

广文楼启郡东偏，小饮偏当欲雪天。屋角暮喧争树雀，城根波撼挂江船。[②]炼师技痒樽前句，老叟装同画里仙。[③]为叙昔游今隔世，双成莫笑尽华颠。[④]

注释：

①《成二鸿阁上邀龚孝积小饮紫烟在坐》诗见 清 杜濬《变雅堂遗集》诗集卷七，清光绪二十年（1894）黄冈沈氏刻本。



小饮：犹小酌。场面简单而随便的饮酒。▶唐 薛用弱《集异记·王涣之》："三诗人共诣旗亭，贳酒小饮。"

②城根：犹城脚。▶唐 韦应物《酬秦征君徐少府春日见寄》："城根山半腹，亭影水中心。"

③炼师：旧时以某些道士懂得"养生""炼丹"之法，尊称为"炼师"。▶明 叶宪祖《鸾鎞记·入道》："你是李管家，为着甚事，同这位炼师到此？"

④双成：神话中西王母侍女董双成。见《汉武帝内传》。借指美女。▶《全唐诗》卷七五六载《春》："绣衣白马不归来，双成倚槛春心醉。"

## 魏裔介

魏裔介（1616—1686），字石生，号贞庵，又号昆林。明末清初直隶柏乡（今属河北省邢台市）人，顺治三年（1646）丙戌科进士，散馆授工科给事中。康熙间官至吏部尚书，保和殿大学士，以党附鳌拜之嫌致仕。为言官时疏至百余上，敷陈剀切，多见施行。乾隆初追谥"文毅"。治理学，有《圣学知统录》《知统翼录》《希贤录》，另有《兼济堂集》等。

## 送王思龄归合肥[①]

长安有客思山桂，挂席秋风潞河汭。边城一雁正高飞，爽气澄霞雨新霁。[②]忆昨承恩衣绣衣，太仓充溢鼠雀稀。[③]六军白粲满区釜，君王玉馔有光辉。[④]左省高资重廷阙，特简清秩班卿月。[⑤]入告我后尽嘉谋，退食委蛇无请谒。[⑥]江上云山梦里来，知君肝胆几徘徊。金樽满酌不辞醉，茫然清兴使人哀。君不见八公仙去空山色，濡须之水流不息。功成方可拂衣去，莫到淮南忘蓟北。

注释：

①《送王思龄归合肥》诗见 民国 徐世昌《晚晴簃诗汇》卷二十三，民国退耕堂刻本。

②新霁：雨雪后初晴。▶战国 楚 宋玉《高唐赋》："遇天雨之新霁兮，观百谷之俱集。"

③承恩：蒙受皇恩、蒙受恩泽。▶唐 岑参《送张献心充副使归河西杂句》："前日承恩白虎殿，归来见者谁不羡。"

④白粲：白米。▶《宋书·孝义传·何子平》："扬州辟从事史，月俸得白米，辄货市粟麦。人或问曰：'所利无几，何足为烦？'子平曰：'尊老在东，不办常得生米，何心独飨白粲。'"

⑤左省：礼部的代称。▶宋 范祖禹《谢礼部侍郎表》："备员左省，久尘夕拜之诏。"

高资：原指富有资财，此处指高上的资历、高上的资格。

特简：皇帝对官吏的破格选用。▶清 陈康祺《郎潜纪闻》卷三："归官詹立朝清谨，通籍后年迁岁擢，皆由特简。"

卿月：月亮的美称。亦借指百官。语出《书·洪范》："王省惟岁，卿士惟月，师尹惟日。"

⑥入告：谓以事上闻。▶《书·君陈》："尔有嘉谋嘉猷，则入告尔后于内，尔乃顺之于外。"

退食委蛇：谓退朝休息而从容自得。语本《诗·召南·羔羊》："退食自公，委蛇委蛇。"▶宋 沈括《熙宁十年谢早出表》："从事鞅掌，未申补报之勤；退食委蛇，更沐优容之赐。"

## 尹君翰

尹君翰，字翰如，号鹿野。明末清初巢县（今安徽省巢湖市）人。明崇祯十四年（1641）贡生，授玉山县知县，因寇乱未赴任。晚年结五老社，绘图传玩，放怀山水，觞咏适趣。著有《诗经五雅解》《绮园诗集》。

## 牛山春眺[①]

凭高一望远，云幔水连天。[②]山树通樵路，湖波漾钓船。疏钟泉咽里，茅屋柳桥边。[3]老眼频贪胜，飘然几欲仙。[4]

注释：

①《牛山春眺》诗见 清 陆龙腾《(康熙)巢县志》卷十九，清康熙十二年(1673)刊本。②云幔：指成片的云翳。▶唐 杜甫《西阁雨望》："楼雨霑云幔，山寒著水城。"

③泉咽：山中的流泉由于岩石的阻拦，发出的低吟、呜咽之声。

④老眼：老年人的眼睛。▶宋 张元干《菩萨蛮》词："老眼见花时，惜花心未衰。"

## 尹际昌

尹际昌，清初庐州巢县(今安徽省巢湖市)人。尹君翰子，郡廪生。

### 牛山晓望[1]

葱郁横云黛，凭高意邈然。[2]风帆穿屋里，渔网落城边。万壑争抒秀，千山欲吐妍。裴徊情未厌，梵阁隐朝烟。[3]



注释：

①《牛山晓望》诗见 清 陆龙腾《(康熙)巢县志》卷十九，清康熙十二年(1673)刊本。

②邈然：高远貌。▶《三国志·吴志·步骘传》："至其纯粹履道，求不苟得，升降当世，保全名行，邈然绝俗，实有所师。"

③裴徊：回环。▶北魏 郦道元《水经注·谷水》："又言遥遥九曲间，裴徊欲何之者也。"

## 李明鳌

李明鳌，字山颜，号蓼园。明末补嘉兴县学生，清顺治元年(1644)举乡试，授福建古田县学教谕，受知于巡抚佟国鼐。时闽有流民数千，或疑为寇，将杀之。蓼园力白其冤，得免。后以子贵赠中大夫，有《乐志堂集》。



### 送家二则还庐州[1]

海国秋笳不可闻，天涯知己复离群。[2]自称樵牧兄和弟，谁道英雄我与君。[3]

避难辽东传落帽，归畊绿野悔从军。[4]相思莫上江南道，一路荆榛拥白云。

注释：

①《送家二则还庐州》诗见 清 李明嶅《乐志堂诗集》卷三今体诗，清康熙李宗渭刻本。

②海国：近海地域。▶唐 张籍《送南迁客》："海国战骑象，蛮州市用银。"

离群：离开众人。▶《易·乾》："上下无常，非为邪也；进退无恒，非离群也。"

③樵牧：樵夫与牧童，泛指乡野之人。▶唐 李白《古风》之五八："荒淫竟沦没，樵牧徒悲哀。"

④绿野：绿色的原野。▶南朝 宋 谢灵运《入彭蠡湖口》："春晚绿野秀，岩高白云屯。"

## 梦家二则①

五陵裘马昔同游，落叶分飞叹白头。②万里山川云北向，六朝歌舞水东流。

漫惊闾左逃秦戍，相对新亭泣楚囚。③患难弟兄十年别，只凭魂梦到庐州。

注释：

①《梦家二则》诗见 清 李明嶅《乐志堂诗集》卷三今体诗，清康熙李宗渭刻本。

②裘马：轻裘肥马。形容生活豪华。语出《论语·雍也》："赤之适齐也，乘肥马，衣轻裘。"

③闾左：居住于闾巷左侧的人民。一说秦时贫贱者居闾左，后因借指平民。▶《史记·陈涉世家》："二世元年七月，发闾左适戍渔阳。"

相对新亭：指为忧国忧时。典出《晋书·王导传》：西晋末，中原战乱，王室渡江流亡东南。过江人士，每暇日常至新亭饮宴。元帝时，丞相王导与客宴新亭，周顗中坐而叹曰："风景不殊，正自有山河之异。"皆相对流涕。惟王导愀然变色曰："当共戮力王室，克复神州，何至作楚囚相对?!"

楚囚：本指被俘的楚国人，后借指处境窘迫无计可施者。典出《左传·成公九年》："晋侯观于军府，见钟仪。问之曰：'南冠而絷者，谁也?'有司对曰：'郑人所献楚囚也。'"

## 和龚芝麓先生赠别原韵二首①

一片秋声入夜虚，经年何事蓟门居。福怜子厚投荒服，独傍君山读异书。②双阙风云随燕雀，五湖波浪泣鲸鱼。③不才自分归畊稳，消息从教到草庐。④

布帆十幅问乡关，肠断江南庾子山。万里霜摧头欲白，一天叶落雁初还。笛吹东阁惊残夜，酒对西园惨别颜。归去岂愁无钓侣，梦依杖履尚追攀。⑤

注释：

①《和龚芝麓先生赠别原韵二首》诗见 清 李明嶅《乐志堂诗集》卷三今体诗，清康熙李

宗渭刻本。

②"福怜子厚投荒服"句后有注:"谓秋岳曹侍郎。"

荒服:古"五服"之一。指离京师二千到二千五百里的边远地方,后泛指边远地区。▶《书·禹贡》:"五百里荒服。"

③双阙:古代宫殿、祠庙、陵墓前两边高台上的楼观。借指京都。▶三国 魏 曹植《赠徐干》诗:"聊且夜行游,游彼双阙间。"

④从教:听任;任凭。▶宋 韦骧《菩萨蛮》词:"白发不须量,从教千丈长。"

⑤钓侣:垂钓之友。▶宋 陆游《乌夜啼》词之四:"故人莫讶音书绝,钓侣是新知。"

追攀:此处指追随牵挽。形容惜别。▶汉 王粲《七哀诗》之一:"亲戚对我悲,朋友相追攀。"

## 崔冕

崔冕,字贡收,又字九玉,号素庵。明末清初庐州巢县(今安徽省巢湖市)人。诸生,顺治、康熙间隐居。工山水,画树根不着土。有《素吟集》《千家姓文》。

### 适金斗阻水双桥宿田家遇尹淑若[1]



雨歇日未昏,西望双桥路。奔流合四山,滚滚东南注。舆马两岸停,百夫莫撄怒。喧豗振青林,浪花眩群顾。[2]解涉岂吴儿,望洋共却步。投憩近水村,村村户牢固。世久苦兵戈,鸡犬惊鸣互。挥止同行俦,系骑田傍树。老翁听言辞,开颜翻道故。[3]自言茅屋小,田家无礼数。前导启柴门,一膝仅能措。[4]尹子怪我至,瞪目口讹句。邻女环颓垣,窃指私相谕。就日曝湿衣,盥沐促童孺。[5]地僻酒家远,粝食佐瓜瓠。[6]出入檐防眉,灯火桑榆暮。殷殷天尚雷,阴晴或疑误。夜深星月开,屡问桥堪渡。

注释:

①《适金斗阻水双桥宿田家遇尹淑若》诗见 清 崔冕《素吟集》卷三五言古,清康熙刻本。

②喧豗[huī]:形容轰响。▶唐 李白《蜀道难》:"飞湍瀑流争喧豗,砯崖转石万壑雷。"

③道故:叙说故旧之情。▶《史记·滑稽列传》:"若朋友交游,久不相见,卒然相睹,欢然道故。"

④前导:引导;引路。▶唐 元稹《故中书令赠太尉沂国公墓志铭》:"椎钲鼓,鸣铙箫笳笛,前导我沂国公洎某国夫人某氏。"

⑤就日:此处指趁着太阳。

⑥粝食：粗劣的饭食。▶《汉书·外戚传下·孝成许皇后》："妾夸布服粝食。"

## 秋夜月舟自三河归二首[①]

利涉长年惯，开帆夜未阑。[②]蛩喧芦岸阔，鱼入浪舟寒。薄酒临风酌，单衣任露溥。[③]澄湖千古月，待我此宵看。

渐看仙姥庙，风浪一天狂。[④]鱼路吹樯火，星火叫夜鸧。[⑤]众帆分远近，孤屿入微茫。[⑥]歌罢尊随竭，湖心月未央。[⑦]

注释：

①《秋夜月舟自三河归二首》诗见 清 崔冕《素吟集》卷三五言古，清康熙刻本。

②利涉：称舟楫为利涉。▶唐 杜甫《八哀诗·故司徒李公光弼》："扶颠永萧条，未济失利涉。"

③露溥[tuán]：形容露水多。▶《诗·郑风·野有蔓草》："野有蔓草，零露溥兮。"

④仙姥庙：即圣姥庙，在巢湖中。

⑤夜鸧[cāng]：夜莺，因其多鸣于月夜，故名。

⑥微茫：指朦胧夜色里，显得细微渺茫。

⑦未央：此处指不久，不远。▶《素问·四气调神大论》："贼风数至，暴雨数起，天地四时不相保，与道相失，则未央绝灭。"

## 回车铺候晓[①]

昼行常苦日，趁晓气阴森。路入回车古，山迷巨嶂深。荒灯临月暗，鸣濑杂鸡沉。坐待东方白，垂头梦屡侵。

注释：

①《回车铺候晓》诗见 清 崔冕《素吟集》卷五五言律，清康熙刻本。

回车铺：指孔子回车衖。传说孔子周游列国至巢湖，逢小儿撮土围城，后又落水晒书、问路遇挫，一系列插曲令他感叹南巢贤才了得，遂调转车头返程。志载："孔子闻之，遂曰：此地有贤人，不必去修车，而回。在巢湖城北万家山狮子口。《康熙·巢县志·古迹》："回车衖。在今县治之西北，为北路大道，两山夹峙，中通一路，十有余里，离县治十里。""回车古衖"为古巢县八景之一。

## 同焦天如寻洗耳池有序[①]

予巢东郭半里许，有地枕冈带流。世传，古巢父遇许由洗耳处。旧池傍，有祠三楹，碑一石，岁久不治，祠共池卒为涔菜，故址渐并于豪右。壬寅春，有客自延令来，心慕巢许二先生高蹈，拉往寻焉。临其地，有碑翼然，相与拂莽。读毕，徘回池上良久。客曰："曷请诸守土圹祀？"余笑曰："二先生视六合犹敝屣，岂希此巢湖一块土耶！不圹不祀，何足为先生惜！独忆子舆氏曰：'圣人，百世之师也。'闻伯夷之风者，顽夫廉，懦夫有立志；闻柳下惠之风者，鄙夫宽，薄夫敦，夫以二先生之风，岂出夷惠下？乃今人顾若此以知闻夷惠之风而化者，犹非真顽、正懦、真鄙薄者也。"客俯而笑，仰而更叹。既归，爰纪其一时相语之言，而复为之赋。[②]

世浊耳难洗，清池委故墟。[③]荆榛高士碣，坛榭野人庐。名大无今古，祠荒任剪除。寂寥山郭外，好事客欷嘘。

注释：

①《同焦天如寻洗耳池有序》诗见 清 崔冕《素吟集》卷五五言律，清康熙刻本。

洗耳池：位于巢湖市东。相传巢父在池边牵牛饮水时，批评一代圣贤许由"浮游于世，贪求圣名"，许由自惭不已，立即用池中清水洗耳、拭双目，表示愿听从巢父忠告。后人为颂扬许由知错就改的美德，遂将该方池取名为"洗耳池"，"洗耳恭听"的典故也由此产生。后世又将巢父和许由并称为巢许。

②豪右：封建社会的富豪家族、世家大户。此处指地方豪强大族。▶《后汉书·明帝纪》："滨渠下田，赋与贫人，无令豪右得固其利。"

高蹈：此处指隐士。▶唐 皮日休《移元征君书》："如遁世不见知而不悔，则舜不为高蹈也，舜不为真隐也。"

守土：此处指地方官。▶唐 韩愈《袁州祭神文》之一："若守土有罪，宜被疾殃于其身；百姓可哀，宜蒙恩闵，以时赐雨。"

圹祀：此处指起坟立墓并祭祀。

敝屣：亦作"敝蹝"。意为破烂的鞋子，后引申为视同破鞋，有轻蔑轻视的意味在内。▶《孟子·尽心上》："舜视弃天下犹弃敝蹝也。"

懦夫、顽夫：懦夫，指软弱无能的人。顽夫，指贪婪的人。▶《孟子·万章下》："故闻伯夷之风者，顽夫廉，懦夫有立志。"

鄙夫、薄夫：鄙夫，指心胸狭窄的人。薄夫，指刻薄的人。▶《孟子·万章下》："故闻柳下惠之风者，鄙夫宽，薄夫敦。"

③故墟：遗址；废墟。▶《后汉书·冯衍传下》："忠臣过故墟而歔欷，孝子入旧室而哀叹。"

## 同焦天如登慈云阁引眺[①]

绛阁春风动，晴栏共客凭。湖山分面面，城市见层层。鱼笱牵三老，鹑衣补一僧。[②]静观诸法界，只欲叩金绳。[③]

注释：

①《同焦天如登慈云阁引眺》诗见 清 崔冕《素吟集》卷五五言律，清康熙刻本。

慈云阁：《康熙·巢县志》载："慈云阁，在县东门外。巢城湖水东去，形如反弓，风气不聚。明知县夏崇谦，因筑基于河水中央，建阁三层于其上，以塞水口，名曰慈云，取其荫庇兹土也。年久倾圮。万历己未，无为州守陈贤才来掌巢篆，同进士赵一韩、孝廉陆合新，重行鼎新。又于阁前增建大士殿。嗣后，孝廉李钺创议穿小桥，为环带水。及顺治年间，邑生员汤泽深慨，捐百余金为倡，更纠合邑绅衿捐助，再行修理，设立匾额，巍焕更胜于前。内虽僧人住持，因阁关系地方，故志于公署之末。"

②鱼笱：一种竹制渔具。编竹成篓，口有向内翻的竹片，鱼入内即不易出。

鹑衣：破烂的衣服。鹑尾秃，故称。语本《荀子·大略》："子夏贫，衣若县鹑。"

③静观：仔细审察；冷静观察。▶唐 王维《酬诸公见过》："静观素鲔，俯映白沙。"

法界：佛教语。梵语的意译，通常泛称各种事物的现象及其本质。▶《华严经·十通品》："入于真法界，实亦无所入。"

金绳：佛经谓离垢国用以分别界限的金制绳索。▶唐 李白《春日归山寄孟浩然》："金绳开觉路，宝筏度迷川。"

## 春仲张恕庵老师载酒同桐吴炎牧新安许子澜延令焦天如游王乔洞限韵二首有序[①]

国名巢伯，人企高士之风；洞号王乔，地拥神仙之迹。主人载觞于莺月，客子策蹇于花天。扪翠篠以探石门，山桃几树立苍岩，而招野鹤苔碣。余诗用步韵于前贤，爰纪游于今日。共歌水调，不嫌好事之讥；遥谢山灵，幸有同心之和。[②]

客屐艰登陟，樵柯任往还。[③]黄茅邻洞屋，赤石隔溪山。探穴防岩角，寻诗拭碣颜。桃花流水窟，全让老僧闲。

注释：

①《春仲张恕菴老师载酒同桐吴炎牧新安许子澜延令焦天如游王乔洞限韵二首有序》诗见 清 崔冕《素吟集》卷五五言律，清康熙刻本。

王乔洞：位于安徽省合肥市巢湖市北郊炭井村，1982年被公布为省级文物保护单位。"王乔古洞"为古巢县十景之一。《康熙·巢县志·古迹》："在县北十里，紫微山中。可容三百余人，长二十五丈，阔约一丈二三尺，高约一丈五六尺。东户阔四丈五尺，西户阔一丈二尺。壁上有大人手迹，王子乔、洪崖先生，俱于此得道，后闭穴而去。晋初，会稽道人游先生以杖拨开洞门，亦得仙去。山本名翠微，游先生居时，有紫云覆其上，遂名紫微。洞口有朱熹曾游到此数字，本《一统志胜》。宋阮美成诗并古今名咏，俱载《艺文志》。"

②策蹇：即策蹇驴。骑着跛蹇、驽弱的驴子。

步韵：也称次韵。即用他人诗作韵脚的原字及其先后次第来写诗唱和。始于唐代白居易同元稹的互相唱和，至宋而大盛。

纪游：记述旅游情况。

水调：曲调名。▶唐 杜牧《扬州》诗之一："谁家唱《水调》，明月满 扬州 。"自注："炀帝凿汴渠成，自造《水调》。"

遥谢：在远处表示感谢的心意。▶清 杨潮观《西塞山渔翁封拜》："只是圣德如天，其奈臣心如水。替我老朽，遥谢至尊。"

③登陟：登上。▶晋 孙绰《游天台山赋》序："举世罕能登陟，王者莫由禋祀，故事绝于常篇，名标于奇纪。"

樵柯：原指砍柴的斧头。柯，斧柄。此处指樵夫。▶唐 于濆《寒食》："素娥哭新冢，樵柯鸣柔桑。"

## 晚泊西口①



焦湖风浪由来恶，舟进西口心方落。②系缆河村密柳边，夕阳红下西山脚。③开篷携书待月明，柳梢月出凉风生。老眼苦花句难读，稳卧孤舟一枕横。

注释：

①《晚泊西口》诗见 清 崔冕《素吟集》卷二歌，清康熙刻本。

西口：即施口。

②由来：自始以来；历来。▶《易·坤》："臣弑其君，子弑其父，非一朝一夕之故，

③西山：指浮槎山。浮槎山古为合肥、巢湖界山。山之东侧为合肥，今肥东县地，俗称东大山；山之西，为巢湖地，俗称西大山。



## 白龙厂①

雨余天易晚，道阻客多穷。日月淹行李，山云逐转蓬。②地荒村落小，溪涨野桥通。屡问经过堡，人言互异同。

注释：

①《白龙厂》诗见 清 崔冕《素吟集》卷五五言律，清康熙刻本。

白龙厂：即今合肥市肥东县白龙镇。传说朱元璋所骑战马中有白龙驹，历经南征北战，死后即埋于此地，遂名白龙厂。又有曹操养马之说。按，此处应为明代马政养马之地，古曰厂。附近又有青龙厂，今并属白龙镇。

②转蓬：随风飘转的蓬草。▶《后汉书·舆服志》："上古圣人，见转蓬始知为轮。"

## 舟行自花塘河涉红黑二石嘴二首①

月斜张片席，日上过芦溪。②风缓樯无力，湖宽路不迷。渔舟烟出没，农舍树高低。七载花塘岸，沙边失旧蹊。

幸不生风浪，湖平一镜开。买鱼船到岸，沽酒客携罍。石嘴分红黑，波心忆往来。轻凭双桨荡，空响夕阳隈。③

注释：

①《舟行自花塘河涉红黑二石嘴二首》诗见 清 崔冕《素吟集》卷五五言律，清康熙刻本。

花塘河：位于巢湖半岛中庙境内，现为湿地公园。

红黑二石嘴：即红石嘴、黑石嘴。巢湖湖岸由于浸水的结果，岩嘴伸入湖中成半岛，洼地凹入内陆形成湖湾。红石嘴、黑石嘴属于石质湖岸，指岩嘴伸入湖中的湖岸，岸壁一般较短，受风浪淘蚀，发育有浪蚀穴，此外中庙嘴、槐林嘴、青龙嘴、龟山嘴等属此种类型。红石嘴、黑石嘴今属肥东县长临河镇管辖。

②片席：片帆，孤舟。▶唐 许浑《九日登樟亭驿楼》："鲈鲙与莼羹，西风片席轻。"

③空响：指空谷的回声。

## 龚孝绪先生招集稻香楼值雨①

蜀山云起正招寻，骤雨偏违好客心。鱼艇系残莲粉坠，凤笙停奏水龙吟。②画桥带柳过人晚，银烛生花入夜阴。③最是楼高寒不禁，细腰舞罢动秋砧。④

注释：

①《龚孝绪先生招集稻香楼值雨》诗见 清 崔冕《素吟集》卷六七言律，清康熙刻本。原诗标题下有作者自注："次芝麓先生韵。"

龚孝绪先生：即龚鼎孚(1617—1670)，字孝绪。清庐州合肥(今安徽省合肥市)人。龚鼎孳弟。贡生，官临安县训导、署仙居县知县。退归后，在合肥建稻香、水明二楼。敕授文林郎，以子嘉崃贵诰赠武德骑尉。著有《稻香楼诗集》及集韵诗《寻秋小草》。

②凤笙：乐器，笙。汉 应劭《风俗通·声音·笙》："长四寸、十二簧、像凤之身，正月之音也。"后因称笙为"凤笙"。

③夜阴：夜色；黑夜。▶南朝 梁 江淹《清思》："空闺饶远念，虚堂生夜阴。"

④秋砧：秋日捣衣的声音。▶北周 庾信《夜听捣衣》："秋砧调急节，乱杵变新声。"

## 寻左元放洞不见[①]

断桥垂柳几茅村，道是飞仙旧洞门。[②]游屐时寻花欲尽，掷杯事往石空存。[③]白鱼受网春流浅，黄犊凭河午岸暄。[④]不独周瑜坟上草，年年此际泣王孙。[⑤]

注释：

①《寻左元放洞不见》诗见 清 崔冕《素吟集》卷六七言律，清康熙刻本。

②飞仙：即左慈，字元放，道号乌角先生，东汉庐江郡人，著名方士。少居天柱山，研习炼丹之术。明五经，兼通星纬，学道术，明六甲，传说能役使鬼神，坐致行厨。《后汉书》说他少有神道。

③游屐：出游时穿的木屐。代指游踪。▶宋 王安石《韩持国从富并州辟》："何时归相过，游屐尚可蜡。"

④春流：春天的水流；春江。▶南朝 宋 谢灵运《山居赋》："跂温泉于春流，驰寒波而秋徂。"

凭河：1.徒涉过河。▶晋 葛洪《抱朴子·重言》："玩凭河者，数溺于水；好剧谈者，多漏于口。"2.背靠河岸。

⑤不独：不但，不仅。▶《韩非子·孤愤》："凡法术之难行，不独万乘，千乘亦然。"

周瑜坟：位于今安徽省合肥市庐江县庐城镇，始建于汉末，明正统七年(1442)，提学御史彭勖令知县黄金兰重加修葺，并立"吴名将周公瑾之墓"碑碣。

## 过龚孝绪先生稻香楼有感[①]

妙香亭共赏花时，记是春和上巳期。[②]弄檝舟牵新荇乱，登楼帘卷弱杨垂。红裙双劝留宾酒，白雪争飞即事诗。转眼风光台榭在，寒乌绕树早生悲。[③]

注释：

①《过龚孝绪先生稻香楼有感》诗见 清 崔冕《素吟集》卷六七言律，清康熙刻本。

②春和：春日和暖。▶《汉书·文帝纪》："方春和时，草木群生之物皆有以自乐。"

③寒乌：寒天的乌鸦。▶南朝 梁 沈约《愍衰草赋》："秋鸿兮疏引，寒乌兮聚飞。"

## 客久归登牛山值立春之二日[①]

乡园昨已知春到，欲便寻春未得寻。草色白犹霜外遍，柳痕青较腊前深。品题几费贪诗眼，怅望仍劳久客心。[2]十二年光如转轴，湖山今喜又登临。[3]

注释：

①《客久归登牛山值立春之二日》诗见 清 崔冕《素吟集》卷六七言律，清康熙刻本。

②诗眼：诗人的赏鉴能力、观察力。 ▶宋 苏轼《次韵吴传正〈枯木歌〉》："君虽不作丹青手，诗眼亦自工识拔。"

③年光：年华；岁月。 ▶南朝 陈 徐陵《答李颙之书》："年光遒尽，触目崩心，扶心含毫，诸不申具。"

## 葛遇朝

葛遇朝，字鼎如。明末清初巢县(今安徽省巢湖市)人。明崇祯七年(1634)甲戌科进士，初任山东莒州知州，"悉心抚字，用一缓二，渐次绥辑，民欣然有更生望。"调湖广澧州，"甫一载，治声四播，分较棘闱，所罗士一时号称得人。"晋户部员外。未几，告休归里，恬退绝不预户外事。性尤嗜书，年七旬，犹手不释卷。著有《春秋几鉴》《卓观堂诗文稿》。

### 登慈云阁[1]

大湖西南来，日夜急奔湍。宝阁势涌出，直上造云端。护持资象教，危构扰龙蟠。[2]背郭袈裟地，超遥域外观。[3]群山列屏嶂，起坐并高寒。矫首羲驭近，长空疾跳丸。[4]浩漾干气象，杳霭没林峦。[5]有时风雨过，萧条垫鹖冠。[6]天涯忽敛霁，金波漾层栏。缅想出世人，心期等汗漫。遐哉王子乔，谷口闻笙鸾。浮丘公何往，歌咏在渔竿。放眼川岩际，愈知天地宽。飞觞唤虹饮，凭虚振羽翰。[7]君看古历阳，千顷空波澜。

注释：

①《登慈云阁》诗见 清 陆龙腾《(康熙)巢县志》卷十九，清康熙十二年(1673)刊本。

②象教：释迦牟尼离世，诸大弟子想慕不已，刻木为佛，以形象教人，故称佛教为象教。 ▶南朝 梁元帝《内典碑铭集林序》："象教东流，化行南国。"

③超遥：高远；遥远。 ▶三国 魏 阮籍《清思赋》："超遥茫渺，不能究其所在。"

④羲驭：太阳的代称。羲和为日驭，故名。 ▶明 高启《广陵孙孝子爱日堂》："只愁老景苦骎骎，羲驭西驰疾飞鞚。"

⑤浩漾：水无际貌。 ▶《宋书·谢灵运传》："引修隄之逶迤，吐泉流之浩漾。"

杳蔼：亦作"杳霭"。云雾飘缈貌。 ▶唐 韩翃《题荐福寺衡岳暕师房》："晚送门人出，钟声杳霭间。”

⑥鹖冠：此处指隐士之冠。▶《文选·刘孝标〈辩命论〉》：“至于鹖冠瓮牖，必以悬天有期。”

⑦虹饮：传说虹下吸水。语出《汉书·燕剌王刘旦传》：“是时天雨，虹下属宫中饮井水，井水竭。”

## 王乔洞[①]

春风十里到山庭，不羡桃源数日停。涧道野桥吹小渌，石林沙草点新青。[②]何年胜地留仙住，及此游人唤酒醒。归去白云襟带满，翛然高卧草悬亭。

注释：

①《王乔洞》诗见 清 陆龙腾《(康熙)巢县志》卷十九，清康熙十二年(1673)刊本。原诗标题后有注：“步石壁韵。”

②小渌[lù]：渌，水清。引申为清澈的流水。

涧道：山涧通道。▶南朝 梁 王台卿《奉和往虎窟山寺》：“飞梁通涧道，架宇接山基。”

## 中秋谯楼落成[①]



湖天霞起最高楼，一眺烟岚欲尽收。夹毂欢闻歌不日，移床兴好坐中秋。[②]花城风露催青角，绮席匏弦掉白头。[③]佳胜即今应拚醉，骨如邂逅识荆州。[④]

注释：

①《中秋谯楼落成》诗见 清 陆龙腾《(康熙)巢县志》卷十九，清康熙十二年(1673年)刊本。原诗标题后有注：“和聂父母。”

②夹毂：夹毂队的省写。指南朝诸王亲兵。诸王出则夹车作卫队，故名。▶《宋书·海陵王休茂传》：“夜挟伯超及左右黄灵期……余双等，率夹毂队，于城内杀典籤杨庆。”

③青角：指鲜嫩的菱角。▶唐 白居易《看采菱》：“菱池如镜静无波，白点花稀青角多。”

绮席：盛美的筵席。▶唐太宗《帝京篇》之八：“玉酒泛云罍，兰殽陈绮席。”

④佳胜：指有名望地位的人。▶《晋书·会稽王道子传》：“今之贵要腹心，有时流清望者谁乎？岂可云无佳胜？直是不能信之耳。”



## 谯楼落成[①]

步檐俯瞩两东门，濡坞遥遥接旧屯。[②]锁钥于今高叔季，桑麻从此长儿孙。[③]石头涛涌星河动，湖口秋明渚溆暄。[④]咫尺蕊珠还属望，何当闻喜更开尊。[⑤]

注释：

①《谯楼落成》诗见 清 陆龙腾《(康熙)巢县志》卷十九，清康熙十二年(1673)刊本。原诗标题后有注："和聂父母。"

②步檐：檐下的走廊。▶汉 陆贾《新语·资质》："广者无舟车之通，狭者无步檐之蹊。"

③叔季：比喻事物不相上下。▶明 王世贞《艺苑卮言》卷六："明唐伯虎《报文徵明》，王稚钦《答余懋昭》二书，差堪叔季。"

④渚溆[zhǔ xù]：渚，水中小块陆地。溆，水边。

⑤属望：期望。▶《后汉书·李固传》："既拔自困殆，龙兴即位，天下喁喁，属望风政。"

## 九日饮牛山是日寒露[①]

江城白日满秋山，一眺招寻朋侣闲。[②]黄菊未开今月令，茱萸堪醉老人颜。[③]晴波泛景光千叠，烟树依空碧一湾。薄暮轻阴如欲散，归舆得御好风还。[④]

注释：

①《九日饮牛山是日寒露》诗见 清 陆龙腾《(康熙)巢县志》卷十九，清康熙十二年(1673)刊本。

②朋侣：朋友；同伴。▶唐 白居易《东南行》："万里抛朋侣，三年隔友于。"

③月令：指农历某个月的气候和物候。▶唐 庚光生《奉和刘采访缙云南岭作》："鸟讶山经传不尽，花随月令数仍稀。"

④轻阴：疏淡的树荫。与浓荫相对。▶南朝 梁 柳恽《长门怨》："秋风动桂树，流月摇轻阴。"

## 慈云阁[①]

平湖百里浸城隈，楼阁高衔暮景该。波撼云根寒兔起，烟栖风铎睡龙猜。[②]东流淝水空残垒，西渡浮丘自钓台。望远茫茫兼岁晚，心期聊寄掌中杯。[③]

注释：

①《慈云阁》诗见 清 陆龙腾《(康熙)巢县志》卷十九，清康熙十二年(1673)刊本。

②寒兔：指秋月。传说月中有玉兔，故称。▶唐 李贺《李凭箜篌引》："吴质不眠倚桂树，露脚斜飞湿寒兔。"

风铎：即风铃。▶唐 白居易《游悟真寺诗》："前对多宝塔，风铎鸣四端。"

③兼岁：谓不止一年。▶《晏子春秋·谏上二十》："士既事者兼月，疾者兼岁。"

心期：情绪，心境。▶明 汤显祖《牡丹亭·诊祟》："又不是困人天气，中酒心期，魆魆地常如醉。"

## 听书港并和二首①

旷野曾禁七日停，栖皇北首却重经。②旋车还许山灵识，驱铎应回鸟译听。③瑞世漫教歌凤殆，辟人忍复羡鸿冥。④可知草泽争倾注，楚国君臣自径庭。⑤

山城百里水千潴，洙泗源流汇一渠。⑥沅芷湘兰公子恨，金和玉节圣人居。⑦当年郢曲惭高唱，异日缁帷笑老渔。⑧澄碧更看长夜月，望洋莫漫测方诸。

注释：

①《听书港并和二首》诗见 清 陆龙腾《(康熙)巢县志》卷十九，清康熙十二年(1673)刊本。

②栖皇：同"栖遑"。指忙碌不安，奔忙不定。▶唐 陈子昂《夏日晖上人房别李参军崇嗣》："我辈何为尔，栖皇犹未平。"

③旋车：掉转车驾。▶汉 刘向《九叹·远游》："旋车逝于崇山兮，奏虞舜于苍梧。"

④瑞世：盛世。▶宋 向子諲《浣溪沙·老妻生日》词："叶上灵龟来瑞世，林间白鹤舞胎仙。"

辟人：避开坏人。指躲避无道之君。▶《论语·微子》："滔滔者，天下皆是也，而谁以易之？且而与其从辟之人士也，岂若从辟世之士哉？"

⑤径庭：谓从庭中横绝而过。引申为悬殊。谓相距甚远。▶清 钱谦益《永丰程翁七十寿序》："繇此观之，太公之教其子，视万石君岂不有径庭哉？"

⑥洙泗：洙水和泗水。古时二水自今山东省泗水县北合流而下，至曲阜北，又分为二水，洙水在北，泗水在南。春秋时属鲁国地。孔子在洙泗之间聚徒讲学。▶《礼记·檀弓上》："吾与女事夫子于洙泗之间。"后因以"洙泗"代称孔子及儒家。

⑦沅芷湘兰：又作"沅芷澧兰"。本指生于沅澧两岸的芳草，后用以比喻高洁的人或事物。典出《楚辞·九歌·湘夫人》："沅有芷兮澧有兰。"

⑧郢曲：泛指乐曲。战国 楚 宋玉《对楚王问》："客有歌于郢中者，其始曰《下里巴人》，国中属而和者数千人；其为《阳阿》《薤露》，国中属而和者数百人；其为《阳春白雪》，国中属而和者不过数十人；引商刻羽，杂以流徵，而和者数人而已。"

缁帷：喻林木繁茂之处。▶《庄子·渔父》："孔子游乎缁帷之林。"

## 鲁良材

鲁良材，字立生。清浙江余姚(今浙江省余姚市)人。拔贡。清初，署金华府别驾，兼署永康县事。因无嗣，徙居于巢，依龚、陆两婿为家，奉寿母尽孝。寿母一百岁，终于巢。公在巢邑联五老社，赋诗敲棋。著有《匏庵诗集》，寿八十六岁终，与母同葬万家山。

### 浚亚父井[1]

千载淹人杰，今兹表大贤。葺祠昭壮气，芟草酌甘泉。[2]似水官衙静，如霖民社天。卧牛山月白，处处沸歌弦。[3]

注释：

①《浚亚父井》诗见 清 陆龙腾《(康熙)巢县志》卷十九，清康熙十二年(1673)刊本。

②壮气：豪迈、勇壮的气概。▶《三国志·吴志·甘宁传》："宁厉声问鼓吹何以不作，壮气毅然，权尤嘉之。"

③歌弦：歌唱演奏。▶《史记·佞幸列传》："延年善歌，为变新声，而上方兴天地祠，欲造乐诗歌弦之。"



## 陆龙腾

陆龙腾，原字少文，后改字轺雯。一字云楼。明末清初庐州巢县(今安徽省巢湖市)人。康熙元年(1662)贡生，廷试第一。曾编纂《(康熙)巢县志》，诗文书画皆有声，为名士王士禄、马世俊激赏。王士禄札云："昔，探微著称于绘事，内史擅美于词章。窃谓古来能事，咸萃于平原，已为异事。门下乃复兼总众妙，各臻峰极。诚可驱钟王于笔端，卧苏米于腕下。都中有'南萧北陆'之目。恐区湖老于亳颖，颓秃未可方驾齐辔也。"有《柳浪草》《河干吟》《云楼集》。

### 葺亭亚父祠[1]

辟径调琴鹤，轩楹顿豁然。[2]剪茅开雪窦，甃石漱琼泉。杯剧风生坐，棋酣月到筵。公余频小憩，作吏应称仙。[3]

注释：

①《葺亭亚父祠》诗见 清 陆龙腾《(康熙)巢县志》卷十九，清康熙十二年(1673)刊本。

②轩楹：堂前的廊柱。借指廊间。▶唐 杜甫《画鹰》："绦镟光堪擿，轩楹势可呼。"

③作吏：谓担任官职。▶晋 嵇康《与山巨源绝交书》："游山泽，观鱼鸟，心甚乐之。一行作吏，此事便废。"

## 浚亚父井[1]

残甓荒阶古，离离蔓草侵。千年沧海变，一井碧泉深。藓破开生面，源搜荡素襟。[2]从前忧涸泽，此日化甘霖。[3]

注释：

①《浚亚父井》诗见 清 陆龙腾《(康熙)巢县志》卷十九，清康熙十二年(1673)刊本。

②素襟：本心。亦指平素的襟怀。▶晋 陶潜《乙巳岁三月为建威参军使都经钱溪》诗："一形似有制，素襟不可易。"

③涸泽：干枯的湖泊。▶《韩非子·说林上》："子独不闻涸泽之蛇乎？泽涸，蛇将徙。"

## 步于父母慈云阁韵[1]



杰构俯青嶂，崇台峙碧湍。[2]旭摇车盖影，飏簌薤纹澜。泼翠春杨浦，铺霞秋蓼干。序成王子重，图就米家颠。戏渚闲鸥度，穿檐好鸟跹。摩霄手尺五，梯月目穷千。[3]幻吐金湖蜃，浓蒸锦堞烟。杯浮玛瑙露，座入雨花天。莲龛深仰止，宝相允慈焉。[4]珠蕊方佳丽，石渠埒壮观。[5]

注释：

①《步于父母慈云阁韵》诗见 清 陆龙腾《(康熙)巢县志》卷十九，清康熙十二年(1673)刊本。于父母：指巢县县令于觉世。

②杰构：佳作。▶《四库全书总目·别集九·简斋集》："初，与义尝作《墨梅》诗，见知于徽宗；其后又以'客子光阴诗卷里，杏花消息两声中'句为高宗所赏，遂驯至执政，在南渡诗人之中最为显达，然皆非其杰构。"

③摩霄：接近云天，冲天。▶唐 慧净《和卢赞府游纪国道场》："株盘仰承露，刹凤俯摩霄。"

尺五：一尺五寸。极言离高处距离近。▶唐 杜甫《赠韦七赞善》诗"时论同归尺五天"自注："俚谚曰：'城南韦杜，去天尺五。'"

④莲龛：莲花形的佛龛。后泛指佛龛。▶唐 冯贽《云仙杂记·清高门户》："乐天语人曰：吾已脱去名利枷锁，开清高门户；但莲龛子母丹，不知何时可成。"

仰止：仰慕；向往。止，语助词。语出《诗·小雅·车舝》："高山仰止，景行行止。"▶宋姜夔《饶歌吹曲·沅之上》："真人方兴，百神仰止。"

⑤石渠：石渠阁的省称，又作"石阁"。为西汉皇室藏书之处，在长安未央宫殿北。▶《三辅黄图·阁》："石渠阁，萧何造。其下砻石为渠以导水，若今御沟，因为阁名。所藏入关所得秦之图籍。至于成帝，又于此藏祕书焉。"

## 治堂上梁时雨适至①

神君兴作相天星，动合阴阳任纬经。②积霭楼成开霁月，炎蒸堂就沐甘霖。③随时晴雨都成瑞，到处台池总谓灵。野老呼尊先牧唱，蓬窗簪笔待镌铭。④

注释：

①《治堂上梁时雨适至》诗见 清 陆龙腾《(康熙)巢县志》卷十九，清康熙十二年(1673)刊本。原诗标题后有注："上聂父母。"

聂父母：指巢县县令聂芳。聂芳，字桂侯，号鲁庵。邵武府建宁县(今福建省邵武市建宁县)人。岁贡。《(雍正)巢县志》载："历任七载，吏治勤劳，文章博赡。革现年以苏民困，立滚单以善催科，修废举坠，巢治一新。"

②神君：旧时对贤明官吏的敬称。▶《后汉书·荀淑传》："出补朗陵侯相，莅事明理，称为神君。"

兴作：兴造制作；兴建。▶《礼记·礼运》："是故夫政必本于天，殽以降命……降于山川之谓兴作。"

纬经：经纬，意指纵横交错。▶唐 韩愈《东都遇春》："岸树共纷披，渚牙相纬经。"

③"积霭楼成开霁月"句后有注："建谯楼时，久雨忽霁。"

④簪笔：谓插笔于冠或笏，以备书写。古代帝王近臣、书吏及士大夫均有此装束。▶《汉书·赵充国传》："(张安世)本持橐簪笔事孝武帝数十年，见谓忠谨，宜全度之。"

镌铭：铭记；铭刻。▶唐 韩愈《答张籍》："悔狂已咋指，垂诫仍镌铭。"

## 中秋谯楼落成①

彩栋连云矗应门，花城佳气入檐屯。②兴同庾亮探明月，候届南宫乐稻孙。③烟火千家开宿霭，明湖一抹放新暄。④公余雅喜抒觞咏，凭槛挥弦倒绿樽。⑤

注释：

①《中秋谯楼落成》诗见 清 陆龙腾《(康熙)巢县志》卷十九，清康熙十二年(1673)刊本。原诗标题后有注："上聂父母。"

②应门：照应门户。指守候和应接叩门的人。▶《庄子·让王》："原宪华冠縰履，杖藜

而应门。”

③稻孙：稻子收割后，其根得雨再生余穗，谓之“稻孙”。▶宋 叶寘《坦斋笔衡·稻孙》：“元章曰：‘秋已晚矣，刈获告功，而田中复青何也？’亟呼老农问之。农曰：‘稻孙也。稻已刈，得雨复抽余穗，故稚色如此。’”

④宿霭：久聚的云气。▶唐 张籍《新城甲仗楼》：“睥睨斜光彻，阑干宿霭浮。”

⑤绿樽：酒杯。▶南朝 梁 沈约《酬谢宣城朓诗》：“宾至下尘榻，忧来命绿樽。”

## 听书港并和二首[①]

车辙驰驱昔未停，萧凉林坞也曾经。冠裳匡坐依苇岸，蓑笠欣闻伫草汀。[②]古道仍披风日丽，高踪不共雨烟冥。[③]当年此地犹荒服，瞬息飞鸮集泮庭。[④]

蒙茸莎荻满沙潴，一溜寒波漾碧渠。[⑤]旧是榛苓鱼鸟畔，忽来皋比圣贤居。[⑥]尚余片石偎童牧，欲访残墟讯野渔。曲曲清光流不竭，依稀明月照方诸。[⑦]

注释：

①《听书港并和二首》诗见 清 陆龙腾《(康熙)巢县志》卷十九，清康熙十二年(1673)刊本。

②匡坐：正坐。▶《庄子·让王》：“原宪居鲁，环堵之室，茨以生草；蓬户不完，桑以为枢；而瓮牖二室，褐以为塞；上漏下湿，匡坐而弦。”

③高踪：发生在遥远的过去的事迹。《汉书·扬雄传上》：“轶五帝之遐迹兮，蹑三皇之高踪。”▶晋 陆云《盛德颂》：“绍轩辕之叡哲，越三代之高踪。”

④荒服：古代“五服”之一。指离京师二千到二千五百里的边远地方。亦泛指边远地区。▶《书·禹贡》：“五百里荒服。”

⑤蒙茸：葱茏。▶唐 罗邺《芳草》：“废苑墙南残雨中，似袍颜色正蒙茸。”

⑥榛苓：榛木与苓草。▶《诗·邶风·简兮》：“山有榛，隰有苓，云谁之思？西方美人。”

皋比：虎皮。古人坐虎皮讲学。后因以指讲席。▶唐 戴叔伦《寄禅师寺华上人次韵》之二：“禅心如落叶，不逐晓风颠。猊座翻萧瑟，皋比喜接连。”

⑦方诸：古代在月下承露取水的器具。▶《淮南子·览冥训》：“夫阳燧取火于日，方诸取露于月。”

俞聃，字鹰中。明末清初婺源(今江西省婺源县)人。有《慎妄集》。

# 暮春日庐阳过访二楼书院高谈竟日因次原韵奉酬①

骨血模糊沁两孤，素心相向孔为徒。②文章得失私先辈，诗酒飞扬谢后吾。③万劫不销春甲子，荒天真破古舆图。④时时欲拟重来酌，百尺层扳大手敷。⑤

注释：

①《暮春日庐阳过访二楼书院高谈竟日因次原韵奉酬》诗见 清 俞聃《两孤存》慎安集卷下，清康熙刻本。

②素心：本心；素愿。▶《晋书·孙绰传》："播流江表，已经数世，存者长子老孙，亡者丘陇成行，虽《北风》之思，感其素心，目前之哀，实为交切。"

③诗酒：做诗与饮酒；诗与酒。▶《南史·袁粲传》："粲负才尚气，爱好虚远，虽位任隆重，不以事务经怀，独步园林，诗酒自适。"

④荒天：指边远的地方。

舆图：地图。▶清 马廷槐《荆卿故里》："一卷舆图计已粗，单车竟入虎狼都。"

⑤大手：高手。指工于文辞的名家。▶唐 僧鸾《赠李粲秀才》："飒风驱雷暂不停，始向场中称大手。"



# 秋过庐阳步香花墩书院谒包孝肃遗像①

江山关节概儒流，正气隄防三百秋。②臣道常披心若水，刚肠毕照法中蠡。③冠裳一代香花立，签轴余音杳泗浮。④岂是士人能报宋，生何一拜梦回游。长壕转诉蜀腥流，怆恻迷离故国秋。⑤本是圣朝虚待制，致令嘉种黩骄蠡。⑥嫣然一笑清难俟，既往为儒浊已浮。风鹤偏全难再祚，残洍断土企余游。⑦

注释：

①《秋过庐阳步香花墩书院谒包孝肃遗像》诗见 清 俞聃《两孤存》慎安集卷下，清康熙刻本。

②儒流：儒士之辈。▶唐 杜甫《赠虞十五司马》："交态知浮俗，儒流不异门。"

隄防：管束；防备。▶《汉书·董仲舒传》："夫万民之从利也，如水之走下，不以教化隄防之，不能止也。

③臣道：为臣的道理和本分。▶《易·坤》："阴虽有美，含之以从王事，弗敢成也。地道也，妻道也，臣道也。地道无成，而代有终也。"

刚肠：指刚直的气质。▶《文选·嵇康〈与山巨源绝交书〉》："刚肠嫉恶，轻肆直言，遇事便发。"

④签轴：加有标签便于检取的卷轴。常用以泛称书籍，此处指画轴。▶宋 程俱《西安

谒陆蒙老大夫观著述之富戏用蒙老新体作》诗："高堂发新稿，重复罗籤轴。"

⑤原诗"长壕转诉蜀腥流，怆恻迷离故国秋。"句后有作者自注："庐(庐州)城两遭贼献(张献忠)屠戮。"

⑥嘉种：优良的谷种。▶《诗·大雅·生民》："诞降嘉种，维秬维秠。"

⑦风鹤：形容疑惧惶恐，自相惊扰。▶明 张煌言《上鲁国主启》："若轻为移跸，则风鹤频惊，臣罪谁诿?"

## 焦湖风雨阻感①

风风雨雨说无聊，说尽愁肠若派焦。②白日升沉谁继烛，苍天肮葬我良宵。③文章命薄盱辰世，心事更阑诉子潮。④舟际迁流惟水国，湘魂窟语触言招。⑤古巢形势不须更，今日凭君吊远情。⑥诗酒寻常非独妙，湖山百八觊长乘。⑦修鲸簸荡天同宅，失雁追随影一鸣。⑧世外有身拈发发，自将天地认沾缨。⑨

注释：

①《焦湖风雨阻感》诗见 清 俞聃《两孤存》慎妄集卷下，清康熙刻本。

②愁肠：忧思郁结的心肠。▶南朝 齐 谢朓《秋夜讲解》："沉沉倒营魄，苦荫蹙愁肠。"

③继烛：连续点燃蜡烛。▶唐 戴叔伦《留别宋处士》："留欢方继烛，此会岂他人。"



④辰世：此处指尘世。

子潮：自然现象。指出现在子夜前后的潮水。

⑤迁流：流放；贬逐。▶《淮南子·泰族训》："赵王迁流于房陵，思故乡，作为山水之讴，闻者莫不殒涕。"

⑥远情：深情。▶南朝 齐 谢朓《奉和随王殿下》之二："星回夜未艾，洞房凝远情。"

⑦长乘：《山海经》所记载的神，由天的九德之气所生。形貌像人却长着犳的尾巴，主管嬴母山。见《山海经·卷二·西山经》："西水行四百里，曰流沙，二百里至于嬴母之山，神长乘司之，是天之九德也。其神状如人而犳尾。"

⑧簸荡：飘荡。▶南朝 宋 鲍照《拟行路难》诗之八："阳春沃若二三月，从风簸簜荡西家。"

⑨发发：风吹迅疾貌，亦像疾风声。▶《诗·小雅·四月》："冬日烈烈，飘风发发。"郑玄笺："发发，疾貌。"

沾缨：泪水浸湿冠缨。指痛哭、悲伤。▶《淮南子·缪称训》："雍门子以哭见孟尝君，涕流沾缨。"

## 龚鼎孳

龚鼎孳(1615—1673)，字孝升，号芝麓。明末清初江南合肥(今安徽省合肥市)人。少年聪慧，擅制艺、诗赋、古文。明崇祯七年(1634)甲戌科进士，授兵科给事中。李自成破北京，授直指使。入清，起为吏科给事中。顺治间与冯铨等相倾轧，降官。康熙间历任刑、兵、礼部尚书，屡疏为江南请命，又为傅山、阎尔梅开脱，为士人所称。谥"端毅"。

洽闻博学，工诗善书，又善山水。诗文与钱谦益、吴伟业并称"江左三大家"。其诗标举兴会，感慨兴亡，声情悲壮，成就逊于钱、吴。其词雕搜彩致，仍归生色真香。著有《定山堂集》四十七卷，其中《诗集》四十三卷，《诗余》(又名《香严词》)四卷。

### 筝笛浦[①]

美人画舫娇歌舞，烟鬟无数沉黄土。[②]香魂一片化湘云，千年尚听残萧鼓。[③]萧鼓残，君莫哀，曾闻孟德风流处，卖屐分香铜雀台。[④]

注释：

①《筝笛浦》词见 清 左辅 纂修《(嘉庆)合肥县志》卷三十一，黄山书社2006年版，第530页。

②烟鬟：指妇女的鬓发。亦形容鬓发美丽。▶唐 韩愈《题炭谷湫祠堂》："祠堂像侔真，擢玉纡烟鬟。"

③香魂：美人之魂。▶唐 沈佺期《天官崔侍郎夫人卢氏挽歌》："偕老何言谬，香魂事永违。"

④卖屐分香铜雀台：典出 汉 曹操《遗令》："吾婢妾与伎人皆勤苦，使著铜雀台，善待之。于台堂上安六尺床施繐帐，朝晡上脯备之属，月旦、十五日，自朝至午，辄向帐中作伎乐。汝等时时登铜雀台，望吾西陵墓田。余香可分与诸夫人，不命祭。诸舍中无所为，可学作组履卖也。。"旧时比喻人临死念念不忘妻儿。

### 为王鸣石郡侯书扇[①]

雨过城荫碧淑长，画龙采鹢斗芳塘。使君心似冰壶月，不闻荷香闻稻香。[②]

千村花柳映凫鸥，府主清廉岁有秋。[③]租吏缓来兵甲远，野夫直卧稻香楼。[④]

注释：

①《为王鸣石郡侯书扇》诗见 清 龚鼎孳《定山堂诗集》卷四十二七言绝句诗七，清康熙

十五年(1676)吴兴祚刻本。

②冰壶:盛冰的玉壶。借指月亮或月光。▶唐 元稹《献荥阳公》:"冰壶通皓雪,绮树眇晴烟。"

③有秋:丰收,有收成;丰年。▶《书·盘庚上》:"若农服田力穑,乃亦有秋。"

④野夫:草野之人,农夫。用作自己的谦称。▶唐 黄滔《严陵钓台》:"终向烟霞作野夫,一竿竹不换簪裾。"

## 纳凉稻香楼之荷亭[①]

波面微凉菡萏时，一帘人影漾芳池。披襟不用愁消渴，玉手亭亭送素磁。

注释:

①《纳凉稻香楼之荷亭》诗见 清 龚鼎孳《定山堂诗集》卷四十二七言绝句诗七,清康熙十五年(1676)吴兴祚刻本。

## 初返居巢感怀[①]



失路人归故国秋，飘零不敢吊巢由。[②]书因入雒传黄耳，乌为伤心改白头。[③]明月可怜销画角，花枝莫遣近高楼。[④]台城一片歌钟起，散入南云万点愁。[⑤]

杜鹃声到碧云头，短剑长歌一夕休。南渡公卿今北去，西兴笳鼓又东流。离宫露冷芙蓉漏，别雁风吹杜若洲。[⑥]莫为青门伤冷落，种瓜人是旧王侯。

十年流浪鬓如丝，归及河山杜宇时。[⑦]天宝事多宫监咽，临春梦往月华悲。[⑧]销魂畏奏金微笛，薄命谁怜玉镜眉。[⑨]一曲雨淋花落尽，逢人犹诵断肠诗。

注释:

①《初返居巢感怀》诗见 清 龚鼎孳《定山堂诗集》卷十七七言律诗二,清康熙十五年(1676)吴兴祚刻本。

②巢由:巢父和许由的并称。相传皆为尧时隐士,尧让位于二人,皆不受。因用以指隐居不仕者。▶《汉书·薛方传》:"尧舜在上,下有巢由。"

③黄耳:晋陆机所饲名犬名。▶金 元好问《怀益之兄》:"黄耳定从秋后到,白头新自夜来生。"

④画角:古管乐器。传自西羌。形如竹筒,本细末大,以竹木或皮革等制成,因表面有彩绘,故称。发声哀厉高亢,古时军中多用以警昏晓,振士气,肃军容。帝王出巡,亦用以报警戒严。▶南朝 梁 简文帝《折杨柳》:"城高短箫发,林空画角悲。"

⑤台城：古代守城拒敌的设备。▶《墨子·备高临》："羊黔者，将之拙者也，足以劳卒，不足以害城。守为台城，以临羊黔，左右出，巨各二十尺，行城三十尺。"

南云：南飞之云。常以寄托思亲、怀乡之情。▶晋 陆机《思亲赋》："指南云以寄款，望归风而效诚。"

⑥离宫：正宫之外供帝王出巡时居住的宫室。▶《史记·刘敬叔孙通列传》："孝惠帝曾春出游离宫。"

杜若：香草名。多年生草本，高一二尺。叶广披针形，味辛香。夏日开白花。果实蓝黑色。▶《楚辞·九歌·湘君》："采芳洲兮杜若，将以遗兮下女。"

⑦杜宇：即杜鹃鸟。▶宋 王安石《杂咏绝句》之十五："月明闻杜宇，南北总关心。"

⑧天宝：此处指唐玄宗年号天宝(742—756年)。

⑨销魂：谓灵魂离开肉体。此处形容极其哀愁。▶南朝 梁 江淹《别赋》："黯然销魂者，唯别而已矣。"

## 秦虞桓过得树轩话旧[①]

夏木交阴薜荔垂，故人颜色此披帷。[②]京华那得衔杯兴，灯火回看载笔时。[③]万事风波惊晚暮，七年离别感栖迟。[④]公车好对严徐诏，吾道同心欲向谁。[⑤]

注释：

①《秦虞桓过得树轩话旧》诗见 清 龚鼎孳《定山堂诗集》卷二十九七言律诗十四，清康熙十五年(1676)吴兴祚刻本。

②薜荔：植物名。又称木莲。常绿藤本，蔓生，叶椭圆形，花极小，隐于花托内。果实富胶汁，可制凉粉，有解暑作用。

披帷：拨开帷幕。▶《史记·项羽本纪》："交戟之卫士欲止不内，樊哙侧其盾以撞，卫士仆地，哙遂入，披帷西向立，瞋目视项王。"

③衔杯：谓饮酒。▶清 曹寅《送亮生南还兼寄些山先生》："风廊微照两衔杯，能待城闉簇骑回。"

④栖迟：亦作"栖犀"。此处指滞留。▶《后汉书·冯衍传下》："久栖迟于小官，不得舒其所怀，抑心折节，意凄情悲。"

⑤严徐：汉武帝文学侍臣严安、徐乐的并称。▶唐 常衮《晚秋集贤院即事寄徐薛二侍郎》："北朝荣庾薛，西汉盛严徐。"

## 六日饮孝积弟新居[①]

春市萧条野陌通，城阴今日又东风。遥知芳杜生江国，渐有啼莺出旧丛。[②]渐有啼莺出旧丛，词客临觞吟白苎。[③]荆花棣萼深怜惜，肠断天涯草色中。[④]

注释：

①《六日饮孝积弟新居》诗见 清 龚鼎孳《定山堂诗集》卷十八七言律诗三，清康熙十五年(1676)吴兴祚刻本。

②江国：河流多的地区。多指江南。▶唐 李白《献从叔当涂宰阳冰》："秀句满江国，高才掞天庭。"

③临觞：犹言面对着酒。觞，酒杯。▶晋 陆机《短歌行》："置酒高堂，悲歌临觞。"

白苎：乐府吴舞曲名。▶明 陈汝元《金莲记·就逮》："黄帽雨中游，《白苎》闲时听。"

青骢：毛色青白相杂的骏马。

④荆花：即紫荆花。春天开花，花紫红色，布满全枝，连成一片，烂漫如朝霞。比喻兄弟昆仲同枝并茂。▶宋 刘克庄《三月二十五日饮方校书园》："伯兄乃汉司徒掾，季子亦唐行秘书。只愿荆花常烂熳，莫令瓜蔓稍稀疏。"

棣萼：比喻兄弟。▶唐 杜甫《至后》："梅花一开不自觉，棣萼一别永相望。"

## 八日郊行兼哭伯父雍篪公[①]

晴郊坦步共行歌，村舍萧疏雀可罗。[②]落日林塘回玉勒，春田苔藓出金戈。[③]灌园自老西山蕨，问世难逢北里禾。扣策过车憔悴甚，新愁一夕长烟莎。



注释：

①《八日郊行兼哭伯父雍篪公》诗见 清 龚鼎孳《定山堂诗集》卷十八七言律诗三，清康熙十五年(1676)吴兴祚刻本。

雍篪公：即龚方肃(1583—1646)，字雍篪，一字员可，号虎玉。清庐州合肥(今安徽省合肥市)人。龚鼎孳伯父。廪监生，以侄孙士稹贵貤赠通议大夫。有《钵衲庵文集一卷诗七卷》。

②坦步：安然地步行。▶《后汉书·班超梁慬传赞》："定远慷慨，专功西遐。坦步葱雪，咫尺龙沙。"

③玉勒：指马。▶唐 杜牧《夏州崔常侍自少常亚列出领麾幢十韵》："别风嘶玉勒，残日望金茎。"

金戈：1.戈的美称。▶ 南朝 齐 谢朓《侍宴华光殿曲水诗》："翠葆随风，金戈动日。"2.借指雄师劲旅，威武的军士。▶ 明 张四维《双烈记·家庆》："金戈绣袄马前呼，野外人家惊未睹。"3.借指武职。▶ 明 唐顺之《谢赐银币表》："伏念臣铅刀微器，袜线短才，谬承韦弁之司，忝属金戈之役。"

## 留别燕友[①]

门外骊驹即各天，春波吹度木兰船。病逢远别难辞酒，衣恋重阴未改绵。[②]蝶梦易迷三月草，乌啼可记五侯烟。[③]暮云横笛愁如许，莫道龙标不似前。[④]

注释：

①《留别燕友》诗见 清 龚鼎孳《定山堂诗集》卷十八七言律诗三，清康熙十五年(1676)吴兴祚刻本。

燕友：即王纲。王纲(1725—1816)，字燕友，一字思龄。清庐州合肥(今安徽省合肥市)人。顺治九年(1652)庚戌科进士，官刑部郎，改兵部督捕。振滞狱，释株连。冬日，流徙出关者，施衣絮汤粥。选授巡仓御史，终通政司参议。有《甖鹤亭集》十二卷。

②重阴：此处指阴雨。▶ 三国魏 曹植《赠王粲》："重阴润万物，何惧泽不周？"

③蝶梦：典出《庄子·齐物论》："昔者庄周梦为胡蝶，栩栩然胡蝶也，自喻适志与！不知周也。俄然觉，则蘧蘧然周也。不知周之梦为胡蝶与，胡蝶之梦为周与？周与胡蝶，则必有分矣。此之谓物化。"后因以"蝶梦"喻迷离惝恍的梦境。此处指超然物外的玄想心境。▶ 宋 张孝祥《水调歌头·泛湘江》："蝉蜕尘埃外，蝶梦水云乡。"

乌啼：指琴曲《乌夜啼引》或《乌啼引》。

五侯：此处泛指权贵豪门。▶唐 韩翃《寒食》："日暮汉官传蜡烛，轻烟散入五侯家。"

④龙标：犹龙榜、龙虎榜。▶宋 张先《天仙子·郑毅夫移青社》："龙标名第凤池身，堂阜远，江桥晚，一见湖山看未遍。"



## 留别秦虞桓[①]

轻风忽起子规天，绿遍蘼芜上已船。[②]玉案情多翻白雪，香泥恨重湿红绵。油车渐近江城柳，春袖遥笼画阁烟。徐淑秦嘉都绝世，一双花锦酒垆前。[③]

注释：

①《留别秦虞桓》诗见 清 龚鼎孳《定山堂诗集》卷十八七言律诗三，清康熙十五年(1676年)吴兴祚刻本。

②蘼芜：草名。芎藭的苗，叶有香气。▶隋 薛道衡《昔昔盐》："垂柳覆金堤，蘼芜叶复齐。"

③秦嘉：东汉诗人。《玉台新咏》有嘉《赠妇诗》三首，嘉妻徐淑答诗一首，叙夫妇惜别互矢忠诚之情，为历代所传诵。

## 善持君梂南归六如上人礼忏有作因和原韵[①]

经年业海逐申韩，暂脱窥笼梦亦安。[②]广柳人分三月雨，青莲露洒六根寒。身为杜宇啼归晚，佛散名花笑劫残。愧负生公频说法，黄泉碧落断肠看。[③]

注释：

①《善持君梂南归六如上人礼忏有作因和原韵》诗见 清 龚鼎孳《定山堂诗集》卷三十一七言律诗十六，清康熙十五年(1676)吴兴祚刻本。

善持君：即"秦淮八艳"之一的顾媚。顾媚在嫁给龚鼎孳后，改姓徐，字智珠，号横波。龚鼎孳昵称其为"善持君"。

礼忏：佛教语。谓礼拜佛菩萨，诵念经文，以忏悔所造之罪恶。通称拜忏。

②业海：佛教语。谓世间种种恶因如大海、故称"业海"。

申韩：战国时法家人物申不害和韩非的并称。后世以"申韩"代表法家。亦以称申韩之学。

③生公：晋末高僧竺道生的尊称。相传生公曾于苏州虎丘寺立石为徒，讲《涅槃经》。至微妙处，石皆点头。▶唐 李绅《鉴玄影堂》："深夜月明松子落，俨然听法侍生公。"



## 灯夕饮李湘北太史斋中[①]

灯火论文旧酒楼，清狂裘马不须愁。[②]恼人花又开韦曲，弹泪歌谁说杜秋。[③]雪过传相千嶂霁，身拚秉烛一春游。长期海甸销金角，玉管银罂坐两头。[④]

铜街虬箭出龙楼，胜日烟花醉不愁。[⑤]从此好春连上巳，可容圆月让中秋。五侯鲭合星桥宴，十日酺欢帝里游。人坐玉堂天似水，急呼莲炬照词头。[⑥]

注释：

①《灯夕饮李湘北太史斋中》诗见 清 龚鼎孳《定山堂诗集》卷三十一七言律诗十六，清康熙十五年(1676)吴兴祚刻本。

李湘北：即李天馥(1635—1699)，字湘北，号容斋。清庐州合肥(今安徽省合肥市)人。顺治十五年(1658)戊戌科进士，仕至吏部尚书、武英殿大学士。卒谥"文定"。著有《容斋千首诗》《容斋诗余》。

②清狂：放逸不羁。▶晋 左思《魏都赋》："仆党清狂，怵迫闽濮。"

裘马：轻裘肥马。形容生活豪华。语出《论语·雍也》："赤之适齐也，乘肥马，衣轻裘。"

③韦曲：地名。▶唐 杜甫《奉陪郑驸马韦曲》诗之一："韦曲花无赖，家家恼杀人。"

杜秋：即杜秋娘。亦代指妓女。▶唐 杜牧《杜秋娘》："京江水清滑，生女白如脂。其间杜秋者，不劳朱粉施。”

④银罂：亦作“银甖”。银质或银饰的贮器。用以盛流质。

⑤铜街：洛阳铜驼街的省称。借指闹市。▶南朝 梁 沈约《丽人赋》：“狭斜才女，铜街丽人。”

虬箭：古时漏壶中的箭。水满箭出，用以计时。箭有虬纹，故称。▶唐 王勃《干元殿颂序》：“虬箭司更，银漏与三辰合运。”

龙楼：指朝堂。▶唐 蒋防《题杜宾客新丰里幽居》：“已去龙楼籍，犹分御廪储。”

胜日：指亲友相聚或风光美好的日子。▶金 刘仲尹《秋日东斋》：“胜日一樽能笑客，更须官鼓候晨挝。”

⑥莲炬：莲花形的蜡烛。▶前蜀 杜光庭《中元众修金箓斋词》：“焰九光之莲炬，下照冥津；飘三素之檀烟，上闻真域。”

词头：朝廷命词臣撰拟诏敕时的摘由或提要。▶唐 白居易《中书寓直》：“病对词头惭彩笔，老看镜面愧华簪。”

## 采桑子·湖楼坐月[1]

一湖风漾当楼月，凉满人间。我与青山，冷淡相看不等闲。　　藕花社榜疏狂约，绿酒朱颜。放进婵娟，今夜纱窗可忍关。[2]

注释：

①《采桑子·湖楼坐月》词见 清 龚鼎孳《定山堂诗余》卷一，清康熙十五年(1676)吴兴祚刻本。

②疏狂：豪放，不受拘束。▶唐 白居易《代书诗寄微之》：“疏狂属年少，闲散为官卑。”

婵娟：形容月色明媚。此处指代明月或月光。▶宋 苏轼《水调歌头》：“但愿人长久，千里共婵娟。”

## 满江红·吊林和靖先生墓[1]

薇圃芝岑，分幽派、孤山一曲。碧乱剪、此乡如画，鹤天梅屋。[2]度阁松云炊午饭，绕溪香雪飘寒玉。[3]恣登临，信宿辄忘归，苔阶绿。[4]　　无官职，东篱菊；有主客，王犹竹。竟廉花立柳，涧林无辱。[5]西禅东封何限事？[6]灌园卖药生涯足。[7]我欲扶残，醉访高坟，春鸥熟。

注释：

①《满江红·吊林和靖先生墓》词见 清 龚鼎孳《定山堂诗余》卷二，清康熙十五年(1676)吴兴祚刻本。

林和靖:号林逋,北宋初年钱塘人,隐居西湖孤山。二十年不入城市。

②鹤天梅屋:林逋不娶,植梅养鹤,称梅妻鹤子。

③香雪:指梅花。▶清 余怀《板桥杂记·丽品》:"轩左种老梅一树,花时香雪霏拂几榻。"

寒玉:比喻清冷雅洁的东西,如水、月、竹等。▶唐 李群玉《引水行》:"一条寒玉走秋泉,引出深萝洞口烟。"

④信宿:谓两三日。▶唐 萧颖士《舟中遇陆棣兄西归》:"信宿千里余,佳期曷由遇?"

⑤廉:堂的侧边。

⑥西禅东封:帝王祭天地的典礼。

⑦灌园:浇灌园圃,从事田园劳动。后谓退隐家居。▶唐 陈子昂《感遇》诗之十八:"灌园何其鄙,皎皎于陵中。"

## 贺新郎·和曹实庵舍人赠柳叟敬亭[①]

鹤发开元叟。[②]也来看、荆高市上,卖浆屠狗。[③]万里风霜吹短褐,游戏游戏侯门趋走。卿与我、周旋良久。绿鬓旧颜今改尽,叹婆娑、人似桓公柳。空击碎,唾壶口。　江东折戟沉沙后。过青溪、笛床烟月,泪珠盈斗。老矣耐烦如许事,且坐旗亭呼酒。判残腊、销磨红友。[④]花压城南韦杜曲,问球场、马弰还能否。斜日外,一回首。



注释:

①《贺新郎·和曹实庵舍人赠柳叟敬亭》词见 清 龚鼎孳《定山堂诗余》卷四,清康熙十五年(1676)吴兴祚刻本。

曹实庵:曹贞吉(1643—?),字迪清,号实庵。山东安丘人。康熙三年(1664)进士,官至礼部郎中。

柳敬亭:(1587—1670),明末泰州人。本姓曹,因犯法避捕改姓柳。善说书。

②鹤发:白发,借指柳敬亭。

③荆高:荆轲和高渐离的并称。后泛指任侠行义的人。▶清 陈维崧《贺新郎·题沙介臣词》:"索米长安非失策,看掀髯,意气雄河朔。荆高辈,未萧索。"

④残腊:农历年底。▶唐 李频《湘口送友人》:"零落梅花过残腊,故园归去又新年。"

红友:酒的别称。▶清 朱彝尊《迈陂塘·答沈融谷即送其游皖口》:"留君且住,唤红友传杯,青猿剪烛,伴我夜深语。"

秦咸，字虞桓。清庐州合肥(今安徽省合肥市)人。康熙时以明经入太学，汇考中书第一，负性豪迈，学问淹博，好客挥金，不乐仕进。“辟潭影园，筑酣绿亭，于池上栽花种竹，日与名流唱和。”著有《潭影堂诗集》《酣绿亭诗集》《前后游燕草》等。

## 中庙[1]

赫赫雄名庙水涯，入门惊见坐柔嘉。[2]香林下植将军树，绮径惟开帝女花。[3]四面晴峰来远黛，一湖秋水浸浮槎。[4]下方饶有烟霞气，疑是金庭羽士家。

注释：

①《中庙》诗见 清 左辅 纂修《(嘉庆)合肥县志》卷第三十一，清嘉庆八年(1803)修、民国九年(1920)重印本。本诗或为李天馥作，见 清 李天馥《容斋千首诗》，民国王揖唐《广德寿重光集》本第一辑第一种，据清光绪三十年(1904)集虚草堂本影印。

②柔嘉：形容柔和美善。▶《诗·大雅·烝民》：“仲山甫之德，柔嘉维则。”

③香林：禅林。▶唐 储光羲《题眄上人禅居》：“江流映朱户，山鸟鸣香林。”

将军树：借指大树。典出《后汉书·冯异传》：“每所止舍，诸将并坐论功，异常独屏树下，军中号曰‘大树将军’。”▶北周 庾信《预麟趾殿校书和刘仪同》：“月落将军树，风惊御史乌。”亦用为建立军功之典。

④浮槎：指浮槎山，传说山自海上浮来。位今安徽省肥东县石塘镇境内，为肥东、巢湖界山，两侧居民俗呼为东大山(肥东)，西大山(巢湖)。

## 登镇淮楼[1]

把酒层楼眺大荒，旧基城北带沧浪。[2]江淮树拥新春色，吴楚烟销古战场。[3]人倚风云通帝座，诗成台阁羡仙郎。[4]与公重有凌云构，落日鸿归度晓霜。[5]

注释：

①《登镇淮楼》诗见 完颜海瑞《合肥诗词》，安徽文艺出版社2011年版，第206页。

②大荒：荒远的地方；边远地区。▶《山海经·大荒东经》：“东海之外，大荒之中，有山名曰大言，日月所出。”

③烟销：谓烧毁。▶唐 章碣《焚书坑》：“竹帛烟销帝业虚，关河空锁祖龙居。”

④帝座：帝王的座位。▶晋 陆机《辩亡论上》：“旋皇舆于夷庚，反帝座乎紫闼。”

⑤凌云：直上云霄，多形容志向崇高或意气高超。▶《史记·司马相如列传》：“相如既

奏《大人》之颂，天子大说，飘飘有凌云之气，似游天地之闲意。”

鸿归：鸿雁归飞。后形容书法笔势俊逸。▶南朝 宋 鲍照《飞白书势铭》：“差池燕起，振迅鸿归。”

王玑[kǒng]，字君美。清庐州合肥(今安徽省合肥市)人。工诗善画。其父王日乾，字季谦，明末江南合肥诸生。

### 夜怀诗[①]

雨溅桃花柳放烟，蘪香人隔海潮前。一轮新月三更影，半在寒江半在天。

注释：

①《夜怀诗》见 民国 李家孚《合肥诗话》三卷卷上，民国苏城临顿路毛上珍铅活字本。



## 方思

方思(1616—1665)，原名孔炳，字尔孚，号退拈。清江南桐城(今安徽省桐城市)人。县学生。

### 过金斗假憩僧庐兼怀龚谐王李秀升秦虞恒龚鸣玉孝绪孝积伯通诸子[①]

教弩台前寺，别来二十年。空门逃劫火，破殿续香烟。几个僧皆老，三间屋借眠。相逢询市巷，何处故家迁。[②]

注释：

①《过金斗假憩僧庐兼怀龚谐王李秀升秦虞恒龚鸣玉孝绪孝积伯通诸子》诗见 清 卓尔堪《遗民诗》卷六，清康熙刻本。

金斗：指合肥。

僧庐：意为寺庙，此处特制合肥明教寺。

李秀升：李秀，字秀升。甲午恩贡生，喜读书。与龚鼎孳相友善，亦有诗名。见《(嘉庆)合肥县志·人物传》。

伯通：龚士稹(1634—1689)，字伯通，号千谷。龚鼎孳长子。顺治十四年(1657)丁酉科副榜，以荫官工部虞衡司员外郎，历官至湖广按察司佥事。所至以廉明闻。见《(嘉庆)合肥县志·人物传》

②市巷：街市里巷。▶《晋书·姚兴载记下》："市巷讽议，皆言陛下欲有废立之志。"

故家：世家大族；世代仕宦之家。▶《孟子·公孙丑上》："纣之去武丁，未久也。其故家遗俗，流风善政，犹有存者。"

## 程汝璞

程汝璞，字素人，号蕉鹿。明末清初庐州合肥(今安徽省合肥市)人。顺治四年(1647)丁亥科进士。任咸宁、上饶知县，擢户曹，官至浙江提学道。工诗，雅近唐人风格。

### 姥山夜泊[1]

一舟轻似叶，欸乃泊秋山。[2]蔬酌临风举，篷窗带月关。目随青嶂远，心与白云闲。渔火菰蒲外，凌波自往还。[3]

注释：

①《姥山夜泊》诗见 清 左辅 纂修《(嘉庆)合肥县志》卷第三十一，清嘉庆八年(1803)修、民国九年(1920)重印本。

②欸乃：象声词。摇橹声。▶唐 元结《欸乃曲》："谁能听欸乃，欸乃感人情。"题注："棹舡之声。"

③凌波：此处指波涛。▶《文选·曹植〈与吴季重书〉》："若夫觞酌凌波在前，箫笳发音于后，足下鹰扬其体，凤观虎视，谓萧曹不足俦，卫霍不足侔也。"

### 焦山晚眺[1]

日落湖光敛，山浮数点苍。风高千帆急，雨洗万峰凉。波阔鱼龙静，天空雁鹜翔。闲心似秋色，随意寄沧浪。

注释：

①《焦山晚眺》诗见 清 左辅 纂修《(嘉庆)合肥县志》卷第三十一，清嘉庆八年(1803)修、民国九年(1920)重印本。

焦山：焦山，即狮岩，为姥山岛的别称。姥山岛文峰塔前有一巨石，形似雄狮，名"护塔狮”，俗称“狮岩”。

## 读书湖心草堂[①]

万顷苍涛一碧浮，凭虚直欲问丹邱。[②]春潮帆外收吴楚，夜月尊前落斗牛。风雨自来山谷响，尘埃不到啸歌幽。[③]登临常作凌虚意，手揽云烟接素秋。[④]

注释：

①《读书湖心草堂》诗见 清 左辅 纂修《（嘉庆）合肥县志》卷第三十一，清嘉庆八年（1803）修、民国九年（1920）重印本。

②凭虚：此处指凌空。▶南朝 梁 袁昂《古今书评》：“张伯英书如汉武帝爱道，凭虚欲仙。”

③啸歌：长啸歌吟。▶《诗·小雅·白华》：“啸歌伤怀，念彼硕人。”

④素秋：秋季。古代五行之说，秋属金，其色白，故称素秋。▶汉 刘桢《鲁都赋》：“及其素秋二七，天汉指隅，民胥祓禊，国于水游。”

# 曹尔堪



曹尔堪（1617—1679），字子顾，号顾庵。清浙江嘉善（今浙江省嘉兴市嘉善县）人。顺治九年（1652）壬辰进士，授编修，官侍讲学士。多识掌故。工诗。为柳州词派盟主，与宋琬、沈荃、施闰章、王士禄、王士祯、汪琬、程可则并称为“海内八大家”或“清八大诗家”。填词与山东曹申吉齐名，称“南北二曹”。罢归后，优游田园间。著有《南溪文略》《南溪词》。

## 捣练子·庐州光华寺旅怀[①]

江北路，廨东头。白帢青骡绊客愁。[②]梧雨滴残蛩语咽，他乡明日是中秋。[③]

注释：

①《捣练子·庐州光华寺旅怀》诗见 清 孙默《十五家词·卷八·曹尔堪〈南溪词〉》上卷，清文渊阁四库全书本。

光华寺：似为广华寺。《（嘉庆）合肥县志》载：“在土街。〈旧志〉：‘宋咸平元年（998）建。’”

②白帢：白色便帽。▶晋 张华《博物志》卷九：“汉中兴，士人皆冠葛巾。”

③蛩语：蟋蟀鸣叫声。▶唐 周贺《送石协律归吴》：“夜随净渚离蛩语，早过寒潮背井行。”

# 王凤鼎

王凤鼎，字内实，号冶山。清庐江（今安徽省庐江县）人。王永年之子。顺治四年（1647）丁亥科进士，工部营缮司主事。

## 寿星朗和尚[1]

释理本通元，琴弹岂用弦。一灯传实际，四海诵弥天。[2]履只飞何获，眉绀致已鬈。[3]仙筹焉敢数，吾欲问怜蚿。[4]

注释：

①《寿星朗和尚》诗见 民国 陈诗 编 章梦芙 参订《冶父山志》六卷，卷四诗歌，民国25年（1936）木刻本。

②实际：此处为佛教语。指"真如""法性"境界。犹言实相。▶《金光明最胜王经》卷一："实际之性，无有戏论，惟独如来证实际法戏论永断，名为涅槃。"

③绀[gàn]：稍微带红的黑色。

鬈[quán]：1.（头发）弯曲。2.形容头发美。

④怜蚿：典出《庄子·秋水》："夔[kuí]怜蚿[xián]，蚿怜蛇，蛇怜风，风怜目，目怜心。"意为独脚的夔羡慕多脚的蚿，多脚的蚿羡慕无脚的蛇，无脚的蛇羡慕无形的风，无形的风羡慕明察外物的眼睛，明察外物的眼睛羡慕内在的心灵。"蚿，马陆。又名蝍、百足、马蚿、蛆蟝、马蚰、秦渠、飞蚿虫、马轴、蚼、千足、刀环虫、马蠸、百节虫。属无脊椎动物，多足纲，倍足亚纲，体节组成长约20—35毫米，暗褐色，背面两侧和步肢赤黄色。性喜阴湿，一般生活在草坪土表岑、土块、方块下面，或土缝内，一般白天潜伏，晚间活动。中医入药可治症积；痞满；胃痛食少；痈肿；毒疮。

## 登冶父剑池次吴中丞韵[1]

一峰削处见平台，山落祠光送翠来。牵老薜萝红覆壁，影沉风雨绿刊苔。初春催鸟娇还咽，古洞囊风昼不开。[2]剑气只今犹在斗，空濛野马拂如灰。[3]

注释：

①《登冶父剑池次吴中丞韵》诗见 清 吴宾彦修 王方岐纂《（康熙）庐江县志》卷十六，清康熙三十七年（1698）刻本。

②囊风：典出《文选·宋玉〈风赋〉》："夫风生于地，起于青苹之末，侵淫谿谷，盛怒于土囊之口。"李善 注："土囊，大穴也。"后以"囊风"称怒风。

③空濛：亦作“空蒙”。迷茫貌；缥缈貌。▶南朝 齐 谢朓《观朝雨》：“空濛如薄雾，散漫似轻埃。”

## 过冶父山寺①

何事愚公入谷居，道情深重世情疏。②茶酣时有惊人句，剑舞还成濡发书。岂曰黄粱俱诞幻，欲从白社醉空虚。③千年桑海刹那倾，水映长天月自如。

注释：

①《过冶父山寺》诗见 清 吴宾彦修 王方岐纂《（康熙）庐江县志》卷十六，清康熙三十七年（1698）刻本。

②愚公：泛指隐者。▶唐 高适《封丘作》：“州县才难适，云山道欲穷。揣摩惭黠吏，栖隐谢愚公。”

③白社：借指隐士或隐士所居之处。▶南朝 梁 萧统《锦带书十二月启·林钟六月》：“但某白社狂人，青缃末学。”

## 石鱼岭①



生态依然石是肤，茸蒙何异隐菰芦。②琴高醉后乘来鲤，元放筵前钩出鲈。③矫首不须愁涸辙，凌空直欲饮长湖。④江城藉有悬鱼宰，清誉羊公擅得无。⑤

注释：

①《石鱼岭》诗见 清 吴宾彦修 王方岐纂《（康熙）庐江县志》卷十六，清康熙三十七年（1698）刻本。

②生态：生动的意态。▶唐 杜甫《晓发公安》：“邻鸡野哭如昨日，物色生态能几时。”

茸蒙：即蒙茸。指葱茏丛生的草木。▶宋 苏轼《后赤壁赋》：“履巉岩，披蒙茸。”

菰芦：菰和芦苇。借指隐者所居之处；民间。▶三国 蜀 诸葛亮《称殷礼》：“东吴菰芦中，乃有奇伟如此人。”

③琴高：传说为周末赵人，能鼓琴，后于涿水乘鲤归仙。▶汉 刘向《列仙传·琴高》：“琴高，周末赵人，能鼓琴，为宋康王舍人，浮游冀州涿郡间。后与诸弟子期，入涿水取龙子，某日当返。至期，弟子候于水旁，琴高果乘鲤而出。留一月，复入水去。”

④矫首：昂首；抬头。▶金 元好问《出京》：“矫首孤云飞，西南路何永。”

涸辙：犹搁浅。▶清 钱泳《履园丛话·祥异·海兽》：“海潮退后，有一兽涸辙沙滩，长八尺余，色纯黑，毛如海虎。”

⑤悬鱼宰：指东汉羊续悬鱼事。典出《后汉书·羊续传》：“府丞尝献其生鱼，续受而悬于庭；丞后又进之，续乃出前所悬者以杜其意。”后以“悬鱼”指为官清廉。▶《晋书·姚兴载

记下》:“然明不照下,弗感悬鱼。”

施闰章(1618—1683),字尚白,号愚山、蠖斋。清江南宣城(今安徽省宣城市)人。顺治六年(1649)己丑科进士,授刑部主事。十八年(1661),举博学鸿儒,授侍讲,预修《明史》,进侍读。所至有治绩。文章醇雅,尤工于诗,与宋琬有“南施北宋”之名。有《学余堂文集》《试院冰渊》《青原志略补辑》《矩斋杂记》《蠖斋诗话》。

### 灯夕送梅孝廉不次还肥[1]

射策初回旧草堂，华灯雪夜劝君觞。[2]忽看归客成征客，转逐它乡作故乡。金斗城边江路远，瞿硎山畔洞门荒。[3]青春画角关心甚，离思遥随驿柳长。

注释:

①《灯夕送梅孝廉不次还肥》诗见 清 施闰章《学余堂集》诗集卷三十八七言律,清文渊阁四库全书本。原诗标题后有注:“梅久客肥水,暂归宣城,闻兵警复去。”

梅孝廉:指明末清初画家梅清。梅清(1623—1697),字渊公,号瞿山,安徽宣城人。顺治十一年(1654)举人,考授内阁中书,与石涛交往友善,相互切磋画艺。石涛早期的山水,受到他的一定影响,而他晚年画黄山,又受石涛的影响。所以石涛与梅清,皆有“黄山派”巨子的誉称。善诗和书法,并著有《天延阁集》《瞿山诗略》,画有《黄山纪游》册。

②射策:汉代考试取士方法之一。泛指应试。▶唐 皮日休《三羞》诗序:“丙戌岁,日休射策不上,东退于肥陵。”

③瞿硎山:指文脊山,位于今安徽省宁国市港口镇山门村附近,高409米。上有山门洞,一名石门,又称灵岩。东晋太和年间(366—371),名士瞿硎在此隐居。

## 聂芳

聂芳,字桂候,号鲁庵。清福建建宁(今福建省邵武市建宁县)人。以明经授巢县县令。《(嘉庆)庐州府志》载其“历任七载,吏治勤劳,文章博赡。革现年以苏民困,立滚单以善催科。修举坠废,巢治一新。”著有《巢湖留韵》《存耕堂诗草》。

## 六月牛山纵览[1]

极目无穷际，投怀只水天。人家渔网外，塔影夕阳边。渡竞三更月，桥横万里船。只应谢时雨，种秫满公田。

习池风日美，河朔饮诸贤。[2]境幻蕉边鹿，人疑秋后蝉。峰情矜卓尔，湖意任苍然。[3]莫漫求勾漏，还当乞酒泉。[4]

披襟当好雨，骨节倍珊珊。[5]避暑频移席，乘舟快弄丸。[6]三吴无俗客，六月有寒官。[7]但饱丹砂去，无忧翀举难。[8]

五载湖边客，今兹得未曾。[9]碧筒堪命酒，蜡屐胜传灯。[10]雨过花魂爽，云倾鸟势崩。敢夸山简达，只愧上方僧。

注释：

①《六月牛山纵览》诗见 清 陆龙腾《(康熙)巢县志》卷十九，清康熙十二年(1673)刊本。原诗标题后有注“会时正倾注十二首之四”。

②习池：即习家池。古迹名。一名高阳池。在湖北襄阳岘山南。后多借指园池名胜。▶《晋书·山简传》：“简镇襄阳，诸习氏荆土豪族，有佳园池，简每出游嬉，多之池上，置酒辄醉，名之曰高阳池。”

河朔饮：指夏日避暑之饮或酣饮。典出《初学记》卷三引 三国 魏 曹丕《典论》：“大驾都 许，使光禄大夫刘松北镇袁绍军，与绍子弟日共宴饮，常以三伏之际，昼夜酣饮，极醉，至于无知。云以避一时之暑，故河朔有避暑饮。”

③卓尔：形容超群出众。▶《论语·子罕》：“既竭吾才，如有所立卓尔。”

④勾漏：亦作“勾屚”。山名。在今广西北流县东北。有山峰耸立如林，溶洞勾曲穿漏，故名。为道家所传三十六小洞天的第二十二洞天。见《云笈七签》卷二七。汉置勾漏县，隋废。▶《晋书·葛洪传》：“以年老，欲炼丹以祈遐寿，闻交阯出丹，求为勾屚令。”

⑤骨节：此处指人的品性气质。▶清 黄景仁《送温舍人汝适归广州》：“我昔献赋来田间，骨节疏顽性孤鲠。”

⑥弄丸：古代的一种技艺，两手上下抛接好多个弹丸，不使落地。▶《庄子·徐无鬼》：“昔市南宜僚弄丸，而两家之难解。”

⑦寒官：冷清卑微的官职。▶《南齐书·倖臣传·纪僧真》：“自寒官历至太祖冠军府参军、主簿。”

⑧翀举：谓成仙升天。▶明 胡应麟《少室山房笔丛·双树幻钞引》：“翀举轮回，二者均幻也。”

⑨今兹：今年。▶《左传·僖公十六年》："今兹鲁多大丧，明年齐有乱。"

⑩命酒：命人置酒；饮酒。▶唐 白居易《琵琶行》序："遂命酒，使快弹数曲。"

传灯：佛家指传法。佛法犹如明灯，能破除迷暗，故称。▶唐 崔颢《赠怀一上人》诗："传灯遍都邑，杖锡游王公。"

## 早春登慈云阁即事[1]

岂有如斯阁，褰帷不一登。[2]冰顽还片片，春好得层层。心冷全如水，官闲半似僧。午钟闻梵吹，趺坐愧南能。[3]

注释：

①《早春登慈云阁即事》诗见 清 陆龙腾《(康熙)巢县志》卷十九，清康熙十二年(1673)刊本。

②褰帷：亦作"褰帏"。撩起帷幔。指为官吏接近百姓，实施廉政之典。出《后汉书·贾琮传》："琮为冀州刺史。旧典，传车骖驾，垂赤帷裳，迎于州界。及琮之部，升车言曰：'刺史当远视广听，纠察美恶，何有反垂帷裳以自掩塞乎？'乃命御者褰之。"▶《梁书·刘孝绰传》："方且褰帷自厉，求瘼不休。"

③南能：指唐代佛教禅宗南宗创始人慧能。▶唐 雍陶《同贾岛宿无可上人院》："还因爱闲客，始得见南能。"

## 慈云阁观竞渡[1]

楼高能百尺，遐瞩忝清班。[2]野旷添畴绿，林开见树殷。[3]云慈频恋阁，雨暴莽辞山。遗事思江汉，些骚未敢删。

注释：

①《慈云阁观竞渡》诗见 清 陆龙腾《(康熙)巢县志》卷十九，清康熙十二年(1673)刊本。

②遐瞩：远眺，远望。▶唐 赵冬曦《奉和张燕公早霁南楼》："方曙跻南楼，凭轩肆遐瞩。"

清班：清贵的官班。多指文学侍从一类臣子。▶唐 白居易《初授拾遗献书》："岂意圣慈，擢居近职……未申微功，又擢清班。"

③野旷：荒野空阔。▶南朝 宋 谢灵运《初去郡》："野旷沙岸净，天高秋月明。"

## 开门山道中①

去家二千里，此地似闽山。峰面当人面，云关恰水关。崖容殊绀碧，花色幻朱殷。②苦为三刀梦，蹉跎两鬓斑。③

注释：

①《开门山道中》诗见 清 陆龙腾《（康熙）巢县志》卷十九，清康熙十二年（1673）刊本。原诗标题后有注："离城八十里。"

②绀碧：天青色；深青透红色。▶唐 李景亮《李章武传》："其色绀碧，质又坚密，似玉而冷，状如小叶。"

朱殷：赤黑色。▶《左传·成公二年》："张侯曰：'自始合，而矢贯余手及肘，余折以御，左轮朱殷，岂敢言病。'"

③三刀梦：亦省作"刀梦"。指官吏的调迁高升。典出《晋书·王濬传》："（王）濬夜梦悬三刀于卧屋梁上，须臾又益一刀，濬惊觉，意甚恶之。主簿李毅再拜贺曰：'三刀为州字，又益一刀，明府其临益州乎！'……果迁濬为益州刺史。"▶唐 雍陶《宿嘉陵驿》诗："今宵难作刀州梦，月色江声共一楼。"



## 皖行宿十字河①

十字河边柳似金，薰风甘雨入瑶琴。人家鸡犬桃源谱，农事殷勤击壤心。②柘影帘纤沾月浅，山云浓至得春深。遥怜马仆催明发，午夜惟闻铃铎音。

注释：

①《皖行宿十字河》诗见 清 陆龙腾《（康熙）巢县志》卷十九，清康熙十二年（1673）刊本。原诗标题后有注："本名石次河，离城七十里。"

②击壤：《艺文类聚》卷十一引 晋 皇甫谧《帝王世纪》："（帝尧之世）天下大和，百姓无事，有五十老人击壤于道。"后因以"击壤"为颂太平盛世的典故。▶南朝 宋 谢灵运《初去郡》诗："即是羲唐化，获我击壤情。"



## 十字河早发①

驿舍莺花不负春，征鞍到处拂红尘。峰情傲睨难兄弟，柳色参差互主宾。②官路如弦怜去马，皇恩似盖感劳臣。③太平鸟兽皆咸若，何事黄鹂狠骂人。④

注释：

①《浚亚父井》诗见 清 陆龙腾《(康熙)巢县志》卷十九，清康熙十二年(1673)刊本。

②井干：亦作“井榦”。井上围栏。▶《庄子·秋水》：“出跳梁乎井干之上，入休乎缺甃之崖。”

## 阎允縠

阎允縠，字公戬，号乾三。清庐州巢县(今安徽省巢湖市)人。顺治九年(1652)壬辰科进士，授庆阳府司理。“首以孝弟风谕士民，政务一崇宽简，郡俗骎骎向风。”后为同官所嫉，微罪罢归。奉养父母至孝，侍汤药，衣不解者累月。父母逝后，以积劳病卒。

### 浚亚父井[①]

碎斗雄犹在，荒祠蜗篆侵。[②]哲人操鉴别，怀古独情深。饬桷栖灵爽，探泉涤俗襟。[③]椅桐皆手泽，春雨沁膏霖。[④]

注释：

①《浚亚父井》诗见 清 陆龙腾《(康熙)巢县志》卷十九，清康熙十二年(1673)刊本。

②蜗篆：蜗牛爬行时留下的涎液痕迹，屈曲如篆文，故称。▶宋 毛滂《玉楼春·僕前年当重九》词：“泥银四壁盘蜗篆，明月一庭秋满院。”

③俗襟：世俗的襟怀。▶宋 文同《入谷马上》诗之四：“爱此嵓泉好，临流浣俗襟。”

④椅桐：椅树和梧桐树，或专指椅树。▶《诗·鄘风·定之方中》：“树之榛栗，椅桐梓漆。”手泽：犹手汗。后多用以称先人或前辈的遗墨、遗物等。▶《礼记·玉藻》：“父没而不能读父之书，手泽存焉尔。”

## 喻珩

喻珩，清江西南昌(今江西省南昌市)人。顺治十二年(1655)乙未科进士，无为州知州。“刚正明决，精于吏治，人不敢欺。”

### 芙蓉岭[①]

满目劳人马复车，行来徒自叹居诸。[②]众山欲响谋新句，一未能支识旧庐。遍看云烟笼色相，遥闻钟磬应诗书。不知几涉高高路，又向禅房问野蔬。

注释：

①《芙蓉岭》诗见 清 陆龙腾《(康熙)巢县志》卷十九，清康熙十二年(1673)刊本。

②劳人：此处指劳苦之人。▶《旧五代史·晋书·高祖纪》："己亥，罢洛阳、京兆进苑囿瓜果，悯劳人也。"

居诸：典出《诗·邶风·柏舟》："日居月诸，胡迭而微。"孔颖达 疏："居、诸者，语助也。"后用以借指日月、光阴。

王仁深(？—约1696)，清河南仪封(今属河南省开封市兰考县)人。举人。康熙二十六年(1687)知庐江，卒于官。聪明刚断，有惠人之风。见《名宦传》。

## 和前韵[1]

迢递岚光溪水边，潆洄殊胜说从前。[2]花明楼阁红千树，柳荫人家绿一川。[3]霁色凌空高下燕，晴云鼓棹往来船。[4]遥瞻冶父穹窿处，无数峰头拱玉巅。[5]

绣水繁华记有年，如今尚见旧潺湲。长河泻浪波纹绕。曲岸沙明鱼藻眠。霄汉通来临月窟，翠微摇曳落芳田。[6]自因疏导无劳力，讵羡功高令是仙。

聊慰舆情作浚川，微名因逊古人贤。[7]暇来问句山头月，兴到鸣琴竹里泉。石壁矗云张翠幕，桥虹倒影漱清涟。[8]山城自有风华处，愧比兰亭逸少传。

山笼螺黛水笼烟，眼底晴光漾画船。[9]几处峰围开锦嶂，数行杉影绘云天。稻肥莫问棠荫绿，畔易何须花径妍。[10]愿得桑麻称岁稔，村茅听唱晚风前。[11]

注释：

①《和前韵》诗见 清 吴宾彦修 王方岐纂《(康熙)庐江县志》卷十六，清康熙三十七年(1698)刻本。前韵指许可宾《赠声翁王邑侯浚河纪绩四章》。

②岚光：山间雾气经日光照射而发出的光彩。▶唐 李绅《若耶溪》："岚光花影绕山阴，山转花稀到碧浔。"

③一川：一条河流。▶《汉书·沟洫志》："独一川兼受数河之任。"

④鼓棹：亦作"鼓櫂"。划桨。▶《晋书·陶称传》："鼓棹渡江二十余里。"

⑤遥瞻：犹遥望。▶唐 张籍《小院春望宫池柳色》："遥瞻万条柳，回出九重城。"

⑥月窟：传说月的归宿处。▶《汉武帝内传》："仰上升绛庭，下游月窟阿。"

⑦浚川：疏通河道。▶《书·舜典》："封十有二山，濬川。"孔 传："有流川，则深之使通利。"

⑧清涟：谓水清澈而有细波纹。语本《诗·魏风·伐檀》："河水清且涟猗。"后多连文。▶南朝 宋 谢灵运《过始宁墅》："白云抱幽石，绿篠媚清涟。"

⑨螺黛：喻指盘旋高耸的青山。▶清 魏源《湘江舟行》诗之三："三转出螺黛，如人临镜笑。"

⑩花径：花间的小路。▶南朝 梁 庾肩吾《和竹斋》："向岭分花径，随阶转药栏。"

⑪岁稔：年成丰熟。▶唐 白居易《泛渭赋》："上乐时和岁稔，万物得其宜。"

## 赵献

赵献，字文叔。清庐州巢县(今安徽省巢湖市)人。康熙时诸生。著有《芝屿集》。

### 游圆通寺[1]

九峰胪列最嵯峨，中有香台锁薜萝。[2]山外湖光天外尽，洞前云气佛前多。武陵人共桃花老，缑岭箫随鹤背过。拄杖褰衣穷绝壁，飞扬我欲起高歌。

注释：

①《游圆通寺》诗见 清 陆龙腾《(康熙)巢县志》卷十九，清康熙十二年(1673)刊本。

②胪列：犹陈列。▶清 褚人穫《坚瓠十集·真若虚传》："山珍海错，纷然胪列。"

嵯峨：此处指山高峻的样子。▶唐 唐彦谦《送许户曹》："将军楼船发浩歌，云樯高插天嵯峨。"

### 白云山谒张子房遗像[1]

白云山顶白云飞，客子穿云入翠微。[2]翠微呼吸通天门，中有福地留侯祠。[3]野夫下拜问行藏，千载惟公麟凤姿。[4]一出为韩终臣节，再出为汉兴王基。[5]指挥顿令祖龙死，谈笑坐致西楚疲。[6]一朝用尽黄石计，七尺便从赤松去。[7]方外烟霞别有情，侯家簪组偶然事。[8]见机不复待弓藏，辟谷还须炼丹助。[9]选胜得兹湖上山，千岩万壑修真处。[10]后穿灵洞垂蕊珠，前挹清泉飞瀑布。麋鹿当门去且来，猿猱绕树啼无数。我来正值早春天，杏花带雨柳含烟。清风彷佛见丰度，流水如闻奏管弦。[11]汉陵不睹旧时迹，古庙居然屡代前。丈夫颜色如美女，英雄慷慨即神仙。[12]华表但能常白鹤，沧海从他悲杜鹃。[13]君不见，山南十里楚歌岭，岭上歌声时复引。当日战士今樵夫，一般天籁何者永。又不见，山外十里散兵村，村中芳草满平原。遍寻故垒不知处，春鸟无情依旧鸣。项家事已矣，刘氏更奚为。一入山中作道士，似觉从前帷幄非。借问商山四老人，羽翼太子何时归。呜呼！先生何不留与共岩居。[14]

注释：

①《白云山谒张子房遗像》诗见 清 陆龙腾《(康熙)巢县志》卷十九，清康熙十二年(1673)刊本。

②客子：此处指离家在外的人。▶宋 蒋捷《虞美人·梳楼》："天怜客子乡关远，借与花消遣。"

③留侯：即张良。张良(约前250—前186)，字子房，河南颍川城父(今河南宝丰)人，秦末汉初杰出的谋士、大臣，与韩信、萧何并称为"汉初三杰"。张良协助汉高祖刘邦在楚汉战争中最夺得天下，帮助吕后扶持刘盈登上太子之位，被封为留侯。精通黄老之道，不留恋权位，传说晚年跟随赤松子云游。去世后，谥"文成"。

④行藏：此处指出处或行止。语本《论语·述而》："用之则行，舍之则藏。"▶晋 潘岳《西征赋》："孔随时以行藏，蘧与国而舒卷。"

⑤一出：谓出生或出现一次。▶《商君书·农战》："今夫螟螣蚼蠋，春生秋死，一出而民数年不食。"



⑥祖龙：此处指秦始皇嬴政。▶唐 胡曾《咏史诗·东海》："自是祖龙先下世，不关无路到蓬莱。"

坐致：轻易获得；轻易达到。▶《孟子·离娄下》："天之高也，星辰之远也，苟求其故，千岁之日至，可坐而致也。"

⑦黄石：此处指黄石公授与张良的兵书《黄石公三略》。▶《后汉书·儒林传上·杨伦》："当断不断，《黄石》所戒。"

七尺：指身躯。人身长约当古尺七尺，故称。▶南朝梁 沈约《齐太尉王俭碑铭》："倾方寸以奉国，忘七尺以事君。"

赤松：即赤松子。▶汉 王充《论衡·无形》："赤松、王乔，好道为仙，度世不死。"

⑧侯家：犹侯门。指显贵人家。▶明 何景明《明月篇》："侯家台榭光先满，戚里笙歌影乍低。"

簪组：冠簪和冠带。▶唐 王维《留别丘为》："亲劳簪组送，欲趁莺花还。"

⑨见机：识机微，辨情势。▶唐 胡曾《骕骦》："行行西至一荒陂，因笑唐公不见机。"

弓藏：《史记·淮阴侯列传》："上令武士缚信，载后车。信曰：'果若人言，狡兔死，良狗烹；高鸟尽，良弓藏；敌国破，谋臣亡。天下已定，我固当亨！'"后因以"弓藏"指功成被弃。▶宋 孙光宪《北梦琐言》卷三："李太师建定难之勋，怀弓藏之虑，武宁保境，止务图存。"

⑩选胜：寻游名胜之地。▶唐 张籍《和令狐尚书平泉东庄近居李仆射有寄十韵》："探幽皆一绝，选胜又双全。"

⑪丰度：优美的举止神态。▶元 石民瞻《清平乐·题桐花道人吴国良卷》："吴郎丰度，邂逅春城暮。"

⑫丈夫：犹言大丈夫。指有所作为的人。▶唐 孟郊《答姚怤见寄》："君有丈夫泪，泣人不泣身。"

颜色：此处指表情；神色。▶《论语·泰伯》："正颜色，斯近信矣。"

⑬华表：古代设在桥梁、宫殿、城垣或陵墓等前兼作装饰用的巨大柱子。设在陵墓前的又名"墓表"。一般为石造，柱身往往雕有纹饰。▶北周 庾信《燕歌行》："定取金丹作几服，能令华表得千年。"又指房屋外部的华美装饰。▶《文选·何晏〈景福殿赋〉》："皓皓旰旰，丹彩煌煌，故其华表则镐镐铄铄，赫奕章灼。"

⑭岩居：山居，多指隐居山中。▶《庄子·达生》："鲁有单豹者，岩居而水饮，不与民共利。"

## 过八公山用谢元晖韵有序[①]

志载有两八公山，一属寿州，为淮南王安与八宾客修炼所。一属居巢，为八老人求见淮南王处。盖谢咏者寿州，而予咏者居巢也。

修坂面湖滨，崇冈背淝澳。松高飘萝带，石古绣苔服。昔时开朱第，今日成广陆。虽无仙侣芝，犹有淮王竹。秋林澹以遥，晚径仄而复。居人几忘情，游客独留目。[②]村落各鸡犬，场圃同黍谷。[③]一局洞口棋，几更县中牧。[④]膏火徒自煎，夏日将谁曝。往来初侯勤，兴灭电光倏。荣名不足希，大道亦须淑。[⑤]经涂忆芳踪，临岐戒危轴。[⑥]念兹屡烽烟，幸不异陵谷。[⑦]山空来远声，云净如新沐。蓬岛或难求，土室良可筑。



注释：

①《过八公山用谢元晖韵有序》诗见 清 陆龙腾《(康熙)巢县志》卷十九，清康熙十二年(1673)刊本。

②忘情：无喜怒哀乐之情。引申为感情上不受牵挂。▶清 蒲松龄《聊斋志异·青凤》："生失望，乃辞叟出，而心萦萦，不能忘情于青凤也。"

留目：犹注目，注视。▶《南齐书·刘琎传》："琎与友人孔澈同舟入东，澈留目观岸上女子，琎举席自隔，不复同坐。"

③场圃：指收获等农事。▶唐 李肇《唐国史补》卷上："(玄宗)欲西幸。裴稷山、张曲江谏曰：'百姓场圃未毕，请待冬中。'"

④一局：下棋一次。▶《南史·萧惠基传》："齐高帝使思庄与王抗交赌，自食时至日暮，一局始竟。"

⑤大道：谓成仙之道。泛指很高的道行。▶清 袁枚《新齐谐·镜山寺僧》："(钱塘王孝

廉)语其戚曰:‘予前世镜山寺僧某也,修持数十年几成大道。’”

⑥经涂:亦作“经途”。亦作“经涂”。南北向的道路。▶《周礼·考工记·匠人》:“国中九经九纬,经涂九轨。”

临岐:亦作“临歧”。本为面临歧路,后亦用为赠别之辞。▶唐 杜甫《送李校书》:“临岐意颇切,对酒不能吃。”

⑦陵谷:此处比喻自然界或世事巨变。▶郭沫若《西江月》:“能教沧海变桑田,陵谷一朝转换。”

## 雨夜宿芙蓉庵①

湖山越百里,中有化城地。碧汉开芙蓉,诸天时来去。②伊予怀行役,驱马雨中至。③古木锁苍烟,孤馆森寒气。秋花空复香,委落泥涂际。④鹤唳应僧声,猿鸣惨客意。⑤十年负尘嚣,未惬买山志。⑥兹宵分半榻,精心方有会。明发苦相违,留此谢朓句。

注释:

①《雨夜宿芙蓉庵》诗见 清 陆龙腾《(康熙)巢县志》卷十九,清康熙十二年(1673)刊本。



②碧汉:银河。亦指青天。▶隋 江总《和衡阳殿下高楼看妓》:“起楼侵碧汉,初日照红妆。”

诸天:佛教语。指护法众天神。佛经言欲界有六天,色界之四禅有十八天,无色界之四处有四天,其他尚有日天、月天、韦驮天等诸天神,总称之曰诸天。▶南朝宋 谢灵运《昙隆法师诔》序:“且三界回沈,诸天倏瞬。”

③行役:旧指因服兵役、劳役或公务而出外跋涉。▶《诗·魏风·陟岵》:“嗟!予子行役,夙夜无已。”

④泥涂:亦作“泥涂”。亦作“泥途”。污泥;淤泥。▶《庄子·田子方》:“弃隶者,若弃泥涂,知身贵于隶也。”

⑤鹤唳:鹤鸣。▶清 王充《论衡·变动》:“夜及半而鹤唳,晨将旦而鸡鸣。”

⑥尘嚣:世间的纷扰、喧嚣。▶晋 陶潜《桃花源》:“借问游方士,焉测尘嚣外。”

未惬:犹不满意。▶《隋书·礼仪志一》:“帝既受周禅,恐黎民未惬,多说符瑞以耀之。”

山志:记述山川名胜的文章。▶隋 江总《入摄山栖霞寺诗序》:“率制此篇,以记岁月;俾后来赏者,知余山志。”



## 巢湖见图有序①

岁丁酉,居巢人来云:今年湖中一见图气,时在夏初,居民晨起,忽见湖中水涸见底，凝视之，城郭宛然，雉堞矗举，[②]屋舍鳞集，[③]桑柘郁芊，[④]但不见人迹往来，而鸡犬之声又若隐隐相闻。此人因复邀致左右邻曲，[⑤]往共观之，相指道嗟叹。可炊黍熟许时，乃息。息既，湖中依然，水光接天也。予谓水之浩渺处，[⑥]百怪生焉。[⑦]彼海上蜃楼，岂缘曾有所陷而然耶。予素怀探奇，以不得遇此壮观为憾，缀之以诗，倘他时归耕湖上，手兹编，庶几旦暮遇之。

茫茫宇宙内，湖海亘其中。窅冥不可测，光怪乃相同。[⑧]精灵之所聚，不雕而玲珑。[⑨]彼以楼阁见，此以城郭通。非烟亦非雾，如画兼如梦。迩者湖上人，历历识形容。卜基在重渊，积水避天工。[⑩]屋舍分闾里，疆界限提封。[⑪]宛然一岩邑，远与列郡雄。[⑫]烟火何必设，桑柘自成丛。依稀闻鸡犬，曷为无人踪。[⑬]兹岂鲛人室，或者冯姨宫。[⑭]冥奇良可怀，禹穴未足穷。[⑮]耕钓广异闻，羡尔泽畔翁。

注释：

①《巢湖见图有序》诗见 清 陆龙腾《(康熙)巢县志》卷十九，清康熙十二年(1673)刊本。

图气：即"海市蜃楼"现象。

②雉堞：城上短墙。泛指城墙。▶《陈书·侯安都传》："石头城北接岗阜，雉堞不甚危峻。"

③鳞集：犹群集。▶《汉书·刘向传》："子弟鳞集于朝，羽翼阴附者众。"

④桑柘：桑木与柘木。▶《礼记·月令》："(季春之月)命野虞无伐桑柘，鸣鸠拂其羽，戴胜降于桑。"

郁郁芊芊：亦省作"郁芊"。犹言郁郁葱葱。草木苍翠茂盛貌。▶《列子·力命》："美哉国乎！郁郁芊芊。"

⑤邀致：招请。▶元 刘敏中《丞相顺德忠献王碑》："知王恶己，忌之。数曲为邀致，竟不一往。"

邻曲：邻居；邻人。▶晋 陶潜《游斜川》诗序："与二三邻曲，同游斜川。"

⑥浩渺：水面旷远。▶唐 许浑《郑秀才东归凭达家书》："愁泛楚江吟浩渺，忆归吴岫梦嵯峨。"

⑦百怪：多种怪异。▶汉 王充《论衡·订鬼》："人之且死，见百怪。"

⑧窅冥：幽暗貌。▶汉 陆贾《新语·资质》："(楩柟豫章)仆于嵬崔之山，顿于窅冥之溪。"

⑨精灵：此处指神仙；精怪。▶《文选·左思〈吴都赋〉》："舜禹游焉，没齿而忘归，精灵留其山阿，玩其奇丽。"

⑩重渊：《庄子·列御寇》："千金之珠，必在九重之渊。"后遂以"重渊"指深渊。

积水：此处指江海、湖泊或池沼。▶唐 杜甫《别蔡十四著作》："积水驾三峡，浮龙傍长津。"

⑪提封：犹版图，疆域。▶明 郑若庸《玉玦记·掳掠》："长驱胡骑剪提封，谁夺龙沙斩将功。"

⑫岩邑：险要的城邑。▶《左传·隐公元年》："制，岩邑也，虢叔死焉。"

⑬曷为：为何；为什么。▶《战国策·齐策一》："此不叛寡人明矣，曷为击之？"

⑭鲛人：神话传说中的人鱼。▶杨慎《升庵诗话·子书传记语似诗者》引《韩诗外传》："荆山不贵玉，鲛人不贵珠。"

⑮禹穴：相传为夏禹的葬地。在今浙江省绍兴之会稽山。▶《史记·太史公自序》："二十而南游江、淮，上会稽，探禹穴。"

## 南山二章用杜少陵曲江韵[①]

南山山顶白云高，焦湖湖水雪花涛。龙卧纶巾又羽毛，十年浪迹何人识，富贵浮云付尔曹。[②]

黄花白雁占秋天，粳稻胡麻结满田。住家山脚更湖边，饭牛已饱钓鱼去，渔歌牧唱已多年。[③]

注释：

①《南山二章用杜少陵曲江韵》诗见 清 陆龙腾《(康熙)巢县志》卷十九，清康熙十二年(1673)刊本。

②龙卧：喻高士隐居。▶唐 卢纶《奉和曹叔夏》："龙卧人宁识，鹏抟鷃岂知？"

③多年：谓岁月长久。▶唐 白居易《长恨歌》："汉皇重色思倾国，御宇多年求不得。"



# 颜尧揆

颜尧揆，字孔叙，清福建永春(今福建省永春县)人，拔贡。知邵阳县，历知保安、无为、太仓三州。康熙六年(1667)任无为州知州，在任修筑江堤，"规模恢伟而工作坚凝有加于前。……每遇大水，田庐均得无恙。州人怀其惠，勒石坝上，名其堤为'颜公隄'。"，又修纂《(康熙)无为州志》十六卷。

## 宿芙蓉庵[①]

四望空霄暝，禅关欲掩时。归云眠峭壁，栖鸟噪寒枝。[②]钟定灯初上，茗香渴正宜。[③]欣兹留一宿，清梦绕山嵋。

注释：

①《宿芙蓉庵》诗见 清 陆龙腾《(康熙)巢县志》卷十九，清康熙十二年(1673)刊本。②归云：犹行云。▶晋 潘岳《西征赋》："吐清风之飂戾，纳归云之郁蓊。"

③钟定：指夜深人静时刻。古代亥时(相当于午后九时至十一时)以后，人们开始安息，称为人定。人定鸣钟为信，故称。▶唐 喻凫《游云际寺》："阁寒僧不下，钟定虎常来。"

## 同于赤山明府从郡回憩万家山甘露庵[①]

劳劳触热共停骖，磴曲峰深爽气含。[②]饮犊曾闻高士耻，敲霞蓦遇老僧谭。苍松雨后飕涛响，碧水秋来浃露甘。庭畔幽丛蝉又咽，助成骚句送烟岚。[③]

注释：

①《同于赤山明府从郡回憩万家山甘露庵》诗见 清 陆龙腾《(康熙)巢县志》卷十九，清康熙十二年(1673)刊本。

②触热：冒着炎热。▶汉 崔骃《博徒论》："(博徒)乃谓曰：'子触热耕耘，背上生盐。'"

③骚句：犹诗句。▶清 李调元《落花生歌》："昨者长须投翠织，门缄骚句兼屈平。"

烟岚：山林间蒸腾的雾气。▶唐 宋之问《江亭晚望》："浩渺浸云根，烟岚出远村。"

## 腊月望过芙蓉岭少憩庵中[①]

千竿修竹护僧寮，天半芙蓉雪未消。[②]系骑悠然临梵呗，纵怀适尔问诗瓢。[③]星霜空度宦情冷，猿鹤孤盟客梦遥。[④]忽觉山梅春欲动，还思乡岭早芳饶。

注释：

①《腊月望过芙蓉岭少憩庵中》诗见 清 陆龙腾《(康熙)巢县志》卷十九，清康熙十二年(1673)刊本。

②天半：半空中。▶《艺文类聚》卷三九引 南朝 梁 王僧孺《侍宴》："蔓草亘岩垂，高枝起天半。"

③梵呗：佛教谓作法事时的歌咏赞颂之声。 南朝 梁 慧皎《高僧传·经师论》："原夫梵呗之起，亦肇自陈思。"

适尔：犹偶尔。▶《书·康诰》："乃有大罪，非终，乃惟眚灾，适尔。"

诗瓢：指贮放诗稿的器具。▶元 袁桷《送吴成季五绝》之四："诗瓢淅沥风前树，雪在深村月在梅。"

④宦情：做官的心情。▶唐 柳宗元《柳州二月榕叶落尽偶题》："宦情羁思共凄凄，春半如秋意转迷。"

客梦：异乡游子的梦。▶唐 王昌龄《送高三之桂林》："留君夜饮对潇湘，从此归舟客梦长。"

## 车之坦

车之坦，字何天，清赣榆县(今江苏省连云港赣榆区)人，岁贡。康熙七年(1668)任巢县训导。“丰仪伟度，赋性谦和，多方培育人才，雅意振兴文教。整饬泮桥，修葺圣殿，抚院语云：‘行修经明，多士仪型。’藩司奖语云：‘人品端雅，课训精勤。’”

### 芙蓉岭[1]

夕照明林麓，蜿蜒石径遥。[2]千盘临树杪，独鹤舞山腰。[3]漠漠溪田静，阴阴暑气消。诸天何处是，香霭近晴霄。[4]

注释：

①《芙蓉岭》诗见 清 陆龙腾《(康熙)巢县志》卷十九，清康熙十二年(1673)刊本。

②林麓：山林。▶《周礼·地官·林衡》：“林衡掌巡林麓之禁令，而平其守，以时计林麓而赏罚之。”

③树杪：树梢。▶《陈书·儒林传·王元规》：“元规自执楫棹而去，留其男女三人，阁于树杪。”

④香霭：云气；焚香的烟气。▶后蜀 毛熙震《浣溪沙》词：“困迷无语思犹浓，小屏香霭碧山重。”



### 听书港[1]

孔探桥边野水潴，登台列讲对清渠。[2]闻声已识尊吾道，隔水何曾问彼居。剑佩一时欣草木，流风千载起樵渔。荆湘自是多才俊，何必推贤独沈诸。

注释：

①《听书港》诗见 清 陆龙腾《(康熙)巢县志》卷十九，清康熙十二年(1673)刊本。

②孔探桥：《(康熙)巢县志》载：“去县北五十里。相传孔子至此，以杖探水，后人造桥，因名。”



## 阎允縠

阎允縠，字公戬，号乾三。清庐州巢县(今安徽省巢湖市)人。顺治九年(1652)壬辰科进士，授庆阳府司理。“首以孝弟风谕士民，政务一崇宽简，郡俗骎骎向风。”后为同官所嫉，微罪罢归。奉养父母至孝，侍汤药，衣不解者累月。父母逝后，以积劳病卒。

## 浚亚父井[1]

碎斗雄犹在，荒祠蜗篆侵。哲人操鉴别，怀古独情深。饬桷栖灵爽，探泉涤俗襟。[2]椅桐皆手泽，春雨沁膏霖。[3]

注释：

①《浚亚父井》诗见 清 陆龙腾《(康熙)巢县志》卷十九，清康熙十二年(1673)刊本。

②俗襟：世俗的襟怀。 宋 文同《入谷马上》诗之四："爱此嵓泉好，临流浣俗襟。"

③椅桐：椅树和梧桐树，或专指椅树。 ▶《诗·鄘风·定之方中》："树之榛栗，椅桐梓漆。"

手泽：犹手汗。后多用以称先人或前辈的遗墨、遗物等。 ▶《礼记·玉藻》："父没而不能读父之书，手泽存焉尔。"

# 沈汝兰

沈汝兰，字仲畹。清庐州巢县(今安徽省巢湖市)人。顺治八年(1651)贡士，任泰州训导，常熟教谕。"后休致归里，值岁荒恤邻，赈米为邑首倡。"

## 早秋登慈云阁竟夕方回二首[1]

倚徙东山阁上游，人烟高眺满城秋。[2]地连湖海分吴楚，气动星躔应斗牛。[3]远浦风帆檐下合，半帘云岫望中收。[4]兴来直欲捶黄鹤，岂事忘机羡白鸥。

青霄欲上快同游，翠霭浮空碧树秋。画栋流云凌舞凤，虹桥傍夕度牵牛。城边渔唱烟波浸，湖上晴峰晚笛收。长啸凭栏情未极，乾坤到处一沙鸥。[5]

注释：

①《早秋登慈云阁竟夕方回二首》诗见 清 陆龙腾《(康熙)巢县志》卷十九，清康熙十二年(1673)刊本。

②倚徙：留连徘徊。 ▶南朝 宋 鲍照《拟行路难》之七："人生不得恒称意，惆怅倚徙至夜半。"

③星躔：日月星辰运行的度次。 ▶南朝 梁武帝《阊阖篇》："长旗扫月窟，凤迹辗

星躔。"

④望中:视野之中。▶唐 权德舆《酬冯监拜昭陵途中遇雨》诗:"甘谷行初尽,轩台去渐遥;望中犹可辨,耘鸟下山椒。"

⑤未极:未到尽头;未达极点。▶南朝 齐 谢朓《游敬亭山》:"我行虽纡组,兼得寻幽蹊,缘源殊未格,归径窅如迷。"

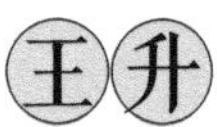

## 王升

王升,字裕清,号晋若。清河北景州(今河北省景县)人。顺治十二年(1655)乙未科进士,历官庐州、湖州知府。著有《世法周行》《德音初集》《越秦政余》《冰心斋文集》《冰心斋诗集》《讲学詹言》等。

### 湖中坐航绝句[①]

极目烟霞入沆漭,孤帆摇曳渡沧浪。[②]水村岚树浮鸥静,别有清飕到客航。[③]

注释:



①《湖中坐航绝句》诗见 清 陆龙腾《(康熙)巢县志》卷十九,清康熙十二年(1673)刊本。

②沆漭:水面辽阔无际貌。亦指广阔无际的水面。▶汉 马融《广成颂》:"瀇瀁沆漭,错紾槃委。"

③清飕:犹清风。▶晋 成公绥《啸赋》:"南箕动于穹苍,清飕振乎乔木。"

### 湖边望居巢[①]

细雨微茫湮远峰,风云霮䨴泛轻篷。[②]高秋鸿雁飞鸣急,牛麓虹桥指顾中。[③]

注释:

①《湖边望居巢》诗见 清 陆龙腾《(康熙)巢县志》卷十九,清康熙十二年(1673)刊本。
②湮[yīn]:水名,中国河南省颍水三源的中源。或为"洇"刊刻之误。

霮䨴[dàn duì]:浓云密集的样子。▶唐 孟郊《送草书献上人归庐山》:"聚(一作骤)书云霮䨴,洗砚山晴鲜。"

③指顾:手指目视;指点顾盼。▶《汉书·律历志上》:"指顾取象,然后阴阳万物靡不条鬯该成。"

## 忽顺水抵芙蓉河[①]

湖涛浩瀚催青艟，银浪花生千万重。冲荡撑持舟自主，等闲利涉到芙蓉。[②]

注释：

①《忽顺水抵芙蓉河》诗见 清 陆龙腾《(康熙)巢县志》卷十九，清康熙十二年(1673)刊本。

②冲荡：冲撞激荡；冲洗。▶唐 柳宗元《非国语上·三川震》："畦汲而灌者，必冲荡濆激以败土石。"

撑持：支持。▶元 迺贤《颍州老翁歌》："获存衰朽见今日，病骨尚尔难撑持。"

## 壬子中秋焦湖泛舟玩月[①]

芰荷簇柳逗红稠，水气冲融豁远眸。[②]紫霞遥映岚烟树，彩凫鼓枻度芳洲。[③]分风有术谁缩地，芝兰旧友遗琼馐。[④]麟儿手摩清汉字，今夕何夕与同舟。[⑤]野浦峰涵浩月朗，高天蟾魄湛辉流。[⑥]晶莹光射山川满，规中玉宇晕绮楼。焉得罗公杖空掷，化作银虹碧落浮。亲见仙姬飘素练，广庭金栋桂香桴。婆娑云髻霞帔细，影炫金蟆舞轻柔。冰轮斜御珠琉盖，蓝桥散馥灵药投。所以坡仙歌水调，瑶天高处海风飕。[⑦]讵果鸿工七宝合，户有八万三千修。[⑧]漫夸庾亮南楼兴，岂容会稽缀云攸。陆机探牖辉不染，殷浩匡床调咏抽。[⑨]青菘凝露深留恋，飚轻荡漾尽绸缪。荇藻澄澈悬冰镜，扬帆清醒爱巢由。坐卧不知天地老，恍同浮海与云游。

注释：

①《壬子中秋焦湖泛舟玩月》诗见 清 陆龙腾《(康熙)巢县志》卷十九，清康熙十二年(1673)刊本。壬子：指清圣祖康熙十一年，公元1672年。

②冲融：此处指水波荡漾貌。▶唐 杜甫《渼陂行》："半陂已南纯浸山，动影袅窕冲融间。"

远眸：犹远目。放眼远望。▶南朝 宋 孝武帝《登鲁山》："粤值风景和，升高纵远眸。"

③鼓枻：划桨。谓泛舟。▶《楚辞·渔父》："渔父莞尔而笑，鼓枻而去。"

④分风：谓神仙把风分为两个方向。▶晋 葛洪《神仙传·栾巴》："庐山庙有神……人往乞福，能使江湖之中分风举帆，船行相逢。"

⑤麟儿："麒麟儿"的省称。▶明 汪廷讷《狮吼记·训姬》："那陈季常呵，风流潇洒，愿他早诞麟儿。"

⑥蟾魄：月亮的别名。亦指月色。▶唐 元稹《纪怀赠李户曹》："华表当蟾魄，高楼挂玉绳。"

⑦坡仙：北宋苏轼号东坡居士，文才盖世，仰慕者称之为"坡仙"。▶宋 张矩《应天长》词："换桥渡舫，添柳护堤，坡仙旧迹今续。"

⑧鸿工：丰功。▶明 张居正《谢宸翰疏》："乃犹泯鸿工于不宰，逊大美而弗居。"

⑨匡床：安适的床。一说方正的床。▶《商君书·画策》："人主处匡床之上，听丝竹之声，而天下治。"

## 金斗城东关放舟入焦湖阻风因同李将军饮射至中庙读大宗伯龚芝麓先生文纪事[①]

牵衣拂袖出东门，石桥河柳傍城闉。[②]一行湍发澄湖掉，忽起天风若留人。瞥见柳阴摇青翠，蘋叶蓼花浮水湄。停桡且泊柳阴限，习习清风吹我袂。茆檐土屋一区间，几案幽静扫尘累。脱帽露顶枕簟移，鼾然恍入华胥睡。[③]立取公侯岂易兹，数日优游殊快志。[④]偶然意欲弄乌号，恰有将军李嫖姚。[⑤]快语未尽兴催亟，忙选平沙射落潮。敦弓既坚四鍭树，兜鍪肃肃群角处。[⑥]将卒撮舌咸额手，十千斗酒欢奔走。[⑦]明朝解缆下南州，姥山苍郁烟云稠。[⑧]湖水汪洋中庙屼，凤凰两翼搏空浮。虹桥霞起真洞天，羽客荷衣扣我船。[⑨]手持宗伯芝麓篇，读之辉煌更邃渊。[⑩]俨若穆王古祠边，捐资镌石古今传。



注释：

①《金斗城东关放舟入焦湖阻风因同李将军饮射至中庙读大宗伯龚芝麓先生文纪事》诗见 清 陆龙腾《(康熙)巢县志》卷十九，清康熙十二年(1673)刊本。

②城闉：城内重门。亦泛指城郭。▶《魏书·崔光传》："诚宜远开阙里，清彼孔堂，而使近在城闉，面接宫庙。"

③华胥：此处指理想的安乐和平之境，或作梦境的代称。典出《列子·黄帝》："(黄帝)昼寝，而梦游于华胥氏之国。华胥氏之国在弇州之西，台州之北，不知斯齐国几千万里。盖非舟车足力之所及，神游而已。其国无帅长，自然而已；其民无嗜欲，自然而已……黄帝既寤，怡然自得。"▶宋 王安石《书定林院窗》诗之一："竹鸡呼我出华胥，起灭篝灯拥燎炉。"

④快志：谓恣意行事。▶《吕氏春秋·行论》："执民之命，重任也，不得以快志为故。故布衣行此，指于国，不容乡曲。"

⑤乌号：此处指良弓。典出《淮南子·原道训》："射者扜乌号之弓，弯棋卫之箭。"

⑥敦弓：雕饰之弓。为古代帝王所专用。▶《诗·大雅·行苇》："敦弓既坚，四鍭既钧。"

⑦额手：以双手合掌加额，表示敬意或庆幸。▶《宋史·司马光传》："帝崩，赴阙临，卫士望见，皆以手加额曰：'此司马相公也。'"

⑧南州：南方州郡，泛指南方地区。▶《楚辞·远游》："嘉南州之炎德兮，丽桂树之冬荣。"

⑨荷衣：传说中用荷叶制成的衣裳。亦指高人、隐士之服。▶《楚辞·九歌·少司命》："荷衣兮蕙带，倏而来兮忽而逝。"

⑩邃渊：同渊邃。深邃，精深。▶晋 葛洪《抱朴子·博喻》："睹百抱之枝，则足以知其本之不细；睹汪濊之文，则足以觉其人之渊邃。"

## 释南洲

释南洲（1632—1697），名宏月，俗姓李。明末清初六安（今安徽省六安市）人。星朗法嗣。康熙十二年（1673）主冶父席，三十一年（1692）复主席。有《借竹居集》。

### 实际寺[①]

乔木幽深曲径通，琼楼高构翠微中。粉墙梅绽和霜白，画栋云飞映日红。湖水回环分左右，峰峦合抱绕西东。烟霞风景堪图谱，今古名传清梵宫。

注释：

①《实际寺》诗见 民国 陈诗 编 章梦芙 参订《冶父山志》卷四诗歌，民国二十五年（1936）木刻本。

## 龚士稹

龚士稹（1634—1689），字伯通，号千谷。清庐州合肥（今安徽省合肥市）人。龚鼎孳长子。顺治十四年（1657）丁酉科副榜，以荫官工部虞衡司员外郎，历官至湖广按察司佥事。所至以廉明闻。著有《凤将堂文集偶存》《凤将堂诗集》《露浣园词》《冬官条议》《全楚邮鹾彙稿》《署臬爰书》。

### 贺新凉·和方虎灯下菊影[①]

四壁光盈卷。正清宵、寒蛩语絮，图书排遣。一幅秋容谁写照，恍是香凝露泫。[②]更不染、乌丝春茧。祇借银釭舒烂熳，觉画工、着意还教浅。[③]明月下，许双展。　东篱移向东墙显。好开怀、霜风揉碎，砧声敲扁。爱护花阴深密处，难系金铃小犬。欲采对、南山希免。伴我闲吟竹叶句，满头簪、那用钱刀典。[④]灯蕊结，试轻剪。

注释：

①《贺新凉·和方虎灯下菊影》词见 南京大学中国语言文学系《全清词》编纂研究室 编《全清词·顺康卷》(全20册)，中华书局2002年版。

②泫[xuàn]：露珠晶莹的样子。

③银釭：一本作“银缸”。银白色的灯盏、烛台。 ▶南朝 梁元帝《草名》：“金钱买含笑，银釭影梳头。”

④钱刀：钱币；金钱。刀，古代一种刀形钱币。 ▶《乐府诗集·相和歌辞十六·白头吟二》：“男儿重意气，何用钱刀为！”

## 贺新凉·自遣①

斗室书千卷。伴晨昏、牙签拨闷，鸡窗消遣。②几度冬烘迷五色，赢得啼痕偷泫。③不忍罢、囊萤丛茧。④博浪沙边曾误中，敢圯桥、授受工还浅。⑤黄石略，早舒展。　门资讵可誇通显。⑥最关情、彤庭胪唱，丹宸标扁。⑦到底空筌难得兔，枉自环山腾犬。⑧幸旧友、移文其免。一世青箱愁断绩，拼青灯、雪案输坟典。⑨须受用，六宫剪。

注释：



①《贺新凉·自遣》词见 南京大学中国语言文学系《全清词》编纂研究室 编《全清词·顺康卷》(全20册)，中华书局2002年版。

②拨闷：解闷。 ▶清 王端履《重论文斋笔录》卷一：“墙隅红梅正开，小病啖粥，阅此拨闷。”

鸡窗：《艺文类聚》卷九一引 南朝 宋 刘义庆《幽明录》：“晋兖州刺史沛国宋处宗尝买得一长鸣鸡，爱养甚至，恒笼著窗间。鸡遂作人语，与处宗谈论，极有言智，终日不辍。处宗因此言巧大进。”后以“鸡窗”指书斋。 ▶唐 罗隐《题袁溪张逸人所居》：“鸡窗夜静开书卷，鱼槛春深展钓丝。”

③冬烘：迂腐，浅陋。 ▶五代 王定保《唐摭言·误放》载：唐郑薰主持考试，误认颜标为鲁公(颜真卿)的后代，将他取为状元。当时有无名氏作诗嘲讽云：“主司头脑太冬烘，错认颜标作鲁公。”

④囊萤：《晋书·车胤传》：“胤恭勤不倦，博学多通。家贫不常得油，夏月则练囊盛数十萤火以照书，以夜继日焉。”后以“囊萤”为勤苦攻读之典。 ▶南唐 李中《送相里秀才之匡山国子监》：“已能探虎穷骚雅，又欲囊萤就典坟。”

⑤博浪沙：地名。在今河南省阳武县东南。张良与力士狙击秦始皇于此。 ▶《史记·留侯世家》：“良与客狙击秦始皇帝博浪沙中。”

圯桥：指秦末张良与一老父相遇并受《太公兵法》之桥。事见《史记·留侯世家》。桥后毁废，故址在今江苏省邳县南。 ▶北魏 郦道元《水经注·沂水》：“一水迳城东，屈从县南，亦注泗，谓之小沂水。水上有桥，徐泗间以为圯，昔张子房遇黄石公于圯上，即此处也。”因称此桥为圯桥。

授受：给予和接受。 ▶《孟子·离娄上》：“男女授受不亲，礼与？”

⑥门资：犹门第。 ▶《晋书·文苑传·王沈》：“岂计门资之高卑，论势位之轻重乎？”

讵可：岂可。 ▶《后汉书·光武帝纪上》：“天下讵可知，而闭长者乎？”

通显：谓官位高、名声大。 ▶《后汉书·应劭传》：“自是诸子宦学，并有才名，至玚七世通显。”

⑦关情：此处指对人或事物注意、重视。 ▶唐 崔峒《送苏修游上饶》：“世事关情少，渔家寄宿多。”

彤庭：亦作“彤廷”。汉代宫廷，因以朱漆涂饰，故称。泛指皇宫。 ▶唐 杜甫《自京赴奉先县咏怀五百字》：“彤庭所分帛，本自寒女出。”

胪唱：科举时代，进士殿试后，皇帝召见，按甲第唱名传呼，称胪唱。其制于宋时。 ▶宋 曾敏行《独醒杂志》卷九：“翌日胪唱，元用居第一，表卿次之。”

丹宸：宫殿；朝廷。 明 陈汝元《金莲记·射策》：“披褐陈王道，须委任元僚绝纷扰，惟丹宸静摄，洪恩骀浩。”

⑧空筌：比喻空迹。 ▶《文选·谢灵运〈入华子岗是麻源第三谷〉诗》：“羽人绝髣髴，丹丘徒空筌。”李周翰 注：“筌，迹也……言仙人不见，但空有踪迹而已。”

⑨雪案：《文选·任昉〈为萧扬州作荐士表〉》“乃集萤映雪” 李善 注引《孙氏世录》：“孙康家贫，常映雪读书。”原指映雪读书时的几案，后泛指书桌。 ▶宋 刘克庄《赠陈起》：“雨檐兀坐忘春去，雪案清谈至夜分。”

坟典：三坟、五典的并称，后转为古代典籍的通称。 ▶《隶释·汉太尉刘宽碑》：“幼与同好镌坟典于第庐。”

## 贺新凉·忆昔①

雁阵横空卷。到吴江、丹枫未落，黄花初遣。记得醉归烟雨畔，清露秋波双泫。趁酩酊、拈毫抽茧。听拨琵琶弹旧恨、诉衷情、何忍言交浅。香梦结，旅怀展。 镜光掩映容光显。傍妆台、影随人笑，人同影扁。镂月裁云歌白雪，不赋邮亭蜀犬。②任漏永、狐衾叨免。静对寒窗临画帖，绣鸳鸯小景湖头典。梅并蒂，柳新剪。

注释：

①《贺新凉·忆昔》词见 南京大学中国语言文学系《全清词》编纂研究室 编《全清词·顺康卷》（全20册），中华书局2002年版。

②镂月裁云：雕刻月亮，剪裁云彩。比喻施展高超、精巧技艺。语出 唐 李义府《堂堂词》之一：“镂月为歌扇，裁云作舞衣。” ▶宋 李觏《和慎使君出城见梅花》：“化工呈巧异寻

常，镂月裁云费刃芒。”

## 贺新凉·纪梦[1]

雪鍊银河卷。赴华胥、天风轻送，桃源重遣。携手弄珠楼上立，映水红蕖娇泫。着雾縠、霞绡非茧。[2]斜倚香肩频眺望，道东湖、不似西湖浅。沧海阔，九龙展。[3]　兰桡玉腕波心显。[4]泛仙槎、星桥邀赠，支机石扁。静夜乘鸾归阆苑，莫问千牛一犬。喜此会、离愁勾免。闻说巫山峰十二，傍阳台高处烦卿典。朝雨接，暮云剪。

注释：

①《贺新凉·纪梦》词见 南京大学中国语言文学系《全清词》编纂研究室 编《全清词·顺康卷》(全20册)，中华书局2002年版。

②雾縠：此处指薄雾般的轻纱。▶《文选·宋玉〈神女赋〉》：“动雾縠以徐步兮，拂墀声之珊珊。”李善 注：“縠，今之轻纱，薄如雾也。”

霞绡：美艳轻柔的丝织物。亦以形容景物。▶唐 温庭筠《锦城曲》：“江风吹巧剪霞绡，花上千枝杜鹃血。”

③原句“沧海阔，九龙展。”后有作者自注：“地名九龙港。”

④玉腕：洁白温润的手腕。亦借指手。▶南朝 宋 刘铄《白纻曲》：“仙仙徐动何盈盈，玉腕俱凝若云行。”



## 王士禛

王士禛(1634—1711)，字子真，一字贻上，号阮亭，晚号渔洋山人。身后避世宗讳，改“禛”为“正”，高宗命改“祯”。清山东新城(今山东省桓台县)人。顺治十五年(1658)戊戌科进士，授扬州推官，行取礼部员外郎，改翰林院侍讲，官至刑部尚书。谥“文简”。康熙时为诗坛盟主，与朱彝尊并称“南朱北王”，又为“清初六家”之一，论诗倡“神韵说”。有《带经堂集》《渔洋山人精华录》《衍波词》。



## 水调歌头·送家兄礼吉赴合肥[1]

南国清明节，折柳送行人。汀洲满眼香草，斜日奈何春。[2]西望清流关外，千里庐阳山色，碧玉竞嶙峋。[3]明日摇鞭去，暮雨宿何村。[4]　濡须坞，肥水戍，几移军。紫髯已远，八公草木怨咸秦。[5]转眼兴亡六代，残劫依稀半局，凭吊足伤神。莺老春归矣，莫怨又离群。

注释：

①《水调歌头·送家兄礼吉赴合肥》词见 清 邹祗谟《倚声初集》卷十五长调一，清顺治十七年(1660)刻本。

②汀洲：水中小洲。▶《楚辞·九歌·湘夫人》："搴汀洲兮杜若，将以遗兮远者。"

③清流关：古代关隘名。位于今安徽省滁州市西郊12.5公里处的关山中段。清流关始建于南唐，地处要害，南望长江、北控江淮，是出入金陵（南京）的必经之地，故号称"金陵锁钥"，现为是安徽省重点文物保护单位。

④摇鞭：挥动马鞭，多谓远行。▶唐 方干《送吴彦融赴举》："西陵柳路摇鞭尽，北固潮程挂席飞。"

⑤咸秦：此处指由氐族人建立的前秦，为东晋五胡十六国时期的政权之一。公元350年氐族人苻洪占据关中，称三秦王，共历六主，享国四十四年。

## 唐孙华

唐孙华(1634—1723)，字实君，号东江，晚号息庐老人。清江南太仓（今江苏省太仓市）人。康熙二十七年(1688)戊戌科进士。召试，授礼部主事，调吏部，以事去官。工诗，有《东江诗钞》。

### 合肥谒包孝肃祠①

高原遗庙郁嵯峨，待制清风久不磨。②京尹威名行赤县，苍生笑口指黄河。③朝堂论议封章在，委巷流传野史多。④淫善只今无别白，直愁关节到阎罗。⑤

注释：

①《合肥谒包孝肃祠》诗见 清 唐孙华《东江诗钞》卷二，清康熙刻本。

②不磨：不可磨灭。▶《后汉书·南匈奴传论》："呜呼，千里之差，兴自毫端，失得之源，百世不磨矣。"

③赤县：此处为"赤县神州"的省称。▶南朝 梁 沈约《答陶华阳》："故邹子以为赤县，于宇内止是九州中之一耳。"

④封章：言机密事之章奏皆用皂囊重封以进，故名封章。亦称封事。▶汉 扬雄《赵充国颂》："营平守节，屡奏封章。"

委巷：谓僻陋曲折的小巷，借指民间。▶《礼记·檀弓上》："小功不为位也者，是委巷之礼也。"

⑤别白：此处指辩白；辩说。▶《新唐书·忠义传中·颜杲卿》："尝为刺史诘让，正色别白，不为屈。"

戚玾(1635—1688),字后升,号缓耳,又号莞尔,清初泗州招贤里(今江苏省盱眙县鲍集镇)人。康熙十九年(1680)优贡。康熙二十年到二十四(1685)年在京求官,得候补县令;二十七年(1688)入闽,此年秋冬之际,病逝于返乡途中。工诗,“所作好为新语,‘公安’、‘竟陵’之流派也。”文名与同里李嶟瑞并重,世称“戚李”。著有《笑门诗集》二十五卷、《泗州通志》三十卷传世。

## 元宵丹壑太史分韵[1]

高树春回早，宜园此境幽。雪残余鸟迹，灯满忆乡楼。病酒泥书榻，闲吟破客愁。倾樽谈未尽，永夜碧烟浮。[2]

注释:

①《元宵丹壑太史分韵》诗见 清 戚玾《笑门诗集》,清康熙四十五年(1706)林任刻本。

丹壑:即李孚青。李孚青(1664—1715),字丹壑。清庐州合肥(今安徽省合肥市)人。康熙朝武英殿大学士李天馥长子。康熙十八年(1679)己未科进士,官翰林院编修。有《野香亭集》《盘隐山樵集》《道旁散人集》等。

太史:李孚青官翰林院编修,主要任务多为朝廷日常性工作,如从事诰敕起草、史书纂修、经筵侍讲等。按当时惯例,则敬称其为太史。

②碧烟:青色的烟雾。▶唐 韦应物《贵游行》:“轻裾含碧烟,窈窕似云浮。”

## 人日和丹壑[1]

春风多梦好无凭，竹榻悠悠自寝兴。[2]旅况笑酣人日酒，乡思愁见上元灯。[3]田园几废怜行客，文字难除愧野僧。太史仙才吟绝调，西风白雪迴千层。

注释:

①《人日和丹壑》诗见 清 戚玾《笑门诗集》,清康熙四十五年(1706)林任刻本。

②寝兴:睡下和起床。泛指日夜或起居。▶晋 潘岳《悼亡诗》之二:“寝兴目存形,遗音犹在耳。”

③旅况:旅途的情怀或景况。▶元 范康《竹叶舟》第一折:“惠安长老念同乡的义分,留我在寺中温习经史,等候选场……今日无甚事。待惠安长老出定来,要他指引我到什么古迹去处游玩游玩,消遣我旅况。”

## 送李渭北别驾回庐州[1]

共作金台客，临歧感别情。[2]林莺催去骑，河楼系行旌。浊酒分燕诗，高歌过楚城。南归有鸿雁，莫惮寄新声。

注释：

①《送李渭北别驾回庐州》诗见 清 戚珅《笑门诗集》，清康熙四十五年(1706)林任刻本。

②金台：此处指古燕都北京。▶明 沈榜《宛署杂记·铺行》："当成祖建都金台时，即因居民疏密，编为保甲。"

# 徐叔麟

徐叔麟，清舒城(今安徽省舒城县)人，康熙时岁贡生。

## 三河秋月[1]

秋月下止水，水底月亦皎。[2]树影岸横斜，荡漾空濠绕。庄曰余之乐，我意颇了了。[3]倏尔鼓微风，水与月互皎。泼刺鱼潜踪，草泽鸣虫杳。薄凉趁单衣，归步穿寒筱。启扉坐檐茨，光泛波声小。

注释：

①《三河秋月》诗见 清 熊载升 杜茂才修 孔继序纂《(嘉庆)舒城县志》三十六卷，卷三十三艺文，清嘉庆十一年(1806)刻本。

②止水：静止的水。▶《庄子·德充符》："仲尼曰：'人莫鉴于流水而鉴于止水。'"成玄英 疏："止水所以留鉴者，为其澄清故也。"

③庄曰余之乐：即濠梁之辩，指春秋战国时期的思想家庄子和惠子的一次辩论。这次辩论以河中的鱼是否快乐以及双方怎么知道鱼是否快乐为主题。典出《庄子·秋水》：庄子与惠子游于濠梁之上。庄子曰："鲦鱼出游从容，是鱼乐也。"惠子曰："子非鱼，安知鱼之乐？"庄子曰："子非我，安知我不知鱼之乐？"惠子曰："我非子，固不知子矣，子固非鱼也，子不知鱼之乐，全矣。"庄子曰："请循其本。子曰汝安知鱼乐云者，既已知吾知之而问我，我知之濠上也。"

## 张臣鹄

张臣鹄，生平事迹不详。按李恩绶编《巢湖志》卷二诗文排序，张臣鹄诗在康熙朝大学士李天馥之前，当为清初时人。

### 登湖楼即景次黄先生韵①

清波遥接大江流，百尺危楼水面浮。②天为湖山开圣境，人如海岛遇神州。地形自古丹成凤，雪浪于今白似鸥。③听罢晚钟闲眺望，空明夜月正当秋。④

注释：

①《登湖楼即景次黄先生韵》诗见 清 李恩绶编《巢湖志》卷二诗，黄山书社2007年版，第542页。

②清波：此处指清澈的水流。▶汉 严忌《哀时命》："知贪饵而近死兮，不如下游乎清波。"

③"地形自古丹成凤"句：此句意指巢湖北岸凤凰矶造化天成。凤凰矶，因石矶呈朱砂色，突入湖中，形似飞凤，故得名，又名凤凰台。



④空明：此处指空旷澄净的天空。▶宋 苏轼《海市》："东方云海空复空，群仙出没空明中。"

## 李天馥

李天馥(1635—1699)，字湘北，号容斋。清庐州合肥(今安徽省合肥市)人。顺治十五年(1658)戊戌科进士，仕至吏部尚书、武英殿大学士。卒谥"文定"。著有《容斋千首诗》《容斋诗余》。



### 四顶山①

蔡宅久尘嚣，麻姑不复返。②夐夐哉魏君，携犬凌绝巘。③四峰相蔽空，下带泉混混。驱龙耕白云，种芝三百本。丹成戏死生，寄湖骑赤浑。我来悄无人，螺钿自舒卷。细读参同契，悠悠感嘉遁。④

注释：

①《四顶山》诗见 清 左辅 纂修《(嘉庆)合肥县志》卷第三十一，清嘉庆八年(1803)修民

国九年(1920)重印本。又本诗标题后有作者自注:"俯瞰巢湖,四峰特起,相传吴人魏伯阳炼丹处。"见 清 李天馥《容斋千首诗》,民国王揖唐《广德寿重光集》第一辑第一种,据清光绪三十年(1904)集虚草堂本影印。

②麻姑:神话中仙女名。又称寿仙娘娘、虚寂冲应真人。据葛洪《神仙传》载,麻姑于东汉桓帝时曾应仙人王远(字方平)之召,降于蔡经之宅。为一美丽女子,年可十八九岁,手纤长似鸟爪。蔡经见之,心中念曰:"背大痒时,得此爪以爬背,当佳。"方平知经心中所念,使人鞭之,且曰:"麻姑,神人也,汝何思谓爪可以爬背耶?"麻姑自云"接待以来,已见东海三为桑田。"又能掷米成珠,为种种变化之术。古时人以麻姑喻高寿。又流传有三月三日西王母寿辰,麻姑于绛珠河边以灵芝酿酒祝寿的故事。过去中国民间为女性祝寿多赠麻姑像,取名麻姑献寿。▶唐 李白《短歌行》:"苍穹浩茫茫,万劫太极长。麻姑垂两鬓,一半已成霜。"

③绝巇:绝险,险峻。▶清 顾炎武《重登灵岩》:"生来绝巇一攀缘,坏阁崔嵬起暮烟。山静鼪猱栖佛地,堂空龙象散诸天。芰林果熟红椒后,入定僧归白鹤前。莫问江南身世事,残金兵火一凄然。"

④嘉遁:亦作"嘉遯"。旧时谓合乎正道的退隐,合乎时宜的隐遁。《易·遯》:"嘉遯贞吉,以正志也。"

## 道林寺故址[①]

贵主礼金粟,精舍藏浮槎。[②]大家方舍身,女亦归薄伽。[③]羞吹来凤箫,法喜怜柔嘉。[④]苍凉千载余,奇峰空湖涯。遗迹郁窈窕,道林兹非邪。一井甘泉水,一树石榴花。

注释:

①《道林寺故址》诗见 清 左辅 纂修《(嘉庆)合肥县志》卷第三十一,清嘉庆八年(1803)修、民国九年(1920)重印本。本诗标题又作《浮槎山》,后有作者自注:"志载梁武帝女为尼于此山,建道林寺三间,手植石榴,泉极甘。"见 清 李天馥《容斋千首诗》,民国王揖唐《广德寿重光集》第一辑第一种,据清光绪三十年(1904)集虚草堂本影印。

道林寺:又名浮槎寺,位于安徽省肥东县石塘镇浮槎山顶上。据《天下名胜》载,浮槎山有道林寺,寺有碑略云:"梁武帝第五女梦入一山为尼,早晨奏帝,乃取名山图,展观此山,恍如梦境。天监三年,敕建,道林寺成,帝女遂入山为尼,号总持大师。"

②金粟:此处为金粟如来的省写。泛指佛。古认为金粟如来为维摩诘大士前身。谓出自发迹经、思惟三昧经,而此二经均无汉译本,亦不见载于经录。净名玄论卷二(大三八·八六六中):"复有人释云:'净名、文殊皆往古如来,现为菩萨。'如首楞严云:'文殊为龙种尊佛';发迹经云:'净名即金粟如来。'"

③薄伽:薄伽梵的省写。梵语 bhagavat,巴利语 bhagava 或 bhagavant。在印度用于有

德之神或圣者之敬称，具有自在、正义、离欲、吉祥、名称、解脱等六义。在佛教中则为佛之尊称，为佛陀十号之一，诸佛通号之一。又作婆伽婆、婆伽梵、婆哦缚帝。意译有德、能破、世尊、尊贵。即有德而为世所尊重者之意。

④法喜：佛教语。谓闻见、参悟佛法而产生的喜悦。▶《维摩经·佛道品》："法喜以为妻，慈悲以为女。"

柔嘉：指温和善良的人。此处指代梁女公主。▶汉 蔡邕《汉太尉杨公碑》："天降纯嘏，笃生柔嘉。"

## 筝笛浦[1]

渔唱朱湾歇，胡来丝竹音。循音事穷探，乃在渟泓心。[2]凄凄婉以幽，寄怨亦何深。[3]曾闻魏诸姬，胶舟南浦阴。[4]艳质付清波，水大雨霪霪。不能变猿鹤，虫沙纷浮沉。我欲然犀照，愁见遗钗簪。[5]北望铜雀妓，先后自同吟。

注释：

①《筝笛浦》诗见 清 左辅 纂修《(嘉庆)合肥县志》卷第三十一，清嘉庆八年(1803)修、民国九年(1920)重印本。又本诗标题后又作者自注："志载渔人尝夜闻筝笛声，相传曹操溺伎舟于此。"见 清 李天馥《容斋千首诗》，民国王揖唐《广德寿重光集》第一辑第一种，据清光绪三十年(1904)集虚草堂本影印。



②渟泓：此处指积水深貌。▶明 申时行《瑞莲赋》："渟泓玄泽，酝酿醇和。"

③寄怨：此处指寄托私怨。犹言借事以泄私忿。▶《宋史·綦崇礼传》："再入翰林凡五年，所撰诏命数百篇，文简意明，不私美，不寄怨，深得代言之体。"

④胶舟：用胶黏合之舟，此喻处境危殆。▶《旧唐书·李密传》："主上南巡，泛胶舟而忘返；匈奴北炽，将被发于伊川。"

⑤犀照：燃烧犀牛角，以燃烧发出的火光照射，多用于查看肉眼看不见的神鬼怪。比喻眼光独到、洞察奸邪。典出《晋书·温峤传》："(温峤)至牛渚矶，水深不可测，世云其下多怪物，峤遂燬犀角而照之。须臾，见水族覆火，奇形异状，或乘马车著赤衣者。峤其夜梦人谓己曰：'与君幽明道别，何意相照也？'意甚恶之。峤先有齿疾，至是拔之，因中风，至镇未旬而卒。"



## 北乡田家[1]

农家贵力作，可以资吾身。[2]拮据饔餐计，能令甑绝尘。[3]北乡殊不然，草宅弛耰耘。[4]沟塍亦殊佳，胼瘃非所驯。树下闲水犉，桑柘前未闻。儿女但嬉嬉，孰解豢鸡豚。比间无园圃，菘韭等八珍。[5]何以延卒岁，嗟哉此惰民。[6]

注释:

①《北乡田家》诗见 清 左辅 纂修《(嘉庆)合肥县志》卷第三十一,清嘉庆八年(1803)修、民国九年(1920)重印本。

北乡:指合肥县北乡,今为合肥市长丰县。

②力作:努力劳作。▶《韩非子·六反》:"力作而食,生利之民也。"

③饔飧:指饭食。▶《警世通言·钝秀才一朝交泰》:"(德称)自此饔飧不缺,且训诵之暇,重温经史,再理文章。"

④耰[yōu]耘:除草、培土,泛指田间劳作。耰,一指古代弄碎土块、平整土地的农具。二指播种后翻土、盖土。

⑤比闾:比、闾为古代户籍编制基本单位,泛称乡里。▶《周礼·地官·大司徒》:"令五家为比,使之相保,五比为闾,使之相受。"

八珍:古代八种烹饪法。泛指珍馐美味。▶《三国志·魏志·卫觊传》:"饮食之肴,必有八珍之味。"

⑥卒岁:此处指度过年终。▶《诗·豳风·七月》:"无衣无褐,何以卒岁?"

惰民:此处指不务正业的游民。▶《商君书·垦令》:"惰民不窳,而庸民无所于食,是必农。"

## 凤凰桥观水[①]

凤凰志失传,桥名仍凤凰。四野皆枳棘,来仪疑荒唐。[②]九苞邈何许,有水声锵锵。[③]其下涌甘泉,澄澈可滥觞。[④]南走势渐宽,瑶英郁渟汪。[⑤]奇石生两崖,斑驳多文章。嵯岈雁齿排,鳞次自成梁。[⑥]回绕折而东,奔涌闻汤汤。鰕鲋竞随之,历历可数量。荇藻绣于滨,作花扬纷芳。上与藤萝攀,日月无全光。驾凫及鸠鹊,波陆相浮翔。[⑦]胶狭不可舟,何以鸣吾榔。独能效郑渠,周环陇亩旁。[⑧]倘藉资灌溉,一夫疏隄防。土泽黍稷荣,因之荐馨香。[⑨]

注释:

①《凤凰桥观水》诗见 清 左辅 纂修《(嘉庆)合肥县志》卷第三十一,清嘉庆八年(1803)修、民国九年(1920)重印本。

凤凰桥:位于合肥东门外坝上街北侧的南淝河汉河之上。20世纪60年代,曾改名为红光桥。后兴建滁州路,与汉河一并填平。今长江东大街大桥亦命名凤凰桥。

②来仪:谓凤凰来舞而有容仪,古人以为瑞应。语出《书·益稷》:"箫韶九成,凤皇来仪。"

③九苞:凤的九种特征。后为凤的代称。《初学记》卷三十引《论语摘衰圣》:"凤有六像九苞……九苞者:一曰口包命;二曰心合度;三曰耳听达;四曰舌诎伸;五曰彩色光;六曰冠矩州;七曰距锐钩;八曰音激扬;九曰腹文户。"▶唐 李峤《凤》:"九苞应灵瑞,五色成文章。"

④滥觞：此处指江河发源处水很小，仅可浮起酒杯。▶北魏 郦道元《水经注·江水一》："江水自此已上至微弱，所谓发源滥觞者也。"

⑤瑶英：喻雪花或冰花。▶宋 蔡伸《喜迁莺》词："剪水飞花，渐渐瑶英，密洒翠筠声细。"

⑥嵖岈[chá yá]：高峻。▶清 王夫之《南岳赋》："崱屴崟嶔，天门嵖岈。"

雁齿：常比喻桥的台阶。▶唐 白居易《答王尚书问履道池旧桥》："虹梁雁齿随年换，素板朱栏逐日修。"

成梁：修建桥梁。▶《国语·周语中》："故《夏令》曰：'九月除道，十月成梁。'"

⑦浮翔：犹浮游。▶《三国志·魏志·陈思王植传》："加东有覆败之军，西有殪没之将，至使蚌蛤浮翔于淮泗，鼲鼬讙譁于林木。"

⑧郑渠：即郑国渠。古代关中平原的人工灌溉渠。秦王政十年（前237），采纳韩国水工郑国的建议开凿，历时十余年始成。渠长三百多里，灌田四万余顷，关中成为沃野。汉、魏时为泾水流域主要灌溉系统。《史记·河渠书》："而韩闻秦之好兴事，欲罢之，毋令东伐，乃使水工郑国闲说秦，令凿泾水自中山西邸瓠口为渠，并北山东注洛三百余里，欲以溉田……渠就，用注填阏之水，溉泽卤之地四万余顷，收皆亩一钟。于是关中为沃野，无凶年，秦以富强，卒并诸侯，因命曰郑国渠。"

⑨馨香：此处指用作祭品的黍稷。▶《左传·僖公五年》："若晋取虞，而明德以荐馨香……"



## 孤山①

方惊波势险，中流忽孤屿。无地接郊原，有天近风雨。一壁插九霄，千寻周数武。世界忽虚空，岁月迷今古。春色半连吴，灏气遥涵楚。②攻岸鼋鼍鸣，鼓浪蛟龙怒。村落暗远洲，帆影渺前溆。重阶递嵯峨，磴道盘曲阻。③下方敻无垠，蹑足烟霞俯。④岩洞昼氤氲，齿齿垂窦乳。⑤荒亭世代遥，亭午浓霭聚。⑥老树相蔽亏，奇耸冒石柱。⑦矫矫绿云岭，翱翔皆灵羽。⑧众籁动清机，自然成律吕。⑨尘嚣觉潜通，仿佛跻玉宇。⑩抚兹怡我神，飘飘欲轻举。⑪

注释：

①《孤山》诗见 清 左辅 纂修《（嘉庆）合肥县志》卷第三十一，清嘉庆八年（1803）修、民国九年（1920）重印本。

②灏气：弥漫在天地间之气。▶唐 柳宗元《始得西山宴游记》："悠悠乎与灏气俱而莫得其涯，洋洋乎与造物者游而不知其所穷。"

③嵯峨：此处形容山高峻貌。▶唐 唐彦谦《送许户曹》："将军楼船发浩歌，云樯高插天嵯峨。"

④敻[xiòng]无垠：远无边际。

⑤齿齿：排列如齿状。▶唐 韩愈《柳州罗池庙碑》："桂树团团兮白石齿齿。"

⑥亭午：正午。▶晋 孙绰《游天台山赋》："尔乃羲和亭午，游气高褰。"

⑦蔽亏：因遮蔽而半隐半现。▶唐 孟郊《梦泽行》："楚山争蔽亏，日月无全辉。"

⑧灵羽：神鸟或有灵气的鸟，此处泛指鸟雀。

⑨清机：清净的心机。▶晋 曹摅《思友人》："精义测神奥，清机发妙理。"

⑩潜通：暗通；私通。▶汉 应劭《风俗通·皇霸·三皇》："指天画地，神化潜通。"

⑪轻举：此处谓飞升，登仙。▶宋 李石《续博物志》卷三："后世必有人主，好高而慕大，以久生轻举为羡慕者。"

## 偶忆巢湖[1]

巢湖久别误华簪，湖上青山梦里酣。[2]三月鲥鱼九月橘，令人那不忆江南。

注释：

①《偶忆巢湖》诗见 清 左辅 纂修《（嘉庆）合肥县志》卷第三十一，清嘉庆八年（1803）修、民国九年（1920）重印本。

②华簪：华贵的冠簪。古人用簪把冠连缀在头发上。华簪为贵官所用，故常用以指显贵的官职。▶晋 陶潜《和郭主簿》之一："此事真复乐，聊用忘华簪。"

## 游姥山诗[1]

碧云楼阁倚烟鬟，门径清溪玉一湾。别苑波澄疑弱水，远帆影乱似君山。[2]寒来虚白凌猋羽，晚雾空青冷珮环。[3]闻道祈灵诸女盛，藤萝香径古跻攀。[4]

注释：

①《游姥山诗》诗见 清 左辅 纂修《（嘉庆）合肥县志》卷第三十一，清嘉庆八年（1803）修、民国九年（1920）重印本。

②弱水：古代神话传说中称险恶难渡的河海。▶《海内十洲记·凤麟洲》："凤麟洲在西海之中央，地方一千五百里，洲四面有弱水绕之，鸿毛不浮，不可越也。"

③虚白：洁白；皎洁。▶隋 江总《借刘太常说文》："幽居服药饵，山宇生虚白。"

④跻攀：攀登。▶唐 杜甫《白水县崔少府十九翁高斋三十韵》："清晨陪跻攀，傲睨俯峭壁。"

## 九日游蜀山[1]

重峦极望树千章，款段风柔趁夕阳。[2]丛竹修藤无定境，黄榆乌桕有微霜。云间梵宇疏钟远，山下人家晚稻香。却悔数年游宦拙，等闲留滞负秋光。[3]

注释：

①《九日游蜀山》诗见 清 左辅 纂修《(嘉庆)合肥县志》卷第三十一，清嘉庆八年(1803)修、民国九年(1920)重印本。本诗标题又作《九日云屋邀游蜀山》，见 清 李天馥《容斋千首诗》，民国王揖唐《广德寿重光集》第一辑第一种，据清光绪三十年(1904)集虚草堂本影印。

②款段：马行迟缓貌。▶《后汉书·马援传》："士生一世，但取衣食裁足，乘下泽车，御款段马……斯可矣。"

③留滞：停留；羁留。▶《史记·太史公自序》："是岁天子始建汉家之封，而太史公留滞周南，不得与从事，故发愤且卒。"

## 新稔志喜[①]

西畴初稔各嬉嬉，艳说山家两日炊。[②]绣亩云晴收早菽，箬棚阴满试香糜。身闲久办租庸调，序改争明定火嘴。[③]月好风甜虚过从，留宾良愧郑当时。[④]

注释：

①《新稔志喜》诗见 清 左辅 纂修《(嘉庆)合肥县志》卷第三十一，清嘉庆八年(1803)修、民国九年(1920)重印本。



②西畴：西面的田畴，泛指田地。▶晋 陶潜《归去来兮辞》："农人告余以春及，将有事于西畴。"

③租庸调：唐代对受田课丁征派的三种赋役的并称。此处泛指赋税。租庸调源于北魏到隋代的租、调、力役制度。凡丁男授田一顷，岁输粟二斛、稻三斛，谓之租；岁输绢二匹，绫、絁二丈，布加五之一，绵三两，麻三斤，非蚕乡则输银十四两，谓之调；役人力，岁二十日，闰加二日，不役者日纳绢三尺，谓之庸，有事而加役二十五日者免调，三十日租调皆免。安史之乱后，为两税法所代替。

④过从：互相往来；交往。▶唐 李公佐《南柯太守传》："时生酒徒周弁、田子华并居六合县，不与生过从旬日矣。"

## 庐居白燕[①]

茆檐兀坐恋斜晖，玉剪何来相向飞。[②]趁月横塘三影漾，受风岐路半规微。[③]台无藻井持筐绝，巷别乌衣伴麈非。多谢怀音频下上，白头友渐久忘机。[④]

注释：

①《庐居白燕》诗见 清 左辅 纂修《(嘉庆)合肥县志》卷第三十一，清嘉庆八年(1803)修、民国九年(1920)重印本。按，清圣祖康熙三十二年(1693年)，李天馥生母翟氏病故。

李天馥扶柩归籍,葬母于今长丰县岗集镇桃山村。李天馥生性至孝,搭茅庐于墓侧,亲植松树、楸树等,晨昏礼谒,泪沾墓门。后有白燕一对栖于墓旁的房子上,人们认为是被李天馥的孝行所感动,遂把李天馥守丧的房子称为"白燕庐",即今"孝子墩"。2004年11月,"孝子墩"被安徽省人民政府列为重点文物保护单位)。

②兀坐:独自端坐。▶唐 戴叔伦《晖上人独坐亭》:"萧条心境外,兀坐独参禅。"

玉剪:此处指燕子。因其尾似剪,故称。▶明 时中《白燕》:"珠帘十二中间卷,玉剪一双高下飞。"

③三影:宋代诗人张先的别号。▶宋 陈师道《后山诗话》:"尚书郎张先善著词,有云:'云破月来花弄影''帘幕卷花影''堕絮轻无影',世称诵之,号张三影。"

④忘机:消除机巧之心。常用以指甘于淡泊,与世无争。▶唐 王勃《江曲孤凫赋》:"尔乃忘机绝虑,怀声弄影。"

## 游大蜀山[1]

为穷幽胜一扶筇,蹑屐晴登最上峰。[2]南望湖光浮夕景,东来山色淡秋容。逼天气卷荒岩雾,出谷声飞野寺钟。共勉尽倾桑落酒,斜阳影里辨樵踪。[3]

寒光一派起秋城,万树风肖落叶声。断涧水痕留宿霭,平江草色晃新晴。粼粼峭壁黄云散,历历长湖紫雾清。莫讶诸君词赋健,龙山宾客旧知名。

香刹忘归忆慧公,居人尚解说遗风。[4]影堂璎珞伤秋晓,法座珠玑感数穷。[5]蝇拂空传山雨黑,龙膏犹蚀土花红。[6]千年往迹须臾事,几度登临叹转蓬。[7]

注释:

①《游大蜀山》诗见 清 左辅 纂修《(嘉庆)合肥县志》卷第三十一,清嘉庆八年(1803)修、民国九年(1920)重印本。

②蹑屐:拖着木屐;穿着木屐。▶《百喻经·毗舍阇鬼喻》:"此人即抱箧捉杖蹑屐而飞。"

③桑落酒:古代美酒名。▶北魏 郦道元《水经注·河水四》:"(河东郡)民有姓刘名堕者,宿擅工酿,采挹河流,酿成芳酎,悬食同枯枝之年,排于桑落之辰,故酒得其名矣。"

④居人:居民。▶《后汉书·光武帝纪下》:"赐郡中居人压死者棺钱,人三千。"

⑤影堂:寺庙道观供奉佛祖、尊师真影之所。▶唐 李远《闻明上人逝寄友人》:"他时若更相随去,只是含酸对影堂。"

璎珞:缨络。用珠玉穿成的装饰物。多用作颈饰。▶《南史·夷貊传上·林邑国》:"其王者著法服,加璎珞,如佛像之饰。"

⑥蝇拂:驱蝇除尘的用具。也称拂尘。多以马尾制成。▶《南史·陈显达传》:"凡奢侈者鲜有不败,麈尾蝇拂是王谢家物,汝不须捉此自逐。"

龙膏：传说中龙的脂膏。此处指蜡烛。▶明 陈汝元《金莲记·觐圣》："凤蜡炼成愁脉脉，龙膏惹起口哓哓。"

⑦转蓬：随风飘转的蓬草。▶《后汉书·舆服志》："上古圣人，见转蓬始知为轮。"

## 题喜熊恕叟郡丞自金斗入觐①

频年剧壤稻孙芜，请命殊劳使者吁。②议论君偏怜杼柚，蹉跎予失负江湖。欣闻松菊应无恙，愁见疮痍又有图。报最若竣须早发，莫贪繁盛滞皇都。③

注释：

①《题喜熊恕叟郡丞自金斗入觐》诗见 清 李天馥《容斋千首诗》，民国王揖唐《广德寿重光集》本第一辑第一种，据清光绪三十年(1904)集虚草堂本影印。

入觐：指地方官员入朝进见帝王。▶宋 曾巩《贺韩相公赴许州启》："鞗革金厄，已严入觐之装；衮衣绣裳，行允公归之望。"

②稻孙：刈稻后，其根得雨再生余穗，谓之"稻孙"。▶宋 叶寘《坦斋笔衡·稻孙》："元章曰：'秋已晚矣，刈穫告功，而田中复青何也？'亟呼老农问之。农曰：'稻孙也。稻已刈，得雨复抽余穗，故稚色如此。'"

③报最：犹举最。旧时长官考察下属，把政绩最好的列名报告朝廷叫报最。▶清 钱谦益《原任福建福州罗源县知县倪千祀授文林郎制》："乃于报最之时，遽有亲藩之擢。"



## 合肥久旱郡守见阳张公下车异政叠闻时雨大沛①

薄俗器凌叹梓桑，望风今喜慑张网。②既能按部除稂莠，何患逢秋不稻粮。③自是牙前饶治行，却教管内擅文章。④鸾临鹿夹知多少，岂经珠还说孟尝。⑤

注释：

①《合肥久旱，郡守见阳张公下车，异政叠闻，时雨大沛》诗见 清 左辅 纂修《(嘉庆)合肥县志》卷第三十一，清嘉庆八年(1803)修、民国九年(1920)重印本。

下车：初即位或到任也称为"下车"。典出《礼记·乐记》："武王克殷，反商，未及下车，而封黄帝之后于蓟。"

②薄俗：轻薄的习俗，坏风气。▶《汉书·元帝纪》："民渐薄俗，去礼义，触刑法，岂不哀哉！"

③稂莠：泛指对禾苗有害的杂草，常比喻害群之人。▶《国语·鲁语上》："子服之妾衣不过七升之布，马饩不过稂莠。"

④牙前：牙，衙。牙前指府衙之前、官署之前。

管内：管辖的区域之内。▶唐 白居易《答刘济诏》："所奏茂昭送卿管内百姓殷进等七人，奏前后事由具悉。”

⑤珠还：珠还合浦的省称。比喻失而复得或去而复还。《后汉书·循吏传·孟尝》载：“合浦郡海出珠宝。原宰守并多贪秽，采求无度，珠遂徙于邻境交阯郡界。及孟尝赴任，革易前弊，未逾岁，去珠复还。”

## 菩萨蛮·纪游和龚芝麓尚书①

落红万片花如雨，子规声里啼春去，春去有人愁，鸣筝懒下楼。② 伴羞妖掩袖，知否情依旧，小立怕催归，贪看双燕飞。

注释：

①《菩萨蛮·纪游和龚芝麓尚书》词见 清 聂先《百名家词钞》容斋诗余朝霞李天馥湘北，清康熙绿荫堂刻本。

②落红：落花。▶唐 戴叔伦《相思曲》：“落红乱逐东流水，一点芳心为君死。”

# 张英

张英(1637—1708)，字敦复，号乐圃。清桐城(今安徽省桐城市)人。康熙六年(1667)丁未科进士，由编修累官文华殿大学士，兼礼部尚书。历任《国史》《一统志》《渊鉴类函》《平定朔漠方略》总裁官，充会试正考官。为官敬慎，卒谥“文端”。有《恒产琐言》《笃素堂诗文集》等。

## 巢湖晓行二首①

客程贪早发，水驿傍湖西。烟草分鞭影，霜华没马蹄。寒深天欲曙，光灭月初低。底事劳劳苦，含凄泣路迷。②

客心残梦里，潦倒出柴门。人语寒相答，星稀光乍昏。溪流寻马迹，沙路认潮痕。莫更嗟行役，明朝是故园。

注释：

①《巢湖晓行二首》诗见 清 张英《存诚堂诗集》二十五卷，卷十一，清康熙刻本。

②底事：此处指何事。▶唐 刘肃《大唐新语·酷忍》：“天子富有四海，立皇后有何不可，关汝诸人底事，而生异议！”

宋志灵，字子睿。清庐江县（今安徽省庐江）人。宋儒醇之子。宋衡、宋元征之父。志灵事继母极孝，以拔贡授训道，辞不赴。母病，绕膝呼号，愿以身代母。母殁，庐墓三年，有白鸟来集之瑞。

## 冷水泉[1]

井洌出寒泉，不盈亦不涸。穴石得其髓，幽清鉴毫发。[2]陆羽茶经漏，刘伶酒颂阙。[3]天欲私吾乡，深藏未肯发。

注释：

①《冷水泉》诗见 清 吴宾彦修 王方岐纂《（康熙）庐江县志》16卷，卷十六，清康熙三十七年（1698）刻本。

②毫发：犹丝毫。极少；极细微。汉王充《论衡·齐世》："方今圣朝承光武，袭孝明，有浸酆溢美之化，无细小毫发之亏。"

③陆羽：唐隐逸陆羽，著有《茶经》，民间祀为茶神。后因称茶为"陆羽茶"。刘伶：《晋书·刘伶传》："刘伶字伯伦，沛国人也……常乘鹿车，携一壶酒，使人荷锸而随之，谓曰：'死便埋我。'"后以"刘伶酒""刘伶锸"为纵酒放达的典实。



# 释松翁

释松翁（1638—1700），名宏徕，俗姓金。清淮安山阳（今江苏省淮安市淮安区）人。星朗法嗣。有《松和尚语录》《澹宁居诗集》。

## 秋登冶父山绝顶[1]

探胜穿云上翠微，湖光一望静朝晖。[2]烟消水落平沙阔，秋老山空古木稀。扑面凉风从北起，惊心塞雁向南飞。不堪半世牢骚客，浪迹天涯尚未归。

注释：

①《秋登冶父山绝顶》诗见 民国 陈诗 编 章梦芙 参订《冶父山志》六卷，卷四诗歌，民国二十五年（1936）木刻本。

②探胜：寻访胜景。▶唐 韩愈《送惠师》："日携青云客，探胜穷崖滨。"

注释：

①《十字河早发》诗见 清 陆龙腾《(康熙)巢县志》卷十九，清康熙十二年(1673)刊本。

②傲睨：傲慢斜视；骄傲。▶唐 罗隐《送宣武徐巡官》："傲睨公卿二十年，东来西去只悠然。"

③劳臣：功臣。▶《管子·立政》："有功力未见于国而有重禄者，则劳臣不劝。"

④咸若：为称颂帝王教化之词。谓万物皆能顺其性，应其时，得其宜。典出《书·皋陶谟》："皋陶曰：'都！在知人，在安民。'禹曰：'吁！咸若时，惟帝其难之。'"▶唐 李邕《春赋》："律何谷而不暄，光何容而不灼。植也知归，动焉咸若。尔乃杨回曲沼，李杂芳园。"

## 治堂上梁时雨适至[①]

定中适叶庶人星，劳苦深惭勿亟经。云栋朝升云欲匝，雨车长发雨先零。[②]构堂丹雘追三古，斤斧登冯效百零。[③]敢借群公燕许笔，大书户牖水盂铭。

注释：

①《治堂上梁时雨适至》诗见 清 陆龙腾《(康熙)巢县志》卷十九，清康熙十二年(1673)刊本。原诗标题后有注："和陆轺雯韵。"

②云栋：高入云表的梁栋。▶北齐 刘昼《新论·知人》："公输之刻凤也……绮翮焱发，翙然一翥，翻翔云栋，三日而不集。"

③丹雘：犹言藻饰。▶清 吴伟业《送宛陵施愚山提学山东》诗之三："伊昔嘉隆时，文章尚丹雘。"



## 谯楼落成[①]

恰好帘泉水到门，还看秀色似云屯。梧攒老叶才成盖，竹卸新篁渐长孙。[②]黛抹浓纤分远近，登宜雪月任寒暄。赏心更忆东山捷，屐折能无倒绿尊。

注释：

①《谯楼落成》诗见 清 陆龙腾《(康熙)巢县志》卷十九，清康熙十二年(1673)刊本。原诗标题后有注："和陆轺雯韵。"

②新篁：新生之竹。亦指新笋。▶唐 李贺《昌谷北园新笋》诗之三："今年水曲春沙上，笛管新篁拔玉青。"

## 孙宏喆

孙宏喆，字仲吉，号笃斋。清山东乐安（今山东省广饶县）人。顺治六年（1649）己丑科进士，授庐江知县。政事、文学皆优，多惠政。“任数年，百废具举。海寇犯县城，死之。”祀名宦祠。墓原在庐江县城北门重关，后邑人霍彝迁墓东门外大房庄。

### 金牛晚眺[1]

日落秋风起，登临快此行。三峰连晚岫，一雁下孤城。香绕佛前古，笛吹牛背声。长吟归旅际，烟月小桥明。[2]

注释：

①《金牛晚眺》诗见 清 吴宾彦修 王方岐纂《（康熙）庐江县志》卷十六，清康熙三十七年（1698）刻本。

②归旅：从战场归来的部队。 ▶宋 王珪《次韵和元厚之平羌》：“零雨未蒙音已捷，不劳归旅咏周公。”



### 金牛塔[1]

赤乌纪年处，云深不可求。悔从督税出，今作看山游。拟献相如赋，还悲宋玉秋。石桥新月好，贾客自横舟。

注释：

①《金牛塔》诗见 清 吴宾彦修 王方岐纂《（康熙）庐江县志》卷十六，清康熙三十七年（1698）刻本。原诗标题后有注：“传有赤乌二年字。”

### 望白石山吊陈大忠侍郎[1]

金川尚未启，阃外自留芳。[2]魂泣秋江月，丧归白石堂。丹心凝碧岫，正气扶天常。[3]怅望松青处，风云护御香。

注释：

①《望白石山吊陈大忠侍郎》诗见 清 吴宾彦修 王方岐纂《（康熙）庐江县志》卷十六，清康熙三十七年（1698）刻本。

②阃外：指京城或朝廷以外，亦指外任将吏驻守管辖的地域，与朝中、朝廷相对。▶唐 白居易《近见慕巢尚书诗中屡有叹老思退之意因以长句戏而谕之》："近见诗中叹白须，遥知阃外忆东都。"

③天常：天的常道。常指封建的纲常伦理。▶《左传·文公十八年》："颛顼氏有不才子，不可教训，不知话言，告之则顽，舍之则嚚，傲很明德，以乱天常。"

## 署中咏怀和昔人韵[1]

世味深无底，一入难拔足。[2]却步不敢前，求以免耻辱。箪瓢师孔颜，饥寒念穷独。[3]邈矣彭泽令，乞食仅充腹。[4]鄙哉元相国，万钟何足欲。[5]五斗怜腰折，况复八百斛。[6]清浊两相视，尘土与珠玉。我亦无闻者，镜古以自烛。

注释：

①《署中咏怀和昔人韵》诗见 清 吴宾彦修 王方岐纂《(康熙)庐江县志》卷十六，清康熙三十七年(1698)刻本。

②世味：人世滋味；社会人情。▶唐 韩愈《示爽》："吾老世味薄，因循致留连。"

③箪瓢：箪食瓢饮。《论语·雍也》："一箪食，一瓢饮，在陋巷，人不堪其忧，回也不改其乐。贤哉回也！"后用为生活简朴，安贫乐道的典故。▶唐 李复言《续玄怪录·韦令公皋》："妾辞家事君子，荒隅一间茅屋，亦君之居；炊菽羹藜，食瓢饮，亦君之食。"

穷独：孤独无依。▶《尹文子·大道下》："穷独贫贱，治世之所共矜，乱世之所共侮。"

④彭泽令：指陶渊明。陶渊明(约365—427)，字元亮，晚年更名潜，字渊明。别号五柳先生，私谥"靖节"，世称靖节先生。东晋南朝初浔阳柴桑(今江西省九江市)人。曾任江州祭酒、建威参军、镇军参军、彭泽县令等职，最末一次出仕为彭泽县令，八十多天便弃职而去，从此归隐田园。有"古今隐逸诗人之宗""田园诗派之鼻祖"之誉，有《陶渊明集》。

⑤元相国：指元稹。元载(713—777)，字公辅。唐凤翔府岐山县(今陕西岐山县)人。唐朝中期宰相。在位独揽朝政，排除异己，专权跋扈。专营私产，大兴土木。大历十二年(777)，全家坐罪赐死。兴元元年(784)，唐德宗感念翊戴之功，诏复官职，许以改葬，谥"成纵"。唐文宗即位，追谥为"忠"。

万钟：指优厚的俸禄。钟，古量名。▶《孟子·告子上》："万钟则不辩礼义而受之，万钟于我何加焉。"

⑥腰折：折腰。谓屈身事人。▶唐 元稹《送友封》诗之二："若见中丞忽相问，为言腰折气冲天。"

八百斛：斛，量具名。古以十斗为斛，南宋末改为五斗。《新唐书·元载传》："及死，籍其家，钟乳五百两，召分赐中书、门下台省官，胡椒八百石，它物称是。"《书言故事》作"胡椒八百斛"。后用为贪官污吏聚敛财富之典。▶宋 方岳《山居十六咏·著图书所》："钟乳三千两，胡椒八百斛。笑杀山中人，破纸塞故屋。"

## 金斗感怀[①]

落木苍苍野色曛，长河如带水如纹。数家砧杵鸣秋夜，唤起愁人看白云。[②]

注释：

①《金斗感怀》诗见 清 吴宾彦修 王方岐纂《(康熙)庐江县志》卷十六，清康熙三十七年(1698)刻本。

②砧杵：亦作"碪杵"。捣衣石和棒槌。亦指捣衣。▶南朝 宋 鲍令晖《题书后寄行人》："砧杵夜不发，高门昼常关。"

## 次韵避暑台[①]

漳水园林久已灰，绣溪犹此峙行台。祇今秋草寒烟内，歌舞何人铜雀来。[②]

注释：

①《次韵避暑台》诗见 清 吴宾彦修 王方岐纂《(康熙)庐江县志》卷十六，清康熙三十七年(1698)刻本。



②祇今：祇同"衹"。如今。▶唐 岑参《献封大夫破播仙凯歌》之一："天子预开麟阁待，祇今谁数贰师功！"

## 捧檄桥[①]

莎靡古道汉为墟，犹诵毛公禄养初。[②]溪上新添碑版字，石间曾历短辕车。[③]草玄戟下讥难遁，避世金门话亦虚。[④]桥底涌流偏照眼，至今喜色使眉舒。[⑤]

注释：

①《捧檄桥》诗见 清 吴宾彦修 王方岐纂《(康熙)庐江县志》卷十六，清康熙三十七年(1698)刻本。

②禄养：以官俸养亲。古人认为官俸本为养亲之资。▶汉 焦赣《易林·革之观》："飞不远去，法为罔待，禄养未富。"

③短辕车：牛车或粗陋小车。▶宋 刘克庄《鹊桥仙·足痛》词："不消长麈短辕车，但乞取，一枝鹤膝。"

④草玄：指 西汉扬雄作《太玄》。▶《汉书·扬雄传下》："哀帝时，丁、傅、董贤用事，诸附离之者或起家至二千石。时雄方草《太玄》，有以自守，泊如也。"后因以"草玄"谓淡于势利，潜心著述。

⑤照眼：犹耀眼。形容物体明亮或光度强。 ▶唐 杜甫《酬郭十五判官》："才微岁老尚虚名。卧病江湖春复生。药裹关心诗总废，花枝照眼句还成。"



## 山房听雨[①]

江云蔚起水涔涔，散入高楼荡客心。千里尘沙人易老，五更风雨泪难禁。辞荣欲挂陶公绶，植节宁锄管子金。[②]莫道山房无好况，苍松翠竹是知音。

注释：

①《山房听雨》诗见 清 吴宾彦修 王方岐纂《(康熙)庐江县志》卷十六，清康熙三十七年(1698)刻本。

②辞荣：逃避富贵荣华的生活。谓辞官退隐。 ▶晋 陶潜《感士不遇赋》："望轩唐而永叹，甘贫贱以辞荣。"

宁锄管子金：典出 南朝 宋 刘义庆《世说新语·德行》：管宁、华歆共园中锄菜，见地有片金，管挥锄与瓦石不异，华捉而掷去之。又尝同席读书，有乘轩冕过门者，宁读如故，歆废书出看。宁割席分坐曰："子非吾友也。"



## 绣溪[①]

两岸衰杨绕郭铺，数声欸乃引凫雏。[②]结茆才有残炊起，钓碣曾闻牧竖呼。[③]歌管多年无屿榭，縠纹镇日下江湖。[④]试看古瓦霾云处，流水为车入画图。

注释：

①《绣溪》诗见 清 吴宾彦修 王方岐纂《(康熙)庐江县志》卷十六，清康熙三十七年(1698)刻本。

②凫雏：幼凫。 ▶《西京杂记》卷一："其间凫雏雁子，布满充积。"

③结茅：亦作"结茆"。编茅为屋。谓建造简陋的屋舍。 ▶南朝 宋 鲍照《观圃人艺植诗》"抱锸垄上餐，结茅野中宿。"

④歌管：谓唱歌奏乐。 ▶南朝 宋 鲍照《送别王宣城》："举爵自惆怅，歌管为谁清？"

## 掷杯桥[①]

绿塍红陌沟谽谺，水流瀌瀌通污邪。[②]羽化老羝不复返，丁丁惟有避人蛙。[③]断石为桥仅略约，一曲朝岚暮落霞。[④]呜呼！丹去井留洞已闭，只余杯影孰真伪。古言魏武蚁视祢正平，安知元放羊牵曹吉利。[⑤]呜呼！小儿祢衡笔落鹦鹉洲，仙人左慈酒散庐江地。

注释：

①《掷杯桥》诗见 清 吴宾彦修 王方岐纂《(康熙)庐江县志》卷十六，清康熙三十七年(1698)刻本。

②谽谺：山谷空旷貌。▶唐 卢照邻《五悲·悲昔游》："当谽谺之洞壑，临决咽之奔泉。"污邪：亦作"汙邪"。此处指地势低下的田。▶《史记·滑稽列传》："瓯窭满篝，汙邪满车。"

③羝[dī]：公羊。

④略约：简略配制。▶宋 乐史《杨太真外传》上："上命梨园弟子略约词调，抚丝竹，遂促龟年以歌。"

⑤蚁视：小看；轻视。

祢正平：即祢衡。祢衡(173—198)，字正平，东汉末平原郡般县。个性恃才傲物，和孔融交好。孔融著《荐祢衡表》，向曹操推荐祢衡，但是祢衡称病不肯去，曹操封他为鼓手，想要羞辱祢衡，却反而被祢衡裸身击鼓而羞辱。后来祢衡骂曹操，曹操就把他遣送给刘表，祢衡对刘表也很轻慢，刘表又把他送去给江夏太守黄祖，最后因为和黄祖言语冲突而被杀，时年二十六岁。黄祖对杀害祢衡一事感到十分后悔，便将其加以厚葬于鹦鹉洲上。

曹吉利：一般指魏武帝曹操。

## 小乔辞①



余赋公瑾绝句有曰"至今古木残碑下，彻夜秋风伴小乔。"感慨系之，不知乔墓之近也。已而，由公瑾墓西行，绕北冈数里，将至真武观。而小乔之墓在焉。有封无表，土人呼曰"瑜婆墩"。相戒勿犯其兆砖。然冢之前后，既犁为田，而古甓缺裂已久，固不若公瑾墓之尚完也。余既使人荷锸筑其坟，复为之词，以告公瑾云：②

大堤堤下水涓流，乔家国色古遗丘。上有靡靡之茂草，四角花砖绕一抔。周郎尽瘁三十六，江淮哀痛吴主哭。胭脂色褪镜奁移，曾在黄垆在华屋。③只今幽隧已成蹊，东望周郎宰木低。④里人嗲甚勿复较，我将锦石列丹题。⑤

注释：

①《小乔辞》诗见 清 吴宾彦修 王方岐纂《(康熙)庐江县志》卷十六，清康熙三十七年(1698)刻本。

②感慨系之：谓对其事不胜感慨。▶晋 王羲之《兰亭集序》："及其所之既倦，情随事迁，感慨系之矣。"

③黄垆：犹黄泉。▶《淮南子·览冥训》："上际九天，下契黄垆。"高诱 注："上与九天交接，下契至黄垆，黄泉下垆土也。"

④宰木：坟墓上的树木。语出《公羊传·僖公三十三年》："秦伯怒曰：'若尔之年者，宰

上之木拱矣。'" 何休 注:"宰,冢也。"▶宋 黄庭坚《奉答谢公定与荣子邕论狄元规孙少述诗长韵》:"谢公遂如此,宰木已三霜。"

⑤喭[yàn]:同"谚"。谚语。▶《后汉书·虞诩传》:"喭曰:'关西出将,关东出相。'"

## 于觉世

于觉世(1619—1691),字子先,别号赤山。清济南新城(今属山东省济南市)人。顺治十二年(1655)乙未科进士,授归德府推官,改授巢县知县。时遇歉收,县民多饥饿,他为政宽简,带头捐俸赈米,救济饥民。又因平剿盗匪有功,升刑部主事。后官至广东学政。有《居巢》《使越》《岭南》《燕市》等集。

### 望巢湖[1]

长湖三百里,四望豁江天。日气来残雨,风樯落晓烟。[2]环城一水阔,隔岸数峰妍。南国春光早,游歌半扣舷。[3]

注释:

①《望巢湖》诗见 清《(康熙)巢县志》卷十九,清康熙十二年(1673)刊本。

②风樯:指帆船。▶唐 刘禹锡《鱼复江中》:"风樯好住贪程去,斜日青帘背酒家。"

③游歌:优游歌舞。语出《诗·大雅·卷阿》:"岂弟君子,来游来歌,以矢其音。"

### 王乔洞和程东旭韵[1]

蜡屐乘春霁,同人称胜游。[2]花明村树远,烟矗涧溪幽。寻古攀萝磴,怜芳坐水头。[3]仙踪何处是,怊怅此林丘。[4]

注释:

①《王乔洞和程东旭韵》诗见 清 陆龙腾《(康熙)巢县志》卷十九,清康熙十二年(1673)刊本。

②蜡屐:此处指涂蜡的木屐。▶唐 刘禹锡《送裴处士应制举》:"登山雨中试蜡屐,入洞夏里披貂裘。"

③水头:犹水边。▶唐 姚合《辞白宾客归后寄》:"千骑红旗不可攀,水头独立暮方还。"

④怊怅:犹惆怅。▶《楚辞·九辩》:"心摇悦而日幸兮,然怊怅而无冀。"

## 牛山步月和程东旭韵[①]

浩露轻寒尚中人，暮山踏尽解怜春。[②]千峰迷熳云生白，一水空明月漾痕。[③]银汉迢迢澄夜景，渔灯点点照湖湄。岩城击柝行初静，烟树微茫佛阁新。

注释：

①《牛山步月和程东旭韵》诗见 清 陆龙腾《（康熙）巢县志》卷十九，清康熙十二年（1673）刊本。

②浩露：浓重的露水。▶晋 陆云《九愍·修身》："握遗芳而自玩，挹浩露于兰林。"

③生白：生出光明。▶《庄子·人间世》："瞻彼阕者，虚室生白，吉祥止止。"

## 癸丑王正过芙蓉庵[①]

霜清露冷晓风干，岭上芙蓉面面盘。遥望归云朝欲尽，当天突出数峰寒。[②]昽昽春霭竹千竿，珠阁香消半未残。[③]何处岛声啼柳岸，开应坐对远山看。

注释：

①《癸丑王正过芙蓉庵》诗见 清 陆龙腾《（康熙）巢县志》卷十九，清康熙十二年（1673）刊本。

②归云：犹行云。▶晋 潘岳《西征赋》："吐清风之飂戾，纳归云之郁蓊。"

③昽昽：微明貌。▶南朝 梁 刘孝威《都县遇见人织率尔寄妇》："昽昽隔浅纱，的的见妆华。"
春霭：春日的云气。▶唐 高适《登广陵栖灵寺塔》："远思驻江帆，暮时结春霭。"

## 牛山晚眺[①]

日落千峰晚，春晴更画图。远帆开绣甸，绿柳涨平湖。竹树峦烟合，江城鸟语孤。登高成旷览，浩荡属吾徒。[②]

注释：

①《牛山晚眺》诗见 清 陆龙腾《（康熙）巢县志》卷十九，清康熙十二年（1673）刊本。

②吾徒：我辈。▶汉 班固《答宾戏》："孔终篇于西狩，声盈塞于天渊，真吾徒之师表也。"

## 九日同车何天牛山登高遇雨二首[①]

潇洒牛山路，来游豁壮心。[②]十年悲落拓，此日快登临。[③]湖上双峰迴，城边一水深。寒花乘令节，冒雨可相寻。[④]

清兴余今日，衔杯愧昔贤。[5]人同秋菊淡，帽为晚风偏。新雁集沙渚，归云落客筵。金庭何处是，览眺意翛然。[6]

注释：

①《九日同车何天牛山登高遇雨二首》诗见 清 陆龙腾《(康熙)巢县志》卷十九，清康熙十二年(1673)刊本。

②壮心：豪壮的志愿，壮志。▶汉 焦赣《易林·井之大过》："钟鼓夜鸣，将军壮心；赵国雄勇，斗死荥阳。"

③落拓：此处指冷落；寂寞。▶《乐府诗集》："揽裳未结带，落托行人断。"

④令节：犹时令佳节。▶《艺文类聚》卷四引 晋 傅充 妻 辛氏《元正》："元正启令节，嘉庆肇自兹。咸奏万年觞，小大同悦熙。"

⑤清兴：清雅的兴致。▶唐 王勃《山亭夜宴》："清兴殊未阑，林端照初景。"

⑥翛然：无拘无束、超脱的样子。▶《庄子·大宗师》："翛然而往，翛然而来而已矣。"

## 过清溪河[1]

舟行山屡转，岸动水弗移。朔风吹欲雪，回浪冷侵卮。沙雁迎人起，风帆去不迟。遥怜垂钓者，荷笠当寒飔。[2]

注释：

①《过清溪河》诗见 清 陆龙腾《(康熙)巢县志》卷十九，清康熙十二年(1673)刊本。

清溪河：裕溪河左岸的支流，源于巢湖市北与含山县交界的青龙尖(海拔403米)，东流，至巨兴折东南，至清溪折西南流，经半湖、亚父，穿过淮南铁路桥，于庙后村注入裕溪河。流域面积235平方公里。

②寒飔：寒风。▶ 宋 曾巩《送刘医博》诗："深冬山城万木落，阴气荡射生寒飔。"

## 慈云阁和葛芥庵[1]

江湖汇胜概，长河束惊湍。[2]灵气须收摄，东注无回澜。[3]何以制崩奔，层搆镇河干。[4]乘暇时登跻，振衣造极颠。[5]恢弘欲放眼，云物各蹁跹。俯瞰见城郭，气象仍万千。挥手挹紫霞，吐气凌青烟。[6]呼吸近帝座，瞻仰识诸天。陈公百尺楼，依稀此有焉。[7]山川结灵奥，伟哉称巨观。[8]

注释：

①《慈云阁和葛芥庵》诗见 清 陆龙腾《(康熙)巢县志》卷十九，清康熙十二年(1673)

刊本。

②胜概：美景；美好的境界。▶唐 李白《夏日陪司马武公与群贤宴姑熟亭序》："此亭跨姑熟之水，可称为姑熟亭焉。嘉名胜概，自我作也。"

③收摄：收聚。

④崩奔：水流冲激堤岸而奔涌。▶《文选·谢灵运〈入彭蠡湖口诗〉》："洲岛骤回合，圻岸屡崩奔。"

⑤登跻：登攀、攀登。

⑥紫霞：紫色云霞。道家谓神仙乘紫霞而行。▶《文选·陆机〈前缓声歌〉》："献酬既已周，轻举乘紫霞。"

⑦陈公百尺楼：指三国时陈登（字元龙）的典故。▶《三国志·魏志·陈登传》："许汜曰：'昔遭乱过下邳，见元龙。元龙无客主之意，久不相与语，自上大床卧，使客卧下床。'刘备曰：'……君求田问舍，言无可采，是元龙所讳也。何缘当与君语？如小人，欲卧百尺楼上，卧君于地，何但上下床之间邪？'"

⑧灵奥：1.神奇奥妙。▶南朝 梁武帝《游仙》诗："水华究灵奥，阳精测神祕。" 2.幽深。▶明 徐弘祖《徐霞客游记·粤西游记》："千柱层列，众窦竞启，前之崇宏雄旷，忽为窈窕灵奥。"



## 雪后早发居巢经芙蓉岭作[①]

连峰余积雪，春寒犹泼面。[②]凌晨渡浮梁，湖光静如练。[③]远岫冠朝云，崖草集清霰。[④]渐登石路高，屡转山容变。已过大秀峰，芙蓉岭又见。[⑤]鸟道何盘盘，虹飞自片片。群山汇胜迹，翠竹覆杰殿。仰视天开扩，俯寻路一线。阅此出世境，浮俗真可厌。[⑥]尘劳驱微躬，去去难久恋。登顿已忘疲，趋谒敢云倦。天门高百丈，欲叩成虚愿。[⑦]藉此天际风，举足凌青电。日暮驱车行，历尽仍回盼。[⑧]

注释：

①《雪后早发居巢经芙蓉岭作》诗见 清 陆龙腾《（康熙）巢县志》卷十九，清康熙十二年（1673）刊本。

芙蓉岭，位于巢湖市银屏镇，秀芙境内，山峦多洼，洼生野荷，花红如染，远眺形似一朵大芙蓉，故得名。"芙蓉叠翠"为古巢十景之一。今已不存。

②泼面：原意为厚脸皮，此处是指寒风迎面、扑面。

③浮梁：即浮桥。▶《文选·潘岳〈闲居赋〉》："浮梁黝以径度，灵台杰其高峙。

④远岫：远处的峰峦。▶南朝 齐 谢朓《郡内高斋闲坐答吕法曹》："窗中列远岫，庭际俯乔林。"

⑤大秀峰，芙蓉岭：大秀峰位于巢湖市银屏镇岱山村，海拔400余米。"大秀晴云"为古巢十景之一。

⑥浮俗：浮薄的习俗。▶南朝 梁 萧统《令旨解二谛义》："正以浮俗，故无义可辨，若有义可辨，何名浮俗。"

⑦虚愿：不切实际的愿望。▶《逸周书·武纪》："恃名不久，恃功不立，虚愿不至，妄为不祥。"

⑧回盼：回盼，回头看。▶晋 夏侯湛《江上泛歌》："沈嗟回盼于北夏，何归轸之难。"

## 听书港同车何天葛芥庵陆韶雯[①]

六经岂糟粕，诵读失本真。堪羡听书者，犹能近及门。[②]

南去音书此暂停，临流且自聚谈经。[③]三千礼教来东国，一畹芳兰伫晚汀。[④]鸟语泉声疑响答，天光客思两沉冥。[⑤]只今遗迹仍千古，愧煞当年是楚庭。

注释：

①《听书港同车何天葛芥庵陆韶雯》诗见 清 陆龙腾《(康熙)巢县志》卷十九，清康熙十二年(1673)刊本。原诗共两首，一五言，一七言。

②及门：《论语·先进》："子曰：'从我于陈蔡者，皆不及门也。'"本谓现时不在门下，后以"及门"指受业弟子。▶《元史·许谦传》："乃门之士著录者千余人。"

③谈经：此处指谈论儒家经义。▶《宋史·曾几传》："几独从之，谈经论事，与之合。"2

④芳兰：兰花，古人常以喻君子。▶晋 陆机《拟涉江采芙蓉》："上山采琼蕊，穹谷饶芳兰。"

⑤响答：响应；应答。▶唐 韩愈《祭裴太常文》："至乎公卿冠昏，士庶丧祭，疑皆响答，问必实归。"



## 冶父山与星朗和尚茶话[①]

驱车临香界，山径何坳窅。[②]石梁通远瀑，竹径盘萝茑。阴森消客虑，苍翠失清晓。[③]一僧下烟雾，短发覆眉少。[④]朱丝摇绣衲，童颜风格老。拄杖看鹤还，探囊得句好。启关悬度来，入座诸峰绕。高阁卧闲云，石床栖山鸟。拈花参秘谛，蹊径为一扫。会心不在多，谈言微以杳。廿载撄尘劳，解脱未能了。指点悟无生，抽簪何不早。[⑤]昂首冶父山，烟岚幻晴昊。[⑥]何时一结庐，与尔栖尘表。[⑦]

注释：

①《冶父山与星朗和尚茶话》诗见 清 陆龙腾《(康熙)巢县志》卷十九，清康熙十二年(1673)刊本。原诗标题下有作者自注："山在庐江，离巢界三十里。"

冶父山：位于安徽省合肥市庐江县境内，距县城东约9千米，峰峦叠翠，庙宇辉煌，古迹遗存,佳传甚多,有"江北小九华"之称。据传春秋时,铸剑之父欧冶子曾在此山铸剑,山上存有铸剑池古迹故而得名。冶父山最高峰为兜率峰,海拔375米。"冶父晴岚"为古庐江八景之一。1992年,冶父山被国家林业部批准为国家森林公园,2014年正式批准为国家4A级旅游景区。

②香界:指佛寺。▶唐 沈佺期《绍隆寺》:"香界萦北渚,花龛隐南峦。"

③清晓:天刚亮时。▶唐 孟浩然《登鹿门山怀古》:"清晓因兴来,乘流越江岘。"

④原诗"朱丝摇绣衲"句后有作者自注:"时僧朱履迎客。"

⑤无生:佛教语。谓没有生灭,不生不灭。▶晋 王该《日烛》:"咸淡泊于无生,俱脱骸而不死。"

抽簪:谓弃官引退。古时做官的人须束发整冠,用簪连冠于发,故称引退为"抽簪"。▶李善 注引 钟会《遗荣赋》:"散发抽簪,永纵一壑。"

⑥晴昊:晴空。▶唐 杜甫《苏端薛复筵简薛华醉歌》:"安得健步移远梅,乱插繁花向晴昊。"

⑦尘表:世外;世俗之外。▶《南史·隐逸传下·阮孝绪》:"乃著《高隐传》……言行超逸,名氏弗传,为上篇;始终不耗,姓名可录,为中篇;挂冠人世,栖心尘表,为下篇。"

## 春正过芙蓉岭①



两年三过芙蓉岭,春到芙蓉岭不同。苞竹含烟啼越鸟,层岩积雪渡飞鸿。②濡须得借此关险,法界遥从一径通。③不惮攀跻临绝顶,凭高真欲驾天风。

注释:

①《春正过芙蓉岭》诗见 清 陆龙腾《(康熙)巢县志》卷十九,清康熙十二年(1673)刊本。

②越鸟:即候鸟,飞往南方越冬的鸟。▶《文选·古诗〈行行重行行〉》:"胡马依北风,越鸟巢南枝。"

③法界:佛教语。梵语的意译。通常泛称各种事物的现象及其本质。▶《华严经·十通品》:"入于真法界,实亦无所入。"

## 竞渡行①

令节今当五月五,榴花艳艳垂红羽。锦标突兀起中天,但许争能不禁取。②惊涛怒涨如山来,注目风生鳞鬣开。鱼龙隐见不分明,出强争趋力其才。天矫出没神龙异,空天霹雳凛清霁。③烟云烂熳俯长虹,攫拏盘旋皆如意。君不见,焦湖万顷蛟鼍宫,鳞角初成射日红。④破浪腾霄会有日,秋高待尔起长风。⑤

注释：

①《竞渡行》诗见 清 陆龙腾《(康熙)巢县志》卷十九，清康熙十二年(1673)刊本。

②禁取：犹经受。▶宋 贺铸《减字浣溪沙》词："望处定无千里眼，断来能有几回肠，少年禁取恁凄凉。

③清霁：雨止雾散。谓天气晴朗。▶北魏 郦道元《水经注·湘水》："芙蓉峰最为竦杰…… 望若阵云，非清霁素朝，不见其峰。"

④彨[chī]：古同"螭"，传说中没有角的龙。

⑤秋高：谓秋日天空澄澈、高爽。▶唐 杜甫《茅屋为秋风所破歌》："八月秋高风怒号，卷我屋上三重茅。"

## 顾横波

顾横波(1619—1664)，原名顾媚，又名眉，字眉生，别字后生，号横波。明末清初应天府上元县(今江苏省南京市)人。与马湘兰、卞玉京、李香君、董小宛、寇白门、柳如是、陈圆圆同称"秦淮八艳"。工诗善画，善音律，尤擅画兰，能出己意，所画丛兰笔墨飘洒秀逸。明崇祯十四年(1641)，嫁合肥龚鼎孳，改姓名为"徐善持"。龚鼎孳仕清后，顾亦受诰封为"一品夫人"。清康熙三年(1664)冬，病卒于北京铁狮子胡同，后归葬合肥桃花城。有《柳花阁集》。

### 海月楼夜坐[①]

香生帘幙雨丝微，黄叶为邻莫卷衣。[②]粉院藤萝秋响合，朱栏杨柳月痕稀。寒花晚瘦人相似，石磴凉生雁不飞。自爱林中成小隐，松风一榻闭高扉。[③]

注释：

①《海月楼夜坐》诗见 清 沈善宝《名媛诗话》卷十二，清光绪鸿雪楼刻本。

②"香生帘幙雨丝微，黄叶为邻莫卷衣。"又作"香生帘幙雨霏霏，黄叶为邻暮卷衣。"，详见清 陈诗《皖雅初集》卷三十，民国十八年(1929年)上海美艺图书公司印本。

帘幙：同帘幕，用于门窗处的帘子与帷幕。▶唐 杜牧《题宣州开元寺水阁》："深秋帘幕千家雨，落日楼台一笛风。"

③松风：此处指松林之风。▶南朝 宋 颜延之《拜陵庙作》："松风遵路急，山烟冒垄生。

## 潘江

潘江(1619—1702),原名大璋,字蜀藻,号木崖。晚年自号耐翁,因自名其居处为"河墅",时人又称为"河墅先生"。明末清初江南桐城(今安徽省桐城市)人。入清,以著述自娱。康熙十八年(1679)举博学鸿儒,不赴。卒年八十四。著有《木厓诗文集》《木厓续集》《龙眠风雅》《六经蠡测》《字学析疑》《记事珠》《古年谱》《名宦乡贤实录》《诗韵尤雅》《文聚》《诗正》等四十余种。

### 青阳[①]

首夏苦燠蒸，应为节候早。况值时令乖，寒暑每颠倒。织絺不敢御，长箑那能扫。[②]汗流如水浆，气暍喉唇燥。日暮投孤村，炎阳犹杲杲。[③]四顾少店舍，最晚逢村老。黄粱为我炊，煖汤为我澡。酒味虽云薄，情意故甘好。因思黔滇间，征夫何草草。披坚犹执热，裳衣积虮蚤。行役固其常，昌暑曷足道。

注释:

①《青阳》诗见 清 潘江《木厓集》卷五,清康熙刻本。

青阳:指清代合肥县青阳巡检司,即今安徽省肥西县花岗镇青阳社区。

②织絺:原为麻织工艺之一,此处指葛布衣裳。

长箑[shà]:扇子。

③杲杲:明亮貌。▶《诗·卫风·伯兮》:"其雨其雨,杲杲出日。"



### 派河店[①]

杜鹃既送春，布谷复催耕。上天无雨泽，安问秫与秔。[②]频年谷苦贱，农夫心怦怦。播种不得栽，宁能无他营。力田民之本，逐末乱之萌。[③]不见派河民，相与辞坟茔。湖南急征战，主将方募兵。逝将卖锄犁，飘然远从征。

注释:

①《派河店》诗见 清 潘江《木厓集》卷五,清康熙刻本。

派河店:即今安徽省肥西县上派镇。

②秔[jīng]:同"粳"。▶《说文》:"秔,稻属。"

③力田:努力耕田。亦泛指勤于农事。▶《战国策·秦策五》:"今力田疾作,不得煖衣余食。"

## 店埠[1]

迢迢金斗城，凭高一揽辔。此邦有诸彦，造访胡由遂。[2]征途有常程，疾驱过城肆。日暮悯跛驴，徒行聊一试。忽然殷其雷，咄嗟风雨至。[3]虽有御湿具，仓皇不可致。莽莽原野间，四顾将焉避。骑驴渡石桥，一蹶损右臂。谓当霈泽通，泥泞吾奚惴。[4]投店雷雨收，晚霞色转炽。[5]似妒游子装，真宰诚何意。向夜百病作，偶梦心犹悸。鸡鸣问仆夫，繁星光照地。

注释：

①《店埠》诗见 清 潘江《木厓集》卷五，清康熙刻本。

②原诗“此邦有诸彦”句后有注：“谓秦虞桓、李秀升、龚孝绩诸子。”

诸彦：众贤才。▶南朝 宋 谢灵运《拟魏太子“邺中集”诗八首序》：“天下良辰美景赏心乐事，四者难并，今昆弟友朋，二三诸彦，共尽之矣。”

③咄嗟：犹呼吸之间。谓时间仓卒；迅速。▶晋 左思《咏史》诗之八：“俯仰生荣华，咄嗟复雕枯。”

④霈泽：雨水。▶唐 杜甫《大雨》：“风雷飒万里，霈泽施蓬蒿。”

奚惴：如何会担心、害怕。奚，指怎么，如何。惴，形容忧愁、害怕的样子。

⑤投店：投宿旅店。

## 梁县[1]

我行已不先，我仆常苦后。中途雇蹇驴，并辔相左右。听彼御者言，恻焉使心疚。[2]自云先朝时，世隶凤阳久。[3]有田不起科，岁酿烝尝酒。[4]不知始何年，更名曰地亩。社长三十六，搜括到鸡狗。累世免租税，此苦那独受。畏彼官长威，情急举家走。买驴获扉直，聊以谋升斗。[5]永痛父祖茔，北望空回首。语罢辄欷歔，予急掩其口。[6]陵寝且丘墟，坟墓复何有。生得逃征徭，死当见父母。[7]

注释：

①《梁县》诗见 清 潘江《木厓集》卷五，清康熙刻本。

梁县：旧县名，明初并入庐州府合肥县，治所在今安徽省肥东县梁园镇，清代时设梁园巡检司。

②恻焉：犹恻然。▶《汉书·淮阳宪王刘钦传》：“（张博）悖逆无道，王不举奏而多予金钱，报以好言，罪至不赦，朕恻焉不忍闻，为王伤之。”

③先朝：前朝，多指上一个朝代。▶三国 魏 曹植《与杨德祖书》：“昔扬子云，先朝执戟之臣耳。”

④起科：谓对农田计亩征收钱粮。▶明 蒋一葵《长安客话·良乡行》："良乡疆域甚狭，复有军屯者三，宫勋子粒十二，山水冲没者七，起科地不满三千顷，而民无后占者仅六百丁，其实不及大县一里。"

烝尝：本指秋冬二祭，后亦泛称祭祀。▶《诗·小雅·楚茨》："洁尔牛羊，以往烝尝。"

⑤扉直：微薄的价值。扉，应为菲。

升斗：容量单位。十合为升，十升为斗。借指少量的米粮、口粮。▶唐 韩愈《论盐法事宜状》："或从赊贷升斗，约以时熟填还。"

⑥欷歔：叹息声；抽咽声。▶三国 魏 曹植《卞太后诔》："百姓欷歔，婴儿号慕。"

⑦征徭：赋税与徭役。▶《后汉书·隗嚣传论》："至使穷庙策，竭征徭，身殁众解然后定。"

## 护城驿[1]

夜月方曈昽，朝云犹叆叇。[2]但愿凉飔来，敢冀天宇晦。[3]一堠复一堠，良田委蒿莱。[4]尽日少人行，空村无犬吠。道逢驿马归，云锦俨成队。[5]蹇步已云迟，马行犹不逮。[6]刍秣有常给，圉人半省裁。[7]虽有骅与骝，鞭箠非所爱。[8]驿马恒苦疲，蠡贼职此辈。牧民讵不然，临风发长忾。[9]

注释：



①《护城驿》诗见 清 潘江《木厓集》卷五，清康熙刻本。

护城驿：古代驿站名。遗址位于今安徽省肥东县梁园镇护城社区。

②曈昽：月初出貌；微明貌。▶《文选·潘岳〈秋兴赋〉》："月曈昽以含光兮，露凄清以凝冷。"

叆叇[ài dài]：云盛貌。▶晋 潘尼《逸民吟》："朝云叆叇，行露未晞。"

③凉飔：凉风。▶南朝 齐 谢朓《在郡卧病呈沈尚书》："珍簟清夏室，轻扇动凉飔。"

天宇：天空。▶晋 左思《魏都赋》："僸响起，疑震霆。天宇骇，地庐惊。"

④蒿莱：野草；杂草。▶《韩诗外传》卷一："原宪居鲁，环堵之室，茨以蒿莱。"

⑤云锦：织有云纹图案的丝织品。此处形容穿着、装饰华丽。

⑥蹇步：形容步履艰难。▶南朝 宋 谢瞻《张子房》："四达虽平直，蹇步愧无良。"

不逮：比不上；不及。▶《书·周官》："今予小子，祗勤于德，夙夜不逮。"

⑦刍秣：牛马的饲料。▶《周礼·天官·大宰》："以九式均节财用……七曰刍秣之式。"

圉人：古代官职名。掌管养马放牧等事，亦以泛称养马的人。▶《周礼·夏官·圉人》："圉人掌养马刍牧之事。"

⑧鞭箠[biān chuí]：鞭打。▶《东观汉记·和熹邓皇后传》："宫人盗者，即时首服，不加鞭箠，不敢隐情。"

⑨不然：不如此，不是这样。▶《论语·八佾》："王孙贾问曰：'与其媚于奥，宁媚于灶，何谓也？'子曰：'不然。获罪于天，无所祷也。'"

## 八都岭[①]

夜行侵星露，昼行负炎暄。预恐此行役，悉种诸病根。挥鞭陟崇冈，骄阳乘午繁。如坐深甑中，火气上蒸燔。又如焚柴侧，烈焰相吹歕。徒旅汗如雨，问答寂无言。达人贵安命，寒暑奚足论。任运心自定，寘虑道弥尊。何殊北牕下，高卧俯层轩。[②]寄言触热子，勿惰亦勿喧。[③]金石经百炼，肃焉清心魂。

注释：

①《八都岭》诗见 清 潘江《木厓集》卷五，清康熙刻本。

八都岭：应为八斗岭，为江淮分水岭，即今安徽省肥东县八斗镇。

②层轩：重轩。指多层的带有长廊的敞厅。▶《楚辞·招魂》："高堂邃宇，槛层轩些。"

③触热子：比喻烦躁易怒。▶元 关汉卿《谢天香》第一折："从今后无倒断嗟呀怨咨，我去这触热也似官人行将礼数使。"

## 寄怀龚孝积避地三河兼柬孙秋我胡肇美[①]

羽檄方旁午，萍踪适不辰。[②]城无逃赋地，村有避兵人。病后参苓贱，愁中诗酒真。[③]独怜尽室去，无计遣长贫。[④]三河鱼米地，宗伯故乡情。孙绰摛文丽，胡威得父清。[⑤]乱离存古道，师友见平生。[⑥]不少嘤鸣思，凭君一寄声。[⑦]

注释：

①《寄怀龚孝积避地三河兼柬孙秋我胡肇美》诗见 清 潘江《木厓集》卷十五，清康熙刻本。

②羽檄：古代军事文书，插鸟羽以示紧急，必须迅速传递。▶《史记·韩信卢绾列传》："陈豨反，邯郸以北皆豨有，吾以羽檄征天下兵，未有至者，今唯独邯郸中兵耳。"

旁午：将近中午。▶明 潘问奇《自磁州趋邯郸途中即事》："旁午停征辔，炊烟得几家。"

不辰：不得其时。▶《诗·大雅·桑柔》："我生不辰，逢天僤怒。"

③参苓：指人参与茯苓，有滋补健身的作用。▶唐 李洞《将之蜀别友人》："嘉陵雨色青，澹别酌参苓。"按，此指参苓所浸之酒。

④尽室：全家。▶《左传·成公二年》："共王即位，将为阳桥之役，使屈巫聘于齐，且告师期，巫臣尽室以行。"

⑤原诗"孙绰摛文丽"句后有注"秋我为宗伯公执友"。

原诗"胡威得父清"句后有注"肇美为文节公令嗣，庚戌出宗伯公之门"。

孙绰：(314—371)，字兴公，东晋玄言诗人。中都(今山西平遥)人，后迁会稽(今浙江绍兴)。为廷尉卿,领著作。少以文才称,温、王、郄、庾诸君之薨,必须绰为碑文,然后刊石。尤工书法,张怀瓘书估列入第四等。卒年五十八。《晋书本传、法书要录》。曾任临海章安令,在任时写过著名的《天台山赋》。其善书博学,是参加王羲之兰亭修禊的诗人和书法家。

摛[chī]文:铺陈文采。

胡威:(?—280),字伯武(又作伯虎),一名貔。淮南寿春(今安徽寿县)人。曹魏至西晋时期名吏,曹魏征东将军胡质之子。胡威早年就自勉立志向上,与父亲都以廉洁慎重而闻名于世。历任侍御史、安丰太守等职。后升为徐州刺史,在任上,勤于习政,使教化之风盛行一世。再迁右将军、豫州刺史。入朝任尚书,加奉车都尉,曾向晋武帝建言,认为时政过于宽松。官至前将军、监青州诸军事、青州刺史,累封平春侯。太康元年(280),胡威去世,获赠使持节、都督青州诸军事、镇东将军,谥"烈"。《三国志》卷二十七《魏书·胡质传》载有"胡威推绢"的故事。

⑥乱离:遭乱流离。▶汉 王粲《赠蔡子笃》:"悠悠世路,乱离多阻。"

⑦嘤鸣:鸟相和鸣。比喻朋友间同气相求或意气相投。语出《诗·小雅·伐木》:"嘤其鸣矣,求其友声。"▶晋 陆云《答兄平原》:"经彼乔木,有鸟嘤鸣,微物识济,矧伊有情。"

## 派河驿①



百道河流几派清，路人遥指驿为程。如何近北声多舛，要把河名读作平。

注释:

①《派河驿》诗见 清 潘江《木厓集》卷二十五,清康熙刻本。原诗标题后有作者自注:"庐州人呼派为排。"

许裔蘅(1619—?),字杜邻。清庐州合肥(今安徽省合肥市)人。许如兰长子,许孙荃之父。顺治十一年(1654)贡生。拔贡后,奉养母亲不出仕官,以孝行被地方称颂。工诗。著有《二楼诗集》。

## 登镇淮楼①

登高俯四野，雄镇自淮西。②吴楚当窗见，云山门槛低。风清筝浦近，日落弩台迷。③廿载荆榛地，新来约共题。④

注释：

①《登镇淮楼》诗见 清 左辅 纂修《(嘉庆)合肥县志》卷第三十一，清嘉庆八年(1803)修、民国九年(1920)重印本。

②雄镇：重镇。▶唐 独孤及《江州刺史厅壁记》："世称雄镇，且曰天府。"

③筝浦：指筝笛浦。

弩台：指教弩台。

④荆榛：亦作"荆蓁"。泛指丛生灌木，多用以形容荒芜情景。▶三国 魏 曹植《归思赋》："城邑寂以空虚，草木秽而荆榛。"

## 乙亥元旦试笔次李西莲韵[①]

万里条风拂曙晴，草堂春色动江城。[②]疏慵久应偕中散，旷达何须效步兵。[③]绕座屠苏欣劝酒，几家鸾玉竞吹笙。芳时不羡谈经席，自爱梅花索笑迎。

注释：

①《乙亥元旦试笔次李西莲韵》诗见 完颜海瑞《合肥诗词》，安徽文艺出版社2011年版，第210页。

②条风：此处指东北风。一名融风，主立春四十五日。▶《山海经·南山经》："(令邱之山)其南有谷焉，曰中谷，条风自是出。"

拂曙：拂晓。▶《初学记》卷四引 隋 萧悫《奉和元日》："帝宫通夕燎，天门拂曙开。"

③中散：嵇康(约223—约262)，三国魏谯郡人，字叔夜。仕魏，曾为中散大夫。

步兵：阮籍(约210—263)，三国魏尉氏我，阮瑀子。曾为步兵校尉。

## 和王燕友归里晤同社诸子韵[①]

长安杯酒胜交初，况是髫年砚席余。[②]君已鸾台荣献纳，我还乡阙未征除。星应喉舌通宸极，径辟羊求总寂居。[③]一自草堂甘赋隐，不堪涸辙对悬鱼。

注释：

①《和王燕友归里晤同社诸子韵》诗见 完颜海瑞《合肥诗词》，安徽文艺出版社2011年版，第210页。

②髫年：幼年、童年。▶唐 杨炯《明威将军梁公神道碑》："丱岁腾芳，髫年超霭。"

③羊求：汉代高士羊仲、求仲二人合称。▶晋 赵岐《三辅决录》："蒋诩字元卿，舍中三径，唯羊仲、求仲从之游。二人皆雅廉之士。"▶元 钱惟善《清逸斋》："太白岂惟凌鲍谢，元卿只合友羊求。"

许裔馨，清庐州合肥(今安徽省合肥市)人。许如兰之少子。与兄裔蘅同榜副贡，亦工诗。著有《岳摇堂诗集》。

## 登思惠楼旧址有感①

高楼旧址矗崇台，此日登临溯劫灰。②万里苍烟迷北望，千峰寒色自东来。淮流势入荒原断，筝浦声留故国哀。遗础那能知惠政，曾看五马踏春回。③

注释：

①《登思惠楼旧址有感》诗见 清 左辅 纂修《(嘉庆)合肥县志》卷第三十一，清嘉庆八年(1803)修、民国九年(1920)重印本。

②劫灰：本谓劫火的余灰。▶南朝 梁 慧皎《高僧传·译经上·竺法兰》："昔汉武穿昆明池底，得黑灰，问东方朔。朔云：'不知，可问西域胡人。'后法兰既至，众人追以问之，兰云：'世界终尽，劫火洞烧，此灰是也。'"后因谓战乱或大火毁坏后的残迹或灰烬。

③遗础：房屋倒圮后遗留下的基石。▶清 厉鹗《石笋峰》："名僧睨幽趣，遗础今埋湮。"



# 梁清标

梁清标(1620—1691)，字玉立，号棠村，又号蕉林、苍岩，斋号秋碧堂。明末清初直隶真定(今河北省正定县)人。崇祯十六年(1643)癸未科进士，选庶吉士。入清，授编修，历官侍读学士，詹事，秘书院学士，礼部、吏部侍郎，兵部、礼部、刑部、户部尚书，保和殿大学士。风雅好文，其诗妙于秀艳中特露警拔，其词风流秀丽，虽极浓艳之作亦无绮罗香泽之态，负一时之名，又以富于书画收藏著称。有《蕉林诗集》，词集《棠村词》。

## 包孝肃祠①

孝肃祠堂剑珮闲，香花墩畔听潺湲。②严霜落后瞻遗像，浊水澄时见笑颜。异代姓名童语习，中宵风雨鹤飞还。③古今此地无关节，白日孤城冷蜀山。

注释：

①《包孝肃祠》诗见 清 沈德潜《清诗别裁集》卷二，清乾隆二十五年(1760)教忠堂刻本。

②潺湲：此处指流水声。▶唐 岑参《过缑山王处士黑石谷隐居》："独有南涧水，潺湲如昔闻。"

③中宵：中夜，半夜。▶晋 陆机《赠尚书郎顾彦先》诗之二："迅雷中宵激，惊电光夜舒。"



## 顾景星

顾景星（1621—1687），字黄公，号赤方。明末清初湖北蕲州（今湖北省蕲春县蕲州镇）人。康熙十八年（1679），荐举博学鸿词科，以病辞。记诵淹博，著述甚富。有《白茅堂集》《读书集论》《睥池录》等。

### 月夜奉怀龚公内召过合肥[1]

巢白接烟景，水邮经几时。[2]问山兵燹隔，传箭贼群疑。[3]云舫流应稳，春光棹去迟。长安上书日，好诵道州诗。[4]

今日星河皎，江云骋望迷。[5]未知天远近，各在月东西。惜别襟犹湿，临岐手重携。解鞍芳草地，惟有杜鹃啼。[6]



注释：

①《月夜奉怀龚公内召过合肥》诗见 清 顾景星《白茅堂集》卷五，清康熙刻本。原诗标题下有作者题注"以下壬午诗"。

龚公：指龚鼎孳。

内召：被皇帝召见。▶明 谢肇淛《五杂俎·人部二》："永康程京兆正谊，与义乌虞怀忠同禄命，同以辛未成进士，同作司李，同日内召。"

②烟景：云烟缭绕的景色。▶唐 韦应物《游灵岩寺》："吴岫分烟景，楚甸散林丘。"

③传箭：传递令箭。引申为传令。▶清 吴伟业《遇南厢园叟感赠》："大军从北来，百姓闻惊惶。下令将入城，传箭需民房。"

④道州：指唐代诗人元结，其晚年曾任道州刺史，故称。▶明 何良俊《语林·伤逝》："元鲁山亡，族弟道州哭之至恸。"

⑤骋望：放眼远望。▶《楚辞·九歌·湘夫人》："登白苹兮骋望，与佳期兮夕张。"

⑥解鞍：解下马鞍，表示停驻。▶《史记·李将军列传》："广令诸骑曰：'前！'前未到匈奴陈二里所，止，令曰：'皆下马解鞍！'"

# 存没感恩诗[1]

淝阴夫子人伦鉴，江夏黄童赏遇奇。[2]乱世尝思郭有道，不才深愧魏无知。[3]迎师抗疏论先帝，道听牵名误党碑。[4]醉后呼天应有以，可怜心力与时违。[5]

注释：

①《存没感恩诗》诗见 清 顾景星《白茅堂集》卷六，清康熙刻本。《存没感恩诗》共五首，描写龚鼎孳等五人，余四人与合肥无涉，今选其一《今太常少卿合肥龚公鼎孳》。诗后有作者自注："公初令蕲水，见予曰：'此江夏黄童天下无双者也。'顺治元年，代御史吴疏请崇祯大行皇帝葬谥。马士英仇东林，以公入党籍。"

②淝阴夫子：指龚鼎孳。

赏遇：赏识和礼遇。▶北齐 颜之推《颜氏家训·勉学》："吾甚怜爱，倍加开奖，后被赏遇，赐名敬宣，位至侍中开府。"

江夏黄童：指东汉江夏人黄香。《后汉书·文苑传上·黄香》："黄香字文彊，江夏 安陆人也。年九岁，失母，思慕憔悴，殆不免丧，乡人称其至孝。年十二，太守刘护闻而召之，署门下孝子，甚见爱敬。香家贫，内无仆妾，躬执苦勤，尽心奉养，遂博学经典，究精道术，能文章，京师号曰：'天下无双江夏黄童'。"



③郭有道：指东汉末名士郭泰。郭泰(128—169)，字林宗。太原郡介休县(今属山西)人。郭泰与许劭并称"许郭"，被誉为"介休三贤"之一。郭泰与李膺等交游，名重洛阳，被太学生推为领袖。第一次党锢之祸后，被士人誉为党人"八顾"之一。最初被太常赵典举为有道，故后世称"郭有道"。官府辟召，都不应命。他虽褒贬人物，却不危言骇论，所以不在禁锢之列。后为避祸而闭门教授，弟子达千人，提拔"英彦"六十多人。汉灵帝建宁二年(169)，郭泰因过于哀恸被宦官杀害的陈蕃等人而逝世，终年四十二岁。史称当时送葬之人"自弘农函谷关以西，河内汤阴以北，二千里负笈荷担弥路，柴车苇装塞涂"，蔡邕亲为其撰碑文。

魏无知：秦末汉初人，据说是信陵君公子无忌的孙子。楚汉战争时从汉王刘邦，向刘邦举荐了陈平，后陈平得以显贵。

④抗疏：向皇帝上书直言。▶《汉书·扬雄传下》："独可抗疏，时道是非。"

先帝：指已故去的千代帝王。此处指明思宗崇祯朱由检。

党碑：即党人碑。宋哲宗元祐元年(1086)，司马光为相，尽废神宗熙宁、元丰间王安石新法，恢复旧制。绍圣元年(1094)章惇为相，复熙丰之制，斥司马光为奸党，贬逐出朝。徽宗崇宁元年(1102)蔡京为宰相，尽复绍圣之法，并立碑于端礼门，书司马光等三百零九人之罪状，后因星变而毁碑。其后党人子孙更以先祖名列此碑为荣，重行摹刻。

⑤有以：犹有为。有所作为。▶《老子》："众人皆有以，而我独顽似鄙。"

## 与龚孝绪谈往事[①]

杨家小女珠为字，淝水才郎锦作诗。毳帐妆成生夺取，春缸醉去尽支持。[②]尊前脆管金莺语，扇后娇歌火凤词。[③]离别东西成陇水，稻香楼上几相思。

注释：

①《与龚孝绪谈往事》诗见 清 顾景星《白茅堂集》卷十，清康熙刻本。原诗标题下有作者题注："丁亥予从将军所夺妓杨珠还龚"。

②毳帐：游牧民族所居毡帐。▶《新唐书·吐蕃传上》："有城郭庐舍不肯处，联毳帐以居，号大拂庐，容数百人。"

③脆管：笛的别称。▶唐 白居易《〈霓裳羽衣歌〉和微之》："清弦脆管纤纤手，教得《霓裳》一曲成。"

## 王纲

王纲，字燕友，一字思龄。清庐州合肥（今安徽省合肥市）人。顺治九年（1652）壬辰科进士，官刑部郎，改兵部督捕。振滞狱，释株连。冬日，流徙出关者，施衣絮汤粥。选授巡仓御史，终通政司参议。有《睨鹤亭集》十二卷。

## 忠庙朝霞山雨望[①]

置身云物上，俯焉瞰桑田。暝色未全收，散作雨涓涓。[②]杳深不可极，空气白连天。迷离群树合，四野尽苍烟。[③]风雷驱后至，仗队过飞泉。有时绕物走，暗度虚窗前。心目之所极，应接各茫然。[④]莫令松关闭，相与澮流连。[⑤]

注释：

①《朝霞山雨望》诗见 清 李恩绶编《巢湖志》卷二诗，黄山书社2007年版，第544页。

②暝色：暮色。亦指昏暗的天色。▶唐 李白《菩萨蛮》词之二："暝色入高楼，有人楼上愁。"

③迷离：模糊不明，难以分辨。▶《乐府诗集·横吹曲辞五·木兰诗》："雄兔脚扑朔，雌兔眼迷离。"

④心目：心和眼。泛指记忆，眼前。▶《国语·晋语一》："上下左右，以相心目。

⑤松关：犹柴门。▶唐 孟郊《退居》："日暮静归时，幽幽扣松关。"

潺流：1. 纡缓的流水。2. 山水，溪水。

## 忠庙①

山如屏幛水如天，帝子楼台忽俨然。②不数降临青鸟迹，还疑创始赤乌年。③受风一片帆樯影，得月三更草树边。若向岳阳寻胜事，气吞波撼傲前贤。④

注释：

①《忠庙》诗见 清 李恩绶编《巢湖志》卷二诗，黄山书社2007年版，第541页。

②帝子：此处指碧霞元君。中庙祀碧霞元君，传碧霞元君为东岳泰山大帝之女。

俨然：严肃庄重的样子。▶《论语·尧曰》："君子正其衣冠，尊其瞻视，俨然人望而畏之。"

③赤乌年：指三国时期东吴的君主吴大帝孙权的第四个年号，共计14年。中庙始建于东吴赤乌二年(239)，历代屡废屡建。

④胜事：美好的事情。▶《南齐书·竟陵文宣王子良传》："子良少有清尚，礼才好士…… 善立胜事，夏月客至，为设瓜饮及甘果，著之文教。"

## 重游朝霞①



二十四年旧讲堂，重来僧老树偏长。②乍听好鸟惊残梦，遍看名山恋故乡。拔宅空余丹灶迹，投簪不爱鉴湖狂。③与君选石披榛话，一任天风吹我裳。④

注释：

①《重游朝霞》诗见 清 李恩绶编《巢湖志》卷二诗，黄山书社2007年版，第541页。

②旧讲堂：此处指朝霞山(四顶山)上朝霞书院。

③原诗"拔宅空余丹灶迹"句后有作者自注："有魏伯阳丹池古迹。"

拔宅：拔宅上升的略写。意为全家成仙。▶唐 韩偓《送人弃官入道》："他年如拔宅，为我指清都。"

投簪：丢下固冠用的簪子。比喻弃官。▶晋 陆机《应嘉赋》："苟形骸之可忘，岂投簪其必谷。"

④披榛：砍去丛生之草木，多喻创业或前进中的艰难。▶晋 陆机《汉高祖功臣颂》："脱迹违难，披榛来泊。"

## 朝霞旧有魏伯阳丹池荡矣址犹存焉偕道瞿星玉诸子议祠其上有作①

自君仙去山兀兀，无复有人在空谷。②但见朝云与晚烟，不见炉中生青莲。池盈丈兮水涟涟，今一荡之如芜田。方其始兴玄鹤舞，迄今飞鸣余鹧鸪。感怀一一告山灵，倏废倏兴等闲情。③朅来故人祠其上，前有堂者后有楹。④夏至日长莺声老，莫将怪石埋芳草。祠前树老如松鳞，云是当年手植成。

注释：

①《朝霞旧有魏伯阳丹池，荡矣。址犹存焉，偕道瞿星玉诸子，议祠其上，有作》诗见清 李恩绶编《巢湖志》卷二诗，黄山书社2007年版，第544页。

②兀兀：高耸貌。▶唐 杨乘《南徐春日怀古》："兴亡山兀兀，今古水浑浑。"

③感怀：有感于怀，有所感触。▶《东观汉记·冯衍传》："殃咎之毒，痛入骨髓，匹夫僮妇，感怀怨怒。"

④朅来：助词。▶晋 张协《杂诗》之六："朅来戒不虞，挺辔越飞岑。"

计东(1625—1676)，字甫草，号改亭，明末清初吴江(今属江苏省苏州市)人。与顾有孝、潘耒、吴兆骞合称为"吴中四才子"。有《改亭集》。

### 秋兴①

凭栏日日望新秋，秋至炎威尚未休。②逼侧一身迷去住，艰难双屐结穷愁。③瓜田屡报东陵熟，菰米频看北苑浮。见说侯嬴方伏轼，心随飞鸟到庐州。④

注释：

①《秋兴》诗见 清 魏宪《百名家诗选》卷五十七计东，清康熙魏氏枕江堂刻本。原诗共三首。

②炎威：酷热的威势。▶唐 刘禹锡《裴祭酒尚书见示寄王左丞高侍郎之什命同作诗》："吟风起天籁，蔽日无炎威。"

③逼侧：犹狭窄。▶宋 苏舜钦《太行道》："忽至逼侧处，咫尺颠坠恐莫逃。"

④伏轼：本意指俯身靠在车前的横木上，后多指乘车。▶《庄子·渔父》："孔子伏轼而叹曰：'甚矣，由之难化也！'"

严熊(1626—1691后),字武伯,号白云,别号枫江钓叟。明末清初江南常熟(今江苏常熟市)人,明诸生,入清弃科举。曾从钱谦益学诗。谦益卒后,族人哄闹,欲逼钱妾柳如是自杀,夺其所藏。熊鸣鼓草檄,以声族人之罪;人谓有燕赵侠士之风。有《严白云诗集》。

## 丙午秋谒大司寇龚公于合肥里第公赋诗五章辱赠即席倚和奉酬[1]

麈尾围棋晋代风,抠衣常识笑颜红。[2]秋光明丽秋风肃,总在先生杖履中。

颓鹤探巢事已陈,相逢和泪话犹新。平生知己公怜我,天下争嗤骂座人。[3]

美人歌舞月光流,红豆新词竞唱酬。籍湜汗流齐下拜,元龙元卧最高楼。[4]

剑落风尘土作衣,寒鎧百道斗间飞。[5]此生甘老华亭鹤,不叹知音洛下稀。[6]

曲江名姓几灵光,冷淡交情味自长。[7]若讯吾亲今日况,一龛佛火一匡状。[8]

注释:

①《丙午秋谒大司寇龚公于合肥里第公赋诗五章辱赠即席倚和奉酬》词见 清 严熊《严白云诗集》卷二雪鸿集中,清乾隆十九年(1754)严有禧刻本。

大司寇龚公:指龚鼎孳,时任刑部尚书。

里第:指里中宅第,多指大官僚的私宅。▶《后汉书·列女传·曹世叔妻》:"于是骘等各还里第焉。"

②麈尾:古人闲谈时执以驱虫、掸尘的一种工具。在细长的木条两边及上端插设兽毛,或直接让兽毛垂露外面,类似马尾松。因古代传说麈迁徙时,以前麈之尾为方向标志,故称。后古人清谈时必执麈尾,相沿成习,为名流雅器,不谈时,亦常执在手。▶晋 陶潜《晋故征西大将军长史孟府君传》:"亮以麈尾掩口而笑。"

抠衣:提起衣服前襟。古人迎趋时的动作,表示恭敬。▶《管子·弟子职》:"已食者作,抠衣而降,旋而乡席,各彻其餽,如于宾客。"

③原诗"天下争嗤骂座人"句后有作者自注:"偶谈牧翁身后。有询及探巢人者,予厉色叱之。"

④原诗“元龙元卧最高楼”句后有作者自注：“宴稻香楼，校书若西演剧。”

籍湜：唐代文学家张籍、皇甫湜的并称，两人都是韩愈的学生。▶宋 苏轼《潮州韩文公庙碑》诗：“追逐李杜参翱翔，汗流籍湜走且僵。”

⑤寒铓：使人胆寒的刀光。

⑥华亭鹤：同“华亭鹤唳”，表现思念、怀旧之意。亦为慨叹仕途险恶、人生无常之词。典出 南朝 宋 刘义庆《世说新语·尤悔》：“陆平原河桥败，为卢志所谗，被诛。临刑叹曰：‘欲闻华亭鹤唳，可复得乎！’”

⑦曲江：指曲江宴。自唐中宗开始，规定每年春花三月时分，在曲江为新科进士举行一次盛大的宴会，以示祝贺。此宴因取义不同，异名甚多，有“关宴”“杏园宴”“樱桃宴”“闻喜宴“谢师宴”等。

灵光：比喻帝王或圣贤的德泽。▶《逸周书·皇门》：“王用奄有四邻远士，丕承万子孙，用末被先王之灵光。”

⑧原诗“一龛佛火一匡状”句后有作者自注：“公与大人同年登第。”

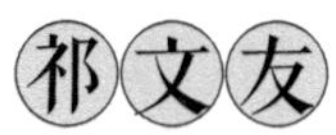

## 祁文友

祁文友，字兰尚，号珊洲。清广东东莞(今广东省东莞市)人。顺治十五年(1658)戊戌科进士，十八年(1661)知庐江，后官工部主事。



### 望东顾山[①]

静坐意何如，开轩放山入。[②]山觉有异情，稜稜山骨立。霁日看山时，云深山半袭。熏风自南来，须臾竞收拾。纷纷草木移，次第若呼吸。返照过前山，遥见石痕湿。好景不可常，令予感遥集。[③]

注释：

①《望东顾山》诗见 清 钱鑅修 俞燮、卢钰纂《(光绪)庐江县志》卷十五，清光绪十一年(1885)刻本。

东顾山：位于安徽省庐江县城东，海拔286米。旧名马家山，春来百花争艳，莺歌燕吟；秋至山果飘香，豕突狼奔；夏激清泉，冬覆冷雪，奇景美不胜收。唐因“上有三峰，相去一里，头皆东顾”，故更名为东顾山。清《(光绪)庐江县志》(卷之二·山川)载：“东顾山，距治东五里，一名马家山。脉自冶父来，为治左护。邑人夏缙晦迹云窝在焉。半山有将军石，又有乌柏、黄荆、金狗诸窝泉，大小四五出，灌溉田亩。”

②开轩：开窗。▶三国 魏 阮籍《咏怀》之十五：“开轩临四野，登高望所思。”

③遥集：谓从远处聚集。▶汉 扬雄《剧秦美新》：“遥集乎文雅之囿，翱翔乎礼乐之场。”

## 宿冶父寺[1]

古寺山深虎迹通，法幢人静夜灯红。[2]支床睡破营生梦，不信因缘为远公。

注释：

①《宿冶父寺》诗见 清 吴宾彦修 王方岐纂《(康熙)庐江县志》卷十六，清康熙三十七年(1698)刻本。

②法幢：写有佛教经文的长筒形绸伞或刻有佛教经文、佛像等的石柱。▶南朝 梁 王僧孺《初夜文》："法幢卷舒，拂高轩而徐薄；名香郁馥，山重檐而轻转。"

## 水濂洞[1]

春雨苔生古石烟，桥头流水洞中天。到来不识神仙处，野岸浓花晚泊船。

注释：

①《水濂洞》诗见 清 吴宾彦修 王方岐纂《(康熙)庐江县志》卷十六，清康熙三十七年(1698)刻本。



## 重关杂咏[1]

坐消残暑上重关，西望城头处处山。杨柳岸边茅屋外，双来帆影是湘湾。

郊原香稻已平田，野老争呼大有年。[2]恰好及时秋雨过，凉风吹入秀禾天。

三山雨过最分明，云去云来次第迎。依旧一天红日满，不知何处画阴晴。

何处农歌薄暮来，凭栏引兴尽余杯。[3]当年河朔人何在，此地还传避暑台。

远寺疏钟落翠微，环城烟火满柴扉。牛羊下尽空山暮，收拾寒云策马归。

逢秋遂尔作秋吟，几树蝉鸣爱晚阴。[4]不为戍楼砧杵早，独留清响答高岑。[5]

注释：

①《重关杂咏》诗见 清 吴宾彦修 王方岐纂《(康熙)庐江县志》卷十六，清康熙三十七年(1698)刻本。

②大有年:大丰年。▶《春秋·宣公十六年》:“冬,大有年。”

③农歌:山歌,田夫野老之歌。▶南朝 梁 钟嵘《诗品·总论》:“谅非农歌辕议,敢致流别。”

④遂尔:于是乎。▶《魏书·刘芳传》:“窃惟太常所司郊庙神祇,自有常限,无宜临时斟酌以意,若遂尔妄营,则不免淫祀。”

⑤戍楼:边防驻军的瞭望楼。▶南朝 梁元帝《登堤望水》:“旅泊依村树,江槎拥戍楼。”

## 将发潜川赋别[①]

傍郭人家旧战灰,时平草屋见新裁。[②]谁为安堵千年计,惆怅孤帆不忍开。[③]

广厦休夸荫万间,高楼风送晚钟闲。画楼重见残更月,愁向江城照别颜。[④]

望欧亭畔曲池头,种得垂杨处处幽。未识棠阴何处是,空怀花鸟赋离愁。[⑤]

夜雨溪声咽短桥,春城人去落花飘。啼残杜宇南天恨,不及同归渡海潮。

忍逐前津问去程,蒲帆载得石舟轻。[⑥]行人莫讶为官好,恸哭难消父老情。

注释:

①《将发潜川赋别》诗见 清 吴宾彦修 王方岐纂《(康熙)庐江县志》卷十六,清康熙三十七年(1698)刻本。

②时平:时世承平。▶南朝 梁简文帝《南郊颂》序:“尘清世晏,仓兕无用其武功;运谧时平,鹓鹭咸修其文德。”

③安堵:犹安居。▶《史记·田单列传》:“即墨即降,愿无虏掠吾族家妻妾,令安堵。”

④别颜:惜别的神态。▶唐 刘长卿《奉陪使君西庭送淮西魏判官》:“羽檄催归恨,春风醉别颜。”

⑤棠阴:棠树树荫。喻惠政或良吏的惠行。▶南朝 梁简文帝《罢丹阳郡往与吏民别》:“柳栽今尚在,棠阴君讵怜。”

⑥蒲帆:用蒲草编织的帆。▶唐 李贺《江南弄》:“水风浦云生老竹,渚暝蒲帆如一幅。”

## 晓发[①]

辞家万里事孤征,睡晓沧江尚未明。春水催人孤棹急,东风随我片帆轻。滩头浪起星犹动,天际云开鸟弄声。芳草路疑经过处,依稀犹似梦中行。

注释：

①《晓发》诗见 清 吴宾彦修 王方岐纂《(康熙)庐江县志》卷十六，清康熙三十七年(1698)刻本。

## 许可斌

许可斌，清庐江(今属安徽省庐江县)人。顺治十八年(1661)庚子科武举人，山东临清卫生督漕守备。

### 赠声翁王邑侯浚河纪绩四章[①]

当年携兴步河边，荡漾风光拥目前。[②]十里芙蓉香曲岸，一湾芦荻荫平川。燕翻锦浪喃喃语，渔唱晴波小小船。为问源头何处是，云流冶父最高巅。

烽火侵凌有岁年，空城无复旧潺湲。[③]惟看白骨渠边聚，不见青虹水上眠。[④]高岸公然归茂草，曲池久已变桑田。[⑤]惭余未遂澄清志，疏凿终须令是仙。[⑥]



矫矫才堪济巨川，渠开绩冠昔时贤。[⑦]随车带得三春雨，滋邑平分万壑泉。[⑧]鹤随云中通浅浦，琴声月下绕清涟。却疑蜃市人间有，不羡蓬瀛海外传。

满溪春树蔼晴烟，正好携尊醉画船。快睹紫鳞吹绿水，更逢碧鹭上青天。棠经召伯阴常满，桃似河阳色倍妍。[⑨]笑拟河清舆颂集，芳名庆列御屏前。[⑩]

注释：

①《午日泛绣溪》诗见 清 吴宾彦修 王方岐纂《(康熙)庐江县志》16卷，卷十六，清康熙三十七年(1698)刻本。

②目前：眼睛面前；跟前。▶唐 白居易《答崔侍郎钱舍人书问因继以诗》："谁谓万里别，常若在目前。"

③侵凌：亦作"侵陵"。侵犯欺凌。▶《墨子·天志下》："今天下之诸侯，将犹皆侵凌攻伐兼并，此为杀一不辜人者，数千万矣。"

岁年：年月；时光。▶唐 刘知几《史通·自叙》："旅游京洛，颇积岁年。"

④青虹：彩虹。▶《竹书纪年》卷下："二十六年，晋青虹见。"

⑤高岸：此处指高峻的堤岸。▶宋 王安石《闵旱》："风助乱云阴更密，水争高岸气尤雄。"

⑥疏凿:开凿。▶晋 郭璞《江赋》:"若乃巴东之峡,夏后疏凿。"

⑦矫矫:此处指卓然不群貌。▶《汉书·叙传下》:"贾生矫矫,弱冠登朝。"

巨川:大河。▶《书·说命上》:"若济巨川,用汝作舟楫。"

时贤:当时有德才的人。▶《后汉书·韦义传》:"(曹节)欲借宠时贤以为名,白帝就家拜著东海相。"

⑧随车带得三春雨:化自随车致雨。随车致雨,谓时雨跟着车子而降。比喻官吏施行仁政及时为民解忧。《后汉书·郑弘传》"政有仁惠,民称苏息"李贤 注引 三国 吴 谢承《后汉书》:"弘消息繇赋,政不烦苛。行春天旱,随车致雨。"亦作"随车甘雨""随车夏雨"。▶清 杨潮观《东莱郡暮夜却金》:"揽辔清风,随车甘雨,免他供顿徒劳。"

⑨河阳色:西晋潘岳为河阳令,于一县遍种桃李,后因以"河阳色"指桃李之花艳丽的色泽。

▶清 孙枝蔚《赠安肃梁明府木天》诗之一:"花少河阳色,琴无单父声。"

⑩舆颂:民众的议论。▶《隋书·炀帝纪上》:"听采舆颂,谋及庶民,故能审政刑之得失。"

## 陈维崧

陈维崧(1631—1688),字其年,号迦陵。陈贞慧子。清江南宜兴(今江苏省宜兴市)人,十七岁为诸生。美髭髯,时称"陈髯"。骈文及词,最负盛名。诗各体皆工。康熙间举鸿博一等,授检讨,与修《明史》,越四年而卒。有《两晋南北史集珍》《湖海楼诗集》《迦陵文集》《迦陵词》。

### 送大司马合肥公还朝长歌述怀①

九秋江水平于掌，我公巨舰排空上。②柁楼被酒愿一言，历历为公叙畴曩。③忆昔鄙人甫束发，尔时长啸凌一往。④鹞子盘空陡健举，狮儿堕地飒森爽。⑤那知天上剩星辰，不信人间足厮养。⑥即云口吃善谈谐，况复肠肥工跳荡。⑦皇天澒洞运抢攘，从此诗书遂卤莽。⑧世许轻肥让后生，天留沟壑填吾党。⑨乍能牧豕学公孙，差许斗鸡逐袁盎。⑩公乎念我在泥涂，崧也作人本肮脏。骥老宁羞刍秣恩，鹰饥不断风云想。⑪斯言虽狂公定赏，快若麻姑搔背痒。⑫歌阑万马忽然嘶，醉听催船鼓拊响。

注释:

①《送大司马合肥公还朝长歌述怀》诗见 清 陈维崧《湖海楼诗集》卷二,清刊本。

大司马合肥公:指龚鼎孳。

②九秋：指九月深秋。▶唐 陆畅《催妆五首》："闻道禁中时节异，九秋香满镜台前。"

排空：凌空；耸向高空。▶南朝 梁 何逊《赠韦记室黯别》："无因生羽翰，千里暂排空。"

③柁楼：船上操舵之室。亦指后舱室。因高起如楼，故称。借指乘船。▶清 姚鼐《苏州新作唐杜公白公宋苏公祠于虎丘》诗之一："柁楼吴越壮游年，遗佚编诗历下前。"

畴曩：往日；旧时。▶晋 葛洪《抱朴子·钧世》："盖往古之士，匪鬼匪神，其形器虽冶铄于畴曩，然其精神，布在乎方策。"

④尔时：犹言其时或彼时。

⑤健举：健拔。▶清 赵翼《瓯北诗话·白香山诗》："《北征》《南山》皆用仄韵，故气力健举。"

森爽：盛多而光亮。▶元 麻革《上云内帅贾君》："森爽开璜琥，纵横列雁羔。"

⑥厮养：厮役。▶《战国策·齐策五》："士大夫之所匿，厮养士之所窃，十年之田而不偿也。"

⑦跳荡：犹言放纵不羁。▶清 袁枚《随园诗话》卷十二："余少时气盛跳荡，为吾乡名宿所排。"

⑧澒洞：原指绵延；弥漫或水势汹涌。此处引申为冲击、震动。▶黄中黄《孙逸仙》第四章："一时谣变，澒洞全粤，针小棒大，遂流言有人马数万之众。"

抢攘：纷乱貌。▶《汉书·贾谊传》："本末舛逆，首尾衡决，国制抢攘，非甚有纪，胡可谓治？"



⑨轻肥："轻裘肥马"的略语。▶唐 权德舆《侍从游后湖宴坐》："轻肥何为者，浆藿自有余。"

⑩乍能：宁可。▶唐 白居易《和梦游春诗》："不忍曲作钩，乍能折为玉。"

⑪刍秣：牛马的饲料。▶《周礼·天官·大宰》："以九式均节财用……七曰刍秣之式。"

⑫麻姑搔背：典出 晋 葛洪《神仙传》：谓仙人麻姑 手纤长似鸟爪，可搔背痒。▶唐 李白《西岳云台歌送丹丘子》诗："明星玉女备洒扫，麻姑搔背指爪轻。"

## 张愈大



张愈大，字匊一。清庐州巢县（今安徽省巢湖市）人。顺治九年（1652）壬辰科进士，先以孝廉任桐城教谕。后考知县列，以足疾十年未愈，卒。

### 浚亚父井①

汉朝宫阙久尘土，楚客遗墟尚井干。②千古兴亡杯水在，谁人凭吊倚栏看。频添绿竹萦春昼，何事高梧伴月寒。独喜清风贤刺史，一泓澄泻满庭漫。

# 释笠庵

释笠庵(？—1702)，名宏荫，俗姓杨。清庐江(今属安徽省合肥市)人。星朗法嗣。有《冶父八景》诗等。

## 三苏倒影[1]

朔风散影入青冥，孤干潜灵勒素铭。[2]瑞应三苏神愈劲，光流四代德犹馨。[3]飘烟抱月云轩举，戏水游波鹤户扃。[4]不借东君培养力，寂寥欣独峙山庭。[5]

注释：

①《三苏倒影》诗见 民国 陈诗 编 章梦芙 参订《冶父山志》六卷，卷四诗歌，民国二十五年(1936)木刻本。

三苏倒影：本诗为《冶父八景》诗之一。冶父八景为湖山一览、冶父晴岚、龙池映月、虎洞吟风、兜率参天、响鼓晴雷、百尺松涛、三苏倒影。后因三苏树旧枯，易为三春花雨。

②孤干：植物的独生干。亦比喻孤独者。▶《文选·刘琨〈答卢谌〉诗》："亭亭孤干，独生无伴。"

潜灵：此处指神灵隐居。▶唐 玄奘《大唐西域记·摩揭陀国下》："五百罗汉潜灵于此，诸有感遇，或得睹见。"

③瑞应：古代以为帝王修德，时世清平，天就降祥瑞以应之，谓之瑞应。▶《西京杂记》卷三："瑞者，宝也，信也。天以宝为信，应人之德，故曰瑞应。"

④轩举：高扬飞举。▶唐 韩愈 孟郊《莎栅联句》："冰溪时咽绝，风枥方轩举。此处不断肠，定知无断处。"

户扃：自外关闭门户用的门栓。▶《旧唐书·良吏传下·任迪简》："监军使闻之，拘迪简于别室，军众连呼而至，发户扃取之。"

⑤养力：保养、增强精力。▶《司马法·定爵》："变嫌推疑，养力索巧。"

山庭：山林庭园。▶南朝 宋武帝 刘裕《拜衡阳文王义季墓》："昧旦凭行轼，濡露及山庭。"

## 湖山一览[1]

野水潺湲绕绣溪，横塘小市柳烟迷。远山眉黛长空净，古塔轮波入望低。浦口渔归群鹭集，渡头人立乱鸦啼。[2]云林落照斜晖满，何处疏钟隔岭西。[3]

注释：

①《湖山一览》诗见 民国 陈诗 编 章梦芙 参订《冶父山志》六卷，卷四诗歌，民国二十五

年(1936)木刻本。

湖山一览：本诗为《冶父八景》诗之一。冶父八景为湖山一览、冶父晴岚、龙池映月、虎洞吟风、兜率参天、响鼓晴雷、百尺松涛、三苏倒影。后因三苏树旧枯，易为三春花雨。

②浦口：小河入江之处。▶南朝 梁 何逊《夜梦故人》："浦口望斜月，洲外闻长风。"

③疏钟：稀疏的钟声。▶清 陈廷敬《送少师卫公致政还曲沃》："梦绕细旃闻夜雨，春回长乐远疏钟。"

释宏伦，清初冶父山僧，师星朗。

## 登大观亭①

登临惟此地，人月五湖宽。树远孤城没，亭高万岭蟠。云霞平石窟，星斗摘珠盘。带醉寻遗迹，天池剑影寒。

注释：



①《登大观亭》诗见 清 吴宾彦修 王方岐纂《(康熙)庐江县志》卷十六，清康熙三十七年(1698)刻本。

## 绣溪①

碧泓一带绿云铺，中有沙鸥引小雏。去住忘机谁可唤，升沉任意自相呼。奇峰倒影穿流水，古树垂阴织远湖。②纵有王维难下笔，生成一幅绣溪图。

注释：

①《绣溪》诗见 清 吴宾彦修 王方岐纂《(康熙)庐江县志》卷十六，清康熙三十七年(1698)刻本。

②垂阴：亦作"垂荫"。树木枝叶覆盖形成阴影。亦指树木枝叶覆盖的阴影。▶汉 张衡《西京赋》："吐葩飏荣，布叶垂阴。"



## 捧榭桥①

淡烟荒草覆丘墟，山色溪光恰似初。②尚有残碑留古道，岂无明月照宫车。③芳名载史诚非假，美誉还亲定不虚。世事看来冰铁冷，只令歌笑客怀舒。④

注释：

①《捧檄桥》诗见 清 吴宾彦修 王方岐纂《(康熙)庐江县志》卷十六，清康熙三十七年(1698)刻本。

②淡烟：轻烟。▶宋 柳永《轮台子》："匆匆策马登途，满目淡烟衰草。"

③宫车：帝王后妃等所乘坐的车辆。因常借指帝、后。▶唐 杜牧《阿房宫赋》："雷霆乍惊，宫车过也；辘辘远听，杳不知其所之也。"

④客怀：身处异乡的情怀。▶宋 张咏《雨夜》："帘幕萧萧竹院深，客怀孤寂伴灯吟。无端一夜空阶雨，滴破思乡万里心。"

## 张符升

张符升，字子吉。清萧县(今安徽省萧县)人。历官柳州知府。有《苏门山人诗》。

### 哭合肥夫子[①]

惊看讣札绕哀音，生死深情涕泪纷。[②]寂寞千秋留大业，可怜当代失鸿文。[③]苦无长物余巾箧，只有遗翰在练裙。[④]卧病门人难执绋，伤心他日哭新坟。[⑤]

注释：

①《哭合肥夫子》诗见 清 张符升《苏门山人诗钞》卷一古今体，清乾隆寄云书屋刻本。

②讣札：报丧信，告哀信。

③鸿文：巨著；大作。▶汉 王充《论衡·佚文》："鸿文在国，圣世之验也。"

④遗翰：前人遗留下来的诗文。▶三国 魏 曹植《柳颂》序："故著斯文，表之遗翰，遂因辞势，以讥当世之士。"

练裙：《宋书·羊欣传》："献之尝夏月入县，欣著新绢裙昼寝，献之书裙数幅而去。欣本工书，因此弥善。"后因用指文人乘兴挥毫。

⑤执绋：谓丧葬时手执牵引灵柩的大绳以助行进，泛称为人送殡。▶唐 黄滔《祭崔补阙文》："方俟弹冠，仰修程于霄汉；谁云执绋，悲落景于桑榆。"

## 曹同统

曹同统，字能绍，号容庵。清巢县(今安徽省巢湖市)人。曹祖庆之子。顺治九年(1652)壬辰科进士。初任怀庆司理，升琼州府同知，改东昌府同知。以疾，予告归。

## 牛山春眺[1]

山拥城中胜，全临城外山。凝烟纷护顶，茸草众生颜。农器连村剧，渔罾晒日闲。[2]那能莺管掠，扃坐弗开关。[3]

注释：

①《牛山春眺》诗见 清 陆龙腾《(康熙)巢县志》卷十九，清康熙十二年(1673)刊本。

②渔罾：渔网的一种。俗称扳罾、拦河罾。▶前蜀 韦庄《宿山家》："背风开药灶，向月展渔罾。

③扃坐：闭门而坐，闭户而坐。

## 牛山同赵粤放眺饮[1]

极目湖天阔，环城短棹通。柳深频障日，花艳未经风。梵磬邻庵彻，星灯远岫红。[2]淋漓浇酒魄，世事任飘蓬。[3]

注释：



①《牛山同赵粤放眺饮》诗见 清 陆龙腾《(康熙)巢县志》卷十九，清康熙十二年(1673)刊本。

②梵磬：佛寺之磬。亦指佛寺击磬声。▶明 张四维《双烈记·行游》："暖风十里，丽人好天，更堪怜，薜萝深处，梵磬时传。"

星灯：犹华灯。▶清 方文《元宵同邢氏诸子观灯月下》："星灯原上聚，社鼓月中鸣。"

③酒魄：指酒后的神情意态。▶宋 毛滂《于飞乐》词："被西风吹玉枕，酒魄还清。"

## 秀山顶望江[1]

遥江半明暗，辛苦费双瞳。野树疑征马，空尘信去鸿。[2]留连群障夕，飒沓一帆风。[3]莫道羁愁重，芹香酒盏中。

注释：

①《秀山顶望江》诗见 清 陆龙腾《(康熙)巢县志》卷十九，清康熙十二年(1673)刊本。

秀山：即大秀山，位于今巢湖市银屏镇境内，海拔400余米，"大秀晴云"曾为古巢县十景之一。《(康熙)巢县志》载："在新安乡，去县南三十里，为县治儒学面山。其峰耸秀，常有云气往来。宋扬杰诗：水入平湖千里远，山横大秀一峰高。今并列十景之内。"

②空尘：飞尘。▶清 黄景仁《题马氏斋头〈秋鹰图〉》："空尘动壁风旋榻，飒爽下击要离精。"

③飒沓：迅疾貌。▶汉 应玚《西狩赋》："按辔清途，飒沓风翔。属车轇轕，羽骑腾骧。"

## 游甘泉寺[①]

梵刹依群岫，泉佳乃得名。岭云分动止，涧鸟互阴晴。入夜松涛剧，开轩麦浪平。尽宜耽静悦，未许重朝酲。[②]

注释：

①《游甘泉寺》诗见 清 陆龙腾《(康熙)巢县志》卷十九，清康熙十二年(1673)刊本。

甘泉寺：巢湖有大、小二甘泉寺。大甘泉寺"在散兵镇上首，宋淳熙间创。竹柏荫翳，山路深邃，后有泉清冽，出石峡洞中，故名。宣德中重建。"小甘泉寺"在湖南凤舒河上十里，去县南五十里万山之中。宋嘉定间创，元至正时重修。后兵废，遗有古碑石柱。正统中，重建殿庑、山门、楼房、石桥等项。寺内有石泉，清冽又胜于大甘泉之水。"

②朝酲：谓隔夜醉酒早晨酒醒后仍困惫如病。▶《汉书·礼乐志》："百末旨酒布兰生，泰尊柘浆析朝酲。"

## 题流觞曲水石[①]

泉头泓静冽于酒，石罅不记何年剖。[②]笑杀桃源鸡犬喧，峭然只合孤云守。[③]

注释：

①《题流觞曲水石》诗见 清 陆龙腾《(康熙)巢县志》卷十九，清康熙十二年(1673)刊本。

②石罅：石头的缝隙。▶唐 韦应物《同元锡题琅琊寺》："山中清景多，石罅寒泉洁。"

③只合：只应；本来就应该。▶唐 薛能《游嘉州后溪》："当时诸葛成何事？只合终身作卧龙。"

## 初夏爇香中庙因和先君冒雪咏四首之一[①]

空层杰阁志何年，下界朝昏云态迁。[②]孤屿漾潆为近岸，八窗收拾有遥船。[③]湖堆碧涨新迎我，鸟蓦青稍狂上天。愿读赤乌迷断碣，斋厨且给笋蔬钱。[④]

注释：

①《初夏爇香中庙因和先君冒雪咏四首之一》诗见 清 陆龙腾《(康熙)巢县志》卷十九，清康熙十二年(1673)刊本。

爇[ruò]香：焚香，烧香。

②杰阁：高阁。▶唐 韩愈《记梦》："隆楼杰阁磊嵬高，天风飘飘吹我过。"

③八窗：四面的窗户。

④迷断：犹迷失。▶清 蒲松龄《襄城李璞园先生遥寄佳章愧无以报作此奉答聊托神交之义云尔》诗："惟倚南云送北雁，梦中迷断襄城途。"

斋厨：寺庙的厨房。又称香积厨。▶宋 叶适《宿石门》："栖栖三羽衣，日晏斋厨空。"

周之旦，清凤阳县（今安徽省凤阳县）人。岁贡生。顺治十五年（1658）任巢县训导。

## 浚亚父井[①]

忆昔穿龙穴，应怀井渫忧。[②]气冲玉斗碎，泪竭醴泉收。[③]草护荒阶冷，尘埋古迹留。明公重浚葺，色壮几千秋。[④]

注释：

①《浚亚父井》诗见 清 陆龙腾《（康熙）巢县志》卷十九，清康熙十二年（1673）刊本。



②井渫：谓井已浚治。比喻洁身自持。▶晋 陆机《与赵王伦笺荐戴渊》："（戴渊）砥节立行，有井渫之洁。"

③醴泉：甜美的泉水。▶《礼记·礼运》："故天降膏露，地出醴泉。"

④明公：旧时对有名位者的尊称。▶《东观汉记·邓禹传》："明公虽建蕃辅之功，犹恐无所成立。"

缪珊，字莱竹。籍贯与生平事迹不详。

## 无题[①]

层楼耸出势凌空，万里长天一径通。[②]云沐远山含黛绿，霞拖浅水衬沙红。谁家画舫摇明月，何处悲笳奏晚风。[③]看到酒醒人尽后，钟声隐隐暮烟中。

注释：

①《无题》诗见 清 李恩绶编《巢湖志》卷二诗，黄山书社2007年版，第540页。原诗无

标题，此为编者后添加。

②耸出：高耸突出。▶宋 欧阳修《班班林间鸠寄内》："嵩峰三十六，苍翠争耸出。"

③悲笳：悲凉的笳声。笳，古代军中号角，其声悲壮。▶三国 魏 曹丕《与朝歌令吴质书》："清风夜起，悲笳微吟。"

缪昌屿，字守真。籍贯与生平事迹不详。

## 登楼远眺[1]

试纵登高目，遥天一望收。[2]湖光吞古堞，山势拱危楼。隐约前村树，飘摇隔岸舟。凭栏搜胜迹，此地是瀛洲。[3]

注释：

①《登楼远眺》诗见 清 李恩绶编《巢湖志》卷二诗，黄山书社2007年版，第540页。

②遥天：犹长空。▶三国 魏 阮籍《咏怀》之三二："遥天耀四海，倏忽潜濛汜。"

③瀛洲：亦作"瀛州"。传说中的仙山。《列子·汤问》："渤海之东，不知几亿万里……其中有五山焉，一曰岱舆，二曰员峤，三曰方壶，四曰瀛洲，五曰蓬莱……所居之人，皆仙圣之种。"▶《史记·秦始皇本纪》："齐人徐市等上书，言海中有三神山，名蓬莱、方丈、瀛洲，仙人居之。"

# 贾芳

贾芳，字诵芬。清庐州巢县(今安徽省巢湖市)人，生平事迹不详。

## 巢湖晓渡[1]

八月水初平，苍茫一苇轻。[2]烟消才辨路，村远不知名。丛树看如障，危峰势欲倾。嗟予老行役，端不愧浮生。[3]

注释：

①《巢湖晓渡》诗见 清 李恩绶编《巢湖志》卷二诗，黄山书社2007年版，第542页。

②一苇：《诗·卫风·河广》："谁谓河广，一苇杭之。"孔颖达 疏："言一苇者，谓一束也，

可以浮之水上而渡，若桴筏然，非一根苇也。”后以“一苇”为小船的代称。

③浮生：语本《庄子·刻意》：“其生若浮，其死若休。”以人生在世，虚浮不定，因称人生为“浮生”。▶南朝 宋 鲍照《答客》：“浮生急驰电，物道险弦丝。”

## 中秋夕巢湖舟中坐雨[①]

不见今宵月，相看客更愁。妻孥千里思，风雨一湖秋。[②]乡味烹菰米，闲情对酒瓯。[③]空存怀古意，何处谢公楼。[④]

寂寞扁舟系，萧萧荻苇枯。草深虫语乱，风急浪花粗。佳节虚攀桂，生涯叹守株。[⑤]薄寒眠未得，相对短檠孤。[⑥]

欹枕心还怯，风声挟雨狂。不缘菱芡供，几误到重阳[⑦]。撼柁波涛壮，怀人葭水苍。遥知金屋里，歌管亦凄凉。[⑧]

注释：

①《中秋夕巢湖舟中坐雨》诗见 清 李恩绶编《巢湖志》卷二诗，黄山书社2007年版，第543页。



②妻孥：亦作“妻帑”。意为妻子和儿女。▶《诗·小雅·常棣》：“宜尔家室，乐尔妻帑。”

③乡味：指家乡特有的食品，特有风味。▶唐 元稹《春分投简阳明洞天作》：“乡味尤珍蛤，家神爱事乌。”

④怀古：思念古代的人和事。▶汉 张衡《东京赋》：“望先帝之旧墟，慨长思而怀古。”

⑤攀桂：攀援或攀折桂枝。▶唐 杜甫《八月十五日夜》诗之一：“满目飞明镜，归心折大刀。转蓬行地远，攀桂仰天高。

守株：成语“守株待兔”的省称。▶《孔丛子·连丛子上》：“然雅达博通，不世而出，流学守株，比肩皆是，众口非非，正将焉立。”

⑥薄寒：微寒。▶《楚辞·九辩》：“憯悽增欷兮，薄寒之中人。”

短檠：矮灯架。借指小灯。▶唐 韩愈《短灯檠歌》：“一朝富贵还自恣，长檠焰高照珠翠；吁嗟世事无不然，墙角君看短檠弃。”

⑦菱芡：菱角和芡实。▶《文选·张衡〈东京赋〉》：“献鳖蜃与龟鱼，供蜗蠯与菱芡。”

⑧金屋：华美之屋。▶南朝 梁 柳恽《长门怨》：“无复金屋念，岂照长门心。”

歌管：谓唱歌奏乐。▶南朝 宋 鲍照《送别王宣城》：“举爵自惆怅，歌管为谁清？”



## 西口即事[①]

迢迢西口接巢湖，渡得巢湖胆气粗。我掉扁舟到西口，一蓬凉雨泊菰芦。[②]

秋老堤空落叶黄，几株衰柳绾征航。姥山塔影孤山草，一样荒寒对夕阳。

古寺墙低影尚红，灯残磬冷一龛供。黄须庙祝龙钟甚，破衲还敲夜半钟。[3]

东倒西歪屋几村，牛栏土铫杂鸡豚。[4]短垣一带围蔬圃，春韭秋菘绿到门。

家家屋上蔓南瓜，扁豆开残篱落花。最爱秋来好风景，半湖斜日看捞虾。

注释：

①《西口即事》诗见 清 李恩绶编《巢湖志》卷二诗，黄山书社2007年版，第543页。

②菰芦：菰和芦苇。▶宋 陆游《闻新雁有感》："新雁南来片影孤，冷云深处宿菰芦。"

③庙祝：庙宇中管香火的人。▶宋 陆游《老学庵笔记》卷二："江渎庙西厢有壁画犊车。庙祝指以示予曰：'此郭家车子也。'"

④土铫：炊具，犹今之砂锅。▶唐 杜甫《闻斛斯六官未归》："荆扉深蔓草，土铫冷疏烟。"

赵炯然，字薪脉。

## 舟过巢湖凤凰矶登楼即事[1]

移帆镜里得灵矶，下上湖天属帝妃。[2]春色沉冥仙观阁，夕阳留恋客裳衣。[3]横烟几度龙争斗，化石千秋凤不飞。我诵沅湘迎送曲，西窗搔首怨催归。[4]

注释：

①《舟过巢湖凤凰矶登楼即事》诗见 清 李恩绶编《巢湖志》卷二诗，黄山书社2007年版，第544页。

②"下上湖天属帝妃"句：▶《光绪·庐州府志》载："巢湖圣妃庙，在姥山。庙晋时敕建。"又《巢湖市志》："姥山九峰之一的羊山顶上，建有古庙一座，晋时敕封为'圣妃庙'。"

③裳衣：裳与衣。亦泛指衣服。▶《诗·齐风·东方未明》："东方未晞，颠倒裳衣。"

④沅湘：沅水和湘水的并称。战国时楚国诗人屈原遭放逐后，曾长期流浪沅湘间。▶《楚辞·离骚》："济沅湘以南征兮，就重华而陈词。"

## 徐维宣

徐维宣，清庐江（今安徽省庐江县）人。康熙十八年（1679）己未科贡生，考授训导。孝友贞朴，生平不作欺人语。有《偶存集》。

### 凤台秋月①

山头曾见凤凰游，凤去台空碧树秋。一带晴光宵正好，十分野趣望中幽。霜林濯月清无滓，夜色澄波静不流。②凭眺自饶千载兴，西风黄叶冷飕飕。③

注释：

①《凤台秋月》诗见 清 吴宾彦修 王方岐纂《（康熙）庐江县志》卷十六，清康熙三十七年（1698）刻本。

②霜林：带霜或经霜的林木。▶唐 李颀《宿莹公禅房闻梵》："夜动霜林惊落叶，晓闻天籁发清机。"

澄波：清波。▶南朝 宋 鲍照《河清颂》："澄波万壑，洁澜千里。"

③黄叶：枯黄的树叶。亦借指将落之叶。▶南朝 梁 丘迟《赠何郎》："檐际落黄叶，阶前网绿苔。"



## 陈毅

陈毅，字直方，号古渔。清江宁（今江苏省南京市）人。乾隆（1736—1796）间布衣。工诗善文，勤于著述，有诗选《所知集》，多辑录布衣寒士之作；又有《诗概》六卷，今见于《四库未收书辑刊》。

### 风泊姥山①

古塔分青霭，收帆一望中。②阴崖回野火，深汉护天风。③远寺寒催鼓，前船晚挂弓。夜涛听不寐，心以入秋雄。

注释：

①《风泊姥山》诗见 清 陈毅《诗概》卷二，清乾隆二十五年（1760）眠云草堂刻本。

②青霭：指紫色的云气。▶南朝 宋 鲍照《登大雷岸与妹书》："左右青霭，表里紫霄。"

③阴崖：背阳的山崖。▶汉 马融《长笛赋》："惟籦笼之奇生兮，于终南之阴崖。"

## 登大蜀山①

三休风灯俯尘寰，人似猿猱绝顶攀。白气一痕巢县水，青烟几照蓼州山。泉通巴蜀应难信，僧定禅房好日闲。日暮佛堂催法鼓，却疑身在碧云间。

注释：

①《登大蜀山》诗见 清 陈毅《诗概》卷二，清乾隆二十五年(1760)眠云草堂刻本。

## 镇淮楼①

楼高无际势空灵，野外炊烟接杳冥。湖上水吞诸郡白，淮南山绕一城青。当年战伐虚明月，今日登临有客星。莫负此来舒啸傲，茫茫天地亦孤亭。②

注释：

①《镇淮楼》诗见 清 陈毅《诗概》卷二，清乾隆二十五年(1760)眠云草堂刻本。

②啸傲：放歌长啸，傲然自得。形容放旷不受拘束。▶晋 郭璞《游仙》诗之八："啸傲遗世罗，纵情在独往。"

孤亭：孤立的亭子。▶宋 梅尧臣《会胜院沃洲亭》："孤亭一入野气深，松上藤萝篱上葛。"

## 同居兰溪沙溪岩登城楼①

蜀山岚崔雨中收，不定阴晴唤午鸠。春水白吞官渡口，野花黄土女墙头。忽惊令节无端过，却奈他乡如此游。心事年来易抛弃，烟波羡尔钓鱼舟。

注释：

①《同居兰溪沙溪岩登城楼》诗见 清 陈毅《诗概》卷二，清乾隆二十五年(1760)眠云草堂刻本。

## 早春与同社等庐阳书院阁①

纵无群屐傍蹄轮，争忍闲身负早春。水气碧连南浦草，梅花香送上楼人。潜山雪霁晴光动，一雁云开晚照新。从此应寻幽胜处，同游休笑阮郎贫。

注释：

①《早春与同社等庐阳书院阁》诗见 清 陈毅《诗概》卷二，清乾隆二十五年(1760)眠云草堂刻本。

## 登明教寺台①

台上行歌放眼空，苍茫登眺古今同。秋声万树西风里，寒邑千门落照中。出岫暮云和雁白，过桥霜叶向人红。如何衲子无愁绪，日日钟鱼响梵宫。

注释：

①《登明教寺台》诗见 清 陈毅《诗概》卷二，清乾隆二十五年(1760)眠云草堂刻本。

张桂，字小山。清庐州合肥(今安徽省合肥市)人。乾隆(1736—1796)间布衣。

## 偶吟①



西风吹树叶声干，追忆年光兴欲阑。②不读书人偏厚福，但成名士总清寒。蛩当秋晚争鸣急，花未春时着色难。负郭有田樽有酒，闭门真觉梦魂安。③

注释：

①《偶吟》诗见 清 陈诗《皖雅初集》卷二十九，民国十八年(1929)上海美艺图书公司印本。

②负郭：此处谓靠近城郭。▶《战国策·齐策六》："齐负郭之民有孤狐咺者。"

梦魂：古人以为人的灵魂在睡梦中会离开肉体，故称"梦魂"。▶唐 刘希夷《巫山怀古》诗"颓想卧瑶席，梦魂何翩翩。"

张椿，字二亭。清庐州合肥(今安徽省合肥市)人。乾隆(1736—1796)时贡生。

## 怀小山四兄①

出郭曾无半日程，相思也自逼愁生。柳风淡荡棉初落，春草黄昏梦易成。开户乍看新乳燕，携柑可忍独闻莺？家贫剩有青毡在，两处寒温一例情。

注释：

①《怀小山四兄》民国 李家孚《合肥诗话》卷中，民国苏城临顿路毛上珍铅活字本。

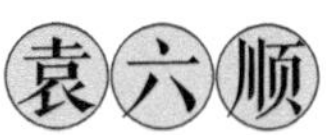

# 袁六顺

袁六顺，字祗严。清乾隆（1736—1796）时巢县（今安徽省巢湖市）人。曾作《刊巢湖中庙碑记诗文序》。

## 登楼远眺①

凤阁临矶畔，空山一柱悬。②气吞吴楚境，人倚水云天。碧落千岩雪，阴凝万树烟。灵槎如可借，直到斗牛边。③

注释：

①《登楼远眺》诗见 清 陆龙腾《（康熙）巢县志》卷十九，清康熙十二年（1673）刊本。

②凤阁：华丽的楼阁。此处特指中庙凤凰楼。

空山：幽深少人的山林。▶唐 韦应物《寄全椒山中道士》："落叶满空山，何处寻行迹？"

③灵槎：亦作"灵查"。能乘往天河的船筏。典出 晋 张华《博物志》卷十："近世有人居海渚者，年年八月有浮槎去来，不失期，人有奇志，立飞阁于查上，多赍粮，乘槎而去。"▶隋 崔仲方《奉和周赵王咏石》："会逐灵槎上，还归天汉边。"

## 次蔡文毅公韵①

层楼突兀倚空霄，面面窗虚涌碧涛。②河出荣光浮镜远，山横翠黛插峰高。③静依古岸闻渔笛，晚渡长江泛月艘。遥望波澜天样阔，千秋逸兴定谁豪。

注释：

①《次蔡文毅公韵》诗见 清 陆龙腾《（康熙）巢县志》卷十九，清康熙十二年（1673）刊

本。蔡文毅公,指蔡悉。蔡悉曾作《登中庙凤凰楼二首》。

②碧涛:绿色的波涛。▶唐 李咸用《赠友弟》:“谁能终岁摇赪尾,唯唯洋洋向碧涛。”③荣光:此处指五色云气。古时迷信以为吉祥之兆。▶《初学记》卷六引《尚书中候》:“荣光出河,休气四塞。”

## 登中庙楼[1]

楼头逸气走沧溟,秋水何人忆洞庭。[2]山色化云迎日白,湖光过雨逼天青。巢州自古疑无地,焦姥于今说有灵。[3]欲诉元君问真宰,仙风浩浩远烟冥。[4]

注释:

①《登中庙楼》诗见 清 陆龙腾《(康熙)巢县志》卷十九,清康熙十二年(1673)刊本。②逸气:超脱世俗的气概、气度。▶三国 魏 曹丕《与吴质书》:“公干有逸气,但未遒耳。”

沧溟:此处指苍天,高远幽深的天空。▶元 郑光祖《周公摄政》第一折:“天地为盟,上有沧溟。”

③无地:此处指没有地方;没有土地。▶《战国策·赵策三》:“来年秦复求割地,王将予之乎?不与,则是弃前贵而挑秦祸也;与之,则无地而给之。”

④元君:道教语。女子成仙者之美称。此处指碧霞元君。▶唐 吕岩《七言》诗之四九:“紫诏随鸾下玉京,元君相命会三清。”

真宰:此处指宇宙的主宰。▶《庄子·齐物论》:“若有真宰,而特不得其眹。”

金世仁,清时人,具体生平事迹不详。

## 牛山四望歌[1]

壮哉卧牛俯长湖,顾盼千里气象殊。[2]放眼拟之作画图,清风白日将予呼。呼予呼予颠且迂,莫以我见窥一隅。右翼凤凰左巨嶂,北峰南峰插天上。阴晴互异态万状,野水扁舟恣荡漾。城下渔歌远近唱,征鸿云里声嘹亮。长吟散步落霞红,舞雨飞烟天际东。纵酒百斛摩虚空,峥嵘剑气迎大风。[3]英雄指画原不同,万壑千江一望中。巨浸茫茫石岭峭,欢欣无尽翻悲叫。丈夫磊落埋耕钓,不堪到此徒长啸。[4]归兮归兮趁年少,携句惊人追谢朓。

注释：

①《牛山四望歌》诗见 清 陆龙腾《(康熙)巢县志》卷十九，清康熙十二年(1673)刊本。

②顾盼：环视；左顾右盼，多形容自得。▶宋 司马光《观试骑射》诗："扬鞭秋云高，顾盼有余锐。"

③虚空：此处指天空；空中。▶《晋书·天文志上》："日月众星，自然浮生虚空之中，其行其止皆须气焉。"

④耕钓：相传商伊尹未仕时耕于莘野，周吕尚未仕时钓于渭水，后常以"耕钓"喻隐居不仕。▶唐 孟浩然《题张野人园庐》："耕钓方自逸，壶觞趣不空。"

## 龚楚

龚楚，字如乔，号沂村。清庐州(今安徽省合肥市)人。乾隆(1736—1796)时府学廪生，学使梁阶平岁试举优，勘云："品行端方，见闻博洽。"诗尤工五言。

### 李陵庙[①]

重围深入计原疏，兵败途穷力尽初。汉帝寡恩臣至此，苏卿返国尔何如？[②]殊乡落日千山雪，痛哭陈情一纸书。[③]此处未应遗庙在，寻踪仍向远公庐。[④]

注释：

①《李陵庙》诗见 清 左辅 纂修《(嘉庆)合肥县志》卷第三十一，清嘉庆八年(1803)修、民国九年(1920)重印本。

李陵庙：即今西庐寺，位于安徽省合肥市肥西县，在紫蓬山国家森林公园内。三国时期，曹魏大将李典于山顶建庙祭祀其七世祖汉代名将李陵，故西庐寺又称"李陵庙"。至唐朝时候，因寺地处古庐州(今合肥市)西南，所以钦赐名"西庐寺"。此后，因战乱屡经兴废。

明代万历八年，当地吴、程、刘、卞诸信士集资添建玄武殿；清初，僧静澄募化建造大雄宝殿；康熙年间，僧鉴容智公卓锡在此大修梵刹，创建丛林，为一代开山始祖；咸丰时，寺毁于战火；同治年间，原太平军杭州守将袁宏谟投身西庐寺，募化重修殿宇百余间，西庐寺遂成为皖中名刹。

②苏卿：西汉苏武，奉命以中郎将持节出使匈奴，被扣留。在北海边牧羊，扬言要公羊生子方可释放他回国。居匈奴十九年持节不屈，后获释回汉。

③痛哭陈情一纸书：指李陵《答苏武书》。书中有"上念老母，临年被戮；妻子无辜，并为鲸鲵。身负国恩，为世所悲。……身出礼义之乡，而入无知之俗，违弃君亲之恩，长为蛮夷之域，伤已！令先君之嗣，更成戎狄之族，又自悲矣！功大罪小，不蒙明察，孤负陵心，区区之意，每一念至，忽然忘生，陵不难刺心以自明，刎颈以见志，顾国家于我已矣。杀身无

益适足增羞，故每攘臂忍辱，辄复苟活”诸语。

④远公庐：在庐山。远公，东晋高僧慧远，为净土宗始祖。

## 子胥台[①]

吴强越破楚鞭余，竟使夫差胜阖闾。[②]不料一身倾宰嚭，转惭七日泣申胥。[③]空江月冷芦花梦，宝匣锋寒鹤市居。[④]太息遗基何处是？残阳漠漠下荒墟。

注释：

①《子胥台》诗见 清 左辅 纂修《(嘉庆)合肥县志》卷第三十一，清嘉庆八年(1803)修、民国九年(1920)重印本。

子胥台：旧志：“在城内梓潼观西。亦称五相公台。今为玉虚观。”又载：“昔伍子胥谏吴王死，临终戒其子曰：‘吾当朝暮乘潮，以观吴之败。自是海门山，潮头汹涌，高数百尺，越钱塘，过渔浦，方渐低小。朝暮再来时，有见子胥乘素车白马，在潮头之中，因立庙以祀。庐州城内肥河岸上，亦有子胥庙。每朝暮潮时，肥河之水亦鼓怒而起，至其庙前，高一尺，广十余丈，食顷乃定。俗以为与钱塘潮水相应焉。记为唐杜光庭撰。据此当更有庙或后庙废，止存台也。”考子胥台遗址，位于原合肥市政府大楼东侧以及南至淮河路北侧人行道处，有十三级台阶，民间俗称“十三踏”，上有伍子胥庙。1957年兴建市政府大楼湮没。



②阖闾：指吴王阖庐(约前537—前496)。春秋吴国国君，姬姓，名光。他用专诸刺杀吴王僚而自立。曾伐楚入郢(今湖北江陵西北)，后在槜李(今浙江嘉兴西南)为越王勾践所败，重伤而死。

夫差：夫差(约前528—前473)，姬姓，春秋时期吴国末代国君，阖闾之子，于(前495—前473)间在位。前494年于夫椒之战大败越国，攻破越都(今浙江绍兴)，使越屈服。此后，又于艾陵之战打败齐国，全歼十万齐军。前482年，于黄池之会与中原诸侯歃血为盟。夫差执政时期，吴国极其好战，连年兴师动众，造成国力空虚。勾践不忘会稽之耻，国力逐渐恢复。趁夫差举全国之力赴黄池之会时，越军乘虚而入，并杀死吴太子。夫差与晋争霸成功，夺得霸主地位后匆匆赶回。前473年，越灭吴，夫差自刎。

③宰嚭：即太宰嚭。春秋时吴国大臣。伯氏，名嚭(一作噽)，一作帛喜、白喜，字子馀。楚大夫伯州犁之孙，出亡奔吴，以功任为太宰。因善逢迎，深得吴王夫差宠信。吴破越后，他受越贿赂，许越媾和，并屡进谗言，谮杀伍子胥。吴亡后，降越为臣。一说他被越王勾践所杀。

七日泣申胥：吴国进攻楚国，楚国大败。《左传·定公四年》：“申包胥如秦乞师，立依于庭墙而哭，日夜不绝声，勺饮不入口，七日。秦哀公为之赋《无衣》，九顿首而坐。秦师乃出。”

④鹤市：指吴都。因阖闾葬女鹤舞而倾市，故名。

安徽省文化艺术基金会资助项目

# 庐州古韵

## 历代吟咏合肥诗词选注

下册

萧寒◎选注

安徽师范大学出版社
ANHUI NORMAL UNIVERSITY PRESS
·芜湖·

**图书在版编目(CIP)数据**

庐州古韵:历代吟咏合肥诗词选注 下册 / 萧寒选注.—芜湖:安徽师范大学出版社,2023.12
ISBN 978-7-5676-6452-4

Ⅰ.①庐… Ⅱ.①萧… Ⅲ.①诗词—注释—中国—唐代-民国 Ⅳ.①I22

中国国家版本馆CIP数据核字(2023)第243999号

LUZHOU GUYUN LIDAI YINYONG HEFEI SHICI XUANZHU

**庐州古韵:历代吟咏合肥诗词选注(下册)**

萧寒◎选注

责任编辑:胡志恒　　责任校对:李克非　平韵冉

装帧设计:王晴晴　姚　远　　责任印制:桑国磊

出版发行:安徽师范大学出版社

芜湖市北京中路2号安徽师范大学赭山校区　　邮政编码:241000

网　　址:http://www.ahnupress.com/

发 行 部:0553-3883578　　5910327　　5910310(传真)

印　　刷:苏州市古得堡数码印刷有限公司

版　　次:2023年12月第1版

印　　次:2023年12月第1次印刷

规　　格:787 mm × 1092 mm　1/16

印　　张:82.25

字　　数:1885千字

书　　号:ISBN 978-7-5676-6452-4

定　　价:258.00元(全二册)

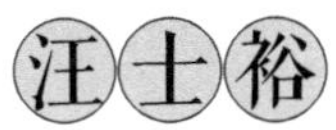

## 汪士裕

汪士裕，字左岸，清江苏江都（今江苏省扬州市江都区）人。康熙二年（1663）癸卯科举人，官太湖县教谕，以丁忧去。二十四年（1685），任沛县教谕，升庐州府教授。有《适园诗钞》。

### 游大蜀山①

久负登临兴，悠悠二十年。南从夫子后，又结山水缘。清秋出城郭，夹路散村烟。丽谯犹在望，蜀山当我前。②古寺隐丛木，绿树带晴川。支筇陟绝巘，仄径屡盘旋。③鸟道高百丈，侧足达其巅。④藉草聊小憩，摘豆煮山泉。巢湖举眼见，弥漫接南天。振衣起四顾，面面皆平田。散步下巅北，路僻荆榛缠。纡回到僧舍，嘉旨列几筵。⑤兹游亦云乐，图记良足传。更欲穷幽赏，落日促归鞭。

注释：

①《游大蜀山》诗见 清 汪士裕撰《适园诗钞》，清嘉庆二十年（1815年）刻本。

②丽谯：华丽的高楼。▶《庄子·徐无鬼》："君亦必无盛鹤列于丽谯之间。"

③绝巘：极高的山峰。▶晋 张协《七命》："于是登绝巘，溯长风。"

仄径：狭窄的小路。▶明 许承钦《夏仲自正觉寺游佛峪》："群跻幽壑巅，扪萝遵仄径。"

④鸟道：险峻狭窄的山路。▶唐 李白《蜀道难》："西当太白有鸟道，可以横绝峨嵋巅。"

⑤嘉旨：语出《诗·小雅·頍弁》："尔酒既旨，尔殽既嘉。"此处指美酒佳肴。▶晋 葛洪《抱朴子·酒诫》："惑口者必珍羞嘉旨也，惑心者必势利功名也。"

## 石涛

石涛（1630或1636—1707），一说（1642—1708）。原姓朱，名若极，小字阿长，明末清初全州清湘（今广西桂林市）人，明靖江王之后，出家为僧，释号原济，一作元济，又有道济一号，或出于后人误传，字石涛，别号瞎尊者、大涤子、清湘老人、苦瓜和尚等。与弘仁、髡残、朱耷合称"清初四僧"。半世云游，饱览名山大川，凡山水、人物、花果、兰竹、梅花，无不精妙。尤工八分隶，擅诗文，每画必题，时寓亡国之痛。著有《画语录》，精辟卓绝，词义奥衍不易解。存世画作有《石涛巢湖图轴》《石涛罗汉百开册页》《搜尽奇峰打草稿图》《山水清音图》《竹石图》等。

## 中庙阻风登阁二首[①]

百八巢湖百八愁，游人至此不轻游。无边山色排青影，一派涛声卷白头。且蹈浮云登凤阁，慢寻浊酒问仙舟。人生去往皆由定，始信神将好客留。

波中遥望凤崔巍，凤阁琳琅台壮哉。楼在半空云在野，橹声如过雁声来。巢湖地陷赤乌事，四邑水满至今灾。[②]几日东风泊沙渚，途穷对客强徘徊。

注释：

①《中庙阻风登阁二首》诗见 清《石涛巢湖图轴》，设色纸本，长96.5厘米，宽41.5厘米，天津博物馆藏。康熙三十四年(1695)夏，石涛应吏部尚书、英武殿大学士李天馥和庐州府知府张见易之邀，自扬州至庐州游览。返程时，在巢湖遭遇到连日大风巨浪。藉此机会，石涛几番登临中庙眺望巢湖，又为途中田家农民深水采白莲送他求之以诗一事所感动，他将深情凝于笔端，绘出了一幅气势磅礴的《巢湖图》。

②赤乌：三国时期东吴大帝孙权的第四个年号，共计14年(238—251)。据康熙《巢县志》载："吴赤乌二年，巢城陷为湖。"



## 晚泊金沙河田家以白菡萏一枝相送之舟中数日不谢与钱不受索以诗赠之[①]

东风阻我巢湖边，十里五里一泊舟。湖头人家白鹅岸，晚风香送荷花田。水清苔碧鱼可数，金沙名地是何年。主人爱客高且贤，下水采荷意颇坚。谓客有花以诗赠，吾只爱诗不爱钱。采荷偏采未开全，一枝菡萏最堪怜。始信壶中别有天，插花相向情更颠。欲开不开日复日，记程好事花当前。

注释：

①《晚泊金沙河田家以白菡萏一枝相送之舟中数日不谢与钱不受索以诗赠之》诗见 清《石涛巢湖图轴》，设色纸本，长96.5cm×宽41.5cm，天津博物馆藏。



## 许孙荃

许孙荃(1640—1688)，字四山，又字荪友，号星洲。清庐州合肥(今安徽省合肥市)人，系许奝蘅长子。康熙九年(1670)庚戌科进士，官翰林院侍讲、陕西学使。著有《华岳堂集》《使晋集》《慎墨堂诗集》。

## 出门[①]

出门必春初，入室必冬暮。岂无儿女情，终岁不暇顾。挥手从此辞，夕阳渺烟树。[②]

注释：

①《出门》诗见 清 沈德潜《清诗别裁集》卷十，清乾隆二十五年(1760)教忠堂刻本。

②原诗“挥手从此辞，夕阳渺烟树。”句后有沈德潜评注：“作客苦况，全在两必字形出。”

## 五丈原次大复韵[①]

荒原淡斜日，古戍黯层阴。[②]五丈空留迹，三分不死心。地随营垒没，星与阵云沉。薄暮秋风急，如闻梁甫吟。[③]

注释：

①《五丈原次大复韵》诗见 清 沈德潜《清诗别裁集》卷十，清乾隆二十五年(1760)教忠堂刻本。

②古戍：古老的城堡、营垒。▶唐 陶翰《新安江林》：“古戍悬渔网，空林露鸟巢。”

③梁甫吟：即“梁父吟”。此诗为乐府古辞，属《相和歌·楚调曲》。一作《泰山梁甫吟》。郭茂倩《乐府诗集》解题云：“按梁甫，山名，在泰山下。《梁甫吟》盖言人死葬此山，亦葬歌也。”

## 寄怀冒巢民先生用龚芝麓夫子原韵[①]

公子邗江彦，林中远著书。相思千里阔，会面一生疏。彩焕丹山凤，鳞传河上鱼。大家多墨妙，为羡女相如。[②]

日有吟诗癖，移情国雅篇。[③]风尘兰气古，邱壑道心坚。[④]物外闲相忆，愁中暗自怜。因君动幽兴，侧想一溪烟。

词赋西京手，风流东汉人。士从名下重，家以乱余贫。缟带论交晚，云山入梦亲。[⑤]开樽杯白社，长日两眉颦。[⑥]

买姝深闭户，三径自轻狂。[⑦]红叶翻新雨，青山斗晚妆。时平身尚健，秋到兴方长。花月扬州胜，相期醉百觞。[8]

注释：

①《寄怀冒巢民先生用龚芝麓夫子原韵》诗见 清 陈诗《皖雅初集》卷二十九，民国十八年(1929)上海美艺图书公司印本。原诗标题后有编注："录冒襄《同人集》。"

冒巢民：冒襄(1611—约1694)，字辟疆，自号巢民。清初诗人，名士，为明末四公子之一。

②原诗"大家多墨妙，为羡女相如。"句后有注："时蒙赐如君所画墨凤。"

大家：即大姑，是古代对女子的尊称。▶《后汉书·列女传·班昭》："帝数召入宫，令皇后诸贵人师事焉，号曰大家。"

③国雅：《诗经》国风、大雅、小雅。

④道心：此处指天理，义理。▶《书·大禹谟》："人心惟危，道心惟微。"

⑤缟带：白色生绢带。朴质之衣饰。泛指学子之服。▶《礼记·玉藻》："居士锦带，弟子缟带。"

⑥白社：隐士居处。典出《抱朴子·杂应》："洛阳道士董威辇常止于白社中，了不食。陈子叙从学道。"

⑦三径：指家园，或喻归隐。▶唐 孟浩然《秦中感秋寄远上人》："一丘常欲卧，三径苦无资。"



⑧花月：花和月。泛指美好的景色。▶ 唐 王勃《山扉夜坐》诗："林塘花月下，别似一家春。"

## 黄山象隐庵[1]

兹山何岖嵚，清泉亦滃泪。[2]泉势互回伏，山形迭俯仰。香龛结层巘，乃在空翠上。[3]疏磬出幽篁，泠然涤烦想。[4]涧午松风凉，鼪鼯自来往。[5]时闻伐木声，林虚岩壑响。流水绕僧厨，秋花静禅赏。[6]日入万象闲，楼高延月敞。云卧摘星辰，天低接苍莽。对此息诸缘，愿言谢尘坱。[7]

注释：

①《黄山象隐庵》诗见 清 左辅 纂修《(嘉庆)合肥县志》卷第三十一，清嘉庆八年(1803年)修、民国九年(1920)重印本。象隐庵即今相隐寺。

黄山：此指西黄山，位于巢湖北岸，今肥东县和巢湖市黄麓镇交界处。

②岖嵚：形容山势峻险。▶ 王闿运《巫山天岫峰诗序》："前后相对，岖嵚参差。"

③层巘：重叠的山峰。▶宋 文同《山斋》："幽斋设横榻，尽日对层巘。"

④幽篁：幽深的竹林。▶《楚辞·九歌·山鬼》："余处幽篁兮，终不见天。"

烦想：杂念；俗虑。▶晋 孙绰《游天台山赋》："过灵溪而一濯，疏烦想于心胸。"

⑤鼪鼯：鼪鼠与鼯鼠。比喻志趣相投的亲密朋友。▶宋 黄庭坚《书〈张仲谋诗集〉后》："今窜逐蛮夷中，而仲谋来守施州，所谓鼪鼯同游，蓬藋柱宇，而兄弟亲戚謦欬其侧者也。"

⑥僧厨：寺院的厨房。▶唐 崔珏《道林寺》："松风千里摆不断，竹泉泻入于僧厨。"

⑦诸缘：佛教语。指色香等百般世相。此种种世相，皆为我心识攀缘之所，故称诸缘。▶《楞严经》卷一："则汝今者识精元明能诸缘，缘所遗者。"

## 庄浪趋张掖[1]

酒泉张掖近天山，大漠风云指顾间。莫道行边人万里，最西还有玉门关。[2]

注释：

①《庄浪趋张掖》诗见 清 沈德潜《清诗别裁集》卷十，清乾隆二十五年（1760）教忠堂刻本。

②行边：巡视边疆。▶宋 曾巩《太子宾客致仕陈公神道碑铭》："知州事刘夔、刘沅，继出行边，公实总州任，内修民事，外奉师费。"

## 登和州镇淮楼[1]

此方形胜真殊绝，气压东南万象俱。日照绮罗明草树，风清丝管出郊衢。山光带雾遥通楚，江水连天半入吴。乡思不堪回首望，裕溪源发自巢湖。[2]

注释：

①《登和州镇淮楼》诗见 清 陈诗《皖雅初集》卷二十九，民国十八年（1929）上海美艺图书公司印本。原诗标题后有编注："此首录陈廷桂《历阳典录补》。"

②裕溪：裕溪河，在今安徽巢湖市东南，西通巢湖，东南流至裕溪口入长江。

## 万里[1]

万里驱车亦壮哉，西征咫尺是轮台。[2]天边晴雪天山出，不断风云北极来。关到玉门中土尽，浮槎博望使星回。[3]犹看定远封侯道，却忆嫖姚佐汉才。[4]

注释：

①《万里》诗见 清 沈德潜《清诗别裁集》卷十，清乾隆二十五年（1760）教忠堂刻本。

②轮台：古地名。在今新疆轮台南。本仑头国（一作轮台国），汉武帝时为李广利所灭，置使者校尉，屯田于此。武帝晚年颁发《轮台罪己诏》中的轮台即此。后并于龟兹。后

泛指边塞。▶唐 郑愔《秋闺》:"征客向轮台,幽闺寂不开。"

③"浮槎博望使星回"句:指传说汉博望侯张骞奉命寻找黄河之源,乘小舟经月亮至天河得见织女,获赠支机石而还,后为蜀严君平所识破的故事。

④定远:城名,东汉班超封地。后亦喻称驻守或出使西北边疆地区的使者、大臣等。《后汉书·班梁列传》:"封(班)超为定远侯。"其地在今陕西西镇巴县。

嫖姚:指西汉时名将霍去病,曾为嫖姚校尉,佐汉有大功。▶南朝 梁 范云《效古》:"昔事前军幕,今逐嫖姚兵。"

## 潼关①

百二初经得大观，严关高峙碧云端。②两边峡束黄河去，万仞根连太华蟠。天险西来凌绝巘，地形北折巩长安。③如今圣德能怀远，犹作当时要处看。④

注释:

①《潼关》诗见 清 沈德潜《清诗别裁集》卷十,清乾隆二十五年(1760)教忠堂刻本。

②百二:以二敌百。一说百的一倍。后以喻山河险固之地。▶《史记·高祖本纪》:"秦,形胜之国,带河山之险,县隔千里,持戟百万,秦得百二焉。"

大观:盛大壮观的景象。▶宋 范仲淹《岳阳楼记》:"予观夫巴陵胜状,在洞庭一湖。衔远山,吞长江,浩浩汤汤,横无际涯,朝晖夕阴,气象万千,此则岳阳楼之大观也。"



严关:险要的关门;险要的关隘。▶《乐府诗集·郊庙歌辞四·隋五郊歌》:"严关重闭,星回日穷。"

③绝巘:极高的山峰。▶晋 张协《七命》:"于是登绝巘,溯长风。"

④怀远:安抚边远的人。▶《左传·僖公七年》:"臣闻之,招携以礼,怀远以德。"

原诗句后有沈德潜评注:"与'两戒中分蟠太华,孤城百折走黄河',几于鲁、卫,一结得设险守国之意。"

## 武功春日谒后稷祠①

当时教稼无先圣，万世黎民定阻饥。②词客古今瞻庙貌，村农伏腊走轩墀。③邰封麦秀垂垂遍，禹甸氓歌处处随。④文德配天真不忝，独从含哺有余思。⑤

注释:

①《武功春日谒后稷祠》诗见 清 沈德潜《清诗别裁集》卷十,清乾隆二十五年(1760)教忠堂刻本。

②阻饥:意为饥饿。典出《书·舜典》:"帝曰:'弃,黎民阻饥。汝后稷,播时百谷。'"孔传:"阻,难;播,布也。众人之难在于饥。"

③庙貌：指庙宇及神像。▶三国 蜀 诸葛亮《黄陵庙记》："庙貌废去，使人太息。"

伏腊：指伏祭和腊祭之日，或泛指节日。▶汉 杨恽《报孙会宗书》："田家作苦，岁时伏腊，烹羊炮羔，斗酒自劳。"

轩墀：殿堂前的台阶。▶北周 庾信《贺新乐表》："臣等并预钧天，同观张乐，轩墀弘敞，栏槛眺听。"

④郃封：郃地，指古郃国领地。

麦秀：指麦子秀发而未实。▶晋 陆机《辩亡论》下："《麦秀》无悲殷之思，《黍离》无愍周之感矣。"

⑤文德：此处指礼乐教化。与"武功"相对。▶《易·小畜》："君子以懿文德。"

配天：古帝王祭天时以先祖配祭。▶《诗·大雅·生民序》："《生民》，尊祖也，后稷生于姜嫄，文武之功，起于后稷，故推以配天焉。"

不忝：不辱；不愧。▶《孔丛子·执节》："不忝前人，不泯祖业，岂徒一家之赐哉？"

含哺：口衔食物。形容人民生活安乐。▶《庄子·马蹄》："含哺而熙，鼓腹而游，民能以此矣。"

原诗句后有沈德潜评注："起手如高峰坠石，循行数墨家，那能办此。"

## 访孝肃公读书处[①]

仰止前贤朝复暮，青蹊踏遍南郊路。[②]一溪春水板桥低，云是龙图读书处。我公品望非凡流，生平事业垂千秋。[③]不与日月同显晦，常存气节高山邱。[④]桑梓后学瞻丰采，升堂再拜生遥慨。壁间郢曲看琳琅，柳外渔歌听欸乃。君不见当时朝廷硕彦多，独有我公称阎罗。[⑥]而今笑面知何在？留得城隈几尺波。[⑦]

注释：

①《访孝肃公读书处》诗见《江阴文林包氏宗谱》卷六十六（秀干堂），2008年印本。

②仰止：仰慕；向往。止，语助词。语出《诗·小雅·车舝》："高山仰止，景行行止。"▶宋 姜夔《饶歌吹曲·沅之上》："真人方兴，百神仰止。"

③品望：人品声望。▶明 袁宏道《送观察侯公序》："以公之品望，而仅使之雨露于三湘七泽间，于世道窃有虞焉。"

④显晦：明与暗。▶《旧唐书·魏谟传》："臣又闻，君如日焉，显晦之微，人皆瞻仰，照临之大，何以掩藏？"

⑤郢曲：泛指乐曲。语出 战国 宋玉《对楚王问》："客有歌于郢中者，其始曰《下里巴人》，国中属而和者数千人；其为《阳阿》《薤露》，国中属而和者数百人；其为《阳春白雪》，国中属而和者不过数十人；引商刻羽，杂以流徵，而和者数人而已。"▶南朝 宋 鲍照《玩月城西门廨中》："蜀琴抽《白雪》，郢曲发《阳春》。"

⑥硕彦：指才智杰出的学者。▶明 胡应麟《少室山房笔丛·九流绪论中》："三子（蔡

邕、葛洪、刘知几)皆鸿生硕彦,目无今古。”

⑦城隈:城角;城内偏僻处。▶唐 骆宾王《帝京篇》:“三条九陌丽城隈,万户千门平旦开。”

## 南乡子·村行①

迢递水为乡,目送西风稻粒黄,万派野烟归柳绿。残阳,冷露迎人过草塘。暝色入衫凉,长板桥头客思长,一抹秋光相引处。幽香,荷叶荷花满路傍。

注释:

①《南乡子·村行》词见 清 蒋景祁《瑶华集》卷五,清康熙二十五年(1686年)刻本。

## 浣溪沙·秋景①

草色斜阳江上幽,西风芦荻满溪流,宜人清兴是清秋。②细细虫声黄叶路,萧萧花气白苹洲,碧云天气晚夷犹。③

注释:



①《浣溪沙·秋景》词见 清 王昶《国朝词综》卷四十六,清嘉庆七年(1802)王氏三泖渔庄刻增修本。

②清兴:清雅的兴致。▶唐 王勃《山亭夜宴》:“清兴殊未阑,林端照初景。”

③夷犹:从容自得。▶宋 张炎《真珠帘·近雅轩即事》词:“休去,且料理琴书,夷犹今古。”

# 许孙蕗

许孙蕗,清庐州合肥(今安徽省合肥市)人。许裔蘅次子。县学生,英年早逝,《(嘉庆)庐州府志》录其诗一首《望湖中姥山》。



## 望湖中姥山①

惊涛洗根根不摧,中流力抵东西开。②晓气空濛烟雾里,烟消日出山光紫。③塔影倒插饮湖水,山翠平铺风揭起。④一卷一勺岂长存,巨鳌洪波神不死。

注释:

①《望湖中姥山》诗见 清 张祥云《(嘉庆)庐州府志》卷二,清嘉庆八年(1803)刻本。

②惊涛：震慑人心的波涛。▶三国 魏 曹丕《沧海赋》："惊涛暴骇，腾踊澎湃。"

③晓气：清晨的雾气。▶唐 李百药《渡汉江》："溜阔霞光近，川长晓气高。"

④山翠：翠绿的山色。▶南朝 梁 庾肩吾《奉和春夜应令》："水光悬荡壁，山翠下添流。"

## 许孙蕾

许孙蕾，清庐州合肥（今安徽省合肥市）人。博学工诗。著有《力耕堂诗集》。

### 春日过朝霞山[1]

亭午过朝霞，山溪略彴斜。[2]细泉分石齿，晴鸟乱银沙。[3]地远昔年梦，春浓野寺花。晚烟迷短骑，归路柳条遮。

注释：

①《春日过朝霞山》诗见 清 左辅 纂修《（嘉庆）合肥县志》卷第三十一，清嘉庆八年（1803）修、民国九年（1920）重印本。

朝霞山：即四顶山。

②略彴：小木桥。▶《旧五代史·唐书·周德威传》："去贼咫尺，限此一渠水，彼若早夜以略彴渡之，吾族其为俘矣。

③石齿：齿状的石头。亦指山石间的水流。▶宋 苏轼《游道场山何山》诗："山高无风松自响，误认石齿号惊湍。"

### 月下筝笛浦听渔唱[1]

盈盈一水绕城隈，城下清流去复回。[2]指点英雄行乐处，烟蓑钓艇时时来。[3]月明风起波如练，美人髣髴空中见。[4]在昔兰桡画舫停，清歌妙舞迟佳宴。[5]锦瑟银笙碧玉萧，湘裙绿鬓桃花扇。[6]绮罗丝竹一时休，烟树萧骚芦荻秋。[7]人静犹疑环佩响，夜阑如听管弦呕。[8]胜境良辰容易改，青天明月常常在。当年歌舞彩云飞，渔唱三更声欸乃。[9]欸乃凄凉不可闻，断桥寒浦水潺湲。[10]棹舟直入菡萏去，袅袅微风浥香露。[11]泠然一曲古今情，清梦徘徊狎鸥鹭。[12]

注释：

①《月下筝笛浦听渔唱》诗见 清 左辅 纂修《（嘉庆）合肥县志》卷第三十一，清嘉庆八年（1803）修、民国九年（1920）重印本。

朝霞山:即四顶山。

②城隈:城角;城内偏僻处。▶唐 骆宾王《帝京篇》:“三条九陌丽城隈,万户千门平旦开。”

③烟蓑:蓑衣。▶唐 郑谷《郊园》:“烟蓑春钓静,雪屋夜棋深。”

④髣髴:同仿佛。

⑤兰桡:小舟的美称。▶唐太宗《帝京篇》之六:“飞盖去芳园,兰桡游翠渚。”

⑥银笙:银字笙。▶唐 李群玉《腊夜雪霁月彩交光命家仆吹笙》诗:“桂酒寒无醉,银笙冻不流。”

⑦萧骚:萧条凄凉。▶唐 祖咏《晚泊金陵水亭》:“江亭当废国,秋景倍萧骚。”

⑧夜阑:夜残;夜将尽时。▶汉 蔡琰《胡笳十八拍》:“山高地阔兮,见汝无期;更深夜阑兮,梦汝来斯。

⑨欸乃:象声词。此处形容歌声悠扬。▶唐 刘言史《潇湘游》:“野花满髻妆色新,闲歌欸乃深峡里。”

⑩寒浦:寒冷的水滨。▶唐 李峤《和杜学士旅次淮口阻风》:“夕吹生寒浦,清淮上暝潮。”

⑪香露:花草上的露水。▶晋 王嘉《拾遗记·炎帝神农》:“陆地丹蕖,骈生如盖,香露滴沥,下流成池。”

⑫清梦:犹美梦。▶宋 陆游《枕上述梦》:“江湖送老一渔舟,清梦犹成塞上游。”



## 邵陵

邵陵(1643—1707),字湘南,号青门,别号雪虬,又曰孩叟。清常熟(今江苏省常熟市)人。曾客居庐州。著有《青门诗集》。[①]

### 题稻香楼[②]

洞壑深沉白日阴,空阶行处绿苔侵。[③]断无人迹唯荒草,一院秋虫自在吟。

惨淡郊原落日黄,一声村笛下牛羊。[④]高楼下见人危倚,依旧西风送稻香。

注释:

①邵陵,据民国徐世昌《晚晴簃诗汇》卷六十三(民国退耕堂刻本)载,清康熙年间有两邵陵,皆负时名。一为常熟人;一为毗陵人,字子湘。

②《题稻香楼》诗见 清 左辅《(嘉庆)合肥县志》卷第三十一,清嘉庆八年(1803)修、民国九年(1920)重印本。

③洞壑：深谷。▶汉 班固《西都赋》：“超洞壑，越峻崖。”

④村笛：指乡间笛声。▶唐 白居易《琵琶行》：“岂无山歌与村笛，呕哑嘲哳难为听。”

## 登镇淮楼[①]

莫谩登楼忆故乡，楼前无限好秋光。[②]巢湖水涨连天白，金斗城高落日黄。四海弟兄方把盏，百年时序又重阳。使君小试施霖手，万落千村早稻香。

注释：

①《登镇淮楼》诗见 清 左辅《（嘉庆）合肥县志》卷第三十一，清嘉庆八年（1803）修、民国九年（1920）重印本。

②莫谩：莫要。▶唐 贺知章《题袁氏别业》：“主人不相识，偶坐为林泉。莫谩愁沽酒，囊中自有钱。”

尤珍（1647—1721），字慧珠，一字谨庸，号沧湄。尤侗之子。清江苏长洲（今江苏省苏州市）人。康熙二十年（1681）辛酉科进士，由编修累迁右赞善。工诗，每作一诗，字字求安。与沈德潜交最善。有《沧湄类稿》《晬示录》。

## 庐州寓中作歌[①]

我行四月维孟夏，熇日炎蒸汗交泻。[②]我马瘏矣我仆痡，犹自栖栖不遑舍。[③]忆昔南旋三伏中，流金铄石火云红。山泉暴涨雷雨集，平陆直与洪波通。[④]裴回岐路津难识，策骑渡河障泥湿。[⑤]晓星残月断行人，冷铿荒烟供蓐食。[⑥]从此还辕归故乡，小园栖息足相羊。[⑦]芰荷香满池塘净，杨柳风多水阁凉。家贫漫说闲居好，宦拙还悲秋兴早。饥来驱我出门行，行行不向长安道。长安同学多少年，皇华四牡方翩翩。我独何为困逆旅，君门万里心茫然。[⑧]人生穷达皆有以，仕止由天不由己。[⑨]疏水曲肱乐在中，富贵于我浮云耳。弹铗而歌归去来，竹闲三径可常开。[⑩]北窗高卧凉风至，白日红尘安在哉。

注释：

①《庐州寓中作歌》诗见 清 尤珍《沧湄诗钞》卷二古体诗，清康熙刻本。

②熇[xiāo]日：炎日、烈日。

③瘏[tú]：疲劳致病。

痡[pū]:疲病。语本《诗·周南·卷耳》:“我马瘏矣,我仆痡矣。”

④平陆:平原;陆地。▶《孙子·行军》:“平陆处易,而右背高,前死后生,此处平陆之军也。”

⑤障泥:垂于马腹两侧,用于遮挡尘土的东西。▶南朝 宋 刘义庆《世说新语·术解》:“王武子善解马性。尝乘一马,箸连钱障泥,前有水,终日不肯渡。

⑥冷铛:久不使用的饭锅,形容家境贫寒。▶元 刘诜《城角春声》:“牛衣有人久待旦,冷铛三尺冰花长。”

蓐食:早晨未起身,在床席上进餐。谓早餐时间很早。▶《左传·文公七年》:“训卒,利兵,秣马,蓐食,潜师夜起。”

⑦还辕:犹回车。▶《孔丛子·记问》:“巾车命驾,将适唐都。黄河洋洋,攸攸之鱼。临津不济,还辕息鄹。”

相羊:亦作“相佯”“相徉”。徘徊;盘桓。▶《楚辞·离骚》:“折若木以拂日兮,聊逍遥以相羊。”

⑧君门:犹宫门,亦指京城。▶三国 魏 曹植《当墙欲高行》:“愿欲披心自说陈,君门以九重,道远河无津。”

⑨仕止:指出仕或隐退。▶明 李贽《与弱侯焦太史书》:“重念龙溪老没矣,近老亦又老矣,五台老未知仕止如何?”

⑩三径:指归隐者的家园。语出 晋 赵岐《三辅决录·逃名》:“蒋诩归乡里,荆棘塞门,舍中有三径,不出,唯求仲、羊仲从之游。”



## 释升庵

释升庵(1649—1701),名传德,俗姓郑。清泾川(今安徽省泾县)人。南洲法嗣。有《一间集》。

### 喜遁庵重过冶父夜话①

经年杖履别,此日又逢君。下榻枫林晚,烧炉柏子芬。②水霜饶古意,金石焕新文。坐久西风起,钟声带月闻。

注释:

①《喜遁庵重过冶父夜话》诗见 清 吴宾彦修 王方岐纂《(康熙)庐江县志》卷十六,清康熙三十七年(1698)刻本。

②柏子:即柏子香。▶明 徐霖《绣襦记·竹林祈嗣》:“瑞草满瑶阶,白鹤飞来,香焚柏子碧云开。”

## 重登欧峰绝顶[①]

杖策登临已有年，重来绝顶思悠然。[②]遥山远水空中出，宝塔孤城画里传。岭北疏梅横古洞，亭南烟树夹飞泉。相看又欲题诗句，笑指归鸿度碧天。

注释：

①《重登欧峰绝顶》诗见 清 吴宾彦修 王方岐纂《(康熙)庐江县志》卷十六，清康熙三十七年(1698)刻本。

欧峰：冶父山最高峰，高376米。

②杖策：亦作"杖筴"。拄杖。▶《庄子·让王》："(大王亶父)因杖筴而去，民相连而从之。遂成国于岐山之下。"成玄英 疏："因拄杖而去。"

## 捧檄桥[①]

潭影悠悠照故墟，毛公寄迹汉朝初。[②]只期萱草斑衣舞，不羡题桥驷马车。[③]丹诏昔从明月至，故人今伴白云虚。几番凭吊青垅上，膝下依依思欲舒。[④]



注释：

①《捧檄桥》诗见 清 吴宾彦修 王方岐纂《(康熙)庐江县志》卷十六，清康熙三十七年(1698)刻本。

捧檄桥：在东关外。又名临仙桥。明宣德九年(1434)，庐江知县马骥重修。掘地得小石碑，上刻"捧檄桥"三字，始得知此桥之古名。清光绪三年(1877)，著名淮军将领、广东水师提督吴长庆(庐江县沙溪乡人)，捐款重修为五孔青石桥。桥身造型古朴，正桥长46米、宽6.7米，中孔跨度为6.3米，桥面两侧为石雕栏杆。并于桥头重树"棒檄桥"碑石，碑之两侧书刻楹联曰："捧出真心归大隐，檄来强喜慰慈亲"。1987年，庐江县人政府公布此桥为"县级重点文物保护单位。"

②故墟：遗址；废墟。▶《后汉书·冯衍传下》："忠臣过故墟而歔欷，孝子入旧室而哀叹。"

"毛公寄迹汉朝初"句：指西汉时庐江人毛义为奉养母亲，不惜暂屈己志，出仕为官。《后汉书·刘平王望等传序》："庐江毛义少节，家贫，以孝行称。南阳人张奉慕其名，往候之。坐定而府檄适至，以义守令，义奉檄而入，喜动颜色。奉者，志尚士也，心贱之，自恨来，固辞而去。及义母死，去官行服……后举贤良，公车征，遂不至。张奉叹曰：'贤者固不可测。往日之喜，乃为亲屈也。斯盖所谓"家贫亲老，不择官而仕"者也。'"后因以"毛义捧檄"为孝子不贪利禄，只为养亲而出仕之典实。

③斑衣：彩衣。亦指服彩衣。▶《南史·张裕传》："(张嵊)少敦孝行，年三十余，犹斑衣

受稷(张稷)杖。"

④膝下:指父母的身边。▶南朝 梁 沈约《为文惠太子礼佛愿疏》:"元良之位,长守膝下之欢。"

## 和李明府登冶父韵[①]

追陪闲向剑台游，恰值层峦烟雨收。[②]浩瀚文章并水部，风流词采压江州。[③]白看岭外晴云注，红倚亭南夕照浮。景色无边都历遍，拈来半偈作诗酬。

注释:

①《和李明府登冶父韵》诗见 清 吴宾彦修 王方岐纂《(康熙)庐江县志》卷十六,清康熙三十七年(1698)刻本。

②追陪:追随;伴随。▶唐 韩愈《奉酬卢给事荷花行见寄》:"上界真人足官府,岂如散仙鞭笞鸾凤终日相追陪。"

③水部:此处指南朝时梁朝文学家何逊。逊官至尚书水部郎,故称。▶宋 张扩《次韵秦秘监山中观梅》:"水部五言谁举似,孤山一径久湮微。"

词彩:亦作"词采"。词章的文彩。▶《宋书·颜延之传》:"延之与陈郡谢灵运俱以词彩齐名,自潘岳、陆机之后,文士莫及也,江左称颜谢焉。"



## 冶父山[①]

携友跻攀最上头，琳宫绀殿恣遨游。无边云鹤空中度，不尽湖山杖底浮。怪石参差疑虎踞，残碑历乱枕泉流。[②]为怜霜锷当年事，紫气曾经贯斗牛。[③]

注释:

①《冶父山》诗见 民国 陈诗 编 章梦芙 参订《冶父山志》卷四诗歌,民国二十五年(1936)木刻本。

②虎踞:如虎之蹲踞。喻指地形的雄壮险要。▶《太平御览》卷一五六引 晋 张勃《吴录》:"刘备曾使诸葛亮至京,因观秣陵山阜,乃叹曰:'钟山龙蟠,石头虎踞,帝王之宅也。'"

历乱:纷乱,杂乱。▶南朝 宋 鲍照《拟行路难》诗之九:"剉檗染黄丝,黄丝历乱不可治。"

③霜锷:白亮锋利的刀。▶晋 张协《七命》:"霜锷水凝,冰刃露洁。"

贯斗牛:谓上通于斗、牛星宿间。形容光芒强烈或正气浩然。▶唐 陈章《斗牛间有紫气赋》:"贯斗牛于九霄,正当吴分;藏辘轳于午夜,远在丰城。"

释得机，名传义，俗姓方。清江南铜陵（今安徽省铜陵市）人。南洲法嗣。

## 雪中过华严庵[①]

晓出千山白，冲寒路几叉。[②]穿云松作盖，卓石杖生花。度岭浑忘倦，登堂笑始哗。主人情义重，为我拂袈裟。

注释：

①《雪中过华严庵》诗见 民国 陈诗 编 章梦芙 参订《冶父山志》卷四诗歌，民国二十五年（1936）木刻本。

华严庵：在冶父山伏虎洞左。乾隆三十年（1765），汉中府知府、邑人卢工元捐资重修。

②冲寒：冒着寒冷。▶唐 杜甫《小至》："岸容待腊将舒柳，山意冲寒欲放梅。"



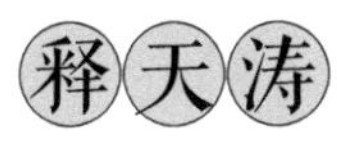

释天涛，名兴勃。清扬州（今江苏省扬州市）人。南洲法嗣。

## 实际寺禅堂看魏紫牡丹[①]

佳丽由来擅玉京，谪仙曾为调清平。[②]早依上苑冠名卉，晚托禅宫浣俗情。[③]此日浓香犹拂槛，当年艳色本倾城。[④]何须更羡沉香北，冷寄空山足半生。

注释：

①《实际寺禅堂看魏紫牡丹》诗见 民国 陈诗 编 章梦芙 参订《冶父山志》卷四诗歌，民国二十五年（1936）木刻本。

②"谪仙曾为调清平"句：指李白作《清平调》事。相传唐开元中，李白供翰林，时宫中木芍药盛开，玄宗于月夜赏花，召杨贵妃侍酒，以金花笺赐李白，命进新辞《清平调》，白醉中乃成三章。二十八字，七言绝句，平仄不拘。

③上苑：皇家的园林。▶南朝 梁 徐君倩《落日看还》："妖姬竞早春，上苑逐名辰。"

俗情：尘世的情思，与脱悟的情思相对。▶宋 洪迈《夷坚丁志·邢舜举》："君虽酷好，奈俗情未断何。"

④艳色：艳丽的姿色。代称美女。▶唐 杨郇伯《送妓人出家》："从今艳色归空后，湘

浦应无解珮人。”

## 释月岩

释一灿(? —1754),名月岩,俗姓葛。清桐城(今安徽省桐城市)人。得机法嗣。

### 谢纪完夫邑侯过晤山寺[1]

簿书潇洒有余闲，乘兴来看郭外山。十里莺花迎彩仗，片时车马驻松关。[2]笋芽茁露鲜堪供，石磴旋螺峻亦攀。名士风流多逸韵，吟鞭应带白云还。[3]

注释:

①《谢纪完夫邑侯过晤山寺》诗见 民国 袁崇钰 袁崇衡等 纂修《合肥袁氏宗谱》二十卷,卷一,民国三十五年(1946)刻本。

②彩仗:彩饰的仪仗。▶唐 李复言《续玄怪录·杨恭政》:“至三更,有仙乐,彩仗,霓旌,绛节,鸾鹤纷纭,五云来降,入于房中。”

③逸韵:高逸的风韵。▶《艺文类聚》卷三六引 晋 庾亮《翟征君赞》:“禀逸韵于天陶,含冲气于特秀。”



## 查慎行

查慎行(1650—1728),初名嗣琏,字夏重,号查田,改字悔余,晚号初白老人。清浙江海宁(今浙江省海宁市)人,为黄宗羲弟子。康熙三十二年(1693)癸酉举人,四十二年(1703)以献诗赐进士出身,授编修。后归里。雍正间,受弟嗣庭狱株连,旋得释,归后即卒。诗学东坡、放翁,尝注苏诗。继朱彝尊后,为东南诗坛领袖。有《他山诗钞》《敬业堂集》。



### 送杨既明倅庐州兼寄张建阳太守[1]

蓟北冰霜动早梅，淮南驿骑已先催。[2]春帆路转藏舟浦，堠馆花迎教弩台。[3]名郡风流输半刺，世家子弟羡多才。[4]桑枝麦穗君游政，何术能资佐理来。[5]

注释:

①《送杨既明倅庐州兼寄张建阳太守》诗见 清 查慎行《敬业堂诗集》卷二十九,四部丛

刊景清康熙本。

②驿骑：此处指乘马送信、传递公文的人。▶《汉书·丙吉传》："尝出，适见驿骑持赤白囊，边郡发奔命书驰来至。驭吏随驿骑至公车刺取。"

③堠馆：馆驿。▶唐 杜牧《渡吴江》："堠馆人稀夜更长，姑苏城远树苍苍。"

④半刺：指州郡长官下属的官吏，如长史、别驾、通判等。▶晋 庾亮《答郭预书》："别驾旧与刺史别乘，同流宣王化于万里者，其任居刺史之半。"

⑤佐理：指协助长官治事的副职。▶唐 岑参《陪使君早春东郊游眺》："郡中叨佐理，何幸接芳尘。"

吴之騄，字鸣夏，号耳公，清歙县（今安徽省歙县）人。康熙十一年（1672）壬子科举人。官绩溪、英山县教谕，迁镇江府教授。有《孝经类解》《桂留堂集》。

## 庐江道中四首①

横塘夹高堤，灌溉欣秋报。②一径柳烟中，如入山阴道。③

十里见一山，五里见一水。山水有无间，赏心乃在此。④

西月白仍淡，东日红亦轻。霜天萦锦树，一片宝华生。⑤

湖水若珠连，江潮自吞吐。何须郑白功，决渠自成雨。⑥

注释：

①《庐江道中四首》诗见 清 吴宾彦修 王方岐纂《（康熙）庐江县志》卷十六，清康熙三十七年（1698）刻本。

②秋报：此处指秋季得到的报答。指收获。▶宋 黄庭坚《按田》："春秧百顷粳，秋报十仓获。"

③山阴道：用东晋王徽之访戴逵事，以寄托对友人的怀念或惜别之情。▶唐 杜甫《舟中夜雪怀卢十四侍御弟》："烛斜初近见，舟重竟无闻。不识山阴道，听鸡更忆君。

④赏心：此处指娱悦心志。▶宋 沈辽《禅老阁》："赏心不期侈，澹泊自有余。"

⑤宝华：亦作"宝花"。珍贵的花。多指佛国或佛寺的花。▶南朝 梁 沈约《齐禅林寺尼净秀行状》："又云，有两树宝华在边，人来近床语，莫坏我华。"

⑥郑白：此处为战国时筑郑国渠的郑国与汉武帝时筑白渠的白公的并称。▶《晋书·

苻坚载记上》:"坚以关中水旱不时,议依郑白故事,发其王侯已下及豪望富室僮隶三万人,开泾水上源,凿山起堤,通渠引渎,以溉冈卤之田。"

## 庐江县署[①]

月到官衙影更凉，寒风吹露欲成霜。短垣尚荫江南柳，却认他乡是故乡。

注释:

①《宿庐江县署》诗见 清 吴宾彦修 王方岐纂《(康熙)庐江县志》卷十六,清康熙三十七年(1698)刻本。

## 过庐江访家粲园明府[①]

握手长安尚眼前，分飞晋楚几多年。左台旧共昆河派，南国新同斗野躔。[②]竞起弦歌文物地，咸输井税大平年。[③]莫云百里舆图少，寤寐诚求见大贤。[④]

注释:

①《过庐江访家粲园明府》诗见 清 吴宾彦修 王方岐纂《(康熙)庐江县志》卷十六,清康熙三十七年(1698)刻本。

粲园:即吴宾彦。吴宾彦,字粲园(一说灿园)。清浙江钱塘(今浙江省杭州市)人。康熙中知庐江县十载,在任纂修《(康熙)庐江县志》十六卷。

②躔[chán]:兽的足迹。又泛指脚迹,行迹。▶《尔雅》:"麋其迹躔。"

③井税:田税。▶《魏书·李世安传》:"井税之兴,其来日久。"

④寤寐:醒与睡。常用以指日夜。引申指日夜思念、渴望。▶宋 范仲淹《与省主叶内翰书》:"窃惟皇上念天下之计,至大至重,思得良大夫主之,故寤寐阁下之贤,复有此拜。"

## 登大蜀山顶望焦湖[①]

莽莽平原峙一峰，到来身似驾长风。光吞湖水波千顷，秀压淮阳阜万重。城郭微茫芳草遍，烟霞散落碧天空。好乘六翮高飞去，呼吸之间帝座蓬。[②]

注释:

①《登大蜀山顶望焦湖》诗 完颜海瑞《合肥诗词》,安徽文艺出版社2011年版,第216页。

②六翮:此处指鸟。▶唐 高适《别董大》诗之二:"六翮飘飖私自怜,一离京洛十余年。"

帝座：帝王的座位。▶晋 陆机《辩亡论上》："旋皇舆于夷庚，反帝座乎紫闼。

## 葛兆熙

葛兆熙，字曙咸，号箕山。清庐州巢县（今安徽省巢湖市）人。户部员外葛遇朝长子。贡生。康熙十二年（1673）任常州府学训导。

### 听书港二首①

石梁河畔杏花林，千古悠悠向往心。②辙迹风尘空聚散，弦歌山水自高深。三春草色留书带，一曲泉流学雅吟。③正使楚狂能用夏，人间那得耳遗音。

輶轩应不度江关，丘索音徽欲尽删。④当代典章归鲁史，素王声教被荆蛮。⑤采风谱入挥弦乐，招隐歌将点石顽。闻道荒台衣带水，至今金玉响潺湲。

注释：

①《听书港二首》诗见 清 陆龙腾《（康熙）巢县志》卷十九，清康熙十二年（1673）刊本。
②石梁河：即柘皋河，位于巢湖市境，发源于浮槎山东麓清水涧。东南流至柘皋镇，进而折向南流，经青台山西侧穿合裕公路武都大桥、淮南铁路中埠桥，于龟山西北的河口村注入巢湖。全长35公里，流域面积507平方公里，其中山丘区466平方公里，圩区41平方公里，是巢湖的主要支流。

③书带：束书的带。▶唐 李白《题江夏修静寺》："书带留青草，琴堂幂素尘。"

④輶轩：古代使臣乘坐的一种轻车。后为使臣的代称。▶《文选·张协〈七命〉》："语不传于輶轩，地不被乎正朔。"

丘索：古代典籍《八索》《九丘》的并称。亦泛指古籍。▶《宋书·礼志三》："江夏王义恭表曰……《丘》《索》著明者尚有遗炳。"

⑤素王：此处指孔子。▶汉 王充《论衡·定贤》："孔子不王，素王之业在《春秋》。"

## 先著

先著（1651—？），字迁夫，一字迁甫。清四川泸州（今四川省泸州市）人，流寓江宁（今江苏省南京市）。学极博洽，善画花卉、人物，极有法度。书得晋人遗意。尤工诗词。所撰《词林纪事》，搜采甚博。曾与程洪合选《词洁》六卷。另有《之溪老生集》《劝影堂词》。性耿介，与石涛相投。

## 送郑半痴游庐州[①]

海滨食蝤蛑，江干采榆赘。[②]带索娄布袍，行歌视天际。[③]晨窗理笔砚，烟云是生计。[④]郑君老画师，痴黠半相济。晴秋告远游，别酒对迟桂。青山在船头，高帆饱风势。江芦白皑皑，飞鸿亦遥缀。惜我明月光，楼头但孤睨。[⑤]

注释：

①《送郑半痴游庐州》诗见 清 先着《之溪老生集》卷三药里集上，清刻本。

②蝤蛑：亦作“蝤蝥”。即梭子蟹。

③带索：以绳索为衣带，形容贫寒清苦。▶《列子·天瑞》：“孔子游于太山，见荣启期行乎郕之野，鹿裘带索，鼓琴而歌。”

行歌：边行走边歌唱，藉以发抒自己的感情，表示自己的意向、意愿等。▶《晏子春秋·杂上十二》：“梁丘据左操瑟，右挈竽，行歌而出。”

④烟云：指隐逸之山林。▶元 张养浩《寨儿令·四时闲适》曲之一：“爱庞公不入城闉，喜陈抟高卧烟云。”

⑤孤睨：孤傲斜视。



# 陈梦雷

陈梦雷(1651—1723后)，字则震，号省斋。清福建闽县(今福建省福州市)人。康熙九年(1670)庚戌科进士，授编修。假归，耿精忠叛，胁以官，未受事而归。与李光地合进蜡丸，以福建虚实密报朝廷。光地独揽其功，精忠败，擢学士，梦雷下狱，戍尚阳堡。十余年释还。康熙四十年(1701)与修《汇编》，后赐名《古今图书集成》，任总裁。雍正初追论“从逆”之罪，谪戍黑龙江，卒于戍所。有《松鹤山房集》《闲止书堂集》。

## 赠庐州马太守[①]

扶风族望最称良，熊轼麟符世业昌。[②]白鹿随车群拥护，慈乌绕盖共回翔。[③]浮槎崖列羊公字，巢水人歌召伯棠。[④]循吏史书他日事，御屏早记姓名香。[⑤]

注释：

①《赠庐州马太守》诗见 清 陈梦雷《松鹤山房诗文集》诗集卷五，清康熙铜活字印本。

②熊轼：伏熊形的车前横木，因以指代有熊轼的车。古时为显宦所乘，借指太守。▶唐 钱起《江宁春夜裴使君席送萧员外》：“主人熊轼任，归客雉门车。”

麟符：古代朝廷颁发的麟形符节。▶《新唐书·车服志》："皇太子监国给双龙符，左右皆十。两京、北都留守给麟符，左二十，右十九。"

③慈乌：乌鸦的一种。相传此鸟能反哺其母，故称。▶晋 王嘉《拾遗记·鲁僖公》："仁鸟，俗亦谓乌，白臆者为慈乌，则其类也。"

④召伯棠：即召棠。《诗·召南·甘棠序》："《甘棠》，美召伯也。召伯之教，明于南国。"孔颖达 疏、朱熹 集传并谓召伯巡行南土，布文王之政，曾舍于甘棠之下，因爱结于民心，故人爱其树，而不忍伤。后世因以"召棠"为颂扬官吏政绩的典实。

⑤御屏：皇帝用的屏风。▶宋 田锡《御览序》："可以铭于座隅者，书于御屏；可以用于帝道者，录为御览。"

## 朱昆田

朱昆田(1652—1699)，字文盎，号西畯。清浙江秀水(今属浙江省嘉兴县)人，朱彝尊子。太学生。尽读家中藏书，能传家学，因彝尊排行第十，故时人称昆田为"小朱十"。有《笛渔小稿》《三体摭韵》。

### 过合肥欲访龚恕愚为同行者所阻怅然赋此二首①

宣武门西送子行，飘然我亦返乡城。②肠回南楚风波恶，书到东吴涕泪倾。鸡黍往时曾有约，轮蹄不驻岂无情。③仳离生怕从头说，且逐征夫趁晚程。④

覆雨翻云莫挂怀，得归且复掩溪柴。⑤吟身未必常如瓠，酒量依然阔似淮。客到恐烦奴入市，筵开免泥婢除钗。⑥悠悠不是同行路，怅望高城粉堞排。⑦

注释：

①《过合肥欲访龚恕愚为同行者所阻怅然赋此二首》诗见 清 朱昆田《笛渔小稿》卷五，清康熙刊本。

②乡城：指乡村和城镇。▶明 施耐庵《水浒传》第三二回："但遇村房道店、市镇乡城，果然都有榜文张挂在彼处，捕获武松。"

③轮蹄：车轮与马蹄。代指车马。▶唐 韩愈《南内朝贺归呈同官》："绿槐十二街，涣散驰轮蹄。"

④仳离：离别。亦指妇女被遗弃。▶《诗·王风·中谷有蓷》："有女仳离，慨其叹矣。"郑玄 笺："有女遇凶年而见弃，与其君子别离。"

⑤且复：姑且再。▶《庄子·应帝王》："子之先生不齐，吾无得而相焉。试齐，且复相之。"

溪柴：若耶溪所出的小束柴火。▶宋 陆游《家居》诗之三："溪柴胜炽炭，黎布敌纯绵。"自注："小束柴。自若耶溪出，名溪柴。"

⑥婹[sǎo]：同嫂。

⑦粉堞：用白垩粉涂刷的女墙。▶唐 骆宾王《晚泊江镇》："夜乌喧粉堞，宿雁下芦洲。"

陈瑸(1656—1718)，字文焕，号眉川，清广东海康(今广东省雷州市)人。康熙三十三年(1694)甲戌科进士，历任古田县令、四川提学道、台湾兵备道、福建巡抚、闽浙总督等官职。为官清廉善政，康熙帝曾盛赞其"居官甚优，操守极清，朕所罕见，恐古人中亦不多得也。"五十七年(1718)，病卒于任，追授礼部尚书，赐祭葬，谥"清端"。雍正时，入贤良祠。著有《清端集》八卷，凡文七卷，诗一卷，《四库总目》传于世。

## 庐州府谒包孝肃公祠[1]

吏治廉为本，刚尤不可无。[2]笑嚬何易假，关节岂能诬。[3]宦绩光遗册，香烟重式庐。[4]拜公祠宇下，出仕得楷模。[5]



注释：

①《庐州府谒包孝肃公祠》诗见 清 陈瑸《海康陈清端公诗集》卷五己卯庚辰下，清道光六年(1826)不负斋刻本。原诗标题后有"得庐字"三字。

②原诗"吏治廉为本，刚尤不可无。"句后有作者自注："公有诗云：清心为治本，直道是身谋。二语本此。"

③笑嚬[pín]：亦作"笑颦"。谓欢笑或皱眉。▶明 杨柔胜《玉环记·韦皋代任》："登山涉水，云梯石凳，隔花笑嚬，墙头红粉多丰韵。"

④式庐：指登门拜谒。▶清 顾炎武《赠孙征君奇逢》："门人持笈满，郡守式庐频。"⑤原诗"拜公祠宇下，出仕得楷模。"句后有作者自注："时予以谒选入都。"



## 吴宾彦

吴宾彦，字粲园。清浙江钱塘(今浙江省杭州市)人。康熙三十五年(1696)知庐江县，主持纂修《(康熙)庐江县志》十六卷。四十五年(1706)，调任陕西耀州知州。

## 潜川春日郊行[①]

雨过林亭散曙晖，绵芊草色上春衣。[②]方塘水满乌犍健，广陌风高锦雉肥。[③]绕郭莺花开绣壤，连村士女候荆扉。[④]公余选胜因乘暇，却羡鸬鹚下钓矶。[⑤]

注释：

①《潜川春日郊行》诗见 清 吴宾彦修 王方岐纂《(康熙)庐江县志》卷十六，清康熙三十七年(1698)刻本。

②曙晖：朝阳的光辉。▶唐 岑参《和祠部王员外雪后早朝即事》："长安雪后似春归，积素凝华连曙晖。"

春衣：春季穿的衣服。▶北周 庾信《春赋》："宜春苑中春已归，披香殿里作春衣。"

③乌犍：阉过的公牛，驯顺、强健、易御。常泛指耕牛。▶唐 唐彦谦《越城待旦》："清溪白石村村有，五尺乌犍托此生。"

广陌：大路。▶晋 陶潜《咏荆轲》："素骥鸣广陌，慷慨送我行。"

④绣壤：指田间的土埂和水沟。因其交错如文绣，故称。▶清 陈梦雷《登岁峁峰》："近郭桑麻开绣壤，满城烟火杂征旄。"

荆扉：柴门。▶晋 陶潜《归园田居》诗之二："白日掩荆扉，对酒绝尘想。"

⑤公余：公务之余暇。▶宋 韩琦《登广教院阁》："岑寂禅扉启画关，公余为会一开颜。"

## 登冶父山[①]

屏驺挈伴踏晴沙，景物苍苍人望遐。[②]一带长松罔佛寺，数村流水绕人家。凌霄剑气留丹鼎，入望湖光接赪霞。[③]不是簿书能束客，淹留常欲问三车。[④]

注释：

①《登冶父山》诗见 清 吴宾彦修 王方岐纂《(康熙)庐江县志》卷十六，清康熙三十七年(1698)刻本。

②晴沙：阳光照耀下的沙滩。▶唐 杜甫《曲江陪郑南史饮》："雀啄江头黄花柳，䴔䴖鸂鶒满晴沙。"

③赪霞：红色的云霞。▶南朝 齐 谢朓《望三湖》："积水照赪霞，高台望归翼。"

④簿书：官署中的文书簿册。▶《汉书·贾谊传》："而大臣特以簿书不报，期会之间，以为大故。"

## 丁象临

丁象临，字讷庵。清河北清河(今属河北省邢台市)人。康熙间庐江县训导，在任重修庐江县儒学并建官舍，又参与编纂《(康熙)庐江县志》十六卷。康熙三十七(1698)年，升溧阳县教谕。

### 凤台秋月①

荒台秋夜月初肥，凤去无从览德辉。②坐倚竹林光满砌，踏残梧影冷侵衣。枝头露重栖鸦定，野外风高独鹤归。桂魄年年留胜地，灵禽何日带云飞。③

注释：

①《凤台秋月》诗见 清 吴宾彦修 王方岐纂《(康熙)庐江县志》卷十六，清康熙三十七年(1698)刻本。

②德辉：仁德的光辉。▶《礼记·乐记》："故德辉动于内，而民莫不承听。"

③桂魄：指月。▶唐 骆宾王《伤祝阿王明府》："嗟乎，轮销桂魄，骊珠毁贝阙之前，斗散紫氛，龙剑没延平之水。"



## 释智鉴

释智鉴(？—1741)，名传元，号梅岑，俗姓左。清江南桐城(今安徽省桐城市)人。松翁法嗣。

### 观树斋①

花覆云深处，幽栖别有天。环山摩碧汉，飞鸟划苍烟。②树密风生远，窗虚月上先。野人闲独坐，兴味亦翛然。

注释：

①《观树斋》诗见 民国 陈诗 编 章梦芙 参订《冶父山志》卷四诗歌，民国二十五年(1936)木刻本。

②苍烟：苍茫的云雾。▶唐 陈子昂《岘山怀古》："野树苍烟断，津楼晚气孤。"

## 登冶父山[①]

一筇寂历万峰巅，雨霁平湖散晓烟。[②]长啸清风生虎洞，酣吟白日饮龙泉。从容拾翠花如锦，浩荡寻春柳散绵。身入壶中人世远，高山流水自年年。

注释：

①《登冶父山》诗见 民国 陈诗 编 章梦芙 参订《冶父山志》卷四诗歌，民国二十五年(1936)木刻本。

②寂历：犹寂静；冷清。▶南朝 梁 江淹《灯赋》："冬膏既凝，冬箭未度，悁连冬心，寂历冬暮。"

## 酬宋鹤岑先生作先师松老人塔铭[①]

三十余年莲社游，论交支许气相投。[②]常时啸咏苍松径，即景联吟淡竹楼。[③]树密不教黄鹤去，山深多为白云留。酸心复见吾师旨，都在先生彩笔头。[④]

注释：

①《酬宋鹤岑先生作先师松老人塔铭》诗见 民国 陈诗 编 章梦芙 参订《冶父山志》卷四诗歌，民国二十五年(1936)木刻本。

②支许：晋高僧支遁和高士许询的并称。两人友善，皆善谈佛经与玄理。南朝 宋 刘义庆《世说新语·文学》："支道林、许掾诸人共在会稽王斋头，支为法师，许为都讲，支通一义，四坐莫不厌心；许送一难，众人莫不抃舞，但共嗟咏二家之美，不辩其理之所在。"后以喻僧人和文士的交谊。▶唐 杜甫《西枝村寻置草堂地夜宿赞公土室》诗之二："从来支许游，兴趣江湖迥。"

③常时：时常，常常。▶明 高深甫《九回肠·离思》曲："眉尖上，常时描出愁模样。"

啸咏：犹歌咏。▶《晋书·阮孚传》："窃以今王莅镇，威风赫然……正应端拱啸咏，以乐当年耳。"

联吟：犹联句。两人或多人共作一诗。▶《初刻拍案惊奇》卷十五："花栏竹架，常闻韵客联吟。"

④酸心：伤心。▶晋 陆云《与杨彦明书》："朋类丧索，同好日尽，如此生辈那可复多耶！临书酸心。"

宋元徵(？—1699)，字式虔，号鹤岑。清庐江县(今安徽省庐江县)人。康熙二十七年(1688)戊辰科进士。任河南夏津知县，多决疑狱，以平恕称。升刑部郎中，未任而卒。殁后，夏津百姓“请祀名宦”，康熙五十九年(1720)，祀乡贤。有文集。

## 巢湖晓望[①]

积水连朝气，群山向晚青。鸡声来远渚，渔艇出前汀。野望目何极，孤篷梦乍醒。[②]波平真似镜，风起送扬舲。

注释：

①《巢湖晓望》诗见 清 吴宾彦修 王方岐纂《(康熙)庐江县志》卷十六，清康熙三十七年(1698)刻本。

②何极：用反问的语气表示没有穷尽、终极。▶《楚辞·九辩》：“中瞀乱兮迷惑，私自怜兮何极？”



## 小乔墓[①]

散步西郊秋气多，萧萧木叶下如梭。一抔指点小乔墓，十里潆洄绣水波。东睇吴宫成茂草，北瞻魏阙翳烟萝。[②]衣冠异代消磨尽，红粉香名不啻过。[③]

注释：

①《小乔墓》诗见 清 吴宾彦修 王方岐纂《(康熙)庐江县志》卷十六，清康熙三十七年(1698)刻本。

②魏阙：古代宫门外两边高耸的楼观。楼观下常为悬布法令之所。亦借指朝廷。▶《庄子·让王》：“身在江海之上，心居乎魏阙之下。”

③异代：此处指后代，后世。▶《文选·班固〈幽通赋〉》：“虞《韶》美而仪凤兮，孔忘味于千载；素文信而厎麟兮，汉宾祚于异代。”李周翰 注：“宾祚，谓礼其后祚也。异代，谓汉也。”绛传》：“圣人选当代之人，极其才分，自可致治。岂借贤异代，治今日之人哉？”

香名：犹美名。▶唐 岑参《送许子擢第归江宁拜亲》：“青春登甲科，动地闻香名。”

## 赠南洲和尚再主冶父法席[①]

钵花香露及秋清，重向殴峰主法盟。[②]龙现小身曾受偈，虎驯前代亦输诚。[③]镫青高阁心俱静，气白诸湖眼倍明。自哂尘缨何日解，未堪拂拭对幽贞。[④]

注释：

①《赠南洲和尚再主冶父法席》诗见 清 吴宾彦修 王方岐纂《(康熙)庐江县志》卷十六，清康熙三十七年(1698)刻本。

②秋清：秋日气候清爽。▶南朝 齐 谢朓《游后园赋》："追夏德之方暮，望秋清之始飙。"

③小身：佛教语。谓菩萨显现缩小了的金色化身。▶《观无量寿经》："或现大身，满虚空中；或现小身，丈六、八尺。所现之形，皆真金色。"

输诚：献纳诚心。▶《三国志·蜀志·刘备传》："尽力输诚，奖厉六师，率齐群义，应天顺时，扑讨凶逆，以宁社稷，以报万分。"

④尘缨：比喻尘俗之事。▶《文选·孔稚珪〈北山移文〉》："昔闻投簪逸海岸，今见解兰缚尘缨。"李周翰 注："尘缨，世事也。"

幽贞：语出《易·履》："履道坦坦，幽人贞吉。"后多以"幽贞"指隐士。▶南朝 宋 颜延之《拜陵庙作》："幼壮困孤介，末暮谢幽贞。"



## 同金亮斋学博川公桥念旧[①]

川公桥上旧因缘，说起三苏意惘然。[②]苏是偶然枯亦得，休从鱼兔觅蹄筌。[③]

人天师额有宗风，腕走龙蛇夺化工。[④]欲识星公真气象，尚留木笔写虚空。[⑤]

松风谡谡水潺潺，天地无心一古禅。笑我何曾会佛法，但听天籁与鸣泉。

注释：

①《同金亮斋学博川公桥念旧》诗见 民国 陈诗 编 章梦芙 参订《冶父山志》卷四诗歌，民国二十五年(1936)木刻本。

学博：唐制，府郡置经学博士各一人，掌以五经教授学生。后泛称学官为学博。▶《儒林外史》第三六回："这人大是不同。不但无学博气，尤其无进士气。"

②原诗"川公桥上旧因缘，说起三苏意惘然。"句后有作者自注："池边有树屡枯屡苏，故名三苏。"

③蹄筌：语本《庄子·外物》："筌者所以在鱼，得鱼而忘筌；蹄者所以在兔，得兔而忘蹄；

言者所以在意,得意而忘言。”蹄,兔罝;筌,鱼笱。谓语言蹄筌都是有形的迹象,道理与猎物才是目的。后常以“蹄筌”指达到某种目的的手段,或反映事物的迹象。▶《宋书·谢灵运传》:“磻弋靡用,蹄筌谁施。”

④原诗“人天师额有宗风,腕走龙蛇夺化工。”句后有作者自注:“‘额’是星公手书额”

⑤木笔:即毛笔。因初始的毛笔以木为管,故名。▶宋 黄伯思《东观余论·论飞白法》:“蔡邕于鸿都下,见工人以垩帚成字,归而为飞白之书,非便用垩帚,盖用笔效之而已,今人便谓所用木笔为垩帚,谬矣。”参阅 晋 崔豹《古今注·问答释义》。

## 天涛许于寺外别构亭阁寄此趣之[1]

伏虎溪边宜峻阁，川公桥下著茅亭。招来万象归鸿铸，并入重湖接紫冥。[2]酒许陶潜来白社，诗从谢傅付歌伶。[3]道师有意开生面，磨石迟余深勒铭。[4]

注释:

①《天涛许于寺外别构亭阁寄此趣之》诗见 民国 陈诗 编 章梦芙 参订《冶父山志》卷四诗歌,民国二十五年(1936)木刻本。

天涛,名兴勃,扬州人,南洲法嗣。

②万象:宇宙间一切事物或景象。▶南朝 宋 谢灵运《从游京口北固应诏》:“皇心美阳泽,万象咸光昭。”

紫冥:天空。▶《魏书·高允传》:“发响九皋,翰飞紫冥。”

③谢傅:指东晋谢安。安卒赠太傅,故称。▶唐 李白《书情赠蔡舍人雄》:“尝高谢太傅,携妓东山门。”

歌伶:歌唱艺人。▶陈去病《论戏剧之有益》:“则吾转不如牺牲一身,昌言坠落,明目张胆而去为歌伶。”

④道师:对道行高深者的敬称。▶唐 薛用弱《集异记·蔡少霞》:“仙翁鹄驾,道师冰洁。”

开生面:展现新的面目。▶唐 杜甫《丹青引赠曹将军霸》:“凌烟功臣少颜色,将军下笔开生面。”赵次公 注:“贞观中太宗画李靖等二十四人于凌烟阁,至开元时,颜色已暗,而曹将军重为之画,故云开生面。盖因左氏:狄人归先轸之元面如生也。”

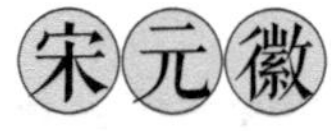

宋元徽,清庐江县(今安徽省庐江县)人。生平事迹不详。

## 宿凤台庵[①]

郁郁凤台山，巉削殊奇绝。虬松踞其巅，群峰互罗列。老叟为余言，山畔有铜穴。[②]昔时曾开煎，地脉由兹泄。我来八月交，天气解烦热。清风徐徐来，岭头涌皓月。林壑划然开，野塘水澄澈。[③]萤火照星星，虫吟声切切。长啸一天秋，中心自怡悦。

注释：

①《宿凤台庵》诗见 清 吴宾彦修 王方岐纂《(康熙)庐江县志》卷十六，清康熙三十七年(1698)刻本。

②铜穴：采铜的坑穴。▶清 孙枝蔚《老屋》诗之一：“故宫禾黍，苏台麋鹿，休言铜穴，何知金谷。”

③划然：此处指界限分明貌。▶清 王夫之《尚书引义·说命中》：“宋诸先儒……而曰‘知先行后’，立一划然之次序。”

宋衡(1654—1729)，字伊平，号嵩南。清庐江县(今安徽省庐江县)人。宋志灵之子。康熙年二十四(1685)乙丑科进士，翰林院庶吉士，授编修，历侍读学士，主试云南，督学四川。致仕，主持钟山书院。年七十六卒。工诗，善书，精研《明史》。著有《啸梅斋集》。其子宋嗣炎，系方苞女婿。

## 滇南主试便道归省喜过奉檄桥[①]

伊余忝王命，选士出南滇。[②]屡经九折坂，轮敝蹄亦穿。白云时在望，落月几回圆。[③]路险不易达，衷情何由宣。倭迟反周道，心亟行亦遄。[④]乘暇事省觐，衎祖修豆笾。[⑤]遥遥楚色来，引领望潜川。[⑥]仆夫指鲸背，遗迹尚依然。[⑦]毛生捧檄喜，芳躅今犹传。[⑧]念彼循陔情，孝养诚拳拳。[⑨]我生犹逮养，薄禄亦微沾。[⑩]谒帝承明门，千里常勤悁。何当供子职，晨夕躬畬田。[⑪]

注释：

①《滇南主试便道归省喜过奉檄桥》诗见 清 吴宾彦修 王方岐纂《(康熙)庐江县志》卷十六，清康熙三十七年(1698)刻本。

②伊余：自指，我。▶三国 魏 曹植《责躬诗》：“伊余小子，恃宠骄盈。”

选士:周代选拔人才的一种制度。录取乡人中德业有成者。泛指选拔人才。▶《旧唐书·杨绾传》:“国之选士,必藉贤良。”

③在望:谓远处的东西在视野以内。▶宋 梅尧臣《黄河》:“浴鸟不知清,夕阳空在望。”

④倭迟:纡回历远貌。▶《诗·小雅·四牡》:“四牡騑騑,周道倭迟。”毛 传:“倭迟,历远之貌。”

周道:此处指大路。▶《诗·小雅·四牡》:“四牡騑騑,周道倭迟。”朱熹 集传:“周道,大路也。”

⑤省觐:探望父母或其他尊长。▶唐 裴铏《传奇·郑德璘》:“韦氏叩头曰:‘吾之父母,当在水府,可省觐否?’”

豆笾:祭器。木制的叫豆,竹制的叫笾。▶《书·武成》:“丁未,祀于周庙,邦甸侯卫,骏奔走,执豆笾。”

⑥楚色:楚地的景色。▶唐 姚合《送陆畅侍御归扬州》:“山川南北路,风雪别离天。

⑦鲸背:借指水面。▶唐 刘禹锡《有僧言罗浮事因为诗以写之》:“日光吐鲸背,剑影开龙鳞。”

⑧捧檄:东汉人毛义有孝名。张奉去拜访他,刚好府檄至,要毛义去任守令,毛义拿到檄,表现出高兴的样子,张奉因此看不起他。后来毛义母死,毛义终于不再出去做官,张奉才知道他不过是为亲屈,感叹自己知他不深。见《后汉书·刘平等传序》。后以“捧檄”为为母出仕的典故。



芳躅:指前贤的踪迹。▶《史记·万石张叔列传》唐 司马贞 述赞:“敏行讷言,嗣芳躅。”

⑨循陔:《诗·小雅》有《南陔》篇。毛传谓:“《南陔》,孝子相戒以养也。”其辞失传,晋束皙乃据毛传为之补作。▶《文选·束晰〈补亡诗·南陔〉》:“循彼南陔,言采其兰。眷恋庭闱,心不遑安。”

⑩我生:生我者。指母亲。▶《后汉书·崔骃传》:“岂无熊僚之微介兮?悼我生之歼夷。”李贤 注:“我生,谓母也。”

⑪子职:儿子对父母应尽的职责。▶《孟子·万章上》:“我竭力耕田,共为子职而已矣。”

畬田:用火耕种田。▶唐 刘禹锡《畬田作》:“何处好畬田?团团缦山腹。”



## 葛仙祠[①]

结庐人境未荒芜,大涤山中事有无。[②]炉火不随天地老,临流岂是旧西湖。

注释:

①《葛仙祠》诗见 清 吴宾彦修 王方岐纂《(康熙)庐江县志》卷十六,清康熙三十七年

(1698)刻本。

②人境：尘世；人所居止的地方。▶晋 陶潜《饮酒》诗之五："结庐在人境，而无车马喧。"

## 冶父木兰花[1]

冶父曾开说法筵，玉兰花发旧因缘。[2]谛观忽作车轮想，岂独西池有妙莲。[3]

注释：

①《冶父木兰花》诗见 民国 陈诗 编 章梦芙 参订《冶父山志》卷四诗歌，民国二十五年(1936)木刻本。

②法筵：佛教语。指讲经说法者的座席。引申指讲说佛法的集会。▶《楞严经》卷一："法筵清众，得未曾有。"

③谛观：审视，仔细看。▶《百喻经·伎儿著戏罗刹服共相惊怖喻》："时行伴中从睡寤者，卒见火边有一罗刹，竟不谛观，舍之而走。"

西池：相传为西王母所居瑶池的异称。▶清 龚自珍《梦玉人引》："陡然闻得，青凤下西池。"

## 水濂洞[1]

偶过城南访水濂，怪石云封绣溪浒。[1]传闻仙人左元放，曾此烧丹事纳吐。[2]丹成挟术千魏武，奇幻诙谐空今古。东顾白石何粼粼，都是当年瓶与羖。西望掷杯桥水流，化作白鹤筵前舞。洞门开阖不知年，丹井晶莹喷石乳。[3]

注释：

①《水濂洞》诗见 清 吴宾彦修 王方岐纂《(康熙)庐江县志》卷十六，清康熙三十七年(1698)刻本。

②溪浒：溪边。▶清 俞樾《茶香室续钞·宋李景和毁张巡许远庙》："李侯家眷，为祟所扰，故加之罪，杖之溪浒。"

③丹井：炼丹取水的井。▶南朝 梁江淹《杂体诗·效谢灵运〈游山〉》："乳窦既滴沥，丹井复寥泬。"

龚志夔(1652—1699)，字孟典，一字绒斋，号巢邻。清庐州合肥(今安徽省合肥

市)人。龚鼎孳孙,龚士稹长子。附贡生。康熙三十三年(1694),任凤阳定远县教谕。三十七年(1698),升任湖广衡州安仁县知县,卒于任。

## 王司直舟中话别出江村烟雨图为赠赋答[①]

倾盖论心定久要，乾坤花月寄诗瓢。[②]离情怕折长堤柳，偏向图中写万条。

注释:

①《王司直舟中话别出江村烟雨图为赠赋答》诗见 清 王尔纲《名家诗永》卷十四,民国据康熙刻本影印本。

王司直:即王臬。王臬,初名孽,字司直,又字汝陈。明末清初浙江秀水(今浙江省嘉兴市)人,寓江宁(今江苏省南京市)。王概、王蓍弟。诗、画及刻印与两兄擅名于时,与兄共纂《芥子园画谱》。

②倾盖:车上的伞盖靠在一起。指初次相逢或订交。▶唐 储光羲《贻袁三拾遗谪作》:"倾盖洛之滨,依然心事亲。"

久要:旧交。▶《文选·曹植〈箜篌引〉》:"久要不可忘,薄终义所尤。"刘良 注:"久要,久交也。"

诗瓢:指贮放诗稿的器具。▶元 袁桷《送吴成季五绝》之四:"诗瓢淅沥风前树,雪在深村月在梅。"

## 龚志皋

龚志皋(1656—1694),字迈种,一字茂种,一字冷崖,号恕愚,一号戆迂。清庐州合肥(今安徽省合肥市)人。龚鼎孳孙,龚士稹次子。太学生,考授州同。有《独啸轩文稿偶存》《独啸轩诗集》《独啸轩诗余》,皆未刊。

## 短歌赠王司直[①]

云隐南山南，树在北山北。清风吹有情，吹云笼树色。长发三山门，偃卧古佛国。[②]倦步踏东阡，吟声静区域。排闼通姓字，伯仲旧相识。[③]诗可与词源，网络自司直。年齿非小弱，谦谨不修饰。[④]今故罗心胸，贫困无啾唧。[⑤]皋比列生徒，砚田惟食力。[⑥]文实富金玉，身胡甘屏息。[⑦]垂涕伸先志，兄弟乌能愎。[⑧]小鸟衔庭花，微风鸣屋侧。富贵轻鸿毛，功名惜鸡肋。嗟吁复勉旃，辰星光北极。[⑨]

注释：

①《短歌赠王司直》诗见 清 王尔纲《名家诗永》卷十四，民国据康熙刻本影印本。

②三山门：指南京水西门。南京十三座城门之一。

③伯仲：此处指王概、王蓍、王臬三兄弟。

④谦谨：谦和谨慎。▶《晋书·阳骛载记》："骛清贞谦谨，老而弥笃。"

⑤啾唧：犹嘀咕。多指烦躁不安。▶清 恽敬《与二小姐》："汝身子要紧，不可将闲事逐日啾唧，望元好好照看。"

⑥砚田：以砚喻田。谓靠笔墨维持生计。▶宋 唐庚《次泊头》："砚田无恶岁，酒国有长春。"

⑦文实：名实。▶《墨子·经说下》："有文实也，而后谓之。无文实也，则无谓也。"

孙诒让 间诂："谓有名实，始有所谓；无名实，则无所谓。"

⑧先志：先人的遗志。▶《魏书·高祖纪上》："朕猥承前绪，纂戎洪烈，思隆先志，缉熙政道。"

⑨勉旃：努力。多于劝勉时用之。旃，语助，之焉的合音字。▶《汉书·杨恽传》："方当盛汉之隆，愿勉旃，毋多谈。"

## 龚志益



龚志益（1657—1703），字叔损，号秋岩，一号季子，一号且顽。清庐州合肥（今安徽省合肥市）人。龚鼎孳孙，龚士稹第三子。附监生，考授州同。有《秋听阁纪年文集》《秋听阁纪年诗集》《秋听阁纪年词集》，皆未刊。

### 莫愁湖小饮①

载酒寻郊甸，寒风动野塘。远山环堞翠，黄叶满林霜。双桨潮空打，疏花晚自香。莫愁在何许，惆怅立斜阳。

注释：

①《莫愁湖小饮》诗见 清 王尔纲《名家诗永》卷十四，民国据康熙刻本影印本。

莫愁湖：位于江苏省南京市水西门外。周约三公里。相传六朝时有女子莫愁居此，故名。清时号称"金陵第一名胜"。▶清 孔尚任《桃花扇·听稗》："孙楚楼边，莫愁湖上，又添几树垂杨。"

## 晚宿庄[1]

久未事远游，偶然动车辙。循涂向南征，冈峦多曲折。时闻秔稻香，道左流泉咽。危桥半倾圮，扶携甘守拙。[2]向晚历高坂，众山森罗列。[3]茅檐暂解鞍，绳床当户设。[4]村酤一再行，疏星乍明灭。[5]一榻枕书卧，秋衾渐如铁。

注释：

①《晚宿庄》诗见 清 陈守仁《(雍正)舒城县志》卷三十，清雍正九年(1731)刻本。

②守拙：安于愚拙，不学巧伪，不争名利。▶晋 陶潜《归园田居》诗之一："开荒南野际，守拙归园田。"

③向晚：傍晚。▶唐 李颀《送魏万之京》："关城曙色催寒近，御苑砧声向晚多。"

④绳床：一种可以折叠的轻便坐具。以板为之，并用绳穿织而成。又称"胡床""交床"。▶《晋书·艺术传·佛图澄》："乃与弟子法首等数人至故泉上，坐绳床，烧安息香，咒愿数百言。"

⑤明灭：忽隐忽现。▶南朝 梁 沈约《奉和竟陵王药名诗》："玉泉亟周流，云华乍明灭。"



## 周公瑾墓[1]

霸业江东迹已陈，野棠花发为谁春。[2]高原双冢还相望，绝胜荒丘卧石麟。[3]

注释：

①《周公瑾墓》诗见 清 吴宾彦修 王方岐纂《(康熙)庐江县志》卷十六，清康熙三十七年(1698)刻本。

②野棠：果木名。即棠梨。▶南朝 梁 沈约《早发定山》："野棠开未落，山樱发欲然。"

③绝胜：最佳。引申为最佳之处。▶宋 范成大《与同僚游栖霞》："竹杖芒鞋俗网疏，每逢绝胜更踟蹰。"

## 小乔墓[1]

从来名士悦倾城，儿女英雄倍有情。今日青山埋粉黛，月明如听踏歌声。

注释：

①《小乔墓》诗见 清 吴宾彦修 王方岐纂《(康熙)庐江县志》卷十六，清康熙三十七年(1698)刻本。

## 蜀山[①]

十年曾此问岩阿，醉倚南窗共放歌。[②]一径鸟声喧夕照，半湖帆影乱横波。[③]林深石磴通游屐，松下寒泉映女萝。[④]今日重来寻旧迹，龙孙憔悴已无多。

注释：

①《蜀山》诗见 清 左辅 纂修《(嘉庆)合肥县志》卷第三十一，清嘉庆八年(1803)修、民国九年(1920)重印本。

②岩阿：山的曲折处。▶汉 王粲《七哀诗》："山岗有余映，岩阿增重阴。"

③横波：横流的水波。▶《楚辞·九歌·河伯》："与女游兮九河，冲风起兮横波。"

④游屐：出游时穿的木屐。亦代指游踪。▶宋 王安石《韩持国从富并州辟》："何时归相过，游屐尚可蜡。"

龚志旦(1664—1704)，字扆冲，号藕亭。清庐州合肥(今安徽省合肥市)人。龚鼎孳孙，龚士稹第五子。康熙六十一年(1722)贡生。候选训导。



## 和答司直原韵[①]

蜃楼过眼若云蒸，灰冷雄心一片冰。静读异书消斗酒，闲翻秘典伴孤灯。惊秋梧叶愁难破，入夜蛩音惨不胜。空有许询能枉驾，茶瓜何处觅诗僧。[②]

注释：

①《和答司直原韵》诗见 清 王尔纲《名家诗永》卷十四，民国据康熙刻本影印本。

②许询：许询，字玄度，小字阿讷，东晋会稽山阴(今浙江省绍兴市)。东晋征士，玄言诗的代表人物，会稽内史许皈次子。出自高阳许氏，颇有才藻，善于属文，与王羲之、孙绰、支遁等皆以文义冠世。终身不仕，好游山水，常随王羲之、谢安一起游宴吟咏，曾参与兰亭集会。善析玄理，时为清谈家的领袖之一。隐居于萧山，每致四方诸侯之遗。

枉驾：屈驾。称人来访或走访的敬辞。▶《古诗十九首·凛凛岁云暮》："良人惟古欢，枉驾惠前绥。"

## 辘轳金井·敬题叔父芳草词[①]

绿肥红瘦，日初长，懒傍画栏频倚。乍雨微晴，正清和天气。浑无个事。向小阁，自翻书史。偶捡长笺，佳词几阙，温柔织丽。豪情把来尽洗。更焚香细读，今古谁似？薄命桃花，与断肠棠蕊。何能比喻？只芳草、芊绵堪拟。[②]记得当年，双鬟唱彻，伊州新制。[③]

注释：

①《辘轳金井·敬题叔父芳草词》词见 南京大学中国语言文学系《全清词》编纂研究室编《全清词·顺康卷》(全20册)，中华书局2002年版。

②芊绵:此处指草木茂盛貌。▶南朝 梁元帝《郢州晋安寺碑铭》:“凤凰之岭，芊绵映色。”

③双鬟:古代年轻女子的两个环形发髻。借指少女。▶宋 王安石《仲元女孙》:“双鬟嬉戏我庭除，争挽新花比绣襦。”

伊州:此处指曲调名。商调大曲。▶《新唐书·礼乐志十二》:“天宝乐曲，皆以边地名，若《凉州》《伊州》《甘州》之类。”



## 曹寅

曹寅(1658—1712)，字子清，号楝亭，又号荔轩。曹玺之子。清满洲正白旗人。世为康熙近臣。康熙三十一年(1692)起，督理江宁织造，后兼巡视两淮盐政，累官至通政使。工诗词，富有藏书，校刊古书甚精。有《楝亭诗钞》《楝亭词钞》《楝亭五种》《楝亭藏书十二种》。

## 送杨公汉归浮槎[①]

一秋肺热苦耽茶，草草重阳就菊花。归去双匏好封寄，西轩泉品缺浮槎。[②]稻香楼近枣香村，天壤名成一饱温。[③]游艺莫言徒鄙事，也凭悔吝教儿孙。[④]

注释：

①《送杨公汉归浮槎》诗见 清 曹寅《楝亭诗文钞》诗钞卷四，清康熙刻本。

②封寄:封缄寄递。▶唐 封演《封氏闻见记·巨骨》:“刺史魏凌知萼爱奇，故封寄焉。”

泉品缺浮槎:指浮槎山上的合巢泉泉水，北宋欧阳修曾作《浮槎山水记》，盛赞此泉为天下第七泉。

③天壤:1.天地，天地之间。▶《管子·幼官》:“修春秋冬夏之常祭，食天壤山川之故

祀。”2.比喻相隔悬殊。▶晋 葛洪《抱朴子·论仙》：“趋舍所尚，耳目所欲，其为不同，已有天壤之觉，冰炭之乖矣。”

④游艺：泛指优游于技艺之中。▶明 何景明《祭董先生文》：“先生学书以游艺，饮酒以率真，蔑俗以肆志。”

鄙事：指鄙俗琐细之事。▶北齐 颜之推《颜氏家训·风操》：“梁世有庾晏婴、祖孙登，连古人姓为名字，亦鄙事也。”

悔吝：悔恨。▶《后汉书·马援传》：“出征交阯，土多瘴气，援与妻子生诀，无悔吝之心。”

## 王锡域

王锡域，号桐菴。清山东长山（今属山东省滨州市、淄博市）人。康熙二十二年（1683）任两浙盐运司判官，后为严州知府。

### 花朝及诸同人踏青牛山[①]

四顾回峰列翠嬛，澄湖如练接遥天。[②]登临选胜牛山阁，处处新红碧柳烟。[③]

山城如画草菽菽，湖上轻帆几片云。日丽风和春正好，莫辞卮酒座中醺。[④]

注释：

①《花朝及诸同人踏青牛山》诗见 清 陆龙腾《（康熙）巢县志》卷十九，清康熙十二年（1673）刊本。花朝：花朝节，时在农历二月十五日。

②回峰：环绕的山峰。▶宋 苏轼《虔州八境图》诗之八：“回峰乱嶂郁参差，云外高人世得知。”

③选胜：寻游名胜之地。▶唐 张籍《和令狐尚书平泉东庄近居李仆射有寄十韵》：“探幽皆一绝，选胜又双全。”

④卮酒[zhī jiǔ]：杯酒。卮，为古代盛酒的器皿。▶南北朝 江革《又赠何记室诗》：“刻猴虽言巧，辩对今知章。且欣共卮酒，勿道滥衣裳。”

## 费锡璜

费锡璜（1664—？），字滋衡，一作滋蘅。清四川新繁（今属四川省成都市）人。布衣。诗作古艳，著有《掣鲸堂诗集》《道贯堂文集》等。

## 往合肥阻雨柴家冈怀浦鸥盟许晨书田梅屿[①]

独宿空山夜，怀人梦不成。云山将会面，风雨滞行程。锈铁床头裹，寒灯壁上明。来朝有霁色，端坐待鸡鸣。[②]

注释：

①《往合肥阻雨柴家冈怀浦鸥盟许晨书田梅屿》诗见 清 费锡璜《掣鲸堂诗集》卷九五律二，清康熙刻本。

②霁色：晴朗的天色。▶唐 元稹《饮致用神曲酒三十韵》："雪映烟光薄，霜涵霁色泠。"

## 至合肥晤李丹壑太史示以近诗[①]

风雨三秋梦，江湖千里心。几年思把手，今夕始开襟。[②]烛下检新咏，樽前忆苦吟。[③]囊琴尘闭久，重见此希音。[④]

注释：

①《至合肥晤李丹壑太史示以近诗》诗见 清 费锡璜《掣鲸堂诗集》卷九五律二，清康熙刻本。

李丹壑：即合肥人李孚青(字丹壑)，康熙朝大学生李天馥之子。

②把手：握手。▶《三国志·魏志·张邈传》："吕布之舍袁绍从张杨也，过邈临别，把手共誓。"

③新咏：新近作的诗。▶宋 徐铉《和印先辈及第后献座主朱舍人郊居之作》："独坐公厅正烦暑，喜吟新咏见玄微。"

④囊琴：囊中之琴。▶明 刘崧《题余仲扬画山水图为余自安赋》："囊琴未发弦未奏，已觉流水声洋洋。"

希音：奇妙的声音。▶唐 司空图《二十四诗品·实境》："情性所至，妙不自寻。遇之自天，泠然希音。"

## 由合肥归自柴家冈至全椒[①]

落日在山腰，经过百里遥。饥人甘半李，疲马盼全椒。复岭莽回互，重关锁寂寥。[②]往来能几日，早见乱红飘。

注释：

①《由合肥归自柴家冈至全椒》诗见 清 费锡璜《掣鲸堂诗集》卷九五律二，清康熙

刻本。

②复岭：重叠的山岭。▶唐 胡曾《咏史诗·番禺》："重冈复岭势崔巍，一卒当关万卒回。"

## 戏题[1]

合肥相国李夫子，爱我诗歌似古人。[2]国士未酬知己愿，三年西望泪沾巾。[3]

注释：

①《戏题》诗见 清 费锡璜《掣鲸堂诗集》卷十三七言绝句一，清康熙刻本。原诗共九首，今选其第一首。本诗后有作者自注"李文定公见余诗，谬过爱。入都留居贞松堂。"

②合肥相国：此处指康熙朝大学士李天馥。

③国士：一国中才能最优秀的人物。▶《左传·成公十六年》："皆曰：国士在，且厚，不可当也。"

## 合肥晤孙韩穉[1]

客中相遇清明节，侧帽掀髯吟兴长。[2]他地再逢应记取，棣棠花下酒盈觞。[3]

蜀山太史今文伯，桐邑先生得主人。[4]诗卷一时成倡和，侍郎宾客擅千秋。[5]

注释：

①《合肥晤孙韩穉》诗见 清 费锡璜《掣鲸堂诗集》卷十三七言绝句一，清康熙刻本。

②吟兴：指诗兴。▶唐 刘得仁《夜携酒访崔正字》："吟兴忘饥冻，生涯任有无。"

③原诗"棣棠花下酒盈觞。"句后有作者注："棣棠见金高谈诗"。

④文伯：文章宗伯。对著名作家的敬称。▶唐 张说《齐黄门侍郎卢思道碑》："吟咏情性，纪述事业，润色王道，发挥圣门，天下之人谓之文伯。"

⑤倡和：指以诗词相酬答。▶宋 葛立方《韵语阳秋》卷十五："陈后主与倖臣各制歌词，极于轻荡，男女倡和，其音甚哀。"

## 许梦麒

许梦麒(1664—1728)，字仁长，号双溪。清庐州合肥(今安徽省合肥市)人。许孙荃长子，清初吏部尚书、武英殿大学士李天馥女婿。幼即工诗，学范石湖、陆放翁，有《楚香亭集》。

## 秋泛[①]

一湖水阔浸朝霞，放溜随风入雁斜。[②]顶上空青云作髻，眼中虚白浪生花。[③]老渔艇子飞芦箭，小钓烟丝挂月牙。疏柳苍烟图画里，兴余还访太清家。[④]

注释：

①《秋泛》诗见 民国 徐世昌《晚晴簃诗汇》卷六十四，民国退耕堂刻本。

②放溜：任船顺流自行。▶南朝 梁元帝《早发龙巢》："征人喜放溜，晓发晨阳隈。"

③空青：青空。▶唐 杜甫《不离西阁》诗二首之二："江云飘素练，石壁断空青。"

④太清家：即太清。三清之一。道教谓元始天尊所化法身道德天尊所居之地，其境在玉清、上清之上，唯成仙方能入此，故亦泛指仙境。▶晋 葛洪《抱朴子·杂应》："上升四十里，名为太清，太清之中，其气甚刚，能胜人也。"

## 湖村访友[①]

我爱骚人住水湾，当门湖水白潺潺。[②]安排游客床头酒，供给诗家屋外山。笴干着风低翠色，苔衣经雨上新斑。[③]向谁乞得丹青笔，写出村图一幅间。



注释：

①湖村访友》诗见 民国 徐世昌《晚晴簃诗汇》卷六十四，民国退耕堂刻本。

②当门：对着门。宋 陆游《渔翁》："江头渔家结茅庐，青山当门画不如。"

③苔衣：泛指苔藓。▶南朝 宋 谢灵运《岭表赋》："萝蔓绝攀，苔衣流滑。"

## 次西口水牛引船[①]

只见周留事水田，谁闻平陆能拖船。我到西口水正涸，沙滩漠漠稀村烟。棹夫浪婆但束手，坐待潮长生熬煎。波际牧竖欻骑至，一群两群相争先。[②]笑指客曰尔欲往，非是安得离湖边。吾曹春荒藉为业，行当速付青铜钱。[③]走系维綍悄无语，急跨背上挥长鞭。[④]始者目之殊可骇，逆谓此计真徒然。闪忽昂头而阔步，不移时果临深渊。[⑤]篷窗蠡跃发狂叫，怪事堪续齐谐篇。[⑥]



注释：

①《次西口水牛引船》诗见 清 李恩绶编《巢湖志》卷二诗，黄山书社2007年版，第545页。

西口，即施口，位于肥东县长临河镇西部圩区。因施水在此注入巢湖，故得名。施水即今南淝河。

②牧竖：牧奴；牧童。▶《楚辞·天问》："有扈牧竖，云何而逢?"

欻[xū]骑：快速、飞速驭使坐骑。

③吾曹：犹我辈；我们。▶《韩非子·外储说右上》："吾曹何爱不为公。"

④繂[lǜ]：粗绳。本诗中意为缆绳、纤绳。

⑤闪忽：特指眼睛转动不停。

移时：经历一段时间。▶《后汉书·吴祐传》："祐越坛共小史雍丘、黄真欢语移时，与结友而别。"

⑥齐谐：人名，一说古书名。▶《庄子·逍遥游》："齐谐者，志怪者也。"后志怪之书以及敷演此类故事的戏剧，多以"齐谐"为名。

## 巢湖篇[1]

巢湖之水敻无涯，滉瀁满□青琉璃。[2]盘曲三百六十汊，周袤百八里有奇。[3]列山张屏紫翠绕，老姥孤峰矗缥缈。扁舟欲问浅深宜，暗逐鸣榔始能晓。[4]孙郎赤乌二年前，雄州此设饶炊烟。[5]一夜雷雨坤轴裂，变为沧海无桑田。[6]每际叠雾重霾候，女墙万骑呈奇觏。[7]千古衔冤气结成，岂同幻市当清昼。[8]倚楼如凤翔湖旁，文□画栋何辉煌。碧霞元君执圭璧，坐镇福地居中央。[9]棹舣彼岸争展拜，黄流巽羽交相赛。[10]纸钱旋作蝴蝶飞，总为风饕舞澎湃。[11]青天倒入水精盘，日月波底跳双丸。[12]即离摩荡光激射，扬鳍鼓鬣虬龙翻。[13]海潮灌进江潮长，江潮不退湖潮广。旧岁渝溢滰平畴，回湍飞沫惊渤荡。[14]就近村落纷移家，妇携女兮儿呼耶。婴鳞谁触洞庭怒，戕生伤稼良堪嗟。[15]寰区名湖难悉数，白马彭蠡亦曾睹。[16]若以方兹一勺多，安敢与之较门户。我今浮舫春初晴，洪连卷起微纹生。眼边空阔快弥望，船头科跣铺桃笙。[17]临镜把竿兴可托，瓦釜烹鲜聊供酌。[18]归来纵笔写此篇，聊饯残阳下山脚。

注释：

①《巢湖篇》诗见 清 李恩绶编《巢湖志》卷二诗，黄山书社2007年版，第549—550页。

②敻：敻[xiòng]，远。▶《穀梁传·文公十四年》："敻入千乘之国。"

③"槃曲三百六十汊，周袤百八里有奇。"句：此句是指巢湖方圆八百里，周围水系发达，自古就有"巢湖三百六十汊，黄山三百六十洼"之说。

④鸣桹：亦作"鸣榔"。敲击船舷发出声响，用以惊鱼，使入网中，或为歌声之节。▶《文选·潘岳〈〈西征赋〉》："纤经连白，鸣桹厉响。"

⑤雄州：地大物博人多，占重要地位之州。▶南朝 梁 何逊《与建安王谢秀才笺》："夫选重雄州，望隆观国。"

⑥坤轴：古人想象中的地轴。▶晋 张华《博物志·地》："昆仑山北地转下三千六百里，

有八玄幽都,方二十万里。地下有四柱,四柱广十万里,地有三千六百轴,犬牙相举。”

⑦奇觏[gòu]:奇异的景象。

⑧衔冤:含冤,谓冤屈无从申诉。▶《宋书·索虏传论》:“偏城孤将,衔冤就虏。”

⑨福地:指神仙居住之处。道教有七十二福地之说。亦指幸福安乐的地方,旧时常以称道观寺院。▶南朝 齐 王融《三月三日曲水诗》序:“芳林园者,福地奥区之凑,丹陵、若水之旧。”

⑩巽羽[xùn yǔ]:指鸡。▶《文选·班固〈幽通赋〉》:“巽羽化于宣宫兮,弥五辟而成灾。”李善 注:“曹大家曰:《易·巽卦》为鸡。鸡,羽虫之属,故言羽也。”

⑪风饕:谓风狂暴。▶清 钱谦益《送陈生昆良南归》:“席帽疲驴问牖城,风饕雪虐泪纵横。”

⑫双丸:指日月。▶元 朱德润《题陈直卿一碧万顷》诗:“日月双丸吐,江山万古愁。”

⑬摩荡:指摩擦振荡。▶《宋史·太祖纪一》:“(太祖)次陈桥驿,军中知异者苗训引门吏楚昭辅视日下复有一日,黑光摩荡者久之。”

⑭渝溢:盈溢。▶南朝 梁元帝《玄览赋》:“尔其彭蠡际天,用长百川,沸渭渝溢,潋淡连延。”

渤荡:涨潮。▶《文选·木华〈海赋〉》:“枝岐潭瀹,渤荡成汜。”一本作“渤涌”。

⑮婴鳞:谓触及龙之喉下逆鳞。比喻人臣犯颜直谏。语本《韩非子·说难》:“夫龙之为虫也,柔可狎而骑也;然其喉下有逆鳞径尺,若人有婴之者,则必杀人。人主亦有逆鳞,说者能无婴人主之逆鳞则几矣。”▶宋 苏轼《谢中书舍人启》:“出而从仕,有狂狷婴鳞之愚。”

戕生:伤害生命。▶清 林则徐《示谕外商速缴鸦片烟土四条稿》一:“尔则图私而专利,人则破产以戕生,天道好还,能无报应乎!”

⑯寰区:天下;人世间。▶《后汉书·逸民传序》:“彼虽硁硁有类沽名者,然而蝉蜕嚣埃之中,自致寰区之外,异夫饰智巧以逐浮利者乎!”

⑰弥望:充满视野;满眼。▶《汉书·元后传》:“大治第室,起土山渐台,洞门高廊阁道,连属弥望。”

科跣:露头跣足。▶清 王士禛《池北偶谈·谈献一·方伯公遗事》:“先祖方伯公,年九十余,读书排纂不辍,虽盛夏,衣冠危坐,未尝见其科跣。”

桃笙:桃枝竹编的竹席。▶《文选·左思〈吴都赋〉》:“桃笙象簟”。

⑱把竿:原意是杂技种的攀援竹竿。此处是指执竿垂钓。

## 李孚青

李孚青(1664—1715),字丹壑。清江南合肥(今安徽省合肥市)人。李天馥长子。康熙十八年(1679)己未科进士,官翰林院编修。著有《野香亭集》《盘隐集》《道旁散人集》等。

## 小史港三首[①]

夫婿非秋胡，妾身是罗敷。[②]麻吏十百辈，不如夫婿殊。

母憎无勤惰，母怒无贞淫。甘学韩凭妇，未察韩凭心。[③]

孔雀宁断尾，不忍两分张。生为孤鸿鹄，无作双鸳鸯。

注释：

①《小史港三首》诗见 清 左辅 纂修《(嘉庆)合肥县志》卷第三十一，清嘉庆八年(1803)修、民国九年(1920)重印本。

②秋胡：春秋鲁人，婚后五日，游宦于陈，五年乃归，见路旁美妇采桑，赠金以戏之，妇不纳。及还家，母呼其妇出，即采桑者。妇斥其悦路旁妇人，忘母不孝，好色淫佚，愤而投河死。事见汉刘向《列女传·鲁秋洁妇》。后以“秋胡”泛指爱情不专一的男子。

③韩凭：亦作“韩冯”“韩朋”。用为男女相爱、生死不渝的典故。典出晋 干宝《搜神记》卷十一。▶清 纳兰性德《减字木兰花》：“若解相思，定与韩凭共一枝。”



## 八斗岭[①]

怅别白马王，东阿喟身后。[②]斯人止四十，旷代谁八斗。[③]才名是处重，僻地争培塿。不见洛川神，哀湍泻林薮。[④]

注释：

①《八斗岭》诗见 清 左辅 纂修《(嘉庆)合肥县志》卷第三十一，清嘉庆八年(1803)修、民国九年(1920)重印本。

八斗岭：即今肥东县八斗镇，位于合肥市的东北部五十公里，肥东县城店埠镇三十四公里，东西呈鱼脊背行横贯江淮分水岭，最早称“鱼山”，传说三国时魏王曹操之子曹植曾率兵驻扎于此。后因谢灵运的“天下文章一石，曹植独得八斗”而得名八斗岭。相传岭下有陈思王曹植之墓。

②白马王：指曹彪，曹植曾作《赠白马王彪》。

东阿：东阿王，曹植于太和三年(229)封东阿王。

喟后身：《魏志》：“植尝登鱼山临东阿，喟然有修焉之心，遂营墓其地，卒年四十一”。

③四十：曹植公元232年去世，年四十一。

④洛川神：曹植曾作《洛神赋》，为千古名篇。

林薮：指山林与泽薮。▶清 方文《送薪行·答胡公峤》：“侵晨持斧出，刈薪向林薮。”

## 东郊秋兴①

暮霭远濛濛，浮槎隐现中。②天边鸿雁字，洞口鲤鱼风。村路枳花台，田家枫叶红力穷秋色好，惆怅半衰翁。车辕系壶盏，饮即坐车茵。③不仕岂高士，无情即隐沦。④秋原下寒日，樵径有归人。⑤欲向翠微宿，谁留王积薪。⑥

注释：

①《东郊秋兴》诗见 民国 李家孚《合肥诗话》三卷卷上，民国苏城临顿路毛上珍铅活字本。

②浮槎：指浮槎山。

③车茵：亦作“车裀”。车上垫的席子，车座垫。▶《汉书·丙吉传》：“吉驭吏耆酒，数逋荡，尝从吉出，醉欧丞相车上。西曹主吏白欲斥之，吉曰：‘以醉饱之失去士，使此人将复何所容？西曹地忍之，此不过汙丞相车茵耳。’遂不去也。”

④隐沦：指隐者。▶唐 杜甫《赠韦左丞丈》：“此意竟萧条，行歌非隐沦。”

⑤秋原：秋日的原野。▶南朝 梁 王僧孺《初夜文》：“壅夏河之长泻，扑秋原之猛燎。”

⑥翠微：指青翠掩映的山腰幽深处。泛指青山。▶唐 高适《赴彭州山行之作》：“峭壁连崆峒，攒峰叠翠微。”



王积薪：唐朝著名围棋手。

## 城南刘叟许送樽酒抵暮不至戏题①

坊市近不酿，秋来终日醒。朝逢刘白堕，许饷双玉瓶。②归家洗杯杓，鼻端已温馨。黄昏竟杳然，仰首见酒星。③无乃仆负重，息肩憩林坰。或因泥滑道，畏蹶行跉竮。④疑有或乌有，别肠转不停。⑤饮水苦暴下，口涎唾靡宁。⑥坐羡任迪简，进醯如醁醽。⑦汉书哪复把，红烛空荧荧。

注释：

①《城南刘叟许送樽酒抵暮不至戏题》诗见 民国 李家孚《合肥诗话》三卷卷上，民国苏城临顿路毛上珍铅活字本。

②刘白堕：北魏时人，善酿酒，后用作美酒别称。▶北魏 杨衒之《洛阳伽蓝记·法云寺》：“河东人刘白堕善能酿酒。季夏六月，时暑赫晞，以甖贮酒，暴于日中。经一旬，其酒不动，饮之香美而醉，经月不醒。”

③酒星：古星名。也称酒旗星。▶汉 孔融《与曹操论酒禁书》：“天垂酒星之耀，地列酒泉之郡，人著旨酒之德。”

④跉竮[líng píng]：行走不稳貌。▶宋 苏轼《芙蓉城》：“绕楼飞步高跉竮，仙风锵然

韵流铃。”

⑤别肠：与众不同的肠胃。比喻能豪饮。▶《资治通鉴·后晋高祖天福七年》：“曦曰：‘维岳身甚小，何饮酒之多?’左右或曰：‘酒有别肠，不必长大。’”

⑥暴下：急性腹泻。▶唐 韩愈《病中赠张十八》：“中虚得暴下，避冷卧北窗。”

⑦迪简：谓选拔引进。▶《书·多方》：“我有周惟其大介赉尔，迪简在王庭。”

醯[xī]：此处指醋。

醁醽[lù líng]：美酒名。▶南朝 宋 刘道荟《晋起居注》：“(穆帝)升平二年，正月朔，朝会，是日赐众客醁醽酒。”

## 蜀山西崦人家[1]

蜀山淮小山，亦解弄嫣态。露紒台鲐鬆，点眉京兆黛。[2]势接龙舒峰，公然欲行辈。[3]譬华周杞梁，睥睨五乘坠。白云午初归，人家出叆叇。[4]炊烟复间之，店门有余霭。暗泉泻山厨，老树倚床背。刈获将毕功，场圃闲耕耒。[5]吾庐相似否，一笑较城内。翠微宛曩昔，廿年经又再。[6]来朝相望处，佛头远犹在。

注释：

①《蜀山西崦人家》诗见 清 左辅 纂修《(嘉庆)合肥县志》卷第三十一，清嘉庆八年(1803)修、民国九年(1920)重印本。

②露紒：不戴冠巾露出发髻。紒，同髻。

鬆[zhuā]：妇人的发髻。

③龙舒峰：龙舒山，在安徽舒城县西南。

④叆叇[ài dài]：叆叇。飘拂貌；缭绕貌，云雾飘拂缭绕的样子。▶唐 刘禹锡《和汴州令狐相公到镇改月偶书所怀二十二韵》：“衣风飘叆叇，烛泪滴巉岩。”

⑤刈获：收获。▶唐 储光羲《田家杂兴》诗之五：“秋至黍苗黄，无人可刈获。”

耕耒：即耒。古代一种翻土农具。泛指农具。

⑥曩昔：过去。▶晋 向秀《思旧赋》：“追思曩昔游宴之好，感音而叹，故作赋云。”

## 伏羲山[1]

虚白曳云衣，浓绿施烟鬟。[2]崒嵂失平地，刚耿当重关。[3]钩梯耸绝壁，清涧时弯环。啼鸟异凡声，老鹿驯欲仙。未审上古帝，遗迹奚由传。盛衰几沧桑，山名犹昭然。或因悯流俗，故开淳朴天。所以高尚士，必话羲皇年。低徊动远瞩，百里落眼前。[4]二华与五畤，俱可蝼蚁观。[5]殿阁渺何许，钟磬非人间。青松涵太空，浩荡难追攀。堪嗟下士愚，瞻顾知无端。过风吹矫首，斜日催征鞭。[6]灵境不可驻，此去仍尘寰。[7]

注释：

①《伏羲山》诗见 清 左辅 纂修《(嘉庆)合肥县志》卷第三十一，清嘉庆八年(1803)修、民国九年(1920)重印本。

伏羲山：旧称伏狮山，又名太子山、寨山，位于安徽省肥东县包公镇岘山村境内，海拔327.2米，传说金国四太子金兀术南下侵宋时曾在此山扎营，故名为"太子山"。当地传说：南宋时，金兀术九犯中原营盘驻扎在太子山，岳飞带兵抗金，打得金兵落荒而逃，一日金兀术兵败竹丝坝西侧(即扁石岗)，便急解手时，被埋伏在此的牛皋擒获。二人一气一笑，在此同归于尽。后世遂有"气死金兀术，笑死老牛皋"一说。

②云衣：即云气。▶《楚辞·刘向〈九叹·远逝〉》："游清灵之飒戾兮，服云衣之披披。

烟鬟：喻云雾缭绕的峰峦。▶宋 苏轼《凌虚台》："落日衔翠壁，暮云点烟鬟。"

③崒嵂：高峻貌。▶宋 陆游《大寒》："为山傥勿休，会见高崒嵂。"

刚耿：犹清肃。▶唐 韩愈《南山诗》："参差相叠重，刚耿陵宇宙。"

④低徊：回味；留恋地回顾。▶邓家彦《有忆》："低徊往事心如醉，枨触新愁貌亦癯。"

⑤二华：此处指太华、少华二山。▶《文选·张衡〈西京赋〉》："缀以二华，巨灵赑屃，高掌远跖，以流河曲。"

五畤：又称五畤原，在今陕西凤翔县南。秦汉时祭祀天帝的处所。▶《史记·孝武本纪》："上初至雍，郊见五畤。"



⑥征鞭：马鞭。因用其驱马行进，故称。

⑦灵境：泛指风景名胜之地。▶南朝梁 江淹《杂体诗·效谢灵运〈游山〉》："灵境信淹留，赏心非徒设。"

尘寰：亦作"尘阛"。人世间。▶唐 权德舆《送李城门罢官归嵩阳》："归去尘寰外，春山桂树丛。"

## 枣巷行[①]

养蚕犹未周，朱符忽下乡。[②]朝催鸡豚尽，夕催老弱亡。枣巷贫夫妇，鬻儿来市城。人情皆爱子，其如完官粮。[③]中道饥不行，委顿心怦怦。[④]店余两煮饼，破衣持抵当。[⑤]夫悲伤我意，儿啼断我肠。饼让夫与儿，我则何敢尝。无儿宗嗣绝，无夫身零丁。妇人忍饥惯，不畏枵腹鸣。徐语给阿夫，父子姑前驰。道旁好桑叶，小摘当后追。[⑥]夫诺携儿去，相待一里程。向暮杳无迹，踉跄返趋迎。[⑦]迤逦至故所，亦不闻人声。[⑧]树中有鸦噪，妇已悬丝绳。[⑨]凄惶抱孤儿，无语泪淋浪。[⑩]三人遽同归，其挂桑树傍。[⑪]在天为止翼，在地为连枝。精魄不相失，殊胜生别离。[⑫]

注释：

①《枣巷行》诗见 清 张应昌《诗铎》卷二十六，清同治八年(1869)秀芷堂刻本。

枣巷：又名枣巷铺，今属安徽省肥东县石塘镇火龙村。

②朱符：用朱墨写的符箓，此处指官府的文书。

③其如：怎奈；无奈。▶唐 刘长卿《硖石遇雨宴前主簿从兄子英宅》诗："虽欲少留此，其如归限催。"

④委顿：颓丧；疲困。▶南朝 宋 刘义庆《世说新语·容止》："潘岳妙有姿容，好神情。少时挟弹出洛阳道，妇人遇者莫不连手共萦之。

⑤抵当：抵押。▶宋 司马光《涑水记闻》卷十五："市易司法，听人赊贷县官贷财，以田宅或金帛为抵当。"

⑥小摘：随意采摘。▶南朝 宋 谢灵运《永嘉记》："百卉正发时，聊以小摘供日。"

⑦趋迎：向前迎接；应接。▶金 王若虚《鄜州龙兴寺明极轩记》："公退饭余，呼马而出，仆夫或不请所之，知其必适是也。比及其门，呵喝有声，主人者趋迎而笑，知其必为吾也。"

⑧迤逦：亦作"迤里""地逦"。此处指缓行貌。▶《古今小说·众名姬春风吊柳七》："柳七官人别了众名姬，携着琴剑书箱，扮作游学秀士，迤逦上路。"

⑨鸦噪：鸦雀喧噪。▶唐 李贺《莫愁曲》："草生陇坂下，鸦噪城堞头。"

⑩淋浪：此处指流滴不止的样子。▶晋 陶潜《感士不遇赋》："感哲人之无偶，泪淋浪以洒袂。"

⑪同归：此处指同死。

⑫生别离：难以再见的离别。▶《楚辞·九歌·少司命》："悲莫悲兮生别离，乐莫乐兮新相知。"

## 宋节妇歌①

君家恒苦贫，妾勤机杼共昏晨。君家忽婴疾，妾鬻簪襦换苓术。②君饱妾亦饱，君饥妾亦饥。君死复无后，大义当相随。使粟如土不入口，使浆如泥不沾手。宁教死作饥凤皇，岂为家鸡野鹜趋厨仓！③前身庐江双孔雀，后身青陵两鸳鸯。④吁嗟乎！方家新妇乃能半月不食死，人生日不再食则饥矣。

注释：

①《宋节妇歌》诗见 清 左辅 纂修《(嘉庆)合肥县志》卷第三十一，清嘉庆八年(1803)修、民国九年(1920)重印本。

②婴疾：缠绵疾病；患病。▶《后汉书·党锢传·李膺》："道近路夷，当即聘问，无状婴疾，阙于所仰。"

③野鹜：野鸭。此处喻非正式的匹偶。▶清 李渔《闲情偶寄·颐养·行乐》："避女色而就娈童，舍家鸡而寻野鹜，是皆情理之至悖，而举世习而安之。"

④青陵：指青陵台，借指在青陵台殉情的韩凭之妻。▶清 钮琇《觚賸·延平女子》："紫玉青陵怅已矣，泉台当有望乡台。"

## 却望湖中诸山[①]

孤山姽婳出天姿，帝女峰还太姥祠。[②]更有朝霞开睡脸，大圆镜里四蛾眉。[③]

注释：

①《却望湖中诸山》诗见 清 左辅 纂修《(嘉庆)合肥县志》卷第三十一，清嘉庆八年(1803)修、民国九年(1920)重印本。

②姽婳[guǐ huà]：娴静美好的样子。▶战国 楚 宋玉《神女赋》："素质干之醲实兮，志解泰而体闲。既姽婳于幽静兮，又婆娑乎人间。"

③"大圆镜里四蛾眉"句：指巢湖如镜，映照朝霞山(四顶山)的四座山峰。

## 两宜亭[①]

几层秋水几层岚，亭晚凉归酒半酣。记得北安门北住，十年烟雨梦江南。[②]

注释：

①《两宜亭》诗见 清 陈诗《皖雅初集》卷三十，民国十八年(1929)上海美艺图书公司印本。原诗标题后有注："按，亭在宜园中，乃文定公家居所籍，今久废。遗址今改名新长岗，在店埠旁。"

②北安门：即地安门。俗称厚载门，亦称后门。是北京中轴线上的标志性建筑之一，明清皇城北门，位于皇城北垣正中，景山以北，鼓楼以南。始建于明永乐十八年(1420)，原名北安门。清顺治八年(1651)改北安门为地安门。次年(1652)重修。1954年底至1955年2月，以整治道路交通为由拆除。

## 湖口守风杂题三首[①]

群峰西递佛头浓，和雨和烟一万重。十八洞天看不尽，金庭又打午时钟。[②]

举网扳罾踏水车，湖村随处事农渔。[③]夕阳自饱鱼羹饭，不请端明为请书。[④]

秋吴晓楚白模糊，树荠舟凫乍有无。五日狂风三尺浪，北人谁敢鼓咙胡。[⑤]

注释：

①《湖口守风杂题三首》诗见 清 左辅 纂修《(嘉庆)合肥县志》卷第三十一，清嘉庆八年(1803)修、民国九年(1920)重印本。

②金庭：即巢湖金庭山。《(康熙)巢县志》："在新安乡，去县东北十里，岠嶂山之分脉处，其山高耸。道书为十八福地。山坳有金庭洞，外有曲水。《广舆记》云即杏花泉。互见古迹，并列十景。"

③扳罾：亦作"扳缯"。拉罾网捕鱼。▶元 曾瑞《哨遍·村居》套曲："樵夫又了柴，渔翁扳了罾，故来下访相钦敬。"

④原诗"不请端明为请书。"句后有注："见《嫩真子录》。"

⑤原诗"北人谁敢鼓咙胡。"句后有注："按，鼓咙胡，见桓帝童谣。云鼓咙胡，不敢公言，私咽语也。"

鼓咙胡：亦作"鼓龙胡"。谓不敢公开言说，私下传语。典出《后汉书·五行志一》："桓帝之初，天下童谣曰：'小麦青青大麦枯，谁当获者妇与姑。丈人何在西击胡，吏买马，君具车，请为诸君鼓咙胡。'……请为诸君鼓咙胡者，不敢公言，私咽语。"

## 自北峡关东行午抵庐江望冶父作[1]

缘田纡路疑九折，不迷赖逐马粪热。[2]栗实垂垂寒集猬，荞麦茫茫午铺雪。时平不守冷水关，容人策杖寻名山。[3]凸上芙蓉欧冶剑，凹处松岚罗汉坛。[4]东北峰峦此奇秀，亦足季孟舒龙眠。[5]冈尽山城倚山腹，酒旆阑街萝补屋。百药重来人不知，相迎只有林间鹿。

注释：

①《自北峡关东行午抵庐江望冶父作》诗见 民国 陈诗 编 章梦芙 参订《冶父山志》卷四诗歌，民国二十五年(1936)木刻本。

②纤路：纤，细小。纤道。

③冷水关：位于安徽庐江县城西30里水关乡，两边山岗夹道，地势险要。相传三国时魏在此设关隘。明代设冷水关巡检司，清乾隆年间裁撤。

④欧冶剑：春秋时著名剑工欧冶子所铸的剑。相传他曾为越王铸五剑，为楚王铸三剑。▶汉 袁康《越绝书·外传记宝剑》："欧冶乃因天之精神，悉其伎巧，造为大刑三，小刑二：一曰湛卢，二曰纯钧，三曰胜邪，四曰鱼肠，五曰巨阙。"

⑤季孟：原指春秋时鲁国贵族季孙氏和孟孙氏。此处指犹伯仲之间，谓不相上下。▶《隋书·杨玄感李密等传论》："志性轻狡，终致颠覆，其度长挈大，抑陈项之季孟欤！"

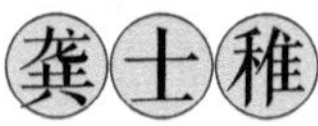

## 龚士稚

龚士稚(1666—1723)，一名良耜，字仲圭，号骈斋，一号信天翁。清庐州合肥(今安徽省合肥市)人。龚鼎孳次子。拔贡生。官宿松县教谕，署怀宁县教谕，卒于任。

著有《楚江秋思泛音诗词》《折柳园唱和诗词文杂著》《小山书屋偶存稿》《信天翁五十墓志铭》，另有《芳草词》行世。

## 前调·清明[①]

纷纷风雨清明节，草色青青。燕语生生。陌上遗钿拾不成。寻来胜友消长昼，歌两三声。酒两三升。薄醉微吟倚玉笙。

注释：

①《前调·清明》词见 南京大学中国语言文学系《全清词》编纂研究室 编《全清词·顺康卷》（全20册），中华书局2002年版。

## 浣溪沙·春游稻香楼有感[①]

挈友携觞问水涯。稻香楼上夕阳斜。轻风微雨到檐牙。　如靥杏花还照水，似腰杨柳尚藏鸦。而今零落旧繁华。



注释：

①《浣溪沙·春游稻香楼有感》词见 南京大学中国语言文学系《全清词》编纂研究室 编《全清词·顺康卷》（全20册），中华书局2002年版。

## 浣溪沙·招同郭二幼山暨家侄叔损、扆冲踏青稻香楼[①]

肠断东风二月天。无端草色又莘莘。[②]一觞一咏与周旋。　词客飘零红杏雨，美人摇落绿杨烟。不堪追忆廿年前。



注释：

①《浣溪沙·招同郭二幼山暨家侄叔损、扆冲踏青稻香楼》词见 南京大学中国语言文学系《全清词》编纂研究室 编《全清词·顺康卷》（全20册），中华书局2002年版。

②莘莘：茂盛貌。▶清 和邦额《夜谭随录·庄斸松》：“初至时，莘莘茂草，苔茸没阶。”

## 蝶恋花·招同郭二幼山暨家侄叔损、扆冲踏青稻香楼[①]

拾翠只寻芳草溆。好趁晴光，莫等催花雨。归路不须愁日暮。大家留取阳春住。

击钵狂歌杯正举。[②]楼角风凉，云欲连山吐。此会天公殊见妒。何当秉烛重来补。

注释：

①《蝶恋花·招同郭二幼山暨家侄叔损、扆冲踏青稻香楼》词见 南京大学中国语言文学系《全清词》编纂研究室 编《全清词·顺康卷》(全20册)，中华书局2002年版。

②击钵："击钵催诗"典之省。南朝齐竟陵王萧子良，常于夜间邀集才人学士饮酒赋诗，刻烛限时，规定烛燃一寸，诗成四韵。萧文琰认为这并非难事，乃与丘令楷、江洪二人改为击铜钵催诗，要求钵声一止，诗即吟成。见《南史·王僧孺传》。后以"击钵催诗"指限时成诗，亦以喻诗才敏捷。▶宋 陈师道《次韵苏公蜡梅》："坐想明年吴与越，行酒赋诗听击钵。"

## 沁园春·上巳志憾[①]

三月初三，修禊兰亭，永和九年。[②]恰风和日丽，宾朋杂沓，觞飞咏就，词旨缠绵。[③]亦有痴情，对兹佳节，不让昔人专美前。隔宵约，与同心伴侣，共醉晴川。

那堪天不相怜，怅风吼，于狮淫雨连。乃来从不速，病同羽倦，招之弗得，懒似蚕眠。旧雨难寻，晨星倏散，促膝衔杯也要缘。愁如海，书空咄咄，搔首呼天。[④]

注释：

①《沁园春·上巳志憾》词见 南京大学中国语言文学系《全清词》编纂研究室 编《全清词·顺康卷》(全20册)，中华书局2002年版。

②修禊：古俗于农历三月上旬的巳日(三国 魏以后始固定为三月初三)到水边嬉戏，以祓除不祥，称为修禊。《世说新语·企羡》"王右军得人以《兰亭集序》方《金谷诗序》" 刘孝标注引 晋 王羲之《临河叙》曰："永和九年，岁在癸丑，暮春之初，会于会稽山阴之兰亭，修禊事也。"▶宋 张耒《和周廉彦》："修禊洛滨期一醉，天津春浪绿浮堤。"

③词旨：言辞意旨。▶三国 魏 曹植《上责躬应诏诗表》："词旨浅末，不足采览，贵露下情，冒颜以闻。"

④书空咄咄：语本 南朝 宋 刘义庆《世说新语·黜免》："殷中军被废，在信安，终日恒书空作字。扬州吏民寻义逐之，窃视，唯作'咄咄怪事'四字而已。"后因以"书空咄咄"为叹息、愤慨、惊诧的典实。▶金 元好问《镇平县斋感怀》："书空咄咄知谁解，击缶呜呜却自惊。"

## 庞世享

庞世享，清庐江(今安徽省庐江县)人。康熙三十五年(1696)丙子科武举人。

## 颂政教[1]

不是寻常吏，清操引四知。[2]蒲鞭聊小试，案牍岂萦思。[3]适意青山画，怡情白雪诗。庭罗人迹少，弧矢迪诸儿。

注释：

①《颂政教》诗见 清 吴宾彦修 王方岐纂《(康熙)庐江县志》卷十六，清康熙三十七年(1698)刻本。

②清操：高尚的节操。▶《后汉书·尹勋传》："宗族多居贵位者，而勋独持清操，不以地埶尚人。"

四知：《后汉书·杨震传》："当之郡，道经昌邑，故所举荆州茂才王密为昌邑令，谒见，至夜怀金十斤以遗震。震曰：'故人知君，君不知故人，何也？'密曰：'暮夜无知者。'震曰：'天知，神知，我知，子知。何谓无知！'密愧而出。"又《传赞》："震畏四知。"后多用为廉洁自持、不受非义馈赠的典故。▶《隋书·韦世康传》："志除三惑，心慎四知，以不贪而为宝，处膏脂而莫润。"

③蒲鞭：以蒲草为鞭。常用以表示刑罚宽仁。▶《后汉书·刘宽传》："吏人有过，但用蒲鞭罚之，示辱而已，终不加苦。"



萦思：萦怀。▶宋 吴文英《风流子·芍药》："念碎劈芳心，萦思千缕；赠将幽素，偷剪重云。"

## 吴老父师种花衙斋[1]

环堤烟雨笼高树，绕砌红黄接晚霞。漫道河阳芳迹远，而今又见满城花。[2]

已探奇葩成烟熳，还滋桃李占芳菲。一帘风动香团屋，赢得闲情拥翠微。

注释：

①《吴老父师种花衙斋》诗见 清 吴宾彦修 王方岐纂《(康熙)庐江县志》卷十六，清康熙三十七年(1698)刻本。

②河阳：西晋潘岳曾任河阳县令，后多以"河阳"指称潘岳。▶唐 王维《为人祭李舍人文》："名高江夏之童，貌夺河阳之美。"

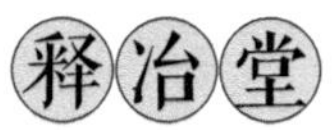

# 释冶堂

释冶堂，名一剑。清湖北英山(今湖北省黄冈市英山县)人。升庵法嗣。纂修《冶父山志》付梓。

## 湖山一览[①]

山色湖光眼底横，登临仿佛梦初醒。谁将银汉三秋水，倒浸芙蓉万朵青。[②]

注释：

①《湖山一览》诗见 民国 陈诗 编 章梦芙 参订《冶父山志》卷四诗歌，民国二十五年(1936)木刻本。

②银汉：天河，银河。▶南朝 宋 鲍照《夜听妓》："夜来坐几时，银汉倾露落。"

## 冶父晴岚[①]

曳碧分蓝染翠峦，惯于天际逼人寒。当初若是逢雷焕，又作雌雄剑气看。[②]



注释：

①《冶父晴岚》诗见 民国 陈诗 编 章梦芙 参订《冶父山志》卷四诗歌，民国二十五年(1936)木刻本。

②"当初若是逢雷焕，又作雌雄剑气看"句：《晋书·张华传》谓吴灭晋兴之际，天空斗牛之间常有紫气。张华闻雷焕妙达纬象，乃邀与共观天文。焕曰："斗牛之间颇有异气"，是"宝剑之精，上彻于天耳"，并谓剑在豫章丰城。华即补焕为丰城令，"焕到县，掘狱屋基，入地四丈余，得一石函，光气非常，中有双剑，并刻题，一曰龙泉，一曰太阿。其夕斗牛间气不复见焉。"

## 实际寺[①]

一壑庄严自晚唐，鼓钟依旧震鸿荒。[②]传来少室真灯朗，唱出新丰古调长。[③]山月上帘金殿冷，松风入座玉炉香。乘闲四望天花落，何异身游在雁堂。

注释：

①《实际寺》诗见 民国 陈诗 编 章梦芙 参订《冶父山志》卷四诗歌，民国二十五年(1936)木刻本。

实际寺：即冶父山寺，位于安徽省庐江县东北冶父山东部南麓。初名冶父，由伏虎禅师于唐昭宗光化元年(898)创建。宋太祖始赐额“实际禅寺”，并敕建大雄宝殿。并赐匾额。几经丧乱，六废七兴。1993年重修恢复，现为省级重点寺观。2001年被庐江县人民政府公布为第二批县级重点文物保护单位。

②鸿荒：太古，混沌初开之世。▶汉 扬雄《法言·问道》：“鸿荒之世，圣人恶之。”

③新丰：县名。汉高祖七年置，唐废。治所在今陕西省临潼县西北。本秦骊邑。汉高祖定都关中，其父太上皇居长安宫中，思乡心切，郁郁不乐。高祖乃依故乡丰邑街里房舍格局改筑骊邑，并迁来丰民，改称新丰。据说士女老幼各知其室，从迁的犬羊鸡鸭亦竟识其家。太上皇居新丰，日与故人饮酒高会，心情愉快。后乃用作新兴贵族游宴作乐及富贵后与故人聚饮叙旧之典。▶南朝 宋 鲍照《数名诗》：“五侯相饯送，高会集新丰。”

释灵枢，名一运。清无为(今安徽省无为县)人。升庵弟子。善诗书。

## 喜九凯毕居士见过①



虚堂寒气薄，正值雨晴时。②涧小泉流急，窗低月上迟。色香空万念，笔墨放双眉。幸有高人至，论禅又论诗。

注释：

①《喜九凯毕居士见过》诗见 民国 陈诗 编 章梦芙 参订《冶父山志》卷四诗歌，民国二十五年(1936)木刻本。

②虚堂：高堂。▶南朝 梁 萧统《示徐州弟》：“眉眉风生，昭昭月影。高宇既清，虚堂复静。”



# 毕九凯

毕九凯，号遁庵，清贵池(今安徽省贵池县)人。

## 过冶父赠灵枢①

学道人无数，清修独有君。蒲团消暑月，贝叶冷秋云。裁句怀工部，临池傲右军。②疏钟声杳杳，远近想同闻。

注释：

①《过冶父赠灵枢》诗见 清 吴宾彦修 王方岐纂《(康熙)庐江县志》卷十六，清康熙三十七年(1698)刻本。

灵枢：即冶父山僧释一运。

②临池：《晋书·卫恒传》："汉兴而有草书……弘农张伯英者，因而转精甚巧。凡家之衣帛，必书而后练之。临池学书，池水尽黑。"后因以"临池"指学习书法，或作为书法的代称。▶唐 杜甫《殿中杨监见示张旭草书图》："有练实先书，临池真尽墨。"

## 暮春登大观亭①

花絮纷飞春欲残，携朋载酒一盘桓。淮淝山色空中出，吴楚江流画里看。鸟语亭南教客醉，风来岭北逼人寒。剑池活水堪研墨，好赋新诗助大观。

注释：

①《暮春登大观亭》诗见 民国 陈诗 编 章梦芙 参订《冶父山志》卷四诗歌，民国二十五年(1936)木刻本。

黄云，字仙裳，清海陵(今属江苏省泰州市)人。其他生平事迹不详。

## 闻居巢令浚亚父井①

奇谋如见用，亚父即张良。楚汉付流水，家山空夕阳。旧祠烟鸟识，荒陇野樵忘。②谁为修遗井，名随范老长。

注释：

①《闻居巢令浚亚父井》诗见 清 陆龙腾《(康熙)巢县志》卷十九，清康熙十二年(1673)刊本。

②烟鸟：烟雾中的鸟。▶唐 孟浩然《宿业师山房期丁大进士不至》："樵人归欲尽，烟鸟栖初定。"

田实发(1670—?),字玉禾,号梅屿。清庐州合肥(今安徽省合肥市)人。许孙荃之甥。雍正八年(1730)庚戌科进士。官江苏徐州府教授。善诗古文词,著有《玉禾山人诗集》《绿杨亭词》。雍正八年(1730),田实发负责编纂《(雍正)合肥县志》(二十四卷首一卷)五册。

## 小史港①

沉渊义如山,悬枝泪如雨。黄蘖与莲药,各是一般苦。②

注释:

①《小史港》诗见 清 左辅 纂修《(嘉庆)合肥县志》卷第三十一,清嘉庆八年(1803)修、民国九年(1920)重印本。本诗又作《题焦仲卿事》:"悬枝义如山,赴池泪如雨。黄蘖与莲药,各是一般苦。"见民国 王揖唐《广德寿重光集》第一辑第五种 田实发《玉禾山人诗集》卷四,民国九年(1920)合肥义门王氏今传是楼影印本。

小史港:《(嘉庆)合肥县志》:"旧志,在城小东门内。〈寰宇记〉合肥县有小史港,为后汉末焦仲卿妻刘氏死所。"此为附会之说。小史港俗名小猪港,又名小豕巷,消暑巷,即今勤劳巷。

②莲药:亦作"莲的"。莲实。▶唐 郭橐驼《种树书》卷下:"以莲药投靛瓮中,经年移种,发碧花。"



## 春日彭城道中①

落日岩城咽大河,美人何处帐中歌。书生不管兴亡事,只爱春山青较多。

注释:

①《春日彭城道中》诗见 民国 徐世昌《晚晴簃诗汇》卷六十三,民国退耕堂刻本。

## 春日龙舒郭外杂兴①

密树桥南春涧西,数家平住草檐齐。半日更无人出入,浓云遮屋乳鸠啼。

注释:

①《春日龙舒郭外杂兴》诗见 民国 李家孚《合肥诗话》卷中,民国苏城临顿路毛上珍铅

活字本。

杂兴：有感而发，随事吟咏的诗篇。▶唐、宋都有以“杂兴”为题的诗篇。如：唐代李颀《杂兴》，唐代储光羲《田家杂兴》，唐代王昌龄《杂兴》，宋代范成大《四时田园杂兴》等。

## 八斗岭[①]

五官郎将空陵寝，百尺铜台化劫灰。[②]樵牧至今夸八斗，独怜不是十分才。[③]

注释：

①《八斗岭》诗见 民国 王揖唐《广德寿重光集》第一辑第五种 田实发《玉禾山人诗集》卷七，民国九年(1920)合肥义门王氏今传是楼影印本。

②五官郎：汉时五官中郎将署下的属官有五官中郎、五官侍郎、五官郎中，泛称“五官郎”。▶《后汉书·百官志二》：“五官中郎将一人，比二千石。本注曰：主五官郎。”后用以代称宫廷侍卫官。汉献帝建安十六年(211)，曹丕任五官中郎将、副丞相。

铜台：“铜雀台”的省称。▶唐 张说《邺都引》：“试上铜台歌舞处，惟有秋风愁杀人。”

③樵牧：此处指樵夫与牧童。也泛指乡野之人。▶唐 李白《古风》之五八：“荒淫竟沦没，樵牧徒悲哀。”

## 湖上望中庙[①]

短虹饮湖水，湿景望中分。高映青天色，斜飞白鹭群。树藏中庙雨，塔定姥山云。沿着鱼标过，满蓬来夕曛。[②]

注释：

①《湖上望中庙》诗见 民国 李信孔《安徽巢湖中庙庙志》，民国十二年(1923)本。

②鱼标：卖鱼时设立的标牌。▶唐 李商隐《赠从兄阆之》：“荻花村里鱼标在，石藓庭中鹿迹微。”

夕曛：此处指落日的余晖。▶南朝 宋 谢灵运《晚出西射堂》：“晓霜枫叶丹，夕曛岚气阴。”

## 秋日同晓云过访宝山上人兰若[①]

墙坳扁豆发寒花，水际人烟三四家。乍涤稻场秋寂寞，争归鸭阵晚喧哗。[②]钓船得句推篷咏，僧舍赢棋攘臂夸。[③]世上许多忧乐事，等闲筹画漫相赊。

注释：

①《秋日同晓云过访宝山上人兰若》诗见 民国 李家孚《合肥诗话》卷中，民国苏城临顿

路毛上珍铅活字本。

兰若:指寺院。梵语“阿兰若”的省称,意为寂净无苦恼烦乱之处。▶唐 杜甫《谒真谛寺禅师》诗:“兰若山高处,烟霞嶂几重。”

②鸭阵:鸭群。宋 范成大《四时田园杂兴》诗之二四:“小童一棹舟如叶,独自编阑鸭阵归。”

③攘臂:捋起衣袖,伸出胳膊。常形容激奋貌。▶《老子》:“上礼为之而莫之应,则攘臂而扔之。”

## 十六字令·城边新柳①

风，摇曳年年西复东。无人处，缕缕夕阳红。
寒，野水侵桥二月残。桥上过，休坐石栏干。
愁，瞑色和烟入戍楼。初三后，楼外月如钩。
低，蛾绿鹅黄不自持。丝丝雨，刚在浅深时。

注释:

①《十六字令·城边新柳》词见 民国 王揖唐《广德寿重光集》第一辑第五种 田实发《玉禾山人诗集》卷九,民国九年(1920)合肥义门王氏今传是楼影印本。



## 浣溪沙·秋夜①

金井床寒露脚横，半干桐叶坠无声，一阶虫语怨秋清。② 好梦侣云空缭绕，残更和月太分明，客心欲碎却频惊。

注释:

①《浣溪沙·秋夜》词见 民国 王揖唐《广德寿重光集》第一辑第五种 田实发《玉禾山人诗集》卷九,民国九年(1920)合肥义门王氏今传是楼影印本。

②露脚:露滴。▶唐 李贺《李凭箜篌引》:“吴质不眠倚桂树,露脚斜飞湿寒兔。”



## 浣溪纱①

酥雨新晴草甲肥，啼莺飞绕海棠枝，上楼天气倚阑时。 绿徧蘼芜归骑杳，晴鸢一线晓风吹，水晶帘子镇垂垂。②

注释:

①《浣溪沙》词见 民国 王揖唐《广德寿重光集》第一辑第五种 田实发《玉禾山人诗集》

卷九，民国九年(1920)合肥义门王氏今传是楼影印本。

②蘼芜：草名。芎䓖的苗，叶有香气。▶《山海经·西山经》："(浮山)有草焉，名曰薰草，麻叶而方茎，赤华而黑实，臭如蘼芜，佩之可以已疠。"

## 菩萨蛮·城南垂柳[①]

杏花桥外红如血，余寒愁近清明节。薄影动轻黄，枝枝春月香。[②]　东风才几尺，欲溅昏鸦湿。何事苦相催，团团作絮飞。

注释：

①《菩萨蛮·城南垂柳》词见 民国 王揖唐《广德寿重光集》第一辑第五种 田实发《玉禾山人诗集》卷九，民国九年(1920)合肥义门王氏今传是楼影印本。

②轻黄：鹅黄，淡黄。▶宋 欧阳修《过中渡》诗之一："中渡桥边十里堤，寒蝉落尽柳条衰。年年塞下春风晚，谁见轻黄弄色时。"

## 鹧鸪天·有怀[①]

杨柳欹风春日长，水沉烟动碧纱香。燕疑琴韵常窥户，蝶爱瓶花语入窗。　相见处，两茫茫，娇多恩重易神伤。应怜绮阁初醒梦，金磬声中礼绣幢。[②]

注释：

①《鹧鸪天·有怀》词见 民国 王揖唐《广德寿重光集》第一辑第五种 田实发《玉禾山人诗集》卷九，民国九年(1920)合肥义门王氏今传是楼影印本。

②绮阁：华丽的楼阁。▶晋 葛洪《抱朴子·知止》："仰登绮阁，俯映清渊。"

## 菩萨蛮[①]

灯花夜夜凝珠颗，背灯搵泪挑灯坐。[②]不畏枕衾寒，愁他形影单。　西风才几日，燕子归飞急。无赖是鸣蛩，闲愁诉不穷。

注释：

①《菩萨蛮》词见 清 丁绍仪《国朝词综补》卷十，清光绪刻前五十八卷本。

②珠颗：颗粒状物的美称。▶唐 白居易《拣贡橘书情》："珠颗形容随日长，琼浆气味得霜成。"

## 踏莎行·草色[1]

宝马徐行，钿车催赴。[2]东风一夜来时路。杏黄衫子绿裙腰，软铺颜色将人妒。

细雨横桥，寒烟野渡。久酸望眼凭谁诉。[3]无情有意断还连，昏鸦飞过春山暮。

注释：

①《踏莎行·草色》词见 清 丁绍仪《国朝词综补》卷十，清光绪刻前五十八卷本。

②钿车：用金宝嵌饰的车子。▶唐 白居易《浔阳春·春来》："金谷蹋花香骑入，曲江碾草钿车行。"

③望眼：远眺的眼睛；盼望的眼睛。▶宋 岳飞《满江红》词："抬望眼，仰天长啸，壮怀激烈。"

# 田绮山

田绮山，清庐州合肥(今安徽省合肥市)人。田实发弟。



## 和梅屿署斋雨后移竹韵[1]

数枝帘外任横斜，霜雪何妨逐日加。自向穷阴全直节，春风桃李愧芳花。[2]

注释：

①《和梅屿署斋雨后移竹韵》诗见 民国 李家孚《合肥诗话》卷上，民国苏城临顿路毛上珍铅活字本。

②穷阴：此处指极其阴沉的天气。▶唐 李华《吊古战场文》："至若穷阴凝闭，凛冽海隅，积雪没胫，坚冰在须。"



# 许登逢

许登逢，字亦士。清舒城(今安徽省舒城县)人。少颖异，博览群书。从桐城宋潜虚游，传古文之派。弱冠随父明章官琼海及德州，复游京师，与当世贤士大夫游。文章益进，辽阳刘在园观察河南，聘掌书记。凡建置碑版，大文多出其手。有《青笠山房诗文集》，书法亦工妙。

## 巢湖阻风[1]

险绝巢湖路，今从信宿知。[2]水天无际处，风雨忽来时。不寐春宵永，多艰客思迷。神居烟峤外，髣髴见灵旗。[3]

注释：

①《巢湖阻风》诗见 清 许登逢《青笠山房诗文钞》诗钞卷三，清乾隆十三年（1748年）绿玉轩刻本。

②宿知：犹旧交，旧日的知交。▶明 沈德符《野获编·兵部·兵事骤迁》："吴兑以河南副使升佥都，抚宣府，虽以才望，亦出高新郑掌铨，报宿知也。"

③烟峤：雾气迷蒙的山岭。▶唐 韦应物《酬郑户曹骊山感怀》："日出烟峤绿，氛氲丽层甍。"

髣髴：同仿佛。

## 庐江李节孝诗[1]

早年孤镜泪，高躅久流闻。夜月行同皎，并刀志不分。[2]千秋风俗纪，两字国书文。安得如椽笔，岩龙冶父云。[3]

注释：

①《庐江李节孝诗》诗见 清 许登逢《青笠山房诗文钞》诗钞卷三，清乾隆十三年（1748年）绿玉轩刻本。

②并刀：亦称"并州刀"。即并州剪。▶宋 陆游《秋思》："诗情也似并刀快，剪得秋光入卷来。"

③椽笔：指大手笔，称誉他人文笔出众。典出《晋书·王珣传》："珣梦人以大笔如椽与之，既觉，语人云：'此当有大手笔事。'俄而帝崩，哀册谥议，皆珣所草。"

## 合肥年伯枉诗见赠雪后过谒次韵奉答[1]

蜀峰云气望初开，驿路寒香到野梅。兔苑敢同擒笔侣，龙门犹许后生来。[2]争传黄阁千秋业，漫诧青莲万丈才。[3]底事淹留还竟日，湖山佳处未容回。

注释：

①《合肥年伯枉诗见赠雪后过谒次韵奉答》诗见 清 许登逢《青笠山房诗文钞》诗钞卷三，清乾隆十三年（1748）绿玉轩刻本。

年伯：科举时代为对父亲同年登科者的尊称，明代中叶以后亦用以称同年的父亲或伯叔，后用以泛指父辈。此处指康熙朝大学士合肥人李天馥。▶清 王应奎《柳南随笔》卷二："前明正嘉以前，风俗犹为近古，必父之同年，方称年伯，而同年之父，即不尔。"

过谒：顺道往访；前往谒见。▶《后汉书·梁冀传》："南郡太守马融、江夏太守田明初除，过谒不疑。"

②兔苑：即兔园。也称梁园，为西汉梁孝王所筑。▶唐 罗隐《所思》："梁王兔苑荆榛里，炀帝鸡台梦想中。"

摛笔：意为执笔为文，铺陈翰藻。▶宋 姜夔《清波引》词序："羁来湘浦，岁晚凄然，步绕园梅，摛笔以赋。"

③黄阁：汉代丞相、太尉和汉以后的三公官署避用朱门，厅门涂黄色，以区别于天子。至唐朝时门下省亦称黄阁。后以黄阁借指宰相。▶唐 钱起《送张员外出牧岳州》："自怜黄阁知音在，不厌彤幨出守频。"

## 叠前韵赠田梅屿[1]

宴罢平津夕照开，同循幽径问幽梅。红阑山际排烟出，黄蔑波间贯月来。[2]词苑风流欣正少，宜城兄弟况多才。[3]春风无那匆匆别，时拂寒云首一回。



注释：

①《叠前韵赠田梅屿》诗见 清 许登逢《青笠山房诗文钞》诗钞卷三，清乾隆十三年(1748)绿玉轩刻本。

田梅屿：指田实发。

②黄蔑：隋炀帝下江南时船名之一。▶《隋书·炀帝纪上》："文武官五品已上给楼船，九品已上给黄蔑。"

③词苑：此处指词坛。▶明 高启《春日怀十友诗·杨署令基》："词苑擅高步，早岁许追随。"



## 相国合肥李年伯今之曾闵也陟屺衔哀庐居墓次精诚玄感有白燕飞集其间盛事争传颂言盈帙敬纪一律殊愧续貂仰祈裁定[1]

翦出齐纨迥绝尘，乌衣名氏一回新。[2]水晶帘箔萧萧曙，柳絮池塘寂寂春。[3]缟袂空瞻来鹤影，白华哀咏倚庐人。[4]梁园赋客知多少，缥缈应难为写真。[5]

注释：

①《相国合肥李年伯今之曾闵也陟屺衔哀庐居墓次精诚玄感有白燕飞集其间盛事争

传颂言盈帙敬纪一律殊愧续貂仰祈裁定》诗见 清 许登逢《青笠山房诗文钞》诗钞卷三，清乾隆十三年(1748)绿玉轩刻本。

陟屺：思念母亲。后借指母亲。典出《诗·魏风·陟岵》："陟彼屺兮，瞻望母兮。"

墓次：葬址，茔地。▶ 明 沈德符《野获编·工部·邵上葵工部》："邵令居忧，闻至墓次相地，白昼为人所刺，幸漏刃而逸，未知信否。"

玄感：冥冥中的感应、感觉。▶《文选·傅亮〈为宋公修张良庙教〉》："风云玄感，蔚为帝师。"

②齐纨：齐地出产的白细绢。▶《列子·周穆王》："衣阿锡，曳齐纨。"

名氏：姓名。▶《公羊传·文公十六年》："弑君者，曷为或称名氏，或不称名氏？"

③帘箔：帘子，多以竹、苇编成。▶《三辅黄图·汉宫》："未央宫渐台西有桂宫，中有明光殿，皆金玉珠玑为帘箔。"

④缟袂：白衣。亦借喻白色花卉。▶宋 苏轼《次韵杨公济奉议梅花诗》之一："月黑林间逢缟袂，霸陵醉尉误谁何。"

倚庐：古人为父母守丧时居住的简陋棚屋。▶《左传·襄公十七年》："齐晏桓子卒，晏婴粗缞斩，苴绖、带、杖，菅屦，食鬻，居倚庐，寝苫、枕草。"

⑤写真：如实描绘事物。引申为对事物的真实反映，犹写照。▶南朝 梁 刘勰《文心雕龙·情采》："为情者要约而写真，为文者淫丽而烦滥。"

## 奉送合肥年伯还朝①

闻道飞书下玉宸，蓟门秋色指行旌。②高标一代推王佐，环立群公待重臣。③丹穴箫韶虽共举，南陔篇什补犹新。④他年太史如椽笔，肯向长源蹑后尘。⑤

注释：

①《奉送合肥年伯还朝》诗见 清 许登逢《青笠山房诗文钞》诗钞卷三，清乾隆十三年(1748)绿玉轩刻本。原诗共二首，此选其一。

②玉宸：此处指帝王的宫殿。▶宋 黄庭坚《吴君送水仙花并二大本》："何时持上玉宸殿，乞与宫梅定等差。"

③高标：高枝，高树。比喻出类拔萃的人。▶唐 卢照邻《还京赠别》："戏凫分断岸，归骑别高标。"

④箫韶：舜帝时乐名，后泛指美妙的仙乐。▶唐 李绅《忆夜直金銮殿承旨》："月当银汉玉绳低，深听箫韶碧落齐。"

南陔：《诗·小雅》篇名。六笙诗之一，有目无诗。《南陔》《白华》《华黍》为前三篇，是燕飨之乐。

篇什：《诗经》的"雅"和"颂"以十篇为一什，所以诗章又称"篇什"。▶《晋书·乐志上》："三祖纷纶，咸工篇什。"

⑤后尘:行进时后面扬起的尘土。比喻在他人之后。▶晋 张协《七命》:"余虽不敏,请寻后尘。"

## 送李友令合肥[①]

杨柳阴阴伯赵鸣，高轩行处拥双旌。[②]讴歌伫听来筝浦，仪羽频瞻向凤城。[③]翠入遥岚县舄影，天围巨浸瀚诗情。如今正好援琴坐，飘拂薰风四面生。[④]

注释:

①《送李友令合肥》诗见 清 许登逢《青笠山房诗文钞》诗钞卷五,清乾隆十三年(1748年)绿玉轩刻本。

②伯赵:伯劳鸟的别名。▶《左传·昭公十七年》"伯赵氏" 晋 杜预 注:"伯赵,伯劳也。以夏至鸣,冬至止。"

③仪羽:仪禽,凤凰的别称。后比喻美德善行可为人表率。语本《易·渐》:"鸿渐于陆,其羽可用为仪。"

④飘拂:轻轻飘动。▶宋 苏轼《江上值雪效欧阳体次子由韵》:"高人著屐踏冷冽,飘拂巾帽真仙姿。"



## 飞霞亭[①]

闻道城东幽绝处，孤亭旧压女墙开。[②]一钩青黛孤峰霁，半壁红霞夕照来。蔓草已埋高士迹，荒榛空寄美人哀。[③]山陬亦有文翁宅，樵火碑眠字欲灰。[④]

注释:

①《飞霞亭》诗见 清 熊载升《(嘉庆)舒城县志》卷之三十三,清嘉庆十一年(1806)刻本。

②闻道:听说。▶唐 杜甫《秋兴》诗之四:"闻道长安似弈棋,百年世事不胜悲。"

③荒榛:原指杂乱丛生的草木,引申为荒芜。▶《旧唐书·哀帝纪》:"洛城坊曲内,旧有朝臣诸司宅舍,经乱荒榛。"

④山陬:山角落,借指山区偏僻处。▶明 高道素《上元赋》:"洵山陬之寂寞,亦炎热之喧填。"

文翁:汉庐江舒人。景帝末,为蜀郡守,"仁爱好教化",在成都市中起学官,入学者免除徭役,成绩优者为郡县吏,每出巡视,"益从学官诸生明经饬行者与俱,使传教令"。蜀郡自是文风大振,教化大兴。见《汉书·文翁传》。后世用为称颂循吏的典故。

## 孤山夜月歌[1]

淮南巨浸称巢湖，青天接水飞云孤。[2]吾闻湖水几万几千顷，颉颃洞庭鄱阳与具区。[3]一峰涌出螺纹碧，四面波涛漱嵁石。木叶凋时远渚秋，鸟群度处高天夕。我怀抑塞何由开，轻舟棹向兹山来。[4]玉镜原沉沧海底，忽生东岭知谁摧。月初生处穿深窈，连峦叠嶂如相嬲。[5]才到天心一倍明，纤翳尽卷星芒小。[6]水月相涵一色中，玻璃世界水晶宫。宾鸿呖向初长夜，白袷寒生渐劲风。[7]山径无人苔色厚，盘陀拾级频回首。[8]短塔应知阿姥峰，疏钟欲认西溪口。月下归帆次第生，月中渔火暗还明。蛟虬乱踏松篁影，咳啸遥传鹳鹤声。慷慨却忆千年事，落落陈编犹注记。[9]曹氏波间集巨艟，杨家沙外屯骁骑。前三国，后五朝。逐鹿乘时竞攻战，几番流血腥寒潮。于今遗迹竟何有，惟有山色湖光常不朽。又有皎皎团团旧月轮，照把彭亨一匏酒。[10]酒更酌，月更辉。子乔顾我笑，元放牵我衣。长笛一吹湖起浪，眠凫宿鹭尽惊飞。

注释：

①《孤山夜月歌》诗见 清 许登逢《青笠山房诗文钞》诗钞卷一，清乾隆十三年（1748）绿玉轩刻本。

②巨浸：大水。指大湖泽。▶《宋史·食货志上一》："太湖者，数州之巨浸，而独泄以松江之一川，宜其势有所不逮。"

③颉颃：亦作"颉亢"。谓不相上下，相抗衡。▶《晋书·文苑传序》："潘（潘岳）、夏（夏侯湛）连辉，颉颃名辈。"

具区：古泽薮名，即太湖。又名震泽、笠泽。▶《周礼·夏官·职方氏》："东南曰扬州，其山镇曰会稽，其泽薮曰具区。"

④抑塞：此处指抑郁，郁闷。▶唐 杜甫《短歌行赠王郎司直》："王郎酒酣拔剑斫地歌莫哀，我能拔尔抑塞磊落之奇才。"

⑤深窈：幽深。▶宋 苏轼《与客游道场何山得鸟字》："高堂俨像设，禅室各深窈。"

相嬲：相戏嬉；相纠缠。▶宋 韩驹《送子飞弟归荆南》："弟妹乘羊车，堂前走相嬲。"

⑥纤翳：微小的障蔽，多指浮云。▶南朝 宋 刘义庆《世说新语·言语》："司马太傅斋中夜坐，于时天月明净，都无纤翳。"

⑦宾鸿：即鸿雁，喻信使或羁客。▶唐 李咸用《别所知》："闰牵寒气早，何浦值宾鸿。"

⑧盘陀：曲折回旋貌。▶《水浒传》第四七回："好个祝家庄，尽是盘陀路。容易入得来，只是出不去。"

⑨陈编：指古籍、古书。▶唐 韩愈《进学解》："踵常途之促促，窥陈编以盗窃。"

⑩彭亨：此处形容鼓胀；胀大貌。▶《太平御览》卷七二〇引 北魏 高湛《养生论》："寻常饮食，每令得所，多餐令人彭亨短气，或致暴疾。"

李绂(1673—1750)字巨来,号穆堂,清江西临川(今属江西省抚州市)人。康熙四十八年(1709)庚寅科进士,由编修累官内阁学士。雍正间历任广西巡抚、直隶总督,以参劾河南巡抚田文镜得罪下狱。乾隆初起授户部侍郎。有《穆堂类稿》《穆堂续稿》《穆堂别稿》《陆子学谱》《朱子晚年全论》《阳明学录》《八旗志书》等。

## 合肥留赠同年王令[①]

庐江控淮南,地广抚绥亟。[②]茂宰此鸣琴,罢氓一休息。[③]星轺过花封,仁声何啧啧。[④]治狱无冤民,救荒有奇策。桑麻雨露恩,衿佩诗书泽。[⑤]比户署官清,芳誉溢江北。[⑥]昔分蕊榜荣,共听霓裳剧。[⑦]清华空复忝,岂若亲民职。[⑧]忆别春明门,云树望颜色。[⑨]相思不相遇,怅望起太息。此乡包孝肃,威稜振风力。[⑩]后先共辉映,踌躇屡加额。[⑪]怀州有先达,鲁斋尤可则。[⑫]材宏养益邃,深醇见道德。[⑬]相期在纶屏,三年看报绩。霖雨洒八荒,云霄共羽翼。



注释:

①《合肥留赠同年王令》诗见 清 李绂《穆堂类稿》别稿卷七,清道光十一年(1831)奉国堂刻本。

②抚绥:安抚,安定。▶《书·太甲上》:"天监厥德,用集大命,抚绥万方。"

③茂宰:旧时对县官的敬称。▶南朝 齐 谢朓《和伏武昌登孙权故城》:"雄图怅若兹,茂宰深遐睠。"

④星轺:使者所乘的车。亦借指使者。▶唐 宋之问《奉和梁王宴龙泓应教》:"水府沦幽壑,星轺下紫微。"

花封:封建时代赐给贵妇人的封诰。▶清 蒋士铨《冬青树·遇婢》:"花封谁念皇宣贵,长门空洒怀乡泪。"

⑤衿佩:指青年学子。典出《诗·郑风·子衿》:"青青子衿,悠悠我心……青青子佩,悠悠我思。"

⑥比户:此处指家家户户。▶《魏书·李安世传》:"无私之泽,乃播均于兆庶;如阜如山,可月积于比户矣。"

⑦蕊榜:传说中学道升仙,列名蕊宫。后指科举考试中揭晓名第的榜示为"蕊榜"。▶宋 葛立方《韵语阳秋》卷十八:"名字巍峨先蕊榜,词章斐亹动文奎。"

⑧亲民职:古代对地方长官的称呼。▶宋 司马光《论监司守资格任举主札子》:"凡年高资深之人,虽未必尽贤,然累任亲民,历事颇多,知在下艰难,比于元不亲民便任监司者,必小胜矣。"

⑨春明门：古长安城门名，为城东三门之中门。借指京城。▶明 李东阳《木斋先生将登舟以诗见寄次韵》之二："极目春明门外路，扁舟明日定天津。"

⑩威稜：亦作"威棱"。威力；威势。▶《汉书·李广传》："是以名声暴于夷貉，威稜憺乎邻国。"

⑪加额：双手放置额前。旧为祷祝仪式之一。亦用以表示敬意。▶元 武汉臣《老生儿》第一折："他道小梅行必定是个厮儿胎，不由我不频频的加额，落可便暗暗的伤怀。"

⑫先达：有德行学问的前辈。▶《后汉书·朱晖传》："初，晖同县张堪素有名称，尝于太学见晖，甚重之，接以友道，乃把晖臂曰：'欲以妻子托朱生。'晖以堪先达，举手未敢对。"

可则：此处指可作准则。▶《左传·襄公三十一年》："进退可度，周旋可则。"

⑬深醇：深湛淳厚。▶元 刘壎《隐居通议·文章二》："公之文自经出，深醇雅澹，故非静心探玩，不得其味。"

## 庐州喜雨次壁间韵[①]

郊原一雨净氛埃，万宝瞻天百室开。[②]倾盖喜逢吴札在，随车莫讶李甘来。[③]庐江南北襟喉寄，旱魃冬春沴气回。[④]骑从敢辞泥滑滑，劬劳且缓野鸿哀。[⑤]

注释：

①《庐州喜雨次壁间韵》诗见 清 李绂《穆堂类稿》别稿卷七，清道光十一年(1831)奉国堂刻本。原诗后附《壁间禅月居士江南道中原韵》："石磴桐阴绝点埃，白苹风起藕花开。香从杨柳桥边度，人向芙蓉港口来。作赋江淹才未老，思乡庾信首重回。六朝旧事空图画，夕照无声蔓草哀。"

②氛埃：此处指污浊之气；尘埃。▶《楚辞·远游》："风伯为余先驱兮，氛埃辟而清凉。"

万宝：意为各种作物的果实。《庄子·庚桑楚》："春气发而百草生，正得秋而万宝成。

③"倾盖喜逢吴札在"句后有作者自注："谓副使吴君。"

倾盖：车上的伞盖靠在一起。▶《史记·鲁仲连邹阳列传》："谚曰：'白头如新，倾盖如故。'何则？知与不知也。"

随车：随车致雨的省写。指时雨跟着车子而降，比喻官吏施行仁政及时为民解忧。亦作"随车甘雨""随车夏雨""随车雨"。

④襟喉：衣领和咽喉。比喻要害之地。▶南朝 梁 刘孝绰《三日侍安成王曲水宴》诗："蹑跨兼流采，襟喉迩封甸。"

旱魃：传说中引起旱灾的怪物。▶《诗·大雅·云汉》："旱魃为虐，如惔如焚。"

沴气：灾害不祥之气。▶北周 庾信《哀江南赋》："况以沴气朝浮，妖精夜殒，赤乌则三朝夹日，苍云则七重围轸，亡吴之岁既穷，入郢之年斯尽。"

⑤骑从：骑马跟从。▶《史记·项羽本纪》："麾下壮士骑从者八百余人，直夜溃围南出，驰走。"

## 张廷璐

张廷璐(1675—1745),清桐城(今安徽省桐城市)人,字宝臣,号药斋。康熙朝文华殿大学士张英第三子。康熙五十七年(1718)戊戌科进士,授编修。雍正、乾隆间,屡充会试、乡试考官,提督河南、江苏学政。官至礼部侍郎。工诗古文。有《咏花轩诗集》《咏花轩制艺》。

### 包孝肃祠[①]

古柳城隅路，荒庭孝肃祠。孤忠传异域，一笑重当时。[②]劲节风霜烈，清名妇孺知。绕楹澄碧水，差可共心期。[③]

注释:

①《包孝肃祠》诗见 清 张廷璐《咏花轩诗集》卷一古近体诗一百十四首,清乾隆刻本。

②“孤忠传异域,一笑重当时。”句后有作者自注:“《宋史》王韶经略熙河,番酋俞龙琦举众内附,自言生平闻:‘包中丞朝廷忠臣。’乞赐姓包。”



③差可:犹尚可。勉强可以。▶南朝 宋 刘义庆《世说新语·品藻》:“人问抚军:‘殷浩谈竟何如?’答曰:‘不能胜人,差可献酬群心。’”

### 庐州道中[①]

未觉春寒淑气和，远山犹带夕阳多。[②]村村杨柳青如许，人在桃花店口过。[③]

注释:

①《庐州道中》诗见 清 张廷璐《咏花轩诗集》卷一古近体诗一百十四首,清乾隆刻本。

②淑气:温和之气。▶晋 陆机《悲哉行》:“蕙草饶淑气,时鸟多好音。”

③原诗“桃花”后有作者自注:“村名。”桃花村,又名桃花城。即今合肥市肥西县桃花镇,位于肥西县东部偏北,北倚大蜀山,融于合肥高新技术产业开发区和合肥经济技术开发区之间,与合肥政务文化新区和合肥大学城毗邻,属于合肥市主城区。



## 宋嗣炜

宋嗣炜,清庐江县(今属安徽省合肥市)人。宋元徵之子。

## 冶父觳壶泉[1]

东山有冶父，屏幛隐禅宫。白云封户牖，岚气接天空。中有觳壶泉，清泚何瀜瀜。[2]天雨亦不盈，天旱亦不穷。一穴小如钵，取之顷刻充。有本者如是，一勺妙化工。

注释：

①《冶父觳壶泉》诗见 民国 陈诗 编 章梦芙 参订《冶父山志》卷四诗歌，民国二十五年(1936)木刻本。

②觳壶泉：位于冶父山实际禅寺后。又名一壶泉，汲水仅足一壶，泉水不溢不竭，清澈甘洌，最宜烹茗。游观者多取以洗目。

## 左慈掷杯桥[1]

李白名高非只酒，东坡蕉饮亦多才。[2]仙翁不忍人皆醉，故向桥边一掷杯。

注释：

①《左慈掷杯桥》诗见 清 吴宾彦修 王方岐纂《(康熙)庐江县志》卷十六，清康熙三十七年(1698)刻本。

②蕉饮：用蕉叶杯饮酒。

# 何五云

何五云，字鹁亭，清康熙时合肥(今安徽省合肥市)人。贡生，官山东泗水县知县。有《对未斋集》《红桥词》等。

## 十六字令·咏莲[1]

风，轻轻瓶莲小瓣红，香无赛，低问绣帘中。[2]

注释：

①《十六字令·咏莲》词见 清 聂先《百名家词钞》之《红桥词》(合肥何五云鹁亭)，清康熙绿荫堂刻本。

②无赛：犹无比。▶元 关汉卿《五侯宴》第四折：“稳情取香车麾盖，子母每终是英才，怡乐着升平景界，端的是雍熙无赛。”

## 法驾导引·雨[①]

黄梅雨，黄梅雨。先送满楼风。弄色偏沾池上草，传声最恼槛边桐，人在水云中。[②]

注释：

①《法驾导引·雨》词见 清 聂先《百名家词钞》《红桥词》(合肥何五云鹅亭)，清康熙绿荫堂刻本。

②弄色：显现美色。▶宋 苏轼《宿望湖楼再和》："新月如佳人，出海初弄色。"

## 菩萨蛮·夏景集字[①]

槐荫泻碧凝芳院，倚阑恰弄团团扇，作态惹离情，虚檐双鸟鸣。[②]　微凉枕簟滑，萝破天南北，滴泪染方空，榴花裙让红。[③]

注释：

①《菩萨蛮·夏景集字》词见 清 聂先《百名家词钞》《红桥词》(合肥何五云鹅亭)，清康熙绿荫堂刻本。

②虚檐：凌空的房檐。▶南朝 齐 王融《三月三日曲水诗序》："飞观神行，虚檐云构。"

③枕簟：枕席。泛指卧具。▶《礼记·内则》："敛枕簟，洒扫室堂及庭，布席，各从其事。"

## 南乡子·与友人夜话[①]

下马割毡青，晨夕相与乐又新。只字连篇浑昵我，情殷，还是冰心一片明。[②]

惊破梦中人，欻地欢呼欻涕零。夜敞窗虚无一物，天真，除却君来许月侵。[③]

注释：

①《南乡子·与友人夜话》词见 清 聂先《百名家词钞》之《红桥词》(合肥何五云鹅亭)，清康熙绿荫堂刻本。

②冰心：纯净高洁的心。▶《宋书·良吏传·陆徽》："年暨知命，廉尚愈高，冰心与贪流争激，霜情与晚节弥茂。"

③欻[chuā]：1.汉语拟声字。欻[chuā]，多形容短促迅速划过的摩擦声音。2.欻[xū]，延伸为快速的意思。

## 金明池·虎丘吊古用秦七韵[①]

绿皱芳波，青沿垂柳，认得阊门外路。丁嘱佛、前香勿爇，纷闺秀、过眼如雨。问谁同，天地长生，却销送，圣帝贤主何处。只翠馆红楼，浣花响屧，勾引年年歌舞。[②] 李氏陈家双后主，爱结绮临春，韶光粘住。[③]不妖丽、江山安在，不浪子、兴亡安诉。[④]道旁亭上石都存，想点首椎心，一般悲苦。[⑤]有绝代英雄，五湖虾菜，载个美人飘去。

注释：

①《金明池·虎丘吊古用秦七韵》词见 清 聂先《百名家词钞》之《红桥词》(合肥何五云鹅亭)，清康熙绿荫堂刻本。

秦七：指秦观。《金明池》双调一百二十字，前段十句四仄韵，后段十一句五仄韵，为秦观首创。

②翠馆：此处指佳人的住处。▶清 李渔《奈何天·虑婚》："经翠馆，过琼楼，美人掩面下帘钩。"

响屧：指女子的步履声。▶宋 张先《菩萨蛮》词："翠幕动风亭，时疑响屧声。"

③结绮临春：南朝陈后主至德二年，起临春、结绮、望仙三阁，阁高数丈，并数十间，窗牖、壁带之类皆以沉檀香木为之，饰以金玉，间以珠翠，其服玩之属，瑰奇珍丽，穷极奢华，近古所未有。后主自居临春阁，张贵妃居结绮阁，龚孔二贵嫔居望仙阁，并覆道交相往来。见《陈书·皇后传·后主张贵妃》。▶唐 欧阳询《道失》："不下结绮阁，空迷江令语。"。

④妖丽：艳丽。▶晋 葛洪《抱朴子·刺骄》："昔者西施心痛而卧于道侧，姿颜妖丽，兰麝芬馥，见者咸美其容而念其疾，莫不踌躇焉。"

⑤椎心：捶击胸口，形容极度悲痛的样子。▶清 王士禛《池北偶谈·谈艺九·韦苏州》："惶怖无暇，縶维不安。仰天椎心，收血续泪。"

## 望海潮·秋晚红桥泛舟[①]

名园如绣，长桥如画，问何处美人家。烟滴锦帆，云迷绮梦，多情游遍天涯。[②]任落叶寒鸦。弄十分秋色，到底繁华。沉醉欢场，不须更忆玉钩斜。[③] 蜀冈隋苑凝霞。[④]却平山叠映，第五泉佳。[⑤]恼杀芙蓉，色飞魂倩，偏捱霜候开花。[⑥]艳曲按红牙。[⑦]香风飘翠袖，竞斗豪奢。可有才人，留与后人夸。

注释：

①《望海潮·秋晚红桥泛舟》词见 清 聂先《百名家词钞》之《红桥词》(合肥何五云鹅亭)，清康熙绿荫堂刻本。

②绮梦：美梦。▶郁达夫《赠姑苏女子》："一春绮梦花相似，二月浓情水样流。"

③玉钩斜：亦作"玉勾斜""玉钩"。1.古代著名游宴地。遗址在今江苏省铜山县南。《太平广记》卷二〇四引《桂苑丛谈》："咸通中，丞相李尉拜端揆日，自大梁移镇淮海……一旦，命于戏马亭西，连玉钩斜道，开凿池沼，构葺亭台。挥斤既毕，号曰'赏心'。"▶宋 苏轼《与舒教授张山人参寥帅同游戏马台》诗之一："路失玉钩芳草合，林亡白鹤古泉清。"2.古代著名游宴地。在江苏省江都县境，相传为隋炀帝葬宫人处。后泛指葬宫人处。▶宋 陈师道《后山诗话》："广陵亦有戏马台，其下有路，号玉钩斜。"

④隋苑：即上林苑。为隋炀帝时所建，又名西苑。故址在江苏省扬州市西北。▶唐 杜牧《寄题甘露寺北轩》："天接海门秋水色，烟笼隋苑暮钟声。"

⑤第五泉：指"天下第五泉"，位于扬州蜀岗中峰大明寺康熙、乾隆御园内。唐代状元张又新、唐代刑部侍郎刘公伯、茶圣陆羽皆为此泉作记。

⑥恼杀：亦作"恼煞"。犹言恼甚。杀，语助词，表示程度深。▶唐 李白《赠段七娘》："千杯绿酒何辞醉，一面红妆恼杀人。"

霜候：下霜季节。▶清 曹寅《看西廊秋叶》诗之二："锦窝人易懒，霜候雁频差。"

⑦红牙：乐器名。檀木制的拍板，用以调节乐曲的节拍。▶宋 司马光《和王少卿十日与留台国子监崇福宫诸官赴王尹赏菊之会》："红牙板急弦声咽，白玉舟横酒量宽。"

## 同中庙羽士游姥山[①]



高山四面俯晴波，突兀中流野趣多。[②]乱石堆云皆鸟道，轻艖泛月尽渔蓑。[③]飞烟影落寒江燕，脱叶声传空谷歌。喜有黄冠成逸兴，买鱼沽酒醉青螺。[④]

注释：

①《同中庙羽士游姥山》诗见 清 陆龙腾《(康熙)巢县志》卷十九，清康熙十二年(1673)刊本。

②晴波：阳光下的水波。▶唐 杨炯《浮沤赋》："状若初莲出浦，映晴波而未开。"

③鸟道：险峻狭窄的山路。▶南朝 梁 沈约《愍涂赋》："依云边以知国，极鸟道以瞻家。"

④黄冠：道士之冠。亦借指道士。▶唐 唐求《题青城山范贤观》诗："数里缘山不厌难，为寻真诀问黄冠。"

## 送友人之官嘉禾[①]

水涨官河进画舟，望中烟雨一帆收。[②]地连震泽莼鲈美，宦入分湖稻蟹秋。[③]应载琴尊探越绝，肯因丝茧辍吴鸥。[④]十年缟纻虚相忆，因尔将成棹雪游。[⑤]

注释：

①《送友人之官嘉禾》诗见 清 沈季友《檇李诗系》卷四十一，清文渊阁四库全书本。

②官河：运河。▶唐 刘商《醉后》："醒来还爱浮萍草，漂寄官河不属人。"

③震泽：湖名。即今江苏太湖。▶《书·禹贡》："三江既入，震泽底定。"

④越绝：此处指越地的边境。▶唐 司空曙《奉和常舍人晚秋集贤即事寄徐薛二侍郎》："地远姑苏外，山长越绝东。

⑤缟纻：白色生绢及细麻所制的衣服。指朋友间的互相馈赠，比喻深厚的友谊。典出《左传·襄公二十九年》："(吴季札)聘于郑，见子产，如旧相识。与之缟带，子产献纻衣焉。"▶北周 宇文逌《〈庾信集〉序》："余与子山，夙期款密，情均缟纻，契比金兰。"

## 曹祖庆

曹祖庆，字思涓，号星海，清巢县(今安徽省巢湖市)人，邑庠生。"为人与物无忤，与世无竞，惟以读书著作为己任。古文诗赋，名噪鸡坛，家世清澹，公恬然自得。天性孝友，早年丧父，抚两弟成立。"著有《乐鹪斋集》《颐阿诗草》。后以子同统贵赠文林郎、怀庆司理。

### 游毛公洞二首[①]

几年怀仰止，今日惬跻攀。岩岫闭灵异，居人说貌颜。亲庭须有檄，国步岂无艰。[②]此意从谁质，千秋托此山。

毛公人自重，隐计在青山。猿鹤邈何许，莓苔深作斑。樵风迎树急，牧雨逐云殷。[③]命酒前村去，终期乘醉还。

注释：

①《游毛公洞二首》诗见 清 陆龙腾《(康熙)巢县志》卷十九，清康熙十二年(1673)刊本。

毛公洞：《(康熙)巢县志》载："在县南九十里毛公山。汉孝子毛义所居也。洞中石上镌有毛诗。土人相传云：其洞深不可极，昔有人具烛怀糒，偕同行者欲穷其底，行数昼夜，见金穴，取之不尽，而回。往复凡十余日。后复有人再往，望之不可至，遂徒手而归。土人乃冶铁以塞之，今不可入。"

②亲庭：指父母。▶宋 司马光《安之朝议哀辞》之一："朱衣老卿列，白首恋亲庭。"

国步：国家的命运。步，时运。▶《诗·大雅·桑柔》："于乎有哀，国步斯频。"

③樵风：顺风、好风。典出 南朝 宋 孔灵符《会稽记》："射的山南有白鹤山，此鹤为仙人

取箭。汉太尉郑弘尝采薪,得一遗箭,顷有人觅,弘还之,问何所欲,弘识其神人也,曰:'常患若邪溪载薪为难,愿旦南风,暮北风。'后果然。"

## 题象山寺[1]

象山传古寺,丞相旧曾游。清供一泉足,高风双树留。初门开觉路,象教起圆修。[2]布地金多少,西方长者流。

注释:

①《题象山寺》诗见 清 陆龙腾《(康熙)巢县志》卷十九,清康熙十二年(1673)刊本。原诗标题后有注:"原名相山寺,以王之道名。"

象山寺:即相山寺,位于巢湖坝镇境内。《(康熙)巢县志》载:"林泉院,在湖南,今为相山寺。"又记:"相山寺,即林泉院,去县南一百里,在南山之中。"

②象教:释迦牟尼离世,诸大弟子想慕不已,刻木为佛,以形象教人,故称佛教为教。▶南朝 梁元帝《内典碑铭集林序》:"象教东流,化行南国。"

## 慈云阁分韵总作[1]



新开形胜俯山河,载酒携诗取次过。[2]陵谷不迁功德在,习家池馆孰云多。[3]

山泽蒸成云灏灏,年时布濩任昏晓。[4]下方日在云气中,谁识遮头是佛宝。[5]

百尺崔巍映山郭,湖水西来得关籥。[6]经始都推作者劳,宰官别称多宝阁。[7]

注释:

①《慈云阁分韵总作》诗见 清 陆龙腾《(康熙)巢县志》卷十九,清康熙十二年(1673)刊本。原诗标题后有注:"十四首之三。"

②取次:谓次第,一个挨一个地;挨次。▶元 揭傒斯《山市晴岚》诗:"近树参差出,行人取次多。"

③陵谷:典出《诗·小雅·十月之交》:"高岸为谷,深谷为陵。"比喻自然界或世事巨变。▶北周 庾信《周大将军司马裔神道碑》:"是以勒此丰碑,惧从陵谷,植之松柏,不忍凋枯。"

④灏灏:广大无际貌。▶汉 扬雄《法言·寡见》:"灏灏之海,济,楼航之力也。"

布濩:遍布;布散。▶《史记·司马相如列传》:"鲜枝黄砾,蒋芧青薠,布濩闳泽,延曼太原。"

⑤佛宝:指一切佛陀,亦指各种佛像。

⑥关籥:即关钥。籥,古通钥。比喻控制,约束。▶晋 傅玄《傅子》:"邓玄茂有为而无终,外要名利,内无关钥。"

⑦经始：开始营建；开始经营。▶《诗·大雅·灵台》："经始灵台，经之营之。"



## 登牛山顶望巢湖[①]

山椒列酒荫松萝，遥听渔舟欸乃歌。[②]猎猎雄风生大泽，垂垂雌霓饮长河。[③]帆樯几道凌空渡，烟火千门向晚多。惆怅此时徒作赋，不堪岁序日蹉跎。[④]

注释：

①《登牛山顶望巢湖》诗见 清 陆龙腾《（康熙）巢县志》卷十九，清康熙十二年（1673）刊本。

②山椒：山顶。▶汉武帝《李夫人赋》："惨郁郁其芜秽兮，隐处幽而怀伤；释舆马于山椒兮，奄修夜之不阳。"

③雌霓：即雌蜺。虹有二环时，内环色彩鲜盛为雄，名虹；外环色彩暗淡为雌，名蜺，即霓，今称副虹。▶汉 东方朔《七谏·自悲》："借浮云以送予兮，载雌霓而为旌。"

④岁序：岁时的顺序；岁月。▶南朝 宋 王僧达《答颜延年》："聿来岁序暄，轻云出东岑。"



## 冒雪游中庙[①]

随山大泽几何年，巢水讹传陵谷迁。百尺浮空崇祀阁，千帆泊岸祝釐船。[②]风声振瓦如驱客，雪气弥檐不辨天。村俭岁贫难取醉，杖头未尽百文钱。[③]

注释：

①《冒雪游中庙》诗见 清 陆龙腾《（康熙）巢县志》卷十九，清康熙十二年（1673）刊本。

②崇祀：崇拜奉祀。▶《隋书·音乐志下》："厚世开灵，方坛崇祀，达以风露，树之松梓。"

祝釐：祈求福佑，祝福。▶《史记·孝文本纪》："今吾闻祠官祝釐，皆归福朕躬，不为百姓，朕甚愧之。"

③杖头：此处指手杖的顶端。▶宋 陆游《对酒戏作》："杖头高挂百青铜，小立旗亭满袖风。"

## 夏至集湖上草阁[①]

澄湖草阁云涛鲜，沉李从知故事传。鸥鹭入群堪作长，渔樵狎主定谁先。[②]采莲兴剧时填曲，举网情深漫扣舷。日暮严城归去急，歌儿无赖促诗篇。

注释:

①《夏至集湖上草阁》诗见 清 陆龙腾《(康熙)巢县志》卷十九,清康熙十二年(1673)刊本。

②狎主:交替主持。▶《左传·昭公元年》:"自无令王,诸侯逐进,狎主齐盟,其又可壹乎?"杜预 注:"强弱无常,故更主盟。"

## 白云山怀查伯藩社长[①]

峰峦回合翠成围,叹尔飘零未得归。半世支离形自苦,百年婚嫁事全违。名山合许藏存稿,客舍常容杜德机。[②]却望白云村下路,杏花千树雨霏霏。

注释:

①《白云山怀查伯藩社长》诗见 清 陆龙腾《(康熙)巢县志》卷十九,清康熙十二年(1673)刊本。

白云山:《(康熙)巢县志》载:"在添保乡深山内。山为定军山下之小山,如椅之坐处。其上有子房庵,其下有雪峰庵,对面有香炉峰。自其上隔越众山,外望焦湖,明光如镜,亦一奇观。"

查伯藩:指查价。字伯藩,号后林,海阳人。其人负诗名,好山水,缘其族多有在巢者,遂薄游湖南北,无所不至,尤爱湖南姥峰、崔仙诸胜,遂结庐湖南白云山下,与巢士大夫游,唱和联吟。及游四方,更以巢为家焉。所刻诗有《湖山漫稿》及《樵话纪异闻》,并《客游杂录》汇成帙焉。盖万历中年人。

②杜德机:谓闭塞生机。▶《庄子·应帝王》:"郑有神巫,曰季咸……列子与之见壶子。出而谓列子曰:'嘻!子之先生死矣!弗活矣!不以旬数矣。吾见怪焉,见湿灰焉。'列子入,泣涕沾襟,以告壶子。壶子曰:'乡吾示之以地文,萌乎不震不正。是殆见吾杜德机也。'"

## 王乔洞[①]

负郭十里入翠微,春气娱人足清晖。空山古洞说王子,草木犹带烟霞辉。石骨岩岩蹲虎豹,剩将仙掌启双扉。[②]谁镌古佛成蛇足,断折亦堕悄然机。游人都向山灵酹,今威千载谁来归。路傍藤茨太织结,攀留时复罥人衣。[③]桃花既解笑客子,佐酒应知笋蕨肥。松风谡谡传清响,勿谓朝天双舄飞。[④]

注释:

①《王乔洞》诗见 清 陆龙腾《(康熙)巢县志》卷十九,清康熙十二年(1673)刊本。原诗标题后有注:"和朱白榆韵。"

②石骨：坚硬的岩石。▶宋 王炎《游砚山》："涧水抱石根，石骨多绀碧。"

岩岩：此处指高大；高耸。▶《诗·鲁颂·閟宫》："泰山岩岩，鲁邦所詹。"

③罥[juàn]：此处指缠绕，悬挂。唐 杜甫《茅屋为秋风所破歌》："高者挂罥长林梢。"

④谡谡：劲风声。▶《初学记》卷三引 晋 陆机《感时赋》："寒冽冽而寖兴，风谡谡而妄作。"

朝天双舄：又称王乔凫舄，常喻仙人或地方官的行踪。典出 汉 应劭《风俗通·正失·叶令祠》："俗说孝明帝时，尚书郎河东王乔迁为叶令。乔有神术，每月朔常诣台朝。帝怪其来数而不见车骑，密令太史候望之，言其临至时，常有双凫从东南飞来。因伏伺见凫，举罗，但得一双舄耳。使尚方识视，四年中所赐尚书官属履也。"



## 曹祖赏

曹祖赏，清巢县(今安徽省巢湖市)人，似为曹祖庆兄弟。具体生平事迹不详。

### 游大力寺用汤伯衡韵[1]

一叶袈裟地，周遭拔地峰。变声反舌鸟，沉响隔溪钟。[2]古壁书虫字，空梁窜鼠踪。炊烟团暝色，前路罢村舂。[3]



注释：

①《游大力寺用汤伯衡韵》诗见 清 陆龙腾《(康熙)巢县志》卷十九，清康熙十二年(1673)刊本。

大力寺：《(康熙)巢县志》载："去县北十里，在王乔洞东北。宋景定间创，明天顺间重修。旁有大力泉，泉源石洞中，其深不可测。尝有白龟出没，又名白龟洞。泉味极佳，镇巢有驿官魏姓者，深辨水味，以巢境泉水此为第一，金庭曲水次之。每雇人远取此水酿酒烹茶，人或以为金庭水诳之，一尝辄知之。"

②反舌鸟：鸟名。即百舌鸟。▶《礼记·月令》："(仲夏之月)小暑至，螳螂生，䴗始鸣，反舌无声。"孔颖达 疏："反舌鸟，春始鸣，至五月稍止，其声数转，故名反舌。"

③村舂：指乡村中舂米的碓声。▶唐 杜甫《村夜》："村舂雨外急，邻火夜深明。"

### 牛山小酌[1]

日日看山兴未阑，携尊小饮故非难。[2]城中缕缕炊烟织，杯面摇摇落照残。谷雨茶香泉味足，楝花寒劲布衣单。形骸久与君相掷，一醉颓然天地宽。[3]

注释：

①《牛山小酌》诗见 清 陆龙腾《(康熙)巢县志》卷十九，清康熙十二年(1673)刊本。

②小饮：犹小酌。场面简单而随便地饮酒。▶唐 薛用弱《集异记·王涣之》："三诗人共诣旗亭，贳酒小饮。"

③形骸：人的躯体、身躯。▶《庄子·天地》："汝方将忘汝神气，堕汝形骸，而庶几乎？"

## 饮慈云阁分韵得来字[①]

凭高宛在水云隈，赋就雄风陋楚材。[②]湖气镕秋金欲跃，霜华醉树酒无媒。[③]昏鸦接翅冲烟去，残照随帆送月来。[④]津吏数声传戍鼓，严城灯火待人开。[⑤]

注释：

①《饮慈云阁分韵得来字》诗见 清 陆龙腾《(康熙)巢县志》卷十九，清康熙十二年(1673)刊本。

②楚材：亦作"楚才"。楚地的人才。亦泛指南方的人才。▶唐 骆宾王《狱中书情通简知己》："昔岁逢杨意，观光贵楚材。"

③无媒：没有引荐的人。比喻进身无路。▶唐 杜牧《送隐者一绝》："无媒径路草萧萧，自古云林远市朝。"



④接翅：翅膀碰着翅膀，形容禽鸟多。▶宋 张元干《点绛唇》词："山暗秋云，暝鸦接翅啼榕树。"

⑤津吏：古代管理渡口、桥梁的官吏。▶汉 赵晔《吴越春秋·阖闾内传》："(椒丘䜣)过淮津，欲饮马于津；津吏曰：'水中有神。'"

# 孙朗

孙朗，清庐州巢县(今安徽省巢湖市)。名士。

## 巢湖作[①]

明湖荡微波，光浮叠绮縠。[②]月是此中生，还疑此中没。

注释：

①《巢湖秋作》诗见 清 舒梦龄《(道光)巢县志》巢县志卷十六，清道光八年(1828)刊本。

②绮縠：绫绸绉纱之类，丝织品的总称。▶《战国策·齐策四》："士三食不得餍，而君鹅鹜有余食；下宫糅罗纨，曳绮縠，而士不得以为缘。"

## 洗耳池[①]

我爱枕流卧，泠泠钟磬音。[②]此中有真得，应识许由心。[③]

注释：

①《洗耳池》诗见 清 陆龙腾《(康熙)巢县志》卷十九，清康熙十二年(1673)刊本。

②枕流：在水边睡觉，指寄迹江湖。▶唐 韩偓《余卧疾深村闻一二郎官因成此篇》诗："枕流方采北山薇，驿骑交迎市道儿。"

③许由：尧时的隐士。相传尧让以天下，不受，遁居于颍水之阳箕山之下。尧又召为九州长，许由不愿闻，洗耳于颍水之滨。事见《庄子·逍遥游》《史记·伯夷列传》。

## 东山怀古[①]

弃瓢高隐致，贮院大贤书。[②]千古流风渺，谁从此卜居。[③]

注释：

①《东山怀古》诗见 清 陆龙腾《(康熙)巢县志》卷十九，清康熙十二年(1673)刊本。原诗标题下有注："相传即箕山。"

②弃瓢：指隐居。典出 汉 蔡邕《琴操·箕山操》："尧时许由隐居箕山，常以手捧水而饮。人见其无器，以一瓢遗之。由饮毕，以瓢挂树。风吹树动，历历有声，以为烦扰，遂取瓢弃之。"

③卜居：择地居住。▶《艺文类聚》卷六四引 南朝 齐 萧子良《行宅》诗："访宇北山阿，卜居西野外。"

## 金庭曲水[①]

坐待浮杯至，回流宛复舒。[②]莫论金谷酒，但愿右军书。[③]

注释：

①《金庭曲水》诗见 清 陆龙腾《(康熙)巢县志》卷十九，清康熙十二年(1673)刊本。"金庭曲水"为古巢县十景之一。《(康熙)巢县志》载："……前水可流觞，石可踞坐。古人多有题咏镌石上，状其茂林修竹，不让兰亭曲水。今清泉可掬，游屐所至，临流把酒，偎石赋诗，犹想见当年之胜。"

②浮杯：古代每逢三月上旬的巳日集会水渠旁，在上流放置酒杯，任其飘浮，停在谁的面前，谁即取饮，叫做"浮杯"，也叫"流觞"。▶唐 孟浩然《上巳日涧南园期王山人陈七诸公不至》诗："上巳期三月，浮杯兴十旬。"

③金谷酒：金谷酒数的省写。泛指宴会上罚酒三杯的常例。典出 晋 石崇《金谷诗序》："遂各赋诗，以叙中怀，或不能者，罚酒三斗。"

## 半汤温泉[①]

长转邹阳律，因私造化功。[②]恨无太真浴，春色掩离宫。[③]

注释：

①《半汤温泉》诗见 清 陆龙腾《（康熙）巢县志》卷十九，清康熙十二年（1673）刊本。"半汤温泉"为古巢县十景之一。此泉位于巢城北七公里处的汤山之麓，山麓下泉眼，星罗棋布，大小不一，共有48处之多，流量较大的一为冷泉，一为烫泉，两泉汇合，融为温泉，故而得名。

②阳律：此处指阳气。▶《南齐书·乐志》："阳律亢，阴晷伏。"

③太真：此处指杨贵妃。▶《旧唐书·后妃传上·玄宗杨贵妃》："时妃衣道士服，号曰'太真'。"

## 王乔洞[①]

惊蚪伏虎驾巑岏，巧凿鸿蒙出异观。[②]玉乳长流山髓湿，碧云深锁石胎寒。壶觞物外真遗世，日月人间任转丸。[③]欲觅元精逢老媪，洞中瑶草几回看。[④]



注释：

①《王乔洞》诗见 清 陆龙腾《（康熙）巢县志》卷十九，清康熙十二年（1673）刊本。

②巑岏：此处指高峻的山峰。▶《楚辞·刘向〈九叹〉》："登巑岏以长企兮，望南郢而窥之。"

③壶觞：酒器。▶晋 陶潜《归去来辞》："引壶觞以自酌，眄庭柯以怡颜。"

转丸：谓转动圆球。多用以比喻顺易。▶《南齐书·崔慧景传》："风驱电扫，制胜转丸。"

④元精：天地精华之气。▶汉 王充《论衡·超奇》："天禀元气，人受元精。"



# 聂国球

聂国球，字天生，号晋若。清福建建宁（今福建省邵武市建宁县）人。顺治间其父聂芳为巢县县令，随侍任上。著有《餐胜楼集》。

## 焦湖秋月[①]

湖净天空木落时，赏心放舸共敲诗。[②]轮升镜面波平写，山吸珠胎影倒移。[③]一抹烟峦浮薄黛，几村渔火弄清漪。[④]安□窃比悬真子，泛宅东西傍水湄。[⑤]

注释：

①《焦湖秋月》诗见 清 陆龙腾《(康熙)巢县志》卷十九，清康熙十二年(1673)刊本。②敲诗：推敲诗句。▶元 张可久《小桃红·忆疏斋学士郊行》曲："飞梅和雪洒林梢，花落春颠倒，驴背敲诗暮寒峭。"

③珠胎：蚌体中正在成长的珠子。▶《汉书·扬雄传上》："(雄)因《校猎赋》以风，其辞曰……'椎夜光之流离，剖明月之珠胎。'"

④清漪：水清澈而有波纹。▶《诗·魏风·伐檀》："河水清且涟猗。"

⑤真子：佛教以信顺佛法，继承佛业者为真子。▶《涅槃经·寿命品一》："成就如是无量功德，一切皆是佛之真子。"

泛宅：谓以船为家。▶《新唐书·隐逸传·张志和》："颜真卿为湖州刺史，志和来谒，真卿以舟敝漏，请更之，志和曰：'愿为浮家泛宅，往来苕霅间。'"

## 潘尔侯

潘尔侯，清庐州巢县(今安徽省巢湖市)人。庠生。曾与修《(康熙)巢县志》。

### 月夜泛湖①

长湖一望水如天，沽酒乘舟破晓烟。渔火依依明远屿，雁声历历度前川。②金陵遥映千山白，玉影平分万井圆。共醉不知衣露冷，夜深归咏大江篇。

注释：

①《月夜泛湖》诗见 清 陆龙腾《(康熙)巢县志》卷十九，清康熙十二年(1673)刊本。

②依依：形容依稀貌、隐约貌。▶晋 陶潜《归园田居》诗之一："暧暧远人村，依依墟里烟。"

## 秦篆

秦篆，字籀史。清庐州合肥(今安徽省合肥市)人。诸生。秦虞恒长子。"气度潇洒，家学渊源，四方乞诗文者无虚日。"有《抹云亭词》。

### 临江仙·咏早春①

早色娇春如静女，含羞初向人前。②更迟半月便嫣然。③魂消非怨别，神醉未登筵。

惟有远山知觉早，青青垂黛堪怜。[④]东风易上美人肩。吹愁成一片，不待落花天。

注释：

①《临江仙·咏早春》词见 清 蒋景祁《瑶华集》卷六，清康熙二十五年(1686)刻本。

②静女：娴静的女子。▶《诗·邶风·静女》："静女其姝，俟我于城隅。"

③嫣然：美好貌。▶南朝 梁 沈约《四时白纻歌·夏白纻》："嫣然宛转乱心神，非子之故欲谁因。"

④知觉：知道；觉察。▶《后汉书·杜诗传》："知有奸人诈伪，无由知觉。"

## 鲍天球

鲍天球，清庐州巢县(今安徽省巢湖市)人。诸生。

### 过亚父山怀古[①]

高岗磊落松声壮，怀古深情忽奇放。亚父遗风耳目间，绝代奇人得奇谤。或云杀季不知天，抹杀英雄只半言。[②]或云从楚事终坏，又与英雄论成败。我独大笑古今人，论世拘牵论不深。奇计若行沛公死，何信焉能拥大名。龙文五采知天授，笑谈犹设鸿门酒。明将一剑傲苍天，即此奇心堪不朽。七十以前不事秦，洁身皓皓凌秋旻。[③]乞骸以后不归汉，节高布越当千万。[④]生为明哲殁忠臣，矫矫大义见平生。英雄但使能千古，成败区区安足论。

注释：

①《过亚父山怀古》诗见 清 陆龙腾《(康熙)巢县志》卷十九，清康熙十二年(1673)刊本。

②杀季：杀害刘季。刘季，即汉高祖刘邦。范增助项羽设鸿门宴，欲于宴上杀掉刘邦，又使项庄舞剑，兼因项羽犹豫不决而失败。

③秋旻：秋季的天空。▶唐 李白《古风》之一："文质相炳焕，众星罗秋旻。"

④布越：指英布和彭越。英布、彭越、韩信同为"汉初三名将"之列，皆封为王。后皆因涉谋反为刘邦所杀。

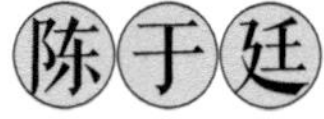


陈于廷，清庐州巢县(今安徽省巢湖市)人，具体生平事迹不详。

## 冬日过万山道中[①]

崭岭征寒客况辛，蹇驴支滑步逡巡。[②]崖冰背日坚于石，涧溜穿桥簇似鳞。天近迥闻人语堕，风高偏惹客衣嗔。诗肩暮耸肌生粟，愁见担薪击齿人。

注释：

①《冬日过万山道中》诗见 清 陆龙腾《(康熙)巢县志》卷十九，清康熙十二年(1673)刊本。

②逡巡：此处指从容；不慌忙或小心谨慎。▶《庄子·秋水》："东海之鳖，左足未入，而右膝已絷矣，于是逡巡而却。"

# 张坦

张坦，字逸峰，号青雨，更号眉州散人。清天津(今天津市)人。云南巡抚张霖之子。康熙三十二年(1693)癸酉科举人，官内阁中书。幼学诗于王士祯，学书于赵执信，博览群籍，叩之立应。有《履阁诗集》《唤鱼亭诗文集》。

## 无题[①]

拳石枕中流，巍峨古气浮。[②]波涛翻日月，庙貌重山邱。[③]灵感三洲梦，功高百尺楼。[④]登临香惹袖，身去意还留。[⑤]

注释：

①《无题》诗见 清 李恩绶编《巢湖志》卷二诗，黄山书社2007年版，第537页。原诗无标题，此为编者所加。

②古气：此处单指古老的气韵。

③庙貌：《诗·周颂·清庙序》郑玄 笺："庙之言貌也，死者精神不可得而见，但以生时之居，立宫室像貌为之耳。"因称庙宇及神像为庙貌。▶三国 蜀 诸葛亮《黄陵庙记》："庙貌废去，使人太息。"

④灵感：此处指神灵。

⑤登临：登山临水。也指游览。语本《楚辞·九辩》："憭慄兮若在远行，登山临水兮送将归。"▶《史记·卫将军骠骑列传》："禅于姑衍，登临翰海。"

沈际盛,清巢县(今安徽省巢湖市)人。廪生。曾参与编纂《(康熙)巢县志》。

## 牛山纵览①

高郭人烟聚，追陪尺五天。②水翻晴树外，峰老翠云边。渔浦家家笛，风帆处处船。③黍苗膏雨后，点染尽花田。

注释:

①《牛山纵览》诗见 清 陆龙腾《(康熙)巢县志》卷十九,清康熙十二年(1673)刊本。原诗标题下有注:“奉和聂父母十二首之一”

②追陪:追随;伴随。▶唐 韩愈《奉酬卢给事荷花行见寄》:“上界真人足官府,岂如散仙鞭笞鸾凤终日相追陪。”

③渔浦:江河边打鱼的出入口处。▶唐 李绅《过钟陵》:“江对楚山千里月,郭连渔浦万家灯。



## 听书港①

流光如练澹晴空，吾道薪传此地通。②泗水芹茆分下泽，桥门冠佩景儒宗。③弦歌响送林间月，讲诵襟披涧外风。为问遗徽何处是，碧堤芳树鸟声中。

注释:

①《听书港》诗见 清 陆龙腾《(康熙)巢县志》卷十九,清康熙十二年(1673)刊本。

②薪传:薪尽火传的省写。比喻师生传授,学问一代一代地流传。典出《庄子·养生主》:“指穷于为薪,火传也,不知其尽也。”成玄英 疏:“穷,尽也。薪,柴樵也。为,前也。言人然火用手前之能尽然火之理者,前薪虽尽,后薪以续,前后相继,故火不灭也。”③芹茆:芹藻。▶宋 郑侠《赠钟平仲》:“太守为学校,芹茆思乐泮。

③桥门:古代太学周围环水,有四门,以桥通,故名。《后汉书·儒林传序》:“飨射礼毕,帝正坐自讲,诸儒执经问难于前,冠带缙绅之人,圜桥门而观听者盖亿万计。”

儒宗:儒者的宗师。汉以后亦泛指为读书人所宗仰的学者。《史记·刘敬叔孙通列传赞》:“叔孙通希世度务,制礼进退,与时变化,卒为汉家儒宗。”

吴丝，字黄绢。清合肥人(今安徽省合肥市)人。康熙年间威略将军吴英之女，适吴县钦牧。工诗。晚年依婿沈佳忠居木渎镇，年八十二卒。

## 过莺脰湖①

风光淡沱晚凉天，遥望渔家落照边。②傍岸绿阴藏钓艇，一竿秋水半湖烟。

注释：

①《过莺脰湖》诗见 民国 光铁夫《安徽名媛诗词征略》，卷三，黄山书社1986年一版一印。

莺脰[dòu]湖：湖名。位于江苏省苏州市吴江区，以湖形似莺脰得名。

②淡沱：形容风光明净。▶唐 杜甫《醉歌行》："春光淡沱秦东亭，渚蒲芽白水荇青。"一本作"澹沱""潭沱"。



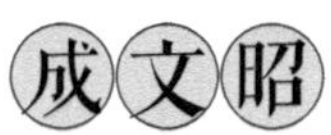

成文昭(1672—1707)，字周卜，号过村。清直隶大名(今河北省大名县)人。诸生。入赀为主事，出为州守，未及任而卒，时年三十五岁。著有《谟觞诗集》，有《题王秋史二十四泉草堂图》。

## 合肥三绝句①

港上寒禽比翼行，港头拱树接柯生。迢迢淝水流东去，不及庐江小吏情。

少年人不愧英豪，城此当年住小乔。事去风流留不得，荒墟落日草萧萧。②

淅风零雨一村孤，古屋垂杨乱鸟呼。身后无劳汗青简，贩夫村媪说龙图。

注释：①《合肥三绝句》诗见 清 成文昭《薯觞诗集》卷一湘西集之荆集东吴万里集，清康熙刻增修本。

②原诗"荒墟落日草萧萧"句后有作者注"舒城有周瑜城"。

# 徐振

徐振，字沙村。康熙、雍正时上海(今上海市)人，诸生。有《山辉堂诗存》一卷。

## 倦寻芳·合肥旅次坐雨[1]

行到江南，镇多风雨，暗将春卖。漷漷泥声，不许马蹄行快。[2]褪粉落梅空砌径，染烟嫩柳低檐碍。无聊甚，是孤城春店，瓦飘墙坏。　尽终日，低头无语，叉手闲吟，凄凉拌耐。便做天晴，那得工夫挑菜。离梦半床轻似叶，乡心一寸愁如海。纵此时，强不思量，怎生自在。[3]

注释：

①《倦寻芳·合肥旅次坐雨》词见 清 王昶 辑《国朝词综》二集四十八卷，同治四年(1865)木刻本。

②漷漷[guó guó]：拟声词。水流声。▶宋 王十朋《漷漷岸下水》："漷漷岸下水，汝流欲何之。"

③怎生：怎样，如何。▶唐 吕岩《绝句》："不问黄芽肘后方，妙道通微怎生说？"



# 张廷瑑

张廷瑑(1681—1764)，字桓臣，别字思斋。清桐城(今安徽省桐城市)人。张英第五子。雍正元年(1723)癸卯科进士，自编修累官工部侍郎，充日讲起居注官。编载详赡得体。乾隆间官至内阁学士，兼礼部侍郎。

## 过包孝肃祠[1]

孝肃祠边缓整衣，东风澹荡燕初归。[2]垂杨两岸舒金色，春水初生没钓几。[3]

注释：

①《过包孝肃祠》诗见 清 张廷瑑《张思斋示孙编》卷五，清刻本。

②澹荡：犹骀荡。谓使人和畅。多形容春天的景物。▶南朝 宋 鲍照《代白纻曲》之二："春风澹荡侠思多，天色净渌气妍和。"

③钓几：钓鱼时坐的岩石。▶北周 明帝《贻韦居士诗》："坐石窥仙洞，乘槎下钓几。"

## 阿克敦

阿克敦(1685—1756),章佳氏,字仲和,一字立恒,又字恒岩。清满洲正蓝旗人。康熙四十八年(1709)进士,授编修。以学问优,典试有声名,授侍讲学士。雍正时,历官翰林院掌院学士、署两广总督兼广州将军,奉使赴准噶尔,劝使息兵。乾隆时官至太子太保、协办大学士。卒谥"文勤"。有《德荫堂集》。

### 庐州道中[①]

密雨浓阴暑气催，客中行过郡城隈。[②]沿桥柳岸轻舟泊，傍舍荷香浅沼开。千亩稻秧村妇插，一蓑牛背牧童来。江南风景朝朝见，未暇停骖问酒杯。[③]

注释:

①《庐州道中》诗见 清 阿克敦《德荫堂集》卷七,清嘉庆二十一年(1816年)那彦成刻本。

②客中:旅居他乡或外国。▶唐 孟浩然《早寒江上有怀》:"我家襄水上,遥隔楚云端。乡泪客中尽,孤帆天际看。"

③未暇:没有时间顾及。▶汉 张衡《东京赋》:"因秦宫室,据其府库,作洛之制,我则未暇。"



## 钱陈群

钱陈群(1686—1774),字主敬,号香树、柘南居士。清浙江嘉兴(今浙江省嘉兴市)人。康熙六十年(1721)辛丑科进士,改庶吉士,授编修。雍乾时久直南书房,充经筵讲官,官至刑部侍郎,以疾罢归,卒。赠太傅,入贤良祠,谥"文端"。诗风淳朴,著有《香树斋诗文集》。

### 谒包孝肃祠[①]

古郡城南路，清风包老祠。神明留案牍，井邑祀威仪。[②]庆历多君子，斯人亦我师。[③]重来仍使节，下马荐芳蘼。[④]

注释:

①《谒包孝肃祠》诗见 清 钱陈群《香树斋诗文集》诗集卷十五,清乾隆刻本。

②井邑：此处指故里。▶唐 张说《唐故赠齐州司马陆公神道碑》："路艰寇阻，兵危势急，公独颠沛致丧，归其井邑。"

③斯人：此人。▶《论语·雍也》："斯人也，而有斯疾也。"▶唐 杜甫《殿中杨监见示张旭草书图》诗："斯人已云亡，草圣秘难得。"

④使节：使者。亦用以称派驻一方的官员。▶《史记·淮南衡山列传》："于是王乃令官奴入宫，作皇帝玺，丞相、御史、大将军、军吏、中二千石、都官令、丞印，及旁近郡太守、都尉印，汉使节法冠，欲如伍被计。"

## 龚尚书墓[①]

镜具昔千里，诗家此一灯。嗟余生晚近，而发已鬅鬙。[②]异地归王粲，同时拜李膺。风流余事在，秋草下韩凭。

注释：

①《龚尚书墓》诗见 清 钱陈群《香树斋诗文集》诗集卷十二，清乾隆刻本。

龚尚书墓：指龚鼎孳墓。《（嘉庆）合肥县志》载："龚鼎孳墓，在巢湖庵后，赐祭葬。"

②鬅鬙：头发散乱貌。▶唐 段成式《酉阳杂俎续集·支诺皋上》："忽见一小鬼鬅鬙，头长二尺余。"



## 浮槎山[①]

何年天上赐浮槎，塔影空中拥钿车。[②]寒女即今修佛事，夜深扶拜海榴花。[③]

注释：

①《浮槎山》诗见 清 钱陈群《香树斋诗文集》诗集卷十二，清乾隆刻本。

②钿车：用金宝嵌饰的车子。▶宋 张炎《阮郎归·有怀北游》："钿车骄马锦相连，香尘逐管弦。"

③寒女：贫家女子。▶汉 徐干《中论·贵验》："伊尹放太甲，展季覆寒女。"



## 庐江怀古[①]

天桴城上一星高，不问逡遒与橐皋。才士空攀曹八斗，健儿犹骂赵双刀。[②]新莺语咽船沉篠，冷燐光埋巷战袍。还有含凄小吏港，春深欲诉夜嘈嘈。[③]

注释：

①《庐江怀古》诗见 清 钱陈群《香树斋诗文集》诗集卷十二，清乾隆刻本。

②赵双刀：指赵普胜。赵普胜(？—1359)，元末明初庐州路庐江县(今安徽省庐江县)人。红巾军将领。善用双刀，故号“双刀赵”。至正十一年(1351)，赵普胜会同俞廷玉父子(俞通海、俞通源、俞通渊三子)、廖永安兄弟(弟廖永忠)，在巢湖训练水军抗元。十五年(1355)，赵普胜投徐寿辉天完政权。十九年(1355)，为陈友谅所杀。

③嘈嘈：形容众声嘈杂。▶《文选·王延寿〈鲁灵光殿赋〉》：“耳嘈嘈以失听，目矎矎而丧精。”

## 与赵虚斋太守话旧[①]

记得先朝宣谕日，我曾携节入西秦。偶逢雁塔街头客，许作南宫宴上人。[②]到处剑牛能化俗，十年琴鹤自随身。[③]玉堂旧侣如相问，为说庐江太守贫。[④]

注释：

①《与赵虚斋太守话旧》诗见 清 钱陈群《香树斋诗文集》诗集卷十二，清乾隆刻本。

②雁塔：塔名。在今陕西省西安市南慈恩寺中，亦称大雁塔。系唐高宗为追荐其母而建。今为七层。唐代新进士常题名于此。▶明 朱国祯《涌幢小品·雁塔》：“塔乃咸阳慈恩寺西浮图院也。沙门玄奘先起五层。永徽中，武后与王公舍钱重加营造，至七层，四周有缠腰。

唐新进士同榜，题名塔上，有行次之列。唐(朝)韦、杜、裴、柳之家，兄弟同登，亦有雁行之列。故名‘雁塔’。”后常用为中式高举之典实。▶金 郭宣道《送同舍张耀卿补掾中台》：“关心雁塔功名晚，试手乌台岁月忙。”

南宫：指礼部会试，即进士考试。▶明 叶宪祖《碧莲绣符》第一折：“去年乡闱领解，南宫未利。”

③化俗：谓风俗受德教而发生变化。▶ 汉 司马相如《难蜀父老》：“必若所云，则是蜀不变服，而巴不化俗也。”

④旧侣：旧友。▶南朝 宋 谢灵运《晚出西射堂》：“羁雌恋旧侣，迷鸟怀故林。”

## 黄慎

黄慎(1687—1772)，初名盛，字恭寿，恭懋，躬懋、菊壮，号瘿瓢子，别号东海布衣。清福建宁化(今福建省三明市宁化县)人。家贫，遂学画，擅人物、山水、花鸟。康熙间至扬州卖画，人争客之。与郑燮友善，为“扬州八怪”之一。擅草书，后以狂草笔法作画。工诗，有《蛟湖诗钞》。

## 谭阳邑侯许鉴塘种竹歌①

谭阳邑侯厌食肉，种竹疗饥岂砭俗。②衙斋青挹妙高峰，移翠当轩趁雨足。③朝来吏退一事无，手持畚插呼童仆。④分来个个影窗棂，夜起风声敲碎玉。⑤径迷山石转荦确，墙角棕榈如轮辐。⑥春深蓑笠没踝泥，瘿瓢野人笑相蹴。打门快语殊已瘅，空翠翻云荡心目。主人自比张廌家，遥隔淮南旧淇澳。⑦十载宦游更不归，秋来见月怀松菊。鞭蒲不用草满庭，掀髯大笑时空狱。⑧

注释：

①《潭阳邑侯许鉴塘种竹歌》见 清 黄慎《瘿瓢山人蛟湖诗钞》四卷，清乾隆二十八年(1763)陈鼎刻本。

潭阳：又作潭城，为建阳别称，今属福建省南平市建阳区。

邑侯：县令。▶宋 王玄《吊耒阳杜墓》："邑侯新布政，一为剪紫荆。"

许鉴塘：即许齐卓。又名其卓，字武田，号鉴堂。清代合肥人。许孙荃长孙，李天馥外孙。力学能文。清雍正乙卯年(1735)拔贡生，次年入京参加会试，朝考中第一等。乾隆元年(1736)以知县用，分发福建，历任闽省八县知县，所至多有善政。赠文林郎，叙功当升任新职，托病辞官回乡。平生颇有著述，有《左传汇笺》《三礼汇笺》《庄骚汇笺》《听雨楼诗文集》。许齐卓与本诗作者黄慎相过从，曾为其作《瘿瓢山人小传》。

②砭俗：救治庸俗。▶马其昶《〈桐城古文集〉略序》："刊伪砭俗，启示径途。"

③妙高峰：为建阳水东妙高山珠峰，海拔228米。

④畚插：亦作"畚臿""畚锸"。畚，盛土器；锸，起土器。泛指挖运泥土的用具。亦借指土建之事。▶《晋书·束晰传》："以其云雨生于畚臿，多稌生于决泄。"

⑤"分来个个影窗棂"句：指竹叶影子照映在窗户上，像许多分开的"个"字。

⑥荦确：亦作"荦硞""荦埆""荦岦"。怪石嶙峋貌。▶唐 韩愈《山石》："山石荦确行径微，黄昏到寺蝙蝠飞。"

⑦张廌：后人写作张荐，字子雁，号文君，东晋乐成县民，隐居于丹霞山麓(今广东省韶关市乐成镇金溪村境内)，平素修道颐志，以炼丹为事。东晋穆帝永和元年至东晋孝武帝太元四年(345—379)，时郡守王羲之慕名前往拜访，他避入家旁竹林中，不与相见，郡人号为高士。后骑鹿出游，不知所终。

淇澳：亦作"淇奥"。淇水弯曲处。▶《诗·卫风·淇奥》："瞻彼淇奥，绿竹猗猗。"毛 传："奥，隈也。"

⑧鞭蒲：蒲鞭。指蒲草做的鞭子。表示刑罚宽仁。▶明 高启《南州野人为吴邑曾令赋》："下车殷勤问父老，劝耕为汝犁先扶。我本野人偶叨禄，向汝未忍施鞭蒲。"

# 李方膺

李方膺(1695—1755)，字虬仲，号晴江，别号秋池、抑园、白衣山人，乳名龙角。清通州(今江苏省南通市)人。雍正时以诸生保举为合肥令，有惠政。去官后穷老无依，更努力作画，以资衣食。寓金陵最久，自号借园主人，以卖画为生。与李鱓、金农、郑燮等往来，为"扬州八怪"之一。工画，松竹梅兰咸精，尤长于梅。传世画作有《风竹图》《游鱼图》《古松图》《墨梅图》等。诗仅存二十六首，多数散见于画上，后人辑有《梅花楼诗草》。

## 庐州对簿[1]

堂开五马气森森，明决无伦感更深。[2]关节不通包孝肃，钱神无籍谢思忱。官仓自蓄三千秉，暮夜谁投五百金。能使余生情得尽，拂衣归去独长吟。

三年缧绁漫呻吟，风动锒铛泣路人。[3]是我不才驱陷阱，信天有眼鉴平明。情生理外终难假，狱到词繁便失真。念尔各收囹圄后，老亲稚子泪频频。

公庭拥看欲吞声，愁听羁囚报姓名。万口同声天尺五，片言示法眼双明。[4]肯从世道如弓曲，到底人心似水平。两度寒温诸父老，却因对簿叙闲情。

红尘白发两无聊，赢得归来免折腰。七树松边花满径，五株柳外酒盈瓢。是非终古秋云幻，宠辱于今春雪消。莫笑廿年沉宦海，转从三黜任逍遥。[5]

注释：

①《庐州对簿》诗见 清 李方膺《梅花楼诗草》，《清代诗文集汇编》第276册影印本，上海古籍出版社2010年版。

②明决：明达有决断。▶《宋书·王僧达传》："虏马饮江，王出赴难，见在先帝前，议论开张，执意明决，以此言之，其至必也。"

③缧绁：捆绑犯人的绳索。引申为牢狱。▶《论语·公冶长》："子谓公冶长可妻也。虽在缧绁之中，非其罪也。"

④天尺五：离天甚近。极言其高。▶宋 周邦彦《鬓云松令·送傅国华奉使三韩》词："鹭飞遥，天尺五。"

⑤三黜：三次被罢官。此处亦是实写。作者出任地方官二十余年，遭受过几次沉重的打击。雍正八年(1730)在乐安知县任上，因开仓赈灾来不及请示上司，而受到了弹劾；雍

正十年(1732)在兰山知县任上,总督王士俊盲目地下令开荒,官员们乘机勒索乡民,他上书直陈弊端,触怒上司,被罢官入狱;最后是乾隆十四年(1749)在合肥知县任上,因抵忤上司竟被安上"贪赃枉法"的罪名而罢官。

## 出合肥城别父老二首[①]

罢官对簿已三年，故国他乡两挂牵。行李一肩淝水外，计程千里海云边。风尘历遍余诗兴，书画携还当俸钱。莫道老生空自负，几人游宦得归田。

停车郭外泪潸然，父老情多马不前。茅店劝尝新麦饭，桑堤留看小秧田。一腔热血来时满，两鬓寒霜去日悬。不是桐乡余不住，双亲墓上草芊芊。

注释:

①《出合肥城别父老二首》诗见 清 李方膺《梅花楼诗草》,《清代诗文集汇编》第276册影印本,上海古籍出版社2010年版。

闻棠(1699—1749),字静儒。清太仓(今江苏省太仓市)人。乾隆元年(1736)丙辰科进士,改翰林院庶吉士,授编修,历典广东、湖北乡试。著作《黄山纪游》《淮南杂志》《静儒遗诗》。

## 合肥道中题壁[①]

赤日庐州道，苍生竟奈何。井枯汲绠废，野黑烧痕多。[②]香稻无余粒，哀鸿已作歌。[③]周官重荒政，谁与乞恩波。

注释:

①《合肥道中题壁》诗见 清 汪学金《娄东诗派》卷二十三,清嘉庆九年(1804)诗志斋刻本。原诗后有汪学金注:"先生使粤时,道出合肥。会大旱,题诗旅壁。有司知之,即具牒闻大吏。还过其地,已请旨赈邮矣。合肥人至今诵之。"

②汲绠:汲水用的绳子,此处借指水源。▶《隋书·食货志》:"东都城内粮尽,布帛山积,乃以绢为汲绠,然布以爨。"

③哀鸿:悲鸣的鸿雁。喻流离失所的人们。典出《诗·小雅·鸿雁》:"鸿雁于飞,哀鸣嗷嗷。"

④荒政：赈济饥荒的政令或措施。▶《周礼·地官·大司徒》："以荒政十有二聚万民。"恩波：帝王的恩泽。▶南朝 梁 丘迟《侍宴乐游苑送张徐州应诏》诗："参差别念举，肃穆恩波被。"

## 汤懋纲

汤懋纲（1699—1773），字维三，号奕园居士，亦号逸泉。清巢县（今安徽省巢湖市）人。历官户部员外郎、刑部郎中。清积牍，决疑案，有能名，后以亲老乞养归。父殁后漫游浙、闽、楚、粤等名山大川，结交名士。工诗，有《奕园诗集》十二卷、袁枚曾选刻其诗入《同人集》。另有《亦畅楼文集》四卷、《婆娑馆词》一卷。善书，山水法董源、巨然，层岩叠嶂中，自有萧散之致，有《墨香居画识》。

### 东关道中[①]

莫怪帆无力，微风荡细波。不因行棹缓，那得看山多。酒市围杨柳，僧居闭薜萝。堤边夕阳路，两两牧儿歌。

注释：
①《东关道中》诗见 民国 刘原道《居巢诗征》卷三，刘氏蛰园刊本。

### 宿冶父山下客舍[①]

道边留宿处，别自有柴关。[②]饮客出藏酒，开窗面好山。本非羁旅况，不改在家闲。记取诗成后，烟林暮鸟远。

注释：
①《宿冶父山下客舍》诗见 民国 陈诗 编《庐州诗苑》卷八，民国丙寅年（1926）铅印本。
②别自：犹独自；各自。▶康有为《大同书》乙部第二章："澳洲于时自立成国，非强英所能遥统，则亦如美例别自独立。"

### 游冶父山[①]

浮渡前朝别，经行又翠微。看山无止境，佳处欲忘归。松籁和僧梵，香云上客衣。剑池今何在，可有白虹飞？

注释:

①《游冶父山》诗见 民国 陈诗 编《庐州诗苑》卷八,民国丙寅年(1926)铅印本。原诗标题下有作者自注:"山顶有剑池"。

## 由无为州返巢县途次阻风[①]

移棹风雨中,风狂雨不散。归期一日程,竟日行为半。冥冥烟树昏,聒聒楼鸦乱。欹枕骇浪声,不寐乃至旦。常恐孤缆轻,有如飞蓬断。吾生守田庐,涉浅在幽涧。[②]寝食寄波涛,怡然非所惯。矧彼远游子,越险岂无叹。稍稍船窗明,荒鸡唱村畔。去住付舟师,从容舵楼饭。[③]

注释:

①《由无为州返巢县途次阻风》诗见 民国 陈诗 编《庐州诗苑》卷八,民国丙寅年(1926)铅印本。

途次:半路上;旅途中的住宿处。▶宋 苏轼《与张朝请书》之一:"某已到琼,过海无虞,皆托余庇……途次裁谢,草草不宣。"

②涉浅:徒步蹚过浅水。▶《金史·仆散揆传》:"分军涉浅,潜出敌后。"

③去住:犹去留。▶汉 蔡琰《胡笳十八拍》:"十有二拍兮哀乐均,去住两情兮难具陈。"



## 九日雨中集东皋姚王祠[①]

满目秋阴菊尚迟,佳辰还起昔人思。漫愁风雨潘邠老,须纵登临杜牧之。[②]山郭云昏潮落后,湖天烟冷雁飞时。陂陀路转千林表,乐岁笙镛赛古祠。[③]

注释:

①《九日雨中集东皋姚王祠》诗见 民国 陈诗 编《庐州诗苑》卷八,民国丙寅年(1926)铅印本。

东皋:即柘皋。

②潘邠老:即潘大临。潘大临,生卒年均不详,约宋哲宗元祐中前后在世。北宋黄州(今属湖北省黄冈市)人,字邠老,一字君孚。潘鲠之子。与弟潘大观皆以诗名。善诗文,又工书,从苏轼、黄庭坚、张耒游,雅所推重。为人风度恬适,殊有尘外之韵。有《柯山集》二卷,已佚。

③陂陀:倾斜不平;不平坦。

林表:林梢,林外。▶《文选·谢朓〈休沐重还丹阳道中〉》:"云端楚山见,林表吴岫微。"

乐岁:丰年。▶《孟子·梁惠王上》:"是故明君制民之产,必使仰足以事父母,俯足以畜妻子，乐岁终身饱，凶年免于死亡。”

笙镛：亦作“笙庸”。古乐器名。镛，大钟。▶《书·益稷》：“笙镛以间，鸟兽跄跄。”

德保（？—1789），索绰络氏，字仲容，一字润亭，号定圃，又号庞村。满洲正白旗人。乾隆二年（1737）丁巳科进士，官至礼部尚书。屡充乡、会试考官。尝奉敕纂《音韵述微》，总办《乐律全书》。卒谥“文庄”。有《乐贤堂诗文钞》。

## 八斗岭村外荷花一池途中仅见也[①]

土屋茅檐三两家，山村寂寞谢喧哗。鞭丝行处清香送，碧水新荷恰放花。[②]

注释：

①《八斗岭村外荷花一池途中仅见也》诗见 清 德保《乐贤堂诗钞》卷中，清乾隆五十六年（1791）英和刻本。

②鞭丝：马鞭。借指出行。▶宋 陆游《乍晴出游》：“本借微风敧帽影，却乘新暖弄鞭丝。”

## 家大人自太平学署渡江三百里就视保于庐州之店埠敬呈二律[①]

色笑违经岁，深惭定省疏。[②]怜儿殷陟岵，纡道动安车。[③]杖履江干驻，衷肠膝下摅。此行膺重寄，何以慰庭闾。[④]

喜极翻凝泪，承欢惜寸阴。几时申孺慕，絮语见慈心。[⑤]侑酌情难诉，挑灯夜已沉。只应凭驿使，健饭报佳音。[⑥]

注释：

①《家大人自太平学署渡江三百里，就视保于庐州之店埠，敬呈二律。》诗见 清 德保《乐贤堂诗钞》卷中，清乾隆五十六年（1791）英和刻本。

家大人：对他人称自己的父亲。▶清 王引之《经传释词》卷一：“家大人曰：允，犹‘用’也。”

②色笑：指和颜悦色的态度。语本《诗·鲁颂·泮水》：“载色载笑，匪怒伊教。”

定省：子女早晚向亲长问安，泛指探望问候父母或亲长。▶《礼记·曲礼上》：“凡为人子之礼，冬温而夏凊，昏定而晨省。”

③陟岵：典出《诗·魏风·陟岵》：“陟彼岵兮，瞻望父兮。”借指父亲。 元 刘壎《隐居通议·文章四》：“某自罹陟岵之忧，庐深山莫与往来。”

纡道：绕道而行。▶清 顾炎武《与李子德书》：“会北山多虎，仲德力止毋行，乃纡道自耀州至同官，拜寇老师之墓。”

安车：古代可以坐乘的小车。古车立乘，此为坐乘，故称安车。供年老的高级官员及贵妇人乘用。高官告老还乡或征召有重望的人，往往赐乘安车。安车多用一马，礼尊者则用四马。▶《周礼·春官·巾车》：“安车，雕面鹥总，皆有容盖。”

④重寄：重大的托付。▶《史记·龟策列传》：“盛德不报，重寄不归。”

⑤孺慕：此处指对父母的孝敬。 ▶清 薛福成《庸盦笔记·史料二·慈安皇太后圣德》：“毅皇帝孝事太后，能先意承志，太后抚之亦慈爱备至，故帝终身孺慕不少衰。”

⑥健饭：食量大，食欲好。▶宋 袁浦《寿冯德厚》诗之三：“祝子长年仍健饭，好书读到夜沈沈。”

## 金甡

金甡（1702—1782），字雨叔，号海住。清浙江仁和（今属浙江省杭州市）人，初以举人授国子监学正。乾隆七年（1742）壬戌科状元及第。累迁詹事府詹事。在上书房行走，先后十七年。官至礼部侍郎。后回乡主讲敷文书院。有《静廉斋诗集》。



### 过包孝肃祠以日暮不及谒①

包公读书处，亭沼重完葺。暮景迫遐征，清风远相袭。②我昔校文时，邻祠尝拾级。③遗范仰河清，如室颇容入。④岳岳愧风棱，硁硁期介立。⑤回头将二纪，一意守所执。⑥诵法倘终身，臣年亦七十。⑦

注释：

①《过包孝肃祠以日暮不及谒》诗见 清 金甡《静廉斋诗集》卷十四，清嘉庆二十五年（1820年）姚祖恩刻本。

②遐征：远行；远游。▶汉 繁钦《与魏文帝笺》：“咏北狄之遐征，奏胡马之长思。”

③校文：校勘文章。▶汉 张衡《西京赋》：“次有天禄、石渠，校文之处。”

原句“邻祠尝拾级”后有作者自注：“庐州学署有包公祠，尝瞻礼遗像。相传为公读书处，即香花墩也。”

④遗范：指前人遗留下来可作楷模的法式、规范、标准等。▶《晋书·乐志上》：“武皇帝采汉魏之遗范，览景文之垂则，鼎鼐唯新，前音不改。”

⑤风棱：犹风骨。指刚正不阿的品格。▶南唐 尉迟偓《中朝故事》：“翰林承旨郑畋为制词，略曰：早以文，叠中殊科；风稜甚高，恭慎无玷。”

介立：谓操守清高。▶《后汉书·乐恢传》：“性廉直介立，介不合己者，虽贵不与交。”

⑥二纪：指二十余年。▶唐 李敬方《太和公主还宫》：“二纪烟尘外，凄凉转战归。”

⑦诵法：称颂并效法。▶《史记·秦始皇本纪》：“始皇长子扶苏谏曰：‘天下初定，远方黔首未集，诸生皆诵法孔子，今上皆重法绳之，臣恐天下不安。’”

## 九江喜雨[1]

兼程趋九江，云阴占改色。[2]中宵或断渡，奋飞乃无翼。[3]岂知蒸润速，暮雨遽来集。[4]江豚伏不动，放棹稳如席。[5]起望琵琶亭，冥蒙烟雾隔。[6]列炬到江城，脱将新着屐。[7]冠盖迭承迎，谒入不容息。[8]常谈先劳苦，即事庆膏泽。[9]南北雨阳殊，更请述身历。我从淮北来，未见芳草碧。自过合肥城，间逢蔬圃辟。北峡控舒桐，依稀抽宿麦。[10]青葱杂蕉萃，百一岂相敌。[11]入春已兼旬，生意何艰涩。[12]惟待沐云油，顿教发土脉。[13]气机欣乍转，孚甲应时坼。[14]志喜实同心，抃手共加额。[15]送客绕庭阶，檐溜随衣滴。[16]灯焰久含青，尊开独浮白。[17]隔屏闻窃议，群仆如鼠唧。[18]衣幞厌泥沾，马蹄防石踣。[19]我闻叹且笑，当喜反增惕。不知稼穑艰，此曹安足责。占需未占解，还恐不终夕。[20]投床聊引枕，疲极转酣适。[21]邻鸡催唤起，缺月正侧匿。[22]伟哉造化功，阖辟诚不测。[23]行旅与田家，一举两饶益。[24]促驾入庐山，山容新洗涤。[25]

注释：

①《九江喜雨》诗见 清 金甡《静廉斋诗集》卷十四，清嘉庆二十五年(1820)姚祖恩刻本。

②云阴：云翳，阴云。▶《南齐书·五行志》：“天气动则其象应，故厥罚常阴。王者失中，臣下盛强，而蔽君明，则云阴亦众多而蔽日光也。”

③断渡：停渡；禁渡。▶宋 苏轼《大风留金山两日》：“塔上一铃独自语，明日颠风当断渡。”

④来集：前来会聚。▶《礼记·月令》：“(仲秋之月)四方来集，远乡皆至。”

⑤放棹：乘船，行船。▶清 龚自珍《己亥杂诗》之一二二：“六朝古黛梦中横，无福秦淮放棹行。”

⑥冥蒙：此处指幽暗，不明。▶晋 左思《吴都赋》：“岛屿绵邈，洲渚冯隆，旷瞻迢递，迥眺冥蒙。”

⑦列炬：打着火把。▶唐 皮日休《叉鱼》：“列炬春溪口，平潭如不流。”

⑧承迎：欢迎；接待。▶南朝 陈 徐陵《谏仁山深法师罢道书》：“若不屈膝敛手，自达无因，俯仰承迎，未闲合度，如此专专，何由可与？”

⑨即事：此处指任事；作事。▶《史记·封禅书》："洽矣而日有不暇给，是以即事用希。"

⑩宿麦：隔年成熟的麦，即冬小麦。▶《汉书·武帝纪》："遣谒者劝有水灾郡种宿麦。"

⑪蕉萃：同"憔悴"。形貌枯槁貌。▶清 史夔《陶靖节故里》："门柳故萧疏，篱菊亦蕉萃。"

⑫兼旬：二十天。▶《旧唐书·王及善传》："今足下居无尺土之地，守无兼旬之粮。"

⑬顿教：顿时使，有立见成效之意。

土脉：泛指土壤。语出《国语·周语上》："农祥晨正，日月底于天庙，土乃脉发。"

⑭气机：谓天地有规律运行的自然机能。▶明 王守仁《传习录》卷上："天地气机，元无一息之停。"

孚甲：孚，通"莩"，叶里白皮。甲，草木初生时所带种子的皮壳。指草木种子分裂发芽，后引申为萌发，萌生。▶南朝 梁 刘勰《文心雕龙·风骨》："若夫镕铸经典之范，翔集子史之术，洞晓情变，曲昭文体，然后能孚甲新意，雕画奇辞。"

⑮抃手：鼓掌欢庆。▶南朝 宋 鲍照《谢永安令解禁止启》："洗胆明目，抃手太平。"

⑯檐溜：即檐沟，亦指檐沟流水。▶宋 范成大《雪后守之家梅未开呈宗伟》："瓦沟冻残雪，檐溜粘轻冰。"

⑰浮白：原意为罚饮一满杯酒，后亦称满饮或畅饮。典出 汉 刘向《说苑·善说》："魏文侯与大夫饮酒，使公乘不仁为觞政，曰：'饮不醑者，浮以大白。'"



⑱窃议：私下议论；私自评论。▶《关尹子·九药》："人之有失，虽已受害于已失之后，久之窃议于未失之前。"

⑲衣幞：衣裳包裹。▶《南史·王华传》："华时年十三，在军中，与廞相失，随沙门释昙冰逃，使提衣幞从后，津逻咸疑焉。"

⑳终夕：通宵；彻夜。▶《左传·昭公二十年》："终夕与于燎。"

㉑酣适：畅快舒适。▶宋 苏轼《书〈东皋子传〉后》："然喜人饮酒，见客举杯徐引，则予胸中为之浩浩焉，落落焉，酣适之味，乃过于客。"

㉒侧匿：缩缩行迟的样子，古天文谓朔日而月亮见于东方。▶《尚书大传》卷三："朔而月见东方谓之侧匿。"

㉓阖辟：闭合与开启。▶清 王夫之《张子正蒙注·神化》："惟其健顺之德，凝五常而无间，合二气之阖辟，备之无遗，存之不失。"

㉔饶益：使人受利。▶南朝 宋 谢灵运《庐山慧远法师诔》："广演慈悲，饶益众生。"

㉕山容：山的姿容。▶唐 元稹《和乐天重题别东楼》："山容水态使君知，楼上从容万状移。"



## 舒王墩[①]

谢公邱壑久徘徊，千古风流土一抔。[②]尚有荆舒争地界，那教人不觊碑材。[③]

注释：

①《舒王墩》诗见 清 金甡《静廉斋诗集》卷十四，清嘉庆二十五年(1820)姚祖恩刻本。

舒王墩：又名舒王冢，俗名舒安墩，位于安徽省肥西县花岗镇舒安社区。据《庐州府志》《舒城县志》载：墩为西汉高祖长兄之子刘信墓，高祖七年封信为羹颉侯，食邑于舒地，故名舒王墩；又一说：舒王墩为汉文帝时封的庐江王刘赐墓。据《读修庐州府志·古迹志》载："今按舒王庙，汉文帝封淮南厉王之子赐为庐江王，居舒。"

②邱壑：深山与幽壑。多借指隐者所居。▶宋 吕祖谦《卧游录》："顾长康画谢幼舆在岩石里。人问其所以，顾曰：'谢云一邱一壑，自谓过之。此子宜置邱壑中。'"

③荆舒：指春秋时的楚国和群舒。群舒国在今江淮之间，有舒国、舒庸国、舒蓼国、舒鸠国、舒龙国、舒鲍国、舒龚国等，先为徐国所灭，后复国。再为楚国所灭，故连称。▶《诗·鲁颂·閟宫》："戎狄是膺，荆舒是惩。"

## 巢湖泛舟[1]

楚山倒影镜中鬟，斜日风漪瑇瑁斑。[2]记得先生佳句在，朗吟春水送曹还。[3]

注释：

①《巢湖泛舟》诗见 清 金甡《静廉斋诗集》卷二，清嘉庆二十五年(1820)姚祖恩刻本。

②风漪：微风吹拂水面形成的波纹。▶唐 孟郊《献襄阳于大夫》："风漪参差泛，石板重叠跻。"

③朗吟：高声吟诵。▶唐 段成式《酉阳杂俎续集·支诺皋下》："(女)执红笺题诗一首，笑授暇，暇因朗吟之。"

## 早发庐州[1]

天星草露两微茫，日日征衫趁晓凉。[2]最爱合肥城畔路，水风十里白莲香。

注释：

①《早发庐州》诗见 清 金甡《静廉斋诗集》卷二，清嘉庆二十五年(1820)姚祖恩刻本。

②征衫：旅人之衣。借指远行之人。▶宋 张元干《忆秦娥》词："征衫辜负深闺约，禁烟时候春罗薄。"

## 合肥吊黄稺登有序[1]

稺登讳百谷，钱塘人。雍正癸丑（1733）成进士，后与余同客临清，纵酒谈诗，情款甚洽。已应姚圣湖三辰少宰聘，校文江左，将至庐州。梦有沈初明者，故明诸生，为合肥土神，庙在庐州东门外，与刻期交代而去。醒即感疾，竟以所刻之日卒于使院。少宰按故学册并访其庙，信然，遂易主于庙。厥后，土人祀之，殊有灵爽。同乡某孝廉，舟过其境，心拟翌日至庙，诘旦有村人担牲醴至，道孝廉姓名踪迹俱合。盖村人将报赛于神，而神先示梦，俾传语以馈也。呜呼。使穉登需次得县令，能神明其政如是乎？余甲子过此，为同事李文木秋部道之。李故穉登同年，约归时访其庙，不果。今重过其地，仍不及往投诗吊之。②

一第俄成送老官，居然庙食楚江干。③风波不假飞符定，山水还供点笔看。④正可客邀河伯饷，莫教孙伴社公餐。⑤九年两过频回首，惆怅清源旧雨残。⑥

注释：

①《合肥吊黄穉登有序》诗见 清 金甡《静廉斋诗集》卷四，清嘉庆二十五年(1820)姚祖恩刻本。

②“梦有沈初明者，……与刻期交代而去。”句：事载《(嘉庆)合肥县志》(清嘉庆八年(1803)修、民国九年(1920)重印本。)卷三十六《志余》：“浙江仁和县进士黄百谷，字穉登，雍正乙卯随学使姚公阅卷六安，夜梦合肥城东坝上土地沈复初，嘱至砥柱楼交代。因述之学使，继随至庐州，甫二日而卒。学使因访坝上，果有沈复初者，故已多年，因亲诣致祭，嗣是灵感显应。郡人称为灵土地云。”

③庙食：谓死后立庙，受人奉祀，享受祭飨。▶《史记·滑稽列传》：“庙食太牢，奉以万户之邑。”

④飞符：指符箓。▶元 柳贯《为蒋英仲作颜辉画青山夜行图歌》：“固应丰城牛斗墟，龙剑夜出乘飞符。”

⑤社公：土地神。▶《后汉书·方术传下·费长房》：“遂能医疗众病，鞭笞百鬼及驱使社公。”

⑥旧雨：语出 唐 杜甫《秋述》：“常时车马之客，旧，雨来；今，雨不来。”谓过去宾客遇雨也来，而今遇雨却不来了。后以“旧雨”作为老友的代称。

## 项樟

项樟，字芝庭。清徽州歙县(今安徽省歙县)人，寄籍扬州宝应(今江苏省扬州市宝应县)。雍正十一年(1733)癸丑科进士，历官黄冈知县，凤阳知府。有《玉山诗钞》。

## 虞姬墓[①]

虞兮一剑霸成空，原草千年见血红。[②]帐下八千都泯灭，独留孤冢泣西风。[③]

注释：

①《虞姬墓》诗见 清 项樟《玉山诗钞》卷三，清乾隆二十六年(1761)项成龙等刻本。

虞姬墓：1.位于今肥东县石塘镇。2.位于今定远县二龙回族乡东北三公里处。3.位于今宿州市灵璧县城东有虞姬墓。

②原草：原上之草。

③帐下：指将帅的部下。▶《后汉书·董卓传》："韩遂走金城羌中，为其帐下所杀。"

泯灭：灭绝；消失。▶三国 魏 钟会《檄蜀文》："往者汉祚衰微，率土分崩，生民之命，几于泯灭。"

## 过庐阳喜赵虚斋同年重来守郡[①]

冈峦叠叠拥晴沙，雄峙专城十万家。[②]许借寇君还旧政，重迎郭汲焕新麻。[③]薰风一曲流清署，香稻千塍刺晚霞。[④]暇日四峰应暂驻，伯阳曾爱炼丹砂。[⑤]



注释：

①《过庐阳喜赵虚斋同年重来守郡》诗见 清 项樟《玉山诗钞》卷三，清乾隆二十六年(1761)项成龙等刻本。

赵虚舟：应为赵良墅。《嘉庆·合肥县志·职官表》载："赵良墅，考城(今河南省兰考县考城镇)人，岁贡生，雍正七年(1729)任合肥知县。"在任时，主修《雍正·合肥县志》二十四卷首一卷五册。

同年：古代科举考试同科中试者之互称。唐代同榜进士称"同年"，明清乡试、会试同榜登科者皆称"同年"。

②冈峦：山峦。▶汉 张衡《西京赋》："华岳峨峨，冈峦参差。"

晴沙：阳光照耀下的沙滩。▶唐 杜甫《曲江陪郑南史饮》："雀啄江头黄花柳，鸂鶒鸂鶒满晴沙。"

雄峙：昂然屹立。▶清 方东树《答叶溥求论古文书》："然后乃以雄峙特立于千载之表，故其业独尊。"

专城：指任主宰一城的州牧、太守等地方长官。▶汉 王充《论衡·辨祟》："居位食禄，专城长邑以千万数，其迁徙日未必逢吉时也。"

③借寇：典故名。寇，指汉朝寇恂，典出《后汉书·邓寇列传》。光武帝南征，寇恂跟随，直至颍川，盗贼见寇恂到来，全部投降，根本不用任寇恂为太守。光武所经之处，百姓们纷

纷遮道请求,说:"愿从陛下复借寇君一年"。光武帝只好命寇恂暂驻长社县,镇抚吏民,受纳余降。后遂以"借寇"表示地方上挽留官吏,含有对政绩的称美之意。

郭伋:(前39—后47),字细侯,扶风茂陵(今陕西兴平市)人,官至太中大夫、凉州牧。为人守信,做事颇受时人称赞。"伋前在并州,素结恩德,及后入界,所到县邑,老幼相携,逢迎道路。所过问民疾苦,聘求耆德雄俊,设几杖之礼,朝夕与参政事。"事见《后汉书·郭杜孔张廉王苏羊贾陆列传》。

④清署:清要的官署。▶宋 梅尧臣《次韵和韩子华内翰于李右丞家移红薇子种学士院》:"丞相旧园移带土,侍臣清署看临除。"

塍[chéng]:田间的土埂,小堤。

⑤暇日:空闲的日子。▶《孟子·梁惠王上》:"壮者以暇日修其孝悌忠信。"

四峰:指四顶山。四顶山,又名朝霞山。位于肥东县长临河镇境内。传说汉代魏伯阳曾在此炼丹,后丹成升仙而去。山上至今存有炼丹池、伯阳井、仙人洞等有相关遗迹。"四顶朝霞"为古庐州八景之一。

## 包孝肃祠[①]

浮槎山畔水回环，孝肃祠堂跬步间。[②]仁庙谏非求后福，黄河清比一开颜。[③]神明到处称童叟，风概千秋起懦顽。[④]薄宦廿年惭补救，对公遗像凛追攀。[⑤]



注释:

①《包孝肃祠》诗见 清 项樟《玉山诗钞》卷三,清乾隆二十六年(1761)项成龙等刻本。

②跬步:半步,跨一脚。指极近的距离。▶《旧唐书·肃宗纪下》:"忽大风飞沙,跬步之间,不辨人物。"

③仁庙谏:典出《续资治通鉴长编》"庚戌,以权知开封府包拯为右谏议大夫、权御史中丞。拯言:'东宫虚位,群臣数有言者,未审圣意何久不决?'帝曰:'卿欲谁立?'拯曰:'臣为宗庙万世计耳,陛下问臣欲谁立,是疑臣也。臣行年七十,且无子,非邀后福者。'帝喜曰:'徐当议之。'"

黄河清:典出《宋史·包拯传》:"拯立朝刚毅,贵戚宦官为之敛手,闻者皆惮之。人以包拯笑比黄河清。童稚妇女,亦知其名,呼曰'包待制'。京师为之语曰:'关节不到,有阎罗包老。'"

④神明:天地间一切神灵的总称。▶《易·系辞下》:"阴阳合德,而刚柔有体,以体天地之变,以通神明之德。"

风概:犹节操。▶《文选·袁宏〈三国名臣序赞〉》:"谋解时纷,功济宇内,始救生人,终明风概。"

懦顽:懦,懦弱;顽,贪婪。

⑤薄宦:卑微的官职,有时用为谦辞。▶晋 陶潜《尚长禽庆赞》:"尚子昔薄宦,妻孥共

早晚。”

补救：补天救人。▶宋 梅尧臣《月蚀》：“主妇煎饼去，小儿敲镜声。此虽浅近意，乃重补救情。”

追攀：此处指追随，跟随。▶唐 韩愈《八月十五夜赠张功曹》：“同时辈流多上道，天路幽险难追攀。”

## 庐州道中晓行[①]

初秋暑气未全降，客次丁宁早束装。[②]山月半斜千树影，荷风暗送一池香。[③]炊烟处处笼初日，打稻声声满四乡。[④]民物熙然觇雅化，故人应许憩甘棠。[⑤]

注释：

①《庐州道中晓行》诗见 清 项樟《玉山诗钞》卷三，清乾隆二十六年(1761)项成龙等刻本。

道中：路上。▶《汉书·王嘉传》：“贤母病，长安厨给祠具，道中过者皆饮食。”

晓行：拂晓赶路。▶唐 杜甫《发潭州》：“夜醉长沙酒，晓行湘水春。”

②客次：客中的住处；客邸。▶唐 何元上《所居寺院凉夜书情呈上吕和叔温郎中》：“幸以薄才当客次，无因弱羽逐鸾翔。”

丁宁：嘱咐，告诫。▶《诗·小雅·采薇》“曰归曰归，岁亦莫止。”汉 郑玄 笺：“丁宁归期，定其心也。”

③树影：树木的影子。▶唐 杜甫《送韩十四江东觐省》：“黄牛峡静滩声转，白马江寒树影稀。”

④初日：刚升起的太阳。▶南朝 梁 何逊《晓发》：“早霞丽初日，清风消薄雾。”

⑤原诗句后有作者自注：“谓太守赵虚斋同年。”

民物：1.人民、万物。▶汉 蔡邕《陈太丘碑》：“神化着于民物，形表图于丹青。”2.民众的财物。▶《后汉书·翟酺传》：“帑藏单尽，民物雕伤。”3.犹民情、风俗。▶《宋书·武帝纪下》：“古之王者，巡狩省方，躬览民物，搜扬幽隐，拯灾恤患。”

雅化：纯正的教化。▶《晋书·华谭传》：“刑罚悬而不用，律令存而无施，适足以隆太平之雅化，飞仁风于无外矣。”

应许：答应，允许。▶清 李渔《意中缘·设计》：“你就要辞也辞不脱了，落得做个人情，应许了罢。”

## 题合肥廖尹行乐图次邵厚菴同年韵[①]

皖城往返濡须境，灵异争传五色芝。[②]入眼桑麻征惠政，披图邱壑寄遐思。[③]松风响叶鸣琴治，墨渖香浮洗砚诗。[④]愧我尘容无着处，可能薜芷近江蓠。[⑤]

注释：

①《题合肥廖尹行乐图次邵厚菴同年韵》诗见 清 项樟《玉山诗钞》卷四，清乾隆二十六年(1761)项成龙等刻本。

行乐图：谓作游玩消遣状的人像图画，或指肖像画。▶唐 裴孝源《贞观公私画史》："《朝臣像》《吴中舟行图》《少年行乐图》…… 刘瑱画，隋朝官本。"

②濡须：指今安徽省芜湖市无为县。无为古称濡须。

③入眼：看；进入视野。▶唐 杜甫《庭草》："楚草经寒碧，庭春入眼明。"

惠政：仁政，德政。▶《后汉书·庞参传》："参在职，果能抑强助弱，以惠政得名。"

披图：展阅图籍、图画等。▶《后汉书·卢植传》："今同宗相后，披图案牒，以次建之，何勋之有？"

遐思：悠远地思索或想象。▶唐 韩偓《〈香奁集〉序》："遐思宫体未降，称庾信攻文，却诮《玉台》，何必倩徐陵作序。"

④鸣琴：《吕氏春秋·察贤》："宓子贱治单父，弹鸣琴，身不下堂而单父治。"后因用"鸣琴"称颂地方官简政清刑，无为而治。▶唐 郎士元《送长沙韦明府》："遥知讼堂里，佳政在鸣琴。"

⑤尘容：尘俗的容态。▶南朝 齐 孔稚珪《北山移文》："焚芰制而裂荷衣，抗尘容而走俗状。"



着处：犹处处，到处。 明 邵璨《香囊记·南归》："着处草都是白的，这搭儿草怎么青？"

江蓠：又作"江离"。香草名，又名"蘼芜"。▶《楚辞·离骚》："扈江离与辟芷兮，纫秋兰以为佩。"王逸 注："江离、辟芷，皆香草名。"

## 介福

介福(？—1762)，字受兹，号景庵，又号野园。满洲镶黄旗人。雍正十一年(1733)癸丑科进士，改庶吉士，授检讨，官至吏部侍郎。有《退思斋诗》《野园诗集》《留都集》《关中纪行草》《采江小草》。

### 镇淮楼①

百尺高楼迥，烟云面面开。蜀山还北向，淮水自南来。②荒草寒筝浦，斜阳下弩台。③不须悲故国，重吊楚山隈。④

注释：

①《镇淮楼》诗见 民国　徐世昌《晚晴簃诗汇》卷六十八，民国退耕堂刻本。

②淮水：原意指淮河，此处指淝水（南淝河）。

③筝浦：即筝笛浦。

弩台：即教弩台。

④江隈：江水曲折处。▶南朝 齐 谢朓《奉和随王殿下》之四："睿心重离析，歧路清江隈。"

# 汤懋统

汤懋统（1704—1774），字建三，号青坪。清巢县（今安徽省巢湖市）人。汤懋纲之弟。雍、乾间官广西迁江知县，卒于任。沈德潜赞其兄弟曰："……均擅清名，此居巢所仅见者。"著有《青坪诗稿》《汝阴艺象》。《清诗别裁集》录其《岁暮得家书》《除夕》《故衣》三首。

## 闲止书屋杂兴为大兄赋[①]

有地堪容膝，悠然得稳楼。每凭青玉案，闲咏白铜鞮。[②]狂舞还须鹤，清谈不用鸡。笑看襟袖上，常染种花泥。

注释：

①《闲止书屋杂兴为大兄赋》诗见 民国 陈诗 编《庐州诗苑》卷八，民国丙寅年（1926）铅印本。

②白铜鞮：亦作"白铜蹄"。南朝时梁歌谣名。典出《隋书·音乐志上》："初，（梁）武帝之在雍镇，有童谣云：'襄阳白铜蹄，反缚扬州儿。'识者言，白铜蹄谓马也；白，金色也。及义师之兴，实以铁骑，扬州之士，皆面缚，果如谣言。故即位之后更造新声，帝自为之词三曲。"▶唐 李涉《汉上偶题》："今日汉江烟树尽，更无人唱《白铜鞮》。"

## 岁暮得家书[①]

冉冉逢残岁，迢迢隔故庐。一灯游子梦，双泪老亲书。敢怨功名薄，深惭菽水疏。却思诸弟妹，饶膝意何如。[②]

注释：

①《岁暮得家书》诗见 清 沈德潜《清诗别裁集》卷二十八，清乾隆二十五年（1760）教忠堂本。

②绕膝：围绕膝下。多用于形容子女侍奉父母，引申为儿女侍奉在父母身边，孝养父

母。▶明 李攀龙《送妻弟魏生还里》:“阿姊扶床泣,诸甥绕膝啼。”

## 故衣[①]

检点衣衫敝箧存，十年相与历寒温。香尘惯惹春风陌，寒杵多敲落月村。赠友未堪酬缟带，思亲每为染啼痕。贫居赖酒消岑寂，曾典青钱向门市。[②]

注释:

①《故衣》诗见 清 沈德潜《清诗别裁集》卷二十八,清乾隆二十五年(1760)教忠堂本。

②岑寂:寂寞,孤独冷清。▶唐 唐彦谦《樊登见寄》诗之三:“良夜最岑寂,旅况何萧条。”

# 汤懋绅

汤懋绅,清庐州巢县(今安徽省巢湖市)人。汤懋纲弟。

## 晚登牛山[①]



高阁翠微间，襟怀野望闲。孤城三面水，落日万重山。天与征帆远，云随暮鸟还。从来逢胜概，诗思最相关。[②]

注释:

①《晚登牛山》诗见 清 舒梦龄《(道光)巢县志》卷十六,清道光八年(1828)刊本。

②诗思:做诗的思路、情致。▶唐 韦应物《休暇日访王侍御不遇》:“怪来诗思清人骨,门对寒流雪满山。”

# 汤振祖

汤振祖,清庐州巢县(今安徽省巢湖市)人。汤懋纲子。

## 古人庵[①]

野云封断径，绕涧到山前。乱树全包寺，危峰欲刺天。[②]竹深风舞箨，溪静雨鸣泉。驯鹿知人意，无猜共往还。

注释：

①《古人庵》诗见 清 舒梦龄《(道光)巢县志》卷十六，清道光八年(1828)刊本。

②危峰：高峻的山峰。▶南朝 宋 谢灵运《山居赋》："傍危峰，立禅室，临浚流，列僧房。"

汤扩祖，字德宣，号勉堂。清庐州巢县(今安徽省巢湖市)人。汤懋纲子。与邓石如交游。有《勉堂前后集》。

## 访随园主人不遇[①]

入径先看竹，登楼更见山。[②]板桥朱槛外，鸟语绿阴间。地缩西湖小，诗吟东阁闲。相寻不相见，新水听潺潺。

注释：

①《访随园主人不遇》诗见 清 袁枚《续同人集》，民国新文化书社上海刊本。

随园主人：即袁枚。袁枚(1716—1797)，字子才，号简斋，晚号随园老人。清浙江钱塘人(今浙江省杭州市)。少负才名，乾隆四年(1739)己未科进士。任溧水、江宁等县知县，有政绩。四十岁即告归，在江宁小仓山下筑园名"随园"，吟咏其中。诗主性灵，古文骈体亦自成一格。性通达不羁，尤好宾客，四方人士到江南，必至随园投诗文。又广收诗弟子，女弟子尤众。有《小仓山房集》《随园诗话》《子不语》等。

②看竹：晋王徽之爱竹，曾过吴中，见一士大夫家有好竹，肩舆径造竹下，讽啸良久，遂欲出门。主人令左右闭门不听出，乃留坐，尽欢而去。事见 南朝 宋 刘义庆《世说新语·简傲》。后因以"看竹"为名士不拘礼法的典故。▶唐 王维《春日与裴迪过新昌里访吕逸人不遇》："到门不敢题凡鸟，看竹何须问主人。"

## 拙句奉酬石如兄赠沁园春新词并请商可[①]

展卷讶龙蛇，方知书法嘉。君多怀内锦，客赠梦中花。白雪歌为宝，红泥印若霞。从今光素壁，谁认是贫家。[②]

注释：

①《拙句奉酬石如兄赠沁园春新词并请商可》诗见 穆孝天、许佳琼 编著《邓石如研究资料》，人民美术出版社1988年版。

石如兄赠沁园春新词：指邓石如所作《沁园春·南淮访隐》《沁园春·留别》二词。

商可：商量、讨论。

②素壁：白色的墙壁、山壁、石壁。▶北魏 郦道元《水经注·澧水》："（嵩梁山）高峰孤竦，素壁千寻，望之苕亭，有似香炉。"

## 访随园主人不遇[①]

花含宿雨柳含烟，隐士园林别有天。高卧白云人不见，一家鸡犬翠微巅。

注释：

①《访随园主人不遇》诗见 民国 刘原道《居巢诗征》卷三，刘氏蛰园刊本。

## 杏花泉[①]

山泉一曲响潺潺，渔艇何曾见往还。更比桃源秘消息，不流花片到人间。

注释：

①《杏花泉》诗见 清 舒梦龄《（道光）巢县志》卷十六，清道光八年（1828）刊本。



## 夏日湖居漫兴[①]

长年身杂老渔间，世事纷纷总不关。避暑最宜临碧水，逃名何用买青山。鹭鸥情性难趋热，杨柳门墙本自闲。偶把一竿湖畔去，贪凉那在得鱼还。

注释：

①《夏日湖居漫兴》诗见 清 舒梦龄《（道光）巢县志》卷十六，清道光八年（1828）刊本。



# 汤授祖

汤授祖，字崇训，一字受书，号守堂。清庐州巢县（今安徽省巢湖市）人。汤懋纲子。诸生。工诗善书，临摹碑碣不下千种，片纸只字，人珍之如璆琳。

## 游摄山暮宿万松岭僧舍[①]

老松穿石径，步步踏松根。月地有人影，霜天无草痕。林深知鸟乐，寺古觉僧尊。夜半涛声发，如闻江雨喧。

注释：

①《游摄山暮宿万松岭僧舍》诗见 民国 刘原道《居巢诗征》卷六，刘氏蛰园刊本。

## 已凉[1]

归云淡荡拥柴门，阶下秋蛩晚更喧。[2]桐叶忽岁疏雨落，一庭新月恰黄昏。

注释：

①《已凉》诗见 民国 刘原道《居巢诗征》卷六，刘氏蛰园刊本。

②淡荡：水迂回缓流貌。引申为和舒。▶ 唐 陈子昂《与东方左史虬修竹篇》："春风正淡荡，白露已清泠。"

秋蛩：指蟋蟀。▶南朝 宋 鲍照《拟古》诗之七："秋蛩扶户吟，寒妇成夜织。"

# 赵履上

赵履上，字星臣，合肥人。雍正间上舍生，乾隆元年(1736)荐举博学鸿词科。

## 闻笛[1]

谁家擫笛倚窗棂，一带春堤柳色青。[2]吩咐东风莫吹去，杏花楼下有人听。

注释：

①《闻笛 》诗见 清 陈诗《皖雅初集》卷二十九，民国十八年(1929)上海美艺图书公司印本。

②擫[yè]笛：按笛奏曲。▶唐 元稹《连昌宫词》："李谟擫笛傍宫墙，偷得新翻数般曲。"

# 赵履中

赵履中，字蔼堂。清乾隆(1736—1796)时合肥人。能工诗画。

## 自题枇杷画扇赠友[①]

昔年许赐枇杷树，未见枇杷赐一丸。今日图中金颗颗，枇杷只作如是观。[②]

注释：

①《自题枇杷画扇赠友》诗见 民国 李家孚《合肥诗话》三卷卷上，民国苏城临顿路毛上珍铅活字本。

②如是：像这样。▶《礼记·哀公问》："君子言不过辞，动不过则，百姓不命而敬恭，如是则能敬其身。"

钱载（1708—1793），字坤一，号萚石，又号匏尊，晚号万松居士、百幅老人。清秀水（今浙江省嘉兴市）人。乾隆十七年（1752）壬申科进士，改庶吉士，散馆授编修，后授内阁学士兼礼部侍郎，上书房行走，《四库全书》总纂，山东学政。官至二品，而家道清贫，晚年卖画为生。学品并高，工诗、书法，善水墨，尤工兰竹。又善鉴别法书名画。有《萚石斋诗文集》。



## 庐州城外白莲[①]

金斗驿东别，晓烟施水昏。鞭丝湿秋气，已转南城根。白花露方泫，翠叶风多翻。脉脉冷无际，迢迢愁不言。堤柳一相拂，若笑何婵媛。得非兰芝女，化此寂寞魂。皎洁夺波色，稀疏出沙痕。伊人不可亵，槛外香浮墩。[②]

注释：

①《庐州城外白莲》诗见 清 钱载《萚石斋诗集》卷九，清乾隆刻本。

②原诗"伊人不可亵，槛外香浮墩。"句后有作者自注："宋包孝肃读书处，曰香花墩。在城南水中央。"



## 陶元藻

陶元藻（1716—1801），字龙溪，号篁村，晚号凫亭。清浙江会稽（今浙江省绍兴市）人。乾隆时诸生。尝客两淮盐运使卢见曾处，诗文有盛名。归里后，于西湖筑泊鸥庄，以撰述自娱。嘉庆二年(1797)尚在世。著有《全浙诗话》《凫亭诗话》《越彦遗编考》《越画见闻》等。

## 庐州舟次[1]

一棹烟波上，乡书雁未传。离怀秦望树，秋色汝阴船。[2]山溜争鱼簖，湖云入蔗田。[3]闲餐舵楼饭，长对水鸥眠。

注释：

①《庐州舟次》诗见 清 陶元藻《泊鸥山房集》卷十六诗，清刻本。

②秦望：山名。指秦望山。在今浙江省杭州市西南，相传秦始皇东巡时曾登上此山以望南海故名。▶南朝 梁 慧皎《高僧传·兴福·昙翼》："履访山水，至秦望西北，见五岫骈峰，有耆阇之状。"

汝阴：此处指合肥。南朝时宋置南豫州，于旧合肥县地置汝阴县。汝阴属南豫州南汝阴郡，为郡治。

③山溜：亦作"山霤"。山间向下倾注的细小水流。▶《孔丛子·连丛子上》："山霤至柔，石为之穿。"

鱼簖：插在水里，阻挡鱼类，以便捕捉的竹栅栏。

# 吴名鳌

吴名鳌，字作鼎，号步林。清无为州(今安徽省无为县)人。乾隆时(1736—1796)诸生，擅诗学，有《酌影草堂诗集》，又纂《庐阳名胜便览》六卷。

## 泊东关[1]

忽发寻秋兴，扁舟泊濡东。峡分三路水，关锁两淮风。爽气清寒夜，轻云淡碧空。太平真景在，何处觅英雄。

注释：

①《泊东关》诗见 民国 陈诗《皖雅初集》卷三十三，民国十八年(1929)上海美艺图书公司印本。

东关：关隘名。三国时东吴诸葛恪筑，为魏、晋、南北朝时的要冲。故址在今安徽省含山县西南濡须山上。

## 游鲍明远读书台①

古人不爱名，今人翻爱古。古迹发潜光，某某争娶数。参军昔耽游，读书肥之浒。曾此结崇台，坐卧挥吟麈。幽赏亦偶然，俊逸播南土。我来访遗踪，凭眺日正午。晴云覆莓苔，秋色绘林墅。盈盈水一湾，脉脉更谁语。临川事已非，芜城良何苦。何似此孤台，高标历年所。登台一长啸，风流如可睹。

注释：

①《游鲍明远读书台》诗见 民国 陈诗《皖雅初集》卷三十三，民国十八年(1929)上海美艺图书公司印本。

## 浮槎山乳泉歌①

我来揽胜庐之阳，有山崱屴横康庄。②浮槎行似疑尔尔，耆阇海外殊荒唐。此山非奇亦非特，尚有乳泉清且浥。石崖滴滴溜悬珠，石池漫漫流膏液。我饮乳泉甘如饴，幽馚息息沁肝脾。一饮能令尘氛熄，再饮能令情怀移。古人格物寓妙理，或在高山或流水。上下次第良偶然，茶经水记徒为耳。浮槎昔与龙池伍，龙池落落今谁数。庐陵笔大李侯贤，遂令兹泉独千古。



注释：

①《浮槎山乳泉歌》诗见 民国 陈诗《皖雅初集》卷三十三，民国十八年(1929)上海美艺图书公司印本。

②崱屴：高大峻险貌。▶清 朱彝尊《望摘星陀》："蜿蜒众山伏，崱屴一峰挺。"

康庄：此处指四通八达的大道。▶唐 白居易《和松树》："漠漠尘中槐，两两夹康庄。"

## 程晋芳

程晋芳(1718—1784)，初名廷镄，字鱼门，号蕺园。清歙县(今安徽省歙县)人。乾隆三十六年(1771)辛卯科进士。由内阁中书官吏部主事，任四库全书馆纂修官，改编修。出身扬州盐商世家，好学问，曾购书五万卷，又好施与。少时从程廷祚问经义，从刘大櫆学古文，与袁枚等甚相得。以接待宾客，尽耗资财，晚年家境渐落，客死关中。生平于诸经均有所撰述，而造诣不高。成就以诗为最。有《周易知旨编》《尚书今文释义》《礼记集释》《群书题跋》《勉行斋文集》《蕺园诗文集》等。

## 柘皋断句十五首[①]

欲访刘君迹，今无慎令碑。[②]依稀二百字，归日对灯披。

独秀因名蜀，山分大小形。故家邗水上，也有一冈青。[③]

矫首东南望，曾无孔雀飞。单禽巢尺木，独立想余辉。[④]

潮与胥门应，千秋表至忠。[⑤]如何异杭郡，香火奉沂中。

沮泽三十六，祇今存者几。[⑥]微闻兰杜馨，筝笛沸沙尾。[⑦]

未着绣裲裆，翛然被儒服。[⑧]是否寓闲情，读书兼读曲。[⑨]

紫髯急登船，张齐泪如雨。藏舟壑已移，渔唱出烟浦。[⑩]

燃脂满将军，用尔周郎策。胜负理循环，斯名小赤壁。[⑪]

疲马愁程缓，惊鸿掠岸飞。[⑫]临流叹肥水，同出不同归。

天褫强秦魄，人夸两谢功。国殇多少在，归去哭符融。[⑬]

韦虎最清羸，岳王苦寒嗽。[⑭]由来大将才，不必皆健斗。[⑮]

霸业吴初建，鞭笞走蔡俦。[⑯]李花终自艳，奚待斫杨头。[⑰]

手把金卮劝，樊公遇合稀。[⑱]病中惆怅甚，亲见白登围。

墩畔祠包老，清容挟冷霜。河清虽未易，犹恐逊元苌。[⑲]

雅谑殊堪忆，佳名会锡渠。[⑳]一鞭风雪里，散秩合司驴。[㉑]

注释：

①《柘皋断句十五首》诗见 清 程晋芳《勉行堂诗集》卷二十三，清嘉庆二十三年（1818）

邓廷桢刻本。

②慎令碑：指《汉慎令刘君墓碑》。在今南京下邑。其名已摩灭，其字伯麟。少罹艰苦，身服田亩。举孝廉，除郎中，辟从事、司徒掾，迁慎令。卒年六十有二。其铭曰："於惟君德，忠孝正直。至行通洞，高明柔克。鬼神福谦，受兹介福。知命不延，引舆旋归。忽然轻举，志激拔葵。人皆有亡，贵终誉兮。殁而不朽，垂名著兮。"

③邗水：邗沟。邗沟南起扬州以南的长江，北至淮安以北的淮河。是联系长江和淮河的古运河。又名渠水、韩江、中渎水、山阳渎、淮扬运河、里运河。▶清 汪棣《题〈画舫录〉》诗："摄山邃壑板扉阒，邗水长湖烟艇遐。"

④尺木：短小树木。

⑤胥门：苏州古城门名。即今江苏省苏州市城西门。▶汉 袁康《越绝书·外传记吴地传》："胥门外有九曲路，阖庐造以游姑胥之台。"

⑥沮泽：水草丛生的沼泽地带。▶《礼记·王制》："司空执度度地，居民山川沮泽，时四时。"

⑦沙尾：滩尾，沙滩的边缘。▶唐 杜甫《春水》："三月桃花浪，江流复旧痕。朝来没沙尾，碧色动柴门。"

⑧裲裆：古代的一种长度仅至腰而不及于下，且只蔽胸背的上衣。形似今之背心。军士穿的称裲裆甲，一般人穿的称裲裆衫。▶《释名·释衣服》："裲裆，其一当胸，其一当背，因以名之也。"



⑨诗后有作者自注："周公山，公瑾读书处。"

⑩烟浦：云雾迷漫的水滨。▶唐 李贺《钓鱼》："为看烟浦上，楚女泪沾裾。"

⑪小赤壁：位于舒城县干汊河镇瑜城村周瑜城。城相传为周瑜屯兵牧马之处，城南临水原有岩石称"小赤壁"。

⑫惊鸿：惊飞的鸿雁。▶三国 魏 曹植《洛神赋》："翩若惊鸿，婉若游龙。"

⑬国殇：指为国牺牲的人。▶南朝 宋 鲍照《代出自蓟北门行》："投躯报明主，身死为国殇。"

⑭清羸：清瘦羸弱。▶《南齐书·桂阳王铄传》："铄清羸有冷疾，常枕卧。"

⑮健斗：勇于战斗。▶《后汉书·冯异传》："诸将非不健斗，然好虏掠。"

⑯蔡俦：唐末时为杨行密所任命的庐州刺史。后叛变并挖开杨行密祖、父的坟墓，唐昭宗景福二年(893)兵败被杨行密斩杀。

⑰"李花终自艳，奚待斫杨头。"句：指五代时，江南吴国权臣李昪(徐知诰)篡夺吴国政权，建立南唐一事。

⑱金卮[zhī]：亦作"金巵"。金制酒器，亦为酒器之美称。

⑲元苌：元苌(458—515)，字于巅，北魏河南洛阳人。宗室高凉王拓跋孤之后。《魏书·卷十四·列传第二·神元平文诸帝子孙》载："元苌性刚毅，虽有吉庆事，未尝开口而笑。高祖孝文帝迁都，元苌以代郡尹留镇。除怀朔镇都大将，因别赐苌酒，虽拜饮，而颜色不泰。高祖曰：'闻公一生不笑，今方隔山，当为朕笑。'竟不能得。高祖曰：'五行之气，偏有所不

入。六合之间,亦何事不有?'左右见者,无不扼腕大笑。"

⑳雅谑:谓趣味高雅的戏谑。▶宋 沈括《梦溪补笔谈·杂志》:"今诗帖在景纯之孙概处,扇诗在杨次公家,皆一时名流雅谑。"

㉑散秩:闲散而无一定职守的官位。▶唐 白居易《昨日复今辰》:"散秩优游老,闲居净洁贫。"

## 合肥道中遇雪①

旅人喜晴农望雪,一境难教两怡悦。②天公酌剂重轻间,唤起玉龙霏玉屑。③及此春前腊未终,三日先庚补其阙。④飞花落絮纷妙态,漫陇侵畦非泛设。⑤宵眠一榻重衾薄,晓历千村双眼洁。⑥需泥滑滑没长鞲,上阪盘盘虞九折。田父关门正睡酣,舆人侧足都愁绝。⑦纪程月朏月圆时,暖色恬融霜不冽。⑧颇觉轻装整卸宜,剧怜寒序风光别。须知夷险有乘除,那得修途遵一辙。⑨橐囊沾湿浑闲事,麦麰穰稠应饱啜。⑩或言昨冬雪三尺,今夏蝗虫祸尤烈。我宁信常不信变,耒耜诸经有成说。⑪况复官胥掘蝻子,毋俾易种存遗孽。⑫行路虽难已惯经,丰年可乐于斯决。⑬当前绝爱景色佳,粉垩何曾费雕锲。翻鸦似墨洒笺素,立树如人施珮玦。⑭北苑疑翻画本看,南溪只少梅英缬。炙饼炊茶小店清,烘衣熨手西风劣。登车遥睇古浮槎,叠巘森森鱼贯列。⑮

注释:

①《合肥道中遇雪》诗见 清 程晋芳《勉行堂诗集》卷二十三,清嘉庆二十三年(1818)邓廷桢刻本。

②怡悦:亦作"怡说"。取悦;喜悦。▶《史记·周本纪》:"今殷王纣乃用其妇人之言……乃为淫声,用变乱正声,怡说妇人。"

③酌剂:犹言酌盈剂虚。▶况周颐《蕙风词话》卷一:"词之为道,智者之事。酌剂乎阴阳,陶写乎性情。"

④先庚:谓颁布命令前先行申述。▶《易·巽》:"先庚三日,后庚三日,吉。"

⑤泛设:泛泛而设,随意而设。

⑥重衾:两层被子。▶《文选·张华〈杂诗〉》:"重衾无暖气,挟纩如怀冰。"

⑦舆人:轿夫。

侧足:侧转其足,形容周围拥挤。▶《文选·班固》:"毛群内阗,飞羽上覆,接翼侧足,集禁林而屯聚。"

⑧月朏[fěi]:新月开始生明,亦用为阴历每月初三日的代称。▶《书·召诰》:"三月,惟丙午朏。"

⑨夷险:平坦与险阻。▶《魏书·程骏传》:"魏昔与燕婚,既而伐之,由行人具其夷险故也。"

⑩麦麨[mài chǎo]:麦子炒熟后磨粉制成的干粮。

⑪成说:通行的说法;定论。▶《新唐书·儒学传下·啖助传赞》:"徒令后生穿凿诡辨,诟前人,舍成说,而自为纷纷。"

⑫易种:蔓延其种。有生息、繁衍之意。▶《书·盘庚中》:"乃有不吉不迪,颠越不恭,暂遇奸宄,我乃劓殄灭之,无遗育,无俾易种于兹新邑。"

⑬惯经:习惯,惯常所经历的。▶元 薛昂夫《端正好·闺怨》套曲:"偏今宵是怎生,乍别离不惯经。"

⑭珮玦:玉佩的一种。环形而有缺口。泛指佩玉。▶元 周巽《野有梅而托兴焉》:"吁嗟美人兮,赠我以琼英。酬以珮玦,聊结中情。"

⑮遥睇:遥望。▶南朝 宋 颜延之《夏夜呈从兄散骑车长沙》:"侧听风薄木,遥睇月开云。"

浮槎:此处指浮槎山。

叠巘:层叠的山峰。▶南朝 宋 谢灵运《晚出西射堂》:"连障叠巘崿,青翠杳深沉。"

## 刘星炜

刘星炜(1718—1772),字映榆,号圃三。清常州武进(今属江苏省常州市)人。乾隆十三年(1748)戊辰科进士,选翰林院庶吉士。督广东学政、安徽学政,官至工部左侍郎。有《思补堂集》。



### 赠廖古檀明府[①]

金斗城高锁绿苔,公余携鹤任徘徊。[②]知君怀古多情思,定上城东鲍照台。[③]

注释:

①《赠廖古檀明府》诗见 清 王昶《湖海诗传》卷十三,清嘉庆刻本。原诗共两首,第一首与合肥无涉。廖古檀明府,即合肥县知县廖景文。

②公余:公务之余暇。▶宋 韩琦《登广教院阁》:"岑寂禅扉启画关,公余为会一开颜。"

③情思:情绪,心情。▶宋 张先《贺圣朝》词:"春来情思,乱如芳草。"

城东鲍照台:即明远台。详见前释。

## 童鼎臣

童鼎臣，字风喦。清庐州合肥(今安徽省合肥市)人。乾隆十四年(1749)己巳科举人。

### 和蔡静远《村居重五》韵[①]

深居绝过从，畏俗如畏暑。倚户送停云，下帘留燕语。东皋新雨后，露叶迎风举。[②]稻田云水光，沾体人三五。嘉树翳村凉，众鸟忻得所。[③]庭草亦交翠，依依媚其主。安得素心人，往来联步武。[④]吟诗枳树关，待月蒲牙渚。列援课园官，观刈劳田父。[⑤]此愿不可期，令节仍独处。[⑥]竞渡息楚风，招舟间淮雨。[⑦]徒见艾悬门，谁与桃云黍。览君《重五》篇，笔力折钗股。[⑧]更怀湖上游，烟鬟梦湘女。

注释：

①《和蔡静远〈村居重五〉韵》民国 李家孚《合肥诗话》卷中，民国苏城临顿路毛上珍铅活字本。

②东皋：水边向阳高地。也泛指田园、原野。▶三国 魏 阮籍《辞蒋太尉辟命奏记》："方将耕于东皋之阳，输黍稷之税，以避当涂者之路。"

③嘉树：佳树；美树。▶《左传·昭公二年》："既享，宴于季氏，有嘉树焉，宣子誉之。"

得所：谓得到安居之地或合适的位置。语出《诗·魏风·硕鼠》："乐土乐土，爰得我所。"

④素心人：心地纯洁、世情淡泊的人。▶晋 陶潜《移居》："闻多素心人，乐与数晨夕。"

联步：同行；相随而行。▶唐 岑参《寄左省杜拾遗》："联步趋丹陛，分曹限紫微。"

⑤园官：即园吏。▶唐 杜甫《园官送菜》诗序："园官送菜把，本数日阙。"

⑥令节：美好的节操。▶三国 魏 曹植《武帝诔》："既以约终，令节不衰。"

⑦淮雨："淫雨"之讹。▶《尚书大传》卷二："久矣，天之无别风淮雨，意者中国有圣人乎！"郑玄 注："淮，暴雨之名也。"按，淮为"淫"之误。

⑧折钗股：书法上对转折的笔画，要求笔毫平铺而笔锋圆劲，如钗股弯折仍体圆理顺，因以为喻。▶宋 姜夔《续书谱·用笔》："用笔如折钗股……折钗股者欲其屈折圆而有力。"

## 徐青

徐青，字寤亭，号平野。清庐州合肥(今安徽省合肥市)人。乾隆(1736—1796)间诸生。

## 溪行①

幽溪时独往，天气亦何清！顾我惟余影，听秋不辨声。②乱云随岫没，孤月带潮生。夜半寻归路，草堂灯火明。

注释：

①《溪行》民国 李家孚《合肥诗话》卷中，民国苏城临顿路毛上珍铅活字本。

②余影：留有影子。▶南朝 梁 萧统《钟山解讲诗》："瞰出岩隐光，月落林余影。"

# 严长明

严长明(1731—1781)，字冬友，一字道甫。清江苏江宁(今江苏省南京市)人。乾隆二十七年(1762)，召试赐举人，授内阁中书，官至内阁侍读，历充《通鉴辑览》等书纂修官。有《归求草堂诗文集》等。

## 柘皋道中①



莽莽秋郊路，匆匆赋别离。山低云出早，天远雁归迟。关塞经年隔，星霜两鬓知。客程君莫问，春草是前期。

注释：

①《柘皋道中》诗见 清 严长明《严东有诗集》归求草堂诗集卷五庚辰辛巳壬午，民国元年(1912)郎园刻本。

## 合肥包孝肃公祠①

双阙村前落日红，清风犹在绛帷空。②姓名能使儿童识，关节难教戚里通。③三疏上陈思往日，专祠孤峙有西风。④流传稗史荒唐甚，角鼓闲评任野翁。⑤

注释：

①《合肥包孝肃公祠》诗见 清 严长明《严东有诗集》归求草堂诗集卷五庚辰辛巳壬午，民国元年(1912)郎园刻本。

②绛帷：红色帷幕。▶汉 刘向《九叹·远游》："张绛帷以襜襜兮，风邑邑而蔽之。"

③戚里：帝王外戚聚居的地方。借指外戚。▶《后汉书·张霸传赞》："霸贵知止，辞交

戚里。”

④孤峙：孤立高耸。▶北魏 郦道元《水经注·洛水》：“洛水又东迳檀山南，其山四绝孤峙。”

⑤稗史：记载民间轶闻琐事的书。与正史有别。▶唐 高彦休《〈唐阙史〉序》：“故自武德、贞观而后，吮笔为小说、小录、稗史、野史、杂录、杂纪者多矣。”

徐节征，字柏昆。清庐州合肥(今安徽省合肥市)人。雍正(1723—1735)间诸生。

## 月华①

寂寂中元夜，青天看月华。②深红敷蜀锦，浅碧翳宫纱。兔老毫生彩，蟾盈气吐霞。秋来云物好，瑞色映皇家。③

注释：

①《月华》诗见 清 陈诗《皖雅初集》卷二十九，民国十八年(1929)上海美艺图书公司印本。

②月华：此处指月亮。▶北周 庾信《舟中望月》：“舟子夜离家，开舲望月华。”

③云物：此处指云的色彩。▶《周礼·春官·保章氏》：“以五云之物，辨吉凶、水旱降丰荒之祲象。”

高卓，号筠村。清庐州合肥(今安徽省合肥市)人。乾隆(1736—1796)时诸生。

## 夏窗即事①

脱帽披襟意兴舒，日长无事赋闲居。瓶花堕砚香沾墨，庭竹当窗翠染书。暂署好官填曲部，漫劳良骥驾盐车。②酸辛世味亲尝久，臊气年来渐扫除。③

注释：

①《夏窗即事》诗见 完颜海瑞《合肥诗词》，安徽文艺出版社2011年版，第103页。

②曲部：管理宫廷音乐的官署。▶唐 袁郊《甘泽谣·许云封》：“韦公惊叹久之，遂礼云

封于曲部。”

驾盐车:亦省写作“驾盐”,喻大材小用,境遇困厄。▶宋 王安石《答陈正叔》:“天马志万里,驾盐不如闲。”

世味:人世滋味;社会人情。▶唐 韩愈《示爽》:“吾老世味薄,因循致留连。”

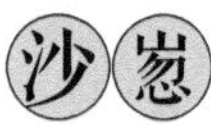

沙岺,字西岩。清庐州合肥(今安徽省合肥市)人。乾隆(1736—1796)时诸生。

## 新种海棠①

谁说无香春独迟?树才盈尺已多姿。可怜薄睡三郎爱,那见杨妃未嫁时。②

注释:

①《新种海棠》民国 李家孚《合肥诗话》卷中,民国苏城临顿路毛上珍铅活字本。

②三郎:唐玄宗小字。因其排行第三,故称。▶唐 郑嵎《津阳门》诗:“三郎紫笛弄烟月,怨如别鹤呼羁雌。”原注:“内中皆以上为三郎。”

程之鵕,字羽宸,又字采山。清歙县(今安徽省歙县)人。贡生。有《练江诗钞》。

## 望浮槎山①

仙槎山色似,海上说浮来。八月银河里,张骞恐泛回。②

注释:

①《望浮槎山》诗见 清 程之鵕《练江诗钞》卷八近体诗,清乾隆十八年(1753)王鸣刻本。

②“张骞恐泛回”句:化自“张骞乘槎”或“张骞泛槎”的故事。晋人张华在志怪笔记小说《博物志》中记载了仙人乘槎的故事。到了南北朝初期,汉代出使西域的张骞开始被树立为乘槎的主人公,形成了传说与史实杂糅的仙话典故。此后,“张骞泛槎”的故事开始广泛运用在文学创作中,到了明清时期,“张骞泛槎”图成为吉祥图案之一。▶南北朝 梁 宗懔《荆楚岁时记》:“汉武帝令张骞使大夏,寻河源。乘槎经月,而至一处,见城郭如州府,室

内有一女织，又见一丈夫牵牛饮河。骞问曰：‘此是何处?’答曰：‘可问严君平。’织女取支机石与骞俱还。后至蜀，问君平，君平曰：‘某年某月客星犯牛女。’支机石为东方朔所识。”



## 怀再叔义峰兄梅谷合肥舟中[①]

篷窗听雨远相关，独怅羁人引领间。[②]淝涨水添庐子国，岚横云滞八公山。木棉裘好须珍体，枫叶杯深信醉颜。[③]今夕怀人仍梦寐，灯前对菊影蹒跚。

注释：

①《怀再叔义峰兄梅谷合肥舟中》诗见 清 程之鵔《练江诗钞》卷七近体诗，清乾隆十八年(1753)王鸣刻本。

②羁人：旅客。▶南朝 宋 鲍照《代悲哉行》：“羇人感淑景，缘感欲回辙。”

③醉颜：醉后的面色。▶唐 白居易《浔阳宴别》：“暮景牵行色，春寒散醉颜。”

## 瞻包孝肃公祠[①]

碧树清阴绕涧阿，朱阑槁隐庙嵯峨。[②]河清一笑生常凛，祀肃千年死未磨。直阁龙图称学士，敢令关节到阎罗。[③]征途敬竭心香拜，自有清风拂面过。



注释：

①《瞻包孝肃公祠》诗见 清 程之鵔《练江诗钞》卷八近体诗，清乾隆十八年(1753)王鸣刻本。

②涧阿：山涧弯曲处。▶宋 黄庭坚《筇竹颂》：“郭子遗我，扶余涧阿。”

③直阁：古代官职名。宋时称供职龙图阁、秘阁等机构者为“直阁”，位次于修撰。▶《宣和遗事》前集：“检籍同修撰，校经同直阁。”

# 张继曾

张继曾，字衣吉，号味青。霍山(今安徽省霍山县)人。雍正八年(1730)，任合肥县训导。乾隆十三年(1748)，升华亭教谕。喜作诗，尤工七言，有《怀岳堂诗集》。

## 游大蜀山[①]

郭外春游揽物华，径穿林麓驻行车。几双学语迎人雁，大半无名夹路花。茶放千枝烧树满，泉分一道下山斜。连骑属咏归途晚，遥听沉沉鼓报衙。[②]

注释:

①《游大蜀山》诗见 清 张继曾《怀岳堂诗集》,清乾隆二十六年(1761)张高矩校抄本。

②属咏:撰写诗文。▶《晋书·张协传》:"屏居草泽,守道不竞,以属咏自娱。"

报衙:旧时官吏升堂治事时,官衙鸣鼓以告众,谓"报衙"。▶唐 柳宗元《同刘二十八院长述旧言怀感时书事》:"蹀躞驺先驾,笼铜鼓报衙。"

## 吴志亨

吴志亨,字鸣光,号淝痴。清庐州合肥(今安徽省合肥市)人。乾隆(1736—1796)间监生。"早孤废学,常以为恨。中岁始闭门读书,卒能以诗工书称。"

### 晚泊①

日落西山晚,长河白浪浮。舍舟登古岸,月明伴人游。

注释:



①《晚泊》诗见 民国 李家孚《合肥诗话》卷上,民国苏城临顿路毛上珍铅活字本。

②胆气:胆量和勇气。▶《后汉书·光武帝纪上》:"诸将既经累捷,胆气益壮,无不一当百。"

## 褚启宗

褚启宗,字亮侪,号望亭。清庐州合肥(今安徽省合肥市)人。乾隆三十五年(1770)庚辰科进士。任青浦知县。"浚吴淞江,最著劳绩。以丁艰归,服阕病卒。"



### 次韵和杨敬斋新开小池二首①

使君清似水,馀润掬新池。竹近含秋早,花深得月迟。②垂青峰弄髻,摇碧荇抽丝。枕漱风流在,须眉只自知。③

偃仰成邱壑,森如物外游。④遥倾三泖碧,别贮五湖秋。⑤径滑苔侵屐,檐低花拂头。夜来才小睡,清梦到罗浮。⑥

注释：

①《次韵和杨敬斋新开小池二首》诗见 清 陈诗《皖雅初集》卷二十九，民国十八年(1929)上海美艺图书公司印本。

②得月：受到月光的照临。▶唐 李白《经离乱后赠江夏韩太守良宰》："窥日畏衔山，促酒喜得月。"

③枕漱：枕石漱流，谓隐居山林。典出 南朝 宋 刘义庆《世说新语·排调》："王(王济)曰：'流可枕，石可漱乎？'孙(孙楚)曰：'所以枕流，欲洗其耳；所以漱石，欲砺其齿。'"

④偃仰：安居；游乐。▶《诗·小雅·北山》："或栖迟偃仰，或王事鞅掌。"

⑤三泖：即泖湖，位于在上海市松江西。有上、中、下三泖。上承淀山湖，下流合黄浦入海。今多淤积为田。▶唐 陆龟蒙《奉和袭美吴中书寄汉南裴尚书》："三泖凉波鱼蕝动，五茸春草雉媒娇。"

⑥罗浮：山名。位于广东省东江北岸。风景优美，为粤中游览胜地。晋葛洪曾在此山修道，道教称为"第七洞天"。相传隋赵师雄在此梦遇梅花仙女，后多为咏梅典实。▶南朝 陈 徐陵《奉和山地》："罗浮无定所，郁岛屡迁移。"

## 钱维城

钱维城(1720—1772)，字幼安，一字宗磐，号幼庵，又号稼轩。清江苏武进(今属江苏省常州市)人，乾隆十年(1745)乙丑科状元及第，授修撰，官至刑部左侍郎。卒谥"文敏"。工书画，书法苏轼，画得元人笔意，落笔苍润。有《茶山集》。

### 庐州道中偶作[1]

轩车山自峻，多智水空寒。[2]钝每看书易，官无行路难。居诸人所贱，名实世宁宽。八十今过半，何由梦寐安。

注释：

①《庐州道中偶作》诗见 清 钱维城《钱文敏公全集》茶山诗钞卷五，清乾隆四十一年(1776)眉寿堂刻本。

②轩车山：位于今芜湖市无为县开城镇。

多智水：泉水名。出自三角山，"舒城县县西南百二十里。峰有三角，高百里许，出泉清润，相传饮之能益人神智，一名多智山。"

## 庐州览古[①]

西风自吊周郎墓，明月长悬鲍照台。词客千秋多抱恨，美人绝代始怜才。[②]频经吴楚挥戈地，总把诗书付酒杯。涧草岩花曾不管，年年摇落又重开。

注释：

①《庐州览古》诗见 清 钱维城《钱文敏公全集》茶山诗钞卷五，清乾隆四十一年(1776)眉寿堂刻本。

②怜才：爱慕有才华的人。▶清 李渔《玉搔头·情试》："那民间女子遇着个贫贱书生，或是怜才，或是鉴貌，与他一笑留情，即以终身相许。"

# 赵应诏

赵应诏，字济修，号亦坡。清巢县(今安徽省巢湖市)人。乾隆(1736—1796)间文士。



## 赠羽士谢鹤驭[①]

直向蓬莱顶上居，烟霞餐饱世缘疏。[②]丹崖月满青天卧，碧树云堆白鹤居。[③]酒醒多联石鼎句，经翻还倩右军书。羽流谁似君高雅，凡俗神仙愧未如。[④]

注释：

①《赠羽士谢鹤驭》诗见 清 李恩绶编《巢湖志》卷二诗，黄山书社2007年版，第536—537页。

②世缘：俗缘，谓人世间事。▶唐 钱起《过桐柏山》："投策谢归途，世缘从此遣。"

③丹崖：绮丽的岩壁。此处指凤凰矶，位于巢湖北岸，整体向湖中突出，呈红色。

④羽流：谓道人，道士。▶宋 米芾《西园雅集图记》："以文章议论、博学辨识、英辞妙墨、好古多闻、雄豪绝俗之资，高僧羽流之杰，卓然高致，名动四夷。"



## 次蔡文毅公韵[①]

仙楼直上耸青霄，万叠烟云瞰素涛。[②]山挂晴岚横翠远，帆飞锦幛衬霞高。[③]春融柳岸莺啼树，月澹萍花鱼泛艘。几度凭栏恣眺赏，兴酣搦管忆诗豪。[④]

注释：

①《次蔡文毅公韵》诗见 民国 李信孔 续修《安徽巢湖中庙庙志》民国十二年(1923)十月刊，1984年9月巢湖市图书馆刘慎旃手抄本。

②仙楼：指天宫中的楼阁，此处形容中庙巍峨壮观。▶唐 岑羲《奉和春日幸望春宫应制》："南山近压仙楼上，北斗平临御扆前。"

③晴岚：晴日山中的雾气。▶唐 郑谷《华山》："峭仞耸巍巍，晴岚染近畿。"

④搦管：握笔；执笔为文。▶南朝 梁简文帝《玄圃园讲颂序》："搦管摛章，既便娟锦缛；清谈论辩，方参差玉照。"

## 次黄道年先生韵[1]

古迹沧桑间有无，琼楼瑶岛未荒芜。[2]仙凭水镜寒云卷，人祷慈航酹酒沽。[3]掣浪翻涛双赤壁，凌霄耸汉一玄都。[4]画蛾更爱清宁月，绿影婆娑倒练湖。[5]

注释：

①《次黄道年先生韵》诗见 民国 李信孔 续修《安徽巢湖中庙庙志》民国十二年(1923)十月刊，1984年9月巢湖市图书馆刘慎旃手抄本。

②瑶岛：传说中的仙岛。▶《群音类选·蟠桃记·王母玩桃》："须知道天台路窅通瑶岛。"

③慈航：佛教语。谓佛、菩萨以慈悲之心度人，如航船之济众，使脱离生死苦海。▶南朝 梁 萧统《开善寺法会》诗："法轮明暗室，慧海度慈航。"

酹酒：以酒浇地，表示祭奠。古代宴会往往行此仪式。▶隋 杜台卿《玉烛宝典·正月孟春》："元日至月晦为餔食，度水。士女悉湔裳，酹酒于水湄，以为度厄。"

④凌霄耸汉：凌接云霄，耸立天河。形容山或者建筑巍峨高大，气势雄伟。

⑤清宁：1.清明宁静。语本《老子》："昔之得一者，天得一以清，地得一以宁。"▶清 黄鹭来《题杨人庵总戎无着图》诗："天地贵得一，清宁以定位。"2.指时世太平。▶《后汉书·光武帝纪下》："今天下清宁，灵物仍降。"3.清静，安静。▶晋 干宝《搜神记》卷十八："由此大富，宅遂清宁。"

## 钱大昕

钱大昕(1728—1804)，字晓徵，一字及之，号辛楣、竹汀居士。清嘉定(今上海市嘉定区)人。乾隆十九年(1754)甲戌科进士，授编修，历官少詹事、广东学政。五十岁即回籍，历主钟山、娄东、紫阳书院讲席。精研经史、金石、文字、音韵、天算、舆地诸学，考史之功，号为清代第一。著有《廿二史考异》《十驾斋养新录》《元史艺文志》《元史氏族表》《恒言录》《疑年录》《潜研堂集》等。

## 包孝肃祠[1]

孝肃祠无恙，须眉凛若秋。河清犹可俟，钢直肯为钩。[2]公岂侪擒虎，人休诧夺牛。[3]儿童知姓字，肥水共长流。

注释：

①《包孝肃祠》诗见 清 钱大昕《潜研堂集》诗续集卷二，清嘉庆十一年(1806年)刻本。

②"钢直肯为钩"句：本句化自 包拯诗《书端州郡斋壁》："秀干终成栋，精钢不作钩。"

③原诗"公岂侪擒虎"句后有作者自注："用韩擒虎事，公有阎罗包老之谣，俚俗附会实之。"

擒虎：指隋朝名将韩擒虎。《隋书》载韩擒虎死后，成为阎罗王。▶唐 魏徵《隋书》：无何，其邻母见擒门下仪卫甚盛，有同王者，母异而问之。其中人曰："我来迎王。"忽然不见。又有人疾笃，忽惊走至擒家曰："我欲谒王。"左右问曰："何王也？"答曰："阎罗王。"擒子弟欲挞之，擒止之曰："生为上柱国，死作阎罗王，斯亦足矣。"

夺牛：指欧阳修言包拯"蹊田夺牛"。▶宋 欧阳修《论包拯除三司使上书》："而祁(宋祁)亦因此而罢，而拯遂代其任，此所谓蹊田夺牛，岂得无过？"



## 朱筠

朱筠(1729—1781)，字竹君，一字美叔，世称笥河先生。清顺天大兴(今属北京市)人。朱圭之兄。乾隆十九年(1754)甲戌科进士，散馆授编修，擢侍读学士，曾督安徽、福建学政。奏请采录库藏《永乐大典》，又请立校书之官，于是有纂辑《四库全书》之举。后坐事降编修，充《四库全书》纂修官。学问渊博，好汲引人才。所居椒花吟舫，藏书数万卷。好金石文字，以为可证佐经史。有《笥河集》。

## 浮槎山寺观紫牡丹花时清明后十日也[1]

花皇花后古所瞻，魏紫冠绝娲兼炎。[2]洛阳名园吾不及，眼中所见心差餍。浮槎寺始萧帝女，总持师钵掷镜奁。梦中山水现身住，天花天女心先占。[3]觉来手植海榴数，红襟破碎初阳暹。[4]空中色具空不堕，阅世遗刹吾来觇。[5]入门升阶牡丹坼，厚叶栀子橡芽织。牡丹花先二花树，一本百朵开明檐。艳魄似扶鹤舞玉，英彩欲走骑飞髯。[6]古皓逡巡芝怯采，灵妃涕泗竹已占。飘然万片紫云重，非仙非鬼山阿淹。[7]海榴死去骨再肉，暮烟借色光流崦。若有人兮花厌厌，千年不见六日詹。

位置仰称崖确皓，润泽久待春霰。嗟此花北当夏烂，南蕊虽吐口尚箝。司分栗留唤桃李，婪春芍药迟拢帘。[8]清明节过刚十日，嘉种应麦秋蕲蕲。此花何独异此地，先看罕见人言奇。岂要盛妆客狂顾，空谷蛩绝香飕潜。[9]花开适逢我来日，山灵惠我嘻伤廉。我坐客饮花饱饮，快意直到山之尖。不烦羯鼓致韵事，急镌诗石刀须铦。[10]

注释：

①《浮槎山寺观紫牡丹花时清明后十日也》见 清 朱筠《笥河诗集》卷十一癸巳，清嘉庆九年(1804)朱珪椒华吟舫刻本。原标题后有作者自注："庐州城中城外牡丹药并如核桃大，然此花盛开，庐人传以为异。三月廿二日。"

浮槎山寺：梁武帝有女出家于浮槎寺，号总持大师。

②花皇花后：花中之皇为牡丹，花中之后为月季。魏紫，常与姚黄并称，原指宋代洛阳两种名贵的牡丹品种。后泛指名贵的花卉。

③现身：谓神、佛、菩萨显出种种身形。▶唐 元稹《大云寺二十韵》："现身千佛国，护世四王军。"

④初阳：此处指朝阳，晨辉。▶唐 温庭筠《正见寺晓别生公》："初阳到古寺，宿鸟起寒林。"

暹[xiān]：太阳升起。▶《集韵》："暹，日光升也。"

⑤阅世：经历时世。▶唐 刘禹锡《宿诚禅师山房题赠》："视身如传舍，阅世甚东流。"

⑥艳魄：意为美女的魂魄。▶唐 皮日休《太湖诗·练渎》："艳魄逐波涛，荒宫养麋鹿。"

⑦山阿：山的曲折处。▶《楚辞·九歌·山鬼》："若有人兮山之阿，被薜荔兮带女萝。"

⑧司分：历正的属官，专司春分、秋分。▶《左传·昭公十七年》："玄鸟氏，司分者也。"

⑨狂顾：遑急顾盼。▶《楚辞·九章·抽思》："狂顾南行，聊以娱心兮。"

⑩韵事：风雅之事。▶《儒林外史》第三十回："花酒陶情之余，复多韵事。"

## 别虞桥曲[1]

龙虎云生乌浪死，骏马行行美人止。[2]桥边叱咤谈夭亡，南走历阳北庐水。楚歌四面中和歌，妾先王死王奈何？[3]八千子弟隔江待，盖世之气休蹉跎。[4]重瞳一顾回日月，遗视犹瞯肯偷活。[5]王头为德妾颈贞，不比名骓遗汉卒。居巢魂来疽在背，老臣如何弱女泪。[6]磊磊落落尸马前，莫将骸骨气王醉。我看浮槎雨牡丹，漫曰姬泣挥空烟。人呼鳊鱼桥上去，不识当初别虞处。

注释：

①《别虞桥曲》见 清 朱筠《笥河诗集》卷十一癸巳，清嘉庆九年(1804年)朱珪椒华吟舫刻本。

别虞桥:传说项羽兵败,在此桥与虞姬分别。地方百姓讹音,又称为鳊鱼桥。《嘉庆合肥县志》载:“别虞桥,在唐杨桥东北十五里。”今桥已不存,原址现改为滚水坝,位于梁园镇新河村境内。周边还有虞姬墓(位于石塘镇,距别虞桥十余里)、嗟虞墩(位于定远县二龙乡)等相关遗迹。

②龙虎:龙与虎。喻英雄俊杰。▶三国 魏 应璩《与尚书诸郎书》:“二三执事,以龙虎之姿,遭风云之会。”

③奈何:怎么办,怎么样。▶《楚辞·九歌·大司命》:“羌愈思兮愁人,愁人兮奈何?”

④蹉跎:衰退。▶唐 白居易《续古诗》之七:“容光未销歇,欢爱忽蹉跎。”

⑤遗视:流盼;含情而视。▶《楚辞·招魂》:“靡颜腻理,遗视矊些。”

矊[mián]:含情脉脉。▶《楚辞·招魂》:“靡颜腻理,遗视矊些。”

⑥居巢,此处以地名代指亚父范增。

## 三月十六日试罢观合肥县学旁巷王氏海棠①

悯忠寺里年年看,海棠晚放春风寒。庐州江边春半早,人言仙树烧砂丹。一枝折来饷锁院,绕之百匝思同韩。②上巳盻盻十三近,心愁花到清明残。③放试几望匹马导,循墙曲折东家坛。④却骀步即不问主,朔方花部此可汗。吾未骇花已骇树,金狄高铸形蹒跚。⑤又怪天姝古之美,十尺妃匹何姗姗。⑥大珮长裙世独立,霞髻雾绉霄犹干。俗人无复出人见,敢婢梅杯臣盆兰。微香小蕊足艳目,夏虫合对朝菌叹。⑦此树十围又十仞,散花儿侍云衣摊。⑧晓空沆瀣饮花醉,色飞初扇彤乌翰。⑨东方渤澥倒吸景,檥枒乱挂千枝珊。⑩升红上聚照山火,下土仰视羞寒单。⑪平生爱花兼爱士,士如此树嗟哉难。⑫江南有秀吾略采,硕人未见心匪安。⑬入院忆花出怀士,此花光敌文波澜。故林凋饥劳梦想,适来为尔忘朝餐。⑭



注释:

①《三月十六日试罢观合肥县学旁巷王氏海棠》见 清 朱筠《笥河诗集》卷十一癸巳,清嘉庆九年(1804)朱珪椒华吟舫刻本。

②锁院:指科举考试的一种措施。考生入试场后即封锁院门,以防范舞弊。

③原诗句后有作者自注:“是月十三日清明。”

盻盻:勤苦不休息貌。▶《孟子·滕文公上》:“为民父母,使民盻盻然,将终岁勤动,不得以养其父母。”

④放试:犹言举行考试。▶宋 吴自牧《梦粱录·解闱》:“三年一次,八月十五日,放贡举应试。诸州郡县及各路运司并于此日放试。”

循墙:谓避开道路中央,靠墙而行。表示恭谨或畏惧。▶晋 陆云《逸民箴》:“咎自专宠,福在循墙,是故保其安者常危,而忘其存者不亡。”

⑤金狄:金人,铜铸的人像。▶《文选·张衡〈西京赋〉》:“高门有闶,列坐金狄。”

⑥妃匹：配偶，指夫或妻。▶《管子·君臣下》："古者未有君臣上下之别，未有夫妇妃匹之合。"

⑦朝菌：某些朝生暮死的菌类植物。借喻极短的生命。▶《庄子·逍遥游》："朝菌不知晦朔，蟪蛄不知春秋。"

⑧云衣：指云气。▶《楚辞·刘向〈九叹·远逝〉》："游清灵之飒戾兮，服云衣之披披。"

⑨沆瀣：夜间的水气，露水。旧谓仙人所饮。▶《楚辞·远游》："餐六气而饮沆瀣兮，漱正阳而含朝霞。"

⑩渤澥：即渤海。▶《文选·司马相如〈子虚赋〉》："浮渤澥，游孟诸。"

⑪寒单：身世寒微。

⑫嗟哉：叹词。▶汉 马援《武溪深行》："滔滔武溪一何深，鸟飞不度，兽不敢临，嗟哉五溪兮多毒淫。"

⑬硕人：贤德之人。▶《诗·邶风·简兮》："硕人俣俣，公庭万舞。"

⑭朝餐：早饭；吃早饭。借指衣食，生活。▶林之夏《行路难》："河冰十月裂肤寒，百里千里谋朝餐。"

## 赋得曾飞吴主骑限抽字[①]

不圯桥如故，当年吴魏仇。阿瞒百计陷，大帝一身抽。[②]从后鞭施急，空前鞍据浮。紫髯回顾喜，绿耳聚蹄愁。肥水呼公渡，槎山赋马求。[③]今来询战处，昔未有城留。杂还穿烟户，苍茫上酒楼。[④]路人指教弩，又听梵声幽。[⑤]

注释：

①《赋得曾飞吴主骑限抽字》见 清 朱筠《笥河诗集》卷十一癸巳，清嘉庆九年(1804)朱珪椒华吟舫刻本。

②阿瞒，大帝：指曹操，孙权。

③槎山：此处为浮槎山的省写。

④烟户：人户。▶《清会典·户部·尚书侍郎职掌五》："正天下之户籍，凡各省诸色人户，有司察其数而岁报于部，曰烟户。"

⑤原诗句后有作者自注："飞骑桥今在府城中，一名逍遥桥。教弩台久为明教寺矣。"

## 橐皋有孔子台[①]

会缯吴征牢，夫子六十四。[②]五年哀十一，反鲁康成志。其春齐战清，赐以吴师莅。明年会橐皋，鲁存七十至。[③]齐吴乱且破，雅颂得吾类。老矣不去国，读易彬彬喟。[④]不知何时游，先此高台萃。下有听书港，不舍圣人利。[⑤]西隶橐皋县，地里九江次。[⑥]浚遒入合肥，在北晋县坠。杜征南释左，今则巢之地。犬牙互蚕食，龙战易方冀。[7]踟蹰一亩间，永此想洙泗。孟曰过者化，留之若有嗜。[8]台脚曹孙争，不直一鶆呬。[9]

注释：

①《橐皋有孔子台》诗见 清 朱筠《笥河诗集》卷十一癸巳，清嘉庆九年(1804年)朱珪椒华吟舫刻本。

橐皋[tuó gāo]：即今巢湖市柘皋镇的古称。

孔子台：《(康熙)巢县志》载："在县西北五十里。分路铺之北有石桥焉，东黄西麓之水半从此出，而大道必由，相传曰孔台桥也。台去桥不半里，岿然于两冈之前。稍西则柘皋河，四围皆田，或为塘堑。其台上平坦，高可二三丈，相传孔子南游，楚昭王不能用，将适吴，乃驻车台上，与群弟子讲习。今其地为邑人张氏葬冢，而植松楸于上。"除孔子台之外，柘皋和孔子相关的遗迹还有回车巷、听书港、洗砚池等。

②"会缯吴征牢"句：典出《史记·孔子世家》："其明年，吴与鲁会缯，征百牢。"缯，地名。

缯，亦作鄫。古地名，位于山东省枣庄市西南。

百牢：一百头牛。

③明年会橐皋：指春秋周敬王三十七年(即鲁哀公十二年，公元前483)，鲁哀公会晤吴侯于柘，筑坛缔结盟约。今柘皋镇有会吴城遗迹，位于板桥小学所在地。又名坛子山，面积约一万平方，经考证为东周村落遗址。▶《春秋·哀公十二年》："公会吴于橐皋。"

④彬彬：文质兼备、文雅的样子。▶《论语·雍也》："质胜文则野，文胜质则史，文质彬彬，然后君子。"

⑤听书港：《康熙·巢县志》载："相传孔子于台上讲习，人于台下听之，因名其港曰听书。命弟子于此洗砚，故又名曰洗砚池。此水即孔台桥水。其水清泓澄澈，冬夏流而不涸。绕孔台而南，西入于河。以大圣所经故，一一传之，万古常馨矣。"

⑥地里：此处指区域；区划。▶ 汉 贾谊《新书·制不定》："以高皇之明圣威武也，既抚天下，即天子之位，而大臣为逆者，乃几十发，地里早定，岂有此变。"

⑦龙战：本谓阴阳二气交战，后遂以喻群雄争夺天下。▶《易·坤》："上六，龙战于野，其血玄黄。"

⑧"孟曰过者化"句：出自《孟子·尽心上》："夫君子所过者化，所存者神，上下与天地同流。"

⑨鶆呬：歇息。语本《尔雅·释诂下》："栖、迟、憩、休、苦……鶆、呬，息也。"▶ 清 钱谦益《赵文毅公神道碑》："数年来党局蚰骚，自今幸少得鶆呬矣。"

## 宿柘皋镇吊刘武穆公①

顺昌走将拖金貂，五千少摽十万獡。[2]边帅儿与太子战，靴尖语误不自聊。燕北重宝辇且弃，淮南大树撼自凋。[3]岳杨召去刘亦返，待寇再至重理料。官家倦兵相息事，铁面铜面军胡骁。两河卷土诏淮备，三帅不用制用调。判官度江会沂俊，清溪要扼敌首悬。[④]夹石梁阵柘皋止，薪曳桥叠风萧萧。甲士卧抢天险守，十万来一酋陨殍。拐子马翼长斧斫，与王德等追而跳。[⑤]兀木望望顺昌帜，大军呼压山嶕峣。[⑥]南朝飞将亮犹怖，完颜死此书壁邀。柘臯小胜亦可喜，驻节看尔奔侏侥。如何热血黄帜偃，平生报国言悬刁。东山苍苍余战色，太息孙峻嗤张辽。美仪洪声德顺子，想公此处麾戈瑂。[⑦]春熙野店略凭吊，小朝廷将孰与僚。[⑧]后来儒生媿更感，前旌仰听雁呖嘹。[⑨]

注释：

①《宿柘皋镇吊刘武穆公》诗见 清 朱筠《笥河诗集》卷十一癸巳，清嘉庆九年(1804)朱珪椒华吟舫刻本。

刘武穆公：指南宋抗金名将刘锜。刘锜(1098—1162)，字信叔，德顺军(今甘肃静宁)人。南宋抗金名将，泸川军节度使刘仲武之子。刘锜骁勇善战，早年曾任陇右都护，多次战胜西夏，深受其畏惧。受张浚提拔，参与富平之战。后扈从宋高宗，两次任权主管侍卫马军司公事。宋高宗绍兴十年(1140)，于顺昌之战中大破金兀术军。并派兵协助岳飞北伐。次年，于柘皋之战再破金军。此后被罢去兵权，两任荆南知府。晚年再获起用，率军抗击南下侵宋的金帝完颜亮，但因病而无功。绍兴三十二年(1162)，追赠开府仪同三司，赐谥“武穆”(一说武忠)。宋孝宗时追封吴王，加太子太保。刘锜性格豪爽、深沉果断，有儒将风度，对南宋政权的建立与巩固起到重大作用。《宋史》称“(张俊)与韩世忠、刘锜、岳飞并为名将，世称张、韩、刘、岳”。

②金貂：皇帝左右侍臣的冠饰。汉始，侍中、中常侍之冠，于武冠上加黄金珰，附蝉为文，貂尾为饰，谓之赵惠文冠。借称侍从贵臣。▶《文选·江淹〈杂体诗·效王粲“怀德”〉》：“贤主降嘉赏，金貂服玄缨。”

走将：打败敌将，使其败逃。

“五千少摽十万鳭”句：指刘锜在顺昌之战中，以少胜多，以弱克强。

鳭[diāo]：大，多。

③“燕北重宝辇且弃”句：指顺昌之战是金军南侵以来遭到的最重大的惨败之一，强烈震撼了金国统治者。出使金国的洪皓，曾就此战奏报宋高宗说：“顺昌之役，敌震惧丧魄，燕之珍宝悉取而北，意欲捐燕以南弃之。”

④沂俊：指南宋名将杨沂中、张俊。

要扼：亦作“要厄”。要隘，重要的关隘。▶汉 班固《奕旨》：“要厄相劫，割地取偿，苏张之资。”

⑤拐子马：古代骑兵战术名。在南宋初年，“拐子马”是宋人对金军主力两翼骑兵的称呼，属于一种轻型或中型骑兵，被布置在两翼，可以充分利用其高度的机动性以及集团冲锋时所产生的巨大冲击力，用以对敌军迂回包抄而后突击。拐子马分为两种类型，一为冲锋陷阵的“重枪拐子马”，后者为轻装上阵、侧翼突袭的“弓箭拐子马”。

王德：南宋名将。王德（1087—1154），字子华，通远军熟羊砦人。为刘光世部下第一悍将，作战勇猛，杀人如麻，人称“王夜叉”。淮西军变后，率所部八千人归于张俊部下，改号“锐胜军”。王德在对金国、伪齐的作战屡建奇功，官至清远军节度使，封陇西郡开国公。绍兴二十四年（1154），去世，年六十八。累赠太保，谥号“威定”。

⑥嶕峣[jiāo yáo]：峻峭；高耸。▶《汉书·扬雄传下》：“泰山之高不嶕峣，则不能浡滃云而散歊烝。”

⑦洪声：宏大的名声。▶汉 蔡邕《彭城姜伯淮碑》：“德行外著，洪声远布，华夏同称。”

麾戈：挥戈。▶唐 司空图《故盐州防御使王纵追述碑》：“日驻麾戈，云横山塞。白虏迎降，青羌自溃。”

⑧春熙：温和欢乐貌。▶宋 欧阳修《南獠》：“狂孽久不耸，民物含春熙。”

⑨嘹呖：形容声音响亮凄清。

## 甲戌和刘崇如庐江小吏妻作二首越二十年癸巳过合肥金斗门小吏港仲妻赴池处也感之再叠旧韵[①]

上堂府吏跪来长，薄相难俏红粉妆。阿母十三能汝教，小姑七九可相忘。妄谈窈窕求贤女，错认兰芝嫁义郎。裙裌衫单草草毕，合欢被自葬鸳鸯。



可怜相向行人驻，不免无端睹此茫。脱履池清堪命绝，拍鞍人故底心伤。生光玳瑁簪胡髢，死结梧桐盛要囊。[②]非是驿梅频数赋，差宜吾辈广平赐。[③]

注释：

①《甲戌和刘崇如庐江小吏妻作二首越二十年癸巳过合肥金斗门小吏港仲妻赴池处也感之再叠旧韵》诗见 清 朱筠《笥河诗集》卷十一癸巳，清嘉庆九年（1804）朱珪椒华吟舫刻本。

甲戌年：指乾隆十九年，公元1754年。

癸巳年：指乾隆三十八年，公元1773年。

金斗门小吏港：指合肥城小东门内小史巷。《嘉庆·合肥县志》载：“在城小东门内。《太平寰宇记》：‘合肥县有小史巷，为汉末焦仲卿妻刘氏死所’”。编者按，东汉末庐江郡治初在舒（治今庐江县陈埠乡城池村城池埂），后徙皖（今潜山县城梅城镇）），皆与今合肥无涉，故此说为附会。小史港遗址即今合肥市勤劳巷。

②髢[dí]：假发。

③驿梅：驿道所植的梅树。▶宋 田锡《叠嶂楼赋》：“驿梅江柳，动游宦之芳怀，风观露台，起高明之逸意。”

## 法源寺同看海棠次鱼门韵即呈建隆[①]

方殊内外两俱游，花到伽蓝色较幽。寺古多年犹昔径。客来小别总同流。脂肤若有人垂幕，艳饮何堪月照楼。昨岁庐州江上看，思君梦不到枝头。[②]光比薪余火更传，故园春事隔三年。去时树下呈奇碣，归日花前换洌泉。[③]戒紫三参疑色相，落红一晌失媸妍。[④]李花平旦梨花夜，思虑邪无问大颠。[⑤]

注释：

①《法源寺同看海棠次鱼门韵即呈建隆》见 清 朱筠《笥河诗集》卷十二甲午，清嘉庆九年(1804)朱珪椒华吟舫刻本。

②原诗本句后有作者自注:“癸巳二月，庐州看海棠句:‘悯忠寺里年年看’。”

③原诗“去时树下呈奇碣”句后有作者自注:“辛卯，余游寺中。搜得辽金二碑，最后取支后门石，洗之，乃唐人石幢也。”

原诗“归日花前换洌泉”句后有作者自注:“去年寺中灌菊井，苦水化甘。”

④色相:亦作“色象”。佛教语。指万物的形貌。▶《涅槃经·德王品四》:“(菩萨)示现一色，一切众生各各皆见种种色相。”

媸妍:犹高下。▶宋 苏轼《赠潘谷》:“世人重耳轻目前，区区张李争媸妍。”

⑤平旦:清晨。▶《孟子·告子上》:“其日夜之所息，平旦之气，其好恶与人相近也者几希。”

大颠:指周文王时贤臣太颠。▶《汉书·董仲舒传》:“文王顺天理物，师用贤圣，是以闳夭、大颠、散宜生等亦聚于朝廷。”

## 翁方纲

翁方纲(1733—1818)，字正三，一字忠叙，号覃溪，晚号苏斋。清直隶大兴(今属北京市)人。乾隆十七年(1752)壬申科进士，授编修。历督广东、江西、山东三省学政，官至内阁学士。精金石、谱录、书画、词章之学，书法与刘墉、梁同书、王文治齐名，一说与刘墉、成亲王永瑆、铁保齐名。诗歌文学上，倡言“肌理”说，与袁枚的“性灵”说相抗。著有《复初斋文集》三十五卷、集外文四卷、《复初斋诗集》四十二卷、《石洲诗话》以及《两汉金石记》《粤东金石略》《汉石经残字考》《焦山鼎铭考》《庙堂碑唐本存字》等大量金石学著作。世之言金石者，必推翁家。《清代稿钞本》中收录有其《方纲致秋盦残笺》。

## 八斗岭[①]

天下才一石，陈王得八斗。此语出自灵运口，不知何人细分剖。[②]道旁云有子建坟，荒烟落日无碑文。君不见，老瞒冢署汉将军，只有漳南日暮云。[③]

注释：

①《八斗岭》诗见 清 翁方纲《复初斋外集》诗卷第二，民国嘉丛堂丛书本。原诗标题下，有注："合肥县城北百五里，土人云有曹子建墓。"

②天下才一石，陈王得八斗。此语出自灵运口，不知何人细分剖。典出《南史·谢灵运传》，谢灵运语："天下才共一石，曹子建独得八斗，我得一斗，自古及今共用一斗。"

③老瞒冢署汉将军：老瞒谓曹操，汉将军典出曹操所作《让县自明本志令》："后征为都尉，迁典军校尉，意遂更欲为国家讨贼立功，欲望封侯作征西将军，然后题墓道言'汉故征西将军曹侯之墓'"。

## 护城驿[①]



鸡初鸣，护城驿。行人夜半行，到此辨阡陌。[②]护城驿，鸡既鸣。膈膊四相应，又唤行人行。[③]驿夫起待旦，行人下马换。换马捷于风，马尾镫尚红。回看驿壁篝灯处，落月朦胧挂高树。

注释：

①《护城驿》诗见 清 翁方纲《复初斋外集》诗卷第二，民国嘉丛堂丛书本。原诗标题下，有注："合肥城北八十五里。"

②阡陌：田界。泛指田间小路。▶汉 荀悦《汉纪·哀帝纪下》："又聚会祀西王母，设祭于街巷阡陌，博奕歌舞。"

③膈膊：象声词。▶宋 王安石《用前韵戏赠叶致远直讲》："纵横子堕局，膈膊声出堞。"



## 舒城至合肥道中四首[①]

白描何处伫苍茫，已绘苏公又绘黄。万马天闲真眼力，始来牛背着圆光。[②]

分明抚建接烟村，添得龙舒岫势论。客到钟山驴子上，可曾三谷忆麻源。[③]

淡霭浮岚画不真，半黄衰柳更传神。[④]不知初雪淮南景，何与蓝田学佛人。[⑤]

丹壑前身慧业僧，济南那必泥师承。[6]寥寥得髓莲洋外，只许斯人说代兴。[7]

注释：

①《舒城至合肥道中四首》诗见 清 翁方纲《复初斋外集》诗卷第二，民国嘉丛堂丛书本。

②圆光：月亮。▶唐 李白《古风》之二："圆光亏中天，金魄遂沦没。"

③钟山驴子：指北宋王安石于熙宁九年(1076)二次罢相后，隐居南京钟山，出入绝弃车马，代之为驴。

麻源：指江西麻姑山，因女仙麻姑而得名，其北为麻源。麻源有三谷，第一为麻姑山南涧，第二为麻姑山北涧，第三即华子冈。南北朝诗人谢灵运曾作《入华子冈是麻源第三谷》诗。

④淡霭：轻烟薄雾。▶宋 陆游《初夏》："淡霭轻飏入夏初，一窗新绿鸟相呼。"

浮岚：飘动的山林雾气。▶宋 欧阳修《庐山高赠同年刘中允归南康》："欲令浮岚暖翠千万状，坐卧常对乎轩窗。"

⑤蓝田学佛人：指唐朝著名诗人、画家王维，字摩诘，号摩诘居士。王维虽出仕为官，但一心学佛，以求看空名利，摆脱烦恼。曾于蓝田辋川筑造别墅，以修养身心。

⑥慧业：佛教语。指智慧的业缘。▶《维摩经·菩萨品》："知一切法，不取不舍，入一相门，起于慧业。"

师承：指学术、技艺上的一脉相承。▶《后汉书·儒林传序》："若师资所承，宜标名为证者，乃著之云。"

⑦代兴：谓更迭兴起或盛行。▶《国语·郑语》："及平王之末，而秦、晋、齐、楚代兴，……楚蚡冒于是乎始启濮。"

## 鲍明远读书台[1]

梦月娟娟记北墀，废梁县侧古垣基。[2]重来衰草寒烟里，真见饥鹰独出时。[3]

注释：

①原诗标题作《鲍明远读书台二首》，此为第一首。第二首咏黄梅鲍照故居，与合肥无涉，故不取录。见 清 翁方纲《复初斋外集》诗卷第九，民国嘉丛堂丛书本。

②萝月：藤萝间的明月。▶南朝 宋 鲍照、王延秀等《月下登楼连句》："佛髣萝月光，缤纷篁雾阴。"

③衰草：枯草。▶ 朝 梁 沈约《岁暮愍衰草》："愍衰草，衰草无容色。憔悴荒迳中，寒荄不可识。"

## 合肥道中[1]

高馆荒荒似野亭，骡车半日绕城垧。[2]山从皖口诸峰合，水自巢湖百折经。[3]官路耕锄喧已动，沙村灯火倚微暝。[4]载涂雨雪寒犹浅，喜及淮南草木青。[5]

注释：

①《合肥道中》诗见 清 翁方纲《复初斋外集》诗卷第九，民国嘉丛堂丛书本。

②高馆：高大的馆舍。▶《晋书·华谭传》："虚高馆以俟贤，设重爵以待士。"

③百折：极言曲折之多。▶宋 苏洵《上欧阳内翰第一书》："执事之文，纡余委备，往复百折，而条达疏畅，无所间断。"

④官路：官府修建的大道，后即泛称大道。▶汉 王褒《九日从驾》诗："黄山猎地广，青门官路长。"

⑤载涂：满路。▶明 陈子龙《薤露》："其窘如泥行，颠覆尝载涂。"

## 李调元



李调元（1734—1803），字羹堂，又字赞庵、鹤洲，号雨村、墨庄。清四川罗江人。乾隆二十八年（1763）进士。历官广东提学使、直隶通永兵备道。有《童山诗文集》《雨村诗话》《蠢翁词》又辑有《函海》《蜀雅》《粤风》等。

## 谒包孝肃祠合肥县城南[1]

孝肃祠堂古，犹余待制名。[2]片言能狱折，一笑比河清。[3]无子宁邀福，非孙不入茔。[4]阎罗今在上，关节到应惊。[5]

注释：

①《谒包孝肃祠合肥县城南》诗见 清 李调元《童山集》诗集卷十六，清乾隆刻函清道光五年（1825）增修本。

②"犹余待制名"句：语本《宋史·包拯传》："人以包拯笑比黄河清，童稚妇女，亦知其名，呼曰：'包待制'。"

③片言：意为简短的文字或语言。▶晋 陆机《文赋》："立片言而居要，乃一篇之警策。"

④"无子宁邀福，非孙不入茔。"句：指包公议立太子事和包公遗训事。前一事语本《宋史·包拯传》："奏曰：'东宫虚位日久，天下以为忧，陛下持久不决，何也？'仁宗曰：'卿欲谁

立?'拯曰:'臣不才备位,乞预建太子者,为宗庙万世计也。陛下问臣欲谁立,是疑臣也。臣年七十,且无子,非邀福者。'帝喜曰:'徐当议之。'后一事语本▶《宋史·包拯传》:"后世子孙仕宦,有犯赃者,不得放归本家,死不得葬大茔中。不从吾志,非吾子若孙也。"

⑤"阎罗今在上,关节到应惊"句:语本《宋史·包拯传》:"关节不到,有阎罗包老。"

## 梁县鲍明远读书台见题诗甚伙戏题一绝①

读书台畔日初曛,细草幽花满径薰。任是何人诗在壁,自然俊逸让参军。②

注释:

①《梁县鲍明远读书台见题诗甚伙戏题一绝》诗见 清 李调元《童山集》诗集卷十六,清乾隆刻函清道光五年(1825)增修本。

鲍明远读书台:即明远台,遗址位于今肥东县梁园镇。《嘉庆合肥县志》引《江南通志》:"明远台,在城东北七十里梁县乡,四围皆水。"又引《方舆胜览》云:"宋鲍照尝读书于此。"又引旧志云:"赵宋张持正即其地建俊逸亭。"清代时举人蔡邦夔在台基上建书塾,仍以明远台为名。现台、塾俱无。

②任是:即便是,即使是。▶宋 秦观《南乡子》词:"尽道有些堪恨处,无情。任是无情也动人。"

俊逸:英俊洒脱,超群拔俗。▶三国 魏 刘劭《〈人物志〉自序》:"制礼乐,则考六艺祗庸之德;躬南面,则援俊逸辅相之材。"

参军:古代官职名。东汉末始有"参某某军事"的名义,谓参谋军事,简称"参军"。晋以后军府和王国始置为官员。沿至隋、唐,兼为郡官。明、清称经略为参军。此处特制鲍照。

鲍照(414—466),字明远,东海郡人(今山东临沂市兰陵县长城镇),南朝宋杰出的文学家、诗人。南朝宋元嘉中,临川王刘义庆"招聚文学之士,近远必至",鲍照以辞章之美而被看重,遂引为"佐史国臣"。元嘉十六年(439)因献诗而被宋文帝用为中书令、秣稜令。孝武帝大明五年(461)出任前军参军,故世称"鲍参军"。明帝泰始二年(466)刘子顼起兵叛乱,鲍照死于乱军中。鲍照与颜延之、谢灵运同为宋元嘉时期的著名诗人,合称"元嘉三大家"。鲍照和庾信合称"南照北信"。现有《鲍参军集》传世。

# 黄文旸

黄文旸(1736—?),字时若,号秋平、焕亭。清江苏甘泉(今江苏省扬州市)人,一作丹徒(今江苏省镇江市)人。贡生。工诗古文辞,通声律。乾隆时,两淮盐运使设词曲局,聘为总裁。有《古泉考》《葫芦谱》《通史发凡》《埽垢山房诗钞》等,另辑有《曲海》(亦名《曲海目》或《曲海总目》)。

## 夜登龙眠绝顶①

绝磴悬天碧彩铺，人生到此即蓬壶。②怀中月满千峰静，足底云摇万树扶。③短袖欲承星影堕，长吟直接雁声孤。拂衣便好乘风去，安用藏真抱一符。④

注释：

①《夜登龙眠绝顶》诗见 清 黄文旸《埽垢山房诗钞》卷二，清嘉庆七年(1802)孔宪增刻本。

②蓬壶：即蓬莱。古代传说中的海中仙山。▶晋 王嘉《拾遗记·高辛》："三壶则海中三山也。一曰方壶，则方丈也；二曰蓬壶，则蓬莱也；三曰瀛壶，则瀛洲也。形如壶器。"

③云摇：像云一样地飘动。▶汉 班固《西都赋》："遂乃风举云摇，浮游溥览。"

④抱一：道家谓专精固守不失其道。一，指道。▶《老子》："少则得，多则惑，是以圣人抱一以为天下式。"

## 夜宿合肥村店邂逅梁思义爱其朴雅留之小饮作一律赠之①

为看青山结古欢，一肩行李路漫漫。②月高屋角才维马，雨合天涯爱伯鸾。③怕序愁怀供齿冷，且拼痛饮莫眉攒。④相逢只是难昧别，云树回头不忍看。⑤



注释：

①《夜宿合肥村店解后梁思义爱其朴雅留之小饮作一律赠之》诗见 黄文旸《埽垢山房诗钞》卷二，清嘉庆七年(1802)孔宪增刻本。

②古欢：亦作"古懽"。借称旧好，老朋友。▶清 黄景仁《杂诗》："鲍叔称古欢，用惠深自售。"

③伯鸾：汉代人梁鸿的字。借指隐逸不仕之人。鸿家贫好学，不求仕进。与妻孟光隐居霸陵山中，以耕织为业，夫妇相敬有礼。见《后汉书·逸民传·梁鸿》。▶唐 孟郊《下第东南行》诗："试逐伯鸾去，还作灵均行。"

④愁怀：忧伤的心怀。▶宋 张辑《谒金门·花自落》词："睡起愁怀何处着？无风花自落。"

齿冷：耻笑。因笑则张口，牙齿会感到冷，故称。▶《南齐书·孝义传·乐颐》："人笑褚公，至今齿冷。"

⑤云树：云和树。比喻朋友阔别远隔。▶唐 白居易《早春西湖闲游怅然兴怀寄微之》："云树分三驿，烟波限一津。翻嗟寸步隔，却厌尺书频。"

## 黄陂湖口夜宿戏作[①]

始信途穷绝可怜，旱无车马水无舡。[②]三更风雨家千里，万顷烟波草一椽。[③]负贩联床通寤寐，鸡豚绕膝费周旋。人生到此翻成悟，抵读南华内外篇。[④]

注释：

①《黄陂湖口夜宿戏作》诗见 清 黄文旸《埽垢山房诗钞》卷二，清嘉庆七年(1802)孔宪增刻本。原诗标题后有作者自注："时湖涸泥淤，舟车两无所施。"

黄陂湖：位于安徽省庐江县城东南6—15公里处，属长江流域巢湖水系，县河常年夹带大量泥沙流入湖内，日久天长，湖底平浅，水位不高，湖水常泛一层微黄涟漪，因而得名"黄陂湖"。每值夏季，湖水由于日照蒸发，黄沙凝沉，水面澄清，荷花竞艳，故"黄陂夏莲"为"庐江八景"之一。

②途穷：喻走投无路或处境困窘。▶南朝 宋 颜延之《五君咏·阮步兵》："物故不可论，途穷能无恸。"

③一椽：一条椽子。亦借指一间小屋。▶《魏书·任城王传》："居无一椽之室，家阙儋石之粮。"

④南华内外篇：即《南华真经》，《庄子》的别名。▶唐 贾岛《病起》："灯下《南华》卷，祛愁当酒杯。"

# 野蚕和尚

野蚕和尚，俗名宋崖，字启祥。清庐州合肥(今安徽省合肥市)人。乾隆(1736—1796)间诸生。著《梦缘诗草》。中岁出家河南开封大相国寺为僧。工诗，擅画梅、竹、石。能弈棋，精篆刻。貌寝陋，眇一目，衲衣敝垢，致生虮虱。不喜于贵人游。

## 西涧[①]

西涧黄鹂叫夕阴，烟岚浓处好幽寻。[②]闭门不出非今日，阶面青苔一尺深。

注释：

①《西涧》诗见 民国 李家孚《合肥诗话》三卷卷上，民国苏城临顿路毛上珍铅活字本。

②烟岚：山林间蒸腾的雾气。▶唐 宋之问《江亭晚望》："浩渺浸云根，烟岚出远村。"

## 和吴鉴南携周伯扬过相国寺十笏禅房见赠韵[1]

头白观空厌有形，朅来棒喝梦初醒。[2]人从远道瞻卿月，我幸残年识岁星。[3]诗草此日聊寄兴，灯花昨夜已通灵。何当结社江乡去，万壑松声一榻听。[4]

注释：

①《和吴鉴南携周伯扬过相国寺十笏禅房见赠韵》诗见 民国 李家孚《合肥诗话》三卷卷上，民国苏城临顿路毛上珍铅活字本。

②棒喝：佛教禅宗用语。禅师接待初机学人，对其所问，不用言语答复，或以棒打，或以口喝，以验知其根机的利钝，叫"棒喝"。相传棒的使用，始于德山宣鉴与黄檗希运；喝的使用，始于临济义玄，故有"德山棒、临济喝"之称。以后禅师多棒喝交施，无非借此促使人觉悟。后因以称警醒人们的迷误为"棒喝"。▶《续传灯录·继成禅师》："茫茫尽是觅佛汉，举世难尽闲道人。棒喝交驰成药忌，了忘药忌未天真。"

③卿月：月亮的美称。亦借指百官。语出《书·洪范》："王省惟岁，卿士惟月，师尹惟日。"④结社：组织团体。▶唐 许浑《送太昱禅师》："结社多高客，登坛尽小诗。"

江乡：多江河的地方。多指江南水乡。▶唐 孟浩然《晚春卧病寄张八》："念我生平好，江乡远从政。"



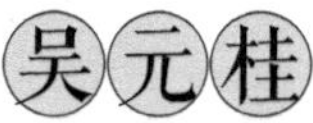

## 吴元桂

吴元桂，字秋岩，号紫山，别号岑仙山人。清无为(今安徽省无为市)人。乾隆(1736—1796)时布衣。著有《振华斋诗集》二十卷，编有《濡须诗志》十卷、《昭代诗箴》十六卷，纂有《无为州志》二十五卷首一卷。

## 谒包孝肃祠[1]

孝肃祠堂野水滨，森森松柏拥南池。池间有草春常绿，墩上无花香自生。道直千秋同岳峙，笑难当日比河清。至今孙子家犹傍，大地沧桑几变更。

注释：

①《谒包孝肃祠》诗见 清 李恩绶《香花墩志》，光绪丙午(1906)抄本。

# 许燕珍

许燕珍，字俪琼，号静含。清乾隆时庐州合肥(今安徽省合肥市)人。许孙荃孙女。福建龙溪县令许其卓之女，诸生汪镇之妻。工词曲，解音律，以才女称。著有《鹤语轩诗集》《黹余小草》等书，多已失传。

## 元夜竹枝词①

鳌山烟火照楼台，都把临街格子开。②椒眼竹篮呼卖藕，金钱抛出绣帘来。③

注释：

①《元夜竹枝词》诗见 清 袁枚《随园诗话》卷十三，清乾隆十四年(1749)刻本。

②格子：此处指上部有空栏格子的门或窗。▶《西游记》第二四回："原来是向南的五间大殿，都是上明下暗的雕花格子。那仙童推开格子，请唐僧入殿。"

③椒眼：如椒实大小的洞孔。▶清 袁枚《随园诗话》卷十三："合肥才女许燕珍《元夜竹枝》云：'……椒眼竹篮呼卖藕，金钱抛出绣帘来。'"



## 题浔阳送客图①

月冷风清两岸秋，琵琶一曲感江州。天涯不少无情客，岂独商人重利游。

注释：

①《题浔阳送客图》诗见 民国 徐世昌《晚晴簃诗汇》卷一百八十六，民国退耕堂刻本。

## 春草①

平舒袍褶迴连村，仲蔚荒园雨到门。②风动遥堤波乱影，泥沾野径燕留痕。斜遮苏小坟前路，远伴明妃塞上魂。③采采汀洲愁日暮，清芬盈把袭兰荪。④

注释：

①《春草》诗见 清 许燕珍《鹤语轩诗集》一卷，清代道光年间嫏嬛别馆刻本。

②仲蔚：指张仲蔚。▶唐 杜牧《初春雨中舟次和州横江裴使君见迎李赵二秀才同来因书四韵兼寄江南许浑先辈》："江南仲蔚多情调，怅望春阴几首诗。"冯集梧注引《高士传》："张仲蔚者，平陵人。明天官博物，善属文，好诗赋，闭门养性，不治荣名。"

③苏小坟:在浙江嘉兴县境。苏小,即苏小小,是南齐时钱塘名妓。李绅《真娘墓》诗序云:"嘉兴县前有吴妓人苏小小墓,风雨之夕,或闻其上有歌吹之音。"

明妃:即王昭君。王昭君(约前52—约8),名嫱,字昭君,乳名皓月,西汉南郡秭归(今湖北省宜昌市)人,西汉元帝时和亲宫女,与貂蝉、西施、杨玉环(杨贵妃)并称中国古代四大美女,是中国古代四大美女之一的"落雁"。晋朝时为避司马昭讳,又称"明妃",王明君。

④汀洲:水中小洲。▶《楚辞·九歌·湘夫人》:"搴汀洲兮杜若,将以遗兮远者。"

## 念奴娇·新柳[①]

桥边陌上，看如画一抹层层绿绮，轻暖轻寒时最好。荡飏碧波新水，嫩叶梳烟，软条掠雨，细细丝难理。瘦腰半捻，如何载得春起？　　最爱柔态纤盈，向人绰约，摇曳欺桃李。寒食未过刚二月，小似簸钱年纪。[②]别馆休攀，离亭莫折，留取东风里。谁吹羌笛，有人愁正无已。

注释:

①《念奴娇·新柳》词见 清 黄燮清《国朝词综续编》卷二十二,清同治十二年(1873)刻本。

②簸钱年纪:指儿时。簸钱,一种儿时游戏,持钱在手中颠簸,后掷在台阶或地上,依次摊平,以钱正反面的多寡定胜负。



## 古镜[①]

斑斑绿绣土花蚀，首山之铜鬼工凿。[②]背铸篆籀人不识，特向九天问仓颉，云是汉时波祇国中物。[③]

森森寒气生两眸，石破云缺天雨秋。莫悬高台最上头，肝胆照见秦女愁，又惊山鬼魑魅啼啾啾！[④]

注释:

①《古镜》诗见 民国 徐世昌《晚晴簃诗汇》卷一百八十六,民国退耕堂刻本。

②首山之铜:借指好铜。《史记·封神书》:"黄帝采首山铜,铸鼎于荆山下。"

③篆籀:篆文和籀文。 晋 左思《魏都赋》:"雠校篆籀,篇章毕觌。"

波祇国:即波祇国。语出《拾遗记》:"汉武帝思怀往者李夫人,不可复得。时始穿昆灵之池,泛翔禽之舟。帝自造歌曲,使女伶歌之。时日已西倾,凉风激水,女伶歌声甚遒,因赋《落叶哀蝉》之曲曰:"罗袂兮无声,玉墀兮尘生。虚房冷而寂寞,落叶依于重扃。望彼美之女兮安得,感余心之未宁!"帝闻唱动心,闷闷不自支持,命龙膏之灯以照舟内,悲不自止。亲侍者觉帝容色愁怨,乃进洪梁之酒,酌以文螺之卮。卮出波祇之国。……"

④肝胆照见秦女愁：指秦始皇用照胆镜使宫女害怕。《西京杂记》卷三："高祖初入咸阳宫，周行库府……有方镜，广四尺，高五尺九寸。表里有明，人直来照之，影则倒见；以手扪心面来，则见肠胃五脏，历然无硋；人有疾病在内，掩心而照之，则知病之所在。又女子有邪心，则胆张心动。秦始皇常以照宫人，胆张心动者杀之。"



## 熊国标

熊国标，字宁扬，号品松。清庐州合肥（今安徽省合肥市）人。乾隆（1736—1796）间布衣。

### 明妃[1]

诏遣和番玉貌新，孤衷自是效孤臣。[2]哪知汉室无经略，不用才人用美人。[3]

注释：

①《明妃》诗见 民国 李家孚《合肥诗话》三卷卷上，民国苏城临顿路毛上珍铅活字本。

②和番：亦作"和蕃"。古指中原王朝与外族、外国和亲。▶唐 李山甫《阴地关崇徽公主手迹》诗："谁陈帝子和番策？我是男儿为国羞。"

孤臣：孤立无助或不受重用的远臣。▶南朝 梁 江淹《恨赋》："或有孤臣危涕，孽子坠心，迁客海上，流戍陇阴。"

③汉室：指汉朝。▶《〈尚书〉序》："汉室龙兴，开设学校，旁求儒雅。"

经略：筹划；谋划。▶《晋书·袁乔传》："夫经略大事，故非常情所具，智者了于胸心，然后举无遗算耳。"

### 秋思[1]

爽气频生暑气收，碧云红叶锁芳洲。[2]芙蓉苑冷西风夜，薜荔墙空白露秋。数杵疏钟村外寺，一声长笛月中楼。天涯最是离人苦，莫遣繁霜上客头。[3]

注释：

①《秋思》诗见 清 陈诗《皖雅初集》卷三十，民国十八年（1929）上海美艺图书公司印本。

②爽气：此处指谓凉爽之气。▶宋 陆游《水亭独酌十二韵》："清风扫郁蒸，爽气生户牖。"

③繁霜：浓霜。▶《诗·小雅·正月》："正月繁霜，我心忧伤。"

## 惜阴轩闲话喜友人见过[①]

煮水闲评竹舍东，百年身世古今同。气从阅历深边尽，诗在豪华敛处工。薜荔阴寒侵岸雨，芙蓉香泛过溪风。扣门喜有知音晤，十日坚留兴未穷。

注释：

①《惜阴轩闲话喜友人见过》诗见 清 陈诗《皖雅初集》卷三十，民国十八年(1929年)上海美艺图书公司印本。

见过：谦辞。犹来访。▶宋 欧阳修《与苏丞相书》："清明之约，幸率唐公见过，吃一碗不托尔，余无可以为礼也。"

# 李廷辉

李廷辉，字书堂，号立山。清庐州合肥(今安徽省合肥市)人。乾隆三十年(1765)副榜，四十八年(1783)顺天举人。历官江西长宁、浙江上虞、桐乡等县知县。着有《崇实堂诗文杂录》。



## 晓行[①]

出门上马梦依稀，点点清霜拂客衣。[②]落叶行人心事别，一时都趁晓风飞。

注释：

①《晓行》诗见 民国 李家孚《合肥诗话》卷中，民国苏城临顿路毛上珍铅活字本。

②客衣：指客行者的衣着。▶唐 祖咏《泊扬子津》："江火明沙岸，云帆碍浦桥。夜衣今日薄，寒气近来饶。"



## 题顾录崖读画斋图[①]

王马杜传僧繇画，性之所近各成癖。[②]长康奕叶钟幽人，物外翛然寄高迹。[③]摆脱俗状与尘容，甘卧烟霞老泉石。[④]放眼欲穷造化根，琢句欲夺风雅席。[⑤]诗中悟画画有诗，冥心毫末数晨夕。[⑥]我莅殳山几度秋，闻名未许识标格。[⑦]揭来示我读画图，秒绪图中纷络绎。家庭孝友绘缠绵，离别师生见肝膈。击壤课农娱儿孙，我我周旋自怡怿。[⑧]云岚满幅不尽批，兀坐观空虚室白。南宫北苑挥洒间，蓬壶瀛海收咫尺。君不见王维宗炳暨向平，山水流连性所适。[⑨]人生三万六千日，促促光阴如过隙。[10]此老元气孕胸中，堪笑吾侪成役役。[11]

注释：

①《题顾录崖读画斋图》诗见 清 陈诗《皖雅初集》卷三十，民国十八年(1929)上海美艺图书公司印本。

顾录崖：指顾修。顾修，字仲欧，号松泉，又号菉涯，清代桐乡(今浙江省桐乡市)人。著有《汇刻书目初编》《读画斋偶辑》《读画斋题画诗》《图画偶辑》《南宋群贤小集》《读画斋学语草》《百叠苏韵诗》等。

②僧繇：指张僧繇，南北朝时期梁朝大臣，著名画家。与曹不兴、陆探微、顾恺之合称"六朝四大家"。

③长康：东晋著名画家顾恺之的字。顾恺之与曹不兴、陆探微、张僧繇合称"六朝四大家"。▶唐 李嘉祐《访韩司空不遇》诗："图画风流似长康，文词体格效陈王。"

奕叶：累世，代代。▶汉 蔡邕《琅邪王傅蔡郎碑》："奕叶载德，常历宫尹，以建于兹。"

物外：世外。谓超脱于尘世之外。▶汉 张衡《归田赋》："苟纵心于物外，安知荣辱之所如！"

高迹：亦作"高迹"。指超世俗的人。▶唐 李频《过四皓庙》："东西南北人，高迹自相亲。"

④尘容：尘俗的容态。▶南朝 齐 孔稚珪《北山移文》："焚芰制而裂荷衣，抗尘容而走俗状。"

⑤琢句：推敲诗文的字句。▶前蜀 贯休《寄匡山纪公》："寄言无别事，琢句似终身。"

⑥冥心：潜心苦思；专心致志。▶《晋书·隐逸传·辛谧》："是故不婴于祸难者，非为避之，但冥心至趣而与吉会耳。"

毫末：指笔端。▶唐 杜甫《奉观严郑公岷山沱江图画十韵》之二："岭雁随毫末，川蜺饮练光。"

⑦殳山：山名，位于今浙江海宁硖石北部，明清时属桐乡。

标格：犹规范，楷模。▶晋 葛洪《抱朴子·重言》："吾特收远名于万代，求知己于将来，岂能竟见知于今日，标格于一时乎？"

⑧怡怿：愉悦，快乐。▶汉 傅毅《舞赋》："严颜和而怡怿兮，幽情形而外扬。"

⑨宗炳：宗炳，字少文，善书画，好山水。南北朝时期宋画家。着《山水画序》，为中国第一篇山水画论。

向平：指东汉高士向长。向长，字子平，隐居不仕，子女婚嫁既毕，遂漫游五岳名山，后不知所终。见《后汉书·逸民传·向长》。后以"向平"为子女嫁娶既毕者之典。

⑩过隙：喻时间短暂，光阴易逝。▶《礼记·三年问》："三年之丧，二十五月而毕，若驷之过隙。"

⑪吾侪：我辈。▶《左传·宣公十一年》："吾侪小人，所谓取诸其怀而与之也。"

役役：此处形容劳苦不息貌。▶《庄子·齐物论》："终身役役，而不见其成功。"

邹炳泰(1741—1820),字仲文,清江苏无锡(今江苏省无锡市)人。乾隆三十七年(1772)壬辰科进士,选庶吉士,授编修,编纂修订《四库全书》,升任国子监司业。官至吏部尚书、协办大学士、太子少保,后因未能事先觉察林清之变,降官。嗜古书画,收藏甚富。著有《纪听松庵竹炉始末》《午风堂丛谈》《午风堂诗集》等。

## 次合肥①

朝行度肥水，怀古亦悠哉。②已过桃溪渡，犹寻明远台。③陂余寒苇意，城挟好峰来。④淮右兹都会，离筵向驿开。⑤

注释:

①《次合肥》诗见 清 邹炳泰《午风堂集》卷五,清嘉庆刻本。

②肥水:即淝水。在今安徽省。源出合肥市西北将军岭,为今东肥河和南肥河的总称。

③桃溪渡:今舒城县桃溪镇。历史上,“桃溪春浪”为“龙舒八景”之首。

④陂:即陂塘,池塘。今肥东县境内仍有以陂为名的地名,如练陂塘(位于店埠镇)、陷湖陂(位于梁园镇)、黄塘陂(位于梁园镇)等。

⑤淮右兹都会:指大城市。▶《史记·货殖列传》:“郢之后徙寿春,亦一都会也。而合肥受南北潮,皮革、鲍、木输会也。”

# 邓石如

邓石如(1743—1805),本名琰,字顽伯,号完白山人,又号笈游山人。清安庆怀宁(今安徽省安庆市)人,少好篆刻。客居金陵梅镠家八年,尽摹所藏秦汉以来金石善本。遂工四体书,尤长于篆书,以秦李斯、唐李阳冰为宗,稍参隶意,称为神品。性廉介,遍游名山水,以书刻自给。有《完白山人篆刻偶存》。

## 旅夜感怀①

濡水停游笈，萧然心事违。②探囊惟古剑，梦我只渔矶。静夜喧寒蛩，秋风妒葛衣。何时江上路，高挂布帆归。

注释：

①《访随园主人不遇》诗见 穆孝天、许佳琼 编著《邓石如研究资料》，人民美术出版社1988年版。

②濡水：指濡须水，源出巢湖，东流入长江。此处代指巢县。

## 沁园春·南淮访隐[1]

□倒行踪，征尘满目，宇宙凄清。看南淮如画，一鞭掩映，堤横古渡，柳幔渔村。上下帆樯，参差红树，一水潆洄绕禁城。牛山似阜，巢湖若镜，水秀山明。　　人云林坞躬耕。道行迹，规模阮步兵。富图书满架，长年抱膝，横窗梅菊，镇日餐英。幽韵堪寻，柴关剥啄，犹听吟声□□□。[2]亭轩静，长揖汤山隐，掀髯倾樽。

注释：

①《沁园春·南淮访隐》诗见 穆孝天、许佳琼 编著《邓石如研究资料》，人民美术出版社1988年版。

南淮：泛指淮水流域。▶汉 应玚《侍五官中郎将建章台集诗》："往春翔北土，今冬客南淮。"

②剥啄：象声词。敲门或下棋声。▶宋 苏轼《次韵赵令铄惠酒》："门前听剥啄，烹鱼得尺素。"

## 沁园春·留别[1]

□□□□，篱花尽放，惆怅深秋。念飘零书剑，一□□□，何时高卧，此志方酬？[2]怎似幽栖，门吞峦岫，日与巢由作侣俦。[3]高斋把酒，离情别恨，从此悠悠。[4]

暂时携手登途。向前路疏林共小留。[5]看山庄画里，半汤道口，双穿古洞，千树松楸。[6]拟想他年，重来系马，只恐蒲车赴帝丘。[7]停骖处，好倩谁图取，野鹤闲鸥。

注释：

①《沁园春·留别》诗见 穆孝天、许佳琼 编著《邓石如研究资料》，人民美术出版社1988年版。

②飘零书剑：古时谓文人携带书剑，游学四方，到处飘泊。▶《金瓶梅词话》第五六回："如今虽是飘零书剑，家里也还有一百亩田，三四带房子住着。"

③峦岫：山峰。▶元 祖铭《径山五峰·推珠峰》："元气结峦岫，献此大宝珠。"

④高斋：高雅的书斋。常用作对他人屋舍的敬称。▶唐 孟浩然《宴张别驾新斋》："高斋征学问，虚薄滥先登。"

⑤小留：暂时留止。▶唐 杜甫《彭衙行》："小留同家洼，欲出芦子关。"

⑥半汤：位于今安徽省巢湖市区东郊、汤山西麓，现名半汤街道。

⑦系马：拴马。▶晋 刘琨《扶风歌》："系马长松下，发鞍高岳头。"

蒲车：用蒲草裹着车轮的车子。古代用于封禅或征聘隐士。▶《史记·封禅书》："古者封禅为蒲车，恶伤山之土石草木。"

帝丘：古地名。在今河南濮阳县西南，相传为颛顼都城。公元前629年卫成公自楚丘迁都于此。战国时名濮阳，秦置濮阳县。

## 蔡邦烜

蔡邦烜（1744—1787），字霁霞，号月樵、咏花主人。清庐州合肥（今安徽省合肥市）人。太学生。著有《闻喜堂集》。

### 渡巢湖[①]

去日涉浅浪，归来云水宽。[②]岸闻乡语熟，帆落夕阳残。[③]不觉重经险，真惭所遇安。今宵聊隐梦，那识道涂难。[④]



注释：

①《渡巢湖》诗见 清 蔡邦烜《闻喜堂集》卷四，嘉庆十八年（1813）蔡家琬等同校刻本。

②去日：已过去的岁月。▶三国 魏 曹操《短歌行》："对酒当歌，人生几何，譬如朝露，去日苦多。"

云水：云与水。▶唐 杜甫《题郑十八著作丈故居》："台州地阔海冥冥，云水长和岛屿青。"

③乡语：家乡话。▶唐 章八元《归桐庐旧居寄严长史》："近闻江老传乡语，遥见家山减旅愁。"

④道途：亦作"道涂"。道路；路途。▶《礼记·儒行》："道涂不争险易之利，冬夏不争阴阳之和。"



### 湖上见雁[①]

湖上明沙水，归装客倦游。谁将几行字，书破一帆秋。片影冷残照，哀鸣落远洲。[②]嗷嗷南去急，空有稻粱谋。[③]

注释：

①《湖上见雁》诗见 清 蔡邦烜《闻喜堂集》卷四，嘉庆十八年（1813）蔡家琬等同校

刻本。

②片影：一片影子；孤独的身影。▶宋 杨万里《送吴敏叔待制侍郎》："自怜病鹤樊笼底，方羡冥鸿片影寒。"

③稻粱谋：本指禽鸟寻觅食物，多用以比喻人谋求衣食。▶唐 杜甫《同诸公登慈恩寺塔》诗："君看随阳雁，各有稻粱谋。"

## 浮邱公钓台[①]

往哲栖迟处，怜余空往来。[②]当年高钓者，何必有兹台。入世愧无用，置身甘不材。一竿照千古，岂待后人哀。

注释：

①《浮邱公钓台》诗见 清 蔡邦烜《闻喜堂集》卷四，嘉庆十八年(1813)蔡家琬等同校刻本。

②栖迟：亦作"栖犀"。此处指游息。▶《诗·陈风·衡门》："衡门之下，可以栖迟。"

## 进西口抵家[①]

湖宽河势阔，天淡蜀山微。不道孤羁客，今朝自远归。田芜飞雀少，船漏渡人稀。太息凋残景，荒村自掩扉。[②]败苇满荒蹊，河深断岸低。水宽多集鹜，村午不闻鸡。[③]风送孤帆冷，云横远目凄。门庭料荒废，情怯不堪提。斜日漾寒潮，归舟住短桡。人烟看屑瑟，市井太萧条。[④]风冷归饥鸟，林疏咽晚蜩。可怜衰鬓客，往返总无聊。[⑤]

注释：

①《进西口抵家》诗见 清 蔡邦烜《闻喜堂集》卷四，嘉庆十八年(1813)蔡家琬等同校刻本。

②太息：亦作"大息"。大声长叹，深深叹息。▶《庄子·秋水》："公子牟隐机大息，仰天而笑。"

③闻鸡：听到鸡叫。指黎明。▶明 何景明《祭亡兄东昌公文》："始在巴陵，闻鸡，通衙执烛视事。"

④屑瑟：象声词。犹萧瑟。▶清 曹禾《送友人还金陵》："屑瑟秋风送客装，萧条木落更神伤。"

⑤衰鬓：年老而疏白的鬓发。多指暮年。▶唐 卢纶《长安春望》："谁念为儒逢世难，独将衰鬓客秦关。"

## 教弩禅房题壁[①]

不寒不暖麦秋天，聒耳钟鱼破午眠。[②]壁拥云山供画眼，诗惭花木耸吟肩。萧萧搏黍声中雨，漠漠春锄影外烟。[③]满院风铃相对语，谁将兴废问当年。

注释：

①《教弩禅房题壁》诗见 清 蔡邦烜《闻喜堂集》卷一，嘉庆十八年(1813)蔡家琬等同校刻本。

②聒耳：指声音刺耳。▶《韩非子·显学》："今巫祝之祝人曰：'使若千秋万岁。'千秋万岁之声聒耳，而一日之寿无征于人。"

钟鱼：形同鲸鱼的撞钟的大木。典出《文选·班固〈东都赋〉》："于是发鲸鱼，铿华钟。"

③搏黍：黄鹂(即黄莺)的别名。搏，或作"抟"。▶汉 刘向《新序·节士》："今以百金与搏黍以示儿子，儿子必取搏黍矣。"

## 过李文定公废宅[①]

种菜畦边草树荒，旧时王谢有华堂。朱甍乍圮余题额，玉燕重来失画梁。[②]唐兀舍前山叠翠，包家墩畔水生香。[③]剧怜此地偏萧瑟，黄叶疏林冷夕阳。



注释：

①《过李文定公废宅》诗见 清 蔡邦烜《闻喜堂集》卷二，嘉庆十八年(1813)蔡家琬等同校刻本。

李文定公：指康熙朝大学士李天馥。

②朱甍：朱红色的屋顶。▶唐 李白《明堂赋》："皓壁昼朗，朱甍晴鲜。"

③题额：指匾额上的题字。▶清 袁枚《新齐谐·长鬼被缚》："(沈厚余)入门悄然，将升堂，见堂上先有一长人端坐，仰面视堂上题额。

## 人日过庐阳书院怀郑红泉山长[①]

春入寒城霁景初，仙蓂七叶向风舒。[②]灵辰偶过谈经地，佳日曾停问字车。[③]梅有香业谁载酒，柳从折后未烹鱼。扁舟我拟浮苕霅，应遂登龙候起居。[④]

注释：

①《人日过庐阳书院怀郑红泉山长》诗见 清 蔡邦烜《闻喜堂集》卷二，嘉庆十八年(1813)蔡家琬等同校刻本。

②霁景：雨后晴明的景色。▶唐 陈子昂《晦日宴高氏林亭》诗序："山河春而霁景华，城阙丽而年光满。"

③灵辰：旧时谓正月初七日为人日。▶唐 李峤《奉和人日清晖阁宴群臣遇雪应制》："三阳偏胜节，七日最灵辰。"

④苕霅：苕溪、霅溪二水的并称，在今浙江省湖州市境内，是唐代张志和隐居之地。▶《新唐书·隐逸传·张志和》："愿为浮家泛宅，往来苕霅间。"

登龙：同"登龙门"。▶唐 王季友《酬李十六岐》："于何车马日憧憧，李膺门馆争登龙。"

## 同人各赋秀州古迹送郑红泉山长归里分得顾野王读书台[1]

白莲寺前烟波绿，隔水书台耸平麓。野径人稀苔藓深，空山闲云挂古木。萧萧竹籁吟清风，仿佛犹疑人夜读。[2]吾乡有台东郊隅，参军遗迹寻榛墟。[3]两台对峙江南北，风景虽异名无殊。先生家在书台侧，年年砚北笺虫鱼。[4]远挹书香注肥水，我时叨坐春风余。岁晚忽听骊歌催，攀留无计心徘徊。俊逸亭边穷望眼，相思如见野王台。[5]

注释：

①《同人各赋秀州古迹送郑红泉山长归里分得顾野王读书台》诗见 清 蔡邦烜《闻喜堂集》卷二，嘉庆十八年(1813)蔡家琬等同校刻本。

顾野王：(519—581)，原名顾体伦，字希冯，吴郡吴县(今江苏省苏州市)人。南朝梁陈间官员、文字训诂学家、史学家。因仰慕西汉冯野王，更名为顾野王。长期居于亭林(今属上海金山区)，人称顾亭林。博通经史，擅长丹青，著有我国现存最早的楷书字典——《玉篇》。陈太建十三年(581)卒，诏赠秘书监、右卫将军。其一生著作丰富，内容涉及文学、文字学、方志、史学等多方面。其编纂的《舆地志》是全国性总志；另著有《符瑞图》《顾氏谱传》《分野枢要》《玄象表》及志怪小说《续洞冥记》等；另撰《通史要略》《国史纪传》，未竟而卒。顾野王读书台，一在亭林，一在槜李之双溪桥后，一在海宁县之峡石山。

②竹籁：风吹动竹子发出的声音。▶唐 贾岛《夜集田卿宅》："滴滴玉漏曙，翛翛竹籁残。"

③参军遗迹：此处指鲍照读书台，遗址在今安徽省肥东县梁园镇。鲍照于南朝宋孝武帝大明五年(461)出任前军参军，故世称"鲍参军"。

榛墟：荒野。▶晋 夏侯湛《秋可哀赋》："雁擢翼于太清，燕蟠形乎榛墟。"

④砚北：谓几案面南，人坐砚北。指从事著作。▶宋 张邦基《墨庄漫录》卷十："唐段成式书云：'杯宴之余，常居砚北。'"

虫鱼：孔子认为读《诗》可以多识草木鸟兽虫鱼之名；汉代古文经学家注释儒家经典，注重典章制度及名物的训释、考据。后遂以"虫鱼"泛指名物和典章制度。有时含讥其繁琐之意。

⑤俊逸亭：此处指梁园俊逸亭。北宋年间，张持正在庐州当官时，访知梁园有鲍照读书处，就地建亭，取名为“俊逸亭”。

## 教弩台晚眺[①]

蜀吴争逐中原鹿，魏睨汉鼎穴虎伏。传闻遗迹教弩台，劫灰而后花宫矗。[②]鼎足纷纭且莫论，笻屐登临消暑溽。高树凉归风谡谡，肯让山僧占清福。镇日贪同弥勒龛，不觉斜阳挂古木。散步平林算霭天，旷远烟霞堪豁目。[③]飞骑桥颓静风尘，藏舟浦冷绝舻舳。西山高拥佛髻青，北池近涨鸭头绿。[④]东望森森花木深，修竹吾庐三径曲。地僻虽能少车马，心累终嫌在尘俗。何当从此谢拘束，远公莲社犹可续。[⑤]他年缠缚愿恐虚，此日流连兴已足。[⑥]钟声催客下层台，惊起空廊飞蝙蝠。

注释：

①《教弩台晚眺》诗见 清 蔡邦烜《闻喜堂集》卷二，嘉庆十八年(1813)蔡家琬等同校刻本。

②花宫：指佛寺。▶唐 李颀《宿莹公禅房闻梵》：“花宫仙梵远微微，月隐高城钟漏稀。”



③豁目：开阔视野。▶南唐 李中《登毘陵青山楼》：“高楼闲上对晴空，豁目开襟半日中。”

④鸭头：鸭头色绿，形容水色。▶唐 李贺《同沈驸马赋得御沟水》：“绕堤龙骨冷，拂岸鸭头香。”

⑤远公：晋高僧慧远，居庐山东林寺，世人称为远公。▶唐 孟浩然《晚泊浔阳望庐山》诗：“尝读远公传，永怀尘外踪。”

莲社：佛教净土宗最初的结社。晋代庐山东林寺高僧慧远，与僧俗十八贤结社念佛，因寺池有白莲，故称。▶唐 戴叔伦《赴抚州对酬崔法曹夜雨滴空阶》诗之二：“高会枣树宅，清言莲社僧。”

⑥缠缚：缠绕束缚。▶宋 苏辙《次韵子瞻病中赠提刑段绎》：“宦游少娱乐，缠缚苦文案。”



## 城头观秋涨[①]

连朝风雨声訇訇，河流忽作奔雷鸣。[②]飞腾势涌失两岸，回旋气壮撼孤城。流星激箭喷飞雪，直下疑是银河倾。[③]浑濛一气杳莫辨，极目何分天宇青。纷纷村落罥浮藻，历历浦树同漂萍。桃花已过瓜蔓杳，蓼花终见秋涛生。转忆首夏甚苦旱，涓滴不啻霏瑶琼。[④]此日新粳遭席卷，太息难与蛟龙争。仰屋凄凄愁屋破，檐雨如绳声渐大。粲然欲窜杜陵诗，秋水船如天上坐。[⑤]

注释：

①《城头观秋涨》诗见 清 蔡邦烜《闻喜堂集》卷二，嘉庆十八年（1813年）蔡家琬等同校刻本。

②訇訇：象声词。形容大声。▶清 吴廷桢《观潮》："惊涛荡潏天低昂，乱石訇訇山破碎。"

③激箭：疾飞的箭，比喻急速，急疾。▶明 刘基《过闽关》诗之三："建溪激箭向南流，石齿如锋斗客舟。"

④不啻：无异于，如同。▶唐 元稹《叙诗寄乐天书》："视一境如一室，刑杀其下不啻仆畜。"

⑤粲然：明白貌；明亮貌。▶《荀子·非相》："欲观圣王之迹，则于其粲然者矣，后王是也。"

王汝璧（1746—1806），字镇之。清四川铜梁（今属重庆市）人。乾隆三十一年（1766）丙戌科进士，官至刑部侍郎。其诗专学韩愈，力洗凡庸，著有《铜梁山人诗集》。

## 过庐州[①]

言过文翁里，来寻大蜀山。[②]青城思超越，石室路闲关。[③]乡梦崌崃上，槎星牛斗间。[④]耆阇不可到，相对一开颜。[⑤]

注释：

①《过庐州》诗见 清 王汝璧《铜梁山人诗集》卷二十四，清光绪二十年（1894）京师刻本。

②文翁：文翁（前187—前110），名党，字仲翁，公学始祖，庐江舒人（今庐江县人），西汉循吏。汉景帝末年为蜀郡守，兴教育、举贤能、修水利，政绩卓著。

③青城：指四川青城山。▶北周 庾信《周车骑大将军贺娄公神道碑》："青城仙洞，黄石祠坛。"

石室：指传说中的神仙洞府。▶汉 刘向《真君传》："赤松子者，神农时雨师也……数往昆仑山中，常止西王母石室中，随风雨上下。"

闲关：辗转。▶《汉书·王莽传下》："王邑昼夜战，罢极，士死伤略尽，驰入宫，间关至渐台。"

④乡梦:思乡之梦。▶唐 宋之问《别之望后独宿蓝田山庄》:“愁至愿甘寝,其如乡梦何?”

牛斗:指牛宿和斗宿。传说吴灭晋兴之际,牛斗间常有紫气。雷焕告诉尚书张华,说是宝剑之气上冲于天,在豫东丰城。张华派雷焕为丰城令,得两剑,一名龙泉,一名太阿,两人各持其一。张华被诛后,失所持剑。后雷焕子持剑过延平津,剑入水,但见两龙各长数丈,光采照人。见《晋书·张华传》。后常用以为典。▶北周 庾信《思旧铭》:“剑没丰城,气存牛斗。”

⑤原诗后有作者自注:“浮槎山,耆阇飞来之一峰。”

## 过庐江口号①

磐石依然绿苇齐,五更松柏晓凄凄。②江城月上雨初过,一对鸳鸯下碧溪。③

注释:

①《过庐江口号》诗见 清 王汝璧《铜梁山人诗集》卷二十四,清光绪二十年(1894)京师刻本。

口号:古诗标题用语。表示随口吟成,和“口占”相似。始见于 南朝 梁简文帝《仰和卫尉新渝侯巡城口号》诗,后为诗人袭用。

②磐石:厚而大的石头,比喻稳定坚固。▶战国 楚 宋玉《高唐赋》:“磐石险峻,倾崎崖隤。岩岖参差,纵横相追。”

③江城:本指临江之城市、城郭。此处应是庐江城的省称。

碧溪:绿色的溪流。▶唐 杜甫《园》诗:“碧溪摇艇阔,朱果烂枝繁。”

## 过舒公墩口占即用介甫谢公墩韵①

名家坚白岂能同,谢姓王名偶尔中。②当日桐乡真爱否,而今墩字尚舒公。③

注释:

①《过舒公墩口占即用介甫谢公墩韵》诸诗见 清 王汝璧《铜梁山人诗集》卷二十四,清光绪二十年(1894)京师刻本。

舒公墩:即舒王墩。又名舒王冢,俗名舒安墩,位于安徽省肥西县花岗镇境内,标高38.3米,直径约70米,呈馒头形,面积约4000平方米,墩因烧窑动土破坏,封土层次清晰。

据《庐州府志》《舒城县志》载:墩为西汉高祖长兄之子刘信墓,高祖七年封信为羹颉侯,食邑于舒地,故名舒王墩;又一说:舒王墩为汉文帝时封的庐江王刘赐墓。据《读修庐州府志·古迹志》载:“今按舒王庙,汉文帝封淮南厉王之子赐为庐江王,居舒。”经考古发掘认定,舒王墩属早中期西汉墓葬,对于研究西汉历史具有很高的研究价值。2010年5月,舒王墩汉墓正式对外开放。

介甫谢公墩韵：指北宋王安石(字介甫)《谢公墩》诗："我名公字偶相同，我宅公墩在眼中。公去我来墩属我，不应墩姓尚随公。"

②坚白：语出《论语·阳货》："不曰坚乎，磨而不磷；不曰白乎，涅而不缁。"▶何晏集解引孔安国曰："言至坚者磨之而不薄，至白者染之于涅而不黑。"谓君子虽在浊乱而不能污。后因以"坚白"形容志节坚贞，不可动摇。

偶尔：亦作"偶而"。此处指巧合。

③桐乡：古地名。在今安徽省桐城市北。春秋时为桐国，汉改桐乡。《汉书·循吏传·朱邑》："(朱邑)少时为舒桐乡啬夫，廉平不苛，以爱利为行，未尝笞辱人，存问耆老孤寡，遇之有恩，所部吏民爱敬焉……。初，邑病且死，属其子曰：'我故为桐乡吏，其民爱我，必葬我桐乡。后世子孙奉尝我，不如桐乡民。'及死，其子葬之桐乡西郭外，民果共为邑起冢立祠，岁时祠祭。"后因以为官吏在任行惠政、有遗爱之典。

## 合肥途次寄孙湘云陈远香[①]

耆阇峰外有停云，草色波光合又分。[②]寄语词仙期后约，好将彩笔写羊裙。[③]金石心肠斗鼐文，高情磊磊薄青云。[④]雪天饶有王猷兴，一日何当少此君。[⑤]

注释：

①《合肥途次寄孙湘云陈远香》诗见清王汝璧《铜梁山人诗集》卷二十四，清光绪二十年(1894)京师刻本。原诗标题下有作者题注："孙善词，陈工篆籀。"

②停云：停止不动的云。▶晋陶潜《停云》诗："霭霭停云，蒙蒙时雨。"因其自序称"停云，思亲友也"，故后世多用作思亲友之意。▶明顾大典《青衫记·梦得刺江》："乍离省闼，能无恋阙之心；远别朋侪，未免停云之想。"

③词仙：称誉擅长填词的人。▶宋姜夔《翠楼吟》词："此地，宜有词仙，拥素云黄鹤，与君游戏。"

后约：日后的约会。▶宋柳永《夜半乐》词："到此因念，绣阁轻抛，浪萍难驻。叹后约丁宁竟何据。"

彩笔：江淹少时，曾梦人授以五色笔，从此文思大进。晚年又梦一个自称郭璞的人索还其笔，自后作诗，再无佳句。后人因以"彩笔"指辞藻富丽的文笔。▶宋贺铸《青玉案》词："碧云冉冉蘅皋暮，彩笔新题断肠句。"

羊裙：羊欣所穿的裙。《南史·羊欣传》："欣长隶书。年十二时，王献之为吴兴太守，甚知爱之。欣尝夏月着新绢裙昼寝，献之见之，书裙数幅而去。"后因以"羊裙"为文人间相互雅赏爱慕之典。▶宋姜夔《凄凉犯》词："漫写羊裙，等新雁来时系着。"

④金石：此处以金和美石比喻事物的坚固、刚强，心志的坚定、忠贞。▶《荀子·劝学》："锲而舍之，朽木不折；锲而不舍，金石可镂。"

磊磊：磊落，形容襟怀坦白，志节分明。▶唐 韩愈《答刘秀才论史书》："夫圣唐巨迹，及贤士大夫事，皆磊磊轩天地，决不沈没。"

斗鳠[xiè]文：指是先秦时期的古字体。斗是篆书中蝌蚪文(蝌蚪书、蝌蚪篆)，鳠文即薤书，为篆书之一体。▶清 李良年《桂枝香·忆往》词："记密写薤书螺盒，有蛱蝶能来，鹦鹉能说。"

⑤王猷：此处为晋代名士王子猷的省称，其人生性高傲，放诞不羁。▶宋 王十朋《剡溪杂咏》："闲乘雪中兴，唯有一王猷。"

## 吴锡麒

吴锡麒(1746—1818)，字圣征，号榖人。清浙江钱塘(今浙江省杭州市)人。乾隆四十年(1775)乙未科进士。授编修，嘉庆六年(1801)授祭酒。乞归养亲。主安定、乐仪等书院讲席。其诗与严遂成、厉鹗、袁枚、钱载、王又曾并称"浙西六家"，清峭灵俊，时人比之为新绿溪山，渐趋苍古。骈文为"乾隆八大家"之一。词清和雅正，秀色有余，为浙派晚期名家。有《有正味斋集》《有正味斋词》。

### 游铁佛寺寺为杨行密故宅①



三十六英雄，虫沙转眼中。②劫灰寒入地，铃语急飞空。③阅历徒华屋，庄严尚梵宫。黑云吹不到，鸦阵各西东。④

注释：

①《游铁佛寺寺为杨行密故宅》诗见 清 吴锡麒《有正味斋集》诗集卷十三韩江集，清嘉庆十三年(1808)刻有正味斋全集增修本。

②三十六英雄：指杨行密部下三十六员大将。▶《新五代史·吴世家·徐温》："行密所与起事，刘威、陶雅之徒，号三十六英雄。"

③铃语：檐铃的声音。语本《晋书·艺术传·佛图澄》："又能听铃音以言吉凶，莫不悬验。"

▶元 吴师道《次韵许可用参政从幸承天护圣寺是日升左丞》："瓦光浮璀璀，铃语振锵锵。"

④鸦阵：鸦群。▶宋 陆游《湖中暮归》诗："乍起鹭行横野去，欲栖鸦阵暗天飞。"

# 顾宗泰

顾宗泰,一名景泰,字景岳,号星桥、晓堂。清苏州元和(今苏州市相城区)人。与王鸣盛同从沈德潜学。乾隆四十年(1775)乙未科进士,历官吏部主事、高州知府,后罢归。嘉庆十一年(1806)掌教娄东书院,十三年(1808)入浙主万松书院。工诗文。家有月满楼,文酒之会无虚日,海内知名之士无不交投。著有《月满楼诗集》四十一卷别集六卷,《月满楼文集》十四卷首二卷。

## 和陆湘苹九日登金斗城作①

城临斗野接中台,俯瞰东洲明远台。②淝水横江银练合,蜀山绕郭翠霞来。③风疏落叶生秋籁,雨洗黄花静晚埃。④回首汝阴吟眺远,排空几处雁飞回。⑤

商飚萧瑟敛恢台,逸兴重登百尺台。⑥宵雨渔舟闻笛去,晓风海岛泛槎来。⑦人逢胜壤怜陈迹,趣到清游净俗埃。⑧想得携朋高会处,依然落帽咏诗回。⑨

注释:

①《和陆湘苹九日登金斗城作》诗见 顾宗泰《月满楼诗文集》诗集卷五江馆集,清嘉庆八年(1803)瞻园刊本。

②中台:星辰名。▶《晋书·天文志上》:“西近文昌二星,曰上台……次二星,曰中台。”

③翠霞:青色的烟霞。▶晋 郭璞《江赋》:“抚凌波而凫跃,吸翠霞而夭矫。”

④秋籁:犹秋声。▶宋 孔平仲《曹亭独登》:“微风撼晚色,爽气回秋籁。”

⑤汝阴:东晋于合肥侨置南汝阴郡,南朝梁改名汝阴。隋开皇时废。

⑥商飚:指秋风。▶《文选·陆机〈演连珠〉之四一》:“是以商飚漂山,不兴盈尺之云。”刘良 注:“商飚,秋风也。”

恢台:亦作“恢炱”“恢胎”。指旺盛、广大的样子。

⑦原句下注:“城有筝笛浦、浮槎山诸胜。”

⑧胜壤:地势优越或风景优美之地。▶南朝 梁 顾野王《虎丘山序》:“抑巨丽之名山,信大吴之胜壤。”

⑨落帽:典出东晋孟嘉登高落帽的故事,后人因代指重九登高。▶《晋书·孟嘉传》:“(嘉)后为征西桓温参军,温甚重之。九月九日,温燕龙山,僚佐毕集。时佐吏并著戎服,有风至,吹嘉帽堕落,嘉不之觉。温使左右勿言,欲观其举止。嘉良久如厕,温令取还之,命孙盛作文嘲嘉,著嘉坐处。嘉还见,即答之,其文甚美,四坐嗟叹。”

# 蓉江秋眺图为云间廖古檀明府题[①]

秋江一碧秋波清，芙蓉隔浦开繁英。[②]湿红堕水不可掇，片片疑是残霞横。[③]使君公余爱幽赏，竭来肥水谢尘鞅。[④]小坐江头把卷吟，凌云逸兴空凡想。[⑤]愧余来年载酒行，淮南蓟北无时宁。搴芳木末怅骚客，涉江谁赠回吴舲。[⑥]却怜明远台前路，未得追从倚日暮。[⑦]孤山何许郁林峦，巢湖几处萦烟雾。今披图卷足清游，萧然寄傲似沧洲。[⑧]柳州湘岸何须数，谁似风流一望收。[⑨]

注释：

①云间廖古檀明府：指廖景文。廖景文(1713—1787后)，字琴学、觐扬，号古檀、羡行氏、古檀氏等，清松江府娄县(今属上海市)人。乾隆十二年(1747)以密云籍中举人，曾任职官学，行走内廷。后任职扬州、河阳，其间政绩卓著。十九年(1754)会试，登明通榜。二十一年(1756)选授合肥知县。二十七年(1762)夏在合肥任上被参革去官，再未出仕。著有《吟香集》六卷、《清绮集》八卷(一名《罨画楼诗话》，为诗话汇编，同时收作者本人的《古檀诗话》)《古檀诗草》《盥花轩诗话》八卷等。廖景文诗书画均擅，于音律尤精，与剧作家金兆燕友善。任职合肥期间蓄有家班，并创作了三种剧作上演：《遗真记》传奇和以周瑜故事为内容的《比枪》《顾曲》短剧。本诗为作者和廖景文之间的唱酬诗，见 顾宗泰《月满楼诗文集》诗集卷十二蜡屐集 清嘉庆八年(1803)瞻园刊本。

②繁英：繁盛的花。▶晋 刘琨《重赠卢谌》："朱实陨劲风，繁英落素秋。"

③残霞：残余的晚霞。▶南朝 梁 何逊《夕望江桥》："夕鸟已西度，残霞亦半销。"

④尘鞅：世俗事务的束缚。鞅，指套在马颈上的皮带。▶唐 牟融《寄羽士》："使我浮生尘鞅脱，相从应得一盘桓。"

⑤逸兴：超逸豪放的意兴。▶《艺文类聚》卷一引 晋 湛方生《风赋》："轩濠梁之逸兴，畅方外之冥适。"

⑥搴芳：采摘花草。▶南朝 宋 谢灵运《山居赋》："愚假驹以表谷，涓隐岩以搴芳。"

⑦追从：追随跟从。▶明 王宠《旦发胥口经湖中瞻眺》诗："灵境指顾间，行当往追从。"

⑧寄傲：寄托狂放高傲的情怀。▶晋 陆云《逸民赋》："眄清霄以寄傲兮，溯凌风而颓叹。"

沧洲：滨水的地方。古时常用以称隐士的居处。▶三国 魏 阮籍《为郑冲劝晋王笺》："然后临沧洲而谢支伯，登箕山以揖许由 。"

⑨原句末注："盈盈湘西岸，秋至风露繁。柳柳州句也。"唐朝柳宗元遭贬后，徙为柳州刺史，因以柳州为其代称。

# 蔡邦霖

蔡邦霖(1747—1836),字熙万,号静远。清庐州合肥(今安徽省合肥市)人。嘉庆(1796—1820)年间贡生,道光元年(1821)举孝廉方正。著有《浴兰斋诗集》。

## 全椒早行①

驴背眺远山，偶续前宵句。②残梦石边醒，乱峰钟外曙。上下万山头，淡烟飞满路。日出云影消，绿尽全椒树。

注释:

①《全椒早行》诗见 清 陈诗《皖雅初集》,民国上海美艺图书公司聚珍本。

②前宵:前一天晚上。▶唐 侯道华《题院》:“前宵盗吃却,今日碧空飞。”

## 访梅子山道士不遇①

滨湖一桁小山横，蜡屐因知道士名。底事白云无定住，夕岚愁合远烟生。

注释:

①《访梅子山道士不遇》诗见 陈诗《皖雅初集》,民国上海美艺图书公司聚珍本。

梅子山:即梅山,位于桥头集镇,离县城约18公里,海拔300多米。山上有仙人洞,高近3米,宽约2米多,长10米多,洞口呈圆形,洞内弯曲,洞顶内上壁时有清亮的泉水徐徐下落。每年三月初三,有仙人洞庙会,肥东民间素有“三月三,上梅山”之说。“梅山仙人洞庙会”现已录入肥东县级非物质文化遗产名录。

## 早春闲眺怀友①

昨夜东风过小园，晓寒清眺启柴关。②落梅香送霏微雪，新柳痕连淡远山。③到眼好春生艳冶，独游野鸟共幽闲。④怀人欲问城南路，泥滑前村水几湾。⑤

注释:

①《早春闲眺怀友》诗见 陈诗《皖雅初集》,民国上海美艺图书公司聚珍本。

②清眺:悠闲地远望。▶唐 羊士谔《息舟荆溪呈李功曹巨》:“冲襟得高步,清眺极远方。”

③霏微：雨雪细小貌。▶唐 李端《巫山高》："回合云藏日，霏微雨带风。"

④怀人：所怀念的人。▶晋 陶潜《悲从弟仲德》："借问为谁悲？怀人在九冥。"

## 赵彦伦

赵彦伦，字云齐，又字云墀，字懿士，号云持。清合肥(今安徽省合肥市)东乡人。赵席珍之子。同治元年(1862)举孝廉方正。治小学，工诗文。十四岁即能诗，诗句凝练，被赞为"五言长城"。著有《云无心轩诗集》《香径词》。

### 浮槎寺①

琳宫今寂寞，仙鼠戏承尘。②老木拳新耳，荒烟种野磷。③掬泉搜石乳，乞火向山邻。④前辈留诗碣，摩挲一怆神。⑤

注释：

①《浮槎寺》诗见 清 陈诗《皖雅初集》卷二十九，民国十八年(1929)上海美艺图书公司印本。



②琳宫：仙宫。亦为道观、殿堂之美称。此处指寺院。▶《初学记》卷二三引《空洞灵章经》："众圣集琳宫，金母命清歌。"

承尘：指藻井，天花板。▶《后汉书·独行传·雷义》："默投金于承尘上，后葺理屋宇，乃得之。"

③仙鼠：蝙蝠的别名。▶唐 李白《答族侄僧中孚赠玉泉仙人掌茶》诗序："余闻荆州玉泉寺近清溪诸山，山洞往往有乳窟，窟中多玉泉交流。其中有白蝙蝠，大如鸦。按《仙经》：蝙蝠一名仙鼠，千岁之后，体白如雪，栖则倒悬，盖饮乳水而长生也。"

新耳：新长出来的菌类。

野磷：磷火，民间俗称为"鬼火"。

④乞火：求取火种。▶《淮南子·览冥训》："乞火不若取燧，寄汲不若凿井。"

⑤原诗"前辈留诗碣，摩挲一怆神。"句后有作者自注："有朱竹君紫牡丹诗石刻。"朱竹君，指清乾隆朝翰林学士朱筠。朱筠曾至浮槎山，作《浮槎山寺观紫牡丹花时清明后十日也》。

诗碣：诗碑。▶清 吴嘉纪《七夕同诸子集禅智寺硕公房再送王阮亭先生》："入户访诗碣，尘埃试拂拭。"

## 晚泊施口[1]

滩远抱河曲，平洲柳万株。[2]波明鱼避网，潮退树生须。物价增藜藿，天灾接楚吴。[3]芦根宵系缆，残月望巢湖。

注释：

①《晚泊施口》诗见 清 陈诗《皖雅初集》卷二十九，民国十八年(1929)上海美艺图书公司印本。

②河曲：河流迂曲的地方。▶《列子·黄帝》："因复指河曲之淫隈曰：'彼中有宝珠，泳可得也。'"

③藜藿：藜，藜草；藿，豆叶。指贫贱的人。▶南朝 梁 江淹《效阮公诗》之十一："藜藿应见弃，势位乃为亲。"

## 濡须口[1]

晚色射沙汀，推篷醉眼醒。[2]水光嘘日白，洲草界湖青。石古仙留迹，山荒佛不灵。泠泠风铎响，羁客带愁听。[3]

注释：

①《濡须口》诗见 清 陈诗《皖雅初集》卷二十九，民国十八年(1929)上海美艺图书公司印本。

②晚色：傍晚的天色。▶唐 杜甫《曲江对雨》："城上春云覆苑墙，江亭晚色静年芳。"

③泠泠：形容声音清越、悠扬。▶晋 陆机《招隐诗》之二："山溜何泠泠，飞泉漱鸣玉。"

## 黄雒河[1]

寺阁响风铃，帆收近短亭。空罾筛冷月，白鹭啄秋星。[2]风日山崖朽，香烟石马灵。[3]十年频过此，踪迹感飘萍。

注释：

①《黄雒河》诗见 清 陈诗《皖雅初集》卷二十九，民国十八年(1929)上海美艺图书公司印本。

黄雒河：裕溪河黄雒段俗称黄雒河。黄雒，古为黄雒镇，今改为黄雒社区。位于无为县东南边界，无城镇最北端，与含山县隔河相望，西河与裕溪河交汇处，黄雒北通巢湖，南达芜湖，西至无城，历史上是无为县最为重要的物流中心，集散中心，交通中心。黄雒闸是无为县极为重要的河流调节闸。

②秋星：秋夜的星辰。▶唐 杨炯《庭菊赋》："秋星下照，金气上腾。"

③风日：风与太阳。谓风吹日晒。▶晋 陶潜《五柳先生传》："环堵萧然，不蔽风日。"

## 教弩台[①]

方生春水正怜君，四越巢湖远略勤。[②]东去长江当一面，南来逐鹿竞三分。于今断镞刓苔绣，想见严城勒阵云。千载肥津资重镇，崇台酹酒吊将军。[③]

注释：

①《教弩台》诗见 清 陈诗《皖雅初集》卷二十九，民国十八年(1929)上海美艺图书公司印本。

②远略：此处谓经略远方。▶《左传·僖公九年》："齐侯不勤德，而勤远略，故北伐山戎，南伐楚。"

③酹酒：以酒浇地，表示祭奠。古代宴会往往行此仪式。▶隋 杜台卿《玉烛宝典·正月孟春》："元日至月晦为酺食，度水。士女悉湔裳，酹酒于水湄，以为度厄。"

## 过友人村庄[①]



隔离村犬吠行车，来访柴门处士家。[②]风有闲情围柳絮，春留本色在梨花。青山红粉人将隐，白酒黄鸡愿已奢。十载买邻曾有约，劳君指点话桑麻。[③]

注释：

①《过友人村庄》诗见 清 陈诗《皖雅初集》卷二十九，民国十八年(1929)上海美艺图书公司印本。

②处士：本指有才德而隐居不仕的人，后亦泛指未做过官的士人。▶《孟子·滕文公下》："圣王不作，诸侯放恣，处士横议，杨朱、墨翟之言盈天下。"

③买邻：谓择邻而居。▶《南史·吕僧珍传》："初，宋季雅罢南康郡，市宅居僧珍宅侧。僧珍问宅价，曰'一千一百万'。怪其贵，季雅曰：'一百万买宅，千万买邻。'"



## 汤朴庵颂慈云阁僧静澄句甚工口占遥赠[①]

记买轻舟下秣陵，梵宫高仰白云层。[②]定中觅句闲敲盏，悟后看花是戒僧。[③]心篆结成千佛座，蒲团枯守一龛灯。天风吹得潮音下，百尺危阑竟日凭。[④]

注释：

①《汤朴庵颂慈云阁僧静澄句甚工口占遥赠》诗见 清 陈诗《皖雅初集》卷二十九，民国

十八年(1929)上海美艺图书公司印本。原诗标题中“汤朴庵”后有注:“永固”。

②高仰:指地势高。与“低洼”相对而言。▶宋 李纲《靖康传信录下》:“地形低下处,可益增广;其高仰处,即开乾壕及陷马坑之类。”

③觅句:指诗人构思、寻觅诗句。▶唐 杜甫《又示宗武》:“觅句新知律,摊书解满床。”

④潮音:潮水的声音。亦指僧众诵经之声。▶宋 范成大《宿长芦寺方丈》:“夜阑雷破梦,欹枕听潮音。”

## 三月望日王谦斋尚辰招同吴菊坡克俊方子箴濬颐唐星斋增炳泛月逍遥津联句①

胜地良辰会佳客,主宾陶然忘形迹。禊事才过三月三,朋簪小聚罗含宅。②雉堞东偏斗鸭池,柳阴踠地绿丝丝。③新蒲出水芦芽短,细麦飞花笋箨迟。④濠流屈曲环如带,茆屋清幽隔埃𡉏。⑤湿云低曳凤楼边,暝烟远抱渔庄处。⑥绕篱野菜蝶来稀,去年燕子今年归。香生红豆词人梦,酒渍金庭倦客衣。⑦风流旷代追羲献,玉堂彩笔凌云健。⑧夜阑剪烛竞飞觞,相思他日诗留卷。当筵列坐多古怀,招得狂吟范陆侪。⑨翰墨因缘邀月证,英雄事业半尘埋。危桥咫尺传飞骑,将台久改招提寺。⑩一杵钟声警睡魔,千秋粉怨沈香骴。⑪已觉尊前感慨多,那堪萍梗逐风波。⑫偶临春水寻鸥鹭,还拟秋衣制芰荷。⑬唐衢逃酒飘然去,更索倚楼补题句。⑭雾散平芜不辨青,月明大地都流素。⑮渐闻鸡唱起前村,野景苍茫夜色昏。⑯橘酿瓶中倾剩沥,鸿泥壁上认新痕。⑰天教占尽清闲福,山水怡情胜丝竹。⑱为语今宵共醉人,如此佳游须再续。

注释:

①《三月望日王谦斋尚辰招同吴菊坡克俊方子箴濬颐唐星斋增炳泛月逍遥津联句》诗见 清 陈诗《皖雅初集》卷二十九,民国十八年(1929)上海美艺图书公司印本。

联句:古人作诗方式之一,由两人或多人各成一句或几句,合而成篇。旧传始于西汉汉武帝和诸臣合作的《柏梁诗》。

②禊事:禊祭之事。指三月上巳临水洗濯、祓除不祥的祭祀活动。▶《晋书·王羲之传》:“永和九年,岁在癸丑,暮春之初,会于会稽山阴之兰亭,修禊事也。”

朋簪:朋友,朋辈。语本《易·豫》:“大有得,勿疑,朋盍簪。”▶唐 戴叔伦《卧病》诗:“沧州诗社散,无梦盍朋簪。”

罗含宅:据《晋 书·文苑传·罗含传》记载,晋人罗含累官至廷尉,年老致仕还家,在荆州城西小洲上立茅屋而居,家中阶庭忽然兰菊丛生,时人以为是他的德行所感。后来“罗含宅”常用为退仕后有所托身的典故。

③雉堞:又称垛墙,城墙顶部外侧的连续凹凸的齿形的矮墙。

斗鸭池:即合肥逍遥津,古又名“窦池”“斗鸭池”。

踠[wǎn]：弯曲不能伸直。

④笋箨[tuò]：竹笋外壳。▶北周 庾信《谢滕王赉巾启》："入彼春林，方夸笋箨。"

⑤埃壒[ài]：犹尘土。▶《后汉书·班固传上》："抗仙掌以承露，擢双立之金茎；轶埃壒之混浊，鲜颢气之清英。"

⑥暝烟：傍晚的烟霭。▶唐 戴叔伦《过龙湾五王阁访友不遇》诗："野桥秋水落，江阁暝烟微。"

⑦红豆：又名相思子，一种生在岭南地区的植物，结出的籽像豌豆而稍扁，呈鲜红色。常为诗人用写男女相思。▶唐 王维《相思》："红豆生南国，春来发几枝？愿君多采撷，此物最相思。"

⑧羲献：晋代书法家王羲之、王献之父子二人的并称。

玉堂：殿堂的美称。彩笔：指辞藻富丽的文笔。《南史·江淹传》载，江淹少时，曾梦人授以五色笔，从此文思大进，晚年又梦一个自称郭璞的人索还其笔，自后作诗，再无佳句。凌云：据《史记·司马相发传》载，汉武帝说读司马相如所作《大人赋》，"飘飘有凌云之气，似游天地之间。"

⑨范陆侪[chái]：借指诗友。范陆，指南朝范晔与陆凯。侪[chái]，辈，类。▶南朝宋 盛弘之《荆州记》："陆凯与范晔相善，自江南寄梅花一枝，诣长安与晔，并赠花诗曰：'折梅逢驿使，寄与陇头人。江南无所有，聊赠一枝春。'"

⑩"危桥咫尺传飞骑"句：三国孙权攻打合肥，在逍遥津被张辽等打得大败。张辽拆掉了横跨在逍遥津上的唯一一座西津桥，孙权逃到此处，牙将叫孙权将马倒退几步，抓紧马鞍，遂向马屁股狠抽一鞭，孙权坐骑向前猛跃，飞一般跳过桥，脱离险境。西津桥后遂被称作飞龙桥或飞驹桥。

⑪骴[cī]：骸骨，肉未烂尽的尸骨。

⑫萍梗：借指行止无定，漂泊流徙的人或物。▶唐 许浑《晨自竹径至龙兴寺崇隐上人院》："客路随萍梗，乡园失薜萝。"

⑬秋衣：秋日所穿的衣服。▶唐 李白《陪族叔刑部侍郎晔及中书贾舍人至游洞庭》诗之四："醉客满船歌《白苎》，不知霜露入秋衣。"

⑭唐衢：唐衢，唐中叶诗人，屡试不第。所作诗意多伤感。见人诗文有所悲叹者，读后必哭。《旧唐书·唐衢》谓其好哭，"尝客游太原，属戎帅军宴，衢得预会。酒酣言事，抗音而哭，一席不乐，为之罢会。"后以"唐衢痛哭"为伤时失意之典。

逃酒：谓逃避饮酒，离席先去。▶宋 苏轼《虔守霍大夫监郡许朝奉见和此诗复次前韵》："敢因逃酒去，端为和诗留。"

⑮流素：谓月亮发散出如练的光辉。▶宋 石孝友《水调歌头·上清江李中生辰》词："七蓂余翠，半月流素影徘徊。"

⑯鸡唱：犹言鸡鸣、鸡啼。▶唐 刘禹锡《酬乐天初冬早寒见寄》："霜凝南屋瓦，鸡唱后园枝。"

⑰鸿泥：即"鸿泥雪爪"，比喻往事留下的痕迹。典出 宋 苏轼《和子由渑池怀旧》："人

生到此处何似，应似飞鸿踏雪泥。雪上偶然留爪印，鸿飞那复计东西。”

⑱天教：上天示意，以为教诲。▶《晏子春秋·谏上十八》：“日暮，公西面望，睹彗星。召伯常骞，使禳去之。晏子曰：‘不可，此天教也。’”



## 舟中与蔡静远邦霖联句[①]

矮云起山不上天，盖作峰头一茅屋。须臾飞尽不可寻，散入山坳万松竹。[②]好风飒飒西南来，吹上高空露岩谷。孤峰青堕篷窗前，竟日凭栏看不足。[③]舟行好结青山缘，朝如同行暮同宿。山光渐淡云不来，山云上舟纷可掬。[④]

注释：

①《舟中与蔡静远邦霖联句》诗见 清 陈诗《皖雅初集》卷二十九，民国十八年(1929)上海美艺图书公司印本。

②山坳：山间的平地；两山间的低下处。▶宋 文天祥《至扬州》：“此去侬家三十里，山坳聊可避风尘。”

③篷窗：犹船窗。▶宋 张元干《满江红·自豫章阻风吴城作》词：“倚篷窗无寐，引杯孤酌。”

④可掬：可以用手捧住。形容情状明显。▶唐 韩愈《春雪》：“遍阶怜可掬，满树戏成摇。”



# 赵彦荃

赵彦荃，字湘荪。清庐州合肥(今安徽省合肥市)人。赵席珍之女。适沙祖授，年二十四而夫亡，矢志抚孤。素嗜吟咏，每一诗出，脍炙人口。著有《红雪轩诗集》。

## 自题书斋[①]

萧条门巷少行踪，无主飞花满地红。残卷案头尘土积，遗笺壁上墨痕融。绿窗同玩三更月，红豆抛残五夜风。[②]往事已经都是幻，浮生转眼总成空。

注释：

①《自题书斋》诗见 光铁夫《安徽名媛诗词征略》，卷三，黄山书社1986年版。

②绿窗：绿色纱窗。指女子居室。▶唐 李绅《莺莺歌》：“绿窗娇女字莺莺，金雀娅鬟年十七。”

五夜：即五更。▶《文选·陆倕〈新刻漏铭〉》：“六日不辨，五夜不分。”李善 注引 卫宏

《汉旧仪》:“昼夜漏起,省中用火,中黄门持五夜。五夜者,甲夜、乙夜、丙夜、丁夜、戊夜也。”

## 汪学金

汪学金(1748—1804),字敬箴,号杏江,晚号静厓。清江苏太仓(今江苏省太仓市)人。乾隆四十六年(1781)辛丑科进士,授编修。嘉庆中,官至左庶子。少时师事朱圭,为学兼通佛典。常以“毋虐取,毋奢用”诫子。有《井福堂文稿》《静厓诗集》。

### 庐州行馆为亡妹设奠诗以志痛①

淡烟疏雨蜀山青,彳亍无端马足停。②怅触征衫两行泪,断蝉凄咽不堪听。③

天涯地角两茫茫,客馆重来奠桂浆。④此日魂兮招不得,庐江娄水又浔阳。

浔阳回首渺愁余,问讯还凴双鲤鱼。记得当年鲍明远,客中曾寄大雷书。⑤



注释:

①《庐州行馆为亡妹设奠诗以志痛》诗见 清 汪学金《静厓诗稿》初稿卷四古今体八十一首,清乾隆刻嘉庆增修本。

②彳亍:小步走,走走停停的样子。▶《文选·潘岳〈射雉赋〉》:“彳亍中辍,馥焉中镝。”

③怅触:感触。▶唐 李商隐《戏题枢言草阁三十二韵》:“君时卧怅触,劝客白玉杯。”

④桂浆:指酒浆,美酒。▶《楚辞·九歌·东君》:“操余弧兮反沦降,援北斗兮酌桂浆。”

⑤大雷书:指南朝鲍照曾作《登大雷岸与妹书》。大雷在今安徽省望江县 。

## 黄景仁

黄景仁(1749—1783),字仲则,一字汉镛,号鹿菲子。清江苏武进(今江苏省常州市武进区)人。监生。家贫游四方,入安徽学政朱筠幕。乾隆四十一年(1776)高宗东巡召试,列二等,陕西巡抚毕沅爱其才,助其纳资为县丞。将补官,遇债主催逼,抱病赴西安,卒于山西运使沈业富署中。其诗与洪亮吉齐名称“洪黄”,为清中叶最具代表性诗人,任其天之自然,称其心之欲出,乾坤清气,独往独来。词小令情辞兼胜,长调颇多楚声。又精书艺,工篆刻。有《两当轩集》《竹眠词》。

## 飞骑桥[①]

鼓吹声沉楼橹消，紫髯几尔困雄枭。[②]半生意气三篙水，一骑飞腾两板桥。引袂创深凌荡寇，停樽涕破贺公苗。[③]经看壁垒真儿戏，尚有垂杨映画桡。[④]

注释：

①《飞骑桥》诗见 清 黄景仁《两当轩全集》卷八古近体诗四十六首，清咸丰八年(1858)黄氏家塾刻本。

②紫髯：紫色的胡子。此处特指孙权。《献帝春秋》描写的孙权的样子为："紫髯将军，长上短下"。

雄枭：枭雄。此处特制曹操。东汉末年，许劭与其从兄许靖喜欢品评当代人物，常在每月的初一，发表对当时人物的品评，称为"月旦评"或"汝南月旦评"。许劭后评曹操是"治世之能臣，乱世之奸雄。"

③凌荡寇：指三国时东吴将领凌统。被《三国志》作者陈寿盛赞为"江表之虎臣"。凌统，字公绩。汉建安二十年(215)，因破皖城，升为荡寇中郎将，后参加合肥之战。时张辽威震逍遥津，大破吴军，凌统为护卫孙权，而多处受创，后获救。

贺公苗：指三国时东吴将领贺齐。贺齐，字公苗。汉建安二十年(215)，贺齐曾随孙权围攻合肥。

④画桡：有画饰的船桨。▶唐 方干《采莲》："指剥春葱腕似雪，画桡轻拨蒲根月。"

## 合肥城楼[①]

筝笛声消极浦间，逍遥津水尚湾环。[②]英雄浪卷都无迹，城郭珠沉竟不还。生惜文鸯名似锦，旧倾韦虎望如山。[③]登楼此日容清啸，词客淮南鬓已斑。

注释：

①《合肥城楼》诗见 清 黄景仁《两当轩全集》卷八古近体诗四十六首，清咸丰八年(1858)黄氏家塾刻本。

②极浦：遥远的水滨。▶《楚辞·九歌·湘君》："望涔阳兮极浦，横大江兮扬灵。"

湾环：曲水围绕。▶唐 白居易《玩止水》："广狭八九丈，湾环有涯涘。"

③文鸯：指魏末晋初名将文俶。文俶字次骞，小名阿鸯，世称文鸯。魏前将军、扬州刺史文钦之子。早年随父及毋丘俭在寿春起兵讨伐司马氏，后兵败投吴。诸葛诞起兵反司马时，随文钦从吴国驰援。后内讧，诸葛诞杀文钦，文鸯遂降司马昭。晋朝建立后，文鸯都督凉、秦、雍州三州军力大破秃发树机能，胡人部落有二十万人归降，名闻天下。晋惠帝时，东安王司马繇(诸葛诞的外孙)诬告文鸯与杨骏一同谋反，文鸯因而遇害，并遭夷灭三族。

韦虎:指南北朝时期南梁名将韦睿。韦睿,字怀文。梁天监四年(505),督军北伐,攻小岘城。进军合肥,引肥水灌城,大破魏军,斩俘一万余人,威震天下。北魏人对其颇为畏惧,称为"韦虎"。

## 庐州客舍寄宜兴万黍维时黍维将来而余又将之泗州矣[①]

高斋日暮搴孤幌,客中杨柳垂垂长。[②]惊心春事日渐阑,故人不至何由往。笑声在耳言铭心,良会无多易畴曩。[③]抱柱曾惭桥下期,买舟未果山阴访。[④]揭来闭置金斗城,坐席未温车铎响。依人去住不自由,身与桔槔同俯仰。[⑤]闻君亦欲看山来,吁嗟道路疲吾党。后先踪迹良悠悠,破壁留诗拂蛛网。鸿雁犹归江上音,烟波不共淮南赏。料尔装成罨画溪,尚有落花随画桨。[⑥]

注释:

①《庐州客舍寄宜兴万黍维时黍维将来而余又将之泗州矣》诗见 清 黄景仁《两当轩全集》卷八古近体诗四十六首,清咸丰八年(1858)黄氏家塾刻本。

②高斋:高雅的书斋。常用作对他人屋舍的敬称。▶唐 孟浩然《宴张别驾新斋》:"高斋征学问,虚薄滥先登。"

③畴曩:往日;旧时。▶晋 葛洪《抱朴子·钧世》:"盖往古之士,匪鬼匪神,其形器虽冶铄于畴曩,然其精神布在乎方策。"

④"买舟未果山阴访"句后有作者自注:"出门时约过黍维,后以事牵不果。"

⑤桔槔:亦作"桔皋"。古代井上汲水的工具。在井旁架上设一杠杆,一端系汲器,一端悬绑石块等重物,用不大的力量即可将灌满水的汲器提起。▶《庄子·天运》:"且子独不见夫桔槔者乎,引之则俯,舍之则仰。"

⑥罨画:色彩鲜明的绘画。▶明 杨慎《丹铅总录·订讹·罨画》:"画家有罨画,杂彩色画也。"多用以形容自然景物或建筑物等的艳丽多姿。

## 浮槎山寺[①]

山形如槎云浮浮,耆阇崛翔云上头。[②]西来意祖三弟子,一块净土虚根留。梵僧碧眼亲识得,指点怪秘传千秋。山灵非神亦非鬼,梦落深宫愁帝子。梦中山在缥缈间,按图来求走中使。一朝觅得随布金,山花笑指宫车临。铅脂洗净功德水,富贵了寂钟鱼音。[③]此时老公失精魄,刹帝利来徒面壁。空谈已着旬波魔,百身那忏台城厄。[④]金瓯已缺荒故宫,劫灰留镇无心峰。[⑤]珠珞散为尘土尽,楼台半逐云烟空。[⑥]从此槎浮失归路,天女常留散花处。[⑦]天边鸾驾如可招,却跨山头决空去。

注释:

①《浮槎山寺》诗见 清 黄景仁《两当轩全集》卷八古近体诗四十六首，清咸丰八年(1858年)黄氏家塾刻本。原诗标题后有注："旧志，山自海上浮来，梵僧见之曰：'此耆阇一峰也。'寺为梁武帝女舍身处。"

②"山形如槎云浮浮，耆阇崛翔云上头。"句后有注："梵语灵鹫山为耆阇崛山，见《水经注》竺法维云。"

③功德水：功德水又称八定水。佛教谓西方极乐世界中，处处皆有七妙宝池，八定水弥满其中。其水澄净、清冷、甘美、轻软、润泽、安和，饮时除饥渴，能增益种种殊胜善根。

钟鱼：寺院撞钟之木。因制成鲸鱼形，故称。亦借指钟、钟声。▶宋 黄庭坚《阻风入长芦寺》："金碧动江水，钟鱼到客船。"

④旬波魔：即魔波旬。梵名Pa^pi^yas或Pa^pman，巴利名Pa^piya或Pa^pimant。又作波俾掾、波椽、波鞞、陂旬、波俾、播裨。经典中又常作'魔波旬'(梵Ma^ra -pa^pman)。意译杀者、恶物、恶中恶、恶爱。指断除人之生命与善根之恶魔。为释迦在世时之魔王名。据《太子瑞应本起经》载，波旬即欲界第六天之主。《大智度论》卷五十六谓，魔名为'自在天王'。此魔王常随逐佛及诸弟子，企图扰乱之；而违逆佛与娆乱僧之罪，乃诸罪中之最大者，故此魔又名'极恶'。

⑤金瓯：原意为金制的盆、盂器皿，后用以比喻疆土之完固.亦用以指国土。▶《南史·朱异传》："(武帝)尝夙兴至武德阁口，独言：'我国家犹若金瓯，无一伤缺缺。'"

⑥珠珞：珍珠串成的璎珞。▶元 宋本《大都杂诗》之三："宝幢珠珞瞿昙寺，豪竹哀丝玳瑁筵。"

⑦槎浮：乘筏泛游。▶清 钮琇《觚賸续编·桃花园》："营成别业，槎浮笠泽之家；选遍名葩，核裹龙门之种。"

## 清明后七日雨中宿浮槎寺阶下紫牡丹一本开盛有二百余头笥河夫子作歌命和其韵①

高僧得句梦子瞻，石泉淙淙榆火炎。②身游一彻未来境，看花更使游心餍。③虚凉佛地尽诸相，恍见天女空中拈。④一百六日过虽瞥，七十九朵谁先占。⑤桐风吹雨云暗牖，眼界灿若初阳暹。⑥山深地古春力厚，芳菲畴识先时觇。⑦野禽衔瓣着佛顶，长蚑结网攀茅檐。⑧不忧伧父肩上担，时怯樵子腰间镰。⑨怪渠骨相匪枯槁，所置身处何其廉。⑩问花毋乃太自苦，良久不语花口箝。⑪花如道我代花答，托根有土百不嫌。⑫魏家千叶本冠世，苦被俗论相凭钳。⑬有心终是耻王后，遗世独立逃诐憸。⑭非花我已得花意，郄笑积习徒沾黏。⑮慈恩深院古所赏，颜色岂肯长沦淹。⑯解留光艳照我辈，真识远胜千夫兼。⑰临风顾影若意气，为见学士拈髭髯。⑱三章倏似大篇易，魂摄笔底花恹恹。⑲藉令相见稍前后，空山韵事谁能添。⑳深龛弥勒亦莞尔，笑我小缀言詹詹。㉑夜分花睡我亦睡，切勿放下芦花帘。㉒

注释:

①《清明后七日雨中宿浮槎寺阶下紫牡丹一本开盛有二百余头笥河夫子作歌命和其韵》诗见 清 黄景仁《两当轩全集》卷八古近体诗四十六首,清咸丰八年(1858)黄氏家塾刻本。

笥河夫子:指乾隆朝翰林学士朱筠,时任安徽学政。曾游浮槎山,作《浮槎山寺观紫牡丹花时清明后十日也》诗。

②得句:谓诗人觅得佳句。▶唐 周贺《上陕府姚中丞》:"成家尽是经纶后,得句应多谏诤余。"

③游心:游惰之心。▶唐 白居易《息游堕策》:"方今人多游心,地有遗力,守本业者,浮而不固;逐末作者,荡而忘归。"

④诸相:佛教语。指一切事物外现的形态。▶《维摩诘所说经·弟子品》:"法常寂然,

⑤一百六:寒食日的别称。"一百五"亦指寒食节,在冬至之后的第一百零五日。▶元 赵善庆《庆东原·晚春杂兴》曲:"百六楚风酸,三月吴姬瘦。"

⑥暗牖:光线不足的窗户。▶隋 薛道衡《昔昔盐》:"暗牖悬蛛网,空梁落燕泥。"

⑦春力:指春季温煦之气催发万物之力。▶唐 司空图《柳》诗之一:"漫说早梅先得意,不知春力暗分张。"

⑧长蚑:蟏蛸的别名。▶晋 崔豹《古今注·鱼虫》:"长蚑,蟏蛸也。身小足长,故谓长蚑。"



⑨伧父:晋、南北朝时,南人讥北人粗鄙,蔑称之为"伧父"。▶《晋书·文苑传·左思》:"初,陆机入洛,欲为此赋,闻思作之,抚掌而笑,与弟云书曰:'此间有伧父,欲作《三都赋》,须其成,当以覆酒瓮耳。'"

⑩骨相:此处指人或动物的骨骼、形体、相貌。▶唐 韩愈《韶州留别张端公使君》:"久钦江总文才妙,自叹虞翻骨相屯。"

⑪自苦:自己受苦;自寻苦恼。▶《书·盘庚中》:"尔惟自鞠自苦。"

⑫托根:犹寄身。▶苏曼殊《断鸿零雁记》第三章:"后此,夫人综览季世,渐入浇漓,思携尔托根上国。"

⑬魏家:魏家品的省写。即,牡丹名贵品种"魏紫"。▶宋 刘辰翁《虞美人·咏海棠》词:"魏家品是君王后,岂比昭容袖。"

⑭诐憸[xiān]:指谄佞奸邪的世俗之论。▶清 黄景仁《清明后七日雨中宿浮槎寺阶下紫牡丹一本开盛有二百余头笥河夫子作歌命和其韵》:"魏家千叶本冠世,苦被俗论相髡钳。有心终是耻王后,遗世独立逃诐憸。"

⑮沾黏:联结在一起;不可分离。▶《朱子语类》:"是各自开去,不相沾黏。"

⑯沦淹:此处指沦没,埋没。

⑰光艳:光彩艳丽。 明 高启《当炉曲》:"光艳动春朝,妆成映洛桥。"

⑱顾影:亦作"顾景"。自顾其影。有自矜、自负之意。▶《后汉书·南匈奴传》:"昭君丰容靓饰,光明汉宫,顾景裴回,竦动左右。"

⑲大篇：称对方的诗文，犹言大作。▶清 周亮工《尺牍新钞·张九征与王阮亭》："三日夕读大篇，几不成寐。"

⑳藉令：假使。▶宋 司马光《涑水记闻》卷四："且奏贼初无此言，是必怨雠者为之，藉令有之，若以一卒之故，断都转运使头，此后政令何由得行？"

㉑詹詹：以为谈吐烦琐、喋喋不休的样子。▶《庄子·齐物论》："大言炎炎，小言詹詹。"

㉒夜分：夜半。▶《韩非子·十过》："昔者卫灵公将之晋，至濮水之上，税车而放马，设舍以宿，夜分而闻鼓新声者而说之，使人问左右，尽报弗闻。"

黄钺（1750—1841），字左田，又名左君，号壹斋、左庶子。清当涂（今安徽省当涂县）人。乾隆五十五年（1790）庚戌科进士，授户部主事。嘉庆间官至礼部尚书。赠太子太保，谥"勤敏"。习于掌故，工书善画。晚年失明，自号"盲左"。有《壹斋集》《二十四画品》。

## 书补刻姜白石巢湖神姥祠有叙[①]

姜白石泛巢湖，闻箫鼓声，问之，舟师云："居人为此湖神姥寿。"因祝曰："得一席风，径至居巢，当以平韵《满江红》为迎送神曲。"言讫，风与笔俱驶，顷刻而成。后过祠下，刻之柱间，集中所载如此。乾隆乙卯（1795），巢县葛茂才桂丹游芜湖，钺询其柱刻存否，则无有知其事者。白石词、曲、书法，为南宋名家，令其词刻尚在，可称二妙，乃录其词以赠葛君，并识其后，冀好事者补刻焉。阅三十二年道光丙戌（1826），唐家琛以选拔生贡京师，出示拓本，则县人钱懋道、李鋮等已于嘉庆戊寅（1818）重书石刻，嵌诸祠壁矣。盖葛君归自芜湖，不数年物故，钺手录词稿为钱君所藏，李君辈乃谋刻之，始于钺之一言。辗转二十余年，钱李诸君乃能成之。刻后又九年，钺始获见其拓本，亦可感也。钱君与先兄补之有旧，刻石时，自署年七十有六，计今当八十有五，长先兄一岁，而先兄下世二十一年矣。悲夫，书四绝句，以报钱李诸君。

灵旗飘动片帆通，博得新词绝世工。[②]孤负江神无以报，当年辛苦马当风。[③]

湖中箫鼓岁时闻，祠内神弦久积尘。[④]未免被他诸娣笑，尧章过后寂无人。[⑤]

未忘醱蔑一言初，精砥琼瑶子细书。[⑥]不谓葛强翻不见，一弹指顷卅年余。

残笺何幸弃钱郎，更感交情叙雁行。⑦叹息风流今已尽，水云南望总凄凉。

注释：

①《书补刻姜白石巢湖神姥祠有叙》诗见 清 李恩绶编《巢湖志》卷二诗，黄山书社2007年版，第540页。

②新词：原意为新作的诗词。此处是指姜夔所作《满江红·仙姥来时》词。

③马当：山名。在江西省彭泽县东北，北临长江，山形似马，故名。相传唐代王勃乘舟遇神风，自此一夜达南昌。▶唐 陆龟蒙《马当山铭》："言天下之险者，在山曰太行，在水曰吕梁，合二险而为一，吾又闻乎马当。"

④箫鼓：箫与鼓。泛指乐奏。▶南朝 梁 江淹《别赋》："琴羽张兮箫鼓陈，燕赵歌兮伤美人。"

⑤诸娣：众妾此处指诸神姬。▶《诗·大雅·韩奕》："诸娣从之，祁祁如云。"

⑥鬷[zōng]蔑：此处指春秋时郑国大夫鬷蔑，字然明。《左传·昭公二十八年》：魏子曰："辛来！昔叔向适郑，鬷蔑恶，欲观叔向，从使之收器者而往，立于堂下。一言而善。叔向将饮酒，闻之，曰：'必鬷明也。'下，执其手以上，曰：'昔贾大夫恶，娶妻而美，三年不言不笑，御以如皋，射雉，获之。其妻始笑而言。贾大夫曰："才之不可以已，我不能射，女遂不言不笑夫！"今子少不扬，子若无言，吾几失子矣。言不可以已也如是。'遂知故在。今女有力于王室，吾是以举女。行乎！敬之哉！毋堕乃力！"



⑦钱郎：指巢县人钱懋道。

## 芮正心

芮正心（1750—1808），字光道，号诚斋。清庐江（今安徽省庐江县）人。岁贡。

### 辛卯秋日游冶父山偶题①

冶父名山秀独钟，初晴爽气豁千重。②龙池水净明秋月，虎洞风清送午钟。几个蝉鸣岩下竹，数行雁拂岭头松。雄心天外横长剑，更上凌霄第一峰。

注释：

①《游冶父寺》诗见 清 钱鑅修 俞燮、卢钰纂《（光绪）庐江县志》卷十五，清光绪十一年（1885）刻本。

②独钟：特别集中；单独汇聚。▶明 胡应麟《诗薮·遗逸下》："惟斑（祖斑）《修文御览》特传于宋……其子君彦，复以文知名。

# 左辅

左辅（1751—1833），字仲甫，一字蘅友，号杏庄，江苏阳湖人。乾隆五十八年（1793）癸丑科进士，后任合肥知县，任内主持编纂《合肥县志》以及维修合肥城池。治行素著，能得民心。嘉庆间，官至湖南巡抚。著有《念宛斋诗》《念宛斋词》《念宛斋古文》《念宛斋书牍》等五种。

## 筝笛浦[①]

搜神寻旧浦，浪说绮罗纷。[②]艳质一时尽，清歌何处闻？[③]落花销别管，荒梦散朝云。回首西陵树，何曾驻夕曛。[④]

注释：

①《筝笛浦》诗见 清 左辅《（嘉庆）合肥县志》合肥县志卷第三十一，清嘉庆八年（1803）修民国九年（1920）重印本。

②“搜神寻旧浦”句后原有注：“事载搜神传”。按，筝笛浦故事见▶晋 干宝《搜神记·筝笛浦官船》：“庐江筝笛浦，浦有大舶，覆在水中，云是曹公舶船。尝有渔人，夜宿其旁，以船系之，但闻筝笛弦节之声及香气氤氲，渔人又梦人驱遣云：‘勿近官船。’此人惊觉，即移船去。相传云曹公载数妓船覆于此，今犹存焉。”

③艳质：此处指美女。▶唐 白居易《冬至夜怀湘灵》：“艳质无由见，寒衾不可亲。”

④夕曛：指落日的余晖。▶南朝 宋 谢灵运《晚出西射堂》：“晓霜枫叶丹，夕曛岚气阴。”

## 谒包孝肃公祠[①]

侵晨洁苹藻，来拜先生祠。[②]松晓露犹凝，花寒香乍披。登堂怀履舄，临水鉴须眉。[③]俯仰钓游地，风徽那可追。[④]

注释：

①《谒包孝肃公祠》诗见 清 左辅《（嘉庆）合肥县志》合肥县志卷第三十一，清嘉庆八年（1803）修、民国九年（1920）重印本。

②侵晨：天快亮时，拂晓。▶《三国志·吴志·吕蒙传》：“侵晨进攻，蒙手执枹鼓，士卒皆腾踊自升，食时破之。”

③履舄：古代单底鞋称履，复底鞋称舄，故以“履舄”泛称鞋。此处特指包拯的靴履。合肥包孝肃公祠内曾收藏包公所遗之靴。▶唐 姚合《扬州春词》：“竹风轻履舄，花露腻

衣裳。"

④风徽：风范，美德。▶南朝 宋 谢瞻《于安城答灵运》："绸缪结风徽，烟煴吐芳讯。"

## 登大蜀山寻渊济龙王庙故址[①]

已觉出云表，旷然登此山。[②]春风喧鸟语，一路到禅关。[③]独水清堪鉴，孤亭废莫攀。烟萝谁是主，松桂未全删。[④]

慧远千天泽，谈经夜有灵。蛟门苔不蚀，龙穴草犹腥。[⑤]风雨何空阔，岩阿自杳冥。[⑥]新宫如可作，应乞少霞铭。[⑦]

注释：

①《登大蜀山寻渊济龙王庙故址》诗见 清 左辅《(嘉庆)合肥县志》合肥县志卷第三十一，清嘉庆八年(1803)修、民国九年(1920)重印本。

②云表：云外。▶ 汉 张衡《西京赋》："立修茎之仙掌，承云表之清露。"

③禅关：禅门。▶唐 李白《化城寺大钟铭》："方入于禅关，睹天宫峥嵘，闻钟声琐屑。"

④烟萝：草树茂密，烟聚萝缠，谓之"烟萝"。借指幽居或修真之处。▶唐 裴铏《传奇·文箫》："一斑与两斑，引入越王山。世数今逃尽，烟萝得再还。"



⑤龙穴：此处特制大蜀山龙子冢。

⑥岩阿：山的曲折处。▶汉 王粲《七哀诗》："山冈有余映，岩阿增重阴。"

⑦可作：再生；复生。▶《国语·晋语八》："赵文子与叔向游于九原，曰：'死者若可作也，吾谁与归？'"

## 亦吾庐试浮槎山泉[①]

一泓灵液浸何深？符调居然出道林。[②]认取寒清旧风味，出山仍是在山心。[③]

较量泠惠复何如？六一文章信不虚。[④]毕竟灵山有真脉，浅深斟酌在吾庐。[⑤]

注释：

①《亦吾庐试浮槎山泉》诗见 清 左辅《(嘉庆)合肥县志》合肥县志卷第三十一，清嘉庆八年(1803)修、民国九年(1920)重印本。

②灵液：对水的美称。▶ 唐 陈鸿《长恨歌传》："浴日余波，赐以汤沐，春风灵液，澹荡其间。"

③寒清：指寒凉而清澈，后多以指酒。▶《山海经·中山经》："又东南五十里，曰高前之山。其上有水焉，甚寒而清，帝台之浆也，饮之者不心痛。"

④泠惠：指无锡惠山泉。相传茶圣陆羽评定天下水品二十等，惠山泉被列为天下第二泉。浮槎山泉水则被欧阳修誉为"天下第七泉"。

六一文章：欧阳修，晚号六一居士，为一代文宗。欧阳修曾作《浮槎山水记》。

⑤灵山：此处特指浮槎山。

## 过藏舟浦感作[①]

怀古曾吟贡父诗，个中岛屿尚参差。[②]淮风楚雨年年异，废坞荒台处处疑。断碣难寻澄惠寺，古津都误窦家池。[③]何须更觅藏舟浦，野草无花霜自吹。[④]

注释：

①《过藏舟浦感作》诗见 清 左辅《(嘉庆)合肥县志》合肥县志卷第三十一，清嘉庆八年(1803)修、民国九年(1920)重印本。

藏舟浦：位于合肥古金斗门外(浦大致位于今合肥市第一人民医院附近)，与淝水相接，宽十丈，广八十丈，昔曹操藏战舰于此。浦内有岛，花竹繁茂，风景秀丽，为一天然佳境。"藏舟草色"为古庐阳八景之一。

②贡父诗：刘攽(1023—1089)，宋文学家、史学家，字贡父，号公非，刘敞弟。著述丰富，有《五代春秋》《内传国语》《东汉刊误》等。刘攽在合肥，曾作《游后浦新咏·从刘园至澄心寺》诗："春泥稍已熟，鹳鸣天气新。野竹自有径，空林不值人。悔将车马来，鸥鸟未可亲。"

③澄惠寺：在合肥金斗城门外藏舟浦，一名澄心寺。

窦家池：即今合肥逍遥津。

④何须：何必，何用。▶三国 魏 曹植《野田黄雀行》："利剑不在掌，结友何须多?"

# 石钧

石钧，字秉纶，号远梅。清吴县(今江苏省苏州市)人。监生。《(同治)苏州府志》载其："工诗，弃儒服贾。历辽沈燕蓟，所见山川奇怪，一以诗发之。乾嘉之际，以布衣称。"

## 巢湖烈女诗[①]

巢湖渔人女，字李姓，未嫁夫殁。女不食数日，遂投湖死。尸溯流至李氏门而止，因合葬焉，女年甫十岁。[②]

比目不孤游，鸳鸯共栖止。[3]妾已许字君，结髪固终始。[4]妾未嫁，君先死。妾心日视巢湖水。奋身波涛神鬼泣，溯至夫家表贞洁。不得生相逢，所愿死同穴。曹娥十二抱父尸，逆流而上真神奇。[5]渔家此女年更少，殉夫烈志能行之。从此节孝两相擅，泰山之死人钦羡。[6]衔哀不比筑青陵，作诔终然愧黄绢。[7]

注释：

①《巢湖烈女诗》诗见 清 张应昌《诗铎》卷二十，清同治八年(1869)秀芷堂刻本。

②溯流：逆着水流方向。▶《后汉书·列女传·姜诗妻》："母好饮江水，水去舍六七里，妻常溯流而汲。"

③比目：即比目鱼，古人将以喻情爱深挚的夫妻、情人。▶唐 卢照邻《长安古意》："得成比目何辞死，愿作鸳鸯不羡仙。"

④许字：许配。▶明 陈楼德《陶庵先生年谱》："先生曰：'城亡与亡，岂以出处贰心；出身之士，犹许字之女，殉节亦其所也。'"

⑤曹娥：东汉时会稽郡上虞县人。相传其父五月五日迎神，溺死舜江中，尸骸流失。娥年十四，沿江哭号十七昼夜，投江而死，后抱父尸而出，世传为孝女。一说曹娥于五月初五日投江，后演变为端午节发端之一。后人为纪念曹娥，改舜江为曹娥江。汉桓帝元嘉元年(151)，上虞县令度尚改葬娥于江南道旁，命弟子邯郸淳作诔辞，刻石立碑，以彰孝烈。后蔡邕访之，值暮夜，手摸其文而读，题八字于碑阴："黄绢幼妇外孙齑(jī)臼"(为一谜面，谜底为绝妙好辞)。



⑥钦羡：敬慕。▶南朝 宋 刘义庆《世说新语·赏誉》："张天锡世雄凉州，以力弱诣京师，虽远方殊类，亦边人之桀也。闻皇京多材，钦羡弥至。"

⑦青陵：指青陵台，为战国时宋国宋康王所筑。借指在青陵台殉情的韩凭之妻。宋康王迷恋舍人韩凭之妻何氏，将其抢夺霸占。并判处韩凭服劳役，筑青陵台。不久，韩凭自杀而亡。后何氏趁于康王登台之机，跳台自杀殉情，遗书恳请康王将二人合葬。康王大怒，将二人分葬，墓穴遥遥相望。后二墓穴各生梓树一株，两树树干弯曲，互相靠近，根在地下相交，树枝在上面交错。又有雌雄两只鸳鸯，长时在树上栖息，早晚都不离开，交颈悲鸣，凄惨的声音感动人。宋国人都认为鸳鸯乃韩氏夫妇所化，都为这叫声而悲哀。▶清 钮琇《觚賸·延平女子》："紫玉青陵怅已矣，泉台当有望乡台。"

## 程溶

程溶(1755—1837)，字安波，号西崖。先世合肥(今安徽省合肥市)人，后迁颍州(今安徽省阜阳市)人。程汝璞曾孙。赋性朴淳，敦行孝友义方。有异才，著《耐寒斋诗钞》二卷。

## 初至合肥赠铭渊侄[1]

半生未识乡关路，淮浦初经倍黯然。两地箕裘三叶后，百年骨肉一灯前。[2]新欢笑语频倾酒，旧事苍凉感逝川。[3]一木何堪支大厦，于今端赖汝能贤。

注释：

①《初至合肥赠铭渊侄》诗见 清 程溶《耐寒斋诗钞》2卷，清道光二十五年(1845)刻本。

②原诗“两地箕裘三叶后，百年骨肉一灯前。”句后有作者自注“予自庐迁颍，至铭渊侄已三世矣。”

箕裘：典出《礼记·学记》：“良冶之子，必学为裘，良弓之子，必学为箕。”孔颖达 疏：“积世善冶之家，其子弟见其父兄世业鉶铸金铁，使之柔合以补治破器，皆令全好，故此子弟仍能学为袍裘，补续兽皮，片片相合，以至完全也……善为弓之家，使干角挠屈调和成其弓，故其子弟亦睹其父兄世业，仍学取柳和软挠之成箕也。”良冶、良弓，指善于冶金、造弓的人意谓子弟由于耳濡目染，往往继承父兄之业。后因以“箕裘”比喻祖上的事业。

三叶：三世。▶汉 张衡《思玄赋》：“尉龙眉而郎潜兮，逮三叶而遘武。”

③逝川：语本《论语·子罕》：“子在川上曰：‘逝者如斯夫！不舍昼夜。’”指一去不返的江河之水，以比喻流逝的光阴。▶南朝 齐 谢朓《王抚军庾西阳集别时为豫章太守庾被征还东》：“离会虽相亲，逝川岂往复。”

沈衍，清庐州合肥(今安徽省合肥市)人。生平事迹不详。

## 登郡城重修镇淮楼[1]

廿年烽燹凋残后，岳峙崇楼复旧观。[2]蜀阜云连天柱迥，淮流湖逐海门宽。[3]孙曹百战余闲眺，吴楚千峦入画看。[4]偶共凭栏同啸咏，凌风五月怯轻寒。[5]

注释：①《登郡城重修镇淮楼》诗见 清 左辅《(嘉庆)合肥县志》卷第三十一，清嘉庆八年(1803)修、民国九年(1920)重印本。

②烽燹：战火。▶明 高启《次韵杨孟载早春见寄》：“久闻离乱今始见，烟火高低变烽燹。”

岳峙：谓如高山耸立。▶晋 葛洪《抱朴子·交际》：“以岳峙独立者，为涩吝疏拙；以奴颜婢睐者，为晓解当世。”

③海门:海口。内河通海之处。 ▶唐 韦应物《赋得暮雨送李胄》:“海门深不见,浦树远含滋。”

④余闲:余暇。 ▶《文选·司马相如〈上林赋〉》:“朕以览听余闲,无事弃日。”

⑤啸咏:歌咏。 ▶《晋书·阮孚传》:“窃以今王莅镇,威风赫然……正应端拱啸咏,以乐当年耳。”

张彦修,清时人,生平事迹不详。

### 四顶山[①]

翠峦齐耸压平湖，晚绿朝红画不如。寄语商山贤四皓，好来各占一峰居。[②]

注释:

①《四顶山》诗见 清 左辅 纂修《(嘉庆)合肥县志》卷第三十一,清嘉庆八年(1803)修、民国九年(1920)重印本。编者按,张彦修,《(嘉庆)合肥县志》艺文志将其名列于沈衍之后,张祥云之前,今姑从之。《(嘉庆)庐州府志》《(光绪)续修庐州府志》均作唐人。宋时亦有张彦修,与黄庭坚友善。

②商山贤四皓:即商山四皓。指秦末隐居商山的东园公、甪里先生(甪,一作角)、绮里季、夏黄公。四人须眉皆白,故称商山四皓。汉高祖召,不应。后高祖欲废太子,吕后用张良计,迎四皓,使辅太子,高祖以太子羽翼已成,乃消除改立太子之意。事见《史记·留侯世家》《汉书·张良传》。 ▶汉 扬雄《解嘲》:“蔺生收功于章台,四皓采荣于南山。”

## 张培樭

张培樭,清时人,生平事迹不详。

### 四鼎山[①]

闻说仙人宅，飘然试一登。平分峰四角，俯瞰浪千层。灶冷埋灵药，梯危揽寿藤。[②]趋庭聊纵目，何暇慕飞升。[③]

注释：

①《四鼎山》诗见 清 张祥云《(嘉庆)庐州府志》卷二，清嘉庆八年(1803)刻本。

四鼎山：即四顶山。

②寿藤：生长年岁长久之藤。▶唐 元结《送谭山人归云阳序》："近峻公有泉石老树，寿藤萦垂。"

③趋庭：亦作"趍庭"。本谓子承父教，此处当指承受师长教诲。典出《论语·季氏》："孔子尝独立，鲤趋而过庭，曰：'学诗乎？'对曰：'未也。''不学诗，无以言。'鲤退而学诗。他日，又独立，鲤趋而过庭。曰：'学礼乎？'对曰：'未也。''不学礼，无以立。'鲤退而学礼。"鲤即孔鲤，字伯鱼，孔子之子。

纵目：放眼远望。▶唐 杜甫《登兖州城楼》："东郡趋庭日，南楼纵目初。"飞升：谓羽化而升仙。▶清 王充《论衡·道虚》："物无不死，人安能仙？鸟有毛羽能飞，不能升天。人无毛羽，何用飞升？使有毛羽，不过与鸟同，况其无有，升天如何？"

## 张祥云

张祥云，字鞠园。清福建晋江(今福建省晋江市)人。乾隆五十二年(1787)丁未科进士，历官刑部郎中、庐州知府、皖南兵备道等职。姚鼐赞其"夙工文章，勤学稽古。"

张祥云任庐州知府期间，主持修复了庐阳书院、庐州府署、学宫，组织纂修《(嘉庆)庐州府志》，重新刊刻《包孝肃公奏议》《余忠宣公青阳山房文集》《周忠愍公垂光集》。《(光绪)庐州府志》将其列入《名宦传》，赞其"风流儒雅，卓著贤声"。

### 蜀山①

尔雅蜀者独，兹山因得名。②孤标摩碧汉，远势壮金城。③岚翠千层积，川原四望平。④上方鸣法鼓，应有蛰龙惊。⑤

注释：

①《蜀山》诗见 清 张祥云《(嘉庆)庐州府志》卷二，清嘉庆八年(1803)刻本。

②"尔雅蜀者独，兹山因得名"句：《尔雅·释山》："独者，蜀。"故蜀山由此得名。

③碧汉：银河。亦指青天。▶隋 江总《和衡阳殿下高楼看妓》："起楼侵碧汉，初日照红妆。"

金城：指合肥。

④岚翠：苍翠色的山雾。▶唐 白居易《早春题少华东岩》："三十六峰晴，雪销岚翠生。"

⑤法鼓：佛教法器之一。举行法事时用以集众唱赞的大鼓。亦指禅寺法堂东北角之鼓，与茶鼓相对。▶《法华经·化城喻品》："击于大法鼓，而吹大法螺。"

## 镇淮楼[①]

襟带江湖古合州，巍峨重镇此高楼。[②]半空星斗窗前落，万井炊烟槛外浮。[③]清漏滴残檐隙雨，疏钟声散郡城秋。[④]疆舆永奠民安阜，公暇登临兴正遒。[⑤]

注释：

①《镇淮楼》诗见 清 张祥云《(嘉庆)庐州府志》卷二，清嘉庆八年(1803)刻本。

②合州：南朝梁太清元年(547)改南豫州置，治所在今合肥市西北。隋开皇元年(581)改为庐州。

③万井：千家万户。▶唐 陈子昂《谢赐冬衣表》："三军叶庆，万井相欢。"

④檐隙：檐下。▶南朝 梁 江淹《杂体诗·效陶潜〈田居〉》："归人望烟火，稚子候檐隙。"

⑤公暇：公务间的闲暇，指休假。▶唐 韦应物《休暇东斋》："由来束带士，请谒无朝暮。公暇及私身，何能独闲步。"



## 香花墩谒包孝肃公祠[①]

香花墩上拜祠堂，蒲苇萧疏水一方。遗泽长绵臧氏后，清风旧仰郑公乡。碑欹古壁滋阴藓，艇系回澜钓夕阳。[②]镂板重新章奏稿，千秋俎豆共辉煌。[③]

注释：

①《香花墩谒包孝肃公祠》诗见 清 张祥云《(嘉庆)庐州府志》卷二，清嘉庆八年(1803)刻本。

②回澜：回旋的波涛。▶南朝 梁 沈约《日出东南隅行》："延躯似纤约，遗视若回澜。"

③镂板：亦作"镂版"。谓雕版印刷。▶宋 欧阳修《〈集古录〉跋尾》卷四："往时故相刘公沆在长沙，以官法帖镂版，遂布于人间。"

俎豆：俎和豆。古代祭祀、宴飨时盛食物用的两种礼器。谓祭祀，奉祀。▶《论语·卫灵公》："俎豆之事则尝闻之矣，军旅之事未之学也。"



## 浮槎山诗[①]

海客乘槎汎沧海，客去槎留几千载。[②]谁将神物归巨灵，擘作奇峰浮渤澥。[③]蓬瀛方丈称三山，此峰势舆争巑岏。冯夷翻夙鲸鼓浪，遂令漂荡来人闲。[④]金斗城东八十里，叠嶂层峦半空起。高僧飞锡西天来，指说间耆一峰是。[⑤]萧梁佞佛尊浮屠，帝女夜梦山中居。[6]诘朝披图得形肖，道林视发为缁徒。[7]至今梵宇开崇阜，碣断碑残苔色朽。[8]犹传塔下海榴红，植自总持大师手。山头有泉冽且甘，下有龙窟潜深潭。嘘气为云沫为雨，祷而辄应膏泽含。[9]壬戌之秋亢阳烈，北陌西阡龟兆坼。[10]祭雩空瞻上帝居，焚香近即山灵宅。仙之人兮下层穹，鞭走列缺驱丰隆。[11]须臾岩壑变阴晦，一雨霑足千村同。[12]嘉禾就枯更抽穟，吾民望岁情差慰。舆诵宁知默相功，却欣甘澍随车至。[13]欧阳作记传千秋，汲水远馈夸李侯。[14]我今祈年获灵雨，惬心岂独林泉幽。[15]好倩五丁勤守护，嵯峨永镇淮西路。[16]江湖咫尺汲涛宽，莫遣浮来又浮去。

注释：

①《浮槎山诗》诗见 清 张祥云《(嘉庆)庐州府志》卷二，清嘉庆八年(1803)刻本。本诗又作《浮槎山祈雨》见清 左辅 纂修《(嘉庆)合肥县志》卷第三十一，清嘉庆八年(1803)修、民国九年(1920)重印本。

②海客乘槎：浮海通天的传说。语出 晋 张华《博物志》卷十："旧说云天河与海通。近世有人居海渚者，年年八月有浮槎去来，不失期，人有奇志，立飞阁于查上，多赍粮，乘槎而去。"▶唐 刘知几《史通·采撰》："海客乘槎以登汉，姮娥窃药以奔月。"

③渤澥：即渤海。▶《文选·司马相如〈子虚赋〉》："浮渤澥，游孟诸。"

神物：神灵、怪异之物。▶《易·系辞上》："探赜索隐，钩深致远，以定天下之吉凶，成天下之亹亹者，莫大乎蓍龟。是故天生神物，圣人则之。"

巨灵：神话传说中劈开华山的河神。后泛指神灵。▶《文选·张衡〈西京赋〉》："缀以二华，巨灵赑屃，高掌远跖，以流河曲，厥迹犹存。"

④冯夷：传说中的黄河之神，即河伯。泛指水神。▶《庄子·大宗师》："冯夷得之，以游大川。"

⑤飞锡：佛教语。僧人等执锡杖飞空。据《释氏要览》卷下："今僧游行，嘉称飞锡。此因高僧隐峰游五台，出淮西，掷锡飞空而往也。若西天得道僧，往来多是飞锡。"

⑥佞佛：谄媚佛；讨好于佛。后以为迷信佛教之称。▶《晋书·何充传》："郗愔及弟昙奉天师道，而充与弟准崇信释氏，谢万讥之云：'二郗谄于道，二何佞于佛。'"

⑦诘朝：诘旦。《左传·僖公二十八年》："戒尔车乘，敬尔君事，诘朝将见。"

缁徒：僧侣。▶唐 孟浩然《陪张丞相祠紫盖山途经玉泉寺》："皂盖依松憩，缁徒拥锡迎。"

⑧梵宇：佛寺。▶《梁书·张缵传》："经法王之梵宇，睹因时之或跃；从四海之宅心，故取乱而诛虐。"

崇阜：高冈；高丘。▶晋 支遁《八关斋诗》之三："采药上崇阜，崎岖升千寻。"

⑨膏泽：滋润作物的雨水。 三国 魏 曹植《赠徐干》："良田无晚岁，膏泽多丰年。"

⑩亢阳：指旱灾。▶三国 魏 曹植《诰咎文》："亢阳害苗。"

龟兆：占卜时龟甲受炙灼所呈现的坼裂之纹。引申为预兆。▶《左传·昭公五年》："龟兆告吉,曰:‘克可知也。’”

⑪层穹:高空。▶南朝 梁 沈约《和刘雍州绘博山香炉》:“蛟螭盘其下,骧首盼层穹。”

列缺:特指闪电。▶《史记·司马相如列传》:“贯列缺之倒景兮,涉丰隆之滂沛。”

丰隆:古代神话中的雷神。后多用作雷的代称。▶《楚辞·离骚》:“吾令丰隆乘云兮,求宓妃之所在。”

⑫霑足:指雨水充分浸润土壤。▶《诗·小雅·信南山》:“既霑既足。”

⑬甘澍:甘雨。▶《后汉书·段颎传》:“臣动兵涉夏,连获甘澍,岁时丰稔,人无疵疫。”

⑭“欧阳作记传千秋,汲水远馈夸李侯。”句:北宋李端愿为庐州镇东军留后,在登浮槎山饮浮槎泉水后,觉得甘洌无比,遂取水封罐寄给身在京城的欧阳修。欧阳修品尝以后,极为赞誉,给李端愿回信说:“所寄浮槎水,味尤佳。然岂减惠山之品?久居京师,绝难得佳山水,顿食此,如饮甘醴;所惠远,难多致,不得厌饫尔!”后欧阳修作《浮槎山水记》,文中极盛赞浮槎山泉为“天下第七泉”。《浮槎山水记》后录入《四库全书》。

⑮灵雨:好雨甘霖。▶《诗·鄘风·定之方中》:“灵雨既零,命彼倌人,星言夙驾,说于桑田。”

⑯五丁:神话传说中的五个力士。《艺文类聚》卷七引 汉 扬雄《蜀王本纪》:“天为蜀王生五丁力士,能献山,秦王献美女与蜀王,蜀王遣五丁迎女。见一大蛇入山穴中,五丁并引蛇,山崩,秦五女皆上山,化为石。”一说“秦惠王欲伐蜀而不知道,作五石牛,以金置尾下,言能屎金,蜀王负力。令五丁引之成道。”



## 杨惕龙

杨惕龙,清海宁州(今浙江省海宁市)人。副贡生,曾参与修纂《(嘉庆)庐州府志》。

### 四顶山[①]

振策兹山顶,平湖落眼前。[②]四峰如划地,一水欲浮天。黛壑云常护,丹炉火不燃。[③]如何人到此,多半语求仙。

注释:

①《四顶山》诗见 清 张祥云《(嘉庆)庐州府志》卷二,清嘉庆八年(1803)刻本。

②振策:扬鞭走马。▶晋 陆机《赴洛道中作》诗之二:“振策陟崇丘,案辔遵平莽。”

③黛壑:深谷。▶唐 王勃《九成宫东台山池赋》:“既而仰瞻赪峤,傍窥黛壑。”

王祖怡，清滁州全椒(今安徽省全椒县)人。廪贡生，曾参与修纂《(嘉庆)庐州府志》。

## 四顶山[①]

仙家丹灶白云迷，望里岚光四顶齐。[②]若把蜀山移到此，居然五岳峙淮西。[③]

注释：

①《四顶山》诗见 清 张祥云《(嘉庆)庐州府志》卷二，清嘉庆八年(1803)刻本。

②岚光：山间雾气经日光照射而发出的光彩。▶唐 李绅《若耶溪》："岚光花影绕山阴，山转花稀到碧浔。"

③蜀山：指大蜀山。



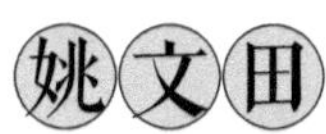

姚文田(1758—1827)，字秋农，号梅漪。清归安(今浙江吴兴)人。嘉庆四年(1799)己未科状元及第，官至礼部尚书。道光七年(1827)，卒于任，谥"文僖"。史载："文田持己方严，数督学政，革除陋例，斥伪体，拔真才，典试号得士。论学尊宋儒，所著书则宗汉学。博综群籍，兼谙天文占验。"有《说文声系》《古音谐》《四声易知录》《易言》《广陵事略》《邃雅堂学古录》《邃雅堂文集》及《春秋经传塑闰表》等。

## 薄暮渡桃溪时淫雨暴涨桥渡尽没[①]

桃花城外水，云是古桃溪。[②]秋水几时至，仙源更易迷。[③]岸丝垂柳重，田叶覆苹齐。欲渡风波恶，沧茫落日低。[④]

注释：

①《薄暮渡桃溪时淫雨暴涨桥渡尽没》见 清 姚文田《邃雅堂集》卷八，清道光元年(1821)江阴学使署刻本。

薄暮：1. 傍晚，太阳快落山的时候。▶《楚辞·天问》："薄暮雷电，归何忧？厥严不奉，帝何求？"2. 比喻人之将老，暮年。▶《文选·陆机〈豫章行〉》："前路既已多，后涂随年侵。促促薄暮景，亹亹鲜克禁。"

②桃花城：即今肥西县桃花镇，位于安徽省合肥市肥西县东部偏北，北倚大蜀山。

古桃溪：位今舒城县桃溪镇，与肥西县接壤。"桃溪春浪"为"龙舒八景"之首。

③仙源：指晋陶渊明所描绘的理想境地桃花源。▶唐 王维《桃源行》："春来遍是桃花水，不辨仙源何处寻。"

④风波：风浪。▶《楚辞·九章·哀郢》："顺风波以从流兮，焉洋洋而为客。"

## 过废梁县是日立秋[①]

残夜过梁县，鸡声续续催。乱云遮马度，凉雨伴秋来。早稻翻畦熟，晚荷临岸开。无因一借问，空忆鲍昭台。

注释：

①《过废梁县是日立秋》诗见 清 姚文田《邃雅堂集》卷八，清道光元年(1821)江阴学使署刻本。

废梁县：今肥东县梁园镇。梁县本原慎县，至南宋时为避孝宗讳而改为梁县。明初，省梁县，并入合肥县。清代在梁园设有巡检司。



## 立秋前一日次护城驿作[①]

山驿起层阴，微雨洒百草。[②]凉风先秋来，爽气入襟抱。我行方惮暑，酷烈去如扫。秦蜀久苦兵，民生何扰扰。[③]熊罴啸山野，豺虎乱村堡。王师已屡下，凶猾稽诛讨。游鱼悲鼎沸，林木畏原燎。[④]安得回清凉，立使起枯槁。生逢尧舜君，反侧宜遵道。[⑤]

注释：

①《立秋前一日次护城驿作》诗见 清 姚文田《邃雅堂集》卷八，清道光元年(1821)江阴学使署刻本。

②层阴：指密布的浓云。▶唐 李商隐《写意》："日向花间留返照，云从城上结层阴。"

③扰扰：纷乱，烦乱。▶《国语·晋语六》："唯有诸侯，故扰扰焉。凡诸侯，难之本也。"

④原燎：指大火。▶唐 欧阳詹《怀忠赋》："彼炎炎之原燎，信扑之而不灭。"

⑤反侧：此处指惶恐不安。南朝 宋 刘义庆《世说新语·方正》："王含作庐江郡，贪浊狼籍。王敦护其兄，故于众坐称：'家兄在郡定佳，庐江人士咸称之。'时何充为敦主簿，在坐，正色曰：'充即庐江人，所闻异于此'。敦默然，旁人为之反侧，充晏然神意自若。"

遵道：遵循正道，亦以比喻遵循法度。▶《楚辞·离骚》："彼尧舜之耿介兮，既遵道而得路；何桀纣之昌被兮，夫唯捷径以窘步。"

沙琛(1759—1822),字献如,号雪湖,云南太和(今属云南省大理市)人。乾隆四十五年(1780)庚子科举人,历任安徽怀远、霍丘、建德知县,六安知州,怀宁知县。有《点苍山人诗钞》。

## 居巢怀古四首[1]

南巢诛放始，处置亦良谋。[2]日尚天中在，江仍禹甸流。[3]羁臣悲五就，口实启千秋。[4]魏晋崇三恪，私衷自盾矛。[5]

跨鹤嵩高去，金庭鹤背还。[6]神仙何乐者，所得是名山。花满吹笙处，苔留炼药斑。[7]夕阳孤洞窍，云气蓊松关。[8]

亚父三提玦，兴亡杯酒中。可怜呼竖子，犹自惜英雄。[9]死免悲垓下，生能厄沛公。不因秦楚际，谁识老村翁。

吴魏争凌日，青山照水军。舳舻催四越，风浪扼三分。[10]静夜闻歌妓，飘风落盖云。须濡残旧坞，应祀紫髯君。[11]

注释：

①《居巢怀古四首》诗见 清 沙琛《点苍山人诗钞》卷二,民国云南丛书本。

②诛放:责其罪而放逐之。▶《书·多方》"王若曰:'诰告尔多方,非天庸释有夏,非天庸释有殷。'"孔 传:"桀纵恶自弃,故诛放。"

③禹甸:原指大禹所开辟开垦的土地。后代指为中国之地。▶《诗·小雅·信南山》:"信彼南山,维禹甸之。畇畇原隰,曾孙田之。"

④羁臣:羁旅流窜之臣。▶《左传·昭公七年》:"君之羁臣,苟得容以逃死,何位之敢择?"

五就:五次归于。后因以借指辛劳治国的贤臣。《孟子·告子下》:"五就汤,五就桀者,伊尹也。"▶ 赵岐 注:"伊尹为汤见贡于桀,不用,而归汤。汤复贡之,如是者五。思济民,冀得施行其道也。"

⑤三恪:周朝新立,封前代三王朝的子孙,给以王侯名号,称三恪,以示敬重。一说封虞、夏、商之后于陈、杞、宋;一说指封黄帝、尧、舜之后于蓟、祝、陈。后世帝王亦多承三恪之制。

私衷：私下的想法，犹内心。 ▶《旧唐书·高宗纪下》：“上谓霍王元轨曰：‘男轮最小，特所留爱，比来与选新妇，多不称情；近纳刘延景女，观其极有孝行，复是私衷一喜。’”

盾矛：矛盾。

⑥嵩高：嵩山。 ▶《史记·封禅书》：“昔三代之居，皆在河洛之间，故嵩高为中岳。”

⑦吹笙：喻饮酒。 ▶宋 张元干《浣溪沙》词题曰：“谚以窃尝为吹笙云。”

⑧松关：柴门。 ▶唐 孟郊《退居》：“日暮静归时，幽幽扣松关。”

⑨监子：犹宦者。 ▶《宋书·始安王休仁传》：“既至省，杨太妃骤遣监子去来参察。”

⑩舳舻：船头和船尾的并称。 多泛指前后首尾相接的船。 ▶《汉书·武帝纪》：“自寻阳浮江，亲射蛟江中，获之。舳舻千里，薄枞阳而出。”

⑪紫髯君：指孙权。

## 庐江道中[①]

宿雨青含草，蓝舆暗霭侵。[②]春山随水曲，客路入花深。娇啭莺藏柳，轻翻鹭绕林。桃源行处有，应识古人心。[③]

注释：

①《庐江道中》诗见 清 沙琛《点苍山人诗钞》卷二，民国云南丛书本。

②蓝舆：竹轿。 ▶宋 司马光《王安之以诗二绝见招依韵和呈》之一：“蓝舆但恨无人举，坐想纷纷醉落晖。”

暗霭：昏暗的云气。 ▶宋 王安石《定林示道源》：“迢迢暗霭中，疑有白玉台。”

③行处：随处；到处。 ▶唐 杜甫《曲江》诗之二：“酒债寻常行处有，人生七十古来稀。”

## 三河镇[①]

寒水三叉落，垂杨夹岸平。稻航新熟后，埠火远春声。膻蚁纷人事，冰鱼餍客烹。[②]喧嚣难再宿，烟月放舟行。

注释：

①《三河镇》诗见 清 沙琛《点苍山人诗钞》卷三，民国云南丛书本。

②膻蚁：原指趋附羊肉的蚂蚁。比喻许多臭味相投的人追求不好的事物。也比喻许多人依附有钱有势的人。有成语“如蚁慕膻”。 ▶唐 裴铏《题文翁石室》：“人心未肯抛膻蚁，弟子依前学聚萤。”

## 湖滨夜行[1]

平沙渺渺渡烟皋，骍马寒嘶雁鹜号。[2]黄叶树深微月淡，空滩水落断崖高。一星碧火湖心寺，往劫悲音夜半涛。野艇无人遥唤渡，此生踪迹总劳劳。

注释：

①《湖滨夜行》诗见 清 沙琛《点苍山人诗钞》卷三，民国云南丛书本。

②烟皋：烟雾迷蒙的水边高地。▶明 汤显祖《题李伯东观察玉岭咏竹诗后》："轻绡点染后，烟皋坐如林。"

## 庐阳怀古[1]

江湖重阻足凭临，吴魏频烦利远侵。[2]春水方生堪吓敌，断桥超度亦寒心。[3]盛衰时运成征战，治乱人才变古今。[4]何似单车刘太守，招绥群盗计深沉。[5]

豫州侨夺俨如仇，零落遗黎难未休。[6]卷地波涛韦叡堰，燎天风火北齐舟。虫沙欲尽军中化，蛮触何知角外求。[7]成败匆匆销往迹，青山依旧水东流。

行慜英姿把剑镡，一时才勇效淮南。[8]坚城挫锐持方急，破阵呼觞战复酣。[9]正朔尚能尊李氏，雄共终竟抗朱三。[10]黑云澶漫江湖涌，衣锦君臣尽可惭。[11]

南宋逡巡地日隤，庐州形势好重恢。[12]藕塘猝击刘猊去，店步旋惊兀术来。[13]表里江淮宁可退，生灵涂炭岂忘哀。尺书催战全师捷，国计从知仰胜裁。[14]

将军岭上分流水，咫尺堪通共一溪。[15]人力已拼山脉断，鸡声偏向夜中啼。[16]矫揉事业身徒瘁，寂寞碑铭字已迷。野老尚传隋世代，诏开肥水达淮西。

世宙茫茫未许猜，历阳一夜陷湖开。[17]麻姑东海谁凭信，老姥青山剧可哀。舲峡倚天人插竈，地形传火劫沉灰。浮生止有神仙好，那得金丹大药来。[18]

注释：

①《庐阳怀古》诗见 清 沙琛《点苍山人诗钞》卷三，民国云南丛书本。

②凭临：据高俯瞰。▶清 申涵光《邯郸行》："城边过客飞黄土，城上凭临日正午。"

频烦：频繁。▶《三国志·蜀志·费祎传》："以奉使称旨，频烦至吴。"

③超度:跳过。▶晋 虞溥《江表传》:"权乘骏马上津桥,桥南已见彻,丈余无版。谷利在马后,使权持鞍缓控,利于后着鞭,以助马势,遂得超度。"

④治乱:谓治理混乱的局面,使国家安定、太平。▶《孔子家语·哀公问政》:"继绝世,举废邦,治乱持危,朝聘以时,厚往而薄来,所以怀诸侯也。"

⑤单车刘太守:指东汉末年,刘馥受任扬州刺史,单马前往建造州治合肥,又安抚地方武装与百姓,发展生产,兴修水利,并修城垒以加强城池的守备,颇有功绩,深受百姓爱戴。

⑥俨如:宛如,好像。▶明 方孝孺《先府君行状》:"民有积粟,野无饿殍,鸡犬牛羊散被草野,富庶充实,俨如承平之世。"

⑦蛮触:喻为小事而争斗者。典出《庄子·则阳》:"有国于蜗之左角者,曰触氏;有国于蜗之右角者,曰蛮氏。时相与争地而战,伏尸数万,逐北,旬有五日而后反。"

⑧行愍:指杨行密。杨行密(852—905),原名行愍,字化源,庐州合肥(今安徽合肥长丰)人。五代十国时期吴国奠基人,史称南吴太祖。

⑨挫锐:摧折锐气;锐气受挫。▶《孙子·作战》:"其用战也,胜久则钝兵挫锐。"

⑩正朔:中国古代政治理念。由我国古代天命理论,大一统思想,以及华夷之辨等古代思想理论的发展而产生,正朔即"正统"的意思,象征着一个王朝统治、代表中国的合法性与唯一性。同时,"正朔"一词也代表着我国古代民族国家观念的存在与发展。▶南朝梁 陈庆之:"魏朝甚盛,犹曰五湖,正朔相承,当在江左。"

终竟:完毕;穷尽。▶《后汉书·皇后纪下·顺烈梁皇后》:"私自忖度,日夜虚劣,不能复与群公卿士共相终竟。"



朱三:指五代后梁太祖朱温,其排行第三。▶宋 王应麟《困学纪闻·杂识》:"后村诗谓:'未必朱能跋扈,只因郑五欠经纶。'"

⑪黑云:此指黑云都,也称黑云长剑都,五代杨行密亲兵的称号。唐末藩镇亲军多以"都"为名。▶《新唐书·杨行密传》:"初,行密有锐士五千,衣以黑缯黑甲,号黑云都。"

澶漫:此处指泛滥。▶唐 韦应物《冰赋》:"由是依广澶漫,凭高峥嵘。"

⑫逡巡:此处指退避;退让。▶《梁书·王筠传》:"王氏过江以来,未有居郎署者,或劝逡巡不就。"

⑬"藕塘猝击刘猊去"句:指宋高宗绍兴六年(1136)十月,一举击败伪齐军,使伪齐遭受惨重损失,间接导致伪齐灭亡。藕塘之战次年,金帅挞懒、完颜宗弼入汴京,执刘豫父子,废刘豫为蜀王,伪齐政权在维持8年后终告灭亡。

"店步旋惊兀术来"句:指宋高宗绍兴十一年(1141),金国完颜宗弼(金兀术)南侵,宋军在巢湖柘皋大破金军"拐子马",后又在店埠击溃金军,继而收复庐州。店步,即今安徽省肥东县店埠镇。

⑭国计:治国的方针大计。▶《三国志·魏志·华歆传》:"君深虑国计,朕甚嘉之。"

⑮"将军岭上分流水,咫尺堪通共一溪"句:古人认为将军岭是淝水的发源地。

⑯"人力已拼山脉断,鸡声偏向夜中啼"句:《(嘉庆)合肥县志》载,"土人相传,宋有杨将军欲开分水田,使二水相合,引淮入肥,募万人挑之,工不成,后将军与工人约至鸡鸣时

稍憩，山上鸡鸣，而群鸡皆鸣，工人息挑处复合，将军遂自刎。今岭上犹有碑，年远剥蚀，不存一字。将军名亦无考，或又云隋炀帝时人。”

⑰世宙：宇宙；世界。▶清 陈金城《建威将军江南提督忠愍陈公神道碑文》：“（陈化成）善论史，谈及马伏波铜柱则喜其成，岳忠武金牌则悲其败。愤懑哭泣，如身为之，有担当世宙气概。”

⑱大药：道家的神丹神药。▶唐 杜甫《赠李白》：“苦乏大药资，山林迹如扫。”

## 独山诗[1]

蜀山变苍紫，行行周四陲。隆然青天中，云烟纷陆离。圆如廪君廪，侧如蚩尤旗。[2]抑谁覆其笠，夸父追炎曦。[3]原隰会风雨，蒙泉分肥施。[4]江淮适均野，风气交华夷。玉女偶游戏，投壶复弹棋。适然留此局，斗彼孙曹师。楼船荡鼓吹，飞骑扬旌麾。齐梁互置州，水火更番施。[5]胜负讫无常，电光开笑嗤。局心中不平，难舍当局时。蛮触角两国，蜗牛漫不知。我闻西方义，芥子纳须弥。[6]女娲洒黄土，贤愚同蚩蚩。若士举两臂，方将汗漫期。[7]无稽自谐弄，靡靡行赋诗。

注释：

①《独山诗》诗见 清 沙琛《点苍山人诗钞》卷三，民国云南丛书本。

独山：此处指合肥大蜀山。据《尔雅·解山》：“独者，是蜀也。”

②廪君：古代巴郡、南郡氏族首领名。后即以之称其族。

蚩尤旗：彗星名。古代以为星出，主有征伐之事。▶《吕氏春秋·明理》：“有其状若众植华以长，黄上白下，其名蚩尤之旗。”

③炎曦：意为炽烈的日光，此处代指太阳。▶唐 韩愈《郑群赠簟》：“倒身甘寝百疾愈，却愿天日恒炎曦。”

④原隰：广平与低湿之地。泛指原野。▶南朝 梁 沈约《齐故安陆昭王碑文》：“于是驱马原隰，卷甲遄征。”

⑤更番：轮流替换。▶《南齐书·文惠太子传》：“太子使宫中将吏更番役筑，宫城苑巷制度之盛，观者倾京师。”

⑥芥子纳须弥：佛教用语。指微小的芥子中能容纳巨大的须弥山。喻诸相皆非真，巨细可以相容。也可以用作形容万物之间没有绝对的大小关系.有时要从事物表面说，有时要从道理上去领会。典出《维摩经·不可思议品》：“”芥子纳须弥，须弥至大至高，芥子至微至小，岂可芥子之内入得须弥山乎？”

⑦若士：犹其人。语出《淮南子·道应训》：“卢敖游乎北海，经乎太阴，入乎玄阙，至于蒙谷之上，见一士焉……卢敖与之语曰：‘……子殆可与敖为友乎？若士者齤然而笑曰：‘……然子处矣，吾与汗漫期于九垓之外，吾不可以久驻。’若士举臂而竦身，遂入云中。”后因以“若士”代仙人。▶唐 唐彦谦《乱后经表兄琼华观旧居》：“长忆映碑逢若士，未曾携杖

逐壶公。”

方将:将要;正要。▶《诗·邶风·简兮》:“简兮简兮,方将万舞。”

汗漫:此处指渺茫不可知。▶《淮南子·道应训》:“吾与汗漫期于九垓之外。”高诱注:“汗漫,不可知之也。”后附会为仙人的名字。

## 游蜀山开福寺寺为杨行密祠址王景仁间道归梁望山痛哭者也①

大蜀山边刍牧闲，杨吴台殿有无间。②灵池潋滟龙蟠寂，老树杈枒鸟倦还。③闲道英雄悲故国，荒祠涕泪认青山。山僧不识梁唐事，钟磬虚堂自掩关。

注释:

①《游蜀山开福寺寺为杨行密祠址王景仁间道归梁望山痛哭者也》诗见清沙琛《点苍山人诗钞》卷四,民国云南丛书本。

开福寺:位于合肥大蜀山山麓。始建于唐贞观年间,为蜀僧慧满法师卓锡弘化之所。相传慧满法师在此讲说《法华经》,为百姓祈雨救生,超度龙子,留下弘法利生的佳话。抗战中,古开福寺被日军飞机炸毁。

王景仁:即王茂章。王茂章,字景仁,庐州合淝(今安徽合肥)人,五代时期后梁将领。初为淮南节度使杨行密部将,历任都指挥使、润州团练使、宁国军节度使。杨行密死后,不容于杨渥,乃叛附钱镠,被辟为两府行军司马。后归后梁朱温,遥领宣州宁国军节度使,加检校太傅、同平章事。末帝继位后,任淮南招讨使,攻庐、寿二州,兵败而回。不久因病去世,追赠太尉。

“望山痛哭”事:此指后梁末帝朱友贞时,任命王景仁为淮南招讨使,使率军攻打庐、寿二州。大军过蜀山时,山上有杨行密的祠堂,王景仁拜哭而去。

②刍牧:放牧的人。▶《史记·平津侯主父列传》:“卜式试于刍牧,弘羊擢于贾竖,卫青奋于奴仆,日磾出于降虏,斯亦曩时版筑饭牛之朋矣。”

“杨吴台殿”句:此句指杨行密任吴王时,曾于合肥大蜀山上筑行宫。

③潋滟:此处形容水波荡漾貌。▶南朝梁何逊《行经范仆射故宅》:“潋滟故池水,苍茫落日晖。”

徐汉苍,字荔庵。清庐州合肥(今安徽省合肥市)人。贡生。道光元年(1821)举孝廉方正。工诗善书,与史懋台齐名,有“长徐瘦史”之称。著有《萧然自得斋诗集》《碧琅玕馆词》等。

## 怀陆祈孙[1]

故人心力近如何？梨板曾翻旧著书。[2]若向狂侬问消息，烟畦抱瓮灌园蔬。

注释：

①《怀陆祈孙》诗见 民国 李家孚《合肥诗话》三卷卷上，民国苏城临顿路毛上珍铅活字本。

陆祈孙：即陆继辂，字祁孙，一字修平。清江苏阳湖人，清仁宗嘉庆五年（1800）举人。选合肥训导。迁知江西贵溪，三年引疾归。工诗文。有《崇百药斋诗文集》《合肥学舍札记》。

②心力：指精神与体力。▶明 张居正《答宣大王巡抚言蓟边要务》："仆十余年来，经营蓟事，心力俱竭。"

梨板：印板。旧时常用梨木刻板印书，故称。▶清 沈维材《〈四溟诗话〉跋》："前明谢四溟先生为赵藩重客，尝刊其全集以行世，迄今又二百余年矣，梨板无存，日就湮没，良可惜焉。"

## 巢湖棹歌[1]

去年打桨过巢湖，湖上青山似画图。今日扁舟湖上泊，烟波无际月轮孤。

朝霞山顶看朝霞，五色霞明帝女家。[2]湖上女儿十五六，一时照水学盘鸦。[3]

注释：

①《巢湖棹歌》诗见 清 李恩绶编《巢湖志》卷二诗，黄山书社2007年版，第551页。

②霞明：像彩霞一样明丽。▶唐 王勃《乾元殿颂》："琼构霞明，璜轩露敞。"

帝女家：此处指中庙。中庙祀碧霞元君，传说碧霞元君为东岳泰山大帝之女。

③盘鸦：指妇女盘卷黑发而成的头髻。▶唐 孟迟《莲塘》："脉脉低回殷袖遮，脸黄秋水髻盘鸦。"

## 甲寅早春避乱龙泉山中朱松亭过访赋赠[1]

烈焰深宵赋子虚，金汤残破痛如何。[2]久枯老眼难流泪，重赁茅檐未定居。浩气干霄奚恤死，衰年伏枕尚求余。[3]避兵喜尔来相访，惭愧空山食野蔬。

注释：

①《甲寅早春避乱龙泉山中朱松亭过访赋赠》诗见 清 陈诗《皖雅初集》卷二十九，民国

十八年(1929)上海美艺图书公司印本。

甲寅:指咸丰四年(1854),农历甲寅年。是年,太平军第一次攻破庐州,安徽巡抚江忠源投水自杀。

②金汤:金属造的城,沸水流淌的护城河。形容城池险固不易攻破。▶《汉书·蒯通传》:“必将婴城固守,皆为金城汤池,不可攻也。”

③干霄:高入云霄。▶唐 刘禹锡《和兵部郑侍郎省中四松诗十韵》:“便有干霄势,看成构厦材。”

## 渡江云·筝笛浦[1]

筝笛浦在吾乡水西门内,相传魏武载妓,船覆于此,陶靖节《搜神后记》云:“尝有渔人夜宿,但闻筝笛弦节之音,声气非常。”今河道淤塞久矣。

一川流碧玉,夕阳画舫,萧管载名姝。[2]壮心方逐鹿,教弩归来,顾影艳芙蕖。南飞乌鹊,尽风流铜雀雄图,空复尔,而今安在,折戟拾平芜。　萧疏。三更渔唱,侧耳风前,只消闲情绪。荒港外、当年环佩何处。氍氍凝眸,望极西陵树有翠,袖香绾、流苏香已散,秋坟石碣何如。



注释:

①《渡江云·筝笛浦》词见 清 徐汉苍《碧琅玕馆诗余》,光绪丙子(1876)夏五刻本。

②名姝:著名的美女。▶唐 李希济《妖妄传·张和》:“蜀郡豪家,富拟卓郑。”

## 浣溪沙·龙泉山居有感[1]

似水年华碧玉萧,落花天气又今朝,画桥杨柳短长条。燕子翩跹莺旧垒,蓑翁辛苦赁荒郊,乡心归梦两无聊。[2]　漫效林宗垫角巾,荒山何处着斯人,只须烂醉卧芳茵。[3]明月自来还自去,落花如梦更如尘,夕阳流水坐垂纶。[4]

注释:

①《浣溪沙·龙泉山居有感》词见 清 徐汉苍《碧琅玕馆诗余》,光绪丙子(1876)夏五刻本。

龙泉山:位于今肥东县桥头集镇,为当地群山之首。《古今图书集成·庐州山川》载:山腰寺内有“龙泉,清澈萦流至山下,故曰龙泉山”。

②翩跹:飘逸飞舞貌。▶唐 杜甫《西阁曝日》:“流离木杪猿,翩跹山巅鹤。”

乡心:思念家乡的心情。▶唐 刘长卿《新年作》:“乡心新岁切,天畔独潸然。”

③林宗垫角巾:相传东汉名士郭林宗外出遇雨,头巾被淋湿,角巾的一角陷下,时人见

之纷纷效仿而形成风气。后角巾也借指归隐。

芳茵：茂美的草地。▶晋 葛洪《抱朴子·嘉遁》："庇峻岫之巍峨，藉翠兰之芳茵。"

④垂纶：垂钓。传说吕尚未出仕时曾隐居渭滨垂钓，后常以"垂纶"指隐居或退隐。▶晋 葛洪《抱朴子·嘉遯》："盖禄厚者责重，爵尊者神劳。故漆园垂纶而不顾卿相之贵，柏成操耜而不屑诸侯之高。"

## 玲珑四犯·藏舟浦[1]

藏舟浦在今城内浅坝，三国魏将张辽袭吴，藏战船于此，与淝水相接，旧传浦内有岛屿，花竹颇为佳境，《舆地纪胜》：刘贡父游至澄心寺，即此。

城阙参差，听教弩声中，金鼓何处。乱苇离披，低覆霸图艭橹。[2]春水昨夜方生，又大道、紫骝飞渡。正柳营、羽檄交驰。催起藏舟无数。　　醉吟怀古刘郎句，吊澄心，法宫谁护。[3]萧条岛屿淝流阔。多少闲鸥鹭。千载石火电光，情纵极、苍凉补。[4]只几行杨柳，烟月下，摇荒圃。

注释：

①《玲珑四犯·藏舟浦》词见 清 徐汉苍《碧琅玕馆诗余》，光绪丙子(1876)夏五刻本。

②离披：亦作"离翍"。此处形容参差错杂貌。▶清 姚鼐《杂诗》之一："谁植高原树，花叶相离披。"

艭[huò]橹：原意为船橹，此处借指舟舰，战船。

③法宫：原意指宫室的正殿，古代帝王处理政事之处。此处指佛寺，即澄心寺。

④石火电光：佛教语。喻时光的短促。▶《景德传灯录·怀楚禅师法嗣》："僧问：'如何是佛法大意？'……师曰：'石火电光，已经尘劫。'"

## 史台懋

史台懋(1758—1827)，字旬循，贫居半楼，因自号半楼。清庐州合肥(今安徽省合肥市)东乡人。嘉、道间监生，有诗名。著有《浮槎山馆诗集》。

## 万寿寺后禅院看花[1]

古寺花开遍，游人总不知。闲来雪竹径，初见过墙枝。树老苍皮涩，年多画槛欹。[2]一僧相问讯，垂发白于丝。

注释：

①《万寿寺后禅院看花》诗见清 左辅《（嘉庆）合肥县志》卷三十一，黄山书社2006年版，第538页。

万寿寺：《（嘉庆）合肥县志》卷十四："在时雍门内，唐贞观中建。"旧时合肥有万寿绸，因织造机坊在万寿寺附近而得名。乾隆《江南通志》卷八六：万寿绸"出合肥机房，在万寿寺左右。"

②攲[qī]：倾倒，歪斜。

## 庐州杂咏[①]

一带横如水，危楼峙碧霄。[②]花开蝴蝶巷，竹实凤凰桥。[③]力杵年丰稔，鸣钟夜寂寥。不关寒食节，处处有杨箫。

注释：

①《庐州杂咏》诗见清 左辅《（嘉庆）合肥县志》卷三十一，黄山书社2006年版。

②碧霄：青天。▶唐 杨巨源《春日奉献圣寿无疆词》之六："碧霄传凤吹，红旭在龙旗。"

③蝴蝶巷：在合肥明教寺两侧，分为东蝴蝶巷、西蝴蝶巷。



## 宿福岩寺[①]

破寺云光里，人稀尽日闲。[②]鸟归花外磬，僧梦雨中山。隔牖香飘树，空堂犬护关。黄昏不能去，独坐古松间。

注释：

①《宿福岩寺》诗见清 左辅《（嘉庆）合肥县志》卷三十一，黄山书社2006年版，第538页。

福岩寺：寺在浮槎山上。

②云光：云层罅缝中漏出的日光。▶晋 王嘉《拾遗记·前汉下》："（昭帝）使宫人歌曰：'……云光开曙月低河，万岁为乐岂云多。'"



## 杨将军庙题壁[①]

将军百战后，过客一凭栏。窗可青山凿，城遂白水盘。土龛生湿菌，古鼎烬陈檀。薄暮钟声绝，山门落照寒。[②]

注释：

①《杨将军庙题壁》诗见清 左辅《（嘉庆）合肥县志》卷三十一，黄山书社2006年版，第

538页。

杨将军庙，在合肥西城上，祀南宋名将杨存中(本名杨沂中)。清仁宗嘉庆七年(1802)知县左辅重修。今已不存。

②落照：夕阳的余晖。▶南朝 梁简文帝《和徐录事见内人作卧具》："密房寒日晚，落照度窗边。"

## 半楼题壁[①]

一楼分作半，聊以惬幽情。[②]竹几兼书净，松窗过雨晴。晨昏无俗事，日月有谁争。不学天随子，烟波隐姓名。[③]

注释：

①《半楼题壁》诗见清 陈诗《皖雅初集》卷三十，民国十八年(1929)上海美艺图书公司印本。

②幽情：意为深远或高雅的情思。▶汉 班固《西都赋》："摅怀旧之蓄念，发思古之幽情。"

③天随子：唐代诗人陆龟蒙的别号。▶唐 陆龟蒙《奉和太湖诗·缥缈峰》："身为大块客，自号天随子。"



## 拟古[①]

木落天地瘦，万象皆枯槁。雕鹗盘远空，旷野风浩浩。杖策访孤茅，皤然见一老。朝夕空箪瓢，左右惟桑枣。歌声激金石，且复摅怀抱。[②]饥寒无黯颜，端坐能静好。[③]郁郁西陵松，风霜常自保。

注释：

①《拟古》诗见 民国 徐世昌《晚晴簃诗汇》卷一百二十三，民国退耕堂刻本。

②摅怀：抒发情怀。▶唐太宗《秋日翠微宫》："摅怀俗尘外，高眺白云中。"

③静好：安静和美。▶《诗·郑风·女曰鸡鸣》："琴瑟在御，莫不静好。"

## 山中作[①]

贫贱爱居山，澹然无世虑。空水映衣巾，残霞明杖屦。俯视见孤村，离离惟烟树。人作蝼蚁行，逶迤缘细路。巉岩深合沓，弄石成小住。[②]隔云闻暮钟，沿崖且归去。

注释：

①《山中作》诗见 民国 徐世昌《晚晴簃诗汇》卷一百二十三，民国退耕堂刻本。

②巉岩：此处指险峻的山岩。▶唐 李白《北上行》：“磴道盘且峻，巉岩凌穹苍。”合沓：重叠；攒聚。▶汉 贾谊《旱云赋》：“遂积聚而合沓兮，相纷薄而慷慨。”

## 包公祠荷花①

从祠花发绕回汀，烦暑时时过客停。②谁把栏干界红白，红莲沉醉白莲醒。

注释：

①《包公祠荷花》诗见清 左辅《(嘉庆)合肥县志》卷三十一，黄山书社2006年版。

②回汀：曲折的洲渚。▶唐 李君房《独茧纶赋》：“鱼既得兮心亦冥，收纤缕兮旋回汀。”

汤长吉，字孔昭，号竹楼布衣。清庐州巢县(今安徽省巢湖市)人。著有《竹楼诗集》四卷，多咏巢湖及巢县名胜风光。



## 望巢湖①

面面山环抱，湖光一镜幽。夜深孤月朗，波阔远天浮。四越雄心阻，三分霸业休。②平时闲眺望，一派尽渔舟。

注释：

①《望巢湖》诗见 清 李恩绶编《巢湖志》卷二诗，黄山书社2007年版，第551页。

②四越：典出诸葛亮《后出师表》：“曹操五攻昌霸不下，四越巢湖不成”。

蔡家琬(1763—1836)，字右戋，号二知道人，别署陶门弟子、陶门诗叟。清庐州合肥(今安徽省合肥市)人。明蔡悉裔孙。增贡生，江西候补州吏目。著有《陶门弟子集》《红楼梦说梦》，另辑有《陶门诗话》《烟谱》。

## 蜀山[1]

独峙郡西郊，清翠熟我目。偶然策蹇来，今日登其麓。[2]东望湖如镜，远连江水渌。南望龙舒间，周郎曾顾曲。层峦挂夕阳，缭绕古之蓼。濠州连北郊，于焉得环瞩。[3]吾郡十万家，乐岁且饶足。[4]欲谋二顷田，山下聊小筑。[5]会得山性情，一世膺清福。[6]

注释：

①《蜀山》诗见 清 蔡家琬《陶门弟子集》卷一斗楂吟，嘉庆十九年(1814)刘文奎局镌本。②策蹇：骑着跛蹇驽弱的驴子。泛指骑驴。

③于焉：从此；于此。▶唐 顾况《塞上曲》："酣战祈成功，于焉罢边衅。"

环瞩：周密细致地观察。▶唐 韦承庆《灵台赋》："弥性场而极览，溥情囿而环瞩。"

④乐岁：丰年。▶《孟子·梁惠王上》："是故明君制民之产，必使仰足以事父母，俯足以畜妻子，乐岁终身饱，凶年免于死亡。"

⑤小筑：指规模小而比较雅致的住宅，多筑于幽静之处。▶唐 杜甫《畏人》诗："畏人成小筑，褊性合幽栖。"

⑥会得：犹言能理会，懂得。▶唐 元稹《嘉陵驿》诗之二："无人会得此时意，一夜独眠西畔廊。"

清福：清闲之福。▶元 耶律楚材《冬夜弹琴颇有所得乱道拙语三十韵以遗犹子兰》："秋思尽雅兴，三乐歌清福。"

## 巢湖捕鱼歌[1]

瑟瑟西风吹浪卷，渔舟四出如轮转。巢湖一旦失其宽，活泼游鱼思幸免。鱼知网撤水中央，不就其深就其浅。何期渔栅如高墙，入者多多出者鲜。我见渔人一网收，小鱼舍去巨鱼留。舟中亦有升斗水，苟延残喘难优游。涕出无因为鱼泣，戕生只为择其尤。[2]如此风波不得息，安能自在行中流。[3]

注释：

①《巢湖捕鱼歌》诗见 清 蔡家琬《陶门弟子集》卷一斗楂吟，嘉庆十九年(1814)刘文奎局镌本。

②戕生：伤害生命。▶清 林则徐《示谕外商速缴鸦片烟土四条稿》一："尔则图私而专利，人则破产以戕生，天道好还，能无报应乎！"

③中流：此处指江河中央；水中。▶《史记·周本纪》："武王渡河，中流，白鱼跃入王舟中。"

## 庐阳竹枝词[①]

歧路青青草自春，陌头杨柳翠眉新。[②]王孙不作淹留客，那有凝妆望远人。蚕事何曾日讲求，栽桑未见满田畴。[③]怪他生长江南客，爱买庐阳万寿紬。[④]包老丛祠一水围，河中藕嫩鲫鱼肥。前人清白后人好，卖藕卖鱼无是非。古蓼茶须活火煎，豆棚花下客欢然。[⑤]疲驴驼到浮槎水，共品江南第七泉。新谷将升且莫论，为完公税卖鸡豚。农夫不是潘邠老，也怕催租吏到门。贫女嘈嗷岁几经，非关不嫁惜娉婷。[⑥]鹿车总待郎亲挽，不与人家作小青。[⑦]

注释：

①《庐阳竹枝词》诗见 清 蔡家琬《陶门弟子集》卷一斗楂吟，嘉庆十九年(1814)刘文奎局镌本。

②翠眉：古代女子用青黛画眉，故称。此处指柳叶如眉。▶晋 崔豹《古今注·杂注》："魏宫人好画长眉，今多作翠眉警鹤髻。"

③蚕事：养蚕的事。▶《礼记·月令》："(孟夏之月)蚕事毕，后妃献茧。"

④万寿紬：紬同绸，旧时合肥有特产绸、纱，因机坊近城内万寿寺，故名万寿绸。



⑤欢然：喜悦貌。▶汉 王褒《圣主得贤臣颂》："故圣主必待贤臣而弘功业，俊士亦俟明主以显其德，上下俱欲，欢然交欣。"

⑥嘈嗷：象声词。形容声音喧闹杂乱。▶《西京杂记》卷六："鲁恭王得文木一枚，伐以为器，意甚玩之。

⑦小青：年轻的婢女。古婢女穿青色衣，故称。▶《珍珠船》卷三引 唐 施肩吾 诗："锄药顾老叟，焚香呼小青。"

## 过李文定公废宅[①]

凌云甲第想从前，满目榛芜剧可怜。[②]一代衣冠馀落照，三千珠履剩残烟。[③]文章弓冶传今日，庭宇兴衰未百年。[④]更有露香堂亦圮，行人凭吊菜畦边。

注释：

①《过李文定公废宅》诗见 清 蔡家琬《陶门弟子集》卷一斗楂吟，嘉庆十九年(1814)刘文奎局镌本。

②甲第：此处指旧时豪门贵族的宅第。▶《史记·孝武本纪》："赐列侯甲第，僮千人。"

③珠履：珠饰之履。▶《史记·春申君列传》："春申君客三千余人，其上客皆蹑珠履。"

④弓冶：谓父子世代相传的事业。语本《礼记·学记》："良冶之子，必学为裘；良弓之子，必学为箕。"

## 七月十五夜看罗汉寺僧施食[1]

新凉天气月初圆，开士多情启法筵。[2]枯骨何时能食德，游魂此夜也逃禅。[3]洒来甘露全凭柳，散遍灯花总是莲。记得释迦传语妙，须从教外觅真诠。[4]

注释：

①《七月十五夜看罗汉寺僧施食》诗见 清 蔡家琬《陶门弟子集》卷一斗楂吟，嘉庆十九年(1814)刘文奎局镌本。

②开士：菩萨的异名。以能自开觉，又可开他人生信心，故称。后用作对僧人的敬称。前秦苻坚赐沙门有德解者号开士。▶唐 颜真卿《怀素上人草书歌》序："开士怀素，僧中之英。"

③食德：谓享受先人的德泽。语本《易·讼》："六三，食旧德。"▶唐 杜甫《奉送苏州李长史丈之任》："食德见从事，克家何妙年。"

逃禅：逃出禅戒。▶唐 杜甫《饮中八仙歌》："苏晋长斋绣佛前，醉中往往爱逃禅。"

④真诠：犹真谛。▶唐 卢藏用《衡岳十八高僧序》："然而年代攸邈，故老或遗；真诠缅微，后生何述？"

## 游浮槎山[1]

天视淮南山太少，海上青山多且好。特遣阇黎分一峰，飞来吾郡凭虚倒。[2]此说存而且莫论，我来山里时探讨。[3]形势广袤十余里，峰峦叠叠殊缥缈。山僧延我品清泉，泉味清芬馀舌杪。[4]僧言此山佳境多，四围矗立中平坡。苍松翠柏万千树，参天黛色如青螺。寻常不必烦风伯，寒涛万斛惊高柯。[5]狰狞怪石不胜数，卧如虎豹立如魔。仙人游戏每恋此，童子采露应经过。我闻此语下坡去，不吾欺也惟头陀。[6]世间万事戒卤莽，一望而知徒自罔。昨朝不听老僧言，安得山中恣幽赏。下山回首望浮槎，言念神山神独往。

注释：

①《游浮槎山》诗见 清 蔡家琬《陶门弟子集》卷二浮楂吟，嘉庆十九年(1814)刘文奎局镌本。

②凭虚：凌空。▶南朝 梁 袁昂《古今书评》："张伯英书如汉武帝爱道，凭虚欲仙。"

③探讨：谓探幽寻胜。▶唐 孟浩然《登鹿门山》诗："探讨意未穷，回艇夕阳晚。"

④清芬：清香。▶宋 韩琦《夜合诗》："所爱夜合者，清芬逾众芳。"

⑤高柯：高树。▶晋 陶潜等《联句》："高柯擢条干，远眺同天色。"

⑥头陀：梵文 dhūta 的译音。意为"抖擞"，即去掉尘垢烦恼。因用以称僧人，亦专指行脚乞食的僧人。

## 过城上杨将军庙读乡先生题壁遗诗感而有作[①]

巍然庙貌女墙头，知是前人百度游。壮士枕戈成保障，词坛珥笔类浮沤。[②]谁从宿草传遗韵，我对青山发古愁。[③]除却班超西去后，书生几个觅封侯。

注释：

①《过城上杨将军庙读乡先生题壁遗诗感而有作》诗见 清 蔡家琬《陶门弟子集》卷二浮槎吟，嘉庆十九年(1814)刘文奎局镌本。

②珥笔：古代史官、谏官上朝，常插笔冠侧，以便记录，谓之"珥笔"。▶《文选·曹植〈求通亲亲表〉》："安宅京室，执鞭珥笔。出从华盖，入侍辇毂。"

③宿草：隔年的草。出自《礼记·檀弓上》："朋友之墓，有宿草而不哭焉。"借指坟墓。▶清 周亮工《祭福建按察使程公仲玉文》："赖公之灵，徼天解网，沉冤获雪。南奔两亲之丧，伏处草土，收召魂魄。始得走一介，以生刍一束，告公于宿草之前。然已去公之没四年于兹矣！"

## 九日侍黄牧原学师暨诸前辈城上杨将军庙䜩集[①]



名流自昔重重阳，何幸躬逢翰墨场。酒自陶公吟后饮，花从杜牧鬓边香。[②]将军气压城三版，文苑人临水一方。[③]最是良辰陪杖履，登高作赋愧王郎。

注释：

①《九日侍黄牧原学师暨诸前辈城上杨将军庙䜩集》诗见 清 蔡家琬《陶门弟子集》卷二浮槎吟，嘉庆十九年(1814)刘文奎局镌本。

②陶公：此处指陶渊明。▶南朝 梁 萧统《十二月启·南吕八月》："既传苏子之书，更泛陶公之酌。"

③三版：亦作"三板"。古代筑墙、坟所用的板，每块高二尺，三板为六尺。▶《战国策·赵策一》："智伯从韩、魏以攻赵，围晋阳而水之，城下不沉者三板。"



## 斋中杂兴[①]

家在教弩台畔，园依斗鸭池阿。不必抚今吊古，何妨对酒当歌。四百余竿修竹，二十三树梅花。宜雪宜风宜月，煮水煮酒煮茶。榻徙凉风来候，帘垂炉篆残时。[②]童子闲调鹦鹉，教他熟读唐诗。林花因时开落，庭草随意枯荣。方寸最嫌争斗，小窗闲煞楸枰。卧游羲皇以上，身居廉让之间。[③]此日惟邀红友，他年再买青山。[④]地是半村半郭，柴门相对城隈。笑我面墙而立，何时茅塞初开。

注释：

①《斋中杂兴》诗见 清 蔡家琬《陶门弟子集》卷二浮槎吟，嘉庆十九年(1814)刘文奎局镌本。

②炉篆：指香炉中的烟缕。因其缭绕如篆书，故称。▶宋 范成大《签厅夜归用前韵呈子文》："炉篆无风香雾直，庭柯有月露光寒。"

③廉让：廉泉、让水的并称，喻指风俗醇美之地。

④红友：有学者认为是与作者蔡家琬共同研究《红楼梦》的朋友，又或指与作者一起读书于红杏书屋的朋友。见 赵春晖点校《二知道人集》，人民文学出版社2016年版。

## 月夜登教弩台[①]

教弩人安在，此台留千载。生有几何，对酒歌莫待。秉烛倏来游，庶无朝露悔。东瞻水一痕，西望山容改。万户烟初消，一天云散彩。风月本无边，寸胸有真宰。

注释：

①《月夜登教弩台》诗见 清 蔡家琬《陶门弟子集》卷二浮槎吟，嘉庆十九年(1814)刘文奎局镌本。



## 香花墩修禊用王右军兰亭集诗韵[①]

乾隆癸丑三月上巳，予携酒榼，邀苏州范君粒民、浙江毛君愚溪、长沙程君叔度、吾邑王丈甦髯、郭丈方孩，往城南香花墩，仿兰亭修禊故事。或有诮予泥古者，予曰："一时雅集，不必拘地与时也，予闻命矣。但座有佳客，暂聚于斯，岁值昭阳，会逢其适。"毛君浙人也，毛君既以此墩为兰亭，予亦以兰亭作此墩可也。祓除不祥，争自濯磨，是在吾党。欣然作歌以寄清兴。[②]

春雨过郊野，春水生南滨。吾党不浣濯，相因以陈陈。[③]惠我本无私，和风披拂均。但能得佳趣，光景随时新。

注释：

①《香花墩修禊用王右军兰亭集诗韵》诗见 清 蔡家琬《陶门弟子集》卷四移槎吟，嘉庆十九年(1814)刘文奎局镌本。

②乾隆癸丑：即清高宗乾隆五十八年，公元1793年。

酒榼：古代的贮酒器，可提挈。▶唐 岑参《早秋与诸子登虢州西亭观眺》："酒榼缘青壁，瓜田傍绿溪。”

修禊：古人于农历三月上旬的巳日（三国魏以后始固定为三月初三）到水边嬉戏，以祓除不祥，称为修禊。《世说新语·企羡》“王右军得人以《兰亭集序》方《金谷诗序》”刘孝标注引晋王羲之《临河叙》曰：“永和九年，岁在癸丑，暮春之初，会于会稽山阴之兰亭，修禊事也。”

泥古：拘守古代的成规或古人的说法。▶宋欧阳修《笔说·驷不及舌说》：“泥古之士，学者患之也。”

昭阳：岁时名。天干中癸的别称，用于纪年。▶《尔雅·释天》：“（太岁）在癸曰昭阳。”

濯磨：亦作“濯摩”。洗涤磨炼。比喻加强修养，以期有为。▶宋苏轼《〈居士集〉叙》：“自欧阳子出，天下争自濯磨，以通经学古为高，以救时行道为贤，以犯颜纳说为忠。”

③浣濯：洗涤。▶《太平御览》卷八八五引汉桓谭《新论》：“吕仲子婢死，有女四岁，数来为沐头浣濯。”

## 由撮城镇至文家集道上口占①

我爱西山色，朝澹暮复浓。岚光浮天末，夕阳相与红。②束装出里门，黯然古道中。赖此故乡山，慰我离别衷。肩舆向东去，流水随行踪。③意欲迟迟行，乃与寒云同。山亦如故人，何时得再逢。今宵茅店里，魂梦将何从？④



注释：

①《由撮城镇至文家集道上口占》诗见清蔡家琬《陶门弟子集》卷九归楂吟，嘉庆十九年（1814）刘文奎局镌本。

撮城镇、文家集：今肥东县撮镇镇、包公镇文集社区。

②岚光：山间雾气经日光照射而发出的光彩。▶唐李绅《若耶溪》：“岚光花影绕山阴，山转花稀到碧浔。”

③肩舆：亦作“肩轝”“肩舁”。轿子。▶《晋书·王导传》：“会三月上巳，帝亲观禊，乘肩轝，具威仪。”

④茅店：用茅草盖成的旅舍。言其简陋。▶唐温庭筠《商山早行》：“鸡声茅店月，人迹板桥霜。”

李尧文，字宛林，号秀湖。清代钱岭汉军旗人。嘉庆三年（1798）任合肥县令。四年（1799年），将去任，以合肥城坏（城墙崩坏）申上官。

## 读合肥县志[1]

一邦载籍征良史，已事真堪未事师。[2]旷代兴衰成往复，寸心敬肆系安危。[3]地名沃土求盈浍，邑号岩疆重守埤。[4]落落二三循吏传，风尘为问后来谁。[5]

百年雨露留青野，千古风云付碧苔。[6]驯悍要培忠义气，董偷更植秀灵材。[7]刍荛供顿皆民力，筐箧趋承岂吏才。[8]措置茫茫生百感，几番抚卷独迟徊。[9]

注释：

①《读合肥县志》诗见 清 左辅《(嘉庆)合肥县志》卷第三十一，清嘉庆八年(1803)修、民国九年(1920)重印本。

合肥县志：指《(嘉庆)合肥县志》，为清嘉庆八年(1803年)时任合肥知县左辅所撰修，全书分三十六卷，六十余万字。

②载籍：书籍；典籍。▶《史记·伯夷列传》："夫学者载籍极博，犹考信于六艺。"

良史：指信实之史书。▶唐 苏鹗《苏氏演义》卷上："凡善恶必书，谓之良史。"

③敬肆：意为慎重，敬谨和放纵、疏忽。▶清 吴廷栋《疏》"夫治乱决于敬肆，敬肆根于喜惧。"

④盈浍[kuài]：沟渠水满。引申为风调雨顺。

岩疆：边远险要之地。▶《明史·梁廷栋传》："廷栋疏辨，乞一岩疆自牧，优诏慰留之。"

⑤循吏：守法循理的官吏。▶《史记·太史公自序》："奉法循理之吏，不伐功矜能，百姓无称，亦无过行。作《循吏列传》第五十九。"

⑥青野：绿色的田野。▶《艺文类聚》卷六二引 南朝 宋 孝武帝《巡幸旧宫颂》："列装青野，动辂丹廷。"

⑦董偷：董，监督、督察。▶《左传·文公六年》："董逋逃。"偷，苟且、安肆。▶《说文》："偷，苟且也。"

⑧刍荛：此处指割草、采薪。▶《孟子·梁惠王下》："文王之囿方七十里，刍荛者往焉，雉兔者往焉，与民同之。"

供顿：供给行旅宴饮所需之物。▶北魏 崔光《谏灵太后幸嵩高表》："供顿候迎，公私扰费。"

吏才：为政的才能。▶《后汉书·崔寔传》："明于政体，吏才有余；论当世便事数十条，名曰《政论》。"

⑨措置：安放；搁置。▶《后汉书·东平宪王苍传》："臣惶怖战栗，诚不自安，每会见，踧踖无所措置。"

蔡家瑜，字竹阶，号石瓢、铁鞋道人。清庐州合肥(今安徽省合肥市)人。嘉庆(1796—1820)间诸生。工诗文、篆刻，著有《啸梅轩诗草》。

### 村中晓起二首[①]

霜落寒渐深，荒鸡唤人起。[②]驱牛人已归，衣上霜如水。

红日在山坳，白云遮远树。欲访隔溪人，不见溪边路。

注释：

①《村中晓起二首》见 清 陈诗《皖雅初集》卷三十，民国十八年(1929)上海美艺图书公司印本。

②荒鸡：指三更前啼叫的鸡。旧以其鸣为恶声，主不祥。▶《晋书·祖逖传》："(祖逖)与司空刘琨俱为司州主簿，情好绸缪，共被同寝。中夜闻荒鸡鸣，蹴琨觉曰：'此非恶声也。'因起舞。"



## 田苏黎

田苏黎，逸其名。清庐州合肥(今安徽省合肥市)人。嘉庆(1796—1820)间廪生。家贫以授徒为生。

### 客馆咏声[①]

飞飞依旧傍帘栊，百种啁啾正未穷。[②]自为去留商乐土，不堪冷暖怨东风。忽过柳市朝烟绿，小憩鱼汀夕照红。多少衔泥辛苦意，美人知否画堂中。

注释：

①《客馆咏声》诗见 民国 李家孚《合肥诗话》卷上，民国苏城临顿路毛上珍铅活字本。

②帘栊：亦作"帘笼"。窗帘和窗牖。也泛指门窗的帘子。▶南朝 梁 江淹《杂体诗·效张华〈离情〉》："秋月映帘笼，悬光入丹墀。"

啁啾[zhōu jiū]：此处指鸟鸣声。▶唐 王维《黄雀痴》："到大啁啾解游飏，各自东西南北飞。"

## 王霈

王霈，字润田。清庐州合肥(今安徽省合肥市)人。嘉、道间布衣。著《榆荫楼诗稿》。

### 题铁鞋道人画松[①]

道人作画一身胆，笔所到处天无功。画遍枯松三百纸，纸上如闻万壑风。

注释：

①《题铁鞋道人画松》民国 李家孚《合肥诗话》卷中，民国苏城临顿路毛上珍铅活字本。

## 钱宗孝

钱宗孝，字赋唐。清太仓(今江苏省太仓市)人，有《岩耕堂诗草》。

### 立秋怀胡吟石丈[①]

记曾南阁话羁愁，又是庭梧叶报秋。[②]西望浮云一千里，紫芝山在古庐州。[③]

注释：

①《立秋怀胡吟石丈》诗见 清 汪学金《娄东诗派》卷二十七，清嘉庆九年(1804)诗志斋刻本。

②羁愁：旅人的愁思。▶南朝 齐 江孝嗣《北戍琅琊城》：“薄暮苦羁愁，终朝伤旅食。”

③紫芝山：位于今无为市内，约无为烈士陵园、芝山社区一带(还有一说至西门车站)。

## 舒位

舒位(1765—1816)，字立人，号铁云，自号铁云山人，小字犀禅。清直隶大兴(今属北京市)人，生长于吴县(今江苏苏州)。乾隆五十三年(1788)戊申科举人，屡试进士不第，贫困潦倒，游食四方，以馆幕为生。从黔西道王朝梧至贵州，为之治文书。博学，善书画，尤工诗、乐府，书各体皆工。作画师徐渭，诗与王昙、孙原湘齐名，有“三君”之称。所著有《瓶水斋诗集》《乾嘉诗坛点将录》等。又有《瓶笙馆修箫谱》，收入其所作杂剧四种。

## 咏史绝句南吴二首[①]

江北杨花唱步虚，笛家三孔怨何如。[②]忽忽不记庐州钓，东海青天一鲤鱼。[③]

十围官烛泪犹红，难抵金奴马厩中。[④]肠断丹阳迎奉使，更无三十六英雄。[⑤]

注释：

①《咏史绝句南吴二首》诗见 清 舒位《瓶水斋诗集》卷三，清光绪十二年(1886)边保枢刻十七年(1891)增修本。原诗标题《五代十国咏史绝句》，共三十首。此标题为编者所加。

②步虚：即“步虚词”，是根据道家步虚音乐填写的字词。后成为诗体之一种，或五言，或七言，八句、十句、二十二句不等。

③东海青天一鲤鱼：指南吴天祐末年，江南民间童谣“东海鲤鱼飞上天”，后被徐知诰(李昪)利用，成为篡夺南吴政权的“天命”依据。▶宋 郑文宝《江表志》：“(李昪)尝以谶词‘有东海鲤鱼飞上天’之语，由是怀逼主禅位之心矣。”

④金奴：古时指铁制烛台。▶宋 陶谷《清异录·乌舅金奴》：“江南烈祖素俭，寝殿烛不用脂蜡，灌以乌舅子油，但呼乌舅。案上捧烛铁人，高尺五，云是杨氏时马厩中物。一日黄昏，急须烛，唤小黄门：‘掇过我金奴来！’左右窃相谓曰：乌舅、金奴，正好作对。”

⑤肠断丹阳：公元937年，徐知诰(李昪)建立南唐，取代杨吴政权。吴主杨溥被迁居丹阳宫后幽闭而死。

迎奉：谓迎接供奉。▶宋 罗大经《鹤林玉露》卷十一：“福州启运宫，在开元寺，有七祖御容塑像，乃西京陵寝之旧。南渡之初，迎奉于此。”



# 查揆

查揆(1770—1834)，又名初揆，字伯揆，号梅史，浙江海宁(今浙江省海宁市)人。好读书，有大志，受知于阮元，尝称为诂经精舍翘楚。著有《筼谷文集》《菽原堂集》。

## 由庐江至吕亭道中口占[①]

龙舒东又北，风景似曾经。暮鸟翻山绿，春牛滚麦青。小车新米贩，破庙古茶亭。渐有丰年象，田歌入耳听。[②]

注释：

①《由庐江至吕亭道中口占》诗见 清 查揆《筼穀诗文钞》诗钞卷十五，清道光刻本。

②田歌：农歌。▶唐 温庭筠《寄河南杜少府》："夕阳亭畔山如画，应念田歌正寂寥。"

## 清明日同方静峰柳村陶兄弟孙仿山邱海琴梦鲤游大蜀山三首简海树[1]

趁晓篮舆出，寻幽惬所闻。[2]黄花邀牧笛，紫草斗春裙。[3]沙雾湖光掩，松杉寺影分。客怀偏易触，剪纸各纷纷。

苑墙红入画，山路曲如弓。茶熟调符水，衫飘解箨风。人稀鸦浩浩，僧好佛空空。多少笼纱句，飞尘涴爪鸿。

饭罢披云上，毡携坐具偕。[4]圆吭诸韵合，凉绿一行排。峰独犹连楚，淝流不入淮。百年沟洫在，旧迹未应垂。[5]

注释：

①《清明日同方静峰柳村陶兄弟孙仿山邱海琴梦鲤游大蜀山三首简海树》诗见 清 查揆《筼穀诗文钞》诗钞卷十五，清道光刻本。

海树：指刘珊。刘珊（1779—1824），字介耘，又介纯，号海树。清湖北汉川（今湖北省汉川市）人。嘉庆十六年（1811）辛未科进士。历天长、合肥等县知县，官至庐州知府，终于任上。在官能兴水利，防水害。工诗文，有《亦政堂诗集》十二卷、《亦政堂续集》五卷、《委蛇杂俎》二卷等。

②篮舆：古代供人乘坐的交通工具，形制不一，一般以人力抬着行走，类似后世的轿子。▶清 方文《赠孙子谷》："蹇予脚疾愁归路，直遣篮舆送到家。"

③黄花：此处指菜花。▶晋张翰《杂诗》之一："青条若总翠，黄华如散金。"

④披云：敬词。犹言大驾光临。比之自天而降，故云。▶《北史·隐逸传·徐则》："故遣使人，往彼延请……希能屈己，伫望披云。"

⑤沟洫：田间水道。▶晋 左思《蜀都赋》："沟洫脉散，疆里绮错，黍稷油油，粳稻莫莫。"

## 同孙仿山学博得伟方静峰仁韩奕山炎至香花墩谒包孝肃祠[1]

城南一水限，空濛白如镜。短彴通孤祠，废榭绝危磴。[2]儿时熟公貌，辄从老妪听。峥嵘傀儡场，气尚压豪横。[3]习见梦寐同，转疑画像靓。粲然黄河清，祎而乔岳正。[4]乃知齐东语，徒为妇孺证。[5]当时两龙图，治行果孰胜。[6]西门沈妖巫，恢也亦清劲。[7]为治托神奇，好名转为病。[8]此岂公所安，固知论未定。

苍鹰下廖廓，百鸟当遭屠。[9]秋原洒毛血，草木不敢苏。岂无孔雀鸾，挢舌知其诬。[10]凤皇况仁慈，要结非所俞。[11]或疑公误之，谓公阎罗如。刀山剑树林，万鬼雄牙须。亦有牛马走，侧媚为跄趋。[12]颠倒弄阴律，冀得遂所须。[13]大吏握纲纪，寸辖制广舆。击断岂尽非，用意仍有余。[14]吁嗟五鼎烹，未必阿大夫。[15]

注释：

①《同孙仿山学博得伟方静峰仁韩奕山炎至香花墩谒包孝肃祠》诗见 清 查揆《篔穀诗文钞》诗钞卷十五，清道光刻本。

韩奕山炎：韩炎，字奕山。清南京上元人。秀才出身。善兰石、花草。

②危磴：高峻的石级山径。▶北周 庾信《和从驾登云居寺塔》："重峦千仞塔，危磴九层台。"

③傀儡场：演傀儡戏的场所。亦喻指官场。▶元 姚燧《醉高歌·感怀》曲："荣枯枕上三更，傀儡场头四并。人生幻化如泡影，那个临危自省。"

气尚：1.风尚，气节。▶《魏书·成淹传》："淹好文学，有气尚。"2.指气度。

④黄河清：黄河水本浑浊，古人以黄河水清为祥瑞的征兆。比喻难得、罕见的事。▶《宋史·包拯传》："拯立朝刚毅，贵戚宦官，为之敛手，闻者皆惮之。人以包拯笑比黄河清。"

乔岳：高山。本指泰山，后成泛称。▶《诗·周颂·时迈》："怀柔百神，及河乔岳。"

⑤齐东语：指齐东野语。▶清 纪昀《阅微草堂笔记·如是我闻四》："康熙十四年，西洋贡狮，馆阁前辈多有赋咏。相传不久即逸去，其行如风，巳刻绝锁，午刻即出嘉峪关。此齐东语也。"

⑥当时两龙图：龙图，为宋代龙图阁学士的省称。此处指范仲淹、包拯，二人皆曾为龙图阁学士。

⑦清劲：清正刚直。▶《三国志·魏志·韩暨王观等传评》："王观清劲贞白。"

⑧好名：爱好名誉；追求虚名。▶《孟子·尽心下》："好名之人能让千乘之国。"

⑨苍鹰：鹰。▶晋 张华《鹪鹩赋》："苍鹰鸷而受绁，鹦鹉慧而入笼。"

廖廓：同"寥廓"。意为高远空旷。借指天空。▶清 姚鼐《复鲁絜非书》："(其文)如鸿鹄之鸣而入廖廓。"

⑩挢舌：舌翘起不能出声。形容畏葸难言或惊讶的样子。语出《史记·扁鹊仓公列传》："舌挢然而不下。"

⑪要结：结合；邀引交结。▶《左传·文公十二年》："不腆先君之敝器，使下臣致诸执事以为瑞节，要结好命。"

⑫侧媚：用不正当的手段讨好别人。▶《书·冏命》："慎简乃僚，无以巧言令色，便辟侧媚。"

⑬阴律：此处指阴间律法。▶清 纪昀《阅微草堂笔记·滦阳消夏录三》："鬼神之责人，一二行事之失，犹可以善抵，至罪在心术，则为阴律所不容，今生已矣，勉修未来可也。"

⑭击断：此处指果敢坚决。▶宋 司马光《送聂之美任鸡泽令》："椎埋吏难禁，击断世称贤。"

⑮吁嗟：叹词。表示忧伤或有所感。▶《楚辞·卜居》："吁嗟嘿嘿兮，谁知吾之廉贞。"

## 上巳登庐州城楼[1]

城阙纡回赴蛩蛇，只容安步不容车。[2]江淮摇曳天边练，吴魏苍茫劫后沙。莱荚干畦黄化蝶，鹭鹚一树白装花。年来不用闲修祓，身似神羊易触邪。[3]

注释：

①《陆学博继辂招同刘海树大令韩奕山方柳村陶家梅鸣安世小集》诗见 清 查揆《筼穀诗文钞》诗钞卷十五，清道光刻本。

②纡回：同"纡回"。曲折；回环。▶汉 班彪《北征赋》："涉长路之绵绵兮，远纡回以樛流。"

③神羊：獬豸的别称。传说是一种能以其独角辨别邪佞的神兽。亦指獬豸冠。▶《后汉书·舆服志下》："獬豸神羊，能别曲直，楚王尝获之，故以为冠。"

触邪：谓辨触奸邪。古代传说中有神羊，名獬豸，能辨邪触不正者。▶《晋书·束晰传》："朝养触邪之兽，庭有指佞之草。"

## 避雨宿八斗岭口占示村农[1]

一掣金蛇破暝烟，淝流雨气接淮瞰。[2]三家村舍小凉院，六月云雷大漏天。窨熟零酤犹薄味，站荒枥马亦高骞。[3]怨咨何补穷檐事，稂莠能除已是贤。[4]

注释：

①《避雨宿八斗岭口占示村农》诗见 清 查揆《筼穀诗文钞》诗钞卷十五，清道光刻本。

②金蛇：比喻雷电之光。▶唐 顾云《天威行》："金蛇飞状霍闪过，白日倒挂银绳长。"

③高骞：比喻隐退。▶明 高启《始归园田》诗之一："岂欲事高骞，居崇自难任。"

④怨咨：亦作"怨訾"。怨恨嗟叹。▶宋 陆游《雨雪兼旬有赋》："祁寒人怨咨，千载语犹验。"

穷檐：指穷人所住的地方。▶清 吴敏树《宽乐庐记》："穷檐卑宇之士，常怅然自恨不得如其志。"

稂莠：泛指对禾苗有害的杂草。常比喻害群之人。▶唐 舒元舆《坊州按狱》："去恶犹农夫，稂莠须耘耨。"

## 勘灾至浮槎山憩白龙王庙汲水煮茶欧阳文忠公为郡守李公谨作记即此泉也即用公尝新茶呈圣俞诗韵寄合肥陈白云明府①

山深无人灶烟绝，乞浆不得何论茶。但逢野老一流涕，忽来破庙还惊夸。残僧百岁话古事，上有细路纡秋蛇。泉枯池竭水草漫，群儿赴饮哄且呀。一瓢已足味苦涩，无乃黄蘖非春芽。不疑贤者始见此，封题远饷公京华。②恢然余事到幽异，想见施设无呰窳。③不然寒女委空谷，几时菅蒯为丝麻。④仰须亟欲呼吾友，便乞秃管挥夭斜。⑤泉君所独山所共，古云让水良为嘉。平畴龟坼岁苦旱，穷黎鹄立生无涯。⑥痴龙渴睡懒欲死，铜瓶绣蚀将铺花。⑦所惭俗士不谙吏，公田但问私虾蟆。欧公不作李侯古，耳目所触皆咨嗟。⑧僧厨无饭但有茶，旁有饿者出即哇。

注释：

①《勘灾至浮槎山憩白龙王庙汲水煮茶欧阳文忠公为郡守李公谨作记即此泉也即用公尝新茶呈圣俞诗韵寄合肥陈白云明府》诗见 清 查揆《篔穀诗文钞》诗钞卷十五，清道光刻本。

陈白云明府：陈斌，字陶邻，号白云。清浙江德清（今浙江省湖州市德清县）人，清仁宗嘉庆四年（1799）进士，曾官青阳知县、颍凤同知、合肥知县。善藏书，工诗文。其文词约理赅，诗亦不事藻饰，有《白云诗文集》。合肥包公祠联“照耀千秋，念当年、铁面冰心，建谠言、不希后福；闻风百世，至今日、妇人孺子，颂清官、只有先生。”为陈斌所撰。

②封题：此处指物品封装妥善后，在封口处题签。▶五代 齐己《咏茶十二韵》：“封题从泽国，贡献入秦京。”

③呰窳[zǐ yǔ]：苟且懒惰；贫弱。▶清 唐孙华《吴歙为陈沧洲太守作》：“吾吴实呰窳，谬称财赋区。”

④菅蒯：茅草之类。可编绳索。▶汉 王逸《九思·遭厄》：“菅蒯兮野莽，雚苇兮仟眠。”

⑤秃管：犹秃笔。▶清 袁枚《随园诗话》卷二：“（先祖旦釜公）《巩县幕中五十自寿沁园春》二阕云：‘渐渐消磨，人生老矣，富贵功名安在哉！休伤感，且搜寻秃管，别作生涯。’”

夭斜：亦作“夭邪”。歪斜貌。▶清 王士禛《浣溪沙》词之一：“残梦未遥犹眷恋，篆烟初袅半夭邪。”

⑥平畴：平坦的田野。▶清 汪中柱《唐栖夜泊》：“稻黍平畴熟，鱼虾晚市新。”

龟坼：形容天旱土地裂开。龟，通“皲”。▶清 赵翼《大雨》：“何况高原距水遥，眼看龟坼地不毛。”

鹄立：像鹄一样引颈而立。形容直立。▶《后汉书·袁谭传》：“今整勒士马，瞻望鹄立。”

⑦痴龙：传说洛中有大穴，有人误坠穴中，见有大羊，取髯下珠而食之。出而问张华。

华谓："羊为痴龙。其初一珠食之，与天地等寿；次者延年，后者充饥而已。"见《法苑珠林》卷四一引南朝宋刘义庆《幽明录》。后用为典故。

⑧咨嗟：此处指叹息。▶汉 焦赣《易林·离之升》："车伤牛罢，日暮咨嗟。"

## 大雪自合肥还县作①

出城但觉寒崚嶒，舆丁脚软挥以肱。②冻泥郭索行似蟹，宿酲酕醄痴如蝇。③斡回地轴作胡旋，刻画岩骨为锋棱。古塔腰肥颓欲卧，寒鸟背重飞不腾。罡风换劫浩尘海，羁魂无主凄圆冰。④中有古路出人世，草鞋一道痕相仍。⑤浮槎诸山卓停午，悬栈上袅孤生藤。⑥巢湖卷空影深黑，一萤点破山庵灯。村人走告女被劫，鹓雏婉娈饲饥鹰。⑦买牛卖剑吾友在，未敢越畔争田塍。天公偶然作游戏，下吏默祷求丰登。似闻豚蹄赛田祖，久矣杯珓寻山僧。⑧迎春屈指几日事，社鼓百面敲鼕鼕。⑨

注释：

①《大雪自合肥还县作》诗见 清 查揆《篔簹诗文钞》诗钞卷十五，清道光刻本。

②崚嶒：此处指骨节显露貌。多形容人体瘦削。▶宋 陆游《信手翻古人诗随所得次韵》："病起瘦可惊，崚嶒夜窗影。"

舆丁：舆夫。▶清 赵翼《春夜看孙男女舞灯戏作》："驺卒舆丁无一在，自携童稚作遨头。"

③郭索：此处指颤抖貌。▶元 吕起猷《又用髩字韵》："竹委长身寒郭索，松埋短发老瞿髩。"

宿酲：犹宿醉。▶三国魏 徐干《情诗》："忧思连相属，中心如宿酲。"

酕醄：大醉貌。▶唐 姚合《闲居遣怀》诗之六："遇酒酕醄饮，逢花烂熳看。"

④罡风：道教谓高空之风。后亦泛指劲风。▶明 屠隆《彩毫记·游玩月宫》："虚空来往罡风里，大地山河一掌轮。"

⑤相仍：依然；仍旧。▶汉 王符《潜夫论·救边》："今苟以己无惨怛冤痛，故端坐相仍。"

⑥停午：正午；中午。停，通"亭"。▶宋 梅尧臣《庖烟》："湿薪烧尽日停午，试问霏霏何处浮。"

⑦鹓雏：亦作"鹓鶵"。凤雏。比喻有才望的年轻人。▶金 元好问《德修家儿子》："凤山自有鹓鶵种，九子相从不厌迟。"

婉娈：亦作"婉恋"。美貌。借指美女。▶清 钮琇《觚賸·粟儿》："而一遇婉娈，其倾倒缱绻如此。"

⑧杯珓：亦作"桮筊"。占卜用具。▶章炳麟《国故论衡·辨诗》："古诗多诘诎不可诵，近体乃与杯珓谶辞相等。"

⑨鼕鼕：象声词。常指鼓声。▶唐 顾况《公子行》："朝游鼕鼕鼓声发，暮游鼕鼕鼓声绝。"

## 海树招同白敬庵守廉孙仿山邱海琴韩奕山重游蜀山午后雨敬庵先归海树日昳甫至遂宿庵中晓起登峰顶望巢湖而还[①]

独山不双客不独，客有健者刚五六。[②]飞尘卅里过城去，鹿女狮王见已熟。[③]寺门系马谁家郎，中有花竹遮闲房。忽然惊起双娇鸟，姹紫嫣红合𢙿恼。[④]主人不来客渐稀，社公作雨霑人衣。[⑤]笋舆曰暮渡秧水，健步拍拍鸥凫飞。林深梦窈松生腹，夜来冷抱南箕宿。清钟未落檐外蟾，游策已惊帘底蝠。榑桑花红天鸡啼，巢湖挂在山峰西。[⑥]修篁凌乱曳远影，倒入万顷青玻璃。[⑦]归路明灯出云顶，仰见长庚尚孤迥。[⑧]山城杳杳生白烟，十万人家睡未醒。

注释：

①《海树招同白敬庵守廉孙仿山邱海琴韩奕山重游蜀山午后雨敬庵先归海树日昳甫至遂宿庵中晓起登峰顶望巢湖而还》诗见 清 查揆《篔谷诗文钞》诗钞卷十五，清道光刻本。

日昳：太阳偏西。▶《书·无逸》"自朝至于日中昃"孔传："从朝至日昳不暇食。"

②不双：无双，独一无二。▶宋 范成大《九日忆菊坡》："菊坡长恨隔横塘，城郭山林自不双。"

③鹿女：佛经中所说的仙女。▶唐 王维《游感化寺》："雁王衔果献，鹿女踏花行。"

④𢙿恼：烦恼。▶清 蒲松龄《聊斋志异·念秧》："生平不习跋涉，扑面尘沙，使人𢙿恼。"

⑤社公：旧谓土地神。▶宋 范成大《与王夷仲检讨祀社》："社公亦塞责，醉此丰年樽。"

⑥榑桑：传说中的神木。▶清 魏源《海曙楼铭》："日出榑桑，圣出东方。"

⑦修篁：修竹，长竹。▶唐 司空图《二十四诗品·冲淡》："犹之惠风，荏苒在衣。阅音修篁，美曰载归。"

⑧长庚：亦作"长赓""长更"。古代指傍晚出现在西方天空的金星。亦名太白星、明星。▶《诗·小雅·大东》："东有启明，西有长庚。"

孤迥：此处指寂寞；寂寥。▶清 龚自珍《梦芙蓉·本意》："又微芒不定，月坠金波孤迥。"

## 八蜡神[①]

巢之炯炀，有扰于乡者，八蜡神其自号也。擒其猾治之扰，乃已。

八蜡神，巢湖湣。灵谈鬼笑炯炀民。

神何骄，民何苦，狗吠鸡飞触神怒，独脚山魈日当午。[②]东家种瓜，西家抱蔓，田祖啼饥八蜡饭。

民年荒，神年熟，鸾衔纸钱飞上屋，一家何如一路哭，昔则吏胥今太学。[3]

注释：

①《八蜡神》诗见 清 查揆《筤穀诗文钞》诗钞卷十五，清道光刻本。

八蜡神：八蜡，为周代有关农事的祭名。后民间附会为驱除虫害、捍灾御患之神。其神为谁说法不一。

②山魈：动物名。猴属。狒狒之类。体长约三尺，头大面长，眼小而凹，鼻深红色，两颊蓝紫有皱纹，腹部灰白色，臀部有一大块红色胼胝，尾极短而向上，有尖利长牙，性凶猛，状极丑恶。古代传说以为山怪，又称"山萧""山臊""山缫"等，记述状貌不一。

③吏胥：旧时官府中的小吏。▶唐 白居易《和微之除夜作》："我统十郎官，君领百吏胥。"

## 陈文述

陈文述(1771—1843)，原名文杰，字隽甫，号云伯，又号退庵。清浙江钱塘(今浙江省杭州市)人。嘉庆五年(1800)庚申科举人，官江苏江都、常熟、安徽全椒等县知县。与族兄陈鸿寿号"二陈"，加同里陈浦，被其师阮元目为"武林三陈"。与杨芳灿齐名，并称"陈杨"。有《碧城仙馆诗钞》《颐道堂集》《秣陵集》《西泠怀古集》《仙咏》《闺咏》《碧城诗髓》。词集《紫鸾笙谱》。

### 合肥道中遇雨[1]

朝从雨中行，暮就雨中宿。旧雨势未已，今雨更相续。[2]阻滞到行李，沾濡徧僮仆。[3]三五避雨鸠，瑟缩聚茅屋。破灶烧泾苇，炊烟倏眯日。岂不念辛苦，行役利用速。邮程乃多阻，方寸如转毂。坐行土墙坳，苔花上浓绿。[4]

注释：

①《合肥道中遇雨》诗见 清 陈文述《颐道堂集》诗选卷七古今体诗，清嘉庆十二年(1807)刻道光增修本。

②未已：不止；未毕。▶《诗·秦风·蒹葭》："蒹葭采采，白露未已。"

③沾濡：浸湿。多指恩泽普及。▶汉 司马相如《封禅文》："怀生之类，沾濡浸润。"

④坐行：以膝着地而行。▶《左传·昭公二十七年》："执羞者坐行而入。"

## 道林寺访梁公主墓[1]

寺今名福严院，梁帝第五女出家于此。墓在殿东塔下，有海榴一株，传是公主手植。

此地真箫寺，残香冷殡宫。仙衣曾被羽，翠辇久销铜。[2]沁水园何在，台城事亦空。[3]惟余东塔下，一树海榴红。

注释：

①《道林寺访梁公主墓》诗见 清 陈文述《颐道堂集》诗选卷七古今体诗，清嘉庆十二年(1807)刻道光增修本。

②被羽：以羽为衣。指禽类。▶晋 成公绥《天地赋》："遐方外区，绝域殊邻，人首蛇躯，鸟翼龙身，衣毛被羽，或介或鳞，栖林浮水，若兽若人。"

翠辇：饰有翠羽的帝王车驾。▶《北史·突厥传》："启人奉觞上寿，跪伏甚恭。帝大悦，赋诗曰：'鹿塞鸿旗驻，龙庭翠辇回。'"

③台城：此处指六朝时的禁城。▶宋 洪迈《容斋续笔·台城少城》："晋、宋间谓朝廷禁省为台，故称禁城为台城。"按，晋之"台城"，在今南京市鸡鸣山南乾河沿北，其地本三国吴后苑城，东晋成帝时改建作新宫，遂为宫城。历宋、齐、梁、陈，皆为台省（中央政府）和宫殿所在地，因专名台城。▶宋 陈亮《戊申再上孝宗皇帝书》："台城在钟阜之侧，其地据高临下，东环平冈以为固，西城石头以为重，带玄武湖以为险，拥秦淮、清溪以为阻。"



## 魏武帝教弩台[1]

不见藏舟浦，犹存教弩台。三分成敌国，百战见雄才。潮落濡江水，烟消赤壁灰。只今漳水上，铜雀亦蒿莱。[2]

注释：

①《魏武帝教弩台》诗见 清 陈文述《颐道堂集》诗选卷七古今体诗，清嘉庆十二年(1807)刻道光增修本。

②蒿莱：野草；杂草。▶《韩诗外传》卷一："原宪居鲁，环堵之室，茨以蒿莱。"

## 赤栏桥访姜白石寓址[1]

玉萧凄断晚烟平，白石清词旧有名。[2]桥上栏干桥下水，满城杨柳作秋声。

注释：

①《赤栏桥访姜白石寓址》诗见 清 陈文述《颐道堂集》诗选卷七古今体诗，清嘉庆十二年(1807)刻道光增修本。

②凄断：谓极其凄凉或伤心。▶北周 庾信《夜听捣衣》："风流响和韵，哀怨声凄断。"清词：清丽的词句。▶南朝 梁 刘协《文心雕龙·诔碑》："清词转而不穷，巧义出而卓立。"

## 舒王墩[①]

朝端新法世间名，似尔心中最不平。[②]留此一墩酬寂寞，不须更与谢公争。

注释：

①《舒王墩》诗见 清 陈文述《颐道堂集》诗选卷七古今体诗，清嘉庆十二年(1807)刻道光增修本。舒王墩本汉龚颉侯墓，宋时为王安石重修。王安石殁，追赠为"舒王"，土人为表纪念，便将龚颉侯墓改称为"舒王墩"。

②朝端：此处指位居首席的朝臣。指尚书省的长官。▶《宋书·王弘传》："臣弘忝承人乏，位副朝端，若复谨守常科，则终莫之纠正。"

## 稻香楼吊龚芝麓[①]

定山堂址半荒塍，剩有斯楼可一登。[②]身世君应同孔范，才名我欲笑徐陵。何如拂水华簪隐，曾否横波翠袖凭。[③]不感沧桑感花月，可怜老辈太飞腾。

注释：

①《稻香楼吊龚芝麓》诗见 清 陈文述《颐道堂集》诗选卷七古今体诗，清嘉庆十二年(1807)刻道光增修本。

②荒塍：荒凉的田埂。塍，田间的土埂子。

③华簪：华贵的冠簪。古人用簪把冠连缀在头发上。华簪为贵官所用，故常用以指显贵的官职。▶晋 陶潜《和郭主簿》之一："此事真复乐，聊用忘华簪。"

## 周公瑾故里[①]

年少登坛镇上游，东吴人物更无俦。饮醇交谊人皆醉，顾曲闲情我欲愁。[②]大帝旌旗空寂寞，小乔夫婿自风流。年年春到巢湖岸，尚有青山记姓周。[③]

注释：

①《周公瑾故里》诗见 清 陈文述《颐道堂集》诗选卷七古今体诗，清嘉庆十二年(1807)刻道光增修本。

②饮醇：《三国志·吴志·周瑜传》"惟与程普不睦"裴松之注引 晋 虞溥《江表传》："普颇以年长，数陵侮瑜。瑜折节容下，终不与校。普后自敬服而亲重之，乃告人曰：'与周公瑾交，若饮醇醪，不觉自醉。'"后遂以"饮醇"指受到宽厚对待而心悦诚服。▶清 梁章钜《浪迹丛谈·怀邗上诸君子廿四首》："新交如故交，有道复有神。论政且论学，相亲如饮醇。"

③原诗"年年春到巢湖岸，尚有青山记姓周。"句后有作者自注："合肥有周公山是公瑾读书处。"

## 二乔宅[①]

江东形胜占三分，玉女风姿也出群。姊妹天人双国色，英雄夫婿两郎君。赤乌残碣埋春草，铜雀荒台冷暮云。[②]留得当年妆井在，百花飞蝶吊罗裙。

注释：

①《二乔宅》诗见 清 陈文述《颐道堂集》诗选卷七古今体诗，清嘉庆十二年(1807)刻道光增修本。



②赤乌：三国时期东吴君主吴大帝孙权的第四个年号，前后共计14年(238—251)。赤乌十四年(251)四月改元太元元年。

## 筝笛浦[①]

彩云散尽春风舞，冷月照花闻鬼语。一湾流水吊残香，遗迹犹传筝笛浦。横槊高吟动古愁，阿瞒当日亦风流。漫游此地知何日，不是乌飞赤壁秋。我疑东下临濡口，江上当歌重对酒。闻说巢湖春水生，仓皇竟尔沉船走。[②]金粉飘零最可悲，五湖何异葬西施。袛今月落星沉夜，尚有歌声出水迟。铜台高揭漳河渡，此地犹传闻乐处。[③]罗袖空吟卢女篇，桂旗谁悟陈王赋。[④]卖履分香梦未醒，西陵寂寞墓田平。[⑤]便教歌吹还如故，何似银筝钿笛声。[⑥]



注释：

①《筝笛浦》诗见 清 陈文述《颐道堂集》诗选卷七古今体诗，清嘉庆十二年(1807)刻道光增修本。

②竟尔：竟然。

③高揭：犹高耸。▶唐 袁郊《甘泽谣·红线》："出魏城西门，将行二百里，见铜台高揭，

而漳水东注。”

④卢女篇：指乐府诗《卢女曲》。见《乐府诗集·杂曲歌辞十三·卢女曲》。

桂旗：指神祇车上所树之旗。▶《楚辞·九歌·山鬼》：“乘赤豹兮从文狸，辛夷车兮结桂旗。”

⑤卖履分香：典出三国魏曹操《遗令》：“余香可分与诸夫人，不命祭。诸舍中无所为，可学作组、履卖也。”后因以指死者临终前对妻妾的留恋。

⑥歌吹：歌唱吹奏。▶《汉书·霍光传》：“引内昌邑乐人，击鼓歌吹作俳倡。”

## 巢湖神女辞用姜白石词意[①]

鞋山浮翠孤山碧，一片巢湖浪花白。小楼帘影珮环间，梦雨迷离水仙宅。[②]金碧楼台隔暮云，风鬟雾鬓十三人。[③]明珠结珮招湘女，罗袜凌波赋洛神。[④]西来战舰横濡口，月明重酹临江酒。此日雌雄未可知，教弩台高意持久。闻说湖中涨渐生，便同风鹤怯先声。[⑤]始知春浪三篙水，足抵东风百万兵。即今列坐颜如玉，翠澜约镜窥蛾绿。[⑥]隔江箫鼓画船来，春灯夜奏神弦曲。[⑦]

注释：

①《巢湖神女辞用姜白石明意》诗见清陈文述《颐道堂集》诗选卷七古今体诗，清嘉庆十二年(1807)刻道光增修本。

②梦雨：迷濛细雨。▶唐李商隐《重过圣女祠》：“一春梦雨常飘瓦，尽日灵风不满旗。”

③风鬟雾鬓：形容女子头发美丽。▶宋周邦彦《减字木兰花》词：“风鬟雾鬓，便觉蓬莱三岛近。山明水秀，缥缈仙姿画不成。”

④罗袜：亦作“罗韈”。丝罗制的袜。▶汉张衡《南都赋》：“修袖缭绕而满庭，罗袜蹑蹀而容与。”

⑤先声：谓使人震慑而先发的声威。▶唐张九龄《勅北庭经略使盖嘉运书》：“先声既振，后殿载扬。凶党闻之，卷甲而遁。”

⑥蛾绿：古代妇女画眉用的青黑颜料。借指女子的眉毛。▶宋姜夔《疏影》词：“犹记深宫旧事，那人正睡里，飞近蛾绿。”

⑦神弦曲：即神弦歌。神弦歌为乐府《清商曲》其中一部，是南朝时祭祀民间杂神所用的乐曲。

## 李遇孙

李遇孙(1771—1845)，字庆伯，号金澜。清浙江嘉兴(今浙江省嘉兴市)人。嘉庆六年(1801)贡生。官处州府训导。有《诗文集》十八卷,《随笔》六卷,《天香录》八卷,《古文苑拾遗》十卷,《日知录补正》一卷,校正一卷,《金石学录》四卷,《括苍金石志》八卷,《芝省斋碑录》八卷,《尚书隶古定释文》八卷,均《清史列传》并传于世。

## 合肥李烈女歌[1]

古来忠孝节义人，其人已死灵不灭。毅魄常留天地间，倏昱波诡而云谲。[2]皖江烈女更为奇，迄今追述犹呜咽。戴生未娶病瘵亡，潸啼暗泣志已决。此身誓不字二姓，忽有妗来偏饶舌。是夜投环气遂绝，旧襦泪渍皆成血。妗来作吊烧纸钱，纸钱飞烧妗衣裂。家贫薄殓送郊原，不向戴家请同穴。有戚不忍拟易棺，默祷殡宫奠芳醪。[3]归家空梁闻啸声，倏有影兮供一瞥。急备衣衾无敢慢，发棺面色如生色。香风蔼蔼松楸间，时越廿日天更热。嗣是灵显不一端，岂为神兮归仙列。[4]烈女姓李合肥人，彼郁人士皆心折。[5]今春来作剡溪游，果亭大令详为说。烈女大令之族姑，请我作歌表芳洁。[6]芳洁录入省志中，千秋万世昭棹楔。[7]古来不少节烈人，烈女之烈为奇烈。

注释：



①《合肥李烈女歌》诗见 清 张应昌《诗铎》卷二十,清同治八年(1869)秀芷堂刻本。

②倏昱:光闪貌。形容迅疾。▶南朝 梁《西城门死》联句:“追念平生时,遨游上苑囿。一没松柏下,春光徙倏昱。”

③默祷:不出声地祈祷;心中祷告。 唐 韩愈《谒衡岳庙遂宿岳寺题门楼》:“潜心默祷若有应,岂非正直能感通。”

④灵显:犹灵应。▶宋 洪迈《夷坚甲志·罗巩阴谴》:“大观中,在太学。学有祠,甚灵显,巩每以前程事,朝夕默祷。”

⑤心折:此处指佩服。▶《明史·文苑传三·茅坤》:“坤善古文,最心折唐顺之。”

⑥芳洁:芳香清洁。▶晋 陶潜《感士不遇赋》:“虽怀琼而握兰,徒芳洁而谁亮。”

⑦棹楔:门旁表宅树坊的木柱。▶清 周亮工《书影》卷九:“(吴南溪)嫉贪如仇。尝谒一令,此令稍黩。既出门,见门外棹楔,颜曰‘牧爱’。吴眇一目,故仰视久之,曰:‘不佞眇,能视者“收受”,之义何谓也?’此令大惭,碎额。”



## 张恭人

张恭人(1771—?),清庐州合肥(今安徽省合肥市)人。工文翰,嗜吟哦,以次孙良杰太守贵,追封恭人。咸丰三年(1853)合肥城遭兵燹,恭人触事赋诗遣怀。

## 避乱感怀[1]

自别荒城数月余，不知花木近如何？家园寥落儿孙散，惟有群鸟认故居。

山深日日见农桑，怅望肥津泪数行。梦里团圆亲骨肉，醒来依旧卧匡床。[2]

注释：

①《避乱感怀》诗见 民国 李家孚《合肥诗话》卷上，民国苏城临顿路毛上珍铅活字本。

②匡床：安适的床。一说方正的床。▶《商君书·画策》："人主处匡床之上，听丝竹之声，而天下治。"

# 陆继辂

陆继辂（1772—1834），字祁孙（一作祁生），一字修平。清江苏阳湖（今江苏省常州市）人。与兄子耀遹齐名，称"二陆"。嘉庆五年（1800）庚申科举人。官合肥县训导，甚得时誉。以修安徽省志叙劳，选江西贵溪县知县。居三年，以疾乞休。著有《崇百药斋文集》《崇百药斋续集》《崇百药斋三集》《合肥学舍札记》。

## 题巢湖送别图为周大令[1]

巢湖清，使君煮水日一觥。巢湖浅，汲水还为使君饯。使君饮水耽高吟，吟声不惊湖上禽。湖禽衔石阻君去，万泪偏从湖上注。此时湖水深复深，使君悲泪亦满襟。官民惜别有如此，我为作歌陈太史。[2]君不见，忠毅、周公好孙子。[3]

注释：

①《题巢湖送别图为周大令》诗见 清 陆继辂《崇百药斋文集》卷十二，清嘉庆二十五年（1820）刻本。原诗标题后有作者自注："鹤立"。

周大令鹤立：指周鹤立，清江苏吴江（今江苏省苏州市）人，嘉庆中任合肥知县、定远知县。

②陈：此处指陈示，述说。

③忠毅：指周宗建（1582—1627），字季侯，号来玉。吴江（今属江苏苏州）人。明末天启年间东林党人之一，弘光帝在南京即位后追谥其为忠毅。撰《老子解》，乾隆四十四年（1779）禁毁。

## 题徐秀才诗卷[①]

一月平梁白发侵，天留昌谷共高吟。[②]不知此日漅湖水，持较春愁孰浅深。绝忆诗人赵倚楼，城南一醉典征裘。[③]徐郎解识离乡苦，只放轻帆到润州。秦淮烟景最魂销，回首游踪付暮潮。一样闲情抛未得，莺花三月梦南朝。[④]

注释：

①《题徐秀才诗卷》诗见 清 陆继辂《崇百药斋文集》卷十二，清嘉庆二十五年(1820)刻本。原诗标题"徐秀才"后有作者自注："汉苍。"

徐秀才：指徐汉苍。徐汉苍，字荔庵，清代嘉庆时合肥人。贡生，清宣宗道光元年(1821)举孝廉方正。工诗善书，与史懋台齐名，有"长徐瘦史"之称。著有《萧然自得斋诗集》《碧琅玕馆词》等。

②昌谷：唐代诗人李贺别号，因其居昌谷(今河南省宜阳县西)，故称。▶金 刘迎《再次徐梦弼以诗求芦菔来韵》："昌谷呕时须，文园渴尝待。"

③原诗"绝忆诗人赵倚楼"句后有作者自注："席珍。"

赵倚楼：指唐渭南尉赵嘏。嘏工诗，杜牧最爱其"长笛一声人倚楼"句，因称为"赵倚楼"。▶姚锡钧《怀人》诗："不见诗人赵倚楼，早年名句遍扬州。"

赵席珍：字响泉。清代合肥人。官旌德教谕。诗文磊落不群。着有《寥天一室诗抄》。

征裘：远行人所穿的皮衣。▶元《赠李山人》诗："昔向贵溪寻讲鼓，又从蓟郡揽征裘。"

④原诗"一样闲情抛未得，莺花三月梦南朝。"句后有注："卷中句。"

## 赠史山人台懋[①]

平梁一诗人，寒瘦若古木。萧斋着此客，觉我亦非俗。[②]不缘君共坐，那知今日闲。褰帘指残菊，孤影待君看。

注释：

①《赠史山人台懋》诗见 清 陆继辂《崇百药斋续集》卷一筝柱集，清道光四年(1824)合肥学舍刻本。

②萧斋：唐 张怀瓘《书断》："武帝造寺，令萧子云飞白大书'萧'字，至今一字存焉。李约竭产自江南买归东洛，建一小亭以玩，号曰'萧斋'。"后人称寺庙、书斋为"萧斋"。

## 谒包孝肃祠地名香花墩故公读书处[①]

杂花浅草城南路，名宦乡贤共一祠。[②]赤棒威名京尹重，乌台逸事野人知。[③]此墩介甫无争意，遗像方平有去思。[④]我是五湖烟水客，钓竿可许试春池。[⑤]

注释：

①《谒包孝肃祠地名香花墩故公读书处》诗见 清 陆继辂《崇百药斋文集》卷十二，清嘉庆二十五年(1820)刻本。

②原诗“杂花浅草城南路，名宦乡贤共一祠。”句后有作者自注：“公尝由扬州迁领乡郡。”

③赤棒：赤色的棒。古代大官出行，前导仪仗中兵器之一。▶明 高启《游侠篇》：“不畏赤棒吏，里闾自横行。”

乌台：指御史台。▶唐 姚合《和门下李相饯西蜀相公》：“乌台情已洽，凤阁分弥浓。”

④原诗“此墩介甫无争意，遗像方平有去思。”句后有作者自注：“祠中藏公画像。”

介甫：指王安石。

方平：指张方平。张方平(1007—1091)，字安道，号“乐全居士”，谥“文定”，北宋大臣，应天府南京(今河南省商丘市)人。神宗时，官至参知政事，任用王安石，反对王安石新法。哲宗元祐六年(1091)卒，赠司空，谥“文定”。有《乐全集》四十卷。宋仁宗嘉祐四年(1059)，时任三司使的张方平由于买土豪的财产，被包拯上章将其弹劾免官。

去思：谓地方士民对离职官吏的怀念。语出《汉书·何武传》：“欲除吏，先为科例以防请托，其所居亦无赫赫名，去后常见思。”

⑤原诗“我是五湖烟水客，钓竿可许试春池”句后有作者自注：“祠前有池，产鲫尤美。非包姓不得渔。”

## 选诗行简赵孝廉夏秀才李明经徐征士卢明经并寄李严州黄秀才赵秀才[①]

诗拙转厌多，诗工不嫌少。苦思冥索通神明，俊语寥寥落云表。[②]唐人诗最多，长庆白与元。[③]旗亭一绝句，亦复千秋传。[④]宋人诗最多，吾家渭南伯。[⑤]超超百数篇，我爱姜白石。合肥诗人领袖谁？前龚后李肩相随。尚书盘盘才较大，次韵五言疑可汰。因知诗好不贵多，兰发一花真绝代。我闲无事欲选诗，引年却疾此最宜。诸君爱我竞持赠，已觉五日忘朝饥。[⑥]序诗但序齿，周子龙头赵龙尾。[⑦]好诗非好名，未许妻孥喻悲喜。我年十一私涂鸦，丛残旧稿纷如麻。南城师事恽生友，拣金一再劳披沙。[⑧]刘郎所录尚千首，讵免俗艳矜春华。诸君努力争千古，无定升沈何足数。老我空怀说士甘，赏音略识良工苦。东望濡湖感逝湍，梅花消息殢春寒。[⑨]

一编淝水兰言录，便作词科荐牍看。[10]

注释：

①《选诗行简赵孝廉夏秀才李明经徐征士卢明经并寄李严州黄秀才赵秀才》诗见 清 陆继辂《崇百药斋续集》卷一筝柱集，清道光四年(1824)合肥学舍刻本。

原诗标题“赵孝廉”后有作者自注“席珍”。

原诗标题“夏秀才”后有作者自注“云”。

原诗标题“李明经”后有作者自注“宗白”。

原诗标题“徐征士”后有作者自注“汉苍”。

原诗标题“卢明经”后有作者自注“先骆”。

原诗标题“李严州”后有作者自注“春”。

原诗标题“黄秀才”后有作者自注“承谷”。

原诗标题“赵秀才”后有作者自注“对澄”。

②云表：此处借指上天，上苍。▶清 厉鹗《小雪初晴访敬身于城南同游梵天讲寺》：“愿服埽塔衣，顶礼向云表。”

③长庆白与元：指白居易和元稹。二人曾共同倡导新乐府运动，世称“元白”。

④渭南伯：指陆游。

⑤前龚后李：指合肥人龚鼎孳和李天馥。



⑥朝饥：早晨空腹时感到的饥饿。▶晋 葛洪《抱朴子·畅玄》：“登峻则望远以忘百忧，临深则俯揽以遗朝饥。”

⑦序齿：按年龄长幼排定先后次序。▶《礼记·中庸》：“燕毛，所以序齿也。”

原诗“周子”后有作者自注“大槐”。

原诗“赵”后有作者自注“彦伦”。

⑧原诗“南城”后有作者自注“曾中丞燠”。

原诗“恽生”后有作者自注“敬”。

生友：生时之友。谓一般的朋友。▶《后汉书·独行传·范式》：“若二子者，吾生友耳。山阳范巨卿，所谓死友也。”

⑨逝湍：激流。▶南朝宋 谢灵运《七里濑》：“孤客伤逝湍，徒旅苦奔峭。”

⑩荐牍：推荐人才的文书。▶清 王士禛《池北偶谈·谈献一·司徒公历仕录》：“公政绩甚着，且屡登荐牍，今送杉板，是贿而求荐也，不可。”



## 为卢明经先骆点定诗集因题卷端[1]

卢郎才思通银河，清辞丽句删逾多。一灯微吟夜将半，窗外碧月流寒波。三千余字颐园赋，燦若银花闲琼树。何止嘉名压骆丞，足使王杨同却步。[2]自古才人易感秋，石城凉雨送归舟。左车雹洒生前泪，晋相殇生梦里头。[3]天遣工诗穷不死，篱菊花残人病起。夙世难消六代愁，新编乍贵三都纸。[4]我到平梁访友勤，倾心第一倚楼人。还从城北邀词客，重与江南赋冶春。[5]

注释：

①《为卢明经先骆点定诗集因题卷端》诗见 清 陆继辂《崇百药斋续集》卷一筝柱集，清道光四年(1824)合肥学舍刻本。

②骆丞：唐骆宾王曾任临海丞，故称。▶郁达夫《过义乌》："骆丞草檄气堂堂，杀敌宗爷更激昂。"

王杨：唐初诗人王勃与杨炯的并称。▶唐 李商隐《漫成五章》诗之一："沈宋裁词矜变律，王杨落笔得良朋。"

③原诗"左车饔洒生前泪，晋相疡生梦里头"句后有作者自注："君以病痘未及乡试。"

左车：虚左以待的车。▶宋 王安石《次韵约之谢惠诗》："左车公自迎，右券吾敢责！"

④原诗"夙世难消六代愁，新编乍贵三都纸"句后有作者自注："君近刻竹枝百首。"

⑤原诗"还从城北邀词客，重与江南赋冶春"句后有作者自注："谓赵孝廉席珍、徐征士汉苍。"

冶春：游春。▶清 叶廷琯《吹网录·虎邱贺方回题名》："赵次侯宗建云：唱遍江南句断肠，词人老去住横塘。冶春想趁好风日，芳草一川梅未黄。"

## 夏秀才云持诗集索序代之以诗[1]

我初渡江来，求友左廉访。报书寥寥只一人，已望浮槎动遥想。广文到官一事无，出门不待呼肩舆。[2]叩门如雷久始应，知汝岁暮仍饥驱。君家东头两佳士，我识长徐兼短史。征诗索茗屡过从，见汝双扉扃不启。双扉虽掩春能来，隔墙两度梅花开。今年始共花下饮，诗格如花亦仙品。独怜病骨太清臞，梅自横陈人独寝。德清司马久抱疴，爱尔诗好还高歌。[3]前追咏怀后感遇，我信斯言异虚誉。试看杂兴五十篇，端毅集中无此句。我初纵笔为歌行，颇向流辈夸吟狂。后来稍窥五言秘，欲与陶谢参翱翔。[4]君今此体天下少，慎勿见异趋名场。此邦好士刘与薛，知尔未深偏易别。[5]嗟我平生一片心，空咏缁衣寄骚屑。[6]病绪经春各自知，鬓丝禅榻费支持。频移潇洒临风影，慰我凄清听雨时。

注释：

①《夏秀才云持诗集索序代之以诗》诗见 清 陆继辂《崇百药斋续集》卷一筝柱集，清道光四年(1824)合肥学舍刻本。

②广文："广文先生"的简称。泛指清苦闲散的儒学教官。▶宋 叶适《鄱阳董季兴往游怀玉山》诗："广文偶来亦同病，买田施食殷勤请。"

原诗"左廉访"后有注"辅"，即合肥县令左辅。

③原诗"德清司马"后有注:"陈郡丞斌。"

④陶谢:晋末南朝宋初诗人陶潜、谢灵运的并称。陶善写田园诗,谢长于山水诗,两人都擅长于描写自然景物。

⑤原诗"此邦好士刘"后有注:"前合肥大令。"

原诗"薛"后有注:"前权庐州太守玉堂。"

⑥骚屑:此处指凄清愁苦。▶唐 元稹《遣病》诗之三:"今来渐讳年,顿与前心别,白日速如飞,佳晨亦骚屑。"

## 赠李征士宗白①

孝廉之征李生可，我言于众皆云宜。君闻逃避不我即，三月索处濮湖湄。我知一字伤君意，触我同挥鲜民涕。鲜民显扬虽后时，四十应为致身计。韩公好士天下无，徒步径访卢仝居。②打门未敢役军吏，恐复惊尔门前凫。滔滔万言意未竭，力折君心如折铁。漫忆原尝赋感知，居然主客成双绝。我向浮槎独举杯，野云滚滚出山来。盛时底事占蜚遁，异等何人重茂才。③吾家小阮辞征切，我痛兄亡兼嫂节。④为胪事状上中丞，信我公言非曲笔。⑤光范门下三上书，吾侪自命当何如。其言不让固堪哂，抱器终老宁非迂。⑥荡荡天衢待翔泊，雅知不负尊前诺。⑦愧我犹分博士羊，如君岂是羊公鹤。⑧频年比屋听吟声，目断春江送远行。夺我东都温处士，一灯话别不胜情。

注释:

①《赠李征士》诗见 清 陆继辂《崇百药斋续集》卷一筝柱集,清道光四年(1824)合肥学舍刻本。原诗标题后有注"宗白"。

②原诗"韩公好士天下无"句后有注:"谓前合肥令刘海树刺史。"

③茂才:即秀才。因避汉光武帝名讳,改秀为茂。明清时入府州县学的生员叫秀才,也沿称茂才。

④原诗"吾家小阮辞征切"句后有注:"耀遹。"

小阮:称晋阮咸。咸与叔父籍都是"竹林七贤"之一,世因称咸为小阮。后借以称侄儿。

▶唐 李白《陪侍郎叔游洞庭醉后》诗之一:"三杯容小阮,醉后发清狂。"

⑤曲笔:指写作中委婉表达的手法。▶鲁迅《〈呐喊〉自序》:"但既然是呐喊,则当然须听将令的了,所以我往往不恤用了曲笔。"

⑥抱器:《易·系辞下》:"君子藏器于身,待时而动,何不利之有。"后以"抱器"喻怀才待时,不苟求名利。▶唐 唐彦谦《楼上偶题》:"可能前岭空乔木,应有怀才抱器人。"

⑦天衢:天空广阔,任意通行,如世之广衢,故称天衢。▶南朝梁 刘勰《文心雕龙·时序》:"驭飞龙于天衢,驾骐骥于万里。"

⑧羊公鹤：南朝宋刘义庆《世说新语·排调》："刘遵祖少为殷中军所知，称之于庾公。▶庾公甚忻然，便取为佐。既见，坐之独榻上与语，刘尔日殊不称。庾小失望，遂名之为羊公鹤。昔羊叔子有鹤善舞，尝向客称之。客试使驱来，氃氋而不肯舞。故称比之。"后因以"羊公鹤"比喻名不副实的人。▶唐 寒山《诗》之一一〇："恰似羊公鹤，可怜生懵懂。"

## 及门徐征士汉苍以其六世祖侍御君遗研见示为赋此诗[①]

孤儿学书砖作砚，郁林片石何曾见。遗经都逐暮云飞，故物惟余一毡贱。徐生与我同孤贫，干霄乔木摧为薪。偏亲何物作师俸，十年典尽文房珍。此研居然传七世，曾侍南台草封事。[②]谁言石臼不可耕，甘雨时挥愍孙涕。我读铭词重慨慷，书生结习最难忘。复壁仍携四贤象，盝棺但嘱桼书藏。[③]一砚区区真敝帚，制器偏期后人守。几处华堂易主来，木难火齐今何有。[④]旦晚公车赴特征，诤臣廉吏好家声。愿将一片端溪石，长照慈闱夜课檠。[⑤]

注释：

①《及门徐征士汉苍以其六世祖侍御君遗研见示为赋此诗》诗见 清 陆继辂《崇百药斋续集》卷一筝柱集，清道光四年(1824)合肥学舍刻本。

②封事：密封的奏章。古时臣下上书奏事，防有泄漏，用皂囊封缄，故称。▶清 朱彝尊《兴化李先生清寿》："曾闻过江上封事，神人观听交欢忻。"

③桼书：漆书。古代用漆写于竹简，故称。

④木难：宝珠名。又写作"莫难"。▶明 夏完淳《送客游闽》："南海风清藏瑰奇，火齐木难珊瑚枝。"

火齐：即火齐珠。▶《文选·张衡〈西京赋〉》："翡翠火齐，络以美玉。"李善注："火齐，玫瑰珠也。"

⑤慈闱：亦作"慈帏"。亦作"慈帷"。旧时母亲的代称。▶宋 张孝祥《减字木兰花·黄坚叟母夫人》词："慈闱生日，见说今年年九十。"

## 题及门蔡征士诗[①]

我生愧多闻，自命袛直谅。[②]诗文就商榷，求疵或过当。虽然遇赏心，竟欲拜嘉贶。抚几成微吟，绕屋发高唱。寻山供卧游，叙别代惆怅。如蜜沁心脾，如刀镌腑脏。转轮复为人，佳语未应忘。蔡生拙修饰，下笔颇颓放。心花忽怒生，显晦不可状。[③]口喷珍珠帘，手削碧玉嶂。我为芟荆榛，庭院乍清旷。芝兰意欣欣，快埽百重瘴。生也不我瞋，刻骨感期望。三年客汝阴，局促意不畅。默然俦人中，说士辄神王。[④]藉此荡羁愁，遑计集群谤。惜哉迫征车，行谒羽林仗。我欲赋帝京，虚愿不得偿。属子其母辞，天门正詄荡。[⑤]

注释：

①《题及门蔡征士诗》诗见 清 陆继辂《崇百药斋续集》卷一筝柱集，清道光四年(1824)合肥学舍刻本。

及门：《论语·先进》："子曰：'从我于陈蔡者，皆不及门也。'"本谓现时不在门下，后以"及门"指受业弟子。

②直谅：正直诚信。▶宋 苏轼《议富弼配享状》："秉心直谅，操术闳远。"

③显晦：明与暗。▶《旧唐书·魏谟传》："臣又闻，君如日焉，显晦之微，人皆瞻仰，照临之大，何以掩藏？"

④俦人：众人。▶宋 无名氏《鬼董》卷一："有道士出于俦人中，揖自东曰：'某有衷恳，欲告于长者，可乎？'"

⑤詄荡：意为空旷无际的样子。▶《汉书·礼乐志》："天门开，詄荡荡，穆并骋，以临飨。"

## 赠张秀才①

知有诗人来，强卧不成寐。凌晨闻敏关，趋出把双袂。果然眉宇闲，秀聚蜀山翠。夜来读君诗，寒檠发光怪。②七言设长城，百雉压曹郐。③尤工怀古篇，全史恣澎湃。我衰事事慵，说士意犹锐。索诗如索米，征诸君诗文。④求友似求艾，三年始识君。⑤喜极乃成慨，冷官何所营。尚愧失交臂，奇也顷赵生。⑥矧彼簿书繁，宁免物色昧。奈何风檐中，苛论责聋瞶。⑦明珠不能言，一掷等草芥。⑧行浮富春江，恸哭方三拜。君倘从我游，幽忧疾应瘥。⑨



注释：

①《赠张秀才》诗见 清 陆继辂《崇百药斋续集》卷一筝柱集，清道光四年(1824)合肥学舍刻本。原诗标题后有注："丙。"

②寒檠：犹寒灯。▶北周 庾信《对烛赋》："莲帐寒檠窗拂曙，筠笼熏火香盈絮。"

③百雉：指城墙的长度达三百丈。是春秋时国君的特权。雉，古代计算城墙面积的单位。长三丈高一丈为一雉。

④原诗"索诗如索米"句后有作者自注"时方辑《淝水兰言录》。"

⑤求艾：《孟子·离娄上》："今之欲王者，犹七年之病，求三年之艾也。"赵岐注："艾可以为灸人病，干久益善，故以为喻。"后因以"求艾"泛指寻求治病之药。

⑥原诗"尚愧失交臂"句后有作者自注："君前过访未之。"

原诗"奇也顷赵生"句后有作者自注："彦伦以其诗来，始为叹绝。"

⑦聋瞶：耳聋眼瞎。喻愚昧无知。▶清 黄遵宪《杂感》："秦皇焚诗书，乃使民聋瞶。"

⑧等：等于，等同。

⑨瘥[chài]：此处指病愈，疾愈。

## 黄秀才为作冷官闲情图十二帧笔意清妙时从张四学画甫三月咄咄逼人有冰寒于水之意诗以张之[①]

屈指平梁诗弟子，黄生最似六朝人。近来画笔尤无敌，持较诗才更绝伦。惊尔速成知慧业，老余作达寄闲身。[②]不妨便有千秋想，幅幅流传逸事真。[③]

注释：

①《黄秀才为作冷官闲情图十二帧笔意清妙时从张四学画甫三月咄咄逼人有冰寒于水之意诗以张之》诗见 清 陆继辂《崇百药斋续集》卷一筝柱集，清道光四年（1824）合肥学舍刻本。

原诗标题“黄秀才”后有注“承谷”。

原诗标题“张四”后有注“宜尊”。

②作达：指放达。▶清 钱谦益《负郭》：“阮氏籍咸俱作达，公孙朝穆故堪邻。”

③逸事：谓散失沦没而为世人所不甚知的事迹。多指未经史书正式记载之事。▶唐 刘知几《史通·杂述》：“逸事者，皆前史所遗，后人所记，求诸异说，为益实多。”



## 赵孝廉诗集题后[①]

一卷诗应冠五城，直从东晋接西京。十年剑气销将尽，三叠琴心道欲成。悟后火云都化碧，闲中水月镇双清。[②]便图作佛寻常事，迟我吟坛听梵声。[③]

注释：

①《赵孝廉诗集题后》诗见 清 陆继辂《崇百药斋续集》卷一筝柱集，清道光四年（1824）合肥学舍刻本。原诗标题“赵孝廉”后有作者自注“席珍”。

②双清：谓思想及行事皆无尘俗气。▶唐 杜甫《屏迹》诗之二：“杖藜从白首，心迹喜双清。”

③吟坛：诗坛；诗人聚会之处。▶唐 牟融《过蠡湖》：“几度篝帘相对处，无边诗思到吟坛。”

## 庐州四五月间比屋瓦松作花黄色细碎香气满城素所未见诗以咏之[①]

适因楸树惜幽香，又卷芦帘见浅黄。[②]萧寺雨声余碧瓦，桑梯人影出东墙。几家华屋成秋苑，十里山城正夕阳。挑菜踏青都已过，经旬为汝感年芳。[③]

注释:

①《庐州四五月间比屋瓦松作花黄色细碎香气满城素所未见诗以咏之》诗见 清 陆继辂《崇百药斋续集》卷二香适集,清道光四年(1824)合肥学舍刻本。

②原诗"适因楸树惜幽香"句后有作者自注:"庭前楸树作花,香极清远。古无咏者,惟杜诗一见。"

③挑菜:挖菜。多指挖野菜。▶南朝宋 刘义庆《世说新语·德行》:"范宣年八岁,后园挑菜,误伤指,大啼。"

## 自题冷宦闲情画册(选四)[①]

### 四顶看云

参同仙客此烧丹,可惜丹成去不还。[②]仙犬翻知前辈在,踏云来往八公山。

### 浮槎调水

品水中泠忆往年,惠山一掬玉同研。[③]拟招好胜温忠武,来试人间第七泉。[④]

### 双流晚钓



淝水双流照眼明,夕阳恨少一杆横。此中鱼有沉冥意,久让包公鲫擅名。[⑤]

### 巢湖泛秋

留取烟波荡客愁,枭翁燕弟共迎秋。[⑥]如何楚尾吴头画,偏着天随五泻舟。[⑦]

注释:

①《自题冷宦闲情画册(选四)》诗见 清 陆继辂《崇百药斋续集》卷二香适集,清道光四年(1824)合肥学舍刻本。

②参同:此处特指道教早期经典,由东汉魏伯阳所著的《周易参同契》。

仙客:仙人。▶汉 刘向《列仙传·女几》:"女几蕴妙,仙客来臻。倾书开引,双飞绝尘。"

烧丹:炼丹。指道教徒用朱砂炼药。▶南朝 陈 徐陵《答周处士书》:"比夫煮石纷纭,终年不烂;烧丹辛苦,至老方成。"

③中泠:泉名。在今江苏镇江市西北金山下的长江中。相传其水烹茶最佳,有"天下第一泉"之称。今江岸沙涨,泉已没沙中。

一掬:亦作"一匊"。两手所捧(的东西)。亦表示少而不定的数量。▶《诗·小雅·采绿》:"终朝采绿,不盈一匊。"

④温忠武:温峤(288—329),字泰真,一作太真,太原祁县(今山西祁县)人。东晋名

将，司徒温羡之侄。初授司隶都官从事，入刘琨幕府积功至司空左长史。西晋灭亡后作为刘琨的信使南下劝进，在东晋历任显职，与晋明帝结为布衣之交。他先后参与平定王敦、苏峻的叛乱，官至骠骑将军、江州刺史，封始安郡公。咸和四年(329)，病逝于武昌，年仅四十二岁，追赠侍中、大将军，谥“忠武”。

⑤包公鲫：包河内产鲫鱼，脊背乌黑，称为铁背鲫鱼，传说因感包公铁面无私而生。

擅名：享有名声。▶《晏子春秋·问上四》：“是上独擅名，而利下流也。”

⑥留取：犹留存。取，语助词。▶宋 牟巘《木兰花慢·饯公孙倅》：“留取去思无限，江蓠香满汀洲。”

客愁：行旅怀乡的愁思。▶唐 戴叔伦《暮春感怀诗》：“杜宇声声唤客愁，故国何处此登楼。”

⑦吴头楚尾：出自宋 王象之《舆地纪胜》。合肥周边春秋时期是吴、楚两国交界的地方。故有吴头楚尾之称。

天随：随顺天然；纯任自然。▶《庄子·在宥》：“尸居而龙见，渊默而雷声，神动而天随，从容无为而万物炊累焉。”

## 方东树

方东树(1772—1851)，字植之，别号副墨子，晚号仪卫老人。清桐城(今安徽省桐城市)人。诸生。少从父学，后师事姚鼐。屡予不第。曾为邓廷桢幕僚。有《汉学商兑》，专评乾嘉诸学者之失，持论则稍偏。又有《昭昧詹言》，为诗学理论。文集初名《仪卫轩文集》，后增补为《考槃集文录》。参与编修《江宁府志》《广东通志》、编撰《援鹑堂笔记》《粤海关志》等。

### 田家寓答徐荔庵征士属题明乐安公主玉印①

公主瑶池控鹤时，念家山破不曾知。②那从劫灰昆岗后，六字流传万古悲。

注释：

①《田家寓答徐荔庵征士属题明乐安公主玉印》诗见 清 方东树《仪卫轩诗集》卷二，清同治七年(1868)刻本。原诗标题下有作者自注：“印方寸，文曰：乐安长公主印。厉樊榭有诗今在扬州泰敦夫太史处，荔庵特摹本装册。”

乐安公主(1611—1643)，本名朱徽妮，又作朱徽媞，明光宗第八个女儿。下嫁宛平巩永固。

②控鹤：相传周灵王太子王子乔喜吹笙，学凤鸣，道士浮丘公接他上嵩山。三十年后，有人找到他，他说：叫我家里人在七月七日那天在缑氏山等我。到时候，王子乔骑着白鹤

在山顶上向大家招手。见汉刘向《列仙传·王子乔》。后因以“控鹤”指得道成仙。▶晋 孙绰《游天台赋》:“王乔控鹤以冲天,应真飞锡以蹑虚。”

念家山破:词牌名。南唐李煜自度曲。今失传。▶宋 马令《南唐书·后主纪》:“旧曲有《念家山》,王亲演为《念家山破》,其声焦杀,而其名不祥,乃败征也。”

## 秋雨怀人图为合肥赵野航[1]

千里河梁道阻长，相思夜雨梦秋堂。[2]几回欲订鸡鸣误，得助诗人赵野航。[3]

注释:

①《秋雨怀人图为合肥赵野航》诗见 清 方东树《仪卫轩诗集》卷二,清同治七年(1868)刻本。原诗后有作者自注:“余病,马端临、郝楚望与朱子争小序,然独于鸡鸣之什,以为怀友亦可。”

赵野航:即赵对澂。赵对澂(1798—1860),字子征,一字念堂,号野航,别号浮槎山樵。清代安徽合肥人。清宣宗道光年间廪生,二十四年(1844)补广德州学正。咸丰十年(1860),殁于太平军攻广德之役。追赠云骑尉。赵对澂“器宇豪迈,博学工诗,得明七子格调。”著有《小罗浮山馆诗集》,戏曲《酬红记》传奇一种,另有杂著《野航十三种》。

②秋堂:秋日的厅堂。常以指书生攻读课业之所。▶唐 王建《送司空神童》:“秋堂白发先生别,古巷青襟旧伴归。”



③鸡鸣:1.鸡叫。常指天明之前。▶《诗·郑风·风雨》:“风雨凄凄,鸡鸣喈喈。”2.《世说新语·赏誉》“刘琨称祖车骑为朗诣”刘孝标 注引 晋 孙盛《晋阳秋》:“祖逖与司空刘琨俱以雄豪著名。年二十四,与琨同辟司州主簿,情好绸缪,共被而寝。中夜闻鸡鸣,俱起,曰:‘此非恶声也。’每语世事,则中宵起坐,相谓曰:‘若四海鼎沸,豪杰共起,吾与足下相避中原耳。’”事又见《晋书·祖逖传》。后以“鸡鸣”为身逢乱世当及时奋起之典。▶唐 李白《宣城送刘副使入秦》:“虎啸俟腾跃,鸡鸣遭乱离。”

## 闭门觅句图为合肥门人郭问渠[1]



闭门不为注鱼虫，怕扰游仙觅句功。待逐淮王小山去，故驱鸡犬入云中。[2]

注释:

①《闭门觅句图为合肥门人郭问渠》诗见 清 方东树《仪卫轩诗集》卷二,清同治七年(1868)刻本。原诗后有作者自注:“图中一人担鸡犬盘行山径,生本用陈无己事,余以其姓牵合景纯游仙诗。”

②淮王:指汉淮南王刘安。▶唐 刘禹锡《同乐天和微之深春好》之九:“云是淮王宅,风为烈子车。”

小山：文体名。▶汉 王逸《〈楚辞·招隐士〉解题》："昔淮南王安博雅好古，招怀天下俊伟之士，自八公之徒，咸慕其德而归其仁。各竭才智。著作篇章，分造辞赋，以类相从，故或称小山，或称大山，其义犹《诗》有小雅、大雅也。"参见"大山小山"。

## 赵野航冀北送春图[①]

客里送春如送客，临岐无计致缠绵。卅年我亦销魂惯，不辨江南冀北天。

注释：

①《赵野航冀北送春图》诗见 清 方东树《仪卫轩诗集》卷二，清同治七年(1868)刻本。

## 书龚合肥诗[①]

丝纶宿望重明光，高阁重来发未黄。[②]宫女旧能知沈约，士林今共说中郎。[③]劫过龙汉花能艳，地出铜驼草尚荒。[④]一卷子山词赋在，江南哀怨最难忘。[⑤]

注释：

①《书龚合肥诗》诗见 清 方东树《仪卫轩诗集》卷二，清同治七年(1868)刻本。

龚合肥：即龚鼎孳。

②丝纶：《礼记·缁衣》："王言如丝，其出如纶。"孔颖达 疏："王言初出，微细如丝，及其出行于外，言更渐大，如似纶也。"后因称帝王诏书为"丝纶"。

③士林：指文人士大夫阶层、知识界。▶汉 陈琳《为袁绍檄豫州》："自是士林愤痛，民怨弥重，一夫奋臂，举州同声。"

④龙汉：道教谓元始天尊年号之一。又为五劫之始劫。▶《隋书·经籍志四》："道经者，云有元始天尊，生于太元之先，禀自然之气，冲虚凝远，莫知其极。所以说天地沦坏，劫数终尽，略与佛经同。以为天尊之体，常存不灭。每至天地初开，或在玉京之上，或在穷桑之野，授以秘道，谓之开劫度人。然其开劫，非一度矣，故有延康、赤明、龙汉、开皇，是其年号。其间相去经四十一亿万载。"

⑤子山词赋：指庾信《哀江南赋》。《周书》卷四十一《庾信列传》："信虽位望通显，常有乡关之思。乃作〈哀江南赋〉以致其意云。其辞曰：'信年始二毛，即逢丧乱，藐是流离，至于暮齿。燕歌远别，悲不自胜；楚老相逢，泣将何及。畏南山之雨，忽践秦庭；让东海之滨，遂餐周粟。下亭漂泊，皋桥羁旅，楚歌非取乐之方，鲁酒无忘忧之用。追为此赋，聊以记言，不无危苦之辞，唯以悲哀为主。'"

# 钟启韶

钟启韶，字凤石，清新会(今属广东省江门市)人。乾隆五十七年(1792)壬子科举人，工诗，喜吹笛，自号笛航生。诗有风韵，著有《读书楼诗钞》《笛航游草》。

## 合淝道中[①]

决胜围棋一局中，指麾谈笑出元戎。而今古戍风声静，残月疏星望八公。[②]

注释：

①《合淝道中》诗见 清 刘彬华《岭南群雅》，清嘉庆十八年(1813)玉壶山房刻本。原诗共两首，《岭南群雅》只选一首。

②古戍：边疆古老的城堡、营垒。▶唐 陶翰《新安江林》："古戍悬渔网，空林露鸟巢。"

吴克俊(1773—1851)，字菊坡，晚号蔗翁，又号晚遂道人。清庐州合肥(今安徽省合肥市)东乡人。太学生。著有《罗雀山房诗存》。

## 濡须口晚泊[①]

终古生春水，当年罢战争。濡须舣夕棹，远火细逾明。胜有渔樵迹，空留割据名。客心愁独夜，邻舫笛飞声。

注释：

①《濡须口晚泊》诗见 清 吴克俊《罗雀山房诗存》，《越游草》，商务印书馆1913年铅字排印本。



## 东葛城道中同徐荔庵作[①]

衰柳残蝉夕照间，蹇驴背上客心闲。行过东葛复西葛，看尽环滁不断山。

注释：

①《东葛城道中同徐荔庵作》诗见 清 吴克俊《罗雀山房诗存》，《意行编》，商务印书馆

1913年铅字排印本。

## 过李文定公故居[①]

蜿蜒十里筑沙堤，一瞬沧桑旧址迷。圣代文章台阁重，太平功业范韩齐。贞松劫已随尘尽，白燕驯曾绕幕栖。[②]怕过相国门下路，暮烟寒菜满荒畦。[③]

注释：

①《过李文定公故居》诗见 清 吴克俊《罗雀山房诗存》,《意行编》,商务印书馆1913年铅字排印本。

②原诗"贞松劫已随尘尽,白燕驯曾绕幕栖。"句后有作者自注:"御书贞松堂额毁于火,公居丧庐墓三年感白燕来巢。"

③寒菜:此处指越冬的菜蔬。 北周 庾信《小园赋》:"爊麦两瓮,寒菜一畦。"

## 教弩台怀古[①]

割据三分一世雄，台余教弩霸图空。[②]当歌对酒曾横槊，校射联营尽挽弓。[③]梵宇凄清明佛火，松涛悲壮撼天风。[④]谁从漳水寻铜雀，瓦解灰飞处处同。

注释：

①《教弩台怀古》诗见 清 吴克俊《罗雀山房诗存》,《意行编》,商务印书馆1913年铅字排印本。

②霸图:称霸的雄图。 ▶《晋书·凉武昭王李玄盛传》:"玄盛以纬世之量,当吕氏之末,为群雄所奉,遂启霸图。"

③校射:比试射技和武艺。 ▶宋 曾巩《饮归亭记》:"今尉之校射,不比乎礼乐,而贵乎技力。"

④佛火:指供佛的油灯香烛之火。 ▶唐 孟郊《溧阳唐兴寺观蔷薇花》:"忽惊红琉璃,千艳万艳开。佛火不烧物,净香空徘徊。"

## 虞美人·自题悟梅图[①]

乾坤着个痴呆我，百计如何可。砚田一亩是荒庄，漫道秋干春涝总无妨。[②]半生总被梅花误，静对梅花悟。虚名到处究何干，权把冷香孤影慰饥寒。

注释：

①《虞美人·自题悟梅图》词见 完颜海瑞《合肥诗词》,安徽文艺出版社2011年版,第

109页。

②砚田：以砚喻田。谓靠笔墨维持生计。▶宋 唐庚《次泊头》："砚田无恶岁，酒国有长春。"

## 谢裔宗

谢裔宗，字子城。嘉庆（1796—1820）间贡生。与蔡邦霖、吴克俊交。工诗，脱稿辄散去。著有《梦余草》。

### 维舟西口适值风利解缆半日直渡巢湖晚抵黄雒河作[①]

百八长湖险，维舟久未开。[②]今朝风力便，乘兴向东来。我欲寻巢父，遗踪水一隈。[③]榜人不复住，直下钓鱼台。[④]

注释：

①《维舟西口适值风利解缆半日直渡巢湖晚抵黄雒河作》诗见 清 李恩绶编《巢湖志》卷二诗，黄山书社2007年版，第540页。



②维舟：此处指系船停泊。▶南朝 梁 何逊《与胡兴安夜别》："居人行转轼，客子暂维舟。"

③巢父：传说为上古尧帝时的隐士。▶晋 皇甫谧《高士传·巢父》："巢父者，尧时隐人也，山居不营世利，年老以树为巢而寝其上，故时人号曰巢父。"一说巢父为许由之号。

④榜人：船夫，舟子。▶《文选·司马相如〈子虚赋〉》："榜人歌，声流喝，水虫骇，波鸿沸。"

## 陆耀遹

陆耀遹（1774—1836），字绍闻，号劭文。清江苏武进（今属江苏省常州市武进区）人。县学生。工诗，喜金石，搜辑摹拓，所得甚富。尝客陕西巡抚幕。道光间，官阜宁教谕。有《续金石萃编》《双白燕堂集》。



### 道中感怀寄呈秀父合肥兼示燕豫子侄[①]

阮道曾无南北分，全家羁宦忽离群。[②]一春又带还乡梦，十载空传誓墓文。[③]燕外香泥寒食雨，马前清泪太行云。[④]羡他麦饭松楸路，上冢归来未夕曛。

注释：

①《道中感怀寄呈秀父合肥兼示燕豫子侄》诗见 民国 徐世昌《晚晴簃诗汇》卷一百三十三，民国退耕堂刻本。

②羁宦：指在他乡做官。▶《晋书·文苑传·张翰》："人生贵得适志，何能羁宦数千里以要名爵乎？"

③誓墓：去官归隐之意。典出《晋书·王羲之传》："时骠骑将军王述少有名誉，与羲之齐名，而羲之甚轻之，由是情好不协……(王)述后检察会稽郡，辩其刑政，主者疲于简对。羲之深耻之，遂称病去郡，于父母墓前自誓。"

④香泥：芳香的泥土。▶隋 江总《大庄严寺碑铭》："木密联绵，香泥缭绕。"

## 周鹤立

周鹤立，字子野，号石落。清吴江(今属江苏省苏州市)人，为"东林七君子"之一周宗建六世孙。乾隆五十九年(1794)甲寅科举人，历官安徽泾县、亳州、蒙城、定远、湖北汉川、江陵、黄安知县，因忤上官去任，在任有惠政。有《匏叶庵词》。



### 包孝肃公祠[1]

云木标新构，烟萝绕旧庄。[2]天开水精域，人仰读书堂。淡月藻涵影，晚风花送香。年年春雨活，鱼味亦留芳。[3]

注释：

①《包孝肃公祠》诗见 清 左辅《(嘉庆)合肥县志》卷第三十一，清嘉庆八年(1803)修、民国九年(1920)重印本。

②云木：高耸入云的树木。▶唐 陈子昂《春台引》："何云木之英丽，而池馆之崇幽。"

③留芳：留下芳香。亦指留下好名声。▶明 危素《挽达兼善》："要知汗竹留芳日，只在孤舟浅水时。"

### 题巢湖书院壁[1]

远岫如螺历历排，问奇人访子云斋。[2]春风入座千花笑，秋月临波一镜揩。地有林峦真福境，天开图画适吟怀。[3]诸君要上蓬莱顶，莫畏崎岖返自厓。

同撷词条各采馨，欲探根柢在穷经。[4]渡河幸勿讹三豕，凿道还须问五丁。[5]飞将坛能标帜赤，校书阁亦爱灯青。他年待奏云门曲，洗却筝琶子细听。[⑥]

注释：

①《题巢湖书院壁》诗见 清 舒梦龄《（道光）巢县志》卷十六，清道光八年（1828）刊本。

②远岫：远处的峰峦。▶南朝 齐 谢朓《郡内高斋闲坐答吕法曹》："窗中列远岫，庭际俯乔林。"

③吟怀：作诗的情怀。▶唐 杜荀鹤《近试投所知》："白发随梳落，吟怀说向谁？"

④穷经：指极力钻研经籍。▶唐 韩偓《再思》："近来更得穷经力，好事临行亦再思。"

⑤三豕：即"三豕渡河"或"三豕涉河"，多以喻文字的讹误。《吕氏春秋·察传》："子夏之晋，过卫，有读史记者曰：'晋师三豕涉河。'子夏曰：'非也，是己亥也。夫己与三相近，豕与亥相似。'至于晋而问之，则曰晋师己亥涉河也。"

⑥子细：认真、细致；细心。▶《魏书·源怀传》："怀性宽容简约，不好烦碎，恒语人曰：'为贵人，理世务当举纲维，何必须太子细也。譬如为屋，但外望高显，楹栋平正，基壁完牢，风雨不入，足矣。斧斤不平，斫削不密，非屋之病也。'"

## 沈钦韩



沈钦韩（1775—1832），字文起，号小宛。清吴县（今江苏省苏州市）人。嘉庆十二年（1807）丁卯科举人。后授宁国训导。夏夜苦读，置双脚于瓮以避蚊。通经史，好为骈文而不甚工，长训诂考证，以《两汉书疏证》最为精博。又有《左传补注》《三国志补注》《水经注疏证》《王荆公诗补注》《幼学堂集》等。

### 送李秀才归合肥寄陆祁生[①]

金斗城中遥问讯，莲花寺里昔论文。相逢老瘦应惊我，自觉疏慵反望君。[②]温饱不期终若此，头颅如许复何云。[③]江淮倚席空留滞，喜见侯芭似子云。[④]

注释：

①《送李秀才归合肥寄陆祁生》诗见 清 沈钦韩《幼学堂诗文稿》诗稿卷十七，清嘉庆十八年（1813）刻道光八年（1828）增修本。原诗标题"李秀才"后有注"汝琦"。

②疏慵：疏懒；懒散。▶唐 元稹《台中鞫狱忆开元观旧事》："疏慵日高卧，自谓轻人寰。"

③若此：如此，这样。▶《韩诗外传》卷六："日月之明，遍照天下，而不能使盲者卒有见。今公之君若此也。"

④倚席：博士、经师的坐席倚于一侧，指不设讲座，废弃学术。▶《北堂书钞》卷一〇一引《典略》："（樊淮）乃上疏曰：'今学约少，远方尤甚，博士倚席不讲，太学多治产业。'"

侯芭：侯芭，又名侯辅，西汉巨鹿人，著名文学家、哲学家扬雄（字子云）的弟子，学习《太玄》《法言》。这两书是扬雄仿造《易经》和《论语》而作。

邓廷桢（1776—1846），字维周，又字嶰筠，晚号妙吉祥室老人、刚木老人。清江宁（今江苏省南京市）人。嘉庆六年（1801）辛酉科进士。授编修，官至两广总督。助林则徐禁烟抗英，调闽浙总督。被诬革职，遣戍伊犁。复起为甘肃布政使、陕西巡抚。工书法，擅写小篆及楷、行诸体，尤以小篆最精。善时文，犹精于音韵。所著笔记和诗词并行于世，有《诗双声叠韵谱》《说文解字双声叠韵谱》《石观斋诗抄》《双砚斋词话》等。

## 谒包孝肃祠拜瞻遗像疏髯秀目白面书生也属太府汪君霖命工重摹敬题帧端[①]

忠良号铁面，繄岂在颜色。[②]胡为孝肃公，相托独以黑。伪传及妇孺，毋乃说凭臆。[③]我行过淝水，遗像今始识。睟面睹光充，秉心亮渊塞。[④]髯戟疏不张，颐流垂自直。[⑤]赤棒闻传呼，白简畏弹劾。[⑥]黄河清难俟，青天净如拭。稜稜见霜威，岳岳见风力。匪惟结神契，藉可辨群惑。[⑦]生绡摹阎罗，大地灭鬼蜮。[⑧]南丰一瓣香，庶几永矜式。[⑨]

注释：

①《谒包孝肃祠拜瞻遗像疏髯秀目白面书生也属太府汪君霖命工重摹敬题帧端》诗见清 邓廷桢《双砚斋诗钞》卷九，清末刻本。

②颜色：此处指面色，脸色。▶《礼记·玉藻》："凡祭，容貌颜色，如见所祭者。"

③凭臆：谓凭主观推测立说。▶清 方苞《书辨正〈周官〉〈戴记〉〈尚书〉后》："世俗之贸儒尚或以经说惟汉儒为有据，而诋程朱为凭臆，非所谓失其本心者与？"

④秉心：持心。▶《诗·鄘风·定之方中》："匪直也人，秉心塞渊。"

渊塞：深远诚实。▶汉 傅毅《舞赋》："简惰跳踃，般纷挐兮；渊塞沉荡，改恒常兮。"

⑤自直：自然伸直。▶《荀子·劝学》："蓬生麻中，不扶自直。"

⑥赤棒：赤色的棒。古代大官出行，前导仪仗中兵器之一。▶《北齐书·王俨传》："魏氏旧制，中丞出，清道，与皇太子分路行，王公皆遥住车，去牛，顿轭于地，以待中丞过，其或迟违，则赤棒棒之。"

白简：此处指古时弹劾官员的奏章。▶《晋书·傅玄传》："玄天性峻急，不能有所容；每有奏劾，或值日暮，捧白简，整簪带，竦踊不寐，坐而待旦。"

⑦匪惟：不是。▶唐 杜甫《八哀诗·赠太子太师汝阳郡王琎》："匪惟帝老大，皆是王忠勤。"

神契：谓与神灵相合。▶汉 蔡邕《琅邪王傅蔡君碑》："君雅操明允，威厉不猛……知机达要，通含神契。"

⑧生绡：未漂煮过的丝织品。古时多用以作画，因亦以指画卷。▶唐 韩愈《桃源图》："流水盘回山百转，生绡数幅垂中堂。"

鬼蜮：鬼和蜮都是暗中害人的精怪，喻用心险恶、暗中伤人的小人。▶《诗·小雅·何人斯》："为鬼为蜮，则不可得。"

⑨矜式：此处指敬重和取法。▶《孟子·公孙丑下》："我欲中国而授孟子室，养弟子以万钟，使诸大夫、国人皆有所矜式。"

## 胡承珙

胡承珙（1776—1832），字景孟，号墨庄，清泾县（今安徽省泾县）人。嘉庆十年（1805）乙丑科进士，入翰林院为庶吉士，散馆后，授编修。累官广东乡试副考官、御史、转给事中、福建延津邵道、台湾兵备道。《清史列传》谓其："力行清庄弭盗之法，在台三年，民番安肃"，道光四年（1824）十月十二日离台。究心经学，着意在《毛诗》，广证博考以求本义，成《毛诗后笺》。另有《尔雅古义》《仪礼古今文疏义》《求是堂诗文集》等。



### 晚行合肥道中①

江南多青山，不肯度江北。江北四望惟平沙，衰草寒云莽一色。草间狐兔纵复横，饥鸢摩云时有声。安得弯弓作霹雳，割鲜野飨倾玉瓶。②自笑人主坐谈客，豪语宁能洗酸骨。③天寒兀兀垂车帷，睡醒鼻涕长一尺。

注释：

①《晚行合肥道中》诗见 清 胡承珙《求是堂诗集》卷十二阶领后集，清道光十三年（1833）刻本。

②割鲜：割杀畜兽。▶《文选·司马相如〈子虚赋〉》："骛于盐浦，割鲜染轮。"

野飨：亦作"野享"。在野外设食款待。▶《左传·襄公二十六年》："楚客聘于晋，过宋。大子知之，请野享之。"

③酸骨：酸痛刺骨。形容愤恨、悲伤。▶唐 韦应物《往富平伤怀》："衔恨已酸骨，何况苦寒时。"

## 谒包孝肃祠[①]

旷野霜威杀物新，遗祠凛凛傍城闉。[②]生逢庆历能容直，死作阎罗倘是真。[③]比水冷如当日面，无花空荐路旁苹。报公一博河清笑，岭海讴思尚有人。[④]

注释：

①《谒包孝肃祠》诗见 清 胡承珙《求是堂诗集》卷十二阶领后集，清道光十三年(1833)刻本。原诗标题后有作者自注："祠旁有池，宽数亩，夏月荷花甚盛。"

②霜威：寒霜肃杀的威力。▶南朝 齐 谢朓《高松赋》："岂雕贞于岁暮，不受令于霜威。"

城闉：城内重门。亦泛指城郭。▶《魏书·崔光传》："诚宜远开阙里，清彼孔堂，而使近在城闉，面接宫庙。"

③庆历：庆历为宋仁宗赵祯年号，该年号共计8年。

④讴思：讴歌以表达思念之情。▶清 陆以湉《冷庐杂识·何文安公挽联》："省台故事，都邑讴思，门墙述训，令名传荆国先贤。"

## 汤贻汾

汤贻汾(1778—1853)，字若仪，一字雨生，号粥翁。清武进(今江苏省常州市武进区)人。世袭云骑尉，授守备，擢乐清协副将。晚辞官居江宁。太平军破南京，投水死，谥"贞愍"。擅丹青，与同时戴熙齐名，号为"汤戴"。亦工书，擅行草。雅擅倚声，又能作戏曲。有《琴隐园集》《琴隐园词》，传奇《逍遥巾》。

### 无题[①]

渔翁似鸥舄，风雨常江边。见我去复回，怪我无日闲。汝阴在何许，巢湖浪如山。[②]前驺杂旌盖，渐见人民喧。[③]凛凛乡先生，心仪千载前。[④]一砚不妄取，岂博廉名传。[⑤]美鲥胜洞庭，至者多垂涎。战兢慎夙夜，甘旨有时愆。[⑥]

注释：

①《无题》诗见 清 汤贻汾《琴隐园诗集》卷三十二，清同治十三年(1874)曹士虎刻本。原诗无标题，此为编者所加。

②汝阴：此特指合肥。南朝宋时置南豫州，于旧合肥县地置汝阴县，为南豫州南汝阴郡治所。

③旌盖:旌旗和车盖。▶《南齐书·萧遥昌传》:"旌盖飘飖,远涉淮泗。"

④乡先生:乡贤。此处特制北宋名臣包拯。

心仪:多指心中向往、仰慕。▶《清史稿·礼志五》:"乾隆四十三年秋,先后谒永陵、福陵,因谕:'睠怀辽渖旧疆,再三周历,心仪旧绪,蕲永勿谖。'"

⑤妄取:不当取而取。▶汉 董仲舒《春秋繁露·五行相胜》:"侵伐暴虐,攻战妄取。"

⑥甘旨:指美味的食物。▶ 朝 梁元帝《金楼子·立言》:"甘旨百品,月祭日祀。"

原诗后作者自注:"三年九月,权庐州都司,仍由长江侍太夫人之任。包孝肃祠居水中。产金背鲙鱼,人呼为包公鲫。"

## 德州赠孙渊如都转[1]

金章犀带拥书城,开阁平津海内倾。[2]簪履纷招齐上客,诗书频教鲁诸生。但留青眼看风雅,直以丹心答圣明。一片望春楼下水,十年无过使君清。香花墩畔慨前游,潦倒重逢愧黑头。[3]祖逖鞭先悲失马,吕虔刀在换无牛。庸才岂有天能忌,拙宦原应我自休。[4]几向灞陵逢醉尉,多君一见辖偏投。[5]

注释:

①《德州赠孙渊如都转》诗见 清 汤贻汾《琴隐园诗集》卷五,清同治十三年(1874)曹士虎刻本。原诗标题后有作者自注"(孙)星衍"。



②金章:金质的官印。一说,铜印。因以指代官宦仕途。▶ 南朝 宋 鲍照《建除》:"开壤袭朱绂,左右佩金章。"

拥书城:北魏李谧,博览群书,无意做官,将家产都花在收集书籍上。经他细加审订的书有四千卷之多。他有句名言:"丈夫拥书万卷,何假南面百城!"见《魏书·逸士传·李谧》。后以"拥书百城"喻藏书之富或嗜书之深。▶沈砺《年来所志百不遂而书籍藏日富》诗之二:"黄泥亭子白茆堂,拥书百城南面王。"亦作"拥书南面"。

③原诗"香花墩畔慨前游"句后有作者自注"合肥城外"。

④拙宦:谓不善为官,仕途不顺。多用以自谦。▶唐 宋之问《酬李丹徒见赠之作》:"以予惭拙宦,期子遇良媒。"

⑤醉尉:典出《史记·李将军列传》:"尝夜从一骑出,从人田间饮。还至霸陵亭。霸陵尉醉,呵止广。广骑曰:'故李将军。'尉曰:'今将军尚不得夜行,何乃故也!'止广宿亭下。"后常用"醉尉"作势利小人的代名词。▶《梁书·何敬容传》:"会稽谢郁致书戒之曰:'草莱之人,闻诸道路,君侯已得瞻望朝夕,出入禁门,醉尉将不敢呵,灰然不无其渐,甚休,甚休!'"

唐鉴(1778—1861)，字镜海，号翕泽。清湖南善化(今湖南省长沙市)人。嘉庆十四年(1809)己巳年进士。道光间为广西平乐知府，设五原学舍教瑶民读书。鸦片战争时，在太常寺卿任，劾琦善、耆英等误国，直声震天下。后致仕南归，主讲金陵书院。咸丰初，还湖南。学宗程朱，倭仁、曾国藩等皆从问业。有《朱子年谱考异》《学案小识》《畿辅水利备览》等。

## 庐州陷江中丞阵亡诗以哭之①

中丞英爽一儒生，三载披坚卓有声。②正冀登坛推上将，谁知授命死危城。③征南浑是春秋义，蜀相长垂宇宙名。欲问庐江消息渺，几回惆怅泪纵横。

注释：

①《庐州陷江中丞阵亡诗以哭之》诗见 民国 徐世昌《晚晴簃诗汇》卷一百二十一，民国退耕堂刻本。

江中丞：指江忠源。

②中丞：古代官职名。汉代御史大夫下设两丞，一称御史丞，一称御史中丞。因中丞居殿中而得名。掌管兰台图籍秘书，外督部刺史，内领侍御史，受公卿奏事，举劾按章。因负责察举非案，所以又称御史中执法。东汉以来，御史大夫转为大司空，以中丞为御史台长官。唐、宋两代虽然设置御史大夫，也往往缺位，而以中丞代行其职。明代改御史台为都察院，都察院的副职都御史即相当于前代的御史中丞。明、清两代常以副都御史或佥都御史出任巡抚，清代各省巡抚例兼右都御史衔，因此明、清巡抚也称中丞。

③登坛：指登坛拜将。古时会盟、祭祀、帝王即位、拜将，多设坛场，举行隆重的仪式。▶《三国志·魏志·臧洪传》："昔张景明亲登坛喢血，奉辞奔走，卒使韩牧让印，主人得地。"

## 巢县漫滩围盆渡①

盆高二尺围丈余，数人环坐中心虚。篙师持篙撑徐徐，前仰后俯波中凫。平时积贮供仓储，此盆本是田家须。兹逢大水盈沟渠，沿山之下浸为湖。以盆当作中流壶，我本砥砺希廉隅。②斫方为圆觚不觚，济人无术胡为乎。③依然一样画芦葫，今年奔走穷长涂。④先驱楚粤后齐吴，朅来水澨舟楫无。⑤揭衣就渡双踟跌，有如鸱夷逃陶朱。又如木罂斩龙且，坳堂一芥差相殊。⑥冰床水马都不如，何妨缩瑟同侏儒。⑦荡漾中央小似盂，逦迤登岸理我裾。欲挽河伯与之书，毋使赤子化为鱼。

注释:

①《巢县漫滩围岔渡》诗见 民国 徐世昌《晚晴簃诗汇》卷一百二十一,民国退耕堂刻本。

②廉隅:棱角。比喻端方不苟的行为、品性。▶《礼记·儒行》:"近文章,砥厉廉隅。"

③斲[zhuó]:砍、削。

觚不觚:比喻事物名实不符。语出《论语·雍也》:"子曰:'觚不觚,觚哉! 觚哉!'"

④长涂:犹长途。▶汉 王延寿《鲁灵光殿赋》:"长涂升降,轩槛曼延。"

⑤水澨:水滨。▶宋 叶适《毛夫人墓表》:"山巅可休,水澨可息。"

⑥坳堂:堂上的低洼处。▶《庄子·逍遥游》:"且夫水之积也不厚,则其负大舟也无力;覆杯水于坳堂之上,则芥为之舟,置杯焉则胶,水浅而舟大也。"

一芥:一粒芥籽。形容量小。▶《淮南子·说山训》:"君子之于善也,犹采薪者,见一芥掇之,见青葱则拔之。"

⑦冰床:冰上交通工具,俗称冰排子,用人推、拉,或床上人以竿撑之,使滑行。▶明 刘侗 于奕正《帝京景物略·水关》:"冬水坚冻,一人挽木小兜,驱如衢,曰冰床。"

水马:一种轻快的船,多供竞渡用。▶南朝 梁 宗懔《荆楚岁时记》:"五月五日竞渡……舸舟取其轻利谓之飞凫,一自以为水军,一自以为水马。"

## 陶澍

陶澍(1778—1839),字子霖,号云汀。清湖南安化(今属湖南省益阳市)人。嘉庆七年(1802)壬戌科进士。授编修。迁御史、给事中。出为川东道,治行称四川第一。嘉、道间,历安徽布政使、巡抚,清查库款,理清三十余年积累纠葛。治荒政,创辑《安徽通志》。官至两江总督,加太子少保衔。卒赠太子太保,谥"文毅"。有《印心石屋诗文集》《印心石屋奏议》《蜀輶日记》《陶渊明集辑注》等。

### 自店埠至合肥途中望大蜀山[1]

平原千里俯芒洋,大蜀山前首一昂。[2]麦气欲晴秧欲雨,白云分走两边忙。[3]

注释:

①《自店埠至合肥途中望大蜀山》诗见 清 陶澍《陶文毅公全集》卷六十三诗集,清道光刻本。

②芒洋:亦作"茫洋""芒羊"。辽阔无边貌。▶唐 柳宗元《与吕道州论〈非国语〉书》:"其言本儒术,则迂回茫洋,而不知其适。"

③麦气：麦熟时散发的香气。▶南朝 梁 何逊《车中见新林分别甚盛》："于时春未歇，麦气始清和。"

## 舒王墩[1]

莽新官礼其经纶，拗相公封迹尚存。[2]一笑群舒终畔楚，当年空占谢公墩。[3]

注释：

①《舒王墩》诗见 清 陶澍《陶文毅公全集》卷六十三诗集，清道光刻本。

②经纶：整理丝缕、理出丝绪和编丝成绳，统称经纶。引申为筹划治理国家大事。▶《易·屯》："云雷屯，君子以经纶。"

③谢公墩：即谢安墩。"谢公古墩"为清代金陵四十八景之一。

# 刘珊

刘珊(1779—1824)，字介耘，又介纯，号海树。清湖北汉川(今湖北省汉川市)人。嘉庆十六年(1811)辛未科进士。历天长、合肥等县知县，官至庐州知府，终于任上。在官能兴水利，防水害。工诗文，有《亦政堂诗集》十二卷、《亦政堂续集》五卷、《委蛇杂俎》二卷等。

## 九日明教寺[1]

衰草前朝寺，西风落叶天。离心拼坠雨，秋气逼中年。[2]支遁谈经地，庄生说剑篇。黄花无处采，双鬓任萧然。

注释：

①《九日明教寺》诗见 清 刘珊《亦政堂续集》卷中，清嘉庆二十三年(1818)石梁官舍刻本。

②离心：此处指别离之情。▶隋 杨素《赠薛播州》："木落悲时暮，时暮感离心；离心多苦调，讵假雍门琴。"

## 距合肥尚二百里寄陈白云大令[1]

先生古儒者，读书必周秦。双瞳湛炯炯，上下穷垓旻。伟抱郁治术，五经何纷纶。[2]其文太史几，其言荀卿醇。[3]一第乃出宰，有社稷民人。[4]张弛本至理，勿取煦煦仁。风骨尤峻迈，九华同嶙峋。我过青阳县，去思声振振。[5]怀宁闻公至，市猾潜逡巡。[6]治繁寓以简，坚白谁锱磷。[7]子产纵慈母，宽猛期鉴驯。所憾皖子国，往来当要津。没阶事趋走，未免防怒嗔。[8]狱讼等蝟集，片言折如神。[9]或时需佐理，听断如身亲。[10]民愚不知感，妄自谓牍积。[11]合肥亦赤紧，君来与更新。[12]三月遂大治，条教咸守遵。[13]是年适奇旱，饥黎走跣跣。[14]君首谕富贾，万石倾仓困。定值示官粜，一月周三旬。四郊设粥厂，男妇分等伦。[15]仁言之利溥，万壑苏困鳞。饮和载食德，有脚回阳春。[16]奉君祠孝肃，禄位期绳绳。君犹谢不敏，愧与包老邻。[17]我初学制锦，谬托君陶甄。[18]譬如抱左传，日逐康成轮。[19]有时开清讌，气味投松筠。[20]查君健身手，入坐同郄宾。[21]君不胜蕉叶，酌客奚辞频。[22]我醉露狂态，辄复吐车茵。[23]君笑谓梅史，斯岂长贱贫。匪徒擅风压，蕴蓄当有真。我闻感欲泣，幸为知己伸。朅来治小邑，石梁濒湖漘。[24]民气素懈慢，士习尤非纯。[25]茧丝理益乱，保障谈何能。赤地亘千里，瘠土弥艰辛。[26]闾阎鲜富帑，徒手将何因。[27]苦口说中产，集腋回千钧。寸积而铢累，醵钱两万缗。[28]使自瞻戚党，由近逭孤惸。[29]官吏不假手，胥吏徒狺狺。[30]加之叠赈贷，庶免鲂尾赪。[31]人或颂我德，误道吏治循。我非用我法，仿诸合肥陈。

注释：

①《距合肥尚二百里寄陈白云大令斌》诗见 清 刘珊《亦政堂诗集》卷八，清嘉庆二十三年(1818)石梁官舍刻本。原诗标题后有作者自注“斌”。

陈白云大令：陈斌，字陶邻，号白云。清浙江德清(今浙江省湖州市德清县)人。嘉庆四年(1799)己未科进士，曾官青阳、颍凤、合肥知县。善藏书，工诗文。其文词约理赅，诗亦不事藻饰，有《白云诗文集》。陈斌于嘉庆十九年(1814)四月调任合肥，在任曾为合肥包公祠撰联“照耀千秋，念当年、铁面冰心，建谠言、不希后福；闻风百世，至今日、妇人孺子，颂清官、只有先生。”

②伟抱：远大的抱负。▶清 曾国藩《复胡润之书》：“盖无日不共以振刷相勖，亦无日不称台端鸿才伟抱，足以救今日之滔滔。”

③荀卿：即荀况。战国赵人，世称荀卿。汉时谓之孙卿。曾在齐，游学稷下，三为祭酒。去齐至楚，春申君任以兰陵令。晚年专事著述，终老兰陵。学宗儒术而言性恶，谓须恃礼义以矫其枉，乃得从善。战国末著名政治家韩非、李斯，曾师事其门。经学辞赋，对后世殊多影响。今传《荀子》十二卷三十二篇。▶《史记·孟子荀卿列传》：“荀卿，赵人，年五十始来游学于齐……齐襄王时而荀卿最为老师。”

④出宰：由京官外出任县官。▶《后汉书·明帝纪》：“郎官上应列宿，出宰百里，有非其人，则民受其殃。”

⑤去思：谓地方士民对离职官吏的怀念。语出《汉书·何武传》：“欲除吏，先为科例以防请托，其所居亦无赫赫名，去后常见思。”▶南朝 梁 沈约《齐故安陆昭王碑文》：“去思一借之情，愈久弥结。”

⑥市猾：市井奸诈无赖之徒。▶清 周亮工《书影》卷十："一二市猾，勾党开采，青山白石，悉遭残贼，长林茂树，斫伐一空。"

⑦坚白：语出《论语·阳货》："不曰坚乎，磨而不磷；不曰白乎，涅而不缁。"何晏 集解引孔安国 曰："言至坚者磨之而不薄，至白者染之于涅而不黑。"谓君子虽在浊乱而不能污。后因以"坚白"形容志节坚贞，不可动摇。▶《三国志·魏志·徐邈王基等传论》："王基学行坚白。"

⑧没阶：为迎送宾客的礼貌行为。▶唐 李商隐《任宏农尉献州刺史乞假归京》："却羡卞和双刖足，一生无复没阶趋。"

⑨猬集：比喻纷然聚集。▶明 王錂《春芜记·悲秋》："一时感怆，不觉忧端猬集。"

⑩听断：听取陈述而作出决定。常指听讼断狱。▶《荀子·荣辱》："政令法举措时，听断公。"

⑪知感：知恩感德。▶《南史·顾越传》："二宫恩遇，有异凡流，木石知感，犬马识养，臣独何人，敢忘报德。"

⑫赤紧：赤县、紧县。唐、宋时州县等级。《通典》："大唐县有赤、畿、望、紧、上、中、下七等之差。京都所治为赤县，京之旁邑为畿县，其余则以户口多少、资地美恶为差。"

⑬条教：法规，教令。▶《汉书·董仲舒传》："仲舒所着，皆明经术之意，及上疏条教，凡百二十三篇。"

⑭饥黎：饥民。中国近代史资料丛刊《辛亥革命·江苏民清军交战清方档案·张勋奏折》："今年大水，饥黎转徙，伏莽滋多。"

⑮等伦：同辈；同类。亦谓与之同等或同类。▶《汉书·甘延寿传》："少以良家子善骑射为羽林，投石拔距绝于等伦。"

⑯饮和：谓使人感觉到自在，享受和乐。语本《庄子·则阳》："故或不言而饮人以和。"▶南朝 宋 王韶之《宋四厢乐歌·肆复乐歌》："法章既设，初筵长舒，济济列辟，端委皇除。饮和无盈，威仪有余，温恭在位，敬终如初。"

食德：谓享受先人的德泽。语本《易·讼》："六三，食旧德。"▶唐 杜甫《奉送苏州李长史丈之任》诗："食德见从事，克家何妙年。"

⑰谢不敏：因自己没有才智而辞谢。常用作谦词，表示婉言推辞。语出《左传·襄公三十一年》："（赵文子）使士文伯谢不敏焉。"▶唐 韩愈《寄卢仝》："买羊沽酒谢不敏，偶逢明月曜桃李。"

⑱陶甄：比喻陶冶、教化。▶《文选·张华〈女史箴〉》："茫茫造化，二仪既分。散气流形，既陶既甄。"李善 注："如淳曰：陶人作瓦器谓之甄。"

⑲康成：东汉经学家郑玄之字。▶《后汉书·郑玄传》："郑玄，字康成，北海高密人也。"

⑳清讌：此处指饮宴。▶南朝 宋 谢灵运《拟魏太子邺中集诗·王粲》："绸缪清讌娱，寂寥梁栋响。既作长夜饮，岂顾乘日养。"

㉑原诗"查君健身手"句后有作者自注"梅史"。查君梅史：查揆（1770—1834），又名初揆，字伯揆，号梅史，清浙江海宁人。清仁宗嘉庆九年（1804）举人，官至顺天蓟州知州。好

读书，有大志，受知于阮元，尝称为诂经精舍翘楚。文笔雄秀，工骈体，诗亦卓然成家，有《笎谷文集》及《萩原堂集》。

㉒蕉叶：浅底的酒杯。▶胡仔《苕溪渔隐丛话后集·回仙》引宋陆元光《回仙录》："饮器中，惟钟鼎为大，屈卮螺杯次之，而梨花蕉叶最小。"

㉓吐车茵：《汉书·丙吉传》："吉驭吏耆酒，数逋荡，尝从吉出，醉欧丞相车上。西曹主吏白欲斥之，吉曰：'以醉饱之失去士，使此人将复何所容？西曹地忍之，此不过污丞相车茵耳。'"后因谓醉后过失为"吐车茵"。▶唐白居易《长斋月满戏赠梦得》："若怕平原怪先醉，知君未惯吐车茵。"

㉔石梁：石梁镇，或在今安徽省肥东县马湖乡境内。

湖漘：漘，水边。《诗·魏风·伐檀》："坎坎伐轮兮，置之河之漘兮。"湖漘，湖边。

㉕民气：指民众的精神、气概。▶《管子·内业》："是故民气杲乎如登于天，杳乎如入于渊，淖乎如在于海，卒乎如在于己。"

懈慢：懒惰散漫。▶《国语·周语上》："犹有散、迁、懈慢而着在刑辟，流在裔土。"

士习：士大夫的风气；读书人的风气。▶明宋濂《评浦阳人物·宋太学生何敏中》："愚谓世衰道微，士习日靡，工文辞而苟利禄，奔走乞哀于权幸之门，惟恐不一售者有矣。"

㉖瘠土：不肥沃的土地。▶《国语·鲁语下》："昔圣王之处民也，择瘠土而处之，劳其民而用之，故长王天下。"

㉗闾阎：里巷内外的门。泛指民间。▶《史记·樗里子甘茂列传论》："甘茂起下蔡闾阎，显名诸侯，重彊齐楚。"



哿：1.[gě]。表示称许，可嘉。▶"哿矣能言。"2.[jiā]：古通"珈"，妇女的首饰。

㉘醵钱：凑钱，集资。▶宋欧阳修《归田录》卷二："每岁干元节醵钱饭僧，进香，合以祝圣寿，谓之香钱。"

㉙孤惸：孤独。亦指孤独的人。▶唐陈子昂《上军国利害事·出使》："仁爱足以存恤孤惸，贤明足以进拔幽滞。"

㉚狺狺：犬吠声。比喻议论中伤之声喧嚷。▶《后汉书·文苑传下·赵壹》："虽欲竭诚而尽忠，路绝崄而靡缘。九重既不可启，又群吠之狺狺。"

㉛鲂尾赪：即鲂鱼赪尾。意思是形容人困苦劳累，负担过重。出自《诗·周南·汝坟》："鲂鱼赪尾，王室如毁。"毛传："赪，赤也；鱼劳则尾赤。"朱熹集传："鲂尾本白而今赤，则劳甚矣。"▶北周庾信《哀江南赋》："既而鲂鱼赪尾，四郊多垒。"



## 过龚芝麓尚书故宅[①]

十笏荒园水石枯，尚书门第有啼乌。[②]东林已种清流祸，南国空将大雅扶。卧阁宾朋愁菡萏，眉楼夫婿愧蘼芜。中闺代受鸾封日，曾忆当年锦褥无。[③]

注释：

①《过龚芝麓尚书故宅》诗见 清 刘珊《亦政堂诗集》卷八，清嘉庆二十三年(1818)石梁官舍刻本。

②水石：犹泉石。多借指清丽胜景。▶唐 李白《经乱后避地剡中留赠崔宣城》："忽思剡溪去，水石远清妙。"

③鸾封：鸾镜之匣关闭。谓失情侣。▶明 张凤翼《红拂记·奇逢旧侣》："恩山重，把断弦再续，胜似鸾封。"

## 包孝肃祠[①]

香花墩里华盖志，待制堂前妇孺惊。[②]到处平反成铁铸，百年笑貌想河清。砚材水冷端州石，葛帔寒遗相府籯。[③]莫道阎罗真峭刻，饮冰心地自和平。[④]

注释：

①《包孝肃祠》诗见 清 刘珊《亦政堂诗集》卷十一，清嘉庆二十三年(1818)石梁官舍刻本。

②华盖：帝王或贵官车上的伞盖。泛指高贵者所乘之车。▶三国 魏 曹植《求通亲亲表》："出从华盖，入侍辇毂。"

③籯[yíng]：竹笼。▶《汉书·卷七三·韦贤传》："故邹、鲁谚曰：'遗子黄金满籯，不如一经。'"

④原诗句后"莫道阎罗真峭刻，饮冰心地自和平。"有作者自注"史称公推本忠厚，不务苛刻。"

饮冰：谓清苦廉洁。▶唐 姚合《心怀霜》："还如饮冰士，励节望知音。"

# 张澍

张澍(1781—1847)，字时霖，一字伯瀹，号介侯，又号介白。清甘肃武威(今甘肃省武威市)人。嘉庆四年(1799)己未科进士，官贵州玉屏、四川屏山、江西永新等县知县。治事简易而持法甚严。游迹半天下。长于姓氏之学，工词章，兼治金石，留心关陇文献。有《姓氏五书》《续黔书》《秦音》《养素堂集》，又辑刊《二酉堂丛书》。

## 庐州春日[①]

天柱峰高倚八公，春云臱臱雨蒙蒙。风和亚父清泉动，草绿周郎旧宅空。[②]教弩台前嘶牧马，藏舟浦侧集归鸿。[③]独怜未蜡登山屐，且向香花问梵宫。[④]

注释：

①《庐州春日》诗见 清 张澍《养素堂诗集》卷七南征寿集上，清道光二十二年(1842)刻本。原诗标题下原有作者题注："丙寅"。

②亚父，周郎：指范增，周瑜。

③归鸿：归雁。诗文中多用以寄托归思。▶三国 魏 嵇康《赠秀才入军》诗之四："目送归鸿，手挥五弦。"

④登山屐：南朝诗人谢灵运游山时常穿的一种有齿的木屐。▶《南史·谢灵运传》："寻山陟岭，必造幽峻……登蹑常着木屐，上山则去其前齿，下山去其后齿。"后常用作登山探幽的典故。

## 谒包孝肃公祠[①]

庙貌旧山阿，中丞像抚摩。[②]清风绝请谒，直道去烦苛。[③]孝养情诚笃，精钢志不磨。[④]三司置和市，一笑比黄河。[⑤]黠吏脊频杖，权臣手敢抄。[⑥]雄州门有钥，神水馆无魔。[⑦]牛舌察奸狯，鹿皮弹侧颇。[⑧]豁田疑永叔，关节戒阎罗。[⑨]壁石家留训，囊金客未讹。[⑩]依耕裁马牧，改姓得龙珂。[⑪]庆历真君子，文章亦巨波。香花墩畔路，瞻拜意如何。[⑫]



注释：

①《谒包孝肃公祠》诗见 清 张澍《养素堂诗集》卷七南征寿集上，清道光二十二年(1842年)刻本。

②庙貌：《诗·周颂·清庙序》郑玄 笺："庙之言貌也，死者精神不可得而见，但以生时之居，立宫室像貌为之耳。"因称庙宇及神像为庙貌。▶三国 蜀 诸葛亮《黄陵庙记》："庙貌废去，使人太息。"

③烦苛：繁杂苛细，多指法令。▶《汉书·文帝纪》："汉兴，除秦烦苛，约法令，施德惠，人人自安。"

④孝养：竭尽孝忱奉养父母。▶《书·酒诰》："肇牵车牛远服贾，用孝养厥父母。"

⑤"三司置和市，一笑比黄河。"句：指《宋史·包拯传》载："拯以枢密直学士权三司使，'特为置场和市，民得无扰。'"又载："拯立朝刚毅，贵戚宦官为之敛手，闻者皆惮之。人以包拯笑比黄河清，童稚妇女，亦知其名，呼曰'包待制'。京师为之语曰：'关节不到，有阎罗包老。'"

⑥黠吏：奸猾之吏。▶《汉书·尹翁归传》："县县收取黠吏豪民，案致其罪，高至于死。"

⑦雄州：地大物博人多，占重要地位之州。▶南朝 梁 何逊《与建安王谢秀才笺》："夫选重雄州，望隆观国。"

⑧奸狯：狡诈；奇巧。▶《新唐书·卢从史传》："从史在潞，奸狯得士心，又善附迎中人，

会长荣卒，即擢拜昭义副大使。”

⑨“豁田疑永叔”句：指欧阳修曾指责包拯豁田夺牛。

⑩“壁石家留训”句：指包拯去世前，留下遗训：“后世子孙仕宦，有犯赃者，不得放归本家，死不得葬大茔中。不从吾志，非吾子若孙也。仰珙刊石，竖于堂屋东壁，以诏后世。”

⑪“改姓得龙珂”句：指北宋时番部俞龙琦率属来降，自言闻包拯包侍制为朝廷忠臣，乞赐姓包。

⑫瞻拜：参拜；瞻仰礼拜。▶《东观汉记·虞延传》：“延进止从容，瞻拜可观。”

## 周济

周济(1781—1839)，字保绪，又字介存，号未斋，晚号止安。清江苏荆溪(今江苏省宜兴市)人。嘉庆十年(1805)乙丑科进士，官淮安教授。习经世之学，与包世臣齐名。好古兵略，兼精武术。曾应邀缉淮北盐枭。后隐居南京，潜心著述。周天爵任湖广总督，聘之入幕，道卒。精词学，承张惠言之绪余，为常州词派主要理论家。有《介存斋文稿》《介存斋诗》《介存斋词》《存审斋词》《介存斋论词杂著》。

### 大蜀山道中[①]

更无落叶点征衣，莽莽平冈乱四围。地气远松浮水出，天风高雁掠人飞。穷边雪早兵权戢，腹郡晴佳麦渐肥。[②]闻道村氓多佩犊，大车赋罢一歔欷。[③]

注释：

①《大蜀山道中》诗见 民国 徐世昌《晚晴簃诗汇》卷一百十八，民国退耕堂刻本。

②穷边：荒僻的边远地区。▶ 宋 苏舜钦《己卯冬大寒有感》诗：“穷边苦寒地，兵气相缠结。”

腹郡：即内地的郡县。

③佩犊：典出《汉书·循吏传·龚遂》：“遂见齐俗奢侈，好末技，不田作，乃躬率以俭约，勤民务农桑……民有带持刀剑者，使卖剑买牛，卖刀买犊，曰：‘何为带牛佩犊！’”后因以“佩犊”喻弃官务农。▶《陈书·世祖纪》：“自顷寇戎，游手者众，民失分地之业，士有佩犊之讥。”

## 赵良澍

赵良澍，字肃徵，号肖岩，泾县(今安徽省泾县)人。乾隆六十年(1795)乙卯科会试第三名，廷试授中书。嘉庆三年(1798)任广东主考官，擢能举贤，多得名士，被重用。以老引疾乞归后，留意经传百家，勤于考据，掌教书院，从学者甚众，著有《肖岩文钞》《肖岩诗钞》等书。曾任《(嘉庆)旌德县志》总纂修。

## 过合肥①

酒旗茅店两三家，金斗城南暂驻车。②天外好山浮海上，林端落日向人斜。远游已惯知风土，残腊无多感岁华。③过客匆匆怀孝肃，祠堂回首暮云遮。

注释：

①《过合肥》诗见 清 赵良澍《肖岩诗钞》卷三，清嘉庆五年(1800)泾城双桂斋刻本。

②驻车：停车。▶北齐 刘逖《秋朝望野》："驻车凭险岸，飞盖历平湖。"

③残腊：农历年底。▶唐 李频《湘口送友人》："零落梅花过残腊，故园归去又新年。"

## 过巢县①

征帆如鸟指南巢，欲买轻车住短桡。闾左至今悲亚父，洞天何处访王乔。②几家白屋回寒照，一发青山卷暮潮。③长路软尘从此去，不堪雪霰夜萧萧。④



注释：

①《过巢县》诗见 清 赵良澍《肖岩诗钞》卷三，清嘉庆五年(1800)泾城双桂斋刻本。

②闾左：居住于闾巷左侧的人民。一说时贫贱者居闾左，后因借指平民。▶《史记·陈涉世家》："二世元年七月，发闾左适戍渔阳。"

亚父：此处指范增。

③寒照：寒天的日光。▶明 杜濬《游夹山漾》："林壑罗秋姿，紫翠冒寒照。"

④软尘：飞扬的尘土，指都市的繁华热闹。宋 陆游《仗锡平老自都城回见访索恰云堂诗》："东华软尘飞扑帽，黄金络马人看好。"

雪霰：雪和霰。亦偏指雪。▶宋 张孝祥《转调二郎神》词："阵阵回风吹雪霰，更旅雁一声沙际。"



## 江北道中杂诗①

层峦环抱红心驿，密树重遮金斗城。不及吾乡山水好，只须略似亦关情。②

客心畏暑趁宵行，山梦催回续未成。最是晓星残月候，水田香送稻风清。

屡寻嘉树暂停骖，暑雨炎风剧不堪。[3]十日蓝舆江岸去，只从江北望江南。

注释：

①《江北道中杂诗》诗见 清 赵良澍《肖岩诗钞》卷十一，清嘉庆五年（1800）泾城双桂斋刻本。

②关情：动心，牵动情怀。▶唐 陆龟蒙《又酬袭美次韵》："酒香偏入梦，花落又关情。"

③嘉树：佳树；美树。▶《左传·昭公二年》："既享，宴于季氏，有嘉树焉，宣子誉之。"

## 余忠宣公祠[1]

皖公云接汝阴长，魂魄犹应眷故乡。[2]殁有馨香祀巡远，生无时命抗徐常。[3]千秋鹤化浮槎岭，落日鹃啼清水塘。[4]洒扫不烦危学士，履声那许到祠堂。[5]

注释：

①《余忠宣公祠》诗见 清 赵良澍《肖岩诗钞》卷十二，清嘉庆五年（1800）泾城双桂斋刻本。

②皖公：即天柱山，又名潜山、皖山、皖公山。位于安徽省潜山县西，主峰海拔为1488.4米。

③巡远：唐代名臣张巡、许远的并称。

徐常：明代名将徐达、常遇春的并称。

④浮槎岭：指浮槎山。

清水塘：指安庆城西清水塘。元至正十八年（1358）春，陈友谅破安庆，余阙自沉于清水塘中，时年五十六。谥"忠宣"。

⑤危学士：指危素。明洪武四年（1371），危素被贬至和州，守余阙庙。

## 包孝肃公祠[1]

金斗城边孝肃祠，小桥流水接苔墀。遗田不卖留崇祀，环泽无租表慕思。[2]入世何须开口笑，居官只仗用心慈。莫将包老阎罗比，关节无灵是我师。[3]

注释：

①《包孝肃公祠》诗见 清 赵良澍《肖岩诗钞》卷十二，清嘉庆五年（1800）泾城双桂斋刻本。

②遗田：死者留下的田产。▶清 王韬《淞隐漫录·王蟾香》："父母相继没，依于叔氏以居。遗田十余顷，亦叔为之经理。"

慕思：向往；仰慕思念。▶《战国策·赵策三》："今君易万乘之强赵，而慕思不可得之小梁，臣窃为君不取也。"

③关节：指暗中行贿勾通官吏的事。▶唐 苏鹗《杜阳杂编》卷上："瑶英善为巧媚，载惑之，怠于尘务，而瑶英之父曰宗本，兄曰从义，与赵娟递相出入，以构贿赂，号为关节。"

无灵：犹无效，无用。▶叶圣陶《穷愁》："始则金钱无灵，今乃课罚綦薄。"

## 邹振泗

邹振泗，原名振祖，字绳武，号春谷。清庐州巢县(今安徽省巢湖市)人。嘉庆癸酉(1813)钦赐举人，著《春谷诗集》。

### 游金庭山赠轮高道士[①]

诛茅结精舍，卒岁寄遐心。[②]流水此间远，白云何处深。客来黄叶脱，鸟下夕阳沉。[③]饭罢闻清磬，前峰月挂林。

注释：

①《游金庭山赠轮高道士》诗见 清 舒梦龄《(道光)巢县志》巢县志卷十六，清道光八年(1828)刊本。本诗标题又作《游王乔洞赠某炼师》，见 清 陈诗《皖雅初集》卷二十九，民国十八年(1929)上海美艺图书公司印本。

②诛茅：亦作"诛茆"。芟除茅草。引申为结庐安居。▶ 庞树松《檗子书来约游》："到此倘嫌山水浅，人间何地可诛茅。"

③黄叶：枯黄的树叶。亦借指将落之叶。▶南朝 梁 丘迟《赠何郎》："檐际落黄叶，阶前网绿苔。"

### 牛山晚眺偕友访晚翠亭遗址志感[①]

浩荡信天怀，置身无逼窄。[②]行乐非及时，白驹驰过客。[③]出户见牛山，散步心境适。一笑守株儒，蒿蓬偃荒宅。[④]登临俯大荒，长湖空半壁。初冬木叶稀，斜照林犹赤。偕行二三子，相将坐孤石。指点晚翠亭，当年枕山脊。不见瓦砾存，但馀苔苏碧。太息小沧桑，回首成陈迹。归路望前峰，苍茫暮云隔。

注释：

①《牛山晚眺偕友访晚翠亭遗址志感》诗见 清 舒梦龄《(道光)巢县志》巢县志卷十六，清道光八年(1828)刊本。

②天怀：出自天性的心怀。▶《文选·袁宏〈三国名臣序赞〉》："岂非天怀发中，而名教束物者乎？"李周翰 注："岂非自出天性之怀，发于心中。"

逼窄：犹狭窄。▶宋 苏轼《滟滪堆赋》："忽峡口之逼窄兮，纳万顷于一杯。"

③白驹：白色骏马。比喻流逝的时间。语出《庄子·知北游》："人生天地之间，若白驹之过隙，忽然而已。"▶唐 杜甫《秋日荆南抒怀三十韵》："星霜玄鸟变，身世白驹催。"

④守株："守株待兔"的省称。《孔丛子·连丛子上》："然雅达博通，不世而出，流学守株，比肩皆是，众口非非，正将焉立。"▶晋 葛洪《抱朴子·明本》："每见凡俗守株之儒，营营所习，不博达理。"

## 金庭洞①

福地古金庭，渺与人寰隔。②道书纪洞天，紫微注丹籍。乱峰开碧岑，荦确行径窄。③洞口野云生，皎然匹练白。洞中窍且深，石乳幻阴壁。或为狮象形，妙不加绘泽。或现菩萨身，天然拟雕画。把火来照之，一一惊奇辟。④顾瞻失游踪，波涛撼松柏。⑤十里杏花泉，曲折通灵脉。濯缨孺子歌，沧浪适所适。⑥笙鹤明月中，令我思畴昔。⑦何当脱尘氛，从彼茹芝客。⑧

注释：

①《金庭洞》诗见 清 舒梦龄《（道光）巢县志》巢县志卷十六，清道光八年（1828）刊本。

②福地：指神仙居住之处。道教有七十二福地之说。亦指幸福安乐的地方。旧时常以称道观寺院。▶南朝 齐 王融《三月三日曲水诗》序："芳林园者，福地奥区之凑，丹陵、若水之旧。"

③碧岑：青山。▶唐 杜甫《上后园山脚》："自我登陇首，十年经碧岑。"

④把火：手持炬火。▶唐 温庭筠《夜看牡丹》："高低深浅一栏红，把火殷勤绕露丛。"

⑤顾瞻：回视；环视。▶《诗·桧风·匪风》："顾瞻周道，中心怛兮。"

⑥适所：得所，得到合理安置。▶清 揆叙《鹰坊歌》："群飞众动各适所，丹山鸾凤常游翔。"

⑦畴昔：指往事或以往的情怀。▶《北史·郎茂传》："及隋文为丞相，以书召之，言及畴昔，甚欢。"

⑧茹芝客：服食灵芝的人，比喻修仙修道者。

## 刘开

刘开（1784—1824），字明东，又字方来，号孟涂。清安徽桐城（今安徽省桐城市）人。诸生。投师姚鼐，尽得师传，与方东树、姚莹、管同、梅曾亮并称"姚门五弟子"。为人落拓不羁，喜交游，与人谈论，辄罄肺腑。为文亦纵横多奇气。道光元年(1821)，受聘赴亳州修志，四年(1824)，暴病谢世。有《孟涂诗文集》《论语补注》《大学正旨》等。

## 渡巢湖[1]

片帆直下楚云端，人过居巢酒未阑。万顷湖光吞岸白，四周山色抱空寒。舟中日月寻谁共，江北风烟到此宽。为访故人轻远涉，西来忘却路千盘。[2]

注释：

①《渡巢湖》诗见 清 刘开《刘孟涂集》后集卷二十一，道光六年(1826)姚氏檗山草堂刻本。

②原诗“为访故人轻远涉”句后有作者自注：“谓张少伯少府。”

## 抵柘皋偕张少白入山即用前韵[1]

看山奇兴发无端，晓入松园雨正阑。[2]水气能移初日色，春阴犹积旧冬寒。浮槎近向林边出，冶父遥临镜面宽。安得深谈同待月，波心夜半涌冰盘。



注释：

①《抵柘皋偕张少白入山即用前韵》诗见 清 刘开《刘孟涂集》后集卷二十一，道光六年(1826)姚氏檗山草堂刻本。

②无端：此处指无因由，无缘无故。►《楚辞·九辩》：“蹇充倔而无端兮，泊莽莽而无垠。”

## 庐州怀古[1]

万叠龙舒冷薜萝，庐阳春色马前过。[2]沙尘已觉中原近，天日平开旷野多。[3]三国功勋争尺寸，六朝风雨自干戈。迄今重镇皆闲地，但愿巢湖水不波。

远雾都随晓日升，晴湖郁久看霞蒸。[4]地非天险关南北。人上城楼感废兴。亭午山光犹黯淡，平芜云气自飞腾。[5]不须吊古论遭际，楚汉奇谋首范增。[6]

鹊尾吴师气早扬，藏舟凿浦又星霜。[7]花枝红照今残垒，草色青埋古战场。[8]治乱英雄凭世运，艰辛妇女耐耕桑。可怜相国空文藻，断瓦颓垣第宅荒。[9]

传闻明远读书台，知傍西南水一隈。故址无由寻蔓草，有人异代负奇才。[10]琴樽寥落今游倦，云日苍凉古恨来。惆怅阿瞒空载妓，酒船覆后笛音哀。[11]

庐江小吏泣红妆，化作珍禽绕树旁。[12]千载鸳鸯开节义，一篇孔雀擅文章。贞魂有力成遗俗，旧港无情冷夕阳。[13]别有伤心儿女泪，非关人世感沧桑。

便拟凭虚逐白鹇，此心久共暮云闲。谁人愿饮浮槎水，我梦难抛大蜀山。终古佛灯寒月下，当年帝女谢人间。[14]墓门亦有花堪插，好借遥峰作鬓鬟。

行藏未卜野鸥知，揽胜人当惜别时。[15]满地春教云水占，一城愁让客身支。荒烟欲问忠宣宅，落日孤寻孝肃祠。[16]宾主东南同擅美，德星曾否聚高陲。[17]

注释：

①《庐州怀古》诗见 清 刘开《刘孟涂集》后集卷二十一，道光六年(1826)姚氏檗山草堂刻本。

②薜萝：薜荔和女萝。两者皆野生植物常攀缘于山野林木或屋壁之上。▶《楚辞·九歌·山鬼》："若有人兮山之阿，被薜荔兮带女萝。"

③沙尘：指风尘。喻旅途劳累。▶宋 曾巩《送程公辟使江西》："却寻泉石引幽士，想忆沙尘笑劳者。"

④霞蒸：云霞蒸腾貌。▶明 申时行《瑞莲赋》："星敷电发，雾变霞蒸。触景而生态，随物而赋形。"

⑤亭午：正午。▶晋 孙绰《游天台山赋》："尔乃羲和亭午，游气高褰。"

⑥遭际：此处指际遇。▶宋 洪迈《容斋随笔·兄弟直西垣》："父子相承，四上銮坡之直；弟兄在望，三陪凤阁之游。比之前贤，实为遭际。"

⑦鹊尾：地名。▶吴翌凤 笺注引 冯智舒《纲目质寔》："鹊尾，渚名，在庐州府舒城县治西北。"即今安徽省合肥市肥西县三河镇。三河镇古名鹊渚、鹊尾(渚)、鹊岸，是中国历史文化名镇，国家AAAAA级旅游景区，位于合肥市肥西县南端，地处肥西、庐江、舒城三县交界处，古镇总面积2.9平方公里。

⑧花枝：开花的枝条。喻美女。▶五代 前蜀 韦庄《菩萨蛮》词："此度见花枝，白头誓不归。"

⑨原诗"可怜相国空文藻"句末注："谓龚相国天复。"按，此为作者误，应为李相国天馥。

⑩异代：此处指后代，后世。▶《文选·班固〈幽通赋〉》："虞《韶》美而仪凤兮，孔忘味于千载；素文信而厎麟兮，汉宾祚于异代。"

⑪本句指合肥古迹筝笛浦事。▶《嘉庆·合肥县志》：在城后土庙侧谢家池坝旁，渔人常夜闻筝笛声及香气氤氲，相传曹操溺妓舟于此"。

⑫本句指汉乐府《孔雀东南飞》(《古诗为焦仲卿妻作》)事。《嘉庆·合肥县志》载:"旧志,在小东门外。《寰宇记》载,'合肥县有小史港,为后汉末焦仲卿妻刘兰芝死所。'"按,东汉末庐江郡治先今潜山县,后在今桐城、怀宁等处,皆与合肥无涉。

⑬贞魂:此处指忠烈、忠贞之魂。▶南朝 梁 沈约《奉和竟陵王过刘先生墓下作》:"表间钦逸轨,轼墓礼贞魂。"

⑭本句指梁帝女夜梦浮槎山,后于山中出家的故事。《天下名胜志》载,浮槎山有道林寺,寺有碑略曰:梁武帝第五女梦入一山为尼,早晨奏帝。乃取名山图,展观此山,恍如梦境。天监三年(504)敕建道林寺成,帝女遂入山削发为尼,号总持大师。梁女墓在殿东百余步,塔下有海榴一株,相传为公主亲手所植。

⑮行藏:指出处或行止。语本《论语·述而》:"用之则行,舍之则藏。"▶晋 潘岳《西征赋》:"孔随时以行藏,蘧与国而舒卷。"

⑰原句下有注:"谓薛画水太守、刘海树明府、陆祁生广文、许叔翘明经。"指庐州知薛玉堂、合肥县令刘珊、合肥县训导陆继辂、怀远明经许所望。

擅美:专美,独享美名。▶汉 张衡《南都赋》:"皇祖歆而降福,弥万祀而无衰;帝王臧其擅美,咏南音以顾怀。"

## 十万松园歌为少伯山人作①



少伯山人今米颠,不坐米家书画船。②青山深处结一廛,以松为产石为田。③种松满山不知数,根在白云枝拂天。山人非隐亦非仙,一官小住巢湖边。买松之外无余钱,时时与松相对眠。我久别君诗境变,松园之奇惜未见。山中既有岁寒交,肯使故人无一面。今春我来自江浔,山松快我能登临。④短枝各挟千寻势,阳春亦抱三冬心。⑤我观松枝何秀发,托身喜在山灵窟。偃蹇无心作大夫,主人与松同傲骨。⑥此松负山复临川,高低合势如齐肩。就中年岁谁后先。⑦人行松中不自觉,湖光山翠浮松巅。⑧以手弄松松不语,大松小松欲飞舞。忽然平地风怒号,松间如听千顷涛。一松貌古遥相就,似为群松作领袖。诸松罗列向人前,安得人尽如松寿。闲云自来鸟不惊,主人为松养高名。名山生面藏不得,松为主人开颜色。⑨主人得松意气雄,三十万株皆苍龙。一一吞吐雷与风,青山几曲云几重。溪口皆松云不封,我欲移宅来相从。饱饮松醪食松子,山人可以称富矣。竹杖芒鞋万松里,驻景延年从此始。⑩

注释:

①《十万松园歌》诗见 清 刘开《刘孟涂集》后集卷二十一,道光六年(1826)姚氏檗山草堂刻本。原诗标题后有注"为少伯山人作"。

少伯山人:即张宜尊。张宜尊(1760—?),字少伯,号少伯山人。湖南醴州人,曾为巢县巡检,种松树十万株于巢湖之上,称十万松园,诛茅为屋,号"十万松园主人"。清人吴庆坻《蕉廊脞录》卷七(民国求恕斋丛书本)载:“《牛山种树图》,少白山人张宜尊为舒苏桥观察作。道光己亥,先大父与苏桥同官于皖,尝为题句。图中有梅伯言记,黄树斋、汤海秋、陈云伯诸公诗。余在长沙,叶奂彬吏部举以见贻,距题图时盖七十年矣。苏桥名梦龄,溆浦人,由庶吉士散馆,官巢县,有惠政。牛山在县城内,尝于其地建书院,与邑诸生讲学于山中,种树无算,亦循吏也。后官庐凤颍道。”今南京图书馆藏有张宜尊所作《巢湖秋月图》。

②米颠:北宋书画家米芾的别号。米芾字元章,以其行止违世脱俗,倜傥不羁,人称“米颠”。

③一廛:古时一夫所居之地。泛指一块土地,一处居宅。▶唐 柳宗元《柳长侍行状》:“无一廛之土以处其子孙,无一亩之室以聚其族属。”

④江浔:江边。▶《淮南子·原道训》:“游于江浔、海裔,驰要褭,建翠盖。”

⑤千寻:古以八尺为一寻。“千寻”,形容极高或极长。▶晋 左思《吴都赋》:“擢本千寻,垂荫万亩。”

⑥偃蹇:此处犹安卧。▶宋 司马光《辞知制诰第六状》:“岂偃蹇山林,不求闻达之人邪!”

⑦就中:其中。▶唐 杜甫《丽人行》:“就中云幕椒房亲,赐名大国虢与秦。”

⑧山翠:翠绿的山色。▶南朝 梁 庾肩吾《奉和春夜应令》:“水光悬荡壁,山翠下添流。”

⑨生面:此处指如生的面貌;生动的面目。▶唐 杜甫《丹青引》:“凌烟功臣少颜色,将军下笔开生面。”

⑩驻景:犹驻颜。▶唐 李商隐《碧城》诗之三:“检与神方教驻景,收将凤纸写相思。”

## 程恩泽

程恩泽(1785—1837),字云芬,号春海。清安徽歙县(今安徽省歙县)人。嘉庆十六年(1811)辛未科进士。授编修。官至户部右侍郎。博学有盛名,与阮元并为嘉庆、道光间儒林之首。而享年较短,又不轻著书,故传世之作,仅《国策地名考》《程侍郎遗集》。

### 合肥城外别家三弟惠浦①

金斗城边路,先人有旧蹊。②联床非意料,骑马又分携。③恩戴三山重,文愁五色迷。归途倾菊酒,重听汝南鸡。④

注释:

①《合肥城外别家三弟惠浦》诗见 清 程恩泽《程侍郎遗集》卷三,清粤雅堂丛书本。

②原诗后有作者自注:“先大夫少时依合肥令张荪圃先生读书县衙”。

③分携:离别。▶唐 李商隐《饮席戏赠同舍》:“洞中屐响省分携,不是花迷客自迷。”

④汝南鸡:古代汝南所产之鸡,善鸣。▶南朝 陈 徐陵《乌栖曲》之二:“惟憎无赖汝南鸡,天河未落犹争啼。”

## 庐州吟[①]

庐州,淮以南第二重镇也。其地博大爽垲,有山不当孔道,有湖越在偏隅。是人事必争之地,而非天险不可度之地。自来兵家谈阨塞,往往以庐为天险,非未曾目验,即相承剿说耳。作此正之。[②]

有山不当孔道阨,有水越在东南隅。[③]北来不及濠若寿,南走仅恃桐与舒。频嗟千骑飞入境,复恐万艘直捣湖。自是战地非守地,以战则克守则愚。

注释:

①《庐州吟》诗见 清 程恩泽《程侍郎遗集》卷三,清粤雅堂丛书本。

②爽垲:此处指高爽干燥。▶《左传·昭公三年》:“子之宅近市,湫隘嚣尘,不可以居,请更诸爽垲者。”

偏隅:此处指偏僻的地方。▶曹亚伯《保路运动》:“四川僻处偏隅,情形不能外达。”

阨塞:险要之地;险阻要塞。▶汉 贾谊《过秦论下》:“秦虽小邑,伐并大城,得阨塞而守之。”

目验:目击,目睹;亲眼验证。▶唐 李绰《尚书故实》:“盛膏小银合子,韩氏收得后犹在,融即相国亲密,目验其事,因附于此。”

剿说:抄袭别人的言论为己说。▶《礼记·曲礼上》:“毋剿说,毋雷同。”

③孔道:此处指必经之道;四通八达之地。▶宋 文天祥《海船诗序》:“自狄难以来,从淮入浙者必由海,而通为孔道也。”



## 姚莹

姚莹(1785—1853),字石甫,号明叔,晚号展和,因以十幸名斋,又自号幸翁,清桐城(今安徽省桐城市)人。嘉庆十三年(1808)戊辰科进士,鸦片战争期间为台湾道,与达洪阿设计击退英军。战后以“冒功欺罔”贬官四川。咸丰初复起用,赴广西镇压太平天国起义。官终湖南按察使。师事从祖姚鼐,工诗,文章善陈时事利害。鸦片战争失败后,寻求御侮之策,著《康輶纪行》揭英侵藏野心,欲使朝廷戒备。有《后湘诗集》《中复堂全集》。

## 合肥怀古[①]

合淝城外莽云消，千里长淮地势遥。[②]祠庙衣冠瞻孝肃，儿童刀袴说张辽。春来战垒烽烟靖，日落平原猎火烧。[③]回首江东何处是，行人北去马萧萧。

注释：

①《合肥怀古》诗见 清 姚莹《后湘诗集》诗集卷六七言律诗，清中复堂全集本。

②合淝：即合肥。

③猎火：古代游牧民族出兵打仗的战火。▶唐 高适《燕歌行》："校尉羽书飞瀚海，单于猎火照狼山。"此处为日落时霞光如火的描写。

# 袁履方

袁履方（1786—1854），字介箴，号砚亭。清安徽泗县界沟镇（今属安徽省蚌埠市五河县界沟村）人。"幼颖异，长益肆力于学。"道光三年（1823）癸未科进士，授庶常。历任江西松溪、星子、崇仁、高安知县，仕至知州。赋性刚正，不干权要，所至皆有惠政。道光末告归，主持夏邱书院三载，栽培后进不遗余力。著有《砚亭诗抄》《试帖抄》《梓行余稿》。

## 合肥道上[①]

揽辔情何速，披星在此朝。前途愁滑滑，征马听萧萧。[②]春暖风微扇，天晴雾渐消。行行梁县近，塔影望中遥。[③]

注释：

①《合肥道上》诗见 清 袁履方《砚亭诗钞》五卷，卷三，民国二十五年（1936）石印本。

②滑滑：此处指泥泞滑溜。▶宋 范成大《不寐》："南风酿卑湿，滑滑病履舄。"

③梁县：废县名。梁县于明初省入合肥县，旧址位于今肥东县梁园镇。

塔影：指古岬塔。

## 香花墩包孝肃公祠[①]

路绕城隈曲，行人下马时。香花浮远岸，烟雨谒孤祠。直道于今仰，芳踪自昔垂。河清曾比笑，怀古有余思。

注释：

①《香花墩包孝肃公祠》诗见 清 袁履方《砚亭诗钞》五卷，卷三，民国二十五年（1936）石印本。

## 茶亭阻雨[①]

绿杨村外酒旗飘，暂解征鞍慰寂寥。揽辔乍辞金斗驿，冲泥徐度凤凰桥。[②]人经劳悴神先倦，雨为连绵路倍遥。最是客窗凄切处，好将开霁盼来朝。[③]

注释：

①《茶亭阻雨》诗见 清 袁履方《砚亭诗钞》五卷，卷三，民国二十五年（1936）石印本。

茶亭：又名"接官亭"，位于合肥德胜门外。

②冲泥：谓踏泥而行，不避雨雪。▶唐 杜甫《崔评事弟许迎不到走笔戏简》："虚疑皓首冲泥怯，实少银鞍傍险行。"

金斗驿：古驿站名。《合肥县志·田赋志》"金斗驿，在县治右，旧在魏武门外，大安桥淮浦渡之北洼。本水驿，洪武初，知府潘杰建，成化间合肥坡冈驿马省入，遂兼水陆，知府叶盛，迁之接官亭即白衣庵址，弘治间知府马金重修，有杨廉记载集文。崇祯，被贼焚毁，移建今所。遗址位于今老安徽省博物馆后院的西北角。

凤凰桥：古桥名。位于今合肥市长江中路东段，横跨南淝河，连接"长江中路"和"长江东大街"。现桥为钢筋水泥结构，又名长江东大街桥。凤凰桥旧桥于20世纪70年代疏浚南淝河时埋于地下。

③客窗：旅舍的窗户。借指旅次。▶元 张翥《读瀛海喜其绝句》："客窗昨夜北风高，犹似乘船海上涛。"

开霁：放晴。▶《后汉书·质帝纪》："比日阴云，还复开霁。"

## 陈世镕

陈世镕（1787—1872），字大冶，一字雪楼。清安徽怀宁（今属安徽省安庆市）人。道光十五年（1835）进士，分发甘肃任用，历任陇西知县、岷州知州、凉州古浪知县等。参与编纂《怀宁县志》《泰州志》，另有《诗经说》《求志居春秋说》《求志居唐诗选》《求志居诗文集》等著作。

## 壬午二月朔庐州道上作[1]

正月初随雁北飞，今朝犹未过庐肥。一春风雨车中度，百里家山枕上归。[2]富贵何时头欲白，神仙有相骨应非。[3]长安已共青天远，况复三宵望紫微。[4]

注释：

①《壬午二月朔庐州道上作》诗见 民国 徐世昌《晚晴簃诗汇》卷一百五十，民国退耕堂刻本。

②家山：谓故乡。▶唐 钱起《送李栖桐道举擢第还乡省侍》："莲舟同宿浦，柳岸向家山。

③有相：此处谓有贵相。▶汉 王充《论衡·命义》："犹高祖初起，相工入丰沛之邦，多封侯之人矣。未必老少男女俱贵而有相也。"

④紫微：即紫微垣。星官名，三垣之一。▶《晋书·天文志上》："紫宫垣十五星，其西蕃七，东蕃八，在北斗北。一曰紫微，大帝之座也，天子之常居也，主命主度也。"

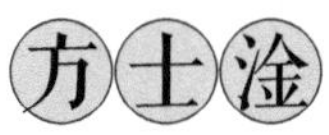



方士淦(1787—1851)，字莲舫。清滁州定远(今安徽省定远县)人。方濬颐之父。嘉庆十三年(1808)戊辰科举人，历官湖州知府。因事遣戍伊犁，后遇赦放归。有《东归日记》《蔗余偶笔》《啖蔗轩诗存》。

## 过石塘桥访黄稚荪不值[1]

一雨送寒去，好风吹客来。入门先看竹，读画且观梅。[2]未践浮槎约，先斟浊酒杯。临风怀子久，何日复重回。

注释：

①《过石塘桥访黄稚荪不值》诗见 清 方士淦《啖蔗轩诗存》卷中，清同治十一年(1872)两淮运署刻本。

石塘桥：即今安徽省肥东县石塘镇。镇上有古桥，传说项羽兵困垓下，虞姬自杀后，尸体随水流淌，在此地一石桥下被阻，百姓见而怜之，遂名桥为"尸淌桥"。

②原诗"入门先看竹，读画且观梅。"句后有作者自注："壁间有程枕山画。"程枕山，即程章。程章，字枕山，全椒人，清嘉道时人，精写花卉，与江宁张白眉(张乃耆，字寿民，号白眉、白门，安徽桐城人，寓居江苏南京)相伯仲。

## 过八斗岭①

丽人辞气似兰芬，作赋曾传洛水滨。②公子有才堪八斗，君王谋国定三分。英华早压陈刘辈，猜忌偏多骨肉群。③我爱浮槎山色好，闲来驻马吊孤坟。

注释：

①《过八斗岭》诗见 清 方士淦《啖蔗轩诗存》卷下，清同治十一年(1872)两淮运署刻本。原诗标题后有作者自注："以曹子建墓得名。"

②丽人：美人；佳人。▶三国 魏 曹植《洛神赋》："睹一丽人，于岩之畔。"

辞气：此处指文章的风格。▶南朝 梁 刘勰《文心雕龙·封禅》："秦皇铭岱，文自李斯，法家辞气，体乏弘润。"

③英华：美好的声誉。▶《汉书·叙传上》："今吾子幸游帝王之世，躬带冕之服，浮英华，湛道德。"

陈刘辈：此处汉末建安年间(196—220)时期的"建安七子"，包括孔融、陈琳、王粲、徐干、阮瑀、应玚、刘桢。这七人大体上代表了建安时期除曹氏父子(曹操、曹丕、曹植)外的优秀作者。



## 重经八斗岭谒陈思墓①

疑冢曾传七十多，终令杀气涌漳河。才人尚许留遗碣，霸王空教叹逝波。自有诗篇投白马，任他荆棘泣铜驼。我来不禁山丘感，秋色萧疏几度过。

注释：

①《重经八斗岭谒陈思墓》诗见 清 方士淦《啖蔗轩诗存》卷下，清同治十一年(1872)两淮运署刻本。



## 墨痴六十索诗即送其返寿春兼简孙陶圃小云①

长生可致仙可学，嵇康着论太超卓。②何如供养借烟云，厥德日进修罔觉。③子久九十颜如童，友仁八十貌愈丰。古人奚必事修炼，天机墨秒相交融。墨痴今年正六十，淋漓大笔犹称雄。樱桃野圃忆初识，荒村鸦背斜阳红。④清淮山水独来往，悬榻我感希陈公。砚田由来无晚岁，一钱不名真安穷。⑤竭来访我度重九，天寒孤鹤梅花守。傲骨吾家有阿连，一樽饯别冶溪口。他年韵事续香山，九老图还属君手。⑥繄余万里幸生还，寡过每求三益友。⑦怪俗难禁老杜吁，腹囊须学髯苏叟。⑧阮籍眼分青白看，子将口辩人臧否。⑨君独翛然不染尘，操存有据何愆咎。⑩写我生绡岭上云，感君雅意杯中酒。一家眷属类鸥波，绘事精能兼子母。[11]此去应留桂树丛，何日重剪春初韭。老态频惊雪满须，交情漫诩诗千首。岑参兄弟应好奇，定镌金石为君寿。[12]

注释：

①《墨痴六十索诗即送其返寿春兼简孙陶圃小云》诗见 清 方士淦《啖蔗轩诗存》卷中，清同治十一年(1872)两淮运署刻本。

墨痴：即施桂庭。施桂庭，字凝香，号墨痴。清嘉道间画家。合肥县东乡撮镇(今属肥东县撮镇镇)人。工人物画，善写真，书法以篆、隶见长，其子女皆工画。

②超卓：高超卓越。▶晋 陶潜《晋故征西大将军长史孟府君传》："文辞超卓，四座叹之。"

③罔觉：无知。▶田北湖《论文章源流》："最古之民，冥然罔觉，偏隅为固，八风不通。"

④原诗"樱桃野圃忆初识，荒村鸦背斜阳红。"句后有作者自注："道光庚寅，始识君于鸦背圃。"

⑤安穷：安于穷困。▶唐 韩愈《复志赋》："仰盛德以安穷兮，又何忠之能输？"

⑥原诗"他年韵事续香山，九老图还属君手。"句后有作者自注："悔轩北上，有已酉归田绘《香山九老图》之约。"

九老图：唐朝白居易与胡杲、吉皎、刘真、郑据、卢贞、张浑年老退居洛阳，曾作尚齿之会，并各赋诗记其事。时为会昌五年二月二十四日。其年夏，李元爽及僧如满亦告老归洛，因作九老尚齿之会，并书姓名、年齿，绘其形貌，题为九老图。后传世姓名不一。见 唐 白居易《九老图诗序》《唐诗纪事》卷四九。后因以"九老图"为告老还乡者聚会之典。

⑦寡过：少犯错误。▶宋 苏轼《拟进士对御试策》："苟无知人之明，则循规矩蹈绳墨，以求寡过。"

三益：谓直、谅、多闻。语本《论语·季氏》："孔子曰：益者三友，损者三友。友直，友谅，友多闻，益矣。"▶《后汉书·冯衍传下》："臣自惟无三益之才，不敢处三损之地。"

⑧原诗"怪俗难禁老杜吁，腹囊须学髯苏叟。"句后有作者自注："用东坡句。"

⑨臧否：此处指善恶；得失。▶《诗·大雅·抑》："于呼小子，未知臧否。"

⑩脩然：整饬的样子；整齐的样子。▶宋 李格非《洛阳名园记·湖园》："自竹迳望之超然，登之脩然者，环翠亭也。"

操存：此处指操守、心志。▶明 徐阶《送司封仲芳杨子赴留都》："愿言励操存，千里同襟期。"

愆咎：罪过。▶《后汉书·章帝纪》："朕新离供养，愆咎众著，上天降异，大变随之。"

⑪鸥波：鸥鸟生活的水面，比喻悠闲自在的退隐生活。▶宋 陆游《杂兴》："得意鸥波外，忘归雁浦边。"

绘事：绘画；绘画之事。▶南朝 梁 刘勰《文心雕龙·定势》："是以绘事图色，文辞尽情。"

⑫原诗“岑参兄弟应好奇”句后有作者自注：“用杜句。”

## 小痴见访持赠二律怀其尊人墨痴[①]

送别河梁日影斜，哪知葛帔痛西华。[②]画中粉墨皆为友，淮上溪山半是家。却酒堪聊消岁月，无田何处问桑麻。近求悬榻谁能下，空对茅亭咏落花。[③]

研匣相从不计春，也能超俗也同尘。云烟过眼都成梦，儿女多才尽荷薪。下笔欲追吴道子，前身合是李公麟。谁堪好事如莘老，为写名贤四十人。[④]

注释：

①《小痴见访持赠二律怀其尊人墨痴》诗见 清 方士淦《啖蔗轩诗存》卷下，清同治十一年(1872)两淮运署刻本。

小痴：即施森柏。施桂庭，号小痴。施桂庭之子。合肥县东乡撮镇(今属肥东县撮镇镇)人。喜画驴，性狷介，不轻落笔。有《小痴诗草》。

②葛帔痛西华：即西华葛帔。典出《南史·任昉传》：“(昉)子西华冬月着葛帔练裙，道逢平原刘孝标，泫然矜之，谓曰：‘我当为卿作计。’因作《广绝交论》以讥其旧交。”后因“西华葛帔”指人情势利，交道不终。



③悬榻：典出《后汉书·徐稚传》：“蕃(陈蕃)在郡不接宾客，唯稚来特设一榻，去则悬之。”后以“悬榻”喻礼待贤士。▶北周 庾信《园庭》：“倒屣迎悬榻，停琴听解嘲。”

④原诗“谁堪好事如莘老，为写名贤四十人。”句后有作者自注：“孙陶圃有《四十贤人图》，墨痴得意之作。”

## 庐阳书院晤马星房别后却寄[①]

输君双屐到冰山，到此休嗟世路艰。觅句昔曾牵别绪，纵谈今许破愁颜。[②]人依马帐经能授，家近龙眠秀可攀。[③]赢得桂丛容小隐，方干早已闭柴关。[④]

葑湖烟雨鹤楼笙，又见诸公倒屣迎。[⑤]老我安闲重聚首，对君哀乐总关情。[⑥]莼鲈何幸追张翰，婚嫁还需累向平。[⑦]最喜绿衣居坐末，海中仙果信迟生。[⑧]

注释：

①《庐阳书院晤马星房别后却寄》诗见 清 方士淦《啖蔗轩诗存》卷下，清同治十一年(1872)两淮运署刻本。

马星房，字伯府，号驺山。博闻强记，善书工诗，著有《驺山漫录》《琅环丛书》及《妗痴符》诗集。

②原诗“觅句昔曾牵别绪，纵谈今许破愁颜。”句后有作者自注：“丁亥九月君自伊犁赴回疆，余有诗送行。”

③马帐：《后汉书·马融传》：“融才高博洽，为世通儒，教养诸生，常有千数……善鼓琴，好吹笛，达生任性，不拘儒者之节。居宇器服，多存侈饰。常坐高堂，施绛纱帐，前授生徒，后列女乐，弟子以次相传，鲜有入其室者。”后因以“马帐”指通儒的书斋或儒者传业授徒之所。▶元 丁复《送客》：“马帐朋方集，麟经讲未残。”

④桂丛：桂树林。多指隐居之地。▶明 林云凤《题申维久蕉隐》诗：“招隐曾闻有桂丛，君今何事隐蕉中。”

⑤原诗“葑湖烟雨鹤楼笙，又见诸公倒屣迎。”句后有作者自注：“君重访旧雨。”

⑥老我：老人的自称。▶宋 刘克庄《贺新郎·送黄成父还朝》词：“老我伴身惟有影，倚遍风轩月榭。”

⑦向平：东汉高士向长字子平，隐居不仕，子女婚嫁既毕，遂漫游五岳名山，后不知所终。见《后汉书·逸民传·向长》。后以“向平”为子女嫁娶既毕者之典。▶唐 白居易《闲吟赠亲家翁》：“最喜两家婚嫁毕，一时抽得向平身。”

⑧原诗“最喜绿衣居坐末，海中仙果信迟生。”句后有作者自注：“谓长君。”

## 冯志沂

冯志沂（？—1867），字鲁川。清山西代州（今山西省忻州市代县）人。道光十六年（1836）丙申科进士，官终安徽徽宁池太道。以清静治民，不阿上司。卒时行箧仅书千卷。有《微尚斋诗文集》。

### 将之庐州任留别都门诸友①

庐江昔雄郡，今为狐兔穴。②五马名虽荣，智者固不屑。平生差自信，惟恃愚与拙。叱驭彼何人，念此寸心热。③况闻大府贤，戎幕萃奇杰。④安知肘后印，不为书生设。穷通非一时，达者观晚节。

注释：

①《将之庐州任留别都门诸友》诗见 清 冯志沂《微尚斋诗集初编》卷四，清同治三年（1864）庐州郡斋刻本。原诗共三首，今选第二首。

②雄郡：地势险要，辖境辽阔，人阜物丰的大郡。▶唐 韦应物《始至郡》：“湓城古雄郡，横江千里驰。”

③叱驭：指为报效国家，不畏艰险。典出《汉书·王尊传》：“汉琅邪王阳为益州刺史，行至邛郲九折坂，叹曰：“奉先人遗体，奈何数乘此险！”因折返。及王尊为刺史，‘至其坂……

尊叱其驭曰:'驱之! 王阳为孝子,王尊为忠臣。'"

④奇杰:俊杰。 ▶宋 苏洵《养才》:"古之养奇杰也,任之以权,尊之以爵。"

## 谒包孝肃祠答王谦斋[①]

胜地水云外，荒城兵火余。昔贤遗栋字，高咏集簪裾。[②]祠是重新后，家犹聚族居。欧苏吾岂敢，所惧吏才疏。公政何尝猛，传闻或异词。[③]批鳞陈赋税，刻骨念疮痍。[④]竭泽世多术，执鞭吾后时。[⑤]瓣香遗像在，俯仰愧黔黎。[⑥]

注释:

①《谒包孝肃祠答王谦斋》诗见 清 冯志沂《微尚斋诗集续集》卷二,清同治九年(1870)刻本。

②高咏:朗声吟咏。 ▶晋 王羲之《与谢万书》:"兴言高咏,衔杯引满。"

簪裾:古代显贵者的服饰。借指显贵。 ▶《南史·张裕传》:"而茂陵之彦,望冠盖而长怀;渭川之甿,伫簪裾而竦叹。"

③异词:不同的言论和意见。 ▶宋 陈亮《信州永丰县社坛记》:"辛幼安以为文叔爱其民如古循吏……余过永丰道上,行数十里而民无异词。"

④批鳞:谓敢于直言犯上。 ▶《陈书·后主纪》:"若逢廷折,无惮批鳞。"



⑤执鞭:执教。

后时:后来;以后。 ▶《晋书·羊祜传》:"天下不如意,恒十居七八,故有当断不断,天与不取,岂非更事者恨于后时哉!"

⑥瓣香:师承;敬仰。 ▶清 洪亮吉《北江诗话》卷一:"近来浙中诗人,皆瓣香厉鹗《樊榭山房集》。"

黔黎:黔首黎民。指百姓。 ▶汉 应劭《风俗通·怪神·城阳景王祠》:"死生有命,吉凶由人,哀我黔黎,渐染迷谬,岂乐也哉?"

## 秋日谦斋及寮友招集包公祠即事有作[①]

不能刍牧求，立视牛羊死。[②]久知作郡难，未谓今至此。[③]平生山林兴，敛着簿书底。秋与诗客来，吾闻足音喜。荒祠附城闉，风日顿清美。颇追京洛游，况集东南士。兵后田园焦，一湾剩烟水。徜徉固云幸，尸素亦堪耻。[④]举杯酹希仁，公去神在咫。[⑤]天殆富朱方，时惟尊伯始。[⑥]近闻巢湖清，名世傥再起。夕阳忽在山，太守先醉矣。

注释:

①《秋日谦斋及寮友招集包公祠即事有作》诗见 清 冯志沂《微尚斋诗集续集》卷二,清

同治九年(1870)刻本。

②刍牧:割草放牧。▶《左传·昭公六年》:"禁刍牧采樵,不入田。"

③作郡:指担任一郡长官,治理地方。▶宋 陆游《老学庵笔记》卷五:"田登作郡,自讳其名,触者必怒,吏卒多被榜笞。"

④尸素:谓居位食禄而不尽职。常用作自谦之词。▶三国 魏 钟繇《上汉献帝自劾书》:"尸素重禄,旷职废任。"

⑤希仁:包拯的字。

⑥伯始:东汉时期重臣、学者胡广的字。▶《后汉书·胡广传》:"虽无謇直之风,屡有补阙之益。故京师谚曰:'万事不理问伯始,天下中庸有胡公。'"

## 次韵答谦斋留别之作[1]

君卧西山独掩扉,回看城市觉全非。引年自拟寻黄独,送酒无劳遣白衣。[2]阅世雄心消涧壑,还家真乐在庭闱。[3]多惭仲举空悬榻,不奈秋风客忆归。万屋鳞鳞匝郡城,只今衢路少人行。[4]客怀久似秋将暮,世事浑如雨不晴。共为遗黎思长吏,谁知老守本虚名。[5]待抽手版还公府,渔水樵山足此生。[6]

注释:

①《次韵答谦斋留别之作》诗见 清 冯志沂《微尚斋诗集续集》卷二,清同治九年(1870)刻本。

②黄独:植物名。▶唐 杜甫《乾元中寓居同谷县作歌》之二:"黄独无苗山雪盛,短衣数挽不掩胫。"

③涧壑:溪涧山谷。指隐居处。▶明 陈济生《怀友》:"烟霞共照须眉色,著述堪娱涧壑心。"

庭闱:内舍。多指父母居住处。▶《文选·束晳〈补亡〉诗》:"眷恋庭闱,心不遑安。"

④衢路:道路。▶《三国志·魏志·管宁传》:"谨拜章陈情,乞蒙哀省,抑恩听放,无令骸骨填于衢路。"

⑤遗黎:此处指劫后残留的人民。▶《旧唐书·裴度传》:"(裴)度乃约法,唯盗贼斗杀外,余尽除之,其往来者,不复以昼夜为限,于是蔡之遗黎始知有生人之乐。"

⑥手版:即笏。古时大臣朝见时,用以指画或记事的狭长板子。▶《晋书·谢安传》:"既见(桓)温,(王)坦之流汗沾衣,倒执手版。"

## 谦斋赠桂花并系以诗次韵奉答[1]

谁遣天香染市尘,衙斋风物一番新。[2]雨收残暑都缘月,秋向深山别有春。招隐攀枝宜此地,不眠倚树定何人。[3]相看未合无仙骨,金粟光中着此身。[4]

注释：

①《谦斋赠桂花并系以诗次韵奉答》诗见 清 冯志沂《微尚斋诗集续集》卷二，清同治九年(1870)刻本。

②市尘：喻城市的喧嚣。▶宋 陆游《东窗小酌》："市尘远不到林塘，嫩暑轩窗昼漏长。"

衙斋：衙门里供职官燕居之处。▶明 袁宏道《丘长孺尺牍》："家弟秋间欲过吴，虽过吴，亦只好冷坐衙斋，看诗读书。"

③招隐：此处指招人归隐。▶唐 骆宾王《酬思玄上人林泉》："闻君招隐地，髣佛武陵春。"

④金粟：比喻灯花、烛花。▶唐 韩愈《咏灯花同侯十一》："黄里排金粟，钗头缀玉虫。"

## 寄毅甫①

传语龙泉老诗伯，归程几日到烟萝。②高田足雨黄牛健，远道怀人白发多。寰海风尘殊未已，名山事业近如何。③莫虚讲席诸生意，早共闲云出涧阿。④

注释：

①《寄毅甫》诗见 清 冯志沂《微尚斋诗集续集》卷二，清同治九年(1870)刻本。

毅甫：指徐子苓。徐子苓(1812—1876)，字叔伟，一字西叔，号毅甫，晚号龙泉老牧，晚年又自署龙泉老牧，默道人、南阳子。与王尚辰、朱默存并称"庐州三怪"。

②烟萝：草树茂密，烟聚萝缠，谓之"烟萝"。借指幽居或修真之处。▶唐 裴铏《传奇·文箫》："一斑与两斑，引入越王山。世数今逃尽，烟萝得再还。

③寰海：海内；全国。▶南朝 梁 江淹《为建平王庆明帝疾和礼上表》："仁铸苍岳，道括寰海。"

④讲席：高僧、儒师讲经讲学的席位。亦用作对师长、学者的尊称。▶南朝 梁 沈约《为齐竟陵王发讲疏》："置讲席于上邸，集名僧于帝畿。"

涧阿：山涧弯曲处。▶宋 黄庭坚《筇竹颂》："郭子遗我，扶余涧阿。"

## 徐启山

徐启山(1790—1853)，字镜溪。清安徽六安(今安徽省六安市)人。徐汉苍族弟。道光九年(1829)己丑科进士，历任工部主事、洳和同知。筑微湖大坝、更修韩庄闸，工成，加知府衔，调祥符大工管转运。复条陈七事上之河帅。调掌东坝。因故削职。后补通判，又一年引疾归。太平天国军兴，在乡办团练。后在围攻舒城太平军时阵亡。

著作甚丰,有《河事宜》《东河杂录》《史记论略》《汉书碎义》《后汉书标语碎语》《通鉴纲目碎语》《丧仪质言》皆付梓;校刊有《朱子诗》《朱子年谱》等。

## 题征君萧然自得斋集[1]

昔在圣祖初，吾宗盛风雅。[2]关风称二盖，洛中语三嘏。[3]飘缨映淮南，多士归陶冶。昆山颉颃起，声名溢函夏。[4]尔来百余年，衰飒风斯下。[5]空提壁上尘，或鬻墓门槚。廉峰奋海峤，长蹶悲天马。[6]鲰生本樗散，余光炯残灺。[7]老乞三休身，未簉六逸社。[8]征君实人杰，制科继董贾。固宜袭祖芬，云何为时舍？[9]风雪满邻县，走冻转朝輠。[10]访余皋城中，压寒酒重把。[11]囊中诗千首，宝气蓄瓘斝。[12]仙心杂太白，苦语异东野。[13]才大足起衰，岂论和者寡？[14]请作述德诗，流风缅倾写。[15]

注释:

①《题征君萧然自得斋集》见 清 徐汉苍《萧然自得斋诗集》八卷,清光绪二年(1876)刻本。

②圣祖:此处指清圣祖康熙时期。

③二盖:指唐人盖文达、盖文懿。▶《旧唐书·儒学传上·盖文达》:“其宗人文懿,亦以儒业知名,当时称为二盖焉。”

三嘏:晋刘宏与兄粹弟潢三人表字皆有“嘏”字,合称“三嘏”。▶《晋书·刘惔传》:“(惔)祖宏,字终嘏,光禄勋;宏兄粹,字纯嘏,侍中;宏弟潢,字冲嘏,并有名中朝。时人语曰:‘洛中雅雅有三嘏。’”

④颉颃:亦作“颉亢”。此处形容刚直不屈貌。▶《淮南子·修务训》:“则虽王公大人有严志颉颃之行者,无不憚悇痒心而悦其色矣。”

函夏:《汉书·扬雄传上》:“以函夏之大汉兮,彼曾何足与比功?”颜师古 注引 服虔曰:“函夏,函诸夏也。”后以“函夏”指全国。▶北魏 杨衒之《洛阳伽蓝记·城南龙华寺》:“寒暑攸叶,日月载融,帝世光宅,函夏同风。”

⑤衰飒:衰落萧索。▶唐 张九龄《登古阳云台》:“庭树日衰飒,风霜未云已。”

⑥海峤:海边山岭。▶唐 张九龄《送使广州》:“家在湘源住,君今海峤行。”

⑦樗散:樗木材劣,多被闲置。比喻不为世用,投闲置散。此处用作谦词。▶宋 司马光《为庞相公谢官表》:“何意天恩横被,宸睠曲成,猥抡樗散之才,专委栋隆之任。”

⑧三休:唐司空图晚年以足疾乞退,居中条山王官谷,筑亭名“三休”。作文云:“休,休也,美也,既休而具美存焉。盖量其才一宜休,揣其分二宜休,耄且聩三宜休。又少而惰,长而率,老而迂,是三者非济时之用,又宜休也。”见《旧唐书·文苑传下·司空图》。后因以“三休”为退隐之典。▶清 钱谦益《夏日偕朱子暇憩耦耕堂》诗之三:“他年终作三休侣,乘兴先为结隐期。”

六逸:指竹溪六逸。▶《新唐书·文艺传中·李白》:“(李白)更客任城,与孔巢父、韩准、裴政、张叔明、陶沔居徂来山，日沈饮，号'竹溪六逸'。"

⑨祖芬：芬，本义是指香气。引申义有比喻美名或美德等。祖芬即祖先的美名或美德。

⑩輠[guǒ]：古代车上盛润滑油的器具。

⑪皋城：指六安城。时作者在六安。

⑫瓘[guàn]：瓘，古代的一种玉器。

⑬苦语：犹苦言。▶南朝 梁 刘孝绰《栖隐寺碑》："苦语软言，随方弘训。"

东野：此处为"齐东野人"的缩语。指道听途说之人。《世说新语·言语》"颍川太守髡陈仲弓"南朝 梁 刘孝标 注："按实(陈仲弓)之在乡里，州郡有疑狱不能决者，皆将诣实……岂有盛德感人若斯之甚而不自卫，反招刑辟，殆不然乎！此所谓东野之言耳。"参阅《孟子·万章上》。

⑭起衰：语出 宋 苏轼《潮州韩文公庙碑》："文起八代之衰，而道济天下之溺。"谓振兴文运衰颓之势，建树富有生命力的新文风。▶清 蒋士铨《一片石·祭碑》："兄，文能泣鬼，力可起衰。"

⑮流风：此处指前代流传下来的风气。多指好的风气。▶《孟子·公孙丑上》："纣之去武丁未久也，其故家遗俗，流风善政，犹有存者。"



# 赵席珍

赵席珍，字子粤，号响泉。清庐州合肥人。嘉庆十五年(1810)庚午科经魁，官旌德县教谕。与张丙、王埩、卢先骆、吴克俊、蔡邦甸、戴鸿恩等往来唱酬无间，号为"城东七子"。著《寥天一斋诗集》四卷。

## 施口[①]

施口生新水，闲心鸥鹭浮。村墙连树筑，湖稻带青收。云雁驿孤屿，星河迓早秋。[②]暮山知我懒，叠翠到船头。

注释：

①《施口》诗见 清 陈诗《庐州诗苑》卷三，民国十五年(1926)铅印印本。

②孤屿：孤立的岛屿。▶南朝 宋 谢灵运《登江中孤屿》："乱流趋正绝，孤屿媚中川。"

## 赠金庭洞何道士用韦苏州寄全椒道士韵[①]

言访金庭山，偶遇巢居客。[②]揖我碧峰头，清啸裂云石。[③]时有孤鹤来，相伴秋岩夕。千年采药人，认取芒鞋迹。

注释：

①《赠金庭洞何道士用韦苏州寄全椒道士韵》诗见 清 陈诗《庐州诗苑》卷三，民国十五年(1926)铅印印本。

②巢居：此处犹隐居。▶明 刘基《次韵和石末公九日见寄》："辟难无劳效桓景，巢居随处压崔嵬。"

③清啸：清越悠长的啸鸣或鸣叫。▶《晋书·刘琨传》："琨乃乘月登楼清啸。"

## 梓山西崦盘石[1]

频来坐盘石，猿鸟不知处。窄径临断崖，清泉流百步。前村夕阳明，遥见归人渡。凉风动翠竹，响人空林去。无劳访山僧，我自得秋趣。

注释：

①《梓山西崦盘石》诗见 民国 李家孚《合肥诗话》卷上，民国苏城临顿路毛上珍铅活字本。

梓山：位于江西省赣州市于都县境内。

## 宿荒村[1]

落日投村店，秋声在古原。一萤穿破壁，乱叶打柴门。俗俭依禾稼，民荒念子孙。羸童将瘦马，竟夕怆羁魂。[2]

注释：

①《宿荒村》诗见 民国 李家孚《合肥诗话》卷上，民国苏城临顿路毛上珍铅活字本。

②竟夕：终夜；通宵。▶《后汉书·第五伦传》："吾子有疾，虽不省视而竟夕不眠。若是者，岂可谓无私乎？"

## 题友人横琴图[1]

高士成独坐，故山多隐心。[2]霁心上林表，芒鞋破苔岑。[3]素琴犹未弹，谡谡风满林。长松发天籁，留此太古音。飞泉答遥响，浮岚生画阴。[4]秋与孤云在，情共七弦深。俯仰寄兀傲，萧寥开素襟。[5]即此从所好，无庸话升沉。[6]

注释：

①《题友人横琴图》诗见 民国 李家孚《合肥诗话》卷上，民国苏城临顿路毛上珍铅活字本。

②隐心：此处指隐居之意。▶唐 祖咏《苏氏别业》："别业居幽处，到来生隐心。"

③苔岑：指志同道合的朋友。▶晋 郭璞《赠温峤》："人亦有言，松竹有林。及余(尔)臭味，异苔同岑。"

④浮岚：飘动的山林雾气。▶宋 欧阳修《庐山高赠同年刘中允归南康》："欲令浮岚暖翠千万状，坐卧常对乎轩窗。"

⑤俯仰：此处指俯视和仰望。▶明 归有光《周弦斋寿序》："俯仰今昔，览时事之变化，人生之难久长如是，是不可不举觞而为之贺也。"

兀傲：1.孤傲不羁。▶ 晋 陶潜《饮酒》诗之十三："规规一何愚，兀傲差若颖。"2.高亢。▶ 清 钱谦益《题〈怀麓堂诗抄〉》："弘正间，北地李献吉，临摹老杜为槎牙兀傲之词，以訾謷前人。"

萧寥：寂寞冷落。▶五代 徐铉《题雷公井》："揜霭愚公谷，萧寥羽客家。"

⑥无庸：无须，不必。▶《左传·隐公元年》："无庸，将自及。"杜预 注："言无用除之，祸将自及。"

## 访夏奇峰栖云山房小坐①



门外红尘不过墙，栖云无意出山房。②好花多共园蔬种，新竹初争石笋长。袖里诗篇浑漫兴，坐中宾主久相忘。问君何事闲消遣？内子抄诗到晚唐。

注释：

①《访夏奇峰栖云山房小坐》诗见 民国 李家孚《合肥诗话》卷上，民国苏城临顿路毛上珍铅活字本。

夏奇峰：夏云，字为霖，号奇峰。清代合肥人。嘉庆年间诸生。"诗才俊逸，五言古近体并超妙绝俗。"著《曾园诗集》。

②栖云：栖于云雾中。指隐遁。▶《宋史·聂冠卿传》："公先世饵霞栖云，高尚不仕。"

## 陆嵩

陆嵩(1791—1860)，字希孙，号方山。清江苏元和(今属江苏省苏州市)人，贡生。游幕多年，后官镇江府训导。居镇江二十余年，亲历鸦片战争时兵祸。晚年避兵，卒于青浦金泽。诗以感时之作为多。有《意苕山馆集》。

## 庐州得王亮生书[①]

三日住庐阳，风雨黯凄苦。哑哑白项乌，悲鸣来何所。[②]忽得故人书，亟读痛失怙。[③]久客方幸归，终恨已莫补。人生事亲日，短长忍回数。少小不知识，中岁离门户。依依曾几时，忽忽竟千古。欲闻笑语声，落日一抔土。[④]血泪我未干，闻信倍凄楚。夜梦傥许寻，与君膺同拊。

注释：

①《庐州得王亮生书》诗见 清 陆嵩《意苕山馆诗稿》卷三，清光绪十八年(1892)陆润庠刻本。

②白颈乌：白头颈的乌鸦。亦比喻穿白领衣服的人。语出 南朝 宋 刘义庆《世说新语·轻诋》："支道林入东，见王子猷兄弟，还，人问：'见诸王何如？'答曰：'见一群白颈乌，但闻唤哑哑声。'"

③失怙：丧父。▶语本《诗·小雅·蓼莪》："无父何怙？无母何恃？"

④抔土：一捧之土。此处借指坟墓。▶明 屠隆《昙花记·郊游点化》："恨无情抔土，断送几英豪，今古价，有谁逃。"



## 元日得庐州陷贼中丞江公忠源殉难之信[①]

去年元日京江口，惊听武昌告失守。今年元日胥江头，坚城又报摧庐州。庐州中丞誓报国，自练精兵战必克。仿佛当年背嵬军，要当尽杀黑山贼。[②]哭声动地方金陵，烽烟日夜江边腾。斯民水火欲谁出，旌旗惟望来中丞。[③]传闻中丞有长算，指挥便拟清江汉。[④]岂料惊雷地底回，莫教铁骑城头扞。中丞忍死犹大呼，从我杀贼真丈夫。须臾毕命岂有愧，日光黯黯风乌乌。谁拥重兵胆惊裂，一死甘心让公烈。可独庐江万户哀，东南从此长城失。吁嗟乎，东南从此长城失，更望何人贼同灭。

注释：

①《元日得庐州陷贼中丞江公忠源殉难之信》诗见 清 陆嵩《意苕山馆诗稿》卷十三，清光绪十八年(1892年)陆润庠刻本。

②背嵬军：为南宋岳飞统领的一支精锐骑兵部队。

黑山贼：即黑山军，为东汉末年活跃在河北地区的农民起义军。黑山军主要活动区域是中山、常山、赵郡、上党、河内等地太行山脉的诸山谷之中。黑山则位于太行山脉的南端，故得名黑山军。

③斯民：指老百姓。▶《孟子·万章上》："予将以斯道觉斯民也。"

④长算：亦作“长筭”。长远之计。▶《三国志·蜀志·张嶷传》：“太傅离少主，履敌庭，恐非良计长算之术也。”

## 庐州复陷①

金陵未复王师老，庐州又陷何草草。京口传闻了不惊，岂是边防备已早。纷纷日夕催捐输，官廨神祠亟兴造。②肩摩毂击仍通衢，来往争图囊橐饱。③江头老翁还独愁，放眼古今自怀抱。蜂虿有毒害尚贻，困兽犹斗祸匪小。诐词邪说况横行，鬼怨神恫那自保。念此能弗心怒然，顾瞻靡骋免如捣。④保障独恃张家军，所望妖氛迅除埽。⑤更施教化回人心，任恤睦姻户各晓。⑥庶几耕凿安尧天，毋使闾阎重惊扰。⑦欲归未得耿不眠，四壁蛩声助悲悄。

注释：

①《庐州复陷》诗见 清 陆嵩《意苕山馆诗稿》卷十六，清光绪十八年(1892)陆润庠刻本。

②捐输：犹捐纳。▶清 魏源《圣武记》卷十一：“国朝捐输助饷，始于康熙初三藩之变。”

③肩摩毂击：肩相摩，毂相击。形容行人车辆拥挤。语本《战国策·齐策一》：“临淄之途，车毂击，人肩摩，连衽成帷，举袂成幕，挥汗成雨。”



④靡骋：语出《诗·小雅·节南山》：“我瞻四方，蹙蹙靡所骋。”本谓不能纵马奔驰，后以喻不能施展抱负。▶清 侯方域《送何子归金陵序》：“赋诗言志，往往各有期许，壮以远，从容以愉。未尝有促促靡骋之思，怅怅可怜之状也。”

⑤妖氛：不祥的云气。多喻指凶灾、祸乱。▶三国 魏 曹植《魏德论》：“神戈退指，则妖氛顺制。”

⑥任恤：谓诚信并给人以帮助同情。语出《周礼·地官·大司徒》：“二曰六行：孝、友、睦、姻、任、恤。”

⑦尧天：指尧能法天而行教化，后因以此称颂帝王盛德和太平盛世。语出《论语·泰伯》：“巍巍乎，唯天为大，唯尧则之。”



## 庐浦行纪八九两月事①

庐州贼势方猖狂，突陷江浦趋仪扬。德营远避召伯埭，致使北面无人当。六合孤城守六载，可怜今亦如睢阳。贺兰重兵自坐拥，南八殉国谁同伤。②哭声动地血成沼，黑云蔽日天无光。堪更旄头照溧水，疮痍未复重仓皇。③大营猛士虽无数，奈隔江水疲相望。鞭长谁能及马腹，援师忽报来天长。昔曾豫东扫狂孽，威名久着惊豺狼。④知人善用洵人杰，胁从招附皆成良。⑤一鼓盱滁报归顺，贼胆欲落知难强。苏常门户恃东坝，从容已得严周防。不然归计未漏息，太湖风浪谁能量。我方客途叹留滞，讹传能弗忧吾乡。所恐旋抚或旋叛，殷鉴慎勿前明忘。

注释：

①《庐浦行纪八九两月事》诗见 清 陆嵩《意苕山馆诗稿》卷十六，清光绪十八年(1892)陆润庠刻本。原诗后有作者注："李昭寿，为贼中巨酋，受抚于胜帅。屡输贼情，奏赏三品衔，改名世忠。今复报贼，扮商人暗投东坝，欲袭苏杭，江南大营得以有备。李遂献滁州以降。"

②南八：即唐朝南霁云，因行八，故称。▶唐 韩愈《张中丞传后序》："城陷，贼以刃胁降巡(张巡)，巡不屈，即牵去，将斩之。又降霁云，云未应，巡呼云曰：'南八，男儿死耳，不可为不义屈。'云笑曰：'欲将以有为也。公有言，云敢不死？'即不屈。"

③旄头：古代皇帝仪仗中一种担任先驱的骑兵。▶《汉书·燕剌王刘旦传》："旦遂招来郡国奸人，赋敛铜铁作甲兵，数阅其车骑材官卒，建旌旗鼓车，旄头先驱。"

④狂孽：指忤逆者。▶唐 李商隐《登霍山驿楼》："壶关有狂孽，速继老生功。"

⑤胁从：此处指被迫相从者。▶《书·胤征》："歼厥渠魁，胁从罔治。"

## 丁家祥

丁家祥，字嵩来，号雪亭。清庐州合肥(今安徽省合肥市)人。嘉庆十七年(1812)壬申科武举人。官山东卫千总。归里后，为仇家所陷，瘐死狱中。

### 秋闺①

月照龙沙万里愁，边城听雁几淹留。②寄书莫问家园事，人与黄花共一秋。

注释：

①《秋闺》民国 李家孚《合肥诗话》卷中，民国苏城临顿路毛上珍铅活字本。

②龙沙：1.即白龙堆 。▶《后汉书·班超传赞》："定远慷慨，专功西遐。坦步葱雪，咫尺龙沙 。"李贤 注："葱岭、雪山，白龙堆，沙漠也。"2.今河北喜峰口外卢龙山后的大漠。▶唐 徐晶《阮公体》："秦王按剑怒，发卒戍龙沙 。"3.泛指塞外漠北边塞之地；荒漠。▶唐 杨炯《泸州都督王湛神道碑》："旌节龙沙，轩旗象浦。"

## 徐州渡河①

芒砀云销王气收，黄河天险绕黄楼。②斩蛇沟在沙犹白，戏马台荒草自秋。③千里波涛摧两岸，一帆风雨送孤舟。兴亡不改山川色，空使行人动古愁。④

注释：

①《徐州渡河》民国 李家孚《合肥诗话》卷中，民国苏城临顿路毛上珍铅活字本。

②芒砀：此处为芒山、砀山 的合称。在今安徽省砀山县东南，与河南省永城县接界。《史记·高祖本纪》："秦始皇常曰'东南有天子气'，于是因东游以厌之。高祖即自疑，亡匿，隐于芒砀山泽岩石之间。"

黄楼：楼名。故址在今江苏省徐州市，据 宋 苏辙《黄楼赋》载：熙宁十年秋七月乙丑，黄河决口，水及彭城下。苏轼适为彭城守。水未至，苏轼使民具畚锸，畜土石，积刍茭，完窒隙穴，以为水备，故水至而民不恐。及水至城下，苏又以身帅之，与城存亡，故水至而民不溃。水退又请增筑徐 城，故水既去，而民益亲，于是在城的东门筑大楼，垩以黄土，曰："土实胜水。"徐人相劝成之。后苏辙、秦观等都曾登黄楼，览观山川，吊水之遗迹，作黄楼之赋。后以"黄楼"为登览山水，赋诗作文，以颂功德的典实。▶宋 晁冲之《再至徐州示诸弟》："南寻白门傍山麓，西望黄楼行水滨。还家作诗示群从，早晚一游携二陈。"



③斩蛇：汉刘邦起事前曾醉行泽中，遇大蛇当道，乃拔剑斩之。见《史记·高祖本纪》。后用以为典。 ▶汉 荀悦《汉纪·高祖纪赞》："焚鱼斩蛇，异功同符，岂非精灵之感哉！"

戏马台：古迹名。在江苏省铜山县南。即项羽凉马台。东晋义熙中，刘裕曾大会宾客赋诗于此。▶ 清 钱谦益《徐州杂题》诗之二："重瞳遗迹已冥冥，戏马台前鬼火青。"

④古愁：怀古幽思。▶宋 苏舜钦《舟至崔桥》："晚泊野桥下，暮色起古愁。"

# 沈若淮

沈若淮，字惜斋。清庐州合肥（今安徽省合肥市）人。嘉庆（1796—1820）时诸生。著有《炊余录》《寄感篇》。

## 听雨①

院静萤光细，灯微夜气清。②梦中心欲碎，秋雨滴阶声。

注释：

①《听雨》诗见 民国 李家孚《合肥诗话》卷中，民国苏城临顿路毛上珍铅活字本。

②夜气：夜间的清凉之气。▶南朝 梁 刘孝仪《和昭明太子钟山解讲》："夜气清箫管，晓阵烁郊原。"

## 春日题黄怡亭斋壁[①]

重来旧客感年华，杯酒论诗寄兴赊。[②]蝴蝶满园飞不住，暖风吹上碧桃花。

注释：

①《春日题黄怡亭斋壁》诗见 民国 李家孚《合肥诗话》卷中，民国苏城临顿路毛上珍铅活字本。本诗标题又作《春日题友人斋壁》，见 清 陈诗《皖雅初集》卷三十，民国十八年(1929)上海美艺图书公司印本。

②寄兴：寄寓情趣。▶宋 刘过《贺新郎》词："人道愁来须殢酒，无奈愁深酒浅。但寄兴、焦琴纨扇。

## 游筝笛浦留赠张守静[①]

霸业荒凉怕讨论，浦名筝笛喜犹存。当年画舫沉香骨，此日春波涨翠痕。[②]燕语哪知歌管恨，杏花疑是美人魂。倦游小憩凭栏望，柳岸环湾处士门。

注释：

①《游筝笛浦留赠张守静》词见 清 沈若淮、沈绩熙《沈氏两代诗存二卷》之《寄感篇》，民国十二年(1923)合肥启新印刷社铅印本。

②香骨：指美女的尸骨。▶唐 杜甫《石镜》："冥寞怜香骨，提携近玉颜。"
春波：指春水。▶唐 杜牧《送张判官归兼谒鄂州大夫》："江雨春波阔，园林客梦催。"
歌管：谓唱歌奏乐。▶南朝 宋 鲍照《送别王宣城》："举爵自惆怅，歌管为谁清？"

## 踏莎行·春旅步少游韵[①]

草长香坡，绿回仙渡，分明记得前来处。晓闻杜宇叫枝头，桃花零落春将暮。
雨霁高楼，江横匹素，布帆叶叶归无数。[②]东风祝汝最多情，可能吹梦还家去。

注释：

①《踏莎行·春旅步少游韵》词见 清 沈若淮、沈绩熙《沈氏两代诗存二卷》之《寄感篇》，民国十二年(1923)合肥启新印刷社铅印本。

②匹素：白色的绢。常用以形容天光云气等。▶唐 杜牧《自贻》："自嫌如匹素，刀尺不由身！"

## 黄莺儿[1]

花神巧样装。春已暮，乐未央。荼蘼架外红如帐，香橼濯雨，椒蕊含浆。一湾池水添新涨。问药名，草生三七，拔树倚槟榔。　　月季露瀼瀼。[2]刚夏午，桐影凉。海榴照眼火生光。[3]凤仙锦簇，龙爪相将，栀子银花赛晓霜。寻淡竹、菖蒲何处？六月雪儿傍。[4]

注释：

①《黄莺儿》词见 清 沈若淮、沈绩熙《沈氏两代诗存二卷》之《寄感篇》，民国十二年(1923)合肥启新印刷社铅印本。

②瀼瀼：露浓貌。▶《诗·小雅·蓼萧》："蓼彼萧斯，零露瀼瀼。"

③照眼：犹耀眼。形容物体明亮或光度强。▶唐 杜甫《酬郭十五判官》："才微岁老尚虚名，卧病江湖春复生。药裹关心诗总废，花枝照眼句还成。"

④六月雪：茜草科常绿小灌木，高可达90厘米，有臭气。叶革质，柄短。花单生或数朵丛生于小枝顶部或腋生，花冠淡红色或白色，花柱长突出，花期5-7月。六月开细白花，树最小而枝叶扶疏。喜轻荫，畏太阳，深山叶木之下多有之。根、茎、叶均可入药。淡、微辛，凉。舒肝解郁，清热利湿，消肿拔毒，止咳化痰。用于急性肝炎，风湿腰腿痛，痈肿恶疮，蛇咬伤，脾虚泄泻，小儿疳积，带下病，目翳，肠痈，狂犬病。



## 彭蕴章

彭蕴章(1792—1862)，字咏莪，一字琮达。清江苏长洲(今江苏省苏州市吴中区)人。由举人入资为内阁中书，充军机章京。道光十五年(1835)乙未科进士，授工部主事，留值军机处。咸丰元年(1851)，命在军机大臣上行走。六年(1856)，拜文渊阁大学士。十年(1860)，太平军攻占苏常，两江总督何桂清被逮治，蕴章以屡言桂清可恃，亦罢职。次年(1861)，复任兵部尚书、左都御史。卒谥"文敬"。有诗名，有《松风阁集》。



## 岁暮怀人[1]

棘闱曾共阅三旬，十载风光瞥转轮。[2]此日江南持节去，投艰应属腹心臣。[3]

长蛇封豕逼人来，上郡坚城鼓角哀。[4]小邑弹丸劳守御，尺书不到我心摧。[5]

注释：

①《岁暮怀人》诗见 清 彭蕴章《松风阁诗钞》卷十七金鳌集古今体诗五十一首，清同治刻彭文敬公全集本。原诗共十六首，多与合肥无涉，故不选入。

②棘闱：棘围。指科举时代的考场。唐、五代试士，以棘围试院以防弊端，故称。▶宋 黄庭坚《博士王扬休碾密云龙同事十三人饮之戏作》："棘围深锁武成宫，谈天进士雕虚空。"

▶宋 洪迈《夷坚甲志·胡克己梦》："吾梦棘闱晨启，它人未暇进，独先入坐堂上，今兹必首选。"

③原诗句后有作者自注："福元修中丞庐州。"福元修，指福济，字元修，必禄氏，满洲镶白旗人。

④长蛇封豕：长蛇和大猪，比喻贪暴者。▶宋 李纲《召赴文字库祗候引对札子》："长蛇封豕，蓄锐深谋，待时而发，其意不浅。"

⑤原诗句后有作者自注："徐重侯大令庐江。"

## 怀元修庐州军营①

人海茫茫忧思深，还能抚剑发狂吟。②愁来恨乏匡时略，老去徒怀倦世心。③忆昔锁闱迁秩共，怜今戎幄病魔侵。④关山满目多荆棘，何日飞鸮送好音。



注释：

①《怀元修庐州军营》诗见 清 彭蕴章《松风阁诗钞》卷二十借园集古今体诗九十三首，清同治刻彭文敬公全集本。原诗共十六首，多与合肥无涉，故不选入。

②抚剑：按剑。指从戎。▶南朝 齐 谢朓《和江丞北戍琅琊城》："岂不思抚剑，惜哉无轻舟。"

③匡时：匡正时世；挽救时局。▶《后汉书·荀淑传论》："平运则弘道以求志，陵夷则濡迹以匡时。"

④"忆昔锁闱迁秩共"句后有作者自注："甲辰秋，共事顺天闱中，元修擢盛京侍郎，余亦迁通政副使。"

"怜今戎幄病魔侵。"句后有作者自注："君时因病乞假"。

锁闱：犹锁院。▶宋 李心传《建炎以来系年要录·建炎二年六月》："而况锁闱，典司封校，傥或隐情患失，缄默不言，则负陛下委任之恩。"

迁秩：旧指官员晋级。▶唐 杨炯《泸州都督王湛神道碑》："诏书迁秩，百姓举车，立庙生事，树碑颂德。"

## 郭道生

郭道生，字问刍。清庐州合肥（今安徽省合肥市）人。郭道清从兄。道光三年（1823）癸未科进士，历官广西平南、桂平、迁江、来宾诸县知县。著有《贻清堂诗集》。

### 初夏偶成[①]

短舸轻如叶，闲踪逐棹鸥。一官游子泪，多病老亲愁。渺渺云遮树，盈盈月冷洲。寸心付流水，乡梦隔南楼。

注释：

①《初夏偶成》诗见民国 李家孚《合肥诗话》卷中，民国苏城临顿路毛上珍铅活字本。

## 郭道清



郭道清，字笛楼，号浮槎山人、学种树人。清庐州合肥（今安徽省合肥市）人。咸丰（1851—1861）年间诸生，光绪初年官山东掖县知县。有《浮槎山房诗稿》残卷遗世。

### 秋日述怀[①]

意气元龙百尺楼，宦途珍重莫轻投。[②]身逢北阙中兴日，涕洒西风五度秋。[③]生怕红尘埋卞璧，凭谁青眼托吴钩？[④]男儿空负澄清志，愿破长江万里流。

注释：

①《秋日述怀》诗见 清 郭道清《浮槎山房诗稿》，清光绪七年（1881）刻本。原诗共十首，此处选其一。

②元龙：指陈登。陈登（163—201），字符龙，下邳淮浦（今江苏涟水西）人。东汉末年将领、官员。沛相陈珪之子。为人爽朗，性格沉静，智谋过人，少年时有扶世济民之志，并且博览群书，学识渊博。二十五岁时，举孝廉，任东阳县长。虽然年轻，但他能够体察民情，抚弱育孤，深得百姓敬重。后来，徐州牧陶谦提拔他为典农校尉，主管一州农业生产。他亲自考察徐州的土壤状况，开发水利，发展农田灌溉，使汉末迭遭破坏的徐州农业得到一定程度的恢复，百姓们安居乐业，“粳稻丰积”。建安初奉使赴许，向曹操献灭吕布之策，被授广陵太守。以灭吕布有功，加伏波将军。又迁东城太守。年三十九卒。其子陈肃，魏文帝时追陈登之功，为郎中。

百尺楼：泛指高楼。▶《三国志·魏志·陈登传》："汜（许汜）曰：'昔遭乱过下邳，见元龙（陈登）。元龙无客主之意，久不相与语，自上大床卧，使客卧下床。'备（刘备）曰：'……君求田问舍，言无可采，是元龙所讳也。何缘当与君语？如小人，欲卧百尺楼上，卧君于地，何但上下床之间邪？'"

③北阙：古代宫殿北面的门楼。是臣子等候朝见或上书奏事之处。用为宫禁或朝廷的别称。▶汉 李陵《答苏武书》："男儿生以不成名，死则葬蛮夷中，谁复能屈身稽颡，还向北阙，使刀笔之吏弄其文墨耶？"

④卞璧：同"卞和玉"。▶明 王思任《醉中啖鲥鱼歌》："卞璧不作器，在璞空自辉。"

## 秋日杂兴[1]

秋雨秋风动地催，萧萧黄叶暮云隈。霜满巫峡猖啼急，日落淮南雁阵哀。庾信工愁长作客，杜陵把酒独登台。抚膺不尽关河感，自古英雄属霸才。[2]

铁锁长江一线开，惊涛拍岸怒喧豗。[3]中原百道烽烟警，估客千帆夕照来。[4]谋国已输临渴井，戴天还望出群材。[5]乘风若遂澄清志，蜃市鲛楼破浪回。[6]

上策苏秦说不行，旧游回首薄微名。[7]凌云气概消题柱，报国文章误请缨。[8]一笑容颜非故我，卅年尘梦愧虚生。[9]闻鸡尚有雄心在，惊醒窗前午夜声。

注释：

①《秋日杂兴》诗见 清 郭道清《浮槎山房诗稿》，清光绪七年（1881）刻本。原诗共八首，此处选其三。

②抚膺：抚摩或捶拍胸口。表示惋惜、哀叹、悲愤等。▶《列子·说符》："昔人言有知不死之道者，燕君使人受之，不捷，而言者死……有齐子亦欲学其道，闻言者之死，乃抚膺而恨。"

霸才：称雄之才。▶唐 温庭筠《过陈琳墓》："词客有灵应识我，霸才无主始怜君。"

③喧豗：形容轰响。▶唐 李白《蜀道难》："飞湍瀑流争喧豗，砯崖转石万壑雷。"

④估客：即行商。▶南朝 宋 刘义庆《世说新语·文学》："闻江渚间估客船上有咏诗声。"

⑤戴天：谓蒙受天恩。▶宋 王禹偁《拟李靖破颉利可汗露布》："臣等无任乐圣戴天，抃舞欢呼之至，谨具露布以闻。"

⑥蜃市：海市。滨海和沙漠地区，因折光而形成的奇异幻景。▶明 张煌言《海上观灯》："香拥虹桥千里外，芒寒蜃市九霄间。"

⑦上策：高明的计策或办法。▶《汉书·沟洫志》："今行上策，徙冀州之民当水冲者，决黎阳遮害亭，放河使北入海。"

⑧题柱:"题桥柱"之典。汉司马相如初离蜀赴长安,曾于成都城北升仙桥题句于桥柱,自述致身通显之志,曰:"不乘赤车驷马,不过汝下也!"事见 晋 常璩《华阳国志·蜀志》。《太平御览》卷七三、《艺文类聚》卷六三引此,桥名作"升迁"。后以"题桥柱"比喻对功名有所抱负。

⑨虚生:徒然活着,白活。▶唐 王建《宫中调笑》词之三:"愁坐、愁坐,一世虚生虚过。"

## 无题①

盼断巫山暮复朝，碧天无际水迢迢。从知北海多清浅，争奈东风易动摇。②绕树南乌方择木，忏情精卫不填潮。③秦家十五罗敷女，坐对银河按玉箫。④

珠帘寒重月来迟，花压栏干梦正痴。翡翠戏抛红豆子，鸳鸯栖稳碧桃枝。彩缯细剪随云散，蓬鬓零星有镜知。⑤怪底春蚕容易老，满怀抽尽总情丝。⑥

注释:

①《无题》诗见 清 郭道清《浮槎山房诗稿》,清光绪七年(1881)刻本。原诗共八首,此处选其三。



②争奈:怎奈;无奈。▶唐 顾况《从军行》之一:"风寒欲砭肌,争奈裘袄轻?"

③择木:谓鸟兽选择树木栖息。常用以比喻择主而事。▶《左传·哀公十一年》:"(孔子)命驾而行,曰:'鸟则择木,木岂能择鸟?'"

精卫:古代神话中鸟名。出自《山海经·北山经》:"发鸠之山,其上多柘木。有鸟焉,其状如乌,文首、白喙、赤足,名曰精卫,其鸣自詨。是炎帝之少女名曰女娃,女娃游于东海,溺而不返,故为精卫,常衔西山之木石,以堙于东海。"

④罗敷:古代美女名。▶晋 崔豹《古今注·音乐》:"《陌上桑》出秦氏女子。秦氏,邯郸人,有女名罗敷,为邑人千乘王仁妻。王仁后为越王家令,罗敷出采桑于陌上,赵王登台见而悦之,因饮酒欲夺焉。罗敷乃弹筝,乃作《陌上歌》以自明焉。"或谓"罗敷"为女子常用之名,不必实有其人。如《孔雀东南飞》即有"东家有贤女,自名为罗敷"之句。

⑤彩缯:彩色绢帛。▶汉 李陵《录别诗》之一:"欲寄一言去,托之笺彩缯。"

⑥蓬鬓:鬓发蓬乱。 南朝 宋 鲍照《拟行路难》诗之十三:"形容憔悴非昔悦,蓬鬓衰颜不复妆。"

怪底:亦作"怪得"。难怪。▶唐 曹唐《小游仙诗》之四四:"怪得蓬莱山下水,半成沙土半成尘。"

## 大水行[①]

白日无光天晦暗，阴云匼匝蔽霄汉。[②]雷声殷殷起丰隆，白雨横飞走金电。[③]青天漏罅赤岸通，银河倒泻水晶宫。[④]川崩山涌日夜吼，魑魅惊骇逃无踪。匝月淋漓未休息，淼淼河流势迅急。芦叶青随淫潦沉，蓼花红葬秋潮湿。[⑤]汹汹浪涌沟浍盈，一片白练铺晶莹。[⑥]玉龙渴吸老蛟舞，碧翁不顾田神惊。[⑦]稍停夜半披衣立，仰空隐为农夫泣。须臾雨黑头上来，又鼓天风腾霹雳。

注释：

①《大水行》诗见 清 郭道清《浮槎山房诗稿》，清光绪七年(1881)刻本。原诗共八首，此处选其三。

②匼匝：周匝环绕。▶南朝 宋 鲍照《代白纻舞歌辞》之二："象床瑶席镇犀渠，雕屏匼匝组帷舒。"

③丰隆：古代神话中的雷神。后多用作雷的代称。▶《楚辞·离骚》："吾令丰隆乘云兮，求宓妃之所在。"

白雨：暴雨。▶唐 李白《宿虾湖诗》："白雨映寒山 森森似银竹。"

④赤岸：泛指土石呈赤色的崖岸。▶《楚辞·东方朔〈七谏·哀命〉》："哀高丘之赤岸兮，遂没身而不反。"王逸 注："楚有高丘之山，其岸峻崄，赤而有光明。"

⑤淫潦：此处指久雨积水为灾。▶《新唐书·崔碣传》："可久陈冤，碣得其情……时淫潦，狱决而霁。"

⑥沟浍：泛指田间水道。浍，田间水渠。▶《孟子·离娄下》："苟为无本，七八月之间雨集，沟浍皆盈；其涸也，可立而待也。"

⑦碧翁翁：同"碧翁翁"犹天公。▶宋 陶谷《清异录·天文》："晋出帝不善诗，时为俳谐语，咏天诗曰：'高平上监碧翁翁。'"

## 周大槐

周大槐，字海樵。清庐州合肥(今安徽省合肥市)人。嘉庆(1796—1820)岁贡。道光元年(1821)，举孝廉方正。与婺源齐彦槐齐名，时称江南北二槐。汪廷珍谓："南槐春华，北槐秋实。"著有《海樵文集》。

### 游睡佛庵[①]

路入招提得睡乡，毒蛇除却好相羊。[②]低头欲学阿罗汉，不作邯郸梦里忙。[③]

注释:

①《游睡佛庵》诗见 清 左辅 纂修《(嘉庆)合肥县志》卷第三十一,清嘉庆八年(1803)修、民国九年(1920)重印本。

睡佛庵:据《(嘉庆)合肥县志》载:"又名卧佛寺,在演武场西。清顺治十年(1653)建。庵有铜睡佛像,相传萧梁时造,本在浮槎山道林寺,今移庵内。"考其遗址,应在今合肥市体育场西。

②招提:梵语。音译为"拓斗提奢",省作"拓提",后误为"招提"。其义为"四方"。四方之僧称招提僧,四方僧之住处则称为招提僧坊。至北魏太武帝时造伽蓝,创招提之名,后遂为寺院的别称。▶南朝 宋 谢灵运《答范光禄书》:"即时经始招提,在所住山南。"

相羊:亦作"相佯""相徉"。徘徊;盘桓。▶《楚辞·离骚》:"折若木以拂日兮,聊逍遥以相羊。"

③邯郸梦:又作黄粱梦。典出 唐 沈既济《枕中记》:卢生在邯郸客店中遇道士吕翁,用其所授瓷枕,睡梦中历数十年富贵荣华。及醒,店主炊黄粱未熟。后因以"邯郸梦"喻虚幻之事。▶宋 王安石《中年》:"中年许国邯郸梦,晚岁还家圹埌游。"

## 寻鲍明远读书台旧址[①]



我慕参军才,竭来访遗址。高台吟悲风,参军不可起。忆自永嘉后,文章渐萎靡。大雅既不作,黾黾乱宫徵。[②]参军于其间,邈然独高视。晋宋可吞吐,颜谢差角犄。[③]名高虑招尤,服美畏人指。[④]才尽岂文通,韬晦自吝鄙。一家有令辉,清言亦复绮。想当燕坐时,唱酬频戾止。[⑤]六代久荒凉,参军尚在耳。[⑥]读书台虽空,读书人未死。

注释:

①《寻鲍明远读书台旧址》诗见 清 陈诗《皖雅初集》卷三十,民国十八年(1929)上海美艺图书公司印本。

②宫徵:古代五音中宫音与徵音的并称。泛指乐曲。▶宋 秦观《点绛唇》词:"月转乌啼,画堂宫徵生离恨。"

③颜谢:南朝颜延之、谢灵运的并称。《宋书·颜延之传》:"延之与陈郡谢灵运俱以词彩齐名,自潘岳、陆机之后,文士莫及也,江左称颜谢焉。"

④招尤:招致他人的怪罪或怨恨。▶唐 韩愈《感二鸟赋》:"虽家到而户说,衹以招尤而速累。"

⑤戾止:来到。▶《诗·鲁颂·泮水》:"鲁侯戾止,言观其旗。"

⑥六代:1.指黄帝、唐、虞、夏、殷、周。▶《晋书·乐志上》:"周始二《南》,《风》兼六代。昔黄帝作《云门》,尧作《咸池》,舜作《大韶》,禹作《大夏》,殷作《大濩》,周作《大武》,所谓因

前王之礼，设俯仰之容，和顺积中，英华发外。”2.指唐、虞、夏、殷、周、汉。 ▶《资治通鉴·魏明帝景初元年》：“然历六代而考绩之法不著，关七圣而课试之文不垂。”3.指夏、殷、周、秦、汉、魏。 ▶ 三国 魏 曹冏有《六代论》，论夏、殷、周、秦、汉、魏兴衰之由。文见《三国志·魏志·武文世王公传论》裴松之 注引《魏氏春秋》。 4.指三国吴、东晋和南朝之宋、齐、梁、陈。 ▶ 唐 李白《留别金陵诸公》：“六代更霸王，遗迹见都城。”

戴鸿恩，字叠峰。清庐州合肥（今安徽省合肥市）人。嘉庆二十三年（1818）戊寅科举人，道光十三年（1833）癸巳科进士。官湖南城步县知县，以军功加知州衔。因禁鸦片忤权贵，织罪流放，遇赦回乡。主讲庐阳书院，“奖诱后进，学者景从。”卒年七十四岁，祀乡贤祠。著《云卧山房诗稿》《近事纪闻》《栖云楼文集》《漱芳园诗集》。

## 小酌[①]

自斟还自酌，难少亦难多。每到微醺候，长吟止酒歌。尽教愁抱释，何须醉颜酡。[②]识得此中趣，陶然养太和。[③]

注释：

①《小酌》诗见 民国 李家孚《合肥诗话》卷上，民国苏城临顿路毛上珍铅活字本。

②颜酡：醉后脸泛红晕。语出《楚辞·招魂》：“美人既醉，朱颜酡些。”

③太和：亦作“大和”。此处指人的精神、元气；平和的心理状态。 ▶唐 刘长卿《同姜濬题裴式微余干东斋》：“藜杖全吾道，榴花养太和。”

## 德安城外[①]

千家绕郭条桑绿，十里平畴大麦黄。[②]穲稏声中喧笑语，德安风景似庐阳。[③]

注释：

①《德安城外》诗见 民国 李家孚《合肥诗话》卷上，民国苏城临顿路毛上珍铅活字本。

②条桑：此处借指桑树。 ▶清 魏源《村居杂兴呈筠谷从兄》诗之七：“明农赋《豳风》，斧斨不得归……植杖不我语，月上条桑西。”

平畴：平坦的田野。 ▶晋 陶潜《癸卯岁始春怀古田舍》诗之二：“平畴交远风，良苗亦怀新。”

③穲稏：即稻子。

## 小商桥谒杨将军再兴庙①

曾于珂里拜威仪，谪宦再瞻郾上祠。②长水英雄埋战垒，小商风日残灵旗。③青燐碧血前朝恨，白草黄沙过客思。仆仆征程经两度，心香一瓣鬓千丝。

注释：

①《小商桥谒杨将军再兴庙》诗见 民国 李家孚《合肥诗话》卷上，民国苏城临顿路毛上珍铅活字本。

小商桥：小商桥位于河南省漯河市临颍县皇帝庙乡商桥村与郾城区商桥镇商桥村交界的小商河（颍河故道）上，为南宋抗金将领杨再兴与金兵交战阵亡处。

②珂里：对他人故里的美称。▶元《踏莎行·破窗风雨为性初征君赋》词："碧疏吹霤湿灯花，客乡无梦寻珂里。"

③风日：此处指天气；气候。▶唐 李白《宫中行乐词》之八："今朝风日好，宜入未央游。"

夏云，字为霖，号奇峰。清庐州合肥（今安徽省合肥市）人。嘉庆（1796—1820）年间诸生。"诗才俊逸，五言古近体并超妙绝俗。"著《曾园诗集》。

## 香花墩怀古①

古人不可见，祠树绕寒流。小艇夕阳外，临风忆钓游。竹深树幌夕，莲谢水亭秋。②独有郡斋句，清规为我留。③

注释：

①《香花墩怀古》诗见 民国 李家孚《合肥诗话》卷上，民国苏城临顿路毛上珍铅活字本。

②水亭：临水的亭子。▶唐 杜审言《夏日过郑七山斋》："薜萝山迳入，荷芰水亭开。"

③郡斋句：指包拯《书端州郡斋壁》诗。

## 大潜山独游①

看山如访友，寻源如读书。清秋自超旷，乐与山水俱。②秋阴积岩端，夕阳乔木疏。泉声泻寒翠，云影涵空虚。颇得清净理，遇之万化初。[3]既夕下山去，幽怀良不孤。[4]

注释：

①《大潜山独游》诗见 民国 李家孚《合肥诗话》卷上，民国苏城临顿路毛上珍铅活字本。

②超旷：高远旷达。▶南朝 宋 颜延之《陶徵士诔》：“亦既超旷，无适非心。”

③万化：此处指万事万物；大自然。▶《申鉴·政体》：“恕者仁之术也，正者义之要也，至哉，此谓道根，万化存焉尔。”

④既夕：古丧礼土葬前最后一次哭吊的晚上。▶《仪礼·既夕礼》：“既夕哭，请启期，告于宾。”

幽怀：隐藏在内心的情感。▶《水经注·庐江水》引 晋 吴猛 诗：“旷载畅幽怀，倾盖付三益。”

## 赵景淑

赵景淑(1797—1821)，字筠湄。清庐州合肥(今安徽省合肥市)人。白石口都司赵鹄棠女，赵对澂、赵对纶姊。尝集古今名媛四百余人，各为小传，题曰《壶史》。又着《香奁杂考》，征引详博，今均不传。兼工诗。未嫁而卒，年二十五。遗稿附刊于《小罗浮山馆诗集》后，题曰《延秋阁诗钞》。民国甲子年(1924)，杨开森得其残本，交由吴壬卿刊行于世。

### 新霁[1]

晨兴启碧窗，仰面得新霁。云敛半天青，远山沐如髻。宿鸟梳湿翎，飞鸣向天际。花垂浥露痕，池湿归泉细。忽闻清音来，歌声互迢递。

注释：

①《新霁》诗见 民国 徐世昌《晚晴簃诗汇》卷一百八十七，民国十八年(1929)退耕堂本。

新霁：雨雪后初晴。▶战国 楚 宋玉《高唐赋》：“遇天雨之新霁兮，观百谷之俱集。”

### 雨后山行[1]

雨霁碧空净，林深透夕曛。[2]天开销湿雾，山断束归云。晚气清人骨，奇峰隐雁群。[3]待看明月上，花影漾波纹。

注释：

①《雨后山行》诗见 民国 徐世昌《晚晴簃诗汇》卷一百八十七，民国十八年(1929)退耕堂本。

②夕曛：此处指落日的余晖。▶南朝 宋 谢灵运《晚出西射堂》："晓霜枫叶丹，夕曛岚气阴。"

③晚气：此处指暮色；日暮时的景象。▶南朝 宋 谢庄《北宅秘园》："夕天霁晚气，轻霞澄

## 早春[1]

细雨微风飏柳丝，不知春到几多时。[2]窥帘燕子殷勤甚，衔得花泥入砚池。

注释：

①《早春》诗见 民国 徐世昌《晚晴簃诗汇》卷一百八十七，民国十八年(1929)退耕堂本。

②飏[yáng]：飞扬；飘扬。▶《说文》：飏，风所飞扬也。



## 晚泊平望[1]

落帆野渡小桥横，古戍虫声夹岸清。[2]残月半斜秋色远，鸳湖微雨滆湖晴。[3]

注释：

①《晚泊平望》诗见 民国 光铁夫《安徽名媛诗词征略》卷三，黄山书社1986年版。

平望：即平望镇，江苏省历史文化名镇，隶属于苏州市吴江区，连接长江三角洲中的苏锡常地区和杭、嘉、湖地区。唐于此置驿，宋置寨，元以后皆置巡司。元末张士诚派水师屯驻平望，即此。是整个华东地区重要的水陆交通枢纽。

②古戍：古老的城堡、营垒。▶唐 陶翰《新安江林》："古戍悬渔网，空林露鸟巢。"

③鸳湖：即嘉兴鸳鸯湖。地处浙江省嘉兴市城南而得名，与西南湖合称鸳鸯湖，两湖相连形似鸳鸯交颈，古时湖中常有鸳鸯栖息，因此又名鸳鸯湖。宋代以后南湖与杭州西湖、南京玄武湖并称为江南三大名湖。 明 冯梦龙《情史·罗爱爱》："(罗爱爱)尝以季夏望日，与郡中诸名士会于鸳湖之凌虚阁。"

滆湖：又称西太湖，又俗称沙子湖，亦称西滆湖和西滆沙子湖和西太湖，位于江苏省常州市武进区，是苏南仅次于太湖的第二大湖泊。

## 西湖泛月[①]

临湖一带澹斜晖，向晚寒鸦倦不飞。[②]明月一轮秋水碧，藕花香里放船归。

注释：

①《西湖泛月》诗见 民国 光铁夫《安徽名媛诗词征略》卷三，黄山书社1986年版。

②斜晖：亦作"斜辉"。指傍晚西斜的阳光。▶南朝 梁简文帝《序愁赋》："玩飞花之入户，看斜晖之度寮。"

## 江上[①]

碧天如水夜霜轻，闲倚篷窗秋思索。一片败芦千点雁，阅江楼上正三思。[②]

注释：

①《江上》诗见 民国 光铁夫《安徽名媛诗词征略》卷三，黄山书社1986年版。

②阅江楼：位于南京市鼓楼区狮子山巅，有"江南第一楼"之称。阅江楼始建于明洪武七年(1374)春，明太祖朱元璋下诏在国都南京城西北狮子山开始建一楼阁，亲自撰写《阅江楼记》，又命朝廷众文臣职事每人写一篇《阅江楼记》，其中大学士宋濂所写一文最佳，后入选《古文观止》。

## 延秋阁杂诗[①]

炉烟细细篆成丝，闲坐桐荫校宋诗。疏雨织帘虫语急，一庭黄叶落秋池。

注释：

①《延秋阁杂诗》诗见 民国 光铁夫《安徽名媛诗词征略》卷三，黄山书社1986年版。

延秋阁：赵景淑的妆阁。其《随家大人乞归留别东瓯官舍》云："临发缣缃重检点，莫教鸿爪落人前。为爱梅花手自锄，十年妆阁当诗庐。"

## 随家大人乞归留别东瓯官舍[①]

春光黯淡别离天，海燕依依剧可怜。临发缣缃重检点，莫教鸿爪落人前。[②]为爱梅花手自锄，十年妆阁当诗庐。[③]不知今夜寒窗月，又照何人夜读书。

注释：

①《随家大人乞归留别东瓯官舍》诗见 民国 徐世昌《晚晴簃诗汇》卷一百八十七，民国十八年(1929)退耕堂本。

家大人：对他人称自己的父亲。▶清 王引之《经传释词》卷一："家大人曰：允，犹'用'也。"

留别：多指以诗文作纪念赠给分别的人。▶唐 杜牧《赠张祜》："数篇留别我，羞杀李将军。"

②缣缃：指书册。▶唐 孙过庭《书谱》："若乃师宜官之高名，徒彰史牒；邯郸淳之令范，宜着缣缃。"

鸿爪：宋苏轼《和子由渑池怀旧》："人生到处知何似，应似飞鸿踏雪泥，雪上偶然留爪印，鸿飞那复计东西。"后用"鸿爪"比喻往事留下的痕迹。

③妆阁：指妇女的居室。▶唐 王维《班婕妤》诗之三："怪来妆阁闭，朝下不相迎。"

## 赵对澂

赵对澂(1798—1860)，字子征，一字念堂，号野航，别号浮槎山樵。清庐州合肥(今安徽省合肥市)人。廪生。道光二十四年(1844)补广德州学正。咸丰十年(1860)，殁于太平军攻广德之役。追赠云骑尉。"器宇豪迈，博学工诗，得明七子格调。"著有《小罗浮山馆诗集》，戏曲《酬红记》传奇一种，另有杂著《野航十三种》。



### 和小坡弟城楼作①

独客易惊秋，斜阳更倚楼。②远帆争荻港，残堞认瓜洲。③地僻诗逾险，山荒月亦愁。欲寻春梦影，唯问旧时鸥。

注释：

①《和小坡弟城楼作》诗见 民国 李家孚《合肥诗话》卷上，民国苏城临顿路毛上珍铅活字本。

②惊秋：秋令蓦地来到。▶唐 韦应物《府舍月游》诗："横河俱半落，泛露忽惊秋。"

堞(die)：城墙上齿状的矮墙。瓜洲：在江苏扬州长江边，古为城，后为镇。

③荻港：地名。即今安徽省繁昌县荻港镇。始建于汉代，历代均为长江中下游重镇。《太平府志》载："荻港两倍于城邑，商船几兴芜湖埒"。

## 雨后[1]

循行野塘岸，烟波望无已。[2]斜日下横山，返照落溪水。晚气清人心，归泉流涧底。水鸟自忘机，见人忽飞起。

注释：

①《雨后》诗见 民国 李家孚《合肥诗话》卷上，民国苏城临顿路毛上珍铅活字本。

②无已：无止境；无了时。▶《战国策·韩策一》："夫以有尽之地，而逆无已之求，此所谓市怨而贾祸者也。"

## 登北极阁[1]

割取钟山一片愁，孤吟绝巘夕阳收。[2]九天风劲盘雕鹗，万井烟深蔽斗牛。古寺钟残鸡报晓，空江潮落雁鸣秋。[3]苍凉无限登临意，不为寻诗到石头。[4]

注释：

①《登北极阁》诗见 民国 李家孚《合肥诗话》卷上，民国苏城临顿路毛上珍铅活字本。

②绝巘：极高的山峰。▶晋 张协《七命》："于是登绝巘，溯长风。"

③空江：浩瀚寂静的江面。▶唐 张泌《洞庭阻风》："空江浩荡景萧然，尽日菰蒲泊钓船。"

④寻诗：寻觅诗句。▶宋 陈与义《寻诗两绝句》之一："无人画出陈居士，亭角寻诗满袖风。"

# 赵对纶

赵对纶（1805—1817），清庐州合肥（今安徽省合肥市）人。赵对澄之弟。早慧，笃学。嘉庆二十二年（1817）七夕卒，年仅十三岁。

## 绝命诗[1]

黄粱梦醒十三年，回首云深第几天。[2]珍重芒鞋收拾好，闲来还踏赤霞巅。[3]

注释：

①《绝命诗》诗见 民国 李家孚《合肥诗话》卷上，民国苏城临顿路毛上珍铅活字本。

②黄粱梦醒:唐 沈既济《枕中记》:庐生在郡郸旅店中遇见道士吕翁,庐生自叹穷困,道士交给他一个枕头,叫他枕着睡觉,此时店家正煮着小米饭。庐生在梦中享尽一生荣华富贵。一觉醒来,小米饭还没有熟。

③芒鞋:草鞋。▶唐 张祜《题灵隐寺师一上人十韵》:"朗吟挥竹拂,高揖曳芒鞋。"

## 张丙

张丙,原名延邴,字娱存,号渔村。清庐州合肥(今安徽省合肥市)东乡人。道光时(1821—1850)贡生,喜藏书,工铁笔。与赵席珍、王埩、卢先骆、吴克俊、蔡邦甸、戴鸿恩往来唱酬无间,号为"城东七子"。著有《延青堂诗存》二卷。

### 泊巢县[①]

曲折溪流缓，山山绕镜中。去帆划波白，落日浴城红。蟹簖浮桥水，鸦盘远树风。[②]全湖天更阔，明发溯冥蒙。[③]

注释:



①《泊巢县》诗见 清 张丙《延青堂诗存》二卷,民国四年(1915)上海铅印本。

②蟹簖[duàn]:插在水里捕鱼蟹用的竹或苇制的栅栏。▶《太平广记》卷三二三 引南朝 梁 任昉《述异记》:"宋元嘉初,富阳人姓王,于穷渎中作蟹簖。

③明发:此处指早晨起程。▶晋 陆机《招隐》诗之二:"明发心不夷,振衣聊踯躅。"

### 早行望梅亭[①]

晓梦驮驴背，荒亭石径深。山围天界窄，月堕水光沉。密树交铃语，轻烟出磬音。[②]莫谈曹魏迹，铜雀杳难寻。[③]

注释:

①《早行望梅亭》诗见 清 张丙《延青堂诗存》二卷,民国四年(1915)上海铅印本。

望梅亭:亭名。指曹操领军望梅止渴处所建的亭子。全国各地多有。《(嘉庆)合肥县志》载:"在余岘口东,俗传魏武帝望梅止渴处。妄也,未知何时人建。"

②铃语:檐铃的声音。语本《晋书·艺术传·佛图澄》:"又能听铃音以言吉凶,莫不悬验。"

③铜雀:即铜雀台。在河北临漳县境内。曹操消灭袁氏兄弟后,夜宿邺城,半夜见到金光由地而起,隔日掘得铜雀一只,认为是吉祥之兆,于是遂建此台。

## 柘皋[①]

落日栖雅背，言寻古橐皋。地平迤市远，村缺补山牢。水退沙痕印，年荒酒价高。不堪添客愁，饥雁正嗷嗷。[②]

注释：

①《柘皋》诗见 清 张丙《延青堂诗存》二卷，民国四年(1915)上海铅印本。

②原诗"不堪添客愁，饥雁正嗷嗷。"句后有作者注："水灾后乞食者甚众"。

## 尉桥阻雨[①]

山村茆店浅，一雨滞行程。灯黯檐回溜，溪喧屐合声。绳床支败壁，土锉俯颓楹。[②]发白何关尔，明朝对镜生。

注释：

①《尉桥阻雨》诗见 清 张丙《延青堂诗存》二卷，民国四年(1915)上海铅印本。

尉桥：又名尉子桥，即今安徽省巢湖市夏阁镇尉桥村。位于夏阁东北与含山县仙踪镇姚庙交界、北与八字口交界、西与龙泉交界。宋绍兴三十一年(1161)，金军大举南侵，姚兴率三千人抗击，寡不敌众。王权置酒仙宗山上，拥兵自卫，不问姚兴胜败。姚兴冲突阵中，击杀金兵近百人，终以援军不至，父子皆力战而死。

②土锉：炊具，犹今之砂锅。▶唐 杜甫《闻斛斯六官未归》："荆扉深蔓草，土锉冷疏烟。"



## 慎县道中书所见[①]

策蹇乡关道，征衫不染尘。磬声僧乞食，帘影店呼人。古墓灵村鬼，颓祠卧土神。[②]炊烟聚墟落，瞥见柳枝新。[③]

注释：

①《慎县道中书所见》诗见 清 张丙《延青堂诗存》二卷，民国四年(1915)上海铅印本。

②村鬼：詈词。犹丑鬼、恶鬼。

土神：土地神。▶《礼记·月令》"(季夏之月)毋发令而待，以妨神农之事也" 汉 郑玄注："土神称曰神农者，以其主于稼穑。"

③墟落：村落。▶南朝 梁 范云《赠张徐州稷》："轩盖照墟落，传瑞生光辉。"

## 题蔡氏亦园[①]

不作朱门客，提筇处处家。此中辟亭馆，使我恋烟霞。种石排苍藓，疏泉洗白沙。巉岩留刻画，老眼认无花。[②]

注释：

①《题蔡氏亦园》诗见 清 张丙《延青堂诗存》二卷，民国四年(1915)上海铅印本。

②原诗“巉岩留刻画，老眼认无花。”句后有作者注：“石上多石瓢丈题名”。

## 客有丑陋吾乡山水者赋此答之[①]

吾乡富山水，丘壑本自然。如金未熔铸，如木未雕镌。[②]浮槎稍得名，其次数龙泉。朝霞具胜概，万顷湖光妍。[③]孤姥类金焦，晴雨双婵娟。[④]湖东更秀冶，列嶂排云烟。[⑤]假如富寺观，楼阁相延缘。[⑥]岂惟招游屐，百货集殷填。[⑦]似闻湖山语，大化谁司权。[⑧]质文有异尚，华朴无两全。[⑨]涂泽出姿态，不如完其天。[⑩]



注释：

①《客有丑陋吾乡山水者赋此答之》诗见 清 张丙《延青堂诗存》二卷，民国四年(1915)上海铅印本。

②雕镌：犹雕琢。亦形容执着于心。▶宋 曾巩《送陈商学士》：“公于万事不雕镌，心意恢恢无坎坷，来从奎壁光铓下，笑倚樽筵成郡课。”

③胜概：美景；美好的境界。▶唐 李白《夏日陪司马武公与群贤宴姑熟亭序》：“此亭跨姑熟之水，可称为姑熟亭焉。嘉名胜概，自我作也。

④金焦：金山与焦山的合称。两山都在今江苏省镇江市。金山原名浮玉，因裴头陀江际获金，唐贞元间李骑奏改。焦山因汉焦光隐居此山得名。▶元 萨都剌《题喜寿里客厅雪山壁图》：“大江东去流无声，金焦二山如水晶。”

⑤列嶂：相连的山峰。▶唐 李益《再赴渭北使府留别》：“列嶂高峰举，当峰太白低。”

⑥延缘：与他物相连属。▶宋 范成大《桂海岩洞志》：“桂之千峰皆旁无延缘，悉自平地崛然特立，玉笋瑶篸，森列无际。”

⑦游屐：出游时穿的木屐。亦代指游踪。▶宋 王安石《韩持国从富并州辟》：“何时归相过，游屐尚可蜡。”

殷填：众盛貌。▶明 陈子龙《送杨扶羲入都授官》：“晨钟初罢散朝归，车马殷填照城郭。

⑧大化：此处指宇宙，大自然。▶ 三国 魏 曹植《九愁赋》诗：“嗟大化之移易，悲性命之攸遭。”

⑨质文：此处指实质内容与外在形式。▶汉 董仲舒《春秋繁露·玉杯》："文著于质，质不居文，质文两备，然后其礼成。"

⑩涂泽：修饰容貌。犹化妆。▶《新唐书·后妃传上·则天武皇后》："太后虽春秋高，善自涂泽，虽左右不悟其衰。"

## 湖中望孤姥二山[①]

十幅蒲帆面面开，湖神清晓送人回。[②]大圆镜里双鬟影，雨抹晴妆饱看来。[③]

注释：

①《湖中望孤姥二山》诗见 清 张丙《延青堂诗存》二卷，民国四年(1915)上海铅印本。

②蒲帆：用蒲草编织的帆。▶唐 李贺《江南弄》："水风浦云生老竹，渚暝蒲帆如一幅。"

清晓：天刚亮时。▶唐 孟浩然《登鹿门山怀古》："清晓因兴来，乘流越江岘。"

③鬟影：鬟髻的影子。▶南朝 梁 邓铿《奉和夜听妓声诗》："烛华似明月，鬟影胜飞桥。"

## 登四顶山朝霞寺[①]

御风相约过仙乡，清磬真听出上方。[②]三面平湖遮眼白，一天落叶背人黄。[③]诗篇响绝罗昭谏，丹井泉枯魏伯阳。[④]闻说金函多焚夹，尽容稽首叩空王。[⑤]

注释：

①《登四顶山朝霞寺》诗见 清 张丙《延青堂诗存》二卷，民国四年(1915)上海铅印本。

②御风：乘风飞行。▶《庄子·逍遥游》："列子御风而行，泠然善也。"

③遮眼：谓遮人眼目，装模作样。▶宋 苏轼《明日南禅和诗不到故重赋数珠篇以督之》之二："看经聊尔耳，遮眼初不卷。"

背人：避开别人。▶《红楼梦》第五八回："你只回去，背人悄悄问芳官就知道了。"

④原诗"诗篇响绝罗昭谏，丹井泉枯魏伯阳。"句后有作者注："山有伯阳丹井，今涸。"

⑤原诗"闻说金函多焚夹"句后有作者注："寺贮全部藏经"

空王：佛教语。佛的尊称。佛说世界一切皆空，故称"空王"。▶《旧唐书·刘瞻传》："伏望陛下尽释系囚，易怒为喜，虔奉空王之教，以资爱主之灵。"

## 慎县废城[①]

出云古塔废城隈，落日苍茫野烧开。百战难寻吴楚垒，一鞭空吊霸王才。唱筹声彻江娘墓，爇饼风生鲍照台。[②]南北两行官道柳，送人归去复归来。

注释：

①《慎县废城》诗见 清 张丙《延青堂诗存》二卷，民国四年(1915)上海铅印本。原诗标题后有作者注："浚遒、白公两城皆废。"

②唱筹：高声报时。▶南朝 梁 何逊《与沈助教同宿湓口夜别》："华烛已消半，更人数唱筹。"

原诗"唱筹声彻江娘墓"句后有作者注："明末江小娘骂贼自殊，墓在市侧。"

爇[ruò]饼：烧饼。爇，焚烧；点燃。

## 雨后杂兴[1]

晴天如雪落棠梨，万绿森森叶见齐。欲访幽居春水隔，白鸥引我渡溪西。

溪面游鱼唼柳花，溪头竹屋住渔家。夜来新涨添三尺，短尽前滩芦荻芽。

凫鹥拍拍鸬鹚飞，春涨前溪没钓矶。[2]怪底群蛙宣梵唱，水田幅幅学僧衣。

巾箱花片隔年收，雨甲烟苗种不侔。[3]更与童孙教莳法，预编黄竹引牵牛。[4]



注释：

①《雨后杂兴》诗见 清 张丙《延青堂诗存》二卷，民国四年(1915)上海铅印本。

②凫鹥：凫和鸥。泛指水鸟。▶《诗·大雅·凫鹥》："凫鹥在泾，公尸来燕来宁。"

③花片：飘落的花瓣。▶唐 元稹《古艳》诗之二："等闲弄水浮花片，流出门前赚阮郎。"

不侔：不相等；不等同。▶《后汉书·荀彧传》："海内未喻其状，所受不侔其功。"

④莳[shì]法：指栽培、种植的方法或技术。

黄竹：指竹。亦指毛竹。▶唐 白居易《忆洛中所居》："厌绿栽黄竹，嫌红种白莲。"

牵牛：此处指牵牛花。▶宋 陆游《夜雨》："籓篱处处蔓牵牛，薏苡丛深稗穗抽。"

# 余榜

余榜，字荆南。清庐州合肥(今安徽省合肥市)人。余阙后裔。道光十四年甲午(1834)举人，为合肥"城东七子"之一。著《牛背吟草》，未梓。

## 山居[1]

长夏山居风物清，百花开遍绿荫成。[2]山遥每送当门色，树老常疑带雨声。[3]破帽疲驴京国梦，弯弓射虎少年情。[4]却怜户外蛙鸣闹，不到江湖已半生。



注释：

①《山居》诗见 清 陈诗《皖雅初集》卷三，民国十八年(1929)上海美艺图书公司印本。

②长夏：指夏日。因其白昼较长，故称。▶唐 沈佺期《有所思》："坐看长夏晚，秋月照罗帏。"

③当门：对着门。▶宋 陆游《渔翁》："江头渔家结茅庐，青山当门画不如。"

④京国：京城，国都。 三国 魏 曹植《王仲宣诔》："我公实嘉，表扬京国。"

射虎：指西汉李广和三国东吴孙权射虎的故事。诗文中常用以形容英雄豪气。▶宋 苏轼《江城子·密州出猎》词："为报倾城随太守，亲射虎，看孙郎。"

## 阮尔昌

阮尔昌，字钧韵。清庐州合肥(今安徽省合肥市)人。道、咸时布衣。著有《竹林堂遗稿》。

### 龙舒道中[1]

晓过龙舒道，寒生短袂间。天低云傍水，山曲树遮湾。麦饭人家熟，茶烟野馆闲。前村新雨霁，好鸟听关关。[2]



注释：

①《龙舒道中》民国 李家孚《合肥诗话》卷中，民国苏城临顿路毛上珍铅活字本。

②关关：1.鸟类雌雄相和的鸣声。后亦泛指鸟鸣声。▶《诗·周南·关雎》："关关雎鸠，在河之洲。"2.和谐安适貌。▶唐 钱起《暇日览旧诗因以题咏》："逍遥心地得关关，偶被功名涴我闲。"3.车行声。▶明 何景明《忆昔行》："明星迢迢车关关，遥向楚水辞燕山。"

## 蔡应斌

蔡应斌，字雨庄。清庐州合肥(今安徽省合肥市)人。嘉、道间布衣。

### 栖霞岭下拜岳忠武墓[1]

峻岭埋忠骨，千秋此慨叹。风波良将死，雪窖旅魂寒。[2]旋转乾坤易，调和君相难。南枝有遗恨，莫向墓门看。

注释：

①《栖霞岭下拜岳忠武墓》民国 李家孚《合肥诗话》三卷卷中，民国苏城临顿路毛上珍铅活字本。

②雪窖:积雪覆盖下的地窖。借指酷寒和酷寒的地区。▶《宋史·朱弁传》:“其后，伦复归，又以弁奉送徽宗大行之文为献，其辞有曰:‘叹马角之未生，魂消雪窖;攀龙髯而莫逮，泪洒冰天。’

## 王文玮

王文玮，字伯重，号窗山。清会稽(今浙江省绍兴市)人。王衍梅之子。诸生。江西升用知县，著《志隐斋诗钞》八卷。

### 哀庐阳[①]

为江岷樵中丞作也。[②]公，新宁人，以孝廉得浙江县令，署秀水，居忧回籍。会粤西寇，起投效军营，洊陟知府。寇围长沙，公散家财，募死士，助城守，叙功称最。浏阳奸民周国愚聚众思为乱，公勒兵掩击，倾其巢。擢湖北按察使。贼犯江省，公奉檄来援。贼穴地藏炮发城颓，蜂拥欲上，公力遏获全。又以巨炮击贼，遁去。三年，冬授安徽巡抚，驰救庐州。时守兵甚单，钱粟俱竭，公方御东城缺口，奸民勾贼由西门入，公遂自刎，亲兵三百死亡殆尽。公死，远近皆气夺。

公昔领队趋江城，旌旗色变人尽生。公今秉符救淝水，金鼓声沉公竟死。蚍蜉不援雀鼠空，东墙炮黑西墙红。义卒甘心生死同，上天入地从我公。吁嗟乎，精魂往来风复雨，众鬼啾啾作人语。

注释：

①《哀庐阳》诗见出处 清 张应昌《诗铎》卷十二，清同治八年(1869)秀芷堂刻本。

②江岷樵:指江忠源。

## 朱应江

朱应江，字松亭。清庐州合肥(今安徽省合肥市)人。道光(1821—1850)时诸生，咸丰、同治年间擢江苏知县。著《倚剑横经室诗钞》。

## 晚眺[①]

过雨山容活，春郊放晚晴。[②]可怜枝上鸟，惯作不平鸣。

注释：

①《晚眺》诗见 清 朱应江《倚剑横经室诗钞》，清光绪七年(1881)刻本。

②山容：山的姿容。▶唐 元稹《和乐天重题别东楼》："山容水态使君知，楼上从容万状移。"

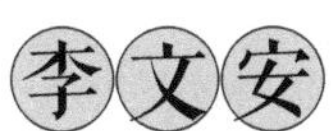

李文安(1801—1855)，字式和，号玉川，又号玉泉，别号愚荃，榜名文玕。清庐州合肥(今安徽省合肥市)东乡人。李鸿章之父。道光十八年(1838)进士，和曾国藩为同榜。与林则徐之子林汝舟服官刑部。二十一年(1841)会试外廉官，始为部中主管广西、奉天、山西的司员，督理提牢厅兼行秋审处。后为四川主事、云南员外郎，督捕司郎中，记名御史。咸丰三年(1853)，回籍助剿太平军，颇有战绩。四年(1854)以知府使用，换顶戴。五年(1855)，病故军中，以知府军营病故例赐恤，追赠道员，先赠资政大夫，通议大夫，建威将军，又赠荣禄大夫，光禄大夫，通奉大夫，在中庙建专祠(今中庙李公祠)，宦绩战功宣付国史馆立传。有诗集《愚荃敝帚二种》二卷(上卷《贯垣纪事》，下卷《村居杂景》)。清末时，其曾孙李国杰将其平生文章、诗歌等辑为八卷，以《李光禄公遗集》为名编入《合肥李氏三氏遗集》之中。

## 白衣草庐[①]

肥水滩头旧钓矶，羊裘日坐自忘机。[②]浮槎云影蜀峰雪，一样随人看白衣。[③]

注释：

①《白衣草庐》诗见 清 李国杰辑《合肥李氏三世遗集〈李光禄公遗集〉》，光绪三十年(1904年)合肥李氏刊本。

②钓矶：钓鱼时坐的岩石。▶ 北周明帝《贻韦居士诗》："坐石窥仙洞，乘槎下钓矶。"

羊裘：汉朝严光少有高名，与刘秀同游学，后刘秀即帝位，光变名隐身，披羊裘钓泽中。见《后汉书·逸民传·严光》。后因以"羊裘"指隐者或隐居生活。

③白衣：此处指平民。白衣为古代平民服。亦指无功名或无官职的士人。

## 乙未随计赴都述怀[①]

欲赋将离惟尔恋，各勤远志体吾心。莫辞书卷千回读，须识光阴一寸金。入世要知今古事，怡情且寄短长吟。功成果自殊头角，才是书香有嗣音。[②]

注释：

①《乙未随计赴都述怀》诗见 清 李国杰辑《合肥李氏三世遗集〈李光禄公遗集〉》，光绪三十年(1904)合肥李氏刊本。原诗四首，此处选一。

随计：本谓应征召之人偕计吏同行，后遂以指举子赴试。语本《史记·儒林列传》："公孙弘为学官，悼道之郁滞，乃请曰：'丞相御史言……郡国县道邑有好文学，敬长上，肃政教，顺乡里，出入不悖所闻者，令相长丞上属所二千石，二千石谨察可者，当与计偕，诣太常，得受业如弟子。'"▶五代 王定保《唐摭言·公荐》："某始出山随计，进退唯公命。"

②嗣音：谓继承前人的事业，如响应声。▶清 陈鳣《对策·文选》："唐宋元明，各有沿袭；班扬张左，孰可嗣音？"

## 嘉禾幕中得鸿儿春闱捷音喜赋[①]



千佛经传揭晓时，师门闻捷笑开眉。三台敢附茅如象，双萼欣联玉树枝。年少许交天下士，书香聊慰阿翁期。天恩高厚臣家渥，不愧科名要慎思。

注释：

①《嘉禾幕中得鸿儿春闱捷音喜赋》诗见 清 李国杰辑《合肥李氏三世遗集〈李光禄公遗集〉》，光绪三十年(1904)合肥李氏刊本。

春闱：唐、宋礼部试士和明、清京城会试，均在春季举行，故称春闱。犹春试。▶唐 李中《送相里秀才之匡山国子监》诗："业成早赴春闱约，要使嘉名海内闻。"

## 长至日自述[①]

我是高阳一酒徒，单车丈剑出皇都。[②]春风纵猎禹王浍，秋月扬帆焦姥湖。[③]搜剔翘材成大栋，芟夷荆棘见平芜。[④]他年若访老生迹，一舸烟波范大夫。[⑤]

注释：

①《长至日自述》诗见 清 李国杰辑《合肥李氏三世遗集〈李光禄公遗集〉》，光绪三十年(1904)合肥李氏刊本。

长至日：夏至日。

②高阳酒徒：刘邦起兵过陈留，高阳儒生郦食其求见，刘邦拒之。郦生嗔目按剑曰："吾高阳酒徒。"遂延入，典出《史记·郦生列传》。

③焦姥湖：即巢湖。

④芟[shān]夷：芟，割草，除去。夷，弄平，意为删除，砍伐。

⑤范大夫：范蠡，春秋末越国大夫，曾与文种协力，一举灭吴。并曾仕齐为相。后弃官散财，泛舟江湖。

## 卢先骆

卢先骆，字杰三，号半溪。清庐州合肥(今安徽省合肥市)东乡人。道光五年(1825)乙酉科举人，十二年(1832)壬辰科进士，任广东龙川知县。合肥诗人"城东七子"(蔡邦甸、赵席珍、王婷、卢先骆、吴立俊、卢先骆、戴宏恩)之一，著有《红楼梦竹枝词》《循兰馆诗存》。

### 湖干晚眺①

暝色延秋望，苍茫水气浑。②云低盘雨脚，湖阔见虹根。③短栅喧归鸭，荒坡放野豚。牧儿如旧识，沽酒问前村。

注释：

①《湖干晚眺》诗见 清 舒梦龄《(道光)巢县志》巢县志卷十六，清道光八年(1828年)刊本。

②暝色：暮色；夜色。▶南朝 宋 谢灵运《石壁精舍还湖中作》："林壑敛暝色，云霞收夕霏。"

③雨脚：密集落地的雨点。▶北魏 贾思勰《齐民要术·种麻》原注："截雨脚即种者，地湿，麻生瘦，待白背者，麻生肥。"

### 晓行北山口①

凉露洗秋星，碧天媚清晓。水萤湿不飞，余晖隐乱草。云起远山微，径僻行人少。纡回陟危巅，俯视层峦小。②村树郁寒烟，苍茫下飞鸟。

注释：

①《晓行北山口》诗见 民国 李家孚《合肥诗话》卷上，民国苏城临顿路毛上珍铅活字本。

北山口：肥东县包公镇岘山中的一天然隘口，古称余岘口、北山口。此处，自古就是合肥通往巢湖、和县、全椒、含山、南京等地咽喉，属于合肥的东南屏障，既为山之东西两侧商贾千年交通要道，也是自古兵家通关争夺的隘口。

②危巅:高山顶峰。▶元 王恽《游青莲寺》:“午枕不容诗梦就,天风吹雨下危巅。”

## 斋中晓起[1]

朝阳照积雪，晴光动书幌。[2]披衣坐前轩，檐楹豁以敞。[3]林雀冻不飞，游鱼戏冰上。弥望墟落间，寒烟散丛莽。[4]古木带流泉，遥山剧昭朗。[5]俯仰洽幽情，聊以息尘鞅。

注释:

①《斋中晓起》诗见 民国 李家孚《合肥诗话》卷上,民国苏城临顿路毛上珍铅活字本。

②晴光:晴朗的日光或月光。▶唐 杜审言《和晋陵陆丞早春游望》:“淑气催黄鸟,晴光转绿苹。”

书幌:书帷。亦指书房。▶南朝 梁 刘孝绰《〈昭明太子集〉序》:“犹临书幌而不休,对欹案而忘怠。”

③檐楹:屋檐下厅堂前部的梁柱。▶唐 韩愈《食曲河驿》:“群鸟巢庭树,乳雀飞檐楹。”

④弥望:充满视野;满眼。▶《汉书·元后传》:“大治第室,起土山渐台,洞门高廊阁道,连属弥望。”

丛莽:丛生杂乱的草木。▶唐 柳宗元《永州法华寺新作西亭记》:“丛莽下颓,万类皆出。”



⑤昭朗:犹明朗。▶唐高宗《册代王宏为皇太子文》:“器业英远,风鉴昭朗。”

## 家书[1]

乡园一别似天涯，三度楼头见月华。书畏亲忧常讳疾，室无妇叹倍思家。行间泪共灯花落，梦里心随斗柄斜。菽水教儿勤问视，高堂餐饭劝多加。[2]

注释:

①《家书》诗见 民国 李家孚《合肥诗话》卷上,民国苏城临顿路毛上珍铅活字本。

②菽水:豆与水。指所食唯豆和水,形容生活清苦。后常以“菽水”指晚辈对长辈的供养。

语出《礼记·檀弓下》:“子路曰:‘伤哉!贫也!生无以为养,死无以为礼也。’孔子曰:‘啜菽饮水尽其欢,斯之谓孝。’”



## 陆遐龄

陆遐龄(1803—1853),亦名遐林、侠林。原滁州定远荒沛桥棋杆村(今属安徽省长丰县)人。咸丰三年(1853),陆遐龄聚众起义,率两万余人,自称大帅主,声震朝廷。同年被清军诱捕杀害。

## 无题[①]

沧海桑田一微生，历来心已与庶民。[②]官府徇私洪拯我，立志酬王济穷人。[③]

注释:

①本诗据传为陆遐龄口占诗,无标题。《无题》为编者加,见 完颜海瑞《合肥诗词》,安徽文艺出版社2011年版,第110页。

②微生:此处指细小的生命;卑微的人生。▶唐 骆宾王《萤火赋》:“彼翾飞之弱质,尚矫翼而凌空。何微生之多蹶,独宛颈以触笼。”

③洪:指太平天国天王洪秀全。

# 吴廷香

吴廷香(1807—1854),字兰轩。晚清庐江(今属安徽省合肥市)人。咸丰优贡,孝廉方正。有《吴征君遗集》。

## 过实际寺访天吉上人并登冶山绝顶[①]

欧峰高处白云多，五十年华两度过。试向山头问老衲，可知尘世有干戈？[②]

注释:

①《过实际寺访天吉上人并登冶山绝顶》诗见 民国 陈诗 编 章梦芙 参订《冶父山志》卷四诗歌,民国二十五年(1936)木刻本。

②老衲:年老的僧人。亦为老僧自称。亦有借用于道士者。▶唐 戴叔伦《题横山寺》:“老衲供茶碗,斜阳送客舟。”

李文猷(1808—1865),字玉坪。清安徽合肥(今安徽省合肥市)人东乡人。李文安弟。诸生,官江苏候补巡检。能诗,著有《紫藤花馆诗集》,未梓。

## 和张煦涵藤花次韵[1]

花开豆荚浑相似，架引葡萄却一般。但见半庭飞紫雪，几疑高卧有袁安。

坐纳微凉正午宜，当门却爱绿阴垂。幽人久愿抛簪组，日对萦烟翦雨姿。[2]

注释：

①《和张煦涵藤花次韵》诗见清 陈诗《庐州诗苑》卷二，民国15年(1926)铅印本。

②簪组：冠簪和冠带。▶唐 王维《留别丘为》："亲劳簪组送，欲趁莺花还。"

唐景皋(1809—1872)，字鹤九，清湖南临武(今湖南省郴州市临武县)人。道光二十九年(1849)己酉科举人。历官湖北监利、江陵、天门知县，安徽六安州知州、太平府知府。同治元年(1862)署庐州府知府。唐景皋在庐州任上，"以振兴文教为己任"，受两江总督李鸿章命集资重建府学、县学、文庙以及庐阳书院，"生徒复业，士林颂之"。今合肥包公祠正殿门柱之上对联："凡吾辈做官，须带几分骨气；谒先生遗像，如亲三代典型。"亦为唐在任时所撰。



## 同治元年初赴庐州任途中口占[1]

昔年名胜地，蒿目泪纵横。[2]田树成拱把，金钱买菜羹。[3]骄兵如鬼厉，野兔学狼行。守此嗟何策，无忘啼泣声。

注释：

①《同治元年初赴庐州任途中口占》诗见 清 邹景文 麦连 修纂《(同治)临武县志》四十七卷，卷之四十一五言律，清同治六年(1867)刻本。

②蒿目：犹言蒿目时艰。▶《明史·职官志一》："伴食者承意指之不暇，间有贤辅，卒蒿目而不能救。"

③拱把：指径围大如两手合围。▶《孟子·告子上》："拱把之桐梓，人苟欲生之，皆知所以养之者。"

## 登蜀山[①]

尘处一无见，凭高眼乍醒。湖光嘘日白，石气晕天青。[②]城破威犹在，山荒佛尚灵。人烟添几处，农事话郊垧。[③]

注释：

①《登蜀山》诗见 清 邹景文 麦连 修纂《(同治)临武县志》卷之四十一五言律，清同治六年(1867)刻本。

②石气：环绕山石的雾气。▶元 虞集《赋石竹》："龙嘘石气千年润，鹤过林阴一迳斜。"

③郊垧：泛指郊外。▶晋 葛洪《抱朴子·崇教》："或建翠翳之青葱，或射勇禽于郊垧。"

## 和李季荃观察登姥山原韵[①]

百八烟波五两风，扦天壁立正当中。[②]洞庭泻到三分水，一样君山砥柱功。

注释：①《和李季荃观察登姥山原韵》诗见 清 邹景文 麦连 修纂《(同治)临武县志》卷之四十一七绝，清同治六年(1867)刻本。原诗标题后有作者自注：山在湖心。

李季荃：即李鹤章。

②五两：亦作"五緉"。古代的测风器。鸡毛五两或八两系于高竿顶上，籍以观测风向、风力。▶《文选·郭璞〈江赋〉》："觇五两之动静。"李善 注："兵书曰：'凡候风法，以鸡羽重八两，建五丈旗，取羽系其巅，立军营中。'许慎《淮南子》注曰："綄，候风也，楚人谓之五两也。"

## 和合肥徐毅甫孝廉原韵[①]

相马前身眼最高，虚堂镜澈过优褒。[②]勉肩重郡惭蚊负，撑腹无兵愧虎弢。[③]沟壑余生饱糠籸，山林似我辱旌旄。可怜击破寒山钵，不与平民属里毛。

注释：①《和合肥徐毅甫孝廉原韵》诗见 清 邹景文 麦连 修纂《(同治)临武县志》卷之四十一七言律，清同治六年(1867)刻本。

徐毅甫：即徐子苓。

②虚堂：高堂。▶南朝 梁 萧统《示徐州弟》："肩肩风生，昭昭月影。高宇既清，虚堂复静。"

③蚊负：比喻力小任重，典出《庄子·应帝王》："其于治天下也，犹涉海凿河，而使蚊负山也。"▶明 张居正《考满谢赉银币疏》："心虽切于葵倾，力实慳于蚊负。"

虎弢：弢，指装弓或剑使用的套子、袋子，又可活用为动词，通"韬"，隐藏的意思。此处指装饰有老虎花纹的兵器套子、袋子。

# 沈绩熙

沈绩熙(1812—1904),字咸乡,号赓初,亦号湘农。晚清庐州合肥(今安徽省合肥市)人。沈若淮第三子。同治十年(1871)辛未科进士。官刑部主事。后辞归,主庐阳书院。著有《第七泉山房诗集》。

## 教弩松荫[1]

高台临雉堞，魏武此凭栏。[2]何处寻遗镞，松荫一径寒。

注释:

①《教弩松荫》诗见民国 李家孚《合肥诗话》卷中,民国苏城临顿路毛上珍铅活字本。

②雉堞:又称垛墙,上有垛口,可射箭和瞭望。泛指城墙。▶《陈书·侯安都传》:"石头城北接岗阜,雉堞不甚危峻。"

魏武:指魏武帝曹操。



## 题金山图[1]

浮玉山前昔舣舟，今朝画李豁吟眸。[2]一枝塔影随云去，缥缈青连北固楼。[3]

注释:

①《题金山图》诗见民国 李家孚《合肥诗话》卷中,民国苏城临顿路毛上珍铅活字本。原诗二首选其一。

②吟眸:指诗人的视野。▶元 范康《竹叶舟》第一折:"暇日相携登眺,凭高处共豁吟眸。"

③青连:碧绿的河水漾着浅浅的波纹。语出《诗·魏风·伐檀》:"河水清且涟猗。"

北固楼:楼名。在今江苏省镇江市北固山上。东晋时,蔡谟首起楼其上,以贮军实,谢安复营葺之。是后崩坏,顶犹有小亭,登降甚狭。南朝梁时萧正义乃广其路。大同十年(544)梁武帝登望久之,敕曰:"此岭不足固守,然京口实乃壮观。"于是改楼曰"北顾楼"。梁武帝作有《登北顾楼》诗。▶宋 辛弃疾《南乡子·登京口北固亭有怀》词:"何处望神州,满眼风光北固楼。"

张盛典(1812—1895)，字骢史。清庐江(今安徽省庐江县)人。同治三年(1864)甲子科举人，官内阁中书。有《蜃山诗钞》。

## 过实际寺赠文师[①]

相约排疑难，相招皆近邻。远村上朝日，古寺到清晨。树老欲成怪，岩深若有神。文师吾好友，麈尘笑言真。

注释：

①《过实际寺赠文师》诗见 民国 陈诗 编 章梦芙 参订《冶父山志》卷四诗歌，民国二十五年(1936)木刻本。

文师，指冶父山文华禅师。文华，逸其名氏。形貌俊伟，言论温雅。同治后为冶父主持。

## 己未人日游实际寺[①]

人日寻春此驻车，番风廿四到梅花。嚼来世味真同蜡，呼取山僧好斗茶。百尺孤松盘鸛鹤，一声晚磬定烟霞。凭栏最忆白公句，身不出家心出家。

注释：

①《游冶父寺》诗见 民国 陈诗 编 章梦芙 参订《冶父山志》卷四诗歌，民国二十五年(1936)木刻本。

# 释啸颠

释啸颠(？—1847)，名龙文，俗姓秦。清盐城人(今江苏省盐城市)。中年出家，能文善诗。嘉庆间游合肥，居城中寺数年，尝遇年荒，为文劝赈，名播一时。不阿权贵，独与合肥徐子苓友善，频相唱和。道光十八年(1838)受邀主席冶父，二十七年(1847)圆寂。有《古树轩集》。

## 巢湖[1]

驾言游平湖，湖上景独幽。[2]虚碧隐长天，断虹明中流。[3]沙鸥接翅飞，渔唱遥相酬。[4]扁舟独容与，此乐谁与侔。[5]

注释：

①《巢湖》诗见 清 李恩绶编《巢湖志》卷二诗，黄山书社2007年版，第545页。

②驾言：驾，乘车；言，语助词。语本《诗·邶风·泉水》："驾言出游，以写我忧。"后用以指代出游，出行。▶三国 魏 阮籍《咏怀》之三一："驾言发魏都，南向望吹台。"

③虚碧：清澈碧蓝。指水。▶元 倪瓒《夜泊芙容洲走笔寄张炼师》："余兹将远适，旅泊犹彷徨。微风动虚碧，初月照石梁。"

④相酬：唱和；酬对。▶唐 韩愈《双鸟》诗："还当三千秋，更起鸣相酬。"

⑤容与：随水波起伏动荡貌。▶《楚辞·九章·涉江》："船容与而不进兮，淹回水而凝滞。"

## 送薛嵝[1]

歧路满荒草，秋林黄叶飞。那堪多风雨，复送故人归。流水杳然去，落花心正悲。执手少时立，云树还依依。



注释：

①《送薛嵝》诗见 民国 陈诗 编 章梦芙 参订《冶父山志》卷五宗派，民国二十五年(1936)木刻本。

# 陈佩珩

陈佩珩，字楚卿，清庐州巢县(今安徽省巢湖市)人，武生。有《趣园诗草》。



## 春日过巢湖登中庙楼[1]

春水方生候，凌空一倚楼。[2]当年屯战舰，此日集闲鸥。塔断云常补，山孤水自流。客怀何渺渺，不尽古今愁。

注释：

①《春日过巢湖登中庙楼》诗见 清 李恩绶编《巢湖志》卷二诗，黄山书社2007年版，第

538页。

②倚楼：倚靠在楼窗或楼头栏干上。▶唐 杜甫《江上》："勋业频看镜，行藏独倚楼。"

## 秣陵道驴背上吟[①]

日暮秣陵道，空江生澹烟。[②]乡云埋楚岫，诗魄落吴天。[③]红叶风双镫，黄花雨一鞭。五年三白下，愁绝为名牵。[④]

注释：①《秣陵道驴背上吟》诗见 民国 徐世昌《晚晴簃诗汇》卷一百四十一，民国退耕堂刻本。

秣陵：传为楚武王所置，名金陵。后秦置秣陵县，属会稽郡。治所即今江苏江宁县南五十里秣陵镇。传说始皇南巡，见金陵有天子气，遂凿秦淮河以泄其气，并改金陵为秣陵。后为南京代称。

②空江：浩瀚寂静的江面。▶唐 张泌《洞庭阻风》："空江浩荡景萧然，尽日菰蒲泊钓船。"

③楚岫：楚地山峦。▶唐 韦迢《早发湘潭寄杜员外院长》："楚岫千峰翠，湘潭一叶黄。"

④白下：古地名。在今江苏省南京市西北。唐移金陵县于此，改名白下县。后用为南京 的别称。▶《北齐书·颜之推传》："经长干以掩抑，展白下以流连。"

# 徐子苓

徐子苓(1812—1876)，字叔伟，号毅甫。晚号南阳老人，一号默道人。清庐州合肥(今安徽省合肥市)东乡人。道光十五年(1835)举人，同治中官和州学正。曾参曾国藩、江忠源幕。为人不合时俗，常以鬻文为生。与朱默存、王谦斋并称为"合肥三怪"。工诗文，有《敦艮吉斋诗文集》。

## 五月六日抵浮槎山馆[①]

归客落春后，庭荒奥草披。[②]书床留鼠迹，苔锉蜕蛇皮。汲水村童捷，移尊山鸟窥。老农感离别，醉起舞花枝。

注释：

①《五月六日抵浮槎山馆》诗见 清 徐子苓《敦艮吉斋诗存》卷一，光绪丙午(1906)集虚草堂丛书甲集本。

浮槎山馆:作者曾于浮槎山筑屋读书,号浮槎山馆。

②奥草:茂密的荒草。▶《国语·周语中》:"民无悬耜,野无奥草。"

## 西山驿[1]

驴倦恋秋草,山桥蝉乱吟。难蹲桑树矮,犬吠稻花深。湖气白成雨,炊烟青出林。客愁浑不觉,日落众峰阴。

注释:

①《西山驿》诗见 清 徐子苓《敦艮吉斋诗存》卷一,光绪丙午(1906)集虚草堂丛书甲集本。

西山驿:古驿站名。位于今肥东县店埠镇西山驿社区。

## 梁园[1]

冻林犹雪意,日没鲍昭台。仍是故乡路,谁知独客哀。依人原虎尾,行地孰龙媒。[2]三径资无赖,羞吟归去来。



注释:

①《梁园》诗见 清 徐子苓《敦艮吉斋诗存》卷二,光绪丙午(1906)集虚草堂丛书甲集本。

②虎尾:比喻危险的境地。▶《易·履》:"履虎尾,不咥人,亨。"

龙媒:此处指骏马。《汉书·礼乐志》:"天马徕龙之媒。"▶颜师古 引 应劭 注曰:"言天马者乃神龙之类,今天马已来,此龙必至之效也。"后因称骏马为"龙媒"。

## 施口阻风[1]



巢湖一水耳,三日行犹远。帆脚恋故乡,万牛不能挽。[2]春雪而何来,绿杨丝婉婉。顾闻野哭声,忧来客肠断。登高望洪涛,白浪自舒卷。谁欤奠坤维,手掣乖龙返。[3]浩浩施水流,沈沈姥山晚。长啸独归来,船头共渔饭。

注释:

①《施口阻风》诗见 清 李恩绶编《巢湖志》卷二诗,黄山书社2007年版,第553—554页。

②帆脚:帆篷的下部。亦借指帆篷。▶清 纪昀《阅微草堂笔记·滦阳消夏录一》:"制府 李公卫未达时,尝同一道士渡江。适有与舟子争诟者,道士太息曰:'命在须臾,尚较计

数文钱耶？'俄其人为帆脚所扫，堕江死。"

③坤维：指南方。▶唐 王勃《广州宝庄严寺舍利塔碑》："上当星纪，下裂坤维。"

乖龙：传说中的孽龙。▶唐 白居易《偶然》诗之一："乖龙藏在牛领中，雷击龙来牛枉死。"

## 高塘集翻车让郑甲方乙[1]

远行断六观，仗汝犹骨肉。使车如使舟，旋转手须熟。前轩后必轻，同力济乃速。[2]行路无奇功，安稳即为福。[3]自我出门来，长途事反复。屡怵破脑凶，难免人坎辱。天时固不臧，人谋岂云轂。[4]谁知立仗马，竟作偾辕犊。[5]出险须壮夫，汝曹太碌碌。[6]

注释：

①《高塘集翻车让郑甲方乙》诗见 清 徐子苓《敦艮吉斋诗存》卷一，光绪丙午(1906)集虚草堂丛书甲集本。

高塘集：地名。旧时合肥东乡、东北乡各有高塘集。东高塘集位今肥东县牌坊乡，西高塘集位于今长丰县。又，今全椒县亦有高塘集。

②同力：此处指力量相等。▶《书·泰誓上》："同力度德，同德度义。"

③奇功：异常的功劳、功勋。▶《汉书·陈汤传》："汤为人沈勇有大虑，多策谋，喜奇功。"

④不臧：犹不吉。

⑤立仗马：作仪仗的马队。

偾辕：覆车。比喻覆败。▶明 沈德符《野获编·兵部·征安南》："即张永嘉当局，曾议恢复大宁三卫故地。使其说果行，亦必至偾辕取祸矣。"

⑥汝曹：你们。

## 护城驿早发[1]

东光转夜色，野田白将晓。忍寒望炊烟，灯火出林小。骞驴恋栈豆，行行龁霜草。[2]海有赴壑水，林有倦栖鸟。悲哉远游人，作歌问苍昊。[3]

注释：

①《护城驿早发》诗见 诗见 清 徐子苓《敦艮吉斋诗存》卷一，光绪丙午(1906)集虚草堂丛书甲集本。

②栈豆：马房豆料。亦比喻才智短浅的人所顾惜的小利。

霜草：衰草；枯草。▶唐 李白《览镜书怀》："自笑镜中人，白发如霜草。"

③苍昊：苍天。▶唐 李白《荆州贼乱临洞庭言怀作》："长叫天可闻，吾将问苍昊。"

## 店埠赠郭处士绍涪[1]

小雅思益工，楚些境弥苦。[2]恒时诵陈言，怪事今目睹。[3]重坎饱所经，倾盖见高矩。[4]好诗比婵娟，修整足眉妩。琴德静不哗，流哀时激楚。[5]乱离佳酿稀，佐饮有市脯。奔波戎马中，嘉会此终古。富贵无常家，兵火劫殊毒。可堪覆巢鸟，重轻故人屋。昨来马粪高，苦雨土花绿。[6]今来眼乍明，书灯幽可匊。方伯总度支，兹乡成绾毂。[7]工商列肆居，燕雀暂蒙福。世途方荆榛，且尽杯中渌。[8]

注释：

①《店埠赠郭处士绍涪》诗见 清 徐子苓《敦艮吉斋诗存》卷二，光绪丙午（1906）集虚草堂丛书甲集本。

②楚些：《楚辞·招魂》是沿用楚国民间流行的招魂词的形式而写成，句尾皆有"些"字。后因以"楚些"指招魂歌，亦泛指楚地的乐调或《楚辞》。

③恒时：平时。▶唐 韩愈《送李翱》："揖我出门去，颜色异恒时。"

陈言：指旧说。▶李广田《论怎样打开一条生路》："假如望文生义，我们试为附会作新的解释，又何取乎古人之陈言。"



④重坎：《易·坎》："习坎，重险也。"高亨注："习，重也；坎，险也。"▶《坎》卦象为二坎相重，后遂以"重坎"喻指艰难险阻之境地。

高矩：崇高的规范、准则。▶《晋书·贺循传》："餐服玄风，景羡高矩。"

⑤琴德：谓琴音所表现的雅正之德。▶三国 魏嵇康《琴赋》："愔愔琴德，不可测也。"

⑥土花：即苔藓。▶唐 李贺《金铜仙人辞汉歌》："画栏桂树悬秋香，三十六宫土花碧。"

⑦方伯：殷周时代一方诸侯之长。后泛称地方长官。汉以来之刺史，唐之采访使、观察使，明清之布政使均称"方伯"。

度支：指经费开支。▶清 黄宗羲《明夷待访录·田制一》："汉之武帝，度支不足，至于卖爵、贷假、榷酤、算缗、盐铁之事，无所不举。"

绾毂：交通要冲之地。

⑧杯中醁：亦作"杯中渌""杯中绿"。指美酒。▶南朝 梁 王僧孺《在王晋安酒席数韵》："何因送款款，半饮杯中醁。"

## 撮镇送易明府谒选入都二首[1]

弧矢男儿事，沾衿非我曹。[2]恐违子高揖，拟赠吕虔刀。[3]长路纡征辔，残春饯浊醪。[4]萧条施水上，相对首频搔。

宦海波涛恶，况经血战时。青萍思得价，白日诀临歧。[5]吴楚传烽急，幽燕转饷迟。[6]此行应陛见，披沥说疮痍。[7]

注释：

①《撮镇送易明府谒选入都二首》诗见清 徐子苓《敦艮吉斋诗存》卷二，光绪丙午(1906)集虚草堂丛书甲集本。

明府：汉魏以来对郡守牧尹的尊称。又称明府君。

②弧矢：弓箭；此处指武功。▶明 杨一清《甘凉道中书事感怀》："弧矢威天下，雷霆震域中。"

③高揖：双手抱拳高举过头作揖。古代作为辞别时的礼节。

吕虔刀：三国时魏徐州刺史吕虔有佩刀，有个识刀剑的工匠看了后，认为必须身居三公之位的人才可佩戴此刀。于是吕虔将刀赠送王祥，王祥后为司空。王祥临死时又将此刀转授其弟王览，并说："吾儿皆凡，汝后必兴，足称此刀，故以相与。"后因以"吕虔刀"比喻赠人的珍贵之物，谓使物得其主。

④长路：远路。▶三国 魏 曹植《赠白马王彪》："收泪即长路，援笔从此辞。"

征辔：远行之马的缰绳，亦指远行的马。

⑤青萍：亦作"青蓱"。古宝剑名。▶《文选·陈琳〈答东阿王笺〉》："君侯体高世之才，秉青蓱、干将之器。"吕延济 注："青蓱、干将，皆剑名也。"

临岐：亦作"临歧"。本为面临岐路，后亦用为赠别之辞。

⑥传烽：点燃烽火，逐站相传，以报敌情。▶宋 苏轼《登州召还议水军状》："自国朝以来常屯重兵，教习水战，旦暮传烽以通警急。"

转饷：运送军粮物资。▶《汉书·高帝纪上》："丁壮苦军旅，老弱罢转饷。"

⑦陛见：谓臣下谒见皇帝。▶《东观汉记·周党传》："脱衣解履，升于华殿，陛见帝廷。"

披沥：倾吐；显示。▶明 王廷相《与彭宪长论学书》："昨奉执事高论……教仆多矣，恐非知仆之心也，乃披沥闻见，再为陈说。"

疮痍：比喻灾害困苦。▶汉 桓宽《盐铁论·国疾》："然其祸累世不复，疮痍至今未息。"

## 葛家嘴饮酒即事短述奉贻相公兼别山中旧游二首[1]

葛家嘴为方山支麓。咸丰四年，余避兵家此。八年秋，庐州再陷，山中迭苦贼。去年冬，今相公以两江总督进复安庆，余挈家出游，遂依焉。今年余来山中，濒行，邻人置酒道别，村曲语言猥杂无文要，其述德戒行是可歌也。时同治元年秋九月廿三日夜。

草棚凭长溪，霭霭西日光。老农闵游子，置酒瓜蔓旁。邻曲欢笑言，真气溢壶浆。[2]老妇调鱼羹，老翁趣行觞。[3]酒阑说相公，举手属穹苍。[4]自从相公来，皇天屡降祥。方春拔庐州，既夏甘霖翔。豭豚亦已肥，鹅鸭皆成行。[5]信是相公力，秋禾早登场。君徙皖江来，相门长趋跄。相公本天人，见说须髯长。相公饭几何，头发应未苍。皇天怜我曹，相公长寿康。庶几长子孙，戮力事耕桑。

饮罢山月高，犬吠喧溪流。有客负薪来，枣粟欢相投。移樽就苔矶，咄嗟倒盆瓯。[6]笑指溪上月，今秋胜去秋。去秋苦贼来，吞声共潜游。[7]今秋君好归，忆我采樵不。富贵亦多门，时来便公侯。君来旋复行，仆仆将焉求。贞女怀暗冰，老狐思旧丘。[8]吾衰心力短，衣食殊拙谋。相公礼数宽，沧海容一鸥。[9]低迷窃廪禄，内检常自尤。[10]中原莽犲虎，孤儿泣松楸。[11]去去勿重阵，归梦东山头。

注释：

①《葛家嘴饮酒即事短述奉贻相公兼别山中旧游二首》诗见 清 徐子苓《敦艮吉斋诗存》卷二，光绪丙午(1906)集虚草堂丛书甲集本。

葛家嘴：地名，今肥东县桥头集镇葛家嘴自然村，徐子苓在葛家嘴村筑有龙泉精舍，藏古今图书，后于1938年抗战时被日寇烧毁，百年集藏，一焰而尽。

②真气：此处指天地之精气。▶《素问·上古天真论》："恬惔虚无，真气从之；精神内守，病安从来？"

③行觞：犹行酒。谓依次敬酒。▶《礼记·投壶》："命酌，曰：'请行觞。'"

④穹苍：亦作"穹仓"。苍天。▶《诗·大雅·桑柔》："靡有旅力，以念穹苍。"

⑤豭豚：小公猪。后泛指公猪。

⑥咄嗟：叹息。▶晋 葛洪《抱朴·勤求》："令人怛然心热，不觉咄嗟。"

⑦吞声：意为无声地悲泣。▶ 唐 杜甫《哀江头》诗："少陵野老吞声哭，春日潜行曲江曲。"

⑧贞女：贞洁的妇女。▶《诗·召南·行露序》："行露，召伯听讼也。衰乱之俗微，贞信之教兴，强暴之男不能侵凌贞女也。"

旧丘：故乡；故居。▶《后汉书·蔡邕传论》："但愿北首旧丘，归骸先垄，又可得乎？"

⑨礼数：犹礼节。▶唐 杜甫《哭韦大夫之晋》："丈人叨礼数，文律早周旋。"

⑩低迷：神志模糊，昏昏沉沉。▶三国 魏 嵇康《养生论》："夜分而坐，则低迷思寝；内怀殷忧，则达旦不瞑。"

廪禄：禄米；俸禄。▶唐 元稹《故金紫光禄大夫赠太保严公行状》："俸秩廪禄一以资军。"

⑪松楸：松树与楸树。墓地多植，因以代称坟墓。▶南朝 齐 谢朓《齐敬皇后哀策文》："陈象设于园寝兮，映舆䡅于松楸。"

## 巢湖营次赠无锡汪大芾庭三首[1]

病怀迫风烟，欢笑惜俄顷。[2]湖天旌旆幽，月落众星炯。[3]天狼焰正明，烛龙呼不醒。[4]昏黑万族喑，抱火恣宵寝。谁知两狂夫，露落荒坟顶。

神剑无钝锋，良璞有奇曜。[5]虎猛豹能制，鹏击鷃频笑。久晞海上耕，暂展淮阴钓。与君结我知，云鹤本同调。喔喔村鸡鸣，风涛悲悲啸。

束发诵孙吴，心胆万夫壮。流连淹岁华，耕牧事孤尚。秋田涝不收，云壑寄疏放。[6]平生喜结客，黄金挥孟浪。[7]欲赠无绨袍，临风重惆怅。

注释：

①《巢湖营次赠无锡汪大芾庭三首》诗见 清 李恩绶编《巢湖志》卷二诗，黄山书社2007年版，第555页。

②俄顷：片刻；一会儿。▶晋 郭璞《江赋》："倏忽数百，千里俄顷，飞廉无以晞其踪，渠黄不能企其景。"

③旌旆：旗帜。借指军旅。▶《太平广记》卷一九〇引 宋 孙光宪《北梦琐言·高骈》："楼橹矗然，旌旆竟不行，而骠信耆栗。"

④烛龙：古代神话中的神名。传说其张目（亦有谓其驾日、衔烛或珠）能照耀天下。借指太阳。▶唐 李邕《日赋》："烛龙照灼以首事，踆乌奋迅而演成。"

⑤良璞：未经剖取的美玉，常用以比喻未被选用的贤才。▶《后汉书·文苑传下·赵壹》："陟明旦大从车骑谒造壹……执其手曰：'良璞不剖，必有泣血以相明者矣！'陟乃与袁逢共称荐之。"

⑥云壑：云气遮覆的山谷。▶南朝 齐 孔稚珪《北山移文》："诱我松桂，欺我云壑。"

⑦孟浪：此处指放浪；放荡。▶明 范濂《云间据目抄·记风俗》："日费千金，且当历年饥馑，而争举孟浪不经，皆予所不解也。"

## 白鹤观谒老子像[1]

宇宙日多故，达者珍其生。遂使山泽间，别有神仙名。古观薄层霄，钟磬朝百灵。[2]云荒鹤亦去，晓日松杉青。真人踞高座，玉色方曤晶。犀簪绾素发，参牛横天庭。依然隐君子，足见古性情。由来昏浊朝，志士甘沈冥。[3]官系周柱史，旨约蒙庄经。[4]矫掌望螭驾，歔噏思飞腾。[5]婚嫁苦难毕，衣食纷多营。小蛾甘促景，神龟绵修龄。[6]行当谢尘事，试炼区中形。

注释:

①《白鹤观谒老子像》诗见 清 谭献《合肥三家诗钞》卷上徐子苓西叔敦艮吉斋诗,光绪丙戌(1886)刻本。

②钟磬:钟和磬。▶唐 岑参《上嘉州青衣山中峰题惠净上人幽居寄兵部杨郎中》:"猿鸟乐钟磬,松萝泛天香。"

③沈冥:亦作"沉冥"。此处指幽居匿迹。▶《宋书·袁粲传》:"席门常掩,三径裁通,虽扬子寂寞,严叟沈冥,不是过也。"

④柱史:"柱下史"的省称。代指老子。▶《后汉书·张衡传》:"庶前训之可钻,聊朝隐乎柱史。"

⑤螭驾:传说神仙所乘的螭龙驾的车。▶唐 杨师道《奉和圣制春日望海》:"仙台隐螭驾,水府泛鼋梁。"

⑥促景:短促的光阴。▶南朝 梁 江淹《伤内弟刘常侍》:"远心惜近路,促景怨长情。"

区中:人世间。▶《史记·司马相如列传》:"迫区中之隘陕兮,舒节出乎北垠。"

## 同见老坐月有怀龙泉故居[1]

君家门外月，清绝似龙泉。相对意俱迥，坐来光渐偏。鸣虫答幽怨，羁鸟怯虚弦。何事同留滞，烽烟不计年。



注释:

①《同见老坐月有怀龙泉故居》诗见 清 谭献《合肥三家诗钞》卷上徐子苓西叔敦艮吉斋诗,光绪丙戌(1886)刻本。

## 夜归怀啸长老[1]

冻禽鞺鞳月初升，屐齿颓唐折嫩冰。[2]闹夜村犬随客吠，笼头絮帽觉寒增。风威淅沥谯楼鼓，雪影荒寒酒市镫。倚遍石阑肠几断，十年前此迟南能。[3]

注释:

①《夜归怀啸长老》诗见 清 谭献《合肥三家诗钞》卷上徐子苓西叔敦艮吉斋诗,光绪丙戌(1886)刻本。

②鞺鞳[tāng tà]:敲钟击鼓的声音。▶唐 皮日休《任诗》:"衮衣竟璀璨,鼓吹争鞺鞳。"

屐齿:此处指足迹;游踪。▶宋 张孝祥《水龙吟·过浯溪》词:"漫郎宅里,中兴碑下,应留屐齿。"

③南能:指唐代佛教禅宗南宗创始人慧能。▶唐 雍陶《同贾岛宿无可上人院》:"还因爱闲客,始得见南能。"

## 巢湖阻风小咏古六首①

黄叶庵前潮水平，朝霞寺里晓钟鸣。夜来一鹤云中唳，疑是山人啸月声。②

翩翩仙吏阮郎中，吟遍湖山七字工。杜宇数声人不见，两关三寺雨蒙蒙。③

浮邱仙去钓台在，云白山青濡水流。一年长啸倚石壁，黄鹄为我招浮邱。④

元祐规模日再中，二惇两蔡祖荆公。可怜一曲箜篌引，澧草湘兰感慨同。⑤

浩荡尧阶日月新，耕田凿井寿斯民。自从三古纷拏后，何地能安饮犊人。⑥

尽道金丹解驻颜，土人今尚说崔仙。白云杳霭苍波阔，读罢黄庭只醉眠。⑦

注释：

①《巢湖阻风小咏古六首》诗见 清 李恩绶编《巢湖志》卷二诗，黄山书社2007年版，第554—555页。

②原诗句后有作者自注："李澹然。"

③原诗句后有作者自注："软成美。"

④原诗句后有作者自注："浮丘钓台。"

⑤原诗句后有作者自注："抱书桥。抱书桥，按《(康熙)巢县志》："在萧公庙东五里。宋时吕士元抱书溺此，后人因以名其桥，年久倾坏。今康熙□年，僧人募修重建，并置小庵于其上。邑人杨于芳撰记，载《艺文志》。互见古迹。"

⑥纷拏：亦作"纷拿"。此处指混战；互相扭扯。▶《史记·卫将军骠骑列传》："时已昏，汉匈奴相纷拏，杀伤大当。"

原诗句后有作者自注："二贤祠。"二贤祠，指巢许二贤祠，祀巢父、许由。按《(康熙)巢县志》："旧在万家山新开石路下，并造有大士庵，有僧居之。又塑有邑侯夏公崇谦、郎公应麟遗像二尊。今移于山坳，改名甘露庵。而于石路作小憩所，茶寮二厢，以息行者。"

⑦杳蔼：云雾缥缈貌。▶唐 韩翃《题荐福寺衡岳暕师房》："晚送门人出，钟声杳霭间。"

原诗句后有作者自注："崔自然。"崔自然，传说曾在巢湖银屏山仙人洞修炼成仙。

## 姥山歌①

姥山团结湖心耸，霞壁云峰荡汹涌。②长杉翳云澹不流，惊涛搏石险将动。③仙宫道士夜礼星，卧吹铁笛学龙吟。记曾风雪挐孤艇，系缆悬崖独自听。姥山风净无纤霾，大帆小帆相对开。西光入水东光出，骊珠飞向松头来。[4]野僧看潮矶上坐，老渔被酒舱头卧。[5]劳劳似我竟何为，早帽蒙头山上过。[6]姥山二月桃树花，青苔白石曲涧斜。美人三五戏花下，玉腕摇宕溪中纱。往年听雨山中宿，蒸藜饷黍渔樵熟。[7]准辟茅庵缚小亭，压倒辋川笑盘谷。姥山顶上罗网稀，野鸡粥粥鸬鹚飞。姥山脚下风日暖，水蛙各各鱼虾肥。山中儿郎爱行贾，东走句吴南到楚。笺取天公借石尤，四海八荒断行旅。[8]姥山宜雨兼宜风，风雨杂沓开心胸。[9]老蛟跳波擂大鼓，断虹倚天弯长弓。[10]少时心猛胆气壮，浩歌醉舞崩崖上。[11]旧日粗豪今渐知，回首云泉发惆怅。[12]姥山幽阻中厅对，孤塔高高立山臂。[13]湖前月出凫雁语，湖后雨疾菰蒲碎。野火横斜秋树远，断箸萧疏晚潮浅。篷窗徙倚悄吟诗，塔顶星悬三两点。[14]姥山之阴破草屋，中有隐者颜如玉。朝掣采绳咒白鸡，暮刈青刍饭黄犊。[15]吕安已死向秀悲，中郎欠制郭泰碑。[16]奇文秘籍等粪土，山花野草偏葳蕤。姥山突兀梦中见，帆底重看两不厌。窥人鸥鹭故相猜，排空云石都能辨。[17]万叠青屏天与连，一道白苹香可怜。[18]自从归棹辞濡口，不到湖心又几年。

注释：

①《姥山歌》诗见 清 谭献《合肥三家诗钞》卷上西叔敦艮吉斋诗，光绪丙戌(1886)刻本。



②团结：指分散物聚拢成团。▶明 包汝楫《南中纪闻》："其人色黑似墨，颠毛不及寸，皆团结如螺。"

③翳云：形容高。▶《文选·曹植〈七启〉》："落翳云之翔鸟，援九渊之灵龟。"

④西光：夕阳。▶南朝 梁 吴均《送柳吴兴竹亭集》："踯躅牛羊下，晦昧崦嵫色。王孙犹未归，且听西光匿。"

骊珠：宝珠，传说出自骊龙颔下。▶《庄子·列御寇》："夫千金之珠，必在九重之渊，而骊龙颔下。"

⑤被酒：酒醉。▶《史记·高祖本纪》："高祖被酒，夜径泽中，令一人行前。"

⑥劳劳：此处指辛劳，忙碌。▶唐 元稹《送东川马逢侍御使回》："流年等闲过，人世各劳劳。"

⑦蒸藜：煮野菜。▶唐 王维《积雨辋川庄作》："积雨空林烟火迟，蒸藜炊黍饷东菑。"

⑧笺取：指以符咒施法唤取神灵。

石尤：石尤风。出自元 伊世珍《琅嬛记》引《江湖纪闻》，传说古代有商人尤某娶石氏女，情好甚笃。尤远行不归，石思念成疾，临死叹曰："吾恨不能阻其行，以至于此。今凡有商旅远行，吾当作大风为天下妇人阻之。"后因称逆风、顶头风为"石尤风"。▶南朝 宋 孝武帝《丁督护歌》之一："愿作石尤风，四面断行旅。"

⑨杂沓：亦作"杂沓"。纷杂繁多貌。▶南朝 梁 刘勰《文心雕龙·知音》："夫篇章杂沓，质文交加，知多偏好，人莫圆该。"

⑩跳波：翻腾的波浪。▶隋 薛道衡《入郴江》：“跳波鸣石碛，溅沫拥沙洲。”

⑪浩歌：放声高歌，大声歌唱。▶《楚辞·九歌·少司命》：“望美人兮未来，临风怳兮浩歌。”

⑫粗豪：粗疏豪放。▶唐 杜甫《少年行》：“不通姓字粗豪甚，指点银瓶索酒尝。”

⑬幽阻：奥深险阻。亦指奥深险阻之地。▶汉 傅毅《雅琴赋》：“历嵩岑而将降，睹鸿梧于幽阻。”

⑭徙倚：犹徘徊；逡巡。▶《楚辞·远游》：“步徙倚而遥思兮，怊惝怳而乖怀。”

⑮青刍：新鲜的草料。▶唐 杜甫《入奏行赠西山检察使窦侍御》：“为君酤酒满眼酤，与奴白饭马青刍。”

⑯中郎：秦汉时侯官职名。汉苏武、蔡邕曾任中郎将，后世均以中郎称之。

⑰排空：凌空，耸向高空。▶南朝 梁 何逊《赠韦记室黯别》：“无因生羽翰，千里暂排空。”

⑱青屏：青色屏障。喻挺拔的山峰。▶元《胡子坑》：“天净森铓列画戟，云开大郭横青屏。”

## 戴钧衡

戴钧衡（1814—1855），字存庄，号蓉洲。清桐城（今安徽省桐城市）人。著有《味经山馆诗文钞》《公车日记》《杂记》等刊行于世。《清史稿》有传。

### 宿庐阳口号①

海月如钩挂女墙，照人今夜宿庐阳。不须更作还家梦，明日青山是故乡。

注释：

①《宿庐阳口号》诗见 清 戴钧衡《味经山馆诗钞》卷六，清道光王祐蕃刻本。

### 月下谒包孝肃祠①

浅水菰蒲别一村，野人导我香花墩。②数行疏柳上新月，一片清光来庙门。③浮世悠悠谁气节，虚堂寂寂自精魂。④渔翁把钓日来往，空问年年春涨痕。⑤

注释：

①《谒包孝肃祠答王谦斋》诗见 清 戴钧衡《味经山馆诗钞》卷六，清道光王祐蕃刻本。

②菰蒲：菰和蒲。▶南朝 宋 谢灵运《从斤竹涧越岭溪行》诗：“苹萍泛沈深，菰蒲冒

清浅。”

③清光：清亮的光辉。多指月光、灯光之类。▶南朝 齐 谢朓《侍宴华光殿曲水》：“欢饫终日，清光欲暮。”

④虚堂：高堂。▶南朝 梁 萧统《示徐州弟》：“肩肩风生，昭昭月影。高宇既清，虚堂复静。”

精魂：精神魂魄。▶汉 王充《论衡·书虚》：“生任筋力，死用精魂……筋力消绝，精魂飞散。”

⑤涨痕：涨水的痕迹。▶宋 苏轼《书李世南所画秋景》：“野水参差落涨痕，疏林欹倒出霜根。”

## 过庐州杂咏[1]

驱车晓日又斜曛，卷地城头八暮云。万顷田畴半禾菽，几家男妇杂耕耘。官闲雉堞看新筑，野阔鸿声静不闻。[2]传说使君如父母，我非桑梓亦欣欣。[3]

平沙莽莽郁楼台，城郭苍茫气壮哉。地近颍淮民好武，天生忠孝古多才。[4]虚传浦有筝声出，不信山从海上来。往事消沉君莫问，尚书遗宅且蒿莱。[5]



孙曹伯气久消磨，此地曾经屡用戈。黯黯暮烟残垒废，离离秋草战场多。巢湖水阔疑天尽，金斗城空有雁过。欲访荒坟吊小吏，千秋哀怨近如何。

中原北望尽黄沙，匹马南行未见家。客路秋风惊落叶，城头衰柳聚寒鸦。病兄消息今何似，游子乡心近转加。[6]翻恨龙眠山色远，白头犹自梦天涯。

注释：

①《过庐州杂咏》诗见 清 戴钧衡《味经山馆诗钞》卷六，清道光王祐蕃刻本。

②雉堞：城上短墙。泛指城墙。▶《陈书·侯安都传》：“石头城北接岗阜，雉堞不甚危峻。”

③原诗“传说使君如父母，我非桑梓亦欣欣。”句后有作者自注：“时庐州城垣新修，耕父为殃，民皆安堵。令合肥者，沈君祥煦也。”

④原诗“天生忠孝古多才”句后有作者自注：“宋包孝肃、马忠肃，元余忠宣，皆庐州人。”

⑤原诗“尚书遗宅且蒿莱”句后有作者自注：“谓龚司马。”

⑥原诗“病兄消息今何似”句后有作者自注：“时仲兄卧病。”

## 合肥健儿行①

合肥健儿腰带刀，白光闪铄寒生涛。②三三五五逐队走，逢人侧目犹鸱鸮。③狂歌闯入酒肆去，横刀膝上呼葡萄。主人缓诺不称意，提刀乱斫声号呶。④不肯使锋权使背，爱菅人命如牛毛。大醉自称爷去也，明当为我留嘉肴。⑤主人致言君莫骇，此非渠魁乃其曹。⑥肩舆拥从数十辈，长枪巨炮白日骄。所至号令傲即斩，飞鸟不敢鸣声高。昔年驱车我过此，传闻若辈皆潜逃。⑦县令严武莫敢犯，今乃藐法同秋毫。国家设吏为氓庶，稂莠不拔安能苗。⑧时清横恶令若此，万有不测谁能料。⑨淮南自昔多强梗，全资尔牧为安调。⑩登车日暮三叹息，风沙莽莽心摇摇。

注释：

①《合肥健儿行》诗见 清 戴钧衡《味经山馆诗钞》卷六，清道光王祐蕃刻本。

②健儿：唐代开元以后长期戍守边远地区的雇佣兵。又称长征健儿、长行健儿、兵防健儿。后泛指勇士、壮士。也指骄兵、悍卒。

③鸱鸮：亦作“鸱枭”。鸟名。俗称猫头鹰，常用以比喻贪恶之人。▶《诗·豳风·鸱鸮》：“鸱鸮鸱鸮，既取我子，无毁我室。”

④号呶：喧嚣叫嚷。语出《诗·小雅·宾之初筵》：“宾既醉止，载号载呶。”

⑤明当：犹明日，明天。▶《北史·萧宝夤传》：“宝夤明当拜命，其夜恸哭。”

⑥渠魁：大头目；首领。▶《书·胤征》：“歼厥渠魁，胁从罔治。”

⑦若辈：这些人，这等人。▶清 黄景仁《水调歌头·谢仇二》：“仆虽不及若辈，颇抱古今愁。”

⑧氓庶：百姓。▶南朝 梁 沈约《齐故安陆昭王碑文》：“虽春申之大启封疆，邓攸之缉熙氓庶，不能尚也。”

稂莠：泛指对禾苗有害的杂草。常比喻害群之人。▶《国语·鲁语上》：“子服之妾衣不过七升之布，马饩不过稂莠。”

⑨横恶：专横凶恶。▶明 沈德符《野获编·禨祥·甘露瑞雪》：“其人之横恶，为天下唾骂，则至今如一口也。”

⑩强梗：指骄横跋扈、胡作非为的人。▶唐 韩愈《原道》：“为之政以率其怠倦，为之刑以锄其强梗。”

## 合肥有一士答徐毅甫即步原韵①

合肥有一士，自许为蒙庄。②腹中贮泰华，腕底藏琳琅。③使笔笔如刀，寸寸皆光芒。投高断兕虎，掷深切鲸鲂。④同里不解珍，众喙嗤弗良。⑤北辕抵燕赵，南舸趋浔阳。⑥惜哉终岁饥，不得饱芬芳。人生苦羁旅，元发易为苍。⑦一身不自立，两泪虚成行。惟君负大志，百折气益昂。何图叔季世，获睹古狷狂。[8]我身如培塿，低首事庐匡。[9]未甘蒿艾丛，愿倚椒兰香。独悲古人遥，并世稀颉颃。嗟如一梯米，置彼千石航。乾坤莽无涯，沧海波涛长。悠悠抱此心，谁能明我肠。何当负青天，共尔搏风翔。[10]

注释：

①《合肥有一士答徐毅甫即步原韵》诗见 清 戴钧衡《味经山馆遗诗》卷一，清康熙十五年(1676)吴兴祚刻本。

②自许：自夸，自我评价。▶《晋书·殷浩传》："温既以雄豪自许，每轻浩，浩不之惮也。"

蒙庄：指庄周。▶唐 刘禹锡《伤往赋》："彼蒙庄兮何人！予独累叹而长吟。"

③泰华：泰山与华山的并称。▶《史记·孙子吴起列传》："夏桀之居，左河济，右泰华，伊阙在其南，羊肠在其北，修政不仁，汤放之。"

④兕虎：兕与虎。泛指猛兽。▶《老子》："盖闻善摄生者，陆行不遇兕虎，入军不被甲兵。"

⑤众喙：群鸟的嘴。借指各种议论。▶宋 刘克庄《寄徐直翁侍郎》诗之二："忆昨纷纷众喙鸣，怪君噤齘久无声。"

⑥北辕：车向北驶；北行。▶唐 杜甫《自京赴奉先县咏怀五百字》："北辕就泾渭，官渡又改辙。"

⑦元发：头发。元，首级。

⑧叔季世：即叔季之世。叔、季，原指长幼次第。故引作国家衰落将亡的时代。典出《左传·僖公二十四年》："昔周公吊二叔之不成。"孔颖达 疏："通谓国衰为叔世，将亡为季世。"

狷狂：一作"狂狷"。狷介与狂放。▶《文选·陆机〈答贾长渊〉诗》："惟汉有木，曾不逾境。惟南有金，万邦作咏。民之胥好，狷狂厉圣。仪形在昔，予闻子命。"张铣 注："狷狂之心，厉以作圣。喻不善人也。言谧之相好，赠我以言相戒，使我狷狂之心，厉以作圣人之道也。"

⑨培塿：本作"部娄"。小土丘。▶《左传·襄公二十四年》："部娄无松柏。"杜预 注："部娄，小阜。"

庐匡：即匡庐，江西庐山别名。相传殷周之际有匡俗兄弟七人结庐于此，故称。

⑩风翔：谓风吹动。▶南朝 宋 谢庄《让中书令表》："泽与风翔，恩从云动。"

## 方濬颐

方濬颐(1815—1888)，字饮苕，号子箴，又号梦园。清滁州定远(今安徽省定远县)人。道光二十四年(1844)甲辰科进士。同治八年(1869)授两淮盐运使,历任浙江、江西、河南、山东各道御史,两广盐运使兼署广东布政使、四川按察史等职。后退出政界,到扬州开设淮南书局。广揽四方贤士,校刊群籍,重修平山堂。有《二知轩诗文集》《忍斋诗文集》《古香凹词》《朝天录》《蜀程日记》《东瀛唱答诗》等著作。

## 坫步偶作[①]

朝发平梁城,过午达坫步。半月三往来,于今识歧路。[②]官符促行役,乡国难久住。请看道旁马,风尘日驰骛。[③]雄材恋刍豆,帖耳任羁靽。[④]骅骝厕驽骀,伯乐千载遇。[⑤]荒郊一纵目,夕阳屡回顾。

注释:

①《坫步偶作》诗见 清 方濬颐《二知轩诗续钞》卷七,清同治刻本。

坫步:即店埠,今安徽省合肥市肥东县店埠镇。

②原诗"半月三往来,于今识歧路。"句后有作者自注:"北往定远,南往巢县,其东则往全椒。"

③驰骛:疾驰;奔腾。▶《逸周书·文傳解》:"畋渔以时,童不夭胎,马不驰骛,土不失宜。"

④刍豆:草和豆。指牛马的饲料。▶宋 沈作哲《寓简》卷三:"昔刘景升有大牛,重千斤,啖刍豆十倍常牛。"

帖耳:耳朵下垂,驯服的样子。▶唐 韩愈《应科目时与人书》:"若俯首帖耳摇尾而乞怜者,非我之志也。"

⑤骅骝:周穆王八骏之一。泛指骏马。▶《荀子·性恶》:"骅骝騹骥纤离绿耳,此皆古之良马也。"杨倞注:"皆周穆王八骏名。"

厕:夹杂在里面;参与。

驽骀:指劣马。▶《楚辞·九辩》:"却骐骥而不乘兮,策驽骀而取路。"

## 寄王谦斋肥上(选三)[①]

君书到广州,九月十二日。我时在西园,忽忽如有失。乾坤本浩荡,衣冠自梏桎。暂将返乡关,伏处希旷逸。[②]故人久不见,伸纸恍促膝。君为濠上鱼,我是裈中虱。[③]十余年间事,覼缕苦未悉。

怜君遇何穷,奔驰困戎马。浮家淮水滨,性命几欲舍。回看庐子国,狐鼠窜城社。大府坐军帐,高歌学风雅。一枰战正酣,那顾鸿嗸野。音问永隔绝,满腔离绪惹。径趋辇毂下，别后益腾沸。[4]故里无片瓦，哀君失怙年。[5]

城市俨山林，逍遥津上屋。犹记莫春夜，盆舟荡空绿。清吟傲筝笛，韵事更谁续。君归云已久，台榭亮重筑。戴星理渔具，趁雨补松竹。良辰奉板舆，高年畅心目。昆季乐怡怡，人间此真福。[6]溯洄小辋川，结邻吾愿足。

注释：

①《寄王谦斋肥上》诗见 清 方濬颐《二知轩诗续钞》卷四，清同治刻本。

②伏处：隐居。▶《庄子·在宥》："贤者伏处大山嵁岩之下，而万乘之君忧栗乎庙堂之上。"

③濠上：濠水之上。▶《庄子·秋水》记庄子与惠子游于濠梁之上，见儵鱼出游从容，因辩论鱼知乐否。后多用"濠上"比喻别有会心、自得其乐之地。

④辇毂下：犹言在皇帝车舆之下。代指京城。▶汉 司马迁《报任安书》："仆赖先人绪业，得待罪辇毂下，二十余年矣。"

⑤原诗"故里无片瓦，哀君失怙年。"句后有作者自注："育泉姻丈，已未秋归道山。予在京邸，罕通唁问，至今歉然。"

⑥昆季：兄弟。长为昆，幼为季。▶北齐 颜之推《颜氏家训·风操》："行路相逢，便定昆季，望年观貌，不择是非。"



## 石塘桥望浮槎山[1]

插天屏嶂豁双眸，神往当年涌翠楼。[2]帝女离尘空五蕴，名贤作记足千秋。道林早向山中辟，泉乳依然石上流。[3]堪与枞阳仙境埒，飞云何必羡罗浮。[4]

注释：

①《石塘桥望浮槎山》诗见 清 方濬颐《二知轩诗续钞》卷七，清同治刻本。

②原诗"插天屏嶂豁双眸，神往当年涌翠楼。"句后有作者自注："在黄氏半园，已毁于贼。"

③原诗"道林"后有作者自注"寺名"。

④原诗"堪与枞阳仙境埒"后有作者自注"谓桐城浮山"。



## 舆中读谦斋诗集题后[1]

虎狼丛里抽身出，笳鼓营中掉马回。风月酣嬉余梦影，乾坤磊落此雄才。[2]毫端尽有锋芒在，乱后重将坛坫开。传世底须扃秘箧，要令万目赏奇块。[3]

注释：

①《舆中读谦斋诗集题后》诗见 清 方濬颐《二知轩诗续钞》卷七，清同治刻本。

②原诗“风月酣嬉余梦影”后有作者自注“君初集名《逍遥梦影录》”。

③原诗“传世底须扃秘箧”后有作者自注“徐毅甫同年欲君录而藏之，予窃不谓然”。

底须：何须；何必。▶元 许有壬《摸鱼子·和明初韵》词：“倾绿醑，底须按乐天池上《霓裳》谱！”

## 庐州次谦斋人日寄怀韵[①]

健笔谁能敌浣花，骚坛雷动阿香车。[②]狂吟飞骑桥边月，醉嚼浮槎顶上霞。断井寒烟余战垒，青毡旧物属君家。[③]半园人作遗园客，相对挑灯感鬓华。

注释：

①《庐州次谦斋人日寄怀韵》诗见 清 方濬颐《二知轩诗续钞》卷七，清同治刻本。

②原诗“健笔谁能敌浣花”后有作者自注“君近学杜”。

骚坛：诗坛。引申为文坛。▶清 张声玠《四十自序》：“与闽之学士大夫文人墨士，觜酒淋漓，骚坛树旗鼓。”

阿香车：即雷车。阿香，神话传说中的推雷车的女神。出自《初学记》卷一引《续搜神记》：“义兴人姓周，永和中出都。日暮，道边有一新草小屋，一女子出门望见周。周曰：‘日暮求寄宿。’向一更中，闻外有小儿唤：‘阿香，官唤汝推雷车。’女乃辞去。”

③青毡旧物：即“青毡故物”。《太平御览》卷七〇八引 晋 裴启《语林》：“王子敬在斋中卧，偷人取物，一室之内略尽。子敬卧而不动，偷遂登榻，欲有所觅。子敬因呼曰：‘石染青毡是我家旧物，可特置否？’于是群偷置物惊走。”按，《晋书·王献之传》也载此事。后遂以“青毡故物”泛指仕宦人家的传世之物或旧业。

## 次韵谦斋十六日夜同人小集遗园[①]

高歌枕上蝶魂苏，妒煞梅兄仙子呼。[②]天壤才名原盖世，座间主客又成图。光芒难闭化龙剑，声价休轻弹雀珠。桃柳重栽筝笛浦，料应风景未全殊。

注释：

①《次韵谦斋十六日夜同人小集遗园》诗见 清 方濬颐《二知轩诗续钞》卷七，清同治刻本。

②原诗“高歌枕上蝶魂苏”后有作者自注“君告予，昨夜联句归而就枕，吟哦不绝，遂惊醒小君之梦”。

原诗“妒煞梅兄仙子呼”后有作者自注“斋中供水仙红梅各一故以此调之”。

## 叠韵联句①

荒墩重踏古香花，泼刺银梭入钓车。②西耸双峰延夕爽，东环圆顶浴朝霞。③曲台半没蓬蒿径，野水争浮舴艋家。④难得阿戎炎峤至，追陪杖履咏年华。⑤

注释：

①《叠韵联句》诗见 清 方濬颐《二知轩诗续钞》卷七，清同治刻本。

②原诗"荒墩重踏古香花"后有作者自注"方子箴"。

原诗"刺银梭入钓车"后有作者自注"王谦斋"。

③原诗"西耸双峰延夕爽"后有作者自注"凌兆熊仲桓"。

原诗"东环圆顶浴朝霞"后有作者自注"方振沅芷春"。

④原诗"曲台半没蓬蒿径"后有作者自注"方臻谷贻清"。

原诗"野水争浮舴艋家"后有作者自注"方燕昭和斋"。

曲台：秦汉宫殿名。▶《汉书·邹阳传》："臣闻秦倚曲台之宫。"颜师古注引应劭曰："秦皇帝所治处也，若汉家未央宫。"

阿戎：称堂弟。▶唐 杜甫《杜位宅守岁》："守岁阿戎家，椒盘已颂花。"

炎峤：炎热的五岭地区。▶明《悯黎咏》："粤南本炎峤，矧此琼崖东。"



⑤原诗"难得阿戎炎峤至"后有作者自注"方廷焕砺山谓子箴"。

原诗"追陪杖履咏年华"后有作者自注"方臻峻果卿"。

## 喜谦斋至以此索诗①

焦山于我缘何悭，寒潮正长瓜步湾。焦山于君似相约，好风吹上松寥阁。问君可有游山诗，闭口但观壁上题。为耽闲适怕吟咏，浩荡已成白鸥性。君来芜城须放歌，指挥诸军如鹳鹅。②欺人勿听徐陵语，少陵何尝作诗苦。③

注释：

①《喜谦斋至以此索诗》诗见 清 方濬颐《二知轩诗续钞》卷八，清同治刻本。

②鹳鹅：《左传·昭公二十一年》："丙戌，与华氏战于赭丘。郑翩愿为鹳，其御愿为鹅。"杜预注："鹳、鹅皆陈名。"杨伯峻注："《埤雅·释鸟》：鹅自然有行列。故《聘礼》曰'出如舒雁'（雁即鹅）。古者兵有鹳、鹅之陈也。旧说江淮谓群鹳旋飞为鹳井，则鹳善旋飞，盘薄霄汉，鹅之成列正异，故古之陈法或愿为鹳也。"后遂以"鹳鹅"泛指军阵。

③原诗"欺人勿听徐陵语"句后有作者自注："縠甫教君诗，以生涩为上。"

## 过大蜀山一首示谦斋[1]

一峰高耸备五行，堪舆家言乃少祖。[2]蜿蜒穿过大潜山，到此昂头龙似虎。迤西小蜀难颉颃，郁蟠灵脉肥水聚。[3]洞里老蛟飞上天，山有两洞曾出蛟。粤寇纵斧童其巅，厥东隐隐见竹树。开福寺外犹葱芊，村夫指点作呓语。上有蜀国移来泉，烧痕几日风吹绿，出郭扶筇看不足。虬松补种一万株，岩坳小筑数椽屋。辋川诗孙谓何如，天教占断烟霞福。[4]

注释：

①《过大蜀山一首示谦斋》诗见 清 方濬颐《二知轩诗续钞》卷七，清同治刻本。

②原诗“一峰高耸备五行”句后有作者自注：“山自南看为金星；北看为火星；东看为木星；西看为水星。”

堪舆家：古时为占候卜筮者之一种。后专称以相地看风水为职业者，俗称“风水先生”。

③郁蟠：此处指曲折幽深貌。 ▶ 宋 苏轼《中秋见月寄子瞻兄》：“浮云卷尽流金丸，戏马台西山郁蟠。”

④占断：全部占有，占尽。 ▶ 唐 吴融《杏花》诗：“粉薄红轻掩敛羞，花中占断得风流。”



## 宿梁园感赋[1]

庚戌三月，予南游过此，借宿于蔡丈小泉之亦园。园故以假山胜，洞壑玲珑，缘坡上下，皆筑曲廊，达于巅顶，池台楼阁，位置天然如画，勾留一日，作七绝四章纪之。乃不数年，园毁于贼。蔡丈乔梓亦皆化去。[2]月之十七日，还乡复经其地，天已曛黑。[3]询之居民，云仅存小桥石洞而已。而予诗则囊于辛亥秋，付之波臣，都不记忆。挑灯枯坐，枨触无聊。因补作四诗，以志今昔之感云。

萍踪小泊莫春天，弹指光阴二十年。犹记陂塘新涨满，到门蛙鼓正喧阗。[4]

台榭经营巧匠謻，翻新未及化工奇。迷漫万绿浑如海，中有珊瑚树几枝。[5]

解后崔卢意颇亲，匆匆遽作远游人。[6]而今白首还乡国，楚尾吴头倍怆神。[7]

寂寂荒郊月影寒，闷摊诗卷兴阑珊。石狮卧地无人管，嶰谷琅琊一例看。[8]

注释：

①《宿梁园感赋》诗见 清 方濬颐《二知轩诗续钞》卷七，清同治刻本。

②庚戌：清代共有五个庚戌年，分别为康熙九年(1670)、雍正八年(1730)、乾隆五十五年(1790)、道光三十年(1850)、宣统二年(1910)，考作者生平，此庚戌当为清宣宗道光三十年(1850)。

乔梓：《尚书大传》卷四："伯禽与康叔见周公，三见而三笞之。康叔有骇色，谓伯禽曰：'有商子者，贤人也。与子见之。'乃见商子而问焉。商子曰：'南山之阳有木焉，名乔。'二三子往观之，见乔实高高然而上，反以告商子。商子曰：'乔者，父道也。南山之阴有木焉，名梓。'二三子复往观焉，见梓实晋晋然而俯，反以告商子。商子曰：'梓者，子道也。'二三子明日见周公，入门而趋，登堂而跪。周公迎拂其首，劳而食之，曰：'尔安见君子乎？'"后因以"乔梓"比喻父子。

③曛黑：日暮天黑。▶南朝宋 谢灵运《拟魏太子邺中集诗·陈琳》："夜听极星阑，朝游穷曛黑。"

④陂塘：池塘。▶《国语·周语下》："陂塘污庳，以钟其美。"韦昭注："畜水曰陂，塘也。"

喧阗：亦作"喧填"。亦作"喧嗔"。喧哗，热闹。▶唐 杜甫《盐井》："君子慎止足，小人苦喧阗。"

⑤原诗"迷漫万绿浑如海，中有珊瑚树几枝。"句后有作者自注："谓映山红。"

⑥原诗"觧后崔卢意颇亲"句后有作者自注："予曩到亦园，适陈润森已先至。"

崔卢：自魏晋至唐代，山东士族大姓有崔氏、卢氏，长期居高显之位。▶《旧唐书·窦威传》："高祖笑曰：'比见关东人与崔卢为婚，犹自矜伐，公代为帝戚，不亦贵乎！'"后因以崔卢借指豪门大姓。

⑦楚尾吴头：古豫章一带位于楚地下游，吴地上游，如首尾相衔接，故称"楚尾吴头"。亦泛指长江中下游一带地方。

⑧原诗"石狮卧地无人管，嶰谷琅琊一例看。"句后有作者自注："小嶰谷、琅琊山，寿春孙氏二园名。乱后咸鞠为茂草矣。"

## 彭玉麟

彭玉麟(1816—1890)，字雪琴，号退省庵主人、吟香外史。祖籍湖南衡阳(今湖南省衡阳县)，生于庐州合肥(今安徽省合肥市)。道光末参与镇压李沅发起事。后至耒阳为人经理典当，以典当资募勇虚张声势阻退逼近县境之太平军。复投曾国藩，分统湘军水师。半壁山之役，以知府记名。以后佐陆军下九江、安庆，改提督、兵部右侍郎。同治二年(1863)，督水师破九洑洲，进而截断天京粮道。战后，定长江水师营制，每年巡阅长江，名颇著。中法战争时，率部驻虎门，上疏力排和议。官至兵部尚书。卒谥"刚直"。有《吟香馆》《退省盦》等诗草。

## 纪梦①

明远台曾幼读书，十年相别入华胥。②绿杨烟所苍松古，红杏风倚翠竹疏。花落乌啼春去后，窗开帘卷客来初。欣逢旧雨殷勤甚，慰问慈亲似昔无。

注释：

①《纪梦》诗 见 蔡麟毓等《蔡氏宗谱禋公支谱》卷三，民国九年(1920)刊本。按，彭玉麟之父曾在合肥县梁园巡检司任职，彭玉麟五岁前跟随梁园蔡家磻(蔡璞斋)学习。此诗为彭显赫后所写，载于《蔡氏宗谱禋公支谱》。

②华胥：出自《列子·黄帝》："(黄帝)昼寝，而梦游于华胥氏之国。华胥氏之国在弇州之西，台州之北，不知斯齐国几千万里。盖非舟车足力之所及，神游而已。其国无帅长，自然而已；其民无嗜欲，自然而已……黄帝既寤，怡然自得。"后用以指理想的安乐和平之境，或作梦境的代称。

## 感事①

薄宦严君二十年，皖江淝水汲清泉。②空遗旧产三间屋，难起新炊一灶烟。③慈母箱存衣上线，他人囊饱俸余钱。④乌衣巷口斜阳冷，安得王孙痴叔贤。⑤

注释：

①《感事》诗 见 民国 徐世昌《晚晴簃诗汇》卷一百五十一，民国退耕堂刻本。

②薄宦：卑微的官职。有时用为谦辞。▶晋 陶潜《尚长禽庆赞》："尚子昔薄宦，妻孥共早晚。"

严君：父母之称。▶《易·家人》："家人有严君焉，父母之谓也。"

"皖江淝水汲清泉"句：指彭玉麟之父彭鸣九曾先后在怀宁县三桥镇巡检司(嘉庆十九年，1814年)、合肥县梁园巡检司(道光元年，1821年)任巡检。

③新炊：新煮的饭。▶唐 杜甫《赠卫八处士》："夜雨剪春韭，新炊间黄粱。"

④原诗"他人囊饱俸余钱"句后有作者自注："严君俸余为人干没"。

俸余：俸禄所余。▶《新唐书·冯元淑传》："与奴仆日一食，马日一秣，所至不挈妻子，斥俸余以给贫穷。"

⑤痴叔：西晋王湛兄弟，宗族皆以为痴。武帝(司马炎)每见湛兄子王济，常调之曰："卿家痴叔死未？"后济渐得湛实，因答曰："臣叔不痴。"并推其才在山涛以下，魏舒以上。湛于是显名。见《晋书·王湛传》。后用以为典。

蒯德模(1816—1877),字子范,亦作子藩,晚号蔗园老人。清庐州合肥(今安徽省合肥市)东乡人。幼颖异,少时与李瀚章、李鸿章同窗相谐。咸丰末,以诸生治团练。同治初,知长洲四年,断疑狱八百余牍,为民所颂。光绪间官至夔州知府。卒于官。赠资政大夫。入祀长洲、太仓、夔州名宦祠,《清史稿》有传。蒯德模为清代合肥唯一循吏。一生勤学,为文钩沉缒幽,不规规于风尚,治学深于《易》,又好吟咏,有《带耕堂遗诗》《吴中判牍》《带耕堂四书文》《陆陈二先生诗钞》《蚕桑实济》《验方杂录》等。

## 送李少荃入都[①]

李生裘马去长安，长安道上风雪寒。[②]千里河梁一携手，平生知己离别难。[③]昔时论交君总角，高歌凌云笔摇岳。超超气概人中龙，矫矫羽翰天半鹤。[④]圣朝文行重兼优，姓名高揭九天秋。[⑤]桂子香飘行待弄，芹池春暖谢同游。[⑥]丈夫决意取青紫，安能郁郁久居此。[⑦]仙骨苦炼蓟门霜，尘襟倒濯黄河水。[⑧]海内文章谁折衷，当朝人物欧阳公。[⑨]良金跃冶原非愿，干将莫邪夸宗工。[⑩]况复若翁擅都雅，几年春风快走马。[⑪]欢承客舍趋鲤庭，日暖风和酒盈斝。[⑫]近市屠沽游侠伦，驰名燕赵多佳人。[⑬]壮游如此自可乐，君行不行无逡巡。[⑭]独怜南军失旗鼓，余子碌碌竞雄武。[⑮]拔帜立帜争先登，风骚坛坫孰与主。[⑯]

注释:

①《送李少荃入都》诗见 清 蒯德模《带耕堂遗诗》,民国十八年(1929)江宁刻本。

②裘马:轻裘肥马。形容生活豪华。语出《论语·雍也》:“赤之适齐也,乘肥马,衣轻裘。”

③河梁:桥梁。借指送别之地。▶《列子·说符》:“孔子自卫反鲁,息驾乎河梁而观焉。”旧题 汉 李陵《与苏武》诗之三:“携手上河梁,游子暮何之?……行人难久留,各言长相思。”

④羽翰:翅膀。▶南朝 宋 鲍照《咏双燕》之一:“双燕戏云崖,羽翰始差池。”

⑤文行:文章与德行。▶《论语·述而》:“子以四教,文行忠信。”

高揭:高高张贴。▶明 陈所闻《玉包肚·送张颖初北试》曲之一:“黄金台上相逢知己笑相投,高揭文章五凤楼。”

⑥行待:将要。▶宋 黄庭坚《木兰花令》:“可怜翡翠随鸡走,学绾双鬟年纪小。见来行待恶怜伊,心性娇痴空解笑。”

⑦青紫:本为古时公卿绶带之色,因借指高官显爵。▶《汉书·夏侯胜传》:“胜每讲授,

常谓诸生曰:'士病不明经术;经术苟明,其取青紫如俯拾地芥耳。'"

⑧尘襟:世俗的胸襟。▶唐 黄滔《寄友人山居》:"茫茫名利内,何以拂尘襟。"

⑨折衷:亦作"折中"。取正,用为判断事物的准则。▶《楚辞·九章·惜诵》:"令五帝以折中兮,戒六神与向服。"

⑩良金:优质金属。▶《国语·越语下》:"王命工以良金写范蠡之状而朝礼之。"

宗工:犹宗匠,宗师。指文章学术上有重大成就,为众所推崇的人。▶宋 洪迈《容斋三笔·作文字要点检》:"作文字不问工拙小大,要之不可不著意点检。若一失事体,虽遣词超卓,亦云未然。前辈宗工,亦有所不免。"

⑪都雅:美好闲雅。▶《三国志·吴志·孙韶传》:"身长八尺,仪貌都雅。"

⑫鲤庭:《论语·季氏》载,孔鲤"趋而过庭",遇见其父孔子,孔子教训他要学诗、学礼。后因以"鲤庭"谓子受父训之典。▶唐 杨汝士《宴杨仆射新昌里第》:"文章旧价留鸾掖,桃李新阴在鲤庭。"

⑬游侠:犹任侠。▶《史记·汲郑列传》:"黯为人性倨,少礼……然好学,游侠,任气节,内行修洁,好直谏,数犯主之颜色。"

⑭壮游:谓怀抱壮志而远游。▶元 袁桷《送文子方著作受交趾使于武昌二十韵》:"壮游诗句豁,古戍角声悲。"

⑮余子:此处指其余的人。▶元 辛文房《唐才子传·柳宗元》:"工诗,语意深切,发纤秾于简古,寄至味于淡泊,非余子所及也。"

⑯先登:先于众人而登。▶《左传·隐公十一年》:"颍考叔取郑伯之旗蝥弧以先登。"

孰与:与谁。▶《公羊传·宣公十五年》:"庄王曰'子去我而归,吾孰与处于此?吾亦从子而归尔。'"

## 吊江忠烈公①

久传敢战岳家兵,节钺遥临庐子城。②军势全凭坚众志,将才半是出书生。衣披缚稿人留影,筹唱量沙夜有声。③贼若缓来公早至,安知此难不能平。

闻道援兵万灶多,锦旗未见复如何。贺兰不灭空留矢,曹豹先降暗倒戈。④半壁城倾惊霹雳,三更星陨动山河。为寻止水亭千古,一样丹心照碧波。

早知合剿胜分防,规画东南虑最长。⑤百战余威小诸葛,千秋大节古睢阳。赤虹剑气埋烟蔓,白骨山阿酹酒浆。⑥幸有援师来介弟,应教指日复平梁。⑦

江山吴楚本相连,大局须筹一著先。此后长淮无管钥,即今全皖尽烽烟。⑧沙场马革归无忝,朝庙龙骧去尚悬。⑨搔首南天重怅望,才逢戡乱更何年。⑩

注释：

①《吊江忠烈公》诗见 清 蒯德模《带耕堂遗诗》，民国十八年(1929)江宁刻本。

江忠烈公，指江忠源。

②节钺：符节和斧钺。古代授予将帅，作为加重权力的标志。▶《孔丛子·问军礼》："天子当阶南面，命授之节钺，大将受，天子乃东面西向而揖之，示弗御也。"

③量沙：《南史·檀道济传》："道济时与魏军三十余战多捷，军至历城，以资运竭乃还。时人降魏者具说粮食已罄，于是士卒忧惧，莫有固志。道济夜唱筹量沙，以所余少米散其上。及旦，魏军谓资粮有余，故不复追，以降者妄，斩以徇。"后以"量沙"为安定军心，迷惑敌人之典。▶清 李渔《奈何天·助边》："见边庭乏饷，军士呼庚，主帅量沙，怕的是饥军一溃扰中华。"

④原诗"贺兰不灭空留矢"句后有作者自注："谓舒制军兴阿。"

原诗"曹豹先降暗倒戈"句后有作者自注："谓庐州府知府胡元炜。"

⑤规画：筹划，谋划。▶《三国志·蜀志·杨仪传》："亮数出军，仪常规画分部，筹度粮谷。"

⑥原诗"赤虹剑气埋烟蔓，白骨山阿酹酒浆"句后有作者自注："公灵寄厝余家西偏，时率乡人往奠。"

⑦介弟：对他人之弟的敬称，或对自己弟弟的爱称。▶《左传·襄公二十六年》："夫子为王子围，寡君之贵介弟也。"



原诗"幸有援师来介弟，应教指日复平梁。"句后有作者自注："谓公弟达川。"

⑧管钥：亦作"管籥"。此处指锁匙。籥，通"钥"。▶《礼记·月令》："(孟冬之月)修键闭，慎管籥。"

⑨无忝：不玷辱；不羞愧。▶《书·君牙》："今命尔予翼，作股肱心膂，缵乃旧服，无忝祖考。"

朝庙：指朝廷与宗庙。▶《东周列国志》第二三回："桓公乃命三国各具版筑……更为建立朝庙，添设庐舍。"

⑩戡乱：平定叛乱。▶南朝 梁 刘孝标《辩命论》："而或者睹汤武之龙跃，谓戡乱在神功；闻孔墨之挺生，谓英睿擅奇响。"



## 庐城再复①

百战雄师捷，重瞻庐子城。湖山仍故国，鸡犬亦余生。皖北全军胜，淮南伏莽萌。②中兴诸将士，努力报升平。③

乱离催老病，戢影在蓬门。④露刃仇相视，停车客少喧。亲朋多死别，皮骨仅空存。重起中宵舞，荒鸡唱远村。⑤

注释：

①《庐城再复》诗见 清 蒯德模《带耕堂遗诗》，民国十八年(1929)江宁刻本。庐州再复，指清同治元年(1862)，清军第二次收复庐州。

②伏莽：《易·同人》："九三，伏戎于莽。"莽，丛生的草木。后以"伏莽"指军队埋伏在草莽中。亦指潜藏的寇盗。▶唐 李德裕《授王元逵平章事制》："始擒伏莽之戎，遽拔升天之险。"

③中兴：中途振兴；转衰为盛。▶《诗·大雅·烝民序》："任贤使能，周室中兴焉。"

④戢影：见"戢景"。匿迹；隐居。▶《初学记》卷三十引 晋 傅咸《萤火赋》："当朝阳而戢景兮，必宵昧而是征。"

⑤中宵舞：中夜起舞。▶宋 辛弃疾《贺新郎·同父见和再用韵答之》词："我最怜君中宵舞，道男儿、到死心如铁。"

## 送王紫垣归里[1]

君来才两载，老病渐相侵。似此多奇气，何人是赏音。[2]浑身皆侠骨，有句尽仙心。[3]自古贫交重，临歧思不禁。[4]

王粲依人惯，飘零亦可哀。鞠穷看晚节，桐爨识良材。[5]面目依然在，胸怀到处开。明年春水绿，放棹望重来。

注释：

①《送王紫垣归里》诗见 清 蒯德模《带耕堂遗诗》，民国十八年(1929)江宁刻本。

王紫垣，即王映薇。王映薇，字紫垣。清合肥人。咸丰间诸生，官教谕，曾为周盛波、蒯德模幕僚。工诗词，著有《自怡悦斋诗存》《漱润斋诗余》。

②赏音：知音。▶三国 魏 曹植《求自试表》之一："夫临博而企竦，闻乐而窃抃者，或有赏音而识道也。"

③仙心：比喻卓越的文思才情。▶清 朱庭珍《筱园诗话》卷二："(青丘)所为诗，自汉、魏、六朝及李、杜、高、岑……昌黎、东坡，无所不学，无所不似，妙笔仙心，几于超凡入圣矣。"

④贫交：贫贱时交往的朋友。▶《史记·货殖列传》："陶朱公十九年之中三致千金，再分散与贫交、疏昆弟。"

⑤鞠：此处同"菊"。

桐爨：语本《后汉书·蔡邕传》："吴人有烧桐以爨者，邕闻火烈之声，知其良木，因请而裁为琴，果有美音，而其尾犹焦，故时人名曰'焦尾琴'焉。"后因以"桐爨"喻良材被毁或大材小用。爨，烧火做饭。▶宋 陆游《杂言示子聿》："福莫大于不材之木，祸莫惨于自跃之金。鹤生于野兮，何有于轩？桐爨则已兮，岂慕为琴？"

吴培，字一山。清庐州合肥(今安徽省合肥市)人。咸丰(1851—1861)间诸生。著《睡余小草》。

## 山中即景[1]

山居无个事，林外步迟迟。屋破新萝补，墙欹怪石支。泉深僧汲水，竹密客题诗。带月归来晚，钟声飏隔篱。

注释：

①《山中即景》诗见 民国 李家孚《合肥诗话》卷中，民国苏城临顿路毛上珍铅活字本。

# 胡邦梓

胡邦梓，字楚材。清庐州合肥(今安徽省合肥市)人。咸丰(1851—1861)时贡生。编有《春秋人物备考》。



## 雍家镇阻风[1]

濡须口外暮潮平，夹岸渔灯照水明。不厌石尤三日阻，推篷坐看晚霞生。

天际浮岚杳霭青，枫林随处系蜻蛉。客程最爱濡须口，夹岸山眉斗尹邢。[2]

注释：

①《雍家镇阻风》民国 李家孚《合肥诗话》卷中，民国苏城临顿路毛上珍铅活字本。

雍家镇：今属安徽省芜湖市鸠江区沈巷镇。

②尹邢：汉武帝宠妃尹夫人与邢夫人的并称。因同时被宠幸，汉武帝有诏二人不得相见。事《史记·外戚世家》。后即以尹邢之事作彼此不相谋面的典故。▶ 清 赵翼《子才过访草堂》："尹邢不避面，翻欲同罗帏。"

## 王晋铨

王晋铨，字衡斋。清庐州合肥(今安徽省合肥市)人。咸丰(1851—1861)间诸生，官主簿。著《蔗梢馆吟草》。

### 过王姥山①

两山中断一川开，叶叶风帆逐队来。行尽桑麻谋野宿，芰荷香处小徘徊。

注释：
①《过王姥山》民国 李家孚《合肥诗话》卷中，民国苏城临顿路毛上珍铅活字本。王姥山：即天姥山，位于今浙江省台州市仙居县境内，又名韦羌山，今名神仙居。

## 王映薇

王映薇，字紫垣。清庐州合肥(今安徽省合肥市)人。咸丰(1851—1861)间诸生，官教谕。曾为周盛波、蒯德模幕僚。工诗词，著有《自怡悦斋诗存》《潄润斋诗余》。

### 纳凉①

新月残暑退，坐久觉凉生。山色雨余翠，诗情秋气清。静中群籁息，叶夜一蝉鸣。悟得无生意，焉知世上情。

注释：
①《纳凉》诗见 民国 李家孚《合肥诗话》卷中，民国苏城临顿路毛上珍铅活字本。

### 冬日即景①

密密同云布远空，群鸦盘舞晚烟中。②潇潇乱入侵窗雨，猎猎寒生酿雪风。③经蠹园蔬依旧绿，傲霜林叶变新红。村居愧少倪迂笔，信口裁诗拟画工。④

注释：
①《冬日即景》诗见 民国 李家孚《合肥诗话》卷中，民国苏城临顿路毛上珍铅活字本。
②同云：《诗·小雅·信南山》："上天同云，雨雪氛氛。"朱熹 集传："同云，云一色也。将

雪之候如此。”因以为降雪之典。

③雪风：夹带着雪的风。▶唐 贾岛《题青龙寺镜公房》：“孤灯冈舍掩，残磬雪风吹。”

④裁诗：作诗。▶唐 杜甫《江亭》：“故林归未得，排闷强裁诗。”

## 春雨夜坐①

西风猎猎雨潇潇，冷焰无光夜寂寥。寸草报春心半死，残桐入爨尾全焦。②旧诗已徇秦灰劫，新鬼难凭楚些招。③抚髀愁生推枕起，村醪味薄不能浇。④

注释：

①《春雨夜坐》诗见 民国 徐世昌《晚晴簃诗汇》卷一百六十九，民国退耕堂刻本。

②入爨：塞入灶底。典出《后汉书·蔡邕列传》：“吴人有烧桐以爨者，邕闻火烈之声，知其良木，因请而裁为琴，果有美音，而其尾犹焦，故时人名曰‘焦尾琴’焉。”

③秦灰：指秦始皇焚书之火。▶清 皮锡瑞《经学历史·经学流传时代》：“摭拾秦灰之后，宝藏汉壁之先。”

④抚髀：以手拍股，表示振奋或感叹。▶《世说新语·识鉴》“谢子微见许子将”刘孝标注引 晋 周斐《汝南先贤传》：“虔恒抚髀称劭，自以为不及也。”



## 丑奴儿令①

不情最是天边月，缺也凄凉，圆也凄凉，照得离人两鬓霜。② 低头恼问身边影，才到家乡，又到他乡，到处随他有底忙。

注释：

①《丑奴儿令》词见 清 谭献《箧中词》箧中词今集续二，清光绪八年(1882)刻本。

②不情：无情；薄情。▶《新唐书·蔡廷玉传》：“滔虽大弟，多变不情，如假以兵，是嫁之祸也。”

## 临江仙·江上阻风①

载酒湖上佳处去，大江滚滚东流。打头风恶滞归舟，湿云双袖冷，明月一肩愁。②
回首蒋山青未了，六朝金粉勾留。③客怀乡梦两悠悠，相思红豆骨，无那白门秋。

注释：

①《临江仙·江上阻风》词见 清 谭献《箧中词》箧中词今集续二，清光绪八年(1882)刻本。

②打头风：逆风。▶唐 白居易《小舫》："黄柳影笼随棹月，白苹香起打头风。"

湿云：湿度大的云。▶唐 李颀《宋少府东溪泛舟》："晚叶低众色，湿云带繁暑。"

③蒋山：即钟山。又名紫金山，在江苏省南京市东北。汉末有秣陵尉蒋子文逐盗死于此，三国孙权为立庙于钟山，因改称蒋山。见《初学记》卷八引《丹阳记》。

## 蔡邦甸

蔡邦甸（1817—1899），字仲畇，号篆卿（篆青），又号禹卿。清庐州合肥（今安徽省合肥市）东乡人。咸丰（1851—1861）间岁贡生，与族人蔡邦绂、蔡邦宁，并称"三邦"。资学过人，通经史诸子百家，曾教授李鸿章、张树声。工诗，与赵席珍、王埒、卢先骆、吴克俊、张丙、戴鸿恩往来唱酬无间，号为"城东七子"。著有《晚香亭诗钞》，李鸿章、张树声等为作序。

### 蜃母池[①]

君不见，梁园之东蜃母池。其地乃傍长河湄，左右方广不数丈。[②]洼深潴水声澌澌。[③]传闻蜃母栖潭底，天黑每随雷雨起。纵使凶年河水枯，此池潆洄流不已。当年本属吾家地，垂柳环栽绿无际。沿堤畚筑护名区，过客流连谈遗事。一自投溷水中央，池侵泥滓减清光。蜃母潜伏不敢出，遁迹势共蛟龙藏。我思道元水经注，此时滁河发源处。区区一隅弹丸耳，上流奚有汪洋趣。况今郁塞池填淤，人寻旧址踪模糊。乃知地志所纪载，后人徒被前人愚。噫嘻！蜃母之灵去已久，蜃母之名传不朽。他时随雨重飞来，为问斯池无恙否？

注释：

①《蜃母池》诗见 清 蔡邦甸《晚香亭诗钞》，清光绪十八年（1892）石印本。

蜃母池：又名龙潭。《舆地纪胜》："在梁县治后，乃滁水上源，在河流之中，去县治不十步。"《历阳志》载："滁河水源出梁县厅事之侧，有蜃母居焉，每山水乍溢，有物自江而出，或露头角，群鱼从之。渔者随捕，富于所获。"2016年因梁园河拓宽，此潭已消失。

②方广：面积；范围。▶《宣和遗事》后集："又如此行十余日，方至一小城，云是西汙州……其中方广不甚大，有屋数十间，皆颓弊。"

③猪水：犹潴水。蓄聚水流。▶《书·禹贡》"大野既猪" 唐 孔颖达疏："水所停曰猪，往前漫溢，今得猪水为泽也。"

## 梁园塔①

梁园有塔高崔巍，青铜古克辉陆离。壁锵敬德监造字，乃知创自唐初时。旁枕大河隈，前临鲍昭台。②基扃累级数十丈，登高踞顶何壮哉。洞牖玲珑四面通，凌空收入浮桂峰。塔夫飞株山光绿，疑有云气缠琳宫。自从慎县明代弃，残郭址墟风景异。天留一柱撑岧嶤，不与荒城共兴废。③梁园虽属地一隅，文士长甲东南区。想是塔高势耸峭，卓笔秀气盘萦纡。④我思金陵古招提，第二塔与云霄齐。⑤贼来丹碧烬焚毁，南朝梵刹神凄迷。⑥此塔卓立天中央，白公遗邑增辉光。劫火有灵不敢袭，阴教神物相扶将。千秋成毁原有数，浮图独得梵王助。嵯峨留此镇梁园，空中雷雨长呵护。

注释：

①《梁园塔》诗见 清 蔡邦甸《晚香亭诗钞》，清光绪十八年(1892)石印本。

梁园塔：即古岍塔。古岍塔曾是梁园镇最著名的古迹，传为梁武帝萧衍所建。共七层，高达九丈余。每层之间有莲花托盘式底座，呈六棱形。塔的顶部建造特殊，全部砖石极不规则地斜插其上，如同乱石混杂堆成。但经过千百年雨侵风袭，却无一块砖石坠落。塔内大方砖雕着不同形态的飞禽走兽，栩栩如生，惟妙惟肖。塔的下三层南北均有拱门，中有石阶可盘旋上升，至第四层即要从塔的外部向上攀爬，只年轻胆壮者才行。登顶远眺，可看到烟波浩渺的巢湖。抗战时期，被日寇炸毁。



②大河：指梁园河。

鲍昭台，即明远台，传为南朝宋时参军鲍照(字明远)读书处，为旧时合肥县东乡名胜。

③岧嶤[tiáo yáo]：高峻，高耸；亦形容绵长。▶三国 魏 曹植《九愁赋》：“践蹊隧之危阻，登岧嶤之高岑。”

④萦纡：盘旋环绕。 汉 班固《西都赋》：“步甬道以萦纡，又杳窱而不见阳。”

⑤“我思金陵古招提，第二塔与云霄齐。”指南京大报恩寺琉璃塔，始建于明永乐年间，清咸丰四年(1854)毁于战火。

⑥丹碧：泛指涂饰在建筑物或器物上的色彩。▶宋 陆游《桃源忆故人·应灵道中》：“丹碧未干人去，高栋空留句。”



## 慎县怀古①

梁园遗迹认分明，此地犹传慎县名。郭外一湾流水在，我来懒说白公城。②

注释：

①《慎县怀古》诗见 清 蔡邦甸《晚香亭诗钞》，清光绪十八年(1892)石印本。

慎县：晋怀帝时，中原大乱，晋豫州淮北地区被北方石赵夺去，“慎县”属扬州管辖。东晋永和五年(349)收复，仍属豫州汝阴郡。南北朝属宋地，把山西雁门旧县侨置慎地，名为“楼烦令”(按《宋书》郡县均带官名)，属豫州刺史、西汝阴太守。将“慎县”置于南汝阴郡合肥以东，南宋时避宋孝宗讳改称梁县(今肥东县梁园镇)。

②一湾：一条弯曲的流水，此处指梁园河。

## 樊公坝 有序[①]

公名载扬，为梁园巡检。倡筑修坝，居人至今呼之。

堤决难教一篑完，倡修畚筑障河干。[②]居人犹说樊公坝，遗爱何须到长官。[③]

注释：

①《樊公坝》诗见 清 蔡邦甸《晚香亭诗钞》，清光绪十八年(1892)石印本。

②一篑：一筐。篑，盛土竹器。”

河干：河边，河岸。▶《诗·魏风·伐檀》：“坎坎伐檀兮，置之河之干兮。”

③遗爱：此处指留于后世而被人追怀的德行、恩惠、贡献等。▶《后汉书·西南夷传·邛都》：“天子以张翕有遗爱，乃拜其子湍为太守。”



## 八斗岭[①]

岭头下马吊斜阳，碑碣全无树墓旁。千古才名终冷落，行人谁更拜思王。

注释：

①《八斗岭》诗见 清 蔡邦甸《晚香亭诗钞》，清光绪十八年(1892)石印本。原诗标题下有作者自注：“陈思王墓在其下。”

原诗后作者又注：“按本传，王尝登鱼山，临东阿，喟然有终焉之志，遂营为墓。以王未必葬是，其殆后人所假托耶？”

## 过龙城[①]

四面山光郭外横，崇冈环筑市烟生。何年留得营屯在，春草青青指故城。

注释：

①《过龙城》诗见 清 蔡邦甸《晚香亭诗钞》，清光绪十八年(1892)石印本。

龙城，今石塘镇龙城社区。为汉代浚遒县治所在地。龙城遗址现为安徽省级重点文物保护单位。

## 过明远台有怀家璞斋封翁[1]

墩边流水势潆洄，地属吾家任去来。[2]今日主人悲不见，六朝松影泣荒台。[3]

注释：

①《过明远台有怀家璞斋封翁》诗见 清 蔡邦甸《晚香亭诗钞》，清光绪十八年(1892)石印本。

璞斋：即蔡家番，字梁孟，号朴斋，璞斋，兵部尚书彭玉麟业师。

封翁：封建时代因子孙显贵而受封典的人。▶《儒林外史》第八回："不日高科鼎甲，老先生正好做封翁享福了。"

②潆洄：亦作"潆迴"。水流回旋貌。▶宋 朱熹《精舍闲居戏作武夷棹歌》之九："八曲风烟势欲开，鼓楼岩下水潆洄。"

③原诗"今日主人悲不见，六朝松影泣荒台。"句后有作者自注："旧有松一株，遗迹尚存。"

## 游梁园北庵[1]



梁园起梵宫，乃在慎城北。寺僧掘残碑，剔藓留遗迹。云是明季年，献逆蹂郡邑。道过白公城，焚毁堆沙烁。庞眉一老僧，遇贼耻逃匿。[2]刃颈性勿动，讽经声未歇。献逆惊神异，待戒有定力。囊施三百金，助修梵王国。可知佛力宏，凶焰亦感格。[3]距今数百年，零落颓瓴甓。[4]兰若失庄严，菊圃虚拜揖。[5]我来参善提，剥蚀黄金色。迦叶如有灵，俯仰伤今昔。

注释：

①《游梁园北庵》诗见 清 蔡邦甸《晚香亭诗钞》，清光绪十八年(1892)石印本。

②庞眉：眉毛黑白杂色。形容老貌。▶唐 钱起《赠柏岩老人》："庞眉忽相见，避世一何久。"

③感格：谓感于此而达于彼，感动。▶宋 李纲《应诏条陈七事奏状》："然臣闻应天以实不以文，天人一道，初无殊致，唯以至诚可相感格。"

④瓴甓：砖块。▶《文选·司马相如〈长门赋〉》："致错石之瓴甓兮，象玳瑁之文章。"

⑤原诗"兰若失庄严，菊圃虚拜揖。"句后有作者自注："庵有僧，爱菊于花圃，设果茗祭之。"

拜揖：打躬作揖。▶《后汉书·董卓传》："卓讽朝廷使光禄勋宣璠持节拜卓为太师，位在诸侯王上。乃引还长安，百官迎路拜揖。"

## 净果庵[①]

此庵甲梁园，胜境供游佚。入门旧额题，乃是尚书笔。[②]一亭亘当中，四面景收拾。遗山扑空翠，飞来入精室。空廊讽经声，持斋严戒律。[③]有僧工吟诗，书法亦精密。客来具果茗，清谈无虚日。一自贼焚毁，颓垣卧古佛。仅存屋数楹，户牖虚丹漆。惜哉两黄杨，交柯势奇崛。[④]虬枝拟化龙，历代推灵物。劫火不再留，应为神丁嫉。我来憩云房，花鸟意悱恍。诗僧今已亡，白云伴萧瑟。

注释：

①《净果庵》诗见 清 蔡邦甸《晚香亭诗钞》，清光绪十八年(1892)石印本。

②原诗“入门旧额题，乃是尚书笔。”句后有作者自注“庵为明尚书之藩朱公题额。”

③讽经：意为念经。▶明 李贽《礼诵药师告文》：“趁此一百二十日期会，讽经拜忏道场。”

④原诗“惜哉两黄杨，交柯势奇崛。”句后有作者自注“庵有黄杨两株，纠结如龙形。”

奇崛：亦作“奇倔”。此处指奇特挺拔。▶南朝 梁 何逊《渡连圻》诗之一：“悬崖抱奇崛，绝壁驾峻嶒。”



## 城隍庙[①]

梁园旧有城隍庙，其神云为明将军石公明。从太祖征伪汉，尽节鄱阳湖。因封为梁县子，即其地血食焉。及考庐郡志载公事，误以石为后，因据明史正之。

梁园旧属慎县城，城隍庙祀栖神灵。庙中之神起何代，云是有明将军之石明。[②]昔随明高皇，西征陈友谅。鄱阳湖里驱艨艟，险逐蛟鼍乘白涨。[③]狂风吹卷阵云黑，四面围攻飞驳石。哭将奋击不得前，战血痕流湖水赤。韩公代死衣黄袍，真人乘间龙潜逃。[④]将军横冲力战死，英灵夜泣惊风涛。乱定褒封梁县子，血食其乡崇像祀。[⑤]俎豆煌煌五百年，空旗出没排云里。[⑥]我谓聪明正直神，生前况作忠义臣。保障纵依汤沐邑，是非未必私乡人。[⑦]距今披览庐郡志，无识误书神姓字。[⑧]我据史策辨其讹，岂为媚神降福多。不尔摩挲石刻长，诋诃神之来兮怒若何。[⑨]

注释：

①《城隍庙》诗见 清 蔡邦甸《晚香亭诗钞》，清光绪十八年(1892)石印本。原诗无标题，此为编者所加。

②有明：指明朝。有，词头。▶清 李斗《扬州画舫录·新城北录下》：“仲子乃尽阅有明之文，得其指归，洞彻其底蕴。”

③艨艟:亦作“艨冲”,古代战船。▶三国 魏 曹操《营缮令》:“诸私家不得有艨冲等船。”

④真人:统一天下的所谓真命天子。《史记·秦始皇本纪》:“始皇曰:吾慕真人,自谓‘真人’,不称朕。”此处指朱元璋。

⑤血食:谓受享祭品。古代杀牲取血以祭,故称。▶《左传·庄公六年》:“若不从三臣,抑社稷实不血食,而君焉取余?”

⑥俎豆:俎和豆。古代祭祀、宴飨时盛食物用的两种礼器。此处谓祭祀,奉祀。▶《论语·卫灵公》:“俎豆之事则尝闻之矣,军旅之事未之学也。”

⑦汤沐邑:周代供诸侯朝见天子时住宿并沐浴斋戒的封地。▶《礼记·王制》:“方伯为朝天子,皆有汤沐之邑于天子之县内。”郑玄 注:“给齐戒自洁清之用。浴用汤,沐用潘。”

⑧石明:朱元璋克和州渡江,积功授管军上千户,后阵亡。追封武节将军飞骑尉,封梁县子,配享康郎山忠臣庙。见《明史赵德胜传》及《功臣表》。庐州旧志作郈明或后明,皆误。

⑨诋诃:亦作“诋呵”。诋毁;呵责;指责。▶三国 魏 曹植《与杨德祖书》:“刘季绪才不能逮于作者,而好诋诃文章,掎摭利病。”

## 追忆亡友朱默存明经[①]



去年丧徐君,吾乡失文士。[②]今年君复亡,可传人有几。[③]君幼负奇才,较胜徐君美。早岁雄文坛,冠军惊人耳。学使举优行,英声益鹊起。[④]朋辈群折节,公卿争倒屣。剑气腾龙文,何难取青紫。三十淡荣名,屏足省门里。杜门弃帖括,胠箧读经史。[⑤]抗怀希古人,游心探名理。[⑥]俗学誓洗除,矜情渐消弭。天苟假之年,大成势奚止。今春闻南游,寄君书一纸。君时抱沉疴,就医来邦水。数月得君耗,恻怆频出涕。招魂向东南,执绵羁道里。夜雨助悲酸,名山虚攻砥。岁暮思故人,二君今已矣。他日著墓碑,庶几名不死。[⑦]

注释:

①《追忆亡友朱默存明经》诗见 清 蔡邦甸《晚香亭诗钞》,清光绪十八年(1892)石印本。

朱默存:朱景昭(1823—1878前后),字默存,以字行。清末合肥东乡(今肥东县)人,道光年间的优贡生,故居曾在安徽省肥东县磨店乡的朱衣郢。曾授候选直隶州州同。其著作有《无梦轩遗书九种》《劫余小记》《论文蒭说》《朱景昭批评西厢记》等传世。与王尚辰、徐子苓并称晚清“庐州三怪”。

②徐君:徐子苓。

③可传:可以传后;可以传授。▶《礼记·檀弓上》:“夫礼,为可传也,为可继也,故哭踊有节。”

④学使：即学政。▶清 周亮工《书影》卷二："学使谒文庙，一诸生讲《孟子·明堂章》……学使击节曰：'一读语意已明，不必更讲矣！'"

⑤帖括：此处泛指科举应试文章。明清时亦用指八股文。▶清 蒲松龄《聊斋志异·金和尚》："金又买异姓儿，私子之。延儒师，教帖括业。"

⑥抗怀：谓坚守高尚的情怀。▶宋 曾巩《过高士坊》："一亩萧然绝世喧，抗怀那肯就笼樊。"

⑦庶几：《易·系辞下》："颜氏之子，其殆庶几乎。"颜氏之子，指颜回。后因以"庶几"借指贤才。

## 蔡邦绂

蔡邦绂，字述堂。清庐州合肥(今安徽省合肥市)东乡人。道光元年(1821)辛巳科举人。与族人蔡邦甸、蔡邦宁，并称"三邦"。官东流县训导。

### 贞花行[1]

草木何知慕贞烈？草木何知表贞节？贞魂未散枝上凝，如见贞心耀冰雪。[2]孺人自小生名门，素娴诗礼淑且温。夫亡遗子未遽死，子殇焉用身犹存？绝粒身归九泉里，留得节徽播彤史。[3]缟袂罗裳已出尘，幽姿雅韵谁如此。[4]弱植能回造化权，偶成本色转天然。[5]晓来带露亭亭立，疑是瑶台劫后仙。[6]君不见鸡鸣山上嶙峋石，千秋恨入靡芜碧。又不见鸡鸣山下牡丹丛，约束东风不肯红。

注释：

①《贞花行》诗见 民国 李家孚《合肥诗话》三卷卷上，民国苏城临顿路毛上珍铅活字本。

②贞心：坚贞不移的心地。▶《逸周书·谥法》："贞心大度曰匡。"

③彤史：指记载宫闱生活的官史。▶《晋书·后妃传序》："永言彤史，大练之范逾微；缅视青蒲，脱珥之猷替矣。"

④缟袂：白衣。亦借喻白色花卉。▶宋 苏轼《次韵杨公济奉议梅花诗》之一："月黑林间逢缟袂，霸陵醉尉误谁何。"

⑤弱植：懦弱无能，不能有所建树。▶南朝 宋 颜延之《和谢监灵运》："弱植慕端操，窘步惧先迷。"

⑥晓来：天亮时。▶唐 杜甫《偪侧行赠毕四曜》："晓来急雨春风颠，睡美不闻钟鼓传。"

# 阚凤楼

阚凤楼(1821—1886),字仲韩,号六友山人集,晚号因是翁。晚清庐州合肥(今安徽省合肥市)东乡石塘桥(今属肥东县石塘镇)人。少聪颖,从黄先瑜游。以诗古文受知于安徽学政罗惇衍。家贫以教授为生,与从弟凤藻、凤池同登庐阳书院,才名远博,并称"阚氏三凤"。咸丰三年(1853),太平军攻破庐州。石塘桥屡遭兵燹,阚凤楼率死士二十八人夜袭太平军,手刃首领壮天豫。后延入张树声军中,号"树军从事"。以复苏州、太仓功荐保训导、县丞、知县加盐提举事衔,赏戴花翎,官江苏奉贤知县。以子阚保蒙贵,加二品封典。工书、画、诗文,于星命、堪舆亦有独见。著有《新疆大记》四卷、《徽县略志》一卷、《回回事略》一卷及诗文集《六友山房集》《青村集》《盘谷集》。

## 和恩竹樵方伯用渔洋秋柳韵秋兰诗①

重帘风急度香魂,室冷维摩静掩门。②别有根因迟杜若,早于华省认衿痕。③湘江处士芙蓉帔,芳草王孙橘柚村。坐久不知情自化,同心言许再追论。④



渺渺苍葭欲结霜,迢迢芳影溯寒塘。箴言契晚迷金谱,法操音迟和玉箱。纵使随宫场并擅,终应香国殿称王。⑤薇垣秘省宜君子,恰好重阳历宝坊。⑥

浅淡容华褪橘衣,素娥青女是耶非?⑦秋风既老清如许,骚客逢君世本稀。九畹芳联霜气傲,一茎香化墨烟飞。⑧超超愧许襟怀冷,得植瑶阶愿不违。⑨

百卉东皇记并怜,偏宜禅钵供松烟。⑩美人迟暮天平旷,帝子中流意涉绵。⑪纫珮有心经晚节,传芳竟体忆韶年。⑫苔苍藓蚀辞幽谷,犹曳风枝到槛边。

注释:

①《和恩竹樵方伯用渔洋秋柳韵秋兰诗》诗见 民国 李家孚《合肥诗话》卷中,民国苏城临顿路毛上珍铅活字本。

恩竹樵方伯:即于库里·恩铭(1845—1907),于库里氏。满洲镶白旗人,锦州驻防。以举人捐纳知县。官至安徽巡抚。任内推行新政,重视教育,任用严复等人,颇得时誉,但仍残酷镇压红莲会和霍山反洋教斗争。光绪三十三年(1907),被革命党人徐锡麟刺杀。

②香魂:美人之魂。▶唐 沈佺期《天官崔侍郎夫人卢氏挽歌》:"偕老何言谬,香魂事永违。"

③根因:根源,缘故。《元典章·礼部五·医学》:"治过病人讲究受病根因,时月运气,用

过药饵是否合宜。”

华省：指清贵者的官署。▶晋 潘岳《秋兴赋》：“宵耿介而不寐兮，独展转于华省。”

④自化：自然化育。语本《老子》：“法令滋彰，盗贼多有，故圣人云：我无为而民自化。”

⑤香国：佛国。《维摩诘经·香积佛品》曰：上方界佛土有国名众香，佛号香积，其界一切皆以香作楼阁，经行香地苑园皆香，其食香气周流十方无量世界。▶南朝 梁 沈约《舍身愿疏》：“虽果谢庵园，饭非香国，而野粒山蔬，可同属餍。”

⑥秘省：秘书省的省称。▶唐 李嘉祐《奉酬路五郎中院长新除工部员外见简》：“一门同秘省，万里作长城。”

宝坊：对寺院的美称。▶《大集经·璎珞品》：“尔时世尊，至宝坊中升师子座。”

⑦素娥：1.嫦娥的别称。亦用作月的代称。▶《文选·谢庄〈月赋〉》：“引玄兔于帝台，集素娥于后庭。”2.白衣美女。指月宫仙女。旧题 唐 柳宗元《龙城录·明皇梦游广寒宫》：“见有素娥十余人，皆皓衣，乘白鸾，往来舞笑于广陵大桂树之下。”

⑧九畹：《楚辞·离骚》：“余既滋兰之九畹兮，又树蕙之百亩。”王逸 注：“十二亩曰畹。”一说，田三十亩曰畹。见《说文》。后即以“九畹”为兰花的典实。

⑨超超：谓超然出尘。▶晋 陶潜《扇上画赞》：“超超丈人，日夕在耘。”

瑶阶：玉砌的台阶。亦用为石阶的美称。▶晋 王嘉《拾遗记·炎帝神农》：“筑圆丘以祀朝日，饰瑶阶以揖夜光。”

⑩百卉：百草。后亦指百花。▶《诗·小雅·四月》：“秋日凄凄，百卉具腓。”

偏宜：最宜；特别合适。▶前蜀 李珣《浣溪沙》词：“入夏偏宜澹薄妆，越罗衣褪郁金黄。”

⑪美人迟暮：谓流光易逝，盛年难再。语出《楚辞·离骚》：“惟草木之零落兮，恐美人之迟暮。”

帝子：指娥皇、女英。传说为尧的女儿。▶《楚辞·九歌·湘夫人》：“帝子降兮北渚，目眇眇兮愁予。”

⑫传芳：流传美名。▶《晋书·元帝纪论》：“岂武宣余化犹畅于琅邪，文景留仁传芳于南顿。”

竟体：遍体；全身。▶《太平广记》卷三七七引 南朝 齐 王琰《冥祥记》：“或针贯其舌，流血竟体。”

韶年：美好的岁月。▶唐德宗《中和节日宴百僚赐诗》：“韶年启仲序，初吉谐良辰。”亦指青年时期。

## 金缕曲·阅亡女德娴遗草悼吟①

我本伤心者，念此身、沉沦悼怆，泪珠盈把。②文字缘深天已妒，不合灵通自写。仍隐累、儿曹风雅。息女何知耽翰墨？③尽词林学舌邀人骂。④还福于，岁年也。⑤遗婴涕此杯卷泻，福异日、零笺剩迹，教同寿鲊。⑥息蕾搀抽蚕便死，血思缠绵泣润。回荀令、香销愁惹。谋为昙花留幻想，步名媛几许辞章下。[7]权德释，与聊且。[8]

注释：

①《金缕曲·阅亡女德娴遗草悼吟》词见 民国 李国模《合肥词钞四卷补遗一卷》卷三，民国十九年(1930)铅印本。

②悼怆：悲伤。▶晋 袁宏《后汉纪·章帝纪下》："司空第五伦见上悼怆不已，求依东海王故事。"

③息女：亲生女儿。▶《史记·高祖本纪》："臣有息女，愿为季箕帚妾。"

④词林：词坛。▶宋 范公偁《过庭录》："许昌郭挺元杰，从李方叔学，久蒙训导。方叔死，挺有挽诗云：'憔悴词林失俊英，已应精爽在蓬瀛。'"

⑤岁年：一年。指短时间。▶清 恽敬《与汤敦甫书》："春间得复书，儒者之气盎然楮墨，及读其辞，益知先生之所养，非岁年所能至也。"

⑥遗婴：指死了亲人的婴孩。▶唐 孟郊《吊元鲁山》："遗婴尽雏乳，何况骨肉枝。"

⑦名媛有名的美女。亦指名门闺秀。▶清 李渔《风筝误·艰配》："婵娟争觑我，我也觑婵娟，把帝里名媛赶一日批评遍。"

⑧聊且：姑且。▶《后汉书·张衡传》："留瀛洲而采芝兮，聊且以乎长生。"



## 吴毓芬

吴毓芬(1821—1891)，字公奇，号伯华。清庐州合肥(今安徽省合肥市)东乡六家畈(今属肥东县长临河镇)人。官江苏候补道，加按察使衔。同治四年(1865)辞官返乡，筑也是园于巢湖畔，"泉石之胜，为肥冠。"殁，赠太仆侍卿。工书，师法欧阳询，其题于姥山文峰塔内的"天心水面"匾额，书法工整端庄。著有《也是园诗抄》五卷。

### 四顶山[1]

古仙不复见，灵迹近吾庐。丹鼎千年水，参同一卷书。[2]少游思钓弋，野兴爱樵渔。可惜朝霞寺，罹兵已作墟。

注释：

①《四顶山》诗见 清 吴毓芬《也是园诗钞》五卷，光绪戊戌(1898)三月上巳俞樾署刻本。

②原诗"丹鼎千年水"句后有注："山有丹鼎，俗谓炼丹池，终古不竭。"

## 过巢湖[①]

旧袷装绵薄，虚舟涉水轻。[②]浃旬新雾雨，一剑自登程。[③]风急鸥无梦，沙寒雁有声。江乡鲈正美，载酒觅诗情。

注释：

①《过巢湖》诗见 清 吴毓芬《也是园诗钞》五卷，光绪戊戌（1898）三月上巳俞樾署刻本。

②绵薄：谦称微力、微劳，微力。常用作自谦之辞。此处指行囊单薄，轻，少。

③浃旬：一旬，十天。▶《隶释·汉卫尉衡方碑》："受任浃旬，庵离寝疾，年六十有三。"

## 巢湖舟中偶成[①]

忽动五湖兴，扁舟风正长。[②]山云含雨意，水气接天光。旧迹渺千古，美人怀一方。中流频太息，戎马尚仓皇。[③]

注释：

①《巢湖舟中偶成》诗见 清 吴毓芬《也是园诗钞》五卷，光绪戊戌（1898）三月上巳俞樾署刻本。

②五湖兴：泛舟五湖的兴致，意为归隐江湖。

③仓皇：亦作"仓惶""仓遑""仓徨""仓黄"。匆忙急迫。▶唐 独孤授《运斤赋》："利器见投，尚仓惶于麾下。"

## 姥山[①]

名山过不登，山灵嫌我懒。买物绝流渡，彼岸道非远。[②]推蓬傍山脚，谽谺入山堰。[③]窄径抱崖危，荒村剩墙短。遂上最高峰，真面全在眼。云影割明晦，片刻互冷暖。[④]道逢采樵人，见客不通款。[⑤]恐是武陵遗，世外恣疏散。

注释：

①《姥山》诗见 清 吴毓芬《也是园诗钞》五卷，光绪戊戌（1898）三月上巳俞樾署刻本。

②绝流：横流而渡。▶《尔雅·释水》："正绝流曰乱。"

③谽谺[hān xiā]：此处指山石险峻貌。▶唐 独孤及《招北客文》："其北则有剑山巉巉，天凿之门，二壁谽谺，高岸嶙峋。"

④明晦：明暗；晴阴。▶南朝 梁武帝《拟明月照高楼》："相去既路迥，明晦亦殊悬。"

⑤通款：谓互相表达友好之情。▶清 大汕《海外纪事》卷二："相对难通款，人都无姓名。"

## 登姥山浮屠[①]

望塔数十载，登临豁双瞳。[②]梯石蹑欲尽，浪浪闻天风。[③]万象恣俯瞰，斜日淡不红。想其结构始，恨不与天通。宏工曾未半，胜国运已终。截然断虹霓，亘古洪波中。穴禽乐巢集，黄鹄盘秋空。破碎留名山，佛力吁已穷。吾欲问真宰，羽人何日逢。[④]

注释：

①《登姥山浮屠》诗见 清 吴毓芬《也是园诗钞》五卷，光绪戊戌（1898）三月上巳俞樾署刻本。

②双瞳：两只眼睛。▶唐 杜甫《天育骠图歌》："毛为绿缥两耳黄，眼有紫焰双瞳方。"

③梯石：垒石铺设磴道。▶唐 杜甫《飞仙阁》："栈云阑干峻，梯石结构牢。"

④羽人：神话中的飞仙。▶《楚辞·远游》："仍羽人于丹丘兮，留不死之旧乡。"

## 刘省三周海舲两军门招游姥山[①]



故人湖上来，寄书情脉脉。将为姥山游，从游念二客。既促徐铉棹，遂着谢公屐。[②]曲径恣幽探，危崖竞登陟。[③]携手上浮屠，去天才咫尺。河汉流声闻，繁星信可摘。万象出其下，平湖顾盼窄。[④]长啸彻九霄，山灵舌阴咋。兴发不可收，吊古心更恻。缅怀胜国初，兹山壮士栅。桓桓廖与俞，舟师数巨擘。[⑤]我家襄烈公，健亦摩天翮。[⑥]未占风云从，先落江湖魄。一旦得真主，蛟龙起大泽。草昧千余艘，江汉声灵赫。[⑦]天堑渡若飞，金陵帝乃宅。何以缔造勋，磨崖碑不勒。得毋时多猜，功高畏徽纆。[⑧]坐使易世后，峰峦少颜色。[⑨]圣代中兴年，其数恰五百。[⑩]应运申甫生，降神喜接迹。[⑪]薄海墋黩清，虎臣协群力。[⑫]矫矫越石公，起家执圭璧。[⑬]孝侯志节奇，手曾㓮白额。功烈古鲜俦，名大宇宙塞。事了解甲还，口不言竹帛。逍遥物外情，子房或仲伯。山川借以辉，高躅岂易得。[⑭]鲰生昔后尘，亦执淮阴戟。[⑮]长揖归最先，烟霞成痼癖。[⑯]条侯致剧孟，朱勃友新息。[⑰]得陪汗漫游，云泥若不隔。[⑱]斧柯学观棋，胡床为吹笛。诗城出偏师，酒战当大笛。白发华簪前，力小屡辟易。若非际清时，焉此数晨夕。以今视昔人，其天何局蹐。[⑲]此会匪可多，此乐未有极。舟人促解缆，聚难散殊迫。[⑳]因念开辟来，登临数不亿。[㉑]名姓几人留，俯仰泪沾臆。[㉒]作诗告来兹，毋令山寂寂。

注释：

①《刘省三周海舲两军门招游姥山》诗见 清 吴毓芬《也是园诗钞》五卷，光绪戊戌(1898)三月上巳俞樾署刻本。

刘省三、周海舲：指刘铭传、周盛波。

军门：明代有称总督、巡抚为军门者，清代则为提督或总兵加提督衔者的尊称。

②谢公屐：一种前后齿可装卸的木屐。原为南朝诗人谢灵运游山时所穿，故得名。事见《宋书·谢灵运传》："寻山陟岭，必造幽峻，岩嶂十重，莫不备尽。登蹑常著木履，上山则去其前齿，下山去其后齿。"▶《南史·谢灵运传》引此作"木屐"。

③登陟：登上。▶晋 孙绰《游天台山赋》序："举世罕能登陟，王者莫由禋祀，故事绝于常篇，名标于奇纪。"

④顾盼：向左右或周围看来看去。▶《后汉书·儒林传论》："俯仰顾盼，则天业可移，犹鞠躬昏主之下，狼狈折札之命。"

⑤桓桓：此处指勇武、威武貌。▶《书·牧誓》："勖哉夫子！尚桓桓。"

巨擘：大拇指。比喻杰出的人物。▶《孟子·滕文公下》："于齐国之士，吾必以仲子为巨擘焉。"

⑥摩天：迫近蓝天。形容极高。▶汉 王粲《从军》诗之五："寒蝉在树鸣，鹳鹄摩天游。"⑦草昧：形容时世混乱黑暗。▶唐 杜甫《重经昭陵》："草昧英雄起，讴歌历数归。"

⑧得毋：亦作"得无"，又作"得亡""行毋"。犹言能不；岂不；莫非。▶《论语·颜渊》："为之难，言之得无讱乎？"

徽纆：亦作"徽墨"。绳索。比喻法度或规矩。▶晋 陆机《挽歌辞》之二："五常侵轨仪，夕气牵徽墨。"

⑨易世：此处指改朝换代。▶晋 干宝《搜神记》卷六："《尚书·金縢》曰：'山徙者，人君不用道士，贤者不兴。或禄去公室，赏罚不由君，私门成群，不救；当为易世变号。'"

⑩圣代：旧时对于当代的谀称。▶晋 陆云《晋故豫章内史夏府君诔》："熙光圣代，迈勋九区。"

圣代中兴年：指清同治三年(1864)至光绪二十年(1894)之间，在经历了太平天国运动以及第二次鸦片战争之后，清朝国内基本安定，官僚求富求强，"洋务运动"轰轰烈烈，西方技术、资金和人才得以引进，新式海陆军得以编练，一大批近代军工企业、民用企业以及新式学校得以创办，留学生也开始被派遣到海外。这段时间被时人称之为"同光中兴"。

⑪应运：顺应期运；顺应时势。▶汉 荀悦《〈汉纪〉后序》："实天生德，应运建主。"

申甫：周代名臣申伯、仲山甫的并称。借指贤能的辅佐之臣。▶《梁书·元帝纪》："大国有蕃，申甫惟翰。"

接迹：足迹前后相接。形容人多。▶唐 赵璘《因话录·徵》："铜乳之臭，并肩而立，接迹而趋。"

⑫薄海：泛指海内外广大地区。▶宋 陈亮《祭丘宗卿母硕人臧氏文》："闺闱之懿不出于乡间，而足以起薄海之敬。"

墋黩[chěn dú]:混沌不清貌。▶晋 陆机《汉高祖功臣颂》:“芒芒宇宙,上墋下黩。”

虎臣:比喻勇武之臣。▶《诗·鲁颂·泮水》:“矫矫虎臣,在泮献馘。”

⑬越石公:指晋朝政治家、文学家、音乐家和军事家刘琨。▶《晋书·刘琨传》:“琨字越石……在晋阳,尝为胡骑所围数重,城中窘迫无计,琨乃乘月登楼清啸,贼闻之,皆凄然长叹。中夜奏胡笳,贼又流涕歔欷,有怀土之切。向晓复吹之,贼并弃围而走。”

⑭高躅:此处指崇高的品行。▶《晋书·隐逸传赞》:“确乎群士,超然绝俗,养粹岩阿,销声林曲。激贪止竞,永垂高躅。”

⑮鲰生:犹小生。多作自称的谦词。▶唐 刘禹锡《谢中书张相公启》:“岂唯鲰生,独受其赐?”

⑯痼癖:长期养成不易改变的嗜好。▶元 潘音《反北山嘲》:“烟霞成痼癖,声价藉巢由。”

⑰条侯:西汉周亚夫的封号。▶《史记·绛侯周勃世家》:“文帝择绛侯勃子贤者河内守亚夫,封为条侯,续绛侯后。”

新息:指东汉伏波将军马援。援以战功被封为新息侯。▶宋 苏轼《伏波将军庙碑》:“非新息苦战,则九郡左衽至今矣。”

⑱云泥:云在天,泥在地。比喻两物相去甚远,差异很大。语出《后汉书·逸民传·矫慎》:“(吴苍)遗书以观其志曰:‘仲彦足下,勤处隐约,虽乘云行泥,栖宿不同,每有西风,何尝不叹!’”



⑲局蹐:亦作“局脊”。形容戒慎、畏惧之貌。《诗·小雅·正月》“谓天盖高,不敢不局。谓地盖厚,不敢不蹐。”

⑳散殊:各不相类;各有区别。▶《礼记·乐记》:“天高地下,万物散殊,而礼制行矣。”

㉑不亿:超过亿数,形容其数甚多。▶《诗·大雅·文王》:“商之孙子,其丽不亿。”

㉒沾臆:谓泪水浸湿胸前。▶南朝 梁 沈约《梦见美人》:“那知神伤者,潺湲泪沾臆。”

## 花塘河阻风[1]

隔岭惊雷逐电鸣,群飞水鸟疾无声。[2]风翻湖涌连山动,云压天低有塔撑。

注释:

①《花塘河阻风》诗见 清 吴毓芬《也是园诗钞》五卷,光绪戊戌(1898)三月上巳俞樾署刻本。

②逐电:追逐闪电。形容迅疾。▶北齐 刘昼《新论·知人》:“故孔方諲之相马也,虽未追风逐电,绝尘灭影,而迅足之势固已见矣。”

## 姥山怀古[①]

一壑居然拓九州，沧桑犹见阵云浮。公侯上赏归群盗，草昧军容有钓舟。[②]故里早成磐石势，偏师曾断大江流。[③]东南王气多年尽，塔影凌虚起暮愁。[④]

注释：

①《姥山怀古》诗见 清 吴毓芬《也是园诗钞》五卷，光绪戊戌（1898）三月上巳俞樾署刻本。

②上赏：最高的赏赐；重赏。▶《战国策·齐策一》："（齐威王）乃下令：'群臣吏民，能面刺寡人之过者，受上赏。'"

③偏师：指主力军以外的部分军队。▶《左传·宣公十二年》："韩献子谓桓子曰：'彘子以偏师陷，子罪大矣。'"

④王气：旧指象征帝王运数的祥瑞之气。▶《东观汉记·光武帝纪》："望气者言，舂陵城中有喜气，曰：'美哉王气，郁郁葱葱。'"

凌虚：升于空际。▶三国 魏 曹植《七启》："华阁缘云，飞陛凌虚，俯眺流星，仰观八隅。"

## 巢县道中闻笛[①]

笛声何处倚高楼，吹起中宵万种愁。[②]四野烽烟劳转徙，三年奔走倦遨游。[③]市人自昔轻韩信，旅客伊谁识马周。[④]回首依依伤往事，有怀常在陇西头。[⑤]

注释：

①《巢县道中闻笛》诗见 清 吴毓芬《也是园诗钞》五卷，光绪戊戌（1898）三月上巳俞樾署刻本。

②中宵：中夜，半夜。▶晋 陆机《赠尚书郎顾彦先》诗之二："迅雷中宵激，惊电光夜舒。"

③转徙：辗转迁移。▶汉 晁错《守边劝农疏》："往来转徙，时至时去，此胡人之生业。"

④伊谁：谁，何人。▶《诗·小雅·何人斯》："伊谁云从？维暴之云。"

⑤有怀：犹有感。▶晋 夏侯湛《东方朔画赞》："观先生之祠宇，慨然有怀，乃作颂焉。"

## 姥山歌[①]

湖山崛起何巃嵸，终古洪流漂不动。[②]倒影疑为风雨摇，凌虚似有蛟龙捧。[③]小隔湖天半日程，一年十作山中行。山灵闻我歌应喜，日日好风来送迎。春山旖旎花满径，野草无名香不定。[④]山鸟翩翻水鸟啼，云屏翠障开奇胜。浮生到此厌尘劳，拟向悬崖自结茅。[⑤]溪边学种五株柳，谷口更栽千万桃。夏山将雨先作态，山脚拔地浑欲飞。湖云千朵白莲涌，绿荷一叶形倒垂。消夏江干数浮玉，此亦浮空真面目。况复当年满壑阴，千章处处森乔木。[⑥]秋山了了青琅玕，是谁擘置水精盘。[⑦]天风入塔铃铎语，夜深疑有仙往还。[⑧]载酒寻幽绝壁底，水光如天月如水。洞箫在手不敢吹，闻声恐触潜蛟起。冬山带雪何隐约，冯夷宫中水嬉作。[⑨]云鬟新湿不禁寒，天假冰绡张大幕。[⑩]朝暾夜月双珠来，晶光炫耀同云开。[⑪]望眼花生看不定，隔湖想像金银台。[⑫]峰头荦确耕无土，生小波心弄柔舻。[⑬]暮婚晨别习故常，十家生计九家贾。山中少妇新妆红，默向湖神祷便风。[⑭]妾心那得风帆喻，止载郎归不载去。渔翁下网依崖石，网得银鳞长一尺。卖钱沽酒博醉眠，柳岸阴浓蓑作席。梦回天地皆清旷，山色湖光争荡漾。傍晚风微不系船，鹭鸶立在船梢上。山人使船如使马，撑突波涛双桨打。[⑮]跨山横寻避风塘，南塘高高北塘下。朝挂百帆塘外开，暮挂百帆塘里来。风帆来去成朝暮，俞廖遗从少客哀。[⑯]

注释：

①《姥山歌》诗见 清 吴毓芬《也是园诗钞》五卷，光绪戊戌(1898)三月上巳俞樾署刻本。

②巃嵸[lóng zǒng]：嵸，同“嵷[sǒng]”。亦作“巄嵷”。山势高峻貌。▶汉 司马相如《上林赋》：“于是乎崇山矗矗，巃嵸崔巍。”

③凌虚：升于空际。▶三国 魏 曹植《七启》：“华阁缘云，飞陛凌虚，俯眺流星，仰观八隅。”

④旖旎：多盛美好貌。▶《楚辞·九辩》：“窃悲夫蕙华之曾敷兮，纷旖旎乎都房。”

⑤结茅：亦作“结茆”。编茅为屋。谓建造简陋的屋舍。▶南朝 宋 鲍照《观圃人艺植诗》：“抱锸垄上餐，结茅野中宿。”

⑥千章：千株大树。▶《史记·货殖列传》：“水居千石鱼陂，山居千章之材。”

⑦青琅玕：喻竹。▶唐 皮日休《太湖诗·上真观》：“琪树夹一径，万条青琅玕。”

水精盘：亦作“水晶盘”。水晶制成的盘子，此处比喻指晶莹的圆月。▶唐 李商隐《碧城》诗之一：“若是晓珠明又定，一生长对水精盘。”

⑧铃铎语：檐铃声，风铃声。▶元 吴师道《吴礼部诗话》：“陈碧栖(仁玉)〈骚词〉云：‘……羌有怀兮曷愬，风虚徐兮檐铎语。’”

⑨冯夷宫：传说中的水府，水神宫殿。▶明 刘基《江行杂诗》之三：“马当之山中江中，其下乃是冯夷宫。”

⑩天假：上天授与。▶北周 庾信《周上柱国齐王宪神道碑铭》：“公之挺生，实惟天假，翠微神降，文昌星下。”

冰绡：薄而洁白的丝绸。▶唐 王勃《七夕赋》：“停翠梭兮卷霜縠，引鸳杼兮割冰绡。”

⑪朝暾：初升的太阳。亦指早晨的阳光。▶《隋书·音乐志下》：“扶木上朝暾，嵫山沉

暮景。”

⑫金银台：传说仙人所居的金银筑成的楼台。▶《文选·郭璞〈游仙诗〉》：“神仙排云出，但见金银台。”

⑬荦确：亦作“荦硞”“荦埆”“荦峃”。怪石嶙峋貌。▶唐 韩愈《山石》：“山石荦确行径微，黄昏到寺蝙蝠飞。”

生小：犹自小；幼小。▶《玉台新咏·古诗为焦仲卿妻作》：“昔作女儿时，生小出野里。”

柔橹：谓操橹轻摇。亦指船桨轻划之声。

⑭便风：顺风。▶《陈书·华皎传》：“及闻徐度趋湘州，乃率兵自巴、郢因便风下战。”

⑮撑突：驾船突进。▶唐 杜甫《又观打鱼》：“能者操舟疾若风，撑突波涛挺叉入。”

⑯俞廖：元朝末年，余廷玉、俞通海父子和廖永安兄弟等人于巢湖结寨自保。

## 吴量才

吴量才（1821—1896），字敌夫。清庐江（今属安徽省合肥市）人。吴赞诚族兄，候选知县。有《冶父山诗钞》。

### 冶游吟①

豁达逞风骚，疏狂破寂寥。身偕麋鹿友，杖荷酒诗瓢。灵药晨星采，高僧午饭邀。乱流争涧道，独木过溪桥。②衣上松花落，肩头贝叶挑。仙收诗入社，狐挟饮同寮。我自云中住，人难世外招。垂萝攀峭壁，盘石蹑危樵。履迹千岩遍，胸愁万斛消。书函千挂角，经匣虎驮腰。③避地心何远，归家路不遥。陶情惟此日，乐趣又明朝。

注释：

①《冶游吟》诗见 民国 陈诗 编 章梦芙 参订《冶父山志》六卷，卷四诗歌，民国二十五年（1936）木刻本。

②涧道：山涧通道。▶南朝 梁 王台卿《奉和往虎窟山寺》：“飞梁通涧道，架宇接山基。”

③挂角：隋末李密年轻时，曾骑牛外出，挂《汉书》于牛角，一面抓着牛鞭，一面翻书阅读。越国公杨素见到，问是何处书生如此好学？李密认得杨素，乃下牛再拜，自言姓名。问所读何书，回答说是《项羽传》。见《旧唐书·李密传》。后用为勤读的典故。▶元 柯丹邱《荆钗记·会讲》：“悬头及刺股，挂角并投斧，叹先贤曾受许多勤苦。”

## 登无量殿咏所见[①]

破釜生尘绝火烟，怡然高卧万山巅。白云堆满衣裳冷，不识是人还是仙。

注释：

①《登无量殿咏所见》诗见 民国 陈诗 编 章梦芙 参订《冶父山志》卷四诗歌，民国二十五年(1936)木刻本。

## 陪诸友人登无量殿[①]

登高同陟冶山巅，胜地重经思惘然。入画峰峦犹似旧，峥嵘庙貌已非前。苔衣点碎琉璃瓦，佛骨烧余劫火烟。一片凄凉谁与诉，看经老衲久逃禅。

注释：

①《陪诸友人登无量殿》诗见 民国 陈诗 编 章梦芙 参订《冶父山志》卷四诗歌，民国二十五年(1936)木刻本。



## 重九登冶父山[①]

往事追惟不尽哀，凄凉九日一登台。[②]片云孤鹤乘风去，叠水重山入抱来。搔首自惭乌帽发，消愁且醉白衣杯。谅知此后无他恙，好把茱萸佩带回。

注释：

①《重九登冶父山》诗见 民国 陈诗 编 章梦芙 参订《冶父山志》六卷，卷四诗歌，民国二十五年(1936)木刻本。

②追惟：追忆；回想。▶《隶释·汉縠阮君神祠碑》："追惟伯禹竭治之利，乃复浚治縠阮。"

## 黄先瑜

黄先瑜，字韫之。晚清庐州合肥(今安徽省合肥市)东乡人。咸丰二年(1852)壬子科进士，选庶常，以功官至礼部主事，著《覆瓿集》。

## 过石梁河[1]

曲折河流绕，人烟聚四围。岸蝉秋更急，江鸟雨还飞。地僻兵戈阻，年荒豆谷稀。客程知渐远，何日故乡归。

注释：

①《过石梁河》诗见民国 李家孚《合肥诗话》卷上，民国苏城临顿路毛上珍铅活字本。

李联奎(1822—1895)，字澹岩。清庐州合肥(今安徽省合肥市)人。咸丰(1851—1861)间诸生，同治初举孝廉。光绪年间，授光禄寺署正。著有《李澹岩先生遗集》。

## 庐阳八景[1]

### 蜀山雪霁

蜀山突兀倚城西，雪后相将望眼迷。好是铜钲斜挂候，玉屏风树与天齐。[2]

### 淮浦春融

碧波荡漾绕城隅，春色来时景更殊。莺趁风轻歌翠柳，鱼欣水暖戏新蒲。

### 四顶朝霞

山呼四鼎矗湖边，烂漫朝霞彩彻天。疑是仙人今尚在，凌晨丹灶火方燃。

### 巢湖夜月

净域周施云母幛，夜珠照澈水晶盘。[3]只因泛棹巢湖里，月色三更耐饱看。

### 藏舟草色

城东往事说藏舟，浦上年年草色稠。三两渔船斜系处，王孙好试踏青游。

### 教弩梵钟

魏文教弩有高台，几许松阴卷作堆。松想化龙飞去尽，重新梵宇更宏开。

### 镇淮角韵

镇淮楼阁入云霄，四角声喧夜与朝。不是护花铃漫语，却疑警众铎频摇。[4]

### 梵刹钟声

漫等阇黎饭后钟，钟闻不绝响春容。[5]辟雍鼍鼓谁为伴，叩击偏教古寺逢。[6]

注释：

①《庐阳八景》诗见 清 李联奎《李澹岩先生遗集》,民国乙丑(1925)启新印刷社印本。

②好是:犹好在,妙在。表示赞美。▶唐 司空图《杨柳枝寿杯词》之十七:"好是梨花相映处,更胜松雪日初晴。"

③净域:此处指清净的领域。

④警众:警醒众人。▶《礼记·文王世子》:"天子视学,大昕鼓徵,所以警众也。"

⑤饭后钟:五代王定保《唐摭言》卷下载:唐代王播少年孤贫,客居扬州惠明寺木兰院,随僧斋食。日久,众僧厌恶,故意斋后才敲钟。王播闻声就食,扑空,因题下"上堂已了各西东,惭愧阇黎饭后钟"两句诗。一说为唐代段之昌事。见宋 孙光宪《北梦琐言》卷三。后遂用作贫穷落魄,遭受冷遇的典故。▶宋 苏轼《石塔寺》:"乃知饭后钟,阇黎盖具眼。"

⑥辟雍:亦作"辟雝"。辟,通"璧"。本为西周天子所设大学,校址圆形,围以水池,前门外有便桥。东汉以后,历代皆有辟雍,除北宋末年为太学之预备学校(亦称"外学")外,均为行乡饮、大射或祭祀之礼的地方。▶汉 班固《白虎通·辟雍》:"天子立辟雍何?所以行礼乐宣德化也。辟者,璧也,象璧圆,又以法天,于雍水侧,象教化流行也。"

鼍鼓:用鼍皮蒙的鼓,其声亦如鼍鸣。▶《诗·大雅·灵台》:"鼍鼓逢逢。"



## 忆旧地藏寺[1]

地藏名刹宋时功，绀宇崇隆在眼中。[2]佛殿犹窥千岁古，藏经已慨半楼空。神看趺坐装罗汉，典记楹联隶戴嵩。一炬粤人归浩劫，改祠关帝结茅蓬。

注释：

①《忆旧地藏寺》诗见 清 李联奎《李澹岩先生遗集》,民国乙丑(1925)启新印刷社印本。

地藏寺,据《(嘉庆)合肥县志》载:"又名普惠寺,在北门内。〈明志〉元建,寺有藏经楼,半残。有明知府孟玘,国朝邑人李孚青碑记。"

②绀宇:即绀园,佛寺之别称。▶唐 王勃《益州德阳县善寂寺碑》:"朱轩夕朗,似游明月之宫;绀宇晨融,若对流霞之阙。"

## 忆饮将军庙[1]

将军庙貌峙西城，为捍金齐入寇兵。前殿栖神香火供，后楹面野暮云平。友人得意权招饮，我辈登高快举觥。回首匆匆卅年事，烟消水逝怅前盟。

注释：

①《忆饮将军庙》诗见 清 李联奎《李澹岩先生遗集》，民国乙丑(1925)启新印刷社印本。

将军庙，此处指杨将军庙。据《(嘉庆)合肥县志》载："在西城上。祀宋少保杨存忠。嘉庆七年知县左辅重修，有《记》，载《集文》"

## 逍遥津怀古①

龙飞圣世一海宇，函复无尘皆乐土。②吾肥终古枕淮流，井里桑麻歌且舞。偶然散步来城东，逍遥古津快入睹。盈盈一水净于揩，簇簇万家乐相聚。当年炎汉运将穷，曹氏孙氏相撑拄。③平梁日日愁烽烟，居人往往闻鼙鼓。仲谋才气非犬豚，张辽将略雄彪虎。巢湖三越计不成，大帝匹马来何怒。艨艟密布拥红旗，楼橹阴森飞白羽。斗城兀兀势欲倾，一鼓当先莫予侮。诸将泣谏置勿闻，威此朝食矜神武。魏将叱咤如风云，石梁断截挥斤斧。城中健者竞出驰，回头雪浪相吞吐。中隔寻丈不可攀，一命不绝危如缕。壮哉此骑真神驹，蹴踏凌虚龙与伍。须臾脱险就夷涂，观者欢呼掌齐抚。④昔闻马跃檀溪渊，天遣英灵翊汉主。三分鼎立时使然，奇情异事惊午午。但恨区城各瓜分，无辜苍赤罹荼苦。⑤今时津上真逍遥，方春此津尤媚妩。带雨闲花秀出尘，如云碧树荫横浦。千秋飞骑有遗桥，百尺高台连教弩。流连往事空纷纭，蚁斗蛙争曾何补。我今鼓腹颂升平，无怀葛天希太古。⑥

注释：

①《逍遥津怀古》诗见 清 李联奎《李澹岩先生遗集》，民国乙丑(1925)启新印刷社印本。

②龙飞：《易·乾》："飞龙在天，利见大人。"孔颖达 疏："若圣人有龙德，飞腾而居天位。"后遂以"龙飞"为帝王的兴起或即位。

一：此处指混一，即齐同，统一。▶《战国策·楚策一》："夫以一诈伪反复之苏秦，而欲经营天下，混一诸侯，其不可成也亦明矣。"

③炎汉：汉自称以火德王，故称炎汉。▶三国 魏 曹植《徙封雍邱王朝京师上疏》："笃生我皇，奕世载聪……受禅炎汉，临君万邦。"

④夷涂：平坦的道路。▶《文选·张衡〈西京赋〉》："襄岸夷涂，脩路峻险。"

⑤苍赤：指百姓。▶《封神演义》第六二回："甘驱苍赤填沟壑，忍令脂膏实羽翎。"

⑥无怀葛天：即无怀氏、葛天氏。二人皆为传说中的上古帝王。古人以为其世风俗淳朴，百姓无忧无虑。语本 晋 陶潜《五柳先生传赞》："酬觞赋诗，以乐其志，无怀氏之民欤？葛天氏之民欤？"

太古：远古，上古。《荀子·正论》："太古薄葬，故不扣也。"

董葆良，字玉岑，别号糟陵。清庐州合肥(今安徽省合肥市)人。咸、同间官候选道，睹朝政颓败，隐居不仕。著《醉余吟草》。

## 闲居杂咏[①]

筑室傍山河，饮啄堪自足。[②]不闻车马喧，时狎沙鸥浴。径草发幽香，野水摇空绿。即此悟静机，翛然忘世俗。

注释：

①《闲居杂咏》民国 李家孚《合肥诗话》卷中，民国苏城临顿路毛上珍铅活字本。

②饮啄：饮水啄食。引申为吃喝，生活。▶唐 李益《罢秩后入华山采茯苓逢道者》："何事逐豪游，饮啄以膻腥？"

## 幽居[①]



吾生惯疏脱，曳杖爱山行。流水有真意，白云无世情。携柑并浊酒，倚树听莺声。随处皆堪乐，遑知身外名。

注释：

①《幽居》民国 李家孚《合肥诗话》卷中，民国苏城临顿路毛上珍铅活字本。

# 李鸿章



李鸿章(1823—1901)，本名章铜，字渐甫或子黻，号少荃(泉)，晚年自号仪叟，别号省心。世人多称"李中堂"，合肥民间以其行二，又称"李二先生"。清庐州合肥(今安徽省合肥市)东乡人。道光二十七年(1847)丁未科进士，授编修。咸丰三年(1853)，回籍从军。从曾国藩于江西。同治元年(1862)，受国藩命编淮军，任江苏巡抚。与戈登"常胜军"合力抵抗太平军，复占苏、常、嘉、湖。封一等肃毅伯，署两江总督。五年，任钦差大臣，镇压东、西捻军。九年，为直隶总督兼北洋通商事务大臣，授文华殿、武英殿大学士。后以"外须和戎，内须变法"方针发起洋务运动，先后以"官督商办"的形式开办了江南制造总局、金陵机器局、轮船招商局、开平矿务局、漠河金矿、天津电报局、津榆铁路、上海机器织布局等企业，，涉及矿业、铁路、纺织、电信等各行各业。同时筹办北洋海防以及各式新式学堂,派人留学欧美。外交以妥协求和为宗旨。中法战争乘胜求和;中日甲午战争力求避战,招致败绩,分别签署《中法新约》和《马关条约》。光绪二十二年签署《中俄密约》,允许沙俄在我国东北建筑铁路。八国联军之役,以全权大臣与奕劻共同签署《辛丑和约》。皆为贬损中国权益之不平等条约,以致遭到诟病,至今人物评价仍存有争议。光绪二十七年(1901)病逝。诏赠太傅,晋封一等侯爵、谥"文忠",赐白银五千两治丧,在其原籍和立功省建祠10处,京师祠由地方官员定期祭祀。清代汉族官员京师建祠仅此一人,被慈禧太后称赞为"再造玄黄"。有《李文忠公全集》。



## 夜听四弟吹笛[①]

江山如此一登楼,万象无声铁笛幽。[②]往日家园皆梦里,中年哀乐到心头。不堪离思天边月,更触豪情塞上秋。与汝归耕定何处,牧童牛背互吟讴。[③]

注释:

①《夜听四弟吹笛》诗见 清 李国杰辑《李文忠公遗集》,光绪三十年(1904)合肥李氏刊本。

四弟是指李鹤章。

②万象:宇宙间一切事物或景象。▶南朝 宋 谢灵运《从游京口北固应诏》:"皇心美阳泽,万象咸光昭。"

③归耕:此处回家耕田。谓辞官回乡。▶《吕氏春秋·赞能》:"子何以不归耕乎,吾将为子游。"



## 入都[①]

丈夫只手把吴钩,意气高于百尺楼。[②]一万年来谁著史?八千里外觅封侯。定将捷足随途骥,那有闲情逐水鸥![③]笑指卢沟桥畔月,几人从此到瀛洲?

频年伏枥困红尘,悔煞驹光二十春。[④]马足出群休恋栈,燕辞故垒更图新。[⑤]遍交海内知名士,去访京师有道人。即此可求文字益,胡为抑郁老吾身!

黄河泰岱势连天,俯看中流一点烟。此地尽能开眼界,远行不为好山川。陆机入洛才名振,苏轼来游壮志坚。多谢咿唔穷达士,残年兀坐守遗编。[⑥]

回头往事竟成尘,我是东西南北身。白下沉酣三度梦,青山沦落十年人。穷通有命无须卜，富贵何时乃济贫。[7]角逐名场今已久，依然一幅旧儒巾。

局促真如虱处裈，思乘春浪到龙门。[8]许多同辈矜科第，已过年华付水源。两字功名添热血，半生知己有殊恩。壮怀枨触闻鸡夜，记取秋风拭泪痕。[9]

桑干河上白云横，惟冀双亲旅舍平。[10]回首昔曾勤课读，负心今尚未成名。六年宦海持清节，千里家书促远行。直到明春花放日，人间乌鸟慰私情。[11]

一枕邯郸梦醒迟，蓬瀛虽远系人思。出山志在登鳌顶，何日身才入凤池？[12]诗酒未除名士习，公卿须称少年时。碧鸡金马寻常事，总要生来福命宜。[13]

一肩行李又吟囊，检点诗书喜欲狂。帆影波痕淮浦月，马蹄草色蓟门霜。故人共赠王祥剑，荆女同持陆贾装。自愧长安居不易，翻教食指累高堂。[14]

一入都门便到家，征人北上日西斜。槐厅谬赴明经选，桂苑犹虚及第花。[15]世路恩仇收短剑，人情冷暖验笼纱。倘无驷马高车日，誓不重回故里车。

骊歌缓缓度离筵，正与亲朋话别天。此去但教磨铁砚，再来唯望插金莲。即今馆阁需才日，是我文章报国年。览镜苍苍犹未改，不应身世久迍邅。[16]



注释：

①《入都》诗见 清 李国杰辑《李文忠公遗集》，光绪三十年(1904)合肥李氏刊本。原诗共十首，皆作于道光二十三年(1843)。

②吴钩：钩，兵器，形似剑而曲。春秋吴人善铸钩，故称。后也泛指利剑。▶晋 左思《吴都赋》："军容蓄用，器械兼储；吴钩越棘，纯钧湛卢。"

③捷足：脚步快。谓行动迅速。▶《前汉书平话》卷中："秦朝失其天下，天下共逐，高材捷足者先得之。"

④伏枥：亦作"伏历"。马伏在槽上，指受人驯养。后用为壮志未酬，蛰居待时的典故。 ▶ 三国 魏 曹操《步出夏门行》："老骥伏枥，志在千里；烈士暮年，壮心不已。"

驹光：指短暂的光阴。▶清 李氏《示儿》："勉矣趁朝暾，驹光不我与。"

⑤恋栈：劣马贪恋马棚里的饲料，比喻无能的人只贪图安逸，无远大志向。典出《晋书·宣帝纪》："(曹爽)爽与(桓范)范内疏而智不及，驽马恋栈豆，必不能用也。"

⑥咿唔：象声词。多形容吟诵声。▶清 焦循《忆书》卷六："曾祖父少儒，日咿唔于书塾中。"

⑦穷通：困厄与显达。▶《庄子·让王》："古之得道者，穷亦乐，通亦乐，所乐非穷通也；道德于此，则穷通为寒暑风雨之序矣。"

⑧虱处裈：语出《晋书·阮籍传》："上欲图三公，下不失九州牧。独不见群虱之处裈中，逃乎深缝，匿乎坏絮，自以为吉宅也。行不敢离缝际，动不敢出裈裆，自以为得绳墨也。然炎丘火流，焦邑灭都，群虱处于裈中而不能出也。君子之处域内，何异夫虱之处裈中乎！"后因以"虱处裈"比喻身处浊世，局促难安。

⑨枨触：感触。▶唐 李商隐《戏题枢言草阁三十二韵》："君时卧枨触，劝客白玉杯。"

⑩桑干：河名。今永定河的上游。相传每年桑椹成熟时河水即干涸，故名。

⑪乌乌：古称乌鸦反哺，因以喻孝亲之人子。▶晋 傅咸《申怀赋》："尽乌乌之至情，竭欢敬于膝下。

⑫凤池：指朝廷。全称凤凰池，原指皇宫禁苑中的池沼。▶北宋 柳永《望海潮·东南形胜》："异日图将好景，归去凤池夸。"

⑬碧鸡金马：即金马、碧鸡，是传说中的神明。《汉书·郊祀志下》："或言益州有金马、碧鸡之神，可醮祭而致。"

⑭食指：指家庭或家族人口。▶明 钱子正《溪上所见》诗："家贫食指众，谋生拙于人。"

⑮槐厅：唐宋时学士院中的厅名。▶宋 沈括《梦溪笔谈·故事一》："学士院第三厅学士阁子，当前有一巨槐，素号槐厅。旧传居此阁者，多至入相。"

⑯迍邅：指迟疑不进。▶明 张景《飞丸记·京邸道故》："但见气吞虹倚天，长剑流光捻；及早定天山，莫自迍邅。"





## 丙辰夏明光镇旅店题壁①

四年牛马走风尘，浩劫茫茫剩此身。杯酒藉浇胸磊块，枕戈试放胆轮囷。②愁弹短铗成何事，力挽狂澜定有人。绿鬓渐凋旄节落，关河徙倚独伤神。③

巢湖看尽又洪湖，乐土东南此一隅。我是无家失群雁，谁能有屋稳栖乌。④袖携淮海新诗卷，归访烟波旧钓徒。遍地槁苗待霖雨，闲云欲出又踟蹰。

注释：

①《丙辰夏明光镇旅店题壁》诗见 清 李国杰辑《李文忠公遗集》，光绪三十年(1904)合肥李氏刊本。本书作于咸丰六年(1856)夏。

②磊块：即块垒，亦作块礧、块磊，泛指郁积之物。也比喻胸中郁结的愁闷或气愤。典出《世说新语·任诞》：王孝伯问王大："阮籍何如司马相如？"王大曰："阮籍胸中垒块，故需酒浇之"。▶刘弇《莆田杂诗》之十六："赖足樽中物，时将块磊浇。"

轮囷：硕大貌。▶《礼记·檀弓下》："美哉轮焉。"

③徙倚：徘徊；逡巡。▶《楚辞·远游》："步徙倚而遥思兮，怊惝恍而乖怀。"

④栖乌：晚宿的归鸦。▶南朝 梁 王筠《和卫尉新渝侯巡城口号诗》："阛阓暧已昏，钩

陈杳将暮。栖乌城上返,晚雀林中度。”

## 庐垣再陷重过明光次韵示吴仲仙①

猿鹤虫沙迹已尘，见几悔不早抽身。②破家奚恤周嫠纬，赠策多惭鲁子困。③蜀岫憨云自终古，梁园咏雪又何人。④愤来快草陈琳檄，挲鼓无声暗怆神。⑤

单杉短剑走江湖，飘泊王孙泣路隅。⑥大漠风高秋纵马，故山月黑夜啼乌。治军今有孙吴略，筹饷谁为管葛徒。⑦闭口莫谈天下事，乡关回首重踌躕。

注释:

①《庐垣再陷重过明光次韵示吴仲仙》诗见 清 李国杰辑《李文忠公遗集》,光绪三十年(1904)合肥李氏刊本。本诗作于咸丰八年(1858)七月。

庐垣再陷:指咸丰八年(1858),太平军第二次攻破庐州。

吴仲仙:吴棠(1813—1876),字仲宣,号棣华,谥“勤惠”。清盱眙(今安徽明光市三界镇)人,官至四川总督、署成都将军。有《望三益斋诗文钞》《望三益斋存稿》。

②猿鹤虫沙:即猿鹤沙虫,意指阵亡的将士或死于战乱的人民。▶《艺文类聚》卷九十五 引晋 葛洪《抱朴子》:“周穆王南征,一军皆化,君子为猿为鹤,小人为虫为沙。”

③嫠纬:嫠不恤纬的省写。比喻忧国忘家。典出《左传·昭公二十四年》:“嫠不恤其纬,而忧宗周之陨,为将及焉。”嫠,寡妇;纬,织物的横纱。谓寡妇不忧其纬少,而恐国亡祸及于己。

赠策:谓致送书信或临别赠言。典出《左传·文公十三年》载:晋大夫士会奔秦,晋恐士会为秦所用,就派人招他回国。士会离秦时,“绕朝赠之以策,曰:‘子无谓秦无人,吾谋适不用也。’”▶清 黄遵宪《将应顺天试仍用前韵呈霭人樵野丈》:“四海同袍征士气,频年赠策故人书。”

④终古:久远。▶《楚辞·离骚》:“怀朕情而不发兮,余焉能忍而与此终古。”

⑤陈琳檄:原指陈琳为袁绍所草伐曹之檄文,后泛指檄文。典出 三国 魏 鱼豢《典略》:“琳作诸书及檄,草成呈太祖。太祖先苦头风,是日疾发,卧读琳所作,翕然而起曰:‘此愈我病。’数加厚赐。”

⑥路隅:路边。▶汉 张衡《西京赋》:“睚眦虿芥,尸僵路隅。”

⑦管葛:管仲和诸葛亮的并称,二人皆古代名相。▶南朝 宋 刘义庆《世说新语·赏誉》:“殷渊源在墓所几十年,于时朝野以拟管葛。”

## 万年道中恭值先中宪公忌辰感赋二首寄诸兄弟①

浮槎山角阵云堆，郁郁松楸望不开。②历却尚存忠孝情，济时谁识栋梁材。胸中气概千秋许，身后流离百口哀。葛帔孤儿惭付托，空将双泪寄泉台。③

深思实止负劬劳，日盼之程起凤毛。④早岁虚名动卿相，中年歧路困蓬蒿。但期涉院波涛稳，敢羡乘风羽翮高。异地思乡心共碎，寝门寂寞夜猿号。⑤

注释：

①《万年道中恭值先中宪公忌辰感赋二首寄诸兄弟》诗见 清 李国杰辑《李文忠公遗集》，光绪三十年(1904)合肥李氏刊本。

先中宪公：指李文安。

②阵云：浓重厚积形似战阵的云。古人以为战争之兆。▶《史记·天官书》："阵云如立垣。"

③葛帔：用葛制成的披肩。后为怜恤友人贫困之典。▶《南史·任昉传》："西华冬月著葛帔綀裙，道逢平原刘孝标，泫然矜之，谓曰：'我当为卿作计。'"

④劬劳：劳累；劳苦。▶《诗·小雅·蓼莪》："哀哀父母，生我劬劳。"

⑤寝门：亦作"寑门"。古礼天子五门，诸侯三门，大夫二门。最内之门曰寝门，即路门。后泛指内室之门。▶《仪礼·士丧礼》："君使人吊，彻帷，主人迎于寝门外，见宾不哭。"

## 笑比河清①

正直原留万古名，包公忠义使人倾。欲求一笑阎罗易，须俟千年德水清。②雅意静涵波万顷，澄怀朗印月三更。③春山霁宇开终古，秋水锋芒露一生。浊世常逢缄口日，潭心偏有鉴人情。④拈花每到临溪悟，窥竹先知隔涧萌。温语从天苞乍启，清操自矢水同盟。⑤香花墩上今犹昔，剩有湖边草色盈。⑥

注释：

①《笑比河清》诗见 清 李国杰辑《李文忠公遗集》，光绪三十年(1904)合肥李氏刊本。

②德水：黄河的别名。▶《史记·秦始皇本纪》："始皇推终始五德之传，以为周得火德，秦代周德，从所不胜。方今水德之始……更名河曰德水，以为水德之始。"

③静涵：静心涵泳。▶清 莫友芝《〈巢经巢诗钞〉序》："吾友郑君子尹……乃复遍综洛闽遗言，精研身考，以求此心之安，静涵以天地时物变化之妙，切证诸世态古今升降之故，久之涣然于中，乃有确乎不可拔者。"

澄怀：清心，静心。▶《南史·隐逸传上·宗少文》："老疾俱至，名山恐难遍睹，唯澄怀观道，卧以游之。"

④缄口：闭口不言。典出《孔子家语·观周》："孔子观周，遂入太祖后稷之庙，庙堂右阶之前，有金人焉，三缄其口，而铭其背曰：'古之慎言人也。'"

鉴人：照人。▶明 叶小鸾《艳体连珠·发》："盖闻光可鉴人，谅非兰膏所泽。

⑤清操:高尚的节操。▶《后汉书·尹勋传》:“宗族多居贵位者,而勋独持清操,不以地埶尚人。”

自矢:犹自誓。立志不移。▶明 袁宏道《舒大家志石铭》:“族长者以其秾李恐不当霜雪,家以死自矢。”

⑥剩有:犹有。▶宋 卢祖皋《渔家傲》词:“不用五湖寻小艇,吾庐剩有闲风景。”

## 朱景昭

朱景昭(1823—约1878),字默存,号朴菴,以字行。晚清合肥东乡(今安徽省肥东县)人。与王尚辰、徐子苓并称“庐州三怪”。咸丰二年(1852)优贡,官候选直隶州州同,曾短期为袁甲三、刘铭传幕僚。性聪颖,目数行,下笔为文章,多创论著。著有《无梦轩遗书九种》《劫余小记》《论文刍说》等。

### 岁暮还家[①]

霜鸡号中夜,寒意警万物。[②]羁客起旁皇,归踪待明发。[③]贫中无良图,事至辄伤骨。[④]优闲鲜所就,况乃在仓卒。[⑤]踌躇且还家,长路乘晓月。[⑥]



注释:

①《岁暮还家》诗见 民国 陈诗《皖雅初集》,民国十八年(1929)上海美艺图书公司聚珍本。

②中夜:半夜。▶《书·冏命》:“怵惕惟厉,中夜以兴,思免厥愆。”

③旁皇:亦作“旁遑”。因内心不安而徘徊不定貌。▶宋 王安石《乞退札子》:“实以疾病浸加,恐隳陛下所付职事,上累陛下知人之哲,下违臣不能则止之义,此所以旁遑迫切而不能自止也。”

④良图:妥善地谋划。▶《左传·昭公二十三年》:“士弥牟谓韩宣子曰:‘子弗良图,而以叔孙与其雠,叔孙必死之。

⑤优闲:闲逸,安闲。▶北齐 颜之推《颜氏家训·涉务》:“故治官则不了,营家则不办,皆优闲之过也。”

况乃:何况;况且;而且。▶《后汉书·王符传》:“以罪犯人,必加诛罚,况乃犯天,得无咎乎?”

⑥晓月:拂晓的残月。▶南朝 宋 谢灵运《庐陵王墓下作》诗:“晓月发云阳,落日次朱方。”

## 蛟斗篇[1]

唐裔通化司训茏，灵德涵溥阳精从。[2]海若顺导澄玉镜，岂有不若民相逢。[3]族有败群滥其所，上帝曰吁吾醢汝。[4]下暨虾龟嬉平陂，万异一同敢凭怒。[5]支祈脱锁庚辰逋，六丁走诉亡灵符。[6]老鼍失更朝叫呼，毒鳄徙海来平湖。[7]侈鳞骄介纷作奴，北孽南孽狂相屠。[8]蜚廉箕张雨师扰，助以风雨恣牙爪。[9]喷云蚀星亥至卯，若木老阳闭莹皎。[10]贝宫瓦飞晶阙倒，大瀛上君不能讨。[11]蛰品如沙出深窅，濒涯万畴盈荇藻。[12]跕跕遥天坠征鸟。[13] 吾闻波宅蛟最卑，虫豸之孽非龙支。窃盗幻妙冯奸威，水国所贱民慑之。一孽冯陵一孽睨，采人重居志吞噬。[14]川渎有神湮典祟，奈何太阿失利器。[15]百灵鳏职帝不闻，呜呼渊薮如沸焚。[16]

注释：

①《蛟斗篇》诗见 清 陈诗《皖雅初集》卷二十九，民国十八年(1929)上海美艺图书公司印本。原诗标题作《庚申正月闻诸湖民二龙昼斗厥状古异智者蹙然曰是蛟也涝之媒且象寇焉寇激寇兹乃自斗于戏蛟水孽也龙德正中恬彼群孽鸟睹斯异哉夫渊育同种放为骇谲民受其波匪道胡谧作蛟斗篇》。

②唐裔：陶唐氏后裔；

通化：开导教化。▶《魏书·乐志》："莹(祖莹)复议曰："夫乐所以乘灵通化，舞所以象物昭功。"

茏：草名。即水荭。▶《管子·地员》："其山之浅，有茏与斥。"

灵德：神灵的恩德。▶《文选·班固〈东都赋〉》："登祖庙兮享圣神，昭灵德兮弥亿年。"

阳精：此处指传说中的龙。▶《三国志·魏志·管辂传》"惟以梳为枇耳" 裴松之 注引 三国 魏 管辰《管辂别传》："是以龙者阳精，以潜为阴，幽灵上通，和气感神，二物相扶，故能兴云。"

③海若：海神。若，传说中的海神名。▶《楚辞·远游》："使湘灵鼓瑟兮，令海若舞冯夷。"

顺导：顺应事物发展趋势加以引导。▶宋 陈师道《学试策问》之二："今自小吴之决，失其故道，议者多矣。或谓故道可复，或以谓因其埶而顺导之，二者何施可也?"

不若：不依顺；不顺遂。▶《书·高宗肜日》："民有不若德，不听罪。"

④败群：危害集体。▶《汉书·卜式传》："(卜式)布衣草蹻而牧羊。岁余，羊肥息。上过其羊所，善之。

醢[hǎi]：古代一种酷刑。把人杀死后剁成肉酱。

⑤平陂：平地与倾斜不平之地。▶《易·泰》："无平不陂，无往不复。"

⑥支祈，即无支祁。传说中的淮水水怪。据唐代李肇《国史补》《太平广记》卷四六七引唐李公佐《戎幕闲谈》载，此物"形若猿猴，缩鼻高额，青躯白首，金目雪牙，颈伸百尺，力

逾九象，搏击腾踔疾奔，轻利倏忽。”

庚辰：古代传说中的助禹治水之神。禹治水，“三至桐柏山，惊风走雷，石号木鸣”。禹怒，召集百灵，获淮涡水神无支祁。授之章律、鸟木由不能制。授之庚辰，“庚辰以战逐去，颈锁大索，鼻穿金铃，徙淮阴之龟山之足下，俾淮水永安而流注海”。见 唐 李公佐《古〈岳渎经〉》。

逋：本意为逃亡，也引申指逃亡在外的人，另引申有拖欠、拖延的意思。

⑦老鼍[tuó]：即扬子鳄。据《埤雅·释鱼》载，鼍夜鸣与更鼓相应。

失更：指鼍夜鸣未能与更鼓相应。

叫呼：呼喊；呼叫。▶《淮南子·兵略训》：“喜怒而合四时，叫呼而比雷霆。”

⑧侈鳞骄介：泛指有很多鳞和坚硬甲的水生动物。

北孽南孽：泛指各地的妖孽。

⑨蜚廉：此处指传说中风神。▶《汉书·扬雄传上》：“鸾皇腾而不属兮，岂独蜚廉与云师。”

箕张：谓两旁伸张开去如簸箕之形。▶《魏书·尒朱荣传》：“葛荣自邺以北列阵数十里，箕张而进。”

雨师：此处指古代传说中司雨的神。▶《周礼·春官·大宗伯》：“以槱燎祀司中、司命，飌师、雨师。”

⑩若木：古代神话中的树名。▶《山海经·大荒北经》：“大荒之中，有衡石山、九阴山、洞野之山，上有赤树，青叶，赤华，名曰若木。”



老阳：方言。太阳。

⑪贝宫：即贝阙珠宫。即用珍珠宝贝做的宫殿，借指仙境的华丽建筑。▶屈原《九歌·河伯》：“鱼鳞屋兮龙堂，紫贝阙兮朱宫。”

晶阙：水晶做的宫阙。

⑫深窅：幽深；深邃。▶宋 施岳《解语花》词：“翠丛深窅，无人处，数蕊弄春犹小。”

⑬跕跕：坠落貌。▶《后汉书·马援传》：“当吾在浪泊、西里闲，虏未灭之时，下潦上雾，毒气重蒸，仰视飞鸢跕跕墯水中。”

⑭冯陵：亦作“冯凌”。此处指进迫；侵陵。▶《左传·襄公八年》：“焚我郊保，冯陵我城郭。”

⑮川渎：泛指河流。▶汉 董仲舒《春秋繁露·考功名》：“其为天下除害也，若川渎之泻于海也，各顺其势，倾侧而制于南北。”

太阿：又作泰阿。传说的宝剑名。▶《史记·李斯列传》：“今陛下致昆山之玉，有随和之宝，垂明月之珠，服太阿之剑。”

⑯百灵：此处指各种神灵。▶《文选·班固〈东都赋〉》：“礼神祇，怀百灵。”

渊薮[yuān sǒu]：比喻人或事物聚集的地方。▶《书·武成》：“今商王受无道，暴殄天物，害虐烝民，为天下逋逃主，萃渊薮。”

# 周元辅

周元辅，字远斋。清寿州(今安徽省寿县)人。府学生。与合肥朱景昭、徐子苓为挚友。善鼓琴，工舞剑，又善梅花枪，“刺墙上皆成五出。”书法于汉魏六朝，无不探讨，行书纯似包世臣，山水仿沈周，小景尤佳。工诗善画，著有《意山园诗集》及《续钞》。

## 廿四日早发姥山抵巢县城下[①]

一出桃源路，中流别有天。[②]船移峰屡变，岸远水无边。风逆势尤险，城荒人可怜。[③]关梁不复设，旅客幸安眠。[④]

注释：

①《廿四日早发姥山抵巢县城下》诗见 清 李恩绶编《巢湖志》卷二诗，黄山书社2007年版，第548页。

②桃源路：通往理想境界之路。▶唐 孟浩然《高阳池送朱二》诗：“殷勤为访桃源路，予亦归来松子家。”

③风逆：风不顺。▶唐 杜甫《冬晚送长孙渐舍人归州》：“云晴鸥更舞，风逆雁无行。”

④关梁：关口和桥梁。泛指水陆交通必经之处。这些地方往往设防戍守或设卡征税。▶《墨子·贵义》：“商人之四方，市贾信徙，虽有关梁之难，盗贼之危，必为之。”

## 登李陵山[①]

紫蓬已寥落，犹说李将军。问树多奇质，扪碑苦断文。蜀山从北顾，肥水自西分。烧脉何为者，空余几片云。[②]

注释：①《登李陵山》诗见 清 李恩绶 纂 民国 释三惺续补《紫蓬山志》，民国20年(1931)仲秋合肥紫蓬山房铅印本。

②原诗“烧脉何为者，空余几片云。”句后有注：“烧脉岗，俗传为刘诚意烧凿龙脉所为。”

烧脉：指烧脉岗。位于肥西县城西南约九公里处，属紫蓬镇。

## 十月二十日泊巢湖西口有忆徐毅甫隐处[①]

两岸人家烽火余，问君何处托幽居。湖山面面真如画，胜我浮槎旧草庐。[②]水冷霜寒落叶初，十年曾此过巢湖。黄柑紫蟹犹堪买，不羡张翰江上鲈。[3]

注释：

①《十月二十日泊巢湖西口有忆徐毅甫隐处》诗见 清 李恩绶 纂 民国 释三惺续补《紫蓬山志》，民国二十年(1931)仲秋合肥紫蓬山房铅印本。

②原诗句后有作者自注："予曾绘浮槎山煮泉图。"

③"不羡张翰江上鲈"句：出自晋代张翰"莼鲈之思"的故事。《世说新语·识鉴》："张季鹰辟齐王东曹掾，在洛，见秋风起，因思吴中菰菜羹、鲈鱼脍，曰：'人生贵得适意尔，何能羁宦数千里以要名爵！'遂命驾便归。俄而齐王败，时人皆谓为见机。""莼鲈之思"即思念故乡的代名词。

## 张树声

张树声(1824—1884)，字振轩。清庐州合肥(今安徽省合肥市)人。廪生。咸丰间在乡办团练，后为淮军将领，随李鸿章进军江浙，仕至总督。同、光年间历任山西巡抚、漕运总督、江苏巡抚、广西巡抚、直隶、两广总督等，加太子少保衔。卒谥"靖达"。有《张靖达公奏议》《张靖达公杂著杂著》等著。



### 谒包孝肃祠[1]

城南一曲尚清流，风送荷香栏外秋。遗像至今传铁面，直臣岂肯作金钩。[2]烟波浩淼藏鱼艇，萍藻馨香荐古洲。漫说阎罗关节重，青宫事业等安刘。[3]

注释：

①《谒包孝肃祠》诗见 清 陈诗《皖雅初集》卷三十，民国十八年(1929)上海美艺图书公司印本。

②金钩：喻指坚刚的事物变成弯曲的钩状物。用晋刘琨《重赠卢谌》诗意："何意百炼钢，化为绕指柔！"

③阎罗关节：《宋史包拯传》："关节不到，有阎罗包老。"

青宫：太子宫。东方属木，于色为青，故称。

安刘：借指安定王室。出《史记高祖本纪》，刘邦曾说，只有周勃能够使刘氏天下安定。



### 过周公瑾墓[1]

鼎足功收一炬红，白杨古墓啸寒风。[2]两朝心腹推知己，半壁江山效死忠。遗恨直吞漳水北，豪情犹唱大江东。[3]英雄儿女今何在，埋玉深深惜此中。[4]

注释：

①《过周公瑾墓》诗见 清 陈诗《皖雅初集》卷三十，民国十八年(1929)上海美艺图书公司印本。

②"鼎足功收一炬红"句：指吴、蜀联军在周瑜的指挥下，于赤壁以火攻击败魏军。赤壁之战是奠定魏蜀吴三分天下的基础。

③"遗恨直吞漳水北"句：谓周瑜娶美女小乔，让曹操感到遗憾。据《三国演义》载，曹操曾对诸将说："吾今年五十四岁矣，如得江南，窃有所喜。昔日乔公与吾至契，吾知其二女皆有国色。后不料为孙策周瑜所娶。吾今新构铜雀台于漳水之上，如得江南，当娶二女，置之台上，以娱暮年，吾愿足矣！"

大江东：指苏轼《念奴娇赤壁怀古》首句"大江东去"。

④埋玉：埋葬有才华的人。出南朝宋刘义庆《世说新语伤逝》："庾文康亡，何扬州临葬云：'埋玉树箸土中，使人情何能已已？'"

## 李鹤章

李鹤章(1825—1880)，字季荃，一字仙侪，号浮槎山。清庐州合肥(今安徽省合肥市)东乡人。李文安第三子。廪贡生。咸丰初，随父亲在籍办团练，继入曾国藩军幕。讨捻时为留总营务。寻乞假，归居皖城，奉母不出。卒后累赠光禄大夫、云贵总督。著有《浮槎山人文集》《半仙居诗草》《平吴竹枝词》《平吴纪实》《广名将谱注解引证》。



### 过桐城大关旅邸题壁[1]

昔渡雄关事远征，翩翩戎马一书生。身经吴楚百千战，手克江淮廿八城。功狗自怜芳病苦，山猿犹喜去来迎。[2]骑驴道上今重过，漫说将军故李名。

注释：

①《过桐城大关旅邸题壁》诗见民国 李家孚《合肥诗话》卷下，民国苏城临顿路毛上珍铅活字本。

旅邸：犹旅馆。▶宋 郭彖《睽车志》卷五："(朱藻)某年南宫奏名，方待廷试，有士人同寓旅邸。"

②功狗：比喻杀敌立功的人。《史记·萧相国世家》："高帝曰：'夫猎，追杀兽兔者狗也，而发踪指示兽处者人也。今诸君徒能得走兽耳，功狗也。至如萧何，发踪指示，功人也。'"

## 平吴归皖叠前韵[①]

四方无复羽书征，喜听江流急有声。[②]山墅围棋怀谢傅，邯郸觉枕问卢生。[③]重将泥雪留诗句，敢诩凌烟著姓名。[④]我是浮槎焦姥客，好凭烟水印心清。[⑤]

注释：

①《平吴归皖叠前韵》诗见民国 李家孚《合肥诗话》卷下，民国苏城临顿路毛上珍铅活字本。

②羽书：犹羽檄。▶汉 陆贾《楚汉春秋》："黥布反，羽书至，上大怒。"

③谢傅："谢太傅"的省写。即指东晋名臣谢安。谢安卒赠太傅，故称。▶唐 李白《书情赠蔡舍人雄》："尝高谢太傅，携妓东山门。"

④凌烟：此处为"凌烟阁"的省写。▶唐 杜甫《丹青引赠曹将军霸》："凌烟功臣少颜色，将军下笔开生面。"

⑤烟水：雾霭迷濛的水面。▶唐 孟浩然《送袁十岭南寻弟》："苍梧白云远，烟水洞庭深。"



# 徐魁士

徐魁士（1826—1893），字小帆。晚清庐江（今属安徽省庐江县）人。同治间恩贡，有《耐闲轩诗存》。

## 登欧峰绝顶[①]

高旷应无极，频窥咫尺天。[②]望中愁陟险，幽处可忘年。欲舞龙池剑，还参虎洞禅。钟声林外落，敲散夕阳烟。

注释：

①《登欧峰绝顶》诗见 清 吴宾彦修 王方岐纂《（康熙）庐江县志》卷十六，清康熙三十七年（1698）刻本。

②无极：无穷尽；无边际。▶《左传·僖公二十四年》："女德无极，女怨无终。"

## 游冶父实际禅寺五首[①]

欲探山寺幽，敢惮山溪僻。异境忽天开，平冈竹如箦。寺隐未知门，坐爱冻云碧。琅口带瘢痕，恶诗谁镌刻。[②]梨枣久被殃，此君亦见逼。荷杵僧突来，岂捉偷诗贼？彼恃假借工，吾忍假又借。[③]

缘兹获导师，僧扉烦僧敲。垣石迭鳞次，院松悬鹤巢。门内即斋堂，几席排周遭。每食先持诵，祭祝礼非遥。绀宇历数重，随山为低高。[④]中庭桂百尺，凭栏攀花梢。长廊左右拥，厅廨连仓廒。[⑤]居然好家居，空门亦堪豪。更喜岩下泉，直射寺中庖。刳竹相接引，挹注常滔滔。

寺僧夸寺古，开山李唐日。祖师卓锡初，猛虎为屈膝。[⑥]至行达九重，建造亲降敕。[⑦]五季宋元明，法派溯一一。[⑧]当代仕宦家，阀阅谁与匹。余闻一笑颔，千年此鹫室。[⑨]荒台缅阿瞒，旧宅改行密。淮南古刹多，谁更论甲乙。[⑩]

寺旁地数弓，释氏此兆域。一塔独巍然，朗公昔窀穸。身为前进士，名亦挂仕籍。[⑪]龙汉劫尘飞，禅门聊寄迹。[⑫]舒愤旧幽偏，赍志竟圆寂。[⑬]满腔忠赤心，犹增缁素色。[⑭]孤松傍塔前，高风吹未息。

或云寺盛时，会食千僧哗。[⑮]当年香积厨，釜容斗石赊。有僧据灶觚，探汤忽跌蹉。[⑯]直至釜将戛，白骨惊槎丫。齐声喧佛号，狮吼警群蛙。釜乃自悔罪，远窜巢湖涯。僧徒顿骇散，盛事长参差。嗟此何奇谲，珠林无以加。[⑰]法苑编许续，吾当再搜爬。[⑱]

注释：

①《游冶父实际禅寺五首》诗见 民国 陈诗 编 章梦芙 参订《冶父山志》卷四诗歌，民国二十五年(1936)木刻本。

②恶诗：拙劣或猥贱的诗。▶唐 李肇《唐国史补》卷中：“杜太保在淮南，进崔叔清诗百篇。德宗谓使者曰：‘此恶诗焉用进？’时呼为‘准敕恶诗’。”

③原诗“彼恃假借工，吾忍假又借。”句后有作者自注：“寺旁多竹木，僧日持棒巡之。”

④绀宇：即绀园。佛寺之别称。▶唐 王勃《益州德阳县善寂寺碑》：“朱轩夕朗，似游明月之宫；绀宇晨融，若对流霞之阙。”

⑤仓廒：亦作“仓敖”。储藏粮食的处所。▶《文献通考·市籴二》：“得息米造成仓廒。”

⑥卓锡：卓，植立；锡，锡杖，僧人外出所用。因谓僧人居留为卓锡。▶元 张伯淳《楞伽古木》：“道林卓锡旧种此，髣佛于今八百年。”

⑦至行：卓绝的品行。▶《晋书·朱冲传》：“少有至行，闲静寡欲，好学而贫，常以耕艺为事。”

降敕：颁发诏书。▶《宋史·礼志八》：“大观中，尚书省言，神祠加封爵等，未有定制，乃并给告、赐额、降敕。”

⑧五季：即后梁、后唐、后晋、后汉、后周五代。▶宋 叶绍翁《南屏兴教磨崖》："钱塘自五季以来，无干戈之祸。"

⑨鹫室：鹫山石室。相传释迦牟尼曾说法于此。亦泛指禅房。▶南朝 梁 沈约《瑞石像铭》："永言鹫室，栖诚梵宫。"

⑩原诗"淮南古刹多，谁更论甲乙。"有作者自注"邑城隍庙，为曹操避暑台，金刚寺乃杨行密旧宅改造。"

⑪前进士：唐代称及第而尚未授官的进士。▶唐 李肇《唐国史补》卷下："投刺谓之乡贡，得第谓之前进士。"

⑫龙汉：道教谓元始天尊年号之一。又为五劫之始劫。《隋书·经籍志四》："道经者，云有元始天尊，生于太元之先，禀自然之气，冲虚凝远，莫知其极。所以说天地沦坏，劫数终尽，略与佛经同。以为天尊之体，常存不灭。每至天地初开，或在玉京之上，或在穷桑之野，授以秘道，谓之开劫度人。然其开劫，非一度矣，故有延康、赤明、龙汉、开皇，是其年号。其间相去经四十一亿万载。"

⑬赍志：谓怀抱着志愿。▶南朝 梁 江淹《恨赋》："赍志没地，长怀无已。"

⑭缁素：指僧俗。僧徒衣缁，俗众服素，故称。▶北魏 郦道元《水经注·颍水》："水中有立石，高十余丈，广二十许步，上甚平整。缁素之士，多泛舟升陟，取畅幽情。"

⑮会食：相聚进食。▶《史记·淮阴侯列传》："令其裨将传飧，曰：今日破赵会食！"

⑯灶觚：即灶突。▶《太平御览》卷一八六引《庄子》："仲尼读《春秋》，老聃踞灶觚而听。"原注："觚，灶额也。"



⑰奇谲：奇特怪诞；新奇怪异。▶《后汉书·西域传论》："好大不经，奇谲无已。"

珠林：比喻著述丰富。▶清 钱谦益《毛子晋六十寿序》："颂其藏书，则酉阳、羽陵，颂其撰述，则珠林玉海。"

⑱法苑：佛教语。指佛法所在之处。▶南朝 梁 萧统《讲解将毕赋三十韵诗依次用》："法苑称嘉柰，慈园羡修竹。"

原诗"法苑编许续，吾当再搜爬"句后有作者自注："旧寺满千僧，厨有巨釜，因沙弥取粥倒身釜内，粥罄始知，众合掌号佛，釜飞投巢湖，寺自此衰矣。"

## 冬日雨中过公瑾墓①

踏破寒威过野村，周郎遗迹至今存。②森森古木参云表，寂寂残碑守墓门。冷雨欲添吴主泪，凄风遥断小乔魂。可堪凭眺东郊晚，犹忆醇醪带醉吞。③

注释：

①《冬日雨中过公瑾墓》诗见清 吴宾彦修 王方岐纂《（康熙）庐江县志》卷十六，清康熙三十七年（1698）刻本。

②寒威：严寒的威力。▶唐 方干《岁晚言事寄乡中亲友》："急景苍茫昼若昏，夜风干

峭触前轩。寒威半入龙蛇窟，暖气全归草树根。”

③醇醪 味厚的美酒。▶《史记·袁盎晁错列传》：“乃悉以其装赍置二石醇醪。”

王尚辰(1826—1902)，字北垣，号谦斋，晚自号遗园老人。行次居五，人呼之为五疯。自称“五峰居士”清庐州合肥(今安徽省合肥市)人。道光时诸生，翰林院典簿。少时倜傥负奇气，雄辩论喜滑稽，有东方曼倩风。性放诞。与徐子苓、朱默存齐名，时人目为“三怪”。著有《遗园诗余》《谦斋初二三续集》等。

## 雨后再集包公祠[①]

西山新雨霁，重访芰荷乡。野鹭闲秋水，疏花澹夕阳。篆碑多剥落，画象尚珍藏。明酒将吾敬，流风未敢忘。

注释：

①《雨后再集包公祠》诗 见 清 王尚辰《谦斋初集》，清光绪二十三年(1897)八月庐州刻本。

## 夜泊中庙[①]

岸舫犹吹笛，湖灯乍放明。云飞天倒壶，浪拥月横行。买醉玉壶碧，迎神水调清。上元知渐远，环佩下瑶京。[②]

注释：

①《夜泊中庙》诗 见 清 王尚辰《谦斋初集》，清光绪二十三年(1897)八月庐州刻本。

②瑶京：玉京，天帝所居。泛指神仙世界。▶ 宋 洪迈《夷坚甲志·蔡真人词》：“尘世无人知此曲，却骑黄鹤上瑶京，风冷月华清。”

## 巢湖舟中怀毅甫[①]

远岫沉寒日，长风起夕波。[②]林阴犹带雪，沙陷欲成河。近市帆樯集，巡更雁鹜多。故人隔烟水，爱诵姥山歌。

注释：

①《巢湖舟中怀毅甫》诗 见 清 王尚辰《谦斋初集》，清光绪二十三年(1897)八月庐州

刻本。

②寒日：寒冬的太阳。▶晋 陶潜《答庞参军》："惨惨寒日，肃肃其风。"

## 教弩台僧索补井亭旧偈[①]

改邑不改井，源通最上层。三分磨铁弩，百丈引金绳。[②]泉眼忘清浊，松身阅废兴。僧雏漫饶舌，一指悟传灯。[③]

注释：

①《教弩台僧索补井亭旧偈》诗 见 清 王尚辰《谦斋初集》，清光绪二十三年（1897）八月庐州刻本。

②金绳：佛经谓离垢国用以分别界限的金制绳索。▶唐 李白《春日归山寄孟浩然》："金绳开觉路，宝筏度迷川。"

③僧雏：幼龄僧人。▶明 李贽《追述潘见泉先生往会因由付其儿参将》："即令僧雏打扫净室，留二人读书其中。月余日，乃别去。"

传灯：亦作"传镫"。佛家指传法。佛法犹如明灯，能破除迷暗，故称。▶唐 崔颢《赠怀一上人》："传灯遍都邑，杖锡游王公。"



## 访小吏港[①]

弹指沧桑几变更，城东一水自盈盈。长篇乐府空今古，艳说庐江小吏名。[②]

注释：

①《访小吏港》诗 见 清 王尚辰《谦斋初集》，清光绪二十三年（1897）八月庐州刻本。

②艳说：艳羡地评说。▶清 洪亮吉《漫赋截句》之三："才人艳说李深之，束发能题七字诗。"

## 过龚端毅故第[①]

巷口荒祠落照明，定山堂下少人行。芳池久涸蛙争闹，枯树无灵草寄生。一代词章追孝穆，千秋出处拟元成。[②]风流不愧骚坛长，江左于今尚有名。

注释：

①《过龚端毅故第》诗 见 清 王尚辰《谦斋初集》，清光绪二十三年（1897）八月庐州刻本。龚端毅：指龚鼎孳。

②词章：诗文的总称。▶隋 江总《济黄河》："未殚所闻见，无待验词章。"

孝穆：指徐陵。徐陵(507—583)，字孝穆。南朝东海郡郯县(今山东省郯城县)人。出身东海徐氏，以诗文闻名。善于撰文，精通《庄子》《老子》，博涉史籍，颇有口才。梁武帝时期，举秀才出身，出任东宫学士，出入宫中。陈朝建立后，历任左仆射、中书监、侍中、左光禄大夫，受封建昌县侯。至德元年(583)，去世，享年七十七年，获赠镇右将军、特进，谥“章”。善于宫体诗创作，诗文皆以轻靡绮艳见称，与庾信齐名，并称“徐庾”。今存《徐孝穆集》六卷、《玉台新咏》十卷。

元成：指魏徵。魏徵(580—643)，字元成。唐初魏州曲城(故址在今山东掖县东北)人，一作馆陶(今河北省馆陶县)人。少孤贫，出家为道士。隋末参加李密领导的瓦岗军。密败，投唐主李渊，自请安辑山东，擢秘书丞，后又为窦建德俘获，任起居舍人。建德败亡，入唐任太子洗马。“玄武门之变”后，太宗重其才，擢谏议大夫，历官尚书右丞、秘书监、侍中、左光禄大夫、太子太师等职，封郑国公。任职期间，敢于犯颜直谏，劝诫太宗居安思危，兼听广纳，轻徭薄赋，躬行俭约，对实现贞观之治颇有贡献，为一代名臣。贞观十七年(643年)卒，年六十四岁。获赠司空、相州都督，谥“文贞”。随后名列“凌烟阁二十四功臣”第四位。曾主持校定秘府图籍，主编《群书治要》，撰《隋书》序论及《梁书》《陈书》《北齐书》总论。

## 题周报绪济文题逍遥津联句卷后[①]

春水园荒蝶梦孤，记从嵇阮醉黄垆。[②]平生喜见奇男子，人世羞称贱丈夫。[③]不分冷官抛苜蓿，难堪清影落江湖。[④]消残泥雪空留迹，肠断当年主客图。

注释：

①《题周报绪文题逍遥津联句卷后》诗见 清 王尚辰《谦斋诗集》，清光绪二十三年(1897)庐州刻本。

周保绪：即周济。周济(1781—1839)，字保绪，一字介存，号未斋，晚号止庵。清江苏荆溪(今江苏宜兴)人。嘉庆十年(1805)进士。官至淮安府学教授。为学重经世济用，好读史及兵书将略，著有《晋略》八十卷，自负有济世伟略而不能用。更寄情于艺事，推衍张惠言词学，谭精研思，持论精审，为常州派重要的词论家。著有《味隽斋词》和《止庵词》各一卷，《词辨》十卷(存二卷)，《介存斋文稿》一卷，《介存斋论词杂著》一卷，辑有《宋四家词选》。另有论词调之作，以婉、涩、高、平四品分目，已散佚。《清史稿》卷四六八有传。

②蝶梦：典出《庄子·齐物论》：“昔者庄周梦为胡蝶，栩栩然胡蝶也自喻适志与！不知周也。俄然觉，则蘧蘧然周也。不知周之梦为胡蝶与胡蝶之梦为周与？周与胡蝶，则必有分矣。此之谓物化。”喻迷离惝恍的梦境。▶ 唐 李咸用《早行》：“困才成蝶梦，行不待鸡鸣。”

嵇阮：嵇康、阮籍的并称。两人诗文齐名，皆以嗜酒、孤高不阿著称。▶ 南朝 梁 刘勰《文心雕龙·时序》：“于时正始余风，篇体清澹，而 嵇、阮、应 、缪 ，并驰文路矣。”

黄垆：此处为黄公酒垆之缩称。《世说新语·伤逝》："王濬冲乘轺车，经黄公酒垆下过，顾谓后车客：'吾昔与嵇叔夜、阮嗣宗共酣饮于此垆……自嵇生夭、阮公亡以来，便为时所羁绁。今日视此虽近，邈若山河。'"

③奇男子：好汉，不平凡的男子。▶唐 韩愈《试大理评事王君墓志铭》："乃踏门告曰：'天下奇男子王适，愿见将军白事。'"

贱丈夫：指贪鄙的男子。▶《孟子·公孙丑下》："有贱丈夫焉，必求龙断而登之，以左右望而罔市利。"

④冷官：地位不重要、事务不繁忙的官职。▶唐 张籍《早春闲游》："年长身多病，独宜作冷官。"

## 雪霁杨将军庙晚眺归过赵氏怡园①

跛驴狭路叩西关，万瓦鳞鳞绕市阛。冻雪压城封树顶，怒髯如戟黪神颜。②一行野鹭闲随艇，数点征鸿远过山。日暮钟声催客起，名园醉折早梅还。

注释：

①《雪霁杨将军庙晚眺归过赵氏怡园》诗见 清 王尚辰《谦斋诗集》，清光绪二十三年(1897)庐州刻本。



②黪[cǎn]：浅青黑色。▶《说文》："黪，浅青黑色也。"

## 晚过巢湖①

放棹中流兴更狂，孤帆隐隐净湖光。粘天远树沉残雾，近水寒山淡夕阳。大地人民归浩劫，当年城郭总荒唐。烟收万顷投何处，且逐钟声到上方。

注释：

①《晚过巢湖》诗见 清 王尚辰《谦斋诗集》，清光绪二十三年(1897)庐州刻本。



## 书吴彦复刑部保初未焚草后①

胸填五岳恨难平，前席无人泪暗倾。②大笔匡时干忌讳，小臣去国独分明。③让梨怀橘寻初志，咒竹弹蕉送此生。④白首郎潜犹遇主，怜君壮岁即逃名。

注释：

①《书吴彦复刑部保初未焚草后》诗见 清 王尚辰《谦斋诗集》，清光绪二十三年(1897)庐州刻本。

吴彦复：即吴保初。吴保初(1869—1913)，字彦复，号君遂，晚号瘿公。晚清庐江(今安徽省庐江县)人。广东水师提督吴长庆之子。与陈三立、谭嗣同、丁惠康赞同维新，时人称为“清末四公子”。光绪二十三年(1897)鉴于甲午战败，保初上《陈时事疏》，直“以亡国之说，告之于皇上”。冀其“怵危亡”而“谋富强”，被刑部尚书刚毅压下未报，乃愤然引疾南归。其人善书法，其诗襟怀高旷，沉思渊旨，有王安石之风，熔铸古今，不拘一体，著有《北山楼诗词文集》。

②前席：典出《史记·商君列传》：“卫鞅复见孝公。公与语，不自知膝之前于席也。”后以“前席”谓欲更接近而移坐向前。▶唐 李商隐《贾生》：“可怜夜半虚前席，不问苍生问鬼神。”

③大笔：犹大手笔。谓重要文章。▶《新唐书·崔融传》：“朝廷大笔，多手敕委之，其《洛出宝图颂》尤工。”

④让梨：指尊敬兄长。为三国时孔融故事。《融家传》载：“兄弟七人，融第六，幼有自然之性。年四岁时，每与诸兄共食梨，融辄引小者。大人问其故，答曰：‘我小儿，法当取小者。’由是宗族奇之。”

怀橘：指孝养父母。出《三国志吴志陆绩传》：“绩年六岁，于九江见袁术。术出橘，绩怀三枚，去，拜辞堕地，术谓曰：‘陆郎作宾客而怀橘乎？’绩跪答曰：‘欲归遗母。’术大奇之。”

咒竹：本指刻有佛经《大悲咒》的竹筒。借指笔筒。

弹蕉：本指南朝宋沈约《修竹弹甘蕉文》，此借指写作。

## 卖花声·清明[1]

小鸟自呼晴，午梦零星。淝西旧路。怕经行热泪，渐枯青冢，瘦泪亦成冰。强起上空亭，烟雨冥冥，谁家风咽玉萧声。看到梨花香雪冷，又是清明。

注释：

①《卖花声·清明》诗见 清 王尚辰《谦斋诗集》，清光绪二十三年(1897)庐州刻本。

## 沙塞子·庚寅春暮亚白重来肥上喜赠[1]

柳荫一曲蘸清波，城南角草绿坡陀。问谁识，赤阑桥畔，白石行窝。[2]廿年足迹走关河，负奚囊访旧重过。[3]只赢得，别离滋味，甜少酸多。

注释：

①《沙塞子·庚寅春暮亚白重来肥上喜赠》诗见 清 王尚辰《谦斋诗集》，清光绪二十三年(1897)庐州刻本。

②行窝：宋人为接待邵雍仿其所居安乐窝而为之建造的居室。▶ 宋 邵伯温《闻见前录》卷二十："十余家如康节先公所居安乐窝，起屋以待其来，谓之行窝。故康节先公没，乡人挽诗有云：春风秋月嬉游处，冷落行窝十二家。"后因指可以小住的安适之所。

③奚囊：诗词囊。典出《李长吉小传》："每旦日出，与诸公游，恒从小奚奴，骑距驴，背一古破锦囊，遇有所得，即书投囊中。"

## 淡黄柳·秋晚寻赤阑桥遗址次白石韵[1]

城阴巷角，疏柳青连陌。惹起西风心转恻，我亦江南久别，秋燕归来可曾识。

暮喧寂，行吟自忘食。二分水，半弓宅，看颓阳淡闪寒鸦色。梦断箫声，小红何处，无那情丝蘸碧。[2]

注释：

①《淡黄柳·秋晚寻赤阑桥遗址次白石韵》词见 清 王尚辰《谦斋诗集》，清光绪二十三年(1897)庐州刻本。

②小红：为宋范成大侍婢，能歌。姜夔诣成大。以《暗香》《疏影》二词，命小红肄习，音节清婉。成大因以小红赠夔 。▶ 姜夔《过垂虹》："自作新词韵最娇，小红低唱我吹箫。"即咏此事。参阅 元 陆友《砚北杂志》卷下。



## 金浮图·五星寺僧素题松鹤图[1]

莫饶舌，空门寂灭。忍著袈裟，独携瓶钵。问金身，几历庄严劫。野水孤舟，记访沪津残刹，断烂葛藤难割。蒲团坐稳，好把心香爇。　临济喝，石头路滑。白鹤苍松，皎然诗诀。菩提悟出空明月，欢爱贪瞋，到此缘都绝。我亦喜参净业，拈花一笑，自有如如佛。

注释：

①《金浮图·五星寺僧素题松鹤图》词见 清 王尚辰《谦斋诗集》，清光绪二十三年(1897)庐州刻本。

五星寺：旧址在今合肥市安庆路和阜阳路交口附近。

## 忆旧游·春晚过筝笛浦[1]

奈飘来絮影，瘦损梅须，孤负春光。[2]万绿亭如画，记传柑递酒，艳说埋香。阿侬昔年狂态，潇洒似垂杨。[3]恁玉笛攙云，银筝沸月，判老欢场。　茫茫。啸歌地，又断镞沙沉，野水蒲荒。鸥鹭闲来往，问笑桃人去，谁识崔郎。但见夕阳残堞，风旋菜花黄。怪燕子真痴，衔泥犹自寻画梁。

注释：

①《忆旧游·春晚过筝笛浦》词见 清 王尚辰《谦斋诗集》，清光绪二十三年(1897)庐州刻本。

②瘦损：消瘦。▶元 王实甫《西厢记》："恹恹瘦损，早是伤神，那值残春。"

梅须：梅花蕊。▶宋 苏轼《浣溪沙》词："废圃寒蔬挑翠羽，小槽春酒冻真珠。清香细细嚼梅须。"

③阿侬：古代吴人的自称。我，我们。▶《太平广记》卷三二四引 南朝 宋 刘义庆《幽明录·刘儁》："间一日，又见向小儿持来门侧，举之，笑语儁曰：'阿侬已复得壶矣。'言终而隐。"

## 徐宗亮

徐宗亮(1828—1904)，字晦甫，晚号菽岑。清桐城(今安徽省桐城市)人。姚永概岳父。少孤废学。有"奔走戎马""驱驱四方之志"。咸丰时，先后居胡林翼、李鸿章等幕。踪迹遍及江浙、湘鄂、滇黔、粤闽、陕甘，以达京师。以文章游公卿间，一生作幕，以布衣终。与文汉光、萧穆交最密。晚年居黑龙江三年，考山川风俗、政事利弊，从事著述。治学为文，宗桐城遗绪，尤尊崇钱澄之、戴名世。张裕钊、吴汝纶皆推崇其文。其文章"雄健有法度"。着有《善思斋文钞》九卷、《文续钞》四卷、《诗钞》七卷、《诗续钞》二卷、《善思斋词》二卷、《归庐谈往录》二卷、《黑龙江述略》六卷、《桐城先正事略》若干卷、《通商约章类纂》三五卷、《天津府志》五四卷、《沧州志》四〇卷、《徐忠烈公行状》一卷及《义仓记》若干卷等。

### 过周瑜城悼马融斋征士①

驻马荒郊路，同仇念未忘。论心思抚剑，濒死望还乡。②风雨清明近，山河战伐强。男儿好魂魄，辛苦在沙场。

注释：

①《过周瑜城悼马融斋征士》诗见 清 徐宗亮《善思斋诗钞》卷四，清光绪刻本。

②论心：谈心，倾心交谈。▶晋 陆机《演连珠》之二九："抚臆论心，有时而谬。"

# 寄庐州军中故人二首[①]

避世惭高士，乘时想异人。[②]兵戈滞消息。草野重经纶。不信悬军久，曾劳说剑频。[③]百年争战地，伯气恐沉沦。[④]

形势由来重，兵家道固殊。当关争硖石，筑坞断濡须。[⑤]将相无遗策，江山有远途。此身容不死，未敢惜驱驰。

注释：

①《寄庐州军中故人二首》诗见 清 徐宗亮《善思斋诗钞》卷四，清光绪刻本。

②乘时：乘机；趁势。▶晋 左思《吴都赋》："富中之甿，货殖之选，乘时射利，财丰巨万。"

③悬军：深入敌方的孤军。▶《宋书·柳元景传》："元景大军次白口，以前军深入，悬军无继。"

④伯气：霸王气象。伯，通"霸"。▶元 吴师道《赤壁图》："风火千年消伯气，江山一幅挂清愁。"

⑤硖石：硖石关。明置，即今河南陕县东南五十二里硖石乡。▶《明一统志》卷二十九河南府：硖石关"在陕州城东旧硖石县。即古崤陵关。路东通渑池，西通函关。"



# 三河晚眺追感李迪庵旧帅[①]

一望兼天水，长堤复短堤。惊沙飞鸟外，落日过帆西。[②]地势殊攻守，民风杂鲁齐。凄凉表忠观，遗恨付残黎。[③]

注释：

①《三河晚眺追感李迪庵旧帅》诗见 清 徐宗亮《善思斋诗续钞》卷二，清光绪刻本。

李迪庵：指李续宾（1818—1858），字如九，一字克惠，号迪庵，清湖南湘乡（今湖南省涟源市）人。贡生。咸丰二年（1852）在籍协助其师罗泽南办团练，对抗太平军。次年随罗泽南出省作战，增援被太平军围困的南昌。咸丰四年（1854），在湘军攻占湖南岳州（今岳阳）、湖北武昌、田家镇（今武穴西北）等重要作战中，常当前锋、打硬仗，以功升知府。次年一月，随罗泽南南下，连占弋阳府、广信府（今上饶）、德兴、义宁府等府县。十二月，随罗泽南赴援湖北。咸丰六年（1856）罗泽南战死后，接统其军，成为湘军一员重要统兵将领。咸丰八年（1858）十一月，在三河之战中陷入太平军的重兵包围，最终战死（一说自杀），所部尽覆，使湘军元气损伤颇大，清廷下诏以总督例赐恤，赐谥忠武。有《李忠武公遗书》存世。

追感：回忆往事而感触。▶《后汉书·朱祐景丹等传论》："永平中，显宗追感前世功臣，乃图画二十八将于南宫云台。”

②惊沙：亦作“惊砂”。指狂风吹动的沙砾。▶南朝 宋 鲍照《芜城赋》：“稜稜霜气，蔌蔌风威。孤蓬自振，惊砂坐飞。”

③残黎：残留的民众；疲敝的民众。▶《明史·熊廷弼传》：“扶伤救败，收拾残黎，犹可图桑榆之效。”

## 庐州城谒江忠烈公祠先大夫殉节时公为表上[①]

百战河山旧，孤忠庙貌新。朱旗云黯黯，碧血水邻邻。但使公无命，终期国有人。中原烦北望，羽骑正纷纶。

一疏标忠荩，当时正气存。[②]孤儿凭沥血，九地为招魂。张许同心久，陈雷古谊敦。[③]穷途两行泪，何以答衔恩。

注释：

①《庐州城谒江忠烈公祠先大夫殉节时公为表上》诗见 清 徐宗亮《善思斋诗续钞》卷二，清光绪刻本。

②忠荩：犹忠诚。▶《三国志·蜀志·董和传》“后从事于伟度”南朝 宋 裴松之 注：“（伟度）为亮主簿，有忠荩之效，故见褒述。”

③张许：唐张巡、许远的并称。安史之乱时，两人死守睢阳，阻遏了叛军的攻势。▶宋 刘克庄《贺新郎·实之三和有忧边语走笔答之》词：“自古一贤能制难，有金汤便可无张许。”

陈雷：东汉陈重、雷义的并称。▶唐 黄滔《二月二日宴中贻同年封先辈渭》：“同戴大恩何处报，永言交道契陈雷。”

古谊：同“古义”。古贤人之风义。▶《宋史·文天祥传》：“是卷古谊若龟鉴，忠肝如铁石，臣敢为得人贺。”

## 赠周将军盛波[①]

将军百战起淮泗，居近周郎岂苗裔。尊前顾曲春风生，白岳华灯不知醉。千金一诺言非夸，蛾眉泪湿帘前花。不关琴酒故人意，赎得文姬归汉家。江南野人梦酸楚，茅屋几家典儿女。楼船百万共载归，婢价何乳奴价苦，赢得侯门盛歌舞。

注释：

①《赠周将军盛波》诗见 清 徐宗亮《善思斋诗续钞》卷一，清光绪刻本。

# 合肥王五谦斋以诗卷见投久别经时悲喜有作①

王郎平生多好奇，今及秋赋非吾期。②风尘刺眼已老物，肝胆照人犹昔时。六代江山只独往，廿年耆旧空相思。一编投我有深意，明日报君携酒卮。

注释：

①《合肥王五谦斋以诗卷见投久别经时悲喜有作》诗见 清 徐宗亮《善思斋诗续钞》卷二，清光绪刻本。

②秋赋：犹秋贡。▶唐 姚合《题永城驿》："秋赋春还计尽违，自知身是拙求知。"

# 雨抵庐江醉题店壁①

西岗草市抱城斜，禁足泥深且驻车。②别巷风过香饼饵，临河雨足长鱼虾。此生那得长行役，有酒无缘不忆家。一笑翻然问童仆，为谁辛苦走天涯。

注释：

①《合肥王五谦斋以诗卷见投久别经时悲喜有作》诗见 清 徐宗亮《善思斋诗续钞》卷二，清光绪刻本。

②驻车：停车。▶北齐 刘逖《秋朝望野》："驻车凭险岸，飞盖历平湖。"

# 题王五遗园①

从石背人立，野花分路开。好山看入郭，落日兴等台。近市欢佣值，敲门倦客来。②会须编枳棘，为汝障风埃。③

注释：

①《题王五遗园》诗见 清 徐宗亮《善思斋诗续钞》卷二，清光绪刻本。

王五：指王尚辰。

②佣直：亦作"佣值"。受雇的工钱。▶《旧唐书·宦官传·窦文场、霍仙鸣》："德宗以亲军委白志贞。志贞多纳豪民赂，补为军士，取其佣直，身无在军者，但以名籍请给而已。"

③会须：应当。▶唐 项斯《山友赠藓花冠》："会须寻道士，簪去绕霜坛。"

风埃：被风吹起的尘土。▶宋 梅尧臣《和李廷老家会饮》："车马不畏远，风埃不畏多。"

## 寿春道中寄怀榖甫[①]

传闻默叟尚人间，五载音书滞往还。[②]结客几人同白首，卖文何处觅青山。[③]连村麻麦翻云好，下陇牛羊落日闲。杯酒相期论事业，车尘硉兀梦魂悭。[④]

注释：

①《寿春道中寄怀榖甫》诗见 清 徐宗亮《善思斋诗续钞》卷二，清光绪刻本。

榖甫：指徐子苓。

②音书：音讯，书信。▶唐 宋之问《渡汉江》："岭外音书断，经冬复历春。"

③结客：指所结交的宾客。▶《后汉书·刘钧传》："钧欲断绝辞语，复使结客篡杀久。"

④车尘：指代车骑。敬称对方时亦用之。▶唐 罗隐《偶兴》："逐队随行二十春，曲江池畔避车尘。如今赢得将衰老，闲看人间得意人。"

硉兀，亦作"硉矶"。豪放；高亢。▶唐 韩愈《咏雪赠张籍》："狂教诗硉矶，兴与酒陪鳃。"

## 戴家麟



戴家麟（？—1873），字子瑞。清庐州合肥（今安徽省合肥市）人。咸丰初贡生，选宿州学正，后改国子监学正。同治四年（1865），任宿州学正。有《听鹂馆文集》《劫余轩诗存》。谭献官合肥县令，辑王尚辰、徐子苓与戴家麟诗，辑为《合肥三家诗钞》。

## 晓起[①]

鸡声啼初歇，披衣临风前。河汉渺东西，北斗当户悬。远林堕残月，隐隐生寒烟。花露吐清光，娟娟映池泉。心脾挹爽气，如在神山巅。得失惟所遇，俯仰弥自宽。[②]坐待东方白，日出万景鲜。

注释：

①《晓起》诗见 清 谭献《合肥三家诗钞》卷上戴家麟子瑞劫余轩诗录，光绪丙戌（1886）刻本。

②自宽：自我宽慰。▶《列子·天瑞》："孔子曰：'善乎，能自宽者也。'"

## 寇至苦雨[1]

遗黎盼苏息，天意竟如何！[2]狂寇披猖久，吾庐风雨多。[3]远山吞宿雾，骤水没高禾。淮右军书急，征夫尚枕戈。

注释：

①《寇至苦雨》诗见 民国 李家孚《合肥诗话》卷上，民国苏城临顿路毛上珍铅活字本。

②苏息：休养生息。▶唐 姚合《闻魏州破贼》："生灵苏息到元和，上将功成自执戈。"

③披猖：亦作"披昌"。猖獗，猖狂。▶《北史·王盟独孤信等传论》："谊文武奇才，以刚正见忌，有隋受命，郁为名臣，末路披猖，信有终之克鲜。"

吾庐：此为双关语。一指我的茅屋我的房子，二则指我们庐州（这个地方）。

## 月夜过王谦斋[1]

月色荒城静，寻君独款门。[2]云归天外雁，水失旧时村。铸错平生几，论交尔我存。子山风味别，佐酒问东园。[3]



注释：

①《月夜过王谦斋》诗见 清 谭献《合肥三家诗钞》卷上戴家麟子瑞劫余轩诗录，光绪丙戌（1886）刻本。

②款门：敲门。▶《晏子春秋·杂上十二》："景公饮酒，夜移于晏子之家。前驱款门，曰：'君至。'"

③子山：指南北朝时期文学家、诗人庾信。庾信（513—581），字子山，小字兰成。南阳新野（今河南省新野县）人。

东园：泛指园圃。▶晋 陶潜《停云》诗之三："东园之树，枝条再荣。竞用新好，以怡余情。"



## 过项王墓[1]

平皋走马昼将昏，山色高寒鸦鹊翻。[2]万树枯风天欲雪，短衣来拜项王坟。

注释：

①《过项王墓》诗见 民国 李家孚《合肥诗话》卷上，民国苏城临顿路毛上珍铅活字本。

②平皋：水边平展之地。▶南朝 梁 江淹《自序》："青春爰谢，则接武平皋；素秋澄景，则独酌虚室。"

## 月夜归湖干山庄[①]

野径柴车日往还，白云常为护松关。[②]棋枰对酒二三友，茅屋临湖八九间。[③]难得人归共明月，不须钱买是青山。藏书几卷无征税，暮夜追呼意自闲。

注释：

①《月夜归湖干山庄》诗见 民国 李家孚《合肥诗话》卷上，民国苏城临顿路毛上珍铅活字本。

②柴车：简陋无饰的车子。▶《韩诗外传》卷十："疏食恶肉，可得而食也；驽马柴车，可得而乘也。"

③棋枰：棋盘，棋局。▶唐 司空图《丁巳元日》："移居荒药圃，耗志在棋枰。"

## 将抵里门寄王谦斋[①]

去日惊心百计疏，里门渐抵岁时除。[②]行藏郁郁双蓬鬓，天地悠悠一草庐。斫剑君非因酒病，挂冠我岂为山居。[③]男儿合向青藤老，犹胜虚名秽史书。[④]



注释：

①《将抵里门寄王谦斋》诗见 清 谭献《合肥三家诗钞》卷上戴家麟子瑞劫余轩诗录，光绪丙戌(1886)刻本。

②里门：指称乡里。▶清 龚自珍《己亥杂诗》之一五〇："里门风俗尚敦庞，年少争为齿德降。"

③酒病：犹病酒。因饮酒过量而生病。▶唐 姚合《寄华州李中丞》："养生非酒病，难隐题诗名。"

挂冠：指辞官、弃官。典出《后汉纪·光武帝纪五》："(逢萌)闻王莽居摄，子宇谏，莽杀之。萌会友人曰：'三纲绝矣，祸将及人。'即解衣冠，挂东都城门，将家属客于辽东。"

④秽史：歪曲历史本来面目的史书。▶《北史·魏收传》："(魏收)奉诏撰魏史，夙有怨者，多没其善，每言：'何物小子，敢共魏收作色，举之则使上天，按之当使入地……'于是众口喧然，号为秽史。"

## 三汊河晚宿[①]

水涨河干稻正香，居人挽宿解行装。[②]云边雁叫湖光白，村外牛归树色黄。兀坐待看明月上，欲眠还爱野风凉。明朝又作营营去，且自今宵稳睡乡。[③]

注释：

①《三汊河晚宿》诗见 清 谭献《合肥三家诗钞》卷上戴家麟子瑞劫余轩诗录，光绪丙戌(1886)刻本。

②河干：河边；河岸。▶《诗·魏风·伐檀》："坎坎伐檀兮，置之河之干兮。"

③营营：此处指劳而不知休息；忙碌。▶《庄子·庚桑楚》："全汝形，抱汝生，无使汝思虑营营。"

## 陈云章

陈云章，名赠，字亦昭。清安徽合肥(今安徽省合肥市)人，诸生。咸丰时避乱合肥西乡大潜山，"教授生徒，弦诵不辍。"张树声、张树珊、刘海峰、李联奎、宣紫诏等均出其门。有《劫灰集》(《卧云山馆诗存》)。

### 题李澹岩诗卷[1]

海水风天独抱琴，抚琴原不为知音。著书旧得田园趣，避世今寻涧谷深。[2]秋兴频年工部泪，春晖一片孟郊心。[3]近来同抱无家恨，又见杨花扑满襟。



注释：

①《题李澹岩诗卷》诗见 清 陈云章《劫灰集》，清光绪十三年(1887)遵化州署刻本。

李澹岩：即李联奎，字澹岩。清代合肥人，咸丰间诸生，同治年间举孝廉方正，光绪时为光禄寺署正。有《澹岩遗集》。李澹岩为作者陈云章的学生。

②避世：逃避尘世；逃避乱世。▶《庄子·刻意》："此江海之士，避世之人，闲暇者之所好也。"

③秋兴：指本有某种感慨，于秋日而发。▶晋 潘岳《〈秋兴赋〉序》："仆野人也，偃息不过茅屋茂林之下，谈话不过农夫田父之客，摄官承乏，猥厕朝列，匪遑底宁，譬犹池鱼笼鸟有江湖山薮之思。于是染翰操纸，慨然而赋。于时秋也，以秋兴命篇。"

频年：连年，多年。▶《后汉书·李固传》："明将军体履忠孝，忧存社稷，而频年之间，国祚三绝。"

春晖：春日的阳光。喻慈母之恩。语出 唐 孟郊《游子吟》："谁言寸草心，报得三春晖？"

### 避乱龙泉山麓雪中口占[1]

慢携妻子屡流离，雪满山中强自支。薪桂米珠居不易，龙泉虽好不疗饥。[2]

注释：

①《避乱龙泉山麓雪中口占》诗见 清 陈云章《劫灰集》，清光绪十三年(1887)遵化州署刻本。

②薪桂米珠：形容物价昂贵。典出《战国策·楚策三》："楚国之食贵于玉，薪贵于桂，谒者难得见如鬼，王难得见如天帝。"▶宋 苏轼《浣溪沙·再和前韵》词："空腹有诗衣有结，湿薪如桂米如珠。"

## 龙泉山寺题壁①

山静泉清洗俗尘，翠微高处好藏身。请看避地流离客，那及空门寂寞人。修竹万竿能结夏，野花三月正争春。②题诗不忘纱笼壁，聊记桃源旧问津。③

注释：

①《龙泉山寺题壁》诗见 清 陈亦昭《劫灰集诗存》一卷，光绪十三年(1887)丁亥遵化州署刻本。

②结夏：佛教僧尼自农历四月十五日起静居寺院九十日，不出门行动，谓之"结夏"。又称结制。▶唐 曹松《送僧入蜀过夏》："师言结夏入巴峰，云水回头几万重。"

③纱笼壁：谓以纱蒙覆贵人、名士壁上题咏的手迹，表示崇敬。典出《唐摭言·起自寒苦》："王播少孤贫，尝客扬州惠昭寺木兰院，随僧斋飧。诸僧厌怠，播至，已饭矣。后二纪，播自重位出镇是邦，向之题已碧纱幕其上。播继以二绝句曰：'……二十年来尘扑面，如今始得碧纱笼。'"后用作诗文出众的赞词。▶宋 刘过《沁园春·题黄尚书夫人书壁后》词："记东坡赋就 纱笼素壁，西山句好，帘卷晴珠。"

## 盘马行赠门人张海柯①

伯乐相马马空群，绝群马冠千人军。②我言相人亦若是，君相君马我相君。君姿飒爽才英异，昂昂七尺人中骥。缓调紫燕暂收缰，痛扫赤眉曾拔帜。③转战巢湖又太湖，几被重围战垒孤。山峻矩兵横路截，舟危长鬣逼人呼。此日笳吹声惨淡，此时衣溅血模糊。振臂一呼士卒奋，擒贼归来功不论。黄金印大看人持，白玉鞭寒为谁进。不因栈豆且少留，自是君心爱紫骝。④寻芳不问椎牛事，射猎将消梦鹿愁。⑤无奈妖氛尤未戢，羽书日夜催军集。马尚腾槽君莫休，门前千骑为君立。骅骝道路长无穷，玉鞍金勒锦袍红。劝君莫让古英雄。君不见，九花虬赐郭令公。⑥

注释：

①《盘马行赠门人张海柯》词见 清 陈诗《皖雅初集》卷三十，民国十八年(1929年)上海

美艺图书公司印本。

张海柯：即张树珊。张树珊(1826—1867)，字海柯。清合肥人。张树声之弟。曾任广西右江镇总兵。清穆宗同治五年(1866)，在周家口(今河南省周口市)镇压捻军而战死。谥“勇烈”，加赠太子少保。

②空群：唐 韩愈《送温处士赴河阳军序》：“伯乐一过冀北之野，而马群遂空。”后因以“空群”比喻人才被选拔一空。▶宋 陆游《得陈阜卿先生手帖》：“冀北当年浩莫分，斯人一顾每空群。”

③紫燕：此处指古代骏马紫燕骝，后泛指骏马。▶《西京杂记》卷二：“文帝自代还，有良马九匹，皆天下之骏马也……一名紫燕骝。”

④栈豆：马房豆料。亦比喻才智短浅的人所顾惜的小利。▶《三国志·魏志·曹爽传》“爽于是遣允泰诣宣王，归罪。请死，乃通宣王奏事”裴松之 注引 晋 干宝《晋书》：“桓范出赴爽，宣王谓蒋济曰：‘智囊往矣。’济曰：‘范则智矣，驽马恋栈豆，爽必不能用也。’”

⑤椎牛：此处指击杀牛。▶《韩诗外传》卷七：“是故椎牛而祭墓，不如鸡豚之逮亲存也。”

梦鹿：《列子·周穆王》载：郑人获鹿，遗其所藏之处，遂以为梦事。后人用此典多表示世事如同梦幻。▶宋 黄庭坚《次韵吉老十小诗》之六：“佳人斗南北，美酒玉东西。梦鹿分真鹿，无鸡应木鸡。”

⑥九花虬：古代骏马名。▶唐 苏鹗《杜阳杂篇》卷上：“上(唐代宗)因命御马九花虬并紫玉鞭辔，以赐郭子仪。九花虬即范阳节度李德山所贡。额高九寸，毛拳如麟，头颈鬃鬣，真虬龙也。每一嘶，则群马耸耳。以身被九花文，故号为九花虬。”



## 满江红·自题《劫灰集》诗卷①

何必书空，已自分，隐沦林下。②笑儿辈、东涂西抹，翩翩裘马。怕说王曾辞温饱，徒令杜甫忧民社。③动关山，金鼓飒秋风，泪盈把。　燕巢幕，鸿飞野。④蒿目恨，苍毫写。倘一声叫破，天聋地哑，烈士困穷刀孰赠，头陀老烂钟犹打。只鞠通，夜夜中冰弦，知音者。⑤

注释：

①《满江红·自题〈劫灰集〉诗卷》词见 清 陈云章《劫灰集》，清光绪十三年(1887)遵化州署刻本。

②书空：用手指在空中虚划字形。借指叹息、愤慨、惊诧。典出《世说新语·黜免》：“殷中军被废，在信安，终日恒书空作字。扬州吏民寻义逐之，窃视，唯作‘咄咄怪事’四字而已。”▶唐 李公佐《谢小娥传》：“余遂请齐公书于纸。乃凭槛书空，凝思默虑。”

③王曾：宋真宗时状元。少年孤苦，善为文辞，曾言：“平生志不在温饱。”

④燕巢幕：把窝做在帷幕上，比喻处境非常危险。出《左传·襄公二十九年》：“夫子之

在此也,犹燕之巢于幕上。”

⑤鞠通:一种寄生于琴中的虫名。出明代张岱《夜航船·虫豸》所言故事:孙凤有一琴能自鸣,有道士指其背有驻孔,曰:“此中有虫,不除之,则琴将速朽。”袖中出一竹筒,倒黑药少许,置孔侧,一绿色虫,背有金钱文,道人纳虫于竹筒竟去。自后琴不复鸣。识者曰:“此虫名鞠通,有耳聋人置耳边,少顷,耳即明亮。喜食古墨。”始悟道人黑药,即古墨屑也。”

## 徐嵩芝

徐嵩芝,清庐州合肥(今安徽省合肥市)人。徐汉苍之子。能诗,工篆刻。

### 恭和家大人早春咏怀[①]

载酒何人造敝庐?渊明乐意在琴书。[②]词能瑰丽心情远,品到孤高世味疏。[③]海鹤精神瞻气象,湖山风月养清虚。[④]草堂只觉春来早,社燕依然认故居。[⑤]

屋外梅花霭春烟,韶花漏泄画栏前。人耽卷石荒寒趣,天予名山著述年。[⑥]胜赏每淹吴越棹,好诗不亚晋唐编。修成清福林泉乐,纵是长贫亦快然。[⑦]

抗怀思与昔贤齐,侍坐亲庭日又西。[⑧]怕困盐车悲枥马,傥逢宝镜舞山鸡。[⑨]青毡业旧期常守,黄绢名高未许题。少不如人今渐壮,闲情曾否遂岩栖?[⑩]

偶支短榻夜初沉,天半星芒透一林。缣素千秋承旧学,交游四海托知音。甄陶风雨弦歌兴,枨触灾畲播获心。[⑪]我愧斜川难济美,左贻图史右贻琴。[⑫]

注释:

①《恭和家大人早春咏怀》见 清 徐汉苍《萧然自得斋诗集》八卷,清光绪二年(1876)刻本。

②敝庐:破旧的房子。亦作谦辞。▶《礼记·檀弓下》:“君之臣免于罪,则有先人之敝庐在,君无所辱命。”

③世味:指人世滋味;社会人情。▶唐 韩愈《示爽》:“吾老世味薄,因循致留连。”

④海鹤:海鸟名。或说即江鸥。▶南朝 宋 鲍照《秋夜》诗之二:“霁旦见云峰,风夜闻海鹤。”

⑤社燕:燕子春社时来,秋社时去。故有“社燕”之称。▶唐 羊士谔《郡楼晴望》:“地远秦人望,天晴社燕飞。”

⑥卷石：如拳大之石。▶《礼记·中庸》："今夫山，一卷石之多，及其广大，草木生之。"

⑦快然：喜悦貌。《淮南子·泰族训》："穿隙穴，见雨零，则快然而叹之。"按，"叹"当作"笑"。参阅 清 王念孙《读书杂志·淮南子二十》"快然而叹之"条。

⑧亲庭：指父母。▶宋 司马光《安之朝议哀辞》之一："朱衣老卿列，白首恋亲庭。"

⑨盐车：运载盐的车子。▶《战国策·楚策四》："夫骥之齿至矣，服盐车而上太行。蹄申膝折，尾湛胕溃，漉汁洒地，白汗交流，中坂迁延，负辕不能上。伯乐遭之，下车攀而哭之，解纻衣以幂之。"后以"盐车"为典，多用于喻贤才屈沉于天下。▶汉 贾谊《吊屈原文》："骥垂两耳，服盐车兮。"

枥马：拴在马槽上的马。多喻受束缚，不自由者。▶唐 白居易《续古诗》之三："枥马非不肥，所苦长絷维。"

宝镜：喻日或月。▶唐 崔护《日五色赋》："晕藻绘于金轮，聚云霞于宝镜。"

⑩岩栖：栖宿在山岩上。借指隐居。▶唐 杜甫《赠特进汝阳王二十韵》："瓢饮唯三径，岩栖在百层。"

⑪甄陶：烧制瓦器。▶汉 桓宽《盐铁论·力耕》："使治家养生必于农，则舜不甄陶，而伊尹不为庖。"

菑畬[zī shē]：耕耘。▶《易·无妄》："不耕穫，不菑畬，则利有攸往。"

⑫斜川：1. 古地名。在江西省星子、都昌二县县境。濒鄱阳湖，风景秀丽，晋陶渊明曾游于此，作《游斜川》诗并序。▶宋 张炎《风入松·岫云》："记得晋人归去，御风飞过斜川。" 2. 古地名。在河南省郏县境，宋苏轼子苏过的居所名。苏过移家颍昌，营湖阴水竹数亩，名为小斜川，自号斜川居士，并名其所著曰《斜川集》。3. 古地名。泛指游览胜地。▶宋 张炎《高阳台·西湖春感》词："当年燕子知何处，但苔深韦曲，草暗斜川。"



## 谭献

谭献（1832—1901），原名廷献，一作献纶，字仲修，号复堂、半厂、仲仪（又署谭仪）、山桑宧、非见斋、化书堂。清浙江仁和（今浙江省杭州市）人。同治六年（1867）丁卯科举人，屡试礼部不第，纳赀入官，署秀水县教谕，历署歙县、全椒、合肥、宿松知县。后去官归隐，锐意著述。晚年受张之洞邀请，主讲经心书院，年余辞归。工骈体文，于词学致力尤深，学者奉为圭臬，家藏前人词曲甚富。编清人词为《箧中词》六卷，有《复堂类集》传世，其论词言论由弟子徐珂辑为《复堂词话》。

### 姥山[1]

中流袖拂烟山青，叶下依稀似洞庭。湖水湖烟迷处所，九歌无意问湘灵。[2]

注释：

①《姥山》诗见 清 谭献《复堂类集》集二诗卷九，清光绪刻本。

②湖烟：笼罩于湖面的雾气。诗文中常用以形容水面混茫的景象。

九歌：古代乐曲。相传为禹时乐歌。▶《左传·文公七年》："九功之德，皆可歌也，谓之《九歌》。"

湘灵：传说中的湘水之神。▶《楚辞·远游》："使湘灵鼓瑟兮，令海若舞冯夷。"

## 孝肃祠堂[①]

祠门云气接华光，待雨先秋试早凉。[②]水鸟飞来蒲草碧，青山影里芰荷香。好从尊酒频中望，见说清时有谏章。[③]芳草远寻歌楚怨，人间何地不三湘。[④]

注释：

①《孝肃祠堂》诗见 清 谭献《复堂类集》集二诗卷九，清光绪刻本。

②华光：光华；美丽的光彩。▶《汉书·礼乐志》："璧玉精，垂华光。"

③清时：清平之时；太平盛世。▶《文选·李陵〈答苏武书〉》："勤宣令德，策名清时。"张铣 注："清时，谓清平之时。"

④三湘：1. 湖南湘乡、湘潭、湘阴（或湘源），合称三湘。见《太平寰宇记·江南西道十四·全州》。但古人诗文中的三湘，多泛指湘江流域及洞庭湖地区。唐 李白《江夏使君叔席上赠史郎中》："昔放三湘去，今还万死余。"2. 指沅湘、潇湘、资湘。▶晋 陶潜《赠长沙公族祖》："遥遥三湘，滔滔九江。"陶澍 集注："湘水发源会潇水，谓之潇湘；及至洞庭陵子口，会资江谓之资湘；又北与沅水会于湖中，谓之沅湘。"

## 施水秋泛[①]

青阳山色到眉间，施水徘徊往复还。一自风云开甲第，遂令草木隔人寰。[②]渔歌白日庐中去，秋士青丝镜里斑。[③]不信巢湖三百里，老夫无耳洗潺湲。

注释：

①《施水秋泛》诗见 清 谭献《复堂类集》集二诗卷九，清光绪刻本。

②人寰：人间，人世。▶南朝 宋鲍照《舞鹤赋》："去帝乡之岑寂，归人寰之喧卑。"

③秋士：迟暮不遇之士。▶《淮南子·缪称训》："春女思，秋士悲，而知物化矣。"

## 九日教弩台登高[①]

云物日且佳，奚云爱重九。[②]萧晨纪斯名，藉以招宾友。[③]离离霜前菊，瑟瑟津上柳。昔昔猒风尘，往往寻林皋。[4]菀枯本自然，樵隐求其偶。[5]足音相然疑，物论齐可否？[6]高台古豪英，千秋一回首。井冽一濯缨，弓藏宜袖手。[7]琴歌亦无心，酒人谁不朽。[8]相期逍遥游，结言兹永久。[9]

注释：

①《九日教弩台登高》诗见 清 谭献《复堂类集》集二诗卷九，清光绪刻本。

②云物：此处指云气、云彩。▶晋 葛洪《抱朴子·知止》："若夫善卷、巢、许、管、胡之徒，咸蹈云物以高骛，依龙凤以竦迹。"

③萧晨：凄清的秋晨。▶晋 殷仲文《南州桓公九井作》："哲匠感萧晨，肃此尘外轸。"

④昔昔[xī xī]：昔昔。昔，"昔"的本字。此处指夜夜。▶《列子·周穆王》："精神荒散，昔昔梦为国君。" 杨伯峻 集释："昔昔，夜夜也。"

猒[yàn]：同"餍"。此处疑为"厭(厌)"字之误。

林皋：山林。指隐居之地。▶《晋书·阮修传》："家无儋石之储，晏如也。与兄弟同志，常自得于林皋之间。"

⑤菀枯：后以"菀枯"指荣枯。亦喻指荣辱、优劣等。语本《国语·晋语二》："(优施)乃歌曰：'暇豫之吾吾，不如鸟乌，人皆集于苑，己独集于枯。'里克笑曰：'何谓苑？何谓枯？'优施曰：'其母为夫人，其子为君，可不谓苑乎？其母既死，其子又有谤，可不谓枯乎？枯且有伤。'"▶明 张煌言《祭平夷侯周九苞文》："然而菀枯者旦暮，修短者阴阳，委形顺命，夫何用其悲凉。"

1010

⑥足音：脚步声。▶《庄子·徐无鬼》："夫逃虚空者，藜藋柱乎鼪鼬之迳、踉位其空，闻人足音跫然而喜矣，又况乎昆弟亲戚之謦欬其侧者乎！"

物论齐可否：语本《庄子·齐物论》。《齐物论》是《庄子·内篇》的第二篇。齐物论分为物论、齐论、齐同物论。即人物论、万物论、齐同论、齐同万物论。齐，一、合众为一。物，人物、万物。"齐物"即是指：一切事物归根到底都是相同的，没有什么差别，也没有是非、美丑、善恶、贵贱之分。庄子认为万物都是浑然一体的，并且在不断向其对立面转化，因而没有区别。

⑦弓藏：指将弓箭收藏起来，后指功成被弃。典出《史记·淮阴侯列传》："上令武士缚信载后车。信曰：'果若人言，狡兔死，良狗烹；高鸟尽，良弓藏；敌国破，谋臣亡。天下已定，我固当亨！'"▶宋 孙光宪《北梦琐言》卷三："李太师建定难之勋，怀弓藏之虑，武宁保境，止务图存。"

袖手：藏手于袖。谓不能或不欲参与其事。▶《晋书·庾敳传》："参东海王越太傅军事，转军谘祭酒。时越府多儁异，敳在其中，常自袖手。"

⑧琴歌：弹琴与唱歌。▶唐 陈子昂《夏日游晖上人房》："山水开精舍，琴歌列梵筵。"

酒人：好酒的人。▶《史记·刺客列传》："荆轲虽游于酒人乎，然其为人沈深好书。"裴骃 集解引 徐广 曰："饮酒之人。"

⑨结言：此处指用言辞订约。▶《公羊传·桓公三年》："古者不盟，结言而退。"

## 夜宿中庙[1]

浪华云叶共浮浮，对此泓峥我欲愁。[2]水底有山如照镜，人家种柳易成秋。二更月出凉无际，千顷波平翠不收。巢父曹公同一梦，隐沦战伐两难留。[3]

注释：

①《夜宿中庙》诗见 清 谭献《复堂类集》集二诗卷九，清光绪刻本。

②云叶：犹云片，云朵。▶南朝 陈 张正见《初春赋得池应教》："春光落云叶，花影发晴枝。"

泓峥：泓，深而广的水。也泛指塘、湖。峥，山高峻的样子。

③隐沦：隐居。▶南朝 宋 谢灵运《入华子冈是麻源第三谷》："既枉隐沦客，亦栖肥遯贤。"

## 教弩台消寒第一集[1]

浮云无尽此登台，至日相招共举杯。[2]井冽不随三国改，酒行已见一阳回。苍茫古意孤鸿送，骀荡春心野草催。[3]眼底风尘吾辈老，人间冰雪有时开。

注释：

①《教弩台消寒第一集》诗见 清 谭献《复堂类集》集二诗卷八，清光绪刻本。

②至日：指冬至、夏至。▶《易·复》："先王以至日闭关，商旅不行。"

③骀荡：亦作"骀宕""骀荡"。此处指怡悦。▶宋 范成大《行唐村平野晴色妍甚》："云烟酿春色，心目两骀荡。"

## 和谦斋秋感[1]

淮南山色古来多，脉脉微寒雁乍过。白日不淹花溅泪，美人何在水曾波。淋池为乐忘归夜，沛邑伤怀猛士歌。[2]方寸几时平五岳，萧然一榻伴维摩。

紫蓬山色晚苍苍，意与浮云六合翔。白发鸣琴犹吏隐，青春无石作归装。[3]尔来偃蹇还乡梦，往事销沉结客肠。濯马欲寻人不见，逍遥津上有新霜。

注释：

①《和谦斋秋感》诗见 清 谭献《复堂类集》集二诗卷九，清光绪刻本。

②淋池：汉代池名。遗址在今陕西省西安市附近。▶晋 王嘉《拾遗记·前汉下》："昭

帝始元元年,穿淋池,广千步……及乎末岁,进谏者多,遂省薄游幸,堙毁池台,鸾舟荷芰,随时废灭。今台无遗址,沟池已平。”

猛士歌:指汉高祖刘邦所作《大风歌》,词曰:“大风起兮云飞扬。威加海内兮归故乡。安得猛士兮守四方!”

③吏隐:谓不以利禄萦心,虽居官而犹如隐者。▶唐 宋之问《蓝田山庄》:“宦游非吏隐,心事好幽偏。”

## 瑞鹤仙影[①]

白石客合肥,自度此曲,予用其韵题王五谦斋小辋川图,安得哑筚篥倚之。[②]

越阡度陌。凉云下芜城,一例萧索。[③]故山可隐,名园有主,不闻残角。[④]倾襟未恶。[⑤]更消受青尊酒薄。[⑥]试重歌、蓝田辋曲。冷句写寂寞。　回首芳林晚,读书弦诗,少时行乐。剪灯细雨,剩檐花、向人徐落。[⑦]燕到淮南,者门巷年年记著。弄扁舟,却问野水赋旧约。

注释:

①《瑞鹤仙影》词见 清 谭献《复堂词》卷二,清同治刻复堂类集本。

②哑筚篥:即哑筚篥角、觱篥。古代管乐器之一种,多用于军中。▶《北史·高丽传》:“乐有五弦、琴、筝、筚篥、横吹、箫、鼓之属,吹芦以和曲。”

③一例:一律;同等。▶《公羊传·僖公元年》:“臣子一例也。”

④残角:远处隐约的角声。▶唐 刘复《夕次襄邑》:“古戍飘残角,疏林振夕风。”

⑤倾襟:亦作“倾衿”。推诚相待。▶南朝 梁 陶弘景《周氏冥通记》卷三:“我昔微游于世,数经诣之,乃能倾襟。”

⑥消受:享用;受用。▶元 尚仲贤《气英布》第四折:“也则为荐贤人当上赏,消受的紫绶金章。”

青尊:盛酒的酒杯。酒别名绿蚁,故称。▶唐 陈翊《宴柏台》:“青尊照深夕,绿绮映芳春。”

⑦檐花:靠近屋檐下边开的花。▶唐 李白《赠崔秋浦》:“山鸟下听事,檐花落酒中。”

## 壶中天慢·夏夜访遗园主人不遇[①]

眉痕吐月,倚新凉,罗袂流云栖暝。[②]杨柳知门尘不到,记取羊求三径。[③]叠石生秋,馀花媚晚,何地无幽景。先生舒啸,结庐只在人境。[④]　我是琴赋嵇康,依然病懒,即渐忘龙性。[⑤]留得广陵弦指在,无复竹林高兴。裁制荷衣,称量药裹,况味君同领。[⑥]清辉遥夜,碧天飞上明镜。[⑦]

注释：

①《壶中天慢·夏夜访遗园主人不遇》词见 清 谭献《复堂词》卷二，清同治刻复堂类集本。

②罗袂：丝罗的衣袖。亦指华丽的衣着。▶汉武帝《落叶哀蝉曲》："罗袂兮无声，玉墀兮尘生。"

③羊求：汉高士羊仲、求仲的并称。▶元 钱惟善《清逸斋》："太白岂惟凌鲍谢，元卿只合友羊求。"

三径：指归隐者的家园。▶晋 赵岐《三辅决录·逃名》："蒋诩归乡里，荆棘塞门，舍中有三径，不出，唯求仲、羊仲从之游。"

④舒啸：犹长啸。放声歌啸。▶晋 陶潜《归去来兮辞》："登东皋以舒啸，临清流而赋诗。"

⑤龙性：倔强难驯的性格。▶南朝 宋 颜延之《五君咏·嵇中散》："鸾翮有时铩，龙性谁能驯。"

⑥荷衣：传说中用荷叶制成的衣裳。亦指高人、隐士之服。▶《楚辞·九歌·少司命》："荷衣兮蕙带，倏而来兮忽而逝。"

药裹：药包；药囊。▶唐 王维《酬黎居士淅川作》："松龛藏药裹，石唇安茶臼。"

⑦遥夜：长夜。▶《楚辞·九辩》："靓杪秋之遥夜兮，心缭悷而有哀。"





## 唐定奎

唐定奎（1833—1887），字俊侯。清庐州合肥（今安徽省合肥市）西乡人。唐殿魁之弟。同治年间，以平吴平捻功，官至福建陆路提督，卒谥"果介"。"性耽文学，崇儒重道"，庐州文庙遭兵燹，即捐金五千为购置乐器、学田。著有《戎余吟草》。

### 题杨贵妃墓[①]

千古兴亡自有因，如何归罪后宫人。将军若上安边策，何至君王薄太真。[②]

注释：

①《题杨贵妃墓》诗见清 陈诗《皖雅初集》卷二十九，民国十八年（1929）上海美艺图书公司印本。杨贵妃墓：实即杨贵妃的衣冠冢，位于今陕西省咸阳市兴平县马嵬镇西。

②太真：杨贵妃号。《旧唐书·后妃传·上玄宗杨贵妃》："时妃衣道士服，号曰'太真'。"

## 周薪如军门盛传小站屯田赋赠[1]

津沽细柳作干城，共道将军解用兵。[2]海澨屯田勋不朽，千秋又见赵营平。[3]

注释：

①《周薪如军门盛传小站屯田赋赠》诗见清 陈诗《皖雅初集》卷二十九，民国十八年(1929)上海美艺图书公司印本。

周薪如：即周盛传，字薪如，安徽肥西人，淮军将领。曾专任津沽屯田事务，开挖南连运减河，自靳官屯直抵大沽海口。之后，又修两岸支河一条，横河六条，沟渠河渠密布成网，建桥闸五十余座以备蓄水排涝，使淡水碱水不相掺混，开辟稻田六万余亩，并使沿河盐碱地得到水利，新增垦田以百万计。后升湖南提督。

②细柳：汉代名将周亚夫所率部队驻扎的地方，址在今咸阳市西南。细柳驻军以军纪严明著称。此处借以称美周盛传所率部队。

干城：盾牌和城墙。干，盾牌；城，城墙。《诗·周南·兔罝》："赳赳武夫，公侯干城。"

③海澨[shì]：海边。▶南朝 梁 江淹《杂体诗·效谢灵运〈游山〉》："且泛桂水潮，映月游海澨。"

赵营平：即汉代名将赵充国，因功封营平侯，故称。曾言屯田十二便，寓兵于农而为后人推崇，名"赵营平屯田法。"



# 王美銮

王美銮，字紫卿。清庐州合肥(今安徽省合肥市)东乡人。同治(1862—1875)监生。"生性淡泊，衡门自怡。"著有《乐潜斋诗草》。

## 舟过四顶山[1]

晓辞岚翠快扬舲，无事支颐睡不醒。[2]偶尔开窗看风色，四围山色入湖青。

注释：

①《舟过四顶山》诗见 清 陈诗《皖雅初集》卷二十九，民国十八年(1929)，上海美艺图书公司印本。

②岚翠：青绿色山间的雾气。▶唐 白居易《早春题少华东岩》："三十六峰晴，雪销岚翠生。"

扬舲：犹扬帆。▶南朝 梁 刘孝威《蜀道难》："戏马登珠界，扬舲濯锦流。"

支颐：以手托下巴。▶唐 白居易《除夜》："薄晚支颐坐，中宵枕臂眠。"



## 李恩绶

李恩绶(1835—1911)，字亚白，号丹叔，又号荫轩、荫翁、三山樵者、冬心老人，相传因有口吃，晚号讷盦。清江苏丹徒(今属江苏省镇江市)人。附贡生。自幼聪颖好学，博览群书，诗文闳深奥衍，不袭浮藻，以是科举不利，遂橐笔壮游，以教馆、作幕、鬻文自给。光绪十年(1884)五月，受聘来皖，客居合肥十一年之久，编纂有《香花墩志》《庐阳名胜辑要》《巢湖志》《紫蓬山志》和《采石志》等。著有《冬心草堂诗选》《读骚阁赋存》《讷盦骈体文存》《缝月轩词》《校补龙文鞭影》等。

### 顺风过巢湖[①]

阮生犹未怆途穷，蓦觉帆樯有快风。不必长房来缩地，四山齐在画图中。[②]

扣舷发唱不须哀，日丽风暄句可裁。多谢孟婆方便好，阿瞒裹足我偏来。[③]

果真天与水相逼，今日波平软似油。我本江南狎浪客，廿年住惯汜湖头。[④]

汪洋不复辨溪湾，遥指烟峦云水间。摘取阮亭旧诗句，白苹花里过鞋山。[⑤]

焦姥灵踪事恐真，姥山脚下浪如银。尧章遗曲熟人口，岁岁迎神复送神。[⑥]

风正帆悬水拍虚，舟人午饭杂齑蔬。我来已过春三月，难觅湖中燕子鱼。

注释：

①《登中庙写望》诗见 清 李恩绶编《巢湖志》卷二诗，黄山书社2007年版，第565页。

②缩地：传说中化远为近的神仙之术。▶唐 元稹《和乐天早春见寄》："同受新年不同赏，无由缩地欲如何。"

③原诗"多谢孟婆方便好"句后有作者自注："宋道君词：孟婆，孟婆，行个方便，吹送船儿倒转。"

原诗"阿瞒裹足我偏来"句后有作者自注："曹操四越巢湖不成。"

④狎浪：淫邪放浪。

⑤原诗"摘取阮亭旧诗句，白苹花里过鞋山。"句后有作者自注："渔洋七字本咏小孤山也，今巢湖中亦有鞋山。"

白苹：亦作“白蘋”。水中浮草。▶南朝宋 鲍照《送别王宣城》：“既逢青春献，复值白苹生。”

⑥原诗“尧章遗曲熟人口，岁岁迎神复送神。”句后有作者自注：“姜白石有巢湖中庙迎神送神曲。”

## 登中庙写望①

飞楼杰阁踞矶巅，庙貌巍峨一洞天。形势宛成丹凤穴，经营莫误赤乌年。云开孤塔层层现，风利千帆叶叶悬。为待携樽玩秋月，好从湖畔舣归船。

注释：

①《登中庙写望》诗见 清 李恩绶编《巢湖志》卷二诗，黄山书社2007年版，第566页。

②原诗“形势宛成丹凤穴”句后有作者自注：“一名凤凰台，突石临流，形如飞凤。”

原诗“经营莫误赤乌年”句后有作者自注：“相传庙创于吴之赤乌二年。”

## 七月初九日由施口晓渡巢湖①



残月已挂树，银河犹在天。帆痕搀鸟影，人语隔潭烟。施水原分派，秋风合扣舷。②回看焦姥庙，龛火一星悬。③

注释：

①《七月初九日由施口晓渡巢湖》诗见 清 李恩绶编《巢湖志》卷二诗，黄山书社2007年版，第566页。

②原诗“施水原分派”句后有作者自注：“余有施肥二水考。”

扣舷：手击船边。多用为歌吟的节拍。▶唐 王维《送綦毋校书弃官还江东》：“清夜何悠悠，扣舷明月中。”

③原诗“回看焦姥庙，龛火一星悬。”句后有作者自注：“施口有焦姥行宫。”龛火：壁龛中的灯火。▶宋 王之道《宴桃源·乌江路中》词：“黄叶声迟风歇，龛火夜寒明灭。”



## 渡巢湖中流作①

木兰荡过派河东，暖翠浮岚入望中。塔势盘旋疑插汉，帆痕微渺欲嵌空。②扬雄待奏凌云赋，元干齐乘破浪风。③准拟来朝渡江去，谪仙山下一推篷。

注释：

①《渡巢湖中流作》诗见 清 李恩绶编《巢湖志》卷二诗，黄山书社2007年版，第566页。

②插汉：插入河汉。极言其高。▶北魏 郦道元《水经注·淯水》："其水南流经鲁阳关左右，连山插汉，秀木干云。"

③原诗"元干"后有作者自注："宗悫。"

## 巢湖孤山舟中用俊臣饯别韵寄酬兼示培伯茂才[1]

罕能豨轴运方穿，归志行踪两浩然。[2]巢水果真逾四越，淝江差算住三年。白添愁鬓耽吟客，绿遍春波赋别天。且对孤山拭瑶轸，赏音前路有成连。[3]

注释：

①《巢湖孤山舟中用俊臣饯别韵寄酬兼示培伯茂才》诗见 清 李恩绶编《巢湖志》卷二诗，黄山书社2007年版，第568页。

②豨轴：用猪油涂抹车轴，典出司马迁《史记·田敬仲完世家》："淳于髡曰，豨膏棘轴，所以为滑也，然而不能运方穿。"

③原诗"且对孤山拭瑶轸，赏音前路有成连。"后有作者自注："培伯饯予诗末有"古琴休独弹。"

瑶轸：1.华美的车子。▶南朝宋 颜延之《三月三日侍游曲阿后湖作》诗："神御出瑶轸，天仪降藻舟。"2.玉制的琴轸。借指琴。▶唐 李白《北山独酌寄韦六》诗："坐月观宝书，拂霜弄瑶轸。"3.指琴曲。▶元 王结《赠成子周》诗："更欲弦吾诗，深衷寄瑶轸。"

赏音：知音。▶金 段成己《望月婆罗门引》词："风流已置，抚遗编，三叹赏音稀。"

## 顺风过巢湖中流作[1]

日丽风清秋又晴，东西湖似画中行。浮岚远拥烟螺势，柔舻虚涵晓雁声。[2]酒渍青衫余涕泪，心盟白水志澄清。[3]鲈鱼正美忘归去，回忆船停北固城。[4]

注释：

①《巢湖舟中吟赠章守戎》诗见 清 李恩绶编《巢湖志》卷二诗，黄山书社2007年版，第569页。

②虚涵：包罗，包含。▶瞿秋白《饿乡纪程》二："这'生命的大流'虚涵万象，自然流转，其中各流各支，甚至于一波一浪，也在那里努力求突出的生活。"

③原诗"酒渍青衫余涕泪"句后有作者自注："感金陵近事。"

原诗"心盟白水志澄清"句后有作者自注："湖水久清。"

心盟：未表现于言词的内心誓约。▶明 李东阳《祭尼山庙文》："尚冀圣灵其幸鉴之，庶几无负于心盟也。"

④原诗"鲈鱼正美忘归去，回忆船停北固城。"句后有作者自注："余由金陵旋里，仅十

日后又西上，脚跟如蓬转矣。”

## 赋得巢湖夜月①

夜渡居巢国，湖光上下浮。暝烟笼极浦，朗月涌寒流。②蟹火痕逾澹，鳝更响未收。③涛分施水派，凉照姥峰秋。波影涵飞兔，山形辨卧牛。④澄天销雨脚，浊酒坐船头。合助词人笔，谁知旅客愁。抱蟾欹枕睡，明月泊庐州。

注释：

①《赋得巢湖夜月》诗见 清 李恩绶编《巢湖志》卷二诗，黄山书社2007年版，第588页。

②极浦：遥远的水滨。▶《楚辞·九歌·湘君》：“望涔阳兮极浦，横大江兮扬灵。”王逸注：“极，远也；浦，水涯也。”

③蟹火：捕蟹时所用的灯火。▶唐 白居易《重题别东楼》：“春雨星攒寻蟹火，秋风霞飐弄涛旗。”

④飞兔：亦作“飞菟”。骏马名。▶《吕氏春秋·离俗》：“飞兔、要褭，古之骏马也。”

## 雪夜渡巢湖写望①



晓渡居巢国，东风今独悭。②潮收奔马势，雪覆卧牛山。纵喜诗题好，终怜旅食艰。仲宣老作客，悔不恋江关。③

注释：

①《雪夜渡巢湖写望》诗见 清 李恩绶编《巢湖志》卷二诗，黄山书社2007年版，第572页。

②原诗“晓渡居巢国，东风今独悭。”句后有作者自注：“雪夜值西风，幸尚微。”

③江关：指江南。▶清 龚自珍《寒月吟》：“江关断消息，生死知无因。”

## 巢湖打鱼诗①

家傍孤山身不孤，与郎岁岁供鱼租。劝郎莫说巢湖苦，闻道黄金出水无。②

连夜东风春水生，渔师日日棹船行。去年米贵圩淹破，只靠湖中鱼作羹。

自嫁湖中狎浪儿，夜来鼓棹欲何之。顺风行过芦矶嘴，郎但扳罾侬不知。③

巢湖夜月天下无，月光烛网不模糊。宵宵那用燃枯蚌，抵得江南甓社珠。④

烧钱打鼓声如雷，十船五船齐往来。闻说今天神姥会，大家蚁集凤凰台。[5]

花塘河口是侬家，小小盆儿似缺瓜。喜得湖边风不紧，摸鱼才了又捞虾。

帆使东西南北风，随风处处好收筒。焦湖不用焦心事，老向烟波守钓篷。

小姑日日住湖湾，也把鱼罾学着扳。偷绣湘妃罗袜样，望中对面是鞋山。

塔势凌波更蹑虚，姥山脚下钓人居。自从獭镂浮屠上，多怕年来不出鱼。[6]

湖汉三百六十滩，不如此地集渔团。[7]有得打鱼兼缉盗，淮人岁岁自平安。

三河前接柘皋河，渔贩纷纷港口多。听说沿淮鱼价长，月明处处有渔歌。

注释：

①《巢湖打鱼诗》诗见 清 李恩绶编《巢湖志》卷二诗，黄山书社2007年版，第568—569页。

②原诗“闻道黄金出水无。”句后有作者自注：“东汉时巢湖出黄金。”

③扳罾：亦作“扳缯”。拉罾网捕鱼。▶元 曾瑞《哨遍·村居》套曲：“樵夫又了柴，渔翁扳了罾，故来下访相钦敬。”

④鼇社珠：相传北宋孙觉在鼇社湖边夜坐，忽窗明如昼，循湖求之，见一大珠，其光烛天。当年孙觉登第。▶宋 张表臣《呈以道舍人》：“他年但饱扬州米，今日宁论鼇社珠。”

⑤原诗“闻说今天神姥会，”句后有作者自注：“下三字见姜夔词叙。”

⑥原诗“自从獭镂浮屠上，多怕年来不出鱼。”句后有作者自注：“近闻渔人云：姥山建塔时，匠人怨鱼价踊贵，刻水獭其上，至今出鱼渐稀。”

⑦原诗“湖汉三百六十滩，不如此地集渔团。”句后有作者自注：“左恪靖侯于法夷肇衅时，谕江南盐城等处编渔户成一军。”

原诗“有得打鱼兼缉盗，淮人岁岁自平安。”句后有作者自注：“南北朝刘珍屯兵湖上，元末俞、廖诸公集众列艘以御寇盗，因兴言及此。”

## 山中夜醒枕上作[1]

秋林寒磬鸣，我枕白云宿。[2]自得来山中，梦寐始能熟。可笑尘中人，周妻并何肉。[3]纷填胸臆间，日日苦征逐。灵台湛虚明，一领萧闲福。[4]

注释：

①《山中夜醒枕上作》诗见 清 李恩绶 纂 民国 释三惺续补《紫蓬山志》，民国20年(1931)仲秋合肥紫蓬山房铅印本。

②寒磬：凄清的磬声。▶唐 刘长卿《秋日登吴公台上寺远眺寺即陈将吴明彻战场》诗："夕阳依旧垒，寒磬满空林。"

③原诗"可笑尘中人，周妻并何肉"句后有作者自注："见《南史》。"

④萧闲：潇洒悠闲；寂静。▶唐 顾况《山居即事》诗："下泊降茅仙，萧闲隐洞天。"

## 前山二里许岩腰有泉极清僧命小奚往汲之酬以诗[①]

前山有山名，问僧不尽知。但闻山半泉，涓涓滴清漪。注之亦不竭，月照山空时。吾请一漱齿，静读寒山诗。

注释：

①《山中夜醒枕上作》诗见 清 李恩绶 纂 民国 释三惺续补《紫蓬山志》，民国二十年(1931)仲秋合肥紫蓬山房铅印本。

## 次日月夜偶兴[①]



慈鸽檐端息，吟虫阶下号。秋侵诗骨健，月涌树头高。禅敢窥三昧，僧能熟六韬。[②]夜深欹枕卧，触耳是蒲牢。[③]

注释：

①《次日月夜偶兴》诗见 清 李恩绶 纂 民国 释三惺续补《紫蓬山志》，民国20年(1931)仲秋合肥紫蓬山房铅印本。

②原诗"禅敢窥三昧，僧能熟六韬。"句后有作者自注："有某僧，曾由捻返正，与余谈兵机颇悉。"

③蒲牢：古代传说中的一种生活在海边的兽。据说它吼叫的声音非常宏亮，故古人常在钟上铸上蒲牢的形象。▶《文选·班固〈东都赋〉》"于是发鲸鱼，铿华钟" 李善注引三国吴薛综曰："海中有大鱼曰鲸，海边又有兽名蒲牢。蒲牢素畏鲸，鲸鱼击蒲牢，辄大鸣。凡钟欲令声大者，故作蒲牢于上。所以撞之者为鲸鱼。"后因以"蒲牢"为钟的别名。



## 乙未八月二十七日同六岳和斋游紫蓬六岳有诗次韵[①]

灰里行藏卜范丹，吾家山色泥人看。[②]碑寻隧道松阴合，僧倚钟楼石气寒。[③]飞鸟高低衔夕照，鸣泉曲折泻晴峦。弩台定有登高约，安得重来续古欢。[④]

注释：

①《乙未八月二十七日同六岳和斋游紫蓬六岳有诗次韵》诗见 清 李恩绶 纂 民国 释三惺续补《紫蓬山志》，民国二十年(1931)仲秋合肥紫蓬山房铅印本。

②范丹：即范冉。字史云，东汉陈留人。曾师事马融，通五经。桓帝时为莱芜长，遭母忧，不就。性狷急，常佩韦以自缓。罹党锢之祸，遁迹梁沛间，卖卜为生，清贫自守，时或粮绝，穷居自若。闾里歌之曰："甑中生尘范史云，釜中生鱼范莱芜。"见《后汉书·独行传·范冉》。后以"范丹"指代贫困而有操守的贤士。▶明 邵璨《香囊记·得书》："喜得逆旅逢青眼，免使破甑生尘愁范丹。"

③原诗"碑寻隧道松阴合"句后有作者自注："虚上人邀余展魏将典公墓。"

④原诗"弩台定有登高约"句后有作者自注："谦斋先生有重九教弩台登高之约，惟六岳可赴其招。"

古欢：亦作"古懽"。往日的欢爱或情谊。《文选·古诗〈凛凛岁云暮〉》："良人惟古懽，枉驾惠前绥。"

## 李昭庆

李昭庆(1835—1873)，字幼荃。清庐州合肥(今安徽省合肥市)东乡人。李文安第六子。以员外郎从曾国藩军营。后为淮军统领，积功以盐运使记名简用。卒后赠太常寺卿。著有《补拙轩诗集》。



### 南阳湖中①

湖气如烟淡午曦，莲香作阵引凉飔。②扁舟一叶飘然去，时见儿童拍水嬉。

注释：

①《南阳湖中》诗见 民国 李家孚《合肥诗话》卷下，民国苏城临顿路毛上珍铅活字本。

南阳湖：即微山湖，在山东省南部。

②作阵：排成阵势，亦形容均匀密布。▶宋 梅尧臣《和道损喜雪》："作阵从天落，何功得地均？暂欣供一赏，惜逐马蹄尘。"

凉飔：凉风。▶南朝 齐 谢朓《在郡卧病呈沈尚书》："珍簟清夏室，轻扇动凉飔。"

### 九日嶅阳道中①

客中孤负菊花杯，破帽临风落几回？②放眼齐州满秋色，白云黄叶乱山隈。③

注释：

①《九日嶅阳道中》诗见 民国 李家孚《合肥诗话》卷下，民国苏城临顿路毛上珍铅活字本。

嶅阳：即今岙阳，属山东省泰安市新泰市，清代在此设有驿站。

②菊花杯：犹言菊花酒。亦指重阳日酒会。▶唐 张说《湘州九日城北亭子》："宁知沅水上，复有菊花杯。"

③齐州：犹中州。古时指中国。▶《尔雅·释地》："岠齐州以南，戴日为丹穴。"

## 汉南舟中即景[①]

新涨连天嫩绿肥，麦苗风里送春归。咿呀柔橹一声远，惊起水田白鹭飞。[②]

注释：

①《汉南舟中即景》诗见 清 陈诗《皖雅初集》卷三十，民国十八年(1929)上海美艺图书公司印本。

②咿呀：象声词。▶刘绍棠《瓜棚柳巷》："船尾，有个人咿呀摇橹。"



# 李玉娥

李玉娥，李文安次女，适同邑知县费日启。幼聪慧，喜读《纲鉴》。文安"官刑部时，闲暇授经义及古文词"，意解心会，能得其旨趣。稍长，通群书，娴吟咏。诗清丽处，不减剑南。著有《养心斋诗集》。

## 夏日初霁[①]

夜雨溪桥新涨宽，桔槔气里语声欢。[②]拖蓝三面榆阴湿，点素群飞鹭羽干。杳杳浮岚明日脚，盈盈初月上檐端。[③]荐盘瓜果逢佳节，莫使当筵酒兴阑。

注释：

①《夏日初霁》诗见 光铁夫《安徽名媛诗词征略》卷三，黄山书社1986年版。

②桔槔：亦作"桔皋"。井上汲水的工具.在井旁架上设一杠杆，一端系汲器，一端悬、绑石块等重物，用不大的力量即可将灌满水的汲器提起。▶《庄子·天运》："且子独不见夫桔槔者乎，引之则俯，舍之则仰。"

③浮岚：飘动的山林雾气。▶宋 欧阳修《庐山高赠同年刘中允归南康》："欲令浮岚暖

翠千万状,坐卧常对乎轩窗。”

日脚:太阳穿过云隙射下来的光线。▶唐 岑参《送李司谏归京》:“雨过风头黑,云开日脚黄。”



## 刘铭传

刘铭传(1836—1896),字省三,号大潜山人。清庐州合肥(今安徽省合肥市)西乡人。同治初年,以平吴功授直隶提督,以讨平东西捻,赏一等男,挂兵部尚书衔。光绪中,以守台湾御法功授台湾巡抚。治台有绩,加太子少保、兵部尚书衔。谥“壮肃”。著《大潜山房诗抄一卷》《刘壮肃公奏议二十四卷》。

### 雪夜①

大雪苦寒夜，短床高卧时。早春归雁缓，斜月到门迟。才得还乡里，又将远别离。辞官未有术，翻恨受人知。

注释:

①《雪夜》诗见 民国 李家孚《合肥诗话》卷中,民国苏城临顿路毛上珍铅活字本。



### 秋夜闻笛①

羌笛夜声声，吹堕相思泪。清韵入云霄，哀音动天地。②斜月雁高飞，挑灯人不寐。万虑一时空，此心何所寄。③

注释:

①《秋夜闻笛》诗见 民国 李家孚《合肥诗话》三卷卷中,民国苏城临顿路毛上珍铅活字本。

②清韵:清雅和谐的声音或韵味。▶三国 魏 曹植《白鹤赋》:“聆雅琴之清韵,记六翮之末流。”

③万虑:思绪万端。▶唐 韩愈《感春》诗之四:“数杯浇肠虽暂醉,皎皎万虑醒还新。”

### 五更①

刁斗催残夜，五更客睡长。闻鸡醒梦寐，击鼓变阴阳。帐外悬秋月，门前下晓霜。惊心无别事，早起赴操场。

注释:

①《五更》诗见 清 刘铭传《大潜山房诗钞》,民国十一年刘氏(1922)刻本。

## 告归[①]

中原欣且定，解甲觅归途。去就不关系，功名若有无。[②]折磨消壮志，憔悴剩微躯。恐负军民望，还乡退守愚。

注释:

①《告归》诗见 清 刘铭传《大潜山房诗钞》,民国十一年(1922)刘氏刻本。

②去就:离去或接近;担任官职或不担任官职。▶《庄子·秋水》:“宁于祸福,谨于去就。”

## 小船[①]

扁扁一叶舟，茫茫大江水。纵有恶风波，来去任情使。[②]来去能自由，险危何所恃。生小江河惯，纵横波涛里。不问潮起落，先自定行止。



注释:

①《小船》诗见 清 刘铭传《大潜山房诗钞》,民国十一年(1922)刘氏刻本。

②任情:任意;恣意。▶北魏 贾思勰《齐民要术·种谷》:“顺天时,量地利,则用力少而成功多。任情反道,劳而无获。”

## 有赋[①]

不幸入官场，奔劳日日忙。何曾真宝贵，依旧布衣裳。负性无谦假，宜人说短长。[②]莫如归去好，诗酒任疏狂。



注释:

①《有赋》诗见 清 刘铭传《大潜山房诗钞》,民国十一年(1922)刘氏刻本。

②负性:禀性。▶清 吴伟业《临江参军》:“临江髯参军,负性何贞烈。”

## 三十初度[①]

年当半甲子，壮志渐消磨。忙里身长健，闲时病转多。登坛无伟略，对酒且高歌。[②]岁月来殊速，人生奈老何。

注释：

①《三十初度》诗见 民国 徐世昌《晚晴簃诗汇》卷一百五十八，民国退耕堂刻本。

②登坛：此处指登上坛场。古时会盟、祭祀、帝王即位、拜将，多设坛场，举行隆重的仪式。▶《三国志·魏志·臧洪传》：“昔张景明亲登坛喢血，奉辞奔走，卒使韩牧让印，主人得地。”

## 郊行[①]

郊行二三里，四望皆村庄。秋收禾黍尽，露冷林叶黄。马前一老叟，独在田间忙。举头见行骑，走避殊仓皇。我行少仆从，我佩无刀枪。何以农夫避，呼前问其详。农夫荷锄语，战栗立道旁。今夏贼去后，大兵过此乡。贼至俱先备，兵来未及防。村内掳衣物，村外牵牛羊。人多不敢阻，势凶如虎狼。老妻受惊死，一子复所伤。骨断不能起，至今犹在床。暮年寡生计，空室无斗粮。所幸此身健，勉力事田藏。我闻殊太息，揽辔思彷徨。问彼统兵者，曾否有肝肠。灭贼自为贼，何颜答上苍。

注释：

①《郊行》诗见 民国 徐世昌《晚晴簃诗汇》卷一百五十八，民国退耕堂刻本。



## 送子美归湖南[①]

南雁孤飞入楚天，北风吹送洞庭船。[②]相离相隔三千里，同死同生六七年。回首战场都是泪，知心朋辈几人全。客中言别难为别，挥手依依各黯然。

注释：

①《送子美归湖南》诗见 民国 徐世昌《晚晴簃诗汇》卷一百五十八，民国退耕堂刻本。

②楚天：南方楚地的天空。▶ 唐 杜甫《暮春》诗：“楚天不断四时雨，巫峡常吹万里风。”

## 遣怀[①]

自从家破苦奔波，懒向人前唤奈何。名士无妨茅屋小，英雄总是布衣多。为嫌士宦无肝胆，不惯逢迎受折磨。饥有糗粮寒有帛，草庐安卧且高歌。[②]

注释：

①《遣怀》诗见 清 刘铭传《大潜山房诗钞》，民国十一年(1922)刘氏刻本。

②糗粮：干粮。▶《书·费誓》："峙乃糗粮，无敢不逮。"

## 文章歌[1]

盛朝修文不用武，大地人人歌乐土。[2]千家万户重读书，只学文章不学古。学古无所益，文章能进取。人生总角百无知，父兄教之读八股。年年日日苦哦吟，笼袖凭几岁月深。[3]幸有明师传真诀，清词妙句为时钦。[4]自矜手笔如燕许，足堪振翼步云程。[5]孰料文章憎命达，一战再战榜无名。[6]落第归来怒焚卷，怀才不试安贫贱。隐身山谷与世违，功名从此无心念。朝朝采药亦悠然，频年又复遭时变。无端烽火漫天来，骨肉流离不相见。飘零无处寄此身，生成傲骨不依人。天涯走遍无知己，满腹文章志不伸。吁嗟乎！读书万卷无所成，文章两字误苍生。此身已受文章病，莫把文章病子孙。

注释：

①《文章歌》诗见 清 刘铭传《大潜山房诗钞》，民国十一年（1922）刘氏刻本。

②修文：采取措施加强文治，主要指修治典章制度，提倡礼乐教化等。▶《国语·周语上》："有不享则修文。"

③笼袖凭几：把两手相对伸入两袖中，倚靠着几案。▶五代 王定保《唐摭言·敏捷》："温庭筠烛下未尝起草，但笼袖凭几，每赋一咏一吟而已，故场中号为温八吟。"



④真诀：妙法；秘诀。▶唐 李白《送贺监归四明应制》："真诀自从茅氏得，恩波宁阻洞庭归。"

⑤燕许：唐玄宗时名臣燕国公张说、许国公苏颋的并称。两人皆以文章显世，时号"燕许大手笔"。见《新唐书·苏颋传》。

⑥文章憎命达：谓有文才的人总是命薄遭忌。出杜甫《天末怀李白》："文章憎命达，魑魅喜人过。"

## 乙未冬绝笔[1]

历尽艰危报主知，功成翻悔入山迟。[2]平生一觉封侯梦，已到黄粱饭熟时。

注释：

①《乙未冬绝笔》诗见 清 刘铭传《大潜山房诗钞》，民国十一年（1922）刘氏刻本。

②翻悔：因后悔而推翻曾经允诺的事或说过的话。▶宋 苏轼《奏户部拘收度牒状》："百姓闻之，皆谓朝廷不惜饥民，而惜此数百纸度牒，中路翻悔，为惠不终。"

# 张之洞

张之洞(1837—1909),字孝达,号香涛,时人呼之为“张香帅”“张南皮”。祖籍直隶南皮(今河北省南皮县),生于贵州兴义府(今贵州省兴义市)。同治二年(1863)癸亥科探花,光绪初,擢司业,迁洗马。遇事敢言,曾请斩崇厚,毁俄约。与宝廷、陈宝琛、张佩纶等号为清流。中法战争时任两广总督,起用冯子材击败法军。又设广东水陆师学堂,立广雅书院,武事与文备并举,以谋自强。后督湖广近二十年,筹卢汉铁路,办汉阳铁厂、萍乡煤矿、湖北枪炮厂,设纺织四局,创两湖书院等,为后起洋务派首领。提倡“旧学为体,新学为用”,维护封建纲常,反对戊戌变法,作《劝学篇》以明宗旨。庚子之役,参与东南互保,镇压两湖反洋教斗争及唐才常自立军起事。光绪末,擢体仁阁大学士、军机大臣兼管学部,定清末教育制度,力谋振兴国势,而为满族宗贵所挠,不能有所作为。谥“文襄”。所作文章典赡,诗亦淹博沉丽。有《张文襄公全集》。

## 合肥李相太夫人八十寿诗[①]

八座焉能比盛隆，五朝亲见更谁同。[②]恭逢辛卯生明夜，妙契庚申驻景功。[③]圣佐简嫄天咫尺，家兼周召陕西东。[④]邦畿鸣雁今康乐，愿戴慈云颂閟宫。[⑤]

注释:

①《合肥李相太夫人八十寿诗》诗见 清 张之洞《张文襄公集》诗集卷二。民国十七年(1928)刻张文襄公全集本。

合肥李相太夫人:指李鸿章之母李氏。

②八座:亦作“八坐”。封建时代中央政府的八种高级官员。历朝制度不一,所指不同。

东汉以六曹尚书并令、仆射为“八座”;三国魏、南朝宋齐以五曹尚书、二仆射、一令为“八座”;隋唐以六尚书、左右仆射及令为“八座”。清代则用作对六部尚书的称呼。后世文学作品多以指称尚书之类高官。▶元 无名氏《渔樵记》第二折:“但有日官居八坐,位列三台。”

③原诗“恭逢辛卯生明夜”句后有作者自注“初三日生”。

原诗“妙契庚申驻景功”句后有作者自注“李太夫人庚申年生”。

妙契:神妙的契合。▶唐 司空图《二十四诗品·形容》:“风云变态,花草精神,海之波澜,山之嶙峋,俱似大道,妙契同尘。”

驻景:犹驻颜。▶唐 李商隐《碧城》诗之三:“检与神方教驻景,收将凤纸写相思。”

④简嫄:简,即简狄。一作简易、简逷,又称娀简。有娀氏(今山西省永济市西)女。传说中商始祖契之母,帝喾次妃。《史记·殷本纪》载,简狄偶出行浴,吞玄鸟卵而生契。

嫄,即姜嫄,一作姜原。有邰氏(今陕西省郿县邰亭)女。传说是周始祖后稷之母,帝喾元妃,《史记·周本纪》载,姜嫄在荒野践巨人迹,身动而有孕,遂生后稷。

周召:亦作"周邵"。周成王时共同辅政的周公旦和召公奭的并称。两人分陕而治,皆有美政。▶《礼记·乐记》:"武乱皆坐,周召之治也。"

⑤邦畿:王城及其所属周围千里的地域。借指国家。▶明 梁辰鱼《浣纱记·寄子》:"侧闻吴国召戎衣,何日里静邦畿?"

鸣雁:《诗·邶风·匏有苦叶》:"雍雍鸣雁,旭日始旦,士如归妻,迨冰未泮。"毛 传:"雍雍,雁声和也。纳采用雁,旭日始出,谓大昕之时。"郑玄 笺:"雁者,随阳而处,似妇人从夫,故昏礼用焉。"后用"鸣雁"指嫁娶之事。

慈云:佛教语。比喻慈悲心怀如云之广被世界、众生。▶南朝 梁简文帝《大法颂》:"慈云吐泽,法雨垂凉。"

閟宫:神庙。▶《诗·鲁颂·閟宫》:"閟宫有侐,实实枚枚。"毛 传:"閟,闭也。先妣姜嫄之庙在周,常闭而无事,孟仲子曰:是禖宫也。"

李嘉乐,字宪之。清河南光州(今河南省潢川县)人。同治二年(1863)癸亥科进士,改庶吉士,授编修,历官江西布政使。有《齐鲁游草》。

## 送翰臣兄之庐州①

单车才自返淝津,又着征衣走雪晨。微利君因家计累,来春我亦宦游人。②故园小聚偏逢别,昆弟中年倍觉亲。③腊酿满尊留共话,莫将琐事滞归轮。④

注释:

①《送翰臣兄之庐州》诗见 清 李嘉乐《仿潜斋诗钞》卷七余园集,清光绪十五年(1889年)刻本。

②微利:薄利。▶宋 刘子翚《谕俗》:"锥刀剥微利,舞智欺惸独。"

③昆弟:兄弟。▶《左传·僖公二十四年》:"我请昆弟仕焉。"

④腊酿:腊月酿制的酒,泛指酒水。

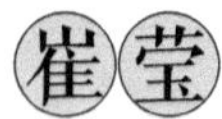

崔莹，字谐六。清庐州巢县(今安徽省巢湖市)人。崔璧弟。同治六年(1867)丁卯科举人，与其兄宝城先生以文章气节相切。工诗，皆咸丰时之作。著有《巢湖纪变烬余》。

## 己巳避水姥坞嘴[①]

又向湖干住，依人屋数椽。晚山如我瘦，明月为谁圆。酒薄寒难敌，愁多病又缠。怒涛飞不到，聊借一枝眠。

注释：

①《己巳避水姥坞嘴》诗见 清 李恩绶编《巢湖志》卷二诗，黄山书社2007年版，第539页。

己巳：清朝入关后，共历四个己巳年，分别为康熙二十八年(1689)、乾隆十四年(1749)、嘉庆十四年(1809)、同治八年(1869)。

姥坞嘴：位巢湖市散兵镇。



# 周世宜

周世宜(1837—1888)，字淑仪。清庐州合肥(今安徽省合肥市)西乡雷麻店(今肥西县小庙镇雷麻社区)人。李鹤章继室，李经羲之母。居家俭朴，“隆于祭养，厚于宾亲，尤喜周恤”。同治四年(1865)九月二十八日，封淑人，后封夫人，光绪二十二年(1896)三月二十五日、宣统元年(1909)三月初十日两次赠一品夫人。“幼秉家训，通经史，旁涉篇咏”，于诗独嗜陶渊明、王维，与鹤章时相唱和。著有《常昭城守纪事》《玲珑阁诗稿》各一卷。

## 和夫子常昭告捷[①]

虞山甫得息鸿征，一月三传捷报声。[②]昔夺昆仑功并伟，旧游城市感同生。莫因儿女萦归念，但祝旗常有令名。[③]薏苡他年休误检，琴书船载举家亲。[④]

注释：

①《和夫子常昭告捷》诗见 光铁夫《安徽名媛诗词征略》卷三，黄山书社1986年版。

夫子：此处指丈夫。▶《孟子·滕文公下》：“女子之嫁也，母命之，往送之门，戒之曰：

‘往之女家,必敬必戒,无违夫子!’”

常昭:地名。指清代苏州府下辖的常熟、昭文两县。

②虞山:地名。位于常熟市内西北处。

③旗常:旂常。王侯的旗帜。▶唐 陈子昂《奉和皇帝上礼抚事述怀》:“云陛旗常满,天廷玉帛陈。”

④薏苡:指薏苡之谤。典出《后汉书》卷二十四:汉伏波将军马援从南方运来的薏米在其死后被进谗的人说成了明珠,结果让自己和妻儿等蒙冤。后遂以“薏苡之谤”比喻被人诬陷,蒙受冤屈。▶宋 苏轼《和王巩并次韵》之五:“巧语屡曾遭薏苡,庾词聊复托芎䓖。”

琴书:琴和书籍。多为文人雅士清高生涯常伴之物。▶汉 刘歆《遂初赋》:“玩琴书以条畅兮,考性命之变态。”

徐元叔(1838—1856),字亨甫。清庐州合肥(今安徽省合肥市)东乡人。徐子苓次子。幼有异禀,嗜学能诗。年十九病卒,士林惜之。徐子苓悲痛不已,裒辑其所为诗文数十篇,名之曰《劫余小录》,附于已作《敦艮吉斋文存》后。



## 梦姥山①

昔我家湖滨,爱兹青巃嵸。一塔峙层霄,翠挹湖光浓。②时时倚扉望,目断湖天空。别来才几何,万事销长烽。天风吹吟魂,遍历湖上峰。③梦醒一吞声,枕上闻霜鸿。

注释:

①《梦姥山》诗见清 李恩绶编《巢湖志》卷二诗,黄山书社2007年版,第556页。

②层霄:高空。▶晋 庾阐《游仙诗》之三:“层霄映紫芝,潜涧泛丹菊。”

③吟魂:指诗人的梦魂。▶元 马臻《旅夜》:“睡薄吟魂冷,西风亦屡惊。”



## 自闲闲园移居湖干①

挈家去故里,为兹风鹤警。②垣墙聊漫涂,茆漏未遑整。③柴扉俯远山,湖光白弥迥。帆痕互出没,夕阳争诸岭。探奇屐未著,感时意常耿。④思量旧松菊,佳处付谁领。

注释：

①《自闲闲园移居湖干》诗见民国 李家孚《合肥诗话》卷上，民国苏城临顿路毛上珍铅活字本。

②挈家：携带家眷。▶宋 无名氏《灯下闲谈》卷上："有商人刘损挈家乘巨船，自江夏至扬州。"

鹤警：谓鹤性机警。语本《艺文类聚》卷九十引 晋 周处《风土记》："鸣鹤戒露，此鸟性警，至八月白露降，流于草上，滴滴有声，因即高鸣相警，移徙所宿处。"▶唐 王勃《梓州郪县兜率寺浮图碑》："宵汀鹤警，乘鼓吹而齐鸣；晓峡猿清，挟霜钟而赴节。"

③未遑：没有时间顾及；来不及。▶汉 扬雄《羽猎赋》："立君臣之节，崇贤圣之业。未遑苑囿之丽、游猎之靡也。

④探奇：寻找奇景。▶唐 王维《蓝田山石门精舍》："探奇不觉远，因以缘源穷。"

## 偶成①

宿雨淡将尽，斜光明树梢。②游鱼频跳水，归鸟各争巢。浩荡观元化，低迷任客嘲。③飞仙如可学，吾欲问三茅。④

注释：

①《偶成》诗见民国 李家孚《合肥诗话》卷上，民国苏城临顿路毛上珍铅活字本。

②宿雨：夜雨；经夜的雨水。▶隋 江总《诒孔中丞奂》诗："初晴原野开，宿雨润条枚。"

③元化：造化；天地。▶唐 陈子昂《感遇》诗之六："古之得仙道，信与元化并。"

④三茅：指传说中修仙得道的茅君三兄弟。▶唐 许浑《亡题》："商岭采芝寻四老，紫阳收术访三茅。"

## 晚霁①

徙倚双峰清昼长，片云将雨过山堂。湛湛溪水晕空碧，寂寂篱花绽嫩黄。避世桃椎双草屩，呕心昌谷一诗囊。②乾坤几处兵戈满，薇蕨凄清又首阳。③

注释：

①《晚霁》诗见民国 李家孚《合肥诗话》卷上，民国苏城临顿路毛上珍铅活字本。

②桃椎：唐时隐者，名朱桃椎。《新唐书·隐逸传·朱桃椎》："其为屩，草柔细，环结促密，人争蹑之。"

草屩[juē]：草鞋。

呕心昌谷一诗囊：指唐代诗人李贺作诗的典故。《新唐书·文艺下》："（李贺）背古锦囊，遇所得，书投囊中。未始先立题然后为诗，……及暮归，足成之。非大醉、吊丧日率如此。

过亦不甚省。母使婢女探囊中，见所书多，即怒曰：'是儿要呕心乃已耳！'"

③首阳：山名。传为伯夷、叔齐的隐居处。《史记·伯夷列传》："武王已平殷乱，天下宗周，而伯夷、叔齐耻之，义不食周粟，隐于首阳山，采薇而食之。"

## 重过教弩台[①]

古寺松长铁佛大，儿时爱向松边坐。黄巾一炬孤城破，松树全焦佛颓卧。[②]游子别来悲故乡，旧游尽作荆榛场。君不见，孝肃祠、杨侯庙，瓦砾荒荒动残照。[③]归禽向夕无树栖，断垣时有饥鸦叫。

注释：

①《重过教弩台》诗见民国 李家孚《合肥诗话》卷上，民国苏城临顿路毛上珍铅活字本。

②黄巾：汉末年张角所领导的农民起义军，因头包黄巾而得名。此处指太平军。

③杨侯庙：指杨将军庙，祀南宋名将杨存忠（又名杨存中、杨沂中）。《（嘉庆）合肥县志》载："杨将军庙，在西城上，祀宋，少保杨存忠，嘉庆七年（1802）知县左辅重修，有碑记载集文。"

## 欣闻庐郡收复[①]



倒悬倏然解，欢声到岩谷。[②]寒暑阅三稔，阴消一阳复。予亦劫烬人，双眉快新熨。[③]想应杀贼时，阴风万鬼哭。高门台榭倾，存者仅椽屋。阶厉竟何人！俯仰泪盈掬。[④]

注释：

①《欣闻庐郡收复》诗见 清 徐子苓《敦艮吉斋文存》，清光绪十二年（1886）刻本。

②倒悬：亦作"倒县"。指人头脚倒置地或物上下倒置地悬挂着。▶《孟子·公孙丑上》："当今之时，万乘之国行仁政，民之悦之，犹解倒悬也。"

③劫烬：劫灰。佛教谓坏劫之末有水、风、火大三灾，劫烬即劫灾后的余灰。▶北周 庾信《哀江南赋》："设重云之讲，开士林之学，谈劫烬之灰飞，辨常星之夜落。"

④阶厉：祸害的开端，导致祸害。▶明 沈德符《野获编·内监·东厂印》："然其时貂珰未炽，安得有如许雄峻之称。此必王振用事时另铸，以张角距，追后直之西厂，瑾之内行厂阶厉于此矣。"



## 三月中旬闻警有感[①]

我生百无俚，愤极频呼天。[②]嗟哉颠连世，胡不自我先。[③]贼兵喜焚掠，所过无人烟。杀人如乱麻，高积巢湖边。四野多新冢，阴磷黑夜喧。髑髅泣春雨，冤气成阴雾。贼兵日进攻，我军仍醉眠。英贤甘困顿，邱壑聊自全。永怀鹿门驾，长啸俯清泉。[4]

注释：

①《三月中旬闻警有感》诗见 清 徐子苓《敦艮吉斋文存》，清光绪十二年(1886)刻本。

②无俚：亦作“无里”。犹无聊。▶汉 王符《潜夫论·劝将》：“此亦陪克阘茸，无里之尔。”

③颠连：困顿不堪；困苦。▶宋 张载《西铭》：“凡天下疲癃残疾，惸独鳏寡，皆吾兄弟之颠连而无告者也。”

胡不：何不。▶《诗·鄘风·相鼠》：“人而无礼，胡不遄死？”

④鹿门：鹿门山之省称。在湖北省襄阳县。后汉庞德公携妻子登鹿门山，采药不返。后因用指隐士所居之地。

## 忆昔[1]

忆昔庐阳城，升平习欢娱。[2]肉食但素餐，尸居无远图。[3]厝火寝积薪，乱至人心愚。[4]伟哉江中丞，忠义激懦夫。万姓共登陴，誓死同欢呼。[5]外援既尪怯，内讧复龃龉。[6]守垣卅五日，摧坚百战馀。贼夜穴城根，地雷裂西郛。于时天大雾，乾坤血糢糊。甃井溢骈尸，粪厕堆新颅。[7]岂无縋墙者，人鬼争斯须。[8]势竟破脑，投险乃折趺。[9]枕籍更蹂躏，溃裂无完肤。朝廷亟命将，筑垒城东隅。[10]笙歌向夕酣，千金事樗蒲。[11]城中歌楚些，城外歌吴歈。[12]婉婉青矜子，负戴泣泥涂。[13]赤眉腥汉室，黄巢碎唐都。张陈起草窃，闯献同负嵎。[14]贼徒师黄巾，惑众传妖书。其性最残毒，郡邑遭焚屠。幼儿任拘囚，嬉戏供贼奴。壮者席锋刃，鞭扑使前驱。有时竟脔割，饱嚼餍其腴。释老入中国，淫祠遍寰区。嗟嗟一炬火，千里成丘墟。手断金仙头，笑灼泥神须。眼看金张馆，台厦生青芜。[15]沈吟旧游地，感叹长欷歔。

注释：

①《忆昔》诗见 清 徐子苓《敦艮吉斋文存》，清光绪十二年(1886)刻本。

②升平：太平。▶晋 袁宏《后汉纪·灵帝纪上》：“今宜改葬蕃武，选其家属诸被禁锢，一宜蠲除，则灾变可消，升平可致也。”

③尸居：谓安居而无为。▶《庄子·天运》：“然则人固有尸居而龙见，雷声而渊默，发动如天地者乎？”成玄英 疏：“言至人其处也若死尸之安居。”

④厝火：“厝火积薪”的简缩语。喻隐伏的危机。▶明 沈钦圻《咏史》：“但识凭江险，而忘厝火危。”

⑤登陴：升登城上女墙。引申为守城。▶《左传·昭公十八年》：“火之作也，子产授兵登陴。”

⑥尫怯:怯懦。▶《北齐书·孙腾传》:"时西魏遣将寇南兖,诏腾为南道行台,率诸将讨之。腾性尫怯,无威略,失利而还。"

⑦骈尸:堆聚的尸体。▶清 曾国藩《金陵楚军水师昭忠祠记》:"陆军进攻,水师和之,一堞未攀,骈尸山积。

⑧斯须:须臾;片刻。▶《礼记·祭义》:"礼乐不可斯须去身。"

⑨投险:投赴危险之地。▶《北史·孝行传·吴悉达》:"时有齐州人崔承宗,其父于宋世仕汉中,母丧因殡彼。后青徐归魏,遂为隔绝。承宗性至孝,万里投险,偷路负丧还京师。"

⑩命将:任命将帅;派遣将帅。▶《晋书·陆机传》:"自古命将遣师,未有臣凌其君而可以济事者也。"

⑪樗蒲:亦作"樗蒱"。古代一种博戏,后世亦以指赌博。▶汉 马融《樗蒲赋》:"昔玄通先生游于京都,道德既备,好此樗蒲。"

⑫吴歈:春秋吴国的歌。后泛指吴地的歌。▶《楚辞·招魂》:"吴歈蔡讴,奏大吕些。"王逸 注:"吴蔡,国名也。歈、讴,皆歌也。"

⑬负戴:以背负物,以头顶物。亦谓劳作。▶《孟子·梁惠王上》:"谨庠序之教,申之以孝悌之义,颁白者不负戴于道路矣。"

⑭张陈:此处指张耳、陈余的并称。二人初为刎颈交,后又结怨至不两立。▶南朝 梁 刘孝标《广绝交论》:"张陈所以凶终,萧朱所以隙末,断焉可知矣。"

草窃:草寇。▶《梁书·昭明太子统传》:"且草窃多伺候民间虚实,若善人从役,则抄盗弥增。"



⑮金张馆:汉显宦金日磾、张安世的居处。常用以泛指权贵馆舍。▶晋 左思《咏史》之四:"朝集金张馆,暮宿许史庐。"

## 陈文騄

陈文騄(1840—1904),字仲英,号寿民,又号南孙,晚号槁叟。清湖南祁阳(今湖南省祁阳县)人。陈大受曾孙。同治十三年(1874)甲戌科进士,改庶吉士,授编修。历官金华、杭州、台北、庐州知府,权台湾道。光绪二十一年(1895)割台内渡,后任安徽太平知府。二十八年(1902)督办皖北牙厘总局。三十年(1904)卒,年六十五。能诗,有《养福斋集》。

### 乙亥元日庐州作①

暖入东风冻乍开,人随梅柳渡江来。②郡符恰共韶光换,凯唱频烦腊鼓催。③吴楚河山空故垒,赵张勋业数奇才。④日边漫指长安近,昨夜觚棱有梦回。⑤

羲驭飙轮去似梭，五龙六甲眼前过。[6]容添白发梅偷笑，官比黄州笋欠多。绕郭沟塍知土辟，沿街烟火验时和。[7]驽骀虽老雄心在，拔剑犹能斫地歌。

注释：

①《乙亥元日庐州作》诗见民国徐世昌《晚晴簃诗汇》卷一百六十六，民国退耕堂刻本。

乙亥：此处指清德宗光绪元年（1875年），农历乙亥年。

元日：正月初一。《书·舜典》："月正元日，舜格于文祖。"

②梅柳：梅与柳。梅花开放，柳枝吐芽，均是春天降临的信息，故常以并称。▶晋陶潜《蜡日》诗："梅柳夹门植，一条有佳花。"

郡符：郡太守的符玺。亦借指郡太守。▶唐韩愈《祭马仆射文》："于泉于虔，始执郡符，遂殿交州，抗节番禺。"

腊鼓：泛指岁末或春来的信息。▶唐韩翃《送崔秀才赴上元兼省叔父》诗："寒塘敛暮雪，腊鼓迎春早。"

④赵张：此处为西汉官吏赵广汉与张敞的并称。二人都曾任京兆尹，治绩卓异。▶《汉书·赵尹韩张两王传赞》："自孝武置左冯翊、右扶风、京兆尹，而吏民为之语曰：'前有赵张，后有三王。'"

⑤觚稜：亦作"觚棱"。宫阙上转角处的瓦脊成方角棱瓣之形。借指京城。▶宋秦观《赴杭倅至汴上作》诗："俯仰觚棱十载间，扁舟江海得身闲。"

⑥羲驭：太阳的代称。羲和为日驭，故名。▶明高启《广陵孙孝子爱日堂》："只愁老景苦骎骎，羲驭西驰疾飞鞚。"

飙轮：指御风而行的神车。▶唐陆龟蒙《和〈江南道中怀茅山广文南阳博士〉》之一："莫言洞府能招隐，会辗飙轮见玉皇。"

五龙：此处指古代传说中五个人面龙身的仙人，道教称为五行神。▶《鬼谷子·本经阴符》："盛神法五龙。"

六甲：此处指道教神名，供天帝驱使的阳神；道士可用符箓召请以祈禳驱鬼。

⑦沟塍：沟渠和田埂。▶《文选·班固〈西都赋〉》："沟塍刻镂，原隰龙鳞。"

时和：天气和顺。▶汉王充《论衡·定贤》："时和，不肖遭其安；不和，虽圣逢其危。"

## 吴汝纶

吴汝纶（1840—1903），字挚甫，一字挚父。清桐城南乡（今属安徽省枞阳县）人。同治四年（1865）乙丑科进士，先后入曾国藩、李鸿章幕。历官直隶深州、冀州知州。光绪十五年（1889）起，主讲保定莲池书院，执教多年，弟子甚众。与张裕钊、黎庶昌、薛福成号称"曾门四弟子"。有《深州风土记》《东游丛录》等。殁后一年，其子吴凯生编次《桐城吴先生全书》，后又有《桐城吴先生日记》《尺牍续编》《挚甫诗集》。

## 答刘省三军门见寄[①]

男儿三十成名将，神勇真如扫箨风。[②]杀贼酬恩等闲事，手封京观不言功。[③]

旌幢曜日压淮淝，平贼新归慰梦思。[④]父老争先迎马首，将军假沐岂多时。

名在凌烟身在野，知公勇退本良图。君王近日方尝胆，漫载西施入五湖。[⑤]

昔游梁宋拜前旌，许我能追定远名。[⑥]近识孟坚初入幕，燕然伫看勒新铭。[⑦]

注释：

①《答刘省三军门见寄》诗见 清 吴汝纶《吴汝纶全集》，黄山书社2002年版。

②扫箨：扫除笋壳。▶宋 黄庭坚《次韵答斌老病起独游东园》之二："斸枯蚁改穴，扫箨笋迸地。"

③酬恩：报答恩德。▶唐 罗隐《青山庙》："市箫声咽迹崎岖，雪耻酬恩此丈夫。"

京观：古代战争中，胜者为了炫耀武功，收集敌人尸首，封土而成的高冢。▶《左传·宣公十二年》："君盍筑武军，而收晋尸以为京观。"



④曜日：映日。▶《七国春秋平话》卷上："刀枪如霜凛凛，衣甲曜日辉辉。"

梦思：梦中的思念。▶唐 严武《酬别杜二》："但令心事在，未肯鬓毛衰。最怅巴山里，清猿醒梦思。"

⑤原诗句后"君王近日方尝胆，漫载西施入五湖。"有作者自注："来诗：新纳一姬。"

⑥前旌：借指前军，前线。▶唐 刘长卿《行营酬吕侍御时尚书问罪襄阳军次汉东境上侍御以州邻寇贼复有水火迫于征税诗以见喻》："不敢淮南卧，来趋汉将营。受辞瞻左钺，扶疾往前旌。"

定远：东汉班超立功西域，封定远侯。后人称为班定远。定远为其省称。▶北周 庾信《拟咏怀》之三："不言班定远，应为万里侯。"

⑦燕然：燕然山。古山名。即今蒙古国境内的杭爱山。泛指边塞。诗文中叙建立边功时，常引用之。东汉永元元年(89)，车骑将军窦宪领兵出塞，大破北匈奴，登燕然山，刻石勒功，记汉威德。见《后汉书·窦宪传》。▶汉 班固《〈封燕然山铭〉序》："遂逾涿邪，跨安侯，乘燕然，蹑冒顿之区落，焚老上之龙庭。"



## 黄昌炜

黄昌炜，号彤甫，字翊生，又字康伯。清庐州合肥(今安徽省合肥市)东乡石塘桥

(今肥东县石塘镇)人。黄先瑜从子。光绪中官刑部奉天司主事。“少好侠,广交游,好谈兵。”曾撰名联“率五属舒庐无巢合,进一位公侯伯子男”。著有《醒世粹言初编》《醒世粹言续编》。

## 残菊①

吴天雨露本无私，百二韶华万卉滋。自是秋心甘淡薄，春风吹不到疏篱。②

注释:

①《残菊》诗见民国 李家孚《合肥诗话》卷上,民国苏城临顿路毛上珍铅活字本。

②秋心:秋日的心绪。多指因秋来而引起的悲愁心情。▶唐 鲍溶《怨诗》:“秋心还遗爱,春貌无归妍。”

# 王先谦

王先谦(1842—1917),字益吾,学者称葵园先生。晚清长沙(今湖南省长沙市)人。同治四年(1865)乙丑科进士,改庶吉士,曾任国子监祭酒、江苏学政。晚年回长沙曾主讲思贤讲舍,为岳麓书院最后山长。有《虚受堂诗存》《续皇清经解》《汉书补注》《庄子集解》《荀子集解》等。

## 自店埠至庐州①

五更带月下河梁，禁受西风砭骨凉。②宿鹭惊波翻远翼，流萤穿草递微光。③寒呼奴子添新被，卧听舆夫说战场。④太息庐州垂破日，奇才断送老江郎。⑤

注释:

①《自店埠至庐州》诗见 清 王先谦《虚受堂诗存》卷九,清光绪二十八年(1902)苏氏刻增修本。

②砭骨:刺骨。▶清 和邦额《夜谭随录·双髻道人》:“一食顷,足已践地,开眼见白云满衣,罡风砭骨,盖已立五峰绝顶。”

③惊波:原指惊险的巨浪,此处指水鸟因水面波动而惊起。

④舆夫:车夫或轿夫。▶《新五代史·杂传四·朱瑾》:“(瑾)少倜傥,有大志,兖州节度使齐克让爱其为人,以女妻之。

⑤老江郎:指安徽巡抚江忠源。咸丰三年十二月(1854年1月),太平军攻破庐州城,时任安徽巡抚江忠源投水自杀。

阚濬鼎(1844—1896),字新甫。清庐州合肥(今安徽省合肥市)东乡石塘桥(今肥东县石塘镇)人。阚凤楼子,阚寿坤兄,阚铎父。

## 题德妹遗稿①

不栉聪明质，才华夙厚期。②岂知中路诀？仅此数篇遗。风雨长安日，兵戈间道时。只今思往事，一诵一凄其。③

潘岳悼亡后，连年分雁行。④烈方共伯殉，才更左芬伤。⑤慧绪抽蚕茧，庸医毒虎伥。摩挲占宅相，聊以慰高堂。⑥

注释:

①《题德妹遗稿》诗见 清 阚寿坤《红韵阁遗稿一卷》,清光绪五年(1879)苏州刻本。德妹,即阚寿坤(1852—1878),字德娴。有《红韵阁遗稿》一卷。

②不栉:不束发。栉,古代男子束发用的梳篦。▶《礼记·曲礼上》:"父母有疾,冠者不栉,行不翔,言不惰,琴瑟不御。"

③凄其:凄凉悲伤。▶南朝 宋 谢灵运《初发石首城》:"钦圣若旦暮,怀贤亦凄其。"

④原诗"潘岳悼亡后,连年分雁行。"句后有作者自注:"弟养贞暨少文兄"。

⑤原诗"烈方共伯殉"句后有作者自注:"弟妇黄淑人殉节蒙旌表"。

⑥宅相:谓住宅风水之相。典出《晋书·魏舒传》:"(舒)少孤,为外家甯氏所养。甯氏起宅,相宅者云:'当出贵甥。'外祖母以魏氏小而慧,意谓应之。舒曰:'当为外氏成此宅相。'" 明 李东阳《兆先赴试三河念之有作》:"古人重宅相,派出蒙泉深。"

# 吴昌硕

吴昌硕(1844—1927),名俊卿,字昌硕,亦署仓硕、苍石,别号缶庐、老苍、苦铁、大聋、石尊者、破荷亭长等。晚清浙江安吉(今属浙江省湖州市)人。工诗词,善书法、绘画,精篆刻。为"后海派"代表,西泠印社首任社长,与任伯年、蒲华、虚谷合称为"清末海派四大家"。其书朴茂雄健,得法于《石鼓文》。其画以花卉为最著,间作山水。以篆籀笔法画梅、竹、菊、石等,笔墨老辣,苍劲深厚,富有金石气。篆刻作品刀法猛利,气势宽宏,具有汉印雄健风貌。集"诗、书、画、印"于一身,融金石书画于一炉,被誉为"石鼓篆书第一人""文人画最后的高峰"。传世有《吴昌硕画集》《吴昌硕作品集》《苦铁碎金》《缶庐近墨》《吴苍石印谱》《缶庐印存》等作品集，诗作集有《缶庐集》。

## 刘泽源检其师沈石翁手书《兰亭书谱》索题[①]

鱼龙出没翻江湖，孰把双楫迎安吴？[②]传灯让老久不作，石翁见佛同蹦跌。[③]访渠书演拨镫法，师承授受密不疏。[④]安吴再传已仅见，秋毫露滴明光珠。是册挂眼类师说，书谱墨翠兰亭都。[⑤]模粘老眼惊气象，海表斜插青珊瑚。[⑥]卅年学书欠古拙，遁入猎碣成碱趺。[⑦]敢云意造本无法，老态不中坡仙奴。[⑧]醉后狂谈供大笑，古有仓颉还怯卢。[⑨]铸鼎重屋钟铸皂，书中之画靡不无。[⑩]笔则弩驱毫则铺，一波一磔皆奇觚。[⑪]吁嗟乎！艺舟欲渡中流孤，渠也待我椅之芦。[⑫]

注释：

①《刘泽源检其师沈石翁手书兰亭书谱索题》诗见 吴东迈 编《吴昌硕谈艺录》，人民美术出版社1993年版，第116页。本诗为吴昌硕作于民国丙辰年(1916)，原文为“鱼龙出没翻江湖，孰把双楫迎安吴？传灯让老久不作，石翁见佛同蹦跌。访渠书演拨镫法，师承授受密不疏。安吴再传已仅见，秋毫露滴明光珠。是册挂眼类师说，书谱墨翠兰亭都。模粘老眼惊气象，海表斜插青珊瑚。嗟予作书欠古拙，遁入猎碣成珷玞。敢云意造本无法，老态不中坡仙奴。醉后狂言渠大笑，古有仓颉还佉卢。铸鼎重屋钟铸皂，书中之画靡不无。笔则直使豪则铺，一波一磔皆奇觚。吁嗟！吁嗟！艺舟欲渡中流孤，渠也待我椅之芦。访渠先生书法遒古，运腕得拨镫法，终莫测其师承，先生亦秘不宣也。今观石翁老人所临禊帖及书谱，飞动沈著，疏密相间，如读晋杨泉《草书歌》，始知先生为老人之及门而包安吴再传弟子，所以点画波磔盖有由来矣。缶学书未得古法，对此准绳，惭悚奚极！丙辰春仲病目未痊，吴昌硕。”

刘泽源：刘泽源(1862—1923)，晚清民国时期书法家。册名士端，字访渠，别署懿翁、淮南布衣，室名“诵抑轩”，故又号诵抑，安徽合肥人。清太学生，翰林院待诏，合肥李国松府总管。民国时被段祺瑞、龚心湛聘任为国务院高等顾问，又安徽省长聂宪藩、许士美聘任为省公署高等顾问。师承沈用熙学包世臣书法，“……而能自树一帜。笔势洞达……”。“以布衣遨游公卿间”，与缪荃孙、李详、端方、郑孝胥、刘慎诒、吴昌硕、李详、李恩绶、马其昶、张子开、刘启琳、周家谦等海内名士多有交往，仅吴昌硕生前就为其治印五十余方。

沈石翁：即沈用熙。沈用熙(1810—1899)，清代书法家。字薪甫，一字石坪，八十岁后自号石翁。安徽合肥人。清岁贡生，选任宁国训导，学书于包世臣，初习汉隶，晚年一意真草，造诣颇深。其间在合肥学书于沈用熙者，代表人物有刘泽源、张文运、张琴襄、靳理纯、刘石宜等。

②安吴：即包世臣。包世臣(1775—1855)，字慎伯，号倦翁、小倦游阁外史。清代学者、书法家、书法理论家。安徽泾县人。官江西新喻知县。工书能画，著有《中衢一勺》《艺舟双楫》《管情三义》《齐民四术》合刻为《安吴四种》三十六卷，又有《小倦游阁文稿》等书文

传世。因泾县东汉时曾分置安吴，包氏旧居近其地，所以学者称之安吴先生。

③跏趺："结跏趺坐"的略称。两足交叉置于左右股上，称"全跏坐"。或单以左足押在右股上，或单以右足押在左股上，叫"半跏坐"。佛家认为，跏趺可以减少妄念，集中思想。▶《无量寿经》卷上："哀受施草敷佛树下跏趺而坐，奋大光明使魔知之。"

④拨镫法：书法用语。指作字运笔的方法。各家解说不同，大致可分三说：(1) 唐 林韫《拨镫序》："镫，马镫也，盖以笔管著中指、无名指尖令圆活易转动，笔皆直则虎口间圆如马镫也。足踏马镫浅则易转运，手执笔管亦欲其浅则易转动矣。"(2)《说郛》卷二九引 宋 陈宾《桃源手听·书法》"钱邓州若水尝言，古之善书，鲜有得笔法者，唐陆希声得之，凡五字，擪、押、钩、格、柢，用笔双钩，则点画道劲而尽妙矣，谓之拨镫法。"(3) 明 杨慎《拨镫法》："镫，古灯字，拨镫、画沙、悬针、垂露，皆谕言。拨镫如挑灯，不急不徐也。"

⑤挂眼：留意，重视。▶唐 韩愈《赠张籍》："吾老著读书，余事不挂眼。"

⑥海表：犹海外。古代指中国四境以外僻远之地。▶《书·立政》："方行天下，至于海表，罔有不服。"

⑦猎碣：指石鼓文。我国现存最早的刻石文字。因内容为歌咏秦国君游猎情况，故也称"猎碣"。▶宋 董逌《石鼓文辩》："世传岐山周篆，昔谓猎碣，以形制考之，鼓也。"

碔趺：意为一种像玉的石头。▶ 金 元好问《论诗绝句其十》："少陵自有连城璧，争奈微之识碔趺。"

⑧坡仙：指苏轼。北宋著名文学家、书法家、画家苏轼文采盖世，自号东坡居士，又号玉堂仙，文才盖世，仰慕者称之为"坡仙"。▶宋 张矩《应天长》词："换桥渡舫，添柳护堤，坡仙旧迹今续。"

⑨仓颉：古代传说中的汉字创造者。《史记》据《世本》认为是黄帝时的史官。▶《荀子·解蔽》："好书者众矣，而仓颉独传者壹也。"

佉卢：指佉卢文。佉卢文是一种中亚死文字，源于公元前五世纪的巴基斯坦西北部，公元三四世纪在塔里木盆地南道的于阗、鄯善等地流行。此处指代古文字。

⑩不无：犹言有些。▶ 北齐 颜之推《颜氏家训·杂艺》："所有部帙，楷正可观，不无俗字，非为大损。"

⑪奇觚：此处指奇特，不一般。▶章炳麟《代议然否论》："此政体者，谓之共和，斯谛实之共和矣，谓之专制，亦奇觚之专制矣。"

⑫碕之芦：意为堤岸边的芦苇。碕，指曲折的堤岸。典出《越绝书》："子胥闻之，即从横岭上大山，北望齐晋，谓其舍人曰：'去，此邦堂堂，被山带河，其民重移。'于是乃南奔吴。至江上，见渔者，曰：'来，渡我。'渔者知其非常人也，欲往渡之，恐人知之，歌而往过之，曰：'日昭昭，侵以施，与子期甫芦之碕。'子胥即从渔者之芦碕。日入，渔者复歌往，曰：'心中目施，子可渡河，何为不出？'船到即载，入船而伏。"

## 靳理纯

靳理纯，字健伯，一字见白，别号小岘山人。清庐州合肥(今安徽省合肥市)东乡(今属肥东县)人。咸、同间布衣。工书法，行学包世臣，隶学邓石如，精铁笔，酷似完白山人。身没后家贫，斥售殆尽，遗稿亦多散佚。

### 春雪和某君韵三律①

又着王恭鹤氅衣，踏来衫袖总依依。②不从岭上寻梅去，且向江南折杏归。纸帐惊回庄蝶梦，江天战罢玉龙飞。③更看晚景逢初霁，权当梨花映夕晖。④

注释：

①《春雪和某君韵三律》诗见 民国 李家孚《合肥诗话》卷上，民国苏城临顿路毛上珍铅活字本。此诗为三首之一，余二首，不见记载。

②王恭：东晋晋阳(今山西太原西南)人，字孝伯，孝武帝皇后兄。

鹤氅：鸟羽制成的裘，用作外套。▶南朝 宋 刘义庆《世说新语·企羡》："孟昶未达时，家在京口，尝见王恭乘高舆，被鹤氅裘。"

③衫袖：衣衫的袖子，亦泛指衣袖。▶宋 苏轼《自金山放船至焦山》："困眠得就纸帐暖，饱食未厌山蔬甘。"

玉龙飞：指下雪。《西请诗话》："华州狂子张元，天圣间坐累终身。每托兴吟咏，如《雪诗》：'战退玉龙三百万，败鳞残甲满空飞。'"

④夕晖：日暮前余晖映照；夕阳的光辉。▶唐 韦应物《送别河南李功曹》："云霞未改色，山川犹夕晖。"



## 吴兆棨

吴兆棨(？—1922)，字次符。晚清庐州合肥(今安徽省合肥市)东乡六家畈(今肥东县长临河镇)人。吴毓芬第三子。光绪十一年(1885)拔贡。官候选知县。著《寓生居诗存》二卷。

### 庚申元日书闷①

摒弃人间世，吾生敢厌贫。太空原漠漠，小劫自陈陈。②此日黄封酒，谁家墨网巾。③老怀无可语，惆怅对良辰。④

注释：

①《庚申元日书闷》诗见 清 陈诗《皖雅初集》卷二十九，民国十八年(1929)上海美艺图书公司印本。

庚申：为民国九年(1920)，农历庚申年。

②漠漠：此处指迷濛貌。▶汉 王逸《九思·疾世》："时咄咄兮旦旦，尘漠漠兮未晞。"

小劫：此处指灾祸、魔难。佛典、道藏皆谓小劫之中历经各种灾难，俗因以喻天灾人祸之较轻者。▶宋 苏轼《别子由》诗之一："愿君亦莫叹留滞，六十小劫风雨疾。"

③黄封酒：宋代官酿之酒，因用黄罗帕或黄纸封口，故名。▶宋 苏轼《杜介送鱼》："新年已赐黄封酒，旧老仍分赪尾鱼。"

④老怀：老年人的心怀。▶宋 杨万里《和萧伯和韵》："桃李何忙开又零，老怀易感扫还生。"

## 闭关[①]

闭关无一事，睡起日高舂。[②]看剑心犹壮，摊书意转慵。[③]竹疏宁免俗，松老讵因封。西岭云霞外，时时独依筇。



注释：

①《闭关》诗见 民国 李家孚《合肥诗话》卷中，民国苏城临顿路毛上珍铅活字本。

②高舂：日影西斜近黄昏时。▶《淮南子·天文训》："日至于渊虞，是谓高舂；至于连石，是谓下舂。"

③摊书：摊开书本，谓读书。▶唐 杜甫《又示宗武》："觅句知新律，摊书解满床。"

## 冬夜独坐[①]

孤灯照寒壁，默坐意迟迟。[②]世事方多难，吾生幸有涯。[③]旧游归象罔，小隐托鸱夷。[④]一夜山窗雪，沉吟拈素髭。



注释：

①《冬夜独坐》诗见 民国 李家孚《合肥诗话》卷中，民国苏城临顿路毛上珍铅活字本。

②默坐：无言静坐。▶唐 韩愈《送侯参谋赴河中幕》："默坐念语笑，痴如遇寒蝇。"

③有涯：有边际，有限。▶《庄子·养生主》："吾生也有涯，而知也无涯。"

④象罔：亦作"象网"。为《庄子》寓言中的人物。含无心、无形迹之意。▶《庄子·天地》："黄帝游乎赤水之北，登乎昆仑之丘而南望，还归，遗其玄珠。使知索之而不得，使离朱索之而不得，使喫诟索之而不得也。乃使象罔，象罔得之。"一本作"罔象"。

鸱夷：革囊，皮口袋。▶《战国策·燕策二》："昔者五子胥说听乎阖闾，故吴王远迹至于郢。夫差弗是也，赐之鸱夷而浮之江。"▶《史记·越王勾践世家》："范蠡浮海出齐，变姓名，自谓鸱夷子皮，耕于海畔，苦身戮力，父子治产。"

## 巢湖舟中作[1]

风日放新晴，平湖雨棹轻。[2]涛声飞不断，山色走相迎。抱膝逢微疴，支颐寄远情。[3]夕阳明灭处，东望古巢城。舵转趋山阙，摇摇晚更东。榜人些许外，画史刹那中。[4]远岸留耕犊，长空入旅鸿。我行殊未已，飘渺似征蓬。[5]

注释：

①《巢湖舟中作》诗见 民国 吴兆棨《寓生居诗存》二卷，民国排印本。

②雨棹：指雨中的行船。▶宋 许月卿《次韵程愿》："二李歌行醉里歌，君溪两棹我烟蓑。"

③支颐：以手托下巴。▶唐 白居易《除夜》："薄晚支颐坐，中宵枕臂眠。"

④榜人：船夫，舟子。▶《文选·司马相如〈子虚赋〉》："榜人歌，声流喝，水虫骇，波鸿沸。"

⑤未已：不止；未毕。▶《诗·秦风·蒹葭》："蒹葭采采，白露未已。"▶唐 韩愈《天星送杨凝郎中贺正》："正当穷冬寒未已，借问君子行安之？"

## 山庄晚眺[1]

雨后青山隔岸斜，夕阳到处杏初花。数椽茅屋谁添得？不是诗家也画家。

注释：

①《山庄晚眺》诗见 民国 李家孚《合肥诗话》卷中，民国苏城临顿路毛上珍铅活字本。

# 释常明

释常明(1845—1918)，谱名隆净，道号净根，俗姓张。主治父山法席三十余年，改建罗汉殿，又修山门，更营塔院，无隐机禅师塔、星祖塔院、众僧塔院。寮舍毕具，钟鱼远闻。

## 秋夜宿地藏庵[1]

山中无历纪春秋，涧草溪花色色幽。昨夜忽闻声在树，呼童相视月当头。

注释：

①《秋夜宿地藏庵》诗见 民国 陈诗 编 章梦芙 参订《冶父山志》卷四诗歌，民国二十五年(1936)木刻本。

# 张佩纶

张佩纶(1848—1903)，字幼樵，一字绳庵，又字篑斋。清直隶丰润(今属河北省唐山市)人。同治十年(1871)辛未科进士，擢侍讲。光绪间官侍讲学士，署左都副御史。以纠弹大臣名著一时。中法战争期间会办福建军务，马尾之役，以戒备不严，舰队、船厂被毁，乃逃避乡间。褫职，戍边。后释还，入李鸿章幕。佐办庚子议和。旋称疾不出。有《涧于集》《涧于日记》。



## 释戍将归寄谢合肥相国[1]

捐弃明时分所甘，无家何处著茅庵。[2]便凭黄阁筹生计，愿寄沧洲得纵探。[3]冰积峨峨几止北，鸢飞跕跕罢征南。[4]负刍越石嗟枯槁，门下虚烦解左骖。[5]

注释：

①《释戍将归寄谢合肥相国》诗见 清 张佩纶《涧于集》诗卷三，民国十五年(1926)张氏涧于草堂刻本。

合肥相国：此处指李鸿章。

②捐弃：抛弃。▶《管子·立政》："正道捐弃而邪事日长。"

③黄阁：汉代丞相、太尉和汉以后的三公官署避用朱门，厅门涂黄色，以区别于天子。借指宰相。▶唐 钱起《送张员外出牧岳州》："自怜黄阁知音在，不厌彤幨出守频。"

沧洲：滨水的地方。古时常用以称隐士的居处。▶三国 魏 阮籍《为郑冲劝晋王笺》："然后临沧洲而谢支伯，登箕山以揖许由。"

④跕跕：坠落貌。▶《后汉书·马援传》："当吾在浪泊、西里闲，虏未灭之时，下潦上雾，毒气重蒸，仰视飞鸢跕跕堕水中。"

⑤负刍：背柴草。谓从事樵采之事。▶《孟子·离娄下》："昔沈犹有负刍之祸，从先生者七十人，未有与焉。"

## 张楚宝赠肃毅刀乃壬辰德国格鲁森厂所制文忠命其监造者率赋[①]

敛尽中原百胜锋，晚经锤炼壮军容。昆吾大食终何用，神笔凄凉老折冲。[②]孙吴秘钥郁胸中，酷喜张侯有舅风。回首戟门参语夜，酒阑横膝论英雄。[③]

注释：

①《张楚宝赠肃毅刀乃壬辰德国格鲁森厂所制文忠命其监造者率赋》诗见 清 张佩纶《涧于集》诗卷四，民国十五年(1926)张氏涧于草堂刻本。

张楚宝：张士珩(1857—1917)，字楚宝，号韬楼，又号竹居、冶衲，别号因觉生。清安徽合肥东乡(今安徽省肥东县众兴乡)人。李鸿章之外甥。光绪十四年(1888)戊子科举人，直隶候补道，加四品卿衔，后总办北洋军械局兼办武备学堂。甲午战后，被劾"盗卖军火"，革职。民国建立，遁居青岛，一度出任造币总厂监督。后病殁于青。著有《韬楼遗集》，编有《刘葆真太史文集》。

②折冲：使敌人的战车后撤。即制敌取胜。冲，冲车。战车的一种。▶《吕氏春秋·召类》："夫修之于庙堂之上，而折冲乎千里之外者，其司城子罕之谓乎?"高诱 注："冲，车。所以冲突敌之军，能陷破之也……使欲攻已者折还其冲车于千里之外，不敢来也。"

③戟门：立戟为门。古代帝王外出，在止宿处插戟为门。▶《周礼·天官·掌舍》"为坛壝宫棘门"郑玄 注引 汉 郑司农 曰："棘门，以戟为门。"后指立戟之门。

参语：三人聚话。▶《汉书·杨敞传》："延年从更衣还，敞、夫人与延年参语许诺，请奉大将军教令，遂共废昌邑王，立宣帝。"

## 新居落成赋谢合肥相公[①]

云林深护草堂幽，风月亲劳上相筹。连石邑新承十赉，濯缨亭小分三休。[②]虚烦北海名通德，直倚南窗请绝游。[③]雅意分明君子馆，旁人错认起朱楼。[④]

注释：

①《新居落成赋谢合肥相公》诗见 清 张佩纶《涧于集》诗卷四，民国十五年(1926)张氏涧于草堂刻本。

②连石：传说中太阳运行途经山名。▶《淮南子·天文训》："至于渊虞，是谓高春：至于连石，是谓下春。"高诱 注："连石，西北山……连读腐烂之烂。"

十赉：道教指便于修炼的十种赏赐。见南朝梁陶弘景《授陆敬游十赉文》。其名目为：一、邑于长阿北坂积金山连石之乡；二、号为栖静处士；三、四霤飞轩，厢廊侧屋；四、苍头一人；五、钢铁如意；六、筇竹锡仗；七、香炉一枚，熏陆副之；八、杯盘一具；九、大砚一面，笔纸副之;十、鉭石澡罐,手巾为副。

濯缨:洗濯冠缨。语本《孟子·离娄上》:“沧浪之水清兮,可以濯我缨。”后以“濯缨”比喻超脱世俗,操守高洁。▶南朝 宋 殷景仁《文殊师利赞》:“体绝尘俗,故濯缨者高其迹。”

③通德:共同遵循的道德。▶《史记·平津侯主父列传》:“智,仁,勇,此三者天下之通德,所以行之者也。”

④朱楼:谓富丽华美的楼阁。▶《后汉书·冯衍传下》:“伏朱楼而四望兮,采三秀之华英。

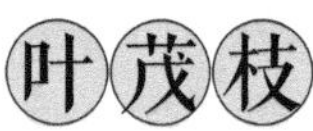

叶茂枝(1848—1903),字培园。晚清庐江(今安徽省庐江县)人。廪生。创办潜川学堂,有《挹翠山房诗集》。

## 冶父山放歌①

城东佳气郁重重,泉跑似虎峰如龙。怪石千寻接云表,上有铸剑之遗踪。片石荒凉留丹赭,人间往事传欧冶。干将一出世皆惊,堪与莫邪共玩把。一雄一雌两相当,匣中利器露锋芒。若教得遇公孙氏,怒震雷霆虹吐光。光阴瞬息愈千岁,丹炉寥落红光退。腾空剑气此中生,老树苍苍山横黛。我今着履山之巅,掬来池水自清涟。袖中携有惊人句,把酒何妨仰问天。天公应识我之意,慷慨久具凌霄志。腰间横着旧青萍,凭虚聊把歌声试。拔时斫地声声哀,磊落抑塞思奇才。池上波光因此敛,池边树木为之摧。宫商忽尔变成徵,唤醒九京欧冶子。今古茫茫作唱酬,昂头天外成豪举。金石原来胜竹丝,淋漓顿挫不胜悲。秋残远道嘶征马,春老空山叫子规。歌正长兮思正苦,湖光荡漾潜蛟舞。归来林外已斜阳,余音绕处疑风雨。

注释:

①《冶父山放歌》诗见 民国 陈诗 编 章梦芙 参订《冶父山志》卷四诗歌,民国二十五年(1936)木刻本。

王德名,字修甫。清庐州合肥(今安徽省合肥市)人。王尚辰次子。著《澹雅居小草》。

## 春雨偶兴[1]

日气蒸微雨，轻寒不掩关。水云低近屋，杂树障成山。谁弄风前笛，偏惊病后颜。闲情久抛掷，无奈惜花鬟。

注释：

①《春雨偶兴》民国 李家孚《合肥诗话》卷上，民国苏城临顿路毛上珍铅活字本。

## 插秧歌[1]

布谷唤罢秧鸡飞，绣成碧毯秧苗肥。分秧还策旧秧马，可怜辛苦饥忘归。[2]老翁六十未衰朽，灶下支持赖老妇。诸男娶妇妇尽佳，添得雏孙成八口。朝插一亩秧，暮插秧一亩。那能百亩一时齐，呱呱索乳床头啼。不惜索乳床头啼，人家青青秧满畦。

注释：

①《插秧歌》民国 李家孚《合肥诗话》卷上，民国苏城临顿路毛上珍铅活字本。

②分秧：将稻种播种于秧田中，待成苗后，分而插之，谓之分秧。▶宋 苏轼《东坡》诗之四：“分秧及初夏，渐喜风叶举。”

秧马：古代农民拔秧时所坐的器具。形如船，底平滑，首尾上翘，利于秧田中滑移。▶宋 苏轼《秧马歌引》：“予昔游武昌，见农夫皆骑秧马日行千畦，较之伛偻而作者劳佚相绝矣。”

## 祷雨词[1]

龙公无事昏昏睡，半载深潭双耳闲。[2]万祷千祈不一应，火云成阵烧天碎。[3]太守忧民三日斋，特请雨师构崇台。台高十丈通天路，还仗黄麻符檄催。[4]台下何所有？旗帜明皑皑；台上何所有？金鼓喧晴雷。雨师咒雨声似哭，万民夹道争匍匐。龙公大笑卧不起，白皙谁家纨绔子？民间未饱麦三升，那有官厨醉梦里！君不见，刺史按部巡东都，一时甘雨随行车？桑林何必烦神巫！

注释：

①《祷雨词》民国 李家孚《合肥诗话》卷上，民国苏城临顿路毛上珍铅活字本。

②龙公：称龙王。▶宋 苏轼《聚星堂雪》：“窗前暗响鸣枯叶，龙公试手初行雪。”

③火云：红云。多指炎夏。▶南朝 梁 萧统《锦带书十二月启·蕤宾五月》：“冻雨洗梅

树之中，火云烧桂林之上。”

④符檄：官符移檄等文书的统称。▶晋 葛洪《抱朴子·勤求》：“阳敦同志之言，阴挟蜂虿之毒，此乃天神所共恶，招祸之符檄也。”

王德棻，字枚荪，号芗甫。清庐州合肥（今安徽省合肥市）人。王尚辰季子。著《枚荪遗草》。

## 春日游蜀山晚宿田家[1]

野花开落鸟钩辀，夹道松阴似水流。[2]疏磬一声林外尽，斜阳红过万山头。

注释：

①《春日游蜀山晚宿田家》诗见 民国 李家孚《合肥诗话》卷上，民国苏城临顿路毛上珍铅活字本。

②钩辀[gōu zhōu]：鹧鸪鸣叫声。▶唐 韩愈《杏花》：“鹧鸪钩辀猿叫歇，杳杳深谷攒青枫。”



## 自当利浦开舟抵江宁晚泊桃叶渡[1]

客思茫茫落大荒，江风吹雨送新凉。掀天白浪趋京口，隔岸青山拱建康。百战英雄埋蔓草，六朝金粉问垂杨。[2]我来别有兴衰感，巷口依然旧夕阳。

注释：

①《自当利浦开舟抵江宁晚泊桃叶渡》诗见 民国 李家孚《合肥诗话》卷上，民国苏城临顿路毛上珍铅活字本。

当利浦：在安徽和县东南。

桃叶渡：南京城南秦淮河上的一个古渡。

②六朝金粉：借写时期国都建康城（今南京市）的靡丽繁华景象。六朝，三国吴，东晋，南朝宋、齐、梁、陈六个朝代。此六朝先后在南京建都；金粉，旧时妇女妆饰用的铅粉，常用写繁华绮丽。

范轼(1851—1913),字亦坡,号眉生。清湖北黄陂(今属湖北省武汉市)人。范仲淹三十一世孙。光绪二十四年(1898)戊戌科进士,授兵部主事,历官抚州知府。有《秀蘋园集》。

## 过巢湖赋呈莱山侍郎[1]

两山夹湖湖束腰，一湖数郡吞南条。[2]积水环混失归向，潴四百里何迢遥。[3]人言其中閟幽怪，天阴往往移龙蛟。孤城却在落日外，颓垣一线栖丛蒿。到此无风已心悸，况当奇热蒸寒飙。连晨郁怒苦未泄，冯夷弭节严撑敲。[4]朝曦乍露铜钲角，旋倾墨渖云瀌瀌。[5]琉璃千顷忽破碎，有意似放天吴骄。[6]湖神跳舞山鬼泣，万窍翕辟声悲咷。[7]此时回船移近岸，舟人喧沸收篷篙。却望湖水立嵲兀，霜脊鼓动千钧鳌。[8]太虚倒入浸元气，始讶天柱非坚牢。岂有轩辕张帝乐，烂设组帐吹笙璈。魂翻眼晕坐添叹，性命能几轻鸿毛。且倒浊樽共一醉，何以佐酒搴菱茭。天寒月黑风紧格，微雨淅沥驱洪涛。开帆三日竟偷渡，有如鹰隼离鞲绦。[9]吴儿绕岸笑拍手，喜见使节悬征船。[10]紫髯先生信爽健，要搜险快供诗豪。峡江闽海都阅遍，眼前一勺同杯坳。侧闻北汇此故道，谁尸兹说桐城姚。千年禹迹茫莫辨，古今笺注徒纷呶。[11]扬州五湖列巨浸，此水坐可分苴茅。[12]洞庭敻矣不敢抗，隐与彭蠡相啮聱。[13]涡淝支委藉余势，专制一面夸雄枭。轩然大波恣跌宕，灌输山谷江灵朝。若真宇宙无妨隘，更愁横夺浔阳潮。中泓数点石插脚，上有塔柱干云霄。寺门昼闭人影绝，何时仙姥频游遨。当年蛮触斗形胜，后者苻谢前孙曹。藏舟投鞭等狡狯，伏尸百万余腥臊。山川寥阔不柜管，萑泽最易滋逋逃。[14]羁人惊心理归楫，壮士遣兴鸣宝刀。[15]即今潢池荡残秽，夜深那复篝狐嗥。[16]国家恩泽浩无外，居民但解称神尧。井闾桑柘渐苏甦，共输租赋安渔樵。[17]晴空一桨打明镜，更呼射鸭招朋僚。[18]人生忧乐互代谢，谁堪百虑穷煎熬。咫尺变幻有天意，好景莫放清秋高。我惭腕弱不能举，诸君大笔歌居巢。

注释：

①《过巢湖赋呈莱山侍郎》诗见 民国 徐世昌《晚晴簃诗汇》卷一百八十二,民国退耕堂刻本。

②南条:此处泛指南方的山脉。

③潴[zhū]:此处指(水)积聚。

④冯夷:传说中的黄河之神,即河伯。泛指水神。▶《庄子·大宗师》:"冯夷得之,以游

大川。”

⑤瀌瀌：雨雪盛的样子。▶《诗·小雅·角弓》：“雨雪瀌瀌，见晛曰消。”

⑥天吴：水神名。▶《山海经·海外东经》：“朝阳之谷，神曰天吴，是为水伯。”

⑦翕辟：开合，启闭。语出《易·系辞上》：“夫坤，其静也翕，其动也辟，是以广生焉。”▶唐 宋昱《樟亭观涛》：“翕辟乾坤异，盈虚日月同。”

⑧嵲兀[niè wù]：同屼嵲[wù niè]。山高耸的样子。明 徐弘祖《徐霞客游记·游白岳山日记》：“回望傅岩，屼嵲云际。”

⑨离鞴[bèi]：去掉马鞍，此处可引申为摆脱束缚。

翛[xiāo]：无拘无束，自由自在。

⑩征船：行旅的船。▶唐 岑参《阻戎泸间群盗》：“三江行人绝，万里无征船。”

⑪笺注：指注释文义。▶唐 韩愈《施先生墓铭》：“古圣人言，其旨密微。笺注纷罗，颠倒是非。”

⑫苴茅：古代帝王分封诸侯时，用该方颜色的泥土，覆以黄土，包以白茅，授予受封者，作为分封土地的象征。▶《书·禹贡》“厥贡惟土五色”孔 传：“王者封五色土为社。建诸侯则各割其方色土与之，使立社。焘以黄土，苴以白茅。茅取其洁，黄取王者覆四方。”

⑬敻[ xiòng ]：此处指距离遥远。▶“平沙无垠，敻不见人。”

⑭萑泽：芦滩。谓盗贼出没处。▶清 昭梿《啸亭杂录·孔王祠》：“潢池妖复炽，萑泽孽潜讧。”

1050 逋逃：此处指逃亡的罪人；流亡者。▶《书·牧誓》：“乃惟四方之多罪逋逃，是崇是长，是信是使，是以为大夫卿士。”

⑮羁人：亦作“羇人”。旅客。▶南朝 宋 鲍照《代悲哉行》：“羇人感淑景，缘感欲回辙。”

归楫：指归舟。▶唐 杜甫《八哀诗·故司徒李公光弼》：“吾思哭孤冢，南纪阻归楫。”

⑯潢池：指“潢池弄兵”。即在野水塘中玩弄兵器。旧时对人民起义的蔑称。也指发动兵变。典出《汉书》卷八十九《循吏传·龚遂传》：“宣帝即位，久之，渤海左右郡岁饥，盗贼并起，二千石不能禽制。上选能治者，丞相御史举遂可用，上以为渤海太守。时遂年七十余，召见，形貌短小，宣帝望见，不副所闻，心内轻焉，谓遂曰：‘渤海废乱，朕甚忧之。君欲何以息其盗贼，以称朕意？’遂对曰：‘海濒遐远，不沾圣化，其民困于饥寒而吏不恤，故使陛下赤子盗弄陛下之兵于潢池中耳。今欲使臣胜之邪，将安之也？’”

⑰甦[sū]：逐渐复活。在“更生、苏醒、复活”意思上与“苏”通。

⑱射鸭：1.射猎野鸭。▶明 高启《射鸭词》：“射鸭去，清江曙；射鸭返，回塘晚。秋菱叶烂烟雨晴，鸭群未下媒先鸣。”2.古时的一种游戏。▶唐 王建《宫中三台词》之八三：“鱼藻池边射鸭，芙蓉苑里看花。”

李经世(1851—1891),字伟卿,号丹崖。清庐州合肥(今安徽省合肥市)东乡人。李蕴章长子。光绪六年(1880)庚辰科进士,殿试二甲,朝考一等,改翰林院庶吉士,授职散馆编修。卒年四十一,追赠侍读衔,赐赠荣禄大夫。著有《醉芸馆诗集》二卷,《经史选腴》《醉芸馆诗赋》各一卷。

## 题高枕石头眠图①

松涛入耳泠泠急，云气蟠胸漠漠凉。②梦到羲皇真境里，不知人间几沧桑。③

注释:

①《题高枕石头眠图》诗见 民国 李家孚《合肥诗话》卷下,民国苏城临顿路毛上珍铅活字本。

②蟠胸:满腹。▶明 杨慎《邓川杨少参两依庄》:“空余蟠胸济世策,日对邻叟谈桑麻。”

③羲皇:即伏羲氏。▶《文选·扬雄〈剧秦美新〉》:“厥有云者,上罔显于羲皇。”

## 偶访黄柳溪山水小幅玉山舅见而索之并嘱题句①

层峦叠翠最宜秋，独木危桥俯碧流。我爱幽居绝尘世，隔溪山色卷帘收。

夕阳红树好婆娑，拄杖看山逸兴多。留得闲云将屋补，幽人何必事牵萝。

注释:

①《偶访黄柳溪山水小幅玉山舅见而索之并嘱题句》诗见 民国 李家孚《合肥诗话》卷下,民国苏城临顿路毛上珍铅活字本。

## 浪淘沙·夏夜①

风急雨飞鸣，暑退凉生。鲛绡一幅象床横，今夜睡乡添好梦，翻觉孤清。② 雨过月华明，玉漏无声。回阑寂阒少人行。四壁虫吟凄欲绝，似诉幽情。③

注释:

①《浪淘沙·夏夜》词见 完颜海瑞《合肥诗词》,安徽文艺出版社2011年版,第222页。

②鲛绡:传说中鲛人所织的绡。亦借指薄绢、轻纱。南朝梁任昉《述异记》卷上:“南海

出鲛绡纱，泉室潜织，一名龙纱。其价百余金，以为服，入水不濡。”

象床：象牙装饰的床。▶《战国策·齐策三》：“孟尝君出行国，至楚，献象床。”

③寂阒：寂静无声。▶明 杨慎《次韵陈玉泉见过》：“老去衡门饶寂阒，病来尘榻愧过从。”

## 吴翠云

吴翠云，清光绪时四川人。李经世侧室。

### 忆王孙·秋夜独坐[1]

频将罗扇扑流萤，烛烬香残冷画屏，为爱新凉户不扃。[2]坐中庭，细数天边几点星。

注释：

①《忆王孙·秋夜独坐》词见 民国 光铁夫《安徽名媛诗词征略》卷三，黄山书社1986年版。

②扃[jiōng]：本义指门闩，此指关闭。



## 阚寿坤

阚寿坤（1852—1878），字德娴。晚清庐州合肥（今安徽省合肥市）东乡石塘桥（今属肥东县石塘镇）人。阚凤楼之女，同邑方承霖室。十余岁时习《诗经》，年十五随父寓南京，与父妾云衣君、嫂周桂清从父学诗，又与桂清订姊妹。光绪四年（1878）四月卒于吴门，年甫二十七。著有《红韵阁遗稿》。

### 看海棠[1]

粉湿胭脂腻，红黏蛱蝶轻。[2]美人春睡起，高烛晚妆明。点颊犹余醉，凝眸互有情。弱丝牵不断，弥觉态横生。

注释：

①《看海棠》诗见 清 阚寿坤《红韵阁遗稿一卷》，清光绪五年（1879）苏州刻本。

②蛱蝶：亦作“蛱蜨”。蝴蝶。▶晋 葛洪《抱朴子·官理》：“髫孺背千金而逐蛱蜨，越人弃八珍而甘蛙黾，即患不赏好，又病不识恶矣。”

## 采莲曲[①]

水烟破处见吴娃，荷叶田田簇鬓鸦。[②]双桨如飞扑凉雨，一声欸乃入叶花。

注释：

①《采莲曲》诗见 清 阚寿坤《红韵阁遗稿一卷》，清光绪五年(1879)苏州刻本。

②吴娃：吴地美女。▶《文选·枚乘〈七发〉》："使先施、征舒、阳文、段干、吴娃、闾娵、傅予之徒……嬿服而御。"

## 采香径[①]

叶落呈官霸业论，苎萝人远梦成尘。[②]采香径没苏台冷，香草依然属美人。[③]

注释：

①《采香径》诗见 清 阚寿坤《红韵阁遗稿一卷》，清光绪五年(1879)苏州刻本。

采香径：亦作"采香迳""采香泾"。古迹名。位于江苏省苏州市西南灵岩山前。▶唐 刘禹锡《馆娃宫》："唯余采香径，一带绕山斜。"

②苎萝：苎萝山。用为西施的代称，或泛称美女。▶宋 贺铸《小重山》词："正节号清狂。苎萝标韵美，倚新妆。"

③苏台：即姑苏台。又名胥台。在苏州西南姑苏山上。相传为春秋时吴王阖庐所筑，夫差于台上立春宵宫，作长夜之饮。越国攻吴，吴太子友战败，遂焚其台。▶唐 王勃《干元殿颂》："风寒碣馆，露惨苏台。"

## 登小楼西面远眺[①]

树冷开元古寺荒，登临凭眺意茫茫。碧云暮合草长道，红雨春飞花夕阳。百雉有城欹塔影，数声无笛韵沧浪。晚樵归去天衔静，虚说姑苏采径香。

注释：

①《登小楼西面远眺》诗见 清 阚寿坤《红韵阁遗稿一卷》，清光绪五年(1879)苏州刻本。

## 摸鱼儿·秋夜[①]

问西风，甚时吹紧？催将鸿雁声悄。菊花伴坼重阳蕊，凉夜月圆天小，炉篆袅。晕一缕，仙云不碍飞琼笑。[②]莺烦燕恼，道辜却韶光，传来冷信，逐渐岭梅早。[③]

谁家院，萧韵凄眠度晓。声声心事缠搅。丹凝禅悟寻常耳，还是文园幽妙。[④]闲自料，烟云幻，繁华转眼成秋草。朱颜未老，正力避吴霜，冬余强饭，竹素浣尘抱。[⑤]

注释：

①《摸鱼儿·秋夜》词见 清 阚寿坤《红韵阁遗稿一卷》，清光绪五年(1879)苏州刻本。

②飞琼：仙女名。后泛指仙女。▶《汉武帝内传》："王母乃命诸侍女……许飞琼鼓震灵之簧。"

③岭梅：指大庾岭上的梅花。大庾岭上梅花，古来有名。因岭南北气候差异，梅花南枝已落，北枝方开。▶唐 杜甫《秋日荆南述怀》："秋雨漫湘竹，阴风过岭梅。"

④文园：即孝文园，汉文帝的陵园。后亦泛指陵园或园林。▶唐 钱起《赴章陵酬李卿赠别》："芳草文园路，春愁满别心。"

⑤吴霜：吴地的霜。亦比喻白发。▶唐 李贺《还自会稽歌》："吴霜点归鬓，身与塘蒲晚。"

强饭：努力加餐；勉强进食。▶《史记·外戚世家》："行矣，强饭，勉之！即贵，无相忘。"



竹素：犹竹帛。多指史册、书籍。▶《三国志·吴志·陆凯传》："明王圣主取士以贤，不拘卑贱，故其功德洋溢，名流竹素。"

尘抱：尘襟。▶宋 陆游《自述》："勃落为衣隐薜萝，扫空尘抱养天和。"

## 胡冠芳

胡冠芳，清庐州合肥(今安徽省合肥市)人。衡阳道尹胡渔笙女。母周氏，保定人，为渔笙侧室。父卒于衡阳任所，遂与母归肥。冠芳善病工愁，忧郁以殁。

### 晚眺[①]

夕阳欲落月轮高，一阵归鸦恋旧巢。闲倚栏杆数花朵，芙蓉出水为谁娇。

注释：

①《晚眺》诗见 民国 光铁夫《安徽名媛诗词征略》卷三，黄山书社1986年版。

## 李经邦

李经邦(1852—1910),字达夫,号巽之,又号冰谷。晚清庐州合肥(今安徽省合肥市)东乡人。李蕴章次子。县学优廪生。光绪丙子(1876)以优贡朝考二等留任教职。光绪六年(1880)任内阁中书。光绪癸巳年(1893),由内阁中书筹饷,以道员分任江苏候补道。宣统二年(1910)卒,享年五十九。经邦生平重力行,不好著作,闲时以书画自娱。著有《皖政刍议》《冰谷小草》各一卷。

### 九华山地藏殿题壁①

名山坐镇百千秋，一片慈云护十洲。②为热瓣香来净土，暂离人海悟浮沤。③心如明镜尘时拭，爪印春泥迹偶留。欲问牟尼何处岸？人间本自有丹邱。④

琳宫迢递接云霄，野竹依墙护客寮。山雨侵窗生昼暝，鸣泉赴壑起春潮。穿云钟杵回还迥，隔涧禅林指点遥。着屐偏游留后约，问途应许觅归樵。

注释:

①《九华山地藏殿题壁》诗见 民国 李家孚《合肥诗话》卷下,民国苏城临顿路毛上珍铅活字本。

②十洲:道教称大海中神仙居住的十处名山胜境。亦泛指仙境。▶《海内十洲记》:“汉武帝既闻王母说八方巨海之中有祖洲、瀛洲、玄洲、炎洲、长洲、元洲、流洲、生洲、凤麟洲、聚窟洲。有此十洲,乃人迹所稀绝处。”

③浮沤:水面上的泡沫。因其易生易灭,常比喻变化无常的世事和短暂的生命。▶唐 姚合《酬任畴协律夏中苦雨见寄》:“走童惊掣电,饥鸟啄浮沤。”

④牟尼:梵语 muni 的音译。意为寂静。多指释迦牟尼。▶南朝 梁简文帝《六根忏文》:“牟尼鹫岳之光,弥勒龙华之始。”

丹邱:亦作“丹丘”。传说中神仙所居之地。▶《楚辞·远游》:“仍羽人于丹丘兮,留不死之旧乡。”

## 吴学廉

吴学廉(1853—1931),字鉴泉。清末民国庐江(今属安徽省合肥市)人。吴赞诚子,光绪举人,官淮扬道。

## 冶父山放歌①

一隔松寮二十年，重来喜见旧林泉。②排空岚翠侵吟袂，破寂钟声摇暮烟。③千劫不磨惟实际，万缘尽扫好参禅。④入山被发真吾事，更有何人剑倚天。⑤

注释：

①《冶父山放歌》诗见 民国 陈诗 编 章梦芙 参订《冶父山志》卷四诗歌，民国25年(1936)木刻本。

②松寮：犹松窗。▶《醒世恒言·卢太学诗酒傲王侯》："水阁遥通竹坞，风轩斜透松寮。回塘曲槛，层层碧浪漾琉璃。"

③排空：凌空，耸向高空。▶南朝 梁 何逊《赠韦记室黯别》："无因生羽翰，千里暂排空。"

④万缘：指一切因缘。▶唐 白居易《端居咏怀》："从此万缘都摆落，欲携妻子买山居。"

⑤被发：谓发不束而披散。▶《左传·成公十年》："晋侯梦大厉，被发及地，搏膺而踊。"

张謇(1853—1926)，字季直，号啬庵。晚清民国南通(今江苏省南通市)人。光绪二十年(1894)甲午科状元，授翰林院修撰。入民国，任南京临时政府实业总长，袁世凯政府中任农商总长。后辞职归里，兴办实业、教育。著有《张季子九录》《张謇日记》《啬翁自订年谱》等，今有《张謇全集》传世。

## 王五丈自合肥寄诗见怀依韵奉答①

淝上巍然老辈存，书来旧梦一重温。尽收海气归诗卷，遥想霜髯照酒尊。②原信何人犹好客，应刘无地为招魂。③苍凉久已抛簪绂，落日风烟况尔昏。④

注释：

①《王五丈自合肥寄诗见怀依韵奉答》诗见 清 张謇《张季子诗录》卷八，民国三年(1914)本。

王五丈：指王尚辰。

②霜髯：白色胡须。▶宋 苏轼《赠岭上老人》："鹤骨霜髯心已灰，青松合抱手亲栽。"

③应刘：汉末建安文人应玚、刘桢的并称。二人均为曹丕、曹植所礼遇。后亦用以泛

称宾客才人。▶唐 张说《唐故广州都督甄公碑》:“曰兴曰比,阶应刘之阃奥;或草或真,藏钟张之筋骨。”

④簪绂:冠簪和缨带,古代官员服饰。亦用以喻显贵、仕宦。▶唐 李颀《裴尹东溪别业》诗:“始知物外情,簪绂同刍狗。”

## 周家谦

周家谦(1853—1925),字菉陔(一作六皆、六堦),号槃盦,晚号槃叟。晚清庐州合肥(今安徽省合肥市)西乡人。周盛波长子,周盛传之侄。同治十二年(1873)举人,两应会试不第,以父荫官内阁中书,赏戴花翎,诰授奉直大夫。后辞官归里,与冯煦、李恩绶、江云龙、张子开等友善。民国十四年(1925)卒,乡人私谥“文穆”。博通经史,工诗文,擅书法。有《六分池馆随笔》《槃盦古近体诗钞》《苏草庵杂著》《楙庄文录》等传世。

### 孟春之月园林载拓从紫蓬山雪长老分竹种之[1]

林下二十年，蓬心益以浚。[2]治芜张幽旷，培芳媚栖遯。[3]时哉建寅月，东风满吹万。[4]百卉荡生机，繁华赴春信。小园颇枯寂，大块渐苏润。绿箨占尚蒙，苍筤应乎震。[5]紫蓬不数武，青葱郁千仞。径入篠簃深，谷拟篔筜近。[6]千亩佛亦贪，数竿师奚吝。玉版曾参禅，瑶簪敢抽儁。[7]指点喧苾刍，肩荷走傔傧。[8]傍水种二分，凌云咒一寸。伊余秉贞介，与尔成孤峻。[9]虚怀虽易投，高节难曲徇。[10]劲直材何拙，权枒世所摈。[11]徒惭干霄姿，且适在野性。[12]明月照独坐，清风生逸韵。吟弄自徘徊，潇洒空依稳。烟霞渔钓涸，雨露子孙迸。食肉鄙徒肥，疗馋贫岂病。永缔岁寒盟，差医吾俗疢。佳客倘来看，主人何须问。

注释:

①《孟春之月园林载拓从紫蓬山雪长老分竹种之》诗见 清 李恩绶 纂 民国 释三惺续补《紫蓬山志》,民国二十年(1931)仲秋合肥紫蓬山房铅印本。

②蓬心:语出《庄子·逍遥游》:“今子有五石之瓠,何不虑以为大樽而浮乎江湖,而忧其瓠落无所容?则夫子犹有蓬之心也夫!”成玄英 疏:“蓬,草名。拳曲不直也……言惠生既有蓬心,未能直达玄理。”比喻知识浅薄,不能通达事理。后亦常作自喻浅陋的谦词。▶南朝 宋 颜延之《北使洛》:“蓬心既已矣,飞薄殊亦然。”

③栖遯:亦作“栖遁”。指隐居避世者。▶清 魏源《武夷九曲诗序》:“(武夷)引胜怡情,故宜为栖遯所醉心矣。”

④建寅:古代以北斗星斗柄的运转计算月分,斗柄指向十二辰中的寅即为阴历正月。

此处指阴历正月。▶唐 张子容《长安早春》:"咸欢太平日,共乐建寅春。"

吹万:语出《庄子·齐物论》:"夫吹万不同,而使其自已也。"成玄英 疏:"风唯一体,窍则万殊。"吹,指风而言;万,万窍。谓风吹万窍,发出各种音响。▶宋 苏轼《飓风赋》:"呜呼,小大出于相形,忧喜因于相遇。昔之飘然者,若为巨耶?吹万不同,果足怖耶?"

⑤"绿箨占尚蒙,苍筤应乎震。"句指的是春季万物复苏,竹子也开始萌发。

绿箨:青黑色笋壳。▶《文选·谢灵运〈于南山往北山经湖中瞻眺〉诗》:"初篁苞绿箨,新蒲含紫茸。"

蒙:此处指蒙卦。《易经》六十四卦中的第四卦。

苍筤:青色。多指竹。▶《易·说卦》:"为苍筤竹。"

震:此处指震卦。《易经》六十四卦中的第五十一卦。

⑥箖箊[lín yū]:竹名。叶薄而大。▶汉 赵晔《吴越春秋·勾践阴谋外传》:"处女将北见于王,道逢一翁,自称曰袁公。问于处女:'吾闻子善剑,愿一见之。'女曰:'妾不敢有所隐,惟公试之。'于是袁公即杖箖箊竹,竹枝上颉桥未堕地,女即捷末。"

篔筜[yún dāng]:一种皮薄、节长而竿高的竹子。▶汉 杨孚《异物志》:"篔筜生水边,长数丈,围一尺五六寸,一节相去六七尺,或相去一丈,庐陵界有之。"

⑦瑶簪:玉簪。借指美女。▶明 张凤翼《灌园记·法章闻变》:"想往日凤楼鹤禁,列两行宝珥瑶簪。"

抽儶[xié]:儶,离。抽离。



⑧苾刍:即比丘。本西域草名,梵语以喻出家的佛弟子。为受具足戒者之通称。▶唐 玄奘《大唐西域记·僧诃补罗国》:"大者谓苾刍,小者称沙弥。"

⑨伊余:自指,我。▶三国 魏 曹植《责躬诗》:"伊余小子,恃宠骄盈。"

贞介:方正耿介。谓特立独行,不依附权势。▶晋 袁宏《后汉纪·桓帝纪上》:"窃见冀州刺史朱穆、乌桓校尉李膺,皆履正清修,贞介绝俗。"

⑩曲徇:顺从;曲从。▶宋 司马光《论正家上殿札子》:"今陛下曲徇公主之意,不复裁以礼法,使之无所畏惮,陷入于恶。"

⑪杈枒:亦作"杈桠"。树的分枝。▶《方言》第二:"江东谓树歧曰杈桠。"

⑫干霄:高入云霄。▶唐 刘禹锡《和兵部郑侍郎省中四松诗十韵》:"便有干霄势,看成构厦材。"



## 丙辰重九偕聘珍登高紫蓬山留宿梦东师丈室和聘珍韵①

悬崖万木半枯荣,一径松杉策蹇行。高会峰头卑太华,剧怜野色灿繁英。②钟声破晓惺平旦,帆影斜阳豁远明。③强为钝根却烦恼,鬓丝禅榻夜灯清。④

注释:

①《丙辰重九偕聘珍登高紫蓬山留宿梦东师丈室和聘珍韵》诗见 清 李恩绶 纂 民国 释

三惺续补《紫蓬山志》,民国二十年(1931)仲秋合肥紫蓬山房铅印本。

②高会:盛大宴会。▶《战国策·秦策三》:“于是使唐雎载音乐,予之五千金,居武安,高会相与饮。”

太华:山名。即西岳华山,在陕西省华阴县南,因其西有少华山,故称太华。▶《书·禹贡》:“西倾、朱圉、鸟鼠,至于太华。”

③原诗句后有注:“山顶望巢湖如匹练,夕阳斜照,帆影片片可数。”

④钝根:佛教语。谓根机愚钝,不能领悟佛法。▶《法华经·药草喻品》:“正见邪见,利根钝根。”

## 九日偕同人冒雨登紫蓬山[①]

肥西之山有紫蓬,盘纡茀郁灵秀钟。[②]我辈登眺每乐此,佳日况复重九逢。[③]来者几人荷雨笠,行近数里闻霜钟。[④]眼看尘寰隔下界,身随云气凌高峰。怪石巉岩蹴狮象,老松槎枒蟠虬龙。[⑤]我昔避寇此山麓,佛殿荒凉尘炱壅。[⑥]二十年来喜重到,四山秋静无传烽。[⑦]树发丛林定宿鸟,庙新画壁吟秋虫。老僧枯坐补破衲,欲语不语能疏慵。[⑧]无言意领倘禅理,尔原非尔侬非侬。坐久饱我香积饭,粗粝亦自便飧饔。[⑨]流连光景不能去,山门暮鼓何鼟鼟。[⑩]去年登高在燕市,秋烟远逗西山容。[⑪]今年淮海人何处,更偕诸子携吟筇。[⑫]我生重阳近三十,过去如梦纷重重。眼前霜树鬓边菊,负之不乐真痴聋。性顽寡营足幽兴,出山那及归山浓。[⑬]君不见古来陶彭泽,南山尚有秋云封。[⑭]

注释:

①《九日偕同人冒雨登紫蓬山》诗见清李恩绶纂民国释三惺续补《紫蓬山志》,民国二十年(1931)仲秋合肥紫蓬山房铅印本。

②盘纡:盘结回旋。▶汉应玚《愍骥赋》:“思奋行而骧首兮,叩缰绁之纷拏;牵繁辔而增制兮,心慉结而槃纡。”

茀郁:此处指曲折貌。▶《史记·司马相如列传》:“其山则盘纡茀郁,隆崇嵂崒。”

③况复:此处指何况,况且。▶《陈书·江总传》:“况复才未半古,尸素若兹。”

④霜钟:指钟或钟声。语本《山海经·中山经》:“(丰山)有九钟焉,是知霜鸣。”▶郭璞注:“霜降则钟鸣,故言知也。”

⑤巉岩:此处指险峻貌。▶北魏郦道元《水经注·溱水》:“庙渚攒石巉岩,乱峙中川。”

槎枒:亦作“槎牙”“槎岈”。树木枝杈歧出貌。▶唐元稹《寺院新竹》:“宝地琉璃坼,紫苞琅玕踊……槎枒矛戟合,屹仡龙蛇动。”

蟠虬:盘曲的虬龙。▶《北堂书钞》卷一三四引晋孙惠《楠榴枕赋》:“蜿若蟠虬,翩似骇鹤。”

⑥炱[tái]:俗称烟子。烟凝积成的黑灰。

⑦原诗“二十年来喜重到，四山秋静无传烽。”句后有注：“自咸丰三年粤贼陷庐郡，吾乡无乐土者几二十年。”

⑧原诗“老僧枯坐补破衲，欲语不语能疏慵。”句后有注：“是日，见通元长老补衲庙门。”

疏慵：疏懒；懒散。▶唐 元稹《台中鞫狱忆开元观旧事》诗：“疏慵日高卧，自谓轻人寰。”

⑨原诗“坐久饱我香积饭，粗粝亦自便飧饔”句后有注：“是日，山僧饷脱粟饭。”

粗粝[cū lì]：此处指糙米。▶《战国策·韩策二》：“然至齐，闻足下义甚高，故直进百金者，特以为夫人粗粝之费，以交足下之驩，岂敢以有求邪？”

飧饔：晚餐和早餐。引申为吃饭。▶唐 柳宗元《种树郭橐驼传》：“吾小人辍飧饔以劳吏者，且不得暇，又何以蕃吾生而安吾性耶？”

⑩鼕鼕：象声词。常指鼓声。▶唐 顾况《公子行》：“朝游鼕鼕鼓声发，暮游鼕鼕鼓声绝。”

⑪燕市：指燕京。即今北京市。▶金 元好问《人日有怀愚斋张兄纬文》：“明月高楼燕市酒，梅花人日草堂诗。”

⑫原诗“今年淮海人何处”句后有注：“去年客京师九日，偕徐太史乃秋、祁孝廉瑞符、晏中翰诚卿，陶然亭登高。”

吟筇：诗人的手杖。▶清 袁枚《随园诗话》卷十二：“龚本《看庭桂》诗云：‘好就曲栏敷坐具，时从幽境策吟筇。’”



⑬寡营：欲望少，不为个人营谋打算。▶唐 韦应物《与韩库部会王祠曹宅作》：“守默共无吝，抱冲俱寡营。”

⑭陶彭泽：东晋陶潜曾为彭泽令，后以“彭泽”借指陶潜。▶唐 王勃《滕王阁诗序》：“睢园绿竹，气凌彭泽之樽；邺水朱华，光照临川之笔。”

## 裴景福

裴景福（1854—1926），字伯谦，又字安浦，号睫闇。清霍邱（今安徽省霍邱县）人。光绪十二年（1886）丙戌科进士，授户部主事，历官广东陆丰、番禺、潮阳、南海县令，后革职入罪，远戍新疆。在疆暂委代理电报局局长。民国初，任安徽省政务长。晚年辞官归乡，以收藏书画、古董自娱。有《壮陶图书画录》《河海昆仑录》《睫闇诗抄》。



### 过天津上合肥相国二首①

湖海殷忧一木支，汉兴重忆武皇时。②频开东阁延严助，远使西夷过月氏。③瓠子歌成鱼弗郁，上林币尽鹿无皮。④甘泉英略空前古，应有功名卫霍奇。⑤

筹边楼起海云屯，锁钥安危重北门。漫诩奇功傅介子，每思伟略赵翁孙。[6]艰难谋国擎孤掌，谣诼随身仗至尊。[7]哀乐年来同谢傅，几曾丝竹到清樽。

注释：

①《过天津上合肥相国二首》见 清 裴景福《睫闇诗抄》卷二，黄山书社2009年版。原诗后有作者自注："公年来屡有期功之忧。余壬辰春由通州赴天津，谒公面陈此诗，公诵致樽韵一联，一再讽咏，为之慨叹，遂命侍者送丰润学士处。及退，至于晦若室，丰润来晤，亦称之。"

②殷忧：忧伤。▶南朝 梁 江淹《伤爱子赋》："屑丹泣于下壤，傣殷忧于上旻。"

③东阁延严助：指汉武帝时丞相公孙弘开东阁，招引严助等贤士起商议国家事务。

严助（？—前122），本名庄助。西汉中期会稽郡吴县（今江苏省苏州市）人，严忌之子，或说为严忌族子。他在汉武帝时任中大夫，其后任会稽太守，在太守任上，并未有出色政绩。建元三年，闽越兵围东瓯，东瓯向汉朝告急，太尉田蚡力主不救，严助和他辩论并取得上风，汉武帝最终出兵援救。严助与朱买臣、淮南王刘安交好，而刘安谋反，严助受御史张汤指控，牵连而诛。

④弗郁：众多貌。▶《汉书·沟洫志》："吾山平兮巨野溢，鱼弗郁兮柏冬日。"

⑤卫霍：西汉名将卫青、霍去病皆以武功著称，后世并称"卫霍"。▶三国 魏 曹植《与吴季重书》："谓萧曹不足俦，卫霍不足侔也。"

⑥傅介子：（前115—前65），西汉时北地人。开国功臣傅宽曾孙。汉昭帝时出使大宛，杀死匈奴使者，授平乐监。昭帝元凤四年（前77），携金帛赏赐楼兰，斩杀悖逆的楼兰王，另立在汉的楼兰质子为王。以功封义阳侯。宣帝元康元年（前65）去世，时年五十一岁。

赵翁孙：即赵充国（前137—前52），字翁孙。原为陇西上邽（今甘肃天水）人，后移居金城令居（今甘肃兰州永登）。为人有勇略，熟悉匈奴和氐羌的习性。武帝时，随贰师将军李广利出击匈奴，率百壮士突围，拜为中郎，历任车骑将军长史、大将军都尉、中郎将、水衡都尉、后将军等职。他率军击败武都氐族叛乱，并出击匈奴，俘虏西祁王。昭帝死，与霍光等拥立宣帝，封营平侯。累官蒲类将军、后将军、少府。神爵元年（前61），计定羌人叛乱，并开展屯田。晚年致仕后，仍常参与议论"四夷"问题。甘露二年（前52）去世，年八十六，谥"壮"。为"麒麟阁十一功臣"之一。

⑦谣诼：造谣毁谤。▶《楚辞·离骚》："众女嫉余之蛾眉兮，谣诼谓余以善淫。"

## 刘省三军门乞退南归四首[1]

中令勋名草木知，鲰生马下拜公迟。[2]艰难孤掌筹边日，谈笑中原灭贼时。鹿耳门高无恶浪，鲈鱼乡近有归期。[3]平泉暂傍清溪筑，六代江山共赌棋。[4]

鲸鲵鼓浪海天孤，南顾长城帝曰俞。[5]事急边功思卫霍，时清文法困孙吴。扁舟范蠡金应铸，痛哭长沙泪欲枯。[6]龙性由来驯不得，江湖浩荡白鸥俱。[7]

二十四史搜寻遍，人物如公抗座难。帝锡弓弧清海甸，天留将帅镇骚坛。[8]问年奇福忧公瑾，望眼苍生属谢安。玉几忧勤心膂少，东山风月几盘桓。[9]

闲云欲雨卷难舒，满眼青山未赋初。穷鸟竟蒙掘落网，卧龙今见伴樵渔。[10]黄河北上瞻枢密，夷使南来问起居。争奈烽烟侵屐齿，希文后乐近何如？

注释：

①《刘省三军门乞退南归四首》见 清 裴景福《睫闇诗抄》卷二，黄山书社2009年版。

刘省三军门：指刘铭传。

②中令：中书令的省称。▶晋 檀道鸾《续晋阳秋》："王献之为中令。献之少而标迈，不寻常贯，为一时风流之冠。献之卒，以王玟为中书令。世谓之大王令、小王令也。"

鲰生：犹小生。多作自称的谦词。▶唐 陈子昂《为义兴公求拜扫表》："傥昊天鉴照，孤诚可哀，则臣之鲰生，志毕今日。不胜崩迫之至。"

③鹿耳门：地名。在今台湾地区台南市安平港北。南明永历十五年（1661），郑成功率大军驱逐荷兰侵略者，即自此登陆，后湾内淤浅，海道亦废。今为平陆。亦省作"鹿耳"。



▶清 丘逢甲《夏夜与季平萧氏台听涛追话旧事作》："如闻鹿耳鲲身畔，毅魄三更哭义旗。"

④平泉：指平泉庄。▶唐 白居易《醉游平泉》："洛客最闲唯有我，一年四度到平泉。"

⑤帝曰俞：典出 宋 宋祈《顺祀诗》："帝曰俞哉，予奉二慈。"

⑥原诗"痛哭长沙泪欲枯。"句后有作者自注："公为目疾乞归。"

⑦龙性：此处指倔强难驯的性格。▶南朝 宋 颜延之《五君咏·嵇中散》："鸾翮有时铩，龙性谁能驯。"

⑧原诗"帝锡弓弧清海甸，天留将帅镇骚坛。"句后有作者自注："公诗格极佳，久有刻本，曾文正作序。"

弓弧：弓。引申为射箭之术。▶《魏书·高聪传》："此乃弓弧小艺，何足以示后叶。"

⑨忧勤：多指帝王或朝廷为国事而忧虑勤劳。▶《史记·司马相如列传》："且夫王事固未有不始于忧勤，而终于佚乐者也。"

心膂：心与脊骨。喻主要的辅佐人员。亦以喻亲信得力之人。▶《书·君牙》："今命尔予翼，作股肱心膂。"

⑩穷鸟：无处可栖的鸟。比喻处境困穷的人。▶汉 赵壹《穷鸟赋》："有一穷鸟，戢翼原野。"

王懋宽(? —1924),字裕侯。晚清民国合肥(今安徽省合肥市)东乡人。王美銮之子。光绪(1876—1908)贡生。“耆年硕德,乡里钦迟。甲子春卒,年逾古稀。”著有《劫余斋诗集》。

## 偕友人登李陵山①

言寻李陵山，郭西共登蹑。②宿鸟巢疏林，秋风乱黄叶。

注释:

①《偕友人登李陵山》诗见 清 陈诗《皖雅初集》卷二十九,民国十八年(1929)上海美艺图书公司印本。

②登蹑:犹登临。►宋 欧阳修《送杨员外》:“闻君东南行,山水恣登蹑。”

## 溪上①

泊舟清溪上，夜静波光白。隔岸有渔村，一犬吠明月。

注释:

①《溪上》诗见 民国 李家孚《合肥诗话》卷上,民国苏城临顿路毛上珍铅活字本。

## 舟过芜湖①

梦回便欲倩倪迂，为写春江晓霁图。②波外青山山外树，半帆红日过芜湖。

注释:

①《舟过芜湖》诗见 民国 李家孚《合肥诗话》卷上,民国苏城临顿路毛上珍铅活字本。

②倪迂:指元末画家倪瓒。倪瓒,字元镇,号云林。倪瓒善绘山水,“有意无意,若淡若疏”,自成一家,兼工诗词、书法。时与王蒙、黄公望、吴镇并列“元四家”。然性情狷介,怪癖多,因此人称为“倪迂”。

# 李可权

李可权(1855—1902),原名经权,字芝楣。晚清庐州合肥(今安徽省合肥市)东乡人。李紫枫次子。廪生,官候选直隶州知州,驻日本神户市领事。光绪二十八年(1902)卒,年四十八。初不作诗,在日本与郑孝胥相从甚密,始学为诗。

## 游有马[①]

五月苦炎蒸,冒暑山中行。曲折途虽宽,高低不能平。舆人各挥汗,恻然动我情。道旁啜苦茗,暂使心神清。危坡一就下,骇与奔轮争。万山摇篔筜,远风相逐迎。溪壑多流泉,险峻常不盈。涓滴得少挹,尘梦倏已醒。渐闻半山间,遥遥作雷砰。飞瀑一千丈,突怒怪石横。[②]傍午就逆旅,轩窗临水明。位置连山边,适意岂所经?凭栏数苍翠,移家思耦耕。[③]

注释:

①《游有马》诗见 民国 李家孚《合肥诗话》卷下,民国苏城临顿路毛上珍铅活字本。

②突怒:突起貌。▶唐 柳宗元《钴鉧潭西小丘记》:"其石之突怒偃蹇,负土而出,争为奇状者,殆不可数。"



③耦耕:二人并耕。后亦泛指农事或务农。▶《礼记·月令》:"(季冬之月)命农计耦耕事,修耒耜,具田器。"

## 甲午初春郑苏戡约同出游西京夜宿浪花楼大雪晨起张盖出门买书偕访日人江马天钦小野湖山两君而归因纪以诗[①]

春归十日东风里,杨柳含情莺燕喜。郑子相携作漫游,我年四十游方始。四条桥畔晚停车,贺茂川南问酒家。照尽兴衰灯若电,淘残风月浪为花。三层阁上凭栏立,歌管微闻下方咽。夜迥天低星斗寒,风尖梦冷衾如铁。对榻商量春事迟,明朝哪有花盈枝。雪花一夜大如掌,已恐早梅先赴诗。银海踢翻光焕放,大地玉山愁堕压。纸帐惊疑直到明,东山烈烈挂铜钲。[②]我贪朝吟赏未极,白战再酣天不惜。[③]踏碎琉璃不肯回,经入螂嬛计亦得。故人忽忆访戴事,湖山有主良非易。[④]张益冲寒得得来,入门有酒径须醉。[⑤]当歌禁体已有人,自言老大方惜春。[⑥]适来满拜琼瑶贶,预识繁华是后尘。[⑦]

注释：

①《甲午初春郑苏戡约同出游西京夜宿浪花楼大雪晨起张盖出门买书偕访日人江马天钦小野湖山两君而归因纪以诗》诗见 民国 李家孚《合肥诗话》卷下，民国苏城临顿路毛上珍铅活字本。

郑苏龛：即郑孝胥。郑孝胥(1860—1938)，字苏龛，一作苏堪，一字太夷，号海藏，尝取东坡'万人如海一身藏'诗意，颜所居曰'海藏楼'，世称'郑海藏'。福建闽侯(今福建省闽侯县)人。光绪二十四年(1898)起历任总理各国事务衙门章京、京汉铁路南段总办兼汉口铁路学堂校长、广西边防大臣，安徽、广东按察使。辛亥革命后以遗老自居，1932年投敌任伪满洲国总理大臣兼文教总长。1935年失势，1938年病死，一说为日人毒死。工楷、隶，尤善楷书。工诗，为诗坛"同光体"宣导者之一，著有《海藏楼诗集》。

江马天钦：即江马天江(1825—1901)，日本人。本名下坂圣钦，号天江。德川末期勤王诗人。擅长诗、书、画、鉴定。日本中国古书画鉴定权威。

小野湖山：小野湖山(1814—1910)，名长愿，字士达，号湖山。日本人。明治初期名震诗坛的"三山"之一。著有《湖山楼诗稿》《湖山近稿》《郑绘余意》等。

②纸帐：以藤皮茧纸缝制的帐子。据《遵生八笺》卷八记载，其制法为："用藤皮茧纸缠于木上，以索缠紧，勒作皱纹，不用糊，以线折缝缝之。顶不用纸，以稀布为顶，取其透气。"▶宋 苏轼《自金山放船至焦山》："困眠得就纸帐暖，饱食未厌山蔬甘。"

③白战：空手作战。指作"禁体诗"时禁用某些较常用的字。北宋欧阳修为颍州太守，曾与客会饮，作咏雪诗，禁用玉、月、梨、梅、絮、鹤、鹅、银、舞、白诸字。▶明 唐寅《拟瑞雪降群臣贺表》："白战骚坛，莫效惠连之赋。"

④访戴：访友。典出《世说新语·任诞》："王子猷居山阴，夜大雪……忽忆戴安道。时戴在剡，即便夜乘小船就之。经宿方至，造门不前而返。人问其故，王曰：'吾本乘兴而行，兴尽而返，何必见戴。'"▶唐 皇甫冉《刘方平西斋对雪》："自然堪访戴，无复《四愁》诗。"

⑤冲寒：冒着寒冷。▶唐 杜甫《小至》："岸容待腊将舒柳，山意冲寒欲放梅。"

⑥禁体：亦称"禁字体"。指禁体诗。宋 陈傅良《和张孟阜寻梅韵》："我尝欲拟禁字体，不道雪月冰琼瑰。"

⑦后尘：行进时后面扬起的尘土。比喻在他人之后。▶晋 张协《七命》："余虽不敏，请寻后尘。"

## 吴承烜

吴承烜(1855—1940)，又名子恒，字伍佑，号东园。清晚民国时安徽歙县(今安徽省歙县)人。擅词曲，亦工骈文。著有戏曲《星剑侠传奇》《花茵侠传奇》《绿绮琴传奇》《太姥灵显征传奇》《维多利亚花传奇》《桃花剑传奇》《慧镜智珠录传奇》《六朝梦传奇》《西河叹传奇》《斗高山传奇》《红蟫梦传奇》《六德吟传奇》等，另有散套《竹洲泪点图》。

## 镇淮角韵①

钟鼓消沉后，长淮水自流。一声高处角，百尺古时楼。月地寒如许，霜天夜不休。我将寻旧迹，韵事记庐侯。

注释：

①《镇淮角韵》诗见 清《武进苔岑社丛编》第一集，民国戊午(1918)常州日进洽记印刷所铅印本。"镇淮角韵"为古"庐阳八景"之一。

## 藏舟草色①

一碧几千顷，藏舟认水滨。香痕浓有晕，草色媚于春。上巳踏青客，良辰拾翠人。②裙腰斜缀处，微雨写织尘。

注释：

①《藏舟草色》诗见 清《武进苔岑社丛编》第一集，民国戊午(1918)常州日进洽记印刷所铅印本。"藏舟草色"为古"庐阳八景"之一。



②拾翠人：指游春的妇女。▶唐 郑谷《光化戊午年举公见示省试春草碧色诗偶赋是题》："想得寻花径，应迷拾翠人。"

## 梵刹钟声①

山远白云湿，碧阴何处钟。梵音沉古刹，逸响追高峰。破寂惊孤鹤，安禅制毒龙。②扣鸣无小大，依仵老僧逢。

注释：

①《梵刹钟声》诗见 清《武进苔岑社丛编》第一集，民国戊午(1918)常州日进洽记印刷所铅印本。"梵刹钟声"为古"庐阳八景"之一。



②毒龙：佛教故事。佛本身曾作大力毒龙，众生受害。但受戒以后，忍受猎人剥皮，小虫食身，以至身干命终，后卒成佛。见《大智度论》卷十四。后用以比喻妄心。▶唐 王维《过香积寺》："薄暮空潭曲，安禅制毒龙。"

## 淮浦春融①

泄泄融融处，有时箏笛闻。②当春游浦溆，破晓渡淮济。③萍绿晴光转，桃红日气薰。观鱼知乐否，暖涨水瀛瀛。

注释：

①《淮浦春融》诗见 清《武进苔岑社丛编》第一集，民国戊午（1918）常州日进洽记印刷所铅印本。“淮浦春融”为古“庐阳八景”之一。

②泄泄：和乐貌。▶《左传·隐公元年》：“公入而赋：‘大隧之中，其乐也融融。’姜出而赋：‘大隧之外，其乐也泄泄。’”

③浦溆：水边。▶唐 杨炯《青苔赋》：“桂舟横兮兰枻触，浦溆邅回兮心断续。”

## 教弩松阴[1]

水势急如努，松阴月似弦。杀青疑画就，垂绿恍针悬。枝折沉沙后，芒生射斗先。根盘还节错，干老化龙眠。

注释：

①《教弩松阴》诗见 清《武进苔岑社丛编》第一集，民国戊午（1918）常州日进洽记印刷所铅印本。“教弩松阴”为古“庐阳八景”之一。

## 蜀山雪霁[1]

云敛蜀山霁，寒增猎猎风。新晴明蛎粉，积雪在蚕丛。[2]粟结玉楼白，林昏金鉴红。[3]昨宵花六出，鱼梦兆年丰。

注释：

①《蜀山雪霁》诗见 清《武进苔岑社丛编》第一集，民国戊午（1918）常州日进洽记印刷所铅印本。“蜀山雪霁”为古“庐阳八景”之一。

②蚕丛：相传为蜀王的先祖，教人蚕桑。借指蜀地。▶宋 司马光《仲庶同年兄自成都移长安以诗寄贺》：“蚕丛龟印解，鹑野隼旗新。”

③金鉴：亦作“金鉴”。比喻月亮。▶宋 梅尧臣《晚过天汉桥堤上行》：“海月开金鉴，河冰卧玉虬。”

## 巢湖夜月[1]

为揽巢湖胜，天高月一丸。溶溶秋色丽，皎皎夜光寒。鹊渚悬金镜，鸥乡浸玉盘。[2]清辉篷背满，十里荻花滩。

注释：

①《巢湖夜月》诗见 清《武进苔岑社丛编》第一集，民国戊午(1918)常州日进洽记印刷所铅印本。"巢湖夜月"为古"庐阳八景"之一。

②鹊渚：此处指银河。▶清 吴伟业《七夕即事》诗之一："鹊渚星桥迥，羊车水殿开。"

## 四顶朝霞[①]

朝登山绝顶，四望浩无涯。绿蘸鸭头涨，红飞鱼尾霞。[②]锦衣肥水树，旌节满湖花。乔木日初上，清阴尚故家。[③]

注释：

①《四顶朝霞》诗见 清《武进苔岑社丛编》第一集，民国戊午(1918)常州日进洽记印刷所铅印本。"四顶朝霞"为古"庐阳八景"之一。

②鸭头：鸭头色绿，形容水色。▶唐 李贺《同沈驸马赋得御沟水》："绕堤龙骨冷，拂岸鸭头香。"

鱼尾霞：形容霞光如鲤鱼尾之红色。▶宋 周邦彦《蝶恋花》词："鱼尾霞生明远树，翠壁黏天，玉叶迎风举。"

③清阴：清凉的树阴。喻恩泽。



故家：世家大族；世代仕宦之家。▶《孟子·公孙丑上》："纣之去武丁，未久也。其故家遗俗，流风善政，犹有存者。"

## 徐世昌

徐世昌(1855—1939)，字卜五，号菊人，又号弢斋、东海、涛斋，晚号水竹村人、石门山人、东海居士。晚清民国河南卫辉(今河南省卫辉市)人。光绪八年(1882)壬午科举人，与袁世凯结为终生好友，历官商部左丞、兵部左侍郎、东三省总督、军机大臣、体仁阁大学士、太傅，宣统三年(1911)，任内阁协理大臣。辛亥后，一度避居青岛。民国7年(1918)10月，被选为大总统。任内下令对南方停战，次年召开议和会议。民国11年(1922)6月通电辞职，退隐天津租界以书画自娱。抗战时期，坚拒日伪利诱，不供伪职。病逝后，国民政府主席林森下褒奖令，以颂扬其爱国忠心。



博学多才，有"翰林总统""文治总统"之誉。其文章诗词书画皆精，号"诗书画三绝"。文章著述达百余种，有《清儒学案》《颜李遗书》《弢斋述学》《大清畿辅先哲传》《退耕堂政书》《东三省政略》《将吏法言》《弢养斋日记》《大清畿辅书征》《书髓楼藏书目》《元逸民画传》《国乐谱》《古文典范》《明清八家文钞》《水竹村人集》(又名《徐大总统诗集》)《归云楼集》《海西草堂集》《退耕堂集》《竹窗楹语》《藤墅俪言》《拣珠录》《晚晴簃诗汇》(又名《清诗汇》)等。

## 寒夜怀张弢楼[①]

寂寂夜无人，凉月照庭院。高柯有宿鸟，墨点稀疏见。[②]念我旧时交，栖迟在水淀。卧病思弥苦，学道志未倦。皎皎屋瓦霜，寒白不成片。拨火煮新茗，诗成炙冻砚。[③]

注释：

①《寒夜怀张弢楼》诗见 清 徐世昌《水竹村人集》卷一，民国十二年(1923)天津徐氏刻本。张弢楼：即张士珩。

②高柯：高树。▶晋 陶潜 等《联句》："高柯擢条干，远眺同天色。"

③冻砚：结冰的砚台。▶唐 尚颜《夷陵即事》："暑衣经霜着，冻砚向阳呵。"

## 挽张弢楼[①]

海水奔飞春风颠，道人乘虚忽升仙。浮光沉影谓尸解，竹杖一掷几千年。[②]道人学道有定力，深山大泽能谈元。长生久视世或有，龟鹤胎息忘言诠。[③]彭寿殇天果何故，组帐罗帱鸣哀弦。道人轻举今焉往，壶何名方峤名圆。鲸波欲揽沧溟月，鹤表遥唳秣陵烟。不知人间有生死，大丹九转全其天。[④]黄冠他日复归来，山中重访葛稚川。

注释：

①《挽张弢楼》诗见 清 徐世昌《水竹村人集》卷五，民国十二年(1923)天津徐氏刻本。

②尸解：谓道徒遗其形骸而仙去。▶汉 王充《论衡·道虚》："所谓尸解者，何等也？谓身死精神去乎，谓身不死得免去皮肤也……如谓不死免去皮肤乎，诸学道死者骨肉俱在，与恒死之尸无以异也。"

③长生久视：长久地活着。▶《老子》："深根固柢，长生久视之道。"

④大丹九转：九次提炼的丹药。道教谓丹的炼制有一至九转之别，而以九转为贵。▶晋 葛洪《抱朴子·金丹》："九转之丹服之，三日得仙。"

## 李季皋由沪上至邓尉观梅迂道来京师相访小饮于退耕堂明日即南归[①]

君从邓尉看花来，十里溪山万树梅。[②]天外风吹香雪海，人间春驻紫霞杯。[③]江天是处堪图画，关塞何人辟草莱。挥手又将云外去，江山原有子陵台。④

注释：

①《李季皋由沪上至邓尉观梅迂道来京师相访小饮于退耕堂明日即南归》诗见 清 徐世昌《水竹村人集》卷五，民国十二年(1923)天津徐氏刻本。

李季皋：即李经迈。

②邓尉：即邓尉山，在今江苏省苏州市西南。汉有邓尉曾隐居于此，故名。以产梅著称。▶清 赵翼《树海歌》：“邓尉香雪黄山云，犹以海名巧相借。”

③香雪海：江苏省邓尉山多梅，花时，满山盈谷，香气四溢，势若雪海。清康熙时江苏巡抚宋荦题“香雪海”三字摩崖，遂为邓尉别名。名著吴下。泛指梅花盛开的梅林。

紫霞杯：亦作“霞杯”。典出《论衡校释》卷七〈道虚〉：“曼都好道学仙，委家亡去，三年而返。家问其状，曼都曰：“去时不能自知，忽见若卧形，有仙人数人，将我上天，离月数里而止。见月上下幽冥，幽冥不知东西。居月之旁，其寒凄怆。口饥欲食，仙人辄饮我以流霞一杯。每饮一杯，数月不饥。不知去几何年月，不知以何为过，忽然若卧，复下至此。”河东号之曰斥仙。实论者闻之，乃知不然。”后以“霞杯”指盛满美酒的酒杯。

④子陵台：东汉隐士严子陵隐居钓鱼处。在浙江桐庐县南富春山腰间，有东西两台，各高百余米。东称严子陵钓台，西是宋末谢翱哭文天祥处。▶南朝 梁 顾野王《舆地志》：“桐庐县南，有严子陵渔钓处。今山边有石，上平，可坐十人，临水，名为严陵钓坛也。”

## 黄家彝

黄家彝，字调生。晚清庐州合肥(今安徽省合肥市)东乡人。光绪(1876—1908)间布衣。广西提督黄桂兰之子。

### 暮春客感①

酒醒危楼夜，寒灯独可亲。②无知关塞月，偏照别离人。往事随流水，新愁寄暮春。有情应有恨，此恨恨无垠。

注释：

①《暮春客感》诗见 清 陈诗《皖雅初集》卷二十九，民国十八年(1929)上海美艺图书公司印本。

②寒灯：寒夜里的孤灯。多以形容孤寂、凄凉的环境。▶南朝 齐 谢朓《冬绪羁怀示萧谘议虞田曹刘江二常侍》：“寒灯耿宵梦，清镜悲晓发。”

## 南巢晚泊[①]

轻航千里碧波通，薄暮南巢滞短篷。[②]城郭迷离斜照里，帆樯出没乱流中。湖光似镜涵新月，雁阵惊寒下朔风。遥指无城应不远，明朝挂席大江东。[③]

注释：

①《南巢晚泊》诗见 清 陈诗《皖雅初集》卷二十九，民国十八年(1929)上海美艺图书公司印本。

南巢：古地名。在今安徽省巢湖市西南。因位于古代华夏族活动地区的南方，故名。▶《书·仲虺之诰》："成汤放桀于南巢，惟有惭德。"

②轻航：轻舟，小船。▶三国 魏 曹植《离友》诗之一："涉浮济兮泛轻航，迄魏都兮息兰房。展宴好兮惟乐康。"

③无为：无为县城。因城中有芝山胜地，又名芝城。民国后简称无城。

挂席：犹挂帆。▶《文选·谢灵运〈游赤石进帆海〉》诗："扬帆采石华，挂席拾海月。"



## 龚长钜

龚长钜，字季侯。晚清庐州合肥(今安徽省合肥市)人。光绪(1876—1908)间廪生。精歧黄，喜吟咏。著有《一笑斋诗集》。

## 晚眺[①]

极目杳无际，行行落照中。群鸦争古树，一雁入遥空。芳草秋还绿，孤花晚更红。境宽心自旷，此意有谁同。

注释：

①《晚眺》诗见 民国 李家孚《合肥诗话》卷中，民国苏城临顿路毛上珍铅活字本。

## 黄业良

黄业良，字仰范。晚清庐江(今安徽省庐江县)人。同治岁贡，光绪元年(1875)荐举孝廉方正，著《绿蕉红藕山房文集》。

## 黄陂湖道中①

南湖清浅才通纺，一片通明带夕晖。薙草人归渔艇散，孤蒲相映水禽飞。②

注释：

①《黄陂湖道中》诗见 民国 陈诗《皖雅初集》卷三十二，民国十八年(1929)上海美艺图书公司印本。

②薙[tì]草：割草、除草。▶《说文》："薙，除草也。从艸，雉声。"

# 李大庚

李大庚，字星白。晚清江苏丹徒(今江苏省镇江市丹徒区)人。李恩绶之侄。

## 甲午孟夏偕家丹叔师封以桐社友游紫蓬山明定长老出纸乞诗①



我昔栖京口，即闻西庐寺。②一旦肥西游，饱读庐阳志。抱琴时欲往，蜡屐又懒至。惆怅清明天，出游妨农事。良辰当孟夏，清和可人意。③忽欲强登山，脚踏华严地。同游有五人，蹇一笋舆四。④田畴众绿生，一路风光腻。苍松夹道旁，亭亭耸幽翠。⑤顷刻到禅关，法门真不二。高僧向我迎，瞳清识多智。茶烟窗外青，谈久机锋利。蕉绿榴复红，草香时扑鼻。僧言八卦亭，千里目可恣。拾级一登临，天风嘘凉吹。⑥巢湖指顾间，轻飘若鸟翅。⑦茫茫百感兴，人身本如寄。龌龊辕下驹，皆为好名累。⑧兹山名李陵，顾名颇不类。剔藓扪残碑，堂阴树赑屃。乡谈延已久，何必辨真伪。不如禅榻眠，枕石且齁睡。⑨初行藏经阁，折过厨香积。野蔌与山肴，杂然纷且嗜。⑩饭罢何逊来，入林辄把臂。⑪遂憩方丈室，僧来问奇字。⑫一声钟鱼响，梵音闻妙义。清听坐移时，愿把凡心弃。暝色入斜阳，舆夫门外侍。大笑过虎溪，何其下山易。仍循旧径归，云林多清閟。⑬墟里孤烟起，木末飞鸦坠。⑭行行重行行，流连不忍置。聊为岛佛吟，作此小布施。

注释：

①《甲午孟夏偕家丹叔师封以桐社友游紫蓬山明定长老出纸乞诗》诗见 清 李恩绶 纂 民国 释三惺续补《紫蓬山志》，民国二十年(1931)仲秋合肥紫蓬山房铅印本。

②京口：古城名。在今江苏省镇江市。

③清和：天气清明和暖。▶三国 魏 曹丕《槐赋》："天清和而湿润，气恬淡以安治。"

④笋舆：竹舆。▶宋 王安石《台城寺侧独行》："独往独来山下路，笋舆看得绿阴成。"

⑤幽翠：深绿。指葱茏的草木。▶唐 王昌龄《缑氏尉沈兴宗置酒南溪留赠》："林色与溪古，深篁引幽翠。"

⑥凉吹：凉风。▶唐 钱起《早下江宁》："暮天微雨散，凉吹片帆轻。"

⑦轻颿：亦作"轻帆"。指小舟，轻舟。▶唐 王昌龄《送窦七》："鄂渚轻帆须早发，江边明月为君留。"

⑧辕下驹：指车辕下不惯驾车之幼马。亦比喻少见世面器局不大之人。用作自谦之辞。▶宋 黄庭坚《奉和公择舅氏送吕道人研长韵》："辕驹蒙推挽，官次奉丹铅。"

⑨齁睡：犹鼾睡。▶元 陈草庵《山坡羊·叹世》曲："志相违，事难随，不由他醉了齁睡。"

⑩野蔌：野蔬。▶宋 欧阳修《醉翁亭记》："山肴野蔌，杂然而前陈者，太守宴也。"

⑪原诗"饭罢何逊来"句后有注："是日，何栋材诸君后至。"

⑫原诗"遂憩方丈室，僧来问奇字。"句后有注："谓虚腹上人。"

⑬清閟：清静幽邃。▶《梁书·昭明太子统传》："即玄宫之冥漠，安神寝之清閟。"

⑭墟里：村落。▶晋 陶潜《归园田居》诗之一："暧暧远人村，依依墟里烟。"

木末：树梢。▶《楚辞·九歌·湘君》："采薜荔兮水中，搴芙蓉兮木末。"

释虚腹（？—1906），字海涵。晚清四川成都（今四川省成都市）人。幼入空门，长多聪慧，"三藏十二部"，无不博览，注有《十法界图》行世，尤工儒典。海内名山，足涉殆遍，驻锡芜湖赭山。光绪九年（1883），受通元长老之邀至紫蓬山。光绪三十二年（1906）入寂，塔藏肥南三里岗东岳庙之西院。

## 以泉水饷亚白先生媵以小诗①

秋深山骨瘦，菊涧味堪歆。②惟有渊明叟，遥遥知我心。无得亦无说，个中谁能窥。试酌寒泉水，山空月照时。③

注释：

①《以泉水饷亚白先生媵以小诗》诗见 清 李恩绶 纂 民国 释三惺续补《紫蓬山志》，民国二十年（1931）仲秋合肥紫蓬山房铅印本。

②山骨：山中岩石。▶唐 刘师服 侯喜 等《石鼎联句》："巧匠斫山骨，刳中事煎烹。"

③试酌：初饮。▶晋 陶潜《连雨独饮》："试酌百情远，重觞忽忘天。"

## 周桂清

周桂清(1856—1910),字稚娴。清徽州歙县(今安徽省歙县)人。周芳三女,合肥诸生阚濬鼎继室,阚铎之母。能诗,有《缥缃馆稿》。

### 光绪乙亥铎儿始生时寓盘门开窗正对瑞光寺塔诗以勖之[1]

浮图涌现如文笔，界破青天任尔书。[2]屋外高林通古寺，座中修竹认吾庐。清池日涤端溪砚，陋巷时来长者车。姑藕之无正蒙养，鲤庭方盛祖庭余。[3]

注释:

①《光绪乙亥铎儿始生时寓盘门开窗正对瑞光寺塔诗以勖之》诗见 民国 徐世昌《晚晴簃诗汇》卷一百九十一,民国十八年(1929)退耕堂本。

铎儿:指阚铎。

②界破:划破。▶唐 徐凝《庐山瀑布》:“今古长如白练飞,一条界破青山色。”

③蒙养:教育童蒙。▶宋 苏辙《题张安道乐全堂》:“晚岁事蒙养,敛退就此堂。”



## 方澍

方澍(1856—1930),字六岳。晚清民国无为(今安徽省无为县)人。光绪二十年(1894)甲午科举人,入李鸿章幕,兼东馆塾师,外放浙江盐政大使。后辞官,坐塾肥西紫蓬山,助李恩绶修《巢湖志》《紫蓬山志》,与周家谦等多有唱和。民国后任中学教员。善能文,尤工诗。著有《绣溪草堂诗文词集》《濡须诗选》《岭南吟稿》。

### 游紫蓬山[1]

碧云出入裹，松影凉满衣。万壑最高处，一亭如欲飞。寺荒幽草合，春尽野花稀。薄暮悦遐憩，禽言亦劝归。

注释:

①《游紫蓬山》诗见 清 李恩绶 纂 民国 释三惺续补《紫蓬山志》,民国二十年(1931)仲秋合肥紫蓬山房铅印本。

## 上巳游自紫蓬山同丹叔陔菉兰荪仲尹诸人①

浃旬不窥户，红翠总离批。②好是雨晴后，偕行亭午时。野花随地发，深谷得春迟。落落适野兴，聊应侣鹿麋。

俯仰竟何待，及今三五人。江淮此佳日，猿鹤属闲民。据石我思睡，种松僧不贫。尚余几两屐，珍重苦吟身。③

远公当置酒，预日造泉明。④好鸟不惊客，见人犹弄声。云低窗竹暗，风定佛尘清。夕梵出林表，修然物外情。

兰亭成已事，兴到与古俱。偶触山水好，欲游天地初。烟中指潜岳，檐际落巢湖。新雨联群袂，能忘礼数无。

天光合野色，徙倚日黄昏。⑤遂下西庐寺，言寻淝水源。马骄驰绝堑，柳暮闭闲门。招隐得吾党，幽悰剪烛论。⑥



注释：

①《上巳游自紫蓬山同丹叔陔菉兰荪仲尹诸人》诗见 清 李恩绶 纂 民国 释三惺续补《紫蓬山志》，民国二十年（1931）仲秋合肥紫蓬山房铅印本。

②浃旬：一旬，十天。▶《隶释·汉卫尉衡方碑》：“受任浃旬，庵离寝疾，年六十有三。”

③苦吟：反复吟咏，苦心推敲。言做诗极为认真。▶唐 冯贽《云仙杂记·苦吟》：“孟浩然眉毫尽落，裴祐袖手，衣袖至穿，王维至走入醋瓮，皆苦吟者也。”

④远公：晋高僧慧远，居庐山东林寺，世人称为远公。▶唐 孟浩然《晚泊浔阳望庐山》：“尝读远公传，永怀尘外踪。”

⑤徙倚：犹徘徊；逡巡。▶《楚辞·远游》：“步徙倚而遥思兮，怊惝恍而乖怀。”

⑥幽悰：隐藏在内心的感情。▶明 吴承恩《陌上佳人赋》：“客悟，请退。余扉自扃，篝镫旅壁，戏书幽悰。”

## 乙未秋日偕丹老和斋游紫蓬山得一律①

野旷风高木叶丹，湖天秋色倚檐看。②僧归瓢笠闲云懒，路如松杉瘦马寒。③猿鸟亲人萦别梦，牛羊落日下层峦。④前游三载空回首，市外重寻旧雨欢。

注释：

①《乙未秋日偕丹老和斋游紫蓬山得一律》诗见 清 李恩绶 纂 民国 释三惺续补《紫蓬山志》，民国二十年(1931)仲秋合肥紫蓬山房铅印本。

②野旷：荒野空阔。▶南朝 宋 谢灵运《初去郡》："野旷沙岸净，天高秋月明。"

③瓢笠：僧人云游时随身携带的瓢勺和斗笠。▶明 沈德符《野获编·释道·僧慧秀》："未几，吴转江右兵使出山，慧秀遂弃瓢笠称山人，茹荤娶妇。"

④别梦：离别后思念之梦。▶唐 许浑《将归姑苏南楼饯送李明府》诗："花落西亭添别梦，柳阴南浦促归程。"

## 巢湖舟中①

湖山别我今几年，清梦不离湖上船。长风瞬息百余里，坐弄湖烟饮湖水。泛泛渔舟三与五，菰蒲滩上霁残雨。去来行乐谁可招，青山与我为宾主。碧霞仙子云中居，红楼帘影人有无。相从诸娣踏歌出，玉冠金轭群龙趋。绿笺细谱迎送曲，新词石帚邀神巫。迩来野色黯淮甸，哀鸿四集墙上乌。崇祠瑰丽列将帅，穷年畚筑劳千夫。②将毋湖神笑汝拙，岂伊明德流声誉。鸥鹭翩翻喜新浴，秋空寒潦浸天绿。朝采湖莼暮采菱，缚茅只在湖一曲。③醉拈铁笛当晚吹，独拥明月湖心宿。中流容与不逢人，手濯十年衣上尘。故乡信美足栖隐，何用镜湖乞此身。钓竿一拂入烟雾，寻我湖山最佳处。



注释：

①《巢湖舟中》诗见 清 李恩绶编《巢湖志》卷二诗，黄山书社2007年版，第565页。

②畚筑：盛土和捣土的工具。▶《左传·宣公十一年》："令尹蔿艾猎城沂，使封人虑事，以授司徒。量功命日，分财用，平板榦，称畚筑……事三旬而成，不愆于素。"

③缚茅：修造简陋的房屋。茅，谓茅屋。▶明 宋濂《宝盖山实际禅居记》："非有绝念之深功，不能超出死生而入常寂之场，子盍缚茅于重山密林而究明之乎？"

## 金缕曲·舟过中庙①

风涌涛声壮。溯空明鱼龙未醒，扁舟西放。晓日晴蒸霞绚烂，红晕波光下上。更雨洗遥天清旷。山额半堆晨雾白，渐蜿蜒透出青无恙。老姥近，阁铃响。　迎神曲付箫师唱。②倚新声红楼帘影，尧章何往。沼荇溪毛秋水洁，翠羽明珰来飨常。③助我江湖平荡。三岛十洲游历遍，挈樵青，身世收鱼网。④鸥鹭梦，结遐想。

注释：

①《金缕曲·舟过中庙》诗见 清 李恩绶编《巢湖志》卷二诗，黄山书社2007年版，第591页。

②篙师：撑船的熟手。▶唐 杜甫《水会渡》："篙师暗理楫，歌笑轻波澜。"

③溪毛：溪边野菜。语出《左传·隐公三年》："苟有明信，涧溪沼沚之毛……可荐于鬼神，可羞于王公。"▶宋 辛弃疾《鹧鸪天·睡起即事》词："呼玉友，荐溪毛，殷勤野老苦相邀。"

翠羽明珰：又作"翠羽明珠"，泛指珍贵的饰物。▶宋 张孝祥《二郎神·七夕》词："聚翠羽明珠三市满，楼观涌、参差金碧。"

来飨：谓鬼神前来接受祭祀，歆享供品。▶《诗·商颂·烈祖》："来假来飨，降福无疆。"

④樵青：指女婢。典出唐 颜真卿《浪迹先生玄真子张志和碑》："肃宗尝赐奴婢各一，玄真配为夫妻，名夫曰渔僮，妻曰樵青。"▶宋 陆游《幽居即事》："炊烹付樵青，锄灌赖阿对。"

## 水龙吟·巢湖阻风①

扁舟待与春归，西行日为东风困。塔尖雪霁，钟声霜晓，客怀孤另。②万顷长湖，数行野鹜，掠开明镜。正斜阳满眼，渔榔寻遍来往处，烟波稳。　不道濡须路近，望故园，计程无定。倚门白发，扶床黄口，御冬未省。③木瘦猿清，水凹山凸，怆然游兴。乞碧霞仙子，怜我愁吟，送轻帆影。

注释：

①《水龙吟·巢湖阻风》诗见 清 李恩绶编《巢湖志》卷二诗，黄山书社2007年版，第591页。

②孤另：孤单，孤独。▶宋 刘克庄《水调歌头·十三夜》词："嫦娥老去孤另，离别匹如闲。"

③黄口：指幼儿。▶《淮南子·氾论训》："古之伐国，不杀黄口，不获二毛。"

未省：未曾，没有。▶唐 白居易《寻春题诸家园林》诗："平生身得所，未省似而今。"

## 应天长·泊姥山①

逆风回棹，炙日行天，孤舟当午如烧。樵斧渔榔牧笛，声声出烟草。②湖田远，野屋少，看一片红莲香稻。欹篷处，长昼无人，青山怨啼鸟。　归梦隔居巢，骇浪惊波，眼前望难到。沙村沽酒，衔觞劝农老。③荒滩路，石径小。看不定，塔尖残照。三更后，纤月如眉，飞上林杪。④

注释：

①《应天长·泊姥山》诗见 清 李恩绶编《巢湖志》卷二诗，黄山书社2007年版，第592页。

②樵斧：柴斧，代指樵夫。▶宋 陈与义《出山》诗之二："山空樵斧响，隔岭有人家。"

③衔觞：又作“啣觞”。谓饮酒。▶明 文徵明《九日游双塔院》：“啣觞辄忘世，何似栗里陶。”

“沙村沽酒，衔觞劝农老”句似有缺字。

④林杪：树梢，林外。▶晋 陆机《感时赋》：“猿长啸于林杪，鸟高鸣于云端。”

## 封觐扬

封觐扬，字以桐。晚清庐州合肥(今安徽省合肥市)人。

### 寄亚白山中[①]

斯游洵乐哉，蔬笋皆词料。乞诗牌定多，汲泉符免调。[②]我岂不爱山，嗜酒恐僧笑。

注释：

①《寄亚白山中》诗见 清 李恩绶 纂 民国 释三惺续补《紫蓬山志》，民国二十年(1931)仲秋合肥紫蓬山房铅印本。



②原诗“乞诗牌定多，汲泉符免调。”句后有注：“闻亚老命僧汲前山泉。”

### 李丹叔明经宿紫蓬归有赠[①]

戏说归来好带诗，锦囊示我动遐思。[②]沉吟金石惊人句，宛听松风入律时。[③]笠屐偕游名士乐，云山经用外孙辞。[④]碧纱笼卜他年事，为问曾参玉版师。

名流逸兴在名山，信宿权偷几日闲。红树白云摹画稿，清泉明月悟禅关。后来肯负诗僧约，小别时随倦鸟还。自是君身有仙骨，点头让石笑吾顽。

注释：

①《李丹叔明经宿紫蓬归有赠》诗见 清 李恩绶 纂 民国 释三惺续补《紫蓬山志》，民国二十年(1931)仲秋合肥紫蓬山房铅印本。

②遐思：悠远地思索或想象。▶唐 韩偓《〈香奁集〉序》：“遐思宫体未降，称庾信攻文，却诮《玉台》，何必倩徐陵作序。”

③入律：指节气到来。古代以律管候气。节候至，则律管中的葭灰飞动。▶汉 东方朔《海内十洲记》：“臣国去此三十万里，国有常占：东风入律，百旬不休；青云千吕，连月不散。”

④外孙辞：即绝妙好辞，指极其美妙的文辞。典出《世说新语·捷悟》："黄绢，色丝也，于字为绝。幼妇，少女也，于字为妙。外孙，女子也，于字为好。韲臼，受辛也，于字为辞。所谓绝妙好辞也。"

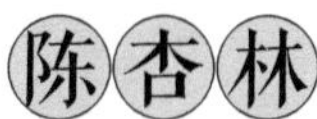


陈杏林，字小雅。晚清庐州合肥(今安徽省合肥市)人。。

## 亚白宿紫蓬山中余寄以诗[1]

一峰耸峙白云巅，到此都教俗虑蠲。[2]良侣同游临胜境，老僧相伴话因缘。[3]近连蜀阜霞蒸树，远瞰焦湖水逼天。寄语青莲当此夕，钟声触耳好参禅。

注释：

①《亚白宿紫蓬山中余寄以诗》诗见 清 李恩绶 纂 民国 释三惺续补《紫蓬山志》，民国二十年(1931)仲秋合肥紫蓬山房铅印本。

②俗虑：世俗的思想情感。▶唐 戴叔伦《又酬晓灯离暗室》诗之四："楚僧话寂灭，俗虑比虚空。"

③原诗"良侣同游临胜境，老僧相伴话因缘。"句后有注："谓虚腹和尚。"

# 陆本滋

陆本滋，字兰荪。晚清湖南善化(今属湖南省长沙市)人。布衣。"工书，善画花卉、翎毛，住山日久，耽吟咏，与方澍、李恩绶时有唱和。卒葬山下，得王尚辰、周家谦等抚恤善后。至今寸缣尺楮人争宝之。"

## 雨晴偕六岳重游紫蓬山作[1]

枕上风雨晴，破晓鸟声悦。啸侣约登眺，幽兴忽清发。[2]石桥骑涧流，屐齿践苔滑。漾漾麦生浪，款款柳飘雪。[3]山椒叩寺门，逍遥憩禅室。题壁前游诗，岁月驰太疾。春去曾几时，野花红未歇。归云渐迷路，暮钟敲新月。

注释：

①《雨晴偕六岳重游紫蓬山作》诗见 清 李恩绶 纂 民国 释三惺续补《紫蓬山志》，民国二十年(1931)仲秋合肥紫蓬山房铅印本。

②啸侣：呼叫同类；召唤同伴。▶三国 魏 曹植《洛神赋》："尔乃众灵杂沓，命俦啸侣，或戏清流，或翔神渚，或采明珠，或拾翠羽。"

③漾漾：飘荡貌。▶清 纪昀《阅微草堂笔记·如是我闻四》："便觉身如一叶，随风漾漾欲飞。"

## 游紫蓬晚归中道宿田家[1]

青山欲留人，我亦辞山去。凉月澹无言，相随出烟雾。村犬吠短篱，栖鸟移别树。[2]还寄田家宿，壶觞亦可赋。[3]

注释：

①《游紫蓬晚归中道宿田家》诗见 清 李恩绶 纂 民国 释三惺续补《紫蓬山志》，民国二十年(1931)仲秋合肥紫蓬山房铅印本。

②短篱：低矮的篱笆。▶宋 苏轼《小圃五咏·枸杞》："短篱护新植，紫笋生卧节。"

③壶觞：酒器。▶晋 陶潜《归去来辞》："引壶觞以自酌，眄庭柯以怡颜。"



## 读六岳偕亚白先生游紫蓬山寺诗依韵感和[1]

尽饶佳兴上层峦，岳色湖光放眼看。寺壁纱笼寻旧句，斋厨笋食结清欢。石喷云气思成雨，泉和松声并作寒。卧病自怜游趣减，坐吟枫叶点霜丹。

注释：

①《读六岳偕亚白先生游紫蓬山寺诗依韵感和》诗见 清 李恩绶 纂 民国 释三惺续补《紫蓬山志》，民国二十年(1931)仲秋合肥紫蓬山房铅印本。

梅和之，字叔平，号惠俦。晚清安徽怀远(今安徽省怀远县)人。

## 乙未秋日步丹叔稽生及六岳孝廉兰生布衣登紫蓬山原韵[1]

疏林霜降晓枫丹，秋景斜阳画里看。人在蓬莱工啸傲，山凝碧落插空寒。[2]湖天水气侵银汉，烟寺钟声出翠峦。[3]我比浮云欲归岫，强留三日尽君欢。[4]

注释：

①《乙未秋日步丹叔稽生及六岳孝廉兰生布衣登紫蓬山原韵》诗见 清 李恩绶 纂 民国 释三惺续补《紫蓬山志》，民国二十年(1931)仲秋合肥紫蓬山房铅印本。

②啸傲：放歌长啸，傲然自得。形容放旷不受拘束。▶晋 郭璞《游仙》诗之八："啸傲遗世罗，纵情在独往。"

③原诗"湖天水气侵银汉"句后有作者自注："山顶望见巢湖。"

④原诗"我比浮云欲归岫"句后有作者自注："余将返平阿。"

## 再步韵呈丹叔先生[1]

羡君腰健有还丹，步上云峰纵目看。[2]木落经霜山骨瘦，湖光似线雁声寒。水边斜照烘黄叶，树杪危亭插碧峦。安得重阳重到此，相携杯酒惬心欢。[3]

注释：

①《再步韵呈丹叔先生》诗见 清 李恩绶 纂 民国 释三惺续补《紫蓬山志》，民国二十年(1931)仲秋合肥紫蓬山房铅印本。

②还丹：道家合九转丹与朱砂再次提炼而成的仙丹。自称服后可以即刻成仙。▶晋 葛洪《抱朴子·金丹》："若取九转之丹，内神鼎中，夏至之后，爆之鼎，热，内朱儿一斤于盖下，伏伺之。候日精照之，须臾，翕然俱起，煌煌辉辉，神光五色，即化为还丹。取而服之一刀圭，即白日升天。"

③惬心：快心，满意。▶《后汉书·杨彪传》："司隶校尉阳球因此奏诛甫，天下莫不惬心。"

# 江云龙

江云龙(1858—1904)，字叔潜，更字潜之，一字润生，号静斋。清庐州合肥(今安徽省合肥市)东乡人。光绪十六年(1890)庚寅科进士，改庶吉士，授编修，改江苏候补知府。有《师二明斋遗稿》。

## 江忠烈公祠壁[1]

先生死节日，是我诞生时。[2]贼焰到乡里，儿绷困蒺藜。[3]三湘起健者，百战定危基。可惜世清泰，先生不得知。[4]

注释：

①《书江忠烈公祠壁》诗见 清 江云龙《师二明斋遗稿》，民国十年(1921)铅字排印本。原诗有作者题跋："粤寇陷郡城，四出焚杀。余生于梁园东北乡保业村，合村踉跄走避。族父老恶儿啼声洪，足以至贼，凡三弃而母三拾之。最后置荆棘中，母祝曰啼则死否则生。贼去往视已熟睡矣。"

②死节：为保全节操而死。▶《楚辞·九章·惜往日》："或忠信而死节兮，或訑谩而不疑。"

③贼焰：贼人的气焰。▶明 宋濂《东丘郡侯花公墓碑》："贼焰炽若烈火焚，大战三日势愈殷。"

④清泰：清静平安。▶汉 应玚《文质论》："承清泰，御平业。"

## 送吴彦复归里[1]

一疏辞天阙，群言吾道非。[2]从容理归棹，黯淡典朝衣。瓠落樽无济，秋深蕨正肥。[3]愿持圣明日，岁岁报春晖。

注释：

①《送吴彦复归里》诗见 清 陈诗《皖雅初集》卷三十，民国十八年(1929)上海美艺图书公司印本。原诗标题后有注："丁酉"。

②吾道：我的学说或主张。▶《论语·里仁》："子曰：'参乎！吾道一以贯之。'"

③瓠落：潦倒失意貌。犹落拓。▶明 归有光《祭方御史文》："公孙蠖屈于南宫之试，予亦瓠落于东海之滨。"

无济：无所补益。▶宋 王谠《唐语林·识鉴》："瀑布可以图画，而无济于人。"

## 二女篇赠李仲仙布政[1]

巢湖如洗镜，孤山如点黛。[2]就中生二女，容颜婉娈对。年纪颇相若，幼者弱一岁。闾里既相接，性情复相爱。初七及下九，出入每连袂。同守不字贞，各抱知希贵。[3]毕竟幼者美，光华难久閟。空谷发幽香，清飏飘兰蕙。朝扫峨眉月，夕解湘江佩。飞云撮其履，紫霙承其盖。[4]来去倏如风，游戏天人界。[5]老女坐湖山，日抱泉石睡。梦醒堕京华，王侯高甲第。其中多美女，艳妆争妖异。冠髻峨以高，眉腰曲而细。自惭步屐非，欲进仍却退。[6]幼女翩然来，光艳照满地。邻妪啧称羡，室婢惊走避。老女出迎将，掩扬增丑态。[7]絺衣黯不光，荆钗理复坠。[8]怜我女贞木，惨淡无泽气。分我玳瑁簪，系我香罗带。饰我百琲珠，一一生光怪。[9]携手上香车，流轸衔飞辔。[10]大道易扬尘，长风飘轻旆。生惧一点污，芳兰竟体败。[11]每念旧湖山，结庐今仍在。野菊灿晚花，修竹洒晴翠。[12]自怜二女踪，庭宇生萧艾。绩女挑镫叹，田妇倚锄待。[13]会当联袂归，岁寒保松桧。[14]

注释：

①《二女篇赠李仲仙布政》诗见 民国 徐世昌《晚晴簃诗汇》卷一百七十七，民国退耕堂刻本。

李仲仙布政：指李经羲。李经羲（1860—1925），字仲山，又仲仙，号悔庵，又有仲宣、仲轩、宓生等称，晚号蜕叟。安徽合肥人。晚年在苏州筑宅，室名蜕庐。晚清末年至民国时期官僚，政治人物，太傅李鸿章之侄，光禄大夫李鹤章第三子。李经羲于清德宗光绪五年（1879）以优贡捐奖道员，历任四川永宁道，后任湖南盐粮道、按察使、福建布政使、云南布政使、广西巡抚、云南巡抚、署贵州巡抚、广西巡抚、云贵总督等职。民国建立后，曾任国务总理兼财政总长，但因张勋复辟，任职一周即去职，人称“短命总理”。1925年9月18日病逝于上海，享年65岁。

②点黛：古时妇女用黑青色颜料画眉，称“点黛”。▶南朝 梁 王叔英妇《赠答》：“妆铅点黛拂轻红，鸣环动珮出房栊。

③不字：谓不嫁人。▶清 钮琇《觚賸续编·妙霓》：“情忘衿襘，道悦苾刍，坚守不字之贞，妙解无生之谛。”

知希：《老子》：“知我者希，则我者贵。”后用“知希”表示知己难得。▶清 蒲松龄《聊斋志异·连城》：“此知希之贵，贤豪所以感结而不能自已也。”

④霙[yīng]：雪花。▶南朝 梁简文帝《雪朝》：“落梅飞四注，翻霙舞三袭。”

⑤天人：指仙人；神人。▶晋 葛洪《神仙传·张道陵》：“忽有天人下，千乘万骑，金车羽盖。”

⑥步屧：脚步。▶唐 皇甫冉《宿淮阴南楼酬常伯能》：“独立宵分远来客，烦君步屧忽相求。”

⑦迎将：犹迎送。语出《淮南子·诠言训》：“圣人无思虑，无设储，来者弗迎，去者弗将。”▶宋 朱熹《次刘彦集木樨韵》之二：“定观极知先透彻，通心岂是故迎将。”

⑧絺衣：细葛布衣。▶《史记·五帝本纪》：“尧乃赐舜絺衣，与琴，为筑仓廪，予牛羊。”

⑨百琲：极言珍珠之多。▶晋 王嘉《拾遗记·晋时事》：“（石崇）又屑沉水之香，如尘末，布象床上，使所爱者践之，无迹者赐以真珠百琲。”

⑩飞辔：飞动的马辔。亦指奔驰的马。▶晋 陆机《拟青青陵上柏》：“方驾振飞辔，远游入长安。”

⑪芳兰竟体：遍体芳香。谓人品高雅绝俗。▶《南史·谢览传》：“览意气闲雅，视瞻聪明。武帝目送良久，谓徐勉曰：‘觉此生芳兰竟体。’”

⑫晴翠：草木在阳光照耀下映射出的一片碧绿色。▶唐 白居易《赋得古草原送别》：“远芳侵古道，晴翠接荒城。”

⑬绩女：缉麻之女。▶宋 陆游《秋晚闲步邻曲以予近尝卧病皆欣然迎劳》：“放翁病起出门行，绩女窥篱牧竖迎。”

⑭会当：该当；当须。含有将然的语气。▶《艺文类聚》卷五四引 三国 魏 丁仪《刑礼论》："会当先别男女，定夫妇，分土地，班食物，此先以礼也。"

## 喜张子开至京赋赠①

小隐金门独寂歌，早应心地不风波。②天机自走盘珠活，世事空将砖镜磨。静嗅瓶梅知味少，不除窗草得春多。柴门寂寂无车马，难得先生杖履过。

注释：

①《喜张子开至京赋赠》诗见 清 陈诗《皖雅初集》卷三十，民国十八年(1929)上海美艺图书公司印本。本诗标题又作《张子开为少岁共学之友近寄迹津站招使来京度岁越七日而子开至叠前韵志喜》，见 清 江云龙《师二明斋诗稿》民国十年(1921)印本。

②心地：此处指心情，心境。▶唐 司空图《偶诗》之五："甘得寂寥能到老，一生心地亦应平。"

# 张华斗

张华斗，字立青。晚清庐州合肥(今安徽省合肥市)西乡人。张树声季子。清光绪中诸生，官候选道。著有《席月山房诗存》。

## 乡居杂咏①

昨夜岭头云，今朝湖上雨。不见采莲人，荷花娇欲语。

木末秋风高，茅屋几为破。催租不到门，拂石云间卧。

注释：

①《乡居杂咏》诗见 民国 李家孚《合肥诗话》卷中，民国苏城临顿路毛上珍铅活字本。

## 题秋月庵①

结庵远在白云中，为访禅林策短筇。②寂历幽花明野径，萧疏败叶舞西风。遥山叠翠回孤鸟，老树皴皮半蛀虫。到此倏然尘壒外，松涛澎湃起长空。③

注释：

①《题秋月庵》诗见 民国 李家孚《合肥诗话》卷中，民国苏城临顿路毛上珍铅活字本。

②短筇：短杖。▶宋 陆游《遣兴》："柔橹摇残天镜月，短筇领尽石帆秋。"

③尘壒：飞扬的灰土。亦喻指尘世；尘俗。▶宋 苏辙《御风辞》："天地肃然，尘壒皆尽。"

## 再赠吴彦复[1]

巍巍武壮斗山高，晚岁勋名震北辽。[2]直以浮云轻富贵，更将清节付儿曹。[3]机云才调无伦匹，王谢门庭半寂寥。[4]四海苍生同属望，未容隐遁老渔樵。[5]

注释：

①《再赠吴彦复》诗见 清 陈诗《皖雅初集》卷三十，民国十八年(1929)上海美艺图书公司印本。

吴彦复：即吴保初。

②武壮：指淮军名将吴长庆。吴长庆(1829—1884)，字筱轩。清庐州庐江(今安徽省合肥市庐江县)人。光绪十年(1884)闰五月病逝。李鸿章疏请优恤，付史馆立传，准于立功地方建专祠，谥"武壮"。

斗山：北斗和泰山。比喻德高望重或成就卓越为人们所敬仰的人。▶宋 楼钥《送张定叟尚书镇襄阳》诗："南轩传圣学，后进斗山仰。"

③清节：清操。高洁的节操。▶《汉书·王贡两龚鲍传赞》："春秋列国卿大夫及至汉兴将相名臣，怀禄耽宠以失其世者多矣！是故清节之士于是为贵。"

④机云：东晋陆机、陆云两兄弟的并称。亦借称两位杰出的兄弟。▶南朝 梁 刘勰《文心雕龙·时序》："岳湛曜联璧之华，机云标二俊之采。"

才调：犹才气。多指文才。▶《晋书·王接传论》："王接 才调秀出，见赏知音，惜其夭枉，未申骥足。"

⑤属望：期望。▶《后汉书·李固传》："既拔自困殆，龙兴即位，天下喁喁，属望风政。"

隐遁：亦作"隐遯"。隐居远避尘世。▶《后汉书·宣秉传》："遂隐遁深山，州郡连召，常称疾不仕。"

## 元夜即景和李庚余兄韵[1]

月华初上碧梧枝，看到天明亦不辞。[2]十日春寒容我懒，六街灯火任人嬉。钿车逐处香尘起，飞盖归来玉漏移。[3]美景良宵难再得，人生行乐贵因时。

注释：

①《元夜即景和李庚余兄韵》诗见 清 陈诗《皖雅初集》卷三十，民国十八年(1929)上海美艺图书公司印本。

②碧梧：绿色的梧桐树。▶唐 杜甫《秋兴》诗之八："香稻啄余鹦鹉粒，碧梧栖老凤凰枝。"

③飞盖：驰车；驱车。▶三国 魏 曹植《公宴》："清夜游西园，飞盖相追随。"

玉漏：古代计时漏壶的美称。▶唐 苏味道《正月十五夜》："金吾不禁夜，玉漏莫相催。"

## 重登蛤蟆石有感[①]

谡谡松风入听哀，怡云旧馆我重回。[②]乍逢林壑天怀畅，久别云山倦眼开。[③]蔓草荒凉迷古冢，盘陀错落蚀苍苔。[④]遥知冷月空林夜，定有英灵化鹤来。[⑤]

注释：

①《重登蛤蟆石有感》诗见 清 陈诗《皖雅初集》卷三十，民国十八年(1929)上海美艺图书公司印本。原诗标题后有注："蛤蟆石在怡云馆山巅，以其形似故名。"

②怡云旧馆：指怡云山馆，为张树声读书书斋。

③天怀：出自天性的心怀。▶《文选·袁宏〈三国名臣序赞〉》："岂非天怀发中，而名教束物者乎?"

④盘陀：指不平的石块。▶宋 陆游《小园》："倦就盘陀坐，闲拈榔栗行。"

⑤化鹤：谓成仙。后多用以代称死亡。▶晋 陶潜《搜神后记》卷一："丁令威本辽东人，学道于灵虚山，后化鹤归辽。"



## 沁园春·题张思云副榜香花墩赏荷图[①]

赫赫龙图，亮节清风，推第一流。慨凄凉松影，台寻教弩，低迷草色，蒲吊藏舟。割据威名，笙歌韵事，昔日豪华尚不在。斯墩也，独荷香环绕，矗峙千秋。　羡君选胜寻幽，结隽侣芳郊试紫骝。看新蒲细柳，浓阴似暮，红裳翠芰，溽暑初收。[②]锦字题残，生绡写罢，醉墨淋漓傲九州。[③]风光好，祝他年驻节，重证前游。[④]

注释：

①《沁园春·题张思云副榜香花墩赏荷图》词见 完颜海瑞《合肥诗词》，安徽文艺出版社2011年版，第201页。

副榜：科举时代会试或乡试取士，除正榜外另取若干名，列为副榜。始于元朝至正八年(1348年)。明朝永乐中会试有副榜，给下第举人以做官的机会。嘉靖中有乡试副榜，名在副榜者准作贡生，称为副贡。清朝只限乡试有副榜，可入国子监肄业。▶《元史·百官志八》："是年(至正八年)四月，中书省奏准……三年应贡会试者，凡一百二十人，除例取十八人外，今后再取副榜二十人。"

②溽暑：指盛夏气候潮湿闷热。▶《礼记·月令》："(季夏之月)土润溽暑，大雨时行。"

③锦字：喻华美的文辞。▶唐 卢照邻《乐府杂诗序》："霜台有暇，文律动于京师；绣服

无私,锦字飞于天下。”

醉墨:醉中所作的诗画。▶唐 陆龟蒙《奉和袭美醉中偶作见寄次韵》:“怜君醉墨风流甚,几度题诗小谢斋。”

④驻节:旧指身居要职的官员于外执行使命,在当地住下。节,符节。▶宋 曾巩《送陈世修》诗:“归路赏心应驻节,客亭离思暂开樽。”

## 张云锦

张云锦(1858—1925),字绮季,号渔村。晚清庐州合肥(今安徽省合肥市)西乡人。张树声侄子。光绪间贡生,官湖北候补道。有《顺所然斋诗》五卷,晚年又辑《顺所然斋文集》《顺所然斋后集》。

### 己卯七月十二日舟泊中庙①

微风簌簌起菰蒲,夜听长年舵尾呼。推动篷窗天渐晓,一番乘顺过南湖。

注释:

①《己卯七月十二日舟泊中庙》诗见 清 张云锦《顺所然斋诗》,光绪丁未(1907)四月武昌刊本。

### 湖中即事③

放棹中流自在行,陡惊对面黑风生。舟人相顾寂无语,不住撑篙邪许声。④

注释:

①《湖中即事》诗见 清 张云锦《顺所然斋诗》,光绪丁未(1907)四月武昌刊本。

④邪许:劳动时众人一齐用力所发出的呼声,即号子声。一人领呼称为号头,众人应和称为打号。▶《淮南子·道应训》:“今夫举大木者,前呼邪许,后亦应之,此举重劝力之歌也。”

### 拖船谣①

行船至西口,湖尽将溯河。水涨扬帆人,水浅用牛拖。小船系牛四,船巨牛加多。鹢首横大木,贯索牛背驮。②状如车两骖,却无轮与轲。牧人船上坐,叱牛践水涡。泥淖陷牛足,执鞭驱且诃。奋力跃而出,船亦几倾颇。迍邅且数里,释牛橹摇波。居民食其利，牛苦当奈何。

注释：

①《拖船谣》诗见 清 张云锦《顺所然斋诗》，光绪丁未(1907)四月武昌刊本。

②鹢首：古代画鹢鸟于船头，故称。泛指船。▶《淮南子·本经训》："龙舟鹢首，浮吹以娱。"

## 春暮由里再出阻风中庙偕友人游姥山①

莫怪石尤风作恶，兴来共上姥山颠。寻碑客践云中径，张纲渔飏烟外船。临水数家不成市，当峰一塔欲摩天。英雄好手今谁属，春水方生几惘然。

注释：

①《春暮由里再出阻风中庙偕友人游姥山》诗见 清 张云锦《顺所然斋诗》，光绪丁未(1907)四月武昌刊本。

## 七月十四日寄怀童茂倩京师①



海国凉风秋已动，京华旧雨意何如。廿年文友诗并敌，比岁心亲迹太疏。何日共谈天外事，相思频展袖中书。燕台市骏今方急，伫见腾云骥足舒。②

注释：

①《七月十四日寄怀童茂倩京师》诗见 清 张云锦《顺所然斋诗》，光绪丁未(1907)四月武昌刊本。

②市骏：指燕昭王用千金购千里马骨以求贤的故事。▶南朝 梁 萧统《答东湘王求文集诗苑书》："爱贤之情，与时而笃，冀同市骏，庶匪畏龙。"

骥足：比喻高才。▶《三国志·蜀志·庞统传》："庞士元非百里才也，使处治中、别驾之任，始当展其骥足耳。

## 苏澳从军诗七首①

己丑冬，再渡台湾，入中丞刘公幕。明年，刘公自将征番，驻军苏澳。嘱锦从正月二十六日启行，闰月初六日班师。凡四十日，得律诗七首，言虽不文，事皆纪实，著征番之难也。

海滨寻废垒，幕府驻征辕。②征将趋风至，分营偃月屯。③胄披生虮虱，笳动啸狙猿。[4]此地犹愁绝，前驱那可言。

无路荒山峻，参天古木高。修蛇临涧跃，怪鸟绕营号。瘴毒蒸丰草，炊烟热湿蒿。不须言战事，士气已萧骚。

死边为烈士，搏兔乃戕狮。末将能相殉，忠魂可并祠。[5]捐躯难瞑目，里革尚存尸。[6]后劲多观望，阴风撼大旗。[7]

古无人迹到，艰苦趣军行。深入多疑伏，前驱半死生。雨淫天助虐，日久帅休兵。慎选防关将，何劳战鼓声。

楼船穷海泊，唤渡易轻舟。浪涌如奔马，波回似没鸥。雨风交洒落，性命听沉浮。已济看来处，惊人浩浩流。

注释：

①《苏澳从军诗七首》诗见 清 张云锦《顺所然斋诗》，光绪丁未(1907)四月武昌刊本。原诗标题后有作者自注："存五首"。

苏澳：即今台湾地区宜兰县苏澳镇。清光绪十四年(1888)，台湾巡抚刘铭传曾驻军于此，作者时为刘铭传幕僚。

②征辕：远行人乘的车。▶唐 武元衡《出塞作》："边风引去骑，胡沙拂征辕。"

③趋风：亦作"趍风"。引申指追随仿效。▶元 辛文房《唐才子传·章碣》："碣有异才，尝草创诗律，于八句中，足字平侧，各从本韵……自称变体。当时趋风者亦纷纷而起也。"

④狙猿：猿猴。▶唐 韩愈 孟郊《征蜀联句》："岩钩踔狙猿，水漉杂鳣蜡。"

⑤原诗"末将能相殉，忠魂可并祠。"句后有作者自注："偏将军傅公德高独当前敌，飞镖中目，晕绝在地；部将某跃而进，且战且负公归。后无策应，遂并歼焉。"

⑥原诗"捐躯难瞑目，里革尚存尸。"句后有作者自注："刘君朝带昔戕于番，忠骸无着。"

⑦阴风：隐含杀伐之气的风。▶唐 杜甫《北征》："阴风西北来，惨淡随回鹘。"

## 蒯光典

蒯光典(1857—1911)，字礼卿，号季逑，又自号金粟道人、斤竹山民，蔗园老人子。晚清庐州合肥(今安徽省合肥市)东乡人。蒯德模第四子。少年聪颖，八岁能诗，先后问业于冯桂芬、俞樾、刘熙载、汪士铎等硕贤，光绪九年(1883)癸未科进士，官至诰授资政大夫、二品衔候补四品京堂、学部丞参上行走、京师督学局局长。为学笃实，为政主张经世致用，积极鼓吹宪政，谋求政治改革，时以康（有为）、蒯并称。天性伉爽，尚气节，诨号“蒯疯子”。交游广博，与名流贤达多有往来。其学兼新旧，文章、诗词频佳，藏书丰富。又通训诂、目录之学，著有《文学蒙求广义》四卷、《金粟斋遗集》八卷等。宣统二年（1910），受命赴江宁（今江苏省南京市）筹办南洋劝业会，事毕，于本年十二月九日（1911年1月9日）病卒于任。《清史稿》有传。

## 答朝鲜贡使尹惺斋即以志别兼柬沈兰沼[①]

朝天有客远来临，乍会翻离感不禁。[②]草草题襟风雨晦，迢迢归路海山深。[③]传来菊秀兰衰句，写出桃投李报心。笑我诗篇浑漫与，几时声价在鸡林。[④]

乌鹅将鸣草不芳，感时极目暮云黄。东藩自昔称文物，南内于今有上皇。[⑤]罗刹狡谋犹未已，冲绳遗恨极难忘。[⑥]诸君努力匡时略，守御由来在四荒。[⑦]

注释：

①《答朝鲜贡使尹惺斋即以志别兼柬沈兰沼》诗见 清 蒯光典《金粟斋遗诗》，民国十八年（1929）江宁刻本。

②朝天：朝见天子。▶唐 王维《闻逆贼凝碧池作乐》：“万户伤心生野烟，百僚何日再朝天。”

乍会：初次见面。▶《警世通言·杜十娘怒沉百宝箱》：“小弟乍会之间，交浅言深，诚恐见怪。”

③题襟：抒写胸怀。唐时温庭筠、段成式、余知古常题诗唱和，有《汉上题襟集》十卷。见《新唐书·艺文志四》《唐诗纪事·段成式》。后遂以“题襟”谓诗文唱和抒怀。▶清 钱谦益《和东坡西台诗韵》之二：“肝肠迸裂题襟友，血泪模糊织锦妻。”

④浑漫：混漫，杂乱。▶晋 葛洪《抱朴子·杂应》：“余究而观之，殊多不备，诸急病其尚未尽，又浑漫杂错，无其条贯，有所寻按，不即可得。”

声价：名誉身价。▶汉 应劭《风俗通·十反·聘士彭城姜肱》：“吾以虚获实，蘊藉声价。盛明之际，尚不委质，况今政在家哉！”

鸡林：古国名。即新罗国。东汉永平八年（65），新罗王夜闻金城西始林间有鸡声，遂更名鸡林。▶唐 杨夔《送日东僧游天台》：“回首鸡林道，唯应梦想通。”

⑤东藩：东方的藩国。▶《史记·郦生陆贾列传》：“臣请得奉明诏说齐王，使为汉而称东藩。”

南内：明代皇城中的小南城。《宸垣识略·皇城一》：“缎疋库库神庙，在内东华门外小南城，名里新库，即明英宗所居之南内。永乐中所谓东苑也。”▶清 孔尚任《桃花扇·余韵》：“南内汤池仍蔓草，东陵辇路又斜阳。”

⑥未已：不止；未毕。▶《诗·秦风·蒹葭》：“蒹葭采采，白露未已。”

⑦匡时：匡正时世；挽救时局。▶《后汉书·荀淑传论》："平运则弘道以求志，陵夷则濡迹以匡时。"

四荒：四方荒远之地。▶《楚辞·离骚》："忽反顾以游目兮，将往观乎四荒。"

## 为李新吾题陈伯阳《四玉清芬》手卷二首[①]

吴中看竹未嫌狂，彭泽餐英亦信芳。[②]终古骚人同一例，林逋配食水仙王。[③]

携来《四玉清芬》卷，读向晴窗一笑成。[④]若为画家添韵事，沉香兼刻李今生。[⑤]

注释：

①《为李新吾题陈伯阳〈四玉清芬〉手卷二首》诗见 清 蒯光典《金粟斋遗诗》，民国十八年(1929)江宁刻本。

李新吾：即李经畬(1858—1935)，字伯雄，号新吾、希吕。晚清民国合肥(今安徽省合肥市)人。李瀚章长子。清德宗光绪十六年(1890)庚寅恩科进士，曾任翰林院编修、侍讲，实录观提调，兵部武选司员外郎。二品顶戴，光禄大夫。善书法、篆刻，识音律，懂戏曲，为民国北京最大的票友组织"春阳友社"的董事长。晚年坚决日伪诱惑，保持了民族气节。

陈伯阳：陈淳(1484—1543)，字道复，号伯阳，又号白阳山人。明江南苏州(今江苏省苏州市)人。诸生。工花卉，亦画山水，书法工行草。著有《白阳集》。

②看竹：咏竹的典故。典出《世说新语》："王子猷尝行过吴中，见一士大夫家，极有好竹。主已知子猷当往，乃洒埽施设，在听事坐相待。王肩舆径造竹下，讽啸良久。主已失望，犹冀还当通，遂直欲出门。主人大不堪，便令左右闭门不听出。王更以此赏主人，乃留坐，尽欢而去。"▶唐 李白《题金陵王处士水亭》："好鹅寻道士，爱竹啸名园。"

餐英：典出《楚辞·离骚》："朝饮木兰之坠露兮，夕餐秋菊之落英。"后世咏菊时遂用"餐英"为典故，隐寓高洁之意。

③配食：祔祭；配享。▶《汉书·外戚传上·孝武李夫人》："武帝 崩，大将军 霍光 缘上雅意，以 李夫人 配食，追上尊号曰 孝武皇后 。"

水仙王：宋 代 西湖 旁有 水仙王庙，祀 钱塘 龙君，故称 钱塘 龙君为 水仙王。▶宋 苏轼《书〈林逋诗〉后》："不然配食 水仙王，一盏寒泉荐秋菊。"

④晴窗：明亮的窗户。▶唐 杜牧《闺情》："暗砌匀檀粉，晴窗画夹衣。"

⑤今生：此生。谓这一辈子。▶唐 白居易《和杨六尚书〈喜两弟汉公转吴兴鲁士赐章服命宾开宴用庆恩荣〉赋长句见示》："感羡料应知我意，今生此事不如君。"

## 南浦[①]

颿絮堕花天，怅离筵、无限伤心怀抱。[②]长卷压归装，早题遍、词客诗人多少。

袁丝赠语，劝君长保容颜好。[3]谁识披图留淡墨，渠已血凝芳草。　　思量日暮轻阴，莽天涯、回首修门梦绕。[4]生怕倚危栏，斜阳外、闲里江南秋老。春灯迹扫，那堪更吊朝廷小。知我行吟心事否？[5]凄绝芷兰枯槁。[6]

注释：

①《南浦》词见 清 蒯光典《金粟斋遗诗》，民国十八年(1929)江宁刻本。

②黦[yuè]：黄黑色。▶后蜀 毛熙震《后庭花》："自从陵谷追游歇，画梁尘黦。"

③袁丝赠语：代指临行时友人的赠语。袁丝，即袁盎(约前200—前150)，字丝，汉初楚国人。曾任中郎将、陇西都尉、太常等。个性刚直，为人敢言直谏。《史记·袁盎晁错列传》载，袁盎即将担任吴相，临行前，他的侄子对他说："吴王骄日久，国多奸。今苟欲劾治，彼不上书告君，即利剑刺君矣。南方卑湿，君能日饮，毋何，时说王曰毋反而已。如此幸得脱。"袁盎按照侄子的建议去办，得到吴王的厚待。

④修门：楚国郢都的城门。后泛指京都城门。▶《楚辞·招魂》："魂兮归来！入修门些。"

⑤行吟：边走边吟咏。▶《楚辞·渔父》："屈原既放，游于江潭，行吟泽畔。"

⑥芷兰：芷和兰。皆香草名。▶《荀子·宥坐》："且夫芷兰生于深林，非以无人而不芳。"

枯槁：草木枯萎。▶《老子·七十六章》："人之生也柔弱，其死也坚强。草木之生也柔脆，其死也枯槁。故坚强者死之徒，柔弱者生之徒。是以兵强则不胜，木强则折。故强大处下，柔弱处上。"



## 李经羲

李经羲(1857—1925)，字仲山，又仲仙，号悔庵，又有仲宣、仲轩、宓生等称，晚号蜕叟。晚清民国合肥(今安徽省合肥市)东乡人。李鹤章第三子。光绪五年(1879)优贡生，历官广西巡抚，云贵总督。辛亥革命时，被蔡锷礼送出境，与王芝祥、于右任等在北京组织国事维持会。民国初，先后出任政治会议议长、参政院参政、审计院院长。袁世凯称帝时，封其与徐世昌、赵尔巽、张謇为"嵩山四友"。袁死后，避居天津。民国六年(1917)夏，受命出任国务总理兼财政总长。后因张勋复辟，就任不足一周即去职，故有"短命总理"之称。民国十四年(1925)上海病逝。长于公牍文字，下笔万言。诗才丰赡，雅近东坡。晚年感忧时事，多以吟咏自娱。



### 将去香港留别陈君省三[1]

霜雪横侵入鬓丝，岁寒心事白苹知。[2]飘零淮帜挥刀晚，痛绝湘兰抱石迟。[3]三鸟吾将从舜水，无湖公亦老鸱夷。[4]重逢莫话兴亡事，万变沧桑未有期。

注释：

①《将去香港留别陈君省三》诗见 民国 李家孚《合肥诗话》卷下，民国苏城临顿路毛上珍铅活字本。

②白苹：亦作“白蘋”。水中浮草。▶南朝 宋 鲍照《送别王宣城》：“既逢青春献，复值白苹生。”

③抱石：怀抱石头。谓投水或被投水而死。▶《韩诗外传》卷一：“申徒狄非其世……遂抱石而自沉于河。”

④三鸟：古代神话中西王母身边的三只青鸟。亦为使者的泛称。▶《山海经·大荒西经》：“有三青鸟，赤首黑目，一名曰大鵹，一名少鵹，一名曰青鸟。”

## 五十三岁生日感怀四首之一[1]

碧霄万里断飞鸾，细柳关前二月天。酒归妇人公不死，黄金丹诀世无仙。[2]淮南卧阁诚知罪，塞北弯弓只自怜。[3]燕颔虎头非骨相，青门荒却种瓜田。[4]

注释：

①《五十三岁生日感怀四首之一》诗见 民国 李家孚《合肥诗话》卷下，民国苏城临顿路毛上珍铅活字本。

②丹诀：炼丹术。▶晋 干宝《搜神记》卷一：“有人入焦山七年，老君与之木钻，使穿一盘石……四十年，石穿，遂得神仙丹诀。”

③淮南卧阁：引汉汲黯淮南卧典。典出《史记》卷一百二十〈汲郑列传〉：“黯隐于田园。居数年，会更五铢钱，民多盗铸钱，楚地尤甚。上以为淮阳，楚地之郊，乃召拜黯为淮阳太守。黯伏谢不受印，诏数强予，然后奉诏。诏召见黯，黯为上泣曰：‘臣自以为填沟壑，不复见陛下，不意陛下复收用之。臣常有狗马病，力不能任郡事，臣愿为中郎，出入禁闼，补过拾遗，臣之愿也。’上曰：‘君薄淮阳邪？吾今召君矣。顾淮阳吏民不相得，吾徒得君之重，卧而治之。’黯既辞行，过大行李息，曰：‘黯弃居郡，不得与朝廷议也。然御史大夫张汤智足以拒谏，诈足以饰非，务巧佞之语，辩数之辞，非肯正为天下言，专阿主意。主意所不欲，因而毁之；主意所欲，因而誉之。好兴事，舞文法，内怀诈以御主心，外挟贼吏以为威重。公列九卿，不早言之，公与之俱受其僇矣。’息畏汤，终不敢言。黯居郡如故治，淮阳政清。后张汤果败，上闻黯与息言，抵息罪。令黯以诸侯相秩居淮阳。七岁而卒。”后以喻指官吏治理有方或声望高，能做到无为而治。

④燕颔虎头：形容相貌威武。▶《东观汉记·班超传》：“超问其状。相者曰：‘生燕颔虎头，飞而食肉，此万里侯相也。’”

青门荒却种瓜田：句谓未得隐退，又引青门瓜典。青门瓜：汉初，故秦东陵侯召平种瓜于长安城东青门。瓜美,世称“东陵瓜”,又名“青门瓜”。见《三辅黄图》卷一。▶南朝 梁 何逊《南还道中送赠刘谘议别》:“目想平陵柏,心忆青门瓜。”

## 次韵答刘逊甫[1]

沙鸥对结水云居,尘外秋心味转腴。[2]惊听雷声抽箨笋,误疑风力扫枝梧。[3]羽亡一鹴资渔利,钵咒双龙笑拂愚。闲煞豆棚供夜话,不愁羁梦入歧途。

注释:

①《次韵答刘逊甫》诗见 民国 李家孚《合肥诗话》卷下,民国苏城临顿路毛上珍铅活字本。刘逊甫:刘慎诒,安徽贵池人,著有《龙慧堂诗》。

②秋心:秋日的心绪。多指因秋来而引起的悲愁心情。▶唐 鲍溶《怨诗》:“秋心还遗爱,春貌无归妍。”

③箨笋:竹笋。▶《宣和画谱·亲王頵》:“以墨写竹,其茂梢劲节,吟风泻露,拂云筛月之态,无不曲尽其妙……今御府所藏箨笋荣竹图二,箨笋小景图一。”

## 张士珩



张士珩(1857—1917),字楚宝,号弢楼、竹居,又号冶衲,晚年自号因觉生,又号冶山居士、浮槎山人。晚清庐州合肥(今安徽省合肥市)北乡(今肥东县众兴乡)人。李鸿章甥。光绪十四年(1888)戊子科举人,官候选道,晋四品卿衔。甲午战后,被劾“盗卖军火”,革职。民国建立,遁居青岛,一度出任造币总厂监督。后病殁于青。徐世昌称其“裔出将家,折节读书,为古文有义法,诗不多作”。著有《弢楼遗集》三卷、《竹居小牍》十二卷、《竹居录》及《弢楼胜录》。

## 陪张湛存先生入崂访逄公栖止感赋[1]

岧峣高不极,选胜共登临。[2]涧壑随峰迴,烟峦障日阴。[3]摩天悬壁峭,访古入岩深。欲问幽栖处,云封不可寻。

注释:

①《陪张湛存先生入崂访逄公栖止感赋》诗见 民国 李家孚《合肥诗话》三卷卷中,民国苏城临顿路毛上珍铅活字本。

②岧峣[tiáo yáo]:亦作“迢峣”。山高峻貌。▶《文选·王延寿〈鲁灵光殿赋〉》:“迢峣倜傥,丰丽博敞。”

选胜:寻游名胜之地。▶唐 张籍《和令狐尚书平泉东庄近居李仆射有寄十韵》:“探幽皆一绝,选胜又双全。”

③涧壑:溪涧山谷。▶南朝 梁 孔焘《往虎窟山寺》:“芊苻缘涧壑,萝葛蔓松楠。”

## 久不得吴鉴隐消息忽奉手书及游沪园诗叠韵答谢①

孟公渡海来,度地将憩锡。欢然询知旧,知君时相觌。春申梅福里,长吟忘境阒。②低头拜杜鹃,哀痛口血滴。心灰不复然,杜门白赏寂。因之问无恙,离索藉宣涤。

注释:

①《久不得吴鉴隐消息忽奉手书及游沪园诗叠韵答谢》诗见 民国 李家孚《合肥诗话》卷中,民国苏城临顿路毛上珍铅活字本。

②春申:上海市的别称。▶元 黄溍《登钱山望菰城慨然而赋》:“耸身白云上,始见春申城。”

## 鉴隐用前韵感事述怀见寄叠韵奉答①

争席杂樵渔,卜居邻缁锡。②故人书疏断,神交篇章觌。③中宵万感集,孤月一轮阒。④少陵双愁眼,却寄泪点滴。⑤拔剑斫地歌,悲愤破枯寂。⑥沧溟鲸跋浪,吾衰望子涤。⑦

注释:

①《鉴隐用前韵感事述怀见寄叠韵奉答》诗见 民国 李家孚《合肥诗话》卷中,民国苏城临顿路毛上珍铅活字本。

②争席:争座位。表示彼此融洽无间,不拘礼节。▶《庄子·寓言》:“其往也,舍者迎将其家,公执席,妻执巾栉,舍者避席,炀者避灶。其反也,舍者与之争席矣。”

③书疏:奏疏;信札。▶《史记·袁盎晁错列传》:“且陛下从代来,每朝,郎官上书疏,未尝不止辇受其言。”

④阒[qù]:寂静。

⑤少陵:此处指唐诗人杜甫。杜甫常以“杜陵”表示其祖籍郡望,自号少陵野老,世称杜少陵。▶唐 韩愈《石鼓歌》:“少陵无人谪仙死,才薄将奈石鼓何!”

⑥斫地:砍地。表示愤激。▶唐 杜甫《短歌行赠王郎司直》:“王郎酒酣拔剑斫地歌莫哀,我能拔尔抑塞磊落之奇才。”

⑦跋浪:破浪;踏浪。▶唐 杜甫《短歌行赠王郎司直》:“豫章翻风白日动,鲸鱼跋浪沧溟开。”

## 答陈子言即次赠韵[①]

六斋诵君时，萧条已异代。歙浦讯芳躅，尹邢惜相背。海峤喜温卷，清芬俨晤对。又枉竹居篇，雄杰饶意态。诗礼方发家，强学远人猃。用晦占入地，复旦何时再？缅思孙与汪，儒林推前辈。春风拂淇澳，考槃歌独寐。中年落尘网，愧负壁间记。江海嗟冥灭，松菊委荒翳。三复哀郢词，空雪灵均涕。何当逐云龙？飘飘九垓戏。

注释：

①《答陈子言即次赠韵》诗见 清 陈诗《皖雅初集》卷三十，民国十八年（1929）上海美艺图书公司印本。

# 况周颐

况周颐（1859—1926），字夔笙，一字揆孙，号蕙风，又号玉梅道人，初名周仪。晚清民国临桂（今桂林）人。光绪五年（1879）己卯科举人。授内阁中书，充会典馆纂修。辞官归。两江总督张之洞、端方先后延入幕中。又任教于龙城书院、南京师范学堂。入民国，在沪为寓公。精词学，论词标举半塘之“重、拙、大”说。为“清季四家”之一，又与王鹏运被推为“临桂词派”。编有《薇省词钞》《粤西词见》。有《新莺词》等，晚年删定为《蕙风词》，又有《蕙风词话》。



## 水龙吟·题金淮笙辑宋刘师勇表忠录[①]

荒江咽遍寒潮，吊忠更酹兰陵酒。英灵如昨，重围矢石，孤城刁斗。[②]画饼偏安，醇醪末路，壮怀空负。说生平意气，题诗射塔，试旋斡，乾坤手。[③]　炎徼重寻祠墓，瘴云深、鹤归来否。琼崖玉骨，赤溪血泪，蛮神呵守。五百年来，天时人事，淋浪襟袖。听鼓鼙悲壮，愿屠鲸鳄，为将军寿。[⑤]

注释：

①《水龙吟·题金淮笙辑宋刘师勇表忠录》辑自况氏《兰云菱梦楼笔记》，标题为编者加。

金淮笙：即金淮生（1841—1924），字武祥，别名粟香，晚清民国江阴（今江苏省江阴市）人。著有《粟香二笔》，辑有《表忠录》等。

②刁斗：古代行军用具。斗形有柄，铜质；白天用作炊具，晚上击以巡更。一作“刀

斗”。一说铃形。▶《史记·李将军列传》:“及出击胡,而广行无部伍行陈,就善水草屯,舍止,人人自便,不击刁斗以自卫。”

③旋斡:运转。▶宋 陆游《夜登城楼》:“天上何苍苍,四序浩旋斡。”

④炎徼:南方炎热的边区。▶南朝 梁 江淹《齐太祖高皇帝诔》“冰洲炎徼,来献其琛。”

⑤原句“听鼓鼙悲壮,愿屠鲸鳄,为将军寿。”后有作者自注:“时东北日俄交哄。”

朱廷佐,字幼陶。晚清江阴(今江苏省江阴市)人。诸生。

## 呈吴金湝生先生即用其冰井寺韵二首①

盥诵冰泉诗,春三羡旧游。②循声颂两粤,随笔著千秋。③胜迹前番话,名篇此集收。庐州刘太保,轶事待旁搜。④

归田君解组,世事识盈虚。⑤结社唐九老,知几汉二疏。⑥文章燕许笔,踪迹光黄居。寻得桃源里,相从共访渔。

注释:

①《呈吴金湝生先生即用其冰井寺韵二首》见 清 金桂生辑《冰泉唱和集》,光绪己丑(1889)冬木刻本。

②盥诵:净手后诵读。表示态度恭敬、虔诚。

原诗“冰泉诗”作“冰泉什”。

③循声:指为官有循良之声。▶ 袁枚《随园诗话》卷十:“张名开士,字轶伦,杭州壬戌进士,历任有循声。”

④原诗句后有作者自注:“先生在赤溪任所为宋和州防御使刘公师勇,著事略一篇。”

旁搜:亦作“旁蒐”。广泛搜求。▶明 胡应麟《少室山房笔丛·华阳博议上》:“彼皆目下十行,胸罗万卷,旁蒐广撷,集厥大成。”

刘公师勇:指南宋将领刘师勇。刘师勇(? —1278),庐州(今安徽合肥)人。以战功历任环卫官。宋德祐元年(1275)八月十二日,刘师勇与殿前都指挥使张彦收复吕城(今江苏丹阳东南)。守吕城,升和州(今安徽和县)防御使,旋助姚訔守常州。叛将范文虎来招降,师勇发箭射之。及常州陷落,从益、广二王至海上,忧愤而卒。

⑤解组:犹解绶。▶《梁书·谢朏传》:“虽解组昌运,实避昏时。”

⑥二疏:指宣帝时名臣疏广与兄子受。广为太傅,受为少傅,同时以年老乞致仕,时人

贤之。归日，送者车数百辆，设祖道，供张东都门外。▶晋 张协《咏史》：“蔼蔼东都门，群公祖二疏。”

李长郁，字康侯。晚清衡阳(湖南省衡阳市)人。光绪十六年(1890)庚寅科进士，官宣城知县。有《崇实堂诗集》。

### 过巢县作①

瓜皮小艇系晴川，步过浮梁意悄然。②杨柳千条青未了，牧童歌唱晚风前。

雨轻烟重暮云黄，豌豆花开麦擢芒。鸡卜预称逢乐岁，巢湖春水斗难量。③

注释：

①《过巢县作》诗见 清 李恩绶编《巢湖志》卷二诗，黄山书社2007年版，第588页。

②晴川：晴天下的江面。▶晋 袁峤之《兰亭诗》之二：“四眺华林茂，俯仰晴川涣。”

③鸡卜：古代占卜法之一。以鸡骨或鸡卵占吉凶祸福。▶《史记·孝武本纪》：“乃令越巫立越祝祠，安台无坛，亦祠天神上帝百鬼，而以鸡卜。上信之，越祠鸡卜始用焉。”

乐岁：丰年。▶《孟子·梁惠王上》：“是故明君制民之产，必使仰足以事父母，俯足以畜妻子，乐岁终身饱，凶年免于死亡。”

## 李永镇

李永镇(1860—?)，字恺人。晚清四川华阳(今属四川省成都市)人。有《负园诗存》四卷。集中言曾上奏清廷，然终不知其何官。卷末署庚戌，则1910年尚在人世。

### 泊舟巢县①

喜作家书寄草堂，寻梅时忆浣溪香。买鱼潮渡江城白，看鸭沙行港岸黄。画壁山行兼楚蜀，移舟人语杂苏杭。东风留客浑无事，官味消除野趣芳。②

注释：

①《泊舟巢县》诗见 清 李恩绶编《巢湖志》卷二诗，黄山书社2007年版，第581页。

②野趣：山野的情趣。▶南朝 宋 谢惠连《泛南湖至石帆》诗："萧疏野趣生，逶迤白云起。"

## 挽聂功庭军门[①]

联军如组贼如罗，惆怅斑骓奈若何。[②]汉将一身都是胆，楚人四面陡闻歌。谁教青雀乘机发，翻觉黄龙饮恨多。[③]群寇未诛归地下，精魂来往在三河。

注释：

①《挽聂功庭军门》诗见 清 李永镇《负园诗存》，民国铅印版。

聂功庭：指淮军名将聂士成。聂士成（1836—1900），字功亭，安徽合肥北乡（今长丰县岗集镇聂祠堂）人，清朝淮军将领。幼年父死家境贫寒，与母亲相依为命。聂士成自小好行侠仗义，后投身军旅，开始了四十年戎马生涯。先后参与剿捻、中法战争、中日甲午战争、庚子之变，战功卓著。后于庚子之变的天津保卫战中，中炮阵亡。追赠太子少保，谥号"忠节"。

②联军：此处指八国联军。

斑骓：毛色青白相杂的骏马。▶唐 李商隐《春游》："桥峻斑骓疾，川长白鸟高。"

③饮恨：抱恨含冤。▶南朝 梁 江淹《恨赋》："自古皆有死，莫不饮恨而吞声。"



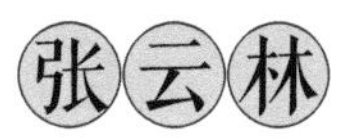

# 张云林

张云林（1860—？），又名华胗，字次青，又字云霖。清末庐州合肥西乡（今安徽省肥西县）人。张树声次子。光绪（1876—1908）年间诸生，官湖北候补道，年未五十，卒于官。"性仁厚，乐施与，一乡称为善士。"能诗，工古体，遗稿散佚。

## 巢湖[①]

闻道巢湖水接天，征帆欲进每难前。[②]莫愁骇浪惊涛起，平地风波更可怜。

注释：

①《巢湖》诗见 清 李恩绶编《巢湖志》卷二诗，黄山书社2007年版，第587页。

②征帆：指远行的船。▶南朝 梁 何逊《赠诸旧游》："无由下征帆，独与暮潮归。"

## 巢湖阻风[1]

姥山十日看不厌，湖上石尤殊有情。六幅蒲帆俛飞渡，峰峦无数为谁青。[2]

注释：

①《巢湖阻风》诗见 清 李恩绶编《巢湖志》卷二诗，黄山书社2007年版，第587页。

②蒲帆：用蒲草编织的帆。▶ 唐 李贺《江南弄》诗："水风浦云生老竹，渚暝蒲帆如一幅。"

# 童茂倩

童茂倩(1860—1932)，原名功赏，字杞芳，晚号养园老人，晚清民国合肥(今安徽省合肥市)西乡人。张树声之甥。光绪中任兵部主事，三十二年(1906年)任安徽教育总会会长、安徽咨议局局长。任职期间，兴办各类学校，安置不少革命党人在学校任教。安庆马炮营起义失败后，积极营救革命党人，寻找遇难烈士遗体并妥善安葬。辛亥革命爆发，劝说安徽巡抚朱家宝顺应潮流。安徽省宣布独立后，先后被推举为都督、民政长、参议院议员等职，皆坚辞。"九一八"事变，东三省沦陷，忧虑时局，积郁成病，于次年逝世。北京、上海、合肥、芜湖、安庆等地召开"童茂倩先生追悼大会"，公谥"宪文"。并收录其生平事迹送安徽省通志馆立传。诗词文章名重当时，但大多散佚，仅存《存吾春馆诗集》《童茂倩先生诗》等抄本。

## 乙卯秋舟过巢湖[1]

数声水调起沙鸥，点点青山入醉眸。最是客心凄绝处，满船风雨一湖秋。

注释：

①《乙卯秋舟过巢湖》诗见 清 童茂倩《存吾春馆诗集》，家属自印本第21页，1995年9月。

## 巢湖杂咏八首[1]

万叠如山拥白波，腥风一夕走蛟鼍。莫言终岁无箫管，更比西湖灌溉多。[2]

楼船夜渡月光寒，笳鼓无声倚剑看。春水方生宜速退，孙郎原不诳曹瞒。

山腰一塔俯寒流，铎语琅琅送客舟。[3]为问俞侯练兵处，荻花芦叶满湖秋。[4]

红楼帘影想丰神，一夕东风动水滨。[5]不助曹公助白石，始知神女重词人。[6]

眉月窥窗夜未眠，娇花镜水剧堪怜。[7]阿侬生小湖边住，不解操舟唱采莲。[8]

延目中流仰绛宫，灵妃惠我一帆风。[9]更从丹穴窥鲛室，奇绝真同百步洪。[10]

娟娟月子点波心，凉雾初消夜未深。[11]宿鹭眠鸥惊忽起，笛声吹彻水龙吟。

蓼花风起雁初飞，晚向云涛理榜归。[12]始信渔家有真乐，持螯举酒送斜晖。[13]

注释：

①《巢湖杂咏八首》诗见 清 李恩绶编《巢湖志》卷二诗，黄山书社2007年版，第586—587页。

②箫管：排箫和大管。泛指管乐器。▶南朝 宋 鲍照《代升天行》："凤台无还驾，箫管有遗声。"

③铎语：檐铃声，风铃声。▶元 吴师道《吴礼部诗话》："陈碧栖仁玉骚词云：'……羌有怀兮曷愬，风虚徐兮檐铎语。"

④俞侯：指元末俞廷玉父子在巢湖练习水军，结寨自保，后投奔朱元璋，立下赫赫战功，父子俱封显爵。

⑤丰神：风貌神情。▶南朝 陈 徐陵《晋陵太守王励德政碑》："丰神雅淡，识量宽和。"

⑥白石：指南宋词人姜夔。姜夔(1154—1221)，字尧章，号白石道人，饶州鄱阳(今江西省鄱阳县)人。南宋文学家、音乐家。有《白石道人诗集》《白石道人歌曲》《续书谱》《绛帖平》等书传世。

⑦眉月：指新月。▶唐 白居易《天津桥》："眉月晚生神女浦，脸波春傍窈娘堤。"

镜水：平静明净的水。▶唐 李肇《唐国史补》卷下："凡造物由水土，故江东宜纱绫、宣纸者，镜水之故也。"

⑧生小：犹自小；幼小。▶《玉台新咏·古诗为焦仲卿妻作》："昔作女儿时，生小出野里。"

⑨绛宫：传说中神仙所住的宫殿。▶唐 裴漼《奉和御制平胡》："庙略占黄气，神兵出绛宫。"道教称心为绛宫。▶《黄庭内景经·若得章》"重中楼阁十二环"梁丘子 注："谓喉咙十二环，相重在心上。心为绛宫，有象楼阁者也。"

⑩鲛室：谓鲛人水中居室。▶唐 杜甫《秋日夔府咏怀奉寄郑监李宾客一百韵》："俗异邻鲛室，朋来坐马鞯。"

⑪波心：水中央。▶唐 白居易《春题湖上》诗："松排山面千重翠，月点波心一颗珠。"

⑫云涛：翻飞着白浪的波涛。▶《艺文类聚》卷九引 晋 曹毗《观涛赋》："瞻沧津之腾起，观云涛之来征。"

⑬斜晖：亦作"斜辉"。指傍晚西斜的阳光。▶南朝 梁 简文帝《序愁赋》："玩飞花之入户，看斜晖之度寮。"

## 郑孝胥

郑孝胥(1860—1938)，字苏龛，一作苏堪，一字太夷，尝取东坡"万人如海一身藏"诗意，颜所居曰"海藏楼"，世称"郑海藏"。晚清民国福建闽侯(今福建省闽侯县)人。吴赞诚之婿。光绪八年(1882)壬午科举人。十一年(1885)，入李鸿章幕，改官同知。十七年(1891)，任清政府驻日本使馆书记官。次年，升筑地领事，调神户、大阪总领事。二十年(1894)甲午战争爆发后回国，又任张之洞自强军监司。光绪二十四年(1898)起，历官总理各国事务衙门章京、京汉铁路南段总办兼汉口铁路学堂校长、广西边防大臣，安徽、广东按察使。辛亥后以遗老自居，1932年投敌，任伪满洲国总理大臣兼文教总长。1935年失势，1938年病死，一说为日人毒死。工楷、隶，尤善楷书。工诗，为诗坛"同光体"宣导者之一，编有《孔教新编》。有《海藏楼诗》八卷、《骖乘日记》二卷。



### 张绮季属题小金井观樱图①

海山尽道是蓬莱，怅望群仙去不回。偶约寻春向江户，又疑失路入天台。玉颜一队连云出，金井千株枕水开。应念此花太岑寂，长教我辈画中来。②

注释：

①《张绮季属题小金井观樱图》诗见 清 郑孝胥《海藏楼诗集》，光绪丁未(1907)四月武昌刊本。原诗标题下有作者自注："癸巳作。"癸巳，指1893年，为光绪十九年。

张绮季，即张云锦。张云锦原诗《同吕君秋樵观樱花于小金井》：小金井在江户东，樱花十里沿溪红。吕侯欣然招我往，车行出郭晨光融。流水桃花开异境，河桥酒幔飏微风。夹岸十株无杂树，如霞散彩涛翻空。芳菲满眼坐玩久，想见地暖生气充。游人往来趾相错，醉舞花下歌呼雄。别有丽姝连袂至，衣香鬓影穿林丛。花枝在手花映面，似曾相识笑言通。人情真率园林美，彼都景物何熙丰。忆昔京华极乐寺，看花九陌驰青骢。岂知海外复觏此，赏心乐事将毋同。日斜归去莫惆怅，好付图画传无穷。

②岑寂：寂寞，孤独冷清。▶唐 唐彦谦《樊登见寄》诗之三："良夜最岑寂，旅况何萧条。"

## 张宗瀛

张宗瀛，字伯荣。晚清民国合肥（今安徽省合肥市）东乡人。张士珩从子。光绪十九年（1893）癸巳科举人。工制艺，亦能诗。

### 挽郊云公①

夜月凄凉繐账前，昌黎忆昨泪潸然。书窗灯火红如许，荏苒流光廿八年。

岁岁秋风闭户居，西华葛帔孰怜予？②何图蒋径荒凉日？犹幸曾停长者车。③

注释：

①《挽郊云公》诗见民国 李家孚《合肥诗话》卷中，民国苏城临顿路毛上珍铅活字本。

郊云公：即李经达。李经达（1868—1902），原名经良，字郊云，别号拙农，亦号肥遁庐。清末合肥人。李蕴章第五子。诸生，官刑部郎中，改道员，任江西候补道，诰授资政大夫。著有《滋树室诗文集》《滋树室词》。

②西华：道教仙官名。对东华而言。东华为男仙所居，以东王公领；西华为女仙所居，以西王母领。故女仙名籍称《西华仙箓》。▶《云笈七籤》卷七："《八素经》云：西华官有琅简蕊书，当为真人者，乃得此文。"

葛帔：用葛制成的披肩。▶《南史·任昉传》："西华冬月著葛帔練裙，道逢平原刘孝标，泫然矜之，谓曰：'我当为卿作计。'"后因以"葛帔"为怜恤友人贫困之典。

③蒋径：典同三径。▶晋 赵岐《三辅决录·逃名》："蒋诩归乡里，荆棘塞门，舍中有三径，不出，唯求仲、羊仲从之游。"后因以"三径"指归隐者的家园。▶晋 陶潜《归去来辞》："三径就荒，松竹犹存。"

长者车：典同长者辙。常用为称颂来访者之典实。▶唐 李峤《宅》："屡逢长者辙，时引故人车。"

## 周家祐

周家祐（1861—1894），字肯堂，号笃因。晚清庐州合肥（今安徽省合肥市）西乡周老圩（今属安徽省肥西县紫蓬镇）人。周盛波第三子。光绪年间投效盛军，官至二品衔候选道，赏戴花翎，诰赠荣禄大夫。

## 舟过卢杞嘴①

水面拖蓝春雨湿，东风吹帆行更急。棹师猜是卢杞家，湖嘴浅埂今横斜。从古权奸生有自，生为国蠹天肯弃。[②]歌姬尚使敛汾阳，谏疏焉能容陆贽。[③]喙长三尺成谗夫，建中国事多昏愚。[④]宰相滋味爱咀嚼，生有仙骨胡为乎。太阴夫人唤不醒，致令心迹同哥奴。[⑤]互乡门巷多荆莠，湖心可生兰蕙无。[⑥]桀王古城此同辙，乡名贻臭口难说。[⑦]湖头新柳风吹青，触耳黄莺调佞舌。[⑧]

注释：

①《舟过卢杞嘴》诗见 清 李恩绶编《巢湖志》卷二诗，黄山书社2007年版，第576页。原诗有序："据祁寿麟《印上石屋随笔》云，杞居近巢湖。土人相传，杞生时方夜，家人见其面蓝，以为妖，使人抱弃湖中。其人行至湖滨，觉足下去水数丈，愈远行。至天明视之，见埂随足生，约三十里矣。疑其生有自来，乃抱归，述之家人，留鬻焉。至今名其地，所涨之埂为卢杞嘴。余每过湖，舟人指以相语，姑志以诗。"

卢杞嘴：即芦溪嘴，位于巢湖市黄麓镇，今为芦溪湿地。《(康熙)巢县志》载："在焦湖北岸，近白露、花塘两河之间。有长碛入湖中十数里，东西往来船只必纡道避其浅。古时生芦苇满碛，最为盗船藏奸之薮。嘉隆间，每患盗，扩而去之，俾苇无遗根再育，因禁舟载芦苇过湖，恐有飞子播湖中是也。尹士达不察，因土语之讹，遂定名曰卢杞嘴。后又相袭附会，又言某处是卢杞宅、卢杞井，又某处是卢杞花园。讹以传讹，可胜既乎。大约湖中最不可令有芦。今近孙家河湖西南一带，渐次有芦矣。幸而承平，滨湖或幸柴薪之助，又幸非湖中孔道，倘值艰难，不又患芦溪之患乎。"



②权奸：指弄权作恶的奸臣。▶宋 周密《齐东野语·诛韩本末》："且吾自诛权奸耳，而函首以遗之。"

国蠹：比喻危害国家利益的坏人。语出《左传·襄公二十二年》："(御叔)不可使也，而傲使人，国之蠹也。"▶唐 白居易《和阳城驿》："誓心除国蠹，决死犯天威。"

③汾阳：指郭子仪。

谏疏：条陈得失的奏章。▶唐 韩愈《游青龙寺赠崔大补阙》："年少得途未要忙，时清谏疏尤宜罕。"

④谗夫：谗人。▶《荀子·成相》："谗夫多进，反复言语，生诈态。"

建中：此处指唐德宗的年号，建中(780—783)。

⑤"太阴夫人唤不醒"句后有注："杞未第时，遇仙姬麻姓者引至水晶宫，见太阴夫人。问曰：公有仙相，能居此乎？能为地仙时一到此乎？能为中国宰相乎？公愿何事？曰：愿为宰相。遂遣还。见凌准《艅艎日疏》。"

"致令心迹同哥奴"句后有注："李林甫亦生仙骨。"

⑥兰蕙：兰和蕙，皆香草。多连用以喻贤者。▶《汉书·扬雄传上》："排玉户而飏金铺

兮,发兰蕙与穹穷。”

⑦“桀王古城此同辙”句后有注:“巢县有桀王城。”

⑧佞舌:巧嘴;巧舌。▶唐 陆龟蒙《登高文》:“前呵后骑,佞舌咿哑。”

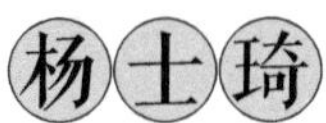

杨士琦(1862—1918),字杏城,清泗州招贤乡(今属江苏省盱眙市)人,杨士骧之弟。入李鸿章幕,历任农工商部右侍郎、邮传部大臣、钦差大臣、上海轮船招商局和电报局总办、政事堂左丞、参政院参政等职。素称“智囊”,被袁世凯视为心腹,极力拥戴袁称帝复辟。袁复辟失败身死后,亦郁郁而终。

## 满江红·题龚怀西同年蘧庄图,时壬子中秋,同客海上。[①]

沧海横流,恨天下、滔滔皆是。[②]空怅望、蘧庄松菊,豆池荷芰。[③]万里他乡回首日,一年故国伤心事。到如今、无地觅桃源,唐虞世。[④]　争笛浦。曹瞒置。飞骑处,孙郎至。但点螺山在,垂虹桥圮。野水新蒲秋雨后,西风衰柳斜阳里。[⑤]任君家、有此好田园,归来否。

注释:

①《满江红·题龚怀西同年蘧庄图,时壬子中秋,同客海上。》词见 民国 徐世昌《晚晴簃诗汇》卷一百三十三,民国退耕堂刻本。

龚怀西:指龚心钊(1870—1949),字怀西,号仲勉,安徽合肥人。清代著名的外交家,光绪年间出使英、法等国,清末出任加拿大总领事。龚心钊笃好收藏文物,精品甚多。著名的秦商鞅方升,战国越王剑都是他的藏品。1960年,龚心钊的后辈将珍藏的500余件文物,捐献给上海市文物管理委员会。

蘧庄:光绪年间,逍遥津归合肥龚氏家族所有。龚鼎孳之七世孙龚心钊在此建蘧庄,其水面称为豆叶池。

壬子:此处指1912年。

②沧海横流:海水到处泛滥,比喻时世动乱不安。▶晋 范宁《〈穀梁传〉序》:“孔睹沧海之横流,乃喟然而叹曰:‘文王既没,文不在兹乎!’”

③怅望:惆怅地看望或想望。▶南朝 齐 谢朓《新亭渚别范零陵》:“停骖我怅望,辍棹子夷犹。”

④唐虞:唐尧与虞舜的并称。亦指尧与舜的时代,古人以为太平盛世。▶《论语·泰伯》:“唐虞之际,于斯为盛。”

⑤野水:指非经人工开凿的天然水流。▶唐 裴度《白二十侍郎有双鹤在洛下余西园

多野水长松可以栖息遂以诗请之》:“且将临野水,莫闭在樊笼。”

## 吴保德

吴保德(1863—1915),字念祖,号子恒。晚清庐江(今属安徽省合肥市)人。广东水师提督吴长庆长子。福建巡抚吴赞诚婿。光绪诸生,世袭三等轻车都尉。少年豪迈,居乡里,彰善纠违,平亭讼狱。耽于子部,吐属博雅。晚居京师,隐沦不仕。

### 癸巳冬宿实际寺赠净根长老[①]

冶父居者来寻寺,半山开士夜诵经。[②]危亭驾城寒江绕,古佛负墙孤灯青。[③]野扉松径与世隔,幽泉落叶无人听。[④]三更雪压僧房闭,为我煮茶柴几茎。

注释:

①《癸巳冬宿实际寺赠净根长老》诗见 民国 陈诗 编 章梦芙 参订《冶父山志》卷四诗歌,民国二十五年(1936)木刻本。

②开士:菩萨的异名。以能自开觉,又可开他人生信心,故称。后用作对僧人的敬称。▶ 南朝 宋 刘义庆《世说新语·文学》“提婆初至,为东亭第讲《阿毗昙》” 刘孝标 注引 晋 慧远《〈阿毗昙心〉叙》:“有出家开士字法胜,以《阿毗昙》源流广大,卒难寻究,别撰斯部。”

③危亭:耸立于高处的亭子。▶唐 白居易《春日题乾元寺上方最高峰亭》:“危亭绝顶四无邻,见尽三千世界春。”

④野扉:谓山居的门扇。借指隐居之处。▶唐 白居易《将归一绝》:“欲去公门返野扉,预思泉竹已依依。”

## 戴丙南

戴丙南,字翰声,初名声炎。清庐州合肥(今安徽省合肥市)人。戴鸿恩曾孙。

### 无题[①]

吴江枫冷雁声多,巾幅相邀共啸歌。幸有醁醽消垒块,不须青鬓感蹉跎。[②]遥遥极浦风帆出,浩浩中流竹箭过。我醉欲归山月上,豪情还约泛情波。

注释：

①《无题》民国 李家孚《合肥诗话》卷中，民国苏城临顿路毛上珍铅活字本。

②醁醽：美酒名。▶南朝 宋 刘道荟《晋起居注》："穆帝升平 二年，正月朔，朝会，是日赐众客醁醽酒。"

## 李经述

李经述（1864—1902），字仲彭，号澹园。晚清庐州合肥（今安徽省合肥市）东乡人。李鸿章过继的嫡子。李鸿章去世后，李经述悲痛过甚，吞金而死，归葬合肥东乡茅冈（今二十埠河附近），时人感其孝行，在其墓旁建牌坊以表纪念，俗称"孝子坊"。坊今不存，部分残存构件现收藏于大兴镇李鸿章享堂中。

### 淝水怀古[①]

#### 教弩台[②]

隔河待架千钧弩，演阵先登百尺台。[③]不羡穿池教水战，直思捍海射潮回。将军老去雕弓瘗，铁佛迎归宝刹开。[④]日暮秋风吹败草，萧萧尚带箭声来。

#### 青阳山房[⑤]

养亲筑屋傍山隅，辍耒观书意自娱。[⑥]未作忠臣先孝子，岂知野老即道儒。[⑦]南阳亦有躬耕士，危素宜充守庙夫。[⑧]夙愿他年虚讲学，数椽无恙鸟相呼。[⑨]

#### 飞骑桥[⑩]

上津桥已断长虹，突出重围仓卒中。他日龙蟠绵国运，今朝骏足是元功。[⑪]垂堂竟昧千金戒，跃马俱称一世雄。[⑫]英主能邀天默佑，可怜骓不逝重瞳。

#### 香花墩[⑬]

名贤遗址竞停车，一角荒墩几树花。祠庙难忘留像处，子孙仍是读书家。[⑭]忠诚始信池鱼格，清洁堪同雪藕夸。[⑮]地下阎罗属公否？夜深疑听鬼排衙。

#### 别虞桥[⑯]

汉军歌罢骊歌起，茫茫千秋桥尚存。[⑰]银烛双行将进酒，红妆一剑解酬恩。[⑱]离筵难忍虞兮泪，芳草如招楚些魂。幽恨惟余一溪水，至今呜咽向黄昏。[⑲]

#### 筝笛浦[⑳]

歌弦舞袖昔沉沦，寂寂芳魂问水滨。夜静玉龙犹有韵，春归铜雀已无人。[㉑]分

香羞丐奸雄宠。鼓瑟难随帝女尘。铁笛银笔何处觅，绿波南浦自粼粼。㉒

注释：

①《淝水怀古》诗见 清 李国杰辑《合肥李氏三世遗集〈李袭侯遗集〉》卷七，光绪三十年(1904)合肥李氏刊本。本诗共六首，分别咏教弩台、青阳山房、飞骑桥、香花墩、别虞桥、筝笛浦等古迹。

②原诗《教弩台》标题后有作者自注："在合肥怀德坊明教寺，魏武于此教强弩五百以御孙权棹船。"

③演阵：练习战斗队列。▶清 李渔《蜃中楼·献寿》："镇日价操戈演阵，待学那陶侃运甓扰闲身。"

④瘞[yì]：掩埋，埋葬。▶《吕氏春秋》："有年瘞土，无年瘞土。"

原诗"将军老去雕弓瘞，铁佛迎归宝刹开。"句后有作者自注："唐大历间，得铁佛，刺史裴绢奏请为寺。"

⑤原诗《青阳山房》标题后有作者自注："在合肥东南，余忠宣于此躬耕养亲，即田舍置经史，释耒即读。"

青阳山房：遗址在今肥东县长临河青阳山山麓，为元末余阙读书之处。

⑥辍耒：停止劳作。

⑦野老：村野老人。▶南朝 梁 丘迟《旦发渔浦潭》："村童忽相聚，野老时一望。"



⑧危素宜充守庙夫：此句指明朝建立后，原为元朝大臣的危素立即出仕新政权，后经谗被贬，令守余阙庙。

⑨原诗"夙愿他年虚讲学"句后有作者自注："公出仕后，不忘其初。乃加葺其屋，储书于中。冀宦成之后，与里中子弟朋友讲学于此，始有青阳山房之名。"

⑩原诗《飞骑桥》标题后有作者自注："在合肥明教寺东，孙权为张辽所袭，跃骏马得免。"

⑪元功：功臣。▶《汉书·景武昭宣元成功臣表序》："辑而序之，续元功次云。"

⑫垂堂：靠近堂屋檐下。因檐瓦坠落可能伤人，故以喻危险的境地。▶《汉书·爰盎传》："千金之子不垂堂，百金之子不骑衡。"

⑬原诗《香花墩》标题后有作者自注："在合肥南城外，包孝肃读书处，今为祠。"

⑭原诗"祠庙难忘留像处"句后有作者自注："祠中藏公画像。"

原诗"子孙仍是读书家。"句后有作者自注："明弘治间，宋太守鉴改城南梵宇为包公书院，命公二十四世孙大章读书其中，对岸则公之后裔家焉。"

⑮原诗"忠诚始信池鱼格"句后有作者自注："祠前有池产鲫尤美，非包姓渔之不能得。"

原诗"清洁堪同雪藕夸"句后有作者自注："池中又生藕，洁白胜于他处。"

⑯原诗《别虞桥》标题后有作者自注："在合肥城东，相传为项王别虞姬处。"

别虞桥：传说项羽兵败，在此桥与虞姬分别。《(嘉庆)合肥县志》载："别虞桥，在唐杨桥东北十五里。”今桥已不存,原址现改为滚水坝,位于梁园镇新河村境内。周边还有虞姬墓(位于石塘镇,距别虞桥十余里)、嗟虞墩(位于定远县二龙乡)等相关遗迹。

⑰骊歌:告别的歌。▶南朝 梁 刘孝绰《陪徐仆射晚宴》:“洛城虽半掩,爱客待骊歌。”

⑱酬恩:谓报答恩德。▶唐 罗隐《青山庙》:“市箫声咽迹崎岖,雪耻酬恩此丈夫。”

⑲ 幽恨:深藏于心中的怨恨。▶唐 元稹《楚歌》之十:“各自埋幽恨,江流终宛然。”

⑳原诗《筝笛浦》标题后有作者自注:“在合肥后土庙侧,魏武载妓船覆于此。渔人宿此犹闻筝笛之声。”

㉑玉龙:喻笛。▶宋 林逋《霜天晓月·题梅》词:“甚处玉龙三弄,声摇动,枝头月。”

㉒南浦:南面的水边。后常用称送别之地。▶《楚辞·九歌·河伯》:“子交手兮东行,送美人兮南浦。”

## 陈诗

陈诗(1864—1943),字子言,号鹤柴。清末民国庐江(今安徽省庐江县)人。出身宦门家,少年随父归里闭门自学,好诗,“见人佳句,若已有之,勤抄不倦,积久成帙”。

光绪二十五年(1899)旅居南京、上海,受文廷式、郑孝胥、吴保初等名家指点,愈益长进。其诗早年学渔洋,中年法郊岛,晚年取众精髓,诗体兼唐宋之长,不断创新,在皖别树一帜。生平诗作甚丰,有《藿隐诗草》《据梧集》《鹤柴诗存》《凤台山馆诗抄》《尊瓠室诗话》《静照轩笔记》等,选编《庐江诗隽》《庐州诗苑》《皖雅初集》,编纂《冶父山志》《安徽通志艺文稿·集部》《庐江疆域考》等,重印吴保初的《北山楼集》、史台懋的《桴槎山馆集》,袁履方的《砚亭诗抄》,代刻《金氏二妙集》。

### 初秋冶父山志撰成书后①

老撰冶山志,吾生本好奇。挥毫三月就,嘉话百年垂。愿效云中鹤,闲观局外棋。②乘秋挂帆去,梨枣望新知。③

注释:

①《初秋冶父山志撰成书后》诗见 民国 陈诗著 徐成志、王思豪编校《陈诗诗集》,黄山书社2010年版。

②云中白鹤:比喻品格高洁、志向高远的人。▶《三国志·魏志·邴原传》“太祖征吴,原从行,卒”裴松之 注引《邴原别传》:“邴君所谓云中白鹤,非鹑鷃之网所能罗矣。”

③新知:新结交的知己。语本《楚辞·九歌·少司命》:“悲莫悲兮生别离,乐莫乐兮新相知。”

## 寄童茂先丈[①]

闻说淝西塞，将军旧枕戈。时屯限戎马，世治乐烟萝。一射聊城笴，还赓劳者歌。迎秋增白发，大树久婆娑。

注释：

①《寄童茂先丈》诗见 民国 陈诗著 徐成志、王思豪编校《陈诗诗集》，黄山书社2010年版。

## 北山楼晚眺[①]

鸟声忽清绝，疏雨过前峰。断涧水流急，绿阴当户浓。茶香浮石碾，岚气含岩松。散发风前坐，毗卢送晚钟。

注释：

①《北山楼晚眺》诗见 民国 陈诗著 徐成志、王思豪编校《陈诗诗集》，黄山书社2010年版。



## 张子开广文过沪言将作西湖游同饮酒楼赋诗送之[①]

夫子淮南逸，来寻湖上秋。百忧频断酒，千里共登楼。题榜韦公笔，思莼张翰舟。惊波游日夜，沙鹭向人愁。[②]

注释：

①《张子开广文过沪言将作西湖游同饮酒楼赋诗送之》诗见 民国 陈诗著 徐成志、王思豪编校《陈诗诗集》，黄山书社2010年版。

②惊波：惊险的巨浪。▶汉 张衡《西京赋》："散似惊波，聚似巨峙。"



## 冶父山[①]

外家枕流园，我家黄陂渡。南北路逶迤，每经城东去。山势耸青霄，冶父笼晴树。石泉流涓涓，涧水旱不涸。经行念予祖，单车聊吟处。丛残艺菊录，尚记龙文句。何时复归来，更与山灵遇。闲寻星朗迹，沧桑叹迟暮。杜鹃开曰春，枫叶夜疑曙。山深别有天，载酒吾能赋。

注释：

①《初秋冶父山志撰成书后》诗见 民国 陈诗著 徐成志、王思豪编校《陈诗诗集》，黄山书社2010年版。

## 夏日宿北山楼呈子恒师①

几树榴花映水妍，绿阴浓护小楼前。庄周已识临渊乐，徐孺频来借榻眠。②夜雨深杯倾白堕，薰风清响入朱弦。③淮南丛桂时招隐，惆怅空山老谢元。

注释：

①《夏日宿北山楼呈子恒师》诗见 民国 陈诗著 徐成志、王思豪编校《陈诗诗集》，黄山书社2010年版。

②借榻：借人床榻睡觉。犹借宿。▶宋 秦观《寄题赵侯澄碧轩》："何日解衣容借榻，卧听螭口泻泠泠。"

③白堕：《洛阳伽蓝记·法云寺》："河东人刘白堕善能酿酒。季夏六月，时暑赫晞，以甖贮酒，暴于日中。经一旬，其酒不动，饮之香美而醉，经月不醒。"后因用作美酒别称。▶ 宋 苏辙《次韵子瞻病中大雪》："殷勤赋《黄竹》，自劝饮白堕。"

# 程颂万

程颂万（1865—1932），字子大，一字鹿川，号十发居士。晚清民国湖南宁乡（湖南省宁乡市）人。少有文才，善应对，喜研词章。虽勤奋好学，但屡试未第，对科举制度遂无好感，而对时局新学甚为热心，为张之洞、张百熙所倚重。曾充湖广抚署文案。

## 题龚省吾观察太常仙蝶图卷①

昔年识蝶澂园日，晴雪烘梅在玉窗。②近事蜂衙幻朝市，新图凤子出庐江。③丈人福喜知非偶，园叟高情栩化双。④留写忠贞与仙躅，江湘耆旧颂眉庞。⑤

注释：

①《题龚省吾观察太常仙蝶图卷》诗见 清 程颂万《石巢诗集》卷五，民国十二年（1923）武昌刻十发居士全集本。原诗标题后有注："君守庐州，仙蝶再至郡斋。"

②玉窗：对窗的美称。▶南朝 梁简文帝《伤美人》："何时玉窗里，夜夜更缝衣。"

③蜂衙：群蜂早晚聚集，簇拥蜂王，如旧时官吏到上司衙门排班参见。▶宋 陆游《青羊宫小饮赠道士》："微雨晴时看鹤舞，小窗幽处听蜂衙。"

凤子:大蛱蝶。▶晋 崔豹《古今注·鱼虫》:“(蛱蝶)其大如蝙蝠者,或黑色,或青斑,名为凤子。”

④福喜:亦作“福禧”。幸福吉庆。▶汉 焦赣《易林·坤之中孚》:“安如太山,福喜屡臻,虽有豺虎,不致危身。”

⑤仙躅:神仙的踪迹。▶唐 王绩《古意》:“幽人在何所?紫岩有仙躅。”

王遗,号石癯。清庐州合肥(今安徽省合肥市)人。王雪亭从兄。

## 题杨甓渔柳堤垂钓图①

一堤烟柳绿阴深,流水潺潺自古今。长把钓竿避尘网,锦鳞得失本无心。

注释:

①《题杨甓渔柳堤垂钓图》民国 李家孚《合肥诗话》卷中,民国苏城临顿路毛上珍铅活字本。

王逸,号雪亭。清庐州合肥(今安徽省合肥市)人。王尚辰族孙。耽吟咏,尚风雅。

## 自警①

孤松倚绝谷,偃蹇封冰雪。岂无春风情,贞此岁寒节!蓬蒿附其上,青青媚阳泽。②托恨非不高,转眼秋风烈。不待樵斧寻,飘零根株绝。③寄言山中人,二者将焉择?

注释:

①《自警》民国 李家孚《合肥诗话》卷中,民国苏城临顿路毛上珍铅活字本。

②阳泽:喻普施恩泽。▶《文选·谢灵运〈从游京口北固应诏〉诗》:“原隰荑绿柳,墟囿散红桃,皇心美阳泽,万象咸光昭。”

③樵斧:柴斧。▶宋 陈与义《出山》诗之二:“山空樵斧响,隔岭有人家。”

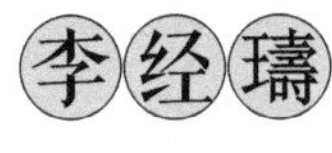

# 李经璹

李经璹(1866—1912),字菊耦(一作菊藕、鞠耦),别号兰骈馆主。晚清庐州合肥(今安徽省合肥市)东乡人。李鸿章长女,张佩纶继室,张爱玲祖母。李慈铭《越缦堂日记》载:菊耦“敏而能诗,合肥爱之”。著有诗集《绿窗绣草》,不传。

## 兰斋联句用昌黎会合韵①

江湖归梦清,伉俪深情重。(幼)差甘提瓮贫,岂慕佩刀勇?(慧)②羁寄凤鸣随,氋氃鹤立耸。(幼)③镜心如水止,养气不山涌。(慧)绝徼方劳休,邃阑任谗壅。(幼)④赠侨交旧联,馌缺迹新踵。(慧)⑤破匏初同牢,赠剑若挂垄。(幼)⑥家声恨中坠,世网蓄余恐。(幼)酒开北海樽,瓜觅东陵种。(慧)⑦豸冠进触邪,蠹简退删冗。(慧)⑧大隐肯巢山,小儒徒发冢。(幼)⑨鹰隼空猜惊,麒麟顾矜宠。(慧)⑩申椒辞胜帏,散木畏棨栱。(幼)⑪志士罹百忧,党人集群恟。(慧)同舟倏易观,别馆仍叨奉。(幼)⑫且谋山中醉,无哭天下踵。(慧)谁工三窟营?却羡八骀拥。(幼)⑬钗无曜首华,案学低眉捧。(慧)忘机信海沤,应候殊秒蛩。(幼)⑭脾苏念苦辛,足倦息微尰。(慧)⑮军符倚临淮,甲仗班阙巩。(幼)⑯丝竹夙矜严,沐薰翻劣辱。(幼)但期两芙并,已致四夷悚。(幼)冰玉相莹澈,芷蘅益荃茸。(慧)⑰真契磁引针,潜辉璞留珙。(幼)⑱败名亦安齐,知足矧得陇。(幼)⑲卫戟云依依,浮家水溶溶。(慧)外物何瑕疵,吾真勿桎拲。(慧)⑳人心险山川,道脉寄适冢。(幼)㉑鹏息笑蜩鸠,龙藏化蚕蛹。(幼)㉒亲戚洽话言,交游谢贯踊。(慧)清辨麈毛纷,深栖鳒翼氄。(幼)传经责儿曹,织薄约臧甬。(幼)并作理闲琴,谡起松涛汹。(慧)

注释:

①《兰斋联句用昌黎会合韵》民国 李家孚《合肥诗话》卷下,民国苏城临顿路毛上珍铅活字本。此诗为张佩纶(幼)、李经璹(慧)夫妇联句。

②提瓮:《后汉书·列女传·鲍宣妻》:“勃海鲍宣妻者,桓氏之女也,字少君。宣尝就少君父学,父奇其清苦,故以女妻之,装送资贿甚盛。宣不悦……妻乃悉归侍御服饰,更着短布裳,与宣共挽鹿车归乡里。拜姑礼毕,提瓮出汲,修行妇道,乡邦称之。”后遂用为修行妇道、甘于贫苦的典故。

③凤鸣:凤凰鸣唱。比喻夫妻感情和洽。▶宋 吴坰《五总志》:“白屋同愁,已失凤鸣之侣;朱门自乐,难容乌合之人。”

氋氃:毛松散貌。▶清 钱谦益《十五夜不见月》:“栖鹤氋氃思北岭,啼螀亲切近南楼。”

④绝徼:极远的边塞之地。▶唐 韩愈《湘中酬张十一功曹》:“休垂绝徼千行泪,共泛清湘一叶舟。”

⑤交旧:旧友;老朋友。▶《后汉书·张奂传》:“(张奂)既被锢,凡诸交旧莫敢为言。”

⑥同牢:古代婚礼中,新夫妇共食一牲的仪式。▶《汉书·王莽传下》:“进所征天下淑女杜陵史氏为皇后……莽亲迎于前殿两阶间,成同牢之礼于上西堂。”

⑦北海樽:即北海尊。汉末孔融为北海相,时称孔北海。融性宽容少忌,好士,喜诱益后进。及退闲职,宾客日盈其门。常叹曰:“坐上客恒满,尊中酒不空,吾无忧矣。”见《后汉书·孔融传》。后常用作典实,以喻主人之好客。

⑧豸冠:古代御史所戴的獬豸冠。借指纠察、执法的官员。

触邪:谓辨触奸邪。古代传说中有神羊,名獬豸,能辨邪触不正者。▶《晋书·束晰传》:“朝养触邪之兽,庭有指佞之草。”

⑨大隐:指真正的隐士。▶清 黄鷟来《题毛闇斋采芝图》:“大隐不忘世,葆璞天地间。美哉绮与甪,采芝于商山。”

小儒:浅陋的儒者。▶《汉书·夏侯胜传》:“建所谓章句小儒,破碎大道。”

发冢:发掘坟墓。▶《庄子·外物》:“儒以诗礼发冢。”

⑩猜惊:猜疑惊骇。▶《后汉书·西羌传·滇良》:“吴祉等乃多赐迷唐金帛,令籴谷市畜,促使出塞,种人更怀猜惊。”

矜宠:炫耀所受的宠爱。▶唐 杜甫《骢马行》:“雄姿逸态何崷崒,顾影骄嘶自矜宠。”



⑪申椒:香木名。即大椒。▶《汉书·扬雄传上》:“棍申椒与菌桂兮,赴江湖而沤之。”

散木:原指因无用而享天年的树木。后多喻天才之人或全真养性、不为世用之人。▶《庄子·人间世》:“匠石之齐,至于曲辕,见栎社树……曰:‘已矣,勿言之矣!散木也,以为舟则沈,以为棺椁则速腐,以为器则速毁,以为门户则液樠,以为柱则蠹。是不材之木也,无所可用,故能若是之寿。’”

⑫倏易:急速变化。▶《二刻拍案惊奇》卷四:“岂知世事浮云,倏易不定。”

⑬八驺:古代贵官出行,有八卒骑马前导,称“八驺”。▶《南齐书·王融传》:“车前无八驺卒,何得称为丈夫!”

⑭海沤:谓海中水泡。▶《楞严经》卷六:“空生大觉中,如海一沤发。”佛教用水泡比喻生命的空幻。后以“海沤”比喻事物起灭无常。

⑮微尰:小腿生湿疮,脚浮肿。▶《诗·小雅·巧言》“既微且尰,尔勇伊何”毛 传:“骭疡为微,肿足为尰。”

⑯阙巩:指阙巩国所产的铠甲。▶《左传·定公四年》:“分唐叔以大路、密须之鼓、阙巩、沽洗,怀姓九宗,职官五正。”

⑰蓁茸:茂密貌。▶《文选·潘岳〈射雉赋〉》:“稊菽藂糅,蘙荟蓁茸。”徐爰 注:“蘙荟蓁茸,深概貌。”

⑱真契:知己,意志相合者。▶金 王若虚《忆之纯》诗之一:“幼岁求真契,中年得伟人。”

引针:亦作“引针”。拔针。▶《素问·离合真邪论》:“候呼引针,呼尽乃去。”王冰注:“引,引出也。”

潜辉:谓掩藏才智。▶汉 刘向《列仙传·陆通》:“接舆乐道,养性潜辉。”

⑲败名:败坏名声。▶《左传·僖公二十三年》:“姜曰:‘行也!怀与安,实败名。’”

⑳桎梏:谓刑具。梏,两手被铐。▶唐 皮日休《移元征君书》:“得丧不可摇其心,荣辱不能动其志,桎梏冠冕,泥滓渌位。”

㉑道脉:犹道统。▶元 戴良《哭汪遯斋二十四韵》:“儒言存道脉,野趣任天真。”

㉒鹏息:《庄子·逍遥游》:“鹏之徙于南冥也,水击三千里,抟扶摇而上者九万里,去以六月息者也。”后以“鹏息”比喻仕途受阻。▶唐 刘禹锡《酬李相公喜归乡国自巩县夜泛洛水见寄》:“鹏息风还起 凤归林正秋。”亦谓远游后暂时歇息。

李经钰(1867—1922),原名经适,字连之,号庚余,别号逸农。晚清民国合肥(今安徽省合肥市)东乡人。李蕴章第四子。光绪十九年(1893)癸巳科举人,官河南候补道,加二品衔。辛亥革命起,杜门不出,后卒于上海私寓,年五十六。著有《友古堂诗集》二卷。

## 题课农别墅[①]

石径纵横绕树斜,疏篱新缉未全遮。潇潇一夜西风雨,催放空庭百合花。

注释:

①《题课农别墅》诗见 清 李经钰《友古堂诗集》,民国十二年(1923)铅印本。

课农别墅:位于合肥县城东三十三里,老长冈村近市山庄东南水中央。数椽茅茨扶疏,设红桥可达,岸具小艇,可绕村植奇花异果,风景清幽,中有白莲池、樱桃圃、芍药栏、玉兰坞、芙蓉馆、梧桐院、木槿篱、棕榈亭、柿园、栗林诸胜,乡人称为花墩。近市山庄为经钰、经达兄弟故宅,课农别墅即其读书处也。

## 留别皖中诸友[①]

梅雨潇潇二月天,挂帆远破隔溪烟。归程又负鲥鱼上,客邸频惊兔魄圆。[②]故态疏狂聊复尔,旧时情事两茫然。[③]扁舟欲去重回首,浪迹江城二十年。[④]

注释:

①《留别皖中诸友》诗见 清 李经钰《友古堂诗集》,民国十二年(1923)铅印本。

②兔魄：月亮的别称。▶《参同契》卷上："蟾蜍与兔魄，日月无双明。"

③聊复尔：聊复尔耳。姑且如此而已。▶宋 辛弃疾《永遇乐·检校停云新种杉松戏作》："停云高处，谁知老子，万事不关心眼。梦觉东窗，聊复尔耳，起欲题书简。"亦作"聊复尔尔"。

④江城：临江之城市、城郭。此处指安庆城。▶唐 崔湜《襄阳早秋寄岑侍郎》："江城秋气早，旭旦坐南闱。"

## 寄吴子恒庐江即用其翠微亭韵[①]

才得相逢便送归，离程杳杳暮云飞。悬知射虎身将隐，苦学屠龙技总非。[②]月黑荒城寒柝急，烟开山市远峰微。[③]一联轻甲休尘积，回首东瀛正铁衣。

注释：

①《寄吴子恒庐江即用其翠微亭韵》诗见 清 李经钰《友古堂诗集》，民国十二年(1923)铅印本。

吴子恒：即吴保德。

②悬知：料想；预知。▶北周 庾信《和赵王看伎》："悬知曲不误，无事畏周郎。"

屠龙：《庄子·列御寇》："朱泙漫学屠龙于支离益，单千金之家，三年技成，而无所用其巧。"后因以指高超的技艺或高超而无用的技艺。▶唐 卢照邻《释疾文》："既而屠龙适就，刻鹄初成。"

③寒柝：寒夜打更的木梆声。▶唐 顾云《投西边节度使启》："夷落无喧，干戈尽偃，边烽息焰，寒柝沉声。"

## 拟边城秋夜[①]

关山无树势峻嶒，吹笛中宵朔气凝。[②]沙漠风高驱壮马，平原霜冷下饥鹰。九蕃部落秋窥塞，八校旌旗夜守冰。[③]横剑营门一徙倚，鸊鹈泉畔月华澄。[④]

注释：

①《拟边城秋夜》诗见 清 李经钰《友古堂诗集》，民国十二年(1923)铅印本。

②峻嶒：陡峭不平貌。▶明 徐弘祖《徐霞客游记·粤西游日记三》："忽壁右渐裂一隙，攀隙而登，石骨峻嶒，是曰大峺。"

朔气：北方之寒气。▶《乐府诗集·横吹曲辞五·木兰诗》："朔气传金柝，寒光照铁衣。"

③窥塞：窥伺边境。▶宋 曾巩《本朝政要策·契丹》："当此之时，疆境泰然，无北顾之忧，间有窥塞之谋，虏骑六万，太祖命田钦祚以三千人破之。"

八校：汉所置八种校尉的合称。《汉书·百官公卿表上》："中垒校尉掌北军垒门内，外掌西域。屯骑校尉掌骑士。步兵校尉掌上林苑门屯兵。越骑校尉掌越骑。长水校尉掌长水宣曲胡骑。又有胡骑校尉,掌池阳胡骑,不常置。射声校尉掌待诏射声士。虎贲校尉掌轻车。凡八校尉,皆武帝初置,有丞、司马。自司隶至虎贲校尉,秩皆二千石。”东汉灵帝又置西园八校尉。后通称将佐为八校。

④鸊鹈泉:唐代丰州有九十九泉,在西受降城北三百里的鸊鹈泉号称最大。唐宪宗元和初,回鹘曾以骑兵进犯,与镇武节度使驻兵在此交战。

## 李丙荣

李丙荣(1867—1938),字树人。清末民国江苏丹徒(今江苏省镇江市)人。李恩绶之子。附贡生,曾以五品衔官安徽候补知县。以藏书享誉镇江,重视地方文献的收藏。继后,参编《大观亭志》,校勘其父李恩绶纂修的当涂《采石志》。著《绣春馆词抄》《京江诗抄》等。

### 己亥仲春渡湖晚泊中庙作①

小别逡遒郡，一帆风正悬。②潮枯施口外，塔耸姥峰巅。③社鼓喧斜日，渔榔隔暮烟。④白鸥旧相识，两次泊归船。⑤

注释:

①《己亥仲春渡湖晚泊中庙作》诗见 清 李恩绶编《巢湖志》卷二诗,黄山书社2007年版,第580页。

②逡遒:即浚遒县,西汉初置,属九江郡。东汉兴平三年(196),改九江郡为淮南郡,浚遒县属之。西晋初,撤浚遒县,并入合肥县,西晋太康元年(280),复浚遒县,改“浚”为“逡”,属扬州淮南郡。太康十年十一月甲申,逡遒县改属淮南国。西晋永康元年(300)八月,逡遒县属淮南郡。逡遒县在东晋乱后荒废,故治今安徽肥东县石塘镇龙城社区。后因将浚遒作为旧合肥县东乡(今肥东县)的代称之一。

③原诗“潮枯施口外”句后有作者自注:“时施口水涸阻船,出入以牛拖行。”

渔榔:指渔船。▶清 鲁超《卖花声》词:“咿轧弄渔榔,摇漾云光,隔溪蓉柳学新妆。”

④原诗“社鼓喧斜日”句后有作者自注:“是日湖上诸祠皆报赛。”

⑤原诗“白鸥旧相识,两次泊归船。”句后有作者自注:“余渡湖来往约四次。”

### 晚泊巢县①

晚泊居巢国，萧然一叶舟。②城闉斜照射，渡口急湍流。③屋矮灯光黯，天高月色秋。吾徒何碌碌，相对妒闲鸥。

注释：

①《晚泊巢县》诗见 清 李恩绶编《巢湖志》卷二诗，黄山书社2007年版，第579页。

②居巢国：殷周时期的方国，青铜器班簋以及鄂君启节的铭文都有记载。今巢湖市域为古居巢国之地。

③城闉：城内重门。亦泛指城郭。▶《魏书·崔光传》：“诚宜远开阙里，清彼孔堂，而使近在城闉，面接官庙。”

## 秋日偕同人游紫蓬山[1]

夙爱名山游，每苦风尘缚。[2]两度肥西秋，到今始践诺。[3]何幸同志人，豪兴极踊跃。有怀李曼成，久负军事学。[4]紫蓬筑高茔，不须姓名错。数里入层岚，空翠滴芒屩。远闻星星钟，穿度白云壑。蛇行达禅关，剥啄响门锈。[5]老僧不迎客，性情何寂寞。佛屋暗如夜，一灯耿莲幕。入山松更深，草木已零落。黄花正散金，满地疑丹护。[6]峭壁在外插，俨然三峰削。高下势不平，文笔悟约略。[7]山录定结缘，有福再寄托。匆匆循路归，尚未孱腰脚。



注释：

①《秋日偕同人游紫蓬山》诗见 清 李恩绶 纂 民国 释三惺续补《紫蓬山志》，民国二十年(1931)仲秋合肥紫蓬山房铅印本。

②夙爱：一向喜欢。▶清 金农《近溪庵怀亦谙上人》：“夙爱轧氏癯，永怀已公句。可怜在山僧，三徙城中住。”

③践诺：履行诺言。▶《红楼梦》第九九回：“如蒙践诺，即遣冰人，途路虽遥，一水可通。”

④李曼成：指李典，三国时期曹魏名将。山阳郡钜野县(今山东巨野)人。李典深明大义，不与人争功，崇尚学习，尊敬儒雅，尊重博学之士，在军中被称为长者。李典有长者之风，官至破虏将军，三十六岁时去世。魏文帝曹丕代汉后，追念李典在合肥之战的功绩，谥为愍侯，追加李祯食邑百户，另外又以百户封了李典的另外一个儿子为关内侯。正始四年(243年)，李典得享从祀于曹操庙庭。

⑤剥啄：象声词。敲门或下棋声。▶宋 苏轼《次韵赵令铄惠酒》：“门前听剥啄，烹鱼得尺素。”

⑥散金：比喻张开的黄花瓣。▶晋 张翰《杂诗》之一：“青条若总翠，黄花如散金。”

⑦约略：粗略，不详尽。▶唐 白居易《答客问杭州》：“为我踟蹰停酒盏，与君约略说杭州。”

## 春日巢湖王小河晓发[1]

锦绣春光随处好，桃霞掩映柳成丝。峰峦高下不平势，波浪潆洄欲涨时。扰乱乡情嗔燕子，惊回客梦怨莺儿。归装此去增行色，一路囊中富有诗。

注释：

①《春日巢湖王小河晓发》诗见 清 李恩绶编《巢湖志》卷二诗，黄山书社2007年版，第579页。

## 登姥山塔[1]

孟婆今日浪作剧，吹转东风午更急。[2]白波浸天天欲湿，欺我孤客阻归楫。[3]焦姥山巅何岌岌，上有石塔撑七级。遥想阊阖呼通吸，我将虚空学鹤立。舟人导我相挈提，脚底梯云云作梯。[4]睥睨同行步争捷，回看下客如醯鸡。[5]合舒庐巢山百幅，到此恍觉群峰低。俯仰天地间，凭栏忽东顾，闽海夷氛逼松沪。[6]安得俞家父子劲水师，出为朝廷御强侮。[7]科名仰赖窣堵波，可笑将军不好武，徒事乞灵向焦姥。[8]游兴已阑返孤篷，重烧神福祈好风。[9]狮岩云树瞻葱茏，言辞焦姥寻焦公。[10]



注释：

①《登姥山塔》诗见 清 李恩绶编《巢湖志》卷二诗，黄山书社2007年版，第579页。

②孟婆：传说中的风神。▶宋徽宗赵佶《月上海棠》词："孟婆且与我，做些方便。"

③归楫：指归舟。▶唐 杜甫《八哀诗·故司徒李公光弼》："吾思哭孤冢，南纪阻归楫。"

④原诗"脚底梯云云作梯"句后有作者自注"塔门榜曰'梯云'。"

挈提[qiè tí]：携带；带领。▶清 曹寅《题〈柳村送别图〉》："终手囊襆挈提轻，舟马长艰一日晴。"

⑤原诗"睥睨同行步争捷，回看下客如醯鸡。"句后有作者自注"时阻风者多登山。"

⑥夷氛：此处指外族入侵的战祸。▶清 陆嵩《赠龚蓝生大令》："昨年京口腾夷氛，兵刃未接军先奔。"

⑦俞家父子劲水师：指元末俞廷玉和俞通海、俞通渊父子(以及廖永安兄弟)在巢湖编练水军，结寨自保，后率水军投奔朱元璋，战功赫赫，父子皆封显爵。

⑧科名：科举功名。▶唐 韩愈《答陈生书》："子之汲汲于科名，以不得进为亲之羞者，惑也。"

窣堵波：亦作"窣堵坡"。梵语stūpa的音译，即佛塔。▶唐 玄奘《大唐西域记·呾蜜国》："诸窣堵波及佛尊像，多神异，有灵鉴。"

⑨孤篷：常用以指孤舟。▶唐 皮日休《鲁望以轮钩相示缅怀高致因作》："孤篷半夜无

余事，应被严滩聒酒醒。”

⑩原诗“狮岩”后有作者自注“即焦山”。

## 水调歌头·巢湖月夜闻邻舟歌声[①]

夜静悄无语，偏解笛吹愁。不知多少逸调，散落在寒流。[②]我每闻歌增感，竟尔旧欢若梦，一曲碎心头。[③]故里渺难即，身世又扁舟。　　推篷望，银汉转，挂蟾钩。[④]湖光留我久住，冷笑妒闲鸥。难道琵琶清泪，又使青衫湿透，再个白江洲。[⑤]暖醅且孤酌，万事醉时休。[⑥]

注释：

①《水调歌头·巢湖月夜闻邻舟歌声》词见 清 李恩绶编《巢湖志》卷二诗，黄山书社2007版，第593页。

②逸调：超脱世俗的曲调。▶唐 骆宾王《上郭赞府启》：“倘使陈留逸调，下探柯亭之篠；会稽阴德，傍眷余溪之蔡。则回眸之报，不独著于前龟；清亮之音，谁专称于往笛？”

寒流：清冷的小河或小溪。▶南朝 齐 谢朓《始出尚书省》诗：“邑里向疏芜，寒流自清泚。”

③竟尔：犹竟然。



④蟾钩：月牙。

⑤原诗“难道琵琶清泪，又使青衫湿透，再个白江洲。”句化自 白居易《琵琶行》：“座中泣下谁最多，江州司马青衫湿。”说明作者李丙荣亦有失意文人之叹。

⑥暖醅：指温热的酒水或将酒水温热。▶唐 许浑《陪少师李相国崔宾客宴居守狄仆射池亭》诗（有节）：“云聚（一作定）歌初转，风回舞欲翔。暖（一作新）醅松叶嫩，寒粥杏花香。”

## 吴鼎云

吴鼎云（1867—1922），字铮甫，号曾圃。晚清民国合肥县（今安徽省合肥市）西乡人。有《萝月轩诗钞》。

## 渡巢湖[①]

雪后朔风劲，湖行向晚天。[②]好山遥对酒，骇浪怒捶船。僧磬沉寒日，渔舟破远烟。不愁行役苦，江海自年年。

注释:

①《渡巢湖》诗见 清 李恩绶编《巢湖志》卷二诗,黄山书社2007年版,第586页。

②向晚:傍晚。▶唐 李颀《送魏万之京》诗:“关城曙色催寒近,御苑砧声向晚多。”

## 环翠山吊葛征君①

湖上田每每,一阜隆然起。浓翠回环中,古有隐君子。不采首阳薇,不洗颍川耳。②山色与湖光,幽栖称高履。③笃孝范人伦,树德训乡里。④至今湖上民,仁让俗纯美。⑤岧岧湖上山,浩浩湖中水。⑥山高复水长,闻风共兴起。⑦

注释:

①《环翠山吊葛征君》诗见 清 李恩绶编《巢湖志》卷二诗,黄山书社2007年版,第585页。

葛征君:指元末合肥人葛闻孙。葛闻孙(1285—1345),字景元,元末庐州合肥(今合肥)人。早年丧父,事母以孝闻于乡里。读书勤奋,每日能记数千言,且终身不忘。曾因家境贫寒出仕颍州文学之吏。既而认为自己志向并不在此,乃返回家乡,以耕稼奉养母亲。又在庐州城郊南湖之西,建环翠山房从事讲学。每天与弟子探讨经史,怡然自乐,门下诸生众多。城内外士民,钦佩其品行,皆称为“隐君子”。乡邻纠纷以及官府疑难狱讼,往往邀请其裁决。朝廷召为翰林院编修,推辞不赴。卒年六十一,友人余阙撰写墓志铭。有《环翠山房集》。

②“不采首阳薇,不洗颍川耳。”句:指伯夷、叔齐不食周粟,采薇首阳山以及许由拒绝尧的传位,在颍水洗耳的典故。

③高履:即高齿屐。▶北齐 颜之推《颜氏家训·涉务》:“梁世士大夫皆尚褒衣博带、大冠高履。”

④笃孝:十分孝顺。▶《韩诗外传》卷九:“是以君子入则笃孝,出则友贤,何为其无孝子之名。”

树德:施行德政;立德。▶汉 刘向《说苑·至公》:“孔子闻之曰:‘善为吏者树德,不善为吏者树怨。’”

⑤仁让:仁爱谦让。▶《后汉书·儒林传·孙期》:“远人从其学者,皆执经垄畔以追之,里落化其仁让。”

⑥岧岧:高貌。▶《文选·张衡〈西京赋〉》:“干云雾而上达,状亭亭以岧岧。”

⑦兴起:因感动而奋起。▶《孟子·尽心下》:“奋乎百世之上,百世之下,闻者莫不兴起也。非圣人而能若是乎?”

## 青阳山吊余忠宣[①]

我游青阳山，山高湖更阔。闲气钟英灵，笃生古贤达。[②]天地不虚生，宇宙皆吾事。[③]空山讲学年，已怀报国志。丞相蹈崖海，督师沉邗江。[④]古今忠烈臣，热血同一腔。山云护灵墟，湖水澹幽居。[⑤]浩气不可灭，万古延休誉。[⑥]

注释：

①《青阳山吊余忠宣》诗见 清 李恩绶编《巢湖志》卷二诗，黄山书社2007年版，第585页。

②笃生：谓生而得天独厚。▶《诗·大雅·大明》："笃生武王，保右命尔。"

③虚生：徒然活着，白活。▶唐 王建《宫中调笑》词之三："愁坐、愁坐，一世虚生虚过。"

④督师：官名。统率指挥军队的大将。明时置。▶清 顾炎武《楚僧元瑛谈湖南三十年来事作》诗之三："督师公子竟头陀，诗笔峥嵘浩气多。"

⑤灵墟：洞天福地。▶《古微书·河图纬》："北上包山入灵墟，乃造洞庭窃禹书。"

⑥延休：长久的荫庇。▶唐 李邕《贺感梦圣祖表》："知亿年之永托，沐万代之延休。"



## 余忠宣故宅[①]

臣节从堪对帝天，大元豪士属忠宣。[②]睢阳慷慨捐躯日，崖海从容殉国年。[③]无定古今惟世事，原难成败论英贤。却来故宅空凭吊，浩气千秋尚凛然。

注释：

①《余忠宣故宅》诗见 清 李恩绶编《巢湖志》卷二诗，黄山书社2007年版，第582页。

余忠宣故宅：指元末余阙故宅，位于今肥东县长临河镇青阳山下，遗址已不存。

②臣节：人臣的节操。▶《孔子家语·致思》："长事齐君，君骄奢失士，臣节不遂，是二失也。"

帝天：上天。▶清 蒲松龄《聊斋志异·王六郎》："前一念恻隐，果达帝天。"

③"睢阳慷慨捐躯日，崖海从容殉国年。"句：指唐张巡死守睢阳三年，后城破被杀事以及南宋末年崖山海战，宋军大败，丞相陆秀夫抱帝昺滔海殉国事。

## 中庙远眺[①]

古庙峥嵘起半空，层楼杰阁势称雄。[②]帘开远挹朝霞烂，树老偏教暮霭融。[③]隔岸山光明灭际，冲波帆影有无中。[④]携樽遍览湖天胜，检点诗筒又钓筒。[⑤]

注释：

①《中庙远眺》诗见 清 李恩绶编《巢湖志》卷二诗，黄山书社2007年版，第582页。

②杰阁：高阁。▶唐 韩愈《记梦》："隆楼杰阁磊嵬高，天风飘飘吹我过。"

③暮霭：傍晚的云雾。▶南朝 宋 颜延之《陶征士诔》："晨烟暮霭，春煦秋阴，陈尽辍卷，置酒弦琴。"

④冲波：激浪；大波。▶晋 陆机《演连珠》之三九："臣闻冲波安流，则龙舟不能以漂；震风洞发，则夏屋有时而倾。"

⑤钓筒：插在水里捕鱼的竹器。此处代指钓鱼的渔具。▶唐 崔道融《溪夜》："渔人抛得钓筒尽，却放轻舟下急滩。"

## 龙泉山凭眺①

崱屴龙泉莫与齐，振衣绝顶任攀跻。②千村烟霭当窗见，四面云山入望低。树色葱茏青翡翠，波光潋滟白玻璃。晚来处处渔歌起，湖月湖风双桨携。

注释：

①《龙泉山凭眺》诗见 清 李恩绶编《巢湖志》卷二诗，黄山书社2007年版，第583页。

②崱屴[zè lì]：高大峻险貌。▶清 朱彝尊《望摘星陀》："蜿蜒众山伏，崱屴一峰挺。"

## 施口阻风①

莽莽东风湖上生，怒涛十丈砉然惊。②一钩新月忽吹落，半夜残灯渐失明。篷角咿喁声转疾，客心惶恐梦难成。天涯何处无波浪，忠信由来仗远行。

注释：

①《施口阻风》诗见 清 李恩绶编《巢湖志》卷二诗，黄山书社2007年版，第583页。

②砉[huò]：波涛冲击声。

## 巢湖舟中步周子昂观察韵①

饥驱江海十余年，赢得游踪类马迁。②酒券诗篇留敝簏，湖光山色引归船。③撑天一塔晴霄外，破浪孤舟落照边。④莫问升沉人世事，千秋无恙此洪川。

注释：

①《巢湖舟中步周子昂观察韵》诗见 清 李恩绶编《巢湖志》卷二诗，黄山书社2007年版，第586页。

②饥驱：指为衣食而奔忙。语本 晋 陶潜《饮酒》诗之十："此行谁使然？似为饥所驱。"

③敝篚：破旧的竹箱、竹篓。

④落照：夕阳的余晖。▶南朝 梁简文帝《和徐录事见内人作卧具》："密房寒日晚，落照度窗边。"

洪繻(1866—1928)，本名攀桂，学名一枝，字月樵。台湾沦日后，改名繻，字弃生。清彰化鹿港(今台湾地区彰化县鹿港人)人，原籍福建南安。少习举业，清德宗光绪十七年(1891年)以案首入泮。十九年(1893)乡试不中。乙未(1895年)割台之役，与丘逢甲、许肇清等同倡抗战，任中路筹饷局委员。对日采取"不妥协、不合作"的应世态度，以遗民终其身。他坚不剪辫，拒着洋服，拒说日语，不许二子受日本教育，诗文皆以干支纪年，以示不忘故国。其著作有《寄鹤斋诗集》《八州诗草》《台湾战纪》《中东战纪》《瀛海偕亡记》等。

## 过芜湖①



雄紧临江县，苍茫极浦秋。②何时过北岸，一水入庐州。

注释：

①《过芜湖》诗三首应作于1922年，诗人携次子洪炎秋游历中华，途经芜湖，诗人评论道："芜湖之名噪天下，芜湖之米溢东南，余意即不及下关，亦当不让京口，乃今见之江步之凄凉如此，城市之不整如彼，远近虽有大室，望处多半损坏，殊不见富庶之实。"

②雄紧：重要；紧要。▶宋 洪迈《容斋四笔·唐御史迁转定限》："案唐世台官，虽职在抨弹，然进退从违皆出宰相，不若今之雄紧。"

极浦：遥远的水滨。▶《楚辞·九歌·湘君》："望涔阳兮极浦，横大江兮扬灵。"



# 舒鸿贻

舒鸿贻(1867—1948)，一名鸿仪，字冰茹，一字彬儒。晚清民国怀宁(今安徽省安庆市)人。光绪二十一年(1895)乙未科进士。辛亥革命后，任奉天都督府秘书长。曾任民国北京政府内政部司长。1917年后，返乡定居。1918—1920年，任安徽省烟酒印花税局局长。1920年倡建安庆电灯厂。1924年，联络士绅集资10万余银元，在大南门外招商码头处新建电灯厂厂房。在安庆舒鸿贻以私资创设农工银行、宜园等。在宜园的西北自建楼房，创办菱湖小学，开启民智；左建平房，办平民工厂，名义丰织布厂，发展民族工业。1925年，任安庆道尹。1937年初，任安徽省禁烟督办，数月后去职。抗战爆发后，舒鸿贻不愿当汉奸，举家入川，担任行政院赈济委员会委员。抗战胜利，返乡定居。后病故于家，年八十一岁，著有《宜园诗集》《东瀛警察笔记》等。

## 追悼张琴襄先生[1]

江城樽酒接清尘，冲抱何惭古逸民。[2]华夏顿惊千古变，严冬留得一分春。文章□院存溃录，书法安吴秒入神。更有梅□同不死，风凄月黑影相亲。[3]

注释：

①《追悼张琴襄先生》诗见 民国 舒鸿仪，《时事月报》1940年第23卷第3期第10页。

张琴襄：即张敬文（1869—1938），字琴襄，安徽合肥人。民国初期著名书法家。清末贡生，庐江县知事。民国后，接任合肥省立第二中学校长。其间，聘请名师，锐意办学，先后培养出如杨武之、杨亮功、戴允荪、胡哲夫等著名学者。历任甘肃省官银号总办、安徽省署高等顾问，其间主持合肥县立女子中学筹备工作，学校建成任名誉校长。1923年春，任国会议员。随因反对贿选总统曹锟而退出政界，流寓京、津、沪、石家庄等地卖字为生。1938年5月合肥沦陷，严拒日寇引诱，自尽殉国。同年冬，国民党中央政府予以明令褒奖，并给予抚恤金1000元。

张敬文书法师从沈用熙，平生笔不离手，尤擅草书，柔毫劲腕，与同邑书法家张子开子并称“合肥二张”。其遗墨甚丰，主要书法作品有《重建天柱阁记》《历城某墓志》《合肥苏某碑》《洪氏碑》和《马王二公碑》等。

②逸民：指遁世隐居的人。▶《论语·微子》：“逸民：伯夷、叔齐、虞仲、夷逸、朱张、柳下惠、少连。”何晏 集解：“逸民者，节行超逸也。”

③原诗“更有梅□同不死，风凄月黑影相亲。”句后有作者自注：“合肥沦陷，琴襄仰药死，其如夫人亦同殉死。”

## 李经达

李经达（1868—1902），原名经良，字郊云，别号拙农，亦号肥遁庐。晚清合肥（今安徽省合肥市）东乡人。李蕴章第五子。诸生，官刑部郎中，改道员，任江西候补道，诰授资政大夫。著有《滋树室诗文集》《滋树室词》。

# 过庐江谒吴武壮公祠[1]

有客新经细柳营，东藩久罢束薪兵。[2]疏槐院落空萧瑟，苦忆当年教战声。

汤池故迹未全荒，百里平渠漱玉长。[3]曾向谢公堤上望，莺花三月胜滁阳。

鲁国诸生半在门，风流销歇不堪论。十年湖海徒藏颖，却忆淮阴一饭恩。[4]

注释：

①《过庐江谒吴武壮公祠》诗见 民国 李经达《滋树室诗存》二卷，民国癸亥年(1923)铅字排印本。

②东藩：东方的藩国。此处特指李氏朝鲜。

③漱玉：谓泉流漱石，声若击玉。语本 晋 陆机《招隐诗》："山溜何泠泠，飞泉漱鸣玉"。▶唐 刘长卿《过包尊师山院》："漱玉临丹井，围碁访白云。"

④一饭恩：喻微小的恩德。▶唐 王建《求友》："每怀一饭恩，不重劝勉词。"



# 读庐阳三贤集[1]

雕鹗乘风肃九州，当年台阁尽优游。三司旧受蹊牛谤，七事翻深逐凤忧。[2]介石贞铭留破砚，黄河谈笑谢清流。[3]夜阑静读天章对，岂独兴储裕远谋。

青阳山色毓崔巍，卜宅曾从绝域来。池水秋清霜露冷，江城云蔽雁鹅哀。传烽尚论兰溪战，射塔谁寻竹箭灰。今日丰碑留记处，有人垂涕许张才。[4]

谏垣风节忍销沉，浩气垂光阅古今。[5]请剑尚方原有志，除名北寺何心朱。[6]云折槛外时难再，张让称兵虑早深。独怪家书传绝笔，似从太学见遗箴。

注释：

①《读庐阳三贤集》诗见 民国 李经达《滋树室诗存》卷二，民国癸亥年(1923)铅字排印本。庐阳三贤集指北宋包拯《包孝肃公奏议》、元朝余阙《青阳山房集》、明朝周玺《垂光集》。

②七事：古代治国的七件大事。指祭祀、朝觐、会同、宾客、军旅、田役、丧荒。▶《周礼·天官·小宰》："以法掌祭祀、朝觐、会同、宾客之戒具，军旅、田役、丧荒亦如之。七事者令百官府共其财用，治其施舍，听其治讼。"

③介石：谓操守坚贞。语出《易·豫》："介于石，不终日，贞吉。"▶《宋书·谢灵运传》：

“时来之机,悟先于介石,纳隍之诚,一援于生民。”

贞铭:指碑文。▶唐 黄滔《龟洋灵感禅院东塔和尚碑》:“滔早访莲扃,今悲松塔,敢辞抽思,用刻贞铭。”

④许张:唐代许远、张巡的并称。▶清 徐士俊《〈奈何天〉总评》:“阙忠貌邻潘宋,心并许张。”

⑤谏垣:指谏官官署。▶唐 权德舆《酬南园新亭宴会璀新第慰庆之作时任宾客》诗:“予婿信时英,谏垣金玉声。”

⑥请剑:《汉书·朱云传》:“云上书求见,公卿在前。云曰:‘今朝廷大臣上不能匡主,下亡以益民,皆尸位素餐,孔子所谓“鄙夫不可与事君”“苟患失之,亡所不至”者也。臣愿赐尚方斩马剑,断佞臣一人以厉其余。’上问:‘谁也?’对曰:‘安昌侯张禹。’上大怒,曰:‘小臣居下讪上,廷辱师傅,罪死不赦!’御史将云下,云攀殿槛,槛折。云呼曰:‘臣得下从龙逢、比干游于地下,足矣! 未知圣朝何如耳!’”后以“请剑”为忠直敢谏,请诛奸佞之典。▶明 王世贞《京山过故王侍御时育宅有感因伸薄酹仍许为其子铭墓》诗:“汉贼不两立,臣死安足辞。唯怜请剑恨,犹郁盖棺时。”

北寺:此处为大理寺的别称。▶唐 苏颋《奉和崔尚书赠大理陆卿鸿胪刘卿见示之作》:“北寺邻玄阙,南城写翠微。”

## 江润生太史招饮陶然亭[①]



偶向林泉便适真，眼中人物半黄尘。[②]漫生浊世浮沉感，暂作高原眺望身。美酒泥人倾半瓮，好风当户隔层闉。[③]陶然一醉堪归去，烟柳依依又送春。

注释:

①《江润生太史招饮陶然亭》诗见 民国 李经达《滋树室诗存》卷二,民国癸亥年(1923)铅字排印本。

江润生:即江云龙。

②黄尘:此处犹黄泉。▶清 蒋士铨《空谷香·怀香》:“黄尘碧落两难凭,神仙有数,生死无常,那不关情。”

③层闉:高耸的瓮城城门。亦泛指城门。▶宋 刘子翚《建康六感吴》:“停桡眺迥陆,裂蔓登层闉。”

## 偕倪鉴泉游冶父山寺访净根上人不遇[①]

笋舆晓出城东门，久晴烟霭迷山村。云林佳侣结同契，相与着屐寻郊原。冶父山形独雄秀，诸峰对俯如儿孙。相传欧冶曾铸剑，烛龙金虎光吞吐。[②]一朝神剑化龙去，荒池清澈留乾坤。山中有洞极深邃，神僧伏虎遗迹存。[③]野径迂回入山寺，秋尽老树歆云根。[4]修篁青翠净若拭，虎泉容与凝波痕。旧闻此寺古朝建，屡经兴废奚深论。道雄佛子真法相，身际鼎革思余恩。蒲团坐破万事了，世间何物为卑尊。菩提妙现为钵塔，山灵呵护龟趺蹲。升平寺观兵燹废，坏墙断址荒烟屯。净公再造竭补缀，榛芜开拓新崇垣。访公不遇且过去，携泉还复清壶樽。生公妙舌不数觏，迷途何日穷津源。[5]下山农田方待泽，欲种二麦愁冬温。[6]山川明秀日枯瘠，会施法雨舒长幡。[7]

注释：

①《偕倪鉴泉游冶父山寺访净根上人不遇》诗见 民国 李经达《滋树室诗存》卷二，民国癸亥年(1923)铅字排印本。

②金虎：此处指太阳。▶南朝 梁 刘孝绰《望月有所思》："玉羊东北上，金虎西南昃。"

③神僧伏虎遗迹：冶父山山头有寺，名曰"伏虎寺"，山下有寺，名曰"实际禅寺"，城中"金刚寺"设为下院，皆由"教慈伏虎禅师"创建。相传远古时候，有一个相貌奇丑、双目失明的孩子，被父母遗弃，巧遇一只老虎路过，衔入洞中喂养大，并刨出泉水，治好了孩子的眼睛。孩子长大后出家为僧，老虎和他形影不离。后来到了冶父山，建庙安身，传经修道。此事被唐昭宗李晔知晓，就敕封他为"孝慈伏虎禅师"，"伏虎寺"也因此得名。山上山下，也由此衍生了虎刨泉、系虎墩、伏虎禅师塔、报恩寺等多处古迹名胜。

④云根：此处指山石。▶宋 梅尧臣《次韵答吴长文内翰遗石器》："山工日斫器，殊匪事樵牧。掘地取云根，剖坚如剖玉。"



⑤生公：晋末高僧竺道生的尊称。相传生公曾于苏州虎丘寺立石为徒，讲《涅槃经》。至微妙处，石皆点头。▶唐 李绅《鉴玄影堂》："深夜月明松子落，俨然听法侍生公。"

⑥二麦：大麦、小麦。▶《宋书·武帝纪》："今二麦未晚，甘泽频降，可下东境郡，勤课垦殖。"

⑦法雨：佛教语。喻佛法。佛法普度众生，如雨之润泽万物，故称。▶《法华经·化城喻品》："普雨大法雨，度无量众生。"

## 过城东龚端毅故宅怀古①

城西楼阁何迤逦，崇祠甲第连云起。蝎来怀旧金斗门，惟问先朝尚书里。里前秋础渍苔黄，禾黍高低旧址荒。石兽有神依故土，铜环无迹掩斜阳。声华早岁荣簪笏，指顾层霄夸世阀。[2]政绩先行江汉风，壮怀曾醉秦淮月。蕲春寇警传烽发，猛将连城徒拥钺。百里才难困士龙，衙兵步卒张征伐。万家生佛宰官身，惆怅棠阴树未成。入侍柏台除佞相，烽烟三月蔽神京。鼎湖龙去贤臣死，首阳薇蕨风高矣。未解扬雄投阁嘲，却弹冯道污朝耻。公孤养望际承平，百粤还持使节清。荆契总联吴祭酒，花封新授顾眉生。岂无门生与故吏，嘘枯植朽生平志。[3]少陵广厦香山裘，好覆乡园形胜地。主人别墅擅平泉，堂构经营不记年。画栋晓开春郭雨，迷楼秋拥碧溪烟。珠颜玉貌藏金屋，闺房风雅推贞淑。妙腕工图九畹兰，生绡戏展同心幅。

献酒重帘事有无，锦冠豸服耀氍毹。④争传门第推司马，天遣才人典内枢。⑤宦游梦滞京华路，故林猿鹤思归误。沧桑变态宛浮云，朱门草没伤零露。今日重经瓦砾余，定山堂刻已无书。芳郊莫问佳人冢，古木寒鸦绕故居。

注释：

①《过城东龚端毅故宅怀古》诗见 民国 李经达《滋树室诗存》卷一，民国癸亥年(1923)铅字排印本。

②声华：犹言声誉荣耀。▶《淮南子·俶真训》："今夫积惠重厚，累爱袭恩，以声华呕符妪掩万民百姓，使知之訢訢然人乐其性者，仁也。"

世阀：指先世有功勋和名望。▶《旧唐书·孝友传·李知本》："初，孝端与族弟太冲，俱有世阀，而太冲官宦最高，孝端方之为劣。"

③嘘枯：比喻拯绝扶危。▶宋 苏轼《答丁连州启》："每怜迁客之无归，独振孤风而愈厉，固无心于集苑，而有力于嘘枯。"

④氍毹：一种毛织或毛与其他材料混织的毯子。可用作地毯、壁毯、床毯、帘幕等。▶《乐府诗集·相和歌辞十二·陇西行》："请客北堂上，坐客毡氍毹。"

⑤内枢：中书省的别称。▶清 厉荃《事物异名录·官室·中书省》："中书省谓之内枢，亦曰纶阁，又曰纶省，又曰纶闱。"

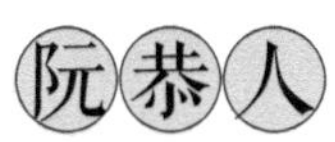

阮恭人(1868—?)，清仪征(今属江苏省扬州市)人。阮元曾孙女。合肥江云龙继室。能诗。

## 和外子潜之诗①

东坡真天人，游戏聊尔尔。②安见女儿身，而非奇男子。莫问戒和尚，我闻佛如是。非男亦非女，非生亦非死。以无所用心，发大自在语。③

云淡天空月色晴，林花照眼鹊飞惊。④不随绣箔金波卷，怕有闲阶玉露生。星海寻源槎可到，雷门挝鼓布无声。⑤伴君好作远山梦，五岳填胸知已平。

草花年年偎暖晴，重帏不遣晓风惊。⑥几经露药天边来，莫放霜华镜里生。浩劫消除金鼠运，尘凡唤醒木鱼声。⑦东溟又见水波浅，会看尘扬沧海平。⑧

注释：

①《和外子潜之诗》诗见 清 江云龙《师二明斋遗稿》，民国十年(1921)铅字排印本。②

聊尔尔：谓姑且如此而已。▶宋 朱熹《舫斋》："筑室水中聊尔尔，何须极浦望朱宫。"

③大自在：佛教语。谓进退无碍，心离烦恼。▶《法华经·五百弟子受记品》："复闻诸佛有大自在神通之力。"后多用指自由自在、无挂无碍的境界。

④照眼：犹耀眼。形容物体明亮或光度强。▶唐 杜甫《酬郭十五判官》："药裹关心诗总废，花枝照眼句还成。"

⑤雷门：古代会稽（今浙江省绍兴市）城门名。因悬有大鼓，声震如雷，故称。▶《汉书·王尊传》："尊曰：'毋持布鼓过雷门！'"

⑥重帏：一层又一层帷幔。▶明 何景明《秋夕怀曹毅之》："南国江湖远，佳人尺素稀；独愁谁与语，明月鉴重帏。"

⑦浩劫消除金鼠运：指光绪庚子赔款事。光绪二十六年(1900)(庚子年)，义和团运动在中国北方部分地区达到高潮，清朝和国际列强开战，八国联军占领了北京。次年9月，清朝和11个国家达成了屈辱的《辛丑条约》。条约规定，清朝从海关银等关税中拿出4亿5千万两白银赔偿各国，并以各国货币汇率结算，按4%的年息，分39年还清，本息共计9亿8223万8150两。

⑧东溟：东海。▶南朝 宋 颜延之《车驾幸京口侍游蒜山作》："元天高北列，日观临东溟。"



## 李经筵

李经筵，字仲平。晚清民国合肥（今安徽省合肥市）东乡人。李鸿章族侄。历官江西、安徽税局局长。善交游，喜聚书。工诗词，手稿散佚。

### 春阴[①]

直待春阴始出城，一天细雨扑帘旌。[②]云封野水无人渡，麦秀郊原有雉声。小草在山空弄色，好花当路不知名。[③]流年已付匆匆过，乞得身闲赋此行。

注释：

①《春阴》民国 李家孚《合肥诗话》卷下，民国苏城临顿路毛上珍铅活字本。

②帘旌：帘端所缀之布帛。亦泛指帘幕。▶唐 白居易《旧房》："床帷半故帘旌断，仍是初寒欲夜时。"

③弄色：显现美色。▶宋 苏轼《宿望湖楼再和》："新月如佳人，出海初弄色。"

## 风入松[1]

扁舟一叶水云乡，宛转泊垂杨。儿时捉絮攀条处，一回头、一自凄凉。门外晚蝉高唱，依稀课罢时光。　　别来忽忽隔星霜，旧事几沧桑。故园零落何堪感？有荒台、留对斜阳。寂寞荆花分后，蛛丝锁闭空堂。

注释：

①《风入松》词见 民国 李国模《合肥词钞四卷补遗一卷》卷四，民国十九年(1930)铅印本。

# 唐致隆

唐致隆(1869—1907)，字少侯，号绍郝。清庐州合肥(今安徽省合肥市)人。唐定奎子。光绪十七年(1891)副贡，官江苏候补道。著《白薇花馆诗钞》。

## 丙午夏日归淝西故居有感[1]

绿树隐浓绕故庐，小桥初放野芙蕖。邻翁争集沽村酒，稚子才能读父书。三径就荒松菊在，一官冷落友朋疏。倦飞暂作投林鸟，待食霜翰拂太虚。[2]

注释：

①《丙午夏日归淝西故居有感》诗见 清 陈诗《皖雅初集》卷二十九，民国十八年(1929)上海美艺图书公司印本。

②霜翰：指白雁。▶明 顾文昱《白雁》："万里西风吹羽仪，独传霜翰向南飞。"

## 夜不成寐有作[1]

百感萦回暗自嗟，惊心一瞬几年华。[2]滔滔浊世谁知己，猎猎狂风撼落花。室有琴书身有累，诗为生计酒为家。浩歌不唱凄凉曲，且把襟怀托莫邪。[3]

注释：

①《夜不成寐有作》诗见 清 陈诗《皖雅初集》卷二十九，民国十八年(1929)上海美艺图书公司印本。

②萦回：盘旋往复。▶汉 应玚《驰射赋》："尔乃萦回盘厉，按节和旋。"

③浩歌：放声高歌，大声歌唱。▶《楚辞·九歌·少司命》："望美人兮未来，临风怳兮浩歌。"

莫邪：传说春秋时吴王阖庐使干将铸剑，铁汁不下，其妻莫邪自投炉中，铁汁乃出，铸成二剑。雄剑名干将，雌剑名莫邪。事见《吴越春秋·阖闾内传》《吴地记·匠门》。后因用作宝剑名。▶《荀子·性恶》："阖闾之干将、莫邪、钜阙、辟闾，此皆古之良剑也。"

## 吴保初

吴保初(1869—1913)，字彦复，号君遂，晚号瘿公。因家有书斋北山楼，世称北山先生。

晚清庐江(今安徽省庐江县)人。广东水师提督吴长庆次子。荫生。官刑部主事。光绪二十三年，上《陈时事疏》，为尚书刚毅所抑，愤而弃官。后居上海，曾电请西太后归政光绪帝。后以唐才常事牵连，避往日本年余而归。与谭嗣同、陈三立、丁惠康，合称"清末四公子"。

工诗文，与陈衍等相酬和。有《未焚草》《北山楼诗文集》。



### 哭六君子①

圣朝不杀士，尼父吊三仁。②西市诸君子，东林旧党人。③涓涓流碧血，扰扰窜黄巾。未必逢天怒，阴霾黯紫宸。

注释：

①《哭六君子》诗见 清 吴保初《北山楼集》，民国二十六年(1937)陈诗辑印本。

②尼父：对孔子的尊称。孔子字仲尼，故称。《左传·哀公十六年》："昊天不吊，不憖遗一老。俾屏余一人以在位，茕茕余在疚。呜呼哀哉，尼父！无自律。"

三仁：三位仁人。指殷末之微子、箕子、比干。▶《论语·微子》："微子去之，箕子为之奴，比干谏而死。"

③西市诸君子：指被杀害于北京菜市口的谭嗣同、康广仁、林旭、杨深秀、杨锐、刘光第六位维新志士。



### 江南①

杏花零落柳毵毵，独倚危栏望碧潭。②春到江南肠已断，况无春色到江南。

注释：
①《江南》诗见 清 吴保初《北山楼集》，民国二十六年(1937)陈诗辑印本。
②毵毵：散乱貌。▶宋 苏轼《过岭》诗之二："谁遣山鸡忽惊起，半岩花雨落毵毵。"

## 题陈子言《藿隐诗草》[1]

朝饮北山楼，暮饮北山楼。朝暮寻古人，古人今在不？劝君少吟诗，吟诗多白头。佳句匪易得，知音复难求。岁晏冰雪冱，翛然卧林丘。[2]寒梅发残萼，冷艳风飕飕。独鹤时一闻，众乌声啾啾。

注释：
①《题陈子言〈藿隐诗草〉》诗见 清 吴保初《北山楼集》，民国二十六年(1937)陈诗辑印本。
陈子言：指陈诗。
②冱[hù]：冻结。▶《庄子》："大泽焚而不能热，河汉冱而不能寒。"

## 自题批鳞草后[1]

悻悻人间小丈夫，愤来直欲斫珊瑚。谁为天下奇男子，臣本高阳旧酒徒。[2]正则怀沙终为楚，子胥抉目欲存吴。[3]何堪更作哀时赋，萧瑟江关泪已枯。[4]

注释：
①《自题批鳞草后》诗见 清 吴保初《北山楼集》，民国二十六年(1937)陈诗辑印本。
②高阳旧酒徒：即高阳酒徒。高阳，古乡名，在今河南杞县西南。秦末郦其食即此乡人，对刘邦自称"高阳酒徒"。后用以指嗜酒而放荡不羁的人。典出《史记·郦生陆贾列传》："走！复入言沛公，吾高阳酒徒也，非儒人也。"▶唐 李白《梁甫吟》："君不见高阳酒徒起草中，长揖山东隆准公。"
③正则，即屈原。
怀沙：《楚辞·九章》中的篇名。《史记·屈原贾生列传》谓此篇为屈原自沉汨罗江前的绝笔，述其怀沙砾以自沉之由。后以"怀沙"为因忠愤而投水死义之典。
抉目：春秋时，吴国大夫伍子胥劝吴王夫差拒绝越国求和。夫差听信谗言，赐子胥剑，令自尽。子胥临死时说："抉吾眼置之吴东门，以观越之灭吴也。"见《国语·吴语》《史记·吴太伯世家》。后用为忠臣被谗殉身的典故。
④哀时：谓伤悼时势。▶唐 杜甫《咏怀古迹》之一："羯胡事主终无赖，词客哀时且未还。"

## 寄大兄①

横流谁是济时才，急病年来志已灰。入世一身忧患积，怀君千里鬓毛摧。寥寥家国空回首，莽莽乾坤数举杯。此日黄金真似土，不知何处市龙媒。

注释：

①《寄大兄》诗见 清 吴保初《北山楼集》,民国二十六年(1937)陈诗辑印本。

## 木兰花慢·悼亡姬许君男①

渐韶光晼晚，拥恨怕上西楼。②纵云锦千章，琅玕万管，难写心愁。可奈好花落去，只黄莺百啭在枝头。③帘外青山扫黛，意中人去难留。　无情岁月悠悠，问泪落、怎生收。恁画栏往往，抬头举目，都是松楸。④吴江也能剪断，但剪刀何处买并州。天上飞光劝我，万愁付与东流。⑤

注释：



①《木兰花慢·悼亡姬许君男》词见 清 吴保初《北山楼集》,民国二十六年(1937)陈诗辑印本。

②晼晚：日西斜；日将暮。▶三国 魏明帝《燕歌行》:“白日晼晚忽西倾，霜露惨凄涂庭阶。”

③百啭:鸣声婉转多样。▶南朝 梁 刘孝绰《咏百舌》:“孤鸣若无时，百啭似群吟。”

④往往:此处指处处。▶《管子·度地》:“令下贫守之，往往而为界，可以毋败。”

⑤飞光:此处指飞逝的光阴。▶南朝 梁 沈约《宿东园》:“飞光忽我遒，岂止岁云暮。”

# 刘更年

刘更年(1869—1930),字子鹤。晚清民国庐江(今安徽省庐江县)人。光、宣间官江苏候补道。著有《一芥堂诗稿》。

## 偕蒯礼卿京卿游虎丘二首①

剑池水空渌，亦号名山处。同抱稽古情，坐近夕阳树。

回棹泊横塘，红玉倾春醸。哀弦韵未终，初月遥岑上。

注释：

①《偕蒯礼卿京卿游虎丘二首》诗见 民国 陈诗《皖雅初集》卷三十二，民国十八年(1929)上海美艺图书公司印本。

黄裳，晚清民国合肥(今安徽省合肥市)东乡人。黄先瑜孙女，适庐江吴保初。喜吟咏，著有《紫蓬山房诗集》。

## 庚午长至有感时寓秣陵二十八年矣[①]

风雨洒帘钩，烟波无限愁。秣陵生白发，静夜拥棉裘。

注释：

①《庚午长至有感时寓秣陵二十八年矣》诗见民国 陈诗《尊瓠室诗话》三卷，民国庚辰年(1940)铅印本。

陈务人(1870—1947)，字贫庄。晚清民国宝应县(今属江苏省扬州市)人，廪生。久寓镇江，以书画自娱，名博一时。擅花卉翎毛，于淡泊中见雄浑，亦工书法行草，笔力遒劲洒脱。

## 题招隐山志[①]

卧游胜境画图间，此老身非与世关。[②]墨渖常留青嶂壁，红尘不到紫蓬山。清幽吟韵喧弥静，风雅高情澹转闲。寻坠搜残真乐事，愿偿继述笑开颜。[③]

注释：

①《题招隐山志》诗见 清 李恩绶编《紫蓬山志》，白化文、张智主编《中国佛寺志丛刊》第010册，广陵书社2011年版。原诗标题后有注："时在癸亥"。

②原诗"卧游胜境画图间，此老身非与世关。"句后有作者自注："谓丹老。"

卧游：谓欣赏山水画以代游览。后亦指看内容生动的游记、图片或纪录影片等。▶

《宋书·宗炳传》:“有疾还江陵,叹曰:‘老疾俱至,名山恐难偏睹,唯当澄怀观道,卧以游之。’凡所游履,皆图之于室。”

③原诗“寻坠搜残真乐事,愿偿继述笑开颜。”句后有作者自注:“谓树人。”

继述:继承。▶唐 韩愈《顺宗实录五》:“惧忝传归之业,莫申继述之志。”

## 刘朝叙

刘朝叙,字瞻明,号蘅庄。晚清庐州合肥(今安徽省合肥市)西乡人。刘盛芸次子,刘铭传第九孙。

### 赠李莼季①

莼季学涪翁,生坳谁与抗?②阴阳聘施闭,心胸罗万象。长公尚苦谈,风骨亦遒上。③吾欲追二贤,默作未能当。

注释:

①《赠李莼季》诗见 民国 李家孚《合肥诗话》三卷卷上,民国苏城临顿路毛上珍铅活字本。



李莼季:指李从衍,又名李国初。为李蕴章之孙,李经达第三子。

②涪翁:北宋黄庭坚别号。▶《爱日斋丛钞》卷二引《复斋漫录》:“山谷谪涪州别驾,因自号涪翁。”

③“长公尚苦谈,风骨亦遒上。”句后有作者自注:“谓哲兄晓耘。”

长公:指李国柱,初名国榛,字晓耘。为李蕴章之孙,李经达长子。

遒上:超佚不群;雄健超群。▶南朝 宋 刘义庆《世说新语·赏誉》:“王右军道谢万石,‘在林泽中,为自遒上’。”

### 与周师超江济成同游紫蓬山寺①

降神维灵岳,佐命中兴时。②紫蓬与大潜,若为周刘私。③大潜龙虎气,独少泉石奇。紫蓬窈而曲,马氏记可稽。④选胜及佳日,忻与二子携。⑤奋踝斗腾越,讳此腰脚疲。⑥冷泉盥尘虑,瘿柏凛古姿。⑦琳宫闭岩腹,苍绿缭绕之。入门揖僧坐,问法翻自嗤。虚牖引远眸,蕞芮万象卑。⑧荒遐纳寸抱,冥照息万驰。⑨曖曖夕阳昏,去去孤云随。⑩山容无古今,人迹有成亏。缅怀申甫业,耿兹陵谷悲。

注释:①《与周师超江济成同游紫蓬山寺》诗见 清 李恩绶 纂 民国 释三惺续补《紫蓬山志》,民国二十年(1931)仲秋合肥紫蓬山房铅印本。

②降神：谓神灵降临；使神灵降临。▶《诗·大雅·崧高》："崧高维岳，骏极于天。维岳降神，生甫及申。"

灵岳：灵秀的山岳。▶三国 魏 嵇康《答二郭》诗之二："结友集灵岳，弹琴登清歌。"

③紫蓬与大潜：指紫蓬山和大潜山。

若为：此处指怎么能。▶《乐府诗集·横吹曲辞五·隔谷歌一》："食粮乏尽若为活？救我来！救我来！"

周刘：指大潜山下的刘铭传家族和紫蓬山下的周盛波、周盛传家族。

④原诗"紫蓬窈而曲，马氏记可稽。"句后有注："通伯先生有《游紫蓬山记》。"

马氏：指马其昶。马其昶(1855—1930)，字通伯，晚号抱润翁。桐城人。清末民初著名作家、学者。光绪二十七年(1901)，授经合肥李经羲家。

⑤选胜：寻游名胜之地。▶唐 张籍《和令狐尚书平泉东庄近居李仆射有寄十韵》："探幽皆一绝，选胜又双全。"

⑥腾越：卓绝，超越。▶宋 秦观《题騕袅图》："鞍衔不施缰复脱，旁无驭者气腾越。"

⑦尘虑：犹俗念。▶唐 刘禹锡《游桃源一百韵》："道芽期日就，尘虏乃冰释。"

⑧远眸：犹远目。放眼远望。▶南朝 宋 孝武帝《登鲁山》："粤值风景和，升高纵远眸。"

蕞芮：陋小丛聚貌。▶《文选·潘岳〈西征赋〉》："营宇寺署，肆廛管库，蕞芮于城隅者，百不处一。"

⑨荒遐：八荒。▶汉 杨雄《逐贫赋》："扬子遁居，离俗独处。左邻崇山，右接旷野，邻垣乞儿，终贫且窭。礼薄义弊，相与群聚，惆怅失志，呼贫与语：'汝在六极，投弃荒遐。……'"

⑩暧暧：隐隐约约，不光明的样子。▶《法书要录》卷二引 南朝 梁武帝《又答书》："肥瘦相和，骨力相称，婉婉暧暧，视之不足。"

## 渡巢湖①

风狂雨骤水滔天，直鼓双轮破浪前。尽纳众流归眼底，独撑孤塔出云边。苍茫仙洞临危岸，突兀龟山黯远烟。此日客行真利涉，前途好障逝东川。

注释：

①《渡巢湖》诗见 清 李恩绶编《巢湖志》卷二诗，黄山书社2007年版，第588页。原诗标题后有注："壬子。"

# 李道清

李道清(1871—1900),名国香,字味兰。晚清庐州合肥(今安徽省合肥市)人。邮传部侍郎李经方女,常熟举人杨圻室。有《饮露词》一卷。

## 浣溪沙[①]

小阁红箫韵未休,碧烟狼藉百花洲,春阴暗暗梦悠悠。[②]　　蝴蝶路迷芳草远,黄鹂声住水东流,古来谁得倩春留。

注释:

①《浣溪沙》词见 清 李道清《饮露词》一卷,清光绪间徐乃昌校刊本。

②碧烟:青色的烟雾。▶唐 韦应物《贵游行》:"轻裾含碧烟,窈窕似云浮。"

## 浣溪沙[①]



促织凄鸣月亦秋,兰桡轻泊藕花洲,碧梧梢影小楼头。[②]　　阶下绿芜留别梦,陌头杨柳系离愁,金风时动玉帘钩。[③]

注释:

①《浣溪沙》词见 清 李道清《饮露词》一卷,清光绪间徐乃昌校刊本。

②促织:蟋蟀。▶《古诗十九首·明月皎夜光》:"明月皎夜光,促织鸣东壁。"

兰桡:小舟的美称。▶唐太宗《帝京篇》之六:"飞盖去芳园,兰桡游翠渚。"

③绿芜:丛生的绿草。▶唐 韩偓《船头》:"两岸绿芜齐似剪,掩映云山相向晚。"

金风:秋风。▶《文选·张协〈杂诗〉》:"金风扇素节,丹霞启阴期。"李善 注:"西方为秋而主金,故秋风曰金风也。"

## 少年游[①]

遥波无际,片帆不动,烟雨绕江楼。洞房春晓,珠帘半卷,人在柳梢头。桃花浪,涨春愁远,此意倩谁留?诉与春庭,落花知道,又恐落花愁。

注释:

①《少年游》词见 清 李道清《饮露词》一卷,清光绪间徐乃昌校刊本。

单溥元(1872—?)，字士惠，字士惠，号惠宇。晚清民国合肥(今安徽省合肥市)人。光绪二十年(1894)甲午科进士，授内阁中书。出江苏候补同知。有《旧读不厌斋诗钞》十二卷、《旧读不厌斋已未诗稿》一卷。

## 挈眷回淝至施口口占①

浮沉人海逐波萍，投老归来两鬓星。②剩得当年风景处，淮流泛绿蜀山青。

注释：

①《挈眷回淝至施口口占》诗见 民国 单溥元《旧读不厌斋诗钞》卷三转蓬集壬子年，民国二十五年(1936)排印本。

挈眷：携带家眷。▶清 沈覆《浮生六记·坎坷记愁》："有同事俞孚亭者，挈眷居焉。"

②投老：此处指垂老；临老。▶《后汉书·循吏传·仇览》："母守寡养孤，苦身投老，奈何肆忿于一朝，欲致子以不义乎？"



## 明教寺①

三车妙法演难穷，六道无由启聩聋。②重为声开开觉路，何妨晓角代晨钟。③

注释：

①《挈眷回淝至施口口占》诗见 民国 单溥元《旧读不厌斋诗钞》卷三转蓬集壬子年，民国二十五年(1936)排印本。

②三车：佛教语。喻三乘。谓以羊车喻声闻乘(小乘)，以鹿车喻缘觉乘(中乘)，以牛车喻菩萨乘(大乘)。见《法华经·譬喻品》。▶ 南朝 宋 谢灵运《缘觉声闻合赞》："诱以涅槃，救尔生老。肇元三车，翻乘一道。"

③开觉：开悟；觉醒。▶明 徐复祚《一文钱》第四出："贫僧特为救度卢至而来，奈彼昏迷，一时点化不转，只得显些神通，使其渐渐开觉。"

# 沈德芬

沈德芬(1872—1939)，字苾香，晚清民国合肥(今安徽省合肥市)人。光绪(1876—1908)间诸生。沈若湝曾孙，沈绩熙之孙。著《梦梅庐诗集》，见于《沈氏两代诗存》附刻。

## 红叶①

十里霜风石径斜，高低化作赤城霞。天台刘阮重来日，疑是夭桃万树花。②

注释：

①《红叶》诗见 民国 李家孚《合肥诗话》卷上，民国苏城临顿路毛上珍铅活字本。

②天台刘阮：南朝宋刘义庆《幽明录》载，汉代刘晨、阮肇于永平年间同入天台山，迷不得返。饥馁殆死。见一桃树有桃，遂攀缘藤葛，得桃数枚而啖。后下山而遇二女子，留居半年辞归，及还乡，子孙已历七世。后又离乡，不知所终。

# 龚元凯

龚元凯，字佛平，或黻屏，号君黼。晚清民国合肥(今安徽省合肥市)人。光绪二十九年(1903)癸卯科进士，官翰林院编修。民国建立后，一度任教于国立北京高等工业学校，后随张广建入甘，历任甘肃甘、凉、渭、川道尹。著有《蜕龛诗集》。



## 香花墩题壁①

墩在吾肥城南濠中。宋包孝肃读书处，今祠之。子孙列居对岸。绕墩荷花最盛，所产鲫鱼皆金睛黑背，出墩里许则无。

白莲万朵风前立，龙图学士兹袍笏。此墩犹是谢东山，半山争之不可得。②城南五尺为香风，不放一花为关节。先生或者是阎罗，与花相对面如铁。墩前香花墩外村，村村犹是公儿孙。眼前一笑知公意，一段河流清不浑。

注释：

①《香花墩题壁》诗见 龚元凯《蜕龛诗集》卷一湖乡骚屑集，民国八年(1919)石印本。

②"此墩犹是谢东山，半山争之不可得"句：此处用王安石咏《谢公墩》典故："我名公字偶相同，我屋公墩在眼中。公去我来墩属我，不应墩姓尚随公。"

半山：此处特指北宋王安石。王安石在南京钟山有宅。▶南宋 陆游《入蜀记》卷二："归途过半山，少留。半山者，王文公旧宅，所谓报宁禅院也。自城中上钟山，此为中途，故曰半山。"

## 巢湖[1]

余于巢湖近十往还，多以风浪不能诗，兹追成之。

淮淝之间有巨湖，淮断惟淝相灌输。轩然大波閧百里，三十六港为尾闾。[2]深者似与海共俱，浅者亦得生萑蒲。[3]南通庐巢西通舒，白帆来往如飞凫。蓦然黑风吹浪立，崩山卷地牛声粗。樯倾橹折势可畏，万角戢戢蛟龙趋。[4]鸬鹚长嘴伸十里，似欲截浪嗛天吴。[5]有时风平万籁息，波心一月圆于珠。渔人舟子推篷坐，若履平川看画图。一山隆隆出四顶，一山卓立中流孤。云是天姥之所都，筑塔衔铃远相呼。使我一见心为愉，我行过此计非一。十九变态阴晴殊，飞涛往往裂胆魄。不敢高语为嗟吁，人生履平何所忌。不经险巇安知娱，楬来境过甜梦寐。[6]追忆所历神犹瞿，矧此巨浸非区区。清景已失吾能摹，作诗为傲眉山苏。

注释：

①《巢湖》诗见 龚元凯《蜕龛诗集》卷一湖乡骚屑集，民国八年(1919)石印本。

②尾闾：古代传说中泄海水之处。▶《庄子·秋水》："天下之水，莫大于海，万川归之，不知何时止而不盈；尾闾泄之，不知何时已而不虚。"成玄英 疏："尾闾者，泄海水之所也。"

③萑蒲：两种芦类植物。▶《左传·昭公二十年》："泽之萑蒲，舟鲛守之。"杨伯峻 注："萑蒲即芦苇之类。"

④戢戢：此处指密集的样子。▶唐 于鹄《过凌霄洞天谒张先生祠》："戢戢乱峰里，一峰独凌天。"

⑤原诗"鸬鹚长嘴伸十里，似欲截浪嗛天吴。"句后有作者自注："湖边有滩曰鸬鹚嘴，伸入中流十里许"

天吴：水神名。▶《山海经·海外东经》："朝阳之谷，神曰天吴，是为水伯。"

⑥险巇[xiǎn xī]：崎岖险恶。▶《楚辞·东方朔〈七谏·怨世〉》："何周道之平易兮，然芜秽而险戏。"



## 摸鱼儿[1]

破寥空一声雁起，江天高过千尺。断崖龙虎贪闲睡，休问当年陈迹。云一碧，使万里，行空瑟瑟风生腋。蓬莱望极，凭戍火迷离，边沙旋舞，未是梦魂隔。[2]　沧瀛浅，几度飞仙换宅。[3]瑶台花落如织，缑山凤辇犹沉雾，何况芝田凡翼。[4]天又窄，怕鹤背，吹箫惊散蜉蝣客。哀弦漫拍，但人海藏身，天风荡眼，孤赏夜蟾白。

注释：

①《摸鱼儿》词见 完颜海瑞 编《合肥诗词》，安徽文艺出版社2011年版，第199页。

②戍火：戍卒在驻地所燃之火。▶唐 司空图《复安南碑》："千艘鼇浪，兰津之戍火宵明；万里惊尘，梅岭之人烟昼断。"

边沙：边地的沙砾。借指边地。西北边地多沙漠，故称。▶唐 杜甫《投赠哥舒开府二十韵》："受命边沙远，归来御席同。"

③沧瀛：沧海，大海。▶南朝 陈 沈炯《归魂赋》："百万之虏，俄成鱼鳖。千仞之阜，倏似沧瀛。"

④缑山：址在今河南偃师县。周灵王太子晋在此升仙而去。汉刘向《列仙传·王子乔》："王子乔者，周灵王太子晋也。好吹笙作凤凰鸣。游伊洛间，道士浮丘公接上嵩高山。三十余年后，求之于山上，见柏良曰：'告我家，七月七日待我于缑氏山巅。'至时，果乘鹤驻山头，望之不可到。举手谢时人，数日而去。"

凤辇：仙人的车乘。晋王嘉《拾遗记·周穆王》："西王母乘翠凤之辇而来。"

## 张世鋐

张世鋐，字治东，号襄廷，别署竹屋居士。清光绪时合肥(今安徽省合肥市)人，诸生。"性和易，与人交，有公瑾醇醪之称。"著有《竹屋诗草》。



### 香花墩①

云树烟波俯仰间，香花胜境足追攀。千秋致祭羞芬苾，百世闻风惕懦顽。②久鉴臣心清若水，不磨正气重于山。沧桑几变公墩在，终古河流一带环。

注释：

①《香花墩》诗见 民国 孙仲修、陶述彭编《香花墩志》卷下，民国丙辰年(1916)刊本。

②芬苾：芳香。▶《荀子·礼论》："五味调香，所以养口也；椒兰芬苾，所以养鼻也。"

懦顽：懦，懦弱的人；顽，贪婪的人。典出《孟子·万章下》："故闻伯夷之风者，顽夫廉，懦夫有立志。"



### 香花墩谒包公祠①

一朝名宦祀乡贤，祠宇高寒荡水云。久识河清堪比笑，漫云土沃足酬勋。②苹蘩例有馨香荐，金石常留颂祷文。③追溯风徽安可企，徒瞻遗像挹清芬。

注释：

①《香花墩谒包公祠》诗见 民国 孙仲修、陶述彭编《香花墩志》卷下，民国丙辰年(1916)刊本。

②酬勋：对有功勋的人给以爵位等奖赏。▶汉 史岑《出师颂》："介珪既削，列壤酬勋。"

③苹蘩：苹和蘩。两种可供食用的水草，古代常用于祭祀。▶《左传·隐公三年》："苹蘩薀藻之菜……可荐于鬼神，可羞于王公。"

## 寻凤凰桥香花墩遗址[①]

凤凰桥上几流连，墩觅香花感变迁。干秀久移成栋地，月明曾照读书天。空余旧迹樵苏践，尚有芳名父老传。[②]到此低徊怀直道，城南回首景依然。[③]

注释：

①《寻凤凰桥香花墩遗址》诗见 民国 孙仲修、陶述彭编《香花墩志》卷下，民国丙辰年(1916)刊本。

②樵苏：打柴砍草的人。▶晋 左思《魏都赋》："樵苏往而无忌，即鹿纵而匪禁。"

③直道：正道。指确当的道理、准则。▶《礼记·杂记》："其余则直道而行之是也。"



## 浪淘沙·题香花墩[①]

一水护崇祠，清且涟漪。芰荷杨柳自斜攲。[②]墨客骚人幽兴发，到此题诗。　胜境昔贤遗，世易时移。馨香千载动遐思。正气大名留宇宙，妇孺皆知。

注释：

①《浪淘沙·题香花墩》词见 完颜海瑞《合肥诗词》，安徽文艺出版社2011年版，第203页。

②斜攲：亦作"斜敧"。倾斜；歪斜。▶宋 孙光宪《浣溪沙》词："乌帽斜敧倒佩鱼，静街偷步访仙居。"

## 萧仲祁

萧仲祁(1873—1967)，字理蘅，号荔垣，晚清民国湖南湘乡(今湖南省湘乡市)人。举人出身，乡人称为"萧六举人"，同盟会会员萧鸿钧之弟。清末民初时期，萧氏昆仲文章、品德号称"掩藻湘中"。光绪二十四年(1898)，与王国柱、张本奎等创设化学制造公司，炼制樟脑。二十九年(1903)中乡试，三月赴日本，留学东京明治法政大学，其间加入同盟会。宣统元年(1909)回国，任东北督署科长及奉天省兴京府怀仁县知县。民国初，历任国民党湖南支部政事副主任、湖南都督府司法司次长、实业司长、内务司司长。反对袁世凯帝制，致力湘省地方财政整顿与驱除北洋军阀。后任湘军司令部秘书长、谢国光部广东南路禁烟处秘书主任、湖南省政府秘书、湖北省水利局秘书主任。后回湘在湘乡中学、湘乡简易师范等校长期任教。1943年12月，聘为续修湘乡县志筹委会委员；1948年3月，任县文献委员会主任委员(未到任)。新中国成立后，任省人民委员会文物保管委员会委员、省文史研究馆馆员。1958年为湖南省志编纂委员会委员。1964年任省文史研究馆副馆长，并担任省政协第二、第三届委员会委员，1967年1月20日逝世于长沙。

## 韵芝属题浮槎看云图[①]

浮槎山亦与云浮，却写浮云作画图。万事似云看已久，为霖毕竟有龙无？

注释：

①《韵芝属题浮槎看云图》诗见《汉口新闻报》，1932年2月2日。原诗标题后有注：“浮槎山在合肥县东。”



## 答韵芝[①]

浮槎山亦与峥嵘，讵等樊胡处士声。腹笥宝经逾菽帛，舌耕辅世迈勋名。[②]时存旧历人无恙，梦盗神州事可惊。万古桃源方寸地，豫言从不待君平。[③]

注释：

①《答韵芝》诗见《汉口新闻报》，1932年2月2日。

②腹笥：语出《后汉书·边韶传》：“边为姓，孝为字，腹便便，五经笥。”笥，书箱。后因称腹中所记之书籍和所有的学问为“腹笥”。▶宋 杨亿《受诏修书述怀感事三十韵》：“讲学情田堉，谈经腹笥虚。”

舌耕：旧时称以授徒讲学谋生。▶晋 王嘉《拾遗记·后汉》：“(贾逵)门徒来学，不远万里。或襁负子孙，舍于门侧。皆口授经文。赠献者积粟盈仓。或云，贾逵非力耕所得，诵经口倦，世所谓舌耕也。”

③豫言：预先说出的关于将来要发生什么事情的话。▶鲁迅《准风月谈·诗和豫言》：“豫言总是诗，而诗人大半是豫言家。然而豫言不过诗而已，诗却往往比豫言还灵。”

君平：汉高士 严遵 的字。隐居不仕，曾卖卜于 成都 。▶《汉书·王贡两龚鲍传序》：

“君平卜筮于成都市……裁日阅数人，得百钱足自养，则闭肆下帘而授《老子》。”

汪韬，原名承继，字孝述、啸硕。晚清民国合肥（今安徽省合肥市）人。光绪二十八年（1902）壬寅科举人。民国官陆军部科长，授陆军少将。著有《郁葱葱斋诗草》。

## 寄怀①

疏雨茅檐滴夜寒，梦回忽忆旧凭栏。紫薇一树墙东角，廿载花开总未看。

压架纵横万卷书，芸香冷落近何如？②就中不少神仙字，只恐年深饱蠹鱼。

注释：

①《寄怀》诗见民国李家孚《合肥诗话》卷中，民国苏城临顿路毛上珍铅活字本。

②芸香：香草名。多年生草本植物，其下部为木质，故又称芸香树。叶互生，羽状深裂或全裂。夏季开黄花，花叶香气浓郁，可入药，有驱虫、驱风、通经的作用。▶晋成公绥《芸香赋》：“美芸香之修洁，禀阴阳之淑精。”



## 答友①

十年鸿爪久模糊，休问黄公旧酒垆。痛哭新亭名士泪，凄凉前席治安书。②人经患难锋芒敛，诗人幽燕格调粗。为报良朋无长物，数行残墨当琼琚。③

注释：

①《答友》诗见民国李家孚《合肥诗话》卷中，民国苏城临顿路毛上珍铅活字本。

②新亭名士泪：南朝宋刘义庆《世说新语·言语》：“过江诸人，每至美日，辄相邀新亭，藉卉饮宴。周侯中坐而叹曰：‘风景不殊，正自有山河之异。’皆相视流泪。唯王丞相愀然变色曰：‘当共戮力王室，克复神州，何至作楚囚相对！’”

新亭：古地名，故址在今南京市的南面。

前席：谓欲更接近而移座向前。此用唐代李商隐《贾生》：“可怜夜半虚前席，不问苍生问鬼神”诗意。

治安书：指西汉文学家贾谊所作《治安策》。

③琼琚：精美的玉佩。比喻美好的诗文。▶唐韦应物《善福精舍答韩司录清都观会宴见忆》：“忽因西飞禽，赠我以琼琚。”

## 张凤阶

张凤阶，号桐轩。晚清庐江（今安徽省庐江县）人。光绪三十年（1904）甲辰科进士，广东南海令。

### 辛酉春暮偕卢过城同年国华游冶父信宿实际寺[①]

晴岚绀宇一时新，蜡屐重寻古寺春。[②]携手莫论陵谷事，还乡已是烂柯人。[③]

注释：

①《辛酉春暮偕卢过城同年国华游冶父信宿实际寺》诗见 民国 陈诗 编 章梦芙 参订《冶父山志》六卷，卷四诗歌，民国二十五年（1936）木刻本。

②晴岚：晴日山中的雾气。▶唐 郑谷《华山》："峭仞耸巍巍，晴岚染近畿。"

绀宇：即绀园。佛寺之别称。▶唐 王勃《益州德阳县善寂寺碑》："朱轩夕朗，似游明月之宫；绀宇晨融，若对流霞之阙。"

③烂柯人：指久离家而刚回故乡的人。亦指饱经世事变幻的人。▶唐 刘禹锡《酬乐天扬州初逢席上见赠》："怀旧空吟《闻笛赋》，到乡翻似烂柯人。"



## 张煦

张煦，晚清民国时人。生平事迹不详。

### 梦东方丈[①]

频年游梵刹，听倡若翻澜。[②]不入佛门里，安知世路难。青灯面破壁，黄叶影层峦。雅有惠休好，儒林相与欢。

湖海飘零客，偏多世外心。为牵家室累，难共水云深。香火前缘在，碑铭古迹寻。紫蓬高百尺，翘首盼知音。

注释：

①《梦东方丈》诗见 清 李恩绶 纂 民国 释三惺续补《紫蓬山志》，民国二十年（1931）仲秋合肥紫蓬山房铅印本。

②翻澜：波澜翻卷。▶唐 李贺《巫山高》："碧丛丛，高插天，大江翻澜神曳烟。"

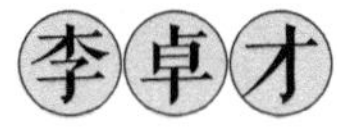

李卓才，晚清民国时人。生平事迹不详。

## 紫蓬山访旧赠梦东方丈①

仿佛匡庐访远公，尘根今始悟鸿濛。②老僧潇洒浑忘象，古树婆娑欲化龙。忽忽卅年原是梦，茫茫四大本皆空。悲欢离合恩仇事，都付拈花一笑中。

注释：

①《紫蓬山访旧赠梦东方丈》诗见 清 李恩绶 纂 民国 释三惺续补《紫蓬山志》，民国二十年(1931)仲秋合肥紫蓬山房铅印本。

②尘根：佛教以色、声、香、味、触、法为六尘，眼、耳、鼻、舌、身、意为六根。根尘相接，便产生六识，导致种种烦恼。▶南朝 梁 萧统《开善寺法会》："尘根久未洗，希霑垂露光。"

鸿濛：亦作"鸿蒙"。此处指混沌；浑噩。▶唐 韩愈《嘲鼾睡》诗之二："鸿蒙总合杂，诡谲骋戾狠。"



# 郭骏声

郭骏声，晚清民国合肥(今安徽省合肥市)人。生平事迹不详。

## 谒通元和尚塔院①

频年仗剑走天涯，一念醒来便出家。②手拓灵山同点点，心遗尘界任花花。③生前身相都抛撇，劫后音容孰等差。④最是传衣多继起，护持正法永无遮。⑤

注释：

①《谒通元和尚塔院》诗见 清 李恩绶 纂 民国 释三惺续补《紫蓬山志》，民国二十年(1931)仲秋合肥紫蓬山房铅印本。

②一念：一动念间；一个念头。▶南朝 梁 沈约《却出东西门行》："一念起关山，千里顾兵窟。"

③原诗"手拓灵山同点点"句后有作者自注："定心尊者为灵鹫寺开山祖师。唐人有问法者，师辄点胸示之，时号点点和尚。"

④原诗"生前身相都抛撇，劫后音容孰等差。"句后有作者自注："和尚有遗像一藏本

寺。据守塔僧云:'藏本寺者惟妙惟肖,塔院所供则非庐山真面目矣'。"

身相:犹言身体形象。▶隋 江总《摄山栖霞寺碑》:"大同二年,龛顶放光,光色身相,晃若炎山,林间树下,艳如火殿。"

抛撇:抛开;丢弃。▶元 李致远《还牢末》第一折:"你如今娶了这个妇人,将俺那二十年儿女情分,都抛撇得无了。"

等差:等级次序;等级差别。▶《礼记·燕义》:"俎豆、牲体、荐羞皆有等差,所以明贵贱也。"

⑤传衣:谓传授师法或继承师业。▶唐 李商隐《谢书》:"自蒙半夜传衣后,不羡王祥得佩刀。"

正法:佛教语。谓释迦牟尼所说的教法。别于外道而言。▶《杂阿含经》卷二四:"出兴于世,演说正法。"

无遮:佛教语。谓包容广大,没有遮隔。▶《楞严经》卷一:"如来开阐无遮,度诸疑谤。"

## 戊辰暮春游紫蓬山访梦东长老不遇其法徒寄坤款洽近旬爰赋二律志感即留呈梦东[①]

名山跂仰积余年,春末来游慰宿缘。[②]罗列群峰归胜地,高遮万树势擎天。敢期莲社招元亮,差拟潮州访大颠。[③]蒿目乾坤尘正恶,不因沉醉学逃禅。[④]



放翁长句送宗杰,子美留题傍已公。[⑤]在昔诗人耽禅悦,惯从初地邂尘踪。[⑥]大师有约听经去,高第多材卫道隆。[⑦]聊缀数言识鸿爪,青鞋布袜会相从。[⑧]

注释:

①《戊辰暮春游紫蓬山访梦东长老不遇其法徒寄坤款洽近旬爰赋二律志感即留呈梦东》诗见 清 李恩绶编《紫蓬山志》,白化文、张志主编《中国佛寺志丛刊》第010册,广陵书社2011年版。

戊辰:指民国十七年,1928年。

法徒:佛教徒。▶南朝 梁简文帝《宋姬寺慧念法师墓铭》:"如彼高山,法徒斯仰。"

款洽:亲密;亲切。▶《隋书·长孙平传》:"高祖龙潜时,与平情好款洽,及为丞相,恩礼弥厚。"

②跂仰:钦仰;想慕。▶明 汤显祖《答沈幼宰书》:"公有良史才,大对维期,便当荷逵木天,用慰跂仰。"

③元亮:东晋陶潜字符亮,曾任彭泽令,因不愿为五斗米折腰而归隐。后常用为隐居不仕的典实。▶宋 范成大《次韵徐廷献机宜送自酿石室酒》之一:"元亮折腰嗟已久,故山应有欲芜田。"

④逃禅：此处指遁世而参禅。▶唐 牟融《题寺壁》："闻道此中堪遁迹，肯容一榻学逃禅。"

⑤放翁：指陆游。

子美：指杜甫。

⑥耽禅：耽味禅悦。亦谓潜心学佛。▶宋 邓椿《画继·李公麟》："以其耽禅，多交衲子。一日，秀铁面忽劝之曰：'不可画马，他日恐堕其趣。'于是翻然以悟，绝笔不为，独专意于诸佛矣。"

⑦卫道：指卫护儒家道统。宋、明理学家称儒家学术思想授受的系统为道统。▶《宋史·刘爚传》："刘爚表章朱熹《四书》以备劝讲，卫道之功莫大焉。"

⑧青鞋布袜：借指隐士或平民生活。▶唐 杜甫《奉先刘少府新画山水障歌》："若耶溪，云门寺，吾独胡为在泥滓，青鞋布袜从此始。"

## 袁法垣

袁法垣，晚清民国合肥(今安徽省合肥市)人。生平事迹不详。

### 偕友人游紫蓬山赋呈梦东禅师①

卌里来寻古达摩，偶从磴道度岩阿。②惊心猿鹤皆因果，过眼光阴一刹那。③竹坞月明疑岛屿，松梢风动冷烟萝。④肥源闻说曾经断，天下名山僧占多。⑤

绝顶崔巍认紫蓬，流泉声在翠微中。振衣尽带烟霞色，蹑屐闲穿竹树丛。⑥几杵霜钟兜率界，数椽精舍梵王宫。⑦攒眉莫结白莲社，且叩禅扉谒远公。

淋漓题壁愧非才，旧雨游踪得暂陪。⑧初识芯刍弥款洽，重寻楼阁尚疑猜。莲花不染灵台照，宝筏能乘觉路开。⑨老柴寂留数茎骨，塔门终古掩苍苔。

注释：

①《偕友人游紫蓬山赋呈梦东禅师》诗见 清 李恩绶 纂 民国 释三惺续补《紫蓬山志》，民国二十年(1931)仲秋合肥紫蓬山房铅印本。

②卌[xì]：数字。四十。

磴道：登山的石径。▶南朝 宋 颜延之《七绎》："岩屋桥构，磴道相临。"

岩阿：山的曲折处。▶汉 王粲《七哀诗》："山冈有余映，岩阿增重阴。"

③惊心：心感到惊惧或震动。▶宋 张耒《伤春》诗之四："高楼春昼独惊心，白日闲云亦自阴。"

④竹坞:竹舍,竹楼。▶唐 刘沧《访友人郊居》:"登原过水访相如,竹坞莎庭似故居。"

⑤肥源:此处指淝水的源头。古人误认为淝水源头在紫蓬山。

⑥振衣:抖衣去尘,整衣。▶《楚辞·渔父》:"新沐者必弹冠,新浴者必振衣。"王逸 注:"去尘秽也。"

蹑屐:拖着木屐;穿着木屐。▶《百喻经·毗舍阇鬼喻》:"此人即抱箧捉杖蹑屐而飞。"

⑦霜钟:指钟或钟声。语本《山海经·中山经》:"(丰山)有九钟焉,是知霜鸣。"郭璞注:"霜降则钟鸣,故言知也。"

兜率界:亦称"兜术天"。梵语音译。佛教谓天分许多层,第四层叫兜率天。它的内院是弥勒菩萨的净土,外院是天上众生所居之处。▶《法华经·劝发品》:"若有人受持读诵,解其义趣,是人命终……即往兜率天上弥勒菩萨所。"

梵王宫:本指大梵天王的宫殿。泛指佛寺。▶唐 钱起《归义寺题震上人壁》:"太阳忽临照,物象俄光煦。梵王宫始开,长者金先布。"

⑧非才:1.无能,不才。指才不堪任。▶ 晋 干宝《晋纪总论》:"树立失权,托付非才,四维不张,而苟且之政多也。"2.用为自谦之辞。▶ 唐 岑参《佐郡思旧游》:"同类皆先达,非才独后时。"

旧雨:唐 杜甫《秋述》:"常时车马之客,旧,雨来;今,雨不来。"谓过去宾客遇雨也来,而今遇雨却不来了。后以"旧雨"作为老友的代称。

⑨宝筏:佛教语。比喻引导众生渡过苦海到达彼岸的佛法。▶ 唐 李白《春日归山寄孟浩然》:"金绳开觉路,宝筏渡迷川。"



## 王韵章

王韵章,晚清民国时人。生平事迹不详。

### 秋夜山中有感①

独立峰头感不禁,禅关寂寂夜沉沉。惯听梵语红尘淡,懒踏秋山黄叶深。谷邃有时啼怪鸟,月明何处响寒砧。年年滞迹风尘里,搜索枯肠为苦吟。②

注释:

①《秋夜山中有感》诗见 清 李恩绶 纂 民国 释三惺续补《紫蓬山志》,民国二十年(1931)仲秋合肥紫蓬山房铅印本。

②搜索枯肠:形容竭力思索。▶《红楼梦》第八四回:"贾政道:'……只做个破题也使得。'宝玉只得答应着,低头搜索枯肠。"

## 秋山晚眺兼怀友[①]

万山萧瑟秋风冷，云卷长空噪晚鸦。几阵宾鸿下落日，无边霜叶艳飞花。[②]不妨煮茗邀怀素，何处携琴访伯牙。小住红亭诸友隔，紫蓬咫尺甚天涯。[③]

注释：

①《秋山晚眺兼怀友》诗见 清 李恩绥 纂 民国 释三惺续补《紫蓬山志》，民国二十年(1931)仲秋合肥紫蓬山房铅印本。

②宾鸿：即鸿雁。▶南朝 梁元帝《言志赋》："闻宾鸿之夜飞，想过沛而霑衣。"

③红亭：犹长亭。路途中行人休憩、送别之处。▶唐 岑参《水亭送刘颙使还归节度》："无计留君住，应须绊马蹄；红亭莫惜醉，白日眼看低。"

张肇俊，晚清民国时人。生平事迹不详。



## 宿紫蓬山西庐寺有感二首[①]

白云深处锁苍松，钟磬声问断续中。[②]今夜禅堂灯似豆，万缘悟彻一身空。[③]

循环祸福为因果，胜果非因祷祝功。[④]佛悯众生徒愦愦，慈云法雨徧西东。[⑤]

注释：

①《宿紫蓬山西庐寺有感二首》诗见 清 李恩绥 纂 民国 释三惺续补《紫蓬山志》，民国二十年(1931)仲秋合肥紫蓬山房铅印本。

②声闻：亦作"声问"。音信。▶《国语·越语上》："寡君句践乏无所使，使其下臣种，不敢彻声闻于天王。"

③悟彻：亦作"悟澈"。佛教谓破迷妄、开真智。亦指觉悟得透彻、彻底。▶《红楼梦》第二二回："黛玉又道：'……我还续两句云：无立足境，方是干净。'宝钗道：'实在这方悟彻。'"

④祷祝：祷告祝福。▶《韩非子·内储说下》："其说在卫人之夫妻祷祝也。"

⑤愦愦：此处指昏庸；糊涂。▶汉 班固《咏史》："百男何愦愦，不如一缇萦！"

# 周行原

周行原(1874—?),字颂臙,号石泉。晚清民国合肥(今安徽省合肥市)西乡周老圩人。周盛波长孙。光绪十九年(1893)癸巳科举人。民国建立,当选中华民国第二届国会众议院议员。师从丹徒李恩绶,参与编纂《巢湖志》《紫蓬山志》以及《冬心草堂诗选》。著有《芗生馆诗稿》。

## 戊戌夏秋之交同友松豆山游紫蓬暮归豆山邀至其家置酒三首[①]

烦疾不得遣，僧先知我情。蒲团留一地，檀越证三生。[②]禅榻尘俱净，佛龛灯独明。扫柴时煮茗，泉水泻瓶笙。[③]

巢湖一片月，飞上旧钟楼。言与山灵别，将为建业游。尘寰虞劫运，吾道逊缁流。[④]踏破芒鞋否，碑阴鸟粪秋。[⑤]



山石滑如纸，晚行衣共搴。君家北山北，咫尺隔云烟。惊犬吠松径，流萤入稻田。[⑥]盘飧容市远，招隐定何年。

注释:

①《戊戌夏秋这交同友松豆山游紫蓬暮归豆山邀至其家置酒三首》诗见 清 李恩绶 纂 民国 释三惺续补《紫蓬山志》,民国二十年(1931)仲秋合肥紫蓬山房铅印本。

②檀越:梵语的音译。施主。▶晋 陶潜《搜神后记》卷二:"晋大司马桓温,字符子,末年忽有一比邱尼,失其名,来自远方,投温为檀越。"

③瓶笙:古时以瓶煎茶,微沸时发音如吹笙,故称。▶宋 苏轼《瓶笙》诗引:"刘几仲饯饮东坡,中觞闻笙箫声……出于双瓶,水火相得,自然吟啸,盖食顷乃已。坐客惊叹,得未曾有,请作《瓶笙》诗记之。"

④缁流:僧徒。僧尼多穿黑衣,故称。▶北魏 杨衔之《洛阳伽蓝记·城内胡统寺》:"(诸尼)常入宫与太后说法,其资养缁流,从无比也。"

⑤芒鞋:用芒茎外皮编织成的鞋。亦泛指草鞋。▶唐 张祜《题灵隐寺师一上人十韵》:"朗吟挥竹拂,高揖曳芒鞋。"

⑥流萤:飞行无定的萤。▶南朝 齐 谢朓《玉阶怨》:"夕殿下珠帘,流萤飞复息。"

## 上巳日微阴虚腹长老招集同人于紫蓬精舍为修禊会[①]

所适了无滞，路穷山忽通。[②]经声出墙外，童子候门中。竹暗云容懒，花明水气空。观悟司齐物，畅以永和风。[③]

注释：

①《上巳日微阴虚腹长老招集同人于紫蓬精舍为修禊会》诗见 清 李恩绶 纂 民国 释三惺续补《紫蓬山志》，民国二十年（1931）仲秋合肥紫蓬山房铅印本。

②无滞：没有障碍；通行无阻。▶南朝 梁 陶弘景《〈发真隐诀〉序》：“昔在人间，已钞撰《真经》修字两卷……今更反复研精，表里洞洽，预是真学之理，使了然无滞。”

③齐物：春秋、战国时老庄学派的一种哲学思想。认为宇宙间一切事物，如生死寿夭，是非得失，物我有无，都应当同等看待。这一思想，集中反映在庄子的《齐物论》中。▶晋 刘琨《答卢谌诗一首并书》：“远慕老庄之齐物，近嘉阮生之放旷。”

## 赋得雨后焦湖春水高[①]

一雨经宵霁，焦湖画不真。船才高过水，诗更淡于春。云脚虹收彩，波心日浴轮。发痕施派接，眉黛姥峰皴。湿到渔翁梦，翻来燕子鳞。[②]烟涵天上棹，翠漾镜中人。两岸潮添阔，三篙浪泼新。葡萄醅可酿，即此赛祠神。[③]

注释：

①《赋得雨后焦湖春水高》诗见 清 李恩绶编《巢湖志》卷二诗，黄山书社2007年版，第589页。

②燕子鳞：指巢湖水产燕子鱼。《巢湖志》：“燕子鱼，以形似名。宋黄绍躅有诗。”

③即此：就此；只此。▶唐 韩愈《秋怀诗》之五：“庶几遗悔尤，即此是幽屏。”

## 晚渡巢湖[①]

遥天绳雁起前汀，红蓼花疏秋梦醒。[②]柔橹数声残月堕，姥峰烟点瘦逾青。

注释：

①《晚渡巢湖》诗见 清 李恩绶编《巢湖志》卷二诗，黄山书社2007年版，第578页。

②绳雁：此处指大雁南飞，雁群行列如绳（一字状）。

## 巢湖打鱼诗[①]

果真远近白汪洋，不藉鸣舷与扣榔。[②]时有网船三五只，一帆剪入水中央。

尘世何如傍钓矶，轻蓑软笠认依稀。自从三月桃花浪，始信鳞翻燕子肥。[③]

望湖楼下是侬家，阅尽风波两鬓华。换酒归来私自喜，老妻炊火隔芦花。[④]

打鱼不复计春秋，东湖西湖任我游。忽见鸬鹚双晒翅，夕阳明灭姥峰头。

注释：

①《巢湖打鱼诗》诗见 清 李恩绶编《巢湖志》卷二诗，黄山书社2007年版，第578页。

②原诗“果真远近白汪洋”后有作者自注：“古言鄱红巢白。”

不藉：不凭藉；不依靠。▶清 王韬《淞隐漫录·三怪》：“济南李大，业负贩。捷足善走，自南诣北，往往不藉舟车。”

鸣舷：犹叩舷。古人叩船舷以为歌咏的节拍。▶明 张居正《舟泊汉江望黄鹤楼》诗：“无限沧洲渔父意，夜深高咏独鸣舷。”



③桃花浪：犹桃花汛。▶唐 杜甫《春水》：“三月桃花浪，江流复旧痕。”

燕子：此处指巢湖水产燕子鱼。《巢湖志》：“燕子鱼，以形似名。宋黄绍躅有诗。”

④炊火：烧火。▶宋 方夔《邑郭旅中》：“出猎将军夜打围，剑头炊火割鲜肥。”

## 李陵山[①]

红叶林间叩寺门，层峦欲雨正黄昏。龙嘘石气团高阁，雁曳钟声过远村。窃补乘书征典墓，闲邀野衲辨淝源。[②]古今游览须文藻，幸有韩陵片石存。[③]

注释：

①《李陵山》诗见 清 李恩绶 纂 民国 释三惺续补《紫蓬山志》，民国二十年（1931）仲秋合肥紫蓬山房铅印本。

②原诗“窃补乘书征典墓”句后有作者自注：“旧说魏将李典守肥时，祀其先人李陵于此，山因得名。惟吾师李讷庵编辑山志，辨陵为墓。谓当日李典之墓必距山不远，故借以相传耳具。有特识。”

原诗“闲邀埜衲辨淝源”句后有作者自注：“据水经注，山为肥水发源处，然以今考之，当在鸡鸣山，道元误矣。”

③原诗“幸有韩陵片石存”句后有作者自注：“讷师与马文通伯并有游记。”

韩陵片石：即韩陵石。借指好文、妙文。典出 ▶唐 张鷟《朝野佥载》卷六："梁庾信从南朝初至北方，文士多轻之。信将《枯树赋》以示之，于后无敢言者。时温子升作《韩陵山寺碑》，信读而写其本，南人问信曰：'北方文士何如？'信曰：'唯有韩陵山一片石堪共语。薛道衡、卢思道少解把笔，自余驴鸣犬吠，聒耳而已。'"

## 周行藻

周行藻(1876—?)，字侣萍。晚清民国合肥(今安徽省合肥市)西乡周老圩人。周行原之弟。民国初年，曾任湖北省阳新县、公安县知事。

### 秋日同李丈亚白家渔川叔颂膴兄连枷山晚眺①

出游古寺外，返照入疏林。源头问肥水，烟中望姥岑。②谈禅参佛意，倚石听猿吟。苔湿碑横路，摩挲字漫寻。

注释：

①《秋日同李丈亚白家渔川叔颂膴兄连枷山晚眺》诗见 清 李恩绶 纂 民国 释三惺续补《紫蓬山志》，民国二十年(1931)仲秋合肥紫蓬山房铅印本。

李丈亚白、家渔川叔、颂无兄：分别李恩绶、周渔川、周行原。

连枷山：紫蓬山的别名。

②姥岑：指巢湖姥山。

### 秋夜同颂膴兄宿紫蓬东墅①

尔我欢聚首，人影灯光微。月上虫吟苦，风前柿叶稀。联床秋寂寂，把酒话依依。连漏二三点，同忘物外机。②

注释：

①《秋夜同颂膴兄宿紫蓬东墅》诗见 清 李恩绶 纂 民国 释三惺续补《紫蓬山志》，民国二十年(1931)仲秋合肥紫蓬山房铅印本。

颂膴：指周行原。

②物外：世外。谓超脱于尘世之外。 ▶汉 张衡《归田赋》："苟纵心于物外，安知荣辱之所如！"

## 雨后同方六岳李仲伊孝廉陆兰孙布衣游紫蓬山[①]

石径快新晴，穿松如蟹行。一亭残照湿，万壑暮云平。鸟语菩提树，人闻钟磬声。伊蒲馔罢后，我亦道心生。

注释：

①《雨后同方六岳、李仲伊孝廉、陆兰孙布衣游紫蓬山》诗见 清 李恩绶 纂 民国 释三惺续补《紫蓬山志》，民国二十年（1931）仲秋合肥紫蓬山房铅印本。

方六岳、李仲伊、陆兰孙：分别指方澎（字六岳，今无为人）、陆本滋（字兰孙，今长沙人）

## 游连枷山步颂膴兄原韵三首[①]

偶插尘中脚，偏多物外情。僧房同一憩，偈语悟三生。[②]山色无今古，湖光半灭明。连枷亦鹫岭，谁奏子乔笙。[③]



万方多难日，有客此登临。照影潭俱静，归林鸟倦游。终南争捷径，肥水自清流。前路烟云里，萧条又暮秋。

信宿不曾去，登山衣共搴。[④]林深沉梵呗，村远淡炊烟。[⑤]时载瓮头酒，归营郭外田。[⑥]摩挲旧题处，回首几经年。

注释：

①《游连枷山步颂膴兄原均三首》诗见 清 李恩绶 纂 民国 释三惺续补《紫蓬山志》，民国二十年（1931）仲秋合肥紫蓬山房铅印本。

②偈语：即偈颂。▶宋 吴曾《能改斋漫录·神仙鬼怪》：“叔微未第时，其父梦人以偈语赠之，云：‘药饵阴功，楼陈间许。殿上呼卢，喝六得五。’”

③鹫岭：灵鹫山的省称。在古 印度 摩揭陀国 王舍城 东北。梵名耆阇崛山。山中多鹫，或言山顶似鹫，故名。相传释迦牟尼曾在此居住和说法多年。因代称佛地。

④信宿：1. 连宿两夜。▶《诗·豳风·九罭》：“公归不复，于女信宿。”2. 谓两三日。▶《后汉书·蔡邕传论》：“董卓一旦入朝，辟书先下，分明枉结，信宿三迁。”

⑤梵呗[ bài ]：佛教谓作法事时的歌咏赞颂之声。▶南朝 梁 慧皎《高僧传·经师论》：“原夫梵呗之起，亦肇自陈思。”

⑥瓮头酒：刚酿成的酒。▶唐 孟浩然《戏题》：“已言鸡黍熟，复道瓮头清。”

## 同友人赴省试晚泊姥山[1]

姥山四面湖波阔，卖酒偃偏曲港通。时事几惊篝火畔，乡心多碎橹声中。渔人网举捞明月，估客帆收迟好风。此去木樨香正满，嫦娥应许叩蟾宫。[2]

注释：

①《同友人赴省试晚泊姥山》诗见 清 李恩绥编《巢湖志》卷二诗，黄山书社2007年版，第581页。

②蟾宫：月宫；月亮。▶唐 许昼《中秋月》："应是蟾宫别有情，每逢秋半倍澄清。"

## 舟泊中庙[1]

湖畔亭台接太虚，湖中芦荻气萧疏。听禅欲上凤凰阁，佐酒新烹燕子鱼。昭谏诗名留古刹，邢峦战迹隐孤墟。[2]何堪夜雨鸣篷背，客枕凄凉梦醒初。

注释：

①《舟泊中庙》诗见 清 李恩绥编《巢湖志》卷二诗，黄山书社2007年版，第581页。

②昭谏：指晚唐诗人罗隐，其曾作《姥山诗》(又名《登巢湖圣姥庙》)："临塘古庙一神仙，绣幌花容色俨然。为逐朝云来此地，因随暮雨不归天。眉分初月湖中鉴，香散余风竹上烟。借问邑人沈水事，已经秦汉几千年。"

邢峦：南北朝时期北魏名将。邢峦(464—514)，字洪宾，河间鄚(今河北任丘)人。延昌三年(514)，邢峦得暴病死，年仅51岁，宣武帝念其生前战功卓著，下诏赐给布四百匹，朝服一袭，办理丧事。并追赠车骑大将军，瀛州刺史，谥"文定"。

## 雨夜雪钟和尚留饮紫蓬山房[1]

伊蒲馔罢意翛然，苦恨人间匕箸膻。道是山中堪避世，闲从方外纵谈禅。尘遂雨灭痕犹在，灯受风斜影独圆。倚枕云堂不成寐，披衣重与话前缘。

注释：

①《雨夜雪钟和尚留饮紫蓬山房》诗见 清 李恩绥 纂 民国 释三惺续补《紫蓬山志》，民国二十年(1931)仲秋合肥紫蓬山房铅印本。

吴溥，原名尧桂，字济宏，一作季鸿，亦字明夷，号践形。晚清民国合肥(今安徽省合肥市)东乡六家畈(今属肥东县长临河镇)人。吴毓兰之孙。京师皖立中学修业，中国公学政治经济科毕业，“天资聪颖，赋性狷狂，为文章援笔立就”，民国建立后，因“兄弟相继凋谢，家道日落，悲伤愤郁益不自胜，囚首垢面，日溺醉乡，人皆目为狂。”

## 登姥山塔有怀从弟诚斋①

怀古重登百尺台，惊寒雁阵入云哀。天空蜀岭遥遥出，日落巢湖浩浩来。故国琴樽黄菊误，江南音讯早梅开。茱萸已负秋山约，况复相思对酒杯。

注释：

①《登姥山塔有怀从弟诚斋》诗见民国 李家孚《合肥诗话》卷中，民国苏城临顿路毛上珍铅活字本。

江卣，字济忱，晚清民国新安(今安徽省歙县)人。生平事迹不详。

## 周文师超邀陪韩子秀孔寿泉许倬明诸公游紫蓬山①

蜡屐寻幽步当车，郊原雨足满春华。②千畦麦秀分流水，一路槐阴护落花。地僻已闻人语少，山深渐觉道心赊。招提未尽朋游兴，树影斜阳噪暮鸦。

注释：

①《周文师超邀陪韩子秀孔寿泉许倬明诸公游紫蓬山》诗见 清 李恩绶 纂 民国 释三惺 续补《紫蓬山志》，民国二十年(1931)仲秋合肥紫蓬山房铅印本。

②步当车：安步当车之省。意思是慢慢地步行，就当作是坐车。典出《战国策·齐策四》：“晚食以当肉；安步以当车。”

## 五律[1]

佳节异乡感，况逢离乱年。茱萸兄弟泪，兰若咏觞缘。林脱山逾静，泉枯菊不鲜。登高拚负约，恐惹旅怀牵。

注释：

①《五律》诗见 清 李恩绶 纂 民国 释三惺续补《紫蓬山志》,民国二十年(1931)仲秋合肥紫蓬山房铅印本。

## 甲子重九梦东上人招游山未果因寄怀海上群季兼梦东公[1]

飘零秦赘阻烽烟，过眼花黄又一年。[2]书断江东空弟娟，酒醒肥上尽山川。[3]酸吟杜甫无家别，澹结维摩出世缘。[4]不雨不风负佳会，旅怀聊复写缠绵。

注释：

①《甲子重九梦东上人招游山未果因寄怀海上群季兼梦东公》诗见 清 李恩绶 纂 民国 释三惺续补《紫蓬山志》,民国二十年(1931)仲秋合肥紫蓬山房铅印本。

甲子：民国十三年，1924年。

②秦赘：秦代男子家贫无以为婚者，得入赘妇家。后因以借指赘夫。语本《汉书·贾谊传》:"故秦人家富子壮则出分，家贫子壮则出赘。"▶唐 杜甫《遣闷》:"倚著如秦赘，过逢类楚狂。"

③娟[wèi]：妹妹。▶《新唐书·卷八十三·列传第八·诸帝公主》:"同安公主，高祖同母娟也。"

④酸吟：痛苦呻吟。▶唐 贾岛《病蝉》:"病蝉飞不得，向我掌中行。拆翼犹能薄，酸吟尚极清。"

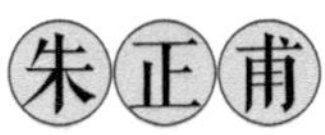

朱正甫，字碧城。晚清民国时人。

## 己巳重九同人以登紫蓬山诗示赋此答之[1]

九日开尊逸兴催，龙山佳会负追陪。[2]已看黄菊描秋淡，尚有清钟入瞑来。彭泽久应同寂寞，小山还得暂徘徊。[3]杜门未蜡登高屐，萧瑟江关庾信哀。[4]

注释：

①《己巳重九同人以登紫蓬山诗示赋此答之》诗见 清 李恩绶 纂 民国 释三惺续补《紫蓬山志》，民国二十年(1931)仲秋合肥紫蓬山房铅印本。

己巳：民国十八年，1929年。

②开尊：亦作“开樽”。举杯(饮酒)。▶唐 杜甫《独酌》：“步屧深林晚，开樽独酌迟。”

龙山佳会：即龙山会。《晋书·孟嘉传》载，九月九日，桓温曾大聚佐僚于龙山。后遂以“龙山会”称重阳登高聚会。▶唐 朱湾《九日登青山》：“想见龙山会，良辰亦似今。”

③原诗“彭泽久应同寂寞，小山还得暂徘徊。”句后有作者自注“是日离菊未开，丹桂正放。”

彭泽：指东晋陶渊明，曾为彭泽令。

小山：指北宋晏几道。晏几道(1038—1110)，字叔原，号小山。北宋抚州(今属江西省南昌市)人。晏殊第七子。历任颍昌府许田镇监、乾宁军通判、开封府判官等。性孤傲，中年家境中落。与其父晏殊合称“二晏”。词风似父而造诣过之。工于言情，其小令语言清丽，感情深挚，尤负盛名。表达情感直率。多写爱情生活，是婉约派的重要作家。有《小山词》。

④杜门：闭门，堵门。▶《史记·陈丞相世家》：“陵怒，谢疾免，杜门竟不朝请。”

高屐：高底木屐。▶南朝 宋 刘义庆《世说新语·简傲》：“王子敬兄弟见郗公，蹑履问讯，甚脩外生礼。及嘉宾死，皆箸高屐，仪容轻慢。命坐，皆云‘有事，不暇坐’。”



庾信哀：北周诗人庾信，以梁臣出使西魏。西魏灭梁，他留仕西魏。西魏亡，又仕北周。辗转之间，他虽身在北国，心却常恋故国，曾作《哀江南赋》，以抒写乡关之情。后因以“庾信哀”为异地思乡的典故。▶唐 杜甫《上兜率寺》：“庾信哀虽久，何颙好不忘。”

## 高寿恒

高寿恒(1875—1951)，字铁君。晚清民国合肥(今安徽省合肥市)人。贡生。曾任清廷驻比利时国使馆秘书长及贵池、怀宁、和县、芜湖等县知事。民国九年(1920)和十年(1921)，两度出任太湖知县近三年。工诗，善书。太湖知县任上，曾主修《(民国)太湖县志》。

### 挽张琴襄①

琴襄古狷者，高洁信无俦。②独苦尘中事，乃深天下忧。艰难严一死，心迹足千秋！家国殷长恨，绵绵阖九幽。③

辞金仲连介，骂坐次公狂。④此意复谁识？当时只自伤。江湖蓬鬓影，风雨墨花香。[5]一曲桃溪水，沉悲未可量。

一死布衣责，英灵郁夜台。[6]可怜西向意，不尽大招哀。[7]正气回残劫，群声起巨雷。萧条华表上，应有鹤飞来。

春水迎桃叶，秋风老蔗枝。频伽能共命，巾帼亦人师。[8]大局成今日，长天动古悲。湘山凭吊处，有客泪如丝。

注释：

①《挽张琴襄》诗见 民国 高寿恒《时事月报》1940年第23卷第5期第16—17页。

②无俦：没有能够与之相比。▶汉 蔡邕《弹棋赋》："不迟不疾，如行如留，放一敝六，功无与俦。"

③九幽：极深暗的地方，指地下。引申为阴间。▶宋 王安石《祭丁元珍学士文》："请着君德，铭之九幽。以驰我哀，不在醪羞。"

④仲连：战国时齐人鲁仲连，喜为人排难解纷，高蹈不仕。▶三国 魏 曹植《与杨德祖书》："刘生之辩，未若田氏，今之仲连，求之不难。"

次公：汉盖宽饶字次公，为官廉正不阿，刺举无所回避。平恩侯许伯治第新成，权贵均往贺，宽饶不行，请而后往，自尊无所屈。许伯亲为酌酒，宽饶曰："无多酌我，我乃酒狂。"丞相魏侯笑道："次公醒而狂，何必酒也？"见《汉书·盖宽饶传》。

⑤蓬鬓：鬓发蓬乱。▶南朝 宋 鲍照《拟行路难》诗之十三："形容憔悴非昔悦，蓬鬓衰颜不复妆。"

⑥夜台：坟墓。亦借指阴间。▶南朝 梁 沈约《伤美人赋》："曾未申其巧笑，忽沦躯于夜台。"

⑦原诗"可怜西向意"句后有作者自注："君遗嘱死必埋棺西向，以政府所在也。"

大招：《楚辞》篇名。相传为屈原所作。或云景差作。王夫之解题云："此篇亦招魂之辞。略言魂而系之以大，盖亦因宋玉之作而广之。"后用以泛指招魂或悼念之辞。▶清 钱谦益《〈陈乔生诗集〉序》："乔生为我写一通焚之文忠墓前，以当'大招'。"

⑧频伽：迦陵鸟。迦陵频伽的省称。此鸟鸣声清脆悦耳。佛经谓常在极乐净土。▶《旧唐书·宪宗纪下》："诃陵国遣使献僧祇僮及五色鹦鹉、频伽鸟并异香名宝。"

## 释达修

释达修(1876—1940)，字赞泉，俗姓李，后姓姚，原籍滁州西陲将军集(今属肥东县)。家贫，冒名剃度为僧。谙熟四书五经，十八岁受戒，后为准提庵住持。清光绪三十年(1904)，受滁州知州熊祖诒之邀，住持琅琊山化律寺(琅琊寺)。历三十载艰辛募化,得以复兴山门。民国十七年(1928),同滁人章心培编纂《琅琊山志》。

## 夏日送友人陈竣峰赴鸠江[①]

临别凭谁语?黯然念使君。遍求一字友,踏破万山云。古木环峰抱,钟鸣隔水闻。阳关三叠后,尤怅炎风薰。[②]

琅琊不肯住,汽笛送轻舟。落日添行色,薰风动旅愁。帆随芳踪去,江挟众星流。他日重来此,同吟君记否?

注释:

①《夏日送友人陈竣峰赴鸠江》诗见 陈章明《历代肥东诗词选》,黄山书社2020年版。鸠江:指芜湖。

②炎风:热风。▶南朝 梁 萧统《锦带书十二月启·蕤宾五月》:"炎风以扇户,暑气于是盈楼。"

## 送别友人感怀自述[①]



酣性辞家事世尊,琊琊寂寞共谁论?[②]悬崖鸟道无人迹,扑面风尘掩泪痕。[③]万劫死生原痛哭,百年迅速等朝昏。不堪幻化都成梦,来学愚僧到佛门。

富贵荣华几度开,百千年后岂重来?浮生过眼成朝露,名利何人念劫灰?沧海白云时变化,清风明月共徘徊。送君更作须臾事,且尽山僧酒一杯。

注释:

①《送别友人感怀自述》诗见 陈章明《历代肥东诗词选》,黄山书社2020年版。

②世尊:佛陀的尊称。▶《四十二章经》:"尔时世尊既成道已,作是思维。"

③鸟道:险峻狭窄的山路。▶南朝 梁 沈约《愍涂赋》:"依云边以知国,极鸟道以瞻家。"

李誠(1876—?),字眉庵。晚清民国广西临桂(今广西壮族自治区桂林市临桂区)人。曾任淮泗道尹、合肥县、六安县知事。师从"江南通儒"冯煦,著有《匏园诗存》存世。

## 丁巳二月行县就周子昂世丈小饮乘醉偕谭傅丞刘诵抑袁斗枢三君子重游紫蓬山盖距前游已二年矣山灵招我正未卜果在何时也赋成二律即赠梦东禅师[①]

偶因行役看山便，乘醉遮要万壑烟。[②]茧纸沉吟词客句，禅床乞与老夫眠。[③]梵声冉冉萦松杪，香篆徐徐展佛前。蓦地悲来无着处，吾生已梦万尘缘。[④]

万松风过裹鸣篴，石磴盘纡超众妍。花雨散空诸佛笑，竹泉供客老僧贤。未偿弥勒同龛愿，且缔寒山出世缘。回首上方钟磬远，虫沙须为此身怜。

注释：

①《丁巳二月行县就周子昂世丈小饮乘醉偕谭傅丞刘诵抑袁斗枢三君子重游紫蓬山盖距前游已二年矣山灵招我正未卜果在何时也赋成二律即赠梦东禅师》诗见 清 李恩绶纂 民国 释三惺续补《紫蓬山志》，民国二十年(1931)仲秋合肥紫蓬山房铅印本。

行县：谓巡行所主之县。▶《汉书·周勃传》：“岁余，每河东守尉行县至绛，绛侯勃自畏恐诛，常被甲，令家人持兵以见。”

②遮要：拦截于要害之处。▶《三国志·魏志·武帝纪》：“王自长安出斜谷，军遮要以临汉中，遂至阳平。”

③原诗“茧纸沉吟词客句”句后有注：“寺僧示以邑人王谦斋诗轴。”

原诗“禅床乞与老夫眠”句后有注：“醉卧绳榻，酣甚。”

茧纸：用蚕茧制作的纸。▶ 唐 韩偓《红芭蕉赋》：“谢家之丽句难穷，多烘茧纸；洛浦之下裳频换，剩染鲛绡。”

④着处：犹处处，到处。▶明 邵璨《香囊记·南归》：“着处草都是白的，这搭儿草怎么青？”

## 吴有政

吴有政，字子施。晚清民国合肥(今安徽省合肥市)西乡人。

### 己巳重九登紫蓬山[①]

紫蓬劫后又来游，携酒同登山上楼。黄菊不离三昧境，丹枫已换万峰秋。[②]闲如野鹤随云住，懒放清泉入世流。[③]佳节啸歌更怀古，侧身天地共悠悠。

注释：

①《己巳重九登紫蓬山》诗见 清 李恩绶 纂 民国 释三惺续补《紫蓬山志》，民国20年(1931)仲秋合肥紫蓬山房铅印本。

②三昧：佛教语。梵文的音译。又译"三摩地"。意译为"正定"。谓屏除杂念，心不散乱，专注一境。►《大智度论》卷七："何等为三昧？善心一处住不动，是名三昧。"

③懒放：犹懒散。►清 金农《东郊各舍寄章十五全人》："只合杜门称懒放，注书且喜脑华清。"

## 周孝穀

周孝穀，字秋农。晚清民国合肥(今安徽省合肥市)西乡周老圩人。

### 九月偕同人登紫蓬山次艮兄删韵[①]

山径蛇行同叩关，佳辰登眺乐忘还。[②]秋描黄菊有禅意，霜染丹枫浑醉颜。野气沉霾幽谷里，炊烟明灭乱峰间。由来一笑称难得，莫放林泉岁月闲。



注释：

①《九月偕同人登紫蓬山次艮兄删韵》诗见 清 李恩绶 纂 民国 释三惺续补《紫蓬山志》，民国二十年(1931)仲秋合肥紫蓬山房铅印本。

艮兄：周孝敦，字艮峰。晚清民国合肥(今安徽省合肥市)西乡周老圩人。周家谦之孙。民国时曾任国民党合肥县西一镇区区长，兼西一镇区团防局团总。

②佳辰：良辰；吉日。►唐 王勃《越州秋日宴山亭序》："岂非琴樽远契，必兆朕于佳辰；风月高情，每留连于胜地。"

## 周孝楷

周孝楷，字景裴。晚清民国合肥(今安徽省合肥市)西乡周老圩人。

### 己巳重九登紫蓬山次艮兄韵[①]

瑶华竟枉到柴关，佳节相邀共往还。顾我频年多失意，为君今日且开颜。一绳雁唳冥濛外，万井烟笼夕照间。登眺不禁丛百感，乱离何处觅安闲。

萧萧落叶染繁霜，风急纷如蝶舞狂。梵呗声中澄俗念，幽篁深处叩仙乡。咏觞萃此宾何主，昏晓割来阴与阳。兴尽同寻归路好，翠微回首郁苍苍。

注释：

①《已巳重九登紫蓬山次艮兄韵》诗见 清 李恩绶 纂 民国 释三惺续补《紫蓬山志》，民国二十年(1931)仲秋合肥紫蓬山房铅印本。

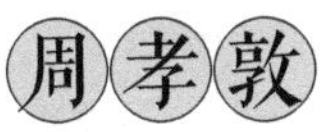

## 周孝敦

周孝敦，字艮峰。民国合肥县西乡(今安徽省肥西县)周老圩人。周家谦之孙。民国时曾任国民党合肥县西一镇区区长，兼西一镇区团防局团总。

### 紫蓬山寺赠昌一上人①

禅指三年别，相逢头插花。多君能出世，累我未忘家。缘结东林社，香分顾渚茶。愿施飞锡雨，战劫洒虫沙。

注释：

①《紫蓬山寺赠昌一上人》诗见 清 李恩绶 纂 民国 释三惺续补《紫蓬山志》，民国二十年(1931)仲秋合肥紫蓬山房铅印本。

### 九日游紫蓬山寺赠梦东长老①

依旧松萝笑我痴，得闲来此且倾卮。云随老衲浑无定，菊与闲人若有期。多病逢秋愁鬓改，疏钟惊梦出林迟。②师如惠远能开社，陶令而今知是谁。③

注释：

①《九日游紫蓬山寺赠梦东长老》诗见 清 李恩绶 纂 民国 释三惺续补《紫蓬山志》，民国二十年(1931)仲秋合肥紫蓬山房铅印本。

②愁鬓：发白的鬓发。因愁而白，故称。▶宋 陆游《南乡子》词："愁鬓点新霜，曾是朝衣惹御香。"

③惠远：指慧远大师。慧远大师(334—416)，俗姓贾，东晋时高僧。东晋雁门郡楼烦县(今属山西省原平市)人，出生于世代书香之家。居庐山，与刘遗民等同修净土，为净土宗之始祖。

## 己巳九日偕同人登紫蓬山[①]

强寻佳节叩禅关，且喜幽人共往还。黄菊未容窥白眼，青山可许驻朱颜。一堂梵呗悠扬际，半日生涯醒醉间。惆怅万方正多难，明年知否得清闲。天高野旷逼新霜，游兴翻因落帽狂。座上宾朋诗有律，山中岁月酒为乡。四围祇树堆秋色，一角经楼逗夕阳。吊古更无汉飞将，残碑为拂土花苍。

注释：

①《己巳九日偕同人登紫蓬山》诗见 清 李恩绶 纂 民国 释三惺续补《紫蓬山志》，民国二十年(1931)仲秋合肥紫蓬山房铅印本。

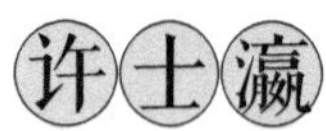

# 许士瀛

许士瀛，字辅卿。晚清民国合肥(今安徽省合肥市)西乡人。

## 佛殿偶成[①]



无限诗人意，关情是此山。愿将多考据，持以告尘寰。对月频搔首，拈花欲破颜。[②]驻兵前代事，壮志已全删。

名将瘗邱陇，都含宿草烟。山空人影寂，经熟磬声圆。老衲主持职，乡贤缔造缘。[③]清香分榾柮，煨芋待何年。[④]

注释：

①《佛殿偶成》诗见 清 李恩绶 纂 民国 释三惺续补《紫蓬山志》，民国二十年(1931)仲秋合肥紫蓬山房铅印本。

②破颜：露出笑容；笑。▶唐 宋之问《发端州初入西江》："破颜看鹊喜，拭泪听猿啼。"

③原诗"乡贤缔造缘"句后有作者自注："谓刚敏、武壮二公。"

④榾柮：木柴块，树根疙瘩。可代炭用。▶前蜀 贯休《深山逢老僧》诗之一："衲衣线粗心似月，自把短锄锄榾柮。"

# 蔡源清

蔡源清，字宾臣。清江苏丹徒（今江苏省镇江市丹徒区）人。候补中书，以知县分发安徽天长，因疾未赴任。工书，得晋唐法，名重一时。

## 秋日与徐亚陶王谦斋游紫蓬山[1]

策杖行吟侍老翁，秋光先我到山中。诗情最是难描处，一抹斜阳画紫蓬。

管领湖山淑气钟，笑予瓢笠寄孤踪。[2]试登绝顶望城郭，无数白云生远峰。

注释：

①《秋日与徐亚陶王谦斋游紫蓬山》诗见 清 李恩绶 纂 民国 释三惺续补《紫蓬山志》，民国二十年（1931）仲秋合肥紫蓬山房铅印本。

②原诗"管领湖山淑气钟"句后有注："谓亚陶太守。"

原诗"笑予瓢笠寄孤踪"句后有注："予因公到此。"

管领：此处指领受。▶唐 白居易《题小桥前新竹招客》："管领好风烟，轻欺凡草木。"



# 柳福奎

柳福奎，字茀卿，晚清民国江苏丹徒（今江苏省镇江市丹徒区）人。

## 山志告成喜赋二律追悼丹叔世丈惜不及见矣[1]

著作觥觥早等身，征文考献夙缘因。[2]门高膻慕心同化，坐拥皋比教若神。[3]肥水传薪三尺雪，梓乡淑艾卅年春。[4]编书寿世钦同嗜，自有佳儿慰老亲。[5]

吾乡辑有三山志，天下知名第一泉。[6]风土搜如阳羡记，词章但记义熙年。[7]佛传衣钵无凡骨，老与林峦结胜缘。[8]特为庐阳创新格，心香一瓣礼前贤。[9]

注释：

①《山志告成喜赋二律追悼丹叔世丈惜不及见矣》诗见 清 李恩绶 纂 民国 释三惺续补《紫蓬山志》，民国二十年（1931）仲秋合肥紫蓬山房铅印本。

②觥觥：刚直貌。▶《后汉书·方术传上·郭宪》："帝曰：'常闻"关东觥觥郭子横"，竟不

虚也。'"李贤 注:"觥觥,刚直之貌。"

③膻慕:谓心所向往,如蚁之慕膻。语本《庄子·徐无鬼》"蚁慕羊肉,羊肉膻也。"▶明 江盈科《雪涛小说·心高》:"人心膻慕,非名即利。"

皋比:古人坐虎皮讲学。后因以指讲席。▶唐 戴叔伦《寄禅师寺华上人次韵》之二:"禅心如落叶,不逐晓风颠。猊座翻萧瑟,皋比喜接连。"

④传薪:传火于薪,前薪尽而火又传于后薪,火种传续不绝。语出《庄子·养生主》:"指穷于为薪,火传也,不知其尽也。"比喻师生递相授受。▶康有为《苏村卧病写怀》:"世界开新逢进化,贤师受道愧传薪。"

三尺雪:喻剑。▶《三国演义》第三八回:"高皇手提三尺雪,芒砀白蛇夜流血。"

梓乡:故乡。▶清 冯桂芬《复应方伯论清丈第二书》:"如竟以经造册充数,则流毒梓乡,百世无已。"

淑艾:指受教于人,或教诲他人,使在学问上得益。▶清 钱谦益《常熟县教谕武进白君遗爱记》:"乡人士之淑艾于白君者,皆荆川之遗也。"

⑤寿世:谓造福世人。▶清 陈康祺《燕下乡脞录》卷十六:"每出入场屋,必召至案前,谆谆以名士寿世相勖。"

⑥三山志:指《京口三山志》,全志共分为十卷,为明人张莱撰,顾清订正。现存明正德七年(1512)刻本,清宣统三年(1911)横山草堂刻本。张莱字廷心,号心庵,本姓雷,镇江人。明正德九年(1514)进士,授户部主事,管理国储诸仑,后任留都宣谕,办理粮政很有成绩。《京口三山志》是他应镇江推官史鲁之请,考三山名迹、沿革及历代诗文汇集成编,并经松江顾清裁订,为我国著名的山志之一。



⑦阳羡记:指《阳羡风土记》,晋周处撰。是一部记述晋代地方风土人情杂记。此书主要记录阳羡一带的岁时、祭祀、饮食、物产、地理。

义熙年:指东晋安帝司马德宗的第四个年号(405—418),共计使用14年。

⑧凡骨:凡人或指凡人的躯体、气质。▶唐 曲龙山《玩月诗》:"曲龙桥顶玩瀛洲,凡骨空陪汗漫游。"

胜缘:佛教语。善缘。▶南朝 梁武帝《游钟山大爱敬寺》:"驾言追善友,回舆寻胜缘。"

⑨心香:佛教语。谓中心虔诚,如供佛之焚香。▶南朝 梁简文帝《相官寺碑铭》:"窗舒意蕊,室度心香。"



## 前诗意有未尽复得长古一章迴忆先征君少云府君历办赈务足迹所经游历殆遍久耳肥西紫蓬山名未及往游今览图志不禁感慨系之①

先子一生办荒赈，饥溺殷殷为己任。②名山大泽志游纵，是翁矍铄精神甚。往往归来风景夸，袖中携有古烟霞。囊中游记壮行邑，山图志乘每交加。巢湖姥山亦名胜，将相诞生秉国政。惜未肥西快遨游，紫蓬疏略叹蓬梗。③白也后人先世交，泉台相见话尘嚣。[4]举世动经多事日，两家儿子当心焦。我生天地暂为寄，诗酒陶情亦良计。[5]不若澄怀入禅观，胸襟真如超世谛。

注释：

①《前诗意有未尽复得长古一章迴忆先征君少云府君历办赈务足迹所经游历殆遍久耳肥西紫蓬山名未及往游今览图志不禁感慨系之》诗见 清 李恩绶 纂 民国 释三惺续补《紫蓬山志》,民国二十年(1931)仲秋合肥紫蓬山房铅印本。

赈务:此处原诗作“振务”。赈济的事务。▶《清史稿·邦交志六》:“如遇军务、赈务,政府在各路运送兵食,均不给价。”

图志:附有地图的地志书,如《元和郡县图志》《海国图志》。▶宋 陈亮《重建紫霄观记》:“考其图志,皆缺裂不全。”

②荒赈:此处原诗作“荒振”。荒赈,即灾荒赈济。

殷殷:此处指众多貌。▶《文选·左思〈魏都赋〉》:“殷殷寰内,绳绳八区,锋镝纵横,化为战场。”

李善 注:“殷,众也。”

③蓬梗:谓如飞蓬断梗,飘荡无定。比喻漂泊流离。▶唐 姚鹄《随州献李侍御》诗之二:“风尘匹马来千里,蓬梗全家望一身。”

④白也:白,指唐代诗人李白;也,助词,无义。语出 唐 杜甫《春日忆李白》:“白也诗无敌。”后因用作李白的代称。▶郁达夫《寄曼陀长兄》:“书剑飘零伤白也,英雄潦倒感黄金。”

泉台:墓穴。亦指阴间。▶唐 骆宾王《乐大夫挽辞》之五:“忽见泉台路,犹疑水镜悬。”

⑤陶情:怡悦情性。▶唐 贾岛《和刘涵》:“陶情惜清澹,此意复谁攀。”

## 李国松

李国松(1877—1950),初名国桢,榜名松寿,字健父(甫),号木公,一号槃斋。晚清民国合肥(今安徽省合肥市)东乡人。李经羲长子。光绪二十三年(1897)丁酉科举人,度支部郎中,特赏四品卿衔。曾为庐州中学捐资数万,延聘名师,广购书籍,由此被推为合肥教育学会总理,升安徽咨议局局长。辛亥革命前,任合肥商会会长,掌握地方绅权,仇视革命。辛亥革命后,遁往苏州。后卒于沪邸。辑有《集虚草堂丛书》甲集十种二十四册。

## 赋得雪销巢县青山出①

瞥见遥青出，山山尽豁庨。②雪才销北陆，县试认南巢。③寒色凝晴郭，岚光落近郊。金庭浑可辨，玉岫漫相淆。④积黛形如画，群峰势越巢。霁痕分大蜀，翠影现居巢。岭岂芙蓉失，林非柳絮抛。濡须堪四望，酌处酒盈匏。⑤

注释：

①《赋得雪销巢县青山出》诗见 清 李恩绶编《巢湖志》卷二诗，黄山书社2007年版，第590页。

②遥青：远处的青山。▶唐 孟郊《生生亭》："置亭嵽嵲头，开窗纳遥青；遥青新画出，三十六扇屏。"

豁庨：深邃高峻貌。▶清 黄景仁《涂山禹庙》："宫殿相望同豁庨，承尘玉座垂蟏蛸。"

③北陆：北方之地。▶北周 庾信《枯树赋》："东海有白木之庙，西河有枯桑之社，北陆以杨叶为关，南陵以梅根作冶。"

④玉岫：山峰的美称。▶南朝 梁简文帝《行雨山铭》："玉岫开华，紫水回斜。"

⑤酌处：酌情处理。▶明 沈德符《野获编·科场二·有司分考》："即使果尔，亦宜另为酌处，不可遽及有司。"



# 李国筠

李国筠（1878—1929），初名国鋆，榜名筠寿，字斐君，号浩存。晚清民国合肥（今安徽省合肥市）东乡人。李经羲次子。光绪二十八年壬寅（1902）补行庚子辛丑恩正并科举人。赏戴花翎，保应经济特科候选知府，分省补用道。加三品衔，二品顶戴。任合肥县教育会会长，庐州商会经理。历官安徽谘议局副议长、安徽财政司司长、国税厅筹备处处长、广东巡按使、广西巡按使、参政院参政，大总统顾问、特派经济调查局总裁，临时执政府参政，特派督办浦口商埠事宜。



## 清明扫墓过临河集题壁①

一宿何年事已忘，晨曦犹照旧村庄。山存太古几希气，野是劳人沐浴场。②蓑雾濛濛驱犊过，纸烟拂拂趁鸟扬。流光不听徐销用，独有豳风岁月长。③

注释：

①《清明扫墓过临河集题壁》诗见 民国 李家孚《合肥诗话》卷下，民国苏城临顿路毛上

珍铅活字本。

临河集：旧集镇名，今废。位于今安徽省肥东县长临河镇与撮镇之间。

②太古：远古，上古。▶《荀子·正论》："太古薄葬，故不扫也。"

几希：相差甚微；极少。▶《孟子·离娄下》："人之所以异于禽兽者几希。"

③销用：开支，使用。▶《元典章·户部二·祗应》："至元二十八年祗应钞已经二次，就于各路课程内放支中统钞一万一百锭，俵散各处销用。"

豳风：《诗经》的十五《国风》之一。共计七篇二十七章，都是西周时期的诗歌。▶清 张英《拟古田家诗》之二："昔爱诵《豳风》，亦常歌《小雅》。"

## 为刘访渠题沈石翁临禊序书谱合册①

国朝书法吾皖宗，惜抱宕逸怀宁雄。②安吴设坛傲百世，一鹗侧目横秋空。③门墙闻者十余子，朴卓无如沈石翁。④三十从游八十悟，行年九十意逾共。⑤殚心师说绝佗好，到死曾无一笔慵。⑥吾友传翁旧衣钵，出示墨迹惊蛇龙。行则禊序草书谱，体势标分意趣同。⑦两本临过百遍外，神明运彻规矩中。使臂使指皆血脉，一点一画无偏锋。⑧有如老将阅兵马，魄力沉毅神从客。又如人师训弟子，义峻辞严道气冲。⑨翁之得天固独厚，反以鲁钝彰人功。⑩鹿裘带索市皆笑，退笔凝尘冢已封。⑪岁月不居名字贱，常人到此心先穷。⑫优游片艺犹多障，寂寞千秋孰与从。掩卷还君三叹息，古来大匠多拙工。⑬

注释：

①《为刘访渠题沈石翁临禊序书谱合册》诗见 民国 李家孚《合肥诗话》卷下，民国苏城临顿路毛上珍铅活字本。

②惜抱：姚鼐(1731—1815)，清代安徽桐城人，室名惜抱轩，世称惜抱先生。清代著名散文家，与方苞、刘大魁并称为"桐城三祖"。其书法师承董其昌，晚年又学王献之，更以小行书见长，墨迹跌宕恣肆，柔中寓刚，飘逸秀姿中蕴藏儒雅文士气息。

怀宁：指安徽怀宁人邓石如。

③安吴论坛：指包世臣设下教坛教书法。安吴，指沈石翁老师包世臣。

傲百世：包世臣二十八岁师从邓石如学篆隶，谓自己"中年书从颜、欧入手，转及苏、董，后肆力北魏，晚习二王，遂成绝业"，并自拟为"右军第一人"，十分的自负。

一鹗：比喻出类拔萃的人。出《汉书·邹阳传》："臣闻鸷鸟累百，不如一鹗。"

④门墙：师门。出《论语·子张》："夫子之墙数仞，不得其门而入，不见宗庙之美，百官之富。得其门者或寡矣。"

⑤共：通"恭"。

⑥师说：老师传授的说法。▶《三国志·吴志·士燮传》："官事小阕，辄玩习书传，《春秋左氏传》尤简练精微，吾数以咨问传中诸疑，皆有师说，意思甚密。"

⑦褉序:王羲之《兰亭序》的别称。▶宋 周密《齐东野语·〈褉序〉不入选帖》:"逸少《褉序》,高妙千古,而不入选。"

⑧使指:本意为使用手指。后比喻天子、朝廷的指挥调度。语出 汉 贾谊《治安策》:"令海内之势,如身之使臂,臂之使指,莫不制从。"

⑨道气:超凡脱俗的气质。▶南朝 陈 徐陵《天台山馆徐则法师碑》:"法师萧然道气,卓矣仙才。"

⑩鲁钝:粗率,迟钝。▶唐 张鷟《朝野佥载》卷四:"言词鲁钝,智不逾俗,才不出凡。"

⑪鹿裘带索:指隐逸者的简陋服饰。出《列子·天瑞》:"孔子游于太山,见荣启期行乎郕之野,鹿裘带索,鼓琴而歌。"

⑫岁月不居:指时光流逝。居,停留。

⑬大匠:称学艺上有大成就而为众人所崇敬的人。▶唐 封演《封氏闻见记·矜尚》:"萧诣邕云:'有右军真迹,宝之已久,欲呈大匠。'"

## 李国栋

李国栋(1878—1914),字子干,号薇香。晚清民国合肥(今安徽省合肥市)东乡人。李昭庆裔孙,李经榘仲子。光绪壬寅年(1902)补行庚子辛丑恩正并科举人。官江西候补知府,调任出使奥地利大臣二等参赞,江西候补道。赏戴花翎,加盐运使衔。诰授中宪大夫。民国时为第一届国会参议院议员。著有《薇香馆诗钞》《说腴手谈随录》,译著《奥国自治章程沿革历史》《奥国财政窥豹集》《洪荒鸟兽记》《奥国武学》《奥国马队规则》等。



### 莫愁湖①

斜阳衰柳带层城,雪后遥天一雁轻。②龙虎旧传天子气,湖山翻藉美人名。千秋事业归棋局,万里烟波动客情。多少英雄无片土,南朝遗恨总难平。

注释:

①《莫愁湖》诗见 民国 李家孚《合肥诗话》卷下,民国苏城临顿路毛上珍铅活字本。

②层城:重城;高城。▶南朝 宋 刘义庆《世说新语·言语》:"遥望层城,丹楼如霞。"

## 江彝藻

江彝藻(1878—?),字孝潜,又字文伯。清庐州合肥(今安徽省合肥市)东乡(今肥东县)人。江云龙子。光绪(1876—1908)间诸生,官候选训导。宣统初,杨士骧督直隶,延入幕中。辛亥后归里奉母,集徒讲学,绍其家学。



## 狼山纪游[1]

我昔闻狼山,幽蒨绝尘俗。久欲揽其胜,今得从兹役。[2]出城未十里,孤塔先在目。中心忽自喜,但苦来不速。行行又数里,始达山之麓。错立四五山,孤秀此其独。寒涛咽危松,层云笼禅屋。梯空一径斜,迢递千百尺。[3]伛偻拾级登,魂异取次出。洎乎临绝顶,百怪皆轩豁。[4]灵塔一何高,直上接天碧。乘兴更登临,万家真骇瞩。树影远如荠,人形渺于粟。日射眼底紫,江翻足下白。妙境固无穷,幽欣亦已足。农氓重火耨,膏液流原隰。[5]是时月色昏,风定天沉黑。万火同一样,平照大地赤。繁星煽海底,流萤漫山谷。蹴碎鳌山红,擘分萤火绿。千蛇竞衔珠,万龙争燃烛。谅哉菽粟精,化为珠玉窟。[6]凄然念京华,宫阙灰黔突。[7]妖谶炽红灯,篝火起鸿鹄。何异昆冈焚,延灾混玉石。嗟此原野功,不救万民哭。索索意难留,归途弥枨触。所剩寸心丹,不随境起伏。

注释:

①《狼山纪游》诗见 清 江云龙《师二明斋遗稿》,民国十年(1921)铅字排印本。 

狼山,位于江苏省南通市,海拔109米,峻拔挺秀,文物古迹众多,周围四山如众星拱月,狼山为五山之首。又为全国佛教八小名山之首,有"江海第一山"的美誉。

②从兹:犹从此。 ▶唐 杜甫《为农》:"卜宅从兹老,为农去国赊。"

③梯空:腾空。 ▶唐 韩愈《送惠师》:"发迹入四明,梯空上秋旻。"

④轩豁:谓轩昂开朗,气宇不凡。 ▶宋 沈辽《送曾处善赴宝应尉》:"六峰老师气轩豁,九华雌山苦阴晦。"

⑤农氓:亦作"农甿"。农民。 ▶明 徐渭《代边帅寿张相公田夫人序》:"某因得奉以周旋,与甲士农甿休养而生息。"

火耨:犹火耕。▶北魏 郦道元《水经注·温水》:"九真太守任延始教耕犁,俗化交土,风行象林 。知耕以来,六百余年,火耨耕艺,法与华同。"

⑥菽粟:豆和小米。泛指粮食。▶《墨子·尚贤中》:"是以菽粟多而民足乎食。"

⑦黔突:因炊爨而熏黑了的烟囱。▶《文子·自然》:" 孔子无黔突,墨子无煖席。"

## 丁卯三月往上海未数日乡里重被兵灾追记其事用抒忧慨[1]

南园花事烦,今春无颜色。兵氛忽被境,遐尔遭燔虐。[2]我初去敝庐,戎机伏未作。[3]舟行越巢湖,风信来日恶。登山望烽火,归路阻蛟鳄。间关抵沪江,乡思坐缠缚。[4]书来述战史，痛定泪仍落。吾邑弹丸地，南向先有托。敌军利吾虚，虎视径前攫。驱众号十万，势欲饱屠掠。排空飚轮回，巨弹洞危郭。[5]高下毒火攻，俄顷惧焦铄。城空居无人，山庄寄稚弱。突骑聘俄夷，仇视快一斫。[6]转徙达三河，水国暂栖泊。吾党有方子，表皋唳孤鹤。推爱及妇孺，真意弥广莫。[7]危城终莫撼，坚持如崇崿。将吏工设防，乘间复出搏。久之凶焰息，脆若风扫箨。豺虎远遁窜，闾里暂宁郭。儿女奉祖归，老屋益萧索。园圃秽不治，未易饱黎藿。将士久用命，糈饷穷支度。输财问四民，黾勉纷解橐。嗟余生事微，卖文济穷约。百金数非巨，重负邱山若。烦忧欲自诉，谁复谅廉谔？鄙吝夙所恶，瓶罄仍倾酌。五年体未惫，宁遽填沟壑？事过庆生全，巢燕嬉危幕。余独抱苦心，啼笑两无着。含凄歌苌楚，欲羡无家乐。[8]

注释：

①《丁卯三月往上海未数日乡里重被兵灾追记其事用抒忧慨》诗见 民国 李家孚《合肥诗话》卷上，民国苏城临顿路毛上珍铅活字本。兵灾：指民国十六年丁卯(1927)北洋军阀张宗昌率直鲁联军攻袭合肥事。

②遐迩：亦作“遐尔”。远近。▶汉 桓宽《盐铁论·备胡》：“故人主得其道，则遐迩潜行而归之，文王是也。”

③敝庐：破旧的房子。亦作谦辞。▶《礼记·檀弓下》：“君之臣免于罪，则有先人之敝庐在，君无所辱命。”



④沪江：上海的别称。黄节有《沪江重晤秋枚》诗。

⑤排空：凌空；耸向高空。▶南朝 梁 何逊《赠韦记室黯别》：“无因生羽翰，千里暂排空。”

⑥突骑：用于冲锋陷阵的精锐骑兵。 ▶《汉书·晁错传》：“若夫平原易地，轻车突骑，则匈奴之众易挠乱也。”

⑦推爱：因爱某人而兼及其有关的人。

⑧苌楚：即羊桃。野生，开紫红花，实如小桃，可食。《诗·桧风·隰有苌楚》：“隰有苌楚，猗傩其枝。”



## 兵戈行呈鲍际唐县长①

粤自辛亥兵劫开，海宇残毁惊飞灰。合肥何恃幸再免？得二贤宰支倾颓。[2]戈矛攒集见袁鲍，此真健者余凡才。[3]六州前岁陷土寇，吏士虐众祸所胎。黠者挟众复东略，黑夜蚁附南城隈。弹火怒发毒焰合，万家坐虑遭燔煨。[4]袁公先出西集士，冲雨径率貔貅回。[5]前锋相接迅电激，压境狼豕崩惊雷。功成超拔莅淮泗，墨士间出恣求财。[6]掊克敛怨久乃退，眼底突兀来雄魁。[7]昨者乘城却舒寇，大名传播及提孩。[8]下车里巷欢走告，预庆生意回苦荄。南北伐旗忽交迫，江淮骇浪高崔巍。此邦先隶南旗下，北士奔赴争喧豗。[9]指挥万众围四合，灭此会食毋徘徊。世炮震天山岳动，翔空机艇惊者鲐。居民四窜保残喘，孤城岌岌垂崩摧。将军崛起王与马，横刀杀敌勇且材。[10]君持一诚能情款，协办御侮泯嫌猜。悬金奋搏廿昼夜，狂寇空尔逞陪鳃。[11]大军数道越江至，群丑飘散如烟埃。[12]微闻夷骑蹂村野，兵死白骨何皑皑。[13]腹心幸全支体碎，劫余酸痛谁能裁？人事颠倒多变态，何异寒暑相荡推？袁公去职走沪海，鸾鹄高举难攀陪。[14]颇疑碧翁厚我里，独留贤者弭凶灾。[15]更蕲长此作保障，庶几遗子承饶培。[16]日暮登高望八极，烟尘澒洞昏楼台。[17]万方急难国士少，仰天长啸悲风来。

注释：

①《兵戈行呈鲍际唐县长》诗见 民国 李家孚《合肥诗话》卷上，民国苏城临顿路毛上珍铅活字本。

②贤宰：贤明的地方长官。▶唐 张说《至尉氏》："吾兄昔兹邑，遗爱称贤宰。"

③攒集：簇集，聚集。▶三国 魏 何晏《景福殿赋》："既栉比而攒集，又宏琏以丰敞。"

凡才：平庸的才能。▶晋 虞溥《江表传》："瑜以凡才……委以腹心……"

④燔煨：泛指蒸煮。▶宋 苏轼《寄馏合刷瓶与子由》："小甑短瓶良具足，稚儿娇女共燔煨。"

⑤冲雨：冒雨。▶唐 韩偓《即目》："须信闲人有忙事，早来冲雨觅渔师。"

径率：直率。 ▶清 孙枝蔚《避乱杂述》："'天日见无期，不如归黄土。'王阮亭曰：'径率处得《北征》之神。'"

⑥超拔：拔擢；越级提升。▶ 汉 王充《论衡·偶会》："圣主龙兴于仓卒，良辅超拔于际会。"

墨士：文人的别称。 ▶宋 叶适《宜兴县修学记》："罨画之溪，犹浴沂也；善拳之窦，亦舞雩也；非骚人墨士专而有也。"

⑦掊克：亦作"掊刻"。聚敛；搜括。亦指搜括民财之人。一说，自大而好胜人。▶《诗·大雅·荡》："曾是强御，曾是掊克。"

雄魁：犹魁首。▶宋 庞元英《文昌杂录》卷四："礼部林郎中，以《清微之风养万物赋》为第一人，始可谓雄魁也。"

⑧乘城：守城。▶《汉书·陈汤传》："望见单于城上立五采幡织，数百人披甲乘城。"

提孩：幼儿，儿童。 ▶ 唐 韩愈《咏雪赠张籍》："莫烦相属和，传示及提孩。"

⑨喧豗：此处指犹纷纭；纷扰。 ▶ 明 宋濂《济公塔铭》："异言喧豗，而莫之适从矣。"

⑩将军崛起王与马：指坚守合肥两月有余、拒直鲁联军张宗昌十万之敌于城外的马祥斌、王金韬二将军。

⑪陪鳃：精神奋发貌。▶唐 韩愈《咏雪赠张籍》："狂教诗硉矶，兴与酒陪鳃。"

⑫烟埃：尘埃；灰烬。 ▶唐 李白《望黄鹤山》："金灶生烟埃，玉潭秘清谧。"

⑬微闻：隐约听到。▶《史记·项羽本纪》："诸将微闻其计，以告项羽。"

兵死：死于兵刃。▶《淮南子·说林训》："战兵死之鬼，憎神巫。"

⑭鸾鹄：鸾与鹄。比喻贤臣。▶唐 鲍君徽《奉和麟德殿宴百僚应制》："玉筵鸾鹄集，仙管凤皇调。"

攀陪：攀附追陪。▶唐 罗隐《乌程》："两府攀陪十五年，郡中甘雨幕中莲。一瓶犹是乌程酒，须对霜风泪泫然。"

⑮碧翁：即碧翁翁。犹天公。▶宋 陶谷《清异录·天文》："晋出帝不善诗，时为俳谐语，咏天诗曰：'高平上监碧翁翁。'"

⑯饶培：滋益培养。▶唐 韩愈《咏雪赠张籍》："松篁遭挫抑，粪壤获饶培。"

⑰八极：八方极远之地。▶《庄子·田子方》："夫至人者，上窥青天，下潜黄泉，挥斥八极，神气不变。"

## 李国棣

李国棣(1879—1944)，字伯唐，号鄂楼，别号一隐、鲟庐。晚清民国合肥(今安徽省合肥市)东乡人。李经邦长子。府学生，光绪壬寅举人。光绪癸卯年(1903)会试，考送日本政法大学政治经济科，毕业后分省补用知府，加三品衔。保升候补道，分发湖北补用，任湖北候补道、湖北善技场总办、湖北官立法政学堂监督，又任安徽司法司长。喜收藏，工绘事。"中岁弃官归，卜居吴门，构别业于南园"。



### 题《问淞诗存》①

吞声一别人天隔，碎玉摧兰事可伤。②到死春蚕犹作茧，惊寒断雁不成行。空留吴市移家约，难觅金篦刮膜方。③为署遗编珍片羽，墨花和泪堕巾箱。④

注释：

①《题〈问淞诗存〉》诗见清 李国枢《问淞诗存》一卷，民国十五年(1926)苏州李氏铅印本。

②吞声：无声悲泣。▶唐 杜甫《哀江头》："少陵野老吞声哭，春日潜行曲江曲。"

③家约：用以约束家人的规矩。▶《史记·货殖列传》："任公家约，非田畜所出弗衣食，公事不毕则身不得饮酒食肉。以此为闾里率，故富而主上重之。"

金篦：同"金鎞"。又作"金錍"。古代治眼病的工具。形如箭头，用来刮眼膜。据说可使盲者复明。▶涅槃经》卷八："如目盲人为治目故，造诣良医，是时良医即以金錍决其眼膜。"

刮膜：中医医术，指治疗盲膜之病。盲膜在腹脏之间，药力难及，治愈不易。▶唐 韩偓《访明公大德》："刮膜且扬三毒论，摄心徐指二宗禅。"

④片羽：传说中神马吉光的小片毛。喻指残存的少量珍贵品。▶《史通·古今正史》“十六国春秋”清 浦起龙 通释：“世徒以国史为正，然频书幸留片羽，孝标亦在唐前，讵不足当互证之资耶？”

## 和问淞《秋日偕晓耘兄游先农坛》①

曲径鸣蜩又一乡，翩然游骑趁斜阳。②流黄废瓦空成迹，积翠寒松自作行。③坐对危亭足潇洒，剩留词客写荒凉。眼中人物看君去，海上何因得共藏？④

注释：

①《重过白门有感》诗见清 李国枢《问淞诗存》一卷，民国15年(1926)苏州李氏铅印本。

②鸣蜩：蝉的一种，亦称秋蝉。体黑色，长一寸余，翅色赭褐，脉黄色，胸腹部下被白粉，鸣器小而成卵圆形，秋间日没时常长鸣不已。亦谓蝉鸣叫。▶《诗·豳风·七月》：“四季秀葽，五月鸣蜩。

③流黄：褐黄色。▶《文选·江淹〈别赋〉》：“惭幽闺之琴瑟，晦高台之流黄。”

④原诗“眼中人物看君去”句后有作者自注：“君时将归沪”。





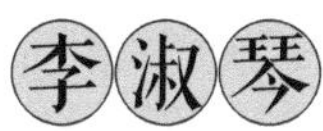

李淑琴(1880—1894)，晚清庐州合肥(今安徽省合肥市)东乡人。李经世之女。光绪二十年(1894)五月，以喉症卒，年十五岁。

## 浪淘沙·新秋乍凉①

微雨晚来晴，暑退凉生，湘妃竹榻玉阶横，今夜人家贪睡早，景色凄清。　云吐月华明，冷露无声，梧桐院落草虫鸣，偏是扰侬眠不得，街鼓三更。②

注释：

①《浪淘沙·新秋乍凉》词见 光铁夫《安徽名媛诗词征略》卷三，黄山书社1986年版。

②街鼓：设置在京城街道的警夜鼓。宵禁开始和终止时击鼓通报。始于唐，宋以后亦泛指“更鼓”。▶唐 刘肃《大唐新语·厘革》：“旧制，京城内金吾晓暝传呼，以戒行者。

# 王天培

王天培(1880—1917),字元符。清末民初合肥人。幼年读书即怀大志,后入北洋陆军学堂学习。在校痛恨满清政府专横腐败,一心思结当世豪杰,倾覆清廷。光绪三十年(1904),留学日本陆军学校。次年,结识孙中山、黄兴,加入同盟会,担任联络工作。宣统二年(1910),回国任陆军学堂监督。辛亥年(1911)农历九月九日,在安庆响应武昌起义。18日安徽光复后,以其才望被推为民军都督,年仅31岁。不久,清帝去位,南北统一,解甲归田。1917年,因旧疾复发病逝。

## 冬日海外归国谋起义未成复返途中感赋①

小住乡关未及旬,载途风雪倍艰辛。一肩家国双行泪,洒向天涯别故人。

雪雨霏霏逐战鞍,朔风吹彻海天寒。相逢莫问中原事,破碎河山收拾难。

注释:

①《冬日海外归国谋起义未成复返途中感赋》诗见 王天培《元符诗草》,安徽省委员会文史资料研究委员会编《安徽文史资料选辑》第三辑,1982年版。



## 海外孟冬送同志吴君旸谷归国①

莽莽神州苦陆沉,烈风骤雨万山侵。离人东蹈宁高节,怀我西归付好音。②冒雪寒梅冬岭秀,傲霜残菊故园心。相逢旧似曾相知,季子谦光到处钦。③

注释:

①《海外孟冬送同志吴君旸谷归国》诗见 王天培《元符诗草》,安徽省委员会文史资料研究委员会编《安徽文史资料选辑》第三辑,1982年版。

吴君旸谷:即吴旸谷(1884—1911),原名春阳。清末民初合肥北乡双墩集(今安徽省长丰县双墩镇)人。光绪二十九年(1903),18岁时创办"自强会",提倡民权。光绪三十年(1904),赴沪与蔡元培等创设青年学社,宣传民主革命思想,并参办《警钟日报》,揭露帝俄侵占中国东北的罪行。是年冬,清朝卖国官吏王之春潜入上海,吴旸谷、万福华等组织"拒俄会",密谋刺杀王之春,事败后,万福华被捕入狱。翌年春,吴旸谷留学日本。在日期间,吴参加中国同盟会的筹备和成立大会,并任江淮支部主盟。三十二年(1906)春,回国在家乡合肥创办模范小学和速成师范学校,以此为活动基地,宣传革命,发展同盟会会员,又联合赵声、柏文蔚、倪映典等在南京发展革命组织。旋赴安庆入新军第三十一混成协炮马步工辎弁目养所，秘密从事革命活动，因被清吏侦破，避往淮南。辛亥武昌首义，返安庆与众等密谋响应，拟定10月30日晚起义，事败。11月安徽被推为全省经略。旋奉派赴江西九江请兵援皖。江西兵军纪败坏，致安庆城内秩序大乱。吴严词谴责其殃民之罪，被江西兵团长黄焕章枪杀。遗体后归葬双墩集黑树棵村。民国成立后，追赠陆军上将。

②离人：离别的人；离开家园、亲人的人。▶晋 陶潜《赠长沙公族祖》："敬哉离人，临路凄然。款襟或辽，音问其先！"

③季子：指春秋时吴季札。为吴王寿梦少子。不受君位，封于延陵，号延陵季子，省称"季子"。历聘各国，过徐，徐君爱其剑，季子为使上国，未与。及返，徐君已死，乃系其宝剑于徐君冢树而去。事见《史记·吴太伯世家》。后人称颂其高风亮节。▶《陈书·宣帝纪》："咏季子之高风，思城阳之远托。"2.借指情谊生死不渝者。▶唐 司空曙《哭苗员外呈张参军》："季子生前别，羊昙醉后悲。"参见"延陵季子""延陵剑"。

谦光：即谦尊而光，谓尊者谦虚而显示其光明美德；谦虚。语本《易·谦》："谦，尊而光，卑而不可逾。"孔颖达 疏："尊者有谦而更光明盛大，卑谦而不可逾越。"

## 海外中秋①

一度中秋一度愁，南飞乌鹊愿难酬。乘槎空慕张骞志，入海谁为徐福谋。②蟋蟀有声怀故国，蛟龙无梦到瀛洲。③《大风》亭长何年唱，不扫胡虏誓不休。④

注释：

①《海外中秋》诗见 王天培《元符诗草》，安徽省委员会文史资料研究委员会编《安徽文史资料选辑》第三辑，1982年版。

②徐福：秦始皇时方士。《史记·秦始皇本纪》及《史记·淮南衡山列传》都记载有秦始皇派他去东海三神山寻求不死药事。

③有声：有声誉；著称。▶《诗·大雅·文王有声》："文王有声，遹骏有声。"

④《大风》：汉高祖刘邦作《大风歌》，歌云："大风起兮云飞扬，威加海内兮归故乡，安得猛士兮守四方。"

亭长：战国时，国与国之间为防御敌人，在边境上设亭，置亭长。秦汉时在乡村每十里设一亭，置亭长，掌治安，捕盗贼，理民事，兼管停留旅客。多以服兵役期满的人充任。此外设于城内和城厢的称"都亭"，设于城门的称"门亭"，亦设亭长，职责同上。东汉后渐废。▶《史记·高祖本纪》："高祖为泗水亭长。"张守节 正义："秦法，十里一亭，十亭一乡。亭长，主亭之吏。"

## 和友人原韵吊徐烈士暨秋女士[1]

弹雨枪林互动笳，先擒擒贼愿诚奢。黄袍有志同驱鹿，白帝何人哭斩蛇？[2]黑暗欲逃奴隶海，文明予放自由花。彼苍愤愤无情甚，凭吊归来浙水涯。[3]

注释：

①《和友人原韵吊徐烈士暨秋女士》诗见 王天培《元符诗草》，安徽省委员会文史资料研究委员会编《安徽文史资料选辑》第三辑，1982年版。原诗四首，此处选一。

徐烈士：指徐锡麟。

秋女士：指秋瑾。

②白帝："白帝子"的略语。▶唐 李白《登广武古战场怀古》："赤精斩白帝，叱咤入关中。"

斩蛇：汉刘邦起事前曾醉行泽中，遇大蛇当道，乃拔剑斩之。见《史记·高祖本纪》。后用以为典。▶汉 荀悦《汉纪·高祖纪赞》："焚鱼斩蛇，异功同符，岂非精灵之感哉！"

③彼苍：《诗·秦风·黄鸟》："彼苍者天，歼我良人。"孔颖达 疏："彼苍苍者，是在上之天。"后因以代称天。

愦愦：烦闷心乱。▶《后汉书·王符传》："羸弱疾病之家，怀忧愦愦，易为恐惧。"



## 满江红[1]

极目天涯，望不尽大江南北。独何故，腥膻遍地，供人吞食。番舶西来掀浪起，蜃楼东望惊涛拍。[2]恼煞俺壮士怒冲冠，狂歌发。　　沧桑劫，何时脱。沉沦痛，殊难绝。乘长风飞渡，太平洋阔。填海同消精卫恨，补天共显娲皇烈。[3]且听他，声楫誓中流，谁悲切。[4]

注释：

①《满江红》词见 王天培《元符诗草》，安徽省委员会文史资料研究委员会编《安徽文史资料选辑》第三辑，1982年版。

②番舶：旧称来华的外国船只。▶清 龚自珍《己亥杂诗》之一一八："麟趾褭蹄式可寻，何须番舶献其琛？"

③娲皇：即女娲氏。▶唐 王勃《七夕赋》："娲皇召巨野之龙，庄叟命雕陵之鹊。"

④楫誓中流：借写立志奋发崛起。▶《晋书·祖逖传》：祖逖中流击楫而誓曰："祖逖不能清中原而复济者，有如大江。"

钱南铁(1880—1958)，名育仁，字安伯。晚清民国常熟(今江苏省常熟市)人。著名学者兼诗人，虞山派骈体文的创始人，曾任常熟诗文社"虞社"社长、常熟图书馆长。

## 题合肥沈氏两代诗存①

家学遥承八咏楼，箕裘世业邈无俦。②苏家瓌颋文章伯，妒杀当年李邺侯。③巨制觥觥有嗣音，阐扬祖德意尤深。④籍咸下笔多才语，我欲从游过竹林。⑤

注释：

①《题合肥沈氏两代诗存》诗见《虞社》，第185期47页，1932年。

②八咏楼：位于在浙江省金华市南隅，婺江北岸。南朝齐太守沈约于隆昌元年(494)建。原名"元畅楼"。宋至道中，郡守冯伉因沈约曾于此作《八咏诗》，改名"八咏楼"。历代迭经毁建，现存建筑乃清代所建。唐代李白、崔颢，宋代李清照，清代吴伟业等均有题咏。

箕裘：《礼记·学记》："良冶之子，必学为裘，良弓之子，必学为箕。"孔颖达 疏："积世善冶之家，其子弟见其父兄世业鉤铸金铁，使之柔合以补治破器，皆令全好，故此子弟仍能学为袍裘，补续兽皮，片片相合，以至完全也……善为弓之家，使干角挠屈调和成其弓，故其子弟亦睹其父兄世业，仍学取柳和软挠之成箕也。"良冶、良弓，指善于冶金、造弓的人。意谓子弟由于耳濡目染，往往继承父兄之业。后因以"箕裘"比喻祖上的事业。▶《晋书·陈寿司马彪等传论》："咸能综缉遗文，垂诸不朽，岂必克传门业，方擅箕裘者哉！"

无俦：没有能够与之相比。▶ 汉 蔡邕《弹棋赋》："不迟不疾，如行如留，放一敝六，功无与俦。"

③苏家瓌颋：指苏瓌、苏颋父子。

苏瓌(639—710)唐初学者。字昌容，京兆武功(今陕西省武功县)人。博览经史，尤善属文。年十八，举进士，补宁州参军，历恒州司法、恭陵丞、豫王府录事参军。授水部员外郎。再历侍御史、夏官员外郎、水部郎中、祠部郎中。出为朗州刺史，转歙州、冀州、汾州、鼎州、同州、汴州刺史、扬州长史。神龙元年，由陕州刺史入为尚书右丞，迁户部尚书。寻加侍中，充西京留守。转吏部尚书。景龙三年，拜尚书右仆射、同中书门下三品，封许国公，监修国史。景云元年，进左仆射，改太子少傅。卒，谥曰文贞。瓌为官清正，善文，与其子颋俱负盛名。《旧唐书·经籍志》《新唐书·艺文志》著录其《中枢龟镜》一卷、文集一〇卷，俱佚。

苏颋(670—727)，字廷硕，京兆武功(今陕西省武功县)人。唐朝宰相、政治家、文学家，尚书左仆射苏瑰之子。苏颋自幼聪明过人，后进士及第，初授乌程县尉，迁太子左司御率府胄曹、监察御史、给事中、中书舍人、太常少卿等职，迁工部侍郎，其父苏瑰死后袭封许国公。开元四年(716),苏颋随广州都督宋璟一同拜相,担任中书侍郎、同平章事。作为盛唐之交时著名文士,与宰相燕国公张说齐名,并称“燕许大手笔”。开元八年(720),苏颋罢相,改任检校礼部尚书、益州大都督府长史。开元十五年(727),苏颋病逝,赠尚书右丞相,谥“文宪”。

文章伯:对文章大家的尊称。▶唐 杜甫《戏赠阌乡秦少公短歌》:“同心不减骨肉亲,每语见许文章伯。”

李邺侯:李泌于唐贞元三年,拜中书侍郎、同中书门下平章事,累封邺县侯,家富藏书。后用为称美他人藏书众多之典。▶宋 周密《齐东野语·书籍之厄》:“若士大夫之家所藏,在前世如张华载书三十车,杜兼聚书万卷,韦述蓄书二万卷,邺侯插架三万卷……皆号藏书之富。”

④嗣音:谓继承前人的事业,如响应声。▶清 陈鳣《对策·文选》:“唐宋元明,各有沿袭;班扬张左,孰可嗣音?”

⑤籍咸:指魏晋时阮籍、阮咸叔侄。

阮籍(210—263),字嗣宗,陈留尉氏(今河南省开封市尉氏县)人,魏晋时期名士、竹林七贤之一。门荫入仕,累迁步兵校尉,世称阮步兵。崇奉老庄之学,政治上则采取谨慎避祸的态度。景元四年(263),去世,享年五十三岁。作为“正始之音”的代表,著有《咏怀八十二首》《大人先生传》等,其著作收录在《阮籍集》中。

阮咸(生卒年不详),字仲容,陈留尉氏(今河南省开封市尉氏县)人。魏晋时期名士、文学家。步兵校尉阮籍之侄,与阮籍并称“大小阮”,与嵇康、阮籍、山涛、向秀、刘伶、王戎并称“竹林七贤”。阮咸好酒虚浮,仕途不顺,担任散骑侍郎时,山涛推举阮咸主持选举,没有得到晋武帝认同。质疑荀勖的音律,遭到记恨,贬为始平太守,无疾而终。阮咸精通音律,善弹琵琶,时号“妙达八音”,有“神解”之誉。存世作品有《律议》《与姑书》。“阮咸”这一乐器是因为阮咸擅长演奏而得名。

才语:运用生僻的典故、词藻以显示机巧的言辞或文字。《南史·宋彭城王义康传》:“袁淑尝诣义康。义康问其年,答曰:‘邓仲华拜衮之岁。’义康曰:‘身不识也。’淑又曰:‘陆机入洛之年。’义康曰:‘身不读书,君无为作才语见向。’”

## 李国杰

李国杰(1881—1939),字伟侯,号元直。晚清民国合肥(今安徽省合肥市)东乡人。李鸿章长孙,李经述长子。承袭李鸿章一等侯爵爵位,历任散轶大臣、农工商部左丞、驻比利时国公使、广州副都统、镶黄旗蒙古副都统等职。民国时历任参政院参政、安福国会参议院议员,后退职回上海。1930年,任轮船招商局董事长,任内因负债累累,主持出卖招商局码头给美商公司。1933年上海地方法院以擅自出卖国家土地罪判处八年徒刑(监外执行),剥夺公权十年。1939年大年初一在上海遭军统暗杀身亡。著有诗集《蠖楼吟草》一卷，另辑有《合肥李氏三世遗集》二十四卷。

## 秋燕①

关情王谢欲相依，风景江南举目非。②寂寞雕梁新雨少，高寒玉宇晓霜肥。一春如梦今方觉，四海为家岂必归？垂老羽毛犹自惜，不堪回首是乌衣。

注释：

①《秋燕》诗见 清 李国杰《蠖楼吟草》一卷，民国二十六年(1937)铅印本。

②王谢：六朝望族王氏、谢氏的并称。▶《南史·侯景传》："景请娶于王谢，帝曰：'王谢门高非偶，可于朱张以下访之。'"后以"王谢"为高门世族的代称。

## 秋雁①

飞到衡阳万里秋，身如一叶泛虚舟。也会迢递传书到，孰为哀嗷借箸谋？②闺梦可怜萦北塞，乡心无限度南楼。天空人字行中断，枨触江湖失侣愁。

注释：

①《秋雁》诗见 清 李国杰《蠖楼吟草》一卷，民国二十六年(1937)铅印本。

②借箸：箸，筷子。指为人谋划。典出《史记·留侯世家》："食其未行，张良从外来谒。汉王方食，曰：'子房前！客有为我计桡楚权者。'具以郦生语告，曰：'于子房何如？'良曰：'谁为陛下画此计者？陛下事去矣。'汉王曰：'何哉？'张良对曰：'臣请藉前箸为大王筹之。'"藉，《汉书·张良传》作"借"。▶唐 杜牧《河湟》："元载相公曾借箸，宪宗皇帝亦留神。"

## 秋鹰①

一自威名尚父扬，金眸顾盼露锋芒。②九霄曾攫雏鹏去，三窟堪怜狡兔忙。末路依人成底事，中原逐鹿正开场。秋风奋起冲天翼，直把苍穹算故乡。

注释：

①《秋鹰》诗见 清 李国杰《蠖楼吟草》一卷，民国二十六年(1937)铅印本。

②尚父：亦作"尚甫"。指周吕望。意为可尊敬的父辈。后世用以尊礼大臣的称号。▶《三国志·魏志·董卓传》："卓至西京，为太师，号曰尚父。"

## 秋草①

憔悴王孙两鬓霜，前途荆棘感茫茫。池塘入暝含烟碧，天地无情落日黄。一任骄嘶金谷骑，偶然妆点晋公羊。②伤心隋苑荒芜甚，惟见流萤照夜光。

注释：

①《秋草》诗见 清 李国杰《蠖楼吟草》一卷，民国26年(1937)铅印本。

②公羊：《公羊传》的简称。▶晋 杜预《春秋经传集解序》："于丘明之传，有所不通，皆没而不说，而更肤引《公羊》《谷梁》，适足自乱。"

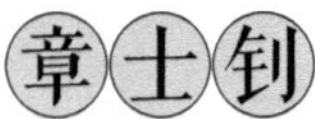

# 章士钊

章士钊(1881—1973)，字行严，笔名黄中黄、青桐、秋桐。湖南善化县(今属湖南省长沙市)人。清末为上海《苏报》主笔，后为同济大学教授，北京大学教授，北京农业学校校长，广东军政府秘书长，南北议和南方代表。历任中华民国北洋政府段祺瑞政府司法总长兼教育总长，中华民国国民政府国民参政会参政员。中华人民共和国成立后为著名民主人士、学者、作家、教育家和政治活动家。曾任中央文史研究馆副馆长、第二任馆长，第二、三届全国政协常委会委员，第三届全国人大常委会委员。才华横溢，著述丰富，有《中等国文典》《逻辑指要》《柳文指要》及《章士钊全集》等，近500万字。



## 张琴襄侍妾刘氏殉夫挽词①

从容就义古来难，燕子楼中岁月宽。②身去相随千岁语，不令白傅感无端。③

徐家圩畔古溪长，闻说桃花浪不扬。定是夫人防贼眼，故教红粉不成妆。④

注释：

①《张琴襄侍妾刘氏殉夫挽词》见 章士钊，《时事月报》1940年第23卷第1期第1页。

②燕子楼：楼名。在今江苏省徐州市。相传为唐贞元时尚书张建封之爱妾关盼盼居所。张死后，盼盼念旧不嫁，独居此楼十余年。见 唐 白居易《〈燕子楼〉诗序》。一说，盼盼系建封子张愔之妾。见 宋 陈振孙《白文公年谱》。后以"燕子楼"泛指女子居所。▶宋 苏轼《永遇乐》词："燕子楼空，佳人何在，空锁楼中燕。"

③白傅：唐代诗人白居易的代称。白晚年曾官太子少傅，故称。▶五代 齐己《同光岁

送人及第东归》:“春官如白傅,内试似文皇(唐太宗)。”

④贼眼:神情不正派的眼睛、眼神。亦用以称坏人的眼睛。▶清 潘钟瑞《苏台麋鹿记》卷上:“贼眼祇识金银,其实并金银不识。”

原诗“定是夫人防贼眼,故教红粉不成妆。”句后有作者自注:“徐家圩附近有桃溪,琴襄隐居所在。闻夫人死后,合肥妇女遭贼蹂躏甚惨。”

王用宾(1881—1944)字利臣、理成,号太蕤,别号鹤村,室名半隐园。山西临猗(今山西省临猗县)人。光绪三十一年(1905)入同盟会,为首批会员之一,被推为山西支部长。民国建立,历任山西省临时议会议长、参议会议员、国民党山西支部筹备处处长、河南省代理省长、国民党北平政治分会秘书长、国民政府立法院立法委员、立法院法制和财政委员会委员长、考试院考选委员会委员长、司法行政部部长等职。1944年病逝。

一生著述、诗词流传甚丰,均未得搜集整理。有遗著《中国历代法制史》(与邵修文合著)《辛亥革命前后山西起义纪实》《半隐园侨蜀诗草》《半隐园词草》等,今人编辑有《王用宾诗词辑》。

## 合肥香花墩谒包孝肃祠步王仁山首席韵[①]

河流滚滚古来浊，何取得公一笑清。[②]私书谢绝无干谒，宗祏安危誓独撑。[③]遽为建储徼后福，不曾徇法昧平生。[④]庐江祠宇端州庙，功罪千秋分外明。

浅水残荷尚傲霜，包墩突兀起中央。伪辞不假颜何正，铁面讹传事涉荒。[⑤]一砚未携廉早著，百花尽落姓犹香。洵是法曹好模楷，相期二字属方刚。[⑥]

注释:

①《合肥香花墩谒包孝肃祠步王仁山首席韵》诗见 民国 王用宾(中华诗词研究项目·二十世纪诗词名家别集丛书)《王用宾诗词辑》南游草,北岳文艺出版社2011年版,第6—7页。

②河流:指黄河水流。▶南朝 宋 傅亮《为宋公至洛阳谒五陵表》:“河流遄疾,道阻且长。”

③干谒:指为某种目的而求见。▶《北史·郦道元传》:“(弟道约)好以荣利干谒,乞丐不已。”

宗祏:宗庙中藏神主的石室。引申指朝廷,国家。▶《明史·奸臣传序》:“然小人世所恒有,不容概被以奸名。必其窃弄权柄,构结祸乱,动摇宗祏,屠害忠良,心迹俱恶,终身阴贼者,始加以恶名而不敢辞。”

④建储:立储君,立皇太子。▶宋 苏轼《范景仁墓志铭》:“公在仁宗朝,首开建储之议。”

后福:未来的或晚年的幸福。▶《后汉书·左雄传》:“白璧不可为,容容多后福。”

⑤伪辞:虚假的言辞。▶《史记·淮南衡山列传》:“又使徐福入海求神异物,还为伪辞曰:‘臣见海中大神。’”

⑥法曹:古代司法官署。亦指掌司法的官吏。▶《梁书·谢朏传》:“(谢朏)起家抚军法曹行参军,迁太子舍人,以父忧去职。”

楧楷:楷楧,榜样。▶《后汉书·党锢传序》:“天下楧楷李元礼,不畏强御陈仲举。”

方刚:谓人在壮年时体力、精神正当旺盛。▶《诗·小雅·北山》:“嘉我未老,鲜我方将,旅力方刚,经营四方。”

## 周嘉绩

周嘉绩,具体生平事迹不详。



### 登姥山作[1]

一鉴湖光万顷秋，扁舟荡漾心悠悠。大风当头涉不利，且随人作姥山游。山距庐城六十里，巍峨直与孤山峙。山留残碣几何年，字迹隐约老苔里。[2]山头塔势盘云霄，山下涛声连树起。挈朋拾级争攀跻，缕缕云烟绕足底。数家井灶筑蠮螉，怪石嶙峋蹲虎兕。[3]南来绳雁逐飞霞，北去征帆疾如驶。仰观俯察兴正浓，忽见斜日沈在水。须臾皓月上山东，净璧浮浮天地空。西岩老渔欢唱晚，鱼龙潜跃波涛中。塔窗四开徘徊久，客促我行呼船叟。试问长天夜若何，谁见老松挂北斗。人生欢乐苦无多，十事九事掣其肘。誓待明年初秋后，登山蓄得京清酒。[4]湖光在目杯在手，不肯凭栏放月走。

注释:

①《登姥山作》诗见 清 李恩绶编《巢湖志》卷二诗,黄山书社2007年版,第576—577页。

②残碣:残碑。▶清 江藩《汉学师承记·阎若璩》:“雅好金石文字,遇荒村野寺古碑残碣,埋没榛莽之中者,靡不椎拓。”

③蠮螉:土蜂。又称细腰蜂。▶《方言》第十一:“蜂,燕赵之间谓之蠓螉,其小者谓之蠮螉。”

虎兕：虎与犀牛，比喻凶恶残暴的人。▶《论语·季氏》："虎兕出于柙。"

④原诗"暂待明年初秋后，登山蓄得京清酒。"句后有注："亚白李先生谓京江酒最美，有登山之约。"

周家颐(1882—?)，字叔观。清庐州合肥(今安徽省合肥市)西乡周老圩人。周盛波第四子。

## 赋得四顶朝霞[1]

瞥见朝霞彩，临湖四顶山。晓钟才觉动，孤鹜未飞还。近日晴辉散，凌霄列岫环。尘寰蒸客梦，佛火隐禅关。[2]面面疑堆髻，年年可驻颜。迥殊青嶂外，如到赤城间。[3]掩映风帆白，依稀夕照殷。至今丹鼎在，空际露烟鬟。

注释：

①《赋得四顶朝霞》诗见 清 李恩绶编《巢湖志》卷二诗，黄山书社2007年版，第589页。

②佛火：指供佛的油灯香烛之火。▶唐 孟郊《溧阳唐兴寺观蔷薇花》："忽惊红琉璃，千艳万艳开。佛火不烧物，净香空徘徊。"

③迥殊：迥别、迥异。▶明 瞿式耜《请优贤王之封疏》："臣伏察藩封体统，一字与二字迥殊。"

赤城：传说中的仙境。▶北周 庾信《奉答赐酒》诗："仙童下赤城，仙酒饷王平。"



## 巢湖棹歌截句十二首[1]

春水方生动溯洄，船头风起浪声催。孙曹战迹今安在，剩有沙鸥去复来。

港汊支流四处通，烟云入妙画难工。[2]有人小艇收罾立，风卷芦花雪一篷。

玻璃远映翠芙蓉，髣髴君山对面逢。遥望南塘一孤屿，楼台缥缈碧云封。[3]

更有鞋山像小姑，不妨点缀此灵湖。[4]芦矶嘴竟讹卢杞，值得通人一笑无。[5]

四鼎山兼梅子山，神仙灵迹峙湖湾。[6]可能分我团焦住，缭绕白云时掩关。[7]

五牛三龟事浪传，行人听见也齹然。[8]箴讹搜佚巢湖志，谁信人间有谪仙。[9]

先公昔日惨骑箕，有客维舟施口时。[10]惊见大星光堕水，我谈往事尚歔欷。[11]

果真中庙称忠庙，新建淮军血食祠。[12]闻说汝南旌旆好，湖干妇孺姓名知。[13]

巢人岁岁说湖清，我愿年年乐太平。安得包阎罗出世，廉明心事福寰瀛。[14]

重涂金碧凤凰台，湖上频年气象开。只怕湖心水清浅，有人引入火轮来。[15]

游遍湖山直达江，一帆风送木兰艭。[16]桃花红涨春波暖，算到鸳鸯总是双。

龙泉老牧杳山阿，东湖西湖双镜磨。[17]我向莫愁湖上去，酒边且续姥山歌。[18]

注释：

①《巢湖棹歌截句十二首》诗见 清 李恩绶编《巢湖志》卷二诗，黄山书社2007年版，第577—578页。

②港汊：河汊，分支的小河。巢湖水系发达，自古有“三百六十汊”之说。▶《宋史·赵范传》：“然有淮则有江，无淮则长江以北港汊芦苇之处，敌人皆可潜师以济。”



③孤屿：原指孤立的岛屿。此处特指巢湖孤山。

④小姑：此处指小姑山，即小孤山，位于安徽省宿松县城东南六十公里的长江之中。孤峰独耸，屹立江心，周围1里，海拔78米。

⑤芦矶嘴：即巢湖芦溪嘴，为巢湖“九头十八嘴”之一，民间讹音为“卢杞嘴”，并附会有唐代奸相卢杞在此出生的传说。今为芦溪湿地公园。

通人：学识渊博通达的人。▶《庄子·秋水》：“当桀纣而天下无通人，非知失也。”

⑥原诗“四鼎山兼梅子山”句后有作者自注“梅子山距四鼎相近。”

⑦团焦：圆形草屋。▶《北齐书·神武帝纪上》：“后从荣（尔朱荣）徙据并州，抵扬州邑人庞苍鹰，止团焦中。”

⑧原诗“五牛三龟事浪传”句后有作者自注“巢人谚也。”

齹然：笑而见齿的样子。▶《淮南子·道应训》：“若士者，齹然而笑曰：‘嘻！子中州之民，宁肯而远至此。’”

⑨箴讹搜佚：搜集、整理散佚的典籍，并标注、修正其中的错讹。

原诗“谁信人间有谪仙。”句后有作者自注“谓吾师亚白（即李恩绶）先生。”

⑩原诗“先公”后有作者自注：“先刚敏公。”即指周盛波。周盛波（1830—1888年）字海舲，安徽合肥人，淮军将领。李鸿章组建淮军时，任周盛波为“盛字营”主将，周盛传为副。盛波骁勇善战，屡建军功；盛传足智多谋，文武兼备。后官至湖南提督，驻防天津。卒，诏

优恤，建专祠，谥“刚敏”。

原诗“有客”后有作者自注：“谓张蔼卿观察。”张蔼卿，即淮军名将张树声之子张华奎。

骑箕：亦作“骑箕尾”“骑箕翼”。此处指去世。▶《宋史·赵鼎传》：“书铭旌云：‘身骑箕尾归上天，气作山河壮本朝。”

⑪原诗“惊见大星光堕水”句后有作者自注：“先刚敏厌世，闻吾乡张霭卿观察十月初一夜泊巢湖。见大星如斗，从东南向西北容与而下。绵亘天际，邻舟皆惊，即公归神之夕也。观察有联云：‘台斗郁精灵，回思前夜江淮，万目惊传大星落。海门余壁垒，会见一家英卫，并驱能作怒潮看。’附志于此。”

⑫原诗“果真中庙称忠庙”句后有作者自注：“国初邑人王纲诗集，中庙作忠庙，必有所本。谦斋文语吾亚白师曰：‘此近建淮军昭忠祠之谶也。’”

⑬原诗“湖干妇孺姓名知。”句后有作者自注：“先公与先叔武壮栗主入殿中正龛，故云。”先叔武壮公：指周盛传。周盛传（1833—1885），字薪如，晚号北海老农。清合肥人。周盛波之弟，排行第五。后官至湖南提督，驻防天津。卒，诏优恤，建专祠，谥“武壮”。

⑭寰瀛：天下；全世界。▶晋《晋朝飨乐章·三举酒》：“朝野无事，寰瀛大康。”

⑯木兰艭[shuāng]：木兰舟。典出▶南朝 梁 任昉《述异记》卷下：“木兰洲在浔阳江中，多木兰树。昔吴王阖闾植木兰于此，用构宫殿也。七里洲中，有鲁般刻木兰为舟，舟至今在洲中。诗家云木兰舟，出于此。”后常用为船的美称，并非实指木兰木所制。▶唐 罗隐《秋晓寄友人》：“更见南来钓翁说，醉吟还上木兰舟。”

⑰原诗“龙泉老牧杳山阿”句后有作者自注：“徐毅甫（即徐子苓）自号龙泉老牧。”

⑱原诗“酒边且续姥山歌。”句后有作者自注：“毅老《姥山歌》八章，见《合肥三家诗》中，先生为‘合肥三怪’之一。”

## 黄式叙

黄式叙（1882—1950），字黎雍，别号松客。晚清民国辽宁辽阳（今辽宁省辽阳市）人。奉天高师国文专修科毕业，早年于东北各地历任文职，曾任辽阳县长。工诗词，颇负时誉，《石遗室诗话》谓“散原（陈三立）、季直（张謇）亟称其才，推许甚至。”与陈宝琛、陈衍、陈诗、李宣龚等人互有唱和，著有《黄式叙求正诗稿》《松客诗》《东渡诗》等。

### 读庐州诗苑①

闲搜旧曲得阳阿，疑拨清商与和歌。②万里昔闻潜岳峻，百年今见楚材多。③残膏沾丐非无补，后世流传讵有讹。④遥望五湖盛兵火，璇渊文物近如何？⑤

注释:

①《读庐州诗苑》诗见 清 陈诗《凤台山馆诗钞》,民国铅印本。

②阳阿:古乐曲名。▶战国 楚 宋玉《对楚王问》:"客有歌于郢中者,其始曰《下里》《巴人》,国中属而和者数千人;其为《阳阿》《薤露》,国中属而和者数百人;其为《阳春》《白雪》,国中属而和者不过数十人。"

③潜岳:即潜山,又名天柱山。古谓之南岳。▶宋 苏轼《东坡》诗之六:"我有同舍郎,官居在潜岳。"

楚材:亦作"楚才"。楚地的人才,亦泛指南方的人才。▶唐 骆宾王《狱中书情通简知己》诗:"昔岁逢杨意,观光贵楚材。"

④沾丐:谓给人以利益。▶《新唐书·文艺传上·杜甫传赞》:"它人不足,甫乃厌余,残膏賸馥,沾丐后人多矣。"

⑤璇渊:亦作"璇渊""琁渊"。玉池。亦为池的美称。▶《文选·鲍照〈芜城赋〉》:"琁渊碧树,弋林钓渚之馆。"

## 鹤柴翁赐诗序赋此奉谢①

吴根越角矗孤庵,顾我肫肫落笔酣。②自是与人以为善,果然说士竟能甘。三年零雨东山下,万里高风北斗南。③欲乞金针捐故技,何时载酒夜深谈。④



注释:

①《鹤柴翁赐诗序赋此奉谢》诗见 清 陈诗《凤台山馆诗钞》,民国铅印本。

鹤柴:指陈诗。陈诗(1864—1943),字子言,号鹤柴,安徽省庐江县马厂乡石虎村人。出身于官宦家庭。清德宗光绪四年(1878)随父归里闭门自学,好诗,"见人佳句,若已有之,勤抄不倦,积久成帙"。得同里士张瑞亭的教诲,使其学业不断进步。光绪二十五年(1899)旅居南京、上海,受文廷式、郑孝胥等名家指点,愈益长进,诗句颇得文的青睐,被民国初年的《诗坛点将录》列为108名诗人之一。生平诗作甚丰,出版自撰的《藿隐诗草》《据梧集》《鹤柴诗存》《凤台山馆诗抄》《尊瓠室诗话》《静照轩笔记》,选编《庐江诗隽》《庐州诗苑》《皖雅初集》,编纂《冶父山志》《安徽通志艺文稿·集部》《庐江疆域考》等,重印吴保初《北山楼集》、史台懋《桴槎山馆集》,袁履方《砚亭诗抄》,代刻《金氏二妙集》。

赐诗序:指陈诗所作《题黄松客诗集》诗:腹贮邺侯三万签,是何年少不能廉。居邻东观永朝夕,春满北堂勤米盐。分食朋交敦古处,感时乐府有新拈。一编坐对如相识,三老流风尚谨严。

②吴根越角:原指吴越故地之边陲,后多泛指江浙一带。▶唐 杜牧《昔事文皇帝三十二韵》:"溪山侵越角,封壤尽吴根。"

肫肫:[zhūn zhūn]此处指诚恳。▶《礼记·中庸》:"夫焉有所依,肫肫其仁,渊渊其渊,浩浩其天。"

③零雨：慢而细的小雨。▶《诗·豳风·东山》："我来自东，零雨其濛。"孔颖达 疏："道上乃遇零落之雨，其濛濛然。"

④金针：针的美称，用以缝补刺绣。比喻秘法、诀窍。典出 唐 冯翊子《桂苑丛谈·史遗》："(采娘)七夕夜陈香筵祈于织女。是夕梦云舆雨盖，蔽空驻车，命采娘曰：'吾织女，祈何福？'曰：'愿丐巧耳。'乃遗一金针，长寸余，缀于纸上，置裙带中，令三日勿语，汝当奇巧。"

## 李国模

李国模(1884—1930，一说1884—1932)，字方儒，号筱崖，别号吟梅。晚清民国合肥(今安徽省合肥市)东乡人。李经世次子。国学生，山东候补道。赏戴花翎，加二品顶戴。诰授资政大夫。著有《合肥词钞》四卷、《吟梅馆诗草》一卷、《瘦蝶词》一卷附一卷。

### 清平乐·咏砚[①]

传家端砚，匣底摩挲遍。竹叶纷披蝌蚪现，历尽精金百炼。　　羊肝色嫩脂凝，池坳蟾镜初升，镕化丹心碧血，磨穿黄卷青灯。[②]

注释：

①《点绛唇·听雨不寐》词见 完颜海瑞《合肥诗词》，安徽文艺出版社，安徽文艺出版社2011年版，第229页。

②蟾镜：喻指圆月。▶明 陈子龙《长安夜归曲》："鸾篦蟾镜晓留人，御沟一夜冰纹白。"

黄卷青灯：灯光映照着书籍。借写深夜苦读的孤寂生活。黄卷，古代书籍用黄纸缮写，因指书籍；青灯，油灯发青色的灯光，指油灯。出宋代陆游《剑南诗篇·客愁》："苍颜白发入衰境，黄卷青灯空苦心。"

### 城头月·长江咏古[①]

委蛇东下七千里，源自岷山起。跋浪狂鲸，奔涛怒马，入海真观止。　　险居天堑何能恃，铁锁沉江底，《燕子》《春灯》，《后庭玉树》，[②]一部兴亡史。

注释：

①《城头月·长江咏古》词见 完颜海瑞《合肥诗词》，安徽文艺出版社2011年版，第229页。

②《燕子》《春灯》：指明代阮大铖所写的曲本《十错认春灯谜记》《燕子笺》。

《后庭玉树》：即南朝陈陈叔宝所作《后庭玉树花》。

## 南乡子·大雪概括唐人诗意[①]

风雪满江干，只有渔翁不畏寒。一笠一蓑舟一叶，垂竿。独钓芦花浅水滩。　　树白半枯残，山径崎岖路未干。依约空枝巢冻羽，飞难。[②]道上行人绝往还。

注释：

①《南乡子·大雪概括唐人诗意》词见 完颜海瑞《合肥诗词》，安徽文艺出版社2011年版，第229页。

②冻羽：因寒冷蜷缩不飞的鸟。

## 醉太平·秋宵不寐[①]

荒鸡乍鸣，征鸿有声。扰人清梦难成，听谯楼四更。[②]　　凉蟾入楹，寒灯在檠，银潢耿耿低横，看东方未明。[③]



注释：

①《醉太平·秋宵不寐》词见 完颜海瑞《合肥诗词》，安徽文艺出版社2011年版，第228页。

②谯楼：古代城门上建造的用以高望的楼。▶《三国志·吴志·吴主传》："诏诸郡县治城郭，起谯楼，穿堑发渠，以备盗贼。"

③凉蟾：指秋月。▶唐 李商隐《燕台诗·秋》："月浪衡天天宇湿，凉蟾落尽疏星入。"

银潢：天河，银河。▶《旧唐书·彭王仅传》："银潢毓庆，璇萼分辉。"

## 点绛唇·咏梅[①]

冷丰幽芳，几生修到梅花主。含苞欲吐，倩影离魂女。[②]　　翠竹苍松，三友天寒数。惟吾汝孤标鹤处，羽作翩跹舞。[③]

注释：

①《点绛唇·咏梅》词见 完颜海瑞《合肥诗词》，安徽文艺出版社2011年版，第228页。

②倩影离魂女：唐代陈玄祐《离魂记》故事：衡阳郡张镒的女儿倩娘，爱上表哥王宙。张镒忘记承诺而将倩娘另嫁。王宙痛苦地离开衡阳，夜晚倩娘追他而去，到四川成都成家。十几年后回衡阳，才知与自己在一起的只是倩娘的灵魂。郑光祖的《迷青琐倩女离

魂》据此改编。后以“离魂倩女”喻指痴情美女。

③孤标鹤处：突出，超凡特出。鹤处，犹“鹤处鸡群”。

## 点绛唇·听雨不寐[1]

窗外芭蕉，雨声滴得柔肠碎。银釭斜对，拥着鲛绡被。[2]　好梦惺忪，合眼何曾睡，天明未落红如醉，化作相思泪。

注释：

①《点绛唇·听雨不寐》词见 完颜海瑞《合肥诗词》，安徽文艺出版社2011年版，第228页。

②鲛绡：传说中鲛人所织的绡。泛指精美的薄纱、薄丝。▶南朝 梁 任昉《述异记》卷上：“南海出鲛绡纱，泉室潜织，一名龙纱。其价百余金，以为服，入水不濡。”

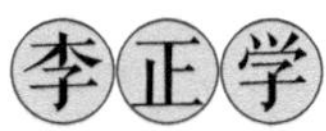

李正学(1885—?)，字崇甫。晚清民国江苏丹徒(今江苏省镇江市)人。李恩绶之孙。优附贡，湖北候补府经历。

## 顺风渡巢湖因登中庙览胜得五古二首[1]

纵目湖上山，长风送轻棹。隐隐有钟声，知是圣妃庙。遂涉凤凰台，飞楼倚天峭。风帆与沙鸟，触境皆诗料。[2]我携巢志来，一一领其妙。[3]我父亦喜游，题诗句克肖。[4]我无登高才，吐气且长啸。行觅千丈绳，或可巨鳌钓。

圆灵一镜中，波心敛烟雾。[5]姥峰在中流，与我新把晤。[6]仿佛浮玉巅，狮岩在前路。[7]又疑泊洞庭，君山一相遇。千顷蹙翠澜，斜阳炫云树。远忆石帚词，近诵复堂句。[8]带水知非遥，一苇或可渡。我欲登浮图，再续祖庭赋。[9]

注释：

①《顺风渡巢湖，因登中庙览胜，得五古二首》诗见 清 李恩绶编《巢湖志》卷二诗，黄山书社2007年版，第533页。

②诗料：做诗的材料。▶宋 范成大《中秋卧病呈同社》：“卧病窘诗料，坐贫羞酒钱。”

③原诗“我携巢志来”句后有注：“家祖辑《巢志》二卷将付梓。”

④原诗“我父亦喜游”句后有注：“前一月家父登此。”

⑤圆灵：天。▶《文选·谢庄〈月赋〉》："柔祇雪凝，圆灵水镜。"

⑥把晤：握手晤面。▶清 袁枚《随园诗话》卷十三："后余官白下，而烛亭亦就幕江南，常得把晤。"

⑦原诗"狮岩在前路"句后有注："即吾乡焦山。"

⑧原诗"远忆石帚词，近诵复堂句。"句后有注："复堂太世丈《姥山诗》有'叶下依稀似洞庭'之句。"

⑨原诗"我欲登浮图，再续祖庭赋。"句后有注："家祖集中有《登姥山塔赋》一篇。"

## 杨慧卿

杨慧卿(1885—1935)，晚清民国江苏常熟(今江苏省常熟市)人。翰林院编修、三品头衔、浙江候补道杨崇伊之女。李国杰继石碑。诰封一品侯夫人。1935年，卒于上海。

### 乙亥春日感怀[①]

每恨轮回作女身，陌头柳色又新春。黄金市骏嗤凡骨，绿绮求凰证宿因。[②]地陷天倾凭力补，海枯石烂显情真。生平酷慕梁红玉，桴鼓功名迥绝伦。[③]

此乡怕听说温柔，脂粉生涯觉可羞。南海杨枝能普度，北堂萱草未忘忧。[④]残山剩水犹如画，秋月春花易惹愁。借酒同浇胸块垒，檀郎醉典鹔鹴裘。[⑤]

注释：

①《乙亥春日感怀》诗见 清 李国杰《蠖楼吟草》一卷，民国二十六年(1937)铅印本。

乙亥：指民国二十四年，即1935年，作者于是年病卒。

②凡骨：凡人或指凡人的躯体、气质。▶唐 曲龙山《玩月诗》："曲龙桥顶玩瀛洲，凡骨空陪汗漫游。"

绿绮：古琴名。▶晋 傅玄《琴赋》序："齐桓公有鸣琴曰号钟，楚庄有鸣琴曰绕梁，中世司马相如有绿绮，蔡邕有焦尾，皆名器也。"

求凰：亦作"求皇"。汉司马相如《琴歌》之一："凤兮凤兮归故乡，遨游四海求其凰。"相传相如歌此向卓文君求爱。后因称男子求偶为"求凰"。

③桴鼓：指战鼓。▶《史记·田叔列传》："田仁对曰：'提桴鼓立军门，使士大夫乐死战斗，仁不及任安。'"

④北堂萱：指萱草。借指母亲。▶宋 王楙《野客丛书·萱堂桑梓》："今人称母为北堂萱，盖祖《毛诗·伯兮》诗：'焉得谖草，言树之背。'……其意谓君子为王前驱，过时不反，家

人思念之切,安得谖草种于北堂,以忘其忧,盖北堂幽阴之地,可以种萱。初未尝言母也,不知何以遂相承为母事。”

⑤檀郎:《晋书·潘岳传》《世说新语·容止》载:晋潘岳美姿容,尝乘车出洛阳道,路上妇女慕其丰仪,手挽手围之,掷果盈车。岳小字檀奴,后因以“檀郎”为妇女对夫婿或所爱慕的男子的美称。▶唐 温庭筠《苏小小歌》:“吴宫女儿腰似束,家在钱唐小江曲,一自檀郎逐便风,门前春水年年绿。”

鹔鹴裘[sù shuāng qiú]:相传为汉司马相如所着的裘衣,由鹔鹴鸟的皮制成。一说用鹔鹴飞鼠之皮制成。

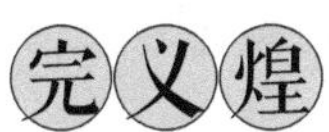

## 完义煌

完义煌(1885—1947),字炳星。完颜氏,满族。晚清民国合肥东乡完牌坊(今属肥东县牌坊回族满族乡)人。京师大学堂毕业,后于民国政府任文职。20世纪20年代回肥创办合肥会文学社,教授国文、外语、数学等。抗战胜利后,任合肥县参议员。有《芝秀山房集》《会文学社》遗世。

### 秋阴感怀[①]

客邸衣单早识秋,凄风冷雨倍增愁。效颦那得如人愿,作嫁何堪问自由?[②]升斗愧从腰折得,铢锱羞与市营求。[③]而今既觉非私是,胡不归修未芜畴。

注释:

①《秋阴感怀》诗见 陈章明《历代肥东诗词选》,黄山书社2020年版。

②效颦:即效矉。典出《庄子·天运》:“故西施病心而矉其里,其里之丑人见之而美之,归亦捧心而矉其里。其里之富人见之,坚闭门而不出,贫人见之,挈妻子而走。彼知矉美,而不知矉之所以美”。后以“效矉”为不善摹仿,弄巧成拙的典故。▶唐 李白《古风》诗之三五:“丑女来效颦,还家惊四邻。”

③腰折:折腰。谓屈身事人。▶唐 元稹《送友封》诗之二:“若见中丞忽相问,为言腰折气冲天。”

### 雨后早由店埠返里[①]

东方既白即当途,快马归兮亦乐乎。新雨才过泥活泼,闲云犹护树模糊。水盈漠漠千重亩,草顶圆圆万颗珠。瞻到候门稚子立,一轮红日正东隅。

注释：

①《雨后早由店埠返里》诗见 陈章明《历代肥东诗词选》，黄山书社2020年版。

## 乙卯重游京兆适值洪宪酝酿阴雨有感[①]

重游依旧旧时车，闻达由来念已差。十亩桑麻荒故里，一天风雨扰京华。昙花毕竟悲民命，荆棘前途问国家。[②]人事沧桑翻幻景，浪潮声里托生涯。

注释：

①《乙卯重游京兆适值洪宪酝酿阴雨有感》诗见 陈章明《历代肥东诗词选》，黄山书社2020年版。

洪宪：袁世凯自谋称帝时定的年号。从1916年1月1日始至3月23日废止，为时仅两个多月。

②民命：此处指人民的生活，生计。▶《三国志·魏志·辛毗传》："（方今二袁）朝不谋夕，民命靡继，而不绥之，欲待他年……失所以用兵之要矣。"

# 李国楷



李国楷（1886—1953），字荣青，号少崖，别号餐霞。晚清民国合肥（今安徽省合肥市）东乡人。李经世第三子。国学生，江西候补道。赏戴花翎，加二品顶戴。署理江西南、饶、九、广兵备道兼九江监督。诰授资政大夫。辛亥革命后为安徽省议员。著有《餐霞仙馆诗集》三卷。

## 秋日杂诗[①]

章江秋讯早，七月鸣鶗鴂。[②]我与西风期，庭叶忽吹落。小窗足幽景，花木间丛蒨。[③]客来胡为乎，不言对以臆。

注释：

①《秋日杂诗》见 民国 李家孚《合肥诗话》卷下，民国苏城临顿路毛上珍铅活字本。

②章江：又名章水，即赣江、赣水，为赣江的古称。"章江晓渡"为豫章十景之一。

鶗鴂[tí jué]：亦作"鶗鴃"。即杜鹃鸟。

③蒨[qiàn]：古同"蒨"，形容草之茂盛。

## 浣溪沙·题渔樵耕读山水册页四首[①]

猎猎蒲帆小小舟，烟蓑雨笠白苹洲，忘机闲似水中鸥。[②] 高唱渔歌彭蠡晚，狂吟诗句洞庭秋。卖鱼市散酒家楼。[③]

残照西街谷口遥，芒鞋竹担一肩挑，丹枫乌桕晚萧萧。[④] 山室观棋忘甲子，石门逐鹿遇蓝超，古今闽越两名樵。[⑤]

有鸟提壶叫伐柯，农忙节候重清和，偷闲时少作工多。[⑥] 里巷才闻蚕上箔，郊原又见梦盈窠，桔槔声里插秧歌。[⑦]

束发双孤忆母慈，趋庭亲授国风诗，和丸画荻训兼师。[⑧] 草阁机声寒柝警，芸窗书味夜灯知，哪堪回首似儿时。[⑨]

注释：

①《浣溪沙·题渔樵耕读山水册页四首》词见 完颜海瑞《合肥诗词》，安徽文艺出版社2011年版，第230—231页。

②白苹洲：位于浙江湖州北部，太湖南端的沙洲。也泛指白色苹花的沙洲。白苹，水中浮草。

③彭蠡：即彭蠡湖，一说为鄱阳湖古称。鄱阳湖在古代有过彭蠡湖、彭蠡泽、彭泽、彭湖、扬澜、宫亭湖等多种称谓，还有认为是星子县东南鄱阳湖的一部分。

④谷口：西汉高士郑朴隐居处。郑朴，字子真。出汉扬雄《法言·问神》："谷口郑子真，不屈其志而耕乎岩石之下，名震于京师。"

⑤石门逐鹿遇蓝超：据《福州市地名志·鼓山镇》引蒋文怿《闽中实录》载：唐永泰年间，蓝超砍柴遇鹿，追逐，渡水入石门，始窄，后见人家。主人说："吾避秦人也，留卿可乎？"蓝答："欲与亲旧诀，乃来。"

⑥提壶：亦作"提壶芦""提胡芦"。鸟名。即鹈鹕。▶唐 刘禹锡《和苏郎中寻丰安里旧居寄主客张郎中》："池看科斗成文字，鸟听提壶忆献酬。"

伐柯：砍伐草木枝茎。▶《诗·豳风·伐柯》："伐柯伐柯，其则不远。"

⑦蚕上箔：蚕爬上竹箔。箔，平底的竹编器具。

桔槔：亦作"桔皋"。井上汲水的工具。在井旁架上设一杠杆，一端系汲器，一端悬、绑石块等重物，用不大的力量即可将灌满水的汲器提起。▶《庄子·天运》："且子独不见夫桔槔者乎，引之则俯，舍之则仰。"

⑧和丸：比喻母亲教子勤学。唐柳仲郢幼嗜学，母韩氏用熊胆和制丸子，使其夜咀咽以提神醒脑。▶明 汪廷讷《狮吼记·抚儿》："他和丸不厌朝和暮，你反哺休忘桑与榆。"

画荻：宋欧阳修幼时，母郑氏以荻画地教子读书。后以“画荻”为称颂母教之典。▶宋 刘克庄《挽刘母王宜人》：“分灯照邻女，画荻训贤郎。”

⑨寒柝：寒夜打更的木梆声。▶唐 顾云《投西边节度使启》：“夷落无喧，干戈尽偃，边烽息焰，寒柝沉声。”

芸窗：指书房，书斋。▶唐 萧项《赠翁承赞漆林书堂诗》：“却对芸窗勤苦处，举头全是锦为衣。”

## 陈秉淑

陈秉淑（1886—约1945），字蓉娟。晚清民国怀宁人（今安庆市怀宁县）。翰林院编修陈同礼女。适李国楷，诰封夫人。卒于抗战胜利前后。著有《翠枫阁诗词》。

### 鹧鸪天·广陵怀古吊隋炀帝[1]

宫殿荒凉销断霞，行人遥指玉钩斜。忍抛秦陇兴王地，欲取芜城作帝家。　迷楼筑，锦帆遮，蕃釐御观宴琼花。只今一带垂杨柳，剩有飞萤逐暮鸦。



注释：

①《鹧鸪天·广陵怀古吊隋炀帝》词见 民国 李国模《合肥词钞四卷补遗一卷》卷四，民国十九年（1930）铅印本。

## 翠风

翠风，李国楷室，生平事迹不详。



### 和国楷《携内游芝城西门刘氏园》[1]

婆娑树影上东墙，结伴来游趁夕阳。省识名园风景好，枣花未落稻花香。[2]

九曲栏杆六角亭，最宜月白与风清。沿溪一带蘅芜影，暮霭迷离望不明。[3]

藻萍浮水柳垂堤，斗草寻芳踏软泥。[4]欲拾残红逢客至，笑携女伴避桥西。

青青桐树几经秋，近水楼台晚更幽。羡煞归巢双燕子，呢喃飞上玳梁头。[5]

矮架蔷薇带露开，送春节候已黄梅。叮咛欲共池荷语，待汝开时定再来。

注释：

①《和国楷〈携内游芝城西门刘氏园〉》诗见 民国 李国楷《餐霞仙馆诗集》，民国十八年(1929)铅印本。

②省识：犹认识。▶唐 韩愈《赴江陵途中寄赠王二十补阙李十一拾遗李二十六员外翰林三学士》："汗漫不省识，恍如乘桴浮。"

③蘅芜：香名。▶晋 王嘉《拾遗记·前汉上》："帝息于延凉室，卧梦李夫人授帝蘅芜之香。帝惊起，而香气犹着衣枕，历月不歇。"

④斗草：又名斗百草。一种古代游戏。竞采花草，比赛多寡优劣，常于端午行之。▶南朝 梁 宗懔《荆楚岁时记》："五月五日，四民并蹋百草，又有斗百草之戏。"

⑤玳梁：即玳瑁梁。▶唐 宋之问《宴安乐公主宅》："玳梁翻贺燕，金埒倚晴虹。"

## 见怀①

尺书遥寄晚凉天，知否慈帏远恋牵？②永夜鸡瘖霜信冷，空阶虫语月华圆。③承颜代舞庭前彩，礼佛聊参世外禅。④记取濒行还有约，茱萸时节展归鞭。

注释：

①《见怀》诗见 民国 李国楷《餐霞仙馆诗集》，民国十八年(1929)铅印本。

②尺书：此处指书信。▶汉 赵晔《吴越春秋·勾践归国外传》："越王悦兮忘罪除，吴王欢兮飞尺书。"

③霜信：霜期。▶元 萨都剌《三益堂芙蓉》："只恐淮南霜信早，绛纱笼烛夜深看。"

④承颜：顺承尊长的颜色。谓侍奉尊长。▶《汉书·隽不疑传》："闻暴公子威名旧矣，今乃承颜接辞。"

代舞：更迭起舞。▶《楚辞·九歌·礼魂》："成礼兮会鼓，传芭兮代舞，姱女倡兮容与。春兰兮秋菊，长无绝兮终古。"

# 方涧泉

方涧泉，晚清民国时人。生平事迹不详。

## 春日游紫蓬山[①]

东风袅袅日迟迟，满眼春光已自怡。[②]况是禁烟时节里，更携藜杖过莲池。[③]烟云竹树拥禅关，到此徒夸半日闲。寄语众生宜觉悟，灵台各有好湖山。旅食肥西十载前，胜游每趁早春天。[④]应刘已逝曹吴散，回首南皮意惘然。[⑤]

注释：

①《春日游紫蓬山》诗见 清 李恩绶编《紫蓬山志》，白化文、张志主编《中国佛寺志丛刊》第010册，2011年版。

②自怡：自乐；自娱。▶唐 张九龄《夏日奉使南海在道中作》："行李岂无苦，而我方自怡。"

③禁烟：犹禁火，即指寒食节。▶《全唐诗》卷八六六载《汉州崇圣寺题壁》："禁烟佳节同游此，正值酴醾夹岸香。"

莲池：指佛地。佛教谓极乐净土。▶明 高濂《玉簪记·投庵》："不是三年曾有约，谁教今日会莲池。"

④旅食：此处指客居；寄食。▶南朝 齐 江孝嗣《北戍琅琊城》："薄暮苦羁愁，终朝伤旅食。"



⑤南皮：县名。秦置。今属河北省。汉末建安中，魏文帝曹丕为五官中郎将，与友人吴质等文酒射雉，欢聚于此，传为佳话。后成为称述朋友间雅集宴游的典故。▶《文选·曹丕〈与朝歌令吴质书〉》："每念昔日南皮之游，诚不可忘。"

## 释济林

释济林，晚清僧人。

## 紫蓬山小住偶占[①]

庐阳名胜良余境，群岫森罗势挺幽。[②]迤逦川原来屐底，参差烟树入云头。钟声报晓惊尘梦，梵呗凝空解客愁。山水重重环佛座，庄严殿阁锁岑楼。

注释：

①《紫蓬山小住偶占》诗见 清 李恩绶编《紫蓬山志》，白化文、张志主编《中国佛寺志丛刊》第010册，广陵书社2011年版。原诗标题后有注："时在癸亥"。

②森罗：纷然罗列。▶唐 孙揆《灵应传》："轻裘大带、白玉横腰而森罗于阶下者，其数甚多。"

## 胡民墅

胡民墅，字东圃，晚清民国时合肥(今安徽省合肥市)人。生平事迹不详。

### 壬戌季夏逭暑紫蓬山寺赠梦东上人[①]

幽途七八折，蝉声沸暮天。披萝入山寺，绕舄生云烟。[②]堂寂地饶胜，僧高道自圆。楞伽闲问字，一证定中禅。[③]

注释：

①《壬戌季夏避暑紫蓬山寺赠梦东上人》诗见 清 李恩绶 纂 民国 释三惺续补《紫蓬山志》，民国二十年(1931)仲秋合肥紫蓬山房铅印本。

壬戌：民国十一年，1922年。

逭暑：避暑。▶《新唐书·张说传》："后逭暑三阳宫，汔秋未还。"

②舄[xì]：1.鞋。2.同"潟"。3.姓。

③楞伽：亦作"楞迦"。指《楞伽经》。梵名。有四种汉文译本，今存三种。此经提出五法、三性、八识等大乘教义，后人在诗文中常有征引。▶唐 韦应物《寄恒璨》："今日郡斋闲，思问《楞伽》字。"



## 李靖国

李靖国(1887—1924)，初名国权，字仲衡，号可亭。晚清民国合肥(今安徽省合肥市)东乡人。李经邦第五子。太学生，官江苏补用候选知府。赏戴花翎，分省补用道。邮传部路政司行走。诰授朝议大夫。民国建立，任第一届国会参议院议员。著有《宜春馆诗集》。

### 大观亭[①]

十里垂杨拂钓矶，采春江上踏芳菲。[②]孤臣有恨冬青茂，细草无边屐齿肥。照水群花随意好，临风轻燕向人飞。扁舟载得繁华去，游兴真同倦鸟归。

注释：

①《大观亭》民国 李家孚《合肥诗话》卷下，民国苏城临顿路毛上珍铅活字本。

②钓矶：钓鱼时坐的岩石。▶北周 明帝《贻韦居士诗》："坐石窥仙洞，乘槎下钓矶。"

## 题《餐霞仙馆诗集》①

隽笔真摹小杜魂，忽惊哀艳似梅村。②中唐以后灵光杳，诗格新推近体尊。

天宝风流久寂然，江湖胜迹渺秋烟。③开编顿触兴亡感，愁绝沧桑换盛年。④

注释：

①《题〈餐霞仙馆诗集〉》诗见 民国 李国楷《餐霞仙馆诗集》，民国十八年(1929)铅印本。

②小杜：此处指唐代杜牧。▶《新唐书·杜牧传》："牧于诗，情致豪迈，人号为'小杜'，以别杜甫云。"

哀艳：谓文词凄恻绮丽。▶唐 柳冕《与徐给事论文书》："自屈宋已降，为文者本于哀艳，务于恢诞，亡于比兴，失古义矣。"

③秋烟：秋日的烟霭。比喻易于消失的事物。

④开编：打开书本。▶宋 王安石《送石赓归宁》："开编喜有得 一读瘳沉疴。"

## 绿意·应京著涒吟社第十课征题分咏绿杨①

吹残玉笛。又丝丝弄影，低傍离席。②大好江山，多少楼台，无情有恨谁识？遥知少妇凝妆处，恰又到、伤心时节。③问何如、移植龙池，饱看雨中春色。④　堪叹长条跪地，暮鸦已占断，眠起无力。⑤旧日鞭丝，约过隋堤，影事流莺能忆。⑥依然尽日无人管，休再问、灵和消息。⑦更那堪、吹梦扬州，认取高低城堞。

注释：

①《绿意·应京著涒吟社第十课征题分咏绿杨》词见 民国 李国模《合肥词钞四卷补遗一卷》卷四，民国十九年(1930)铅印本。

②离席：饯别的宴席。▶南朝 齐 谢朓《送江水曹还远馆》："日暮有重城，何由尽离席。"

③凝妆：盛装，华丽的装饰。▶唐 谢偃《新曲》："青楼绮阁已含春，凝妆艳粉复如神。"

④龙池：池名。所名之池非一。其一在唐长安隆庆坊玄宗未即位时所居的旧邸旁，中宗曾泛舟其中。玄宗即位后于隆庆坊建兴庆宫，龙池被包容于内。在今陕西西安兴庆公园内。▶唐 沈佺期《龙池篇》："龙池跃龙龙已飞，龙德先天天不违。"

⑤长条：特指柳枝。▶南朝 梁元帝《绿柳》："长条垂拂地，轻花上逐风。"

占断：全部占有，占尽。▶唐 吴融《杏花》："粉薄红轻掩敛羞，花中占断得风流。"

⑥影事：泛指往事。▶邹韬奋《在香港的经历·波动》："如今追想前尘影事，虽觉不免

辛酸，但事后说来，也颇有趣。”

⑦灵和：此处指柔和恬淡清心寡欲的修养。▶《文选·郭璞〈江赋〉》：“保不亏而永固，禀元气于灵和。”

释超禅，晚清僧人。

## 勉步前韵[①]

阎浮四大饶诸苦，念到弥陀觉境幽。[②]且向静中参法眼，好从妄里索源头。[③]铲除浊世无边累，淘尽禅关不二愁。回首沧桑无相着，藏身最上一层楼。[④]

注释：

①《勉步前韵》诗见 清 李恩绶编《紫蓬山志》，白化文、张智主编《中国佛寺志丛刊》第010册，广陵书社2011年版。

②阎浮：阎浮提的省称。▶南朝 梁 沈约《内典序》：“圣迹彪炳，日焕于阎浮；神光陆离，星繁于净刹。”

四大：佛教以地、水、火、风为四大。认为四者分别包含坚、湿、暖、动四种性能，人身即由此构成。因亦用作人身的代称。▶晋 慧远《明报应论》：“夫四大之体，即地、水、火、风耳，结而成身，以为神宅。”

弥陀：阿弥陀佛的省称。意译为无量寿佛，西方极乐世界的教化之主。与释迦、药师并称三尊。▶北齐 卢思道《辽阳山寺愿文》：“愿西遇弥陀，上征兜率。”

③法眼：佛教语。“五眼”之一。谓菩萨为度脱众生而照见一切法门之眼。▶《无量寿经》卷下：“法眼观察，究竟诸道。慧眼见真，能渡彼岸。”

④无相着[zhuó]：不着[zhuó]相，不执着于相。着相，佛教术语，意为执着于外相、虚相或个体意识而偏离了本质。“相”指某一事物在我们脑中形成的认识，或称概念。它可分为有形的（可见的）和无形的（也就是意识）。

## 释三惺

释三惺，号梦东，俗家姓孙，名承业。晚清民国山东峄县（今属山东省枣庄市峄城区）。民国十九年（1930）前后主持紫蓬山西庐寺。民国二十年（1931），续补、刊行清末李恩绶所编《紫蓬山志》稿。抗战胜利前后，任安徽省佛教会会长。

## 秋日晚眺[1]

叶脱桐阴老，苔荒石径通。霜枫撑落日，多事色争红。

注释：

①《秋日晚眺》诗见 清 李恩绥 纂 民国 释三惺续补《紫蓬山志》，民国二十年(1931)仲秋合肥紫蓬山房铅印本。

## 山居[1]

崎岖人罕至，幽僻鸟无哗。[2]性定香烟直，心清月印华。活泉煎石火，坏壁挂袈裟。[3]久绝红尘梦，禅修重一麻。

注释：

①《山居》诗见 清 李恩绥 纂 民国 释三惺续补《紫蓬山志》，民国二十年(1931)仲秋合肥紫蓬山房铅印本。

②无哗：不要喧闹；肃静无声。▶《书·秦誓》："公曰：'嗟，我士，听无哗，予誓告汝！'"孔颖达 疏："听我告汝，无得喧哗。"

③石火：以石敲击，迸发出的火花。其闪现极为短暂。▶《关尹子·五鉴》："来干我者，如石火顷，以性受之，则心不生，物浮浮然。"

## 野眺有省[1]

镜非明镜台非台，自性弥陀自主裁。[2]勘破一番关橛子，山山水水尽如来。[3]

注释：

①《野眺有省》诗见 清 李恩绥 纂 民国 释三惺续补《紫蓬山志》，民国二十年(1931)仲秋合肥紫蓬山房铅印本。

②自性：佛教语。指诸法各自具有的不变不灭之性。▶ 南朝 梁武帝《净业赋》："既除客尘，又还自性。"

③勘破：犹看破。▶宋 文天祥《七月二日大雨歌》："死生已勘破，身世如遗忘。"

橛子：短木桩。▶清 顾张思《土风录》卷十四："《说文》'桩'注：'橛杙也。橛子曰桩，见此。"

## 月夜①

午夜沉沉万念差，携筇信步到山崖。峰高路细云常锁，树老阴疏月不遮。古寺钟声来石室，野桥渔火落金沙。忘机小隐山深处，静坐蒲团度岁华。②

注释：

①《月夜》诗见 清 李恩绶 纂 民国 释三惺续补《紫蓬山志》，民国二十年(1931)仲秋合肥紫蓬山房铅印本。

②忘机：消除机巧之心。常用以指甘于淡泊，与世无争。▶唐 王勃《江曲孤凫赋》："尔乃忘机绝虑，怀声弄影。"

小隐：谓隐居山林。▶晋 王康琚《反招隐》："小隐隐陵薮，大隐隐朝市。"

# 李国瓌

李国瓌(1887—1958)，字伯琦，以字行，人多称之李伯琦，号漱荪(一作敕荪)，别号瘦生，晚号罳罳子。晚清民国合肥(今安徽省合肥市)东乡人。李经钰长子，李家孚之父。国学生出身，分部主事，曾在津任造币总厂总收支主任，后任南京造币厂会办、苏州安徽同乡会会长、安徽公学校长。古文根底渊深，能诗善画，在历史掌故方面与郑逸梅齐名。其作品多散佚在当时之刊物中(如《学风》《永安月刊》等)。著有《中国金币考》《中国纪念币考》，是研究近代机制币的重要参考文献。



## 题《问淞诗存》①

汝生夙敏慧，高堂最爱怜。汝兄困尘网，读书冀汝贤。羁栖甫弱龄，双眸夺于天。②浪迹走湖海，寻医疾未蠲。洪柯感摇落，薄俗惊推迁。③相依三载中，境苦学弥坚。哦诗得家法，神遇无牛全。④伤哉天道酷，终复靳厥年。遗编坐销蚀，岁月如奔川。怆怀付梨枣，庶免蟫蠹穿。⑤

注释：

①《题〈问淞诗存〉》诗见清 李国枢《问淞诗存》一卷，民国15年(1926)苏州李氏铅印本。

问淞诗存：李国瓌胞弟李国枢所著诗集。

②羁栖：亦作"羇栖"。淹留他乡。▶唐 杜甫《熟食日示宗文宗武》："消渴游江汉，羇栖尚甲兵。"

③洪柯：大树。▶晋 陶潜《读〈山海经〉》诗之六："洪柯百万寻，森散覆旸谷。"

④无牛全：典同无全牛。谓眼里没有完整的牛。比喻技艺精纯的境界，或谓专注于某一事物达到极点。▶《庄子·养生主》："庖丁为文惠君解牛，手之所触，肩之所倚，足之所履，膝之所踦，砉然向然，奏刀騞然，莫不中音。合于《桑林》之舞，乃中《经首》之会。文惠君曰：'嘻，善哉！技盖至此乎？'庖丁释刀对曰：'臣之所好者，道也，进乎技矣。始臣之解牛之时，所见无非牛者。三年之后，未尝见全牛也。'"此处有存在缺憾，不完满之意。

⑤梨枣：旧时刻版印书多用梨木或枣木，故以"梨枣"为书版的代称。▶清 方文《赠毛卓人学博》："虞山汲古阁，梨枣灿春云。"

蟫蠹：蟫鱼。▶明 杨慎《群公四六序》："绝蟫蠹之缺，故藏书亦可久焉。"

## 重过白门有感[1]

天使无言欲下时，彩航呕哑趁风迟。[2]眼中楼阁迎山色，水上琵琶送客悲。红粉对歌声妙曼，绿杨终古影参差。重来门巷都非旧，燕子飞飞却向谁？

注释：

①《重过白门有感》诗见民国 李家孚《合肥诗话》卷下，民国苏城临顿路毛上珍铅活字本。

②呕哑：象声词。此处指舟车声。▶唐 李咸用《江行》："潇湘无事后，征棹复呕哑。"



## 题《吟梅馆诗集》[1]

世载光阴付隐沦，甘抛心力作词人。哀时每发牢骚语，感赋频伤老大身。[2]红豆才情工记曲，乌衣风度自寻春。不须格律矜唐宋，敝帚怜君早自珍。

注释：

①《题〈吟梅馆诗集〉》诗见清 李国模《吟梅馆诗集》一卷，民国二十一年(1932)铅印本。

吟梅馆诗集：李国瓌从兄李国模所著诗集。

②哀时：伤悼时势。▶唐 杜甫《咏怀古迹》之一："羯胡事主终无赖，词客哀时且未还。"



## 题《存吾山馆诗集》[1]

芝麓容斋大国风，偏师后起亦能雄。[2]不矜一格融唐宋，已足千秋漫异同。[3]愧我铨材希附骥，知公余事悔雕虫。[4]通家谊更增文字，展卷须眉想像中。[5]

注释：

①《题〈存吾山馆诗集〉》诗见 清 童茂倩《存吾春馆诗集》，家属自印本第5页，1995

年9月。

存吾山馆诗集：童茂倩所著诗集。

②芝麓、容斋：指龚鼎孳、李天馥。原句作“芝麓客斋大国风”，联系上下文，“客斋”殊不可解，应为“容斋”之误。

偏师：指主力军以外的部分军队。▶《左传·宣公十二年》：“韩献子谓桓子曰：‘彘子以偏师陷，子罪大矣。’”

后起：此处指后来出现或新成长的人。▶《汉书·谷永传》：“今之后起，天所不飨，什倍于前。”

③不矜：不骄傲；不夸耀。▶《书·大禹谟》：“汝惟不矜，天下莫与汝争能。”▶孔传：“自贤曰矜。”

④辁才：亦作“辁材”。小才；浅薄之才。▶《庄子·外物》：“已而后世辁才讽说之徒，皆惊而相告也。”

附骥：蚊蝇附在马的尾巴上，可以远行千里。比喻依附先辈或名人之后而成名。▶《史记·伯夷列传》：“颜渊虽笃学，附骥尾而行益显。”

雕虫，又作“彫虫”。指写作诗文辞赋。▶《北史·薛道衡传》：“江东雅好篇什，陈主尤为彫虫，道衡每有所作，南人无不吟诵焉。”

⑤通家：姻亲。▶《宋书·颜延之传》：“妹适东莞刘宪之，穆之子也。穆之既与延之通家，又闻其美，将仕之，先欲相见，延之不往也。”

## 王逸

王逸，字雪亭。晚清民国合肥（今安徽省合肥市）人。

### 留别梦东禅师①

胜地许盘恒，饱领烟霞趣。举手乞山僧，还带白云去。

注释：

①《留别梦东禅师》诗见 清 李恩绶 纂 民国 释三惺续补《紫蓬山志》，民国二十年（1931）仲秋合肥紫蓬山房铅印本。

### 呈梦东开士①

偶访白莲社，来参玉版禅。②红堆煨芋火，青扬煮茶烟。尘海久如梦，灵山会有缘。愿传清净法，长作地行仙。③

注释：

①《呈梦东开士》诗见 清 李恩绶 纂 民国 释三惺续补《紫蓬山志》，民国二十年(1931)仲秋合肥紫蓬山房铅印本。

②白莲社：东晋释慧远于庐山东林寺，同慧永、慧持和刘遗民、雷次宗等结社精修念佛三昧，誓愿往生西方净土，又掘池植白莲，称白莲社。见 晋 无名氏《莲社高贤传》。▶宋 陈舜俞《庐山记·山北》："远公（慧远）与慧永……十八人者，同修净土之法，因号白莲社十八贤。"

玉版禅：玉版，笋的别名。典出 ▶宋 惠洪《冷斋夜话》卷七："（苏轼）尝要刘器之（安世）同参玉版和尚。……至廉泉寺，烧笋而食。器之觉味胜，问此笋何名？东坡曰：'即玉版也。此老师善说法，要令人得禅悦之味。'于是器之乃悟其戏，为大笑。"

③地行仙：原为佛典中所记的一种长寿的神仙。《楞严经》卷八："人不及处有十种仙：阿难，彼诸众生，坚固服饵，而不休息，食道圆成，名地行仙……阿难，是等皆于人中炼心，不修正觉，别得生理，寿千万岁，休止深山或大海岛，绝于人境。"后因以喻高寿或隐逸闲适的人。

## 夜宿西庐寺不寐[①]



顿醒红尘梦，悠然夜气清。疏篁筛月影，老树聚秋声。山鬼冷相语，幽禽时一鸣。晓钟听未动，已觉道心生。[②]

注释：

①《夜宿西庐寺不寐》诗见 清 李恩绶 纂 民国 释三惺续补《紫蓬山志》，民国二十年(1931)仲秋合肥紫蓬山房铅印本。

②道心：佛教语。菩提心；悟道之心。▶南朝 梁 慧皎《高僧传·义解四·释道温》："义解足以析微，道心未易可测。"

## 寄梦东开士[①]

回首登临处，风光尚宛然。[②]疏林沐新雨，乱石漱奔泉。闲与烟霞客，静参文字禅。[③]浮生等泡幻，弹指已三年。[④]

禅心如止水，山色况新秋。松竹千岩合，云霞一径幽。题诗频扫石，望远独登楼。[⑤]为向远公问，前尘尚忆不。

注释：

①《寄梦东开士》诗见 清 李恩绶 纂 民国 释三惺续补《紫蓬山志》，民国二十年(1931)

仲秋合肥紫蓬山房铅印本。

②宛然：真切貌；清晰貌。▶《关尹子·五鉴》："譬犹昔游再到，记忆宛然，此不可忘，不可遣。"

③文字禅：用诗文阐发的禅理。▶宋 戴复古《寄报恩长老恭率翁》："好留一室馆狂客，早晚来参文字禅。"

④泡幻：谓虚幻。▶唐 卢照邻《益州长史胡树礼为亡女造画赞》："犹为龟组相辉，不离泡幻之域；熊车结辙，尚迷苦爱之津。"

⑤扫石：谓清扫山中场地。多指修身养性者的居处。▶唐 戎昱《寄许炼师》："扫石焚香礼碧空，露华偏湿蕊珠宫。"

## 呈梦东开士[1]

滚滚红尘一小车，为寻开士到烟霞。湿云犹压青松杪，宿雨初滋黄菊花。倘许名山安砚席，愿将儒服换袈裟。[2]明年二月春风好，结伴来评陆羽茶。[3]

注释：

①《呈梦东开士》诗见 清 李恩绶 纂 民国 释三惺续补《紫蓬山志》，民国二十年（1931）仲秋合肥紫蓬山房铅印本。

②砚席：砚台与坐席。借指读书写作或执教之处。▶唐 刘得仁《答韦先辈春雨后见寄》："轩窗透初日，砚席绝纤尘。"

③陆羽茶：唐代隐逸陆羽，著有《茶经》，民间祀为茶神。后因称茶为"陆羽茶"。▶宋 范仲淹《次韵和刘夔判官对雪》："净拂王恭氅，香滋陆羽茶。"

## 寄梦东上人[1]

睡觉茅檐日影斜，松根吹火自煎茶。养亲常设伊蒲馔，献佛新栽萝卜花。[2]浊世何年完劫数，灵山终古护烟霞。[3]故人若问新生活，吃饭穿衣过岁华。

注释：

①《寄梦东上人》诗见 清 李恩绶 纂 民国 释三惺续补《紫蓬山志》，民国二十年（1931）仲秋合肥紫蓬山房铅印本。

②伊蒲馔：亦省作"伊蒲"。斋供，素食。▶《书言故事·释教》："齐供食曰伊蒲馔。"

原诗"养亲常设伊蒲馔"句后有作者自注："家君喜食素，入夏以来，日食疏笋。"

原诗"献佛新栽萝卜花"句后有作者自注："馆中萝卜一枝盛开。"

③劫数：原为佛教语。指极漫长的时间。后亦指厄运，灾难，大限。▶五代 齐己《勉送吴国三五新戒归》："法王遗制付仁王，难得难持劫数长。"

## 庚申冬十一月朔表兄昆山过访夜次谈及紫蓬山诗僧梦东余居此数载耳其名未果游不禁向往。爰作古歌一首寄之①

我来肥水上，遥见紫蓬山。高高不可极，倒插浮云间。我生酷嗜在山水，羁懸空存心万里。②弥年雌伏向鸡窗，问说名山频仰止。③故人有萧子，潇洒青云士。④怜我萧斋寂寂居，惠然顾我蓬蒿里。清谈妙论世谁偶，剪烛西窗茶当酒。十年怀抱一夕倾，脱去俗尘三百斗。夜阑为我数名胜，紫蓬第一势绵亘。⑤众山罗立若儿孙，隐隐云中闻清磬。扶舆于此钟秀气，千丈芙蓉矗空际。⑥中有高僧曰梦东，谈经能使天花坠。六尘不染万缘空，每以诗歌当说偈。⑦嗟我平生尤好诗，途穷屡为时人嗤。⑧时人嗤，终不移，茫茫尘海认知己。梦东梦东其我师，我闻名山已心向，⑨更闻此语重惆怅。笔花寂寞笑江淹，因君作诗寄方丈。⑩

注释：

①《庚申冬十一月朔表兄昆山过访夜次谈及紫蓬山诗僧梦东余居此数载耳其名未果游不禁向往爰作古歌一首寄之》诗见 清 李恩绶 纂 民国 释三惺续补《紫蓬山志》,民国二十年(1931)仲秋合肥紫蓬山房铅印本。

庚申:民国九年,1920年。



②我生:我之行为。▶《易·观》:“六三:观我生进退。”孔颖达 疏:“我生,我身所动。”

酷嗜:非常喜爱。▶《新唐书·文艺传上·杜甫》:“(琯)酷嗜鼓琴。”

③弥年:经年;终年。▶《后汉书·李固传》:“永和中,荆州盗贼起,弥年不定,乃以固为荆州刺史。”

雌伏:此处比喻屈居下位,无所作为。▶《东观汉记·赵温传》:“初为京兆郡丞,叹曰:‘大丈夫当雄飞,安能雌伏!’遂弃官而去。后官至三公。”

鸡窗:《艺文类聚》卷九一引 南朝 宋 刘义庆《幽明录》:“晋兖州刺史沛国宋处宗尝买得一长鸣鸡,爱养甚至,恒笼着窗间。鸡遂作人语,与处宗谈论,极有言智,终日不辍。处宗因此言巧大进。”后以“鸡窗”指书斋。▶唐 罗隐《题袁溪张逸人所居》:“鸡窗夜静开书卷,鱼槛春深展钓丝。”

④青云士:《史记·伯夷列传》:“闾巷之人,欲砥行立名者,非附青云之士,恶能施于后世哉?”张守节 正义:“若不托贵大之士,何得封侯爵赏而名留后代也?”后因以“青云士”喻指位高名显的人。▶唐 韩愈《赴江陵途中寄翰林三学士》:“朝为青云士,暮作白头囚。”

⑤夜阑:夜残;夜将尽时。▶汉 蔡琰《胡笳十八拍》:“山高地阔兮,见汝无期;更深夜阑兮,梦汝来斯。”

绵亘:连接;连续不绝。▶汉 扬雄《蜀都赋》:“东有巴賨,绵亘百濮。”

⑥扶舆:亦作“扶于”“扶与”。犹扶摇。盘旋升腾貌。▶汉 王褒《九怀·昭世》:“登羊角兮扶舆,浮云漠兮自娱。”

⑦六尘不染：佛教语。意谓排除物欲，保持洁净。▶唐 武三思《孝明皇后碑》："六尘不染，孤标水上之花。"

万缘：指一切因缘。▶唐 白居易《端居咏怀》："从此万缘都摆落，欲携妻子买山居。"

⑧途穷：喻走投无路或处境困窘。▶南朝 宋 颜延之《五君咏·阮步兵》："物故不可论，途穷能无恸。"

⑨我师：对道人、法师的亲切称呼。▶《红楼梦》第一回："石头笑曰：'我师何太痴耶！'"

⑩笔花：又作笔生花、笔花生。相传唐代李白少时，梦见所用笔头上生花，后来文才横溢，名闻天下。事见 五代 王仁裕《开元天宝遗事·梦笔头生花》。后因以"笔生花"谓才思俊逸，文笔优美。▶清 曹寅《题〈三友图〉》："真州酒船希，盐官笔花秃。"

## 杨德炯

杨德炯，字唤霆，一字熙载。晚清民国合肥（今安徽省合肥市）东乡人。少应童子试，不第，拂衣走通州，肄业师范学校。旋纳粟为县丞，司淮北盐政会计。民国肇建，隐居里门。与李国瓌交情深厚，后聘为西席，教授李家孚九年。

### 《合肥诗话》题词①

声律淮南事久颓，百年月旦继袁枚。②爬罗剔抉三冬苦，云物湖山众妙该。③

自古风诗见文献，漫云骚雅作穷媒。④摩挲断墨无穷感，后起茫茫惜此才。

注释：

①《〈合肥诗话〉题词》诗见 民国 李家孚《合肥诗话》卷上，民国苏城临顿路毛上珍铅活字本。

②月旦：即"月旦评"，指品评人物或诗文字画等。出《后汉书许劭传》："劭与靖俱有高名，好共核论乡党人物，每月辄更其品题，故汝南俗有'月旦评'焉。"袁枚：清代诗人、散文家。晚年自号仓山居士、随园主人、随园老人。著有《随园诗话》。

③爬罗剔抉：搜罗发掘，挑拣选择。▶唐 韩愈《进学解》："占小善者率以录，名一艺者无不庸。爬罗剔抉，刮垢磨光。盖有幸而获选，孰云多而不扬？"

该：同"赅"。完备。

④穷媒：自嘲语。指贫穷的原因。语出▶宋 陆游《拥炉不出辄终日自嘲》："书坐藏多为饱祟，诗缘吟苦作穷媒。"

## 东山口阻雨[①]

橐笔遨游别故关，萧然行李出东山。[②]一天雷雨征衣湿，深谷崎岖客路艰。野店解装聊纵酒，农家得岁尽欢颜。[③]穷乡频歉今方慰，云自孤飞意自闲。

注释：

①《东山口阻雨》诗见 民国 李家孚《合肥诗话》卷中，民国苏城临顿路毛上珍铅活字本。

②橐笔：古代书史小吏，手持囊橐，簪笔于头，侍立于帝王大臣左右，以备随时记事，称作持橐簪笔，简称“橐笔”。语本《汉书·赵充国传》：“卬家将军以为安世本持橐簪笔事孝武帝数十年。”▶元 马祖常《奏对兴圣殿后》：“侍臣橐笔皆鹓凤，御士櫜弓尽虎罴。”

③纵酒：此处指开怀畅饮。▶《史记·高祖本纪》：“置酒沛宫，悉召故人父老子弟纵酒。”

# 李国福



李国福，字碧梧。晚清民国合肥（今安徽省合肥市）东乡人。李经达之女。武进刘文揆室。娴吟咏，工花卉。

## 秋海棠[①]

小院秋深玉露寒，半勾斜月挂阑干。幽花别有轻盈态，莫作春风醉里看。

注释：

①《秋海棠》诗见 民国 李家孚《合肥诗话》卷下，民国苏城临顿路毛上珍铅活字本。

李从衍（1889—1966），原名国荣，字公峻，号莼季，别号借园。晚清民国合肥（今安徽省合肥市）东乡人。李经达第五子。国学生，北京大学法律系毕业生，分部主事，加五品衔，诰授奉政大夫。从衍曾在上海收徒补习中文，1966年病卒。

## 春声①

弄风高柳万丝齐，更著流莺百啭迷。②唱彻春声无与和，邻儿谁解白铜鞮？

注释：

①《春声》民国 李家孚《合肥诗话》卷下，民国苏城临顿路毛上珍铅活字本。

②百啭：鸣声婉转多样。▶ 南朝 梁 刘孝绰《咏百舌》："孤鸣若无时，百啭似群吟。"

## 春尽①

小院无花不惜春，雨余苔色日青匀。东风吹醒窥帘目，犹是天涯独起人。

注释：

①《春尽》民国 李家孚《合肥诗话》卷下，民国苏城临顿路毛上珍铅活字本。

## 正月二日雨中二绝①

乍拂东风布被轻，静中诗思忽抽萌。②闲抛车马泥城路，爱向瓶梅数落英。

白酒朱颜醉易成，街灯斜照小楼明。敝裘坐觉春寒浅，听彻萧萧暮雨声。③

注释：

①《正月二日雨中二绝》诗见 民国 李国枢《问淞诗存》，民国十五年(1926)铅印本。

②布被：布制的被子。多以状生活清苦。▶汉 刘向《列女传·鲁黔娄妻》："曾子吊之，上堂见先生之尸在牖下，枕墼席稿，缊袍不表，覆以布被，首足不尽敛，覆头则足见，覆足则头见。"

③敝裘：破旧的皮衣。▶唐 岑参《闻宇文判官西使还》："白发悲明镜，青春换敝裘。"

## 送国枢兄之析津①

高楼倦倚独彷徨，月皎星稀是异乡。此夕覆杯各分手，中年引镜久回肠。②静看林影依檐曲，乍听风声入坐凉。兄弟东西更南北，危舠江海对茫茫。

注释：

①《送国枢兄之析津》诗见 民国 李国枢《问淞诗存》，民国十五年(1926)铅印本。

国枢：即李国枢。李国枢(1900—1925)，字仲璇，号问淞。李蕴章之孙，李经钰次子。

国学生。自幼天资聪颖，尤善诗文，与庐江陈诗友善。国枢体弱多病，于1925年因染时疫而卒，年仅26岁。其为人忠厚，朋友有困难，捐金无所吝惜。著有《问淞诗存》一卷。

②覆杯：倒置酒杯。此处形容尽饮。▶南朝 宋 鲍照《三日》："解衿欣景预，临流竞覆杯。"

## 吴琼华

吴壬卿(1887—1964)，字琼华，字以行。晚清民国合肥(今安徽省合肥市)东乡人。司马吴鼎椿女，幼时过继伯父直隶补用道吴鼎业，适南京造币厂会办李国瓌。李家孚之母。

### 乙卯春送夫子入都[1]

有鸟在空谷，三年不飞鸣。一朝乘风去，翼殿垂天云。夫子抱荆璞，此璧价连城。[2]终当供庙堂，焉能委荆榛？二月春雷动，征车指燕京。[3]漫道长征苦，男儿志请缨。敢作儿女态，阻君万里程。高堂虽白发，妇职必不勤。[4]勉哉振风翮，扶摇击苍冥。[5]



注释：

①《乙卯春送夫子入都》诗见 民国 李家孚《合肥诗话》卷下，民国苏城临顿路毛上珍铅活字本。

②荆璞：指楚人卞和从荆山得的未经雕琢的璞玉。▶晋 傅玄《傅子·阙题》："必得崑山之玉而后宝，则荆璞无夜光之美；必须南国之珠而后珍，则随侯无明月之称。"

③征车：远行人乘的车。▶唐 韩愈《送侯参谋赴河中幕》："别袖拂洛水，征车转崤陵。"

④妇职：犹妇功。▶《周礼·天官·内宰》："以妇职之法教九御。"郑玄 注："妇职，谓职纴、组紃、缝线之事。

⑤苍冥：苍天。▶北周 庾信《贺平邺都表》："然后命东后，诏苍冥。"

### 江村岁暮[1]

猎猎寒风冷翠微，天涯霜雪未能归。荒村寂寂帆来少，时见饥禽向日飞。

注释：

①《江村岁暮》诗见民国 李家孚《合肥诗话》卷下，民国苏城临顿路毛上珍铅活字本。

## 式微歌[①]

式微式微胡不归？月华和雾冷璇玑。[②]水晶帘卷迎宵爽，明灭流萤入户飞。[③]

注释：

①《式微歌》诗见民国 李家孚《合肥诗话》三卷卷下，民国苏城临顿路毛上珍铅活字本。

②式微式微胡不归：《诗·邶风·式微》首句，表示思归之意。《式微》诗序说，黎侯流亡于卫，随行的臣子劝他归国。后以赋《式微》表示思归之意。▶《左传·襄公二十九年》："荣城伯赋《式微》乃归。"

③迎宵：向晚，傍晚。▶唐 韩愈《奉和虢州刘给事三堂新题·西山》："新月迎宵挂，晴云到晚留。"

## 长相思·送舜如回肥[①]

楚江清，吴山青，楚尾吴头路几程，劳劳客未停。　　短长亭，送君行，三叠阳关笛一声，临歧无限情。

注释：

①《长相思·送舜如回肥》词见 民国 李国模《合肥词钞四卷补遗一卷》卷四，民国十九年（1930）铅印本。

# 李国华

李国华，字舜如。晚清民国合肥（今安徽省合肥市）东乡人。李经楚次女。适汉军旗毕文秉。闺中时多与吴壬卿有诗唱和，既嫁而废吟咏。

## 春日杂咏步琼花从嫂韵[①]

古寺苍凉迹久迷，长堤十里草萋萋。春光三月江南好，万树垂杨莺乱啼。

注释：

①《春日杂咏步琼花从嫂韵》诗见 民国 李家孚《合肥诗话》卷下，民国苏城临顿路毛上珍铅活字本。

从嫂：从兄之妻。▶《晋书·王彪之传》："今上年出十岁，垂婚冠，反令从嫂临朝，示人君幼弱，岂是翼戴赞扬立德之谓乎！”

## 李国焘

李国焘(1889—1962)，字子厚，又字厚甫，号意康。民国合肥(今安徽省合肥市)东乡人。李经方之子，李鸿章之孙。光绪丙午年(1906)至宣统庚戌年(1910)留学英伦，获剑桥大学经济科学士学位。民国时任上海邮政局局长、海军部海道测量局秘书。新中国建立后，在沪建盖控江中学，兼任董事长。又译著《尼赫鲁传》及《西厢记》英文本未成，书稿尽毁。1962年卒于上海淮海医院，葬上海万国公墓。

### 伦敦杂咏[①]

娉娉顾影惜芳辰，三岛花丛第一人。[②]金谷半生伶薄命，武陵千古恨迷津。[③]滫丝河畔檀车暖，解带园中舞袖轻。[④]钿盒金钗细收拾，斫船时节到江滨。[⑤]

注释：

①《伦敦杂咏》诗见 民国 李家孚《合肥诗话》卷下，民国苏城临顿路毛上珍铅活字本。



②三岛：即“英伦三岛”。中国人对“英国”或“大不列颠”的别称。

③金谷：即金谷园，遗址在今洛阳老城东北七里处的金谷洞内。是西晋大富翁石崇与爱妾绿珠所居住的别墅。永康元年，淮南王司马允政变失败，因石崇旧与赵王司马伦心腹孙秀有隙，被诬为司马允同党而遭族诛。

武陵：晋代陶潜《桃花源记》说武陵郡有个打鱼人误入世外桃源，离开时，处处做了标志，但再寻找时，“不复得路”，“后遂无问津者”。

④檀车：古代车子多用檀木为之，故称。此处泛指一般车辆。▶清 沈涛《琴榭丛谈》卷上：“檀车簸两轮，行如铄釜响。”

⑤钿盒金钗：唐玄宗与杨贵妃定情之物。泛指情人之间的信物。典出 唐 白居易《长恨歌》：“唯将旧物表深情，钿盒金钗寄将去。”



## 李国玲

李国玲，字秀玉。晚清民国合肥(今安徽省合肥市)东乡人。李纬堂第五女，适邑人蔡庆湘。

## 乱后野眺①

黯淡风沙里，饥鹰下大荒。野烟萦败垒，白骨冷斜阳。②浩劫天何醉，长吟我欲狂。尘寰无净土，合去白云乡。③

注释：

①《乱后野眺》诗见 民国 李家孚《合肥诗话》卷下，民国苏城临顿路毛上珍铅活字本。

②野烟：指荒僻处的霭霭雾气。▶唐 王维《菩提寺禁裴迪来相看说逆贼等凝碧池上作音乐供奉人等举声便一时泪下私成口号诵示裴迪》："万户伤心生野烟，百官何日再朝天。"

③白云乡：仙乡，借指理想中的地方。典出《庄子·天地》："乘彼白云，游于帝乡。"▶唐 李群玉《自澧浦东游江表途出巴丘投员外从公虞》："何由首西路，目断白云乡。

## 秋夜①

每到秋时百感生，那堪风雨满荒城。湘帘半卷灯摇影，一枕清愁梦不成。②

注释：

①《秋夜》诗见 民国 李家孚《合肥诗话》卷下，民国苏城临顿路毛上珍铅活字本。

②湘帘：用湘妃竹做的帘子。▶宋 范成大《夜宴曲》："明琼翠带湘帘斑，风帏绣浪千飞鸾。"



# 王政谦

王政谦(1890—?)，字季和。晚清民国合肥(今安徽省合肥市)东乡人。王懋宽季子。家居力学，喜韵事。有《虎丘百咏》《虚舟诗草》。

## 偕杨韵芝游明教寺①

联步趋兰若，层楼倦眼开。烟云迷北望，风雨携秋来。地静销兵气，时危忆霸才。松阴自今古，欲去首重回。

注释：

①《偕杨韵芝游明教寺》诗见 民国 李家孚《合肥诗话》卷中，民国苏城临顿路毛上珍铅活字本。

杨韵芝：即杨开森。

## 浮槎山乳泉歌[1]

信步趋浮槎，浮槎白云里。空谷阒无人，长松一徙倚。[2]言访隐者居，废榭生荆杞。异代不同时，高风空仰企。漠漠岩云生，淅淅凉风起。上有怪石峥嵘接霄汉，下有飞泉急泻奔涧底。更有巢湖横其前，惊涛澎湃无涯涘。[4]状态万千不可名，吾恐李成画笔亦未能写此。[5]忽听流泉声，步逐流泉止。泉声穿古寺，龙泉未独美。[6]披襟坐泉边，我心若止水。合泉泉水清，巢泉泉水浊。[7]一石重五斤，清浊难为匹。[8]斯名第七泉，庐陵昔所录。[9]泉清濯我缨，泉浊濯我足。[10]翛然太古心，那复知荣辱。晚钟催客归，欲去还踯躅。笑谢山中人，今秋复来瞩。

注释：

①《浮槎山乳泉歌》诗见 民国 李家孚《合肥诗话》卷中，民国苏城临顿路毛上珍铅活字本。

②阒[qù]：寂静，空虚。

徙倚：犹徘徊；逡巡。▶《楚辞·远游》："步徙倚而遥思兮，怊惝怳而乖怀。"

③仰企：仰慕企望。▶唐 孟郊《贫女词寄从叔先辈简》："仰企碧霞仙，高控沧海云。"



④涯涘：水边，岸。此处指边际；界限。▶南朝 齐 谢朓《辞随王笺》："荣立府庭，恩加颜色。沐发晞阳，未测涯涘。"

⑤李成：宋初著名山水画家。

⑥原诗"泉声穿古寺，龙泉未独美。"句后有注："龙泉山在浮槎西二十余里，上有泉名龙泉，自佛寺后绕殿，径达僧厨。欧阳修品为第十三泉。"

龙泉：位于肥东桥头集境内龙泉山上。《古今图书集成·庐州山川》载：山腰寺内有"龙泉"。唐张又新《煮茶水记》谓龙泉水为庐州第一水。宋欧阳修把龙泉列为"天下第十三泉"。

⑦合泉、巢泉：浮槎山齐都峰顶有二泉池。北池方，水深而清，为"合泉"。南池圆，水浅而浊，名"巢泉"。合泉自池东北角石缝中流出，经一尺多宽石堤后即变成白色，进入巢泉。巢泉水位高出合泉时，也不倒流。二泉水位常年稳定。宋欧阳修《浮槎山水记》誉之为"天下第七泉"。

⑧原诗"一石重五斤，清浊难为匹。"句后有注："山中道林寺有合、巢二泉，合泉清，巢泉浊，二泉相较，一石重五斤。"

⑨庐陵：指宋欧阳修，江西吉安永丰人。此址古属庐陵，所以欧阳修自称"庐陵"。

⑩泉清濯我缨，泉浊濯我足：出《孟子·离娄上》："有孺子歌曰：'沧浪之不水清兮，可以濯我缨；沧浪之水浊兮，可以濯我足。'孔子曰：'小子听之，清斯濯缨，浊斯濯足，自取之也。'"。

## 陈秀珠

陈秀珠(1893—1911),字宛如。晚清滁州定远(今安徽省定远县)人。李国模侧室。辛亥(1911)七月晦日病卒。

### 浣溪沙·宫词[1]

静锁深宫日扺年，双蛾懒画入时妍。[2]昭阳从未得君怜。[3] 春草长门人不见，秋风团扇影终捐。他生勿再堕情天。

注释：

①《浣溪沙·宫词》词见 民国 李国模《合肥词钞四卷补遗一卷》卷四,民国十九年(1930)铅印本。

②双蛾:指美女的两眉.蛾,蛾眉。▶南朝 梁 沈约《昭君辞》:"朝发披香殿,夕济汾阴河,于兹怀九逝,自此敛双蛾。"

③昭阳:汉宫殿名。后泛指后妃所住的宫殿。▶《三辅黄图·未央宫》:"武帝时,后宫八区,有昭阳……等殿。"



## 李敬婉

李敬婉(1894—1984),字季琼。晚清民国合肥(今安徽省合肥市)东乡人。李蕴章孙女。美国工科大学博士,太湖赵恩廊室。

### 眼儿媚·三题咏秋小草[1]

钩心团泪做成诗，展卷意为痴。数行残墨，十分幽怨，一半相思。 女儿生受聪明误，平白被愁欺。芜城恨事，鸠江梦影，同入新词。

注释：

①《眼儿媚·三题咏秋小草》词见 光铁夫《安徽名媛诗词征略》卷三,黄山书社1986年版。

# 虚生和尚

虚生和尚，俗姓李，晚清民国合肥（今安徽省合肥市）东乡梁园（今肥东县梁园镇）人。自幼皈依佛门，民国初年为苏州龙兴寺住持，工诗善弈。

## 和佛师述怀[1]

秋风阵阵动禅林，梵宇遥传钟磬音。万虑皆清方入定，一尘不染到如今。[2]明知色相成空相，敢说人心即佛心。[3]小住龙兴刚十载，慈悲菩萨面如金。

注释：

①《和佛师述怀》诗见 民国 李家孚《合肥诗话》卷下，民国苏城临顿路毛上珍铅活字本。

②万虑：此处指思绪万端。▶唐 韩愈《感春》诗之四："数杯浇肠虽暂醉，皎皎万虑醒还新。"

③空相：佛教语。假象；幻象。▶《思益经·菩萨无二品》："若有所尽，不名漏尽，知诸漏空相，随如是知，名为漏尽。"



# 李国柱

李国柱（1896—1954），原名国榛，字晓耘，号遂庵。晚清民国合肥（今安徽省合肥市）东乡人。李经达第三子。北京中华大学毕业，分部主事，五品衔。曾任安徽省政府秘书。抗战起，留寓皖、鄂湘、浙、赣。后居沪，以卖文、授课为生，有《遂庵诗话》《遂庵随笔》，多载于郑逸梅主编的报刊。抗战胜利后，由章士钊推荐任上海财政局秘书。好古诗，常与陈诗、庄吕尘、郑逸梅唱和。其诗五古淡逸，七古雄健，近体多脍炙人口，著有《遂庵集》。

## 题《滋树室诗》[1]

历历同光事，勋华莫更论。尚留遗泽在，应共典型存。簪绂依郎省，风尘黯帝阍。[2]十年忧国泪，寂寞赋招魂。

嗜酒真无敌，耽吟只自知。传家惟孝友，敦薄见歌诗。久绝穷黎望，犹萦故旧悲。[3]鬐年嗟陟岵，空忆鲤庭时。

注释：

①《题〈滋树室诗〉》诗见 清 李经达《滋树室诗集》二卷，民国十二年(1923)上海刻本。

②簪绂：冠簪和缨带。古代官员服饰。亦用以喻显贵，仕宦。▶唐 李颀《裴尹东溪别业》："始知物外情，簪绂同刍狗。"

帝阍：宫门，禁门。▶前蜀 韦庄《夏初与侯补阙有约遽闻捐馆成长句四韵吊之》："本约同来谒帝阍，忽随川浪去东奔。"

③穷黎：贫苦百姓。▶清 梁章钜《归田琐记·楹联賸语》："满眼尽穷黎，奚忍多用一夫，误他举家生活。"

## 题《问淞诗存》[1]

癸亥过雩坛，清游同京师。[2]祀事闷先农，园林具遗规。[3]废典此何世？金碧徒参差。[4]长松逾百年，夭矫无妍姿。[5]科头林下坐，泼茗临前墀。[6]夏夜酷炎蒸，月皎星犹稀。以吾久索居，得此良复宜。君性亦落落，竭欢能共为。夜阑游骑散，石路逶以迤。枝条荡回飚，疑有魑魅窥。即今滞江湖，述往诵君诗。君诗诚吉光，揽笔缀以辞。[7]兵尘暗远郊，载戢知何时？九原不可作，俛仰蓄余悲。

注释：

①《题〈问淞诗存〉》诗见 民国 李国枢《问淞诗存》，民国十五年(1926)铅印本。

②雩坛：古时祈雨所设的高台。▶北魏 郦道元《水经注·泗水》："门南隔水，有雩坛，坛高三丈，曾点所欲风舞处也。"

③先农：古代传说中最先教民耕种的农神。或谓神农，或谓后稷。▶汉 王充《论衡·谢短》："社稷、先农，灵星何祠？"

④废典：废坏礼法。▶明 刘基《及晋处父盟公孙敖会宋公》："灭纪废典，以干先王之法度，其何罪如之！"

⑤夭矫：亦作"夭蟜"。树木枝屈曲貌。▶《汉书·扬雄传上》："踔夭蟜，娭涧门。"

妍姿：美好的姿容。▶三国 魏 曹丕《善哉行》："妍姿巧笑，和媚心肠。"

⑥科头：谓不戴冠帽，裸露头髻。▶晋 葛洪《抱朴子·刺骄》："或乱项科头，或裸袒蹲夷……此盖左衽之所为，非诸夏之快事也。"

⑦吉光：古代传说中的神兽名。一说神马名。▶《海内十洲记·凤麟洲》："吉光毛裘，黄色，盖神马之类也。裘入水数日不沉，入火不燋。"

## 夏夜读韦苏州集示莼季弟[①]

芳时难驻易成悲，更为羁愁赋别离。寂寞回塘泛轻舸，五年前已读韦诗。[②]
细味诗清夜亦清，无声弦指足移情。短檠独对浑无事，起看虚檐北斗横。[③]

注释：

①《夏夜读韦苏州集示莼季弟》诗见 民国 李家孚《合肥诗话》卷下，民国苏城临顿路毛上珍铅活字本。

②回塘：环曲的水池。▶宋 王安石《蔷薇》诗之三："北山输绿涨横陂，直堑回塘滟滟时。"

③短檠：矮灯架。借指小灯。▶唐 韩愈《短灯檠歌》："一朝富贵还自恣，长檠焰高照珠翠；吁嗟世事无不然，墙角君看短檠弃。"

虚檐：凌空的房檐。 南朝 齐 王融《三月三日曲水诗序》："飞观神行，虚檐云构。"

# 李家煌



李家煌（1898—1963），字元晖，一字饮光，号骏孙、弥龛。清末安徽合肥（今安徽省合肥市）东乡人。李国松长子。诸生，肄业于上海复旦大学。笃信佛教，以诗鸣世。著有《始奏集》《佛日楼诗》。

## 立夏日侍家大人携酒过周梅泉丈巢园邀陈散原朱疆村郑海藏吴鉴泉徐随庵夏吷厂袁伯夔李拔可江孝潜诸老及梅丈看杜鹃海藏明日将北行因次梅丈赏樱原韵赠别兼呈诸老[①]

纳海襟期拥万葩，园开丘壑稳虫沙。[②]移尊盘薄忘宾主，秉烛须眉影鬘花。[③]袖手能豪神所劳，危冠可溺道非夸。[④]诗翁明发随春去，莫惜流霞促夜笳。

注释：

①《立夏日，侍家大人携酒过周梅泉丈巢园，邀陈散原、朱疆村、郑海藏、吴鉴泉、徐随庵、夏吷厂、袁伯夔、李拔可、江孝潜诸老及梅丈看杜鹃。海藏明日将北行，因次梅丈赏樱原韵，赠别兼呈诸老。》诗见 民国 李家孚《合肥诗话》三卷卷上，民国苏城临顿路毛上珍铅活字本。

周梅泉：即周今觉。周今觉（1878—1949），名达，字美权、梅泉。笔名今觉、寄闲。安徽建德（今东至）人，清两广总督周馥之孙。中国集邮家、邮学家、中国"邮王"、中国最早的国际邮展证判员和评审员。中华邮票会会长、中国数学会董事。著有《华邮图鉴》《八卦邮票戳与地名之关系》《圆寿庐邮话》《邮学刍言》等。

陈散原：即陈三立。陈三立(1853—1937)，字伯严，号散原，江西义宁(今修水)人，近代同光体诗派重要代表人物。陈三立出身名门世家，为晚清维新派名臣陈宝箴长子，国学大师、历史学家陈寅恪、著名画家陈衡恪之父。与谭延闿、谭嗣同并称“湖湘三公子”；与谭嗣同、徐仁铸、陶菊存并称“维新四公子”，有“中国最后一位传统诗人”之誉。陈三立生前曾刊行《散原精舍诗》及其《续集》《别集》，世后有《散原精舍文集》17卷出版。

朱彊村：即朱祖谋。朱祖谋(1857—1931)，原名朱孝臧，字藿生，一字古微，一作古薇，号沤尹，又号彊村，浙江吴兴人。光绪九年(1883)进士，官至礼部右侍郎，因病假归作上海寓公。工倚声，为晚清四大词家之一，著作丰富。书法合颜、柳于一炉；写人物、梅花多饶逸趣。卒年七十五。著有《彊村词》。

郑海藏：即郑孝胥。郑孝胥(1860—1938)，中国近代的政治人物、书法家。福建省闽侯人。清德宗光绪八年(1882年)举人，曾历任广西边防大臣，安徽广东按察使，湖南布政使等。辛亥革命后以遗老自居。1932年任伪满洲国总理大臣兼文教总长。善楷书，取径欧阳询及苏轼，得力于北魏碑。所作苍劲朴茂。为诗坛“同光体”倡导者之一。

吴鉴泉：(1870—1942)，本名乌佳哈拉·爱绅，满族，河北大兴人。1912年后改姓“吴”。1927年，吴鉴泉由北京迁居上海，1928年他被上海精武会和国术馆聘为教授。1933起，创设鉴泉太极拳社，为“吴氏太极”创始人。

徐随庵：即徐乃昌。徐乃昌(1869—1943)，字积余，晚号随庵老人，南陵工山汤村徐人。近代著名的藏书家、学者。徐乃昌自幼熟读经史。清德宗光绪十九年(1893)举人，历任淮安知府，特授江南盐巡道。后受命考察日本学务，回国后提调江南中、小学堂事务，总办江南高等学堂，督办三江师范学堂(南京大学前身)。清亡后，隐居著述和校刊古籍。民国时，主编《南陵县志》《安徽通志》《安徽丛书》《上海通志》。

夏吷厂：即夏敬观。夏敬观(1875—1953)，近代江西派词人、画家。字剑丞，一作鉴丞，又字盥人、缄斋，晚号吷庵，别署玄修、牛邻叟，江西新建人。生于长沙，晚寓上海。光绪二十年(1894年)举人，以诗词名播南北。曾任江苏提学使兼上海复旦、中国公学等校监督等职。晚年专心从事绘画与著述。著有《忍古楼诗集》《吷庵词》《忍古楼词话》《词调溯源》等。

袁伯夔：即袁思亮。袁思亮(1879—1939)，字伯夔、一字伯葵，号蘉庵、莽安，别署袁伯子。湖南湘潭县人，民国藏书家、学者。藏书处曰“雪松书屋”“刚伐邑斋”等，藏书印有“刚伐邑斋秘籍”“湘潭袁伯子藏书之印”“壶公室珍藏印”等。著《蘉庵文集》《蘉庵词集》《蘉庵诗集》等。

李拔可：即李宣龚。李宣龚(1876—1953)，字拔可，号墨巢，清光绪二十年(1894)举人，能诗，工书法，著有《顾果亭诗》《墨巢词》。民国时期，入商务印书馆，与张元济、鲍咸昌、高凤歧等合称“商务四老”。

江孝潜：即江彝藻。安徽合肥人。江云龙之子。光绪时诸生，官候选训导。清末宣统初，为直隶总督杨士骧幕宾。民国时，居家奉母，训徒讲学。

②襟期：襟怀、志趣。▶北齐 高澄《与侯景书》："缱绻襟期，绸缪素分。"

③槃礴：亦作"槃薄"。箕踞而坐。▶《庄子·田子方》："宋元君将画图……有一史后至者，儃儃然不趋，受揖不立，因之舍。。公使人视之，则解衣槃礴，蠃。君曰：'可矣，是真画者也。'"成玄英 疏："解衣箕坐，裸露赤身，曾无惧惮。"

鬘花：亦作"鬘华"。即茉莉花。▶《翻译名义集·百花篇》："末利，又名鬘华。"

④危冠：古时的高冠。▶《庄子·盗跖》："使子路去其危冠，解其长剑，而受教于子。"

## 五古·渡巢湖[①]

一百里巢湖，无风三尺浪。廿年来去踪，知者姥姑嶂。二月看将残，春水迟未涨。江舠逗东口，泛浅不能上。遥瞰玻璃盂，搔首空惆怅。微明追顺风，谢装换篾舫。[②]帆饱潮不来，寸尺争撑抗。亭午欣入湖，天复祕晴扬。泛泛从所之，莽莽与低仰。横流粟一身，翻羡局外望。魂为水所移，水与天相漾。不有一发青，湄涯真迷忘。望望芦溪嘴，吼听风来壮。船掀波渐怒，篙舵力难挡。欲止人莫主，更进舟益荡。刹那飙愈急，生死度外放。瞢腾一昼夜，滩近始得傍。[③]魂定稍回首，万骇刻心脏。感我怀从祖，此地儿眷葬。[④]冤灵不可呼，对水余凄怆。今我逃劫险，无乃鬼幽相。当时昧欧法，机轮殊未尚。况又潮落候，船大口隘障。犯险飞小艇，鱼腹命轻丧。迩来逢冬春，酷祸仍年酿。商旅群色变，裹足鉴前创。吁此水此水，吾邑之喉吭。[⑤]万姓坐资是，以吞纳货饷。谁令扼其喉，致市易不畅。荒鸡戒中宵，绳牵过滩荡。[⑥]西口又在前，十五里而强。[⑦]驾船如驾车，步步牛力仗。一牛曳不行，半日牵来两。一人鞭其后，裸涉跌以踢。三人驱前引，努背嘶直颃。竟辰绝烟火，肚缩断粒粮。饼饵啖亦空，发瓿倾酸醯。[⑧]掬水黄泥汁，闭眼啜自诳。深夜呈檣镫，飐闪远村亮。[⑨]心开知渐陆，等获无尽藏。口狭流更浅，黏淖若芥酱。吸滞船屡陷，人蓄痡难张。[⑩]久之乃及岸，眉扬气忽王。父老纷沓来，执讯慰无恙。环听所经过，蜀道眼前状。我闻洪杨乱，安庆被寇掠。江公守吾郡，地利重高亢。不以水程艰，省会早迁让。万变到今朝，咫进仍无长。二口关一湖，要冲付之宕。一乡长久利，不治待谁贶。废兴委诸天，人事太无创。谁为敛金钱，疏浚劳机榜。[⑪]一日开一亩，一年两口广。招游氓助之，游氓习为匠。工举匠亦活，岁万人可养。从此工毋辍，远利斯难量。翻手成富邑，百业通转旺。一举群生饶，吾策或非妄。经国基里间，谁和我先唱。[⑫]

注释：

①《五古·渡巢湖》诗见 民国 李家孚《合肥诗话》卷上，民国苏城临顿路毛上珍铅活字本。

②篾舫：即黄篾舫。一种轻便的小船。

③瞢腾：形容模模糊糊，神志不清。▶唐 韩偓《马上见》："和裙穿玉镫，隔袖把金鞭。去带瞢腾醉，归成困顿眠。"一本作"懵腾"。

④原诗"感我怀从祖，此地儿眷葬。"有注："先从祖郊云公元配刘夫人及诸从父昔覆舟卢溪嘴溺焉。"

⑤喉吭：犹咽喉，喻指交通要道。▶明 沈周《题长江万里图》："真州阔州列两厢，金焦椠巘当喉吭；直吞天脉纳海口，有若万邦来会王。"

⑥荒鸡：指三更前啼叫的鸡。旧以其鸣为恶声，主不祥。▶《晋书·祖逖传》："（祖逖）与司空刘琨俱为司州主簿，情好绸缪，共被同寝。中夜闻荒鸡鸣，蹴琨觉曰：'此非恶声也。'因起舞。"

⑦西口：此处指施口。

⑧酸醯：发酸的酒。

⑨飐闪：飘动闪忽。▶唐 元稹《酬乐天〈待漏入阁见赠〉》："飐闪才人袖，呕鸦软举镮。"

⑩痡：此处音[pū]，意为疲劳致病。

⑪原诗"谁为敛金钱，疏浚劳机榜。"句后有注："浚河机"。

⑫经国基里闾：谓治理国家基于地方治理。经国，治理国家。里闾，里巷，乡里。





## 李国檀

李国檀（1898—1971），字彦舆，号偶园。民国合肥（今安徽省合肥市）东乡人。李经达第四子。国学生，分部主事，五品衔，诰封奉政大夫。素善理财，能诗。

### 题滋树室诗[①]

昔年滋树室，犹傍旧村居。路转清溪尽，窗摇绿荫初。遗编终阒寂，世运久乘除。[②]自是名山业，乡闾著永誉。[③]

注释：

①《题滋树室诗》诗见 清 李经达《滋树室诗集》二卷，民国十二年（1923）上海刻本。

②阒寂：静寂；宁静。▶南朝 梁 江淹《泣赋》："阒寂以思，情绪留连。"

乘除：此处比喻人事的消长盛衰。▶宋 陆游《遣兴》："寄语莺花休入梦，世间万事有乘除。"

③名山：著名的大山。古多指五岳。此处借指著书立说。▶清 谭嗣同《夜成》："斗酒纵横天下事，名山风雨百年心。"

吴克明(1898—1957),字孝英,两淮候补盐运判吴作梅长女,适李国檀。能吟咏。

## 田家[①]

矮屋临溪石径斜，疏篱半缉未全遮。东风昨夜吹新雨，开遍满田油菜花。

注释:

①《田家》诗见 民国 光铁夫《安徽名媛诗词征略》卷三,黄山书社1986年版。

# 李国枢

李国枢(1900—1925),字仲璇,号问淞。安徽合肥人。李蕴章之孙,李经钰次子。国学生。自幼天资聪颖,尤善诗文,与庐江陈诗友善。国枢体弱多病,于1925年因染时疫而卒,年仅26岁。其为人忠厚,朋友有困难,捐金无所吝惜。著有《问淞诗存》一卷。



## 赠杨韵芝[①]

肥上清风雅，杨郎字韵芝。长贫徒有壁，独处肯耽诗。近体多奇趣，酣吟耐苦思。允推勤学者，好惜存阴移。

注释:

①《赠杨韵芝》诗见 民国 李国枢《问淞诗存》,民国十五年(1926)铅印本。原诗后附杨开森答诗:江上忽传戎马动,战云极目倍心惊。凄凉暮雨逢秋老,萧瑟遥空听燕鸣。劫里虫沙频入梦,天涯师友动关情。深愁道梗书难达,忍对黄花忆旧盟。

## 腊八日简熙载巢湖舟中[①]

岁晚寒深强自支，薄冰枯藓沍前墀。箧书重理心神适，盆菊初凋雨雪迟。闲里围炉怀故友，兴来磨墨写新诗。遥知今夜巢湖舸，定忆东斋抵足时。

注释：

①《腊八日简熙载巢湖舟中》诗见 民国 李国枢《问淞诗存》，民国十五年（1926）铅印本。

## 雪夜怀熙载庐州途中[①]

深宵枯坐悄无欢，雪满江头岁欲阑。笑我微吟消日月，羡君妙语有波澜。乍看庭院纷纷白，便忆关山历历寒。落拓青毡垂五十，独怜精力未衰残。

注释：

①《雪夜怀熙载庐州途中》诗见 民国 李国枢《问淞诗存》，民国十五年（1926）铅印本。

# 杨开森

杨开森（1901—?），字韵芝，晚清民国合肥（今安徽省合肥市）东乡店埠（今安徽省肥东县店埠镇）人。杨德炯长子。"少年苦学，搜求乡贤遗著尤不惮勤萃。"同李家孚为挚友。李家孚殁后，续编《合肥诗话》，后为安徽通史馆采访员。编有《合肥诗话》《合肥名胜百咏》《合肥县采访概要（舆地、教育）》等。



## 过蔡月樵太学依绿园故址[①]

斗鸭池边路，荒园长蕨薇。[②]残春同寂寞，名句想依稀。沾溉惟花雨，沉吟傍竹扉。[③]不逢风雅主，空自吊斜晖。[④]

注释：

①《过蔡月樵太学依绿园故址》诗见 民国 李家孚《合肥诗话》三卷卷中，民国苏城临顿路毛上珍铅活字本。

②斗鸭池：逍遥津曾名斗鸭池。

蕨薇：蕨与薇，均为山菜。此借指野草。▶《诗·小雅·四月》："山有蕨薇，隰有杞桋。"

③沾溉：浸润浇灌。▶元 柳贯《送刘叔谠赴潮州韩山山长》："泛除蛮风清，沾溉时雨足。"

④空自：徒然；白白地。▶南朝 梁 何逊《哭吴兴柳恽》诗："樽酒谁为满，灵衣空自披。"

斜晖：亦作"斜辉"，指傍晚西斜的阳光。▶南朝 梁简文帝《序愁赋》："玩飞花之入户，看斜晖之度寮。"

# 秋日游浮槎山①

杂树拥秋山，掩映互苍翠。西风飒飒来，千林尽如醉。我偶山中行，反觉秋容媚。黄花映短篱，密竹藏深寺。钟声下夕阳，洒然动诗思。②

注释：

①《秋日游浮槎山》诗见 民国 李家孚《合肥诗话》卷中，民国苏城临顿路毛上珍铅活字本。

②洒然：此处指洒脱，畅快貌。▶《新唐书·文艺传上·袁朗》："后主闻其才，诏为《月赋》一篇，洒然无留思。"

# 游李陵山西庐禅寺①

西庐峙幽岩，石径窈而曲。我来访老僧，禅房留信宿。岚光腾黝垩，晴日蒸晖煜。②地僻稀游踪，繁花散清馥。③濯缨竹涧流，踞石松云覆。④恍若游仙境，双袖染空绿。⑤烟霞惬所好，尘虑袪万斛。徘徊兴不穷，觅句志幽躅。⑥莫问李侯陵，千秋荒丛樕。⑦



注释：

①《游李陵山西庐禅寺》诗见 民国 虞山诗社编《虞社》，第176期，1931年。

②黝垩：涂以黑色和白色。▶《礼记·丧服大记》："既祥，黝垩。"孔颖达 疏："黝，黑色，平治其地令黑也。垩，白也，新涂垩于墙壁令白。"

晖煜：谓光辉闪耀。▶南朝 梁简文帝《马宝颂》序："晖煜金镳，陆离宝勒。"

③清馥：清香。▶宋 朱熹《山馆观海棠》诗之一："芳树丽烟华，紫绵散清馥。"

④竹涧：竹林环绕的山涧。▶南朝 梁简文帝《山斋》："玲珑绕竹涧，间关通槿藩。"

⑤空绿：空明澄碧。▶南朝 梁武帝《西洲曲》："卷帘天自高，海水摇空绿。"

⑥不穷：无穷尽；无终极。▶《老子》："大成若缺，其用不敝。大盈若冲，其用不穷。"

⑦樕[sù]：此处指小树。

# 小岘山①

岚光缥缈寒侵骨，涧水潺湲泻可听。欲问韦侯酣战处，惟余突兀故山青。②

注释：

①《小岘山》诗见 民国 李家孚《合肥诗话》卷中，民国苏城临顿路毛上珍铅活字本。

②酣战：激战。▶《韩非子·十过》："酣战之时，司马子反渴而求饮，竖谷阳操觞酒而进之。"

## 姥山秋望①

水势欲浮孤塔去，山谷磐礴峙中流。②崩涛鼓浪秋风里，芦荻吞声易白头。

注释：

①《姥山秋望》诗见 民国 李家孚《合肥诗话》卷中，民国苏城临顿路毛上珍铅活字本。

②磐礴：雄壮；宏伟。▶晋 郭璞《江赋》："虎牙嵥竖以屹崒，荆门阙竦而磐礴。"

## 过江忠烈公殉难处①

丹心烈烈气如虹，誓死睢阳自古同。百战雄风人共说，一池春水恨无穷。丰碑郁穆松荫处，古堞巍峨庙祀隆。②凭吊不堪寻往迹，鸟啼花落夕阳中。③

注释：

①《过江忠烈公殉难处》诗见 民国 李家孚《合肥诗话》卷中，民国苏城临顿路毛上珍铅活字本。

江忠烈公：指江忠源(1812—1854)，字岷樵，晚清湖南新宁(今属邵阳)人，晚清名将。1854年，太平军破庐州，时任安徽巡抚的江忠源投水自杀，后追赠总督，谥"忠烈"。

②郁穆：此处指庄重、肃穆。

③往迹：前人或过去的事迹。▶唐 孟郊《自商行谒复州卢使君虔》："仲宣荆州客，今余竟陵宾。往迹虽不同，託意皆有因。"

## 挽李仲璿丈①

通济成桥旧事传，村墟聚语忆当年。②奔驰道路常留咏，忧患兰膏苦自煎。③海上招游存夙约，箧中劳赠有新篇。高斋花木经春长，寂寞重过泪泫然。④

注释：

①《挽李仲璿丈》诗见 民国 李国枢《问淞诗存》，民国十五年(1926)铅印本。

李仲璿：即李国枢(1900—1925)，字仲璿，号问淞，李经钰仲子。著有《问淞诗存》。

②原诗"通济成桥旧事传"后有作者自注："店埠通济桥为先德所建，年久石柱倾败，丈复捐资修之。"

③兰膏：古代用泽兰子炼制的油脂。可以点灯。▶《楚辞·招魂》："兰膏明烛，华容备

些。”王逸 注:“兰膏,以兰香炼膏也。”

④高斋:高雅的书斋。常用作对他人屋舍的敬称。▶唐 孟浩然《宴张别驾新斋》:“高斋征学问,虚薄滥先登。”

原诗“寂寞重过泪泫然”后有作者自注:“顷过丈里中故居。”

## 题《存吾山馆诗集》[1]

藻绘云霞一卷开,六朝风韵入胚胎。[2]淝津诗道怀前哲,抗手徐王属此才。[3]立懦廉顽得圣清,高吟更博沈何名。[4]幽栖山馆春如海,不废承平雅颂声。[5]

注释:

①《题〈存吾山馆诗集〉》诗见 清 童茂倩《存吾春馆诗集》,家属自印本第5页,1995年9月。

存吾山馆诗集:童茂倩所著诗集。

②藻绘:亦作“藻缋”。彩色的绣纹;错杂华丽的色彩。此处形容文辞;文采。▶《南史·谢晦谢方明等传论》:“方明行己之度,玄晖藻缋之奇,各擅一时,可谓德门者矣。”

③诗道:谓作诗之事。▶宋 孙光宪《北梦琐言》卷六:“薛许州能,以诗道为己任。”

前哲:前代的贤哲。▶《左传·成公八年》:“夫岂无辟王,赖前哲以免力。”



抗手:犹匹敌。▶清 邹弢《三借庐笔谈·蒲留仙》:“盖脱胎于诸子,非仅抗手于左史、龙门也。”

原诗“徐”后有作者自注“子苓”。

原诗“王”后有作者自注“尚辰”。

④立懦廉顽:即廉顽立懦。使贪婪的人廉洁,使懦弱的人坚定心志。语出《孟子·万章下》:“故闻伯夷之风者,顽夫廉,懦夫有立志。”

⑤雅颂:亦作“雅讼”。指盛世之乐、庙堂之乐。

## 赠李孝琼女史兼谢为绘浮槎看云图[1]

丘壑巧从笔底生,浮槎奇景费经营。幽峦浑带闲云湿,密树犹烘晓日明。六法已钦同石谷,高吟更觉逼新城。[2]吴中佳咏传天壤,嗣响堪追许赵名。[3]

注释:

①《赠李孝琼女史兼谢为绘浮槎看云图》诗见 民国 虞山诗社编《虞社》,第176期,1931年。

②六法:南朝 齐 谢赫《古画品录》谓绘画有六法:一气韵生动,二骨法用笔,三应物象形,四随类赋彩,五经营位置,六传移模写。见 唐 张彦远《历代名画记·论画六法》。后以

为中国绘画的总法则和代称。▶清 姚鼐《题句容学博冯墨香小照》:“君实精六法,自摹山水乐。”

高吟:高妙的吟唱。▶《文选·嵇康〈琴赋〉》:“慕老童于騩隅,钦泰容之高吟。”刘良注:“泰容,黄帝乐师,故慕而钦之,以为高吟,而引清志也。”

③嗣响:谓继承前人的事业,如响应声。多用于诗文方面。▶《文选·沈约〈宋书·谢灵运传论〉》:“若夫平子艳发,文以情变,绝唱高踪,久无嗣响。”张铣 注:“艳,美也。言张平子文章之美,无能继其音响。”

## 金缕曲·过史半楼太学浮槎山馆故址[①]

荒径堆残瓦,是前朝、风流胜地,诗人遗榭。一自壶觞消沉后,无复吟坛酒社。[②]顾景物、依然潇洒,残绿余红犹炫眼,怪繁花、烂漫谁栽者。人未赏,自开谢。　　春光撩乱悲难写,眺高峰、残阳返照、彩云如画。[③]惆怅名贤栖隐处,尽付樵童闲话。[④]算只有、青山无价,我欲结庐岩上住,问禅师,肯把烟萝假。聊一笑,倚崖下。

注释:

①《金缕曲·过史半楼太学浮槎山馆故址》词见 民国 李家孚《合肥诗话》卷中,民国苏城临顿路毛上珍铅活字本。

史半楼:史台懋,字甸循,号半楼,合肥人。著有《浮槎山馆诗集》。

②一自:犹言自从。▶唐 杜甫《复愁》诗之五:“一自风尘起,犹嗟行路难。”

吟坛:诗坛;诗人聚会之处。▶唐 牟融《过蠡湖》:“几度篝帘相对处,无边诗思到吟坛。”

③撩乱:此处指缤纷。▶宋 王安石《渔家傲》词之一:“灯火已收正月半,山南山北花撩乱。”

④樵童:打柴的童子、童仆。▶唐 杜甫《遣闷奉呈严公二十韵》:“藩篱生野径,斤斧任樵童。”

## 江伦球

江伦球(1902—?),字伯瑟。清庐州合肥(今安徽省合肥市)东乡人。江彝藻长子,少耽诗。

## 舟次巢湖西口感赋[①]

十月西湖涸复冰，行程艰苦此频仍。[②]牛拖地上船三板，人看堤南雁一绳。[③]乱劫翻腾天不厌，薄游牢落意难称。[④]悬知残郭留霜晚，入眼明朝恐未能。[⑤]

注释：①《舟次巢湖西口感赋》诗见 民国 李家孚《合肥诗话》卷上，民国苏城临顿路毛上珍铅活字本。

②频仍：连续不断。▶北周 庾信《周上柱国宿国公普屯威神道碑》："再为连率，频仍衣锦。"

③三板：亦作"三版"。即舢板。近海或江河上用桨划的小船。▶唐 钱起《江行无题》："一湾斜照水，三版顺风船。"

④薄游：为薄禄而宦游于外。有时用为谦辞。▶晋 夏侯湛《东方朔画赞》序："以为浊世不可以富贵也，故薄游以取位。"

⑤悬知：料想；预知。▶北周 庾信《和赵王看伎》："悬知曲不误，无事畏周郎。"

## 春日登安庆城南楼[①]



异地凭高孰所亲？吟篇斟酌意难平。[②]戍楼过雁寒呼客，江渡晴沙晚趁人。[③]我欲挂怀无俗物，天教沾袂有劳尘。[④]填城台阁知何限？满染残阳却当春。[⑤]

注释：

①《春日登安庆城南楼》诗见 清 江云龙《师二明斋遗稿》，民国十年(1921)铅字排印本。

②所亲：亲人；亲近的朋友。▶三国 魏 嵇康《赠兄秀才入军》诗之五："寤言永思，实钟所亲。"

③江渡：江边渡口。▶唐 郎士元《送孙愿》："乱流江渡浅，远色海山微。"

晴沙：阳光照耀下的沙滩。▶唐 杜甫《曲江陪郑南史饮》："雀啄江头黄花柳，鵁鶄鸂鶒满晴沙。"

④挂怀：牵挂；挂念。▶唐 韩愈《送灵师》："灵师不挂怀，冒涉道转延。"

天教：上天示意，以为教诲。▶《晏子春秋·谏上十八》："日暮，公西面望，睹彗星。召伯常骞，使禳去之。晏子曰：'不可，此天教也。'"

⑤原诗"填城台阁知何限？满染残阳却当春。"句后有作者自注："来日阳历新年。"

## 胡春谷

胡春谷(1909—1926),字仲兰。晚清民国合肥(今安徽省合肥市)人。千戎吴诚斋女。吴诚斋任官陕西,娶咸阳郑氏,春谷生而郑氏旋没。幼颖慧,既长,工花卉,喜吟咏兼擅刺绣事,事继母以孝称。丙寅年(1926),迁居安庆,旋染疫卒,年十八。

### 登大观亭①

碧血长埋地，孤亭日又斜。百年悲世事，小劫历虫沙。山翠侵眉宇，江风卷浪花。登临无限感，回首故园赊。

注释:

①《登大观亭》诗见 民国 李家孚《合肥诗话》卷中,民国苏城临顿路毛上珍铅活字本。

大观亭:大观亭即元末郡守余阙葬处。位于安庆市大观亭街56号,称大观楼或大观台,始建于明世宗嘉靖四年(1525),清代多次重修。系两层砖木结构,画栋飞檐,负山面江,环境清雅。明清时期,观亭与武昌黄鹤楼、江洲庾楼并称为“长江三楼”,素有“皖省第一名胜之区”之称,曾被列为“宜城八景”之首。1938年,日寇侵占安庆,毁于兵燹。



## 李家騄

李家騄,字子驹。民国合肥(今安徽省合肥市)东乡人。李家孚族兄。

### 偶成①

满地莺花归不得，江南春草绿如茵。翠楼惊断辽西梦，应悔封侯误杀人。②

注释:

①《偶成》诗见 民国 李家孚《合肥诗话》卷下,民国苏城临顿路毛上珍铅活字本。

②翠楼:外表涂饰绿漆的高楼。此处指妓院 。▶《剪灯余话·江庙泥神记》:“凝妆谩羡翠楼娼,荐枕徒闻红拂妓。”

谭韵卿，字声琴。民国安徽合肥（今安徽省合肥市）人。谭家巽女，同邑李家騄室。夙膺家学，能咏事。

### 春夜寄外[1]

风急月黄昏，愁来独掩门。蛙声四五里，犬吠两三村。心事功名薄，饥寒岁月奔。遥怜一灯影，谁与话温存。

注释：

①《春夜寄外》诗见 民国 光铁夫《安徽名媛诗词征略》卷三，黄山书社1986年版。

## 宋静吾

宋静吾，民国安徽合肥（今安徽省合肥市）人。1921年，夫范石溪卒于京师，遂赁庑肥城，以教授为生。



### 夜坐感作[1]

针线拈残百感交，愁丝恨缕几时抛。数椽茅屋谋移徙，不及庭柯鹊有巢。[2]

注释：

①《夜坐感作》诗见 民国 光铁夫《安徽名媛诗词征略》卷三，黄山书社1986年版。

②移徙：搬动住处；迁移。▶《史记·匈奴列传》："而单于之庭直代、云中：各有分地，逐水草移徙。"

庭柯：庭园中的树木。▶晋 陶潜《停云》："翩翩飞鸟，息我庭柯。"

### 落花[1]

谁怜春去太匆匆，月夜鹃啼泪染红。[2]漂泊只余身世感，芳心应悔嫁东风。

注释：

①《落花》诗见 民国 光铁夫《安徽名媛诗词征略》卷三，黄山书社1986年版。

②鹃啼：相传杜鹃啼声凄苦.因多用以形容人的思念之苦或悲怨之深。▶元 虞集《送王君实御史》："莺满辋川君定到，鹃啼剑阁我思归。"

李家炜(1904—?)，字亚晖，一字洪载，号榴孙，又号宇龛。晚清民国合肥(今安徽省合肥市)东乡人。李国松第三子。诸生。著有《拈华词》。

### 忆秦娥·听杜鹃[1]

春去矣，蘼芜绿遍苔痕紫，苔痕紫，暗叶啼风，老红泣雨。[2]　燕解人愁已不语，杜鹃犹在寒烟里，寒烟里，道不如归，何时归去。

注释：

①《忆秦娥·听杜鹃》词见 完颜海瑞《合肥诗词》，安徽文艺出版社2011年版，第235页。

②蘼芜：草名。芎藭的苗，叶有香气。▶《山海经·西山经》："(浮山)有草焉，名曰薰草，麻叶而方茎，赤华而黑实，臭如蘼芜，佩之可以已疠。"

### 蝶恋花[1]

谁道春风吹似剪，未翦陈愁，更把新愁展，和雨和烟浑不辨，染来碧柳眉深浅。燕子莫嗟花落遍，依旧年年，花发还如霰，珍惜余芳重缱绻，残红回舞深深院。[2]

注释：

①《蝶恋花》词见 完颜海瑞《合肥诗词》，安徽文艺出版社2011年版，第235页。

②霰[xiàn]：空中降落的白色不透明的小冰粒，常呈球形或圆锥形。多在下雪前或下雪时出现。有的地区叫雪子、雪糁。

## 李家蕃

李家蕃，字椒甫。民国安徽合肥(今安徽省合肥市)东乡人。李家孚族兄。官甘肃武都县知事。

## 九日南郭寺登高步沈推官其杰韵[1]

游子怀归日，茱萸遍插时。[2]白云千里舍，红叶一村诗。剪羽看翔鸟，持躬惕染丝。[3]出门搔短髩，应为路多歧。[4]

注释：

①《九日南郭寺登高步沈推官其杰韵》诗见 民国 李家孚《合肥诗话》卷下，民国苏城临顿路毛上珍铅活字本。

②怀归：思归故里。▶《诗·小雅·小明》："岂不怀归，畏此罪罟。"

③染丝：将丝染色。喻受人熏陶感化。▶南朝 梁 刘勰《文心雕龙·体性》："夫才有天资，学慎始习，斫梓染丝，功在初化。器定采成，难可翻移。"

④髩[bìn]：鬓的异体字。

李家懿(1906—?)，字镜华，号亚铃。民国安徽合肥(今安徽省合肥市)东乡人。

李国模之女，上海约翰大学毕业。扬州潘家驯室。

## 如梦令·吴门春望[1]

郭外山明水秀，陌上绿肥红瘦。燕语又莺啼，大好春光如昼。依旧，依旧，正是伤春时候。

注释：

①《如梦令·吴门春望》词见 民国 李国模《合肥词钞四卷补遗一卷》卷四，民国十九年(1930)铅印本。

## 清平乐·七夕[1]

针楼悄步，乞巧因何故。乌鹊填桥今夕渡，静候双星会晤。[2]　纤云纹薄于罗，银河清浅无波。天上良缘已践，人间好事多磨。

注释：

①《清平乐·七夕》词见 民国 李国模《合肥词钞四卷补遗一卷》卷四，民国十九年

(1930)铅印本。

②针楼:《西京杂记》卷一:“汉彩女常以七月七日穿七孔针于开襟楼,俱以习之。”《太平御览》卷八三〇引 南朝 梁 顾野王《舆地志》:“齐武起曾城观,七月七日宫人登之穿针,世谓穿针楼。”后以“针楼”谓妇女所居之楼。

乌鹊填桥:俗传农历七月初七,清晨乌鹊飞鸣较迟,谓之填桥去。比喻撮合男女婚事。▶清 李渔《蜃中楼·训女》:“你休得要怨波涛,却不道时来自有鹊填桥。”

## 北一半儿·海上公园[①]

碧天星火灿繁楼,仕女如云逐队游。浪蝶狂蜂扰不休。莫回头,一半儿穿花一半儿柳。

注释:

①《北一半儿·海上公园》词见 民国 李国模《合肥词钞四卷补遗一卷》卷四,民国十九年(1930)铅印本。

## 清平乐·赠月娥女史[①]

靡芜庭院,初识芙蕖面。粉泽脂香都染遍,输汝柔情一片。[②]　碧天如水迢迢,倚兰软语深宵。已届银河乞巧,佳期莫误今朝。

注释:

①《清平乐·赠月娥女史》词见 民国 李国模《吟梅馆诗集》一卷,民国二十一年(1932)铅印本。

②粉泽:粉黛脂泽,均为化妆用品。引申为装饰。▶唐 上官仪《劝封禅表》:“发神化之丹青,敷礼义之粉泽。”

# 李家恒

李家恒,字孝琼。民国合肥(今安徽省合肥市)东乡人。李国瓌长女。精绘事,工诗、古文、词。著有《闺秀诗话》《绣月轩集》《陆联语》。

## 咏菊[①]

徙倚东篱下,秋深菊有华。[②]幽姿耐寒寂,疏影任攲斜。[③]堪对羁人酒,偏宜处士家。[4]傲霜留晚节，凡卉漫相夸。[5]

秋意渐萧索，繁英灿满枝。[6]清标霜气敛，冷艳露香滋。[7]荒径孤松伴，深丛乱石支。无言淡相对，帘卷日斜时。

注释：

①《咏菊》诗见 民国 李家孚《合肥诗话》卷下，民国苏城临顿路毛上珍铅活字本。

②徙倚：犹徘徊；逡巡。▶《楚辞·远游》："步徙倚而遥思兮，怊惝怳而乖怀。"▶王逸注："彷徨东西，意愁愤也。"

③攲斜：歪斜不正。▶汉 陆贾《新语·怀虑》："管仲相桓公，诎节事君，专心一意，身无境外之交，心无攲斜之虑，正其国如制天下。"

④羁人：亦作"羇人"。旅客。▶南朝 宋 鲍照《代悲哉行》："羇人感淑景，缘感欲回辙。"

偏宜：最宜；特别合适。▶前蜀 李珣《浣溪沙》词："入夏偏宜澹薄妆，越罗衣褪郁金黄。"

⑤凡卉：普通花草。亦用以喻平庸的人。▶唐 柳宗元《戏题阶前芍药》："凡卉与时谢，妍华丽兹晨。"

⑥繁英：繁盛的花。▶晋 刘琨《重赠卢谌》："朱实陨劲风，繁英落素秋。"



⑦清标：俊逸。▶《世说新语·容止》"此神仙中人"刘孝标 注引 南朝 宋 刘义庆《江左名士传》："杜弘治清标令上，为后来之美。"

## 春闺杂咏①

绣阁雪诗兴未赊，珠帘四卷月钩斜。[2]东风一夜瞒人至，开遍春梅万树花。

注释：

①《春闺杂咏》诗见 民国 李家孚《合肥诗话》卷下，民国苏城临顿路毛上珍铅活字本。

绣阁：犹绣房。古代女子的居室装饰华丽如绣，故称。▶后蜀 欧阳炯《菩萨蛮》词之四："画屏绣阁三秋雨，香唇腻脸偎人语。"



## 点绛唇·对月闻歌有感而作①

冷露空阶，画阑闲倚诗怀渺。素蟾辉皎，何处歌声绕。[2]　玉笛无情，吹彻秋光老，忧心捣，甲兵遮道，回首乡园杳。[3]

注释：

①《点绛唇·对月闻歌有感而作》词见 民国 李国模《合肥词钞四卷补遗一卷》卷四，民国十九年(1930)铅印本。

②冷露：清凉的露水。▶唐 王建《十五夜望月寄杜郎中》："中庭地白树栖鸦，冷露无声湿桂花。"

诗怀：诗人的胸怀。▶五代 齐己《新秋雨后》："夜雨洗河汉，诗怀觉有灵。"

素蟾：月亮的别称。古代传说月中有蟾蜍，故称。▶唐 黄滔《卷帘》："绿鬟侍女手纤纤，新捧嫦娥出素蟾。"

③遮道：犹拦路。▶《史记·陈涉世家》："其故人尝与庸耕者闻之，之陈……陈王出，遮道而呼涉。"

## 踏莎行·月夜书怀[①]

小阁凉生，空阶人悄，阑干徒倚愁肠绕。故园何处梦难成，羊灯欲烬烟尤袅。[②]
刻漏沉沉，繁星皎皎，银河倒挂天将晓。邻鸡喔喔动荒村，朦胧曙色明林表。[③]

注释：

①《踏莎行·月夜书怀》词见 民国 李国模《合肥词钞四卷补遗一卷》卷四，民国十九年(1930)铅印本。

②羊灯：用竹丝扎成外糊以纸的羊形灯。民间常在灯节悬挂。▶北周 庾信《七夕赋》："兔月先上，羊灯次安。"

③林表：林梢，林外。▶《文选·谢朓〈休沐重还丹阳道中〉》："云端楚山见，林表吴岫微。"

# 李家颐

李家颐(1910—?)，字韵琼。民国合肥(今安徽省合肥市)东乡人。李国瓌第三女。毕业于苏州美术专科学校，执教于芜湖广益女中、赭山中学、华东纺织子弟学校。1966年退休居沪。工画能诗。

## 题杨豐渔柳堤垂钓图[①]

蓑笠翛然不染埃，波光云影日幽哉。柳堤更比严滩好，不畏征车到草莱。[②]

注释：

①《题杨韡渔柳堤垂钓图》诗见 民国 光铁夫《安徽名媛诗词征略》卷三，黄山书社 1986 年版。

②严滩：即严陵滩。▶唐 黄滔《祭先外舅》："实期归钓严滩，终栖郑谷。"

草莱：犹草野。乡野；民间。▶《汉书·蔡义传》："臣山东草莱之人，行能亡所比，容貌不及众。"

## 题亡妹嘉茀哀挽录①

黄土无情唤奈何，哀词读罢泪痕多。清才绮思今安在？只供他人人咏歌。

愁绝吾家数太奇，兄归泉路汝相随。哭兄哭汝襟犹湿，又痛荆花萎一枝。②

注释：

①《题亡妹嘉茀哀挽录》诗见 民国 光铁夫《安徽名媛诗词征略》卷三，黄山书社 1986 年版。

嘉茀：即李家复。李家复(1915—1931)，字嘉弗，别署苍葭馆主。李国瓌第四女。苏州振华女子中学学生。性慧而勤，精绘事、音律、刺绣及摄影之术，复善辞令。民国二十年(1931)，旅苏安徽同乡会第三届改选，被推为监察委员。时皖中洪灾，家复邀同学多人奔走募捐。旋患盲肠炎病卒，年十七。

②哭兄哭汝：指李家孚、李家孚先后夭亡。

荆花：即紫荆花。比喻兄弟昆仲同枝并茂。▶前蜀 贯休《杜侯行》："雁影参差入瑞烟，荆花烂熳开仙圃。我闻大中咸通真令主，相惟大杜兼小杜。"

# 后　记

承蒙诸多师友长年以来的支持和关爱，《庐州古韵：历代吟咏合肥诗词选注》终于和大家见面了。犹记得当年只是心思偶发，没承想却成就现实，其中种种，百转千折，捧读新书，感慨万千。

作为我国优秀的文学遗产之一的古典诗词，更是世界文学宝库中一颗灿烂的明珠。历代诗人，璀璨如满天星斗，诗仙、诗圣光耀千古。古诗词的数量，浩瀚如汪洋大海，传世佳作俯拾即是。古诗词的题材非常广泛，从自然现象、政治动态、劳动场景、情感生活、社会风习，直到个人感受，都逃不过诗人敏锐的目光。



合肥，古称合淝、庐州，又号庐阳、金斗，素有“江南唇齿、淮右襟喉”之誉。域内襟山带湖，风光瑰丽，物产丰富，人文鼎盛。这片土地从来不乏名人雅士的题咏颂唱，或歌咏名人风物、或赞叹湖光山色。唐代萧颖士和友人游览巢湖时所见的波澜壮阔；北宋一代文宗欧阳修笔下浮槎山泉的甘洌清甜；明代淮西大儒蔡悉赞叹中庙风光的巍峨壮丽；清代大学士李天馥对四顶山朝霞流连不已等诸多曼妙诗歌，如珍珠般串构成绵亘千年的合肥文化历史链条，不间断地铭镌着时代进程中的人事记忆、社会形态和文化印痕，清晰地描绘出了合肥文化的源流脉络。这些古老的吟咏为大湖名城合肥带来了丰厚的文化资源，为合肥今天的成就提供了宽广的平台和坚实的基础，并为未来的发展给予雄厚的软件支撑。

本书所选取的古诗词，除本土合肥籍诗人所作之外，还有历代任官于庐州

（府）暨合肥、巢、庐江等县州的诗人作品以及与合肥籍人物的唱和之作。在本书编纂过程中，得益于大量地方志资料的参详，如明正德《庐阳志》、万历《合肥县志》和清康熙《合肥县志》、雍正《合肥县志》、乾隆《庐州卫志》、嘉庆《庐州府志》、嘉庆《合肥县志》、光绪《庐州府志》以及巢湖、庐江、舒城等地的历代志书等，使得选取内容的基本体量得以保证。此外，还从《全唐诗》《全宋诗》《全宋明诗》《明诗综》《明别集丛刊》《清诗综》《清代诗文集汇编》《稀见清人别集丛刊》《全清词》《全粤诗》等诗文集中挖掘、采集了一些稀见的诗集作品，如明末清初合肥知县熊文举《雪堂诗》、清代肥东籍诗人史台懋《浮槎山馆诗集》、吴毓芬《也是园诗钞》、蒯光典《金粟斋遗集》、张丙《延青堂诗存》等。

编者在编纂过程中也注意收集诗文集资料，如元代余阙《青阳集》，清代许燕珍《鹤语轩诗集》、陈毅《诗概》、陈斌《白云集》，民国时期李国杰《蝬楼吟草》，李经达《滋树室诗集》，李经钰《友古堂诗集》，李家孚、杨开森《合肥名胜杂咏》，阚铎《无冰阁集》，金仲远、金逸尘《金氏二妙集》，去台合肥人袁试武《沧粟吟》等，这些资料或为电子版本，或为实体古籍，虽然耗费不少，一度导致生活拮据。但能将这些稀见诗文集中的关于合肥的内容整理出来，既可一舒前代文人郁郁不名之气，也稍可叠加合肥文化的沉淀积累，厚积合肥居民的精神财富。

本书自2018年编纂始，至今付梓，前后凡六年。自唐至晚清民国选录诗人凡540位，录诗词2100首，较为全面地展现了合肥的历史文化风貌。本书主要特色在于在继承前人已有成果的基础上，通过收集、查阅史料以及合肥稀见地方文献中的诗词，一定程度地填补了合肥城市文化中的相关空白。编者努力对每一首诗词做出精心校核，力求注释详实精准，并对诗词中所涉及地方风物、历史典故、文化常识尽可能的进行知识性注解，使可读性得以提升，同时也一并纠正了部分以往同类书籍中存在的讹误之处。

本书在谋求出版时一直困囿于资金问题，不得已采取了众筹方式，前后共177位朋友参与筹得资金人民币6万余元，但仍不敷于用。后经飞亚达销售有限公司合肥分公司汤增旭总经理慷慨输将人民币3万元，使出版之路得以更前。

2022年初，经安徽省文联张扬老师前后牵线，最终由安徽省文化艺术基金会审批同意对于本书进行出版资助，从而解决了出版经费不足的问题。

在本书出版过程中，衷心感谢刘政屏老师前后出谋划策，为寻找契合的出版社劳动奔波，最终确定了和安徽师范大学出版社的合作。

这次合作，得到了安徽师范大学出版社的高度重视和鼎力支持。本书编辑胡志恒老师对此倾注了大量心力，为嫁衣之功，行不言之教，使编者受益匪浅。此外，同社编辑李克非老师在为本书出版手续订立过程中，亦是不辞劳苦。此外，由衷感谢汤增旭、高峰、张瀚洋、朱昌文、张彦峰、黄荣政、曹勇等诸位老师慷慨惠示各种珍贵资料，使得本书的内容更加丰富。同时衷心感谢丁以寿、程龙伟、舒晓峰、韦建平、王晟、陈满意、缪宏文、陈勇光、刘涛、唐豫、李秋晨、沈春玮、俞波、释宏瑞、王飞、周晔、陈哲、马飞、王震、陈明、张三、张帆、蒋勇、依茉儿、殷晓蕾、姚一、刘蕊、夏友飞、黄丽娟、马淑婷等诸位师友以及多位不愿意具名的朋友给予的热情帮助和大力支持。此外还有很多师友的姓名，在这里无法一一列举，他们对编者的支持和帮助，更多是心理上的慰藉和勉励，使编者在寒冬中看到了希望和温暖，也使编者在挫折之前更加坚强。

本书的序言由安徽大学章玉政教授、中华诗词学会张嗣唯先生分别赐予，二位先生多方抬举，不吝溢美，着实难以克当。

编者学识浅薄，所见有限，故而书中遗珠之恨和谬误舛讹必不敢言少，敬请诸位方家老师不吝斧削指正。再者，请有志于合肥地方文化以及钟情于合肥诗词的朋友，倘有拾遗补缺之力，亦能不吝赐助。

谨以此书献给我的家人以及生养我的城市——合肥。

是为记。

**萧寒**

**2023年12月8日于围庐风间堂**